पृथ्वी पर जीवन

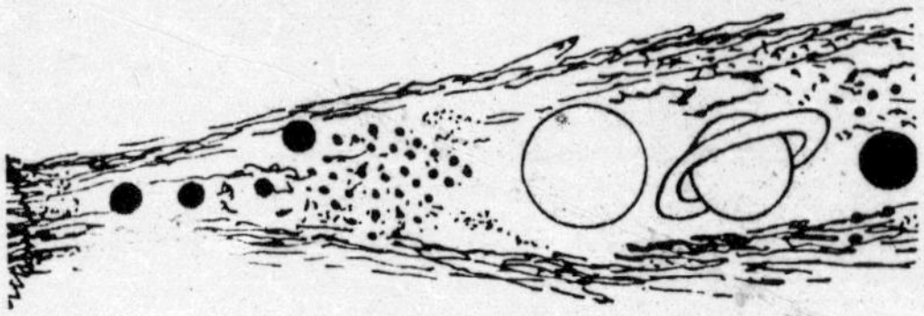

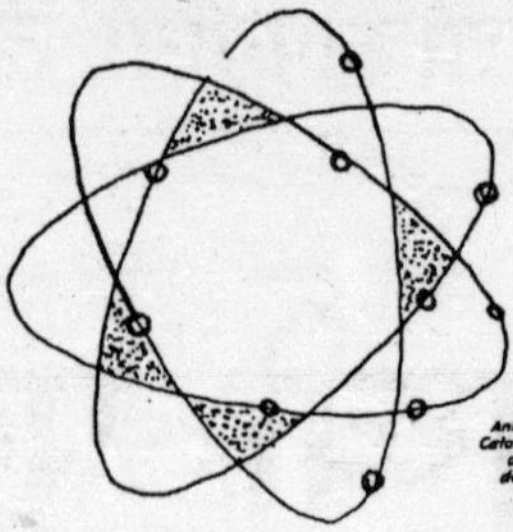

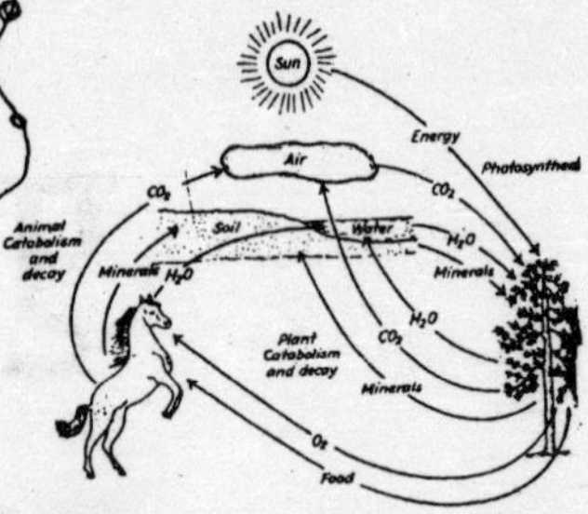

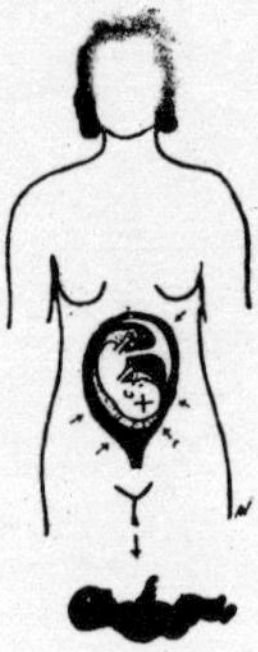

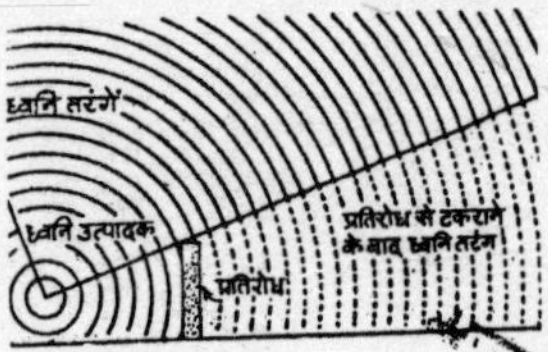

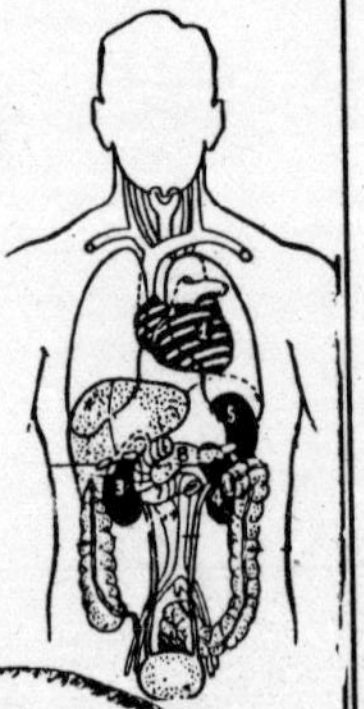

सम्पादक मण्डल

आनन्दिता राय
विश्वमित्र शर्मा
ग.तु. नरसिम्हाचारी
लोकेन्द्र नाथ राय
ब्रज मोहन
डी. वी. भट्टाचार्य
रमणिका राधे तुंग

साक्षरा प्रकाशन

सी-4/एस-2, ईस्ट ज्योति नगर,
शाहदरा, दिल्ली-110093

लोकोपयोगी विज्ञान विश्वकोश

पृथ्वी पर जीवन

परामर्श व सम्पादन

रमणिका राधे तुंग

वाणी प्रकाशन

वाणी प्रकाशन
4695, 21-ए, दरियागंज, नयी दिल्ली 110 002
शाखा
अशोक राजपथ, पटना 800 004
फ़ोन: +91 11 23273167 फ़ैक्स: +91 11 23275710
www.vaniprakashan.in
vaniprakashan@gmail.com
sales@vaniprakashan.in

PRITHVI PAR JEEVAN
Edited by Ramnika Radhe Tung

ISBN : 978-93-5000-532-3
Science

संस्करण 2010
आवृत्ति 2017

मूल्य : ₹ 995

आवरण सज्जा : वाणी प्रकाशन

बालाजी ऑफ़सेट प्रेस, दिल्ली-110 093 में मुद्रित

वाणी प्रकाशन का लोगो मक़बूल फ़िदा हुसेन की कूची से

क्या कहाँ है

कैसे-कैसे बना आदमी

कैसे-कैसे बना आदमी

कैसे-कैसे बना आदमी

पूर्वज पेड़ों पर रहते थे

हम अपने पूर्वजों की बात करना चाहते हैं। उन पूर्वजों की जिन्हें संसार छोड़े लाखों बरस बीत गए। हम उनके जीवन की कहानी और कारनामों के बारे में बताना चाहते हैं। धरती पर हमारे पूर्वज कब आए, इसके बारे में। कहाँ से आए, इसके बारे में। उन्होंने चलना, बात करना, सोचना कैसे सीखा इसके बारे में।

पहले यह सब कुछ एक रहस्य ही था लेकिन विज्ञान की मदद से हर धुँधली तस्वीर साफ होती गई। लगभग हर रहस्य का पर्दा उठता गया।

आपको बुरा तो नहीं लगेगा, यदि हम कहें कि हमारे पूर्वज बंदरों जैसे ही प्राणी थे ? लेकिन सच तो छिपाया नहीं जा सकता। बंदरों की उत्पत्ति लगभग तीन करोड़ वर्ष पहले हुई थी। आदमी और बंदर के रास्ते, लाखों पहले अलग-अलग हो गए थे। खुदाई में बंदर की जो सबसे पहली खोपड़ी मिली है वह दो करोड़ अस्सी लाख साल पुरानी है।

गोरिल्ला, चिंपाजी, गिब्बन और औरंग उटान हमारे पूर्वजों के पास के रिश्तेदार हैं। चिंपाजी और हमारे पूर्वज पहले पेड़ों पर ही रहा करते थे।

चालीस साल पहले हमारे पूर्वज पेड़ों से धरती पर उतर आए। उन्होंने दो पैरों पर भी चलना सीख लिया। इससे उनके दोनों हाथ काम करने के लिए आजाद हो गए लेकिन चिंपाजी के पूर्वज सदा पेड़ों पर ही रहते रहे।

चिंपाजी आदमी से बिल्कुल अलग तरह का जीव है। उसका शरीर अलग तरह का है, हाथ अलग तरह के हैं, पैर अलग तरह के हैं। उनका दिमाग और जीभ भी बिल्कुल अलग तरह के हैं।

हमारे पूर्वजों को जंगल छोड़कर आज़ाद होने और अपना घर बनाने में लाखों साल लग गए।

पूर्वजों ने चलना सीखा

चलना सीखना कोई आसान काम नहीं है। बच्चों को देखिए ! जमीन को बिना छुए चलना बहुत धीरे-धीरे आता है। हमारे

पूर्वजों को चलना सीखने में हजारों साल लग गए। धीरे-धीरे चलना सीखा।

जब उन्होंने दो पैरों पर चलना सीखा ही था तब वे अपने पिछले पैरों पर दो-तीन कदम ही चल पाते थे। अब उनके दोनों हाथ दूसरे काम करने के लिए आजाद हो गए। वे अपने दोनों हाथों की मदद से पेड़ की दो शाखाओं के बीच अपना घर बनाने लगे। वे अब अपने हाथों से फलापें को भी तोड़ने-फोड़ने लगे थे। ये लगभग चवालीस लाख साल पहले की बात है। अब जो हाथ फलों को पकड़ सकते थे उनसे उन्होंने पत्थर और डंडा पकड़ना भी सीख लिया था। डंडा पकड़े हुए हाथ का मतलब था हाथ का ज्यादा लंबा और मजबूत हो जाना। डंडे से वे खाने लायक कंदमूलों को भी खोदकर खाने लगे और गिरी वाले फलों की गिरियां निकाल कर खाना भी सीख गए।

यानि हमारे पूर्वजों ने अब इन औजारों का उपयोग भोजन जुटाने के लिए करना सीख लिया। पेड़ों के ठूठों के भीतर कीड़ों-मकोड़ों, लार्वा और इल्लियों को पाने के लिए वे ठूंठों को पत्थरों से पीट-पीटकर उन्हें बाहर निकाल कर खा जाते थे।

चूहे अपना बिल पंजों से खोदकर बनाते हैं। उनके पास बेलचे नहीं होते। लकड़ी को भी वे दाँतों से कुतरते हैं। उनके पास कोई चाकू नहीं होता। कठफोड़वे को आपने देखा ही होगा ! पेड़ की छाल को वो अपनी चोंच से फोड़ता है, किसी छेनी से नहीं। हमारे पूर्वजों के पास न तो छेनी जैसी चोंच थी, न बेलचे जैसे हाथ और न छुरे जैसे दाँत।

लेकिन, उनके पास दो हाथ थे। उनके हाथों ने पैरों को सिर्फ चलने के लिए मजबूर कर दिया और अपने हाथों को केवल काम करने के लिए आज़ाद कर लिया।

धरती पर दो पैरों पर चलने वाला अब ये पहला और एकदम नया जीव बन गया। सूरत और शक्ल में यह जीव जानवरों से मिलता-जुलता था।

सबसे पहले औजार

जब ये घटनाएँ घट रहीं थी तभी धरती की जलवायु अचानक बदलने लगी। तापमान अचानक गिरने लगा। रातें ज्यादा ठंडी होने लगीं। दक्षिणी ध्रुवों पर बर्फ ज्यादा जमा होती जा रही थी। जंगल कम घनो होने लगे। पेड़ छितराने लगे थे। हमारे पूर्वज तो पेड़ों पर ही रहते आ रहे थे। पेड़ों के दूर-दूर होने से पेड़ों पर रहना थोड़ा मुश्किल होने लगा। जमीन पर हिंसक जानवर थे। जमीन पर ज्यादा घूमते तो उन जानवरों का शिकार बन जाने का डर रहता था।

भूख उन्हें पेड़ों से नीचे ले आई। भोजन की तलाश में उन्हें पेड़ों से नीचे उतरना ही पड़ा। जरूरत ने उनकी आदतों को बदल दिया। उन्होंने नये तरीकों को अपनाना सीख लिया था। डंडे और पत्थर अब उनके औजार ही नहीं हथियार भी थे। अगर कोई जानवर उनके रास्ते में आ जाता तो पूरा समूह डंडों और पत्थरों से हमला करके अपने आप को बचा लेता था।

आपको यहाँ ये भी बता दें कि हमारे पूर्वजों के जो दूर के रिश्तेदार थे गोरिल्ला, चिंपाजी और औरंग उटान, वे वनों के साथ ही चिपके रहे। वनवासी ही बने रहे। उन्हें औजारों का इस्तेमाल करना भी नहीं आता था। उनमें से जो ज्यादा फुर्तीले और चुस्त थे उन्होंने डालों पर चढ़ना-उतरना ज़्यादा बेहतर तरीके से सीख

लिया था। जो शरीर से भारी-भरकम थे उन्हें पेड़ों को मजबूरी में छोड़ना पड़ा।

इस तरह हमारे पूर्वजों के दूर के रिश्तेदार और हमारे पूर्वज हमेशा के लिए अलग-अलग हो गए।

मनुष्य को दो पैरों पर चलना सीखने में हजारों साल लगे। पहले वह अपनी मुड़ी हुई टाँगों पर लड़खड़ाता हुआ चलता था। उसकी लंबी बाहें जमीन पर घिसटती थीं। जमीन पर चलते हुए वह खाने की चीजों को आँख गड़ाकर ढूँढता रहता थझ। वह अभी मनुष्य कम, बंदर ज्यादा लगता था।

लाखों साल पहले के हमारे पूर्वजों के वे दृश्य यदि आप देख पाते तो चौंक जाते।

चलिए हम दिखाते हैं एक दृश्य वो देखिए अपनी टेढ़ी-मेढ़ी टाँगों पर वो नदी के किनारे चले जा रहे हैं। पत्थर का एक बड़ा टुकड़ा उनके हाथ में है। उसे वे बड़े ध्यान से देख रहे हैं। फिर अचानक वे उस पत्थर को बड़े पत्थर पर धड़ाम से दे मारते हैं। वे अपने घर की तरफ चल पड़ते हैं। उनका घर गुफा में है। वे अपने घर पहुँच गए हैं। वहाँ उनका खानदान इकट्ठा है। दाढ़ी वाला एक बूढ़ा वहाँ काले हिरन की लाश को पत्थर के औजार से काट रहा है। वे लोग बूढ़े के आसपास भीड़ लगाए हैं। औरतें कच्चे मांस को नोंच रही हैं। बच्चे मांस का टुकड़ा माँग रहे हैं। गुफा के भीतर से जलती आग की रोशनी आ रही है।

कैसा लगा आपको अपने पूर्वजों का परिवार ?

हमारे पूर्वज शुरुआत में आग जलाना नहीं जानते थे। वे जंगल में लगी आग का एक टुकड़ा उठाकर ले आते थे। अपनी गुफा में उसे रख लेते थे। वो आग दिन-रात जलती रहती थी।

नये भोजन की तलाश में अब वे दूर तक निकलने लगे। पहले वे फलों और फलों की गिरिओं पर ही निर्भर रहते थे। उन्होंने आखिर नये-नये भोजन ही खोज लिए।

पत्थर और डंडे अब औजारों के साथ-साथ उनके हथियार भी बन गए थे। तीखे दाँतों वाले जानवर उनके पूर्वजों को मारते चले आ रहे थे।

हथियार अब उनके हाथों में थे। उन्होंने अब खुद को जानवरों का शिकार बनने से मना कर दिया।

हमारे पूर्वज अब साहसी बन गए थे। कोई जानवर उन पर हमला करता तो वे अपने हथियारों से उस पर एक साथ टूट पड़ते। उन्हें एक चीज़ का और बड़ा सहारा था। वह थी आग। आग दिखाकर वह खतरनाक जानवरों को डरा कर भगा देते थे।

अब उन्होंने पेड़ों को छोड़ कर ज़मीन की यात्रा शुरू कर दी। यात्रा—पेड़ से जमीन की तरफ। यात्रा—जंगल से नदी घाटियों की तरफ।

खुदाई में पाए गए निशान और अवशेष हमारे पूर्वजों के विकास की कहानी कहते रहते थे।

कोई सौ वर्ष हुए फ्रांस में सोमे नदी की घाटी में रेत और बजरी निकालने के लिए मजदूर खुदाई कर रहे थे। सोमे नदी दूसरी नदियों की तरह जमीन को काट रही थी। अपना रास्ता बना रएही थी। पानी का तेज बहाव पत्थर की शिलाओं को अपने साथ बहा कर ले आता था। शिलाएँ एक-दूसरे से टकराती थीं और रगड़ खाती थीं। ऐसा करने में ये शिलाएँ चिकनी और गोल होती जाती थीं। अब नदी शांत होकर बह रही थी। धीमे-धीमे। कंकर और पत्थर रेत और मिट्टी की परत के नीचे ढक गए थे।

मजदूर लोग कंकरों तक पहुँचने के लिए रेत और मिट्टी को खोद रहे थे।

अचानक खुदाई में उन्हें अजीब-अजीब पत्थर मिले। ऐसे पत्थर जो चिकने और गोल नहीं थे। जबकि नदी तो पत्थरों को सिर्फ चिकना और गोल ही बनाती थीं। फिर ये धारदार पत्थर, नदी में कैसे बने ?

इन अजीब पत्थरों की तरफ जेक बुशे दे पर्त नाम के एक खोजी का ध्यान गया।

उसका सोचना ठीक था कि पत्थरों को खुरदरा और धारदार बनाने का ये काम नदी का नहीं है। यह काम आदमी का ही हो सकता है। ये पत्थर हमारे पूर्वजों की हड्डियों के अवशेष तो नहीं थे पर ये पत्थर हमारे पूर्वजों की मेहनत की गवाही दे रहे थे।

जेक बुशे की इस खोज से विवाद शुरू हो गया। लड़ाई शुरू हो गई। कुछ खोजी इसे नकारने लगे। वो ये मानने को कतई तैयार नहीं थे कि इन चकमक पत्थरों को मानव ने ही तराशा था।

लेकिन सच हर हाल में जिंदा रहता है। दुनिया में अनेक जगहों पर भी इसी तरह के पत्थर पाए गए।

बड़े पैमाने पर जाँच परख शुरू हो गई। और आखिरकार जेक बुशे की इस खोज को पूरी दुनिया ने स्वीकारा।

इस तरह नदी में खुदाई करते हुए आधुनिक मजदूरों का बेलचा अपने पूर्वजों के औजारों से टकरा गया।

औजार, हथियार भी बन गए

पत्थर के औजार का सबसे पुराना नमूना एक चकमक पत्थर ही है जिसे दूसरे चकमक पत्थर की मदद से छीलकर धारदार किया जाता था।

इन औजारों का इस्तेमाल हमारे पूर्वज पंजों और दाँतों की जगह करते थे। यह काम सिर्फ आदमी का ही था। पशु या पक्षी ये काम नहीं कर सकते।

आदमी ने औजरों को बनाया। वो औजार लेकर पैदा नहीं हुआ था।

हमारे पूर्वज नदी के तराशने से बने नुकीले पत्थरों की तलाश में नदियों के कछारों पर घूमते रहते थे। आगे चलकर वे इन पत्थरों को गढ़कर पत्थर के औजार बनाने लगे।

पत्थर के इन औजारों को बनाने में हमारे पूर्वजों को हजारों वर्ष लगे।

औजार बनाने में जो छिपटियाँ और कतरने बच जाती थीं उन्हें वे छेनियों की तरह इस्तेमाल करते थे। खुदाई में पत्थर की कुल्हाड़ियाँ भी मिलीं। इन कुल्हाड़ियों को गौर से देखें तो पत्थर को समतल और चिकना किए जाने के निशान साफ

दिखलाई देते हैं।

ये काम मनुष्य का था। प्रकृति का नहीं। मनुष्य पशुओं से अब एक सीढ़ी और ऊपर उठ गया था।

पहले हमारे पूर्वज बहुत कुछ बंदर जैसे दीखते थे। वे धीरे-धीरे मनुष्य की तरह होते गए। चलना सीखने और भद्दे औजार बनाने में आदमी को लाखों साल लग गए। औजारों के लिए सबसे अच्छा पत्थर चकमक था जो सख्त और भारी भी था। उसे ढूँढना होता था। मनुष्य घंटों चकमक की तलाश करता रहता। अक्सर उसकी तलाश बेकार भी हो जाती थी। लेकिन जब वह चकमक ढूँढ लेता तो उन्हें गढ़ता।

आदमी उँगलियाँ तेज और कुशल तो थी नहीं। वो काम करना सीख ही रही थी। अपने भद्दे कुल्हाड़े बनाने में इतना ज्यादा समय लगता था, जितना आजकल इस्पात की कुल्हाड़ी बनाने में नहीं लगता।

हमारे पूर्वज भोजन की तलाश में जंगलों में सुबह से शाम तक घूमते ही रहते थे। भोजन में वे बेरियाँ, गिरी वाले फल, घोंघे, चूहे, हरी टहनियाँ, कंदमूल, कीड़े-मकोड़ों की इल्लियों जैसी अनाप-शनाप चीजें खाते रहते थे। इन चीजों से ही पेट भरने के लिए उन्हें बहुत खाना पड़ता था।

मनुष्यों के झुंड जंगलों में उसी तरह घूमते रहते थे जैसे हिनों के झुंड जगह-जगह चरते हुए घूमते-फिरते हैं।

चकमक पत्थर के औजार बनाकर उन्होंने भोजन बटोरने में समय की बचत करना सीख लिया था।

यह एक महत्त्वपूर्ण खोज थी।

अब वह पत्थरों के औजारों से आसानी से शिकार कर लेता था। वह गोश्त खाने लगा। गोश्त ताकतवर भी होता था और ज्यादा समय के लिए भूख भी शांत कर देता था।

मौसम बदला

एक बार फिर प्रकृति ने करवट बदली। पहाड़ों की बर्फ उत्तर दिशा से दक्षिण दिशा की तरफ बढ़ने लगी। बर्फ की नदियाँ चट्टानों को तोड़ती-फोड़ती आगे बढ़ीं। चट्टानों के बड़े-बड़े ढेरों के साथ लेकर पिघली बर्फ की नदियाँ मैदानों में बहने लगीं।

ठंडा पानी बहने लगा। ठंडा पानी समुद्र में मिला। समुद्र का तापमान कम होने लगा। ठंडी हवा के झोंके बहने लगे। मौसम पूरी तरह बदल गया।

मनुष्यों की हालत ज्यादा खराब होने लगी। अब उन्हें हर साल एक नयी सर्दी का सामना करना पड़ता। उन्हें कड़ाके की ठंड झेलनी पड़ रही थी।

उनका जीवन खतरे में पड़ने लगा। जंगली जानवर, भूख और कड़ाके की ठंड ने उसके जीवन पर हमला बोल दिया था।

इस मुसीबत में वे अपने को और अपने बच्चों को बचाने के लिए एक साथ सटते जाते थे और बच्चों को गरम रखते थे।

आदमी जीना चाहता था। उसने खुद को बदला। इस विपदा में उसने भालू को मारकर उसकी खाल उतारकर अपने

शरीर को ढकना सीख लिया। आग भी उसे ठंड से बचने में मदद करती थी।

मांस भोजन में शामिल हुआ

मनुष्य धीरे-धीरे अपने भोजन में मांस को ज्यादा-से-ज्यादा शामिल करता चला गया। मनुष्य अपने औजारों में सुधार करता गया।

छोटे-छोटे जंतुओं से अब उसका पेट नहीं भरता था। अब उसने हिरन, जंगली सुअर, घोड़े और भीमकाय मैमथ जैसे बड़े-बड़े जानवरों को भी अपने शिकार में शामिल कर लिया था।

आदमी अपने मस्तिष्क का विकास कर रहा था।

मैमथ के शिकार में पूरा समूह भाग लेता था। समूह मैमथ को घेर लेता था और मैमथ के चारों तरफ सूखी घास में आग लगा देता था। मैमथ की झबरी खाल के बालों में आग लगती तो वे झुलसने लगते और धुआँ देने लगते थे। घबराकर मैमथ भागता था। शिकारी उसे समझदारी से घेर कर दलदल वाली जगह की तरफ भगाने लगते। दलदल में वह धँस जाता था।

तब पूरा समूह इस पर हमला बोल देता और उसे मार डालता। फिर मैमथ की देह को टुकड़ों में काट-काटकर अपने पड़ाव तक ले जाते थे। बड़ा आनंद मनाया जाता था।

मैमथ की दावत एक बड़ी दावत होती थी। यह दावत बहुत दिनों तक चलती थी। अब मैमथ की लाश को लादे-लादे वह जगह-जगह तो घूम नहीं सकता था। उसे एक ही जगह ज्यादा समय तक रहना पड़ता था।

अब वह जानवरों से कम, जाड़े से ज्यादा डरता था।

आदमी ठंड से कैसे बचा ?

ठंड से बचने के लिए उसे अब सुरक्षित जगह की जरूरत महसूस होने लगी।

मनुष्य ने अपने चारों तरफ नन्ही-नन्ही सी गरम जगह बनाना शुरू कर दिया था।

वह गुफा के मुँह पर ऊपर की चट्टान के बाहर निकले छोर के नीचे पशुओं की खाल या पेड़ों की टहनियाँ रखने लगा। गुफा के भीतर आग जलाकर अपने छोटे-से घर को गरमाता रहता था।

मनुष्य अब घर बसाने लगा। घर के काम भी बँट गए थे। जब पुरुष शिकार पर गए होते तो औरतें चूल्हों के पास ही नहीं बैठी रहती थीं। वे नये डेरे बनाती थीं। जानवरों की खालों से पोशाकें काटती थीं। खाने लायक पौधों की जड़ें इकट्ठा करती रहती थीं और खाने के भंडार बनाती थीं।

बूढ़े लोगों और युवाओं के काम भी बाँट लिए गए।

यह पाषाण युग था।

इस युग में कोई विज्ञान नहीं था। विज्ञान अभी विकसित हो रहा था। मानव जाति का अनुभव इकट्ठा होना शुरू हो रहा था।

ज्ञान के पहले बीज

जानवरों के न तो कोई स्कूल होते हैं न प्रशिक्षण केंद्र। सुअर अपनी थूथन से जमीन उखाड़ता है। इसके लिए उसे कहीं सीखना नहीं पड़ता। चूहा पैने दाँत लेकर पैदा होता है। उसे सीखना नहीं पड़ता कि वह कैसे कुतरे।

लेकिन आदमी के साथ ऐसा नहीं है। उसे सब कुछ सीखना पड़ता है। वह औजार लेकर पैदा नहीं होता। औजारों को अपने आप बनाता है। यह कला वह अपने बड़ों से सीखता है।

पाषाण युग के युवा अनुभवी शिकारियों से शिकार की कला सीखते थे। उन्हें बहुत कुछ सीखना पड़ता था जैसे : जानवरों को पैरों के निशानों से कैसे पहचानें ? और जानवर को डराकर भगाए बिना उसके पास कैसे पहुँचा जाए ?

इस ज्ञान को सीखने-सिखाने के लिए भाषा की जरूरत थी। आदमी को बोलने की जरूरत थी।

तो जिज्ञासा यहाँ से पैदा होती है कि ये ज्ञान बिना बोले, अनुभवी लोगों से, सीखने वालों तक कैसे पहुँचता था ?

इस सीढ़ी पर हम अब अपने पूर्वजों को कहेंगे निएंडरतल मानव।

क्या आप जानते हैं ? अब हम आज से दो लाख पचास हजार साल पीछे की यात्रा कर रहे हैं। निएंडरतल मानव की कमर अब ज्यादा सीधी थी। चेहरा मनुष्य से ज्यादा मिलता-जुलता था। इनका दिमाग भी अपने पूर्वजों से बड़ा था। छोटा कद। ताकतवर मांसपेशियाँ। इनके हाथ ज्यादा लचीले थे। दाँत तिरछे थे, मुँह के बाहर निकले हुए। माथा पीछे की तरफ था। ठोड़ी बहुत छोटी थी।

वैज्ञानिक नजरिये से ऐसा मनुष्य बोल नहीं सकता था।

पूर्वजों की पहली भाषा

निएंडरतल मानव का पहला अवशेष एक सौ तैंतालिस वर्ष पहले मिला है।

यदि वो बोल नहीं सकता था तो फिर बातें कैसे होती थीं ?

सच ये है कि उनकी भाषा इशारों की भाषा थी। कुछ कहने के लिए वो शरीर का उपयोग करते थे। इशारे की भाषा में वो चेहरे की पेशियों, कंधों, पैरों और हाथों का ज्यादा-से-ज्यादा प्रयोग करते थे।

हमारे पूर्वजों को कुछ माँगना होता था तो वे बस हाथ फैला दिया करते थे। बोलने के नाम पर वे चिल्लाना, गुर्राता या गरजना ही जानते थे।

हमारे पूर्वजों ने अब इशारों को समझना सीख लिया था।

झाड़ियों में से जानवर के खिसकने की सरसराहट की सूचना संकेतों की भाषा में, एक शिकारी दूसरो शिकारियों को पहुँचा दिया करता था।

शुरू में ये संकेत कुछ चीखें थीं या इशारे थे। इशारे, चीत्कार जैसे संकेतों की भाषा ने एक बड़ा काम कर दिया। आदमी के मस्तिष्क में नयी कोशिकाओं का निर्माण।

नयी-नयी कोशिकाओं का जन्म होता गया। आदमी के मस्तिष्क का विकास होता गया।

इशारों की बोल में कुछ दिक्कतें बहुत बड़ी थीं। अँधेरे में इशारे दिखाई नहीं देते थे। इसलिए रात में कुछ नहीं हो सकता था।

अँधेरे में आवाजों की जरूरत थी। शुरुआत में मनुष्य की जीभ और गला उसके काबू में नहीं थे।

लेकिन आवश्यकता आविष्कार को जन्म देती है।

आखिरकार आदमी साफ-साफ आवाजें निकालना सीख गया। इस उपलब्धि में उसे हजारों साल लगे। पहले हाथों की मदद जीभ करती थी अब जीभ की मदद हाथ करने लगे।

भाले और तीर

अब औजार बनाने में हमारे पूर्वज और कुशल हो गए थे। चकमक पत्थर के भद्दे औजारों की जगह वे अब अच्छे औजार बनाने लगे। भद्दे कुल्हाड़ों की जगह अब अच्छे टुकड़ों की अनियों, खुरचनियों, बरमों और सुओं ने ले ली। हमारे पूर्वज अब लकड़ी के डंडों में चकमक पत्थर की अनी लगाकर भाला बनाना भी सीख गए थे।

पहले हमारे पूर्वज रीछ से बहुत डरते थे। यदि वो अचानक कहीं मिल जाता था भाग खड़े होते थे। वो जानते थे कि रीछ के तेज पंजों से बच पाना मुश्किल है। लेकिन भाले ने उन्हें अब और साहसी बना दिया। उनके पास अब दोहरे फलकों वाला भाला था। यदि रास्तें में कहीं रीछ से सामना हो जाता तो रीछ हमला करने के लिए अपने पिछले पैरों पर खड़ा हो जाता था। हमले में, रीछ के तेज नाखूनों से पहले, दोहरे फलकों वाला भाला रीछ के पेट में घुस जाता था।

हमारे पूर्वज अब नये-नये हथियार बनाना सीख रहे थे। उन्होंने चकमक के चाकू से हड्डी को छीलकर एक तेज अनी बना ली। और उस अनी को लकड़ी के छोटे से डंडे से बाँध लिया। अब उनके हाथों में एक नया हथियार था—नेजा।

वह अब दौड़ते हुए जानवरों को नेजा फेंक कर मार सकता था। लेकिन फेंके गए सौ नेजों में से कुछ ही नेजे को निशाने पर जाकर लगते थे।

अब उन्हें एक ऐसे नये हथियार की तलाश थी जो ज्यादा दूर के निशाने पर पहुँच सके।

उन्होंने ये नया हथियार भी ढूँढ निकाला। उन्होंने एक पतले, मजबूत पौधे को काटा। फिर उसे मोड़कर उसके दोनों सिरों को डोरी से बाँध दिया। ये था उनका नया हथियार। धनुष। वह तीर से शिकार करने लगा। ये हथियार भी तुरंत नहीं बना लिया गया। इस आविष्कार में भी हजारों साल लगे।

एक बात और। शुरू-शुरू में वे तीर नहीं बना पाए। वो धनुष से तीर नहीं, नेजा फेंका करते थे। इसके लिए बड़े-बड़े धनुष बनाए जाते थे। कुछ धनुष तो आदमी की लंबाई जितने बड़े होते थे।

मनुष्य अब सभी प्राणियों में सबसे ताकतवर आदमी बन गया था। वह अब तीर बनाना सीख चुका था। तीर की तेज अनी वह बारहसिंगों के सींगों और मैमथ के दाँत से बनाता था।

अब मनुष्य कद काठी से छोटा होने के बावजूद हथियार से लैस था। वह एक भीमकाय प्राणी बन गया था। तीर की मदद से अब वह एक जानवर ही नहीं पूरे के पूरे झुंड को धराशायी कर देता था।

अब हथियार और औजार ही नहीं बदले, वह खुद भी बदल रहा था।

अब वह सुगठित शरीर वाला लंबा मानव था। जिसे आज हमने नाम दिया ''क्रोमेग्नन मानव''। आज से एक लाख वर्ष पहले। ''क्रोमेग्नन मानव'' की शक्ल और सूरत हमसे ही मिलती-जुलती थी।

पूर्वज अच्छे घर बनाने लगे

मनुष्य बदला। तो उसका जीवन बदला तब उसके रहने के घर भी बदलने लगे। पहले की तरह अब उनके घर वो गुफाएँ नहीं थीं जिनकी छतें बहुत नीची थीं या घर का मुँह इतना छोटा था कि रेंगकर जाना पड़ता था।

रहते तो अभी भी वो सब गुफाओं में ही थे लेकिन घर अब पूरे के पूरे समूह के रहने के लायक थे। गुफा के फर्श और दीवारों को चकमक की खुरचनियों और लकड़ी की बल्लियों से खुरचकर समतल बनाया जाता था।

घर के दरवाजे के पास वे चूल्हा बनाने के लिए गड्ढा खोदते थे और गड्ढे के चारों तरफ पत्थरों की तह बिछा देते थे।

माताएँ बच्चों के लिए जमीन में उथले गड्ढे खोदकर गद्दे की जगह गरम राख बिछा देती थीं।

वे घर के एक कोने में जानवरों के मांस और खाने-पीने के दूसरे सामान के लिए गोदाम बनाने लगे थे।

अगर उन्हें ऊपर लटकी चट्टान की कुदरती छत मिल जाती थी तो वे दोनों तरफ दीवारें बना लेते थे। दीवारें जानवरों की खाल से मढ़े लकड़ी के खंबों से बनाई जाती थीं। अब तो वे हड्डियों पर नक्काशी भी करना सीख गए थे।

घर के फर्श के बीचों बीच एक गोल गड्ढा खोद लेते थे। वह उनका संदूक था। दीवारों के साथ बैंच भी लगाने लगे। बैंच लकड़ी की नहीं, मैमथ के जबड़ों की हड्डियों से तैयार करके बनाई जाती थी। वे समतल बनाई गई चौरस जगहों पर सोते थे। मिट्टी के ढेरों से तकियों का काम लेते थे। बैंच हड्डी के, पलंग मिट्टी के और मेजें पत्थर की होती थीं।

हड्डी की सुई और रेशों का धागा

अब वे कुशल कारीगरी भी करने लगे थे। उन्होंने हड्डी की सुई बनाना सीख लिया। धागे की जगह वे जानवर की नस या पौधों के रेशे इस्तेमाल करते थे।

औरतें फर्श पर एक घेरे में बैठकर हड्डी की सुइयों से जानवर की खाल के कपड़े सीती थीं। कारीगर चकमक के चाकू पर डिजाइन बनाने लगे थे। हड्डी की पटरी पर वे जानवरों की तस्वीरें भी बनाने लगे थे।

कैसे-कैसे जादू-टोने और अंधविश्वास

आइए अब आपको हजारों साल पुरानी एक गुफा के अंदर ले चलते हैं। एक नयी खोज की शुरुआत करते हैं। चलिए टार्च की रोशनी में जाँच पड़ताल शुरू करें।

''देखो।''

हजारों साल पहले बनाए गए इस चित्र को देखो।

दीवार पर जानवर का एक बड़ा चित्र आप देख रहे हैं ? यह चित्र लाल और काले रंगों से बनाया गया है। चित्र में जानवर अपनी अगली टाँगों परा गिरा हुआ है। उसकी कूबड़दार पीठ में बहत सारे सूए धँसे हुए हैं। चित्र में एक विचित्र दैत्य सा नाच रहा है। उसका सिर देखो ! कितना लंबा है। सिर पर मुड़े हुए सींग भी हैं। इसकी पीठ कूबड़दार है। दुम पर बहुत से बाल हैं। इसके एक हाथ में धनुष भी है। जरा गौर से देखो, जी हाँ ! अरे ! इसके हाथ और पैर तो आदमी जैसे हैं।

अरे ! ये कोई दैत्य नहीं है। जानवर की खाल पहने आदमी ही तो है।

इधर आओ। इस दूसरे चित्र को देखो। इसमें तो नाच चल रहा है।

इधर आओ। इस दूसरे चित्र को देखो। इसमें तो नाच चल रहा है। कई शिकारी नाच रहे हैं। हर शिकारी के सिर पर बाइसन की खाल का सींगवाला मुखौटा लगा है। किसी शिकारी के हाथ में भाला है। किसी के हाथ में धनुष। यह कोरा नाच नहीं है। ये एक टोना है।

दरअसल इन चित्रों को बनाने का एक खास मकसद था। जानते हो इन चित्रों को बनाने वाले उस वक्त के ओझा थे।

ओझा इस तरह के चित्र बनाकर टोना करते थे। यह टोना शिकार को सफल बनाने के लिए वशीकरण था।

कैसी लगी आपको इस गुफा की यात्रा ?

गुफाओं में या खुदाई में इस तरह के चित्र अक्सर मिलते रहे हैं।

एक गुफा में हड्डी पर खोदा गया एक ऐसा चित्र मिला जो बहुत दिनों तक रहस्य भी बना रहा।

क्या था ये चित्र ?

यह बाइसन के एक शव का चित्र था जिसके दोनों तरफ शिकारियों की दो कतारें थीं। बाइसन के सिर और अगली टाँगों को छोड़कर पूरे बाइसन पर चित्रकारी की गई थी।

इस चित्र का क्या मतलब था ?

यह गुत्थी बहुत दिनों के बाद सुलझ पाई।

एक गहरे अध्ययन के बाद गुत्थी सुलझी। दरअसल चित्र में बाइसन को लोगों ने घेर रखा है। वे मांस देने के लिए बाइसन को धन्यवाद दे रहे हैं और उससे अगली बार भी ऐसी ही कृपा करने की प्रार्थना कर रहे हैं।

यदि हम अमरीकी आदिवासियों के पास आज भी जाएँ तो पाएँगे कि शिकारियों में ऐसे उत्सव आज भी मनाए जाते हैं। कबीले के शिकारियों का मानना था कि जानवर अपना मांस उन्हें खुद देता है।

वे हिरन को मार कर हिरन के पैर पूर्व दिशा की तरफ करके रख देते थे। फिर उसके सिर की तरफ भोजन का भरा बर्तन रख देते थे। हर शिकारी बारी-बारी से हिरन के पास आकर अपने दाहिने हाथ से हिरन को सिर से पूँछ तक सहलाता था। फिर उसे धन्यवाद देता था कि हिरन ने शिकारी को उसे मारने दिया।

फिर वह हिरन से कहता–''आराम करो दादा'' इसके बाद एक ओझा हिरन से कहता है–

''तुमने हमें सींग दिए, हम तुम्हें धन्यवाद देते हैं।''

हमारे पूर्वजों का ख्याल था कि दुनिया में जो कुछ भी होता है वह उन भूतों-प्रेतों और देवी देवताओं की वजह से होता है जो दुनिया पर राज करते हैं।

अगर उन्हें रास्ते में किसी पत्थर से ठोकर लग जाती थी तो इसके लिए वो अपने को ही दोषी मानते थे।

वे मानते थे कि भूत-प्रेतों ने ही उनके रास्ते में पत्थर रख दिया।

हमें अपने पूर्वजों की हँसी नहीं उड़ानी है। प्रकृति के नियमों को बताने का उनका अपना अलग तरीका था। सच्चाई को जान लेने का ज्ञान उनमें अभी विकसित नहीं हुआ था।

वे जादू-टोनों पर विश्वास करते थे।

खुदाइयों में मिले ताबीज और गुफाओं में मिले चित्रों से यह बात साफ हो जाती है।

उनका विश्वास था कि मरे हुओं की अशांत आत्माएँ हर जगह घूमती रहती हैं। उनकी मान्यता थी कि मारा गया हर जानवर वापस आ सकता है और अपनी हत्या का बदला ले सकता है। इस मुसीबत से बचने के लिए वे आत्माओं की खुशामद करते थे और चढ़ावे चढ़ा कर उन्हें शांत करने की कोशिश करते थे।

सबसे ताकतवर होने के बावजूद भी वह कुदरत की ताकतों के सामने सिर झुकाते थे और अपने को कमज़ोर प्राणी समझते थे।

वे अब धीरे-धीरे कुदरत की ताकतों को जीतने की कोशिश कर रहे थे।

वे ये तो नहीं समझते थे कि समाज क्या है। लेकिन ये बखूबी समझते थे कि वे अकेले नहीं हैं। सब-के-सब एक साथ जुड़े हैं।

सब लोग समूहों में रहते थे। बच्चे अपनी माताओं के पास ही रहते थे। जब वे बड़े हो जाते थे तो उनके भी बच्चे अपने भाई, बहनों, चाचा-चाचियों, माताओं और दादियों के साथ ही रहते थे।

धीरे-धीरे परिवार बढ़ने लगे। शिकारियों का विश्वास था कि जो कुछ उनके पास है वो उनके पूर्वजों का ही दिया हुआ है। वे पूर्वजों का एहसान मानते थे। पूर्वजों ने उन्हें औजार दिए, घर दिए, शिकार करना सिखाया और आग का इस्तेमाल करना सिखाया।

उनका मानना था कि जो भी काम वे करते हैं या शिकार करते हैं वो उनके पूर्वजों की इच्छा से ही होता है। पूर्वजों की आत्माएँ हर शिकार पर उनके साथ जाती हैं। पूर्वजों की आत्माएँ बुरा करने वालों को दंड दे सकती हैं और भला काम करने वालों को पुरस्कार दे सकती हैं।

शिकारी जिस जानवर को भी मारता तो ये मानता था कि जानवर ने अपना चमड़ा और मांस अपनी मर्जी से दिया है। उनका विश्वास था कि किसी भी जानवर को उसकी इच्छा के बिना मारा नहीं जा सकता।

अपने पूर्वजों की इस मान्यता का प्रभाव आज भी कहीं-कहीं साफ दीखता है। आज भ हम पृथ्वी को धरती-माता और गाय को गउ-माता कहते हैं। हम आज भी यही कहते हैं कि 'गाय हमें दूध देती है।' जबकि गाय की मर्जी के खिलाफ हम उसका दूध निकालते हैं।

अभी हमारे पूर्वजों ने ''मैं'' कहना नहीं सीखा था। किसी पशु के नाम पर हर परिवार का एक नाम होता था। जैसे ''हिरन'', ''रीछ'' ''बाइसन'' आदि।

मौसम फिर बदला

अपने पूर्वजों के समाज की बात हम अभी कुछ देर के लिए यहीं रोकते हैं और उनके आसपास तेजी से बदलते मौसम की खबर लेते हैं।

पूरी दुनिया को बर्फ की सफेद चादर ने ढक रखा था। बर्फ पिघलने लगी। बड़ी-बड़ी, गहरी-गहरी नदियाँ फूट पड़ीं।

ऐसा लगता था मानो कुदरत जाग गई हो। उत्तर दिशा के नंगे पड़े मैदान घने वनों से ढक गए।

गर्मी और सर्दी की ये आँखमिचौली बहुत लंबे समय तक चली। पर जीत आखिर में गर्मी की हुई। नदियाँ बह चलीं। पेड़-पौधे फलने-फूलने लगे। पाँच-पाँच फुट घेरे वाले चीड़ के बड़े-बड़े पेड़ों के जंगल खड़े होने लगे।

हमारे पूर्वजों को अपने जीने के तरीके कुदरत के हिसाब से हर बार बदलने पड़े।

मनुष्य के पास अब तरह-तरह के हथियार थे। वो जानवरों को धड़ाधड़ मारने लगा। खाने के लिए उसने घोड़ों के बड़े-बड़े झुंडों का सफाया कर दिया। ज्यादातर मैमथों को भी मार डाला।

वह पशुओं का मांस खाता। उनकी खाल के कपड़े पहनता और उनके सींग से अपने भाले और कांटेदार बर्छियाँ बना लेता था।

चरागाहों की तलाश में जानवर दूर तक चले जाते तो मनुष्य भी उनके पीछे-पीछे डेरा उखाड़कर चल पड़ते थे।

औरतें तंबुओं को उखाड़कर अपनी पीठ पर लाद लेती थीं। इस तरह मनुष्य बहुत दिनों तक एक ही जगह पर नहीं रहत था। हाथ में भाला लिए कंधों पर तरकश लटकाए वह समूहों में रहता था। जंगली सुअरों को मारता और दलदल में बत्तखें और हंसों का शिकार करता था।

सबसे पहले पालतू जानवर

अब मनुष्य ने एक और काम किया। कुत्ते को पालतू बना लिया। उससे दोस्ती कर ली। हर शिकारी के साथ उसका यह वफादार दोस्त रहता था। वह कुत्ते को अपने पास बिठाता। उसे खाने को देता। कुत्ता रहने की जगह की पहरेदारी करता और शिकार में भी उसकी मदद करता था। क्योंकि कुत्ता जानवर की गंध की फौरन सूँघ लेता था।

कुत्ते के पालतू बनने से आदमी और भी ताकतवर हो गया था।

हमारे पूर्वज अब अपने घर, जंगलों के साथ-साथ नदियों और झीलों के किनारे भी बनाने लगे। लेकिन एक मुसीबत खड़ी हो गई। नदियों में जब बाढ़ आती थी तो उनके घरों को बहाकर ले जाती थी। लोग जान बचाकर पेड़ों पर चढ़ जाते थे और नदी के पानी के उतरने का इंतजार करते थे।

धीरे-धीरे वे नदी की इस चाल को समझ गए और इस समस्या पर काबू पा लिया। कैसे ?

वो ऐसे : उन्होंने कई पेड़ों को काटकर एक साथ बाँध दिया। उसके ऊपर लट्ठों की एक तह बिछा दी। फिर उसके ऊपर एक तह और...एक तह और। तह पर तह बिछाकर उन्होंने मंच जैसा घर बनाना सीख लिया। अब उन्हें नदी में आने वाली बाढ़ का डर नहीं था।

नदी से जूझने में मनुष्य को काफी मेहनत करनी पड़ती और काफी समय भी लगाया।

आप सोचेंगे कि वे पानी के पास ही क्यों रहना चाहते थे।

दरअसल नदी के पास रहने का सबसे बड़ा आकर्षण था, उसकी मछलियाँ।

मछली मारना कैसे सीखा ?

मछली मारने का सबसे पहला औजार एक कांटेदार बर्छा था। वो भाले जैसा ही था।

हमारे पूर्वज कमर तक पानी में जाकर चट्टानों में छिपी मछलियों को भाले से मारने लगे। वे पक्षियों को जाला से पकड़ना जानते थे। धीरे-धीरे उन्होंने इस तरकीब का इस्तेमाल करना शुरू किया। अब वे मछलियों को भी जाल से पकड़ने लगे। मछली पकड़ने के कांटे वे हड्डियों से बनाते थे।

अब वे नाव जैसी डोंगी भी बनाने लगे थे। लेकिन पत्थर के कुल्हाड़ों से लकड़ी की गाँठों को काटना आसान काम नहीं था। उन्हें बड़ी मेहनत करनी पड़ती थी। कई बार तो कुल्हाड़ा काम ही नहीं करता था। अब वो कुल्हाड़ों को तेज और चिकना करना भी सीख गए थे।

आखिर मेहनत रंग लाई। नाव बनने लगी। नाव को पानी में उतारा जाता। शिकारी कांटेदार बर्छियाँ, कांटे, मछलीमार भाले और तरह-तरह के जाल लेकर नाव पर सवार हो जाते थे।

एक और उपलब्धि

मनुष्य ने अब आग के अद्‌भुत गुणों को पहचान लिया था। मिट्टी को एक नयी चीज़ में बदलने के लिए उसने आग का सहारा लेना शुरू कर दिया। आग ने मनुष्य का बहुत कठिन काम आसान कर दिया। वह मिट्टी के बर्तन बनाने लगा। वह मिट्टी के बर्तनों को बनाकर आग में पकाना सीख गया था। उस बर्तन में वह भोजन तैयार करता था।

बर्तनों पर कारीगरी

खुदाई में पूर्वजों के रहने की जगह पर मिट्टी के बर्तन और मर्तबान भी मिले हैं। मिट्टी के बरतनों पर डिजाइन बनाने का उनका तरीका भी लाजवाब था।

वे सरकंडों से बनी हुई टोकरी को भीतर की तरफ से पूरा मिट्टी के लेप से ढक देते थे। उसके बाद टोकरी को आग पर रख देते। सरकंडे तो जल जाते थे भीतर का बर्तन बचा रहता था। सरकंडे या पौधों की टहनियाँ जलकर अपना निशान छोड़ जाते थे। वो जली हुई जगह डिजाइन में बदल जाती थीं।

हमारे पूर्वजों का विश्वास था कि बर्तन की असली शक्ति डिजाइनों में ही है। वो इसे एक रहस्यमय शक्ति मानते थे। बर्तन को शुभ बनाने के लिए वह उस पर कुत्ते की तस्वीर बना दिया करते थे। उनका मानना था कि कुत्ता रखवाला होता है। जैसे कुत्ता घर की रखवाली करता है वैसे ही बर्तन पर कुत्ते का चित्र बनाने से कुत्ता उस बर्तन में रखी हर चीज़ की भी रखवाली करेगा।

चारखाने के डिजाइन वाले ये मर्तबान खुदाई में बहुत जगह मिले हैं। लेकिन फ्रांस के कांपीनी नगर के पास जो मर्तबान मिला उसने विकास की अगली कड़ी का पता दिया।

पहली बार अन्न बोया गया

इस मर्तबान पर जौ के एक दाने का चित्र मिला। यह नन्हा-सा दाना विकास की नयी कड़ी का गवाह था। इस स्थान की जब और खुदाई की गई तो वहाँ अनाज की ओखलियाँ और चकमक पत्थर की कुदालें भी मिलीं।

अब हमारे पूर्वज किसान भी बन गए थे।

जी हाँ।

शिकार या मछली पकड़ने का काम कबीले के सभी सदस्य नहीं करते थे। औरतें और बच्चे पुरुष शिकार करते थे और मिट्टी की टोकरियाँ लिए इधर-उधर खाने लायक चीजों को बटोरते हुए घूमते रहते थे।

पूर्वजों के कबीले को यदि कहीं मधुमक्खियों का छत्ता मिल जाता था तो बड़ा आनंद मनाया जाता था।

औरतें जिन चीजों को बीनकर लाती थीं, उसमें फल, बेरियाँ, गिरीवाले फल, गेहूँ और जौ के दाने आदि शामिल थे। कभी-कभी दो तीन दाने जमीन पर गिर जाते तो वे खुद-ब-खुद उग ही जाते थे। इस तरह पहले तो अनाज की दानों के बिखर जाने से अनजाने में ही बीज उगे। लेकिन बाद में अनाज को उन्होंने खुद बोना शुरू कर दिया।

अनाज बोने के लिए स्त्रियाँ धरती को अपनी कुदालों से पहले खोदतीं फिर उसमें अनाज के दाने डालकर दबा देतीं। उनका ऐसा विश्वास था कि वो एक रहस्यमय देवता को गाड़ रही हैं। जो बाद में सुनहरी बलियों की शक्ल में उनके पास लौट आएगा।

जब फसल कटती तो कटी फसल के पूले बाँधकर जमीन पर रख दिए जाते, फिर उसके चारों तरफ नाच-गाना होता था। यह मामूली नाच गाना नहीं था। ये एक जादू-टोने का संस्कार था।

फसल काटने का उत्सव आज तक पूरे विश्व में मनाया जाता है। हमारे देश में बैसाखी का त्यौहार इसी उत्सव की ही एक कड़ी है।

देवदार का पेड़ भी जमाने में बहुत पवित्र पेड़ था। लोग इसके चारों तरफ नाचते थे। उनका विश्वास था कि जादू-टोने भरे इस नाच से सोये जंगल और खेत फिर से जाग जाएँगे। तब से अब तक न जाने कितने अंधविश्वास हम तक चले आए हैं। अंधविश्वास सदियों तक जीते रहते हैं।

हमारे पूर्वजों को पशुपालक बनने में सदियाँ लग गईं। शिकारी जब शिकार को लेकर घर लौटते थे तो बच्चे दौड़कर शिकार को देखते थे। कौतुहल से भर जाते थे। लेकिन उन्हें ज्यादा खुशी तब होती थी जब वे शिकारी के साथ किसी जिंदा शिकार को देखते।

शिकारी, चौपाये कैदियों को फौरन नहीं मार डालते थे। वे उसे बाड़े में रखते और खिलाते-पिलाते। दीन-हीन भेड़ों के मेमने या बेचारे बिना सींगों के बछड़े और बछियों को कैद कर लिया जाता था।

वो ये नहीं समझते थे कि गाय या भेड़ का जिंदा रखना उसे मारने से ज्यादा फायदेमंद है। जैसे गाय को खा तो एक ही बार सकते हैं। लेकिन दूध बरसों पिया जा सकता है।

भेड़ों के बारे में भी यही बात थी। मरी हुई भेड़ की खाल उतारना कोई मुश्किल काम थोड़े ही था। लेकिन ज्यादा फायदे की बात ये थी कि उसकी खाल न उतार कर उसकी ऊन को काट लिया जाए। एक भेड़ दस-दस लबादे दे सकती थी।

अब आदमी ने गाय, भेड़ और घोड़े को पालतू बना लिया। अब वह गाय का दूध पीता, घोड़े की सवारी करता और भेड़ों से ऊन हासिल करता।

आदमी अब ज्यादा आजाद हो गया। वह पशुओं को पालता और अनाज बोकर ढेरों अनाज हासिल कर लेता था।

आदमी ने बड़ी मेहनत से कुदरत के इस भंडार को हासिल किया।

हमारे शिकारी पूर्वज जानवरों से अपने मांस का दान देने का अनुरोध करते थे। और हमारे किसान पूर्वज धरती, सूरज, आकाश और वर्षा से अच्छी फसल देने की प्रार्थना भी करते थे।

पूर्वजों ने नये देवी-देवताओं को जन्म दिया। आइए अब सिर्फ पाँच हजार साल पहले का एक दृश्य देखते हैं। पाँच हजार साल कोई लंबा समय नहीं है क्योंकि आदमजाति की उम्र लगभग दस लाख साल है।

वो देखिए ढाल के ऊपर पीले कपड़े का टुकड़ा-सा क्या है दीखता है ?

वह धरती का वह टुकड़ा है जिसे आदमी ने अपनी मेहनत के बल पर बनाया। ये कपड़े का टुकड़ा नहीं। सुनहरी बालियों का छोटा सा खेत है। औरतों की झुकी हुई पीठ दीख रही है। ये दरातियाँ लोहे की नहीं है। चकमक पत्थर और लकड़ी की हैं। सुनहरी बालियों वाले पीले-पीले पहले खेत बनाने वाले हमारे पूर्वज नहीं जानते थे कि एक समय ऐसा आएगा जब पूरी धरती इन पीले खेतों से भर जाएगी।

खेत हैं। जानवरों के झुंड हैं। पास में बस्तियाँ हैं। तिकोनी छतों वाले लकड़ी के घर हैं। दीवारों पर मिट्टी से पुताई की गई है। कहीं धुआँ उठ रहा है। ताजे दूध की गंध आ रही है। घरों के पास बच्चे खेल रहे हैं। कीचड़ में सुअर लोट रहे हैं। औरतें चपातियाँ सेंक रही हैं।

और वहाँ देखो। नदी में पानी भरी एक डोंगी किनारे के पास हिचकोले खा रही है। लेकिन क्या आज भी वो बस्तियाँ हैं ?

आज वो पुरानी बस्तियाँ पानी के अंदर चली गई हैं।

झील के अंदर घर मिले

एक रोचक घटना सन् 1853 में स्विटजरलैंड में घटी। इस साल वहाँ भयानक सूखा पड़ा। नदियाँ सूख गईं और झीलों का पानी भी सूख गया। एक झील का नाम है ज्यूरिच। इस झील के किनारे पर बसे नगर आबेरमाइलेन के लोगों ने सूखे की इस हालत का फायदा उठाना चाहा। झील के सूखे हुए एक छोटे टुकड़े को अपने उपयोग में लेने के लिए उन्होंने टुकड़े की हदबंदी करने के लिए सूखी मिट्टी से टुकड़े के चारों तरफ मिट्टी का एक बाँध बनाना चाहा। ताकि वो टुकड़ा झील से अलग किया जा सके। उन्होंने खुदाई शुरू की तो अचानक उनका बेलचा एक सड़ी हुई बल्ली से जा टकराया। फिर तो नयी-नयी चीजें मिलती गईं। चकमक के कुल्हाड़े, मछली पकड़ने के कांटे, मर्तबान। खुदाई की गई तो सबसे नीचे की परत रेत की थी, इसके बाद मनुष्यों के घरों की परत मिली जिसमें अनेक घरेलू सामान और औजारों के अवशेष थे। इसके बाद फिर रेत की परत आ गई। एक अद्भुत चीज़ और मिली। रेत की दो परतों के बीच कोयले की एक मोटी परत।

पानी में तो सिर्फ रेत ही मिल सकता है।

फिर कोयला कहाँ से आया ? कैसे बना ?

कोयला केवल आग से बन सकता है।

स्विटजरलैंड में नॉशातेल झील की खोजबीन करके गहरे अध्ययन से पता चला कि कोयले की मोटी परत वहाँ पर हुए भीषण अग्निकांड की वजह से बनी। आदमी के विकास की यात्रा अब एक रोचक पड़ाव पर आ गई। झील में जो

अवशेष मिले उसमें सबसे चौंकाने वाली बात यह थी कि कुछ ऐसी चीजें बिना जली हुई प्राप्त हुईं। जिन्हें आग में जल जाना चाहिए था।

दरअसल हुआ यूँ कि जब अलग-अलग चीजों में आग लगी वे पानी में गिर पड़ीं। पानी ने उन्हें बुझाकर बचा लिया। लेकिन पानी में उन्हें गल जाना चाहिए था। फिर भी वो नहीं गलीं। क्योंकि कोयले की पतली सी परत ने उन्हें गलने से बचा लिया।

पहला कपड़ा

बिना जले और बिना गली चीजों में सबसे अद्‌भुत चीज थी ''एक काले कपड़े का चिथड़ा'' ये कपड़ा मनुष्य के जीवन की एक महत्त्वपूर्ण उपलब्धि का गवाह था।

तो पहला कपड़ा कब बना ?

कपड़े की खोज से हजारों साल पहले हुई। हड्डी की सुई बना ली गई थी।

सन के खेतों की कटाई करते-करते औरतों के हाथ दुखने लगते। पहले सन के पौधे को जड़ से ही उखाड़ना पड़ता था। फिर सन को सुखाते। सूखे सन को कूटा, पीटा और झाड़ा जाता। अब सन जैसे बालों के रंग का सन तैयार हो जाता। सन के रेशों को तकलियों पर घुमाकर धागा बनाते। बाद में धागे से बुनाई की जाती थी।

कपड़ा बनाने के लिए बड़ा काम करना पड़ता था। लेकिन धातु के आविष्कार ने मनुष्य के विकास की दिशा ही बदल दी।

धातु का सबसे पहला औजार

धातु का आविष्कार आदमी के विकास की बड़ी उपलब्धियों में से एक है।

प्रकृति में न ईंट है, न चीनी, न कागज है और न ढलवाँ लोहा।

ताँबे के सबसे पहले औजार झील की तली में चकमक पत्थरों के औजारों के साथ मिले हैं।

हमारे पूर्वज लाखों वर्षों से पत्थर के औजार बनाते आ रहे थे। धीरे-धीरे चकमक पत्थर कम होने लगा। चकमक का अकाल पड़ने लगा। यह एक भयानक मुसीबत थी।

हमारे पूर्वजों ने चकमक की खोज में खदानें खोदना शुरू कीं। संसार की पहली खदानें। कभी-कभी खड़िया मिट्टी की दस-ग्यारह मीटर लंबी खदान मिल भी जाती थी।

चकमक और खड़िया अक्सर एक साथ ही मिलते हैं। लोग खदानों को और गहराई तक खोदते। अंदर अँधेरा होता था तो जलती लकड़ी या तेल के छोटे दिए की रोशनी में काम करते थे। लोग खदानों में रस्सी या दाँतेदार बल्लियों के सहारे से उतरते थे। वे सींगों की बनी कुदालों से खुदाई करते थे। कभी-कभी खदान धसक जाती थी तो खान खोदने वाले दबकर मर भी जाते थे।

खुदाई करते करते उन्हें हरे रंग का पत्थर हाथ लगा। वे सोचने लगे कि हरे रंग का ये पत्थर क्या है ? क्या इसका हम उपयोग कर सकते हैं ?

दरअसल वो ताँबे का कच्चा टुकड़ा ही था। वे धातु को पत्थर ही समझ रहे थे। उसे उठा लाए। पीटना शुरू किया।

तेज चोटें मारते तो ताँबा भुरभुरा हो जाता था। टुकड़े-टुकड़े हो जाता था।

कभी-कभी ऐसा होता कि ताँबे का कोई टुकड़ा आग में गिर जाता। कभी-कभी आदमी ही उसे पकाने की कोशिश करता, जैसे वह मिट्टी के बर्तन पकाया करता था। ताँबा गर्म होकर पिघल जाता था। जब आग बुझती तो राख में ताँबे का गोला मिलता था।

लोग इस गोले को हाथ में लेकर बड़े अचरज से देखते थे। यह गोला अब हरे रंग का नहीं था। लाल रंग का था। वो अपने इस चमत्कार को समझ नहीं पाते थे। वो ये मानने लगे कि हरे पत्थर का लाल रंग में बदल जाना ''आग की आत्मा है''।

फिर ताँबे के उस गोले को टुकड़ों में तोड़ कर लगातार पीटने लगे। पीटने से ताँबा फैलता था। ताँबा फैलता गया।

उस धातु से उन्होंने कुल्हाड़ी के फलों, कुदालों और कटारों को बनाना शुरू कर दिया। ताँबे के औजार अब उनके हाथ में थे। विजेता के ध्वज की तर। मानव के श्रम का यह अद्‌भुत चमत्कार था। अब एक मजबूत धातु उनके हाथ में थी।

चकमक के औजारों की जगह अब धातु के औजारों ने ले ली। वे धीरे-धीरे अब दूसरे कबीलों तक भी पहुँचने लगे।

लोग अपनी डोंगियों में बैठकर नदियों को पार करके दूसरे गाँव जाते। अनाज के बदले मिट्टी के बर्तन और कपड़ों की अदला-बदली करते।

लोगों को इशारे की बोलियों का इस्तेमाल करना पड़ता था क्योंकि हर कबीले की अपनी अलग भाषा थी। जब वे वापस आते तो सामान के साथ-साथ दूसरे कबीले के कुछ अनजाने शब्दों को भी साथ ले आते थे। कबीलों की भाषाएँ धीरे-धीरे आपस में घुलने मिलने लगी। देवी-देवता भी घुल-मिल गए।

इस तरह वस्तुओं, शब्दों और धर्मों की अदला-बदली हो रही थी।

यह अदला-बदली हमेशा प्रेम से नहीं होती थी। कई बार तो मेहमान और मेजबान आपस में सामान की छीना-झपटी भी कर लिया करते थे। इस तरह अदला-बदली का ये सिलसिला कभी-कभी खुली डकैती में भी बदल जाता था। एक-दूसरे को मार भी दिया जाता था।

सुरक्षा की जरूरत महसूस की गई।

जल्दी ही हर गाँव एक किले जैसा दीखने लगा। लोगों ने सुरक्षा के लिए गाँव के चारों तरफ परकोटे खड़े कर लिए।

हर कबीला अपने को ''आदमी कहता था। वह दूसरे कबीले के सदस्यों को ''आदमी'' नहीं मानता था। दूसरों को वह नीचे वर्ग का प्राणी समझता था।

जब कोई कबीला किसी दुश्मन को कैद कर लेता था, तो वह या तो उसे मार देता था, या उसे गोद ले लेता था।

किसी के पास कोई महल, अपना मकान या अपनी जायदाद नहीं थी। लोग सामूहिक आवासों में रहा करते थे।

औरतें घर की मुखिया थीं

औरतों ही आमतौर पर घर की देखभाल करती थीं। वे सदा एक-दूसरे का साथ देती थीं। संतान को माता से जाना जाता

था न कि पिता।

स्त्रियों का आदर किया जाता था। क्योंकि वे घरों को बनाने वाली थीं और कुलों को जन्म देने वाली थीं। स्त्रियाँ ही सर्दियों के लिए खाने-पीने की चीजों का इंतज़ाम करती थीं। जमीन की जुताई करती थीं। फसलों को बोती और काटती थीं।

स्त्रियाँ पुरुषों से ज्यादा काम करती थीं। यही कारण था कि हर गाँव और घर-घर में हड्डी या चकमक की तराशी हुई स्त्री की मूर्ति हुआ करती थी। वो कुल की माता का प्रतीक थी। औरतें घर को चलाती थीं और इसीलिए वे ही पुरुषों पर शासन करती थीं।

स्वीडन में एक हलवाहे का पुराना चित्र मिला है। इस चित्र में हलवाहा एक हल के पीछे चल रहा है और हल को बैलों की जोड़ी खींच रही है।

मनुष्य ने यह एक नयी खोज कर ली। आदमी ने बैल की गर्दन पर जुआ रखा तो अपना बोझ जानवर पर डाल दिया। ये उस जमाने का फौलाद का ट्रेक्टर था। जानवरों ने पहले मनुष्य को सिर्फ मांस, दूध और चमड़ा दिया था। अब उन्होंने उसे और ताकत दे दी। हल, मिट्टी में कुदालों से, ज्यादा गहराई तक जाते थे।

हलवाहे ने अपनी पूरी ताकत हल के हत्थे पर लगा दी। बैलों ने इस बोझ को ले लिया। वह जुताई करते, दानों को अलग करते और अनाज भी ढोते थे।

चरवाहा अब हलवाहा हो गया था।

काम में औरतों का भी पूरा हिस्सा था। वे कताई और बुनाई करती थीं। फसल काटती थीं और बच्चों को पालती-पोसती थीं।

अब स्त्रियाँ अपनी पुरानी शक्ति और सम्मानजनक जगह खोती जा रही थीं। चरागाह और घर में पुरुषों की ही चलती थी।

कुल के लोगों ने ज्यादातर अवसरों पर पुराने तरीकों के खिलाफ जाना शुरू कर दिया था। पहले पत्नी पति को अपने परिवार में लाती थी। अब पति, पत्नी को अपने घर ले जाने लगा।

कोई नौजवान किसी दूसरे कुल की औरत को पत्नी बनाकर सीधे-सीधे लेकर नहीं चला आ सकता था। उसे पत्नी को चुराना पड़ता था, उसका अपहरण करना पड़ता था।

अनेक वर्ष बीत गए। पुराने कानूनों को तोड़ना एक रिवाज बन गया था। अब दूल्हा और दुल्हन के रिश्तेदारों में ''लड़ाई'' एक संस्कार बन गई।

अब बच्चे अपनी माँ के परिवार के साथ नहीं रहते थे। वे अपने पिता के परिवार के साथ रहते थे।

बड़े-बड़े झुंड पैदा हो गए। ऊन अनाज और मांस जैसी चीजों की अदला-बदली करने में आए दिन डकैती जैसी घटनाएँ भी घटने लगीं। जो झुंड ज्यादा बड़े थे, ज्यादा फसल बोते थे। लेकिन उनके पास झुंडों की देखभाल और जमीनों की जुताई के लिए मजदूरों की जरूरत होती थी। इसलिए कुछ ताकतवर लोग औरों को गुलाम बनाने लगे। गुलाम अपना और मालिक का पेट भरता था। मालिक बस यह देखता था कि गुलाम खाए कम, काम ज्यादा करे। इस तरह एक आदमी ने दूसरे आदमी को जिंदा औजार बना दिया।

इस तरह स्वामी और गुलाम की प्रथा ने जन्म ले लिया।

धीरे-धीरे कदम-ब-कदम लोगों ने दुनिया को जानना शुरू किया। परियों की कहानी और जादू-टोने की दुनिया से बाहर आकर आदमी अब ज्ञान की दुनिया को जानना चाहता था।

एक जमाना था जब हमारे पूर्वजों का विश्वास था कि हर कहीं, हर पत्थर में, हर पेड़ में, हर जीव में, आत्माओं का वास है।

लेकिन समय के साथ यह विश्वास गायब होता गया। आत्माओं की जगह देवी-देवताओं ने ले ली। उनका ज्ञान उनको और आगे ले गया।

ज्ञान का विकास

कुछ समय बाद मनुष्य हर जगह पहुँच गया। ज्ञान से उसने अँधेरे जंगलों को प्रकाश से भर दिया। देवताओं को उसने उनके रहने की जगह से हटा दिया।

अब एक जमाना ऐसा आ गया जब लोग आसपास के परिवेश को पूरी तरह जानने लगे। व्यापारी लोग जहाजों में बैठकर यात्राएँ करने लगे। सूरज और तारों की सहायता से ही मल्लाह अपना रास्ता पहचानता था। किनारे पर खड़ी ऊँची चट्टान या कोई ऊँचा पेड़ ही उसे रास्ते की जानकारी देता था।

लेकिन जहाज आखिर तट पर पहुँच ही जाता था। जिस अनजान देश में वे पहुँचते थे, वह समुद्र से भी ज्यादा डरावना था। फिर भी मनुष्य साहस करता रहता। सागर की छाती पर सवार होना उसने सीख लिया था।

मनुष्य अब पूरी धरती की यात्रा करने के लिए तैयार था। एक ताकतवर मनुष्य। एक भरा-पूरा मनुष्य।

कैसे बने कीट पतंगे

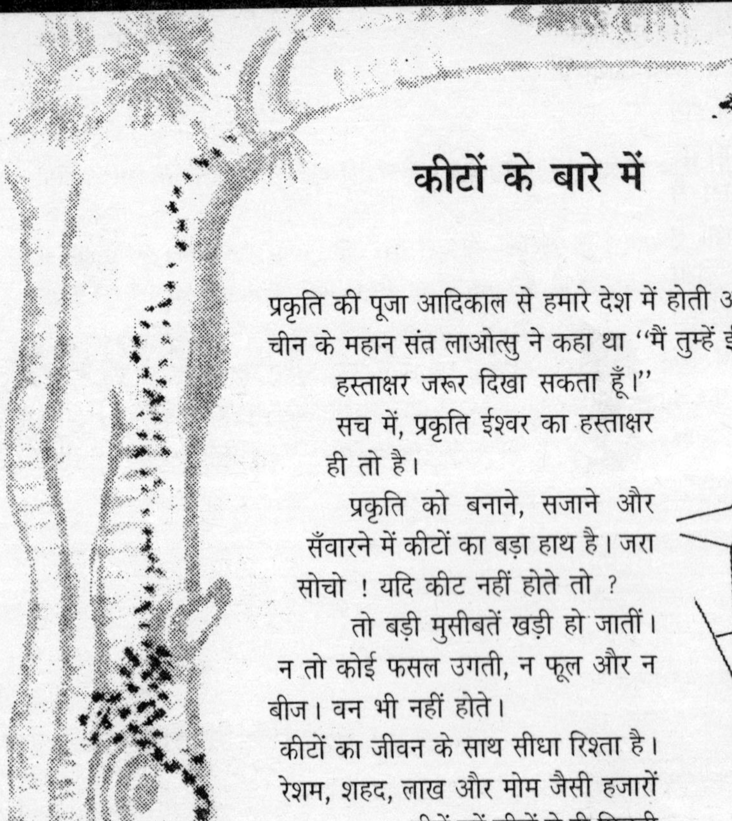

कीटों के बारे में

प्रकृति की पूजा आदिकाल से हमारे देश में होती आई है। प्रकृति की खूबसूरती को देखकर चीन के महान संत लाओत्सु ने कहा था "मैं तुम्हें ईश्वर तो नहीं दिखा सकता लेकिन उसके हस्ताक्षर जरूर दिखा सकता हूँ।"

सच में, प्रकृति ईश्वर का हस्ताक्षर ही तो है।

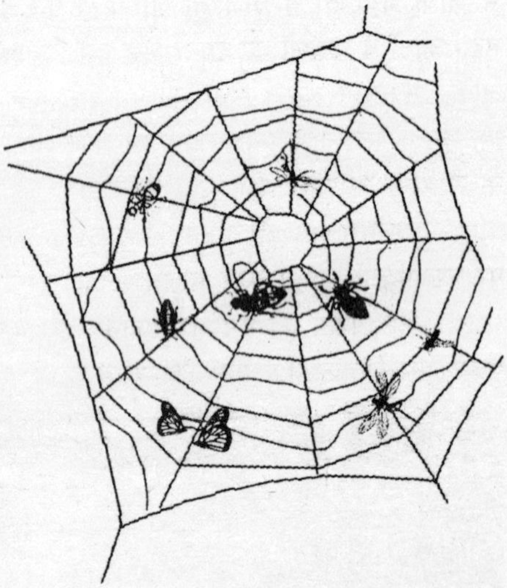

प्रकृति को बनाने, सजाने और सँवारने में कीटों का बड़ा हाथ है। जरा सोचो ! यदि कीट नहीं होते तो ?

तो बड़ी मुसीबतें खड़ी हो जातीं। न तो कोई फसल उगती, न फूल और न बीज। वन भी नहीं होते।

कीटों का जीवन के साथ सीधा रिश्ता है। रेशम, शहद, लाख और मोम जैसी हजारों चीजें हमें कीटों से ही मिलती हैं। मनुष्य प्रकृति से आज छेड़छाड़ कर रहा है। प्रकृति का विनाश कर रहा है। लेकिन कीट, प्रकृति को नुकसान नहीं पहुँचाते, वे रचना करते रहते हैं। मनुष्य प्रकृति का दोहन कर रहा है तो कीट प्रकृति का पोषण कर रहे हैं। आप कहेंगे ! क्या कीट हमारी फसलों को नष्ट नहीं करते ? गहराई से इस प्रश्न का उत्तर खोजा जाए तो मनुष्य खुद ही इसके लिए जिम्मेदार है। मनष्य ने ही जीवों के रहने की जगहों और उनके जीने के तौर-तरीकों से छेड़छाड़ की और कीटों को नुकसान पहुँचाने के लिए मजबूर किया है।

कीटों का जीवन मनुष्यों पर आधारित नहीं, बल्कि मनुष्य का जीवन ही कीटों पर आधारित

है। प्रकृति में जब जीवन की शुरुआत हुई यानि साँस लेने वाले जीव जब पैदा हुए तो उनसे पहले, कीटों ने धरती पर जीवन पा लिया था। कीट मनुष्य के बहुत पहले से धरती पर जन्मे।

फसलों का सबसे बड़ा नुकसान कम या ज्यादा वर्षा से होता आया है, या यूँ कहिए कि ज्यादा विनाश बाढ़ या सूखे से हुआ है। कभी भी ऐसा नहीं हुआ है कि कीट पूरी फसल चौपट कर गए हों और पूरा देश अकाल की चपेट में आ गया हो। आदमी जीवों के साथ हजारों साल से रहता आया है।

हम यह मानते हैं, अगर कीट नहीं होते तो अनाजों की पैदावार बहुत ज्यादा होती। यह सही नहीं है। आँकड़े बताते हैं कि कीटों से हुआ नुकसान भारत में कम है। दूसरे देशों से ज्यादा है। दरअसल हमारे देश में खेती कम-से-कम सात हजार वर्षों से होती आई है। फसलों को हमारे देश से जब अमेरिका जैसे देश में जाया गया तो वे बीज तो लो गए। फसलें हुई। कीटों ने फसलों को खाना शुरू कर दिया। लेकिन नुकसान ज्यादा होना इसलिए शुरू हुआ कि उन फसलों को नुकसान पहुँचाने वाले जीवों के साथ जो परजीवी वहाँ नहीं पहुँच सके जो कीटों को खाते हैं। वे परजीवी ही तो संतुलन कायम रखते हैं।

खेती में जब हम कीटों को मारने के लिए कीटनाशकों का इस्तेमाल करते हैं तो कीटों के साथ साथ हम पर-भक्षियों पर परजीवियों को भी मार डालते हैं। ये परभक्षी और परजीवी कीटों को खाकर ही जीवित रहते हैं।

कुछ कीटों को हम सभी जानते हैं। पहचानते भी हैं। जैसे : झींगुर, कॉकरोच, मच्छर, दीमक, मक्खी, मधुमक्खी, पतंगे और तितलियाँ। कुछ कीट रेंगते हैं, कुछ कीट उड़ते हैं और कुछ कीट दौड़ते हैं। सभी झुंडों में मिलते हैं।

कभी आप जंगल से गुजरे हैं ? सभी गुजरे होंगे। आपने कीटों की आवाजों को अच्छे से सुना होगा। कहीं ये कीट चींचीं करते हैं, कहीं भिनभिनाते हैं तो कहीं सीटी-सी बजाते हैं।

कीटों की छः टाँगें होती हैं। कीटों के सिर पर दो जोड़ी एंटिना होते हैं। जी हाँ एंटिना। इसकी मदद से ही वो आसपास के रास्तों को पहचानते हैं। वो इससे सूँघते भी हैं। और दूर की जानकारी हासिल करते हैं। कीटों की दो आँखें, छोटी-छोटी बीस हजार आँखों से मिलकर बनती हैं। ज्यादातर कीटों के उड़ने के लिए दो जोड़ी पंख होते हैं।

क्या आप जानते हैं ? हमारी धरती पर मनुष्य के जीवन से पहले उड़ने वाले प्राणी थे। लेकिन उनसे भी लाखों साल पहले कीट मौजूद थे।

अब कीटों की देह की बात करते हैं। इनकी देह के चारों तरफ एक खोल या कवच जैसा होता है। यह खोल हलका

होता है। ठोस होते हुए भी यह लचीला और मजबूत होता है। हमारे शरीर की तरह कीटों की देह में हड्डियों के कंकाल नहीं होते।

हम जब साँस लेते हैं तो हवा फेफड़ों में भर जाती है। फेफड़े फैलते हैं। इसके बाद हमारा रक्त हवा की आक्सीजन को पूरे शरीर तक पहुँचाता है। जीवों के साँस लेने का तरीका बड़ा अजीब है। उनके फेफड़े नहीं होते और साँस लेने में उनका रक्त भी कोई काम नहीं करता। कीट दरअसल हवा को कोशिकाओं में सीधे ग्रहण करते हैं।

क्या आप अपने वजन से तीन गुना या चार गुना वजन उठा सकते हैं ?

कोई कोई कीट अपने शरीर से नब्बे गुना भारी वजन उठा सकता है।

पिस्सू को लीजिए। यह बीस सेंटीमीटर तक उछल सकता है जबकि इसकी टाँगों की लंबाई मात्र एक मिलीमीटर (एक सेंटीमीटर का दसवाँ हिस्सा) होती है।

है न बड़ी अद्‌भुत बात ?

कीटों के अलग-अलग तरह के रंग होते हैं।

कुछ धुँधले रंग के, कुछ पीले, लाल, नारंगी, नीले हरे, काले और कुछ कीट ताँबे जैसे लाल रंग के भी होते हैं। तितलियों को देखो ! अपने रंगों की वजह से वो कितनी मोहक लगती हैं।

कीट धरती पर हर जगह पाए जाते हैं। धरती का एक सेंटीमीटर टुकड़ा भी ऐसा नहीं है जहाँ कीट न हों।

कीटों की आबादी बहुत ज्यादा है। यदि धरती के सब कीटों को एक साथ कर दिया जाए और बचे सारे जीवों को एक-एक करके गिना जाए तो कीटों की आबादी ही ज्यादा मिलेगी। कीटों के अलग-अलग नाम हैं। अब तक पंद्रह लाख कीटों का नामकरण किया जा चुका है। यह तो बहुत छोटी सी संख्या है। अभी तो बहुत बड़ी संख्या उन कीटों की शेष है जिनको अभी खोजा भी नहीं जा सका। नामकरण तो बहुत दूर की बात है।

कीट जमीन पर ही पाए जाते हैं। समुद्र में कीट नहीं होते। समुद्र का पानी खारा होता है। कीट खारे पानी में नहीं रह सकते।

देखा आपने ! कीटों का संसार कितना अद्‌भुत, रोमांचक और विशाल है।

कीटों के रहने और जीने का तरीका

कीट आलसी नहीं होते। कीट हमेशा ही कुछ-न-कुछ करते रहते हैं। प्रकृति ने उन्हें अद्‌भुत गुण दिए हैं। वे पानी पर चल सकते हैं। तैर सकते हैं। गोता लगा सकते हैं।

पालिश की हुई जगहों पर चिकनी जगहों पर आप चल सकते हैं क्या ?

नहीं चल सकते न ?

लेकिन कीट उन पर भी चल सकते हैं। दौड़ सकते हैं। ऊपर चढ़ सकते हैं और यहाँ तक कि उन सतहों को खोद भी सकते हैं। वे कभी हारते ही नहीं हैं।

पृथ्वी पर उड़ान भरने वाले सभी प्राणियों में कीट सबसे कुशल होते हैं। उड़ने में इनका जवाब नहीं। इनका उड़ान

भरने का तरीका पक्षियों और हवाई जहाजों से भी बेहतर है। इनके पिछले पंखों से आगे वाले पंख बड़े होते हैं। इनके पंख चौड़े कम और लंबे ज्यादा होते हैं। पंख शरीर से जुड़े होते हैं। शरीर से जुड़ने वाली जगह पर पंख बहुत सकरे होते हैं। अगले पंख सीधे और पिछले पंख गोल होते हैं। पंखों के साथ बारीक नसों वाली झिल्ली की एक सतह होती है। इन नसों से, कीटों को उड़ने की ताकत लगातार मिलती रहती है।

कीट जब उड़ते हैं तो उनके पंख जोर-जोर से आगे-पीछे और ऊपर-नीचे फड़फड़ाते हैं। पंख जब नीचे जाते तो कीट आगे बढ़ते हैं। पंखों के ऊपर जाने की अपेक्षा नीचे जाने में ज्यादा समय लगता है। जब पंख गति कर रहे होते हैं तो कीट का शरीर सीधा नहीं होता बल्कि ऊपर की ओर थोड़ा उठा हुआ होता है। यानि उनका सिर थोड़ा ऊँचा उठा होता है। सिर ऊँचा होने की वजह से उन्हें उड़ने में एक अच्छा उठान मिलता है। उड़ता हुआ कीट ऐसा लगता है मानो हवा में लटका हो।

इनके पंखों की आवृत्ति बहुत ज्यादा होती है। मक्खी को ही लीजिए। इनके पंख एक सेकेंड में लगभग एक हजार बार गति करते हैं। रात को मच्छरों की आवाज, उनके पंखों में हो रही तेज फड़फड़ाहट की वजह से होती है। मक्खी और भँवरों भिनभिनाहट की भी यही वजह है।

कीट और पक्षियों की उड़ान में बहुत अंतर है। कीट आगे की ओर उड़कर बीच हवा में अपनी उड़ान बंद भी कर सकता है। वह गोल-गोल घूम सकता है। अपने दाएँ-बाएँ तुरंत लपक सकता है। जबकि पक्षी ऐसा नहीं कर सकते। इनकी उड़ने की गति बहुत तेज होती है। एक पतंगा एक सेकेंड में पंद्रह मीटर तक की गति पकड़ लेता है।

कीट क्या खाते हैं ?

कीटों में भिखमंगे नहीं होते।

सभी कीट अपना भोजन प्राप्त करने के लिए बड़ी मेहनत करते हैं। कुछ कीट पत्ती, फल, बीज, छाल, कली, खाते हैं। इनकी खाने की फैरिस्त बहुत बड़ी होती है। कुछ कीट दूसरे कीटों तक को खा जाते हैं। इनके भोजन में सभी कुछ शामिल है जैसे : सभी प्राणियों के पंख, बाल, नाखून, फर्नीचर, ऊन, कपड़े, सिगरेट, आटा, रोटी, बिस्कुट, सूखे मेवे, चॉकलेट और यहाँ तक कि रबड़ भी खा जाते हैं।

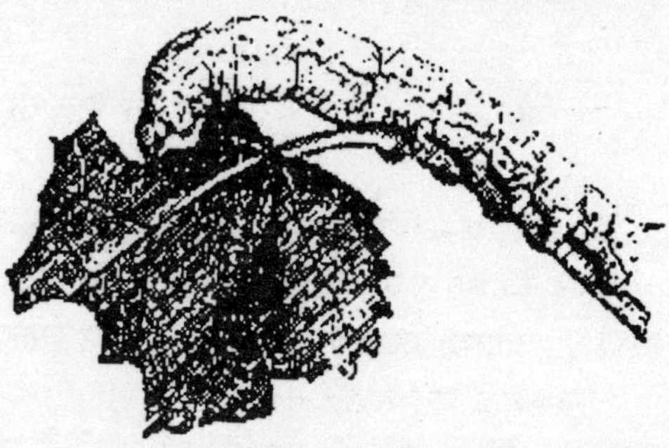

कुछ कीट अपनी मनपसंद चीजों को ही खाते हैं।

मनुष्य की तरह कुछ कीट शाकाहारी हैं तो कुछ मांसाहारी। कुछ कीट बहुत ज्यादा खाते हैं तो कुछ कीट लंबे समय तक भूखे भी रह सकते हैं।

कुछ कीटों में एक बड़ी अजीब बात मिली है। वे अपने बचपन में ही खाते हैं। बड़े होने पर या तो खाते ही नहीं या सिर्फ फूलों का मकरंद कभी-कभी पी लेते हैं।

तितलियाँ और पतंगे जब बहुत छोटे होते हैं तो बिल्कुल भूखे रहते हैं। जब बड़े हो जाते तो फूलों का मकरंद या

सड़ रहे फलों का रस पीते हैं।

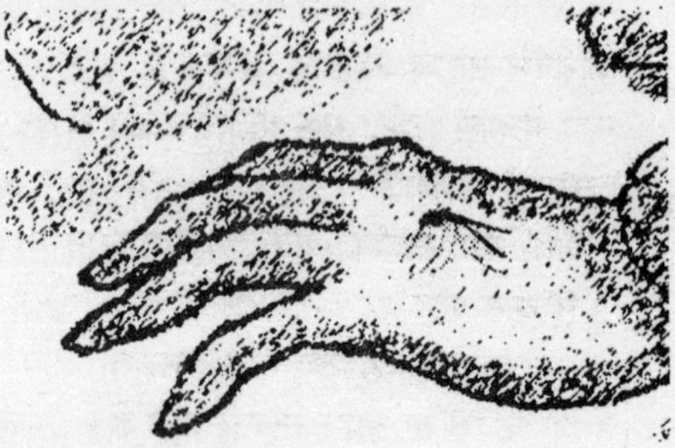

मच्छर जब लार्वा की शक्ल में होते हैं तो छोटी-छोटी जैविक चीजों को ही खाते हैं। लेकिन बड़े होने पर मादा मच्छर खून चूसती है और नर मच्छर पौधों का रस पीते हैं।

कीट अजीब-अजीब चीजें भी खा लेते हैं। फिर भी सभी कीटों को भरपूर भोजन नहीं मिलता। कुछ कीट तो कम भोजन मिलने से या तो मर जाते हैं या दूसरे कीटों का भोजन बन जाते हैं।

कुछ कीट बड़े परिश्रम से अपने खाने लायक चीजों को इकट्ठा करके खाते हैं।

कुछ कीट तो अपना भोजन खुद ही तैयार करते हैं।

कुछ कीट चोरी करना भी जानते हैं। वे दूसरे कीटों के इकट्ठे किए गए भोजन की चोरी कर लेते हैं।

देखा जाए तो कीटों के लिए पूरी धरती एक बहुत बड़ा होटल है।

कीटों के औजार कैसे काम करते हैं ?

एक खास तरह की बर्र धरती के छेद बनाकर उसमें अंडे देती है। अंडों की हिफाजत के लिए फिर वो एक कंकरी उठाकर अंडों के ऊपर वाली जमीन में रख देती है।

चींटियों को खाने वाला एक कीट बड़ी चतुराई से शिकार करता है। वो जमीन में गड्ढा बनाकर उसमें छिपकर बैठ जाता है। फिर वह कभी-कभी कंकड़ियाँ उछालता है। यदि वो किसी कीट को लग जाती है तो कीट गड्ढे में गिर जाता है। शिकारी उसे अपना भोजन बना लेता है।

यदि आपको जमीन खोदना पड़े तो आप उसके लिए फावड़ा या खुरपी का सहारा लोगे। लेकिन कीटों के साथ में ये समस्या नहीं है। मोल झींगुर के पैर बड़े-बड़े खुरपी जैसे ही होते हैं। वों उन्हीं से जमीन खोदता है। बिलों में रहने वाले भृंगों की तो थूथनी पर ही खुरपियाँ होती हैं। वे उन्हीं से खुदाई करते हैं। पानी पर चल सकने वाले कीटों के पास लंबी-लंबी टाँगें होती हैं। इनके पैरों के पदों में न भीगने वाले जूते होते हैं। इन जूतों की सहायता से वे बिना भीगे पानी पर दौड़ सकते हैं। कुछ भृंग तो गोताखोर भी होते हैं। इनके शरीर में हवा की छोटी-छोटी थैलियाँ होती हैं। वे इनमें हवा भर लेते हैं। पानी के भीतर भी वे साँस ले सकते हैं। ''प्रेइंग मेंटिस'' नाम के कीट की टाँगों पर काँटे होते हैं। टाँगें चाकू की तरह खुलती और बंद होती हैं। अपनी टाँगों की मदद से ये भोजन को बड़ी मज़बूती से पकड़ लेते हैं।

व्याघ्र भृंग के पैरों के नीचे कड़े रोयें होते हैं। जिनकी मदद से वह समुद्र की गीली रेत पर भी बिना फिसले दौड़ सकता है।

मधुमक्खियों के शरीर पर तो कई तरह के औजार होते हैं। उनकी टाँगों में कंधे और ब्रुश भी होते हैं। इन्हीं की मदद से वो छत्ते के मोम को अलग तरह की आकृति देती हैं। उनके अगले और पिछले पंखों के बीच में एक हुक होता है जो उड़ने की क्रिया में पंखों को आपस में जोड़कर रखता है। फूलों का पराग इकट्ठा करने के लिए उनके पास टोकरियाँ भी होती हैं।

कीटों की नाक नहीं होती

कीटों में मनुष्य की तरह कंकाल नहीं होता। यानि हड्डियाँ नहीं होतीं। यदि कीट को काटकर देखा जाए तो उसमें हड्डियाँ नहीं मिलेंगी। कीट एक कठोर कवच में बंद रहते हैं। कवच जैसी ये खाल ही उनका वो ढाँचा है जिसके अंदर उनका पूरा शरीर होता है।

यदि आपको एक ऐसा परिधान पहना दिया जाए जिसमें कोई छेद न हो, और वो पूरी तरह से बंद हो, तो आप साँस कैसे लेंगे ?

परिधान में छेद होंगे तभी तो आप साँस लेंगे। कीटों के साथ ऐसा नहीं है। कीटों के पतले-पलते ऐसे बाल होते हैं जो कवच के बाहर निकले होते हैं। इन बालों में छोटे-छोटे गड्ढे ही उन्हें सूँघने में मदद करते हैं। वे इन्हीं से स्वाद का अनुभव करते हैं। यही उनकी नाक है।

कभी-कभी ये गड्ढे और बाल कीटों की टाँगों पर होते हैं। और कभी-कभी मूँछों पर।

कीट साँस कैसे लेते हैं ?

कीटों के बगल में गोल घेरों की एक लाइन सी होती है। ये लाइन ऐसी लगती है जैसे बसों की खिड़कियाँ। दरअसल इनमें छेद होते हैं। इनको श्वास रंध्र कहते हैं। वे इन्हीं छेदों से साँस लेते हैं। हवा इन छेदों से होकर उसके पूरे शरीर में पहुँचती है। कीट जब हरकत करता है, हिलता-डुलता है या उड़ता है तो हवा उसके शरीर के भीतर जाती है और बाहर आती है। पानी के कीटों में भी इसी तरह की नलियाँ होती हैं। पानी में कीट ऑक्सीजन को पानी से ही खींचता है।

आपने चिड़ियों को मिट्टी में नहाते हुए देखा होगा।

वो ऐसा क्यूँ करती हैं ?

वो इसलिए की चिड़ियों के पंखों में कुछ दुखदायी कीट घुस जाते हैं। चिड़ियाँ उनसे छुटकारा पाने के लिए मिट्टी में लोट लगाती है। ऐसा करने से कीट साँस नहीं ले पाते। उनका दम घुट जाता है। और वो मर जाते हैं।

कीट कैसे देखते हैं ? और कैसे सुनते हैं ?

हम पहले भी बता चुके हैं कि कीटों की केवल दो आँखें नहीं होतीं। दो आँखें दीखती हैं। इन दो आँखों में छोटी-छोटी बहुत सारी आँखें होती हैं जिन्हें 'फलिकाएँ' कहते हैं। मक्खी की एक आँख में लगभग चार हजार फलिकाएँ होती हैं। चींटी की एक आँख में पचास से ज्यादा फलिकाएँ होती हैं।

तितलियों और पतंगों की आँखों में तो पचास हजार तक फलिकाएँ हो सकती हैं। कीट अपनी गर्दन घुमाए बिना दाएँ-बाएँ, ऊपर-नीचे या आगे-पीछे देख सकते हैं।

इतनी सारी आँखों के होने के बावजूद कीटों को बहुत अच्छी तरह दिखाई नहीं देता।

ये खासतौर से स्वाद और गंध पर ही निर्भर करते हैं।

इनके शरीर और श्रृंगिकाओं पर नन्हे-नन्हे रोम और गड्ढे होते हैं। ये बहुत संवेदनशील होते हैं। ये इतने ज्यादा संवेदनशील होते हैं। जिसकी आप कल्पना भी नहीं कर सकते। कुछ पतंगे ऐसे होते हैं जो अपनी जाति के दूसरे पतंगों का पता एक मील दूर से ही लगा लेते हैं। है न अचंभे की बात ?

अपना रास्ता ढूँढने में चींटियों का भी जवाब नहीं है। एक चींटी जब अपने रास्ते पर चल रही होती है तो अपने पैरों के निशान छोड़ती जाती है। उसके पीछे वाली चींटी उन्हीं निशानों को स्पर्श करती हुई आगे बढ़ती जाती है।

यदि आपको विश्वास न हो तो एक प्रयोग करके देखिए ?

चींटियों के रास्ते के आर-पार आप उँगली को दबाकर एक बार उनके रास्ते के चिह्नों को मिटा दीजिए। आप देखेंगे ! आने वाली चींटी रास्ता भटक जाती हैं। वह रुकती हैं। चक्कर काटती हैं और इधर-उधर कुछ देर भटकती हैं। वो कुछ देर के बाद ही अपना ठीक रास्ता खोज पाती हैं।

इल्लियाँ भी चलने में एक-दूसरे का अनुसरण करती हैं।

कीटों के कान भी मनुष्य या जानवरों जैसे नहीं होते। उनके शरीर पर कुछ धब्बे से होते हैं जो कान का काम करते हैं। 'कैटीडिड' नाम के टिड्डे के कान उसकी टाँगों पर होते हैं। कुछ दूसरे टिड्डों के कान उनके पेट पर होते हैं। कुछ कीटों के शरीर पर ये धब्बे नुमा कान भी नहीं होते। ये कीट अपने पदों से आवाजों के कंपन को महसूस करते हैं।

कीट सर्दी में क्या करते हैं ?

आपने देखा होगा ! सर्दी के मौसम में बहुत कम कीट दिखलाई देते हैं।

चारों तरफ का ताप बदलता है तो कीटों के शरीर का ताप भी बदल जाता है। मौसम गर्म रहता है तो वे गर्म रहते हैं। मौसम ठंडा होता है तो उनका शरीर भी ठंडा रहता है। इस तरह कीटों के शरीर पर ताप घटता-बढ़ता रहता है।

ठंड के दिनों में वे छिपे रहते हैं। वे इतने ठंडे हो जाते हैं कि हिलडुल भी नहीं सकते। गर्मी आती है तो धूप के ताप से वे गर्म होकर बड़ी फुर्ती से उड़ते हैं।

सर्दी के मौसम में जैसे-तैसे यदि वे बाहर निकल भी आएँ तो भूख से मर जाते हैं। इस खतरे से बचने के लिए वे छिपे ही रहते हैं। वे गर्मी की शुरुआत में ही धीरे-धीरे बाहर निकलते हैं।

तुम देखते ही हो गर्मी के मौसम में मक्खियाँ कितनी बड़ी तादाद में भिनभिनाती रहती हैं। लेकिन ठंड के मौसम में कतई दिखलाई नहीं देतीं।

कुछ कीट गर्मी के मौसम के खत्म होने पर अपने अंडे देते हैं। और ठंड के मौसम में मर जाते हैं। उनके प्यूपा और लार्वा पूरी सर्दी छिपे रहते हैं। बसंत की शुरुआत होते ही वे अपनी छिपने की जगह से बाहर निकलते हैं।

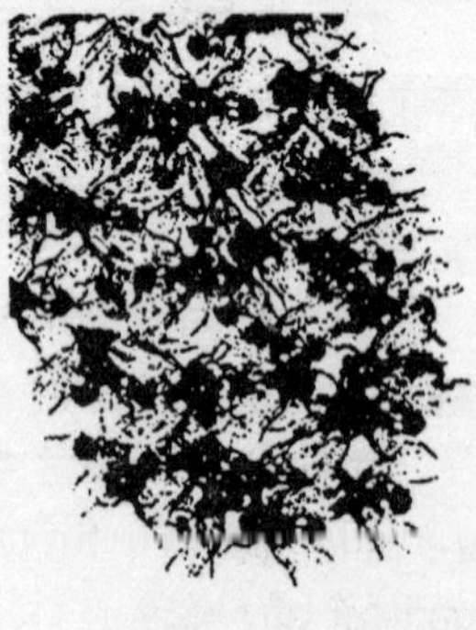

कुछ कीट बड़े अद्‌भुत होते हैं। वे पूरे साल काम करते हैं। जूएं और पिस्सू, पक्षियों और जानवरों के बालों में छिपकर गर्म रहते हैं।

गुफाओं में रहने वाले कीट साल भर चलते-फिरते रहते हैं क्योंकि गुफा के भीतर का ताप ज्यादा नहीं बदलता।

मधुमक्खियाँ जाड़े के दिनों में अपने छत्तों के भीतर ही रहती हैं। लेकिन वहाँ भी वे भिनभिनाती रहती हैं और धीरे-धीरे चलती-फिरती रहती हैं। हरकत करते रहने से ही वे अपने आप को गर्म बनाए रखती हैं। इससे उनका जीवन बचा रहता है।

कीटों के अंडे

कीटों के अंडों की संख्या लाखों में होती है। कुछ कीट अपने अंडों की सुरक्षा के लिए जमीन के भीतर अंडे देते हैं। जैसे : टिड्डा। टिड्डा जमीन में गड्ढा करने के लिए अपने शरीर के पिछले हिस्से को जमीन में धँसा देता है। भृंग भी अपने अंडों की जगह के लिए धरती को खोदता है। चींटियाँ या दीमक पेड़ के ठूँठ के नीचे या मिट्टी की बांबी में अंडे देती हैं। वहाँ ये शिकारियों की नजर से छिपे रहते हैं। अंडों को सुरक्षित रखने का तरीका कुछ कीटों का बड़ा अद्भुत होता है। ये कीट अंडे देने से पहले एक द्रव पैदा करते हैं और उसी द्रव में अंडे देते हैं। कुछ ही देर में द्रव कठोर हो जाता है। अंडों की सुरक्षा के लिए यह एक मजबूत खोल का काम करता है।

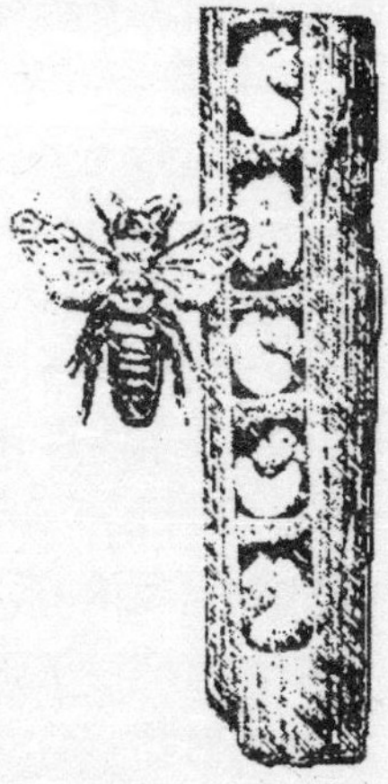

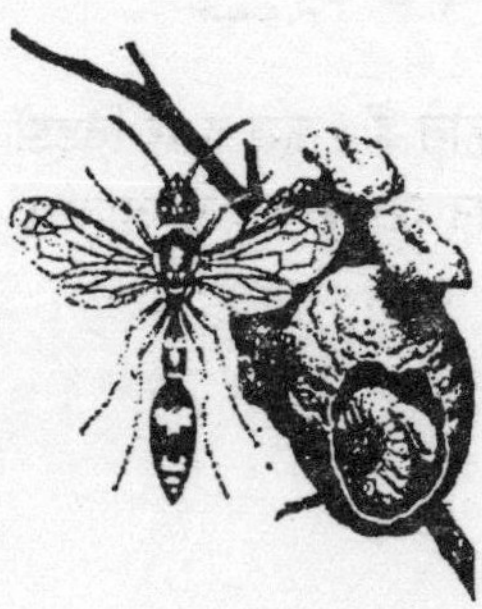

मक्खियाँ अपने अंडे कूड़े में देती हैं। जूएं अपने अंडे बालों में देती हैं। ये अंडे एक चिपचिपे पदार्थ से बालों में चिपके होते हैं। कपड़ों में लगने वाले कीट अपने अंडे कपड़ों की सलवटों में दते हैं। मच्छर अपने अंडे पानी पर देते हैं।

कुछ 'टेण्ट' इल्लियों के अंडों में से बच्चे निकलने में दो वर्ष लग जाते हैं। मक्खियों के अंडों में से बच्चे कुछ घंटों बाद ही बाहर निकल आते हैं। कुछ अंडों के बच्चे तो तभी बाहर निकल आते हैं जब अंडे मादा कीट के शरीर में ही होते हैं।

इल्ली और प्यूपा

इल्ली

क्या आपका इल्लियों से परिचय है ?

वैसे आपने इल्लियों को देखा तो जरूर होगा। इल्लियाँ पौधों की पत्तियों को खोती हैं। इल्लियों से पौधों के इस नुकसान से बचने के लिए हम दवाओं का छिड़काव पौधों पर करते हैं। इल्लियाँ पत्तियों के साथ दवा भी खा जाती हैं और मर जाती हैं। वैसे कुदरत ने इस नुकसान से बचाव में बहुत पहले से ही हमारी मदद की है।

इल्लियाँ चिड़ियों का सबसे प्रिय भोजन है। इल्लियों को खाकर चिड़ियाँ फसलों के नुकसान को रोकने में हमारी सहायता करती हैं।

दरअसल इल्लियाँ, कीटों के अंडों से आहर निकलने वाला नवजात शिशु है।

इल्लियों का जीवन हमेशा ही खतरे में रहता है। बहुत-सी इल्लियाँ तो ज्यादा ठंड पड़ने से अंडों के भीतर ही मर जाती हैं।

जैसे ही इल्लियाँ अंडे से बाहर निकलती हैं तो उनके शत्रु उन पर फौरन झपट पड़ते हैं। चिड़ियों के अलावा इनके दूसरे शत्रु हैं साँप, छिपकलियाँ और मेंढ़क।

इल्लियाँ आसानी से चिड़ियों जैसे शत्रुओं का भोजन बन जाती

हैं। वे अपना बचाव भी नहीं कर सकतीं।

आप सोचेंगे क्या इनकी आँखें नहीं होतीं ?

जरा गौर से देखो तो इल्ली के सिर में बड़ी आँखों की जगह पिन की नोंक के बराबर नन्ही-नन्ही दो बुंदकियाँ सी होती हैं। वो अपनी इन छोटी-छोटी आँखों से कुछ इंच की दूरी तक ही देख सकती हैं। उस पर हमला इतनी जल्दी होता है कि वो जान भी नहीं बचा पातीं।

इल्ली का शरीर छल्लों जैसे तेरह भागों में बँटा होता है। उसके सिर के पास के तीन छल्लों से आगे चलकर उसका सीना बनता है। इसमें छोटी-छोटी ठूँठ जैसी तीन टाँगें होती हैं। पेट बनाने वाले तीन छल्लों के खंड के बगल में कुछ और टाँगें होती हैं। पर इल्ली जब अपनी खाल उतार कर अपना रूप बदलती है तो ये टाँगें उसकी खाल के साथ ही गिर जाती हैं।

इल्लियाँ सदा ही भूखी रहती हैं। ये दिन-रात खातीं ही रहती हैं और बहुत तेजी से बढ़ती हैं। किसी इल्ली को यदि कुछ घंटे भोजन न मिले तो वे मर जाती हैं। इल्लियाँ खाती-जाती हैं और बढ़ती जाती हैं।

इल्लियों के शरीर के चारों तरफ झिल्ली होती है। झिल्ली के भीतर के उनका शरीर तेजी से बढ़ता रहता है। झिल्ली नहीं बढ़ती। शरीर के बढ़ने से झिल्ली कसती जाती है और आखिर में फट जाती है। अब इल्ली झिल्ली से बाहर निकल आती है। पुरानी झिल्ली के नीचे दूसरी नयी झिल्ली होती है। इल्ली का आकार बढ़ने से ये झिल्ली भी फट जाती हैं। इस तरह झिल्लियाँ फटती जाती हैं।

प्यूपा

जब इल्ली की अंतिम झिल्ली फट कर अपनी जगह छोड़ती है इल्ली अब प्यूपा कहलाती है। प्यूपा या तो पत्ती के साथ चिपक जाता है या बिल में चला जाता है। कभी-कभी प्यूपा अपने चारों तरफ एक मखमली धागे बनाकर खुद को बचाने की कोशिश करता है। इस अवस्था को ज्यादातर लोग 'कोया' कहते हैं। यदि आप पुराने पत्थरों, लकड़ी के तख्तों या पत्तियों के नीचे देखें तो प्यूपा दिखाई देगा।

अपने चारों तरफ बनाए गए खोल में भी प्यूपा मुश्किल से बच पाता है। चुहिया अपने तेज दाँतों से खोल कर काटकर प्यूपा को खा जाती है। रीछ भी प्यूपा के इन ठिकानों को खोज लेते हैं और उन्हें खा जाते हैं।

कभी-कभी कुछ प्यूपा अपने चारों तरफ रचे गए खोल में पूरी सर्दी छिपा रहता है और कुछ प्यूपा तो कुछ सप्ताह के बाद ही कीटों की शक्ल में बाहर आ जाते हैं। खोल फटता है तो कीट रेंगकर खोल से बाहर आ जाता है। अब वह प्यूपा एक शलभ (पतंगा) या तितली की शक्ल पा लेता है। बाहर निकले कीट अपने गीले पंखों को धूप में सुखाते हैं। पंख सूख जाते हैं तो वे उड़ जाते हैं।

देखा आपने ! अंडे से लार्वा, इल्ली प्यूपा और फिर कीट बनने तक की यात्रा कितनी जोखिम भरी होती है। फिर भी लाखों कीट पैदा होते ही रहते हैं।

है न कुदरत बड़ी आश्चर्यजनक ?

कैसे-कैसे शिकारी कीट ?

कीटों के शिकार करने के बड़े अजीबो-गरीब तरीके हैं। कुछ शिकारी उड़ते हुए शिकार पकड़ लेते हैं। कुछ शिकारी जमीन पर दौड़ते हुए शिकार करते हैं। जैसे : जुगनू। ये जमीन पर दौड़कर अपने शिकार को पकड़ लेते हैं। फिर उसके टुकड़े-टुकड़े

कर उसे खा जाते हैं।

ततैये जैसे कुछ शिकारी बड़े चालाक और चतुर होते हैं। वे मकड़ी या झींगुर जैसे शिकारों के छिपे हुए स्थान को ढूँढ लेते हैं। खुदाई करके शिकार को बाहर निकालते हैं। खुले मैदान में शिकार को घसीटकर डंक मार देते हैं और शिकार के अचेत हो जाने पर उसे उठाकर अपने घर में ले जाते हैं।

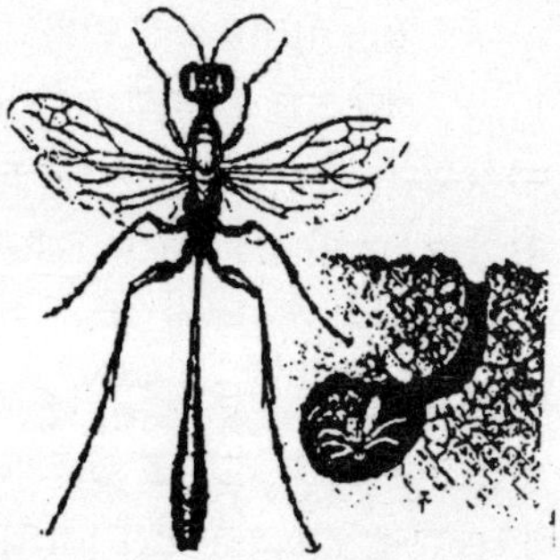

कुछ शिकारी बड़े सब्र वाले होते हैं। वे बस शिकार का इंतजार करते रहते हैं। जैसे ही शिकार उनके पास आता है, उसे गिरफ्त में ले लेते हैं।

कुछ कीट बड़े नाटकीय ढंग से शिकार पकड़ते हैं। इस तरह के शिकारियों में एक कीट का नाम है मेंटिस। इस तरह के शिकारी बिना हिले-डुले मौन साध कर एक जगह पर शिकार की इंतजार में पड़े रहते हैं। मेंटिस का सिर इतना लचीला होता है कि बिना हिले-डुले चारों तरफ वो अपने सिर को घुमाकर अपने शिकार की भाप लेता है। जैसे ही शिकार उसके निकट आता है। एक झटके से उसे शिकार बना लेता है।

छिपकली और छोटी चिड़िया के पास यदि कोई शिकार खुद ही आ जाता है तो वह लपक कर उसे पकड़ लेती हैं। शिकार छूटने के लिए हाथ पैर मारता है लेकिन इसी छटपटाहट में शिकारी उसके टुकड़े-टुकड़े करके खा जाता है।

एक कीट के शिकार करने का एक मजेदार तरीका और देखिए।

एक कीट का लार्वा बड़ी समझदारी से चींटियों का शिकार करता है। चींटियाँ एक कतार में एक-दूसरे के पीछे एक-दूसरे को धक्का देती हुईं आगे बढ़ती जाती हैं। चींटियों के इस तरीके का यह कीट फायदा उठाता है। वो चींटियों के रास्ते में एक गड्ढा खोद देता है और उस गड्ढे की तली में छिप जाता है। चींटियाँ गड्ढे में गिरती जाती हैं और कीट उन्हें खाता रहता है।

कुछ कीट, दूसरे कीटों के घर में बिना बुलाए मेहमान बनकर रहना शुरू कर देते हैं। और जीवन भर भी दूसरों के घर में रहना शुरू कर देते हैं। ये ठीक उसी तरह है जैसे कहीं दावत चल रही हो और आप वहाँ बिना निमंत्रण के शामिल हो जाएँ। ततैये, चींटी और दीमकों के घरों में ऐसे बिन बुलाए मेहमानों का आना-जाना लगा रहता है। वे मेजबानों के छोड़े हुए भोजन में शामिल हो जाते हैं। चींटियों के घरों में भी ऐसा होता रहता है।

परजीवी यानि दूसरे कीटों के आसरे जीने वाले जीव। ये जीव दूसरे के घरों में रहते हैं। खाते-पीते हैं। और नमक हराम की तरह मेजबान पर हमला करके उसे मार डालते हैं।

खटमलों से तो आपका बहुत पुराना परिचय होगा। खटमल पूरी तरह परजीवी नहीं है। वो कभी परजीवी होता है, कभी अपने भोजन का इंतजाम खुद कर लेता है। वह पलंग या फर्नीचरों की दरारों और झीरियों में ही छिपा रहता है। रात में जब उसे भूख लगती है तो आदमी का खून चूसने के लिए वो दरारों से बाहर निकलता है।

जुओं का मनुष्य से बहुत गहरा रिश्ता है। जूएं उसके बिना जीवित नहीं रह सकतीं। मनुष्य जूओं का स्थायी निवास है। ये जीवन भर मनुष्य के सिर और शरीर पर रहती हैं।

कुछ प्रमुख कीट
दीमक

आपने पेड़ों की जड़ों में या जंगल में बहुत जगह मिट्टी के टीलों की शक्ल में दीमक के घरों को देखा होगा।

आपने कभी सोचा भी न होगा कि दीमक इस ढेर के अंदर क्या करती हैं ? कैसे रहती हैं ? या इनका समाज क्या करता है ?

दीमक बच्चे कैसे पैदा करती है ?

बच्चा पैदा करने वाली दीमकों के पंख होते हैं। बारिश के मौसम में पहली बारिश के बाद ये भारी तादाद में झुंडों में उड़ती हैं। जब उड़ान खत्म हो जाती है तो वे जमीन पर गिर पड़ती हैं। नर दीमक ज्यादा नहीं जी पाते। चींटियाँ और छिपकलियाँ उन्हें खा जाती हैं। गर्भवती दीमकें रेंगकर जमीन के भीतर पहुँच जाती हैं। और नयी बस्तियाँ बसाने लगती हैं। वे लाखों की संख्या में अंडे देती हैं। बच्चा देने वाली मादा दीमकें रानी दीमक बन जाती हैं। इन अंडों से जो दीमकें पैदा होती है उनमें बाँझ दीमकें पैदा होती है। वे अलग-अलग कामों में जुट जाती हैं। वे घर को सजाती-सँवारती हैं। भोजन तलाशती हैं। और भोजन के भंडार भी बनाती हैं। छोटी दीमकों और रानी दीमक के भोजन का इंतजाम भी करती हैं। कुछ दीमकें अपने घर की रक्षा करती हैं। ये सैनिक दीमक होती हैं। ये सैनिक ताकतवर होते हैं। इनके जबड़े बड़े मजबूत होते हैं। सिर बहुत सख्त होता है। शत्रुओं से ये डटकर मुकाबला करते हैं।

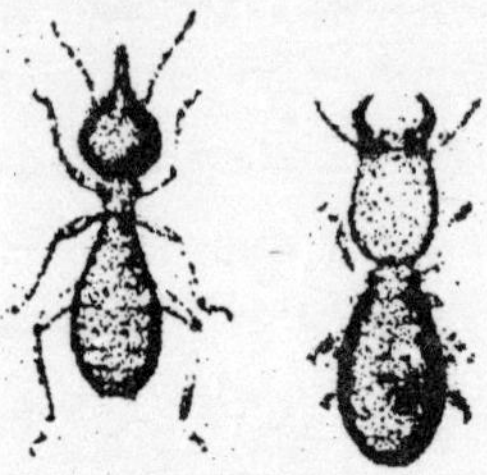

बस्ती में दीमक लाखों की संख्या में रहती हैं। रानी दीमक को छोड़कर, बाकी दीमकों में कुछ श्रमिक होती हैं और कुछ सैनिक।

रानी दीमक भारी भरकम होती हैं। इसकी लंबाई दस सेंटीमीटर तक होती है। यह एक मोटे कीड़े की तरह होती है। रानी दीमक पचास साल तक भी जीवित रह सकती है। ये कभी बस्ती से बाहर नहीं जाती। वो आखिर रानी होती है।

दीमक की बस्ती में कुछ मेहमान भी रहते हैं। इन मेहमानों को साफ-सफाई जैसे काम भी करने पड़ते हैं। इन मेहमानों में हैं : झींगुर, मक्खियाँ, दीमकों के परजीवी और दीमक जैसी मिलती-जुलती जाति वाले कीट।

चींटियाँ

चींटियों को सभी जानते हैं। चीटियाँ सदा समूह में रहती हैं, अकेली कभी नहीं रहतीं। कोई भी चींटी अपने समूह से अलग जीवित नहीं रह पाती। चींटियों का जीवन मधुमक्खियों या दीमकों से बिल्कुल अलग तरह का होता है।

ये बस्तियाँ बसा कर रहती हैं। इनकी एक बस्ती में लगभग पाँच लाख चींटियाँ रहती हैं।

काम के आधार पर आमतौर पर इन्हें पाँच हिस्सों में बाँटा जा सकता है—

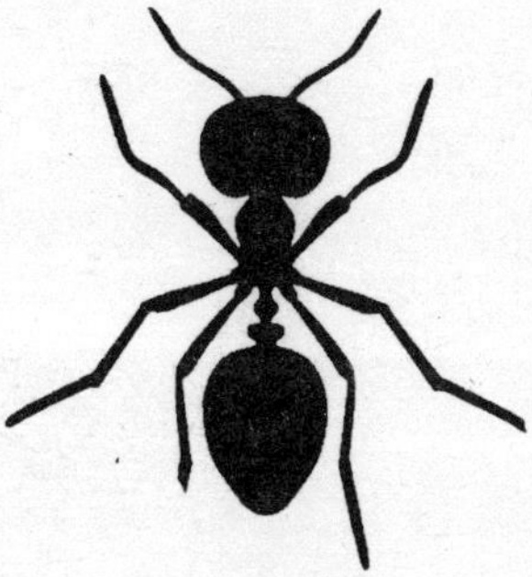

1. अंडे देने वाली चींटियाँ (रानी चींटियाँ)
2. बिना पंखों वाली बाँझ मादा चींटियाँ, जिन्हें काम करना पड़ता है।
3. सैनिक चींटियाँ (इनके सिर बड़े और जबड़े बहुत मजबूत होते हैं।)
4. अंडा पैदा करने लायक पंख वाली चींटियाँ।
5. अंडा पैदा कर सकने वाली नर चींटियाँ।

अंडे देने से पहले रानी चींटी अपने पंखों को गिरा देती है। और जमीन के अंदर चली जाती है। वहाँ वो अपने अंडों का पोषण करती है। पोषण के समय में वे भूखी रहती हैं। अंडों से नयी चींटियाँ, निकलते ही खाने की खोज में निकल पड़ती हैं। ये श्रमिक चींटियाँ होती हैं। रानी चींटी लगभग पंद्रह साल तक अंडे देती रहती है।

चींटियों के घर जमीन के अंदर पेड़ों पर, पेड़ों के खोखले तनों में, फलों में या पत्तियों में होते हैं। चींटियों के घर से यदि कोई छेड़छाड़ करता है तो वे भयंकर आक्रमण कर देती हैं। हमलावर को ये काट खाती हैं। काटी गई जगह पर ये हल्के तेजाब की एक धार छोड़ती हैं। इसी की वजह से काटी गई जगह पर जलन होती है।

चींटियाँ आमतौर पर घासों और शाक की खेती करती हैं। जब बीज पक जाते हैं तो वे उनकी कटाई करके फसल को जमीन के नीचे अपने घरों तक ले जाती हैं। अगली बारिश होने तक चींटियाँ फसल के बीजों को अपने घरों में सँभालकर रखती हैं। जब बारिश की शुरुआत होती है तो बीजों को वे अपने रहने की जगह के चारों तरफ बो देती हैं। फसलों की कटाई के बाद श्रमिक चींटियाँ अनचाहे भूसे और डंडियों को अपने नीड़ के दरवाजे के चारों तरफ एक गोलाई में जमा देती हैं। मधुपात्र चींटियाँ बड़ी अद्‌भुत चींटियाँ हैं। इस जाति के श्रमिकों का पेट बहुत फूला होता है। इसमें फलों से इकट्ठा किया गया शहद भरा होता है। शहद भरे मोटे पेट वाली यह चींटी दूसरी चींटियों के लिए शहद की एक टंकी होती है। पूरी बस्ती उनसे शहद प्राप्त करती है।

अलग-अलग जातियों की चींटियों में युद्ध भी होता है। इस युद्ध में बहुत-सी चींटियाँ मर भी जाती हैं। हारे हुए समूह की चींटियों के युवाओं को विजेता चींटियाँ पकड़ कर अपने नीड़ों तक ले जाती हैं। उन्हें दास की तरह काम करना पड़ता है। इन दासों को दासी श्रमिक चींटियाँ ही खाना खिलाती हैं। वे खुद खाना नहीं खा सकते।

चींटियाँ सड़कें बनाती हैं। पानी के नालों को पार करने के लिए पुल भी बनाती हैं।

टिड्डे

टिड्डों का घर हरी-हरी घास में होता है। वे दौड़ते या रेंगते नहीं हैं। उन्हें लंबी और ऊँची कूद में रस आता है। मुसीबत पड़ने पर वो उड़ते भी हैं। उनके जबड़े बड़े मजबूत होते हैं। वे रूखी वनस्पति और घास खाते हैं।

इनकी पिछली टाँगें बहुत मजबूत होती हैं। इनकी मदद से टिड्डा बिजली जैसी फुर्ती से कूदता है।

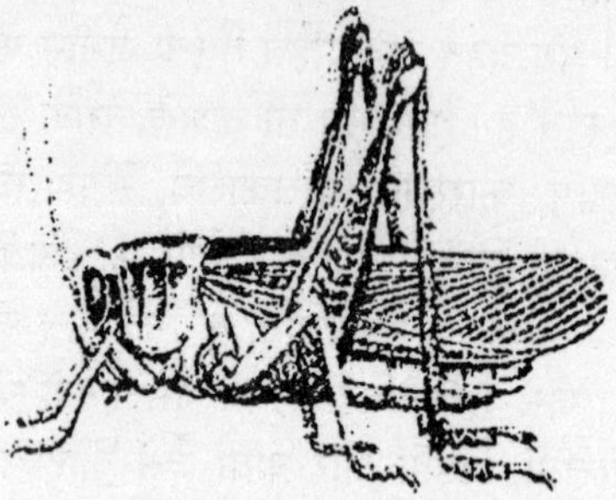

ज्यादातर टिड्डे बहुत खाते हैं। कुछ ही समय में ये झाड़ियों को खाकर नंगा कर देते हैं।

टिड्डे दो तरह के होते हैं। छोटे सींग वाले और बड़े सींग वाले।

ये अंडे जमीन में देते हैं। सुनने की जगह इनके पंखों के नीचे, दोनों बगलों में पेट के नीचे होती है। जब ये उड़ते हैं तो पंखों की खुरदरी सतह को अपने पैरों से रगड़ते हैं। इससे एक भिन्न-भिन्न जैसी आवाज निकलती है।

अंडों से निकलने वाले शिशु टिड्डे शक्ल-सूरत में बड़े टिड्डों जैसे ही होते हैं। लेकिन उनके पंख नहीं होते। वे बड़ी तेजी से बढ़ते हैं। बड़ा होते-होते उनकी त्वचा का रंग पाँच से सात बार बदलता है।

हमारे देश में टिड्डों की एक हजार से ज्यादा जातियाँ हैं।

झींगुर

चींचीं करते झींगुर से आप अच्छी तरह परिचित होंगे। कुछ झींगुर जमीन की सतह पर रहते हैं लेकिन सभी झींगुर बिल खोदने में बड़े निपुण होते हैं। ज्यादातर झींगुर बिलों में रहते हैं। बिलों में रहने वाले ज्यादातर झींगुर शाकाहारी होते हैं। और जड़ों को खाते हैं। कुछ झींगुर रात में बिलों से बाहर आ जाते हैं। वे पत्तियाँ और कोमल कलियों को कुतर-कुतर कर खा जाते हैं।

झींगुरों की चींचीं जैसी ध्वनि, दाएँ पंख का बाएँ पंख के खुरदुरे हिस्सों पर रगड़ने से निकलती हैं। कभी-कभी ये आवाज बहुत तीखी होती है।

भूरे रंग का झींगुर बड़ा होता है। वो बारिश के दिनों में रात को तब निकलता है जब उसके बिल में पानी भर जाता है। यह झींगुर बहुत तीखी आवाज निकालता है।

ये मनुष्य के साथ स्थायी मेहमान बनकर रहता है। ये बड़ा फुर्तीला कीट है। धूप से कतराता है। ये सारे दिन रसोई, खाने की जगह की दरारों या सामान के नीचे छिपे रहता है। ये चींचीं की आवाज खुशी में करता है। ये रोटी, केक, आलू या दूसरी खाने की चीजों को कुतर डालता है। दरअसल इनको फैलाने में मनुष्य का ही हाथ है।

भृंग

ये कीटों में बहुत कठोर शरीर वाले होते हैं। इनके आगे वाले पंख बहुत कठोर कवच बना लेते हैं। इनके पीछे के पंख झिल्लीयुक्त होते हैं। भृंग खाने की ठोस चीजों को काटकर चबाते हैं। इन चीजों में शामिल हैं : पत्तियाँ, कलियाँ, फूल, फल, बीज, तने या लकड़ी का कोई भाग। ये सड़े हुए फल और मृत जैविक पदार्थ भी खा लेते हैं। ये भूरे, काले, लाल, पीले या ताँवे जैसे लाल रंग जैसे होते हैं। इनके शरीर पर सुंदर धब्बे होते हैं। नर और मादा की शरीरों की बनावट में बड़ा फर्क

होता है। नरों के जबड़े इनके शरीर से भी बड़े होते हैं। इनके सींगों के आकार अलग-अलग होते हैं। भृंग बहुत तेज दौड़ते हैं। ये जमीन के भीतर रहते हैं। बहुत से भृंग झाड़ियों और पेड़ों के तनों में रहते हैं। कुछ भृंग तो कुशल तैराक और गोताखोर भी होते हैं। ये समुद्र के किनारे, घास, घर, गोदाम, कारखाने, पुस्तकालय, संग्रहालय जैसी जगहों में पाए जाते हैं। कुछ भृंगों से कीमती दवाइयाँ मिलती हैं। कुछ भृंगों का उपयोग जेवर बनाने में किया जाता है।

कुछ भृंग किसानों के मित्र होते हैं। ये फसलों को नुकसान पहुँचाने वाले कीटों को खा जाते हैं। जैसे : कैरोबिडी भृंग। वैसे इनके पंख होते हैं। लेकिन ये उड़ने से परहेज ही करते हैं। ये इल्लियों, टिड्डों और घोंघों जैसे कीटों को खा जाते हैं।

हमारे देश के ज्यादा हिस्सों में पाए जाने वाला एक छः धब्बे वाला काला भृंग होता है। यह भृंग, रोजाना सौ-दो सौ टिड्डों का सफाया कर देता है।

एक भृंग ऐसा भी होता है जो छेड़े जाने परा बदबूदार द्रव निकालता है। इस द्रव से मानव की चमड़ी पर फफोले पड़ जाते हैं।

बर या ततैया

बर का नाम लेते ही उनका डंक याद आता है। हम उन्हें अक्सर हानिकारक कीटों में शामिल कर देते हैं। जबकि वो सिर्फ आत्मरक्षा के लिए ही हमला करते हैं। उन पर ध्यान न दिया जाए तोवे अपने घर की देखभाल, सामान जुटाने और अपने बच्चों की देख-रेख में ही लगे रहते हैं। जरा सा छेड़ देने पर ये डंक मार देते हैं। जिससे तेज दर्द होता है।

ये कीट, दूसरे कीटों से कुछ मामलों में बिल्कुल अलग होते हैं। इनमें प्रौढ़ ही सारे काम करते हैं। लार्वे न तो शिकार करते हैं और न आहार जुटाते हैं। यहाँ तक कि ये बाहर भी नहीं निकलते। कुछ बर एकाकी होते हैं तो कुछ बर सामाजिक। इनका रंग आमतौर पर पीला या लाल होता है।

इनकी उग्रता और डंक मारने की आदत के कारण हमारे देश में इनका बहुत अध्ययन नहीं हुआ है। ये शुद्ध कागज के बड़े-बड़े छत्ते बनाकर रहते हैं। जहाँ इन्हें घर बनाना होता है, पहले ये उस जगह को लार से गीला करते हैं। फिर कड़ी मेहनत से लकड़ी या रेशे के टुकड़े लाकर उन्हें खूब चबाते हैं। जब महीन लुगदी बन जाती है तो उस लुगदी से षठकोण के आकार के कोष्ठ बनाते हैं। जो नीचे की तरफ खुले होते हैं।

ये फलों के रस, मिसरी और मीठे के बड़े शौकीन होते हैं। इसीलिए बाजारों में ये अक्सर हलवाइयों की दुकान के आसपास देखे जाते हैं।

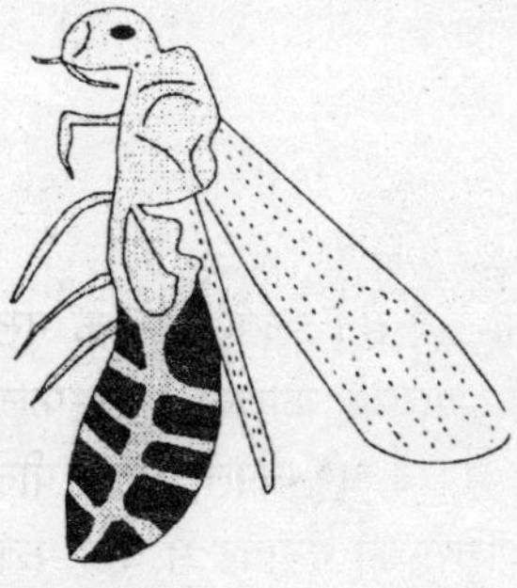

मधुमक्खियाँ

ज्यादातर मधुमक्खियाँ सामाजिक कीट होती हैं। लेकिन सभी मक्खियाँ सामाजिक नहीं होतीं। सभी मधुमक्खियाँ परागकणों को इकट्ठा करती हैं। लेकिन सभी मक्खियाँ शहद नहीं बनातीं।

हमारे देश में इनकी तीन जातियाँ पाई जाती हैं। इनके छत्तों की जगह तो आप सभी जानते हैं। पेड़, चट्टानों के कगार, ऊँचे-ऊँचे भवनों की छतें या पानी की टंकियाँ। ये मधुमक्खियों की पहली जाति है।

दूसरी जाति, लकड़ी के ढाँचों में अपने छत्ते बनाती हैं।

और तीसरी जाति झाड़ियों में अपने छत्ते बनाती हैं। ये सभी फूलों से मकरंद और परागण इकट्ठा करके शहद बनाती हैं। फिर उसे मोम के कोष्ठों में उगल देती हैं। बाद में वे इन कोष्ठों को मोम की टोपी से बंद कर दिया जाता है।

तितलियाँ

तितलियाँ प्रकृति की खूबसूरती में चार चाँद लगाती हैं। ये हानिकारक कतई नहीं हैं। बल्कि अधिकांश फूलों का परागण ये ही करती हैं।

हमारे देश में तितलियों की लगभग डेढ़ हजार जातियाँ हैं। सबसे बड़ी  तितली सबसे सुंदर भी है। इसको पक्षीपंखी तितली कहा जाता है। इसके पंख एक सौ नब्बे मिलीमीटर तक फैल जाते हैं। सबसे छोटी तितली के पंख केवल बारह मिलीमीटर तक ही फैल पाते हैं।

तितलियों के रंगों और आकारों में बड़ी विविधता है।

तितलियों और शलभों को अलग-अलग पहचानना बड़ा मुश्किल है। तितलियों के सींग आमतौर पर लंबे और घुंडीदार नहीं होते। तितलियाँ दिन में उड़ती हैं और शलभ रात में।

तितलियाँ झुंडों में रहती हैं। उड़ते-उड़ते ये झुंड दूर तक निकल जाते हैं। हमारे देश की ज्यादातर तितलियाँ गर्मियों के मौसम में पहाड़ी क्षेत्रों में चली जाती हैं। सर्दी के मौसम में ये वापिस मैदानी क्षेत्रों में आ जाती हैं। ये छायादार इलाकों में झाड़ियों में सामूहिक रूप से जमा हो जाती हैं। वे कई-कई दिन तक भी झुंड में रहकर पूरी तरह पौधे को ढके रहती हैं। और फिर किसी दिन तितर-बितर हो जाती हैं।

घरेलू मक्खी

आमतौर पर हम कहते हैं मक्खियाँ गंदे प्राणी हैं। कभी हम कहते हैं ये घिनौनी है। ये सच नहीं है। सच कहा जाए तो मक्खी इस धरती पर 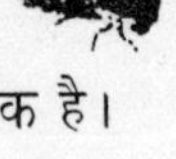 सबसे साफ प्राणियों में से एक है। यह अपने शरीर को नियम से और मेहनत से साफ रखती है। ये अपनी टाँगों से अपने पूरे शरीर को साफ करती रहती है। शरीर को  साफ रखना घरेलू मक्खी की सनक है।

मक्खी अच्छी तरह जानती है कि कैसे उड़ा जाए कैसे सीधे या औंधा उतरा जाए,  खाना कहाँ तलाशा जाए और अंडे कहाँ दिए जाएँ। जब इसे मारने की कोशिश की जाती है तो वो चतुराई से बच निकलने में भी सफल रहती है। यह घंटों हवा में उड़ सकती है।

मक्खियाँ, टिड्डे की तरह ठोस भोजन नहीं कर सकतीं। खटमलों या तितलियों की तरह ये द्रव भी नहीं चूस सकतीं। मक्खी अपने भोजन को पहले  थूक से गीला करती हैं, फिर घुले हुए भोजन को सोख लेती हैं। मक्खियाँ गले हुए जैविक पदार्थों में अंडे देती हैं।

गर्मी के दिनों में मक्खियाँ एक महीने और ठंड के दिनों में तीन महीने ही जीवित रहती हैं।

ये कचरे और खुले पड़े खाने की तरफ बहुत ज्यादा आकर्षित होती है। इसी कारण से मक्खियों से हैजा, टायफाइड या पेचिश फैलते हैं। लेकिन गंदगी और अस्वच्छता को फैलाने की पहल मनुष्य ही करता है।

घरेलू मक्खियों के प्रमुख शत्रु हैं चिड़िया और छिपकलियाँ।

तिलचिट्टे

तिलचट्टे, सबसे प्राचीन कीटों में आते हैं। तिलचट्टे, चपटे, गहरे लाल भूरे रंग के चमकदार प्राणी हैं। ये तेजी से दौड़ते हैं। ये धूप से और खुलेपन से बहुत बचते हैं। ये खाने की सभी चीजे खा लेते हैं। ये नलों, शौचालयों, रसोइघरों, अनाज और आटे के थैलों, पुरानी अलमारियों और लकड़ी के संदूकों में छिपे रहते हैं। गरम या उमस भरी रात में उड़ा भी करते हैं। ये एक बार में लगभग दो दर्ज अंडे देते हैं। तिलचट्टे, हालाँकि गंदगी में रहते हैं। लेकिन ये अपने शरीर को साफ रखते हैं।

मनुष्य की खाने की चीजों को ये अनेक रोगों के रोगाणुओं से प्रदूषित कर देते हैं। कभी-कभी तिलचट्टे शिशु की कोमल त्वचा को कुटर कर घाव बना देते हैं। इनके प्रमुख शत्रु हैं : छछूंदर, छिपकलियाँ और चिड़िया।

खटमल

खटमल एक पंखहीन, चपटा और लालिमा लिए भूरा कीट है। यह देखने में छिलके वाली मसूर की दाल जैसा दीखता है।

धूप से बचता है। गरमाई और नमीं में रहता है। दिन के समय दीवारों और फर्नीचर की दरारों में रहता है। बिस्तर की मुड़ी हुई सीवन में भी यह दिन में छिपा रहता है।

मनुष्य के पसीने की गंध और शरीर की गरमाहट से ये बहुत आकर्षित होते हैं।

रात के समय में मनुष्य की खाल में छेद करके खून पी जाते हैं। दिन के समय भी ये मनुष्य पर हमला बोल देते हैं।

खटमल की सबसे घिनौनी चीज उसकी तेज बदबू है।

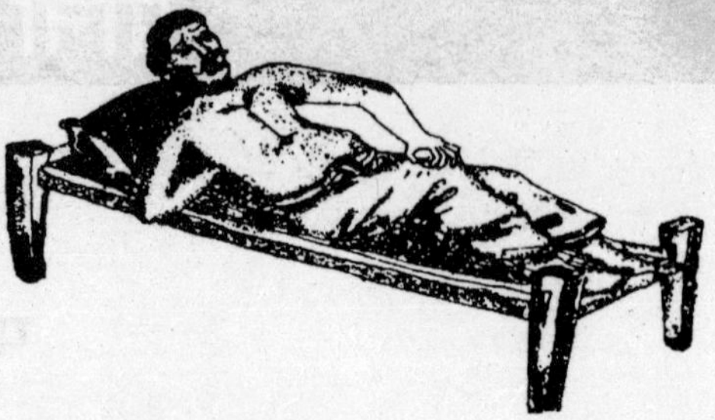

खटमल तीन से छः महीने तक भूखे भी रह सकते हैं। ये अपने अंडे दरारों में देते हैं। अंडे से तरुण एक सप्ताह में ही बाहर आ जाता है। बाहर आते ही वह खून चूसने लगता है। मानव का खून पीकर पुराने खटमल फूल जाते हैं। खटमल त्वचा को भेदता है तो पीड़ा नहीं होती। पीड़ा केवल तब होती है जब वो लार भीतर डालता है।

खटमलों को छिपकली भी नहीं खाती।

पिछले सात हजार वर्षों से मनुष्य और कीटों के बीच आपसी तालमेल और सहनशीलता पनपी है। ये दोनों एक-दूसरे पर निर्भर हैं। हमारे पूर्वजों ने मनुष्य और कीट के इस रिश्ते को बहुत महत्त्व दिया था। कीट और मानव जीवन में बहुत-सी समानताएँ हैं और बहुत-सी विविधता हैं।

वैज्ञानिकों को हर कीट पीड़ा पहुँचाने वाला लगता है जिसे नियंत्रित करना ही चाहिए। लेकिन ये सच नहीं है।

पानी की कहानी

पानी क्या है?

इस तरह का प्रश्न अजीब-सा लग सकता है और साथ ही थोड़ा अपमान- जनक भी। कौन यह नही जानता? सही जानते हैं कि पानी हाइड्रोजन और ऑक्सीजन का यौगिक है। यह रहा इसका सूत्र H_2O।इसे भी सभी जानते हैं।

पानी से हर आदमी परिचित है : लोग सुबह नहाते हैं, चाय पीते हैं, पानी में तैरते हैं, वर्षा में भीगते हुए दौड़ते हैं, बर्फ पर स्केटिंग और स्कीइंग करते हैं।

पर हाइड्रोजन क्या है? सच कहें, तो ऐसे प्रश्न पूछने ही नहीं चाहिए।

इनका उत्तर सरलता से नहीं दिया जा सकता, क्योंकि यहाँ अंतर्वस्तु का कोई अन्त नहीं है। आप सारी जिन्दगी हाइड्रोजन के अध्ययन में बिता दे सकते हैं, फिर भी जरूरी नहीं कि पूरा उत्तर मिल जाए।

पर कुछ तो कहना ही चाहिए। रसायनविद अब तक यह निश्चय नहीं कर पाए हैं कि हाइड्रोजन को मेंदेल्येव की सारणी में कहाँ रखा जाए। वे उसे एक साथ दो ग्रुपों में रखते है : ग्रुप VII में, जहाँ उसकी गिनती हैलोजेनों (halogens)—फ्लोरीन, क्लोरीन, ब्रोमीन—के सगोत्र के रूप में होती है, और ग्रुप I में क्योंकि वह क्षारीय धातुओं—लीथियम, सोडियम, पोटाशियम—के साथ समानता रखता है। फिर हाइड्रोजन है क्या?

सोवियत अन्वेषकों ने उच्च दाब के अंतर्गत हाइड्रोजन के गुणों का अध्ययन करते समय यह देखा कि करीब तीस लाख वातदाब पर संपीडित हाइड्रोजन में अचानक एक आश्चर्यजनक गुण आ जाता है—वह विद्युतचालक हो जाती है, जैसे कि कोई भी सामान्य धातु होती है।

इस संवृत्ति का संकेत सिद्धांतकारों ने बहुत पहले ही दे दिया था और अब प्रयोग इसे साकार कर रहे हैं।

बात कितनी भी विचित्र क्यों न लगे, हाइड्रोजन सम्भवतः धातु ही है।

ऑक्सीजन क्या है? इस छोटी सी किताब में इस प्रश्न का उत्तर मत ढूंढ़िए। बेहतर होगा, यदि आप पहले पाठ्य-पुस्तक देख लें।

हाइड्रोजन के कितने प्रकार हैं? प्रकृति में तीन अलग-अलग हाइड्रोजन– इसके तीन समस्थ (isotopes)–हैं। सबसे हल्की है ^1H। रसायनविद इसे अक्सर प्रोटियम कहते हैं। साधारण पानी में लगभग सारी हाइड्रोजन प्रोटियम के रूप में होती है। हर पानी में इसके अतिरिक्त भारी हाइड्रोजन–ड्युटेरियम (^2H)–भी होती है, इसे रसायनविद अक्सर प्रतीक D से द्योतित करते हैं। ड्यूटेरियम पानी में बहुत कम होती है। प्रोटियम के हर 6700 परमाणुओं पर ड्युटेरियम का औसतन सिर्फ एक परमाणु मिलता है। प्रोटियम और ड्यूटेरियम के अलावा एक अतिभारी हाइड्रोजन ^3H भी होती है। इसे अक्सर ट्रीटियम कहते हैं और इसे वर्ण T से द्योतित करते हैं।

ट्रीटियम रश्मिसक्रिय पदार्थ है। इसका अर्धक्षय-काल 12 वर्ष से कुछ अधिक है। यह पदार्थ समताप-मण्डल में अन्तरिक्षी विकिरण के प्रभाव से निरन्तर बनता रहता है। हमारी पृथ्वी पर ट्रीटियम लुप्तप्राय मात्रा में है–एक किलोग्राम से भी कम; पर इसके बावजूद, यह पदार्थ हर जगह मिल सकता है–पानी की किसी भी बूँद में।

भौतिकविद ट्रीटियम को नाभिकीय रिऐक्टरों में कृत्रिम रूप से भी प्राप्त करना सीख चुके हैं।

वैज्ञानिकों को सन्देह होने लगा कि कहीं हाइड्रोजन का चौथा समस्थ (^4H)और यहाँ तक कि पाँचवाँ भी (^5H) तो नहीं है। यह भी रश्मिसक्रिय ही होंगे।

और दूसरी हाइड्रोजन नहीं है? लगता है, नहीं ही हैं। वैज्ञानिकों को कम से कम अभी तक कोई नयी हाइड्रोजन नहीं मिली है। पर पोजीट्रोन और एंटीप्रोटोन ज्ञात है। इसका मतलब है कि एंटीहाइड्रोजन के बारे में भी बात की जा सकती है, इसके परमाणुओं में ऋणात्मक नाभिक (एंटीप्रोटोन) के गिर्द धनात्मक एलेक्ट्रोन (पोजीट्रोन) परिक्रमा करता रहता है। एंटीड्युटेरोन मिल चुका है। और इसलिए सम्भव है कि हाइड्रोजन का द्रव्यमान-संख्या 2 वाला समस्थ एंटीड्युटेरियम भी होता है। हाल ही में एंटीट्रीटियम का नाभिक मिला था।

इसमें कोई संदेह नहीं हो सकता कि इन एंटीनाभिकों और पोजीट्रोनों से एंटीपरमाणु बन सकते हैं, पर अभी तक एंटीहाइड्रोजन का सरलतम एंटीपरमाणु नहीं देखा जा सका है।

ऑक्सीजन कितनी है? प्रकृति में आक्सीजन के तीन भिन्न समस्थ मिले हैं। सबसे अधिक मात्रा में हल्की आक्सीजन ^{16}O मिलती है, भारी ऑक्सीजन ^{18}O काफी कम है, ऑक्सीजन ^{17}O बिल्कुल ही कम है। जिस हवा में हम साँस लेते हैं, उसकी ऑक्सीजन में ^{17}O के प्रत्येक 10 परमाणु पर ^{18}O के 55 परमाणु होते हैं और समस्थ ^{16}O के 26 000 से भी अधिक परमाणु होते हैं।

भौतिकविद अपने त्वरित्रों और रिऐक्टरों में ऑक्सीजन के पाँच अन्य रश्मिसक्रिय समस्थ बनाने में सफल हो चुके हैं। ये हैं : ^{13}O, ^{14}O, ^{15}O, ^{19}O, ^{20}O । इनका जीवन-काल बहुत लम्बा नहीं है; कुछ मिनटों में क्षयित होकर ये अन्य तत्त्वों के समस्थों में परिणत हो जाते हैं।

कितने प्रकार के विभिन्न पानी हो सकते है? यदि सामान्य सूत्र H_2O वाले यौगिक के सभी सम्भव प्रकारों की

गिनती की जाए, तो परिणाम आशातीत होगा : कुल अड़तालीस तरह के पानी हो सकते हैं। इनमें से उन्तालीस पानी रश्मिसक्रिय होंगे। स्थायी टिकाऊ 'पानियों' की संख्या भी कम नहीं होगी :–नौ :

$H_2{}^{16}O, H_2{}^{17}O, H_2{}^{18}O, HD^{16}O, HD^{17}O, HD^{18}O, D_2{}^{16}O, D2^{17}O, D_2{}^{18}O$।

यदि हाइड्रोजन के दो और अतिभारी समस्थों–^4H व ^5H –के अस्तित्व की बात पूरी तरह से सच निकली, तो एक सौ बीस भिन्न पानी सम्भव होंगे। पर सारी बात यहीं खत्म नहीं होती। 1970 में सोवियत भौतिकविदों ने बहुआवेशी आयनों के विशाल त्वरित्र में एक अद्भुत ऑक्सीजन बनाई–यह अतिभारी समस्थ ^{24}O था। इसके नाभिक में ढेर सारे न्यूट्रोन होते हैं और यह बहुत अस्थायी होता है। यदि ऑक्सीजन के इस नये समस्थ को भी ध्यान में रखा जाए, तो विभिन्न पानियों की संख्या एक सौ पैंतीस तक पहुँच जाएगी।

अब इसका हिसाब आप खुद लगाइए कि अन्तरिक्ष के साथ की सीमा पर ट्रीटियम-युक्त अणु वाले कितने पानी बनते हैं और वर्षा के रूप में जमीन पर गिरते हैं। इसमें यह भी जोड़ सकते हैं कि परमाणु रिऐक्टर को ठंडा करने वाले पानी में कितने भिन्न प्रकार के रश्मिसक्रिय पानी बनते हैं। दुनिया में कहीं से भी एक गिलास पानी लीजिए, उसमें विभिन्न अणुओं का मिश्रण नजर आएगा, जो अपनी समस्थानिक गठन की दृष्टि से असमान होंगे।* निस्संदेह, भिन्न समस्थानिक गठन वाले अणुओं के बनने की संभाव्यता बिल्कुल समान नहीं है। एक साथ दो या तीन विरल समस्थानिक परमाणुओं वाले अणुओं के बनने की घटना इतनी विरल है और उनकी संख्या इतनी कम है कि भौतिकविदों के अनुसार फिलहाल उनकी उपेक्षा की जा सकती है।

साधारण पानी क्या है? ऐसा पानी दुनिया में है ही नहीं। वह हमेशा असाधारण होता है। समस्थानिक गठन के अनुसार भी प्रकृति में पानी भिन्न होता है। गठन पानी के इतिहास पर निर्भर करती है–इस बात पर कि उसके प्राकृतिक चक्र की अनंत बहुरुपता में उसके साथ क्या-क्या हुआ है। वाष्पन के दौरान पानी प्रोटियम से सांद्रित होने लगता है और इसीलिए वर्षा का पानी झील के पानी से भिन्न होता है। नदी का पानी समुद्री पानी से भिन्न होता है। संवृत झीलों के पानी में ड्युटेरियम अधिक होती है–बनिस्बत की पहाड़ी स्रोतों के। हर स्रोत में पानी का अपना निजी समस्थानिक गठन होता है।

जाड़ों में तालाब या झील का पानी जब जम जाता है, तो उसकी सतह पर स्की करने वालों को सन्देह तक नहीं होता कि बर्फ का समस्थानिक गठन बदल चुका है : उसमें भारी हाइड्रोजन का अंश कम हो जाता है और भारी ऑक्सीजन का अंश बढ़ जाता है। पिघलती हुई बर्फ या पानी दूसरा होता है; वह उस पानी से भिन्न होता है जिसके जमने से बर्फ बनी थी।

यदि पानी का रासायनिक विघटन कर दिया जाए और इससे प्राप्त हाइड्रोजन को जलाया जाए, तो फिर पानी ही मिलेगा, लेकिन बिल्कुल दूसरा। कारण यह कि हवा में स्थित ऑक्सीजन का औसत समस्थानिक गठन, पानी में स्थित ऑक्सीजन के औसत समस्थानिक गठन से भिन्न होता है। लेकिन एक बात है : हवा का समस्थानिक गठन सारी पृथ्वी पर एक-सा है, जबकि पानी का –नहीं।

प्रकृति में पानी की समस्थानिक गठन स्थिर नहीं होती और सिर्फ इसीलिए हम यह नहीं कह सकते कि अमुक जगह पर साधारण पानी होता है।

हल्का पानी क्या है? यह वही पानी है जिसका सूत्र हम स्कूलों में सीखते हैं–$^1H_2{}^{16}O$ । पर प्रकृति में ऐसा पानी नहीं है। इस तरह का पानी वैज्ञानिकों ने बड़ी कठिनाई से तैयार किया है। इसकी जरूरत पड़ी थी पानी के गुणों का–विशेषकर उसके घनत्व का–सही-सही माप लेने के लिए। फिलहाल यह पानी संसार की चंद बड़ी प्रयोगशालाओं में ही है, जहाँ विभिन्न समस्थानिक यौगिकों का अध्ययन किया जाता है।

---

* अणु की समस्थानिक गठन–इससे तात्पर्य है कि अणु में कितने प्रकार के समस्थ हैं और वे किस अनुपात (या प्रतिशत मात्रा) में हैं। इसी प्रकार से, हवा (या पानी) का समस्थानिक गठन हवा (या पानी) के दिए हुए नमूने में विभिन्न समस्थानिकों का अनुपात।–अनु.

भारी पानी क्या है? प्रकृति में यह पानी भी नहीं है। सही मायने में भारी पानी सिर्फ उसको कहते हैं, जो हाइड्रोजन व ऑक्सीजन के केवल भारी समस्थों से बनता है–$D_2{}^{18}O$; पर ऐसा पानी वैज्ञानिकों की प्रयोगशालाओं में भी नहीं है। निस्संदेह, यदि विज्ञान और तकनीक को ऐसे पानी की जरूरत पड़ेगी, तो वैज्ञानिकगण इसे प्राप्त करने की विधि ढूँढ लेंगे : प्राकृतिक जल में ड्यूटेरियम और ऑक्सीजन जितनी चाहें, मिल जाएगी।

विज्ञान और नाभिकीय तकनीक में औपचारिकतः भारी हाइड्रोजन वाले पानी को भारी पानी कहते हैं। इसमें सिर्फ ड्युटेरियम होती है और हाइड्रोजन का साधारण हल्का समस्थ बिल्कुल नहीं होता। इस पानी में ऑक्सीजन का समस्थानिक गठन हवा की ऑक्सीजन के सामान्य गठन जैसा होता है। भारी हाइड्रोजन वाले पानी का सूत्र लिखा नहीं जा सकता। यह कोई रासायनिक यौगिक नहीं है, विभिन्न पानियों का मिश्रण है। इनमें से हरेक में ड्यूटेरियम होती है और हल्की हाइड्रोजन बिल्कुल ही नहीं होती। भिन्न समस्थानिक गठन वाले पानियों के इस मिश्रण में ऑक्सीजन के टिकाऊ समस्थ ठीक उसी अनुपात में होते हैं जो हवा में होता है।

अभी हाल तक दुनिया में किसी को यह संदेह भी नहीं था कि ऐसा पानी होता है, पर अब अनेक देशों में बड़े-बड़े कारखाने काम कर रहे हैं जो लाखों-करोड़ों टन पानी संसाधित करते रहते हैं ताकि ड्यूटेरियम निकाल कर शुद्ध भारी पानी प्राप्त कर सके।

आधा भारी पानी होता है? आधा भारी पानी HDO गठन वाले मिलावटी अणुओं से बने पानी को कह सकते हैं। यह प्राकृतिक जल में उपस्थित रहता है, पर शुद्ध रूप में इसे प्राप्त करना असंभव है, क्योंकि पानी में हमेशा समस्थानिक विनिमय की प्रतिक्रिया चलती रहती है। हाइड्रोजन-समस्थ के परमाणु बहुत चंचल होते हैं और निरन्तर पानी के एक अणु से दूसरे अणु में आते-जाते रहते हैं। ऐसा पानी जिसकी औसत गठन आधे भारी पानी के सूत्र के अनुरूप हो, तैयार करना कठिन नहीं है। पर विनिमय की प्रतिक्रिया

$$2\,HDO \rightleftarrows H_2O + D_2O$$

के कारण वह भिन्न समस्थानिक गठन वाले अणुओं–H_2O, HDO, D_2O –का मिश्रण बन जाता है।

शून्य पानी क्या है? शून्य पानी शुद्ध हल्की हाइड्रोजन और वातावरणीय ऑक्सीजन से बनता है। शून्य पानी का भी सूत्र लिखना असंभव है। यह कई पानियों का मिश्रण होता है जिनमें से प्रत्येक, हल्की हाइड्रोजन के साथ ऑक्सीजन के किसी टिकाऊ समस्थ के मिलने से बना होता है। शून्य पानी में भारी हाइड्रोजन नहीं होती।

भौतिक-रसायनविदों ने इस पानी को मानक के रूप में चुन लिया है क्योंकि इसकी गठन बहुत स्थायी होती है। इसे प्राप्त करना भी कठिन नहीं है और इसके साथ अज्ञात गठन वाले पानी की तुलना करना सुविधाजनक है : दोनों के घनत्व का अन्तर निर्धारित करके ड्युटेरियम का अनुपात ज्ञात किया जा सकता है।

और कोई पानी है? उपरोक्त पानियों के अतिरिक्त एक और पानी है–भारी ऑक्सीजन वाला ($H_2{}^{18}O$)। इसे प्राकृतिक जल से प्राप्त करना बहुत कठिन है और जटिल भी। शुद्ध रूप में इसे अब तक किसी ने भी नहीं प्राप्त किया है। अनेक जैव तथा रासायनिक प्रक्रियाओं के अध्ययन में भारी ऑक्सीजन वाले पानी की बहुत आवश्यकता पड़ती है, इसीलिए अब कारखानों में इस पानी का साधारण पानी में काफी सांद्रित घोल प्राप्त किया जाता है।

रश्मिसक्रिय पानी होता है? हाँ। भौतिकविद परमाणु रिऐक्टरों में कृत्रिम विधि से ट्रीटियम वाला पानी बनाना सीख गए हैं। शक्तिशाली रश्मिसक्रियता के कारण यह पानी बहुत खतरनाक है। फिलहाल इस तरह के पानी की सिर्फ वैज्ञानिकों को जरूरत है।

और कोई नया पानी प्राप्त नहीं किया गया है? नहीं। कारण यह कि बाकी संभव पानियों की अभी किसी को जरूरत नहीं है। यदि जरूरत होगी, तो विज्ञान बेशक उनमें से किसी को भी प्राप्त करने की विधि ढूँढ़ लेगा।

क्या एंटीजल भी होना चाहिए? भौतिकविद अभी इस प्रश्न का उत्तर नहीं दे सकते। एंटीहाइड्रोजन के अस्तित्व

की संभावना स्वीकार करने का आधार तो है, पर एंटीऑक्सीजन के अस्तित्व के बारे में फिलहाल कुछ नहीं कहा जा सकता। यह सच है कि सोवियत अन्वेषकों ने एंटीहीलियम के एक समस्थ का नाभिक प्राप्त कर लिया है। यह एंटीहीलियम-3 है। यदि एंटीतत्त्व No. 2 मिल चुका है, तो आशा व्यक्त की जा सकती है कि वैज्ञानिक शीघ्र ही एंटीतत्त्व No. 8 (एंटीऑक्सीजन) तक भी पहुँच जाएँगे। अधिक सम्भव है कि वे स्वयं इसे बना लें। तब एंटीजल के बारे में कुछ कहा जा सकेगा। एंटीहाइड्रोजन और साधारण ऑक्सीजन से, जैसा कि आप खुद समझते होंगे, पानी बनने का सवाल ही पैदा नहीं होता। इनके मिलन से सिर्फ विराट पैमाने पर ध्वंस ही हो सकता है।

इसीलिए एंटीहाइड्रोजन-समस्थ वाले पानी की गणना करने की फिलहाल जरूरत नहीं। एंऔजल के अणु उत्पन्न हों, इसके लिए एंटीऑक्सीजन का होना जरूरी है जिसके बारे में हम अभी कुछ भी नहीं जानते। पर ब्रह्मांड में कोई ऐसा कोना हो सकता है, जहाँ की दुनिया एंटीद्रव्य से बनी हो (भौतिकविद और खगोलशास्त्री इस बात को काफी गंभीरता से लेते हैं)। इस एंटीविश्व में ही विभिन्न एंटीजल हो सकते हैं। वहाँ उनकी संख्या उतनी ही होगी, जितने हमारे विश्व में विभिन्न जल हैं। बात ठीक है या गलत, यह फिलहाल कोई नहीं बता सकता। इसीलिए, कितनी तरह के पानी हो सकते हैं, यह हम अभी नहीं जानते।

पानी में बहुत तरह के पानी मिले होते हैं क्या? किस पानी में? उसमें जो नदी से आकर नल में बहता है, भारी पानी $D_2{}^{16}O$ करीब 150 g प्रतिटन होता है और भारी ऑक्सीजन वाला पानी ($H_2{}^{17}O$ तथा $H_2{}^{18}O$ दोनों मिलाकर) करीब 1800g प्रति टन होता है। प्रशांत महासागर के पानी के एक टन में भारी पानी लगभग 165g होता है।

काकेशस के बड़े हिमपर्वतों की एक टन बर्फ में भारी पानी 7g अधिक होता है, बनिस्बत कि नदी के पानी में; भारी ऑक्सीजन वाला पानी भी इतना ही होता है। पर इन हिम पर्वतों पर बहने वाले स्रोतों में $D_2{}^{16}O$ करीब 7 g कम है और $H_2{}^{18}O$-23 g अधिक है, बनिस्बत कि नदी में।

भारी पानी साधारण पानी की अपेक्षा अधिक ऊँचे तापक्रम पर जमता है ...और उबलता भी अधिक ऊँचे तापक्रम पर है।

ट्रीटियम वाला पानी वातावरणीय अवसादन के रूप में जमीन पर गिरता है—पर बहुत कम : वर्षा के 10 खरब (10^{12}) टन पानी में यह सिर्फ 1 g होता है।

समुद्री पानी में वह और भी कम है।

यदि ठीक-ठीक कहा जाए, तो पानी हमेशा और हर जगह भिन्न है। अलग-अलग दिन गिरी बर्फ की भी समस्थानिक गठन अलग-अलग होती है। बेशक, अन्तर कुछ बड़ा नहीं है—एक टन में सिर्फ 1-2 g का अन्तर होता है। पर यह ज्यादा है या कम, कहना मुश्किल है।

हल्के प्राकृतिक पानी और भारी पानी में आखिर अन्तर क्या है? उत्तर इस बात पर निर्भर करता है कि आप पूछ किससे रहे हैं। हममें से किसी को भी शक नहीं होता कि हम पानी से अच्छी तरह परिचित हैं। यदि हममें से हरेक को एक-एक गिलास साधारण, भारी और हल्का पानी दिया जाए तो हम बिल्कुल साफ और निश्चित उत्तर देंगे : तीनों ही गिलासों में साधारण स्वच्छ पानी है। वह समान रूप से पारदर्शक और रंगहीन है। स्वाद और महक में भी कोई अन्तर नहीं निकलेगा। यह सही भी है—यह सब पानी है।

रसायनविद इस प्रश्न का करीब ऐसा ही उत्तर देगा कि ये **लगभग** समान है : सोडियम डालने पर प्रत्येक पानी

समान रूप से हाइड्रोजन मुक्त करेगा, विद्युविश्लेषण करने पर ये पानी समान तरह से विघटित होंगे, उनके सभी रासायनिक गुण **लगभग** संपाती होंगे। यह भी समझ में आने वाली बात है : उनकी रासायनिक गठन समान है, ये पानी हैं।

साधारण पानी से भारी होने के कारण ही भारी पानी को भारी कहते है।

भौतिकविद यह नहीं मानेगा। वह उनके भौतिक गुणों में काफी बड़ा अन्तर दिखा सकता है : ये भिन्न तापक्रमों पर खौलते या जमते हैं, इनका घनत्व अलग-अलग है, इनके वाष्पों की प्रत्यास्थता भी कुछ भिन्न है। विद्युविश्लेषण करने पर इनका विघटन समान वेग से नहीं होता। हल्का पानी कुछ जल्दी विघटित होता है और भारी पानी—कुछ धीरे। वेगों में अन्तर नगण्य है, पर विद्युविश्लेषण में अवशिष्ट पानी भारी पानी से कुछ सांद्रित हो जाता है। भारी पानी की खोज इसी विधि के फलस्वरूप हुई थी। समस्थानिक गठन में परिवर्तन द्रव्य के भौतिक गुणों को कम प्रभावित करते हैं। पर जो गुण अणु के द्रव्यमान पर निर्भर करते हैं, वे ज्यादा परिवर्तित होते हैं। उदाहरणार्थ—वाष्प के अणुओं का विसरण-वेग।

जीववैज्ञानिक संभवतः चुप बैठ जाएगा, तुरन्त जवाब नहीं दे सकेगा। उसे भिन्न समस्थानिक गठन वाले पानी में अन्तर की समस्या पर अभी बहुत काम करना है। अभी हाल तक सभी मानते थे कि अभी पानी में कोई भी प्राणी जी नहीं सकता। उसे **मृत** पानी की संज्ञा भी दी गई थी। पर पता चला कि कुछ सूक्ष्मजीवों को भारी पानी का आदी बनाया जा सकता है—यदि जिस पानी में वे रहते हैं, उसमें बहुत सावधानी से धीरे-धीरे प्रोटियम को ड्युटेरियम से विस्थापित किया जाए। वे इस पानी में आराम से रहेंगे, विकसित भी होंगे। साधारण पानी उनके लिए हानिकर हो जाएगा।

भारी पानी की किसे जरूरत है? मानवता को। मानवता उस सीमा तक पहुँच गई है जिसके पार और्जिक भूख का भयंकर खतरा उसका इन्तजार कर रहा है। सारी उम्मीद इसी बात पर है कि और्जिकी में भारी पानी का उपयोग किया जाएगा।

अभी भारी पानी की क्या जरूरत है? उपरोक्त बातों का सम्बन्ध सिर्फ उन गुणों से है जो परमाणुओं की संरचना तथा उनकी क्रम-संख्या, अणु में एलेक्ट्रोनों तथा परमाणु-नाभिकों में वैद्युत आवेशों की संख्या और उनकी पारस्परिक स्थिति पर निर्भर करते हैं। द्रव्यों का रासायनिक आचरण सिर्फ इसी से निर्धारित होता है। अणु की संरचना परमाणु-नाभिक के द्रव्यमान पर निर्भर नहीं करती। इसीलिए भिन्न समस्थानिक गठन वाले समान अणु लगभग समान होते हैं।

पर विज्ञान में शब्द ''लगभग' का प्रयोग बहुत सावधानी से, सोच-समझकर, करना चाहिए। यह सच है कि रासायनिक यौगिक समस्थानिक गठन के अनुसार भिन्न होते हैं और रासायनिक गुणों के अनुसार लगभग अभिन्न होते हैं। पर फिर भी इन सबों का आचरण थोड़ा भिन्न होता है। उनमें प्रेक्षित समस्थानिक प्रभावों का मान कुछ ज्यादा नहीं होता : प्रतिक्रिया की चाल थोड़ी भिन्न हो जाती है, संतुलन-स्थिरांकों के मान थोड़े बदल जाते हैं। तात्त्विक गठन और संरचना की दृष्टि से भिन्न अणुओं का स्पेक्ट्रम भी भिन्न होता है यदि उनकी समस्थानिक गठन समान होती है।

समस्थानिक यौगिकों के गुणों की समानता तब खत्म होती है, जब गतिकीय और नाभिकीय लंछकों (गतिकीय और नाभिकीय विशेषताओं की सूचक राशियों) का प्रश्न उठता है। एक ही तापक्रम पर भारी समस्थानिक परमाणु वाला अणु अपेक्षाकृत कम वेग से गतिमान होता है; ऐसे कणों के बीच टक्कर होने पर गतिज ऊर्जा का विनिमय दूसरे ढंग का होता है। प्रमुख बात तो यह है कि नाभिकीय रूपांतरण में भाग लेने की अणुओं की क्षमता में परिवर्तन आ जाता है। बस ये ही गुण हैं जो भारी पानी को अन्य समस्थानिक गठन वाले किसी भी पानी से अलग करते हैं क्योंकि उसकी

गठन में भारी हाइड्रोजन है। हमारे युग में भारी पानी का उपयोग नाभिकीय रिऐक्टरों में न्यूट्रोनों को धीमा (मंद) करने के लिए सफलतापूर्वक हो रहा है।

परमाणु-भट्ठी में मंदक की भूमिका बहुत महत्त्वपूर्ण है। जब यूरेनियम-235 का नाभिक विघटित होकर दो टुकड़ों–परमाणु नाभिकों–में बंटता है, तो उसमें से एक साथ दो या तीन न्यूट्रोन निकल पड़ते हैं। इनका वेग बहुत ज्यादा होता है : 20000 km\ s (किलोमीटर प्रति सेकेंड) से भी ज्यादा। यूरेनियम के दूसरे परमाणुओं में ये क्षिप्र न्यूट्रोन स्वयं विघटन नहीं शुरू कर सकते। ये परमाणुओं के पास से इतनी तेजी से गुजरते हैं कि प्रतिक्रिया शुरू भी नहीं हो पाती। न्यूट्रोनों को करीब 2.2 km\s वेग तक मंदित करना पड़ता है ताकि वे परिवेशी अणुओं की तापीय गति के साथ संतुलन में आ सकें। इसके लिए न्यूट्रोनों की ऊर्जा करीब 6 करोड़ गुनी कम होनी चाहिए। मंदक के रूप में हर द्रव्य काम नहीं आ सकता। चयन बहुत सीमित है। प्रथमतः द्रव्य ऐसा होना चाहिए जो न्यूट्रोन की अवशोषित करके स्वयं नाभिकीय प्रतिक्रिया में भाग नहीं लेने लगे। और दूसरे, वह अल्प द्रव्यमान-संख्याओं वाले हल्के तत्त्वों से बना होना चाहिए। भारी नाभिक के साथ टक्कर होने पर न्यूट्रोन का वेग लगभग अपरिवर्तित रहता है, ठीक उसी तरह जैसे दीवार से टकराकर लौटती गेंद का वेग अपरिवर्तित रहता है।

सबसे अच्छी मंदक हल्की हाइड्रोजन होती , पर वह न्यूट्रोनों को अवशोषित कर लेती है। भारी हाइड्रोजन उन्हें नहीं के बराबर अवशोषित करती है। भारी पानी में प्रविष्ट न्यूट्रोन के लिए भारी हाइड्रोजन से सिर्फ 25 बार टकराना काफी रहता है ताकि उसकी उच्च ऊर्जा कम हो जाए और वह यूरेनियम के साथ व्यतिक्रिया (पारस्परिक क्रिया) करने लायक हो जाए। ग्रैफाइट के रूप में कोयला भी कोई बुरा मन्दक नहीं है। लेकिन उसमें न्यूट्रोन को करीब 110 टक्करें खानी पड़ती हैं ताकि उसका आरंभिक वेग घटकर कम हो सके।

भारी पानी का उपयोग मंदक के रूप में करके इंजीनियर लोग बहुत कारगर–और खासकर हल्के व कंपैक्ट–परमाणु और्जिक संयंत्र बनाते हैं जिनका उपयोग यातायात में होता है।

भारी पानी और किस लिए जरूरी है? बहुत सी भौतिक, रसायनिक और जैव प्रक्रियाओं का अध्ययन करने के लिए। बेशक, यह भारी पानी का छोटा-सा उपयोग है–पर यह बहुत महत्त्वपूर्ण है। ऐसी कोई भी प्राकृतिक प्रक्रिया नहीं जिसमें पानी या हाइड्रोजन भाग न लेती हो। भारी पानी के परमाणु सबसे महत्त्वपूर्ण चिन्हित परमाणु हैं। रसायनविद इनकी प्रतिक्रियाओं के अध्ययन पर भेदिये जैसी नजर रख रहे हैं ताकि उनके रहस्यों को जाना जा सके। वर्तमान समय में विज्ञान का एक नया क्षेत्र उभर आया है और बहुत तेजी से विकसित हो रहा है। इनका नाम है–समस्थानिक विनिमय का रसायन। इसका सबसे महत्त्वपूर्ण लक्ष्य है। ड्यूटेरियम की सहायता से जैव (कार्बनिक) यौगिकों की संरचना का अन्वीक्षण करना और उन्हें उत्पन्न करने वाली रासायनिक प्रतिक्रिया की प्रवाह-विधि का अध्ययन करना।

मनुष्य को भारी पानी की ही जरूरत क्यों है? इस प्रश्न का उत्तर देने के लिए आँकड़ों और सूत्रों की भाषा का उपयोग करना पड़ेगा। यह सबसे अच्छी भाषा है क्योंकि इसे कोई भी देशवासी, कोई भी भाषा-भाषी समझ सकता है।

रसायनविदों के लिए सभी समस्थानिक परमाणुओं के द्रव्यमान शुद्ध-शुद्ध नापे जा चुके हैं, यथा :

प्रोटियम ^1_1H M=1.007 825

ड्युटेरियम ^2_1D M=2.014 102

ट्रीटियम ^3_1T M=3.016 049

भौतिकविदों ने हल्के परमाणुओं के बीच नाभिकीय प्रतिक्रिया की संभावना को निर्धारित किया। इसमें ड्युटेरियम-परमाणुओं के बीच प्रतिक्रिया की संभावना भी शामिल है :

$$ {}_{1}^{2}D + {}_{1}^{2}D = {}_{1}^{1}H + {}_{1}^{3}T $$

साधारण रसायनशास्त्र द्वारा निरूपित प्रतिक्रिया में द्रव्यमान-संरक्षण का निमय लागू नहीं हो पाता क्योंकि इस प्रतिक्रिया के परिणाम में एक घाटा नजर आता है :

$$ (2.\ 2.\ 014\ \ 102—1.007\ 825—3.016\ \ 049\ )g $$
$$ = 0.004\ \ 330\ g $$

यह घाटा कुछ कम नहीं है। इसका अर्थ है कि यदि ऐसी परिस्थितियाँ ज्ञात हो जाएँ जिनमें भारी हाइड्रोजन के 2 मोल के बीच प्रतिक्रिया होने लगे, तो आइंस्टाइन के समीकरण $\Delta E = \Delta mc^2$ के अनुसार ऊर्जा की निम्न मात्रा प्राप्त होगी :

$$ 0.00433.\ (3.0 \cdot 10^{10})^2 \quad erg \ = \ 3.9 \cdot 10^{18} \quad erg $$
$$ = 3.9 \cdot 10^{11} J $$

ऊर्जा की यह मात्रा कुछ कम नहीं है। इतनी ऊर्जा प्राप्त करने के लिए अभी की परिस्थितियों में प्रथम कोटि का 13.5 t कोयला भट्ठियों में जलाना पड़ता है। और, इसे खोदना पड़ता है; जमीन के अंदर से निकाल कर भट्ठी तक लाना पड़ता है।

पर नाभिकीय प्रतिक्रिया के अनुसार उतनी उर्जा सिर्फ दो मोल ड्यूटेरियम खर्च करने से मिल सकती है जो एक मोल भारी पानी में होती है। अतः साधारण पानी की आवश्यक मात्रा होगी :

$$ \frac{6700.18}{1000} kg \ = 120.6\ kg, $$

या 120 लीटर। इसका मतलब है कि **एक लीटर साधारण पानी** से कहीं अधिक ऊर्जा प्राप्त की जा सकती है, बनस्बित कि **सौ किलोग्राम कोयले** से। और पानी का भंडार पृथ्वी पर अक्षय है।

पानी से ऊर्जा प्राप्त करने में बाधा क्या है? इस तरह की संभावना अभी कोरी कल्पना सी लगती है, पर यह पूरी तरह यथार्थ है। इसके कार्यान्वयन में विज्ञान बहुत सारी बाधाएँ पार कर चुका है। यह जटिलतम समस्या, कि प्रकृति से भारी पानी कैसे प्राप्त किया जा सकता, हल हो चुकी है। हल्के परमाणुओं के बीच जिन परिस्थितियों में नाभिकीय प्रतिक्रिया हो सकती है, उनका सैद्धांतिक अध्ययन और कलन हो चुका है।

इसमें अध्ययनकर्ताओं को बड़ी-बड़ी कठिनाइयों का सामना करना पड़ा। उनकी गंभीरता का अंदाजा आप, एक साधारण कलन से लगा सकते हैं : दो परमाणु आपस में नाभिकीय प्रतिक्रिया शुरू करें, इसके लिए जरूरी है कि उनके नाभिक आपस में टकरा जाएँ, अर्थात् करीब 10^{-14} m की पारस्परिक दूरी पर पहुँच जाएँ। इसी दूरी से अन्तरानाभिकीय बल वैद्युत-स्थैतिक-विकर्षण पर विजय प्राप्त करने लगते हैं।

पर परमाणुओं ने नाभिक अपने एलेक्ट्रोनी अभ्र (आवरण) के अभेद्य कवच में छिपे रहते हैं। इस आवरण को दसियों हजार गुना दूरी से अनुभव किया जा सकता है। लेकिन प्रमुख बात यह है कि समान विद्युत से आविष्ट होने के कारण, नाभिक स्वयं एक-दूसरे को विकर्षित करते हैं। इस पारस्परिक विकर्षण पर विजय प्राप्त करने के लिए आवश्यक ऊर्जा का कलन कठिन नहीं है। कूलंब के नियम से ज्ञात होता है कि 10^{-14} m दूरी तक निकट आए दो नाभिकों की स्थितिज ऊर्जा होगी :

$$ \frac{Z_1 \cdot Z_2\ (1.6.10^{-19})^2 \cdot 9.10^9}{10^{-14}} \ J = 2.3 \cdot 10^{-14} \cdot Z_1 \cdot Z_2 \ \ J, $$

यदि टक्कर परमाणु-संख्या Z_1 व Z_2 वाले तत्त्वों के बीच हो रही है।

निस्संदेह, परमाणुक राशियों की दुनिया न तो दिखाई दे सकने वाली है, न ही हम इसके आदी हैं, इसलिए यह कल्पना करना कठिन है कि यह उर्जा कितनी हुई–कम, या अत्यधिक कम नहीं। पर विद्युत्स्थैतिक विकर्षण की स्थितिज ऊर्जा पर विजय पाने के लिए परमाणुओं को किस वेग से टकराना चाहिए, इसका हिसाब आसानी से लगाया जा सकता है। उनमें उससे कम गतिज ऊर्जा नहीं होनी चाहिए, कम से कम इसके बराबर होनी चाहिए। इसलिए

$$\frac{1}{2}\ mv^2 = 2.3{\cdot}10^{-14}{\cdot}Z_1{\cdot}Z_2$$

एक परमाणु का द्रव्यमान उसके परमाणुक द्रव्यमान A से ज्ञात किया जा सकता है, यदि पता हो कि एक मोल में कितने परमाणु होते हैं :

$$m= \frac{A}{6.02.10^{23}}$$

हम वह वेग भी निर्धारित कर सकते हैं जिससे परमाणुओं को नाभिकीय प्रतिक्रिया शुरु करने के लिए टकराना चाहिए :

$$v = 5.3{\cdot}10^8 \sqrt{\frac{Z_1.Z_2}{A}}$$

ड्यूटेरियम की परमाणुक संख्या Z=1 है। समस्थ का द्रव्यमान $A=2$ है, अतः परमाणुओं का वेग $V=3.8{\cdot}10^6$ m\s यानी 3800 km\s होना चाहिए। भौतिकविद जानते हैं कि साधारण तापक्रम पर ड्यूटेरियम के परमाणुओं की तापीय गति का औसत वेग कितना होता है; 1.9 km\s के बराबर होता है। कमरे के तापक्रम पर, जो करीब 293 K के बराबर होता है, अणुओं की गतिज ऊर्जा परम तापक्रम के अनुपात में या वेग के वर्ग के अनुपात में बढ़ती है।

इसलिए, नाभिकों के बीच प्रतिक्रिया शुरू होने के लिए ड्यूटेरियम के अणुओं का वेग पर्याप्त हो, इसके लिए भारी हाइड्रोजन को निम्न तापक्रम तक गर्म करना पड़ेगा :

$$T = 293.\frac{3800^2}{1.9^2}\text{K} = 1.1.10^9\ \text{K}$$

निष्कर्ष : ड्यूटेरियम के सिर्फ वे नाभिक एक-दूसरे के साथ टकरा सकते हैं और प्रतिक्रिया शुरू कर सकते हैं जो **मिलियार्ड केल्विन से अधिक तापक्रम तक 'गर्म' किए गए हों।** यही वह गंभीर बाधा है जिसका सामना करना पड़ता है भावी संततियो को ऊर्जा सुलभ बनाने की कठिनतम व महानतम समस्या को हल करने में लगे भौतिकविदों को–इन ज्ञानवीरों को

भारी पानी की जगह कोई दूसरा द्रव्य नहीं प्रयुक्त हो सकता? नहीं। ऊर्जा-प्राप्ति के उद्देश्य से तापनाभिकीय प्रतिक्रिया के लिए हाइड्रोजन के स्रोत के रूप में भारी पानी के सिवाय और किसी द्रव्य का उपयोग शायद ही संभव है। इसका कारण यह है कि प्रतिक्रिया शुरू करने के लिए आवश्यक तापक्रम, तत्त्व की परमाणु संख्या के साथ-साथ तेजी से बढ़ता है। आप खुद ही हिसाब लगाने की कोशिश कीजिए कि बेरीलियम या सिलिकन के परमाणुओं के नाभिकों की पारस्परिक विद्युत्स्थैतिक विकर्षण-शक्ति पर विजय प्राप्त करने के लिए कणों की गतिज ऊर्जा किस तापक्रम के अनुरूप होगी। ड्यूटेरियम को अंशतः ट्रीटियम से विस्थापित किया जा सकता है, पर यह समस्थ प्रकृति में नहीं के बराबर है।

पर क्या यह सचमुच में संभव है? बहुत कठिन है, पर संभव है। प्रथमतः अध्ययनकर्ताओं को प्रकृति और भौतिकी दोनों ही से सहायता मिल रही हैः प्रतिक्रिया शुरू करने के लिए कोई जरूरी नहीं कि **पूरी की पूरी गैस** एक साथ ही इस भयंकर तापक्रम तक गर्म की जाए। यदि **अलग-थलग परमाणुओं** में ही इतनी उच्च ऊर्जा हो, तो यह पर्याप्त रहेगा।

गैस किसी भी तापक्रम पर क्यों न हो, उसमें छोटे से छोटे और बड़े से बड़े भिन्न वेग वाले कण मिल सकते हैं। इसीलिए यदि तापक्रम 10^9 K से कुछेक गुना कम भी हो, तो ड्यूटेरियम-परमाणुओं के बीच प्रतिक्रिया पर्याप्त क्षिप्रता से चल सकती है। इससे समस्या कुछ सरल हो जाती है।

इसके अतिरिक्त, तथाकथित सुरंगी प्रभाव जैसी परिघटना भी है जिसके कारण इस बात की कोई न कोई संभाव्यता हमेशा बनी रहती है कि विद्युस्थैतिक विकर्षण पर विजय प्राप्त करने के लिए आवश्यक मात्रा से कम गतिज ऊर्जा होने पर भी नाभिकों के बीच प्रतिक्रिया हो जाए।

इसलिए भारी हाइड्रोजन के नाभिकों के बीच तापनाभिकीय प्रक्रिया शुरू करने के लिए सिर्फ **तीन सौ मिलियन केल्विन** तापक्रम भी पर्याप्त हो सकता है! यदि ड्युटेरियम और ट्रीटियम के बीच प्रतिक्रिया करानी हो, तो **चालीस मिलियन केल्विन** तापक्रम ही काफी रहेगा।

कैसे यह किया जाए? यह किया जा चुका है। भौतिकविद तापनाभिकीय विस्फोट की प्रतिक्रिया करा चुके हैं जिसमें हल्के नाभिकों से अधिक भारी तत्त्वों के संश्लेषण की प्रतिक्रिया के लिए आवश्यक तापक्रम परमाणु-आवेश के विस्फोट—प्रज्वलन—से उपलब्ध होता है।

पर अभी भी बहुत कुछ करना बाकी है। आदमी को विस्फोट की आवश्यकता नहीं है; उसे नियंत्रणीय प्रतिक्रिया चाहिए, जो उद्योग और यातायात व भावी समाज की अन्य आवश्यकताओं के लिए ऊर्जा का स्रोत बन सके। इनके लिए तापनाभिकीय ''भट्ठी' चाहिए जिसका तापक्रम सैकड़ों मिलियन केल्विन हो।

आप विश्वास रख सकते हैं कि यह समस्या हल हो जाएगी। हमारे देशवासी भौतिकविदों ने तापनाभिकीय रिऐक्टर बनाने का सचमुच ही एक आश्चर्यजनक रास्ता ढूँढ़ लिया है। उन्होंने सिद्ध कर दिया है कि इतना ऊँचा तापक्रम सहन करने वाला द्रव्य प्रकृति में उपलब्ध नहीं होने पर भी ऐसी 'भट्ठी' संभव है। उन्होंने सिद्ध किया है कि इसकी दीवारों का काम शक्तिशाली विद्युचुम्बकीय क्षेत्र कर सकते हैं। ये अस्पृश्य, अदृश्य और पारदर्शक होकर भी तत्त्व के नाभिकों के लिए लाखों-करोड़ों केल्विन तापक्रम तक पर अभेद्य बने रह सकते हैं।

पानी में छिपी उर्जा से आदमी कितने दिनों तक काम चला सकता है?
एक अरब वर्ष से कम नहीं।

ब्रह्मांड में जल

क्या अंतरिक्ष में जल है? हाँ, पानी अंतरिक्ष में भी है। दस साल पहले खगोल-भौतिकीविदों ने रेडियो-दूरबीन द्वारा अंतरिक्ष से हमारी ओर आने वाली विचित्र लघु रेडियो-तरंगों की खोज की जिनकी लंबाई 1.35cm थी। पता चला कि यह विकिरण हमारी आकाशगंगा के ओरियन (मृग), कैसियोपिया (उत्तरी तारामंडल) तथा कुछ अन्य राशियों (नक्षत्र-पुंजों) में स्थित विराट रहस्यमय बादलों से उत्सर्जित होता है।

सैद्धांतिक कलनों ने दिखाया कि यह विकिरण निकलता है—पानी से। जलवाष्प के अणु तारों के प्रकाशीय स्पेक्ट्रम के अवरक्त भाग को अवशोषित कर लेते हैं और उद्दीप्त अवस्था में आ जाते हैं। इससे उनकी घूर्णन-गति का ऊर्जा-स्तर बढ़ जाता है। अणु जब पुनः अपनी मूल अवस्था में लौटते हैं, तो अपनी ऊर्जा को 1.35cm लंबी तरंगों के रूप में विकिरणित कर देते हैं। पानी के बादल अंतरिक्ष के बहुत बड़े-बड़े क्षेत्रों में उपस्थित है : उनका आकार विभिन्न नक्षत्र-राशियों में एक से चालीस ज्योतिष-ईकाई तक है और एक ज्योतिष-ईकाई पृथ्वी से सूर्य की दूरी को कहते हैं।

अन्तरिक्ष के क्षेत्रों में सिर्फ पानी ही नहीं है। रश्मिज्योतिर्विद ताक में लगे हैं और उन्हें एक से एक जटिल अणु मिल रहे हैं। आप आश्चर्य करें या न करें, अब तक हाइड्रोक्सील, अमोनिया, फोर्मालूडिहाइड, कार्बन डायक्साइड, सायनोजन, हाइड्रोजन सायनाइड और यहाँ तक कि रैखिक क्रम में स्थित कार्बन की कड़ियों वाले जटिल अणु—एसेटिलेनिल सायनाइड—भी मिल चुके हैं।

इस खोज ने वैज्ञानिकों को हतप्रभ कर दिया : ऐसी कार्बन-कड़ियाँ जैव अणुओं के लिए लाक्षणिक हैं और अंतरिक्ष में ये पहली बार मिली हैं। धनु नामक तारकपुंज में अंतरातारक गैस का एक गुबार है जो एसेटिलेनिल सायनाइड के जमा होने से बना है।

पानी की विद्यमानता के कारण अंतरिक्ष की गहराइयों में कहीं रसायनिक प्रक्रियाएँ भी जरूर चलती होंगी। यदि अब तक ज्ञात रासायनिक यौगिकों को ही लें, तो वे भी अनेकानेक रासायनिक प्रति क्रियाओं का आधार बन सकते हैं तथा उनसे और भी बड़ी संख्या में यौगिक प्राप्त हो सकते हैं।

इस प्रकार, वर्तमान समय में वैज्ञानिकगण एक नए आश्चर्यजनक विज्ञान—अंतरिक्ष के रसायन—की नींव डाल रहे हैं जिसकी भावी उपलब्धियों से परिचय कम रोचक नहीं होगा...

और क्या दूसरे ग्रहों पर पानी है? इस प्रश्न का उत्तर बिल्कुल निश्चित और सही रूप से दिया जा सकता है : हाँ दूसरे ग्रहों पर भी पानी है।

सोवियत वैज्ञानिकों ने शुक्र ग्रह पर स्वचालित रासायनिक प्रयोगशालाओं को भेजा, जिन्होंने सीधे ग्रह के वातावरण में ही उसकी गठन का विश्लेषण करके परिणामों को पृथ्वी पर रेडियो संकेतों से भेजा।

इनमें से पहली प्रयोगशाला—''वेनेरा-4''—50 करोड़ किलोमीटर तय करके पैराशूट के सहारे इस ''रहस्यमय ग्रह'' के वातावरण में उतरी। वहाँ उसने वातावरण की भौतिक व रासायनिक अवस्थाओं की परीक्षा की—तापक्रम, दाब, घनत्व,

आदि, की अनुपम मापें लीं, वहीं पर उसकी रासायनिक गठन (अवयवानुपात) का विश्लेषण किया। विज्ञान के इतिहास में यह घटना पहली बार घटी थी–18 अक्तूबर 1967 को। इसके बाद, मई 1969 में दो और स्वचालित केन्द्र शुक्र ग्रह तक पहुँचे। उन्होंने पहले से प्राप्त परिणामों की पुष्टि की।

नए संशोधित आंकड़ों के अनुसार शुक्र (वेनेरा) की हवा का गठन निम्नाँकित है :

कार्बन डायक्साइड–करीब 97%,
ऑक्सीजन–0.1% से अधिक नहीं
नाईट्रोजन–2% से अधिक नहीं
जल-वाष्प–करीब 1%

15 दिसंबर 1970 को अंतराग्रही स्वचालित केन्द्र 'वेनेरा-7" इस ग्रह की सतह पर उतरा और उसने वहीं से पृथ्वी पर शुक्रतल के बारे में सूचनाएँ भेजीं। पता चला कि ग्रह पर तापक्रम 470^0 C से अधिक है और दाब धरातल की तुलना में 90 गुना ज्यादा है।

पर पानी शुक्र ग्रह पर द्रव-रूप में नहीं हो सकता। तापक्रम बहुत ऊँचा है। इसीलिए जीवन के ज्ञात रूप भी वहाँ संभव नहीं है। पर पानी वहाँ है, इसमें कोई शक नहीं है।

अनुमान किया जाता है कि पानी मंगल ग्रह पर भी है। वहाँ ज्योतिर्विद अनेक वर्षों के दौरान कई बार एक चमकदार कौंध देख चुके हैं जो आज कई विज्ञान-गल्पों में कथानक का आधार बन चुकी है। सोवियत वैज्ञानिक इन कौधों से निकली किरणों और सूर्य की दिशा के बीच का कोण शुद्ध रूप से नाप कर इस निष्कर्ष पर पहुँचे हैं कि कौंधें मंगल के वातावरण में मंडराते नन्हे हिमक्रिस्टलों द्वारा और किरणों के परावर्तन से उत्पन्न होती हैं। इस तरह की संवृत्तियाँ पृथ्वी पर अक्सर देखी जाती हैं जब कड़ाके की बर्फीली ठंड पड़ती है और आकाश में मिथ्या सूर्यों के बिम्ब प्रकट होते हैं। अतः बिल्कुल संभव है कि मंगल पर पानी हो। हाल ही में इस अनुमान को प्रमाणित करने वाला एक ठोस आधार मिला है–मंगल के वातावरण में स्पेक्ट्रोस्कोपी विधि से जल-वाष्प के चिन्ह देखे गए हैं।

खगोल-भौतिकीविद वृहस्पति पर पानी ढूँढ चुके हैं। इस भीमकाय ग्रह को रहस्यमय ग्रह कहलाने का और भी अधिक अधिकार है। वृहस्पति के वातावरण में पानी की भूमिका के बारे में कुछ विस्तार से कहना होगा। इसमें बहुत कुछ अभी रहस्य बना हुआ है और उद्‌घाटित नहीं हो पाया है। पर, लगता है, यहाँ विज्ञान एक महानतम रहस्य–ब्रह्मांड में जीवन की उत्पत्ति के रहस्य–के ज्ञान के निकट पहुँचने वाला है।

वृहस्पति का नाभिक तप्त है, पर इतना नहीं कि तापनाभिकीय प्रक्रिया शुरु हो सके। और, वह धातुई हाइड्रोजन के आवरण से घिरा हुआ है। बाहर से ग्रह वातावरण की घनी परत से आवृत है जिसकी मुटाई दसियों हजार किलोमीटर है। वृहस्पति का बाह्य तापक्रम बहुत कम है–लगभग–100^0C । उसके वातावरण में मुख्यतः हाइड्रोजन और हीलियम हैं। पर उसमें मिथेन, अमोनिया, हाइड्रोजन सल्फाइड और...पानी भी मिल चुके हैं।

सबसे आचर्श्यजनक और रहस्यमय रूपांतरण-प्रक्रियाएँ वृहस्पति के वातावरण के उस क्षेत्र में चलती हैं, जहाँ परिस्थितियाँ पृथ्वी की परिस्थितियों से मिलती-जुलती हैं, अर्थात् जहाँ तापक्रम 0^0 C से 100^0 C के परास में होता है और दाब दो-तीन वातावरण से अधिक नहीं होता।

ज्योतिर्विदों ने पता लगाया है कि वृहस्पति पर विराट झंझा और तड़ित उत्पन्न होती रहती हैं। पृथ्वी की तरह वहाँ भी पानी वर्षा होनी चाहिए और बर्फ गिरनी चाहिए। पर वहाँ द्रव अमोनिया तथा हाइड्रोजन सल्फाइड की भी वर्षा होती है और अमोनिया की बर्फ भी गिरती है। वर्षा की बूँदें और बर्फ वृहस्पति की सतह तक कभी नहीं पहुँचतीं (हो सकता है कि सतह हो ही नहीं); वे पुनः ऊपर उठती हैं और फिर से वापस आ जाती हैं। इस भीमकाय ग्रह की भयंकर दुनिया की असामान्य परिस्थितियों को अनुसंधानकर्त्ता अपनी प्रयोगशालाओं में रचने की कई बार कोशिश कर चुके

हैं। जल-वाष्प, अमोनिया और मिथेन से बनी वृहस्पति की 'हवा' के प्रतिरूप और विद्युत-स्फुलिंगों और आयनक विकिरणों को अभिक्रिया से अनेकानेक जैव यौगिक बनते रहते हैं जिनमें अमीनो अम्ल और कार्बोहाइड्रेट भी होते हैं।

इस तरह से बने अनेक रासायनिक यौगिक चटकीले रंग के होते हैं जो स्पेक्ट्रमी संरचना के अनुसार वृहस्पति के बादलों के रंग से मिलते-जुलते हैं। बहुत से वैज्ञानिक मानते हैं कि वृहस्पति के वातावरण में जीवनोत्पत्ति को आसान बनाने वाली परिस्थतयाँ मौजूद हैं।

और चाँद पर पानी है? नहीं। चाँद की सैर कर आने वाले लोगों मे से अब तक किसी को वहाँ पानी नहीं मिला है। हाँ, एक बार अमरीकी अन्तरिक्ष-यान को चाँद पर एक 'गीजेर' (उष्णोत्स) सा कुछ दिखाई पड़ा था, पर वह क्या था, अभी तक निर्धारित नहीं हो पाया है।

और पुच्छल तारों पर पानी है? है। बहुत से वैज्ञानिक मानते हैं कि पुच्छल तारे (धूमकेतु) का सर एक ठोस पिण्ड–''गंदी बर्फ''–है, जो साधारण जलीय हिम और अन्तरिक्षी ठण्ड में जमी अमोनिया और मिथेन गैसों की बर्फ का मिश्रण है। इसमें विभिन्न प्रकार के ठोस उल्का-द्रव्य भी रास्ते में चिपकते जाते हैं जिनमें लोहा, कैल्सियम, सिलिकेन प्रमुख हैं; अन्य रासायनिक तत्त्व भी हैं।

पुच्छल तारा जब सूर्य के निकट पहुँचता है, तो अपेक्षाकृत हल्के अणु वाष्पित हो जाते हैं और इसी से 'तारे' की शानदार पूँछ बनती है। धूमकेतु की चमकती पूँछ के स्पेक्ट्रम में हाइड्रोक्सील–जो कि पानी के अणुओं के विघटन से बनता है–की रेखाएँ पाई गई हैं।

ब्रह्मांड में और कहाँ पानी हो सकता है? तारों और हमारे सूर्य पर तो वह शायद ही हो। वहाँ यद्यपि हाइड्रोजन भी है और ऑक्सीजन भी तथापि तारों के भयंकर तापक्रम पर इनसे पानी नहीं बन सकता। पर ज्योतिर्विदों ने निर्धारित किया है कि ब्रह्मांड में हमारे सूर्य की तरह अन्य अनेक तारों के पास भी ग्रहों के व्यूह है।

इन ग्रहों के प्राथमिक वातावरण की गठन में अंतरिक्ष के सबसे प्रचुर तत्त्व–हाइड्रोजन–के यौगिक होने चाहिए और इनमें भी हाइड्रोजन (H_2), पानी (H_2O), अमोनिया (NH_3), और मिथेन (CH_4) के अुण सबसे अधिक होने चाहिए।

पानी ब्राहांड के कोने-काने में हैं, इसमें कोई सन्देह नहीं।

क्या पानी को मालूम है कि अन्तरिक्ष में क्या हो रहा है? प्रश्न में पानी को व्यक्ति का रूप दिया गया, जैसे यह पुस्तक विज्ञान की नहीं, कविता की हो! पर पानी के बारे में कुछ अवलोकन इतने असाधारण हैं, इतने रहस्यमय हैं और अब तक इतने दुर्बोध बने हुए हैं कि इस तरह का प्रश्न करना असंगत नहीं है। कुछ प्रायोगिक तथ्य हैं जो भली-भाँति स्थापित किए जा चुके हैं, पर उनकी कोई व्याख्या अभी तक नहीं मिली है।

इस आचर्यजनक रहस्य का, जिससे हमारा प्रश्न संबंधित है, एक बार में ही पता नहीं चल गया था। इसका संबंध एक ऐसी संवृत्ति से हैं, जो मुश्किल से देखने में आती है, मानो वह बहुत साधारण-सी हो और उसका कोई गंभीर महत्त्व न हो। संवृत्ति पानी के अब तक समझ में न आने वाले एक सबसे सूक्ष्म गुण से जुड़ी है। यह गुण है–जलीय घोलों में रासायनिक प्रतिक्रियाओं का वेग, और विशेषकर प्रतिक्रियाओं के अघुलनशील उत्पादों के बनने व उनके अवसादित होने का वेग। इसका अभी तक मात्रात्मक निर्धारण नहीं हो पाया है, पर यह पानी के असंख्य गुणों में से एक है।

देखा गया है कि एक ही प्रकार की परिस्थितियों में एक ही प्रकार की प्रतिक्रिया होने पर भी अवसादन के प्रथम चिन्ह प्रकट होने का समय असमान रहता है। यह तथ्य बहुत समय से ज्ञात रहा है, फिर भी रसायनज्ञ इस पर ध्यान नहीं देते थे; वे 'आकस्मिक कारणों' का हवाला देकर संतोष कर लेते थे। पर धीरे-धीरे, प्रतिक्रिया-वेग के सिद्धान्त और गवेषणा की विधियों के विकास के साथ-साथ यह विचित्र तथ्य उलझन पैदा करने लगा।

प्रयोगों के दौरान बारीक से बारीक सावधानी बरतने पर भी बिल्कुल समान परिस्थितियों में भी, एक ही परिणाम दुबारा नहीं मिलता है : अवसादन कभी तो बहुत जल्दी हो जाता है और कभी उसके प्रकट होने तक बहुत लंबी प्रतिक्षा

करनी पड़ती है।

पर इससे क्या फर्क पड़ता है, यदि परख-नली में अवसादन एक सेकेंड बाद मिलता है, या दो, चार, बीस सेकेंड बाद? इसका क्या महत्व है—प्रकृति के समान विज्ञान में भी कोई घटना महत्वहीन नहीं होती।

एक ही परिणाम को पुनः प्राप्त कर पाने की विचित्र असमर्थता के कारणों का अध्ययन होने लगा। अन्त में एक अनोखा प्रयोग आयोजित करके उसे सम्पन्न किया गया। इसमें सारी पृथ्वी के विभिन्न भागों के रसायनिवदों ने स्वेच्छापूर्वक भाग लिया। उन्होंने पूर्वनिश्चित योजना के अनुसार विश्व समय (देशनिरपेक्ष-समय) पर एक ही साथ एक ही क्षण एक सरल प्रयोग को बारंबार दुहराया। प्रयोग था—जलीय घोलों में प्रतिक्रिया के फलस्वरूप बनी ठोस प्रावस्था के अवसादन के प्रथम चिन्हों के प्रकट होने का समय निर्धारित करना। प्रयोग करीब पन्द्रह साल चला, उसे तीन लाख से अधिक बार दुहराया गया।

अब धीरे-धीरे एक चित्र उभरने लगा जो आश्चर्यजनक था रहस्यमय था और अबोधगम्य था। पता चला कि जालीय परिवेश में रासायनिक प्रतिक्रिया के प्रवाह को निर्धारित करने वाले जल के गुण काल पर निर्भर करते हैं।

आज प्रतिक्रिया कुछ और ढंग से चल रही है, बीते कल इसी क्षण वह कुछ और ढंग से चल रही थी, आने वाले कल में कुछ और ढंग से चलेगी।

अन्तर बहुत ज्यादा नहीं है, पर अन्तर है। उसकी ओर हमें ध्यान देना है, उसका अध्ययन और वैज्ञानिक व्याख्या करनी है।

इन प्रेक्षणों के सांख्यिकीय विश्लेषण से वैज्ञानिकगण एक आश्चर्यजनक निष्कर्ष पर पहुँचे : समय पर प्रतिक्रिया के वेग की निर्भरता पृथ्वी के सभी भागों पर बिल्कुल एक सी है।

इसका मतलब है कि कुछ ऐसी गुप्त परिस्थितियाँ हैं जो हमारे पूरे ग्रह पर एक ही साथ परिवर्तित होती हैं और पानी के गुणों को प्रभावित करती हैं।

आगे के विश्लेषणों से वैज्ञानिकों ने एक और आशातीत निष्कर्ष निकाला। पता चला कि सूर्य पर होने वाली घटनाएँ किसी प्रकार से पानी को भी प्रभावित करती हैं। पानी में प्रतिक्रिया सौर सक्रियता—सूर्य में उत्पन्न होने वाले ज्वाला-विस्फोटों और धब्बों—की लय का अनुसरण करती है।

पर बात इतनी ही नहीं है। एक इससे भी अधिक असंभाव्य संवृत्ति का पता चला है।

पानी, किसी अव्याख्येय ढंग से, अन्तरिक्ष में होने वाली घटनाओं पर अपनी प्रतिक्रिया व्यक्त करता रहता है। अन्तरिक्षी व्योम में पृथ्वी की गति के सापेक्षिक वेग में परिवर्तन पर उसकी स्पष्ट निर्भरता निर्धारित की जा चुकी है।

ब्राहांड की घटनाओं के साथ पानी के रहस्यमय सम्बन्ध की अभी तक कोई व्याख्या नहीं हो पाई है।

पानी और अंतरिक्ष के संबंध का कितना महत्त्व हो सकता है? अभी कोई भी नहीं जान सका कितना बड़ा

महत्त्व है इस सम्बन्ध का। हमारे शरीर में करीब 75% पानी है। हमारे ग्रह पर पानी के बिना जीवन संभव नहीं है; हर जीवनधारी में, उसकी हर कोशिश में, असंख्य रासायनिक प्रतिक्रियाएँ चलती रहती हैं। यदि इस सरल और स्थूल प्रतिक्रिया के उदाहरण में अन्तरिक्ष की घटनाओं का प्रभाव प्रेक्षित हो सकता है, तो पृथ्वी पर जीवन-विकास की व्यापक प्रक्रियाओं पर इस प्रभाव का कितना महत्त्व हो सकता है, इसकी हम कल्पना भी नहीं कर सकते। शायद भावी विज्ञान—अंतरिक्षी जीवविज्ञान—बहुत ही रोचक होगा। इसका एक अनुच्छेद होगा—जीव में पानी के आचरण और इसके गुणों का अध्ययन।

पानी के गुण

पानी क्यों नहीं है? यह प्रश्न इतना बेवकूफी भरा नहीं है, जितना आपको लगता होगा। पानी क्या गिलास में ढला हुआ सिर्फ रंगहीन द्रव है?

हमारी निराली धरती को लगभग पूरी तरह से आवृत्त रखने वाले सागर, जिनमें करोड़ों वर्ष पूर्व जीवन अंकुरित हुआ था, पानी ही हैं।

ध्रुववर्ती क्षेत्रों की अंतहीन बर्फीली मरुभूमि, लगभग आधी पृथ्वी को ढक कर रखने वाला हिम—यह सब पानी ही है।

सूर्यास्त के रंगों की अनंत बहुरूपता, उसकी लाल और सुनहरी आभाएँ अद्भुत रूप से सुन्दर हैं, कोई भी कलाकार उन्हें कागज पर नहीं उतार सकता। सूर्योदय के समय आकाश की रंगीन छटा भव्य और मनोहर होती है। रंगों की इस साधारण—और साथ ही असाधारण—सिंफनी (स्वरसंगति) का कारण वातावरण में उपस्थित जलवाष्प द्वारा सौर स्पेक्ट्रम का विकीर्णन और अवशोषण है।

प्रकृति का महान चित्रकार है—पानी!

पर्वत-शृंखलाएँ सैकड़ों विभिन्न चट्टानों की विराट परतों से बनती हैं और भूविज्ञानविद जानते हैं कि इसमें से अधिकतर की सृष्टि प्रकृति के महानतम वास्तुकार—जल—ने की है। जहाँ उत्तुंग पर्वत-शिखर होते हैं, वहाँ कालांतर में विस्तृत मैदान बन जाते हैं। इनका रचयिता भी पानी ही है।

जीवन की बहुरूपता का अन्त नहीं है। हमारे ग्रह पर वह सर्वत्र है—पर सिर्फ वहीं, जहाँ पानी है। यदि पानी नहीं है, तो कोई जीवधारी भी नहीं है।

असंख्य रासायनिक यौगिकों में से सिर्फ एक को ही, जिसका सूत्र इतना सरल-सा है और जिसमें कोई खासियत नहीं है, जो सृष्टि के दो सामान्य साधारण रासायनिक तत्त्वों से बना है, जिसके अणु में सिर्फ तीन परमाणु होते हैं—इस साधारण हाइड्रोजन ऑक्साइड, इस साधारण सर्वज्ञात, पानी को ही प्रकृति के जीवन में इतना विशिष्ट स्थान क्यों प्राप्त है? पानी की विशेष भूमिका का कारण क्या है?

पानी को अपने भौतिक व रासायनिक गुणों के कारण द्रव्यों

की अनंत संचिति में एक बिल्कुल विशिष्ट स्थान प्राप्त है।

पानी के लगभग सभी भौतिक वह रासायनिक गुण प्रकृति में अपवाद है। यह सचमुच में विश्व का सबसे विलक्षण द्रव्य है।

पानी सिर्फ अणुओं की समस्थानिक बहुरूपता और उससे संबंधित भावी अक्षय ऊर्जा-स्रोत की आशा के कारण ही नहीं, बल्कि अपने सबसे साधारण गुणों के कारण भी एक अद्‌भुत द्रव्य है।

पानी के सगे-संबंधी भी हैं या नहीं? यदि पानी का संबंधी पानी की तरह ही हाइड्रोजन और ऑक्सीजन से बना यौगिक माना जाए–तो, पानी के संबंधी हैं।

सच कहें तो अधिक नहीं–सिर्फ दो हैं। इनमें से एक यौगिक को सभी जानते हैं। यह है साधारण हाइड्रोजन पैराक्साइड। एक दूसरा संबंधी हाल ही में मिला है।

अणुओं की संरचना का कलन करने वाले सिद्धांतकारों ने तापप्रवेगिक विधि से पता लगाया है कि पर्याप्त कम तापक्रम पर H-O-H और H-O-O-H अणुओं के अतिरिक्त H-O-O-O-H अणु भी स्थायी हो सकते हैं।

हाइड्रोजन और ऑक्सीजन अन्य दूसरे अणु नहीं बना सकते, क्योंकि और अधिक ऑक्सीजन वाले अणु, जैसे H-O-O-O-O-H, बहुत निम्न तापक्रम पर भी अस्थायी होंगे।

वज्ञानिकों के दूसरे समूह ने सिद्धांतकारों के निष्कर्ष पर ध्यान न देकर H_2O_3 अणु के होने की असंभाव्यता को प्रयोगों द्वारा सिद्ध करने पर ध्यान केंद्रित किया। वे इस यौगिक को प्राप्त करने के लिए अबतक की सभी कोशिशों को बेकार करार देना चाहते थे। पर...? पर उन्होंने स्वयं हाइड्रोजन ट्राइऑक्साइड (Trioxide)का अविष्कार कर लिया। हाइड्रोजन और ऑक्सीजन के इस नये यौगिक का अणु टेढ़ी-मेढ़ी चेन के आकार का है :

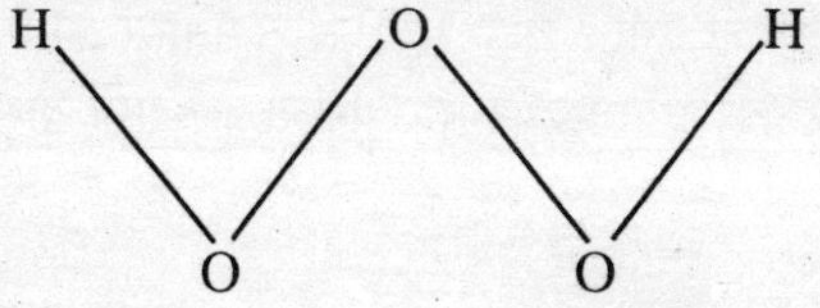

यह 0^oC से भी बहुत कम तापक्रम पर ही टिकाऊ होता है। अधिक ऊँचे तापक्रम पर यह पानी और ऑक्सीजन में विघटित हो जाता है। इसकी उत्पत्ति अल्प तापक्रम पर चिट-चिट करते धीमे वैद्युत निरावेशन के प्रभाव में हाइड्रोजन और ऑक्सीजन की प्रतिक्रिया के फलस्वरूप होती है।

इस प्रकार, हाइड्रोजन ट्राइऑक्साइड के आविष्कार ने एक बार फिर से सिद्ध कर दिया कि सैद्धांतिक निष्कर्षों पर भी विश्वास करना चाहिए।

लगता है कि पानी का अब और कोई रिश्तेदार नहीं है।

पानी के अणु किस तरह से गठित हैं? पानी के अणु किस प्रकार सेगठित होता है, यह अब बहुत सही-सही ज्ञात हो चुका है। वह इस प्रकार से गठित होता है :

हाइड्रोजन और ऑक्सीजन के परमाणु-नाभिकों की परस्परिक स्थिति और उनके बीच की दूरी का भली-भाँति अध्ययन हो चुका है और नाप जोख हो चुकी है।

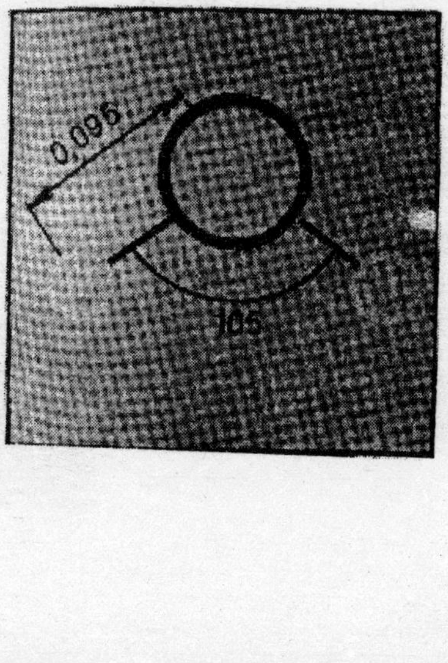

पता चला कि पानी के अणु की बनावट अरैखिक है। पानी के अणु को परमाणुओं के एलेक्ट्रोनी अभ्रों समेत यदि ''पार्श्व'' से देखा जाए, तो उसका रूप निम्न होगा :

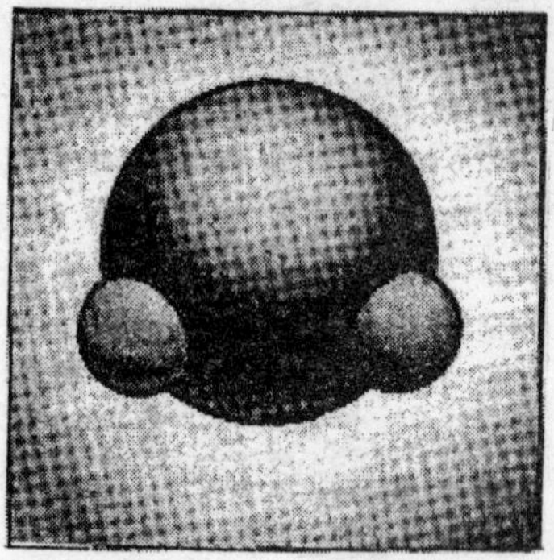

और यदि 'ऊपर' से—ऑक्सीजन-परमाणु की ओर से—देखा जाए, तो निम्न चित्र मिलेगा :

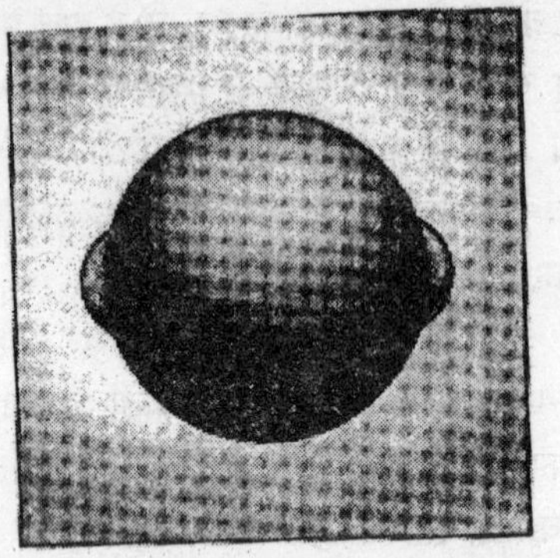

अर्थात् अणु में स्थिति आवेशों की पारस्परिक ज्यामितिक स्थिति साधारण चतुष्फलक के रूप में दिखायी जा सकती है। पानी के सभी अणु, चाहे उनकी समस्थानिक गठन कुछ भी हो, बिल्कुल समान बनावट रखते हैं।

सागर में पानी के कितने अुण हैं? एक। इस जवाब को मजाक न समझिए। बेशक, आप किसी निदर्शिका के पन्ने पलटकर पता कर ले सकते हैं कि सागरों में कुल कितना पानी है, और इसके आधार पर हिसाब लगा सकते हैं कि उसमें कितने H_2O अणु होंगे। पर इस तरह का उत्तर पूरी तरह से सही नहीं होगा। पानी एक विशेष द्रव्य है। अपनी खास बनावट के कारण इसके अलग-अलग अणु आपस में व्यतिक्रिया करते रहते हैं। किसी भी अणु में उपस्थित हर हाइड्रोजन-परमाणु, पड़ोसी अणुओं के ऑक्सीजन-परमाणुओं के एलेक्ट्रोनों को अपनी ओर खींचता रहता है। और, इसके कारण अणुओं के बीच अपनी तरह का एक खास रासायनिक अनुबंध उत्पन्न हो जाता है। इस तरह के **हाइड्रोजनी** अनुबंध के कारण पानी का हर अणु पड़ोस के चार अणुओं के साथ टिकाऊ-सा संबंध बना लेता है। जैसे कि आरेख में दिखाया गया है, सच पूछिए, तो यह आरेख कुछ ज्यादा ही सरलीकृत है—यह समतली आरेख है। चित्र में दूसरी तरह से दिखाया भी नहीं जा सकता। सही चित्र कल्पना में देख सकते हैं। इसके लिए यह ध्यान में रखें कि समतल, जिस पर हाइड्रोजनी अनुबंध (आरेख में डैश-रेखा से प्रदर्शित) स्थित हैं, उस समतल के अभिलंब है, जिस पर हाइड्रोजन के परमाणु स्थित हैं (देखिए : अगला चित्र)। पानी में अलग-अलग H_2Oअणु मिलकर एक सतत व्योम जाल बना लेते हैं—जो अपने आप में एक विराट अणु हैं। इसीलिए उन वैज्ञानिकों की बात बिल्कुल ठीक है जो कहते हैं कि सागर तो एक अणु है। पर इस कथन को बिल्कुल शाब्दिक अर्थ में नहीं ले लेना चाहिए। पानी के सभी अणु पानी में हाइड्रोजनी अनुबंधों से जुड़े तो हैं, पर साथ ही वे एक जटिल चंचल संतुलन में भी हैं जिसमें अलग-अलग अणुओं के गुण भी कायम रहते हैं और जटिल विराट अणु-संकुल भी बने रहते हैं। इस तरह के विचार सिर्फ पानी पर ही लागू नहीं होते। हीरे का टुकड़ा भी एक समूचा अणु है।

बर्फ के अणु की संरचना कैसी है? बर्फ का कोई विशेष अणु नहीं है। पानी के अणु अपने निराले गुणों के कारण

बर्फ के टुकड़े में इस प्रकार से मिले होते हैं कि प्रत्येक अणु चार अन्य अणुओं से घिरा रहता है और उनके साथ जुड़ा रहता है। इससे बर्फ की काफी भुरभुरी संरचना मिलती है जिसमें ढेर सारा खाली स्थान बचा रहता है।

जाड़ों में खिड़की के शीशे पर बाहर से बर्फ एक-एक कण करके जमती जाती है और अन्त में नक्काशियों, बेल बूटों का रूप उभर आता है। इन हिमकुसुमों का सौन्दर्य बर्फ की नियमित क्रिस्टलिक संरचना की अभिव्यक्ति है।

हिमकुसुम क्या है? ये नन्हें-नन्हें हिम क्रिस्टलों के ताने-बाने हैं जो वातावरण की ऊपरी पर्तों में, जहाँ तापक्रम बहुत निम्न होता है, जल वाष्प के संघनन से बनते हैं।

ये इतने खूबसूरत क्यों होते हैं? बर्फ की क्रिस्टलिक जाली में ऐसे समतल होते हैं जिनमें ऑक्सीजन के परमाणु नियमित षट्कोणों के रूप में सजे होते हैं (देखिए चित्र)। शायद इसीलिए हिमकुसुम ज्यादातर नियमित षट्कोण के रूप में मिलते हैं।

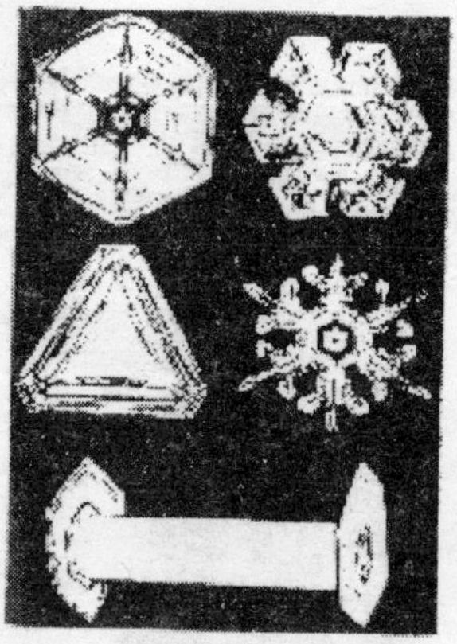

हिमकुसुमों की सुन्दरता और उनकी अनंत बहुरूपता ने अनेक वैज्ञानिकों को प्रकृति के इस आश्चर्यजनक रहस्य के दीर्घकालीन अध्ययन की प्रेरणा प्रदान की।

विभिन्न परिस्थितियों में हिमकुसुमों के करोड़ों फोटो खींचे गए : ऊँचाई पर बादलों के बीच, जमीन पर उत्तरांत क्षेत्रों में—और, हर उस जगह जहाँ बर्फ गिरती हैं।

षट्फलकों और षट्कोण सममिति के अनेक रूपों के अतिरिक्त चकती की तरह के, रेखाकार और काँटेदार आकृति के हिमकुसुम भी मिलते हैं। प्रकृति में वैज्ञानिकों ने हिमकुसुमों के अनेकानेक रूप प्राप्त किए। यदि बिल्कुल सही कहा जाए, तो यह मानना होगा कि बिल्कुल समान प्रकार के दो हिमकुसुम नहीं हो सकते। अनंत बहुरूपता में प्रत्येक की आकृति, संरचना और मापें दूसरे से भिन्न होती हैं।

इसमें सन्देह नहीं कि यह विविधता हिमकुसुमों के बनने और विकसित होने की वातावरणीय परिस्थितियों की अनंत परिवर्तनशीलता पर निर्भर करती है। हिमकुसुमों की कोमल सुंदरता के साथ प्रकृति के अनेक अनुद्घाटित रहस्य जुड़े हैं।

पानी में आखिर पानी के अणुओं की संरचना कैसी है? खेद है कि इतने महत्त्वपूर्ण प्रश्न का अब तक पर्याप्त

अध्ययन नहीं हो पाया है। द्रव जल में अणुओं की गठन काफी जटिल है। जब बर्फ पिघलती है, तो उसकी जालीदार संरचना आंशिक रूप से नवनिर्मित पानी में भी सुरक्षित रहती है। बर्फ पिघलने से बने पानी में अणु कई सरल अणुओं –संकुलों–से बने होते हैं जिनमें बर्फ के गुण बाकी रहते हैं। तापक्रम बढ़ने पर वे टूटने लगते हैं और उनका आकार छोटा होने लगता है।

पारस्परिक आकर्षण के कारण द्रव पानी में, पानी के जटिल अणु का औसत आकार पानी के एक अणु के आकार से काफी बड़ा हो जाता है। पानी की ऐसी असामान्य आण्विक बनावट उसके असामान्य भौतिकीय व रासायनिक गुणों को जन्म देती है।

पानी का घनत्व कितना होना चाहिए? सच ही विचित्र प्रश्न है न? याद करें कि द्रव्यमान की इकाई–एक ग्राम–को किस प्रकार निर्धारित किया गया था। यह एक घन सेंटीमीटर पानी का द्रव्यमान है। अर्थात्, हमें संदेह नहीं करना चाहिए कि पानी का घनत्व जैसा है, वैसा ही होना चाहिए। क्या इसमें कोई शक है? है। सिद्धांतकारों ने हिसाब लगाया है कि यदि पानी द्रवावस्था में बर्फ जैसी भुरभुरी संरचना सुरक्षित नहीं रखता और उसके अणुओं को अधिक घने रूप में जमा किया जाता, तो उसका घनत्व काफी ऊँचा होता। 25^0C पर यह 1.0 नहीं, $1.8g\backslash cm^3$ होता।

किस तापक्रम पर पानी को खौलना चाहिए? निस्संदेह, यह प्रश्न भी विचित्र है। पानी **सौ डिग्री** पर खौलता है। यह सभी जानते हैं। यह भी सब जानते हैं कि पानी के उबलने के तापक्रम को ही (सामान्य वातदाब पर) तापक्रमी पैमाने का एक आधार-बिन्दु माना गया है जिसे मान्यतानुसार 100^0C से द्योतित करते हैं।

पर प्रश्न कुछ दूसरी तरह से रखा गया है : किस तापक्रम पर पानी को खौलना चाहिए? द्रव्यों के क्वथनाँक (उनके उबलने, खौलने का तापक्रम) कोई आकस्मिक मान नहीं ग्रहण करते। वे मेंदेल्येव की आवर्त-सारणी में द्रव्याणु के संगठक तत्त्वों की स्थिति पर निर्भर करते हैं।

यदि मेंदेल्येव की सारणी के एक ही ग्रुप के भिन्न तत्त्वों से बने समान अवयवानुपाती रासायनिक यौगिकों की तुलना करें, तो हम देखेंगे कि जितनीकम तत्त्व की परमाणु-संख्या है, जितना कम उसका परमाणुभार है, उसके यौगिक का क्वथनाँक भी उतना ही कम है। रासायनिक अवयवानुपात के अनुसार पानी को ऑक्सीजन हाइड्राइड कह सकते हैं। H_2Te, H_2Se और H_2S पानी के ही रासायनिक सदृशरूप हैं। यदि उनके क्वथनांक का अध्ययन किया जाए और तुलना की जाए कि आवर्त-सारणी के अन्य ग्रुपों के हाइड्राइडों के क्वथनांक कैसे बदलते हैं, तो किसी भी हाइड्राइड का क्वथनांक पर्याप्त शुद्धता के साथ निर्धारित किया जा सकेगा। इस तरह के अध्ययन से किसी दूसरे यौगिक का भी क्वथनांक निर्धारित कर सकते हैं। स्वयं मेंदेल्येव ने इसी विधि से अज्ञात तत्त्वों के यौगिकों के गुणों को पहले से ही निर्धारित कर लिया था।

यदि ऑक्सीजन के हाइड्राइड का क्वथनाँक आवर्त-सारणी में उसकी स्थिति के अनुसार निर्धारित किया जाए, तो पानी को -80^0C पर उबलना चाहिए। इसका मतलब है कि पानी को जिस तापक्रम पर उबलना चाहिए, **वह एक सौ अस्सी डिग्री अधिक**

तापक्रम पर उबलता है। पानी का सबसे साधारण गुण—उसका क्वथनांक—भी असाधारण ही है।

कल्पना कीजिए कि एकाएक पानी जटिल और परस्पर संबद्ध अणु बनाने की अपनी क्षमता खो बैठता है। तब शायद वह उसी तापक्रम पर खौलने लगेगा जो मेंदेल्येव के आर्वत नियम के अनुरूप है।

फिर हमारी पथ्वी के साथ क्या होगा? सागर अचानक उबल पड़ेंगे। पृथ्वी पर एक भी बूँद नहीं बचेगी। आकाश में बादल का एक टुकड़ा भी नजर नहीं आएगा...। भूमण्डल के वातावरण में तापक्रम कहीं भी—80,-90^{0}C से नीचे नहीं होगा।

किस तापक्रम पर पानी जमता है? यह सवाल पिछले प्रश्न से कुछ कम विचित्र नहीं है। कौन नहीं जानता कि पानी शून्य डिग्री पर जमने लगता है? थर्मामीटर का यह दूसरा आधार बिन्दु है। यह पानी का सबसे साधारण गुण है। पर इस हालत में भी हम पूछ सकते हैं : अपनी रासायनिक प्रकृति के अनुसार पानी को किस तापक्रम पर जमना चाहिए? ज्ञात होता है कि मेंदेल्येव की सारणी में ऑक्सीजन की स्थिति के अनुसार उसके हाइड्राइड को **शून्य से सौ डिग्री नीचे** ही जमना चाहिए।

पानी को सबसे नटखट द्रव्य कह सकते है जो अनेक भौतिकीय व रासायनिक नियम-संगतियों की अवहेलना करता रहता है, जबकि अन्य द्रव्य उनका पूरी तरह पालन करते हैं। कारण यही है कि पानी के अणुओं के बीच आपसी क्रिया बहुत शक्तिशाली है और उनके बीच इस अतिरिक्त आकर्षण को दूर करने के लिए अणुओं को विशेष तीव्र तापीय गति की आवश्यकता पड़ती है। पानी के द्रवणांक और क्वथनांक इसीलिए इतने आशातीत रूप से ऊँचे होते हैं।

अब इस बार कल्पना करें; पानी के अणुओं के बीच का संबंध खत्म हो जाता है...। तब, हमारे ग्रह पर से बर्फ तुरन्त गायब हो जाएगी। स्की और स्केट करना बन्द हो जाएगा; वैसे स्की करने वाला

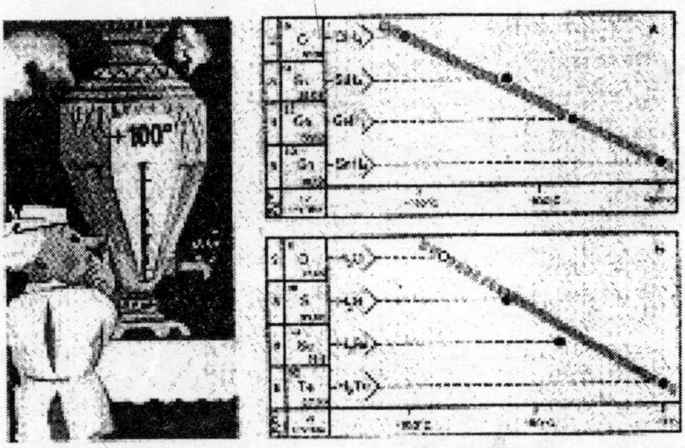

किसी भी रासायनिक यौगिक के गुण उसमें उपस्थित तत्त्वों की प्रकृति और इसीलिए मेंदेल्येव की सारणी में उनकी स्थिति पर निर्भर करते हैं। इस ग्राफों में आवर्त-प्रणाली के IV व IV ग्रुपों के हाइड्रोजनी यौगिकों के क्वथनांक तथा गलनांक की तापक्रम पर निर्भरता दिखाई गई है। पानी बिल्कुल अपवाद है।

प्रोटोन की त्रिज्या बहुत छोटी होने के कारण उसके अणुओं के बीच का व्यतिक्रिया-बल इतना अधिक है कि वे मुश्किल से अलग होते हैं। इसीलिए पानी असाधारण रूप से ऊँचे तापक्रम पर खौलता तथा पिघलता है। अमोनिया और हाइड्रोजन फ्लोराइड में भी असामान्य गुण हैं, पर पानी से बहुत।

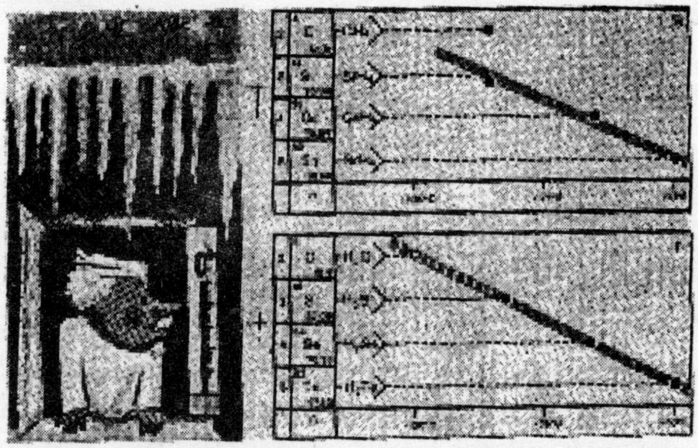

ग्राफ A मेंदेल्येव की सारणी में स्थिति के अनुसार IV ग्रुप के तत्त्वों के हाइड्राइडों के क्वथनांक की तापक्रम पर सामान्य निर्भरता।

ग्राफ B. VI ग्रुप के तत्त्वों के हाइड्राइडों की तुलना में पानी असामान्य गुण रखता है : उसे ऋण 80-90^{0}C पर खौलना चाहिए, पर वह +100^{0}C पर खौलता है।

ग्राफ C. मेंदेल्येव की सारणी में स्थिति के अनुसार IV ग्रुप के तत्त्वों के हाइड्रोजनों के गलनांक की तापक्रम पर सामान्य निर्भरता।

ग्राफ D. IV ग्रुप के तत्त्वों के हाइड्राइडों के बीच भी पानी सामान्य नियमों का उल्लंघन करता है; उसे तापक्रम 100^{0}C पर गलना चाहिए, पर बर्फ के टुकड़े 0^{0}c पर ही गलने हैं।

कोई होता भी नहीं।

क्या पानी को पृथ्वी पर ठोस या द्रव रूप में होना चाहिए? नहीं। ऑक्सीजन हाइड्राइड के द्रवणांक और क्वथनांक विसंगत गुण हैं; इससे निष्कर्ष निकलता है कि हमारी पृथ्वी की परिस्थितियों में इसके ठोस व द्रव गुण भी एक विसंगति ही है। पानी की सामान्य अवस्था गैसीय होनी चाहिए थी।

ऐसी असंभव दुनिया में, जहाँ पानी के सभी गुण 'सामान्य' होते, वहाँ के असंभव निवासियों को पानी का द्रव बनाने के लिए खास तरह की मशीन का आविष्कार करना पड़ता, जैसा कि हम लोग द्रव ऑक्सीजन प्राप्त करने के लिए करते हैं।

पानी के सबसे साधारण गुण भी असाधारण और आश्चर्यजनक सिद्ध होते हैं जब उनके साथ और निकट का परिचय होता है।

क्या द्रव पानी ठोस होता है? यह कोई बेतुका प्रश्न नहीं है। खेद की बात है कि बहुत कम ही लोग जानते हैं कि इसका सही उत्तर क्या होगा। पहली दृष्टि में उत्तर कुछ अप्रत्याशित सा लगता है, पर इसे स्वीकार कर पाना अधिक आसान होगा यदि एक उल्टा प्रश्न किया जाए : ठोस पानी कब द्रव होता है? यह समझ में आने वाला प्रश्न है। और शायद सभी इसका जवाब दे सकते हैं।

यहाँ पानी को जमाने या बर्फ को पिघलाने की बात नहीं चल रही है। यह प्रश्न **द्रव** पानी और **ठोस** बर्फ से सम्बन्धित है।

सभी जानते हैं कि भार की धीमी अभिक्रिया से बर्फ प्रवाहमान हो उठती है। पहाड़ों से हिमनद (ग्लेशियर) नदियों की भाँति ही बहते हैं, सिर्फ बहुत धीरे-धीरे—साल के कुछेक मीटर के वेग से। इसका अर्थ यह हुआ कि यदि बर्फ किसी भी द्रव की भाँति बहने का गुण रखती है, तो वह, बहुत छोटी सीमा में ही सही, द्रव पिण्ड भी होती है। सदियों से पड़े भार के कारण चट्टानें भी सुनम्य होकर बहने लगती है।

यदि ठोस पिण्ड किसी न किसी हद तक द्रव होता है, तो इसके विलोम कथन को भी तर्कसंगत मानना होगा : प्रत्येक द्रव किसी न किसी हद तक ठोस भी होता है, ठोस पिण्डों के गुण रखता है।

यदि बर्फ धीमे बोझ (बोझ के धीमे प्रभाव) से बहने लगती है, तो पानी को उसके क्षिप्र प्रभाव से ठोस पिण्ड की तरह आचरण करना चाहिए और उसे भंगुर ठोस पिण्डों की तरह चूर होना चाहिए। होता भी यही है। यह निष्कर्ष प्रयोग की कसौटी पर बिल्कुल सच सिद्ध होता है। यदि पानी की धार पर लोहे की लाठी से तेजी के साथ प्रहार किया जाए, तो द्रव जल-धारा चूर होकर टुकड़ों में बिखर जाएगी, मानों वह काँच की छड़ हो। जब पानी से भरे बर्तन को गोली लगती है, तो ध्वंस का क्षणिक चित्र काँच के टुकड़े के ध्वंस से मिलता-जुलता होता है। इस प्रकार, द्रव पानी हमेशा ही साथ-साथ ठोस भी होता है। कब कौन-सा गुण व्यक्त होगा, यह विकृति के वेग पर निर्भर करता है।

यह न सोचें कि यह रोचक गुण सिर्फ पानी में ही है। यह गुण हर द्रव में होता है। यहाँ तक कि गैसें भी—जैसे हवा—ठोस पिण्डों के कुछ गुण रखती हैं, यद्यपि उनमें ये गुण इतने क्षीण होते हैं कि उनकी उपेक्षा की जा सकती है। हवा का ''ठोसपन' अत्यधिक संकीर्ण दरारों में प्रकट होता है, यदि विकृति का वेग बहुत बड़ा हो।

इसीलिए, यदि सच पूछें तो इसमें आश्चर्य की कोई बात नहीं कि द्रव पानी साथ ही थोड़ा-सा ठोस भी होता

है। किसी काल्पनिक दुनिया के लोग यदि हमसे हजारों गुना अधिक तेजी से चल-फिर सकते, तो वे आराम से पानी पर भी चल लेते।

पानी की कितनी गैसीय अवस्थाएँ हैं? सिर्फ एक–वाष्प। पर क्या वाष्प सिर्फ एक है? बेशक नहीं। पानी के बाष्प भी उतने ही हैं जितने भिन्न प्रकार के पानी हैं। भिन्न समस्थानिक गठनों वाले जलवाष्प बहुत अधिक समानता रखने के बावजूद भी गुणों में काफी भिन्न होते हैं : उनका घनत्व भिन्न होता है, समान तापक्रम पर संतृप्तावस्था में उनकी प्रत्यास्थता थोड़ी भिन्न होती है, उनके चरम दाब भी थोड़े भिन्न होते हैं, विसरण का वेग भिन्न होता है।

पानी की द्रव अवस्थाएँ कितनी है? इस प्रश्न का उत्तर देना सरल नहीं है। अवस्था तो निस्संदेह एक ही है–द्रव पानी, जिससे हम भली-भाँति परिचित है। द्रव अवस्था में पानी इतने असाधारण गुण रखता है कि सोचना पड़ जाता है कि इतना सीधा-सा जवाब, जिस पर हम कोई शंका नहीं करते, सही भी है या नहीं। पानी दुनिया का एक मात्र द्रव्य है जो पिघलने के बाद पहले संकुचित होता है। और फिर तापक्रम बढ़ने के साथ-साथ प्रसारित होने लगता है। करीब 4°C पर पानी का घनत्व महत्तम होता है। पानी के गुणों में इस दुर्लभ विसंगति का कारण यह है कि द्रव पानी एक बिल्कुल असाधारण गठन वाला जटिल घोल है : यह पानी में पानी का घोल है।

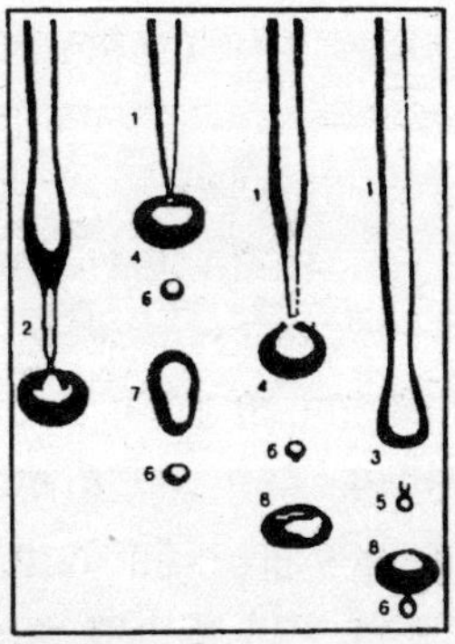

बायें : इन चित्रों में पानी की बहुत पतली धार का सिरा दिखाया गया है। धार की सतह पर तरंगदार प्रतयास्थ दोलन उत्पन्न होते हैं (1)। दौलन तीव्र होते हैं और लमड़ी हुई एक ग्रीवा (2) बनती है ; वह टूट कर अलग होती है। ग्रीवा के आरंभ बिन्दु पर धार थोड़ी फूलती है और बुंद में परिणित होती है (4)। ग्रीवा और भी लमड़ती है तथा छोटी-सी बूँद बनती है। तलीय तनाव के कारण बूँद कंपन (दोलन) करती है। वह कभी लमड़ती है(7), तो कभी सिकुड़ कर फूल जाती है। दाएँ :ड्रापर से गिरी बूँद (1) घूर्णन करती हुई भंवरदार छल्ले का रूप (2) धारण कर लेती है। वह प्रसारित होती है, उनमें फूली हुई गुल्थियाँ (3) बन जाती हैं। धीरे-धीरे वह द्वितीयक छल्लें (4, 5, 6,) में परिणत होती जाती है। छल्लों की संख्या तेजी से बढ़ती हैं। भंवरी गति की ऐसी जटिल प्रणाली में बूँद कुछ मिनटों में ही परिणत हो जाती है। बायें–प्रक्रिया का ऊपर से चित्र; दायें–प्रक्रिया का बगल से चित्र।

बर्फ पिघलने पर पहले पानी के बड़े-बड़े जटिल अणु बनते हैं। उनमें बर्फ के भुरभुरे क्रिस्टलिक गुण बचे रहते हैं

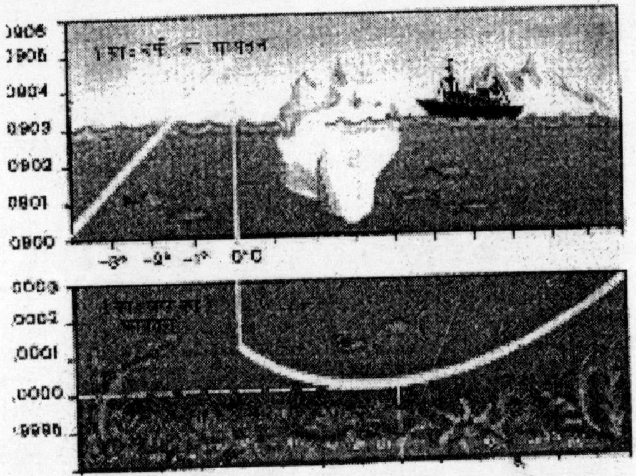

ग्राफ में दिखाया गया है कि एक ग्राम बर्फ और एक ग्राम पानी के आयतन तापक्रम के अनुसार कैसे बदलते हैं। ये परिवर्तन बहुत अल्प हैं, पर प्रकृति के जीवन में इनका बहुत ज्यादा महत्त्व है। तापक्रम पर घनत्व की ऐसी आश्चर्यजनक निर्भरता सिर्फ पानी में ही होती है। पानी के एक और आश्चर्यजनक गुण पर ध्यान दें–जमने के समय बर्फ का प्रसार बहुत ज्यादा होता है। इतना ज्यादा कि जमते वक्त पानी के आयतन में परिवर्तन का ग्राफ एक चित्र में नहीं अंटता। भारी पानी में तापक्रम के अनुसार आयतन में परिवर्तन इसी प्रकार से होता है, पर वह 3.8°C पर ही जम जाता है और उसका महत्तम घनत्व 11.6°C पर प्राप्त होता है।

वृत्त में : निचला भाग–बर्फ की क्रिस्टलिक जाली बनाने वाले पानी के अणुओं में हाइड्रोजन व ऑक्सीजन के परमाणु नाभिकों की स्थिति का आरेख। ऊपरी भाग–बर्फ का क्रिस्टल बनाने वाले जलाणु (एलेक्ट्रोनी अभ्रों के पैमाने सुरक्षित रखे गए हैं)। बर्फ की भुरभुरी संरचना पर ध्यान दें।

और वे साधारण निम्नाण्विक पानी में घुले होते हैं। इसीलिए शुरू में पानी का घनत्व कम होता है। तापक्रम बढ़ने पर ये बड़े अणु टूटने लगते हैं और पानी का घनत्व बढ़ने लगता है–जब तक कि वह तापीय प्रसार का साधारण गुण प्राप्त नहीं कर लेता। इसके बाद, पानी का तापक्रम फिर घटने लगता है। यदि यह सही है, तो पानी की कई द्रव अवस्थाएँ संभव हैं। पर उन्हें अलग करना किसी को नहीं आता। अभी तक यह पता नहीं है कि कभी उन्हें अलग किया भी जा सकेगा या नहीं पानी के ये असाधारण गुण जीवन के लिए बहुत बड़ा महत्व रखते हैं। जाड़ा शुरू होने पर जलाशयों में पानी ठंडा होकर नीचे बैठता जाता है, जब तक कि पूरे जलाशय का तापक्रम 4°C नहीं हो जाता। और आगे ठंडा होने पर ठंडा पानी ऊपरी ही रह जाता है, नीचे के पानी से मिश्रित नहीं होता। इसी के फलस्वरूप यह असाधारण स्थिति उत्पन्न होती है : सतह पर की ठंडे पानी की पतली परत पानी में रहने वाले जीवों के लिए "गर्म रजाई" बन जाती है। 4°C पर वे स्पष्टतः बुरा महसूस नहीं करते।

किसे हल्का होना चाहिए–बर्फ को या पानी को? कौन यह नहीं जानता ...! बर्फ पानी पर तैरती रहती है। सागरों में विशाल हिमशैल तैरते

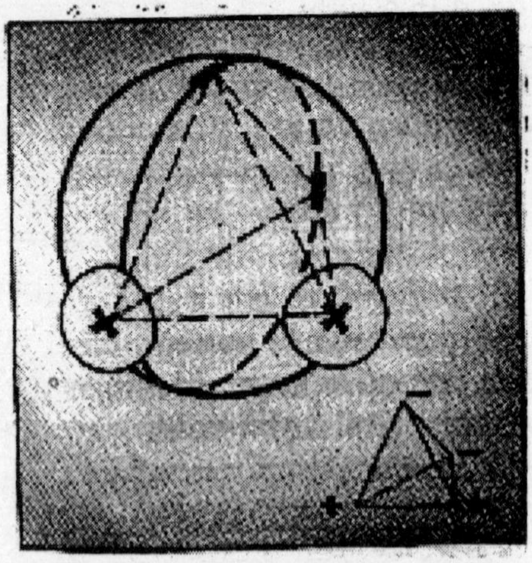

पानी के अुण में धनावेश हाइड्रोजन के परमाणुओं से जुड़े हैं। ऋणावेश ऑक्सीजन के संयोजकता-एलेक्ट्रोन हैं। पानी के अणु में उनकी परस्परिक स्थिति साधारण टेट्राहेड्रोन (चार समत्रिभुजाकार पार्श्वों वाली पिरामिडी आकृति) के रूप में दिखायी जा सकती है।

रहते हैं। झीलें जाड़ों में बर्फ की तैरती हुई परत से पूरी तरह ढकी रहती हैं। इसमें कोई शक नहीं है बर्फ पानी से हल्की है। शक क्यों नहीं होता? क्या यह सब बिल्कुल स्पष्ट है? बात उल्टी होनी चाहिए थी। पिघलने पर सभी ठोस पिण्डों का घनत्व कम हो जाता है और वे अपने निजी द्रव में डूब जाते हैं। लेकिन बर्फ पानी पर तैरती रहती है। पानी का यह गुण प्रकृति में एक विसंगति है, अपवाद है और बहुत ही भला अपवाद है।

कल्पना करें कि हमारी दुनिया कैसी होती, यदि पानी का गुण सामान्य होता और बर्फ हर सामान्य द्रव्य की भाँति ही पानी से अधिक बनी होती।

जाड़ों में ऊपर से ठंडी हो-हो कर अधिक घनी बर्फ पानी में डूब कर जलाशय के तल पर बैठती जाती। गर्मियों में बर्फ ऊपर से ठंडे पानी की परत से ढकी रहती और पिघलती नहीं।

धीरे-धीरे सभी तालाब, झीलें, नदी-नाले पूरी तरह जम जाते और बर्फ के बड़े-बड़े ढेरों में परिणत हो जाते। अन्त में समुद्र भी जम जाते; फिर महासागरों की बारी आती। हमारा हरा-भरा सुन्दर कुसुमित संसार बर्फ की मुरुभूमि बन जाता जिसमें कहीं-कहीं पिघले हुए पानी की मात्र पतली-सी परत नजर आती।

बर्फ के कितने प्रकार है? हमारी पृथ्वी पर प्रकृति में सिर्फ एक है—साधारण बर्फ। यह सभी खनिजों में श्रेष्ठ है। चमक और सौन्दर्य की दृष्टि से धूप में झिलमिलाते हिमकुसुमों की बराबरी हीरे-जवाहरात भी नहीं कर सकते। इन नीले हरे -से पदार्थ से पृथ्वी पर सिर्फ पहाड़ और विशाल हिमनद ही नहीं बने हैं, इनसे पूरा महादेश आच्छादित है। बर्फ असाधारण गुणों वाली चीज है। वह कठोर है, पर द्रव की तरह बहती है। बड़ी हिमनदियाँ हैं जो उत्तुंग पर्वतों से अपनी धीमी चाल से नीचे की ओर सतत प्रवहमान हैं। बर्फ चंचल है, हमेशा गायब होती रहती हैं और बार-बार फिर से बनती रहती है। दूसरी ओर, बर्फ बहुत ही टिकाऊ है, दीर्घ काल तक अपने स्थान पर स्थिर रह सकती है—हिमनदों की किसी दरार में संयोगवश फंस कर मरे हाथी के शरीर को दसियों हजार वर्ष तक सुरक्षित रख सकती हैं।

अपनी प्रयोगशालाओं में आदमी ने बर्फ की कम से कम छः नयी किस्में प्राप्त की हैं जो कम अद्‌भुत नहीं। वे सिर्फ अत्यंत उच्च दाब के अधीन रह सकती हैं। साधारण बर्फ 208 MPa (मेगा पास्कल) दाब पर सुरक्षित रह सकती है; पर इसी दाब पर—22°C तापक्रम होने पर वह पिघलने लगती है। यदि दाब 208 MPa से अधिक हो तो घनी बर्फ—बर्फ-I I —मिलती है। यह पानी से भारी होती है और उसमें डूब जाती है। तापक्रम और कम तथा दाब और अधिक—300 MPa तक—होने पर और भी घनी बर्फ—बर्फ-II—बनती है। 500 MPa से अधिक दाब पर बर्फ-V मिलती है। इस बर्फ को 0°Cतक गर्म किया जा सकता है, वह पिघलेगी नहीं यद्यपि वह बहुत अधिक दाब के अंतर्गत रहती है। 2GPa (गीमा पास्कल) दाब से बर्फ-VI उत्पन्न होती है। यह सही माने में गर्म बर्फ है, जो 80°C तापक्रम—बिना पिघले—सहन कर सकती है। 3GPa पर बर्फ-VII मिलती है; इसे तप्त बर्फ कह सकते हैं। बर्फ के सभी ज्ञात प्रकारों में यह सबसे घनी बर्फ है और बहुत मुश्किल से पिघलती है—शून्य से 190° ऊपर ही।

यह बिल्कुल असाधारण बर्फ है। बात सिर्फ यही नहीं है कि (यदि यह सामान्य दाब पर अपना अस्तित्व बनाए रख सके तो) इस बर्फ के टुकड़े पर खाना पकाया जा सकता है, बल्कि यह भी कि यह बर्फ-VII असाधारण तौर पर कठोर होती है। ऐसा न सोचिए कि यह बर्फ सिफ वैज्ञानिकों की प्रयोगशालाओं में उच्च दाब उत्पन्न करने वाले संयंत्रों में उत्पन्न हो सकती है और किसी दूसरी जगह नहीं। यह बर्फ आकस्मिक दुर्घटनाओं का कारण भी बन सकती है। विद्युकेन्द्रों की शक्तिशाली चर्खियों की धुरी जिस बेयरिंग में घूर्णन करती है, उसमें बहुत बड़ा दाब उत्पन्न हो जाता है। यदि उसमें घर्षणरोधी तेल के साथ थोड़ा भी पानी चला जाए, तो पानी जमकर बर्फ हो जाएगा —यद्यपि बेयरिंग में तापक्रम बहुत ऊँचा होता है। उसमें बर्फ-VII के कण उत्पन्न हो जाते हैं, जो बहुत कठोर होते हैं और अपनी कठोरता के कारण धुरी और बेयरिंग दोनों को ही खरोंच-खरोंच कर नष्ट कर देते हैं; बेकार बना देते हैं।

कई वैज्ञानिकों का विचार है कि एक कम टिकाऊ बर्फ-IV भी है, जो बहुत जल्दी बर्फ-V में परिणत हो जाती है।

हो सकता है कि बर्फ अंतरिक्ष में भी हो? लगता है कि— है, और बहुत विचित्र तरह की हैं इसकी खोज वैज्ञानिकों ने पृथ्वी पर की है, यद्यपि हमारे ग्रह पर ऐसी बर्फ के उत्पन्न होने की संभावना नहीं है। अब तक ज्ञात किसी भी बर्फ का घनत्व अत्यधिक दाब पर भी 1 g\cm^3 से थोड़ा-सा ही अधिक होता है।

बहुत कम दाब व तापक्रम पर, यहाँ तक कि परम शून्य के निकट भी, षट्कोणिक व घनाकार संरचना वाली बर्फ का घनत्व इकाई से थोड़ा ही कम होता है। इसका घनत्व 0.94 g\cm^3 है।

पर लगता है कि निर्वात में, जहाँ दाब नगण्य होता है और तापक्रम—170°C होता है, जहाँ बर्फ ठोस शीतित सतह पर वाष्प के संघनन से बनती है, एक आश्चर्यजनक बर्फ उत्पन्न होती है। उसका घनत्व...2.3 g\cm^3 होता है। अब तक की ज्ञान बर्फें क्रिस्टलिक है : पर यह नयी बर्फ अक्रिस्टलिक है। इसका लक्षण है—पानी के अणुओं की अव्यवस्थित सापेक्षिक स्थिति। इस बर्फ की कोई नियत क्रिस्टलिक संरचना नहीं होती और इसीलिए इसे कांचर बर्फ कहते हैं। वैज्ञानिकों का विश्वास है कि इस बर्फ को अंतरिक्षी परिस्थितियों में अवश्य ही उत्पन्न होना चाहिए और ग्रहों व पुच्छल तारों की भौतिकी में महत्त्वपूर्ण भूमिका निभानी चाहिए। ऐसी अतिघनी बर्फ भी हो सकती है—इसकी वैज्ञानिकों को आशा नहीं थी।

कोई और दूसरी बर्फ है? ऐसा प्रश्न पूछना ही नहीं चाहिए बेशक, है। वैज्ञानिकगण भारी बर्फ के जमने से प्राप्त बर्फ के गुणों का भली-भाँति अध्ययन कर चुके हैं। यह एकदम विशेष प्रकार की बर्फ है। यह शून्य डिग्री पर नहीं पिघलती, 3.18^o पर पिघलती है। भारी पानी से बनी बर्फ प्राकृतिक बर्फ से सभी गुणों में —थोड़ी ही सही— भिन्न होती है। बर्फ हल्के पानी से बनायी जा सकती है, शून्य पानी से बनायी जा सकती है, भारी ऑक्सीजन वाले पानी से बनायी जा सकती है। यदि बिल्कुल सही कहा जाए, तो विभिन्न संभव 'पानियों' में से हरेक के अनुरूप अपनी निजी बर्फ होती है और वह भी कई रूपों में होती है। और निस्संदेह, ये सभी 'बर्फें' भिन्न होती हैं।

पर क्या यह संभव है कि प्रकृति में अन्यत्र और भी कोई बर्फ हो? अब तक नहीं है। पर आदमी प्रकृति के बारे में अपने ज्ञान का विस्तार करता हुआ भविष्य में बर्फ के शायद और भी कई नये प्रकार ढूँढ़ लेगा। कोई नहीं कह सकता कि उनका महत्व क्या होगा।

यदि और कोई बर्फ नहीं है, तो गर्मियों में गैस-पाइप-लाइनों में कौन सी बर्फ जम जाती है? एक अद्‌भुत बर्फ, जो वैज्ञानिकों को और इनसे भी अधिक इंजीनियरों व तकनीशियनों को बहुत परेशान करती है

आर्द इंधनी गैस को कूपों में से पाइप-लाइनों में दसियों वातदाब के अधीन वहन करने पर फौलदी नलों की दीवारों पर गर्म मौसम में भी बर्फ जमने लगती है। बर्फ की पर्त इतनी मोटी हो जा सकती है कि नली मे गैस का प्रवाह रुक जाए। इस खराबी को दूर करना आसान नहीं होता।

यह विचित्र बर्फ अत्यधिक दाब पर संपीडित इंधनी गैस की उपस्थिति में ही उत्पन्न होती है। लेकिन कहना कठिन है कि यह बर्फ है या नहीं। इसकी प्रकृति को समझने के लिए अन्वीक्षकों को बहुत मेहनत करनी पड़ी है।

इसकी क्रिस्टलिक जाली वैसी ही है जैसी साधारण बर्फ की होती है—वह हाइड्रोजनी अनुबंधों द्वारा जुड़े जलाणुओं से निर्मित होती है। साधारण बर्फ की तरह, इसमें भी नियत आयतन वाले रिक्त स्थान हुआ करते हैं। संपीडित गैस के परिवेश में बर्फ बनते वक्त एक विचित्र घटना घटती है। इसकी खोज अपेक्षाकृत हाल ही में हुई है—बर्फ की जाली के हर रिक्त स्थान में मिथेन का एक अणु बन्द हो जाता है। पिजड़ें में बंद गैसाणु, बर्फ के क्रिस्टलिक कोटर बनाने वाले जलाणुओं के साथ रासायनिक तौर पर संबंधित नहीं होता। गैसाणु महज कैद में होता है। इस तरह की बर्फ में ढेर सारी मिथेन होती है।

बर्फ की जाली में सन्निविष्ट गैसाणु बर्फ के गुणों पर अपना प्रभाव डाले बगैर नहीं रहते। वे जाली की मजबूती बढ़ा देते हैं। यही कारण है कि ऐसी बर्फ अधिक ऊँचे तापक्रम पर पिघलती है।

ऐसे यौगिक हैं, और उनका महत्त्व भी अब बहुत ज्यादा है, उनकी संख्या भी काफी अधिक है—फिर भी जिन्हें रासायनिक यौगिक नहीं माना जा सकता। इनकी उत्पत्ति में रासायनिक अनुबंधों का कोई हाथ नहीं होता। इनका नाम क्लैथेट्र (Clathrate) (प्रजालीय) पड़ा है और शायद इन्हें यांत्रिक यौगिक कहा जा सकता है।

गैस वहन करने वाले नलों में ही प्रजालीय बर्फ बनती है। फिर भी शायद ही उसे बर्फ माना जा सकता है।

बर्फ को पिघलाने के लिए क्या चाहिए? ढेर सारा ताप। किसी भी अन्य द्रव्य की समान मात्रा को पिघलाने में लिए आवश्यक ताप-मात्रा से कहीं ज्यादा ताप। द्रवण का इतना ऊँचा विशिष्ट ताप—80cal (335 J) प्रति ग्राम बर्फ—भी पानी के विसंगत गुणों में एक से है। पानी जमने के समय, ताप की यही मात्रा रेचित होती है।

जब जाड़ा आता है, बर्फ बनती है, हिमवर्षा होती है, तब पानी अपना ताप देकर जमीन और हवा को गर्म रखता है। इस प्रकार पानी शीत का विरोध करता है। और कड़ाके की ठंड में संक्रमण की प्रक्रिया को थोड़ा नर्म कर देता है। पानी के इसी उत्तम गुण के कारण पृथ्वी पर बसंत और पतझड़ ऋतुएँ आती हैं।

क्या बर्फ के बारे में हम सब कुछ जान चुके हैं? क्या सवाल है? बेशक नहीं। विज्ञान में किसी भी चीज के बारे में यह नहीं कहना चाहिए कि—हाँ, हम इसका पूरी तरह से अध्ययन कर चुके हैं; इसमें अब और कुछ जानना बाकी नहीं रहा। फिर यहाँ तो बात हमारे ग्रह के सबसे आश्चर्यजनक खनिज—ठोस पानी—के बारे में चल रही है।

हमें लग सकता है कि साधारण बर्फ से बेहतर आखिर और किस चीज का अध्ययन हुआ होगा! पर यह चिरपरिचित द्रव्य भी रहस्यों से भरा हुआ है।

बर्फ की क्रिस्टलिक संरचना भी एक रहस्य ही है। इसकी बनावट और मजबूती पानी के अलग-अलग अणुओं के बीच हाइड्रोजनी अनुबंध की मजबूती से निर्धारित होती है। जीवों के ऊतकों में बहुलकों के अणुओं में हाइड्रोजनी अनुबंध बहुत बड़ी भूमिका निभाते हैं। संभव है कि इसका जीवनोत्पत्ति के लिए भी बहुत बड़ा महत्त्व हो, क्योंकि बर्फ के पिघलने से बने पानी में बर्फ की संरचना की छाप शायद लम्बे समय तक सुरक्षित रहती है। इस क्षेत्र का अध्ययन विज्ञान ने अभी शुरू ही किया है।

पिछले वर्षों से ज्ञान के एक नए महत्त्वपूर्ण क्षेत्र का विकास हो रहा है। यह है—हिम-भौतिकी। बर्फ की सिल्लियाँ मजबूत, सस्ती और अच्छी निर्माण-सामग्री है। इनसे घर और गोदाम बनते हैं; पानी की सतह पार करने के लिए विश्वस्त प्राकृतिक सेतु और ऊबड़-खाबड़ जगह पर समतल सड़कें भी इनसे बन जाती हैं; इनसे बनी लम्बी पट्टी पर विमान भी उतारा जा सकता है। पर बर्फ दैविक दुर्घटनाओं का भी कारण है। पानी पर तैरते इसके ठोस सिल्ले बाँध तोड़ देते हैं, पुल बहा ले जाते हैं; जमीन की नमी के जम जाने से जमीन बहुत कड़ी हो जाती है; ठंड में जहाजों और विमानों पर बर्फ की परत बैठने लगती है जिसे हटाना बहुत मुश्किल होता है। इसके कारण गतिमान पुर्जे अपनी गति बंद कर दे सकते हैं। इसीलिए बर्फ के सभी गुणों का अध्ययन करना, इसके यांत्रिक, वैघुत, स्वनिक, विद्युचुंबकीय व विकिरण संबंधी सभी लंछकों (विशेषतासूचक राशियों) को निर्धारित करना एकदम

जरूरी हो गया।

इस सिलसिले में कई ऐसी बातों का पता चला जिनकी न किसी ने आशा की थी, न किसी ने कल्पना की थी। उदाहरणर्थ, बर्फ अर्धचालक (Semiconductor) निकली–वह भी प्रोटोनी किस्म की अर्धचालक। निर्धारित किया गया है कि पानी जमने के वक्त बर्फ और पानी के विभाजक तल पर दसियों बोल्ट तक का वैद्युत विभवांतर उत्पन्न हो जाता है।

बर्फ की क्रिस्टलिक जाली में अणुओं की गतिशीलता का भी पता चला है : वे सिर्फ घूर्णन ही नहीं करते, वे आण्विक पैमाने की दृष्टि से अपेक्षाकृत बड़ी दूरियों तक छलाँगों के रूप में स्थानांतरित भी हो सकते हैं।

प्रकृति में बर्फ के बनने की प्रक्रिया और उसके आचरण के अध्ययन से भी कई आश्चर्यजनक बातें ज्ञात हुई। पृथ्वी के ध्रुव पर स्थित बर्फ प्रतिबल (आंतरिक तनाव) की स्थिति में 'चलती' है। जब बर्फ की चट्टानों का अपरूपण (deformation) शुरू होता है, तो, जैसा कि एफ., नान्सेन बताते हैं, हल्की सी चटक और कराह की आवाज होती है जो प्रबल होने के साथ-साथ सभी प्रकार के स्वरों में परिणत होने लगती हैं–बर्फ कभी सिसकियाँ भरती है, कभी कराहती है, कभी चीखती है, तो कभी चीत्कार उठाती हैं क्रमशः तेज होते-होते उसकी आवाज बाँसुरी की स्वर-लहरी जैसे हो जाती है।

चरम प्रतिबल पर टूटने के पहले चट्टान से झंकार की सी आवाज आती है, फिर वह दीर्घ निःस्वास छोड़ती है।

बर्फ की आवाज की प्रकृति और हवा के तापक्रम की पारस्परिक निर्भरता भी निर्धारित की जा चुकी है। पर हिम-भौतिकी के इस महत्त्वपूर्ण क्षेत्र का अभी पर्याप्त अध्ययन नहीं हुआ है।

प्रकृति में बर्फ बनने की प्रक्रिया की और्जिकी के अन्वीक्षण से और भी ढेर सारी अज्ञात बातों का पता चल सकेगा। पानी के जमने से विमुक्त ताप की विराट मात्रा शीत के आगमन को लम्बे समय तक रोके रखती है। बर्फ पिघलने में ताप के अवशोषण से बसंत का आगमन धीमा हो जाता है। पृथ्वी पर जलवायु का परिवर्तन इस ग्रह पर बर्फ की मात्रा में परिवर्तन के साथ संबंधित है। पर मौसम और इन विश्वव्यापी प्रक्रियाओं की ऊर्जा-धारिता की पारस्परिक निर्भरता का सही हिसाब अभी नहीं लगाया जा सका है। अभी बहुत सारी बातें अज्ञात है।

कुछ अन्य रहस्य भी है। उदाहरणार्थ, प्राचीन अभिलेखों में इस प्रकार के वर्णन मिलते हैं कि हिमाच्छादित खेतों पर धूप पड़ने के बाद वे अंधेरे में देर तक हल्का प्रकाश देते हुए चमकते रहते हैं। यह सच है या झूठ, कब और कैसे यह संवृत्ति उत्पन्न होती है, इसका कारण क्या है, आदि, बातों का ज्ञान कम रोचक नहीं होगा। यह भी देखा गया है कि बर्फ को शून्य से कुछ नीचे के तापक्रम पर धूप से अंधेरे कमरे में लाने पर, वह चमक छोड़ने लगती है। कहते हैं कि जब ओले पड़ते हैं, तो उनमें से प्रथम ओले भी एक विशेष चमक रखते हैं–मानों उनमें विद्युतप्रदीप्ति का गुण हो। इस बात की सच्चाई की जाँच और व्याख्या दिलचस्प होगी।

पानी को गर्म करने के लिए कितना ताप चाहिए? बहुत ज्यादा। किसी भी अन्य द्रव्य की समान मात्रा को गर्म करने के लिए आवश्यक ताप से अधिक। एक ग्राम पानी को एक डिग्री अधिक गर्म करने के लिए एक कैलोरी (या 4.2 जूल) ताप चाहिए (दूसरे शब्दों में, पानी की तापधारिता या विशिष्ट ताप 1 कैलोरी है)। यह किसी अन्य रासायनिक यौगिक की तापधारिता के दुगुने से भी अधिक है।

पानी अपने उन गुणों के मामलें में भी असाधारण है, जिनसे हमारा वास्ता दिन-प्रति-दिन पड़ता रहता है। पानी की यह क्षमता सिर्फ रसोई बनाने के सिलसिले में ही महत्त्वपूर्ण नहीं है। पानी–यह पृथ्वी पर ताप का वितरक है। विषुवत् रेखा पर यह सूर्य से गर्म होकर ताप को विशाल समुद्री जलधाराओं के साथ ध्रूववर्ती क्षेत्रों में पहुँचाता है, जहाँ पानी की इस आश्चर्यजनक विशेषता के कारण ही जीवन सम्भव हुआ है।

पानी बादलों में कैसे पहुँच जाता है? बहुत आसानी से। सूरज पानी को गर्म करता है–हर जगह, जहाँ वह है

: गड्ढों में, तालाबों और झीलों में, नदियों और सागरों में। पानी अपनी पतली सी ऊपरी परत में ही सूर्य से मिलने वाली पूरी की पूरी ऊर्जा को अवशोषित कर लेता है और वाष्पित हो जाता है। पानी के अणुओं की संरचना बहुत सरल है, पर अन्य सभी अणुओं से बहुत भिन्न है। अतिरिक्त हाइड्रोजनी अनुबंध के कारण अंतराण्विक आकर्षण-बल से वे एक-दूसरे के प्रति बहुत प्रबलता से आकर्षित होते हैं। सूरज को इसके लिए अत्यधिक ऊर्जा खर्च करनी पड़ती है कि वह पानी के अणुओं को एक-दूसरे से अलग करके वाष्प बना सके। ऐसा एक भी द्रव्य नहीं है। जिसके वाष्पन का विशिष्ट ताप पानी से अधिक हो। इसलिए पानी सबसे अच्छा तापवाही है। इसके साथ कोई भी बराबरी नहीं कर सकता। विद्युकेन्द्रों की वाष्प-चर्खियों और वाष्प-जनित्रों के खोखले बेलनों में इससे अच्छा काम दूसरा कोई द्रव्य नहीं कर सकता।

पानी प्रकृति में एक विराट जनित्र का काम करता है। मौसम वैज्ञानिकों ने हिसाब लगाया है कि सूरज पृथ्वी पर से हर मिनट एक अरब टन जल वाष्पित करता है। हर मिनट एक अरब टन जलवाष्प गर्म हवा के ऊर्ध्वगामी प्रवाह के साथ वातावरण की ऊपरी परतों तक पहुँचता रहता है। एक ग्राम जलवाष्प अपने साथ 537 कैलोरी (2265 जूल) सौर ऊर्जा ऊपर ले जाता है।

अत्यधिक ऊँचाई पर, जहाँ दाब बहुत कम होता है, हवा का आयतन-प्रसार होता है, उसका तापक्रम तेजी से घटता है और जलवाष्प संघनित होता है, फिर से पानी में परिणत होता है—जिसके सूक्ष्म कण मिलकर बादल बनाते है।

जब वाष्प बादल में परिणत होता है, जलवाष्प के साथ ऊपर गयी ऊर्जा वापस वातावरण में उत्सर्जित हो जाती है। यह ऊर्जा ताप में परिणत होती है और हवा को गर्म करती है। जलवाष्प पृथ्वी के वातावरण को हर मिनट विशाल मात्रा में ऊर्जा देता रहता है—लगभग $2.2 \cdot 10^{10}$ जूल। एक मिनट में इतनी ऊर्जा पृथ्वी पर 4 करोड़ विद्युकेंद्र देते, यदि हरेक की क्षमता 10 लाख किलोवाट होती।

यही वह ऊर्जा है जो अरबों टन पानी को बादलों में हवा के सहारे वहन करती है और वर्षा के रूप में सारी धरती की सिंचाई करती है। यही वह ऊर्जा है। जिसके कारण हवा चलती है, आँधी और तूफान उठते हैं। और एक तेज झंझा जितनी ऊर्जा रेचित करती है, उतनी ऊर्जा तीस हजार परमाणु-बम मिलकर उत्सर्जित करेंगे।

सागर का पानी खारा क्यों? पानी के एक सबसे आश्चर्यजनक गुण का यह एक सबसे महत्वपूर्ण परिणाम है। उसके अणु में धन व ऋण आवेशों के केन्द्र एक-दूसरे से बहुत दूर स्थानांतरित होते हैं। इसीलिए पानी की पारवैद्युत वेधिता का मान अपवाद रूप से ऊँचा और विसंगत होता है। पानी के लिए पारवैद्युत वेधिता-=80 है और हवा तथा निर्वात के लिए-=1 है। इसका मतलब है कि दो विपरीत आवेश पानी में एक-दूसरे की ओर 80 गुना कम बल से आकर्षित होते हैं—बनस्बित की हवा में। यह कलन आप निम्नसूत्र से कर सकते हैं, जो कूलंब के नियम को व्यक्त करता है :

$$F = K.\frac{Q.Q_2}{er^2},$$

जहाँ f=आकर्षण-बल, K=समानुपात-गुणांक, Q_1 व Q_2 =आवेश मात्रएँ, r=आवेशों के बीच की दूरी, –= पारवैद्युत वेधिता।

पर किसी भी पिंड की मजबूती निर्धारित करने वाले अंतराण्विक अनुबंध, परमाणु नाभिकों के धनावेशों और ऋणाविष्ट एलेक्ट्रोनों की व्यतिक्रिया पर निर्भर करते है। पानी में डूबे पिंड की सतह पर परमाणुओं या अणुओं के बीच क्रियाशील बल, पानी के प्रभाव से, करीब सौ गुना क्षीण हो जाते हैं। यदि अणुओं के बीच के संबंध बची-खुची मजबूत तापीय गति के प्रभाव का प्रतिकार करने के लिए काफी नहीं होते, तो पिंड के अणु या परमाणु उसकी सतह से धीरे-धीरे अलग होना शुरू कर देते हैं और पानी में संक्रमण कर जाते हैं। पिंड घुलने लगता है—या तो चाय के गिलास में चीनी की तरह अलग-अलग अणुओं में टूटता हुआ; या, साधारण नमक की तरह आयनों—आविष्ट कणों—में विघटित होता हुआ।

अपनी विसंगत ऊँची पारवैद्युत वेधिता के कारण ही पानी सबसे शक्तिशाली घोलकों में से एक माना जाता है। वह धरातल पर किसी भी वस्तु को घुलाने की क्षमता रखता है। यहाँ तक कि वह ग्रैनाइट को भी—उसमें से सरलतापूर्वक घुलने वाले घटकों को धोता हुआ—धीरे-धीरे नष्ट कर देता है।

प्रकृति में कोई भी ऐसी वस्तु नहीं है, जो इस सर्वशक्तिशाली ध्वंसक पानी का प्रतिरोध कर सके।

नदी-नालें, झरनें, सोते—सभी पानी में घुले विभिन्न द्रव्यों को समुद्र में पहुँचा दिया करते हैं। समुद्रों का पानी फिर से वाष्पित होता है। और, वह फिर से जमीन पर लौटता है ताकि अपना काम जारी रख सके। पर घुलित लवण समुद्रों और सागरों में ही रह जाता है।

यह मत सोचिए कि पानी सिर्फ सरलता से घुलने वाले द्रव्यों को ही घोलकर समुद्र में पहुँचाता है और समुद्र में सिर्फ साधारण नमक ही है जो रसोई में काम आता है। नहीं। समुद्री पानी में करीब-करीब वे सभी तत्त्व हैं जो प्रकृति में प्राप्य हैं। उसमें मैग्नेशियम है, कैल्शियम है, सल्फर, ब्रोमीन, फ्लोरीन व आयडीन हैं। कुछ कम मात्रा में लोहा, तांबा, निकेल, टिन, यूरेनियम, कोबाल्ट और यहाँ तक कि सोना और चाँदी भी है। रसायनविद समुद्री पानी में साठ से अधिक तत्त्व प्राप्त कर चुके हैं। शायद बाकी सब भी मिल जाएँगे। पर समुद्री पानी में सबसे ज्यादा है साधारण नमक, इसीलिए समुद्र का पानी खारा है।

किन्तु, क्या आप जानते हैं कि आदमी और अन्य जन्तुओं का रक्त लवणों के अनुपात के अनुसार समुद्री पानी के निकट है? और यह कि पादक (पेड़-पौधों, वनस्पतियाँ) जमीन से पोषक द्रव्य जलीय घोलों के ही रूप में प्राप्त करते हैं? यदि पानी में यह आश्चर्यजनक गुण—पार वेद्युत बेधिता का असाधारण रूप से ऊँचा मान—नहीं होता, तो समुद्र खारा नहीं होता; और, इस बात को जानने वाला कोई नहीं होता—पृथ्वी पर जीवन नहीं होता।

पानी में उसके खुद के अणु आयनों में टूटते हैं या नहीं? हाँ, टूटते हैं। पानी के अणु का बहुत ही छोटा अंश आयनों में विघटित होता है : $H_2O=H^+ + OH$। सामान्य तापक्रम पर पानी के एक करोड़ अणुओं में से सिर्फ दो विघटित होते हैं।

स्वतंत्र प्रोटोन H^+–हाइड्रोजन-परमाणु का नाभिक-जलीय परिवेश में अपना अस्तित्व सुरक्षित नहीं रख सकता। हाइड्रोजन-आयन तुरंत ही पानी के अणु के साथ संयुक्त होकर हाइड्रॉक्सोनियम-आयन (hydroxonium ion) H_3O^+ बना लेता है।

क्या जलाणुहीन पानी हो सकता है? हाँ, लगता है कि हो सकता है। यह सच है कि पानी को गर्म करते जाने पर उसके अणुओं का आयनों में विघटन भी बढ़ता जाता है।

बहुत ऊंचे तापक्रम पर पानी की एक ऐसी अवस्था भी आनी चाहिए कि उसमें पानी का एक भी अणु साबुत न बचे, सब के सब आयनों में विघटित हो जाएँ।

कलन किया जा सकता है कि ऐसी अवस्था 900ºC तापक्रम से कम पर नहीं आएगी और इसके लिए दाब 15 GPa से कम नहीं होना चाहिए।

संभव है कि ऐसा पानी पृथ्वी की गहराइयों में होता हो। इसमें कौन से गुण होंगे, यह जानना रोचक होगा।

पानी में पानी से पानी कैसे बनता है? निस्संदेह सबसे आसान होगा यह मान लेना कि पानी के अणु, प्रोटोन व हाइड्रोजन-आयन के साथ ऋणायन–हाइड्रॉक्सील (hydroxyl)–की पारस्परिक क्रिया से बनते हैं। दुनिया की सभी पाठ्य-पुस्तकों में यही लिखा होता था। इसके बाद रसायनिविद यह मानने लगे कि पानी के अणु हाइड्रॉक्सील और हाइड्रॉक्सोनियम-आयन की व्यतिक्रिया (पारस्परिक क्रिया) से बनते हैं :

$$H_3O^+ + OH^- = 2H_2O$$

चूँकि हाइड्रॉक्सोनियम-आयन का आकार 'नंगे' प्रोटोन–हाइड्रोजन-आयन H^+–से कहीं ज्यादा है, इसलिये हाइड्राक्सील की हाइड्रोक्सोनियम के साथ टक्कर ज्यादा बार होनी चाहिए; बनिस्बत कि प्रोटोन के साथ। हाइड्रॉक्सोनियम के साथ प्रतिक्रिया का वेग भी अधिक होना चाहिए। सिद्धांततः कणों के आकार निर्धारित करके प्रोटोनों और हाइड्रॉक्सोनियम-आयनों–दोनों के साथ प्रतिक्रियाओं के वेग-स्थिरांक भी कलित किये जा सकते हैं।

किन्तु प्रयोग करने पर परिणाम आशा से भिन्न निकला। पता चला कि प्रतिक्रिया के वेग-स्थिरांक का मान और भी ज्यादा है; पानी में पानी के अणु हाइड्रोजन-आयनों H^+ से नहीं बनते, जैसा कि पाठ्य-पुस्तकों में लिखा जाता था, और न ही हाइड्रोक्सोनियम-आयनों से, जैसा कि लगभग सभी रसायनविद मानते रहे थे। पानी के अणु अपेक्षाकृत कहीं अधिक बड़े कणों से बनते हैं। वैज्ञानिकों का विचार है कि वे $H_9O_4^+$ और $H_7O_4^-$ जैसे बड़े आयनों से बनते हैं।

अतः, पानी में पानी बनने की प्रतिक्रिया रसायनविदों की दृष्टि में और भी अनोखी है :

$$H_9O^+{}_4 + H_7O^-{}_4{}^- = 8H_2O$$

पानी ''गीला'' क्यों है? पानी कुछ ज्यादा 'गीला' नहीं है–यदि माना जाए कि यह मजाकिया प्रश्न, पानी की अन्य पिंडों को भिगोने (क्लोदित करने) की क्षमता से संबंधित है। पानी धातुओं को बहुत मुश्किल से भिगोता है; तैलीय

सतहों को बिल्कुल ही नहीं भिगोता। पानी से पैराफीन को आप नहीं भिगो सकते। अनेक बहुलकी पदार्थो—टेफ्लोन, पोलीएथिलीन, आदि—की सतहों से पानी की बूँदें ढुलककर अलग हो जाती है। पर स्पिरिट या, उदाहरणतया, किरासीन किसी भी पिण्ड को अच्छी तरह भिगो सकते हैं। इसका कारण यह है कि पानी के अणुओं के बीच आकर्षण असाधारण रूप से इतना बड़ा है कि जिस सतह पर अन्य द्रव पसरने लगते हैं, वहाँ पानी बूँदों के रूप में जमा होने लगता है।

पानी के इस गुण के कारण दैनंदिन जीवन और तकनीक में काफी परेशानियों का सामना करना पड़ता है : तेल या चर्बी से गंदे हुए हाथों को आप पानी में नहीं धो सकते। इसीलिए साबुन का आविष्कार हुआ। रसानविदों ने अनेक विशेष द्रव्य संश्लिष्ट किए हैं जिन्हें 'क्लेदक' कहते हैं। ये तकनीक में पानी को और भी 'गीला' करने के काम आते हैं।

क्या सूखा पानी संभव है? हाँ, है। वैज्ञानिकगण हाल ही में बिल्कुल सूखा पानी तैयार करने में सफल हुए हैं। साधारण पानी में अक्लेद्य सिलिसिक अम्ल का थोड़ा सा महीन चूर्ण मिला देते हैं। पानी तुरन्त ही शुष्क और कुड़कुड़ा हो जाता है। इसे थैलों में डालकर एक जगह से दूसरी जगह ले जा सकते हैं। छूने पर ऐसा पानी आर्द्र बिल्कुल ही नहीं लगता; सिर्फ शुष्क और ठंडा लगता है।

'पिच्छिल' पानी क्या है? 'पिच्छिल' (फिसलनदार) पानी भी काफी महत्त्वपूर्ण है। यहाँ उन निराले गुणों की बात चल रही है जिन्हें पानी अपने में घुले द्रव्यों से ग्रहण करता है। ये गुण इन द्रव्यों पर निर्भर करते हैं—यह बिल्कुल स्पष्ट है और इसमें आश्चर्य की कोई बात नहीं है।

पर नगण्य मात्रा में कुछ मिला देने पर द्रव्य के प्रमुख गुण इतनी तेजी से बदल जाएँगे, जैसा कि एक घुलनशील बहुलक की अल्प मात्रा मिलाने का प्रभाव पानी के गुणों पर पड़ा था, इसकी उम्मीद वैज्ञानिकों को नहीं थी।

पता चला कि पानी में घुलनशील बहुलक पोलिएथिलीनॉक्साइड की नगण्य की मात्रा घुलाने पर पानी एक आश्चर्यजनक गुण प्राप्त कर लेता है; जिसके कारण इस घोल का नाम 'पिच्छिल' पानी पड़ा है। ऐसा पानी पाइपों में साधारण पानी की तुलना में तिगुनी क्षिप्रता से बहता है। पानी का छिड़काव करने के लिए प्रयुक्त रबड़ की नली (hose) से ऐसे पानी की धार दुगुनी दूरी पर गिरती है। 'पिच्छिल' पानी में पिण्ड कहीं अधिक तेजी से गति करते हैं। इस पानी का उपयोग आग बुझाने में होने लगा है।

पानी का रूप कैसा है? प्रश्न विचित्र सा लगता होगा, पर इसे पूछना बिल्कुल सही है। किसी भी अन्य द्रव की तरह पानी का भी अपना निजी रूप है। इसका रूप है—गोलाकार। पाठ्यपुस्तकों में जो अक्सर लिखा रहता है कि पानी बर्तन का रूप ग्रहण कर लेता है, उसका अपना रूप नहीं होता, गलत है। इसका निजी रूप पृथ्वी की गुरुत्वाकर्षण-शक्ति के कारण बिगड़ जाता है।

यह बात कि पानी का निजी रूप वर्तुल (गोलाकार) है, आसानी से सिद्ध की जा सकती है—अंतरिक्ष-यान में बैठकर अंतरिक्ष में पहुँच जाइए और बोतल से पानी झाड़ दीजिए (गुरुत्वाकर्षण की उपस्थिति में उड़ेलना संभव नहीं होगा)। पृथ्वी पर भी देख सकते हैं : गिरती बूँद को देखिए या साबुन का एक बड़ा सा बुलबुला बना दीजिए। इन स्थितियों में भार का कोई प्रभाव नहीं रह जाता और इसीलिए

पानी किसी भी अन्य द्रव की भाँति अपना निजी रूप ग्रहण कर लेता है।

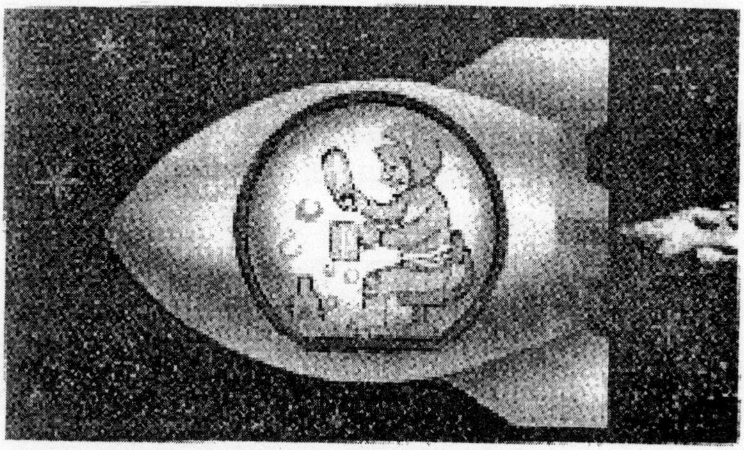

क्या पानी की सतह पर दौड़ा जा सकता है? हाँ। यदि विश्वास न हो, तो जाकर किसी तालाब या पोखर की सतह पर देखिए—दुनिया भर के छोटे-मोटे जीव पानी पर चल-फिर रहे हैं, दौड़ भी रहे हैं। यदि आप इस बात को ध्यान में रखेंगे कि इन कीड़े-मकोड़ों के पैरों का टेकक्षेत्र (अर्थात् जिस क्षेत्र पर वे अपना पैर टिकाते हैं) बहुत छोटा होता है, तो आप सरलता से समझ जाऐंगे कि उनका भार कम होने पर भी वे दबाव बहुत अधिक डालते हैं। पानी की सतह बिना छिन्न हुए इस दबाव को सहन कर लेती हैं।

क्या पानी ऊपर की ओर बह सकता है? हाँ, बह सकता है। यह हमेशा और हर जगह होता है। पानी जमीन की पूरी मोटी पर्त को भिगोता हुआ भूगत जल के स्तर से ऊपर धरातल तक स्वयं उठ आता है। पेड़ के अंगों में केश-सदृश पतली वाहिकाओं में पानी गहरी जड़ों से फुनगियों तक खुद ऊपर उठ आता है और इस प्रकार पत्ते और फल पानी में घूले पोषक द्रव्य प्राप्त कर लेते हैं। जब आप स्याही-सोख्ते से स्याही की बूँद सोखते हैं या तौलिए से बदन पोंछते हैं, तो इसमें भी पानी सोख्ते के रन्ध्रों या तौलिए के रेशों के सहारे ऊपर उठ आता है। केश जैसी पतली नलियों—केशिकाओं—में पानी कई पीटर तक ऊपर उठ सकता है।

इसका कारण क्या है? इसका कारण पानी का एक और अनोखा गुण है। पानी की सतह का तनाव अपवादात्मक रूप से अधिक है। पानी की सतह पर स्थित अणुओं पर अंतराण्विक आकर्षण-बल सिर्फ नीचे से लगते हैं और पानी में ये बल विसंगत रूप से बड़े हैं। इसीलिए उसकी सतह का हर अणु द्रव को भीतर खींचता रहता है।

परिणामस्वरूप ऐसा बल उत्पन्न हो जाता है जो द्रव की सतह को तानकर रखता है। पानी में यह बल विशेष रूप से बड़ा है : उसका तलीय तनाव 72mN\m (मिलीन्यूटन प्रति मीटर) होता है.

यही बल साबुनी बुलबुले, गिरती बूँद या भारहीनता की अवस्था में द्रव की किसी मात्रा को गोले का रूप प्रदान करता है। पानी को यही बल जमीन में ऊपर उठाता है, पतली नलियों व सूक्ष्म रन्ध्रों की भीतरी दीवारें इसी बल के कारण अच्छी तरह से भीगती है। पानी में यदि यह गुण नहीं होता, तो धरती पर खेतीबारी शायद ही संभव होती। यह बल ही पोखर की सतह पर दौड़ते कीड़ों-मकोड़ों को डूबने से बचाता है (उनके पैर पानी में भीगते नहीं है) मध्य अमरीका के कोस्टारीका में एक छिपकली होती है, जो पानी पर दौड़ सकती है। कई बड़े-कीड़े-मकोड़े भी पानी की सतह पर इसी तरह से भाग लेते हैं। बेशक, पानी का तलीय तनाव इतना अधिक नहीं होता कि वह छिपकली को सतह पर रोककर रख सके। छिपकली के नहीं डूबने का कारण है—उसका बहुत तीव्र वेग।

क्या पानी जल सकता है? हाँ, जल सकता है। पानी मुक्त फ्लुओरीन (एक गैस) के परिवेश में जलता है।

किसी ने पानी देखा है? यह प्रश्न बेवकूफी भरा लग सकता है। पर प्रश्न का संबंध बिल्कुल शुद्ध पानी से है जिसमें कोई भी अशुद्धि नहीं मिली हो। तब सही उत्तर देने के लिए मानना होगा कि पानी को अब तक किसी ने न तो देखा है, न हाथ में लिया है। यह बात और है कि बहुत साफ पानी और उसके अति तनु घोलों के बीच कोई

अन्तर खाली आँखों से नहीं देखा जा सकता, पर विज्ञान खाली आँखों से नहीं देखता। अस्तु, जो कुछ गिलास में डला हुआ है और जिसे हम सिर्फ पानी कहते हैं, वह दरअसल पानी में कई द्रव्यों का एक **घोल** है। उसमें गैसें घुली होती हैं—नाइट्रोजन, ऑक्सीजन, आर्गन, कार्बन डायक्साइड। हवा में उपस्थित सभी मिलावटें भी पानी में घुली होती हैं। पानी में मिट्टी में पाए जाने वाले विभिन्न लवण घुले होते हैं, जलवाही नलों का लोहा घुला होता है। उसमें आवर्त-प्रणाली के लगभग सभी तत्त्वों के सैकड़ों और शायद हजारों यौगिक घुले होते हैं। उसमें धूल, लोहे के ऑक्साइड, विभिन्न कोलायडी अवसादों, आदि, के अघुलनशील कण निलंबित रहते हैं। और इसे हम शुद्ध पानी कहते हैं!

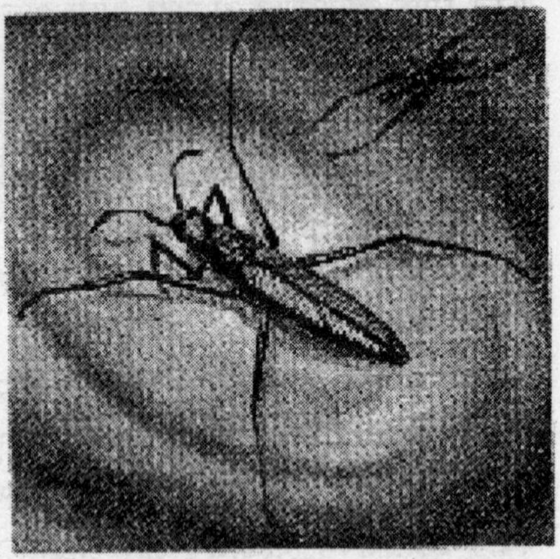

पानी का तलीय तनाव इतना अधिक है कि उस पर इन जैसे बड़े-बड़े मकोड़े भी आरम से सैर कर सकते हैं।

परम शुद्ध जल प्राप्त करने की समस्या पर अनेक वैज्ञानिक काम कर रहे हैं। लेकिन अब तक ऐसा जल प्राप्त नहीं किया जा सकता और ऐसा पानी मिले भी कैसे : गिलास में ढला पानी गिलास की दीवारों को घोलने लगता है, किसी भी गैस के संपर्क में आते ही वह इस गैस को घोल लेता है।

बहुत अच्छी तरह साफ किया हुआ और गैसों से मुक्त पानी, एक और असाधारण गुण प्राप्त कर लेता है : उसे क्वथनांक से दसियों डिग्री ऊपर गर्म किया जा सकता है, वह खौलेगा नहीं; उसे बहुत अधिक ठंडा भी किया जा सकता है, वह जमेगा नहीं।

क्या पानी याद रख सकता है? मानना पड़ेगा कि यह प्रश्न कुछ विचित्र सा लगता है, पर यह एक गंभीर और महत्त्वपूर्ण प्रश्न है। इसका संबंध एक बहुत बड़ी भौतिकी-रासायनिक समस्या से है, जिसका महत्त्वपूर्ण भाग अभी तक अध्ययन से अछूता है। विज्ञान में यह प्रश्न अभी सिर्फ उठाया गया है, पर इसका उत्तर अभी नहीं मिला है।

प्रश्न है : पानी के इतिहास (उसकी आपबीतियों) का प्रभाव पानी के भौतिकी-रासायनिक गुणों पर पड़ता है या नहीं; और, पानी के गुणों का अध्ययन करके उसके साथ क्या-क्या बीत चुका है यह जान लेना—पानी को अपनी कहानी 'स्मरण करके' उसे सुनाने को मजबूर करना—संभव है या नहीं? हाँ, है; यद्यपि विश्वास नहीं होता। यह बर्फ की याददाश्त के रोचक व असाधारण उदाहरण से समझना आसान रहेगा।

बर्फ—यह भी पानी ही है। जब पानी वाष्पित होता है, तो पानी और वाष्प दोनों ही की समस्थानिक गठन बदल जाती है। भारी पानी की तुलना में हल्के पानी का वाष्पन—नगण्य सीमा में ही सही—अधिक क्षिप्र होता है।

प्राकृतिक जल के वाष्पन के दौरान उसकी समस्थानिक

गठन सिर्फ ड्युटेरियम ही नहीं, भारी ऑक्सीजन के अनुसार भी बदलती है। वाष्प में होने वाली समस्थानिक गठन के इन परिवर्तनों का अध्ययन भली-भाँति हो चुका है, तापक्रम पर उनकी निर्भरता का भी अन्वीक्षण किया जा चुका है।

अब उस व्यापक प्रक्रिया की कल्पना कीजिए, जो पूरी पृथ्वी पर चलती रहती है। सागरों की सतह से पानी की विशाल मात्रा, अपनी परिवर्तित समस्थानिक गठन के साथ, वाष्पित होती हैं। वातावरण में पवन-धाराएँ जलवाष्प को सारी पृथ्वी पर उड़ाती रहती हैं। ठंडे क्षेत्रों में पहुँचने पर वाष्प पूरी तरह संघनित हो जाता है, हिम का रूप धारण करता है और अपना समस्थानिक गठन स्थिर रखते हुए पृथ्वी पर बरसता है। बड़े-बड़े आर्कटिक (उत्तर ध्रुवीय) हिमनद इसी विधि से बनते हैं।

हाल में वैज्ञानिकों ने एक अनोखा प्रयोग संपन्न किया। आर्कटिक में, ग्रीनलैंड के उत्तर में स्थित एक बहुत मोटे हिमनद में बरमें से छेद करके, बर्फ की एक बहुत बड़ी छड़ निकाली गई। इसकी लंबााई करीब डेढ़ किलोमीटर थी। इस पर साल-दर-साल की परतें बिल्कुल स्पष्ट दिख रही थीं। छड़ की पूरी लंबाई पर, सभी परतों का विश्लेषण किया गया। और, उनमें हाइड्रोजन और ऑक्सीजन के भारी समस्थानिकों—ड्युटेरियम और ^{18}O—के अनुपात के आधार पर, उन परतों के बनने का तापक्रम निर्धारित किया गया। कौन-सी परत किस साल बनी थी, यह परतों की सीधी गिनती से निर्धारित हो गया। इस प्रकार, हजारों वर्षों के दौरान पृथ्वी पर मौसमी परिस्थितियाँ कैसी थीं, यह ज्ञात हो सका। हम कह सकते हैं कि पानी ने यह सब स्मरण करके ग्रीनलैंड के हिमनद की गहराइयों में लिख रखा था।

बर्फ की परतों के समस्थानिक विश्लेषण के फलस्वरूप, पृथ्वी पर जलवायु के परिवर्तन का एक ग्राफ बन सका। इसे देखकर पता चलता है कि, शताब्दियों के तापक्रमी विचलनों के बाद, पृथ्वी को अपना वर्तमान औसत तापक्रम हासिल हो सका है। 15-वीं सदी में बहुत ठंडक थी, 17-वीं सदी के उत्तरार्ध और 19-वीं सदी के पूर्वार्ध में भी खूब ठंड थी; 1550 और 1930 में तेज गर्मी थी।

जो सूचनाएँ बर्फ की याददाश्त में सुरक्षित थीं, उनकी सच्चाई ऐतिहासिक दास्तावेजों, अभिलेखों, आदि से भी सिद्ध होती है।

बर्फ के समस्थानिक गठन द्वारा निर्धारित जलवायु-परिवर्तनों की आवर्तिता के आधार पर हम यह भी बता सकते हैं कि भविष्य में हमारे ग्रह पर औसत तापक्रम कितना होगा।

यह सब बिल्कुल स्पष्ट है और समझ में आने वाला है। हजारों वर्षों से अधिक के मौसम के इतिहास का ध्रुववर्ती हिमनद की परतों में लिखा जाना एक आश्चर्यजनक बात लग सकती है, पर इसमें कोई रहस्य नहीं है। समस्थानिक संतुलन का अध्ययन बहुत अच्छी तरह किया जा चुका है।

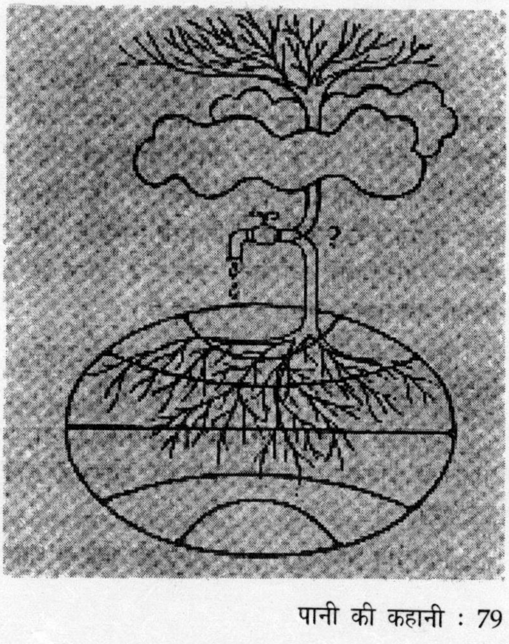

फिर बर्फ की 'याददाश्त'' का रहस्य क्या है? बात यह है कि पिछले वर्षों के दौरान विज्ञान में ढेरों ऐसे तथ्य सामने आए हैं जो अभी तक समझ में नहीं आए हैं। इनमें से कुछ तो सही सिद्ध किए जा चुके हैं और कुछ को संख्यात्मक रूप से सही सिद्ध करना है; पर व्याख्या इन सभी की करनी होगी।

उदाहरणार्थ, अभी तक कोई नहीं जानता कि चुंबकीय क्षेत्र से गुजरने पर पानी के साथ क्या-कुछ होता है। भौतिकविद-सिद्धांतकारों को पूरा विश्वास है कि पानी के साथ कुछ नहीं होता और हो भी नहीं सकता। अपने विश्वास के समर्थन में

वे सैद्धांतिक कलन प्रस्तुत करते हैं जिनके अनुसार चुंबकीय क्षेत्र का प्रभाव खत्म होते ही पानी को तत्काल अपनी पूर्वावस्था में लौट आना चाहिए और जैसे वह पहले था। वैसा ही रहना चाहिए। पर प्रयोगों से पता चलता है कि वह बदल जाता है, कुछ दूसरा हो जाता है।

बहुत ज्यादा फर्क आ जाता है क्या? खुद देख लीजिए। वाष्पित्र में साधारण पानी का इस्तेमाल करने पर उसमें से घुले हुए लवण अलग होकर वाष्पित्र और उसकी नालियों की भीतरी दीवारों पर कड़े पत्थर की तरह बैठने लगते हैं। पर चुंबकीय क्षेत्र से गुजरे हुए पानी से लवण भुरभुरे अवसादन के रूप में अलग होते हैं।

फर्क ज्यादा नहीं है। यह सब अपने दृष्टिकोण पर निर्भर करता है। ताप-विद्युकेन्द्र में काम करने वाले आदमी के अनुसार यह अंतर काफी महत्त्वपूर्ण है, क्योंकि चुंबकित पानी (चुंबकीय क्षेत्र से गुजरा हुआ पानी, चुंबक प्रक्षालित पानी) विशाल विद्युकेंद्रों के अविराम कार्य में सहायक होता है : उसके कारण वाष्पित्र की नलियों का मार्ग बंद नहीं होता, तापसंचार अधिक अच्छी तरह से होता है, विद्युत-ऊर्जा अधिक मिलती है। पानी का चुंबकीय शोधन अनेक तापकेंद्रों में किया जा रहा है, पर इससे लाभ का असली कारण न तो वैज्ञानिकगण जानते हैं, न ही इंजीनियर लोग। प्रयोगों से यह भी देखा गया है कि चुंबकीय शोधन के बाद पानी में क्रिस्टलन, विलयन, अवशोषण, आदि, क्रियाएँ तीव्र हो जाती हैं; क्लेदन प्रक्रिया में भी परिवर्तन होता है। यह सच है कि ये प्रभाव सभी स्थितियों में नगण्य पाए गए हैं और उन्हें दुहराकर प्राप्त करना बहुत मुश्किल होता है। पर विज्ञान में इस बात का किस तरह मूल्यांकन किया जा सकता है कि क्या कम है और क्या अधिक!

कौन यह करेगा?

चुंबकीय क्षेत्र का प्रभाव पानी पर (अवश्यंभावी रूप से तेज प्रवहमान पानी पर) सेकेंड के कुछ अल्पांशों तक ही जारी रहता है, पर पानी इसे दसियों घंटों तक 'याद' रखता है। कारण अज्ञात है। इस मामले में व्यवहार विज्ञान से काफी आगे जा चुका है। हमें इतना भी पता नहीं है कि चुंबकीय शोधन का प्रभाव किस पर पड़ता है—पानी पर, या उसमें निहित अशुद्धियों पर। शुद्ध पानी तो होता ही नहीं है।

पानी की 'याददास्त' चुंबकीय प्रभाव के परिणामों को सुरक्षित रखने तक सीमित नहीं है। विज्ञान में धीरे-धीरे अनेक तथ्य और अवलोकन जमा होते जा रहे हैं जो एक और आश्चर्यजनक बात सिद्ध करते हैं : पानी यह भी "याद" रखता है कि वह पहले कभी जमकर बर्फ बना था।

लगता है कि थोड़ी देर पहले बर्फ के पिघलने से बना पानी, उस पानी से भिन्न होता है। जिससे बर्फ बनी थी। पिघले हुए पानी में बीजों का अंकुरण शीघ्रता से होता है; पिघला हुआ पानी पिलाने पर चूजे जल्दी बड़े होते हैं। जीववैज्ञानिकों द्वारा निर्धारित आश्चर्यजनक गुणों के अतिरिक्त, पिघले हुए पानी में शुद्ध भौतिकीय व रासायनिक विशेषताएँ भी होती हैं। पिघले हुए पानी की श्यानता और पारवैद्युत-वेधिता के मान साधारण पानी के तदनुरूप मानों से भिन्न होते हैं। उसकी श्यानता पिघलने के 3-6 दिन बाद ही सामान्य होती है। ऐसा क्यों होता है (यदि ऐसा होता है), किसी को पता नहीं है।

अधिकतर अन्वीक्षक इन संवृत्तियों को पानी की 'संरचनात्मक स्मृति' का नाम देते हैं। अर्थात् वे यह मानते हैं कि पानी के पुराने जीवन पर पड़े प्रभावों की अभिव्यक्तियाँ उसकी आण्विक अवस्था में सूक्ष्म परिवर्तनों के कारण होती हैं। शायद यह सच हो...पर संवृत्ति को नाम देने का यह मतलब नहीं होता कि उसकी व्याख्या हो गयी। विज्ञान में पहले की तरह ही यह समस्या बनी हुई है : पानी अपनी आपबीती क्यों और कैसे 'याद' रखता है।

पृथ्वी पर पानी कहाँ से आया? अंतरिक्षी किरणों के पुंज—विशाल ऊर्जा वाली कणिकाओं के प्रवाह—ब्रह्मांड को हर समय और हर दिशा में बेधते रहते हैं। इन कणिकाओं में अधिकतर प्रोटीन होते हैं जो हाइड्रोजन-परमाणुओं के नाभिक हैं। अंतरिक्ष में गतिमान हमारे ग्रह पर लगातार प्रोटोन 'बरसते' रहते हैं पार्थिव वातावरण की ऊपरी परत में

प्रविष्ट होते ही प्रोटोन, एलेक्ट्रोन को 'कैद' करके हाइड्रोजन के परमाणु में परिणत हो जाता है—और तत्काल ऑक्सीजन के साथ प्रतिक्रिया करके पानी बनने लगता है। कलनों से पता चलता है कि हर साल करीब डेढ़ टन 'अंतरिक्षी' पानी समतापमंडल (वातावरण की करीब 8Km की ऊँचाई से शुरू होकर 50Km की ऊँचाई पर खत्म होने वाली परत) में उत्पन्न होता है। बहुत अधिक ऊँचाई और बहुत निम्न तापक्रम पर वाष्प की प्रत्यास्था (दाब) बहुत कम होती है और पानी के अणु धीरे-धीरे जमा होकर अंतरिक्षी धूल-कणों पर संघनित होते हुए चाँदी जैसे चमकीले रहस्यमय बादलों का रूप ग्रहण कर लेते हैं। वैज्ञानिकों का विचार है कि ये बादल बर्फ के सूक्ष्म क्रिस्टलों से बने होते हैं। जो इस 'अंतरिक्षी' पानी से उत्पन्न होते हैं। कलन बताते हैं कि इस तरह से पृथ्वी को उसके जन्म से लेकर अब तक अंतरिक्ष से जितना पानी मिला है, हमारे ग्रह के सागरों के उत्पन्न होने के लिए पर्याप्त है। क्या इसका अर्थ यह है कि पृथ्वी पर पानी अंतरिक्ष से आया है? पर...

भूरसायनविद पानी को आकाश से आया हुआ अतिथि नहीं मानते। उनका विश्वास है कि उसका जन्म पृथ्वी पर ही हुआ है। पृथ्वी के केन्द्रीय नाभिक और बाह्य पर्पटी के बीच स्थित परत—चोगा—को बनाने वाले कण, समस्थों के रश्मिसक्रिय क्षय से संचित ताप के प्रभाव से, कहीं-कहीं पिघलने लगते हैं और उनमें से उड़नशील घटक— नाइट्रोजन, क्लोरीन, कार्बन व गंधक के यौगिक और सबसे ज्यादा जलवाष्प—अलग होने लगते हैं।

हमारा ग्रह जब से विद्यमान है, तब से समस्त ज्वालामुखी पर्वत मिलकर कुल कितना पानी निकाल चुके होंगे?

वैज्ञानिकों ने इसका भी हिसाब लगाया। पता चला कि ज्वालामुखी पर्वतों से निकला हुआ कुल पानी भी इतना ही होता कि सारे सागर भर जाएँ।

दिलचस्प प्रश्न है : पृथ्वी पर पानी कहाँ से आया ?

पृथ्वी पर कितना पानी है? बहुत कम!

सारी पृथ्वी पर कितना पानी है—ठीक-ठीक कोई नहीं जानता, पर है बहुत कम।

हमारे ग्रह के केन्द्रवर्ती भाग में, जिससे उसका नाभिक बना है, संभवतः पानी नहीं है। वह शायद ही वहाँ रह सकता है। कुछ वैज्ञानिकों का विचार है कि यदि वहाँ ऑक्सीजन और हाइड्रोजन हैं भी, तो वे अन्य तत्त्वों के साथ मिलकर विज्ञान के लिए नए अब तक अज्ञात कोई धातुवत् यौगिक बना लेंगे जिनका घनत्व बहुत अधिक होगा और जो पृथ्वी के केन्द्र में पाए जाने वाले बहुत बड़े दाब और तापक्रम पर भी टिकाऊ होंगे।

दूसरे अन्वीक्षकों का विश्वास है कि पृथ्वी का नाभिक लोहे से भरा हुआ है। वहाँ—हमारे पैरों के नीचे 3 हजार किलोमीटर से थोड़ी अधिक गहराई पर—वास्तविकता में क्या है, अब तक किसी का पता नहीं है; पर पानी वहाँ शायद ही है।

पृथ्वी की गहराइयों में सबसे ज्यादा पानी उसके चोगे (लबादे) में है। यह पृथ्वी की वह परत है जो उसकी बाह्य पर्पटी के नीचे शुरू होती है। भूवैज्ञानिकों का विचार है कि चोगे में 13 अरब घन किलोमीटर से कम पानी नहीं है।

पृथ्वी की सबसे ऊपर परत—पर्पटी—में करीब डेढ़ अरब घन किलोमीटर अतिरिक्त पानी है। इन परतों में पाया जाने वाला लगभग सारा पानी अनुबंधित अवस्था में है, वह कणों और खनिजों में हाइड्रेट नामक घटक के रूप में होता है। उसे आप न पी सकते हैं, न उसमें नहा सकते हैं।

पृथ्वी में जलीय आवरण—जलमंडल—में भी करीब डेढ़ अरब घन किलोमीटर पानी है। लगभग यह पूरी मात्रा सागरों में है। वे पृथ्वी की 70% सतह पर फैले हुए हैं, उनका क्षेत्रफल 36 करोड़ वर्ग किलोमीटर है। अंतरिक्ष से हमारा ग्रह पृथ्वी के गोले जैसा नहीं, बल्कि पानी के गोले जैसा दिखता है।

सागरों की औसत गहराई है—करीब 4 किलोमीटर। किन्तु यदि इस 'अथाह गहराई' की तुलना पृथ्वी के आकार से करें जिसका औसत व्यास 12740 किलोमीटर है, तब ठीक इसका उल्टा यह मानना पड़ेगा कि हम लोग जिस ग्रह

पर रहते हैं वह थोड़ा सा गीला भर है, वह भी पूरी तरह नहीं। सागरों और समुद्रों का पानी खारा है—उसे पिया नहीं जा सकता।

थल पर पानी बहुत कम है : सिर्फ 9 करोड़ घन किलोमीटर के करीब। इसमें से 6 करोड़ घन किलोमीटर से अधिक पानी भूगत है और लगभग सारा का सारा नमकीन है। करीब ढाई करोड़ घन किलोमीटर ठोस पानी आर्कटिक क्षेत्र, ग्रीनलैंड और अंटार्कटिका के बर्फीले क्षेत्रों में है। पर यह सारा पानी सुरक्षित है। यदि कहीं ध्रुवों पर स्थित बर्फ पिघल गई, तो जैसे कि बहुत से वैज्ञानिकों का ख्याल है, भारी आफत आ जाएगी—सागरों का जलस्तर 50 मीटर से अधिक ऊँचा हो जाएगा और थल का बहुत बड़ा भाग जलगत हो जाएगा। भयंकर बाढ़ के कारण बड़े-बड़े उपजाऊ क्षेत्र पानी में डूब जाएँगे और दुनिया का भौगोलिक मानचित्र इतना बदल जाएगा कि उसे पहचाना भी नहीं जा सकेगा।

असंख्य दुर्घटनाएँ होंगी। मौसम-वैज्ञानिकों का कहना है कि यदि पृथ्वी का औसत तापक्रम दो डिग्री ऊँचा हो जाए, तो बर्फ का विश्वव्यापी द्रवण शुरू हो जाता है। हिमाच्छादित क्षेत्र पूरे थल का 10% अंश है। इसके अतिरिक्त, करीब 1.6 करोड़ वर्ग किलोमीटर जमीन चिरकाल से कड़ाके की ठंड से जमी हुई है, जहाँ बर्फ की भूगत परत करीब 500 हजार घन किलोमीटर जितनी है।

आदमी द्वारा निर्मित सभी दलदलों, पोखरों, झीलों, आदि, में कुल 500 हजार घन किलोमीटर पानी है।

पानी वायुमंडल में भी है। हवा में, यहाँ तक कि निर्जल मरुभूमि में भी, जहाँ पानी की एक बूँद भी नहीं है और कभी कोई वर्षा नहीं होती, थोड़ा-बहुत जलवाष्प जरूर उपस्थित रहता है। इसके अतिरिक्त, आकाश में हमेशा ही बादल होते हैं, घटाएँ एकत्र होती हैं, कुहासा छा जाता है। वायुमंडल में उपस्थित पानी के इस भंडार का भी बिल्कुल सही-सही हिसाब लगाया जा चुका है—इसमें करीब 14 हजार घन किलोमीटर पानी है।

बस, ये ही सब बातें हैं जो पृथ्वी पर पानी के भंडार और इसके वितरण के बारे में जानी जा सकती हैं। इसमें इतना ही जोड़ना रह जाता है कि पानी पृथ्वी पर कभी स्थिर नहीं रहता।

प्रकृति में पानी का चिरकालिक चक्र चलता रहता है जो सभी जलस्रोतों को एक सूत्र में पिरोए रखता है, चाहे ये स्रोत कहीं भी क्यों न हों—वायुमंडल में, जलमंडल में या जीवमंडल में। भूवैज्ञानिकों की मान्यता है कि हमारे ग्रह की गहन गहराइयों से भी हर साल एक घन किलोमीटर नवजात पानी निकलकर बाहर आ जाता है। संभव है इसी के कारण अरबों वर्षों के दौरान पृथ्वी की सतह पर पानी के भंडार बन पाए हों। वैसे, ज्योतिर्विज्ञानी यह मानते हैं कि पानी की उत्पत्ति अंतरिक्ष से हुई है।

पृथ्वी पर पानी का चक्र सूर्य की ऊर्जा से चलता है। पानी पवन-धाराओं के प्रभाव से वाष्पित होता है, सारी पृथ्वी का चक्कर लगाता है, संघनित होता है, पृथ्वी की सतह पर बरसता है और फिर वापस लौटकर-सागरों में मिल जाता है।

और यह चक्र अंतहीन रूप से चलता रहता है

हर साल सागरों और महादेशों की सतहों से करीब 520 हजार घन किलोमीटर पानी वाष्पित होता है और फिर पूरा का पूरा अवसादनों—वर्षा और बर्फ—के रूप में वापस लौट आता है। इसमें से भी अधिकांश—410.5

अंशांकित वर्तन पर शब्द हैं (ऊपर से) : सागर, भूपर्पटी, चोगा।

हजार घन किलोमीटर—पानी तुरन्त सागरों में जा मिलता है; और बाकी—109.5 हजार घन किलोमीटर—पानी थल की सिंचाई करता है, हमारे ग्रह के सभी महादेशों में सभी जीवधारियों को जीवन प्रदान करता है। दुनिया की सभी नदियों के सहारे समुद्र में प्रति वर्ष 37.4 हजार घन किलोमीटर पानी वापस बहकर आ जाता है। बाकी पुनः वाष्पित हो जाता है। थल का लगभग एक-तिहाई जल, पेड़-पौधों के जरिए वाष्पित होता है।

पृथ्वी पर जब इतना अधिक पानी है, तो उसे कम क्यों कहा जाता है?

यह प्रश्न विशेष रूप से महत्त्वपूर्ण है। सच्चाई क्या है : पृथ्वी पर पानी बहुत है या कम?'' बहुत'' का क्या अर्थ है और 'कम' का क्या अर्थ है?

जैसा कि पहले कहा जा चुका है, वैज्ञानिकों को अभी ठीक-ठीक पता नहीं पृथ्वी पर कितना पानी है—पर उन्हें विश्वास है कि यह 16 अरब घन किलोमीटर से कम नहीं है।

और पृथ्वी का द्रव्यमान लगभग $6.~0.~10^{21}$ टन है। इसका अर्थ हुआ कि पृथ्वी पर उसके द्रव्यमान के चौथाई प्रतिशत अंश से कम पानी नहीं है। क्या यह कम है।

अब 1 घन किलोमीटर पानी कितना होगा, इसकी कल्पना कीजिए। पानी का बना हुआ एक किलोमीटर ऊँचा घन! वह बादलों से भी ऊँचा होगा। उसके आधार-क्षेत्र पर छोटा-मोटा शहर आराम से अँट सकता है। उसमें 1 अरब टन पानी होगा जिससे सारी दुनिया के लोग करीब छः महीने तक अपनी प्यास बुझा सकते हैं।

अकेली सिर्फ नदियाँ ही संसार के सागरों तक प्रति वर्ष करीब 40 हजार घन किलोमीटर पानी वहन करती है। इसका मतलब है कि जितना पानी साल भर के दौरान सिर्फ नदियाँ देती हैं, वही दुनिया के सभी लोगों के लिए पच्चीस हजार वर्षों तक काफी होगा। क्या यह कम है?

हाँ, यह निस्संदेह बहुत अधिक है! पर बात यह है कि आदमी को पीनी चाहिए भी बहुत ज्यादा। उसकी पानी की आवश्यक़ता पृथ्वी पर मीठे पानी के नवीकृत होते रहने वाले स्रोतों की क्षमता के निकट पहुँच गई है।

आदमी का अच्छा साफ मीठा पानी चाहिए। इसके बिना वह जी नहीं सकता।

पानी के बिना खेतों में अनाज नहीं उपज सकता। पानी के बिना कल-कारखाने काम नहीं कर सकते। तापीय और परमाणु विद्युतकेंद्र भी अपना काम ठप्प कर देंगे। पानी की जरूरत कृषि और उद्योग दोनों को ही है।

समाज को कितना पानी चाहिए? किस काम में आदमी इस मूल्यवान द्रव्य को खर्च करता है?

अभी हमारे इस समय में ही लोग नदियों और झीलों से हर साल करीब 2 हजार घन किलोमीटर मीठा पानी अपनी आवश्यकताओं की पूर्ति के लिए ले लेते हैं। पानी की यह मात्रा, पृथ्वी की सभी नदियों के वार्षिक बहाव का बीसवाँ अंश है। यदि बाढ़ के समय के अतिरिक्त बहाव को नजरअंदाज कर दिया जाए, तो यह मात्रा नदियों के वार्षिक स्थिर बहाव का 13% अंश है। सबसे ज्यादा पानी सिंचाई में खर्च होता है। शुष्क क्षेत्रों में बड़ी-बड़ी नदियों का अधिकांश पानी खेतों को सींचने में खर्च हो जाता है। नील नदी का आधा पानी मिस्र के खेतों में पहुँचाया जाता है। तूफानी चंचल नदी सिरदरिया में बहकर आए पानी का दो-तिहाई भाग कजाखस्तान के खेतों में खर्च हो जाता है, अराल सागर तक मुश्किल से एक-तिहाई भाग पहुँचता है।

जल-आपूर्ति के लिए पृथ्वी की नदियों से करीब 150 घन किलोमीटर पानी निकाल लिया जाता है। यह पानी लोगों के दैनंदिन जीवन में और उद्योग में काम आता है। प्रथम दृष्टि में यह खपत कुछ ज्यादा नहीं लगती; यह वार्षिक स्थिर बहाव का सिर्फ 1 प्रतिशत अंश है और लगता है कि जलस्रोतों के सूख जाने का कोई खतरा नहीं है। पर बात ऐसी नहीं है...। मानवता के समान पानी की किल्लत का वास्तविक खतरा आ रहा है। पश्चिम के अधिकांश विकसित देशों के सामने तो वह लगभग आ भी गया है।

बात यह है कि लोग अपनी आवश्यकता की पूर्ति के लिए नदियों से जो 150 घन किलोमीटर पानी निकालते

हैं, जल-आपूर्ति में इसके अतिरिक्त और भी 400-500 घन किलोमीटर पानी खर्च हो जाया करता है। इस तरह घरों और उद्योगों के लिए जल-आपूर्ति में मीठे पानी की कुल खपत करीब 600 घन किलोमीटर है।

पानी की इतनी बड़ी मात्रा में से सिर्फ 150 घन किलोमीटर पानी वापस नहीं हो पाता ; बाकी पानी काम में आने के बाद गंदा होकर नाली के पानी के रूप में पुनः नदियों और झीलों में पहुँचता है, उन्हें विषाक्त करता है, उन्हें आदमी और अन्य जीवों के उपयोग के लिए बेकार कर देता है।

नाली के पानी को अहानिकर करने के लिए उसे पहले अच्छी तरह से साफ कर लेना चाहिए, फिर उसमें स्वच्छ प्राकृतिक जल करीब दस गुनी मात्रा मे मिला लेना चाहिए। यदि वह साफ नहीं किया गया है, तो उसमें 20-60 गुनी अधिक मात्रा में स्वच्छ जल मिलाना पड़ता है और इसके बाद ही नदी में वापस बहाया जाता है। इस काम के लिए दुनिया में करीब 6 हजार घन किलोमीटर साफ पानी खर्च होता है। यदि पानी की इस खपत की तुलना दुनिया की नदियों में बहने वाले पानी की कुल मात्रा (वार्षिक स्थिर बहाव) से की जाए, तो मानवता के सामने मीठे पानी की किल्लत के भयानक खतरे को महसूस करना कठिन नहीं होगा।

घरों और उद्योगों के गंदले पानी को अहानिकर बनाने में मीठे पानी के स्थिर वार्षिक बहाव का करीब 40% अंश अभी ही प्रयुक्त होने लगा है, जो मनुष्य की वास्तविक आवश्यकता से तीन गुना अधिक है।

आज समाज को जल-संकट की चेतावनी सुननी पड़ रही है—इसलिए नहीं कि पृथ्वी पर पानी कम है, बल्कि इसलिए कि वर्तमान प्राविधिक और औद्योगिक उत्पादन के आधुनिक संगठन के कारण, आदमी अपने कार्यकलाप से प्राकृतिक स्वच्छ जल को बहुत बड़ी मात्रा में गंदा और खराब करने को विवश है।

नाली के गन्दे पानी के कारण नदी के जल से जीवन का लोप होने लगता है, मछलियाँ मृत हो जाती हैं, शुरू में जलीय वनस्पति बहुतायत से फैलने लगती है और फिर वह भी सड़ने लगती है, सूक्ष्म हानिकर पादप विकसित होने लगते हैं, पानी में सड़ांध पैदा हो जाती है।

राइन की गणना योरप की मुख्य नदियों में होती है। इसके पानी की स्वच्छता को लेकर अनेक दंतकथाएँ गढ़ी गई हैं, पर अब राइन नदी एक गंदा नाला बनकर रह गयी है।

क्या इसका मतलब है कि पानी की रक्षा होनी चाहिए? पर कैसे? हाँ! दुनिया में कुछ भी इतना मूल्यवान नहीं, जितना साधारण-सा साफ पानी है। यह एक निराला द्रव्य है। इसके बिना जीवन की कल्पना भी नहीं की जा सकती। पानी की रक्षा होनी चाहिए। यह बात हर आदमी को समझनी चाहिए और याद रखनी चाहिए—चाहे कोई भी जीवन-पथ उसने क्यों न चुना हो। उसे जो भी बनने की इच्छा हो, वह जहाँ भी काम करे, उसे यह बात नहीं भूलनी चाहिए कि पानी की अवश्य ही रक्षा होनी चाहिए! इसका मतलब है—जीवन की रक्षा, स्वास्थ्य की रक्षा, समृद्धि की रक्षा, परिवेशी प्रकृति के सौंदर्य की रक्षा। यह हर एक का कर्तव्य है।

प्रकृति में जो कुछ भी है, जटिल और अक्सर आशातीत संबंधों द्वारा एक अटूट सतत संकुल के रूप में जुड़ा हुआ है। अफसोस कि इस छोटी-सी पुस्तक में इतनी जगह नहीं कि इसके बारे में ज्यादा कहा जा सके। फिर भी, एक उदाहरण देना गलत नहीं होगा। नदी पानी से भरी-पूरी रहे, इसके लिए जरूरी है कि उसके तटों पर जंगल उगें। जंगल नदी का पोषण करने वाली भूगत आर्द्रता का भंडार संचित करते हैं और उसकी रक्षा करते हैं। और, हानिकर कीड़े-मकोड़ों से जंगल की रक्षा चींटियां करती हैं (यह सच है कि वे कुल्हाड़ी से जंगल को नहीं बचा सकतीं)। इस प्रकार, बड़ी-सी नदी का जीवन छोटी-छोटी चींटियों के जीवन से संबद्ध है। यदि आप जंगलों में सिर्फ सैर करने के लिए ही जाते हैं, तो भी आपको चीटियों के छोटे-छोटे बिलों की रक्षा करनी चाहिए।

यह भी पानी की ही देख-भाल है।

हर आदमी को, जिसे हमारे देश में खेतों में अन्न उपजाना होगा, यह बात याद रखनी चाहिए कि जमीन को

इस प्रकार जोता जाय कि वसंत ऋतु में पिघलती बर्फ की आर्द्रता खेतों से व्यर्थ न बह सके।

जिसे मोटर-गाड़ी में स्टियरिंग को संभालना है, उसे याद रखना चाहिए कि जमीन पर पेट्रोल या जला हुआ तेल उड़ेल देना, या गाड़ी को नदी में धोना, एक भारी अपराध है। एक किलोग्राम पेट्रोल नदी के हजारों घनमीटर पानी को, या भूगत आर्द्रता को, विषाक्त कर देता है और उसे सभी जीवधारियों के लिए नुकसानदेह बना देता है।

यदि नल खराब हो गया हो और उसमें से पानी लगातार चू रहा हो, तो उसे ठीक करा लेना चाहिए, अन्यथा कई घन मीटर मूल्यवान आर्द्रता बर्बाद हो जाएगी– और किसी दूसरी जगह, हो सकता है, किसी को पीने के लिए पानी न मिले, कोई मुँह-हाथ धोने से वंचित रह जाए, किसी को आटा सानने के लिए पानी कम पड़ जाए, आदि-आदि। साथ ही, वह बहुत बड़ा श्रम बर्बाद हो जायेगा जो पानी को बाह्य गंदगी और रोगकर जीवाणुओं से मुक्त करके उसे स्फटिक जैसे स्वच्छ रूप में आपके नल तक पहुँचाने में खर्च हुआ है। इस काम में कई किलोवाट-घंटा ऊर्जा खर्च हो जाती है; इस बेकार की हानि से कहीं पर बत्ती नहीं जलेगी, किसी के कपड़े नहीं सिल पाएँगे, कहीं इस्पात का उत्पादन धीमा हो जाएगा, किसी का बनना कुछ समय के लिए रुक जाएगा।

जो भी आदमी इस किताब को हाथ में ले, चाहे उसका जो भी बनने का सपना हो—रसायनविद, धातुकर्मी, मशीनरचनाकार; चाहे जो भी वह करे—नयी-निराली प्राविधिक प्रक्रियाओं को जन्म दे, नये उपकरणों का हिसाब लगाए, नये-नये शक्तिशाली तापीय और परमाणु विद्युतकेंद्रों का नियोजन और निर्माण करे, निम्नलिखित बात को जाना और याद रखना उसका कर्तव्य है : उसके द्वारा निर्मित सभी नये कारखाने, औद्योगिक केन्द्र, शहर, आदि, इस प्रकार नियोजित होने चाहिए कि उनसे प्राकृतिक परिवेश को हानि न पहुँचे, वे जलाशयों, वायुमंडल और पृथ्वी को दूषित व विषाक्त न करें।

हमारी सुन्दर पृथ्वी पर स्वच्छ जल का बाहुल्य होना चाहिए; आदमी को इस पर हमेशा स्वच्छ हवा में साँस लेना चाहिए।

आधुनिक विज्ञान आज की इस सबसे महत्त्वपूर्ण समस्या की सफलतापूर्वक हल करने की सारी संभावनाएँ प्रदान करता है।

पानी के किस गुण को सबसे ज्यादा महत्वपूर्ण कहा जा सकता है? इस तरह का प्रश्न पूछना ही नहीं चाहिए। विज्ञान तथा प्रकृति में न तो कोई चीज प्रमुख है, और न ही गौण। विश्व में जो कुछ भी है, व्यतिक्रिया (पारस्परिक अभिक्रिया) की अनन्त अटूट लड़ी में पिरोया हुआ है जिसमें छोटे-बड़े का कोई भेदभाव नहीं है। यदि पानी के ऐसे गुण लिए जाएँ, जिनका भली-भाँति अध्ययन किया जा चुका है, और उन्हें अपनी कल्पना में थोड़ा बदलने की कोशिश की जाये, जैसा कि रोमान्यकारी वैज्ञानिक उपन्यासों में किया जाता है, तो इसके सारे परिणामों और हमारी दुनिया में होने वाले सभी परिवर्तनों का अन्दाजा कोई प्रतिभाशाली लेखक ही लगा पाएगा। हम अपनी दुनिया को पहचान भी पायँगे, या नहीं? हम उसमें जीवित भी रहेंगे, या नहीं?

पर प्रश्न उठाया जा चुका है और इसका जवाब दिया जाना चाहिए।

विश्व में सबसे महत्त्वपूर्ण है—जीवन जीवन—पदार्थ के विकास की पराकाष्ठा है। और, बिना पानी का जीवन विज्ञान को अभी तक दुनिया में कहीं नजर नहीं आया है। एक भी ऐसा जीवधारी नहीं है। जो पानी के बिना जी सके, विकसित हो सके। हमारे शरीर में 65% से अधिक पानी ही है। पानी के बिना हम चंद दिन भी जीवित नहीं रह सकते। हमारे शरीर में होने वाली सारी प्रक्रियाएँ जलीय परिवेश में और जल के सहयोग से ही संभव हैं। इस दृष्टि से पानी का सबसे महत्त्वपूर्ण गुण वह है जिसके कारण पानी जीवन का आधार बन सका है। यह गुण अभी भी रहस्यमय है, हमारी नजरों से छिपा हुआ है। विज्ञान को अभी इस रहस्य पर से पर्दा उठाना है। पर यह स्पष्ट है कि प्रकृति में पानी से बहुमूल्य द्रव्य और कुछ नहीं है।

क्या वैज्ञानिकगण पानी के सभी गुणों को समझ चुके हैं? बेशक नहीं! पानी—एक रहस्यमय द्रव्य है। आज भी वैज्ञानिक इसके अनेक गुणों को समझने और उनकी व्याख्या करने में असमर्थ है।

इसमें सन्देह नहीं है। इस तरह के सारे रहस्य विज्ञान की दृष्टि से हमेशा छिपे नहीं रह सकते। पर इसके साथ ही पानी के नये, निराले और रहस्यमय गुणों की भी खोज होगी, पानी के—जो विश्व का सबसे असाधारण द्रव्य है!

क्या इस पुस्तक में पानी के सभी गुणों का वर्णन हो चुका है? अफसोस, नहीं। सबसे दिलचस्प गुणों के लिए भी जगह नहीं बची। लेकिन, जिन्हें पानी के सभी गुणों को सविस्तार जानने की इच्छा हो (अर्थात्, जिनका अध्ययन हो चुका है), वे स्ययं उन्हें जान सकते हैं।

इसके लिए उन्हें विश्व में प्रकाशित उन सभी वैज्ञानिक पत्र-पत्रिकाओं और पुस्तकों को पढ़ना होगा। जिनमें रसायन, भौतिकी, जीव-विज्ञान, शरीरक्रिया-विज्ञान, जीवरसायन, जीवभौतिकी, भूविज्ञान, भूरसायन आदि पर वैज्ञानिक रचनाएँ छपी हों।

ज्योतिर्विज्ञान और ज्योतिभौतिकी की पुस्तकें भी पढ़नी होंगी। (यह जानना बहुत रोचक होगा कि अन्य ग्रहों, अंतरातारक व्योम और सुदूर स्थित आकाश-गंगाओं में पानी है या नहीं? और, वहाँ ज्योतिर्विद इसका अध्ययन कैसे करते हैं?) जीवविज्ञान और वनस्पतिशास्त्र का अध्ययन करना होगा। (कोई भी जीव या पौधा पानी के बिना नहीं रह सकता)। मछलियाँ और सूक्ष्म जीव पानी में रहते हैं—मत्स्य विज्ञान और सूक्ष्मजीवविज्ञान पर कृतियों को भी पढ़ना होगा।

जाहिर है कि जलविज्ञान, सागरविज्ञान, झीलविज्ञान को भी छोड़ा नहीं जा सकता। नदी-उत्पत्ति सिद्धांतों से संबंधित लेखों को भी पढ़ना पड़ेगा, हिमविज्ञान (यह महत्त्वपूर्ण विज्ञान हिम के गुणों का अध्ययन करता है, इसके बिना सुदूर उत्तर में गृहनिर्माण संभव नहीं है) और गुहा विज्ञान (गुफाएँ पृथ्वी की गहराइयों में पानी द्वारा ही बनी हैं, यह भी पानी के गुणों में से एक है) जैसे शास्त्रों को भी आत्मसात करना होगा।

तापप्रवेगिकी के बिना और्जिकी में पानी की भूमिका समझना कठिन है (सभी तापीय विद्युकेन्द्र जलवाष्प से, और जलविद्युकेन्द्र पानी से, चलते हैं)। नाभिकीय भौतिकी का भी अध्ययन करना पड़ेगा। (परमाणु और्जिकी को भारी पानी से सक्रिय करते हैं)। नाभिकीय भौतिकी का अध्ययन भी करना पड़ेगा (परमाणु और्जिकी को भारी पानी की क्या आवश्यकता है?)। हाइड्रोलिक्स (द्रव इंजीनियरी) नामक एक और विस्तृत तथा कठिन विज्ञान है।

विद्युतकनीक के भी कई अनुच्छेदों को पढ़ना पड़ेगा।

इस विज्ञान के बिना जलरसायन को आत्मसात नहीं किया जा सकता जिसकी अधिकांश प्रक्रियाएँ जलीय घोलों पर आश्रित हैं।

पृथ्वी पर कौन-सी नदियाँ, सागर, महासागर कहाँ स्थित हैं, इसका वर्णन भूगोल करता है। नौचालन—जहाज चलाने और बनाने के सिद्धांतों का अध्ययन करने वाला विज्ञान—पानी के बिल्कुल अलग गुणों का अध्ययन करता है।

बादल क्यों उत्पन्न होते हैं और वर्षा क्यों होती है, इन सब बातों का अध्ययन करने वाले मौसम विज्ञान से भी पानी के बारे में अनेक रोचक बातें जानी जा सकती हैं।

चिकित्सा-संबंधी वैज्ञानिक कृतियों की भी उपेक्षा नहीं की जा सकती—स्वयं मनुष्य में सारी जीवन-प्रक्रियाएँ जलीय परिवेश में संपादित होती हैं।

आप सोचते होंगे कि इतिहास या अर्थशास्त्र से संबंधित पुस्तकों को शायद छोड़ा जा सकता है? नहीं, इतिहास और अर्थशास्त्र का विकास हमारे ग्रह पर संचार और यातायात के जलमार्गों द्वारा निर्धारित हुआ है।

यदि अच्छी तरह से सोचा जाए, तो शायद ज्ञान की और भी अनेक शाखाओं का नाम गिनाया जा सकता है जिनमें पानी के गुणों का अध्ययन होता है। आप खुद भी कोशिश कर सकते हैं सोचने की।

क्या पानी के विषय में सब कुछ ज्ञात हो चुका है? अपेक्षाकृत कुछ समय पहले तक हमारी शती के चौथे दशक में रसायनविदों को पूरा विश्वास था कि वे पानी का गठन बहुत अच्छी तरह से जानते हैं। पर एक दिन एक के मन में विद्युविश्लेषण के बाद बचे पानी का घनत्व मापने का विचार पैदा हुआ। नापने पर वह दंग रह गया : घनत्व साधारण से कुछेक लक्षांश अधिक था।

विज्ञान में कुछ भी गौण नहीं होता। इस नगण्य अंतर का कारण ढूँढ़ना पड़ा। परिणामस्वरूप वैज्ञानिकों ने प्रकृति के अनेक नये रहस्यों की खोज की। उन्हें पता चल गया कि पानी बहुत ही जटिल द्रव्य है। पानी के नये समस्थानिक रूप मिले। साधारण पानी से भारी पानी निकाला गया। पता चला कि वह भावी और्जिकी के लिए अत्यन्त महत्वपूर्ण द्रव्य है। अब सारी दुनिया के भौतिकविद इस समस्या के हल में अथक रूप से जुटे हुए हैं। और, यह सब शुरू हुआ था एक बिल्कुल साधारण, दैनंदिन और अरोचक राशि—घनत्व—की माप से। बात इतनी सी थी कि पानी का घनत्व एक अतिरिक्त दशमलव अंक की शुद्धता से नापा जा सकता था।

हर नया अधिक शुद्ध माप, हर नया विश्वस्त कलन, हर नया अवलोकन पुराने ज्ञान की शुद्धता और विश्वसनीयता को ही नहीं बढ़ाता, वह नयी अज्ञात चीजें उपस्थित करता है, उन तक पहुँचने के लिए ज्ञान का मार्ग प्रशस्त करने में सहायक होता है।

मानव बुद्धि की कोई सीमा नहीं, उसकी संभावनाओं की भी कोई सीमा नहीं। दुनिया के
सचमुच में सबसे अनोखे द्रव्य—पानी— के बारे में,
इसकी प्रकृति और इसके गुणों के बारे में, अब हम जितनी बातें जानते हैं, ये भी इस
पुस्तक के पाठकों के समक्ष नयी, और भी बड़ी,
असीम संभावनाएँ खोलेंगी। किसे पता है कि कल आप
कौन सी नयी बातें जानेंगे और किस नयी,
आश्चर्यजनक संवृत्ति का आविष्कार
करेंगे।
आप सिर्फ देखना और आश्चर्य करना सीखें।
दुनिया की हर अन्य वस्तु की तरह पानी के गुण भी अगणित हैं।

प्रकाश की कहानी

प्रकाश के बारे में

पृथ्वी पर जीवन उत्पन्न हुआ और अभी तक अपना अस्तित्व बनाए हुए है–यह सिर्फ सौर प्रकाश की किरणी ऊर्जा के कारण। हमारे ग्रह पर वात का आवरण सूर्य की ऊर्जा का बहुत बड़ा अंश अवशोषित कर लेता है। यदि वातावरण नहीं होता, तो दोपहर दिन में सूर्य से धरातल के प्रति वर्ग सेंटीमीटर पर प्रति मिनट 8.37 जूल ऊर्जा आपतित होती है। इस राशि (8.37 J/cm.^{2} min) को **सौर स्थिरांक** कहते हैं। यह वातावरण के पार उड़ते राकेटों के उपकरणों की सहायता से ली गई नापों द्वारा निर्धारित किया गया है।

हिसाब लगाया जा सकता है कि प्रकाश हमारे ग्रह पर प्रति सेकेंड इतनी ऊर्जा लाता है, जितनी ऊर्जा 4 करोड़ टन पथरकोयला जलने से मुक्त होती है।

आदिम मानव का अलाव, मशीनों के चलित्रों (मोटरों) में जलने वाला पेट्रोल, अंतरिक्ष-यानों का ईंधन–यह सब प्रकाशीय ऊर्जा ही है, जो किसी जमाने में पेड़-पौधों और जीव-जंतुओं द्वारा संचित हुई थी। यदि सौर ऊर्जा का प्रवाह रुक जाए, तो वातावरण की ऑक्सीजन और नाइट्रोजन द्रव में परिणत होकर धरातल पर बरस जाएँगी; जमकर ठोस हुई वातावरणी गैसों का सात मीटर मोटा कवच पृथ्वी को आच्छादित कर लेगा। इस बर्फीली मरुभूमि में सिर्फ कभी-कभी द्रव हीलियम से भरे छोटे-मोटे गड्ढे नजर आएँगे।

प्रकाश पृथ्वी पर सिर्फ ऊर्जा ही नहीं लाता। ज्योति-प्रवाह के कारण ही हम परिवेशी दुनिया का अनुभव करते हैं, उसका बोध करते हैं। प्रकाश की किरणें हमें निकट और दूर की वस्तुओं की पारस्परिक स्थिति, उनका रंग और आकार बताती हैं।

प्रकाशिकीय उपकरणों द्वारा तीव्र किया गया प्रकाश पैमाने के अनुसार दो विपरीत प्रकार की दुनियाओं को दिखाता है : अंतरिक्षी दुनिया जिसमें विराट विमीयता तथा विशाल आकारों का राज्य होता है और सूक्ष्मदर्शी दुनिया जिसमें नंगी आँखों के लिए अदृश्य जीवों का राज्य होता है।

जब इटली के महान वैज्ञानिक गैलीलियो गैलीली ने अपने हाथों से बनाई दूरबीन को आकाश की ओर निर्दिष्ट किया, तो उन्होंने इतनी बड़ी दुनिया देखी जिसकी तुलना नहीं की जा सकती थी। दूरबीन की सहायता से जिस ग्रह वृहस्पति का वे प्रेक्षण कर रहे थे, उसके उपग्रहों की गति की तुलना ग्रहों की गति के साथ करके वे विश्व की बनावट के बारे में कोपेरनिकस के विचारों की पुष्टि व्यावहारिक तौर पर कर सके, आकाश-गंगा में अलग-अलग कई तारे भी देख सके।

अब तो इतनी अच्छी दूरबीनें बन चुकी हैं कि नंगी आँखों के लिए अस्पष्ट तारों की तुलना में दस लाख गुना कम चमकीले तारे भी साफ-साफ देखे जा सकते हैं। प्रकाशीय प्रवाह की पकृति के आधार पर यह पता लगाने की विधियाँ ज्ञात हो चुकी हैं कि उसे उत्सर्जित करने वाला पिंड किन रसायनिक तत्त्वों से बना है, उसका तापक्रम कितना है, उसकी गति और उसका चुंबकीय क्षेत्र कैसे हैं।

इसका मतलब है कि तारे के प्रकाश में उसकी संरचना, अंतरिक्षी द्रव्य के गठन तथा अन्य अनेक चीजों के बारे में सूचनाएँ निहित रहती हैं, जिनके साथ वह (प्रकाश) संपर्क में आता है। दूरबीन द्वारा एकत्रित प्रकाश को उसके अलग-अलग अवयवों में विघटित करके ज्योतिर्विद प्रकाश-तरंग पर अंकित नाना प्रकार की सूचनाएँ 'पढ़ने' में सफल हुए, दो रासायनिक तत्त्वों—सौर हीलियम और तारों में स्थित टेक्नीशियम—को उन्होंने पृथ्वी की प्रयोगशालाओं से पहले अंतरिक्ष में ढूँढ निकाला। इसके परिणामस्वरूप एक ध्यान देने योग्य बात मालूम हुई। पता लगा कि तारों का द्रव्य ऐसे ही परमाणुओं और अणुओं से बना है जैसे कि पृथ्वी का।

तारों कें सुदूर जमघटों—आकाश-गंगाओं—से उत्सर्जित प्रकाश के गठन के विश्लेषण से एक अप्रत्याशित खोज हुई : मंदाकिनियाँ विशाल वेग से एक-दूसरे से दूर भागती रहती हैं, जिसका मतलब है कि हमारा ब्रह्मांड निरंतर प्रसारित हो रहा है।

गैलीली की ज्योतिर्विज्ञानी खोजों के करीब 50 वर्ष बाद हॉलैंडवासी लेवेनहूक ने अपने बनाए हुए सूक्ष्मदर्शी में पानी की बूँद को देखा और आश्चर्यजनक सूक्ष्म जगत की खोज की।

लेवेनहूक की खोज के बाद से तीन सौ वर्ष बीच चुके हैं, प्रकाश तरंगें नंगी आँखों के लिए अदृश्य सूक्ष्म वस्तुओं के अन्वीक्षण में अभी तक सहायता दे रही हैं। इस अवधि में वैज्ञानिकों ने जीवन के लिए बैक्टेरिया और हरे द्रव्य—क्लोरोफील—का महत्त्व समझा, जीवों का कोशिकीय गठन सिद्ध किया, विषाणुओं की खोज की विज्ञान की अनेक शाखाओं को जन्म दिया जिन्हें हम बेझिझक सूक्ष्मदर्शी कह सकते हैं, जैसे कोशिका के बारे में विज्ञान—सीटोलोजी।

अंतरिक्षी और सूक्ष्म जगतों में अपनी पैठ के लिए हमें सबसे पहले प्रकाश का ही कृतज्ञ होना चाहिए। मानवीय कार्यकलापों के अन्य क्षेत्रों में भी प्रकाश-किरणों का महत्त्व कुछ कम नहीं है। प्रकाशिकीय उपकरण ऊँचाई पर उड़ते विमान में लगे होकर भी समुद्र की सतह पर उँड़ेले गए पेट्रोल की किरण का पता लगा सकते हैं। करोर्जक (शल्यचिकित्सक) के हाथों में लेसर किरणें आँख की रेटीना पर जटिल ऑपरेशन के लिए किरणी चाकू का काम करती हैं। धातुकर्मी कारखाने में यह किरण धातु की मोटी-मोटी चादरें काटा करती हैं, सिलाई के कारखाने में कपड़े की कटिंग करती हैं। प्रकाश-किरणें खबरें प्रेषित करती हैं, सावधानी और सूक्ष्मता से रसायनिक प्रतिक्रियाओं का संचालन करती हैं।

विज्ञान ने इन समस्याओं का हल कैसे ढूँढ़ा है, आगे चलकर इसी के बारे में बातें होंगी। लेकिन पहले इस प्रश्न का उत्तर देने की कोशिश करते हैं : प्रकाश है क्या?

शब्द 'प्रकाश' से हम क्या द्योतित करते हैं? यदि शुद्ध रूप में कहा जाए, तो प्रकाश विद्युचुंबकीय विकिरण को कहते हैं, जिसका आदमी की आँखें बोध कर सकती हैं। इस विकिरण के अन्तर्गत तरंगों की लंबाइयाँ बहुत छोटी होती हैं और बहुत संकीर्ण अंतराल में बँधी होती हैं—0.38 से 0.77μm तकको सीमाओं में। भोतिकविद इस अंतराल के बाहर की लंबाइयों वाली अदृश्य विद्युचुंबकीय तरंगों को भी अक्सर प्रकाश नाम से पुकारते हैं। बात यह है कि0.01μm से 340 μm तरंग-लंबाइयों वाले विकिरण अनेक स्थितियों में एक जैसा व्यवहार करते हैं।

अकादमीशियन सेर्गेई वावीलोव ने पुस्तक 'आँख और सूरज' में लिखा है : ''नाना प्रकार की असंख्य ऐसी संवृत्तियाँ हैं जिन्हें प्रकाशीय संवृत्ति की संज्ञा देनी पड़ेगी जबकि वे अदृश्य हैं''।

अदृश्य विद्युचुंबकीय तरंगों के भौतिक गुण प्रकाशीय तरंगों के गुणों के निकट हैं, यद्यपि हमारी आँखें उन्हें अनुभव नहीं करतीं।

प्रकाश के मुख्य गुणों में से एक गुण प्राचीन काल से ही ज्ञात है—प्रकाश की किरण सरल रेखा पर गमन करती है। प्रकाश-स्रोत के सामने रखे पर्दे (चित्र la में—पत्ते) की छाया ठीक पर्दे जैसी ही आकृति रखती है। प्रकाश का सरल रेखा पर गमन अनेक रोचक संवृत्तियों की व्याख्या करता है।

सूरज और विमान जब विमान उड़ान शुरू करता है, उसकी छाया मैदान में भागना शुरू कर देती है। कुछ समय

तक छाया की आकृति ठीक विमान जैसी रहती है, पर ऊँचाई बढ़ने पर उसकी परिरेखा अस्पष्ट होने लगती है और अंत में वह गोल धब्बे का रूप ग्रहण कर लेती है। छाया के साथ होने वाले इस परिवर्तन का कारण क्या है?

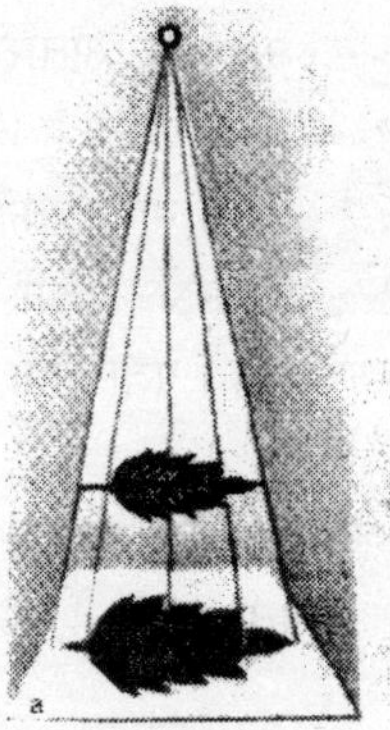

चित्र 1a. प्रकाश-स्रोत के सामने पर्दा।

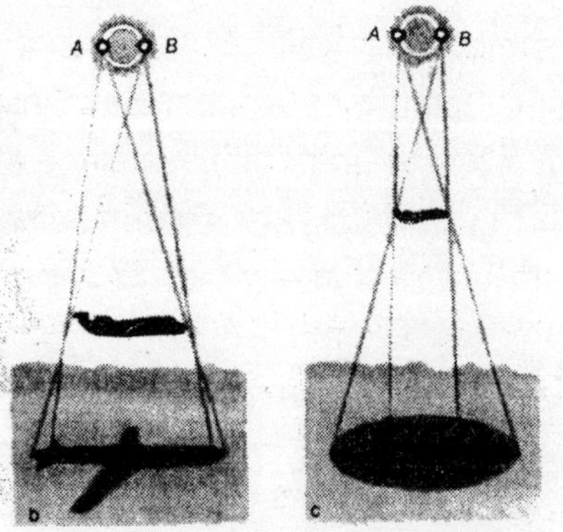

चित्र 1 b,c. विमान की छाया का आकार उसकी ऊँचाई के अनुसार बदलता है।

सूर्य-चकती के किनारी पर आमने-सामने के दो बिंदुओं A तथा B से चलने वाली किरणें विमान के साथ अलग-अलग कोण बनाती हैं। यदि सिर्फ ये दो बिंदु ही प्रकाश देते, तो विमान की दो छायाएँ बनतीं, जो एक दूसरे के सापेक्ष थोड़ा सा स्थानांतरित होतीं (अर्थात एक छाया दूसरी पर थोड़ा सरकी हुई होती)। लेकिन सूर्य की चकती पर हर बिंदु प्रकाशमान है और अलग-अलग छायाएँ बनाता है जो एक दूसरे के सापेक्ष कुछ स्थानांतरित होती हैं। कम ऊँचाइयों पर यह स्थानांतरण भी कम होता है इसलिए छाया ठीक विमान की आकृति रखती है। मध्यवर्ती ऊँचाइयों पर इन स्थानांतरणों के कारण छाया की परिरेखा अस्पष्ट हो जाती है (चित्र 1b)। अधिक ऊँचाई से विमान की छाया पूरे वृत को भर देती है, जो सूर्य की चकती की नकल होता है (चित्र 1c)। सूर्य की चकती के हर बिंदु की प्राथमिक 'छाया' उसका छायारूपी बिंब बना देती है। इस प्रकार, नियत ज्यामिति परिस्थितियों में अपारदर्शक पर्दा (हमारे उदाहरण में विमान) भी सरलतम प्रकाशिकीय तंत्र का काम कर सकता है।

सबसे सरल कैमरा–प्रकाश-किरणों की सहायता से सिर्फ छायारूपी बिंब ही नहीं बनाए जाते। यथा, यदि लैंप के शेड में छोटा-सा छेद है (चित्र 2), तो छत पर प्रकाश की धारी-सी उत्पन्न होती है, जो घोड़े के नाल की याद दिलाती है। यह टंगस्टन के तप्त धागे का बिंब है। कैसे वह बनती है? धागे का हर लघु अंश 1,2,3...किरण 1–1', 2–2', 3–3'... बनाता है। ये किरणें छत पर छोटे-छोटे धब्बे बनाती हैं, जो मिलकर पूरे धागे का बिंब देती हैं (चित्र 2a)।

यह प्रयोग आप खुद कर सकते हैं। यदि लैंप को काले कपड़े से इस तरह ढका जाए कि छत पर लैंप के अन्य भागों से प्रकाश न पड़े, तो सिर्फ धागे का ही नहीं, पूरे बल्ब का बिंब प्राप्त होगा।

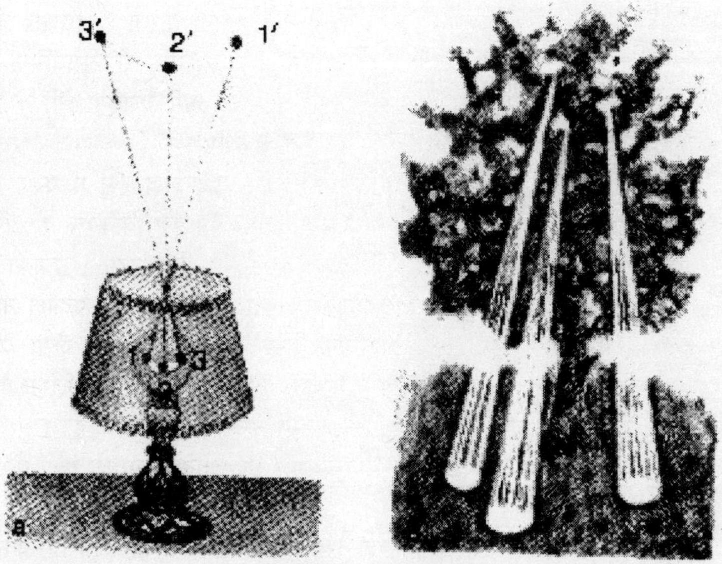

चित्र 2a, b. प्रकाशमान पिंडों का बिंब।

गर्मी के दिन वृक्ष की छाया में जितने भी प्रकाशमान धब्बे होते हैं, सबकी आकृति एक जैसी होती है। सघन पत्तों के बीच का हर छेद जमीन पर सूरज का बिंब देता है (चित्र 2b)।

अपने हाथों से अंधकैमरा बनाना कठिन नहीं होता। एक छोटे से डब्बे में लगभग 0.1 mm व्यास का छेद किया जाता है। यदि सामने की दीवार की जगह दूधिया काँच लगा दिया जाए, तो उस पर कैमरे के छेद के सामने की वस्तु का बिंब उभर आएगा। यदि दूधिया काँच की जगह प्रकाश-संवेदी फिल्म लगा दी जाए, तो उसकी प्रकाश-संवेदी परत बिंब को 'याद' रख लेगी। फिर फिल्म पर उसे उभारना रह जाता है—निगेटिव मिल जाएगा। पुराने जमाने में अंधकैमरा से ही फोटोचित्र प्राप्त करते थे, जिसे डागेरोटाइप कहा करते थे (फ्रांसीसी चित्रकार और आविष्कारक डागेर के नाम पर)।

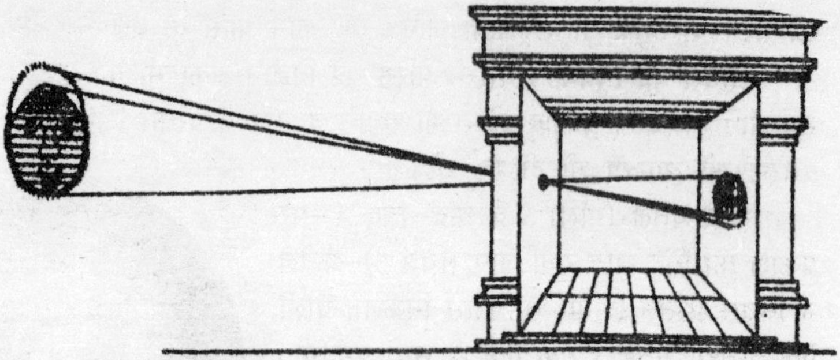

चित्र 3. अंधकैमरा (1544 के एक चित्र पर आधारित आरेख)।

तरंग या कणिका—उपरोक्त संवृत्तियों को हमने "प्रकाश सीधी रेखा में गमन करता है" मानकर समझाया। लेकिन प्रकाश सीधी रेखा में ही क्यों गमन करता है? महान अंग्रेज वैज्ञानिक न्यूटन ने इसका कारण बताया कि प्रकाश उड़ती रहने वाली कणिकाओं से बना है। न्यूटन के समकालीन हुईजेंस इसके विपरीत यह मानते थे कि प्रकाश तरंग की प्रकृति रखता है। प्रकाश को तरंग के रूप में मानकर हुईजेंस ने प्रकाश के परावर्तन तथा अपवर्तन और आइसलैंड स्पार (कैल्साइट नामक खनिज के एक रंगहीन पारदर्शक प्रकार) में किरणों के दुहरे अपवर्तन के नियम काफी सरलता से प्राप्त कर लिये। प्रकाश के सरल रेखा पर गमन का 'स्पष्ट' नियम तरंग की दृष्टि से समझाना सबसे कठिन काम निकला।

पानी में पत्थर फेंकते हैं। इससे तरंगें बन-बन कर फैलने लगेंगी। उनके पथ पर स्थित दीवार के छेद से निकलने पर तरंगें फिर से हर दिशा में फैलने लगती हैं (चित्र 4a)। पर प्रकाश की किरण छेद से निकलकर सरल रेखा पर ही प्रसर करती है (चित्र 4b)।

तरंग-प्रक्रिया के रूप में प्रकाश की धारणा पूर्णतया सच निकले, इसके लिए जरूरी था कि प्रकाश के ऋजुरेखीय प्रसरण

a

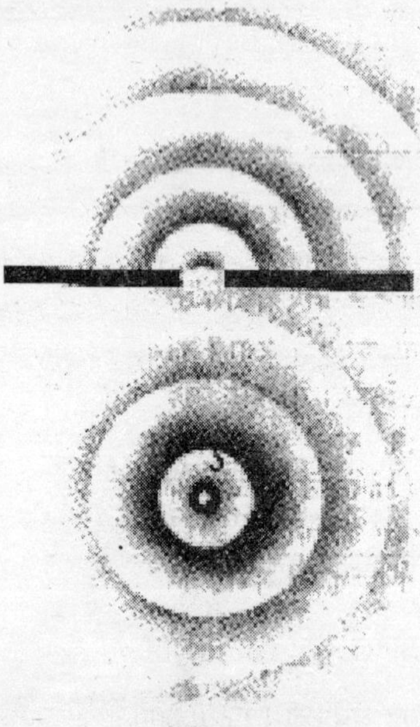

चित्र 4a. पानी में बिंदु *s* पर पत्थर गिरता है। यह बिंदु तरंगों का स्रोत बन जाता है। यदि तरंगों के पथ पर एक दीवार खड़ी कर दी जाए, जिसमें एक संकरी झिरी बनी हो तो झिरी से तरंगें सभी दिशाओं में अपसृत होने लगेंगी।

b

चित्र 4b. प्रकाश-स्रोत से प्रकाश-किरण झिरी से सरल रेखा पर निकलती है।

को तरंग की दृष्टि से समझाया जाए। यह काम फ्रांस के वैज्ञानिक फ्रेनेल (Fresnel) ने किया।

फ्रेनेल का निबंध–1818 में पेरिस की विज्ञान-अकादमी की एक बैठक में फ्रेनेल के निबंध पर विचार किया जा रहा था। निबंध में प्रकाश को तरंगी संवृत्ति के रूप में प्रस्तुत किया गया था और इसके साथ ही प्रकाश के ऋनुरेखीय प्रसरण की व्याख्या भी दी गई थी।

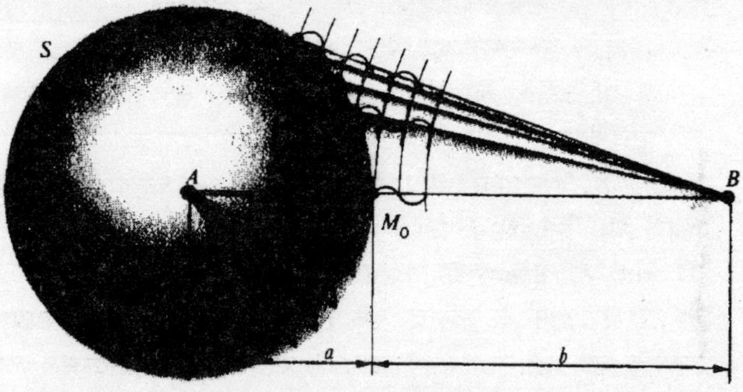

चित्र 5. फ्रेनेल-कटिबंध।

यदि वर्तुल (गोले) *S* के केंद्र–बिंदु *A*–पर प्रकाश का बिंदु स्रोत रखा जाए (चित्र 5)–फ्रेनेल ने विचार प्रस्तुत किया–तो उससे निकलने वाली प्रकाश-तरंगें सतह *S* तक एक ही साथ पहुँचेंगी। इस वर्तुल के प्रत्येक बिंदु से प्रकाश-तरंगें निकलकर बिंदु *B* तक पहुँचती हैं और वहाँ तरंग-संयोजन के नियम से जुड़ती हैं। स्रोत *A* के अस्तित्व के बारे में हम एक तरह से भूल जा सकते हैं और प्रकाश-तंरगों का स्रोत वर्तुल *S* को मान ले सकते हैं। तरंगों का कुल प्रभाव कलित करने के लिए फ्रेनेल ने वर्तुल की सतह को कटिबंधों में बाँट लिया। कटिबंधों का केंद्र स्रोत *A* से बिंदु *B* तक जाने वाली प्रकाश-किरण *AB* और सतह *S* के कटान-बिंदु M_0 पर था। फ्रेनेल ने कटिबंधों की चौड़ाई इस प्रकार से चुनी कि बिंदु *B* से हर कटिबंध की भीतरी और बाहरी सीमा-रेखा तक की दूरियों का अंतर प्रकाश-तरंग की लंबाई का आधा हो :

$$M_1B - M_0B = M_2B - M_1B = ... = \frac{\lambda}{2}$$

(λ तरंग-लंबाई है)

इस तरह से कटिबंधों में बाँटने पर उनका क्षेत्रफल समान रहता है। और इसका मतलब है कि दो पड़ोसी कटिबंध बिंदु *B* की दिशा में प्रकाश की लगभग समान मात्राएँ उत्सर्जित करते हैं। दूसरी ओर से, पड़ोसी कटिबंधों का प्रकाश आधी तरंग-लंबाई के अंतर वाला पथ तय करता है और पड़ोसी कटिबंधों के ज्योति-प्रवाहों को जोड़ने पर वे एक-दूसरे को क्षीण कर देते हैं। शून्य कटिबंध से लेकर आगे के कटिबंधों के ज्योति-प्रवाहों को H_0, H_1, H से द्योतित करते हैं। चूँकि H_1, H_3 क्रमशः H_0, H_2 से आधी तरंग-लंबाई पीछे रहते हैं, इसलिए बिंदु *B* पर सभी तरंगों को जोड़ते वक्त दोनों के संयोजन के नियमानुसार उन्हें 'ऋण' चिह्न के साथ लेना चाहिए। इससे प्राप्त होता है :

$$H_0 - H_1 + H_2 - H_3 + H_4 - ...$$
$$= H_0 - (H_1 - H_2) - (H_3 - H_4) - ... = H_0$$

कोष्ठकों में स्थित व्यंजन नगण्य हैं और बिन्दु *B* पर बिंदु-स्रोत *A* की प्रकाश-तरंगों का प्रभाव सिर्फ शून्य कटिबंध के ज्योति-प्रवाह द्वारा निर्धारित होता है। फ्रेनेल कटिबंध का क्षेत्रफल सूत्र $\frac{ab}{a+b}\lambda$ से ज्ञात होता है। हरे प्रकाश ($\lambda = 0.5$ μm) की तरंग के लिए फ्रेनेल-कटिबंध का क्षेत्रफल सिर्फ 0.0005 cm^2 होगा, यदि a=b=20 cm लिया जाए। यह क्षेत्रफल उस नाल के काट के क्षेत्रफल के बराबर है जिसमें प्रकाश *A* से *B* तक पहुँचता है। फ्रेनेल यह दिखाने में सफल हो गए कि प्रकाश की तरंगी प्रकृति के बावजूद, वह संकरे ऋजुरेखीय प्रनाल से होकर गमन करता है। इस प्रकार यह स्थापित हुआ कि **प्रकाश के ऋनुरेखीय गमन का नियम** तरंगी सिद्धांत का प्रतिवाद नहीं करता।

अकादमी की बैठक में उपस्थित फ्रांसीसी गणितज्ञ पुआसोन ने फ्रेनेल का निबंध सुनकर उनके एक रोचक निष्कर्ष

की ओर ध्यान दिलाया : यदि बिंदु-स्रोत के सामने बिल्कुल चिकनी किनारी वाला एक गोल अपारदर्शक पर्दा खड़ा किया जाए तो उसकी छाया के केंद्र में एक प्रकाशमान धब्बा उत्पन्न होना चाहिए। पुआसोन के विचार में यह सामान्य बुद्धि का प्रतिवाद करता था। लेकिन जब अकादमी के सदस्यों के सामने प्रयोग किया गया, तो छाया-वृत के केंद्र में प्रकाशमान धब्बा उत्पन्न हो गया। प्रकाश रुकावट को लाँघकर अपनी जगह पर पहुँच गया! इस क्षण से विज्ञान में प्रकाश के तरंगी सिद्धांत का स्थान अडिग हो गया—न्यूटन और हुईजेंस के बीच का विवाद, जो सौ वर्ष से अधिक समय से चला आ रहा था, प्रकाश की तरंगी धारणा का पक्ष लेते हुए लंबे समय के लिए शांत हो गया।

सबसे बड़ा वेग—बहुत पुराने समय से ही लोग प्रकाश का वेग नापने की कोशिश करते आ रहे थे, पर उन्हें कोई सफलता नहीं मिली। सिर्फ 1676 में डेनमार्क के ज्योतिर्विद रयोमेर ने वृहस्पति के उपग्रह का ग्रहण प्रेक्षित करते हुए रिक्त व्योम—**निर्वात**—में प्रकाश का वेग नापने की विधि ज्ञात की।

माप की कठिनाइयाँ प्रकाश-वेग के बहुत विशाल मान से संबंधित हैं। प्रकाश एक सेकेंड के दस लाखवें अंश जितने कम समय में 300 m की दूरी तय कर लेता है। सूर्य से पृथ्वी तक की दूरी वह 8 मिनट में तय कर लेता है जबकि यह दूरी 15 करोड़ किलोमीटर है! आधुनिक मापों के अनुसार निर्वात में प्रकाश का वेग 299 792 kmès हैं।

चित्र 6. प्रकाश का वेग स्रोत के वेग पर नहीं निर्भर करता।

एक और बात सामने आई : प्रकाश के वेग में एक अनोखा गुण है—वह स्रोत के वेग पर निर्भर नहीं करता। इस तरह का निष्कर्ष माइकेल्सन ने अपने प्रयोगों के आधार पर दिया।

स्रोत के वेग पर प्रकाश-वेग की अनिर्भयता का अर्थ क्या है? मान लें कि जहाज पर आगे और पीछे लगी हुई तोपों से गोलाबारी हो रही है (चित्र 6)। गोलों का वेग v_g है। जहाज आगे की ओर चल पड़ता है—वेग v_j से। साथ ही गोलाबारी भी होती है। अब आगे वाली तोप के गोले का वेग v_g+v_i हो जाता है। पीछे वाली तोप का गोला जहाज की विपरीत दिशा में जाता है इसलिए उसके वेग में से जहाज का वेग घट जाता है, उसका वेग v_g-v_j के बराबर होता है। दूसरे शब्दों में, जहाज चलने की दिशा में तोप चलाने पर गोले के वेग में जहाज का वेग जुड़ जाता है, विपरीत दिशा में—घट जाता है। लेकिन मस्तुल पर लगे प्रोजेक्टरों का प्रकाश जहाज से समान दूरियों पर स्थित बिंदु *A* तथा *B* तक एक ही समय में पहुँचेगा, चाहे जहाज का वेग कुछ भी हो।

इसका मतलब है कि प्रकाश वेग-संयोजन के सरल नियम का पालन नहीं करता। यह निष्कर्ष आधुनिक भौतिकी के मूल आधारों में से एक है। महान भौतिकविद आइन्सटाइन द्वारा निरूपित सापेक्षिकता-सिद्धांत का आधार प्रयोग द्वारा प्राप्त तथ्य है : स्रोत के वेग पर प्रकाश-वेग की अनिर्भरता। सापेक्षिता के सिद्धांत की एक मुख्य मान्यता यह है कि निर्वात में प्रकाश के वेग से बढ़कर प्रकृति में और कोई वेग नहीं है। यह सबसे बड़ा, या चरम, वेग है।

सापेक्षिकता-सिद्धांत का एक अन्य महत्त्वपूर्ण निष्कर्ष है—द्रव्यमान और ऊर्जा का संबंध। आइन्सटाइन ने सापेक्षिकता-सिद्धांत की मुख्य मान्यताओं के आधार पर यह स्थापित किया कि ऊर्जा हर द्रव्य में छिपी होती है और द्रव्यमान *m* की अनुरूपी ऊर्जा *E*, द्रव्यमान गुणा प्रकाश-वेग के वर्ग के बराबर होती है : $E-mc^2$। यह सूत्र अनेक भौतिक प्रक्रियाओं को समझने में सहायक होता है, इसकी सहायता से परमाणु-नाभिक तथा नाभिकीय प्रतिक्रिया की ऊर्जा का कलन होता है।

आँख और उसका अस्त्र

झरोखा प्रकाश ने सिर्फ जीवों की सृष्टि ही नहीं की है। ज्योति-प्रवाह की दया से हम प्रकृति का सौन्दर्य बोध करते हैं, दूरस्थ मंदाकिनियों—तारों के विराट जमघटों—और सूक्ष्म जीवाणुओं को देख पाते हैं; प्रकाश की सहायता से हम उच्च तापक्रम और विशाल दूरियों की नाप ले पाते हैं। और इन सब कामों में अन्ततः आदमी की आँख ही मुख्य भूमिका अदा करती है। इसीलिए लोगों को आँख की संरचना में हमेशा ही रुचि रही है।

1604 में जर्मन ज्योतिर्विद केप्लेर ने आँख की तुलना कैमरे से की, जो रेटीना की अवतल सतह पर बिंब बनाता है। अगली संतति के वैज्ञानिक फ्रांसीसी गणितज्ञ और दार्शनिक डेकार्ट ने प्रयोग द्वारा इस विचार की जाँच की। उन्होंने बंद खिड़की के दरवाजे में छेद करके उसमें बैल की आँख लगा दी। रेटीना और उसके नीचे के ऊतक को पहले से पारदर्शक बना दिया गया था। पर डेकार्ट ने अपने घर के सामने स्थित सड़क के हिस्से का उल्टा दृश्य देखा।

हमारे समय में आँख के प्रकाशिकीय तंत्र की तुलना कैमरे से की जाती है और यह निराधार नहीं है। कैमरे का लेंस फिल्म पर बिंब बनाता है, आँख का लेंस—एक प्रकाश-संवेदी परत पर, जो बिंब को मस्तिष्क में प्रेषित करती है। कैमरे के लेंस को प्रकाशिकीय अक्ष पर आगे या पीछे खिसकाते हुए, पर्दे पर वस्तु का स्पष्ट बिंब प्राप्त किया जा सकता है। इसलिए, कैमरे में लेंस इस प्रकार लगाया जाता है कि उसे खिसकाया जा सके। आँख का लेंस आगे-पीछे तो नहीं हो सकता, पर विशेष पेशियों की सहायता से अपने वक्रता को घटा या बढ़ा सकता है। इसलिए रेटीना के सापेक्ष अचल होने के बावजूद लेंस उस पर विभिन्न दूरियों वाली वस्तुओं को स्पष्ट बिंब बनाने में समर्थ होता है।

कैमरे में एक तनुपट होता है जो अपना छेद छोटा-बड़ा करके लेंस से होकर गुजरने वाले प्रकाश के प्रवाह को नियंत्रित करता है। आँख की परितारिका यही भूमिका अदा करती है। आँख पर पड़ने वाले ज्योति-प्रवाह (इकाई समय में आँख से गुजरने वाली प्रकाश-ऊर्जा) की मात्रा के अनुसार परितारिका अपना छेद स्वयं छोटा-बड़ा करती रहती है। इस प्रकार जब प्रकाश-ऊर्जा की बहुतायत होती है, तो आँख उससे अपनी रक्षा करती है; प्रकाश-ऊर्जा की कमी होने पर आँख अपनी संवेदिता बढ़ा लेती है।

जब दृष्टि काली वस्तु से चमकदार वस्तु पर फिराई जाती है तो परितारिका सिकुड़ती है, आइरिस के छेद का व्यास कम होता है, आँख में ज्योति-प्रवाह कम मात्रा में प्रविष्ट होता है और इससे प्रकाश-संवेदी परत पर बोझ कम हो जाता है।

रेटीना (जालीदार झिल्ली) सूक्ष्म शंकुओं और छड़ियों से बनी होती है। इसमें 1250 लाख छड़ियाँ हैं और 60 लाख शंकु हैं। ये ही आँख के प्रकाश-संवेदी तत्त्व हैं। जब इन पर प्रकाश पड़ता है, तो ये उद्दीप्त हो जाते हैं और इनका उद्दीपन नर्विक रेशों द्वारा मस्तिष्क में प्रेषित हो जाता है।

रेटीना में सिर्फ एक जगह है जो प्रकाश के प्रति संवेदी नहीं है—इसे काला धब्बा कहते हैं। यह दृष्टि-नर्व का प्रवेश-स्थल है। सभी शंकुओं तथा छड़ियों से निकलने वाले नर्विक रेशे यहाँ चोटी की तरह एक साथ गुँथे होते हैं।

काले धब्बे की उपस्थिति का पता एक रोचक प्रयोग से लग सकता है। दाईं आँख बंद करके चित्र 7 में नीचे स्थित क्रौस को बाईं आँख से देखिए। पार्श्व दृष्टि (कनखी) से आपको बाईं ओर स्थित नीला बिंदा दिखता रहेगा (आँख क्रास पर ही टिकी रहनी चाहिए)। अब चित्र को आँख के निकट लाएँ। 20-25 cm की दूरी तक पहुँचने पर बिंदा अदृश्य हो जाएगा। कारण यह है कि इसका बिंब रेटीना के काले धब्बे पर पड़ने लगता है, जो प्रकाश के प्रति संवेदनशील नहीं होता।

आदमी की आँख की प्रकाश के प्रति संवेदिता बहुत ऊँची है। लंबी अवधि तक अंधकार में रहने पर आँख नगण्य ज्योति-प्रवाह भी ग्रहण करने के अनुकूल हो जाती है। आँख की संवेदिता में इस वृद्धि को **अंधकार-अनुकूलन** कहते हैं।

अकादमीशियन वावीलोव के प्रयोगों ने सिद्ध किया है कि अंधकार की पूरी तरह आदी हो जाने पर आदमी की आँख अलग-अलग फोटोन भी अनुभव कर सकती है।

आँख बहुत तीव्र ज्योति-प्रवाह भी अनुभव कर सकती है–अनुभव योग्य अल्पतम ज्योति-प्रवाह 10^{12} गुना अधिक। आँख द्वारा अनुभव किए जाने वाले ज्योति-प्रवाह का परास देखा जाए, तो उसकी तुलना किसी काल्पनिक तराजू से ही हो सकती है जो ग्राम के सहस्त्रांश–किसी जीवाणु–से लेकर सैकड़ों टन भारी वस्तु–जैसे रेलगाड़ी का इंजन–तक तौल सकता है।

हमारी आँख रंग-भेद की भी क्षमता रखती है, अर्थात् यह विकिरण की प्रकृति के अनुसार उसकी अनुभूति भी भिन्न-भिन्न प्रकार से देती है।

यदि ज्योति-प्रवाहों की शक्ति समान हो, तो पीली-हरी किरणें आँख को अधिक चमकदार प्रतीत होंगी, जबकि लाल और बैंगनी बिल्कुल मद्धिम लगेंगी। यदि तरंग-लंबाई $\lambda=0.555\ \mu m$ वाले पीले-हरे प्रकाश की चमक को इकाई मान लिया जाए, तो उसी शक्ति वाले नीले प्रकाश की चमक 0.2 होगी और लाल प्रकाश की चमक 0.1 होगी। 0. 3μ से कम और 0.9 μm से अधिक तरंग-लंबाई वाले प्रकाश की शक्ति कितनी भी अधिक क्यों न हो, आँख उसे अनुभव नहीं कर सकती।

आँख में आने वाले प्रकाश की तरंग-लंबाई पर उसकी संवेदिता की निभ्ररता का ग्राफ बनाया जाए। क्रमित अक्ष (y-अक्ष) पर आँख की संवेदिता को चमक की सापेक्षिका इकाइयों में अंकित करते हैं और क्रमक अक्ष (x-अक्ष) पर नानोमीटर में तरंग की लंबाई (चित्र 7)। इस तरह से प्राप्त ग्राफ को **सापेक्षिक दृश्यमानता का वक्र** कहते हैं। वक्र का उच्चिष्ठ (उच्चतम बिंदु), और इसीलिए आँख की संवेदिता का भी उच्चिष्ठ, सूर्य की महत्तम विकिरण-क्षमता के साथ संपात करता है।

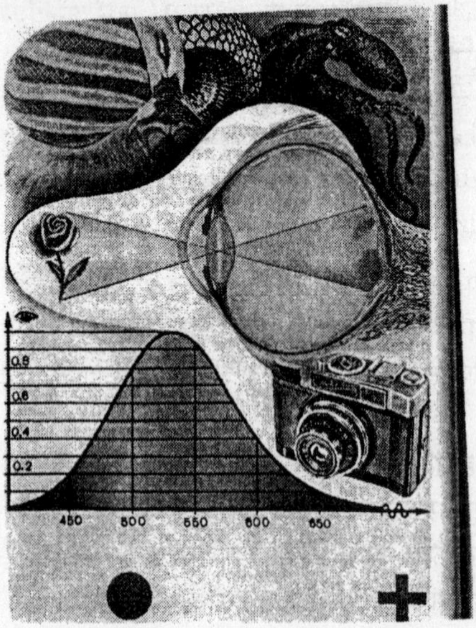

चित्र 7. आँख की बनावट और उसकी स्पेक्ट्रमी संवेदिता का वक्र।

हमारे दृष्टि-अंग सौर-प्रकाश के साथ अनुकूलित हैं। पर देखने की प्रक्रिया बहुत जटिल है, और अभी तक इसकी कोई संतोषजनक व्याख्या नहीं हो पाई है कि लाल और बैंगनी की तुलना में पीली किरणें अधिक चमकदार क्यों लगती हैं। जटिलता यह है कि दृश्य-प्रत्यक्षण में शिरो-मस्तिष्क भाग लेता है। उसकी कोशिकाओं में दृश्यों के चित्र जमा होते रहते हैं और वे वहाँ सुरक्षित रहते हैं, इसलिए अभी के प्रत्यक्षण को अतीत की अनुभूतियाँ प्रभावित करने लगती हैं। आदमी नींद में भी 'देख' सकता है (जैसे सपना) या यूँ ही आँखें बंद किए हुए किसी दृश्य का काल्पनिक

चित्र भी उत्पन्न कर सकता है।

भिन्न प्रकार की आँखें—रीढ़दार प्राणियों की आँखें आदमी की तरह की ही हैं। बिना रीढ़ वाले जंतुओं की आँख या तो अविकसित होती है या अलग-अलग अंखड़ियों (facets) से मिलकर बनी होती हैं। एक अपवाद जरूर ध्यान देने लायक है। ओक्टोपस (अष्टपाद) बिना रीढ़ वाले प्राणियों में सबसे अधिक विकसित जीव है और इसकी आँख की बनावट आदमी की आँख से बहुत निकट है। इसमें शृंगी आवरण है, पलक है, लेंस और रेटीना भी हैं। ओक्टोपस की आँख बहुत बड़ी होती है; इसका व्यास 39 cm तक हो सकता है।

कीट-पतंगों की आँख बनावट की दृष्टि से दिलचस्प है। सबसे अच्छी तरह से अध्ययन मधुमक्खी की आँख का हुआ है। यह सर की सतह पर अनेक अंखड़ियों से बनी पतली परत के रूप में होती है। अलग-अलग अँखड़ियों का व्यास लगभग 30 μm तक होता है। छोटी होने के कारण इन अँखड़ियों में प्रकाश को संकेद्रित करने वाला लेंस नहीं हो सकता है इसलिए मधुमक्खी छोटी वस्तुओं में अच्छी तरह भेद नहीं कर पाती; आदमी की आँख 30 गुनी छोटी वस्तुओं को देख सकती है, बनिस्बत कि मधुमक्खी की आँख के। पर मधुमक्खी पराबैंगनी विकिरण (तरंग-लंबाई 0. 3 μm तक) अनुभव कर सकती है, जो हमारे लिए अदृश्य है। इसीलिए वनस्पति-जगत मधुमक्खी को हमारी तुलना में कहीं अधिक रंग-बिरंगा दिखता है। बहुत से फूल जो हमें सफेद लगते हैं, पराबैंगनी विकिरण को भिन्न-भिन्न प्रकार से परावर्तित करते हैं और मधुमक्खी के लिए वे 'रंगीन' होते हैं।

मधुमक्खियाँ प्रकाश की प्रति सेकेंड 200 बार आवृत्ति वाली कौंधें अलग-अलग देखने की क्षमता रखती हैं। आदमी के लिए इससे 10 गुनी कम आवृत्ति वाली कौंधें एक सतत ज्योति-प्रवाह बन जाती हैं। यदि हमारी आँख मधुमक्खी की आँख की तरह तेज होती, तो हम सिनेमा या टेलीविजन के पर्दे पर अलग-अलग चित्रों की छायाओं का एक-एक कर रेंगते हुए पार होना देखते। शायद मधुमक्खियों को हमारी तुलना में कहीं अधिक तेज गतियों का अवलोकन करना पड़ता है। छत्ते में मधुमक्खियाँ बहुत विशाल आवृत्ति से पंख फड़फड़ाती रहती हैं और बहुत तेजी से स्थान-परिवर्तन करती रहती हैं। आदमी की आँख इन गतियों का अनुसरण नहीं कर पाती, पर मधुमक्खी की आँख करती रहती हैं।

मधुमक्खियों की आँख की एक और विशेषता है—वह प्रकाश का ध्रुवण अच्छी तरह महसूस कर सकती है, जिससे मधुमक्खी सूर्य की दिशा सरलतापूर्वक निर्धारित कर लेती है।

दूरबीन. आदमी की दृष्टि अपूर्ण है। हमारी आँखें न तो उन वस्तुओं को देख पाती हैं जो हमसे बहुत दूर हैं, न उन वस्तुओं को ही जो आँखों के बहुत निकट हैं। प्रकाशिकीय उपकरण हमारी दृष्टि-क्षमता कई गुना अधिक बढ़ाने में सहायक होते हैं। उदाहरणतया, दूरबीन ने आदमी के समक्ष अंतरिक्ष-जगत को उद्घाटित किया।

दूरबीन का आविष्कार डेनमार्क के प्रकाशिकीविद लिपेर्सगे ने किया था। यह आविष्कार युद्ध के लिए महत्त्वपूर्ण था, इसलिए डेनमार्क की सरकार ने इसे गुप्त रखा। फिर भी, दूर की वस्तु पास लाने वाली प्रयुक्ति की बनावट के बारे में अफवाहें योरप में फैल ही गईं। इसके बारे में इटली के महान वैज्ञानिक गैलीली ने भी सुना। उन्होंने स्वतंत्र रूप से कहीं अधिक अच्छी संरचना वाली दूरबीन बना ली।

गैलीली ने दूरबीन को आकाश की ओर निर्दिष्ट किया जहाँ प्रेक्षण के लिए सबसे रोचक वस्तुएँ थीं। वहाँ उन्होंने वृहस्पति के उपग्रह की खोज की, सूर्य पर धब्बों को देखा, आकाश-गंगा के अलग-अलग तारों का अवलोकन किया! शुक्र ग्रह दूरबीन में इतना साफ नजर आ रहा था—ठीक चाँद की तरह! पतले हँसिये से लेकर पूर्ण चकती तक, उसकी हर कला स्पष्ट दिखने लगी थी। वृहस्पति के उपग्रह का प्रेक्षण करते हुए गैलीली ने वह देखा जिसका पहले लोग सिर्फ अनुमान ही करते थे—सूर्य के गिर्द पृथ्वी और अन्य ग्रहों की परिक्रमा। दूरबीन की बनावट कैसी है और उसके कार्य का सिद्धांत क्या है?

आँख की रेटीना पर वस्तु के बिंब का आकार इस बात पर निर्भर करता है कि उसे हम किस कोण पर देखते

हैं। कालिख जमे शीशे पर एक गोल सिक्का रखकर शीशे को आँख से कोई 20 cm दूर करके उससे सूर्य को देखें और उसे खिसकाते हुए सूर्य को सिक्के से ढक लें। हमारे सूर्य का व्यास 13 लाख 91 हजार किलोमीटर है लेकिन वह हमसे 1500 लाख किलोमीटर दूर है। पर रेटीना पर उसका बिंब करीब दस गुना छोटा है बनिस्बत की आँख से कोई 20cm दूर स्थित सिक्के के बिंब के। हमारे उदारहण में सूर्य (मान लें) लगभग आधी डिग्री के कोण पर दिखता है और सिक्का करीब 10 गुना अधिक बड़े कोण पर। वस्तु जिस कोण पर दिखती है, उसे वस्तु का **कोणिक व्यास** कहते हैं। यह कोण वस्तु की परिरेखा से आँख की परितारिका तक जाने वाली किरणों से बनता है। यथा, सूर्य का कोणिक व्यास 32^1 है। आँख की रेटीना पर सूर्य के बिंब का आकार इसी कोण द्वारा निर्धारित होता है। जबकिसी वस्तु की परिरेखा पर आमने-सामने के बिन्दु 1^1 से कम कोण पर दिखते हैं, तो रेटीना पर उनके बिंब घुल-मिल जाते हैं और वस्तु सिर्फ एक बिंदु की तरह दिखने लगती है; उसमें अलग-अलग बिंदुओं की पहचान नहीं हो पाती। कहते हैं कि अनुमत क्षमता 1 मिनट के कोण से कम नहीं है (अर्थात वह इससे कम कोणिक व्यास वाली वस्तु के विवरणों को देखने में असमर्थ है)। अन्यतः, वस्तु के विवरणों को देख पाने के लिए आवश्यक है कि वस्तु 1^1 से अधिक कोण पर दिखे।

वस्तु सामान्यतया जिस कोण पर दिखती है, दूरबीन उसे बड़ा कर देती है। दूरबीन का लेंस दूरस्थ वस्तु का बिंब बनाता है और यह बिंब नेत्रक में से देखा जाता है। यदि दूरबीन के लेंस का व्यास D mm है, तो उसकी सहायता से कोणिक माप $\frac{140''}{D}$ वाली वस्तुएँ स्पष्टता से देखी जा सकती हैं। इसलिए दूरबीन का व्यास जितना बड़ा होगा, अंतरिक्ष-जगत से उतनी दूर के दृश्य स्पष्ट किए जा सकेंगे। इसीलिए दूरबीनों में बड़े-बड़े लेंस लगाए जाते हैं। सबसे शक्तिशाली दूरबीन सोवियत संघ में बनाई गई है, जिसके दर्पण का व्यास 6 m है।

बड़ी दूरबीन. बड़ी दूरबीन बनाना कोई सरल काम नहीं है। दुनिया में सिर्फ बहुत विकसित देश ही मीटर में नापे जाने वाले बड़े व्यास की दूरबीन बना सकते हैं। हमारी विशाल दूरबीन के बनने से पहले विश्व की सबसे शक्तिशाली दूरबीन अमरीका में थी। इसके दर्पण का व्यास 5 m है, अर्थात हमारी दूरबीन से सिर्फ 1 m कम है, पर वह तारों का प्रकाश डेढ़ गुना कम मात्रा में जमा करती है, बनिस्बत कि हमारी दूरबीन के।

दूरबीन का मुख्य अंग छः मीटर व्यास वाला एक अवतल दर्पण है। शीशे की वस्तुएँ आदमी पाँच हजार वर्षों से बनाता आ रहा है पर इतनी बड़ी ढलाई इतिहास में कभी नहीं हुई थी। दर्पण के लिए पिघले शीशे को ढालकर बनाई गई चकती का भार 70 टन था। ढलाई के बाद विशेष कार्यक्रम के अनुसार इसे दो वर्षों की अवधि में ठंडा किया गया। एकबारगी से ठंडा करने पर शीशे के भीतरी भागों में ऐसे प्रतिबल उत्पन्न होते कि वह दृश्यक का काम करने लायक नहीं रह जाता। इसे घिसने और चिकना करने में 15 हजार कैरेट हीरा लगा था। फिर इसे सावधानी से ढोया गया और उत्तरी काकेशस के पास्तुखोव पर्वत पर लगाया गया।

इस अनोखे उपकरण के स्थान का चुनाव आकस्मिक रूप से नहीं हुआ था। दूरस्थ क्षीण चमक वाले तारों को सिर्फ उन्हीं परिस्थितियों में देखा जा सकता है, जब तारों के ज्योति-प्रवाह पर वातावरण का प्रभाव बहुत कम होता है। विशेष वैज्ञानिक अभियान-दल ने निर्धारित किया कि पास्तुखोव पर्वत पर मौसम सबसे अधिक अनुकूल है और उसकी चोटी पर बड़ी दूरबीन लगाई जा सकती है।

आज यह दूरबीन सोवियत वैज्ञानिकों के सामने नई संभावनाएँ प्रस्तुत कर रही है; इसकी सहायता से वे ब्रह्मांड में और भी गहरी पैठ कर सकते हैं, मानव-ज्ञान के विकास में नया योगदान दे सकते हैं।

विश्व की सबसे बड़ी दूरबीन किस प्रकार की समस्याओं के हल में सहायक हो रही है? इसकी सहायता से नंगी आँखों से सबसे क्षीण दिखने वाले तारे की तुलना में 1 करोड़ गुना अधिक क्षीण तारे का प्रेक्षण संभव हो जाता है।

इन क्षीण तारों के बीच कई ऐसे पिंड हैं, जो ब्रह्मांड के रहस्यों पर से पर्दा उठा सकते हैं। जीवन के विभिन्न मोड़ों से गुजर रहे तारों के अध्ययन से वैज्ञानिकगण हमारे सूर्य का भविष्य बता सकेंगे, वे यह समझ पाएँगे कि अरबों वर्ष बाद हमारे सूर्य का क्या होगा।

अंतरिक्ष की प्रेक्ष्य-सीमा में अनेक प्रकाश-स्रोत हैं, जिनके अध्ययन में इस शक्तिशाली दूरबीन का उपयोग हो सकता है। ये पुल्सार (स्पंदक, रुक-रुक कर स्पंदन के रूप में विकिरण देने वाले खगोलिक पिंड) हैं, क्वाजार (मिथ्यातारक पिंड) हैं, परिवर्ती मंदाकिनियाँ हैं। बहुत बड़ा तारा कालांतर में अपने ही गुरुत्वाकर्षण से संपीडित होता हुआ सिकुड़ने लगता है और अत्यंत घने पिंड में परिणत होने लगता है, जिसे 'काला विवर' कहते हैं। इसे तारे के जीवन का अंतिम चरण मानते हैं और इस समय उसके भीतर क्या प्रक्रियाएँ चलती हैं, इसका अध्ययन भी शायद हमारी बड़ी दूरबीन की सहायता से संभव होगा।

तारे का व्यास कैसे नापते हैं? ओरीयोन राशि के बेटेलहाइज नामक तारे जैसे थोड़े लाल दिखने वाले तारे ज्यादा गर्म नहीं होते; यह उनके विकिरण के स्पेक्ट्रम से पता चलता है। दूसरे तारों की तुलना में इन तारों को शीतल माना जा सकता है। ये इस वर्ग के तारे हैं जिनकी सतह सिर्फ 3000^0k तक गर्म रहती है। जब पिंड का तापक्रम घटता है, उसकी इकाई सतह से विकिरण ऊर्जा की मात्रा उसके परम तापक्रम के चौथे घात के अनुपात में घटती है। और इसका मतलब है कि लाल तारे की इकाई सतह से विकिरण-प्रवाह 16 गुना कम होगा, बनिस्बत कि सूर्य की उतनी ही बड़ी सतह से। लेकिन बेटेलहाइज बहुत ज्यादा प्रकाश देता है। लाल तारों के तीव्र ज्योति प्रवाह की एक सबसे सरल व्याख्या यह हो सकती है कि उनका आकार बहुत बड़ा है। पर कलन से पता चला कि इसके लिए तारे का व्यास बहुत बड़ा होना चाहिए, इतना बड़ा कि शंका उत्पन्न हो गई : इनकी अधिक चमक का कोई अन्य कारण तो नहीं है, जो इनके आकार के साथ कोई संबंध नहीं रखता?

इस प्रश्न का उत्तर तारे का व्यास नापने के बाद ही दिया जा सकता था। पर सबसे शक्शािली दूरबीन में भी तारे बिंदु की तरह ही लगते हैं, इसलिए उनका आकार निर्धारित करना मुश्किल होता है। इस जटिल समस्या का हल अमरीकी भौतिकविद माइकेल्सन और उनके सहायकों ने निकाला—सिर्फ दो साधारण झिरियों की मदद से। 19-वीं शती के मध्य में ही फीजो ने एक सुंदर विधि प्रस्तावित की थी, जिसकी सहायता से तारे का व्यास नापा जा सकता था।

फीजो का विचार इस तरह का था। यदि दूरबीन के लेंस के सामने दूरी *D* पर पर्दे में दो झिरियाँ बना दी जाएँ, तो उनके सामने के दूरस्थ प्रकाश-स्रोत से दूरबीन के नाभिक-तल पर व्यतिकरण-चित्र प्राप्त होगा। अब यदि झिरियों से युक्त दूरबीन को अत्यंत निकट स्थित दो तारों की ओर निर्दिष्ट किया जाए, तो हर तारा अपनी व्यतिकरण-पट्टियों का अलग-अलग तंत्र बनाएगा। यदि दूरबीन को इस तरह से निर्दिष्ट किया जाए कि एक तारे का प्रकाश दूरबीन के प्रकाशिकीय अक्ष के समांतर हो, तो दूसरे तारे की प्रकाश-किरण अक्ष के साथ कोण θ बनाएगी (यह दोनों तारों की आपसी

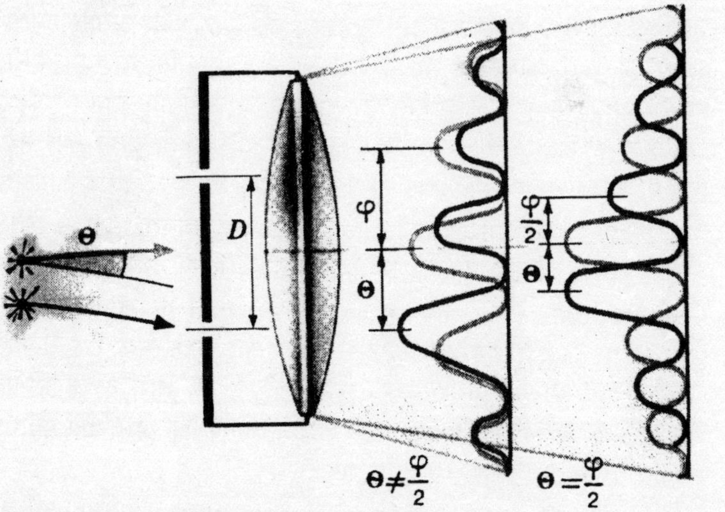

चित्र 8. तारे का व्यास निर्धारित करने के लिए फीजो द्वारा प्रस्तावित और स्टेफान द्वारा कार्यान्वित प्रयोग। दूरी *D* बहुत सूक्ष्म है।

कोणिक दूरी व्यक्त करता है)

विवर्तन-चित्रों का एक दूसरे के सापेक्ष स्थानांतरण भी कोण θ ही निर्धारित होगा (चित्र 8)। विवर्तन-चित्र का केंद्रीय उच्चिष्ठ और इसके तुरंत बाद वाला उच्चिष्ठ एक-दूसरे से जिस दूरी पर होंगे, वह कोण $\varphi = \frac{\lambda}{D}$ द्वारा निर्धारित होगा। यदि D इस प्रकार चुना जाए कि कोण $\varphi = 2\theta$ हो, तो प्रथम तारे के विवर्तन-चित्र का उच्चिष्ठ दूसरे तारे के विवर्तन-चित्र के अल्पिष्ठ के साथ संपात कर जाएगा और लेंस का नाभिक-तल लगभग समरूपता के प्रकाशमान हो उठेगा—पट्टियाँ घुल-मिल जाएँगी। यह सब उस क्षण होगा जब $\theta = \frac{\varphi}{2}$ होगा। इस प्रकार, कोण की माप से राशि D उस क्षण के लिए निर्धारित होती है, जब विवर्तन-पट्टियाँ गायब हो जाती हैं। कारण यह कि विवर्तन-चित्र तब बिखरता है जब $\theta = \frac{\lambda}{2D}$ होता है।

तारे की विपरीत किनारियों को दो भिन्न प्रकाश-स्रोत माना जा सकता है, जिनकी आपसी कोणिक दूरी तारे के कोणिक व्यास के बराबर है। इसका मतलब है कि दूरबीन को तारे की एक किनारी की ओर निर्दिष्ट करके विवर्तन-चित्र की सहायता से उसका कोणिक व्यास ज्ञात किया जा सकता है; इसमें पृथ्वी और तारे की दूरी से गुणा करने पर तारे का रैखिक व्यास भी ज्ञात हो जाएगा।

फीजो द्वारा प्रस्तावित प्रयोग को कार्यान्वित करने का प्रथम प्रयत्न स्टेफान ने किया था। यह प्रयत्न असफल रहा। राशि D इतनी छोटी मिली कि तारे के कोणिक व्यास का मान नहीं निकाला जा सका।

50 वर्ष बाद तारे का व्यास नापने का समस्या की ओर माइकेल्सन आकर्षित हुए। वह समझ गए कि छोटी दूरबीन से भी दूरी D का बड़ा मान कैसे प्राप्त हो सकता है।

2.5 m व्यास के लेंस वाली दूरबीन के सामने माइकेल्सन ने समतल दर्पण की टुकड़ियाँ (चित्र 9 में 1, 2, 3, 4) रख दीं। अब कारगर दूरी कर्त AB के बराबर हो गई तो दूरबीन को बेटेलहाइज की ओर निर्दिष्ट किया गया। शुरू में व्यतिकरण-पट्टियाँ दिख रही थीं। लेकिन जब दर्पणों (1, 4) को दूर खिसकाया गया, तो वे गायब हो गईं। वे अन्य कारण से भी लुप्त हो सकती थीं—अर्थात, यदि खिसकाते वक्त दर्पण अपनी जगह से थोड़ा घूम जाता। दर्पण की स्थिति में आकस्मिक परिवर्तन से प्रयोग में गलती न हो जाए, इसके लिए व्यतिकरण-पट्टियों के गायब होते ही माइकेल्सन ने सारा उपस्कर एक अन्य तारे की ओर निर्दिष्टि कर दिया—पट्टियाँ

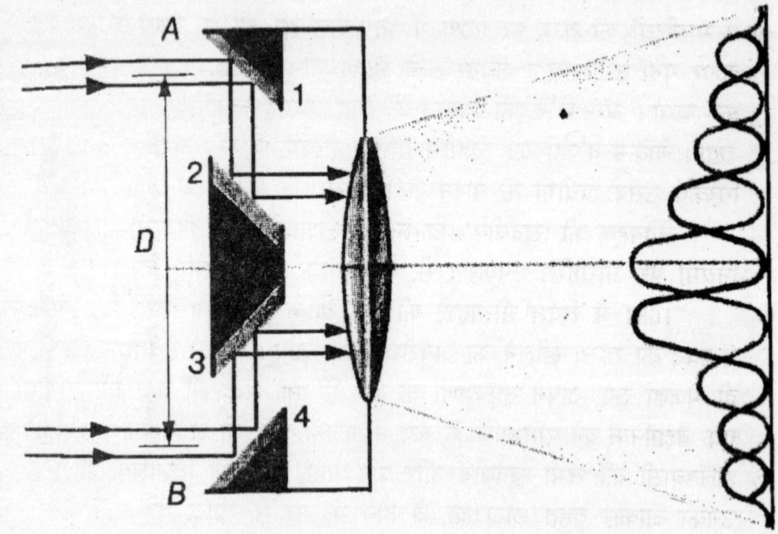

चित्र 9. माइकेल्सन के संयंत्र द्वारा तारे के व्यास का निर्धारण। उन्होंने दर्पण 1, 2, 3, 4 की सहायता से दूरी D को बढ़ा दिया जिससे समता $\theta = \frac{\varphi}{2D}$ उपलब्ध हो सकी।

पुनः प्रकट हो गईं। इसका मतलब था कि दर्पण खिसकाते वक्त उनके तलों की दिशा में परिवर्तन नहीं आया था। अन्यथा नया तारा देखते वक्त पट्टियाँ प्रकट नहीं होतीं। प्रणाली विश्वस्त थी।

प्रयोग सफल रहा और यह बहुत बड़ी विजय थी—झिरियों और दर्पणों जैसी सरल प्रयुक्तियों से लैस दूरबीन की मदद से तारे का आकार निर्धारित किया जा सका। बेटेलहाइज का व्यास 3900 लाख km निकला। यदि इस तारे को सूर्य की जगह रखा जाए, तो पृथ्वी का कक्ष तारे के भीतर होगा।

खुर्दबीन. नन्हीं वस्तु को देखने के लिए उसे आँख के निकट लाते हैं जिससे उसका कोणिक व्यास बढ़ जाता है और उसके अलग-अलग बिंदु स्पष्ट हो उठते हैं। लेकिन आँख का लेंस वस्तु का स्पष्ट बिंब तभी दे पाता है जब आँख से वस्तु 10 cm से कम दूर नहीं होती। इससे कम दूरी होने पर पेशियों द्वारा उत्पन्न की गई लेंस की महत्तम वक्रता इतनी पर्याप्त नहीं होती कि लेंस रेटीना पर वस्तु का स्पष्ट बिंब बना सके। इसीलिए बहुत छोटी वस्तुओं को विशालक शीशे या खुर्दबीन (चित्र 10) से देखते हैं—ये उपकरण कोण की माप बढ़ा देते हैं, जिस पर नजदीक की वस्तु दिखती है।

चित्र 10. प्रकाशीय खुर्दबीन।

लेवेनहूक के 'जीव-जंतु'—जटिल द्विसोपानी सूक्ष्मदर्शी का आरेख गैलीली ने 1610 में ही प्रस्तावित किया था, पर कई कारणों से सूक्ष्म वस्तुओं का अध्ययन बहुत देर में शुरू हुआ।

1673 में लंदन रायल सोसाइटी को (यह इंगलैंड की विज्ञान-अकादमी का नाम है) हॉलैंड से एक चिट्ठी मिली। इसमें कपड़ों के व्यापारी एंटोनी लेवेनहूक ने अद्भुत प्रेक्षणों का वर्णन किया था। अपनी खुर्दबीन की सहायता से उन्होंने अब तक अनजाने उस जीव-जगत की खोज की, जो नंगी आँखों के लिए अदृश्य था।

"मेरे आश्चर्य का ठिकाना न रहा जब मैंने एक बूँद में जंतुओं का बहुत बड़ा झुंड देखा, ये चंचल थे और पानी में मछलियों की तरह हर दिशा में भाग-दौड़ कर रहे थे; उनमें से जो सबसे छोटा था, वह बड़े चिल्लड़ की आँख से हजार गुना छोटा था," लेवेनहूक ने लिखा था। इंगलैंड में कोई भी कई वर्षों तक उसके प्रयोग की सच्चाई सिद्ध नहीं कर पाया। अंत में काफी मेहनत के बाद प्रसिद्ध वैज्ञानिक रॉबर्ट हूक ने लेवेनहूक के 'जंतुओं' को मिर्च के अर्क में देखा। लेकिन कपड़ों का व्यापारी प्रसिद्ध वैज्ञानिक की तुलना में कहीं अधिक सूक्ष्म वस्तुओं को देखा करता था। यह निष्कर्ष उसके प्रयोगों के वर्णन से निकाला जा सकता था, जो उसने रायल सोसइटी को भेजा था।

लेवेनहूक की 'खुर्दबीन'. कितना शक्तिशाली था हॉलैंडवासी का उपकरण, यदि वह हूक के आधुनिकतम प्रकाशिकीय नियमों पर आधारित उपकरण से भी अधिक सूक्ष्म वस्तुएँ दिखा सकता था?

1681 में रायल सोसाइटी की एक बैठक ने निर्णय लिया कि इस असाधारण पत्र-लेखक से उसके उपकरण की बनावट का रहस्य खोलने का अनुरोध किया जाए। लेकिन लेवेनहूक सिर्फ अपने नए-नए आश्चर्यजनक प्रेक्षणों का वर्णन ही भेजता रहा; अपने उपकरणों के बारे में एक शब्द भी वह नहीं लिखता था। रायल सोसाइटी को हॉलैंड में अपने एक वैज्ञानिक को प्रतिनिधि के रूप में भेजना पड़ा जो लेवेनहूक से उसकी खुर्दबीन खरीद सके। प्रतिनिधि ने देखा कि हॉलैंडवासी की सभी खुर्दबीनें और कुछ नहीं, साधारण विशालक शीशे हैं। उनकी असाधारणता इस बात में थी कि उनका आकार बहुत छोटा था, वे पिन के सर से ज्यादा बड़े नहीं थे।

सभी जानते हैं कि विशालक शीशे की वक्रता-त्रिज्या जितनी कम होगी, विशालन उतना ही अधिक होगा। लेवेनहूक के जो सबसे अच्छे विशालक थे, वे वस्तु को 270 गुना वर्धित करते थे। इस वर्धन ने ही उसके सामने अज्ञात सूक्ष्म-जगत को प्रकट किया था। लेवेनहूक ने रक्तवाही कणों, पेशियों के तंतुओं की बनावट, जीवाणु, आदि अनेक वस्तुएँ देखीं।

इन सबके बारे में उसने अपनी पुस्तक 'एंटोनी लेवेनहूक द्वारा कृति के उद्घाटित रहस्य' में लिखा।

आधुनिक खुर्दबीन. 19-वीं शती के आरंभ तक जटिल खुर्दबीनें गैलीली के आरेख पर बनती थीं और वे अच्छी तरह से बनाए गए विशालक शीशे की बराबरी नहीं कर पाती थीं। सिर्फ 1824 में कई लेंसों को मिलाकर जटिल दृश्यक बनाया गया और खुर्दबीन में लगाया गया। ऐसे दृश्यक 500, और यहाँ तक कि 1000 गुना भी, वर्धन दे सकते थे। इस खुर्दबीन ने लेवेनहूक के विशालक को बहुत पीछे छोड़ दिया। पिछली शती के आठवें दशक में जर्मन वैज्ञानिक आब्बे ने आधुनिक प्रकाशिकीय खुर्दबीन का सिद्धांत विकसित किया। इस सिद्धांत के अनुसार ही खुर्दबीन के प्रकाशिकीय तंत्र का हिसाब लगाया जाता है।

प्रकाशिकीय खुर्दबीनों से वर्धन 2000 गुना से अधिक नहीं होता। बहुत सी वैज्ञानिक तथा तकनीकी समस्याओं के हल के लिए यह पर्याप्त नहीं है। यदि 2000 गुना, वर्धन देने वाली खुर्दबीन के साथ वैसी ही एक दूसरी लगा दी जाए, तो वर्धन 2000x2000=40 लाख गुना होगा। पर इस वर्धन से हमें वस्तु में कोई भी नया सूक्ष्म विवरण नहीं दिखेगा! इसके विपरीत बिंब लिपा-पुता नजर आएगा। अखबार में छपा कोई चित्र एक अच्छे विशालक से देखिए। कोई नया विवरण नजर नहीं आएगा; चित्र सफेद तथा काले बिंदुओं से भरा हुआ दिखेगा।

यही बात खुर्दबीन के साथ भी है। अतिरिक्त वर्धन उन वस्तुओं को देखने में सहायक नहीं होगा, जिनका आकार प्रकाश-तंरग की लंबाई से कम होता है। खुर्दबीन द्वारा दिखने वाली वस्तु की अल्पतम माप d सूत्र $d = \frac{0.61\lambda}{A}$ से निर्धारित होती है। सूत्र में स्थिरांक *A* लगभग इकाई के बराबर है। हरे प्रकाश के लिए राशि *d* का मान 0.3 μm होता है। ऐसी वस्तु को 1' के कोण पर देखने के लिए 1000 गुना वर्धन वाली खुर्दबीन चाहिए।

वस्तु के लघुतरंगों वाले अदृश्य विकिरण से प्रकाशित किया जा सकता है और इस विकिरण से चमकने वाले पर्दे पर बिंब प्राप्त करके उसका दृश्य-चित्र प्राप्त किया सकता है। पर इस विधि से भी कुछ ज्यादा लाभ नहीं होगा। बात यह है कि ऐसी कोई सामग्री ही नहीं है जिससे लघुतरंगी खुर्दबीन का लेंस बनाया जा सके। सबसे अच्छी सामग्रियाँ क्वार्ट्स और फ्लोराइट हैं। पर क्वार्ट्स 0.18μm से कम लंबाई की तरंगों को अवशोषित कर लेता है। फ्लोराइट का अपना 'कीर्तिमान' है—वह सिर्फ 0.12μm तक की तरंगों के लिए पारदर्शक है। ये तरंगे दृश्य-किरण की सीमा पर स्थित तरंगों से तीन गुना कम है। लघुतरंगी पराबैंगनी किरणों के लिए सभी द्रव्य अपारदर्शक हैं। दर्पणी खुर्दबीन, जिसमें लेंस की जगह दर्पण लगाए जाते हैं, पराबैंगनी विकिरण की अतिलघु तरंगों के परास में कम कर सकती है, पर यह एक अत्यंत जटिल उपकरण है। इसके अतिरिक्त लघुतरंगी पराबैंगनी विकिरण हवा द्वारा तेजी से अवशोषित होता है, इसलिए खुर्दबीन को निर्वात में रखना पड़ता है। पर एक बिल्कुल दूसरा रास्ता भी है।

एलेक्ट्रोनी खुर्दबीन. वस्तु का चित्र प्रकाश से ही नहीं, आविष्ट कणों के प्रवाह द्वारा भी प्राप्त किया जा सकता है। इस काम के लिए सबसे उपयुक्त कण एलेक्ट्रोन हैं। जब विषाणु (वाइरस) जैसी सूक्ष्म वस्तुओं से वास्ता पड़ता है, तो एलेक्ट्रोनी खुर्दबीन का उपयोग होता है। पानी की विषाणुयुक्त बूँद पर पतली (0.01μm मोटी) कोलायडी (गोंदनुमा) झिल्ली फैला देते हैं। झिल्ली के सूखने पर बूँद को एलेक्ट्रोनी खुर्दबीन में सेज पर रखते हैं। एलेक्ट्रोनों के विशेष स्रोत (एलेक्ट्रोनी तोप) से झिल्ली पर एलेक्ट्रोनों का समांतर पुंज गिरता है (चित्र 11)। विषाणु का शरीर सर्वत्र समान नहीं होता; उसके विभिन्न अंग एलेक्ट्रोनों को अलग-अलग तरह से प्रकीर्णित करते हैं (उन्हें अलग-अलग तरह से छितराते हुए परावर्तित करते हैं)। जो अंग अधिक घने होते हैं, वे एलेक्ट्रोनों को अधिक प्रकीर्णित (तितर-बितर) करते हैं, अतः खुर्दबीन के तनुपट के अपर्चर (विवृत या खुले मुँह 2) में बहुत कम एलेक्ट्रोनों को भेजते हैं। एलेक्ट्रोनी लेंस 1 बिंदु *A* से पुंज रूप में निकले एलेक्ट्रोनों को पर्दे के बिंदु *B* पर जमा करता है और बिंदु *B* चमकने लगता है (पर्दा ऐसा ही बनाया जाता है)। इसी प्रकार से लेंस वस्तु के एक-एक बिंदु का बिंब बनाता है। विषाणु के अधिक घने अंगों का

बिंब कम चमकदार होता है (क्योंकि यह अंग एलेक्ट्रोनों को अधिक तितर-बितर करता है)। कम घने अंगों के बिंब अधिक चमकदार होते हैं।

हमने एलेक्ट्रोनी खुर्दबीन का मुख्य अंग ही देखा है। वास्तविकता में प्रथम लेंस के बाद कोई पर्दा नहीं होता। जिस तल पर पहला लेंस बिंब बनाता है, वह प्रकाशिकीय खुर्दबीन की तरह ही दूसरे लेंस के लिए वस्तु का काम करता है। दूसरे लेंस का बिंब एलेक्ट्रोनों की बौछार से चमकने वाले पर्दे पर बनता है जिसे प्रयोगकर्ता विशालक शीशे से देखता है।

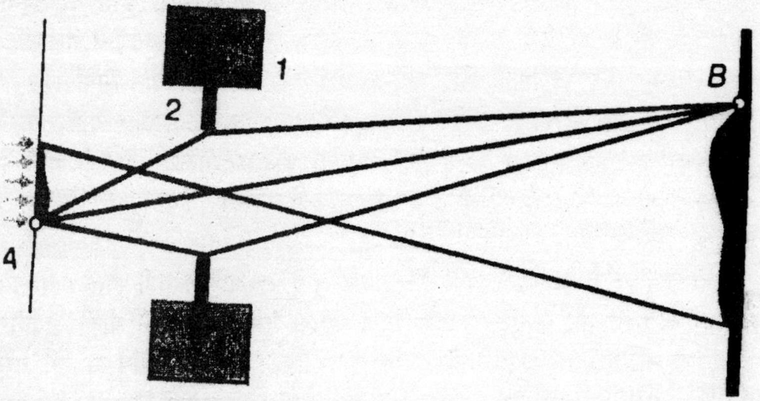

चित्र 11. एलेक्ट्रोनी खुर्दबीन का आरेख।

एलेक्ट्रोनी खुर्दबीन अधिक छोटे विवरणों को दिखाने में समर्थ होती है बनिस्बत कि प्रकाशिकीय खुर्दबीन के, क्योंकि उसकी क्षमता अधिक होती है।

एलेक्ट्रोनी खुर्दबीन में विवर्तन* का प्रभाव कम क्यों हो जाता है–यह समझने के लिए पहले विख्यात फ्रांसीसी वैज्ञानिक लुई दे ब्रोयेल की एक खोज को देखें।

हमारी शती के तीसरे दशक में ही दे ब्रोयेल ने एक साहसपूर्ण विचार प्रस्तुत किया था : प्रकाशीय क्वांटम (फोटोन) की गतिमात्रा और उसकी तरंग-लंबाई के बीच जो संबंध $\lambda = \frac{h}{p}$ है, वह अन्य कणों के लिए भी सत्य है। वेग v से गतिमान एलेक्ट्रोन वास्तव में तरंग की भाँति ही आचरण करता है, जिसकी लंबाई स $= \frac{h}{mv}$, जहाँ h=प्लांक का स्थिरांक, M=एलेक्ट्रोन का द्रव्यमान है (mv=p गति की मात्रा का आवेग है)।

एलेक्ट्रोनों को खुर्दबीन में अक्सर 15000 v के विभवांतर से गुजरना पड़ता है, जिससे वे त्वरित हो जाते हैं और उनका वेग 72000 kmès तक पहुँच जाता है। ऐसे एलेक्ट्रोनों की तरंग-लंबाई 0.01 nm होती है, जो हरे प्रकाश की तरंग-लंबाई से 50 000 गुनी कम है। इस स्थिति में विवर्तन तभी बाधक होगा जब वस्तु का आकार एलेक्ट्रोनों की तरंग-लंबाई से कम नहीं होगा।

एलेक्ट्रोनी खुर्दबीन से हम नानोमीटर के कुछेक दशांश जितने आकार तक की वस्तुएँ देखने में समर्थ होते हैं, जो प्रकाशीय खुर्दबीन से दिख पाने वाली सूक्ष्मतम वस्तुओं से सैकड़ों गुना अधिक सूक्ष्म हैं। एलेक्ट्रोनी खुर्दबीन से सूक्ष्म वस्तुओं को देखने की सीमा एलेक्ट्रोनों के विवर्तन के कारण नहीं निर्धारित होती है; वह खुर्दबीन के काम करने के लिए आवश्यक एलेक्ट्रोनों के स्रोत–एलेक्ट्रोनी तोप–के गुणों पर निर्भर करती है।

टटोली खुर्दबीन. यह आधुनिकतम एलेक्ट्रोनी खुर्दबीन है। इसमें अतिसूक्ष्म एलेक्ट्रोनी किरण, वस्तु के बिंदु-बिंदु

---

* वस्तु को हम देख पाएँ, इसके लिए जरूरी है कि वस्तु से परावर्तित प्रकाश-तरंगें हमारी आँखों तक पहुँचे। पर यदि वस्तु प्रकाश की तरंग-लंबाई से छोटी होती है तो प्रकाश-तरंगें उसे लाँघ कर या कतरा कर निकल जाती हैं, उससे परावर्तित नहीं होती हैं। इस संवृत्ति को प्रकाश का विवर्तन कहते हैं। विवर्तन प्रकाश ही नहीं, सभी प्रकार की तरंगों का गण है; तरंगें तरंग-लंबाई से छोटे आकार की बाधाओं को कतरा कर निकल जाती हैं। –अनु.

को क्रम से टटोलती हुई उसका बिंब देती है (चित्र 12)।

मान लें कि एलेक्ट्रोनी किरण के नीचे चींटी है और वर्धन ज्यादा नहीं है। तब खुर्दबीन के पर्दे पर, जो सामान्य टेलीविजन के पर्दे की तरह होता है, चींटी पूरा-पूरा अँट जाएगी। स्विच घुमाते ही पर्दा चींटी के एक पैर से भर जाएगा। यदि और स्विच घुमाया जाए तो चींटी की 'चमड़ी' पर उसके रोंए जैसे सूक्ष्मतम विवरण दिखाई देने लगेंगे।

खुर्दबीन द्वारा 10 गुना से 100 000 गुना तक का वर्धन अलग-अलग चरणों में सीधा स्विच घुमाने से ही मिल जाता है—यह स्विच वैसे ही काम करता है जैसे टेलीविजन में प्रोग्राम बदलने का स्विच।

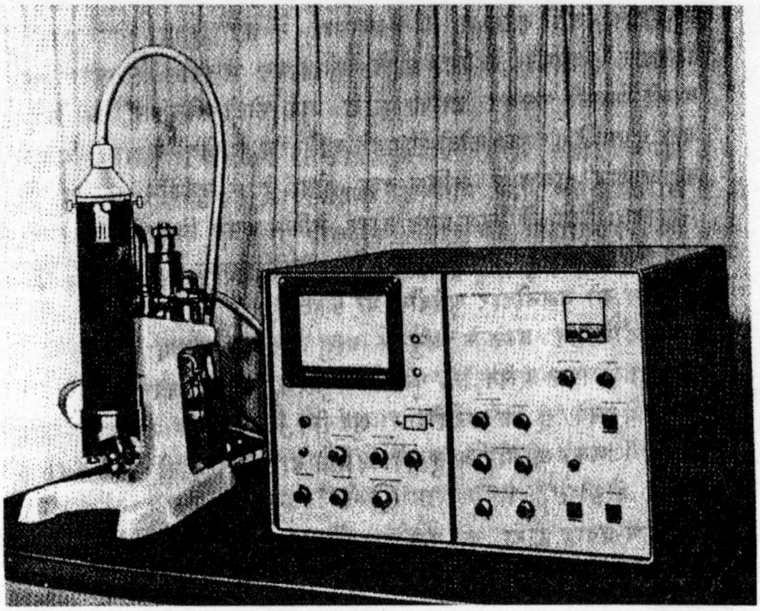

चित्र 12. टटोली खुर्दबीन।

ऐसी खुर्दबीन के महत्तम वर्धन में चींटी को पूरा-पूरा देखने के लिए फुटबाल के मैदान जितना बड़ा पर्दा चाहिए!

टटोली खुर्दबीन किस तरह से काम करती है और इसकी वर्धन-क्षमता की सीमा किन बातों से निर्धारित होती है? उदाहरण के लिए, वह एक लाख ही क्यों है, दस लाख क्यों नहीं है?

जैसा कि पहले बताया जा चुका है, प्रेक्ष्य वस्तु का सूक्ष्म एलेक्ट्रोनी किरण गिरती है। एलेक्ट्रोनों से 'प्रकाशित' (और सही कहें तो 'प्रक्षालित') क्षेत्र अपने द्वितीय एलेक्ट्रोन उत्सर्जित करता है, जिन्हें वैद्युत क्षेत्र विशेष क्रिस्टल में प्रविष्ट होने को विवश करते हैं। एलेक्ट्रोनों के प्रभाव से क्रिस्टल चमकने लगता है। क्रिस्टल के पीछे एक फोटोगुणक लगा होता है, जो प्रकाश को विद्युत-धारा (एलेक्ट्रोनी प्रवाह) में परिणत करता है और कीनेस्कोप (चित्रदर्शी) में एलेक्ट्रोनी किरण की चमक संचालित करता है।

वस्तु का हर बिंदु अपनी-अपनी तरह से द्वितीयक एलेक्ट्रोन उत्सर्जित करता है। वस्तु पर उभरे हुए स्थानों के बिंदु अधिक एलेक्ट्रोन उत्सर्जित करते हैं और गर्त्त वाले स्थानों के बिंदु कम। वस्तु की सतह के किसी क्षेत्र से जितने ही अधिक द्वितीयक एलेक्ट्रोन निकलते हैं, टेलीविजन के पर्दे पर तदनुरूप बिंदु उतने ही चमकदार होते हैं। कीनेस्कोप का एलेक्ट्रोनी किरण-पुंज पर्दे पर इन्हीं बिंदुओं से वर्धित चित्र बनाता है। चित्र बिंदु-बिंदु करके बना हुआ लगता है—ठीक उसी तरह से, जैसे अखबार में छपा हुआ कोई फोटो। अखबार में छापने के लिए पहले फोटो पर चीनी जैसे महीन छेदों वाली झिल्ली रखकर उसका दूसरी बार फोटो खींचते हैं, जो बिंदुदार होता है। मूल फोटो में गहरे काले रंग के क्षेत्रों से प्राप्त बिंदुओं का आकार नकल में अधिक बड़ा होता है। खुर्दबीन में पर्दे पर सिद्धांततः ऐसा ही चित्र प्राप्त होता, लेकिन इसमें बिंदुओं का आकार एक जैसा होता है; भिन्न होती है उनकी चमक। इसीलिए ऐसी खुर्दबीन को चलनीदार खुर्दबीन भी कहते हैं।

पर्दे के हर धब्बे के अनुरूप वस्तु पर एक सूक्ष्म वृत्त होता है जिसका क्षेत्रफल एलेक्ट्रोनी पुंज के अनुरूप काट के बराबर होता है। इसका मतलब है कि चलनीदार खुर्दबीन से वस्तु के वे विवरण ही दिखेंगे, जिनका आकार वस्तु

को टटोलने वाले एलेक्ट्रोनी पुंज के व्यास से कम न हो।

कण-प्रवाह बने पुंज का व्यास कण की तरंग-लंबाई λ से कम नहीं हो सकता, जो लुई दे ब्रोयेल के सूत्र से कलित होती है। इस तरह, यदि प्रकाशीय टटोली खुर्दबीन बनाने की जरूरत पड़ जाए, तो सबसे सूक्ष्म पुंज का व्यास 0.3μm से कम नहीं हो सकेगा। एलेक्ट्रोनी खुर्दबीन में पुंज का न्यूनतम व्यास 0.3 nm हो सकता है, जो प्रकाशीय तरंग-लंबाई से 100 गुना कम है। सिद्धांततः पुंज और भी 'नोकीला' बनाया जा सकता है–क्षिप्र एलेक्ट्रोनों की तरंग-लंबाई 0.3 nm से भी बहुत कम है। परंतु अधिक पतले पुंज में एलेक्ट्रोनों का प्रवाह इतना कम रहता है कि वह बिंब नहीं बना पाता, चाहे इसके लिए एलेक्ट्रोनों के आधुनिकतम स्रोत ही क्यों न प्रयुक्त होते हों।

अतः चलनीदार एलेक्ट्रोनी खुर्दबीन से दिखने वाली सूक्ष्मतम वस्तु प्रकाशीय खुर्दबीन से प्रेक्ष्य वस्तु की तुलना में 100 गुना छोटी हो सकती है। चलनीदार खुर्दबीन लगभग इतना ही गुना वर्धन देती है, जो करीब 100 000 गुना के बराबर है।

अंततः खुर्दबीन से इतनी सूक्ष्म वस्तु भी अध्ययन की जा सकेगी जिसकी लंबाई खुर्दबीन में प्रयुक्त सूक्ष्म कण की तरंग-लंबाई के बराबर होगी।

फोटोन की तरंग-लंबाई के साथ तुलनीय राशि (लंबाई) पिंडों की ज्यामितिक मापों को सामान्यतया उच्चतम कोटि की शुद्धता से निर्धारित करती है। इसीलिए मीटर के मानक को प्रकाश-तरंगों की लंबाई में व्यक्त करना विशेष सुविधाजनक सिद्ध होता है।

लंबाई का मानक. वर्तमान समय में मीटर का मानक ऐसी लंबाई को माना जाता है, जो द्रव्यमान-संख्या 86 वाले क्रिप्टन-परमाणु द्वारा अवस्था $2p_{10}$ से अवस्था $5d_5$ में संक्रमण करते वक्त उत्सर्जित प्रकाश की 1650763.73 तरंग-लंबाइयों के बराबर होती है। इस स्थिति में स्पेक्ट्रम के नारंगी क्षेत्र का विकिरण प्राप्त होता है जिसकी तरंग-लंबाई $\lambda = 6057.8021 \times 10^{-10}$ m होती है।

चित्र 13. प्रकाश-तरंगों की सहायता से मीटर की लंबाई नापने का आरेख। अर्धपारदर्शक दर्पण 1 प्रकाश-पुंज को विभक्त करता है। किरणों का एक भाग अर्धपारदर्शक दर्पण 2 से गुजरता है और दर्पण 3 द्वारा परावर्तित हो जाता है। किरणों का दूसरा भाग दर्पण 4 से परावर्तित होकर दर्पण 2 से गुजरता है और दर्पण 5 से परावर्तित होता है। दर्पण 3 तथा 5 से परावर्तित किरणें दर्पण 2 से भी परावर्तित होती हैं और पर्दे 6 पर मिलती हैं। चित्र में λ=तरंग-लंबाई है।

प्रकाश-तरंग जैसी नन्ही राशियों को आठवें सार्थक अंक की शुद्धता से नाप कर उसकी तुलना मीटर के धातुई मानक के साथ कैसे की जाती है?

अच्छी शुद्ध नाम विवर्तन जाली से मिलती है। ऐसी जाली के लिए पृष्ठ 46 पर दिए गए सूत्र से निष्कर्ष निकलता है कि $\lambda = \frac{D \sin \varphi}{m}$ है। तरंग-लंबाई निर्धारित करने के लिए कोण φ नापना काफी रहता है क्योंकि सूत्र में उपस्थित अन्य राशियाँ ज्ञात हैं। तरंग-लंबाई की बहुत शुद्ध माप व्यतिकरणमापी की सहायता से भी मिल सकती है; यह ऐसा उपकरण है जिसमें स्थानांतरित प्रावस्था वाली प्रकाश-तरंगें आपस में जोड़ी जाती हैं। इससे सहकेंद्रीय अंधेरी और प्रकाश मान पट्टियों से बना हुआ चित्र मिलता है, जिसके विश्लेषण से प्रकाश की

तरंग-लंबाई अत्यधिक शुद्धता के साथ निर्धारित होती है।

व्यतिकरणमापी मीटर के भौतिक मानक-प्लैटिनम-इरीडियम छड़ पर अंकित दो लकीरों के बीच की दूरी—की प्रकाशीय विकिरण की तरंग-लंबाई के साथ तुलना करने में भी सहायक होते हैं। इससे मापों की शुद्धता बहुत अधिक बढ़ जाती है, बनिस्बत की धातुई मानक छड़ पर अंकित अंश-रेखाओं की दूरी से माप लेने के। इसीलिए मीटर के प्रकाशीय मानक की तुलना में धातुई मानक कम शुद्ध मापें देता है।

इसके अतिरिक्त, प्रकाशीय तरंग की लंबाई एक स्थिर राशि है। जबकि धातुई मानक-छड़ कालांतर में विकृत होने लगती है, चाहे वह कितनी भी अचछी धातु से क्यों न बनी हो। कारण है—समय के साथ-साथ धातु की क्रिस्टलिक जाली में परिवर्तन।

अदृश्य को दृश्यमान करना. आँख से अवरक्त विकिरण भी देखा जा सकता है; इसके लिए विशेष प्रयुक्ति—एलेक्ट्रोनों-प्रकाशीय रूपांतरक (चित्र 14)—की सहायता ली जाती है।

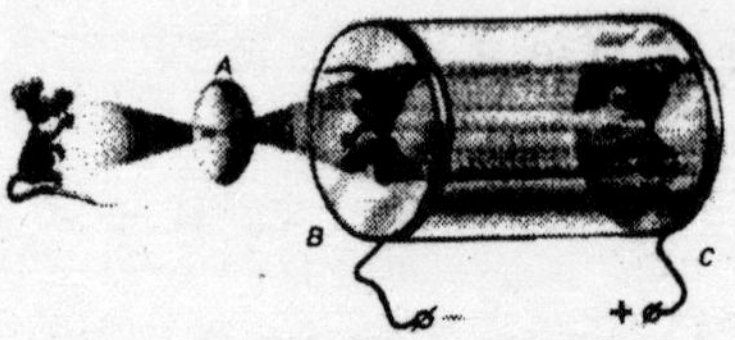

चित्र 14. एलेक्ट्रोनोप्रकाशीय रूपांतरक।

लेंस *A* अँधेरे में अदृश्य रूप से 'चमकती' वस्तु का बिंब नीचद (कैथोड) *B* पर बनाता है, जिस पर पारदर्शक अर्धचालक पदार्थ की परत चढ़ी होती है। अवरक्त विकिरण के क्वांटम इस परत से टकरा कर उसमें से एलेक्ट्रानों को निकाल बाहर करते हैं। नीचद *B* और पर्दे (ऊँचद *C*) के बीच वैद्युत विभवांतर रखा जाता है, जिसके प्रभाव से एलेक्ट्रोन त्वरित होते हुए पर्दे *C* से टकराते हैं और उस पर पिछले पर्दे के अवरक्त बिंब की नकल उतार देते हैं। अब पर्दा इस दृश्य विकिरण उत्सर्जित करने लगता है।

अवरक्त बिंब को दृश्य बिंब में दूसरी तरह से भी रूपांतरित किया जा सकता है। इसके लिए टेलीविजन की चित्रनली के पर्दे पर दृश्य प्रकाश से प्रतिक्रिया करने वाली परत की जगह अर्धचालक पदार्थ की परत जमाते हैं, जो अवरक्त विकिरण के प्रति संवेदी होती है। ऐसे पर्दे से अवरक्त बिंब को एलेक्ट्रोनी किरण एक प्रबलकारी रेडियो-आरेख की सहायता से ग्राहक नली—कीनेस्कोप—पर भेजती है जो ठीक वैसा होता है, जैसा सामान्य टेलीविजन में।

दोनों ही प्रणालियाँ हल्के गर्म पिंडों का बिंब दृश्य बिंब में रूपांतरित करती हैं। एलेक्ट्रोनो-प्रकाशीय रूपांतरक में फोटोनों की ऊर्जा इतनी अधिक होनी चाहिए कि वे संवेदी परत से एलेक्ट्रोनों को बाहर निकाल सकें। टेलीविजन सरीखे रूपांतरक में जहाँ विकिरण पहुँचता है, वहाँ परत की प्रतिरोधिता में परिवर्तन आना चाहिए। इसके लिए फोटोन की ऊर्जा कम भी हो सकती है और इसीलिए ऐसे रूपांतरक से अधिक तरंग-लंबाई वाले विकिरण भी प्रेक्ष्य हो जाते हैं।

द्रव्य और प्रकाश

प्रकाश का अपवर्तन. ईसा पूर्व सन् 140 में ही ग्रीक विद्वान टोलेमी ने हवा से आती किरणों के भिन्न आपतन कोणें के लिए पानी में उनके विचलन कोणों θ (चित्र 15a) की सारणी तैयार की थी। ये कोण किन अनुपातों द्वारा आपस में संबंधित हैं? प्राचीन काल में इस प्रश्न ने बहुतों को हतप्रभ किया था। इसका उत्तर सिर्फ 1621 ई. में हॉलैंड के गणितज्ञ स्नल ने दिया : $n = \frac{\sin\theta_0}{\sin\theta}$ । इस सूत्र में, जो साथ ही ध्वनि-तरंगों के लिए भी सत्य है, अपवर्तन का सूचकांक (या सिर्फ अपवर्तनांक) n माध्यम 1 में प्रकाश-वेग v_1 तथा माध्यम I में प्रकाश-वेग v_2 का अनुपात है।

वेगों के अनुपात $\frac{V_1}{V_2}$ को ही प्रकाश का अपवर्तनांक क्यों कहा जाता है? योरपीय भाषाओं में इसके लिए 'प्रकाश के टूटने का सूचकांक' शब्द प्रयुक्त होते हैं। ऐसा क्यों? क्या किरण टूट सकती है? हां, वह टूट सकती है। पानी भरे गिलास में चम्मच डालिए, हवा और पानी के विभाजक तल पर चम्मच टूटा हुआ लगे (चित्र 15 b)। हम जानते हैं कि चम्मच में कोई त्रुटि नहीं है। हवा-पानी की विभाजक सीमा पर सिर्फ प्रकाश की किरण टूट गई है, क्योंकि पानी में प्रकाश का वेग 1.33 गुना कम है बनिस्बत कि हवा में। किरण टूट कर बिल्कुल अलग नहीं हो जाती, वह हवा-पानी की विभाजक सीमा पर टूट कर एकबारगी से अपनी दिशा बदल देती है, वह मुड़ जाती है। इसलिए हिंदी में इस संवृत्ति को अपर्वतन कहते हैं।

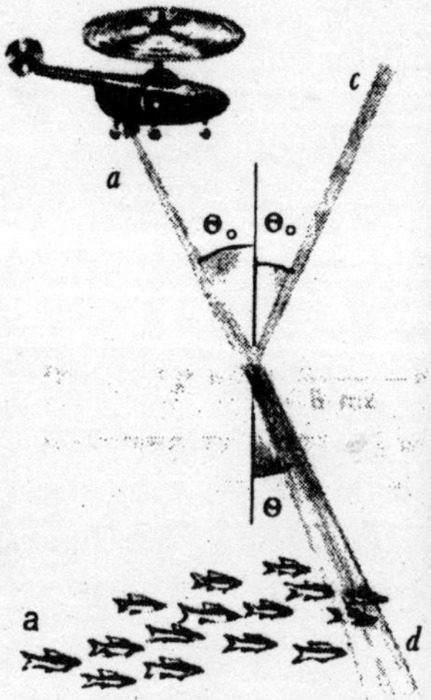

चित्र 15 a. प्रकाश का अपवर्तन। θ_0—आपतन-कोण (= परावर्तन कोण); q—अपवर्तन-कोण; a—आपतित किरण; c—परावर्तित किरण; d—अपवर्तित किरण।

चित्र 15 b. पानी और हवा के विभाजन-तल पर चम्मच टूटा हुआ लगता

द्रव्य में प्रकाश-गमन के नियमों का पूर्ण अध्ययन प्रतिभावान अंग्रेज वैज्ञानिक मैक्सवेल की कृतियों के आधार पर किया गया है। मैक्सवेल ने एक समीकरण-तंत्र स्थापित किया जो वैद्युत तथा चुंबकीय दोलनरत (कंपमान) क्षेत्रों का आचरण निरूपित करता है। पता चला कि विद्युचुंबकीय (संक्षेप में विचु) तरंगों के प्रसारण का वेग प्रकाश-वेग के बराबर है और जब तरंगें निर्वात में प्रसर करती हैं तो उनका वेग उनकी लंबाई पर निर्भर नहीं करता। मैक्सवेल इस निष्कर्ष पर पहुँचे कि विचु और प्रकाशीय तरंगों की प्रकृति एक

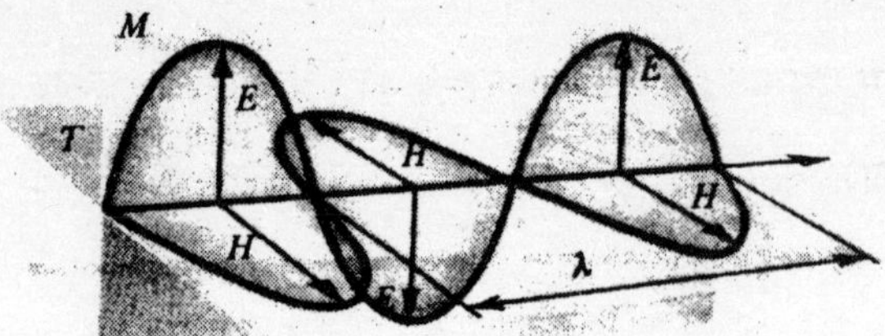

चित्र 16 a. प्रकाश-तरंग की संरचना

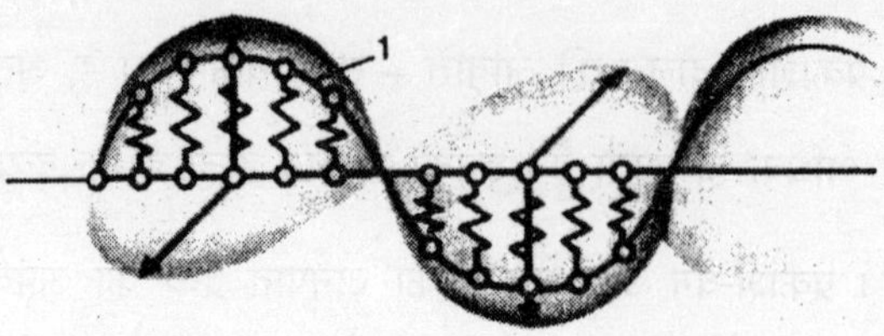

चित्र 16 b. एलेक्ट्रोनों का स्थानांतरण (1)।

है। इस निष्कर्ष को आगे चलकर अनेक प्रयोगों ने सत्य सिद्ध किया। चित्र 16a में विचु तरंग या प्रकाश-किरण की संरचना दिखाई गई है। तल *M* पर वैद्युत क्षेत्र *E* और तल *T* पर चुंबकीय क्षेत्र *H* दोलनरत हैं। तल *M* तथा *T* परस्पर लंब हैं। दूरी λ एक तरंग-लंबाई है।

यदि चित्र 17 को ध्यान से देखा जाए, तो आसानी से समझा जा सकता है कि दोनों की आवृत्ति (इकाई समय में दोलनों की संख्या) ν बराबर है प्रकाश-वेग (इकाई समय में तय की गई दूरी) c बटा तरंग-लंबाई λ के : $v = \frac{c}{\lambda}$ । हरे प्रकाश की किरण में वैद्युत तथा चुंबकीय क्षेत्र एक सेकेंड में ही 6 खरब (6×10^{11}) दोलन संपन्न करते है।

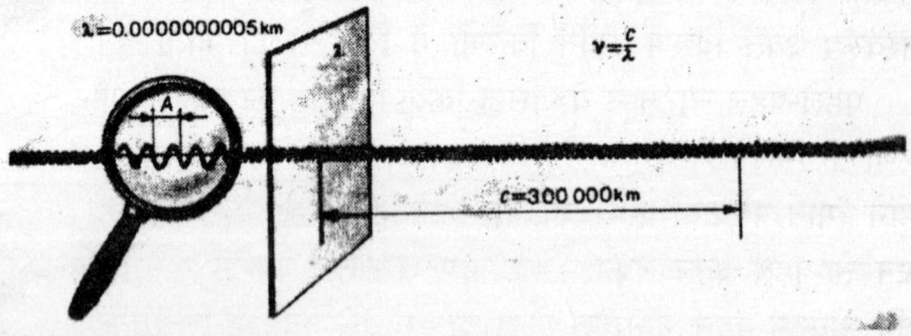

चित्र 17. दोलनों की आवृत्ति तल *A* से इकाई समय में गुजरने वाली तरंग-लंबाइयों की संख्या है। तरंग एक सेकेंड में दूरी *c* तक प्रसारित होती है और तल *A* से लंबाई *c* की तरंग लड़ी गुजरती है। प्रेक्षक तल *A* पर वैद्युत चुंबकीय क्षेत्रों के दोलनों की दिशा में $\frac{c}{\lambda}$ बार परिवर्तन देखेगा।

जब प्रकाश-किरण पारदर्शक द्रव्य में प्रविष्ट होती है, उसका बहुत तेजी से बदलता हुआ वैद्युत-क्षेत्र भारी-भरकम परमाणु-नाभिकों और आंतरिक परमाणु-अभ्रों पर उसके साथ मजबूती से जुड़े एलेक्ट्रानों को अपना दोलन देने में सफल नहीं हो पाता। वाह्य एलेक्ट्रोन, जो परमाणु के साथ इतनी मजबूती से नहीं जुड़े होते, प्रकाश-तरंगों के वैद्युत क्षेत्र के प्रभाव से सरलतापूर्वक उसकी गति दुहराते हुए स्थानांतरित होने लगते हैं (चित्र 16b)।

ऐसे एलेक्ट्रोन इस प्रकार आचरण करते हैं जैसे वे परमाणु-नाभिकों के साथ स्प्रिंगों के सहारे जुड़े हों। प्रकाशीय वैद्युत क्षेत्र द्वारा अपनी जगहों से स्थानांतरित होते हुए वे दोलन करने लगते हैं और उसकी तरंग-लंबाई का उसी दिशा में प्रकाश उत्सर्जित करने लगते हैं जिस दिशा में आपतित विकिरण बढ़ता है। प्राथमिक (मूल) तंरग और एलेक्ट्रोनों के दोलन से उत्पन्न तरंग संयोजित होती हैं। परिणामी तरंग का वेग निर्वात में प्रकाश वेग से कम हो जाता है। प्रकाश एक परमाणु से दूसरे तक चरम वेग c से ही गमन करता है, पर समय नष्ट होता है एलेक्ट्रोनों के साथ व्यतिक्रिया में। फल यह होता है कि पारदर्शक द्रव्य में प्रकाश का प्रसरण निर्वात की तुलना में धीमी गति से होने लगता है।

भौतिकविदों ने हिसाब लगाया है कि निर्वात में प्रकाश के वेग c और पारदर्शक द्रव्य में उसके वेग ν का अनुपात $1 + \frac{A}{a^2 - v^2}$ के बराबर होता है। इस सूत्र में a तथा A स्थिर राशियाँ हैं, जो प्रतत द्रव्य की विशेषता बनाती हैं, और v प्रकाश-तरंगों के दोलन की आवृत्ति है। हवा, काँच, क्वार्ट्स, फ्लोराइट तथा अन्य पारदर्शक द्रव्यों के लिए स्थिरांक

a प्रकाशीय दोलन की आवृत्ति *v* से अधिक होता है, अतः सूत्र में दूसरा पद धनात्मक होता है और अनुपात $\frac{c}{v}$ इकाई से अधिक हो जाता है। इसका मतलब होता है कि द्रव्य में प्रकाश धीमी गति से गमन करता है बनिस्बत की निर्वात में। प्रकाश-वेग और वेग *v* का अनुपात द्रव्य का अपवर्तनांक है : $n = 1 + \frac{A}{a^2 - v^2}$ ।

इस सूत्र को ध्यान से देखें। अपवर्तनांक का मान दोलन की आवृत्ति के साथ-साथ बढ़ता है : जितना ही बड़ा *v* होगा, उतना ही कम a^2-v^2 होगा, इसलिए राशि *n* का मान उतना ही अधिक होगा।

काँच के प्रिज्म का रहस्य. द्रव्य का अपवर्तनांक प्रकाश-तरंग के दोलनों की आवृत्ति के साथ-साथ बढ़ता है। इसीलिए श्वेत प्रकाश को, जिसमें सभी दोलन-आवृत्तियों वाली प्रकाश-तरंगें मिश्रित होती हैं, काँच के प्रिज्म से गुजारने पर अधिक दोलन-आवृत्ति वाली प्रकाश-किरणें अपनी आरंभिक दिशा से अधिक विचलित होती हैं बनिस्बत कि कम दोलन-आवृत्ति वाली किरणें। फलस्वरूप श्वेत किरण रंगीन किरणों में विघटित हो जाती है।

पहले-पहल न्यूटन ने यह सिद्ध किया कि दिन का प्रकाश रंगीन किरणों के मिलने से बनता है। सौर प्रकाश को प्रिज्म से गुजार कर उन्होंने रंगीन पट्टियाँ प्राप्त कीं, जिसे **स्पेक्ट्रम** कहते हैं (चित्र 18)। न्यूटन से पहले श्वेत प्रकाश को लोग सरलतम प्रकाश मानते थे, यद्यपि स्पेक्ट्रम पहले भी प्राप्त होता था। सोचा जाता था कि स्पेक्ट्रम श्वेत प्रकाश पर प्रिज्म के द्रव्य की क्रिया के फलस्वरूप उत्पन्न होता है।

चित्र 18. स्पेक्ट्रम।

तनपु के छेद द्वारा अलग की हुई रंगीन किरणों को प्रिज्म से गुजार कर न्यूटन ने सिद्ध किया कि वे अब और विघटित नहीं होतीं। ऐसी किरणों का नाम उन्होंने **एकवर्णी** रखा।

एकवर्णी विकिरण में प्रकाश-तरंग किसी नियत आवृत्ति से दोलन करती है। और तब पूर्ण रूप से सिद्ध करने के लिए कि श्वेत प्रकाश जटिल तरंग है, न्यूटन ने उसे एकवर्णी किरणों के मिश्रण से प्राप्त कर लिया।

न्यूटन के कार्य प्रकाश-घटकों के अन्वीक्षण में एक महत्त्वपूर्ण कदम सिद्ध हुए। इस दिशा में आगे का विकास जर्मन वैज्ञानिकों बुंजेन और किर्खहोफ के नामों के साथ जुड़ा है।

बंजेन की ढिबरी. एक बार जर्मन रसायनविद बुंजेन ने ध्यान दिया कि उनके द्वारा बनाई गई बहुत गर्म ढिबरी की लौ में अनेक द्रव्य वाष्प में परिणत हो जाते हैं और लौ में अपना विशेष रंग उत्पन्न करते हैं। उदाहरणार्थ, ताँबा हरी लौ देता है, साधारण नमक पीला रंग देता है, स्ट्रौंशियम—बहुत हल्के बैंगनी के साथ तेज लाल (लाल बैंगनी)।

उम्मीद हुई कि दृव्य को ढिबरी पर रखने भर की देरी है कि बिना लंबे-चौड़े रसायनिक विश्लेषणों के ही, सिर्फ लौ के रंग के आधार पर, द्रव्य के घटक निर्धारित हो जा सकते हैं। पर वास्तव में समस्या इतनी सरल नहीं निकली। बुंजेन को शीघ्र ही विश्वास हो गया कि भिन्न द्रव्य भी ऐसी लौएँ दे सकते हैं जिनका रंग हमारी आँखों को एक जैसा

लगे। वे इन प्रयत्नों से मुँह मोड़ने ही जा रहे थे कि भौतिकी के प्रोफेसर किर्खहोफ ने एक अप्रत्याशित हल निर्दिष्ट किया।

किर्खहोफ की सलाह पर रंगीन लौ का प्रकाश प्रिज्म से गुजारा गया। पता चला कि हर रसायनिक तत्त्व का स्पेक्ट्रम अन्य तत्त्वों के स्पेकट्रमों से भिन्न है। उदाहरणार्थ, लौ लीथियम के रंग में रँगी है या स्ट्रौंशियम के—यह आँख से देखकर निर्धारित करना असंभव है। दोनों ही स्थितियों में लौ हल्के बैंगनी मिले हुए गाढ़े लाल रंग की होती है। पर यदि 'लीथियम की लौ' का प्रकाश प्रिज्म से गुजारा जाए, तो एक चमकदार रेखा के साथ हल्की नारंगी रेखा प्राप्त होगी। स्ट्रौंशियम से एक नीली, दो लाल, एक नारंगी और एक पीली रेखाएँ मिलती हैं। इस प्रकार रसायनिक तत्त्वों के **स्पेक्ट्रमी विश्लेषण की विधि** ज्ञात हुई। वैज्ञानिकों ने प्रकाश की भाषा का अध्ययन किया और प्रकाश अपने को उत्सर्जित करने वाले द्रव्य के रसायनिक गठन के बारे में बताने लगा।

सौर तत्त्व. बुंजेन और किर्खहोफ ने विश्लेषण की प्रकाशीय विधियों की खोज 1859 में की। इसके नौ वर्ष बाद फ्रांसीसी ज्योतिर्विद जांसेन और अंग्रेज ज्योतिर्विद लौकियर ने परस्पर स्वतंत्र रूप से सूर्य में एक अज्ञात तत्त्व की खोज की, जिसका नाम हीलियम पड़ा (ग्रीक 'हेलिओस' से जिसका अर्थ 'सूर्य' है)। तत्त्व की खोज सौर स्पेक्ट्रम के विश्लेषण से हुई थी। यह एक जादू ही था। स्पेक्ट्रमदर्शी की सहायता से ऐसे द्रव्य का अध्ययन हो सका, जो हमारे ग्रह से 15 करोड़ किलोमीटर की दूरी पर स्थित था। पृथ्वी पर हीलियम इसके 27 वर्ष बाद अंग्रेज वैज्ञानिक रैमसे ने खनिज क्लेवेइट (cleveit—यूरेनियम आक्साइड के एक अयस्क) से प्राप्त किया।

प्रसारी ब्रह्मांड. स्पेक्ट्रमदर्शी के अन्य लाभ भी कम आश्चर्यजनक नहीं हैं। उदाहरणार्थ, इसकी सहायता से प्रकाशमान पिंडों की गति का वेग नापा जा सकता है। बात यह है कि प्रेक्षक से दूर जा रहे स्रोत के प्रकाश का स्पेक्ट्रम दीर्घ तरंगों के परास की ओर स्थानांतरित रहता है (अर्थात स्पेक्ट्रम में दीर्घ तरंगों वाला प्रकाश हावी रहता है)। यदि प्रकाश का स्रोत प्रेक्षक की ओर गतिमान होता है तो इसका स्पेक्ट्रम लघु तरंगों की ओर झुका होता है (अर्थात स्पेक्ट्रम में किसी लघु तरंग वाला प्रकाश हावी होता है)। यह **डोप्लर-प्रभाव** का निष्कर्ष है। इसी की सहायता से ज्योतिर्विदों ने सौर मंडल से दूर भागती मंदाकिनियों का वेग नापा है।

1912 में अमरीकी ज्योतिर्विद स्लाइफेर ने दूरस्थ मंदाकिनियों के स्पेक्ट्रम का अध्ययन आरंभ किया। मंदाकिनी की ओर निर्दिष्ट दूरबीन द्वारा जमा किया हुआ प्रकाश स्पेक्ट्रमदर्शी और स्पेक्ट्रम का विश्लेषण करने वाले उपकरण में आता था। स्लाइफेर को आश्चर्य हुआ कि जाने-पहचाने तत्त्वों की स्पेक्ट्रमी रेखाएँ वहाँ नहीं थीं, जहाँ उन्हें होना चाहिए था—वे स्पेक्ट्रम के लाल वाले सिरे, अर्थात दीर्घ तरंगों की ओर स्थानांतरित थीं। प्रथम दृष्टि में बात समझ में आने वाली नहीं थी।

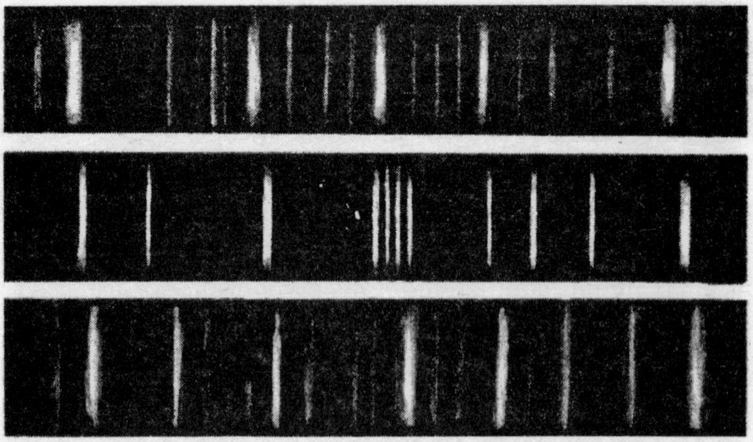

चित्र 19. ऊपर—दूरगामी स्रोत के प्रकाश का स्पेक्ट्रम। नीचे—निकटगामी स्रोत के प्रकाश का स्पेक्ट्रम। बीच में—स्थिर स्रोत के प्रकाश का मानक स्पेक्ट्रम।

तथ्य को एक ही तरह से समझाया जा सकता था—यह मानकर कि मंदाकिनियाँ बहुत बड़े वेग के साथ हम से दूर होती जा रही हैं (चित्र 19)। स्पेक्ट्रमी

रेखाओं के स्थानांतरण के आधार पर हब्ल और ह्यूमेसन ने 1929 में हिसाब लगाया कि सौर मंडल से मंदाकिनी के दूर भागने का वेग *V* सूर्य से मंदाकिनी की दूरी r के साथ समानुपाती होता है : $V = \frac{r}{3.10^{17}}$ । ज्ञात हुआ कि लगभग सभी मदांकिनियाँ हम से दूर होती जा रही हैं और इनमें से कुछ का वेग लगभग प्रकाश-वेग का आधा है। ब्रह्मांड इस तरह से प्रसारमान है, यह निष्कर्ष सोवियत वैज्ञानिक फ्रीदमान ने सन् 1922 में ही सिद्धांत के रूप में प्रस्तुत किया था।

चुंबकीय द्वीप. स्पेक्ट्रमदर्शी से चुंबकीय क्षेत्र भी नापे जा सकते हैं। 1896 में हॉलैंड के वैज्ञानिक जेएमान (**Zeeman**) ने तप्त गैसों के स्पेक्ट्रम पर चुंबकीय क्षेत्र के प्रभाव का प्रेक्षण किया। पता चला कि शक्तिशाली चुंबकीय क्षेत्र के अनुप्रस्थ उत्सर्जित कैडमियम-प्रकाश मूल आवृत्ति *ν* की रेखा के साथ-साथ आवृत्ति $\nu\text{-}\Delta\nu$ तथा $\nu+\Delta y$ की साथी-रेखाएँ भी देता है। चुंबकीय क्षेत्र के अनुतीर उत्सर्जित कैडमियम-प्रकाश के स्पेक्ट्रम में मूल आवृत्ति ν की रेखा अनुपस्थित रहती है, सिर्फ अगल-बगल की $\nu\text{-}\Delta\nu$ तथा $\nu+\Delta\nu$ आवृत्तियों की रेखाएँ होती हैं। इसीलिए चुंबकीय क्षेत्र में स्थित चमकदार द्रव्य के स्पेक्ट्रम द्वारा चुंबकीय क्षेत्र की शक्ति का ही नहीं, उसकी दिशा का भी ज्ञान संभव है (चित्र 20)।

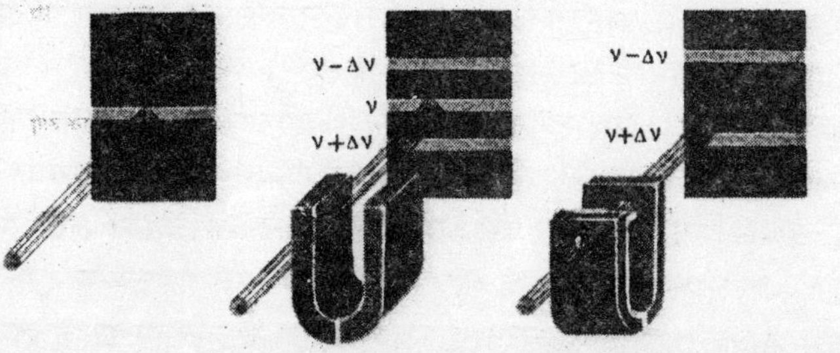

चित्र 20. शक्तिशाली चुंबकीय क्षेत्र में स्थित परमाणु चुंबकीय क्षेत्र की लंब दिशा में प्रकाश उत्सर्जित करते हैं, जिसकी मुख्य आवृत्ति ν और 'पार्श्व' आवृत्तियाँ $\nu+\Delta\nu$ तथा $V\text{-}\Delta\nu$ होती हैं। चुंबकीय क्षेत्र की अनुतीर दिशा में विकिरणित प्रकाश में आवृत्ति ν अनुपस्थित होती है। सिर्फ आवृत्तियों $\nu+\Delta\nu$ तथा $\nu\text{-}\Delta\nu$ की रेखाएँ रह जाती हैं।

गैलीली ने सूर्य के धब्बों का अवलोकन किया था, पर वह उनकी प्रकृति नहीं समझ पाए थे। अमरीकी वैज्ञानिक हेल ने 1908 में निर्धारित किया कि सूर्य के धब्बे विराट चुंबकीय द्वीप हैं। उन्होंने सिद्ध किया कि धब्बों के विकिरण का स्पेक्ट्रम वैसा ही है, जैसा चुंबकीय क्षेत्र में स्थित उत्तप्त गैसों का।

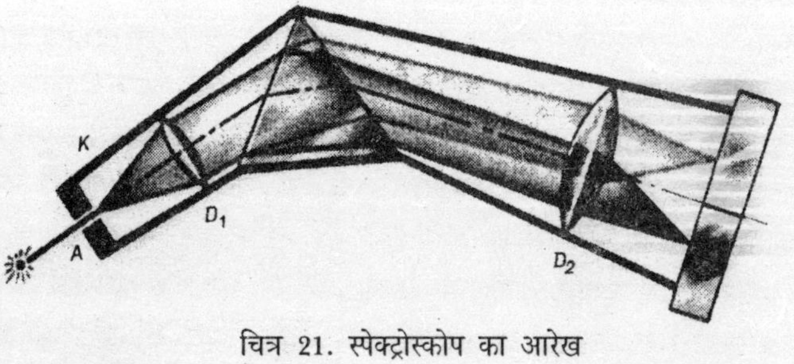

चित्र 21. स्पेक्ट्रोस्कोप का आरेख

स्पेक्ट्रमदर्शी. इतनी अनोखी खोजें उपलब्ध कराने वाले उपकरण की बनावट कैसी होती है?

स्पेक्ट्रमदर्शी का मुख्य अंग प्रिज्म है। प्रकाश-किरण उसके समतल फलक के साथ कोण θ बनाती हुई इसमें प्रविष्ट होती हैं और सर्वज्ञात नियमों के अनुसार अपवर्तित हो जाती हैं। उदाहरण के लिए, नीले और पीले एकवर्णी विकिरणों के मिलने से बना हुआ प्रकाश हरा दिखता है; आँख इस हरे और वास्तविक हरे प्रकाश में भेद नहीं कर सकती। स्पेक्ट्रमदर्शी में प्रिज्म से गुजर कर वास्तविक हरा प्रकाश पर्दे पर हरी पट्टी बनाएगा, लेकिन मिश्रण से बना हरा प्रकाश विघटित होकर नीली और पीली पट्टियाँ बनाएगा।

यह समझने के लिए चित्र 21 में स्पेक्ट्रमदर्शी का प्रकाशीय आरेख देखें। नली *K* को **कोलीमेटर** (लातीनी से सीधी रेखा पर ले जाने वाली) कहते हैं। कोलीमेटर की झिरी (दरार) *A* के पास प्रकाश का स्रोत रखते हैं, जिसके स्पेक्ट्रम का अध्ययन करना है। झिरी उत्तल लेंस D_1 के नाभिक तल पर स्थित है, इसलिए वह छेद से अंदर आए हुए प्रकाश को समांतर किरण-पुंज में परिणत कर देती है। प्रिज्म से गुजर कर पुंज दो समांतर पुंजों में विघटित हो जाता है, जिनके

अक्ष लें D_2 के प्रकाशीय अक्ष के साथ अलग-अलग कोण बनाते हैं। इसलिए लेंस D_2 के नाभिक तल पर दो रेखाएँ बनती हैं–नीली और पीली; ये दरअसल झिरी *A* के बिंब हैं। झिरी *A* अक्सर बहुत संकरी होती है इसलिए विभिन्न रंगों में प्राप्त उसके बिंबों को **स्पेक्ट्रमी रेखाएँ** कहते हैं।

हाल ही में स्पेक्ट्रमदर्शी की सहायता से कुछ तारों के विकिरण में टेक्नीशियम के अनुरूप स्पेक्ट्रम मिला है। यह एक ऐसा तत्त्व है जिसके परमाणु तपाक से विघटित हो जाते हैं; तारक द्रव्य में उनकी उपस्थिति इस बात की द्योतक है कि वहाँ परमाणुओं के जन्म की प्रक्रिया चल रही है। इन तथ्यों के आधार पर वैज्ञानिकगण इस निष्कर्ष पर पहुँचे कि सुदूर तारों में भारी तत्त्वों के बनने की प्रक्रिया अभी भी जारी है।

आधुनिक स्पेक्ट्रमी उपकरणों में प्रिज्म की जगह अक्सर विवर्तन-जाली का उपयोग होता है। प्रिज्म की अपेक्षा विवर्तन-जाली भिन्न तरंग-लंबाइयों की किरणों के विचलन-कोणों में अधिक बड़े अंतर उत्पन्न कर देती है, इसलिए इसकी सहायता से प्रकाशीय स्पेक्ट्रमों के अधिक सूक्ष्म विवरण प्राप्त होते हैं। पहली जाली फ्राउनहोफेर ने बनाई थी जिसकी सहायता से उन्होंने सौर-विकिरण में संकीर्ण अँधेरी रेखाओं की खोज की। ये रेखाएँ सौर 'वातावरण' में उपस्थित तत्त्वों के वाष्पों द्वारा प्रकाश के अवशोषण के फलस्वरूप उत्पन्न होती हैं; इन्हें फ्राउनहोफेर-रेखाएँ कहते हैं।

फ्राउनहोफेर की जाली काँच की प्लेट है जिस पर समांतर लकीरें (रेखाएँ) खिंची रहती हैं। लकीरें जितनी अधिक और पास-पास होंगी, स्पेक्ट्रमदर्शी की अनुमत क्षमता उतनी ही अधिक होगी। ऐसी जालियाँ भी हैं जिनकी प्रति मिलिमीटर दूरी पर 1000 से अधिक लकीरें होती हैं। इतनी बारीकी से लकीरें डालने के लिए विशेष मशीन का उपयोग होता है। परावर्तक जालियाँ भी होती हैं; ये धातु की दर्पणी सतह पर लकीरें खींचकर बनाई जाती हैं। ऐसी जाली प्रकाश को प्रकीर्णित करती हैं। इसमें किसी नियत तरंग-लंबाई λ का प्रकाश जिस कोण φ पर प्रकीर्णित होता है, वह जाली में पास की लकीरों के बीच की दूरी *D* द्वारा निर्धारित होता है : $D \sin \varphi = m\lambda$, जहाँ *m* कोई स्थिर पूर्ण संख्या है। लकीरों की आपसी दूरी जितनी कम होगी, भिन्न तरंग-लंबाइयों की प्रकाश-किरणों के विचलन-कोणों में उतना ही अधिक अंतर होगा। $m = 0$ होने पर तंरग-लंबाई कुछ भी हो, सभी किरणें का विचलन-कोण एक समान होता है–शून्य के बराबर। इसीलिए दिशा θ में श्वेत वर्ण-पट्टी मिलती है, जो विभिन्न तरंग-लंबाइयों वाले विकिरणों का मिश्रण है। पर $m = 1$ से लेंस के नाभिक तल पर स्थित पर्दे पर अँधेरी और रंगीन पट्टियों की कतार प्रकट होने लगती है।

रसायनिक तत्त्वों के स्पेक्ट्रम. अब देखें कि स्पेक्ट्रमदर्शी की सहायता से रसायनिक तत्त्व का पता कैसे लगता है। प्लैटिनम के तार का सिरा साधारण नमक (सोडियम क्लोराइड) के घोल में गीला करके उसे बुंजेनी ढिबरी की लगभग रंगहीन लौ में घुमाएँ। यदि लौ कोलीमेटर की झिरी *A* के पास होगी तो नेत्रक में परस्पर बहुत पास स्थित दो पीली रेखाएँ उत्पन्न होंगी। सोडियम के अन्य यौगिकों को लौ में रखने पर भी ऐसी ही रेखाएँ दिखती हैं। पर यदि यौगिक में सोडियम अनुपस्थित होगा, तो इस तरह की रेखाएँ कभी नहीं दिखेंगी। इससे स्वाभाविक निष्कर्ष निकलता है कि पीली रेखाएँ सोडियम की हैं।

स्थापित किया गया है कि किसी भी रसायनिक तत्त्व की दीप्त वाष्प अपना एक विशेष स्पेक्ट्रम (एकवर्णी विकिरणों का सेट) देता है जो कोई दूसरा तत्त्व नहीं देता। हर एकवर्णी विकिरण स्पेक्ट्रम में एक रंगीन रेखा देता है। इस तरह का अलग-अलग रेखाओं से बना हुआ स्पेक्ट्रम **रेखित** (लाइनदार) कहलाता है। सभी तत्त्वों की स्पेक्ट्रमी रेखाएँ सारणी के रूप में संग्रहीत की जा चुकी हैं। उसमें तत्त्व के स्पेक्ट्रम की तरंग-लंबाइयाँ, स्पेक्ट्रमी रेखाओं की तीव्रता और उनका क्रम निर्दिष्ट रहते हैं। इस सारणी के सहारे द्रव्य में किसी तत्त्व के बहुत कम मात्रा में होने पर भी स्पेक्ट्रम के आधार पर उसकी उपस्थिति का पता लगाया जा सकता है।

यदि आप प्लैटिनम का तार कुछ देर तक अपने हाथ में रखते हैं और इसके बाद उसे ढिबरी की लौ में घुमाते हैं, तो स्पेक्ट्रमदर्शी के पर्दे पर तुरंत सोडियम की रेखाएँ नजर आएँगी। इसका कारण यह है कि पसीने के कारण हाथ

में साधारण नमक किसी-न-किसी मात्रा में हमेशा ही उपस्थित रहता है; वह तार से लग जाता है, जो स्पेक्ट्रमदर्शी के लिये पर्याप्त है। सोडियम और पोटेशियम की उपस्थिति का पता उस हालत में भी लग जाता है, जब किसी अज्ञात मिश्रण में वे मात्रा के अरबवें अंश तक में उपस्थित रहते हैं।

डोप्लर-प्रभाव. इंजन की सीटी का सुर ऊँचा होने लगता है, जब रेलगाड़ी प्रेक्षक की ओर गतिमान होती है; प्रेक्षक से दूर जा रही गाड़ी की सीटी का सुर नीचा होने लगता है। प्रकाश के साथ भी यही बात होती है। प्रेक्षक के लिए प्रकाश की आवृतित बदलने लगती है, जब प्रकाश-स्रोत उसके सापेक्ष गतिमान होता है। यदि अंतरिक्ष में चौराहे होते और फोटोन-राकेट का चालक समय पर गति धीमी करना भूल जाता तो उसे लाल बत्ती हरी दिखाई देती। चालक बिना रुके चौराहा पार कर लेता और साथ ही अंतरिक्ष-पथ पर राकेट चलाने का नियम तोड़ देता।

यदि प्रेक्षक अपनी ओर आने वाली प्रकाश-तरंगों की ओर खुद भी गतिमान हो जाए (वेग v से), तो प्रकाश-तरंग की आवृत्ति उसके लिए अधिक होगी, बनिस्बत कि प्रकाश-स्रोत के सापेक्ष स्थिर खड़े प्रेक्षक के लिए।

प्रकाश-स्रोत की ओर उड़ते काल्पनिक फोटोन-राकेट से प्रकाश लाल की बजाय हरा दिखे, इसके लिए राकेट का आवश्यक वेग सूत्र की सहायता से ज्ञात किया जा सकता है; इस वेग का मान होगा 97 000 kmès।

एक-दूसरे के सापेक्ष प्रकाश-स्रोत और प्रेक्षक की गति के कारण प्रकाश-तंरग में परिवर्तन **डोप्लर-प्रभाव** कहलाता है। इस प्रभाव के कारण स्पेक्ट्रमी अध्ययन अक्सर कठिन हो जाता है। आधुनिक उपकरण ऐसी स्पेक्ट्रमी रेखाएँ अलग करते हैं, जिनकी तरंग-लंबाइयों में सिर्फ 0.0002 nm ($2 \cdot 10^{-13}$m) का अंतर होता है। लेकिन इससे एक-दूसरे के बहुत निकट स्थित स्पेक्ट्रमी रेखाओं के बीच भेद करने में सहायता नहीं मिलती। तप्त गैस में परमाणु विभिन्न दिशाओं में गतिमान रहते हैं। स्पेक्ट्रमदर्शी से दूर जा रहे परमाणु द्वारा उत्सर्जित क्वांटम की तरंग-लंबाई दीर्घ तरंगों के क्षेत्र में स्थानांतरित हो जाएगी और इसके विपरीत, स्पेक्ट्रमदर्शी की ओर गतिमान परमाणु द्वारा उत्सर्जित क्वांटम की तरंग-लंबाई लघु तरंगों की ओर खिसक आएगी। परमाणु की स्पेक्ट्रमी रेखा उसकी गति के कारण एक तरह से विस्तृत परास बनाने लगती है।

ढिबरी की लौ में परमाणु बेतरतीबी के साथ करीब 1000 mès वेग से गति करते रहते हैं। स्पेक्ट्रमदर्शी के लेंस के नाभिक तल की ओर उड़ते परमाणु के विकिरण की तरंग-लंबाई 0.003 nm कम होगी बनिस्बत की विपरीत दिशा में उड़ते परमाणु के उसी तरंग-लंबाई (0.5 μm) वाले विकिरण से, अतः पर्दे पर परमाणु की रेखा 0.003 nm चौड़ी नजर आएगी। चौड़ाई में यह विस्तार अन्वीक्षकों को रेखा की वास्तविक संरचना का अवलोकन करने में बाधक होता था। उदाहरण के लिए सोडियम की पीली स्पेक्ट्रमी रेखा लें। यह समज है या कई रेखाओं के मिलने से बनी हुई विषमज है? इस प्रश्न का उत्तर तेरेनिन और दोब्रेत्सोव के एक अनोखे प्रयोग ने दिया।

वैज्ञानिकों ने सोडियम-परमाणुओं का एक पतला संदीप्त पुंज उत्पन्न किया और स्पेक्ट्रमदर्शी के कोलीमेटर को इसके अभिलंब स्थापित किया। पुंज के विकिरण की आवृत्ति में परिवर्तन परमाणु-वेग के उस घटक के साथ समानुपाती है, जो प्रेक्षक की दिशा में या इसके विपरीत है। जब प्रेक्षक पुंज को पार्श्व से देखता है, तो वेग का यह घटक शून्य होता है। इस स्थिति में रेखा का 'विस्तार' नहीं हो पाता, और पास सटी रेखाओं की रचना स्पष्ट हो जाती है। तेरेनिन और दोब्रेत्सोव ने देखा कि सोडियम की दोनों ही रेखाएँ ($D_1 \lambda$=0.5896μm तथा $D_2 \lambda$=0.5890μm दुहरी हैं। इस प्रकारण परमाणु की स्पेक्ट्रमी रेखाओं की अतिसूक्ष्म संरचना ज्ञात हुई।

इस खोज के बाद स्पेक्ट्रमी रेखाओं की जटिल संरचना का कारण भी स्पष्ट किया गया। पता चला कि अतिसूक्ष्म संरचना परमाणुनाभिक और इस के एलेक्ट्रोनी अभ्र की परस्पर क्रिया के फलस्वरूप उत्पन्न होती है।

गतिमान वस्तु से परावर्तित लेसर-विकिरण की आवृत्ति में परिवर्तन स्थिर स्रोत के लेसर-पुंज या स्थिर वस्तु से परावर्तित लेसर-पुंज की आवृत्ति की तुलना में अधिक शुद्धता से ज्ञात किया जा सकता है। इस परिवर्तन के आधार

पर द्रव या गैस की धारा में बहते कण का वेग कलित करना भी कठिन नहीं रह जाता, जिसकी आवश्यकता कई व्यावहारिक समस्याओं को हल करने में पड़ती है। द्रव की गति का अन्वीक्षण करते वक्त प्रयोगकर्ता उसकी धारा में कण मिला देता है। इन कणों के वेग से धारा के विभिन्न स्थलों पर द्रव का वेग ज्ञात होता है। इस तरह पेट्रोल-पाइप, शक्तिशाली पंप, नहर और बाँध बनाने के लिए आवश्यक आँकड़े प्राप्त किए जाते हैं।

यदि कण का वेग v ऐसा है कि $v \quad c$ है (व्यवहार में हमेशा ऐसा ही होता है) तो $v = v_0\left(1+\frac{v}{c}\right)$ होता है। यह सूत्र बिल्कुल सरल विचारों से प्राप्त किया जा सकता है। मान लें कि हम प्रकाशीय दोलनों की ज्यावत रेखा के 'शिखर'(उच्चिष्ठ) गिन रहे हैं। यदि प्रकाश का स्रोत प्रेक्षक के सापेक्ष अचल है, तो इकाई समय में प्रकाश-तरंग पथ c तय करेगी और प्रेक्षक के पास से $m=\frac{c}{\lambda}$ शिखर गुजरेंगे।

प्रकाश-स्रोत की दिशा में गति v से चलने पर हमें उसी (इकाई) समय में $\frac{c+v}{\lambda}$ शिखर मिलेंगे। इकाई समय में प्राप्त शिखरों की संख्या ही आवृत्ति ν है। अब, $\nu_O = \frac{C}{\lambda}$ है; अतः $\nu = \frac{c+v}{\lambda} = \nu_0 + \nu_0\frac{v}{c} = \nu_1\left(1+\frac{v}{c}\right)$ है और वेग $v = \frac{\Delta\nu}{\nu_0}c$ है। लेसर की विकिरण-आवृत्ति ν_0 ज्ञात है। $\Delta\nu$ को आधारी लेसर-पुंज और गतिशील कण से उसी लेसर के परावर्तित विकिरण के व्यतिकरण द्वारा निर्धारित करते हैं। चित्र 22 में गतिमान जीना दिखाया गया है; स्थिर प्रेक्षक को सीढ़ियों से ऊपर चढ़ते प्रेक्षक की अपेक्षा समान समय में अधिक सीढ़ियाँ गुजरती नजर आएँगी। इकाई समय में आँख के सामने से गुजरती सीढ़ियों की संख्या ज्ञात करने के लिए वे ही सूत्र काम आते हैं, जो प्रकाश की आवृत्ति ν ज्ञात करने में : यहाँ?? एक सीढ़ी की लंबाई होगी, c और v क्रमशः जीने और आदमी के वेग होंगे।

मिला-जुला प्रकीर्णन. 1927 में भारतीय वैज्ञानिक चंद्रशेखर वेंकटरमण द्रवों में प्रकाश के प्रकीर्णन का अध्ययन कर रहे थे। करीब इसी समय सोवियत भौतिकविद लांद्सबेर्ग और मांदेलश्ताम ठोस पारदर्शक पिंडों में प्रकीर्णित प्रकाश के स्पेक्ट्रम का अध्ययन कर रहे थे। दोनों देशों के वैज्ञानिकों ने स्वतंत्र रूप से पाया कि स्पेक्ट्रम में प्रकाश-स्रोत की रेखाओं के अतिरिक्त उनके दोनों ओर नई रेखाएँ उत्पन्न हो जाती हैं। इस संवृत्ति का नाम **रमण-प्रभाव** पड़ा है। इसे **संमिश्र प्रकीर्णन** भी कहते हैं।

प्रकाश के संमिश्र प्रकीर्णन का सार क्या है? जब ऊर्जा $h\nu$ से युक्त क्वांटमों का प्रवाह द्रव के अणुओं से टकराता है, तो अणु फोटोनों के साथ अपनी ऊर्जा का विनिमय कर ले सकते हैं। संमिश्र प्रकीर्णन में प्रकाश के वाह्य स्रोत का फोटोन अणु द्वारा अवशोषित हो जाता है और तुरंत ही एक दूसरा फोटोन उत्सर्जित हो जाता है। इस प्रक्रिया में फोटोन की ऊर्जा बढ़ या घट जाती है–द्रवाणु के उद्दीपन की ऊर्जा ΔE वाले क्वांटम द्वारा। यदि अणु अनुद्दीप्त अवस्था में होता है तो फोटोन अपनी ΔE ऊर्जा उसे प्रदान कर देता है, लेकिन जब अणु उद्दीप्त अवस्था में होता है तो संभव है कि फोटोन उससे ΔE ऊर्जा प्राप्त कर लेगा। फलस्वरूप ऊर्जा $h\nu+\Delta E$ तथा $h\nu-\Delta E$ वाले फोटोन उत्पन्न

होते हैं।

इस प्रकार, प्रकाश-स्रोत की स्पेक्ट्रमी रेखाओं के 'साथियों' में एक रोचक गुण होता है : उनकी आवृत्ति स्रोत के पिंड पर आपतित प्रकाश की आवृत्ति और उद्दीपन से संबंधित अणु की निजी आवृत्ति के योग से उत्पन्न होती है।

नाइट्रोबेंजोल में से गुजरने पर लेसर-किरण में 40 अरब हर्ट्स आवृत्ति की कमी आ जाती है। यही नाइट्रोबेंजोल की लंछक आवृत्ति है।

लेसर-विकिरण की क्रिया से द्रव्य में रमण-विकिरण के फोटोनों का काफी बड़ा प्रवाह उत्पन्न हो जाता है। यदि, उदाहरण के लिए, नाइट्रोबेंजोल से फोटोन बारंबार गुजरते जाएँगे, तो उनके पीछे उतनी ही ऊर्जा वाले नए-नए फोटोन निकलते जाएँगे। इस संवृत्ति को **बाध्य संमिश्र प्रकीर्णन** कहते हैं। इस प्रक्रिया में लेसर-ज्योतिप्रवाह का अधिकांश भाग पहले की तुलना में छोटी या बड़ी तरंग-लंबाई वाले प्रकाश में परिणत हो जाता है।

यदि लेसर-विकिरण को तीव्र पुंज के रूप में संकेद्रित किया जाए और उसे द्रव, ठोस तथा गैसीय पिंडों से गुजारा जाए, तो अनेक स्थितियों में तीव्र रमण-विकिरण प्राप्त हो सकता है। स्पेक्ट्रम के पराबैंगनी और अवरक्त क्षेत्रों में स्थित तरंग-लंबाइयों वाले संसक्त विकिरण इसी तरह से प्राप्त होते हैं। इस तरह से स्पेक्ट्रम के नए क्षेत्रों वाले विकिरण मिलते हैं, जिनकी तरंग-लंबाइयाँ पराबैंगनी और अवरक्त परासों में होती हैं।

अंतरिक्ष के संदेशी. सबसे सरल बनावट है हाइड्रोजन के परमाणु की। वह दो प्राथमिक कणों से बना होता है—एक प्रोटोन और एक एलेक्ट्रोन से। जब एलेक्ट्रोन प्रोटोन के गिर्द निकटतम कक्ष पर भ्रमण करता है, हाइड्रोजन के परमाणु में न्यूनतम ऊर्जा जमा रहती है; यह हाइड्रोजन-परमाणु की मुख्य अवस्था है। पर प्रोटोन और एलेक्ट्रोन के बीच व्यतिक्रिया सिर्फ उनके आवेशों के कारण ही नहीं होती, वे निजी घूर्णन द्वारा भी एक-दूसरे पर प्रभाव डालते हैं (चित्र 23)। जब एलेक्ट्रोन और प्रोटोन अपने-अपने अक्षों के गिर्द समान दिशा (जैसे घड़ी की सुई की दिशा) में घूर्णन करते हैं तो वे आपस में अधिक मजबूती से जुड़े रहते हैं, बनिस्बत कि तब, जब वे विपरीत दिशाओं में घूर्णन करते हैं। इसका मतलब है कि पहली स्थिति में परमाणु कम ऊर्जा रखता है और दूसरी में—कुछ अधिक। जब एलेक्ट्रोन और प्रोटोन असमान दिशाओं में घूर्णन करते हैं, तो परमाणु के पास ऊर्जा का अतिरिक्त भंडार होता है जिसे परमाणु खर्च कर सकता है; खर्च कर देने के बाद एलेक्ट्रोन और प्रोटोन पुनः समान दिशा में घूर्णन करने लगते हैं। परमाणु का ऐसा अवस्था-संक्रमण या तो किसी अन्य परमाणु के साथ टक्कर के फलस्वरूप संभव है जब परमाणु अपनी अतिरिक्त ऊर्जा दूसरे परमाणु को दे देता है, या अतिरिक्त ऊर्जा के उत्सर्जन के फलस्वरूप संभव है, जब हाइड्रोजन-परमाणु स्वयं विद्युत-चुंबकीय विकिरण का 21cm तरंग-लंबाई वाला क्वांटम उत्सर्जित करता है।

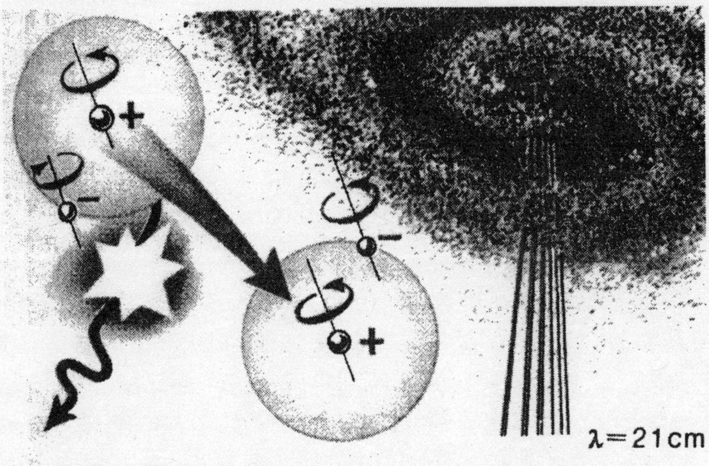

चित्र 23. एक अवस्था से (जब प्रोटोन तथा एलेक्ट्रोन विपरीत दिशाओं में घूर्णन करते हैं) दूसरी अवस्था में (जब दोनों समान दिशा में घूर्णन करते हैं) संक्रमण करते समय हाइड्रोजन का परमाणु 21 cm तरंग-लंबाई वाले विकिरण के अनुरूप ऊर्जा उत्सर्जित करता है।

पार्थिव परिस्थितियों में गैस के परमाणु अपने 'पड़ोसी' परमाणुओं या बरतन की दीवारों के साथ प्रति सेकेंड करोड़ों बार टकराते रहते हैं, पर हाइड्रोजन परमाणु अपनी ऊर्जा 21 cm वाले क्वांटम के रूप में स्वतःस्फूर्त उत्सर्जित कर दे, यह घटना औसतन 110 लाख वर्ष में एक बार संभव है! इसीलिए पार्थिव परिस्थितियों में परमाणु को 21 cm तरंग-लंबाई के रूप में ऊर्जा उत्सर्जित करने का मौका ही नहीं मिलता। उसकी यह ऊर्जा, टक्कर के फलस्वरूप, अन्य रूपों में परिणत हो जाती है।

अंतरिक्ष में बात दूसरी है। वहाँ परमाणु एक-दूसरे से बहुत दूर होते हैं और टक्करें बहुत कम होती हैं : औसतन 300 वर्षों में एक बार।

1944 में हॉलैंड के एक छात्र-भौतिकविद वान डे हुल्स्ट ने लेइडेन विश्वविद्यालय में एक प्रतिवेदन पढ़ा। इसमें उसने विचार प्रस्तुत किया कि अंतरिक्ष में हाइड्रोजन-परमाणु को 21 cm की रेडियो-तरंग उत्सर्जित करनी चाहिए।

उस समय हॉलैंड फासीवादियों के कब्जे में था। विभिन्न देशों के वैज्ञानिकों के बीच विचारों का आदान-प्रदान संभव नहीं था। वान डे हुल्स्ट का विचार दुनिया के वैज्ञानिकों तक 1947 में ही पहुँच सका।

सोवियत ज्योतिर्भौतिकविद श्क्लोव्स्की ने रोचक और महत्त्वपूर्ण कलन किए। पता चला कि अंतरिक्ष में उपस्थित हाइड्रोजन के विकिरण का पता लगाना पूर्णतया संभव है। इस विकिरण के अन्वीक्षण से अंतरातारकीय द्रव्य की गति और अंतरातारकीय व्योम की संरचना के बारे में सूचनाएँ प्राप्त होती हैं। 21 cm तरंग-लंबाई का विकिरण प्राप्त करके वैज्ञानिकों ने मंदाकिनियों की संरचना और गति का अध्ययन किया है। अंतरातारकीय द्रव्य के विकिरण का अन्वीक्षण जारी है।

'सुरीले' एलेक्ट्रोन. यदि ऐसे नाभिकीय रिएक्टर में झाँका जाए जिसमें युरेनियम की छड़ पानी में डूबी रहती है, तो छड़ के गिर्द एक नीली चमक दिखेगी। इस विकिरण के खोज प्रथम रिएक्टर की स्थापना के बहुत पहले ही लेनिनग्राद में सोवियत भौतिकविद चेरेन्कोव ने की थी।

विरल (अत्यल्प घनत्व वाली) गैसों तथा तप्त ठोस पिंडों के परमाणु कोई ऊर्जा (जैसे प्रकाशीय ऊर्जा) अवशोषित करके उद्दीप्त अवस्था में आ सकते हैं और प्रकाश-विकिरण के रूप में ऊर्जा का उत्सर्जन कर सकते हैं। जब परमाणु द्वारा ऊर्जा का उत्सर्जन उसके अवशोषण के तुरंत बाद नहीं, एक नियत काल के बाद होता है, तो ऐसे विकिरण को **संदीप्ति** कहते हैं।

रेडियम की γ किरणों के प्रभाव से यूरेनियम के लवणों की संदीप्ति का अध्ययन करते वक्त चेरेन्कोव ने ध्यान दिया कि बहुत क्षीण ही सही, पर पानी भी चमकने लगता है यद्यपि ये लवण उसमें अनुपस्थित रहते हैं। शुरू में उन्होंने सोचा कि चमक द्रव में मिली अशुद्धियों के कारण उत्पन्न होती है, पर परीक्षणार्थ प्रयोगों ने इस विचार को गलत सिद्ध कर दिया। पहली बात कि γ-किरणों के प्रभाव में शुद्ध द्रव भी चमकते हैं। इसके अतिरिक्त, पोटाशियम आयोडाइड या सिल्वर नाइट्रेट जैसा कोई यौगिक द्रव में मिलाकर उसकी संदीप्ति बुझाई भी जा सकती है। पर चेरेन्कोव द्वारा आविष्कृत विकिरण बुझाना संभव नहीं हुआ। इसलिए प्रेक्षित विकिरण का संदीप्ति के साथ कोई संबंध नहीं था। अब निर्धारित करना था कि इस अज्ञात विकिरण की प्रकृति क्या थी।

गामा-किरणों के प्रकाश की तरह ही विद्युचुंबकीय दोलन हैं। फर्क यही है कि रेडियम द्वारा (उदाहरण के लिए) उत्सर्जित γ-क्वांटम की ऊर्जा हरे प्रकाश के क्वांटम की ऊर्जा से सैकड़ों हजार गुना अधिक होती है। द्रव्य से गुजरते वक्त γ-क्वांटम अपनी ऊर्जा का एक अंश एलेक्ट्रोनों को दे देते हैं जिससे एलेक्ट्रोन अधिक वेग से गतिशील हो जाते हैं। क्या एलेक्ट्रोनों की इस गति के कारण ही द्रव में चमक उत्पन्न हो जाती हैं?

एलेक्ट्रोनों की गति की दिशा, उदाहरण के लिए चुंबकीय क्षेत्र की सहायता से, बदली जा सकती है। चेरेन्कोव द्वारा संपन्न बाद के प्रयोगों ने दिखाया कि चमक परीक्षणाधीन द्रव से गुजरने वाले चुंबकीय क्षेत्र की दिशा पर बहुत

ज्यादा निर्भर करती है (चित्र 24)। इसका मतलब है कि चमक सचमुच एलेक्ट्रानों से उत्पन्न होती है। अकादमीशियन वावीलोव ने, जिनकी देख-रेख में चेरेन्कोव प्रयोग कर रहे थे, विकिरण के अधीन द्रव की चमक को द्रव्य में वैद्युत आवेशों के मंदन से समझाने का प्रस्ताव दिया। आवेश का वेग-ह्रास विद्युचुंबकीय (विचु) क्षेत्र में परिवर्तन लाता है और विचु क्षेत्र में परिवर्तन के साथ-साथ हमेशा ही विकिरण भी होता है।

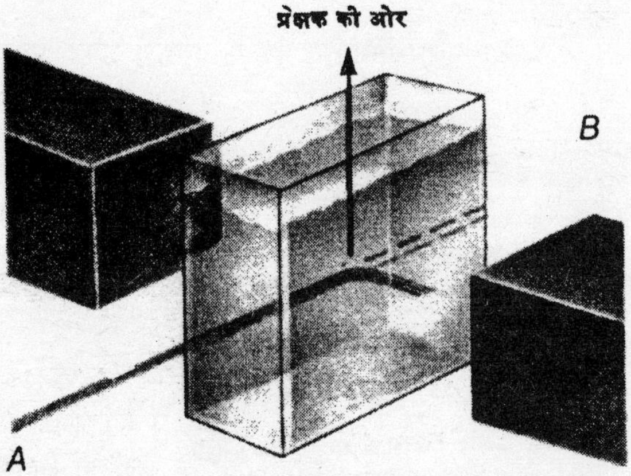

चित्र 24. चित्र में निर्दिष्ट दिशा में द्रव से गुजरनेवाला चुंबकीय क्षेत्र दिशा *AB* में उड़ते एलेक्ट्रोनों को नीचे की ओर विचलित कर देता है। प्रकाश एलेक्ट्रोन पथ के निकट की दिशाओं में प्रसरण करता है। जब एलेक्ट्रोन नीचे की ओर विचलित होते हैं प्रेक्षक की आँख में प्रकाश की निम्नतम मात्रा पहुँचती है। यदि चुंबकीय क्षेत्र की दिशा बदल दी जाए, तो प्रेक्षक द्वारा अनुभूत प्रदीप्ति की चमक बढ़ जाएगी, क्योंकि इससे एलेक्ट्रोन, प्रेक्षक की ओर ऊपर विचलित होंगे।

पर यह बात यही सिद्ध नहीं हुई। कलन दिखा रहे थे कि इस स्थिति में प्रयोग से प्राप्त चमक की अपेक्षा सैकड़ों गुना क्षीण चमक प्राप्त होनी चाहिए थी। इसके अतिरिक्त, मंदन-जनित विकिरण द्रव की परमाणु-संख्या पर बहुत अधिक निर्भर करता है, लेकिन चेरेन्कोव के प्रयोग में विकिरण की चमक परमाणु-संख्या पर निर्भर नहीं कर रही थी।

इस प्रकार वैज्ञानिकों को मानना पड़ा कि यह प्रकाश-विकिरण का कोई नया और अज्ञात रूप है।

बंदूक की समरूपता से गतिमान गोली की उड़ान के साथ एक सिस्कार भी होती है। कह सकते हैं कि जब गोली हवा में ध्वनि-वेग (330 mès) से अधिक तेज उड़ती है, तो वह एक 'सुर-लहरी' छोड़ती जाती है। जब गोली की गति 330 mès से कम होती है तो वह बिना किसी आवाज के उड़ती है।

गोली का वेग *v* से और ध्वनि का वेग *u* से द्योतित करते हैं। गोली के गतिपथ का हर बिंदु संनादी दोलनों का स्रोत होता है, जो वेग *u* से प्रसर करते हैं।

बिंदु *A* से (चित्र 25) बिन्दु *C* तक ध्वनिक दोलन को पहुँचने में समय $\frac{l}{u}$ लगेगा और बिंदु *B* से समय $\frac{l_2}{u}$ लगेगा। पर बिंदु *B* पर उसकी (दोलन की) उत्पत्ति, समय $\frac{l_1}{u}$ बीतने के बाद होती है (बिंदु *A* पर उत्पन्न होने के बाद)। इसलिए बिंदु *B* से चले हुए दोलन बिंदु *A* से आए हुए दोलनों की अपेक्षा कुछ समय (r) बाद ही बिंदु *C* पर पहुँच सकेंगे, जहाँ

$$r = \frac{l_1}{v} + \frac{l_2}{u} - \frac{l}{u} = l_1 \left(\frac{1}{v} - \frac{\cos\theta}{u}\right)$$

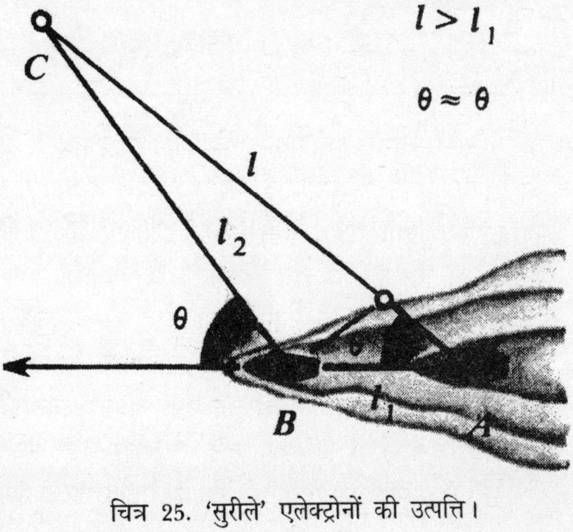

चित्र 25. 'सुरीले' एलेक्ट्रोनों की उत्पत्ति।

यदि *v* कम *u* अधिक (v < u) है, तो संयोजन के कारण दोलन बंद हो जाएगा और गोली के उड़ने से कोई आवाज नहीं निकलेगी। यदि *v* अधिक *u* कम (v > u) है, तो ध्वनि--तरंगों की सरहद गोली उड़ने की दिशा के साथ कोण θ बनाती हुई

फैलेगी। यह कोण निम्न शर्त द्वारा निर्धारित होता है :

$$\frac{1}{v} - \frac{\cos\theta}{u} = 0 \text{ या } \cos\theta = \frac{u}{v}$$

ये बातें सिर्फ ध्वनि-तरंगों के लिए ही नहीं, किन्हीं भी अन्य (यहाँ तक कि एलेक्ट्रोनी) तरंगों के लिए भी सही हैं। जब द्रव्य में एलेक्ट्रोन स्थिर वेग से गति करता है, तो उसके पथ के हर बिंदु पर विचु तरंगें उत्पन्न होती हैं।

यदि एलेक्ट्रोन का वेग कम और विचु दोलनों का प्रसर-वेग अधिक है, तो तरंगें व्यतिकरण के फलस्वरूप बुझ जाती हैं; ठीक वैसे ही, जैसे हवा में गोली के उड़ने के समय।

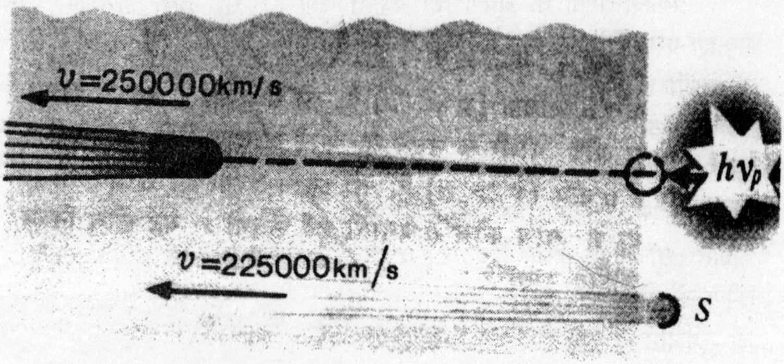

चित्र 26. पानी में एलेक्ट्रोनों का वेग अधिक है बनिस्बत कि पानी में प्रकाश का वेग।

एलेक्ट्रोन भी गोली की तरह 'आवाज' निकाले, अर्थात द्रव्य में अपनी गति के कारण प्रकाश उत्पन्न करे, इसके लिए जरूरी है कि उसका वेग प्रकाश-वेग से अधिक हो।

लेकिन प्रकाश का वेग तो अंतिम सीमा है जिसे कोई भी गतिमान कण पार नहीं कर सकता! हाँ, यह ठीक है, पर सिर्फ निर्वात में। द्रव्य में प्रकाश का वेग $\frac{c}{n}$ के बराबर है (n—अपवर्तनांक, c—निर्वात में प्रकाश-वेग)। इसीलिए रेडियम में γ-क्वांटम से पर्याप्त ऊर्जा प्राप्त करके, एलेक्ट्रोन $\frac{c}{n}$ से अधिक वेग प्राप्त कर सकता है। रेडियम की गामा-किरणें एलेक्ट्रोन को 250 000 kmès वेग तक त्वरित कर सकती हैं। पानी का अपवर्तनांक 1.333 है, अतः $\frac{c}{n} = 225\,000 \text{ km/s}$ है। इसका मतलब है कि पानी में एलेक्ट्रोन प्रकाश से अधिक तेज चल सकता है (चित्र 26)।

1937 में सोवियत भौतिकविद ताम्म और फ्रांक ने चेरेन्कोव द्वारा प्राप्त चमक की यही व्याख्या की। प्रयोगों ने उनके सैद्धांतिक निष्कर्षों का समर्थन किया। सोवियत वैज्ञानिकों की खोज से इस विकिरण के अनेक लंछक ज्ञात हुए; यथा : एलेक्ट्रोन के पथ और उसके विकिरण के बीच का कोण, विकिरण की तीव्रता, एलेक्ट्रोन के वेग पर उसकी निर्भरता, उसके स्पेक्ट्रमी घटक।

हमारे समय में **वालीलोव-चेरेन्कोव-प्रभाव** ने उच्च ऊर्जावान नाभिकीय कणों के प्रभाव से चलने वाली प्रक्रियाओं के अध्ययन से नई संभावनाओं को जन्म दिया है। उदाहरण के लिए, इसके आधार पर क्षिप्र (अति वेगवान) प्रोटोनों के पंजीकारी उपकरण बनाए जाते हैं।

प्रकाश का ध्रुवण. फ्रांसीसी वैज्ञानिक एतिएन माल्यूस दिन भर के काम से थककर सूर्यास्त का सौन्दर्य निहार रहे थे। सौर किरणें सेना नदी के विपरीत तट पर स्थित लुक्सेमबुर्ग राजमहल की खिड़कियों से परावर्तित हो रही थीं। संयोगवश माल्यूस अपने हाथ में आइसलैंड स्पाट का एक क्रिस्टल लिए हुए थे। बचपन में एतिएन को रंगीन शीशे के टुकड़ों से आकाश देखना बहुत भाता था; इसी आदत के कारण वह क्रिस्टल को भी आँख के पास ले आए। क्रिस्टल को घुमाने पर उन्होंने देखा कि खिड़की से परावर्तित प्रकाश मद्धिम हो गया है। क्रिस्टलिक पट्टी को घुमाते जाने पर

खिड़की कभी प्रकाशमान, तो कभी अँधेरी होती जाती थी! माल्यूस ने इस नवीन संवृत्ति को प्रयोगशाला में जाँचा। पता चला कि शीशे, खनिज या किसी चमकीली सतह से परावर्तित होने के बाद सिर्फ सूर्य का ही नहीं, किसी भी स्रोत का प्रकाश आइसलैंड स्पाट के क्रिस्टल से गुजरते समय अपनी चमक क्रिस्टल के घूर्णन-कोण के अनुसार बदलता रहता है।

प्रकाश-किरणों के इस गुण का नाम 1808 में माल्यूस ने **प्रकाश का ध्रुवण** रखा। उस समय से यह नाम आज भी प्रयुक्त हो रहा है। प्रकाश-ध्रुवण की संवृत्ति के आधार पर घोल की सांद्रता नापते हैं, जटिल संरचनाओं में उपस्थित यांत्रिक प्रतिबल निर्धारित करते हैं। लेसर के लिए और जल्द चित्र देने वाले कैमरे के लिए क्षिप्र प्रकाशीय कपाट (शटर) भी इसी पर आधारित हैं।

प्रकाश-तरंगों के ध्रुवण की प्रकृति क्या है? सूर्य द्वारा उत्सर्जित नैसर्गिक प्रकाश में वैद्युत तथा चुंबकीय सदिश, प्रकाश-प्रसर की दिशा के अभिलंब तल पर बेतरतीबी से दोलन करते रहते हैं। यदि सदिशों के दिग्ग्रह (दिशाभिमुखन) में किसी तरह की तरतीबी प्रेक्षित होती है तो प्रकाश को ध्रुवित कहते हैं। उदाहरण के लिए, वृत्ताकार और एलिप्सी (दीर्घवृत्ताकार) ध्रुवण तब उत्पन्न होते हैं जब प्रकाश-तंरग में वैद्युत तथा चुंबकीय क्षेत्रों के सदिशों के अंत्य सिरे अपनी गति से वृत्त या एलिप्स की परिधि सुलेखित करते हैं। सरतलम स्थिति है–रैखिक ध्रुवण। रैखिकतः ध्रुवित प्रकाश में सदिश E तथा H की दोलन-दिशा कालांतर में स्थित रहती है। शीशे की सतह से परावर्तित होते समय सूर्य का प्रकाश अंशतः ध्रुवित हो जाता है। ऐसा प्रकाश क्रिस्टलिक पिंड से गुजरते वक्त क्रिस्टलिक जाली के अक्ष के साथ किरण के कोण के अनुसार कम या अधिक क्षीण होता रहता है। इसीलिए खिड़की के शीशे से परावर्तित प्रकाश आइसलैंड स्पाट या टुर्मेलीन से गुजरते वक्त अपनी तीव्रता बदलता रहेगा–यदि क्रिस्टल को घुमाने के कारण उसके अक्ष और किरण के बीच का कोण बदलता रहेगा।

प्रयोगशाला में ध्रुवण का अध्ययन करने के लिए मान लीजिए हम टुर्मेलीन के दो पट्टे लेते हैं, जिनका तल क्रिस्टलिक जाली के अक्ष के साथ समांतर होता है। टुर्मेलीन का ऐसा पट्टा प्रकाश-तरंग के सिर्फ उस घटक को पार होने देता है, जिसका वैद्युत सदिश क्रिस्टल के अक्ष के साथ समांतर होता है। जब क्रिस्टल पर सूर्य का प्रकाश गिरता है तो उसके पार सिर्फ आधा प्रकाश ही गुजरता है, क्योंकि अक्ष के अभिलंब सदिश E वाले दोलन क्रिस्टल को पार नहीं कर सकेंगे।

क्रिस्टल से गुजरने वाले प्रकाश का अंश क्रिस्टल की स्थिति पर निर्भर नहीं करता। यह हम आसानी से समझ सकेंगे याद करेंगे कि E की दिशाएँ नैसर्गिक प्रकाश में बेतरतीब होती हैं। पर क्रिस्टल से गुजरे प्रकाश में सदिश सिर्फ एक दिशा में अभिमुख रहता है। अब दूसरे पट्टे पर गिरने के बाद वह या तो उससे पूरी तरह अवशोषित हो जा सकता है (यदि क्रिस्टल का अक्ष और दोलन की दिशा परस्पर अभिलंब हैं) या बिना किसी हानि के उससे गुजर सकता है (यदि क्रिस्टल का अक्ष और दोलन की दिशा समांतर हैं)।

ऐसे भी क्रिस्टल हैं जो जुड़े हुए वैद्युत तीव्रता (वोल्टता) के प्रभाव से अपने पार गुजरने वाले प्रकाश का ध्रुवण-तल घुमा देते हैं। घूर्णन-कोण क्रिस्टल की मोटाई और लागू की गई वोल्टता के साथ समानुपाती होता है। ध्रुवण-तल बहुत ही कम समय में घूम जाता है–सेकेंड के अरबवें अंश में ही!

ध्रुवण-तल के घूर्णन का इतना बड़ा वेग प्रकाश के लिए अतिक्षिप्र शटर (तेजी से खुलने और बंद होने वाला दरवाजा) बनाने में सहायक होता है (चित्र 27)। शटर के मुँह पर आने वाला प्रकाश क्रिस्टल I द्वारा ध्रुवित हो जाता है। क्रिस्टल II में धारा-तीव्रता शून्य होने पर इस क्रिस्टल से गुजरने वाले प्रकाश के ध्रुवण की दिशा नहीं बदलती है और क्रिस्टल III प्रकाश को पूरी तरह रोक लेता है। क्रिस्टल III प्रकाश को अपने पार तभी जाने देता है, जब उसका ध्रुवण क्रिस्टल I से पार आई किरण के साथ लंब होता है। प्रकाश शटर को पार करे, इसके लिए जरूरी है कि क्रिस्टल II उसके ध्रुवण-तल को घुमा दे। यदि अब क्रिस्टल II को पर्याप्त वोल्टता प्रदान की जाए जिससे ध्रुवण-तल 90^0 के कोण पर घूम जाए, तो क्रिस्टल III किरण को नहीं रोकेगा और प्रकाश शटर पार कर लेगा।

चित्र 27. प्रकाश का ध्रुवण। एलेक्ट्रोनो-प्रकाशीय द्रुत शटर का कार्य-सिद्धांत।

एलेक्ट्रोनी-प्रकाशीय शटर सिर्फ क्षिप्र फोटोग्राफी के लिए ही जरूरी नहीं होते। लेसर-तकनीक में भी इनकी बहुत बड़ी भूमिका होती है। अनेक प्रकार के व्यावहारिक उपयोगों के लिए लेसर में बहुत बड़ी आवेगी शक्ति होनी चाहिए। इसका मतलब है कि लेसर के सक्रिय पिंड के परमाणुओं में संचित ऊर्जा को बहुत सूक्ष्म अंतराल में मुक्त होना चाहिए। यदि लेसर के सिरों पर लेंगे दर्पण कौंध-बल्ब जलने के समय खुले होंगे तो लेसर-किरणें अर्ध-पारदर्शक दर्पण पार करके जितने समय में बाहर निकलेंगी, वह कौंध के समय के साथ तुलनीय होगा। यह सेकेंड के हजारवें अंश के क्रम का है। यदि लेसर के सिरे और दर्पण के बीच शटर होगा, तो लेसर की कौंध का समय उतना ही होगा जितने समय के लिए शटर खुलेगा। शटर पंपिंग स्पंद के अंत में खोलना चाहिए। तब लेसर के विकिरणक पिंड में संचित सारी ऊर्जा सेकेंड के अरबवें अंश में ही विमुक्त हो जाएगी और लेसर-कौंध की शक्ति दस लाख गुनी अधिक होगी, बनिस्बत कि बिना शटर के।

प्रकाश का दाब. हम जानते हैं कि प्रकाशद्रव द्वारा अवशोषित होता है और उसे अपनी ऊर्जा प्रदान कर देता है। पर ज्योति-प्रवाह पिंड पर यांत्रिक प्रभाव डालता है या नहीं? प्रकाश-दाब की विद्यमानता संबंधित कथन पुराने जमाने से ही सुनने में आते रहे हैं। 1604 में जर्मन ज्योतिर्विद केप्लेर ने धूमकेतु (पुच्छल तारे) की पूँछ के आकार का कारण प्रकाश-दाब का प्रभाव बताया (चित्र 28a)। लेकिन प्रकाश-दाब की विद्यमानता को सैद्धांतिक तौर पर सिद्ध किया इसके 250 वर्ष बाद अंग्रेज भौतिकविद मैक्सवेल ने। उन्होंने विद्युचुंबकीय क्षेत्र के सिद्धांत द्वारा प्रकाश-दाब का कलन भी कर लिया।

मैक्सवेल के कलन से निष्कर्ष निकलता था कि यदि एक सेकेंड में इकाई क्षेत्रफल पर प्रकाशीय ऊर्जा E गिरती है और पूर्णतया अवशोषित हो जाती है तो प्रकाश-दाब p बराबर $\frac{E}{c}$ होगा। यदि प्रकाश पूर्णतया परावर्तित हो जाता है तो उसका दाब दुगुना अधिक होगा : $\frac{2E}{c}$ ।

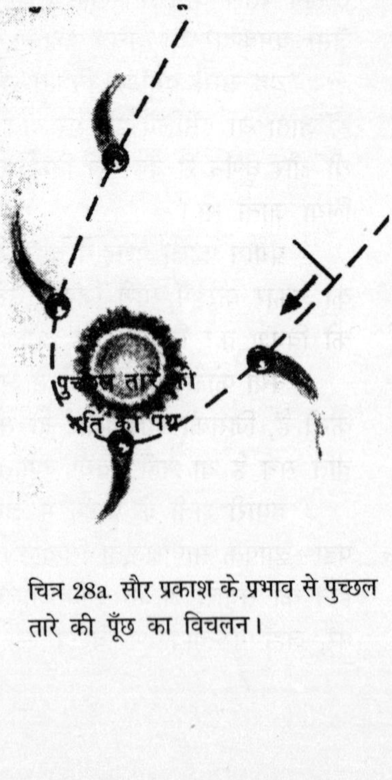

चित्र 28a. सौर प्रकाश के प्रभाव से पुच्छल तारे की पूँछ का विचलन।

किसी परावर्तक सतह पर गिरने वाले प्रकाश को कणों—फोटोनों—का प्रवाह मानने पर हम फोटोनों को सामान्य गोलियों के रूप में देख सकते हैं जो सतह द्वारा प्रत्यास्थ रूप से परावर्तित हो जाते हैं या उससे अवशोषित हो जाते हैं। जब फोटोन आदर्श परावर्तक सतह पर लंबवत गिरता है, तो उसकी गतिमात्रा के सदिश की दिशा विपरीत हो जाती है। इस सदिश में पूर्ण परिवर्तन Δp का मान $2p$ होता है। यदि इकाई क्षेत्र पर हर सेकेंड पर फोटोन गिरता है तो मान Δp सतह पर प्रकाश-दाब के बराबर होगा। इस निष्कर्ष की तुलना मैक्सवेल के सूत्र के साथ करें। सूत्र के अनुसार $P = \frac{2E_\phi}{C} = 2P$ है यदि इकाई क्षेत्र पर प्रति सेकेंड एक फोटोन गिरता है, जिसकी ऊर्जा E_ϕ है। पिछले सूत्र के मुताबिक $E_\phi = pc$ है, जहाँ p फोटोन की गतिमात्रा है। लेकिन कण की गतिमात्रा उसके द्रव्यमान और वेग का गुणनफल है और हमारी स्थिति में कण (फोटोन) का वेग प्रकाश का वेग है। इससे निष्कर्षण निकलता है : $E = m_\phi c^2$ । यदि इस निष्कर्ष का सभी द्रव्यमानों के लिए व्यापकीकरण किया जाए, तो आइन्सटाइन का सूत्र $E = mc2$ प्राप्त होगा।

चित्र 28b. प्रकाश-दाब के अध्ययन के लिए लेबेदेव का प्रयोग।

धूप भरी दोपहरी में 1 m^2 क्षेत्र पर प्रकाश-किरणें 0.00039 N यांत्रिक बल उत्पन्न करती हैं। इतने छोटे बल को प्रयोगों द्वारा नापना बहुत कठिन है। इसलिए कई वैज्ञानिकों को मैक्सवेल द्वारा प्राप्त सैद्धांतिक निष्कर्षों पर संदेह होने लगा। मैक्सवेल के सूत्र को प्रकाश-दाब की प्रत्यक्ष माप से सत्य सिद्ध करना जरूरी था।

प्रकाश-दाब की विद्यमानता को पहले-पहल 1899 में प्रायोगिक रूप से सिद्ध किया रूसी भौतिकविद लेबेदेव ने। उन्होंने पतले धागे से पंखुडियों के दो जोड़े लटका दिए, जिनमें एक जोड़ा बिल्कुल काला था और दूसरा बिल्कुल दर्पण जैसा चमकदार था (चित्र 28b)।

यह सारी प्रयुक्ति निर्वात में रखी गई। दर्पणी सतह वाली पंखुड़ी से प्रकाश व्यावहारतः पूर्ण रूप से परावर्तित हो जाता था इसलिए इस पर दाब दुगुना पड़ाता था बनिस्बत कि काली पंखुड़ी के। दाब के कारण प्रयुक्ति घूम जाती थी और घूर्णन से वह बल निर्धारित किया जा सकता था, जो पंखुड़ियों पर क्रियाशील था। इससे प्रकाश-दाब भी नाप लिया जाता था।

प्रयोग पहली नजर में बहुत सरल प्रतीत होता है, पर बात ऐसी नहीं है। "मैक्सवेल के प्रकाश-दाब की विद्यमानता को नकार कर मैं सारी जिंदगी उसे गलत सिद्ध करने की कोशिश में रहा, पर लेबेदेव के प्रयोगों ने मुझे हार मानने को विवश कर दिया"—यह अंग्रेज भौतिकविद थॉमसन ने कहा था।

क्या फोटोन अन्य पिंडों से आकर्षित होते हैं? ब्रह्मांड में पिंड एक-दूसरे को गुरुत्वाकर्षण नियम के अनुसार आकर्षित करते हैं, जिसकी खोज कोई दो सौ वर्ष पूर्व न्यूटन ने की थी। प्रकाश जैसे असाधारण रूप वाले पदार्थ के साथ यह बात सच है या नहीं? क्या ज्योति-प्रवाह की कणिकाएँ—फोटोन—पिंडों द्वारा आकर्षित होती हैं?

हमारी शती के प्रारंभ में अल्बर्ट आइन्सटाइन ने एक अत्यंत जटिल सिद्धांत को विकसित किया, जिसका नाम पड़ा—व्यापक सापेक्षिकता सिद्धांत। आइन्सटाइन के कलनों से निष्कर्ष निकलता था कि प्रकाश के क्वांटमों के आकर्षित होने की संवृत्ति अत्यंत शक्तिशाली गुरुत्वाकर्षण क्षेत्रों में ही देखी जा सकती है, जैसे सूर्य की सतह से अल्प दूरियों पर, जहाँ गुरुत्वाकर्षण विशेष रूप से अधिक होता है।

1919 के आरंभ में दो अभियान संगठित किए गए। एक ने ब्राजील के सोर्बाल नगर के निकट कैंप लगाया और दूसरे ने पश्चिमी अफ्रीका के तटवर्ती द्वीप प्रिंसीपी पर। इन स्थानों पर मई 1919 में पूर्ण सूर्य-ग्रहण होने वाला था।

सौर किरीट के सामान्य अन्वीक्षण के साथ-साथ आइन्सटाइन द्वारा प्रस्तुत सिद्धांत के निष्कर्षों को भी जाँचने का निश्चय किया गया। इसके लिए आकाश के एक ही क्षेत्र में दूरबीन से दिखने वाले तारों की स्थिति निर्धारित करनी थी, और वह भी दो परिस्थितियों में—जब तारों की किरणों का पृथ्वी तक मार्ग सूर्य से बहुत दूर होता है और जब किरणें सूर्य के निकट से चलती हुई पृथ्वी पर आती हैं। तारों की स्थितियों में परिवर्तन के आधार पर सूर्य गुरुत्वाकर्षण-क्षेत्र द्वारा किरणों के विचलन के बारे में निष्कर्ष दिया जा सकता है। उस समय सूर्य की चकती के निकट तारों को सिर्फ पूर्ण सूर्य-ग्रहण के समय देखा जा सकता था क्योंकि सूरज के उगने पर वातावरण द्वारा प्रकीर्णित चमकदार प्रकाश की पृष्ठभूमि में तारे नहीं दिखते।

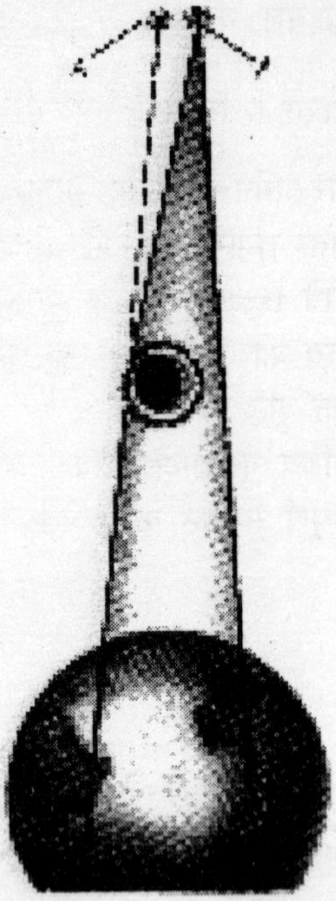

चित्र 29a. सूर्य की गुरुत्वाकर्षण-शक्ति तारा *A* के प्रकाश की किरण को विचलित करती है।

चित्र 29b. पृथ्वी के गुरुत्वाकर्षण क्षेत्र के कारण क्वांटम की ऊर्जा में वृद्धि।

29 मई 1919 को वैज्ञानिकों ने स्पष्ट रूप से जान लिया कि प्रकाश की किरण सूर्य की गुरुत्वाकर्षण शक्ति से वैसे ही विचलित होती है, जैसे व्यापक सापेक्षिता सिद्धांत उसके विचलित होने की भविष्यवाणी कर रहा था (चित्र 29a)। इसके बारे में जानने के बाद आइन्सटाइन ने प्लांक को लिखा : "इस दिन तक मुझे जिंदा रखकर भाग्य ने मुझ पर विशेष कृपा की है..."।

हमारे समय में विद्युचुंबकीय विकिरण के क्वांटमों पर गुरुत्वाकर्षण का प्रभाव पार्थिव परिस्थितियों में भी संभव है। आइन्सटाइन की भविष्यवाणी के अनुसार विद्युचुंबकीय विकिरण का क्वांटम गुरुत्वाकर्षण के क्षेत्र में द्रव्यमान $\frac{E}{c^2}$ वाले कण की भाँति आचरण करता है (E क्वांटम की ऊर्जा है। ऊँचाई H से गिरते वक्त क्वांटम को अतिरिक्त गतिज ऊर्जा $\Delta E=mgH$ प्राप्त करनी चाहिए जहाँ g गुरुत्व-बल त्वरण है। क्वांटम में जितनी ही अधिक ऊर्जा होगी, उसकी आवृत्ति ν भी उतनी ही अधिक होगी। समझना कठिन नहीं है कि ऊँचाई H से गिरे क्वांटम की आवृत्ति में $\Delta\nu \frac{DE}{HC}$म की वृद्धि होगी। गुरुत्वाकर्षण-बल के विरुद्ध गति होने पर ऊर्जा आवृत्ति में कमी आती है।

पार्थिव गुरुत्वाकर्षण के क्षेत्र में गुरुत्व-बल के कारण क्वांटम की ऊर्जा में वृद्धि का अंश है $\frac{\Delta E}{E} = \frac{gH}{c^2} = \frac{9.81 \times 1}{9 \times 10^{16}} = 10^{-16}$ । आपको लग सकता है कि ऊर्जा में नगण्य परिवर्तन का अवलोकन वैज्ञानिकों के पास मौजूद सूक्ष्मतम विधियों से भी संभव नहीं है। पर जर्मन वैज्ञानिक मेसबावेर को कुछ परमाणु-नाभिकों द्वारा उत्सर्जित क्वांटमों की ऊर्जा में सूक्ष्मतम परिवर्तनों का भी पता लगाने की विधि मिल गई; इसमें सहायक हुआ गामा-क्वांटमों के अनुनादी अवशोषण का प्रभाव जिसकी खोज उन्होंने 1958 में की थी। साल भर बाद मेसाबावेर की विधि से अमरीकी भौतिकविद पाउंड और रेबका ने हार्वार्ड विश्वविद्यालय की ऊँची मीनार से 'गिरते' क्वांटम की गति ऊर्जा में वृद्धि का प्रेक्षण किया (चित्र 29b)। उन्होंने ऊर्जा में सापेक्षिक वृद्धि नापी, जो 2.5×10^{-15} के बराबर थी। ज्योतिर्विदों द्वारा पूर्ण ग्रहण के समय प्रेक्षित सौर प्रभाव की तुलना में पार्थिव गुरुत्वाकर्षण का यह अवलोकित प्रभाव कोई एक अरब गुना कम था। प्राप्त मान आइन्सटाइन के सिद्धांत का पूर्ण समर्थन करते थे।

क्वांटम यांत्रिकी का जन्म

तप्त पिंड–तारे के रंग और उसके विकिरण के स्पेक्ट्रम की संरचना के आधार पर भौतिकविद तारे का विकिरण-प्रवाह ज्ञात करना सीख चुके थे। इस काम में तारे को तप्त ठोस पिंड माना जाता था। कलन भी उन्हीं सूत्रों पर सम्पन्न होते थे, जो पार्थिव परिस्थितियों में तप्त पिंडों के विकिरण की नापों पर आधारित थे। पर जब वैज्ञानिकगण तप्त ठोस पिंडों के विकिरण के नियमों की सैद्धांतिक व्याख्या ढूँढ़ने लगे, तो उन्हें ढेर सारी कठिनाइयों का सामना करना पड़ा। तप्त ठोस पिंड सबसे अधिक मिलने वाला प्रकाश-स्रोत है। बिजली के बल्ब में तप्त तार ही रोशनी देता है, हीटर में तप्त तार से प्रकाशीय और तापीय विकिरण होता है, मानव-शरीर तापीय विकिरण देता है। ऊर्जा का हमारा मुख्य स्रोत सूर्य भी उन्हीं नियमों से विकिरण करता है, जो तप्त ठोस पिंडों के विकिरण-नियमों के बहुत करीब हैं। इसलिए इन नियमों की सैद्धांतिक व्याख्या के प्रश्न को बेशक नजरअंदाज नहीं किया जा सकता।

हमारी शती के आरंभ में अंग्रेज वैज्ञानिक जींस ने एक नियत तापक्रम तक तप्त भीतरी दीवारों वाले संवृत (बंद) बर्तन के भीतर होने वाले विकिरण की संरचना का हिसाब लगाया। जींस ने अपने कलन मैक्सवेल के विद्युचुंबकीय क्षेत्र के सिद्धांत पर आधारित किए; साथ-साथ उन्होंने यह भी माना कि तप्त भीतरी भाग अविराम रूप से तरंगें उत्सर्जित करता रहता है। परिणामस्वरूप जींस इस निष्कर्ष पर पहुँचे कि ऐसे भीतरी भाग में विकिरण की आवृत्ति सिर्फ दीवार के तापक्रम से निर्धारित होती है, वह इस बात पर निर्भर नहीं करती कि दीवारें किस द्रव्य से बनी हैं। यदि उसमें एक छोटा-सा छेद बना दिया जाए, तो उसमें से निकलने वाला विकिरण संवृत तप्त बरतन के भीतर के विकिरण से व्यवहारतः भिन्न नहीं होगा। कहते हैं कि ऐसा छेद परम काले पिंड की तरह विकिरण करता है (चित्र 30)।

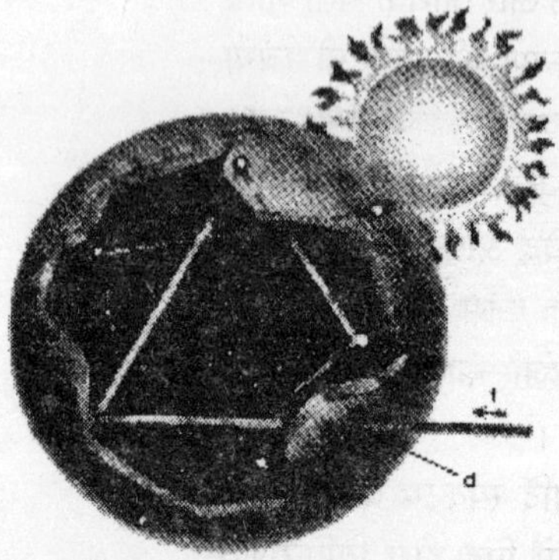

चित्र 30. परम काले पिंड का प्रतिमान। परम काला पिंड खोखले गोले (या बेलन) को कहते हैं, जिसकी भीतरी दीवारें काली पुती होती हैं ओर उनमें छेद d होता है। छेद में प्रविष्ट किरण 1 वापस बाहर नहीं निकलती। काली दीवारों से कई बार परावर्तित होने को बाद किरण अवशोषित हो जाती है। इसीलिए छेद d से सिर्फ ऐसा विकिरण निकलता है, जिसकी विशेषताएँ खोखले गोले (या बेलन) की दीवारों के तापक्रम पर ही निर्भर करती है। रोचक बात यह है कि सूर्य भी लगभग उन्हीं नियमों के अनुसार प्रकाश उत्सर्जित करता है, जिनके अनुसार परम काला पिंड।

'परम काले पिंड' की अवधारणा सैद्धांतिक भौतिकी में एक महत्त्वपूर्ण भूमिका निभाती है। जब भौतिकविद किसी चीज को परम काला कहता है, तो इसे बिल्कुल शाब्दिक अर्थ में नहीं लेना चाहिए। बात सिर्फ इतनी है कि वह चीज अपने ऊपर गिरने वाली सभी किरणों को पूरी तरह अवशोषित कर लेती है, चाहे उनकी तरंग-लंबाई कुछ भी क्यों न हो।

संवृत्त भीतरी भाग में छेद उस पर गिरने वाले प्रकाश को लगभग पूरी तरह अवशोषित कर लेता है, पर इसका यह मतलब नहीं है कि वह किसी भी प्रकार की किरण उत्सर्जित नहीं करता, और वह काले रंग का होगा। होता ठीक उलटा है : 'परम काले पिंड' के छेद के इकाई क्षेत्र का विकिरण-प्रवाह उसी तापक्रम तक तप्त किसी भी अन्य पिंड के इकाई क्षेत्र के विकिरण-प्रवाह से अधिक होता है। इसके अलावा, यह प्रवाह तापक्रम के साथ-साथ बहुत तेजी से बढ़ता है, तापक्रम के चौथे घात के साथ समानुपाती होता है। विकिरण और तापक्रम का ऐसा संबंध स्टेफान-बोल्ट्समान का नियम कहलाता है। परम काले पिंड के लिए यह नियम निम्न प्रकार से लिखा जाता है : $\varphi = \sigma H T^4$ । यहाँ φ विकिरण-प्रवाह (वाट, W में) है, H सतह का क्षेत्रफल (m^2) और T परम तापक्रम (K) हैं; σ स्टेफान-बोल्ट्समान का स्थिरांक है, जिसका मान 5.67×10^{-8} W.m^{-2}K^{-4} है। अब इस सूत्र से सूर्य की 1 m^2 सतह द्वारा उत्सर्जित विद्युचुंबकीय विकिरण-प्रवाह का मूल्यांकन करते हैं। यदि यह मान लें कि सूर्य लगभग परम काले पिंड के नियम के अनुसार विकिरण करता है और उसकी सतह का तापक्रम 5800 K है, तो काफी बड़ी शक्ति मिलेगी : 75 MWèm^2।

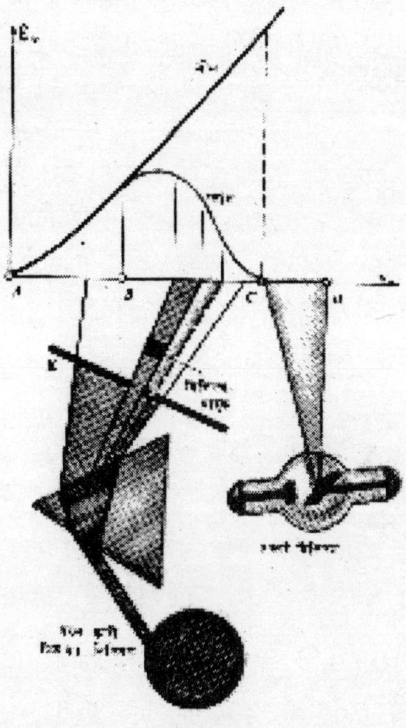

चित्र 31. जींस के सिद्धांत के अनुसार प्रकाश-दोलनों की आवृत्ति ν में वृद्धि के साथ-साथ परम काले पिंड की विकिरण-क्षमता Ev को भी निरंतर बढ़ते रहना चाहिए। यदि ऐसा होता, तो कोई भी तप्त पिंड परास CD में एक्स-किरणें ही उत्सर्जित करता। प्लांक के सिद्धांत के अनुसार विकिरण-क्षमता एक नियत आवृत्ति तक ही बढ़ती है, इसके बाद घटने लगती है। इस प्रकार की विकिरण-क्षमता का एक महत्तम मान होता है। प्रयोगों ने प्लांक की बात को सत्य सिद्ध किया है। यदि परम कृष्ण पिंड के विकिरण-पथ पर प्रिज्म रखा जाए, तो दोलनों की अल्प आवृत्तियों वाली प्रकाश-तरंगें प्रिज्म द्वारा कम विचलित होंगी, बनिस्बत कि उच्च आवृत्तियों वाली। तल के समांतर सरकाए जा सकने वाले विकिरण-ग्राहक द्वारा भिन्न दोलन-आवृत्तियों की तरंगों की सानुरूप किरणों की ऊर्जा नाप कर प्लांक के सूत्र द्वारा व्यक्त निर्भरता प्राप्त की जा सकती है।

काले पिंड के विकिरण का रहस्य–तप्त पिंडों का विकिरण सिर्फ विशाल शक्ति से ही नहीं लंछित होता। तापक्रम बढ़ने पर पिंड का रंग भी बदलता है : चूल्हे में गाढ़े लाल से सूर्य के चकाचौंध करने वाले श्वेत रंग तक—ऊर्जा का अंश उच्च आवृत्तियों के क्षेत्र में अधिक और अधिक होता जाता है। विकिरण की स्पेक्ट्रमी रचना बदलती जाती है। विकिरण-ऊर्जा की आवृत्ति v पर निर्भरता भौतिकविद आवृत्तियों के संकीर्ण अंतरालों (जैसे (v_1 से v_2) में प्राप्त ऊर्जा नाप कर निर्धारित करते हैं।

यदि स्पेक्ट्रम के v_1 से v_2 के क्षेत्र में पिंड द्वारा विकिरणित ऊर्जा में अंतराल $\Delta v = v_2 - v_1$ से भाग दिया जाए तो राशि Σv मिलेगी, जो v_1 तथा v_2 के बीच स्थित आवृत्ति v के लिए परम काले पिंड की विकिरण-क्षमता है। अब यदि क्रमित अक्ष Σv के प्रयोगाधीन बदलते मान लिए जाएँ और क्रमक अक्ष पर तदनुरूप

आवृत्तियाँ अंकित की जाएँ तो एक उच्चिष्ठ वाला वक्र प्राप्त होगा। लेकिन रेले-जींस द्वारा निर्धारित सैद्धांतिक सूत्र देखें $\varepsilon_v = \frac{2\pi v^2 KT}{c^2}$ यह एक परवलय है, जिसमें कोई उच्चिष्ठ नहीं होता (चित्र 31)। इसका मतलब है कि रेले और जींस द्वारा स्वतंत्र रूप से प्राप्त नियम प्रायोगिक आँकड़ों के साथ दिशांक-मूल के क्षेत्र में परास AB के अंतर्गत सिर्फ अल्प आवृत्तियों के लिए ही संपात करता है। अन्य स्थितियों में सूत्र अर्थहीन है। इससे निष्कर्ष निकलता है कि पिंड के किसी भी तापक्रम पर अधिकांश विकिरण लघु तरंगों के हिस्से में आता है।

सबसे लघुतरंगी विकिरण, जिसे हमारी आँख अनुभव कर सकती है, बैंगनी है। इसीलिए रेले और जींस के कलनों से निष्कर्ष निकलता था कि किसी भी तप्त पिंड के विकिरण में सबसे अधिक बैंगनी किरणें होनी चाहिए। सैद्धांतिक निष्कर्ष था कि गर्म चूल्हा बैंगनी रंग का प्रकाश देता है! पर रेले और जींस के कलनों में कोई गलती नहीं थी, वे क्लासिकल भौतिकी के जाँचे-परखे नियमों पर आधारित थे।

फिर तप्त पिंडों के विकिरण का रहसय क्या है? यह एक बहुत जटिल समस्या थी जिसका समाधान तुरंत नहीं मिला था।

पहले-पहल जर्मन सिद्धांत-वेत्ता माक्स प्लांक ने पिंड के विकिरण की विशेषतासूचक राशियों की उसके तापक्रम पर निर्भरता प्राप्त की। काम आसान नहीं था। कलन के परिणाम प्रायोगिक आँकड़ों से संपात करें, ऐसे सूत्र के चयन में उन्हें दो वर्ष लगे थे। यह रहा उनके नाम से विख्यात सूत्र $\varepsilon_v = \frac{2\pi h v^3}{c^2\left(e^{\frac{hv}{kT}} - 1\right)}$। यहाँ h प्लांक स्थरांक है, जिस का मान 6.62×10^{-34} J.s. है, c—प्रकाश-वेग है, $k = 1.38 \times 10^{-23}$ J.K बोल्ट्समान का स्थिरांक है। बोल्ट्समान-स्थिरांक k में तापक्रम T से गुणा करने पर परमाणुओं के दोलन की औसत ऊर्जा मिलती है।

शब्द 'क्वांटम' की उत्पत्ति. भौतिक प्रक्रियाओं को समझने के लिए सिर्फ ऐसा सूत्र प्राप्त करना पर्याप्त नहीं है, जो प्रक्रिया की लंछक राशियों के संबंध को सही-सही व्यक्त करता हो। अधिक महत्त्वपूर्ण है उन पूर्वमान्यताओं को स्थापित करना, जिन पर प्राप्त नियम आधारित होता है। लंबे अन्वीक्षणों के बाद प्लांक समझ गए कि प्रकाश को सतत तरंग-प्रक्रिया मानकर उनके द्वारा खोजा गया सूत्र निगमित नहीं किया जा सकता। सूत्र यह मान कर प्राप्त किया जा सकता था कि प्रकाश अंशों, क्वांटमों, में उत्सर्जित होता है और कवांटम की ऊर्जा hv के बराबर होती है। यह परिकल्पना, प्रकाश की तंरग-प्रकृति के बारे में उस समय विद्यमान सभी मान्यताओं के विपरीत थी!

पर दूसरा रास्ता नहीं निकल रहा था और सन् 1900 ई. में प्लांक ने अपने निष्कर्ष प्रकाशित करवा दिए। वे खुद भी प्रकाशीय ऊर्जा के क्वांटमों के अस्तित्व पर पूरी तरह विश्वास नहीं कर पा रहे थे। उस समय प्लांक क्वांटम को एक सहायक अवधारणा मानते थे, जिसकी सहायता से विकिरण-आवृत्ति और तप्त ठोस पिंड के तापक्रम पर Σv की निर्भरता का सही रूप मिल सकता था।

बाद में 'क्वांटम संबंधी' प्लांक की प्रथम रचना को याद करते हुए आइन्सटाइन कहा करते थे : '...प्लांक ने भौतिकविदों के कान में पिस्सू बैठा दिया था''। यह 'पिस्सू' विद्युचुंबकीय विकिरण की क्वांटमी प्रकृति का ही विचार था, जिसने अंततः आधुनिक क्वांटमी सिद्धांत की नींव रखी।

प्लांक मानते थे कि प्रकाश छिन्न रूप में अर्थात थोड़ा-थोड़ा करके क्वांटमों में सिर्फ विकिरणित ही होता है, लेकिन गमन करता है तरंग की तरह। अब यह स्पष्ट करना आवश्यक था : अवशोषण की प्रकृति सतत होती है या क्वांटमी?

क्वांटम और एलेक्ट्रोन. 1887 में ही भौतिकविदों ने एक संवृत्ति ज्ञात की थी जिसका नाम आगे चलकर **फोटो-प्रभाव** रखा गया है। संवृत्ति यह थी कि अच्छी तरह से निर्वात किए गए बरतन में रखे धातु के पट्टे को प्रकाशित करने पर उसमें से ऋणाविष्ट कण—एलेक्ट्रोन—निकलने लगते थे (चित्र 32)। बाद में पट्टे से निकलने वाले एलेक्ट्रोनों का वेग भी नापा गया। पता चला कि आपतित प्रकाश की तरंग-लंबाई घटने पर एलेक्ट्रोनों का वेग बढ़ जाता है। यथा, लाल प्रकाश में पट्टे से निकलने वाले एलेक्ट्रोनों का महत्तम वेग लगभग दुगुना कम था, बनिस्बत कि बैंगनी प्रकाश में। आश्चर्य की बात यह थी कि पट्टे पर गिरने वाले प्रकाश की मात्रा का एलेक्ट्रोनों का वेग निर्भर नहीं करता था। यदि पट्टे पर सतत तरंगें गिरती रहतीं, तो जैसे-जैसे उसका आयाम बढ़ता, अर्थात् जैसे-जैसे इकाई सतह द्वारा अवशोषित प्रकाश की मात्रा बढ़ती, वैसे-वैसे पट्टे से निकलने वाले एलेक्ट्रोनों का वेग भी बढ़ता।

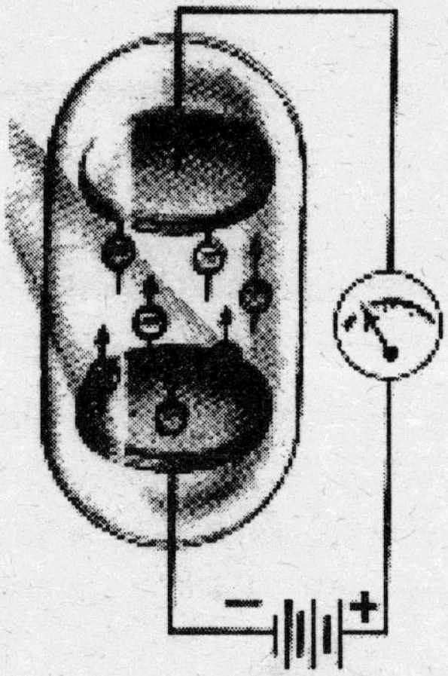

चित्र 32. फोटो-प्रभाव संबंधी प्रयोग का आरेख।

चित्र 33. फोटो सेल। (1. ऊँचद, 2. नीचद)।

फोटो-प्रभाव का रहस्य यह मानने पर समझ में आ जाता था कि ज्योति-प्रवाह अलग-अलग कणों-क्वांटमों से बना हुआ है और क्वांटम की ऊर्जा $h\nu$ द्वारा व्यक्त होती है।

पट्टे के द्रव्य के टकराने पर क्वांटम की ऊर्जा पहले तो कार्य A में खर्च होती है, जिससे एलेक्ट्रान नुचकर धातु से बाहर निकलता है, और दूसरे—एलेक्ट्रोन का वेग, उसकी गतिज ऊर्जा बढ़ाने में खर्च होती है। ऊर्जा-संरक्षण के नियम के आधार पर यह बात गणितीय रूप में लिखी जा सकती है : $h\nu = A + \frac{mv^2}{2}$ । इस सूत्र में m एलेक्ट्रोन का द्रव्यमान है और v इसका वेग है। A स्थिर राशि है, इसीलिए एलेक्ट्रोन का वेग आवृत्ति के साथ-साथ बढ़ता है। प्रयोग द्वारा सूत्र की जाँच ने दिखाया कि वह फोटो-प्रभाव की नियम-संवृत्तियों को पूरी तरह समझा देता है। पहले-पहल इसे 1905 में आइन्सटाइन ने लिखा था। क्वांटमी अवधारणाओं से एक नई संवृत्ति की सफल व्याख्या प्रकाश की छिन्न रचना ही का एक और नया प्रमाण है।

अनेक अर्धचालक द्रव्य प्रकाश में अपना विद्युत प्रतिरोध कम कर देते हैं क्योंकि अर्धचालक की क्रिस्टलिक जाली में फोटोन के प्रभाव से 'स्वतंत्र' वैद्युत आवेश उत्पन्न हो जाते हैं। प्रकाश के इस प्रभाव को **आंतरिक फोटो-प्रभाव** कहते हैं।

मास्को के भूमिगत रेलवे में द्वार पर पाँच कोपेक का सिक्का डाले बिना उसमें प्रवेश नहीं किया जा सकता, प्रकाश-किरणें रोक लेंगी। किरणें एक तरफ से निकलकर दरवाजे के पार लगे फोटो-एलीमेंट पर गिरती हैं। जब आदमी बिना सिक्का डाले प्रवेश करने लगता है, अपने शरीर से किरणों को रोक लेता है, फोटो-एलीमेंट संकेत को और शक्तिशाली बनाकर द्वार बंद करने वाली मशीन को प्रेषित कर देता है।

वाह्य फोटो-प्रभाव वाले फोटो-एलीमेंट की रचना इस प्रकार होती है। काँच के फ्लास्क की दीवार पर धातु का पतला अस्तर और ऊपर अर्धचालक द्रव्य फैला होता है—यह नीचद (कैथोड) है। नीचद से बैटरी का ऋण ध्रुव जुड़ा

होता है और ऊँचद (ऐनोड; फ्लास्क में निकेल की छड़) से धन ध्रुव जुड़ा होता है। जब प्रकाश एलेक्ट्रोनों को धकेल कर नीचद से निष्कासित करता है, फोटो-एलीमेंट के परिपथ में धारा बहती है। प्रकाश नहीं रहता है, तो धारा भी नहीं बहती है। फोटो-एलीमेंट की क्रिया को तीव्र किया जा सकता है और यह किसी भी यांत्रिक तंत्र के संचालन में प्रयुक्त हो सकता है।

वाह्य फोटो-प्रभाव वाले फोटो-एलीमेंट के ऐसे आरेख में आंतर फोटो-प्रभाव वाले फोटो-एलीमेंट समाविष्ट किए जा सकते हैं। इन्हें फोटो-प्रतिरोध कहते हैं। ये वैद्युत परिपथ में लगकर उसका प्रतिरोध कम या वेशी करते हैं। फोटो-प्रतिरोध का बसे मूल्यवान गुण है—हल्के गर्म पिंडों के विकिरण पर भी प्रतिक्रिया करना; यह विकिरण अवरक्त किरणों जैसी दीर्घ तरंग-लंबाइयों वाली किरणी ऊर्जा होती है।

वैज्ञानिकगण ऐसे फोटो-प्रतिरोध बना चुके हैं, जो 10μm से भी अधिक तरंग-लंबाई वाली किरणों के प्रति संवेदी होते हैं। वीन का स्थानांतरण-नियम याद करें, $\lambda T = 2897$ μm होता है। यदि L = 9.35 μM, तो $T = \frac{2897}{9.35} = 309^\circ K$, अर्थात लगभग $36^\circ C$ होगा। ऐसी किरणें हमारा शरीर भी उत्सर्जित करता है। यदि हमारी आँखें इन किरणों पर प्रतिक्रिया करतीं, तो रात को हमें आदमी का चेहरा चमकता हुआ नजर आता।

परमाणु और क्वांटम. क्वांटमों का सिद्धांत विकसित करने में अगला कदम डेनमार्क के भौतिकविद नील्स बोर ने उठाया। उन्होंने अलग-थलग परमाणु का विकिरण स्पष्ट करने का निर्णय किया। ठोस पिंड में परमाणु बहुत अधिक शक्ति से व्यतिक्रिया करते हैं और इसीलिए उनका विकिरण सतत स्पेक्ट्रम बनाता है; यह विकिरण इस बात पर भी नहीं निर्भर करता कि ठोस पिंड किस प्रकार के परमाणुओं से बना हुआ है : तांबे या लोहे के तप्त टुकड़ों का तापक्रम समान होने पर उनके विकिरण का स्पेक्ट्रम एक जैसा मिलेगा। भीड़ के शोर-गुल में अलग-अलग व्यक्तियों की आवाज में फर्क करना संभव नहीं होता। इसी प्रकार ठोस पिंड में भी परमाणु अपनी विशेषताएँ खो बैठते हैं। विरलकृत गैस के परमाणु एक-दूसरे से काफी दूर होते हैं और प्रकाश उत्सर्जित करते समय एक-दूसरे से टकराते नहीं हैं। इसलिए जब गैस विकिरण करती है, तो अलग-अलग परमाणुओं का "स्वर सुनने को मिलता है"।

परमाणु और ग्रह. यदि विद्युत-निरावेशन के अधीन चमक रहे हाइड्रोजन से भरे फ्लास्क को स्पेक्ट्रमदर्शी की झिरी के सामने रखा जाए, तो हो सकता है कि निम्न तरंग-लंबाइयों का विकिरण मिले : 0.656μm, 0.486μm, 0.434μm और 0.410μm। इन्हें H_a, H_g, H_γ, H_σ ...आदि से द्योतित किया जाता है। स्विटज़रलैंड के अध्यापक बालमेर ने हाइड्रोजन द्वारा उत्सर्जित तरंगों की लंबाइयों में क्या संबंध है, यह ज्ञात करने का निश्चय किया। उन्होंने एक सूत्र का चयन कर लिया जिसके सहारे तंरग-लंबाइयां H_a, H_B,...आदि कलित की जा सकती थीं। यह 1885 में हुआ था, और इसके पाँच वर्ष बाद रीडबेर्ग ने बालमेर के सूत्र को आधुनिक रूप प्रदान किया : $\frac{1}{\gamma} = R\left(\frac{1}{2^2} - \frac{1}{n^2}\right)$। राशि R = 10 967 758.1 m^{-1} एक स्थिरांक है, जिसे बाद में **रीडबेर्ग का स्थिरांक** नाम दिया गया। हाइड्रोजन के स्पेक्ट्रम की किसी रेखा की तरंग-लंबाई बालमेर-सूत्र में n की जगह पूर्ण संख्याएँ 3, 4, 5 या 6 रखने पर मिलती हैं। हाइड्रोजनी विकरिण की रेखाओं के बीच ऐसी पारस्परिक निर्भरता क्यों है, वह उस समय न तो बालमेर समझा सके थे, न रीडबेर्ग, और न ही कोई दूसरा भौतिकविद। बालमेर का विश्वास था कि प्रकृति में व्यवस्था सर्वत्र व्याप्त है और उन्होंने सिर्फ काम लायक सूत्र चुना है, या जैसे हम कहते हैं, उन्होंने अनुभवपरक सूत्र प्राप्त किया है। सूत्र बिल्कुल सही निकला। तरंग-लंबाइयों के कलित तथा मापित मानों में अंतर का कारण माप की त्रुटियाँ मानी जाती थीं। बालमेर की खोज की व्याख्या 28 वर्ष बाद संभव हुई। इसके लिए पहले परमाणु की संरचना को समझना जरूरी था। यह समझ महान अंग्रेज भौतिकविद

रदरफोर्ड के कार्यों से आनी शुरू हुई। 1911 में उन्होंने प्रयोग द्वारा दिखाया कि परमाणु में एक भारी धनाविष्ट नाभिक होता है, जिसका आकार परमाणु की तुलना में बहुत ही छोटा होता है। रदरफोर्ड ने परमाणु को एक तंत्र के रूप में माना, जो सौर तंत्र से मिलता-जुलता था : नाभिक के गिर्द एलेक्ट्रोन ऐसे घूमते रहते हैं जैसे सूर्य के गिर्द उसके ग्रह (चित्र 34)। परमाणु का ऐसा प्रतिमान सौर मंडलीय कहलता है। एक रोचक बात है कि परमाणु-नाभिक और एलेक्ट्रोन के बीच क्रियाशील आकर्षण-बल उनकी आपसी दूरी के वर्ग का व्युत्क्रमानुपाती होता है। परमाणु में दूरी पर आकर्षण-बल की निर्भरता वैसी ही है, जैसी ग्रहों की गति संचालित करने वाले न्यूटनी गुरुत्वाकर्षण-नियम में।

चित्र 34. सौर-मंडल और परमाणु का ग्रही प्रतिरूप। हाइड्रोजन के परमाणु में एलेक्ट्रोन यदि दूरस्थ कक्ष से निकटस्थ पर संक्रमण करता है। ($2 \rightarrow 1$), तो परमाणु प्रकाश का क्वांटम उत्सर्जित करता है। विपरीता संक्रमण में परमाणु क्वांटम को अवशोषित करता है। एक कक्ष से दूसरे पर संक्रमण ऊर्जा-स्तरों के आरेख द्वारा निरूपित करते हैं। हरेक ऊर्जा-स्तर E_1, E_2, E_3 आदि कक्ष 1, 2, 3, आदि पर स्थित इलेक्ट्रोन की ऊर्जा के अनुरूप होता है। स्तरों की ऊर्जाओं का अंतर परमाणु द्वारा उत्सर्जित या अवशोषित क्वांटम की ऊर्जा के बराबर होता है।

परमाणु की सौर मंडल जैसी रचना रदरफोर्ड के प्रयोगों के साथ मेल खा रही थी, पर मैक्सवेल के सिद्धांत का विरोध कर रही थी। मैक्सवेल द्वारा प्राप्त सूत्र से निष्कर्ष निकलता था कि सौर मंडल जैसी रचना वाला परमाणु टिकाऊ नहीं हो सकता। नाभिक के गिर्द परिक्रमाशील एलेक्ट्रोनों को धीरे-धीरे अपनी ऊर्जा खोनी चाहिए थी और अंततः नाभिक पर 'गिर' जाना चाहिए था। पर परमाणु तो टिकाऊ हैं! मतलब कि सौरमंडलीय प्रतिमान परमाणु की रचना को प्रतिबिंबित नहीं करता...लेकिन महान भौतिकविद नील्स बोर कुछ और तरह से सोच रहे थे।

बोर का क्वांटमी सिद्धांत. 1913 में नील्स बोर ने सौरमंडल-रचना वाले परमाणु के टिकाऊपन की समस्या हल करने के लिए कुंजी ढूँढ़ ली। बोर का सिद्धांत तत्त्वों के प्रकाशीय स्पेक्ट्रम के प्रायोगिक अन्वीक्षण पर और, सबसे पहले, बालमेर के निष्कर्ष पर आधारित था।

हाइड्रोजन का परमाणु सरलतम है। उसका नाभिक धनाविष्ट प्राथमिक कण प्रोटोन है जिसके गिर्द ऋणाविष्ट एलेक्ट्रोन चक्कर लगाता है। एलेक्ट्रोन का कक्ष परमाणु के नाभिक से जितना ही निकट होगा, परमाणु की ऊर्जा उतनी ही कम होगी, क्योंकि विपरीत आवेशों की आपसी दूर घटने पर उनकी कुल ऊर्जा कम होती है।

बोर ने माना कि परमाणु में एलेक्ट्रोन सिर्फ नियत कक्षों पर ही घूम सकते हैं, जिन्हें उन्होंने अनुमत कक्षों की संज्ञा दी। एक कक्ष से दूसरे कक्ष पर एलेक्ट्रोन छलांग लगाकर ही आता है। यदि एलेक्ट्रोन किसी अनुमत कक्ष से नाभिक के और भी निकट स्थित कक्ष पर संक्रमण करता है, तो परमाणु ऊर्जा उत्सर्जित करता है—विद्युचुंबकीय विकिरण के क्वांटम के रूप में (चित्र 34)। यदि एलेक्ट्रोन दूरस्थ कक्ष पर संक्रमण करता है, तो इसके लिए जरूरी है कि परमाणु क्वांटम की ऊर्जा अवशोषित करे, जो दूर वाले कक्ष पर एलेक्ट्रोन के स्थित होने पर परमाणु की ऊर्जा और अवशोषण-पूर्व

परमाणु की ऊर्जा के अंतर के बराबर हो। दूसरे शब्दों में, एलेक्ट्रोन का हर कक्ष परमाणु की नियत ऊर्जा के अनुरूप होता है।

इस ऊर्जा को E_n से द्योतित करते हैं (सूचक वर्ण n कक्ष की क्रमसंख्या है, अतः उसका मान 1, 2, 3,...हो सकता है)। राशि $E (E_1, E_2,$ आदि) को परमाणु की ऊर्जा का स्तर कहते हैं। बोर ने अनुमान किया कि एलेक्ट्रोन की गतिमात्रा का आघूर्ण किसी पूर्ण संख्या n से राशि $\frac{h}{2\pi}$ का गुणनफल है, अर्थात $mvr = n\frac{h}{2\pi}$ । इस शर्त और कक्ष पर एलेक्ट्रोन के संतुलन की शर्त्त $\frac{mv^2}{r} = \frac{Ze^2}{r^2}$ से रीडबेर्ग का सूत्र प्राप्त हो जाता है। कलक्ष पर एलेक्ट्रोन के संतुलन की शर्त्त वही है जो पृथ्वी के उपग्रह और अन्य ग्रहों के लिए है। वाम पक्ष $\frac{mv^2}{r}$ कक्ष पर गतिमान एलेक्ट्रोन पर क्रियाशील केंद्रमुखी बल है (m–एलेक्ट्रोन का द्रव्यमान, v-उसका वेग, r-कक्ष की त्रिज्या)। दायाँ पक्ष इस बल के बराबर–नाभिक के एलेक्ट्रोन का आकर्षण-बल–है, जो नाभिक के धनावेश (Zê) और एलेक्ट्रोन और आवेश *(e)* का गुणनफल बटा उनकी दूरी के वर्ग के बराबर है। कक्ष पर एलेक्ट्रोन की गतिमात्रा में छिन्न रूप से होने वाले परिवर्तन के लिए अतिरिक्त शर्त्त के सहारे अनुमत कक्ष कलित किए जा सकते हैं। गतिमात्रा के छिन्न–क्वांटमी–मानों को ज्ञात करने से संबंधित पूरी संक्रिया **क्वांटमीकरण** कहलाती है।

परमाणु द्वारा प्रकाश का ऊर्जा $h\nu = E_2 - E_1$ वाला क्वांटम उत्सर्जित होने की प्रक्रिया में एलेक्ट्रोन अनुमत कक्ष 2 से अनुमत कक्ष 1 पर संक्रमण करता है और परमाणु ऊर्जा-स्तर E_2 से ऊर्जा-स्तर E_1 पर संक्रमण करता है।

स्वतंत्र परमाणुओं के स्पेक्ट्रम की सहायता से ही उनके विकिरण की आवृत्ति निर्धारित होती है और इसी से एक स्तर से दूसरे पर परमाणु-संक्रमण से उत्सर्जित ऊर्जा–दो स्तरों की और्जिक दूरी–भी ज्ञात हो जाती है।

बोर का सिद्धांत विकिरण के क्वांटमी सिद्धांत व क्वांटम-यांत्रिकी के विकास में एक महत्त्वपूर्ण कदम था। क्वांटमीकरण की सहायता से बोर विकिरण के समय परमाणु में होने वाली प्रक्रियाओं को समझा सके। बोर के सूत्र से हाइड्रोजन-परमाणु के विकिरण का शुद्ध-शुद्ध हिसाब लगाया जा सकता है। पर जटिल परमाणुओं के विकिरण की ऐसी ही पूर्ण व्याख्या यह सूत्र नहीं दे पाया, यद्यपि इसमें सुधार के अनेक प्रयत्न किए गए। लेकिन इसकी सहायता से जटिल परमाणुओं के विकिरण की प्रकृति समझी जा सकती है। यथा, 11 एलेक्ट्रोनों से बने सोडियम-परमाणु के स्पेक्ट्रम में एक-दूसरे के बहुत निकट स्थित दो चमकदार पीली रेखाएँ होती हैं (चित्र 35)। एक रेखा तरंग-लंबाई 0.5896 μm के प्रकाश-विकिरण से बनी होती है (इसे D_1 कहते हैं) और

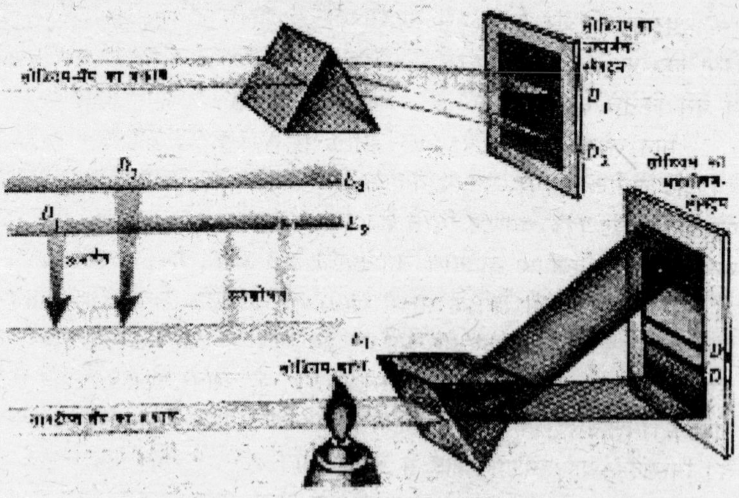

चित्र 35. सोडियम-परमाणु द्वारा प्रकाश का उत्सर्जन और अवशोषण।

दूसरी तरंग-लंबाई 0.5890μm के प्रकाश-विकिरण से (इसे रेखा D_2 कहते हैं)। सूत्र के सहारे क्वांटमों की ऊर्जा कलित करके सोडियम के उस ऊर्जा-स्तर का आरेख प्राप्त किया जा सकता है, जिससे यह पीला द्विक विकिरणित होता है (रेखा D_1 तथा D_2 को पीला द्विक कहते हैं) ऊर्जा-स्तरों के आरेख से यह समझने में सहायता मिलती है कि तापदीप्त बल्ब के सतत स्पेक्ट्रम में चमकदार रेखाओं D_1 तथा D_2 की जगह अँधेरी रेखाएँ क्यों मिलती हैं, जब उसका प्रकाश सोडियम लवण से रंगीन की गई लौ से गुजरता है (चित्र 35)।

वर्तमान समय में वैज्ञानिकगण परमाणुओं के स्पेक्ट्रम और अन्य सूक्ष्म परमाणुक संवृत्तियों का विश्लेषण और उन पर मनन क्वांटम-यांत्रिकी की सहायता से ही करते हैं। विज्ञान की शाखा के रूप में क्वांटम-यांत्रिकी का जन्म 'क्वांटम' की अवधारणा प्रयुक्त करने के बाद हुआ था, जिसे प्लांक के परम काले पिंड का स्पेक्ट्रम समझाने के लिए जन्म दिया था।

क्वांटम-यांत्रिकी के विकास में 1917 में प्रकाशित आइसटाइन की कृति ने महत्त्वपूर्ण भूमिका निभाई थी। उससे एक सैद्धांतिक रूप से महत्त्वपूर्ण भौतिक नियम—प्लांक का सूत्र—उपलब्ध हुआ। साथ ही, आइन्सटाइन ने स्थापित किया कि परमाणुओं का तथाकथित **बाध्य या प्रेरित विकिरण** भी होता है। यह एक ऐसी प्रक्रिया है, जिसके आधार पर आदर्श प्रकाश-स्रोत—लेसर—रचे जाते हैं।

आइए, हम भी आइन्सटाइन के तर्क को समझने की कोशिश करें। इन्हें समझना कोई आसान काम नहीं है। इसलिए इस अनुच्छेद का अंतिम भाग पढ़ने वालों को काफी कठिनाइयों का सामना करना पड़ेगा। लेकिन जो भौतिकविंद बनने का निश्चय कर चुके हैं, उनके लिए यह श्रम बेकार नहीं जाएगा। क्या यह लुभावना नहीं है कि खुद क्वांटमी सूत्र निकालना सीख लें, प्रेरित विकिरण क्या है, यह समझ लें, और अंत में, वास्तविक क्वांटमी कलन संपन्न करना सीख लें, जिसे खुद आइन्सटाइन ने किया था। आइन्सटाइन की विधि से प्लांक का सूत्र निकालने के लिए आवश्यक गणितीय संक्रियाएँ सातवीं कक्षा का विद्यार्थी भी संपन्न कर सकता है।

बोर के सिद्धांत से निष्कर्ष निकलता था : विकिरण अलग-अलग परमाणु करते हैं। तप्त ठोस पिंड में परमाणु एक-दूसरे के साथ अत्यधिक शक्ति से क्रिया करते हैं। फल यह होता है कि तप्त ठोस पिंड में बहुत सारे ऊर्जा-स्तर मौजूद रहते हैं, जिनके परमाणु विकिरण कर सकते हैं। आइन्सटाइन के परमाणु ने ऊर्जा E_1 तथा स्तर E_2 वाले दो स्तरों पर गौर किया था।

परमाणु निचले स्तर E_1 से ऊपरी स्तर E_2 पर तभी आएगा, जब वह ऊर्जा का $E_2 E_1$ अंश अवशोषित करेगा या, जैसा कि अब कहते हैं, क्वांटम $hv_{12}=E_2 E_1$ अशोषित करेगा। अब हिसाब लगाने की कोशिश करते हैं कि एक सेकेंड में ऐसे कितने संक्रमण होंगे।

मान लें कि सेब के पेड़ तले जमीन पर N_1 सेब पड़े हुए हैं (चित्र 36)। यह कोई साधारण नहीं, क्वांटमी पेड़ है। यदि जमीन पर पड़े सेब में क्वांटम hv_{12} आकर लग जाएगा, तो सेब उड़कर पुनः डाली में लग जाएगा। N_1 सेब पर प्रति सेकेंड I (v) क्वांटम गिरते हैं। सेब में क्वांटम के लगने की संभाव्यता वर्ण S से द्योतित करें। राशि S सेबों पर गिरने वाले क्वांटमों के साथ समानुपाती है : $S=B_{12} I(\text{v})$। सचमुच यदि आप किसी लक्ष्य पर निशाना साधते हैं, तो गोलियाँ जितनी ही अधिक संख्या (I(v)) में चलाएँगे, लक्ष्य पर उनके लगने की संभावना उतनी ही अधिक होगी। I(v) से ज्यादा गोलियाँ लक्ष्य पर नहीं लग सकतीं। यदि आप बिल्कुल पक्के निशानेबाज हैं, तभी लक्ष्य पर लगी गोलियों की संख्या 'चलाई गई गोलियों' की संख्या I(v) के बराबर हो सकती हैं। लेकिन क्वांटमी गोलियों की बौछार अंधाधुंध होती हैं, निशाना देखकर गोली नहीं चलती; राशि B_{12} इस चाँदमारी में निशाना लगने की क्षमता (लक्ष्यबेधिता) की माप है। निस्संदेह, वह हमेशा इकाई से कम होगी।

अब, सेब में क्वांटमों के लगने की पूर्ण संख्या प्राप्त करने के लिए राशि S में संख्या N_1 से गुणा करते हैं। लक्ष्यबेध की पूर्ण संख्या एक सेकेंड में जमीन से डाली तक के संक्रमणों की संख्या के बराबर है। इस राशि को हम $K_{1\text{-}2}$ से

द्योतित करते हैं, $K_{1\text{-}2}=B_{12}\ I(\nu)\ N_1$ होगा। अब हिसाब लगाएँ कि कितने परमाणु ऊपरी स्तर से निचले स्तर पर संक्रमण करते हैं। यदि पेड़ पर पके सेबों की संख्या N_2 है, तो स्वभावतः जितना अधिक N_2 होगा, इकाई समय में उतने ही अधिक सेब जमीन पर गिरेंगे। जाहिर है कि जमीन पर इकाई समय में खुद-ब-खुद (स्वतःस्फूर्त, जैसा कि भौतिकविद कहते हैं) गिरने वाले सेबों की संख्या पके सेबों की संख्या N_2 के साथ समानुपाती होगी। अतः सूत्र मिलता है : $K_{2\text{-}1}=A_{21}\ N_2$।

यह जरूरी है कि क्वांटमी पेड़ से गिरने वाले सेबों की संख्या $K_{2\text{-}1}$ और जमीन से उड़कर डाली पर लगने वाले सेबों की संख्या $K_{1\text{-}2}$ आपस में बराबर हों। यदि ऐसा नहीं होगा, तो राशि I(v) में समय के अनुसार परिवर्तन होने लगेगा। लेकिन प्रयोग दिखाते हैं कि स्थिर तापक्रम तक तप्त, अर्थात तापक्रमी संतुलन में स्थित, ठोस पिंड इकाई समय में क्वांटमों की स्थिर संख्या I(v) उत्सर्जित करता है। अतः राशि $K_{1\text{-}2}$ तथा $K_{2\text{-}1}$ को बराबर करने पर $B_{12}N_1I(v)=A_{21}\ N_2$ संबंध प्राप्त होगा। इसे हल करने पर :

$$I(\nu) = \frac{A_{21}N_2}{B_{12}N_1}$$

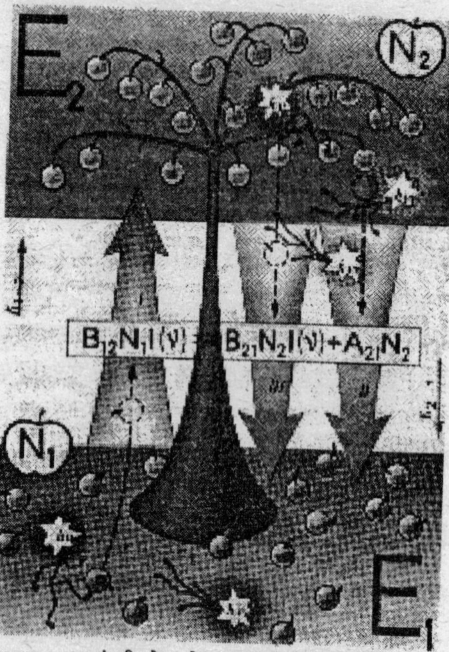

चित्र 36. 'क्वांटमी सेब के वृक्ष' का आरेख आइन्सटाइन के तर्कों को समझने में सहायक होता है। I–प्रकाश का अवशोषण, II–स्वतः स्फूर्त उत्सर्जन, III–प्रेरित (बाध्य) उत्सर्जन।

एक बहुत ही अच्छा नियम है : यदि पिंड तापीय संतुलन की अवस्था में है, तो ऊर्जा E_2 वाले कणों की संख्या कम होती है बनिस्बत कि ऊर्जा E_1 वाले कणों की संख्या (जब $E_2>E_1$ होता और $N_2 = N_1 e \frac{E_2 E_1}{kT}$, या $\frac{N_2}{N_1} = e - \frac{E_2 - E_1}{kT}$)। यहाँ e नैसर्गिक लघुगणकों का आधार है; इस संख्या का मान लगभग 2.73 है। राशि kT तापक्रम T तक तप्त पिंड के परमाणु की औसत गतिज (या और सही कहें तो औसत वर्गी) ऊर्जा है। सैद्धांतिक भौतिकी में यह नियम सरल मान्यताओं से प्राप्त हुआ है, पर सूत्र का निष्कर्षण बहुत जटिल है। फिर भी यह कंठस्थ करने लायक सूत्र है, क्योंकि यह विभिन्न भौतिक नियम-संगतियों के निष्कर्षण में प्रयुक्त होता है (चित्र 37)। अब आवृत्ति पर प्रकाश-बल की निर्भरता के लिए व्यंजन $I(\nu) = \frac{A_{21}}{B_{12}} e^{-} \frac{E_2 - E_1}{kT}$ प्राप्त होता है। A_{21}

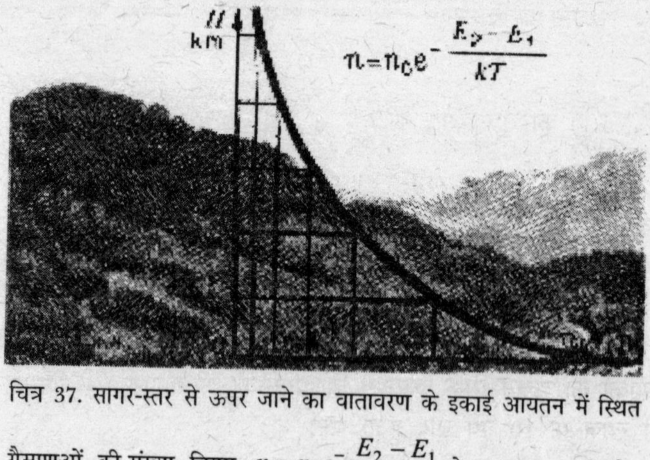

चित्र 37. सागर-स्तर से ऊपर जाने का वातावरण के इकाई आयतन में स्थित गैसाणुओं की संख्या नियम $n = n_o e^{-} \frac{E_2 - E_1}{kT}$ के अनुसार घटती है। E_2–ऊंचाई H पर अणु की स्थितिज ऊर्जा है, E_1–सागर-स्तर पर अणु की स्थितिज ऊर्जा है। व्यूह की संतुलन-अवस्था में ऊर्जा पर परमाणु-संख्या की निर्भरता निर्धारित करने क लिए यह सूत्र हमेशा काम आ सकता है।

तथा B_{12} मात्र संख्याएं हैं और उनमें कितना भी परिवर्तन कयों न किया जाए, इस व्यंजन से प्लांक का सूत्र नहीं मिलेगा। लेकिन प्लांक का सूत्र ही प्रकृति में होने वाली प्रक्रिया को ठीक-ठीक प्रतिबिंबित करता हैं हमारे तर्क में भी कोई गलती नहीं दिखाई देती। इसका मतलब है कि कोई ऐसी प्रक्रिया रह गई है, जिस पर हमने ध्यान नहीं दिया। यही आइन्सटाइन की खोज का सार है। उन्होंने अनुमान लगाया : परमाणु अपने पास से उड़ते हुए क्वांटम के प्रभाव से भी ऊपरी स्तर E_2 से निचले स्तर E_1 पर संक्रमण कर सकता है, यदि पास उड़ते क्वांटम की ऊर्जा संक्रमण $K_{1\text{-}2}$ के लिए आवश्यक ऊर्जा hv_{12} के बराबर है। आइन्सटाइन के अनुसार, ऐसे क्वांटम परमाणुओं को ऊपरी और्जिक अवस्था से निचली में संक्रमण करने के लिए और साथ ही अपने जैसा क्वांटम उत्सर्जित करने के लिए विवश करते हैं। यदि हम अपने सेब वाला दृष्टांत उपयोग में लाएँ, तो इसका मतलब होगा कि कुछ क्वांटम सेब में लगकर नहीं, बल्कि उसे पास से झकझोर कर गिराते हैं। इस प्रक्रिया में पास से गुजरता हुआ क्वांटम अवशोषित नहीं होता, वरन् एक अतिरिक्त क्वांटम उत्पन्न हो जाता है। 'झकझोर कर' गिराए गए क्वांटमों की संख्या ऊपरी और्जिक अवस्था में स्थित परमाणुओं की संख्या N_2 के साथ समानुपाती होती है। यह राशि $B_{21}N_2$ के बराबर है। इसलिए वास्तव में संक्रमण की संख्या $K_{2\text{-}1}$ संख्या $A_{21}N_2$ (डालियों से स्वतःस्फूर्त गिरने वाले सेबों की संख्या) जोड़ $B_{21}N_2I(v)$ के बराबर होगी ($B_{21}N_1 = hv_{21}$ ऊर्जा वाले क्वांटमों के प्रवाह से गिरे सेबों की संख्या और $I(v)$= प्रवाह की तीव्रता)।

अब ठोस पिंड के तापीय संतुलन से प्राप्त शर्त $K_{1-2}=K_{2-1}$ को निम्न प्रकार से लिखा जा सकता है :

$$B_{12}N_1I(v) = A_{21}N_2 + B_{21}N_2I(v).$$

सरल क्रियाएं सम्पन्न करने पर

$$I(v) = \frac{A_{21}}{B_{12}e^{\frac{hv}{kT}} - B_{21}}$$

(ध्यान दें कि यहां $\frac{N_1}{N_2} = e^{\frac{hv}{kT}} = e^{-\frac{E_2-E_1}{kT}}$ सम्बंध का उपयोग हुआ है।)

$I(v)$ का सूत्र प्लांक के सूत्र से संपात करता है, यदि यह मान लें कि $B_{12}=B_{21}$ और व्यतिमान $\frac{A_{21}}{B_{12}} = \frac{2\pi hv^3}{c^2}$ है। पर प्लांक का सूत्र सही है। इसलिए संद (संगुणक) A_{21}, B_{12}, B_{21} के आपसी संबंध भी सत्य होने चाहिए, जिनसे यह सूत्र मिलता है।

ये परिणाम आइन्सटाइन ने 1917 में प्राप्त किए थे। अब यदि भौतिकविद प्रकाश-अवशोषण का वेग (एक सेकेंड में संक्रमण-संख्या $K_{1\text{-}2}$) नाप ले, तो आइन्सटाइन द्वारा प्राप्त परिणामों से बाध्य और स्वतःस्फूर्त विकिरणों के वेग, राशियाँ A_{21}, B_{12} और B_{21} (जिन्हें हम आइन्सटाइन के गुणांक कहते हैं) भी ज्ञात कर लेगा। सैद्धांतिक रूप से एक साथ तीनों गुणांकों का कलन सिर्फ क्वांटमी विद्युप्रवेगिकी की सहायता से किया जा सकता है; इस विज्ञान का जन्म आइन्सटाइन की खोज के 10 वर्ष बाद हुआ था।

आइन्सटाइन द्वारा खोजे गए बाध्य विकिरण को जमारे जीवन में स्थान मिले, इसमें 40 वर्ष से अधिक समय लग गया। बाध्य या, जैसा कि वैज्ञानिकगण कहते हैं, प्रेरित विकिरण की प्रक्रिया ही वह भौतिक आधार है, जिस पर विद्युचुंबकीय विकिरण के अनोखे स्रोत—मेसर और लेसर—बने हैं, जिनकी सहायता से विज्ञान और तकनीक के अनेक क्षेत्रों में क्रान्ति हुई है।

लेसर

शब्द का अर्थ. 'लेसर' शब्द का अर्थ क्या है? यह अंग्रेजी नाम Light Amplification by stimulated Emission of Radiation का संक्षिप्त रूप Laser है। जिसका अर्थ है 'बाध्य विकिरण से प्रकाश-प्रवर्धन'। सोवियत विज्ञान-साहित्य में इसे प्रकाशीय क्वांटमी जनित्र भी कहते हैं।

अब लेसर में होने वाली प्रक्रियाओं को समझने की कोशिश करते हैं। जब परमाणु प्रकाशीय ऊर्जा के क्वांटम—फोटोन—को अवशोषित करता है, तो उसकी आंतरिक ऊर्जा में अवशोषित क्वांटम की ऊर्जा जितनी वृद्धि हो जाती है। कहा जाता है इस प्रक्रिया के फलस्वरूप परमाणु अधिक उच्च और्जिक स्तर पर संक्रमण करता है और नया स्तर 'पुराने' से अवशोषित क्वांटम की ऊर्जा की मात्रा के बराबर अधिक ऊँचा होता है। साधारणतः परमाणु उस अवस्था की ओर प्रवृत्त रहता है जिसमें उसकी ऊर्जा यथासंभव अल्पतम रहे। ऐसी अवस्था को मूल अवस्था कहते हैं। मूल अवस्था में परमाणु जितनी ऊर्जा रखता है, उससे अधिक ऊर्जा होने पर परमाणु को उद्दीप्त कहते हैं। उद्दीप्त परमाणु अतिरिक्त ऊर्जा से नियमतः बहुत जल्द—एक सेकेंड के दस करोड़वें अंश में ही—छुटकारा पा लेता है। इस प्रक्रिया में परमाणु फोटोन उत्सर्जित करता है जिसकी ऊर्जा E_2-E_1 के बराबर होती है (चित्र 38) ज्यादातर स्थितियों में परमाणु अतिरिक्त ऊर्जा को बिना किसी वाह्य प्रभाव के ही मुक्त कर देता है। पर, जैसा कि हम जानते हैं, उच्च और्जिक स्तर से निम्न पर संक्रमण पास से गुजरते क्वांटम के प्रभाव से भी संभव है। इस तरह का क्वांटम (फोटोन) अपने 'मित्र' को स्वतंत्र करता हुआ अपने साथ भगा ले जाता है, यदि परमाणु के उद्दीपन की ऊर्जा स्वतंत्र फोटोन की ऊर्जा के बराबर होती है। ध्यातव्य है कि 'हरण किए गए' फोटोन के विद्युचुंबकीय दोलनों की प्रावस्था तथा उनका तल 'हरणकर्त्ता' फोटोन जैसे ही होते हैं। इस प्रकार, उद्दीप्त परमाणुओं वाले द्रव्य से गुजरता हुआ ज्योति-प्रवाह, जिसकी ऊर्जा उद्दीपन-ऊर्जा के बराबर है, परमाणुओं को अधिक निम्न स्तर पर उतारने की प्रवृत्ति रखता है।

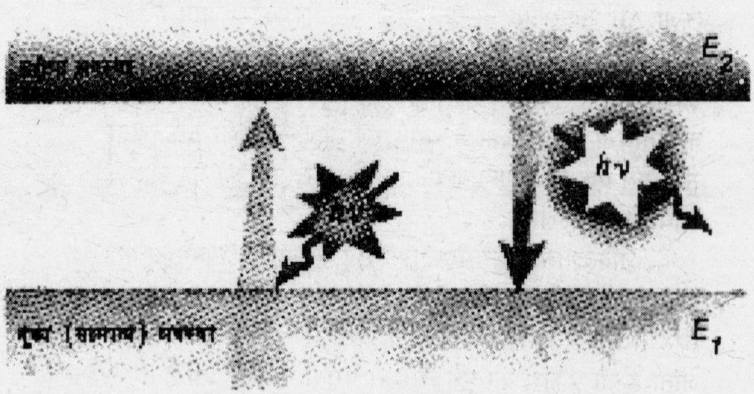

चित्र 38. प्रेरित विकिरण।

ऋणात्मक अवशोषण—लेसर के आविष्कार के कुछ समय पहले भौतिकविद तथाकथित **प्रकाश का ऋणात्मक अवशोषण** नामक एक अनोखी संवृत्ति के अध्ययन में लगे हुए थे। सबसे पारदर्शक द्रव्य से भी गुजरने पर प्रकाश का पुंज क्षीण हो जाता है : पुंज के

फोटोनों का एक भाग द्रव्य द्वारा अवशोषित हो जाता है और उनकी ऊर्जा ताप में परिणत हो जाती है। पर अपवाद हर नियम का होता है। कुछ क्रिस्टलों में प्रकाश क्षीण नहीं होता, और भी प्रवर्धित हो जाता है! यह अतिरिक्त ऊर्जा कहाँ से आती है?

पता चला कि इस हालत में क्रिस्टल से प्रकाश-किरण गुजरने के पहले उसे शक्तिशाली ज्योति-प्रवाह से प्रकाशित किया गया था। इसलिए क्रिस्टल के अधिकांश परमाणु उद्दीप्त अवस्था में आ गए थे। ये परमाणु ऊर्जा h_v वाले फोटोन उत्सर्जित करके ही उद्दीप्त अवस्था से अधिक निचले और्जिक स्तर पर संक्रमण कर सकते हैं। इतनी ऊर्जा वाले फोटोनों का वे अवशोषण नहीं कर सकते–वे पहले से ही तृप्त हैं। लेकिन ऊर्जा h_v वाला आपतनरत पुंज उतनी ही ऊर्जा के नये-नये फोटोनों को अपने साथ भगाता चलता है और साथ ही क्रिस्टल के परमाणुओं को निम्न स्तर पर उतरने को बाध्य भी करता जाता है। गिरने वाले पुंज में अतिरिक्त ऊर्जा उत्पन्न होती है। अतिरिक्त कान्ति वाला ऐसा क्रिस्टल ही लेसर की ओर पहला कदम है।

रूबी का लेसर. पहला वास्तविक लेसर रूबी (लाल) से बनाया गया था, जो एक जमाने में बहुत कीमती दुर्लभ पत्थर था। अब यह कृत्रिम रूप से बड़ी मात्रा में बनाया जा सकता है। रूबी अलुमीनियम आक्साइड Al_2O_3 का क्रिस्टल है जिसमें क्रोमियम के परमाणु मिश्रित होते हैं। काम करने लायक रूबी का लेसर पहले-पहल 1960 में बना था। इसका सक्रिय अंग रूबी की छड़ था, जो रूप और आकार में साधारण पेंसिल की याद दिलाता है। इसमें क्रोमियम की मात्रा सिर्फ 0.05% थी। क्रोमियम से इतनी सांद्र रूबी का रंग गुलाबी-सा होता है; यदि क्रिस्टल में क्रोमियम की मात्रा अधिक होती है तो उसका रंग और गहरा, लाल हो जाता है। लेसर-प्रक्रिया में क्रोमियम के परमाणु मुख्य भूमिका निभाते हैं। वे स्पेक्ट्रम के पराबैंगनी परास की किरणों, पीले और हरे प्रकाश को अवशोषित कर लेते हैं। रूबी सिर्फ लाल और नीले प्रकाश के लिए पारदर्शक है। इन विकिरणों का मिश्रण ही रूबी से निकलकर उसे उसका लंछक रंग प्रदान करता है। रूबी के क्रिस्टल में उपस्थित क्रोमियम-परमाणु के दो और्जिक अंतरालों में और्जिक स्तर विशेष सघन रूप में पाए जाते हैं। ये अंतराल *ab* और *cd* **अवशोषण-पट्टियाँ** कहलाते हैं (चित्र 39a)।

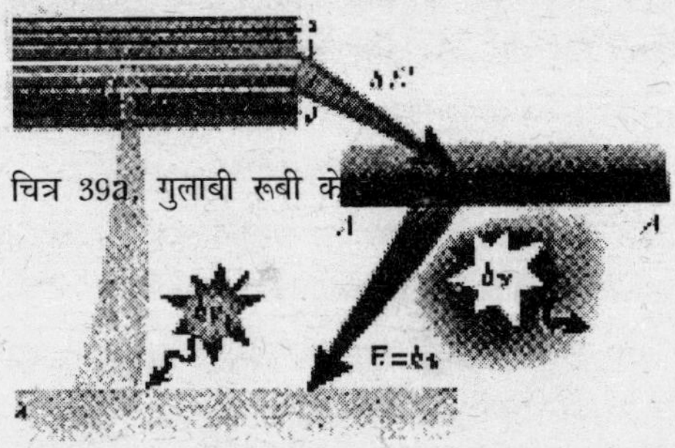

चित्र 39a. गुलाबी रूबी के ऊर्जा-स्तरों का आरेख।

क्वांटम hv_1 अवशोषित करके क्रोमियम का परमाणु इन पट्टियों में स्थित किसी स्तर पर संक्रमण करता है, पर वहाँ देर तक रुका नहीं रहता। जल्दी ही रूबी की क्रिस्टलिक जाली को ऊर्जा $\Delta E'$ देकर वह निम्नतर स्तर *AA* पर उतर आता है। यह एक विशेष स्तर है। यह 'लंबा समय' सामान्य अवधारणाओं के अनुसार बहुत लंबा नहीं है–सेकेंड का सहस्त्रांश है, लेकिन परमाणु के पैमाने पर बहुत लंबा है–साधारण उद्दीप्त परमाणु के जीवन से करीब एक लाख गुना लंबा। इसीलिए परमाणु की यह अवस्था **अधिस्थायी** कहलाती है।

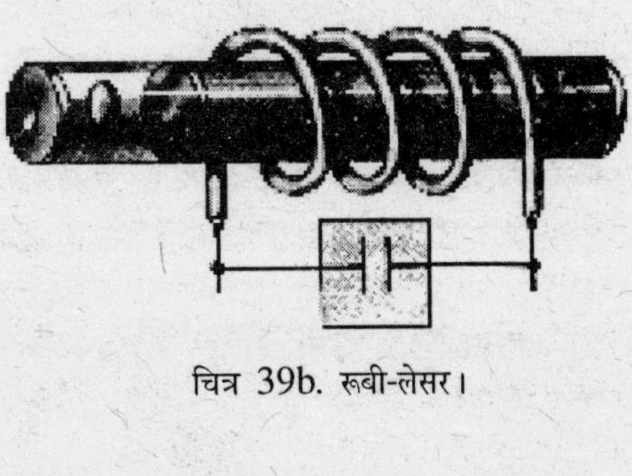

चित्र 39b. रूबी-लेसर।

शक्तिशाली लेसर में रूबी की छड़ का व्यास कुछेक सेंटीमीटर होता है और लंबाई कुछेक डेसीमीटर होती है। इसके सिरे अच्छी तरह से चिकने किए रहते हैं। एक सिरे पर समतल दर्पण लगाया जाता है जो प्रकाश को पूरी तरह से परावर्तित कर देता है। दूसरे सिरे पर लगा दर्पण प्रकाश का कुछ भाग परावर्तित करता है और

कुछ भाग अपने से पार गुजरने देता है (चित्र 39b)।

लेसर की कौंध प्राप्त करने के लिए उच्च वोल्टता का संयंत्र चालू करते हैं। इससे विद्युधारित्र आविष्ट होते हैं। इसके बाद ऑपरेटर बटन दबाता है और धारित्रों में संचित ऊर्जा रूबी की छड़ के गिर्द स्थित गैसनिरावेशक बल्बों द्वारा उत्सर्जित होती है। गैसनिरावेशक बल्ब फोटोग्राफी के लिए प्रयुक्त फ्लैश-बल्ब की तरह होते हैं, पर इनकी शक्ति कहीं अधिक होती है। बल्बों से कौंध के बाद अगले ही क्षण रूबी की छड़ से एक शक्तिशाली ज्योति-प्रवाह निकलता है। यदि उसे धातु के पट्टे पर संकेंद्रित किया जाए तो लेसर का प्रकाश उसे 'जलाकर' उसमें गहरा गड्ढा बना देता है।

लेसर-स्पंद के क्षण कौन सी भौतिक प्रक्रियाएँ घटित होती हैं?

गैसनिरावेशक बल्ब की कौंध के साथ विभिन्न ऊर्जाओं वाले फोटानों का शक्तिशाली पुंज उत्पन्न होकर रूबी की छड़ पर गिरता है। इन फोटानों को अवशोषित करके क्रोमियम के लगभग सारे परमाणु उद्दीप्त अवस्था में आ जाते हैं और सेकेंड के लगभग दस करोड़वें अंश में वे अधिस्थायी स्तर *AA* पर उतर आते हैं। इस अवस्था में क्रोमियम एक लंबे समय तक (10^{-4}s) रहता है। क्रोमियम या किसी अन्य तत्त्व के परमाणुओं की अवस्था (या अधिस्थायी अवस्था में परिणत होने वाली किसी अन्य उद्दीप्त अवस्था) में लाने की क्रिया को प्रकाशीय पंपन कहते हैं।

अधिस्थायी अवस्था से परमाणु विभिन्न दिशाओं में स्वतःस्फूर्त क्वांटम उत्सर्जित करते रहते हैं। हर उत्सर्जित क्वांटम अधिस्थायी अवस्था में स्थित अन्य परमाणुओं के पास से गुजरते समय उनसे नये-नये क्वांटमों को मुक्त करता जाता है। यदि स्वतःस्फूर्त निकला हुआ फोटोन, बेलन के अक्ष से दूर दिशा में चलता है तो उससे प्रेरित फाटोन बहुत जल्द ही क्रिस्टल से बाहर निकल आते हैं और शक्तिशाली स्पदं नहीं मिलता। लेसर-स्पंद तब उत्पन्न होता है, जब लेसर के अक्ष के अनुतीर चलने वाला फोटोन उत्सर्जित होता है। ऐसा फोटोन अपने साथ-साथ अनेक फोटोनों को निकालता हुआ चलता है। उनकी संख्या में वृद्धि पहाड़ों पर से शैल-प्रपात के पत्थरों की संख्या बढ़ने के नियमों के अनुसार होती है। फोटोन रूबी के सिरों पर स्थित दर्पणों से परावर्तित होते हुए छड़ में कई चक्कर लगाते हैं। इसके फलस्वरूप लाल प्रकाश की शक्तिशाली स्पंद उत्सर्जित होता है जो अर्धपारदर्शक दर्पण पार करके निकलता है (चित्र 40)।

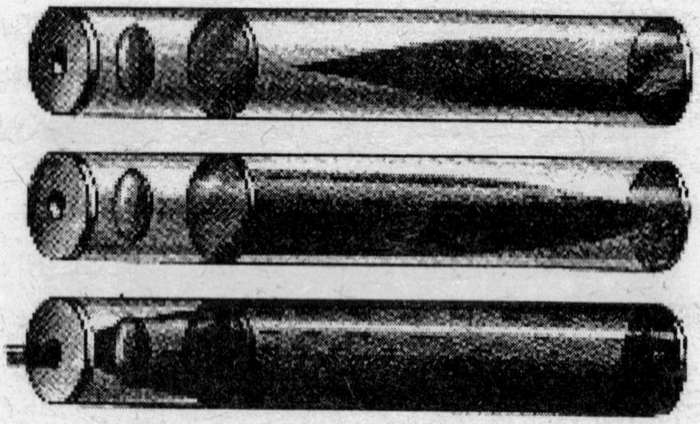

चित्र 40. लेसर में फोटोन-प्रवाह की उत्पत्ति।

पहली बात यह है कि इस स्पंद का प्रकाश एकवर्णी है; रूबी की छड़ के अनुतीर उत्सर्जित प्रथम क्वांटम अपने साथ वैसे ही क्वांटम निकाल सकता है, जिनकी ऊर्जा खुद की ऊर्जा के बराबर है। दूसरी बात, लेसर-पुंज एक बहुत छोटे कोण पर अपसृत होता है और निकलने वाले फोटोन उसी दिशा में चलते हैं, जिसमें उन्हें निकालने वाला प्रथम मूल फोटोन चलता है। और अंत में, लेसर-विकिरण संसक्त होता है क्योंकि सभी क्वांटम समान प्रावस्था में उत्सर्जित होते हैं।

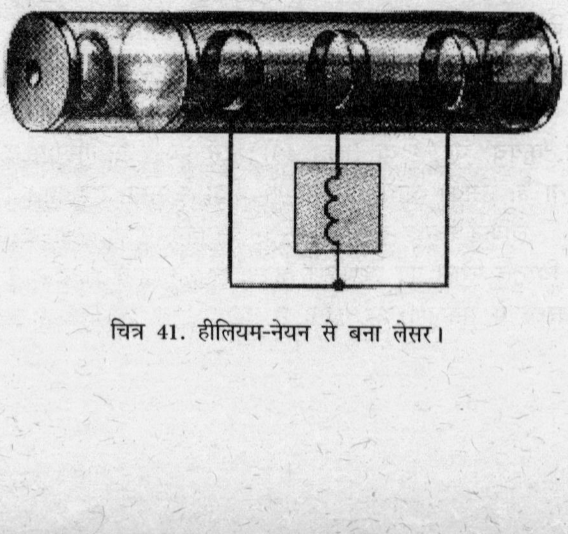

चित्र 41. हीलियम-नेयन से बना लेसर।

गैस लेसर–सिर्फ ठोस पिंड ही लेसर प्रकाश नहीं देते। द्रव और गैस लेसर भी होते हैं।

यदि बेलनाकार बरतन में हीलियम और नेयन का मिश्रण भर दिया जाए और भीतर धातु के विद्युत (एलेक्ट्रोड) लगाकर उन्हें उच्च वोल्टता के स्रोत से जोड़ दिया जाए, तो गैसों का मिश्रण लाल सी चमक देने लगेगा; ठीक वैसी ही, जैसी नेयन के बल्ब देते हैं (चित्र 41)। काँच की नली में धीमा निरावेशन शुरू हो जाता है। ऐसे निरावेशन में गैस के परमाणुओं के बीच क्षिप्र एलेक्ट्रोन दौड़ते रहते हैं। वे हीलियम के परमाणुओं से टकराते हैं और उन्हें उद्दीप्त कर देते हैं। एलेक्ट्रोन नेयन से भी टकराते हैं, पर नियमतः उन्हें सिर्फ निम्न स्तरों तक ही उद्दीप्त करते हैं। पर हीलियम के उद्दीप्त परमाणु नेयन-परमाणुओं से टकराकर उन्हें अपनी ऊर्जा प्रदान करते हैं और उन्हें उच्च स्तरों तक उद्दीप्त कर देते हैं। उन उच्च स्तरों से नेयन-परमाणु बीच की अवस्था E_1 पर उतर आते हैं (चित्र 42)।

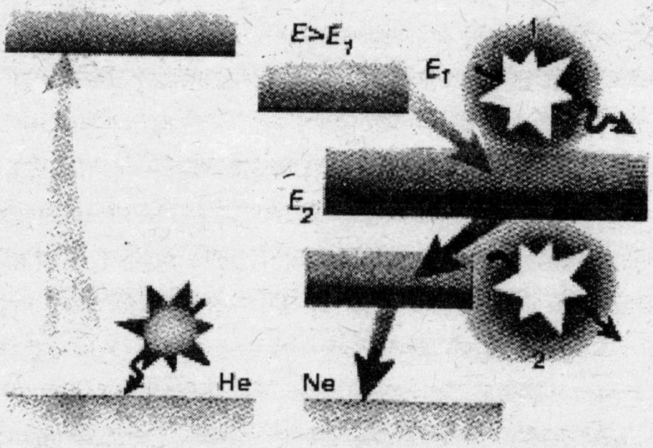

चित्र 42. हीलियम और नेयन के और्जिक स्तर का आरेख (1. दृश्यमान लेसर-विकिरण; 2. नेयन की सामान्य प्रदीप्ति)। सिर्फ वे स्तर दिखाए गए हैं, जो गैस-लेसर के दृश्य-विकिरण की उत्पत्ति में भाग लेते हैं। वास्तव में इन गैसों के ऊर्जा-स्तरों का आरेख कहीं अधिक जटिल है।

अब यदि हीलियम-नेयन मिश्रण से भरे बरतन के सिरों पर वैसे ही दर्पण लगा दिए जाएँ, जैसे रूबी वाले लेसर में, तो बरतन के अक्ष के अनुतीर उत्सर्जित E_1-E_2 ऊर्जा वाला फोटोन लेसर-विकिरण उत्पन्न कर देगा। गैसीय लेसर में नेयन और हीलियम के उद्दीप्त परमाणुओं की संख्या निरंतर परिपूरित होती रहती है। इसीलिए हीलियम-नेयन का लेसर, सतत रूप से प्रकाश का विकिरण करता रहता है।

द्रव लेसर. द्रव विकिरण पिंड का लेसर बहुत ही रोचक उपकरण है। हम जानते हैं कि रूबी वाले लेसर में मुख्य भूमिका क्रोमियम के परमाणु अदा करते हैं।

ऐसे भी लेसर हैं जिनमें छड़ रूबी की नहीं, काँच की होती है और काँच, जैसे कि अक्सर कहते हैं, जरूरत से ज्यादा ठंडा किया हुआ द्रव है। क्रोमियम-परमाणुओं की भूमिका काँच में मिश्रित विरल मृदा तत्त्व–नियोडियम–के परमाणु निभाते हैं।

नियोडियम के परमाणु द्रव में अधिक उन्मुक्त गति करेंगे और फलतः घोलक द्रव के परमाणुओं के साथ अत्यधिक टकराया करेंगे। इन टक्करों के दरम्यान नियोडियम के उद्दीप्त परमाणु अपनी ऊर्जा घोलक के परमाणुओं को दे देंगे और वह बेकार खोती जाएगी, ताप में परिणत होती रहेगी। ऐसा सदा होता है, हालाँकि एलेक्ट्रोन, जो एक कक्ष से दूसरे कक्ष पर आते समय फोटोन उत्सर्जित करते हैं, नियोडियम-परमाणु को घेर रखने वाले एलेक्ट्रोनी-अभ्र की बहुत गहराई में होते है। लेसरी विकिरण की परिस्थितियां निर्मित करने के लिये सक्रिय परमाणुओं की रक्षा उनके गिर्द मटरगश्ती करने वाले घोलक परमाणुओं से करनी पड़ेगी। लेकिन कैसे?

यह समस्या रसायनशास्त्रियों ने हल की। उन्होंने नियोडियम के आयन पर लिगैंड नामक जटिल जैव परमाणु-ग्रुपों का 'कवच' चढ़ा दिया (चित्र 43)। इस प्रकार नियोडियम का आयन घोलक के परमाणुओं के साथ टकराने से बचा रहता है; उसका आचरण वैसा ही होता है मानो वह ठोस पिंड की क्रिस्टलिक जाली में हो।

लेकिन लिगैंड का काम सिर्फ नियोडियम की रक्षा करना नहीं है। उसके और भी कई अनोखे गुण हैं। स्पेक्ट्रम के विस्तृत परास का विकिरण अवशोषित करने की क्षमता के कारण लिगैंड उद्दीप्त हो उठता है और या तो तुरंत मूल अवस्था में संक्रमण कर जाता है या देर तक उद्दीप्त अवस्था में ही रहता है। इस हालत में लिगैंड द्वारा उत्सर्जित

फोटोन लेसर-पुंज में कोई नया गुण नहीं भरेगा, पर अधिस्थायी अवस्था में लिगैंड अपनी ऊर्जा नियोडियम के परमाणु को प्रदान करता है और इस प्रकार नियोडियम के सक्रिय आयनों के प्रकाशीय पंपन की क्रिया में भाग लेता है। ऐसे लेसर में फोटोनों का पुंज उसी तरह से उत्पन्न होता है, जैसे अन्य प्रकार के लेसरों में।

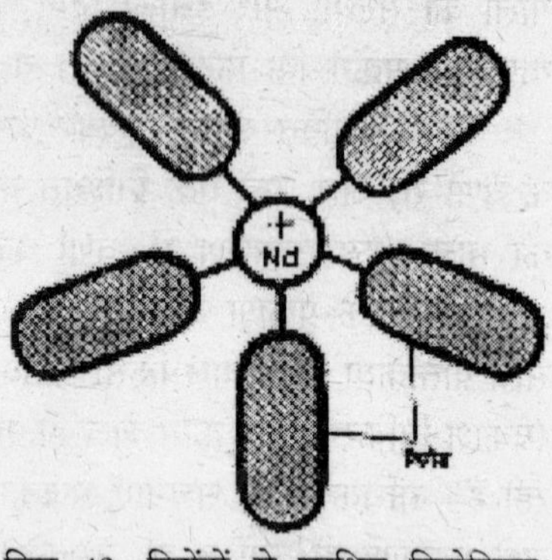

चित्र 43. लिगेंडों से सुरक्षित नियोडियम-आयन।

विकिरणकारी रंजक. ऐसे लेसरों की बहुत आवश्यकता होती है जिनमें विकिरण की आवृत्ति नियमित की जा सके। उनकी आवश्यकता अनेक सूक्ष्म अन्वीक्षणों में पड़ती है, जब द्रव्य के साथ विकिरण की व्यतिक्रिया फोटोनों की ऊर्जा पर बहुत अधिक निर्भर करती है। अच्छी तरह से चुनी हुई ऊर्जा वाले फोटोनों के विकिरण से द्रव्य पर अभिक्रिया करके द्रव्य के रूपांतरणों की जटिल से जटिल विधियों का संचालन किया जा सकता है। ऐसे लेसर बन चुके हैं, जिनमें तरंग-लंबाई परिवर्तित की जा सकती है। इनमें विकिरण (विकिरणकारी) पिंड विशेष रूप से चुने गए रंजकों का घोल होता है। प्रकाश की उत्पत्ति रंजक द्रव्य के अणुओं की विस्तृत अवशोषण-पट्टियों पर होती है (चित्र 44)।

चित्र 44. संक्रमण ऊर्जा-पट्टी A के भिन्न स्तरों से पट्टी B के भिन्न स्तरों पर संभव है। अनुनादक के समंजन के अनुसार लेसर-विकिरण के क्वांटमों की ऊर्जा परिवर्तित की जा सकती है।

लेसरों में ऐसे संक्रमण बहुत तेजी से हो जाते हैं और द्रव के अणुओं की गति फोटोनों के लेसर-पुंज पर प्रभाव नहीं डाल पाती। जैव रंजकों के अुण सहायक लेसर की ऊर्जा से या विशेष बल्बों से उद्दीप्त किए जाते हैं। जैव-रंजकों में प्रकाश-अवशोषण की पट्टी बहुत चौड़ी होने के कारण लेसरी प्रक्रिया में उत्पन्न होने वाले फोटोनों की ऊर्जा सतत रूप से परिवर्तित की जा सकती है (चित्र 35), इसके लिए सिर्फ अनुनादक को आवश्यक तंरग-लंबाई पर समंजित करना पड़ता है या प्रकाशीय पंपन संपन्न करने वाले प्रकाश-स्रोत की आवृत्ति बदलनी पड़ती है।

प्रकाशीय संचार. सामान्य किरणों से लेसरी किरणों की भिन्नता सिर्फ उनकी तीव्र चमक के कारण ही नहीं, उनकी एकवर्णता और संसक्ति के कारण भी है। लेसरी विकिरण के इन गुणों के कारण ही भविष्य में रेडियो और टेलीविजन के कार्यक्रम प्रकाश-किरणों द्वारा प्रसारित किए जा सकेंगे।

चित्र 45. गोलों का टेलीग्राफ। एक तट से दूसरे पर गोलों के लुढ़कने की आवृत्ति जितनी ही अधिक होगी, एक तट से दूसरे की ओर उतनी ही अधिक सूचनाएँ प्रेक्षित होंगी।

सूचना-प्रेक्षक के रूप में लेसर उत्कृष्टता समझने के लिए चित्र 45 में दर्शित संचार-प्रणाली को देखें।

फट्टी पर लगातार समान प्रकार के गोले लुढ़क रहे हैं। बाएँ से दाएँ तट पर इकाई समय में आने वाले

गोलों की संख्या, और इसलिए दाएँ तट पर उनके पहुँचने की आवृत्ति, स्थिर राशियाँ हैं। गोलों की गिनती करके हम यह बता सकेंगे कि फट्टी पर से वे कितनी देर तक लुढ़कते रहे।

ऐसी प्रयुक्ति से कोई खबर प्रेषित करने के लिए गोलों को किसी तरह से चिह्नित करना होगा (जैसे, वर्णमाला के वर्णों से) और उन्हें एक निश्चित क्रम में भेजना व प्राप्त करना होगा। ऐसी स्थिति में, नियत समय में प्रेषित सूचना की मात्रा (इस उदाहरण में—वर्णों की संख्या) फट्टी से आने वाले गोलों की आवृत्ति के समानुपात में होगी।

लेसर के प्रकाश का सुस्पष्ट ज्यावत वक्र अनंकित गोलों की तरह ही है। ज्यावत प्रकाश-दोलनों को प्रकाश के साथ प्रतिक्रिया करने वाले किसी ग्राहक-उपकरण द्वारा अभिलिखित करके हम सिर्फ इतना जान पाएँगे कि प्रेषक-उपकरण (प्रकाश-विकिरण) का काम शुरू हो गया है, और साथ ही यह निर्धारित कर पाएँगे कि विकिरणिक ऊर्जा कहां से आ रही है। अधिक गंभीर सूचनाएँ भेजने के लिए गोलों की तरह ज्यावत वक्रों पर भी 'चिह्न' बनाने पड़ेंगे। साधारण प्रकाश चाहे एकवर्णी ही क्यों न हो, उसकी किरण को चिह्नित करना संभव नहीं है। साधारण प्रकाश में दोलन बेतरतीब होते हैं। बेतरतीब दोलनों की पृष्ठभूमि में सूचना अंकित करना असंभव है। संसक्त किरणों के साथ बात दूसरी है। ऐसी किरण एक तरह से कागज का सादा पन्ना होती है, जिस पर सूचना लिखी जा सकती है। किरण पर चिन्ह उसके मोडुलन अर्थात उसके आयम या आवृत्ति में परितर्वतन के द्वारा लगाया जा सकता है (चित्रस 46)। इस स्थिति में प्रेषणाधीन सूचना ज्यावत वक्र पर 'बेल-बूटों' के रूप में कोडित की जाएगी। 'बेल-बूटों' के प्रेषण में जितना ही कम समय लगेगा, संचार-मार्ग उतना ही प्रशस्त रहेगा। और यह समय, जैसा कि चित्र से स्पष्ट है, विकिरण की आवृत्ति का व्युत्क्रमानुपाती है। इसका मतलब है कि दोलनों की आवृत्ति जितनी ही ऊँची होगी, इकाई समय में उतनी ही अधिक सूचनाएँ प्रेषित की जा सकेंगी। रूबी वाले लेसर-विकिरण के विद्युचुंबकीय दोलनों की आवृति 430 TH, (4.3×1014Hz) उस आवृत्ति से करोड़ों गुना अधिक है, जिस पर आजकल टेलीविजन के कार्यक्रम प्रसारित होते हैं। इसीलिए लेसर-किरण के पूर्ण उपयोग से उस पर टेलीविजन तथा रेडियो के करोड़ों-करोड़ कार्यक्रम प्रसारित हो सकते हैं।

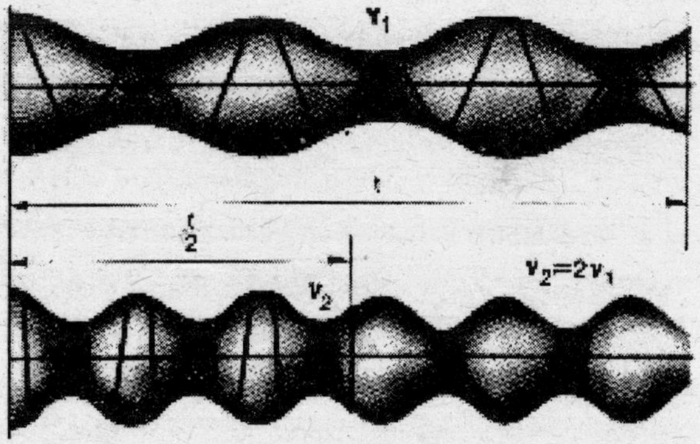

चित्र 46. विद्युचुंबकीय तरंगों की दोलन-आवृत्ति दुगुनी करने से एक ही 'आकृति' के प्रेषण के लिए आवश्यक समय दुगुना कम हो जाता है।

पर वैज्ञानिकों ने लेसर-किरणों की सभी संभावनाओं के पूर्ण उपयोग की अभी तक कोई विधि नहीं ज्ञात की है—सूचनाओं की बहुत बड़ी मात्रा से लेसर-किरण का मोडुलन संभव नहीं हो पा रहा है। यदि हम गोलों वाले टेलीग्राफ का उदाहरण लें, तो कह सकते हैं कि लेसरी 'गोलों' का प्रवाह इतना क्षिप्र है कि सबको चिह्नित करना संभव नहीं होता।

लेसर-विद्युकेंद्र. जैसा कि कहा जा चुका है, पृथ्वी अपने जीवन और अपने विकास के लिए सौर ऊर्जा की आभारी है। पर सौर ऊर्जा मूलतः नाभिकीय ऊर्जा है। सूर्य के केंद्र में तापनाभिकीय प्रतिक्रियाएँ चलती रहती हैं और गामा-क्वांटम उत्पन्न होते हैं; ये प्रकाशीय क्वांटमों (फोटोनों) से दस लाख गुनी अधिक ऊर्जा रखते हैं। सौर द्रव्य से गुजरते समय गामा-क्वांटम कदम-कदम पर द्रव्य के परमाणुओं से व्यतिक्रिया करते हुए 'चूर' होने लगते हैं और कम ऊर्जा वाले क्वांटमों में बदल जाते हैं। सूर्य की सतह पर मुख्यतः प्रकाशीय क्वांटम—फोटोन—ही पहुँच पाते हैं। फोटोनों का प्रवाह सौर दृव्य

की ऊर्जा है, जो पृथ्वी तक बहुत प्रकीर्णित रूप में पहुँचती है। मध्य अक्षांशों पर 1 kw शक्ति प्राप्त करने के लिए कई वर्ग-मीटर विस्तृत सतह से ऊर्जा इकट्ठी करनी पड़ती है, वह भी अच्छी धूप में। पर सूर्य बहुत अनियमित ढंग से 'काम करता' है : रात होती है, बादल छा जाते हैं। सौर प्रवाह मौसम के अनुसार भी बदलता रहता है। तो क्या हम अपने घर–पृथ्वी–पर कृत्रिम सूर्य नहीं बना सकते?

अधिकांशतः किसी रसायनिक प्रतिक्रिया को शुरू करने के लिए या उसकी क्षिप्रता बढ़ाने के लिए प्रतिक्रियाशील द्रव्यों को गर्म किया जाता है। तापक्रम-वृद्धि के साथ अणुओं का वेग बढ़ जाता है और टक्कर खाते समय क्षिप्र अणु और्जिक बाधा पार कर जाते हैं, जिससे नए अणु–प्रतिक्रिया के उत्पाद–बनाने में अड़चन होती है। समतापक्रमी प्रतिक्रियाओं में इससे अतिरिक्त ऊर्जा उत्सर्जित होती है। सौर ऊर्जा नाभिकीय प्रतिक्रियाओं से उत्पन्न होती है जब हाइड्रोजन के नाभिकों से हीलियम बनती है।

पार्थिव परिस्थितियों में तापरेची नाभिकीय प्रतिक्रियाओं को हाइड्रोजन के भारी नाभिकों (ड्युटेरियम, ट्रीटियम) से उत्पन्न कराना अधिक सरल है बनिस्बत कि साधारण हाइड्रोजन के नाभिकों से। ट्रीटियम और ड्यूटेरियम के मिश्रण से नाभिकीय प्रतिक्रिया शुरू करने के लिए द्रव्य को दसियों करोड़ डिग्री तापक्रम तक गर्म करना पड़ता है। बात यह है कि भारी हाइड्रोजन के परमाणु-नाभिक मिलकर हीलियम का नाभिक तभी बनाते हैं, जब वे परस्पर स्पर्श कर पाते हैं।

धन विद्युत से आविष्ट दो नाभिकों को परस्पर स्पर्श करने को विवश कैसे किया जा सकता है, जब निकट आने पर वे बहुत बड़े बल से विकर्षित होने लगते हैं? इसके लिए जरूरी है कि हाइड्रोजन-नाभिक एक-दूसरे की ओर बहुत बड़े वेग से गतिमान हों। इसके लिए हाइड्रोजन को करोड़ों डिग्री तापक्रम तक गर्म किया जाता है–जितना ही अधिक तापक्रम होगा, उतना ही अधिक वेग होगा। वैसे इतने ऊँचे तापक्रम पर हाइड्रोजन नहीं रह जाता, वह परमाणु-नाभिकों और एलेक्ट्रोनों के मिश्रण में परिणत हो जाता है जिसे **प्लाज्मा** कहते हैं।

अब तक प्लाज्मा को विद्युस्फुलिंगों से गर्म किया जाता था। यदि प्लाज्मा कक्ष की दीवारों के संपर्क में नहीं आता है, तो उसका तापक्रम ऊँचा का ऊँचा बना रहता है। ठंडी दीवारों से प्लाज्मा का संपर्क रोकने के लिए चुंबकीय क्षेत्र की सहायता ली जाती है। लेकिन बहुत शक्तिशाली चुंबकीय क्षेत्र से भी प्लाज्मा को रोककर रखना बहुत ही जटिल काम है। क्या गर्म प्लाज्मा प्राप्त करने की कोई दूसरी विधि नहीं है?

लेसरी प्लाज्मा. अभी एक भी ऐसा स्रोत ज्ञात नहीं है जो लेसर किरणों की तुलना में ऊर्जा की अधिक सांद्रता दे सके। तीव्र लेसर-विकिरण कौंध-प्रवाह की शक्ति प्रति वर्ग सेंटीमीटर के हिसाब से करीब 10^{16} w होती है। इस शक्ति की विशालता का अंदाज इसके साथ बड़े-से-बड़े विद्युकेंद्र की शक्ति की तुलना करके सरलतापूर्वक लगाया जा सकता है। वास्तव में लेसर की कौंध के रूप में उत्सर्जित पूर्ण ऊर्जा ज्यादा नहीं होती। कौंध सिर्फ 10^{-9} s तक रहती है और क्षेत्र, जिस पर प्रवाह संकेंद्रित होता है, वर्ग माइक्रोमीटर में नापा जाता है। लेकिन उच्च 'तापनाभिकीय' ऊर्जा प्राप्त करने के लिए ऊर्जा का बहुत ऊँचा घनत्व ही चाहिए।

इसीलिए तो वैज्ञानिकगण हाइड्रोजन के प्लाज्मा को अति उच्च तापक्रम तक गर्म करने के लिए शक्तिशाली लेसर-किरण के उपयोग की विधियाँ ढूँढ़ने में लगे हुए हैं, जिससे तापनाभिकीय प्रतिक्रिया चलाई जा सके।

चित्र 47. ड्यूटेरियम-ट्रीटटियम की बर्फ में तापनाभिकीय प्रतिक्रिया शुरू करने के लिए उसे सब ओर से लेसर-विकिरण द्वारा गर्म करना पड़ता है (चित्र में फोकस करने वाले सभी लेंस एक ही तल पर दिखाए गए हैं, पर वास्तविकता में बर्फ की गोली त्रिविम व्योम में सब ओर से स्थित लेंसों के व्यूह द्वारा गर्म की जाती है)।

एक प्रेरख देखें (चित्र 47)। भारी पानी से बनी बर्फ की दसेक माइक्रोमीटर आकार वाली टुकड़ी सब तरफ से लेसर-किरण द्वारा प्रकाशित की जाती है। लेसर की अत्यल्प कौंध को (~10^{-9}s) में यदि शक्ति ~10^4J उत्सर्जित होती है, तो कौंध को एक विशेष रूप देने पर बर्फ की टुकड़ी से बना प्लाज्मा बहुत कसकर दब जाएगा और उसका घनत्व कई हजार गुना बढ़ जाएगा। उत्तप्त और अति घनी बूँद में तापनाभिकीय प्रतिक्रिया चलने के लिए परिस्थितियाँ उत्पन्न हो जाती हैं। बर्फ की टुकड़ी बहुत बड़ी नहीं होती, पर 'नाभिकीय दहन' में वह अतरिक्त ऊर्जा देगी। आकलन के अनुसार हर कौंध में इस ऊर्जा का मान 1 से 10 करोड़ जूल के बराबर होगा। एक ग्राम की मात्रा में ड्युटेरियम-ट्रीटियम का मिश्रण हीलियम में परिणत होकर इतनी ऊर्जा उत्सर्जित करता है, जितनी 20 टन पेट्रोल जलने में उत्सर्जित होती है।

जब वैज्ञानिकगण लेसरी तापनाभिकीय प्रयुक्ति का प्रेरख बनाना शुरू करते हैं, तो उनके सामने मुख्य समस्या होती है—अधिक बड़े दक्षता-गुणांक वाला शक्तिशाली लेसर बनाना। ऐसे लेसर में पंपन की ऊर्जा अधिकतम मात्रा में लेसर-विकिरण की ऊर्जा बननी चाहिए। अभी प्लाज्मा गर्म करने के लिए गैसीय विकिरक पिंड—कार्बन डायक्साइड गैस—वाला लेसर ज्यादा उपयुक्त है। ऐसा लेसर 10.6μm तरंग-लंबाई वाला अवरक्त विकिरण उत्सर्जित करता है।

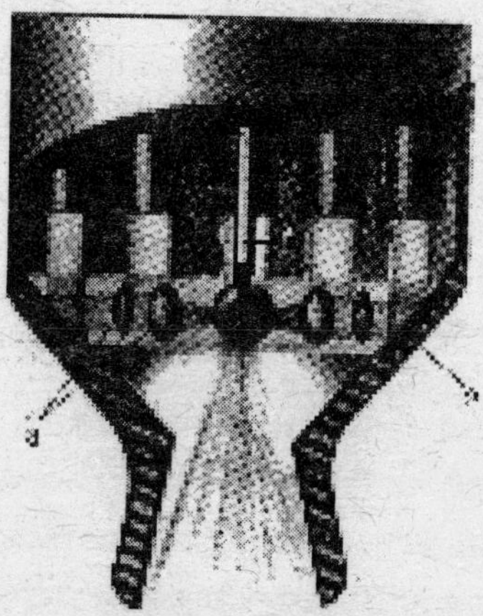

चित्र 48. तापनाभिकीय रिएक्टर और लेसर द्वारा शृंखल तापनाभिकीय प्रतिक्रिया शुरू करने वाले अंतरिक्षी प्रतिकारी चलित्र का आरेख : 1. नाभिकीय ईंधन *DT*-बर्फ का प्रवेश 2. लेसरी किरण को लेंस पर निर्दिष्ट करने वाला दर्पण, 3. विकिरण को बर्फ पर फोकस करने वाला लेंस, 4. राकेट का कार्य।

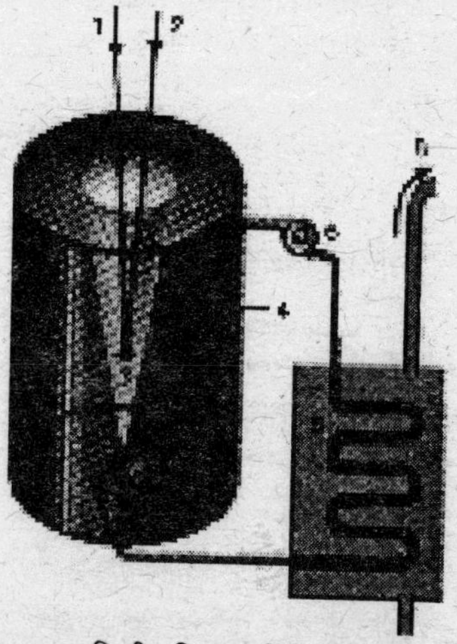

चित्र 49. तापनाभिकीय रिएक्टर में लेसर से प्रतिक्रिया शुरू करने वाले स्थावर विद्युकेंद्र का आरेख : 1. नाभिकीय ईंधन के साथ बर्फ का पथ, 2. बर्फ को सुलगाने वाली लेसर-किरण, 3. सुलगाव के स्थल पर बर्फ, 4. द्रव लीथियम से भरा हुआ रिएक्टर का काय, 5. ताप-विनिमायक (तापनाभिकीय प्रतिक्रिया से उत्सर्जित ताप विद्युकेंद्र की चर्खियों की ओर ले जाया जाता है), 6. लीथियम का संचार करने वाला पंप, 7. लीथिमय के घूर्णन से बने भँवर के कारण उत्पन्न शंक्वाकार व्योम, 8. लाभदायक ताप।

DT-ईंधन इसी शंकु में प्रविष्ट कराया जाता है। समय-समय पर ईंधन लेसर-किरणों से सुलगाया जाता है। तप्त लीथियम ताप-विनिमायक में जाता है।

दूरस्थ ग्रहों और सितारों तक उड़ने के लिए अच्छे-से-अच्छे रसायनिक ईंधन वाला चलित्र भी काम नहीं आएगा। उदाहरण के लिए, प्लूटो पर जाने के लिए भी राकेट पर ईंधन का बहुत बड़ा भंडार रखना पड़ेगा। लेकिन लेसरी तापनाभिकीय चलित्र (चित्र 48) अंतरिक्ष में अतिदूर यात्राओं के लिए पर्याप्त उपयुक्त है। लेसर स्थिर विद्युकेंद्रों में भी ड्यूटेरियम और ट्रीटियम जलाने के काम आ सकता है (49)।

अतिदूरगामी राकेटों के तापनाभिकीय चलित्र और हाइड्रोजनी विद्युकेंद्र की भट्ठी को प्रकाशीय किरणों से कब चालू किया जा सकेगा?

अभी ठीक-ठीक तारीख बताना मुश्किल है। वैज्ञानिकगण कमोबेश रूप से विश्वस्त अनुमान ही दे रहे हैं। यह मान्यता है कि भविष्य में उद्योग को वैद्युत ऊर्जा शक्तिशाली लेसर-विद्युकेंद्रों से ही मिलेगी। यह भविष्यवाणी कहाँ तक

सच है, यह समय आने पर ही पता चलेगा। पर आज यह स्पष्ट हो चुका है कि आदमी के सामने खड़ी और्जिक समस्याओं के हल में लेसर एक शक्तिशाली साधन है।

होलोग्राफी की आयाम विषयक दुनिया. अब तक प्रकाशीय सूचनाओं को सुरक्षित रखने का मुख्य साधन फोटोचित्र है। नेताओं, अंतरिक्ष-यात्रियों, महत्त्वपूर्ण ऐतिहासिक घटनाओं, कलाकृतियों तथा अनेक अन्य बातों को कैमरे से चित्रित किया जा सकता है। वैज्ञानिक फोटोचित्रों की सहायता से प्रयोग या उत्पादन संबंधी जटिल प्रक्रियाओं का अध्ययन करते हैं, खनिजों का पता लगाते हैं, प्रत्याशित फसल की भविष्यवाणी करते हैं।

चित्र 50. लेसर के कार्य।

आज हम चित्र अधिकांशतः फोटोग्राफी (प्रकाशलेखन) से प्राप्त करते हैं। पंद्रह साल पहले फोटोग्राफी का कोई गंभीर प्रतियोगी नहीं था, लेकिन अब वस्तुओं का चित्र प्राप्त करने की एक नई विधि उत्पन्न हुई है और बहुत तेजी से विकसित हो रही है; इसका नाम है **होलोग्राफी** (पूर्णलेखन)।

वस्तु का होलोग्राफिक चित्र उसके होलोग्राम (पूर्णलेख) में निहित होता है। होलाग्राम ऐसी ही भूमिका निभाता है जैसी कि फोटोग्राफी में निगेटिव की होती है। देखने में होलोग्राम डेवलप की हुई फोटो-प्लेट जैसा लगता है, जिस पर उभरे हुए चित्र का वस्तु की रूप-रेखा के साथ कोई मेल नहीं होता। यदि ऐसी प्लेट को खुर्दबीन से देखा जाए तो उसमें बारी-बारी से अँधेरी और प्रकाशमान पट्टियाँ दिखेंगी (यदि उसमें सरल आकृति की वस्तु चित्रित है)। जटिल वस्तुओं के चित्र की अँधेरे और प्रकाशमान क्षेत्रों से बनी दानेदार रचना होती है।

होलोग्राम को तेज प्रकाश-पुंज से प्रकाशित करते ही वस्तु का रंगीन व्योम चित्र दिखने लगता है। प्लेट पर अंकित बेतरतीब रचना को प्रकाशित करने पर वस्तु द्वारा परावर्तित प्रकाश-तरंग की प्रसर-सीमाएँ उस क्षण की तरह उपस्थित हो जाती हैं, जिस क्षण वस्तु का होलोग्राम लिया गया था। पुनर्निर्मित चित्र होलोग्राम के पीछे, प्रकाश-पुंज के साथ किसी कोण पर स्थित होता है।

जादू इसमें ही सीमित नहीं है। होलोग्राम को टुकड़ों में तोड़ा जा सकता है; प्रकाशित करने पर हर टुकड़ा वैसा ही चित्र देता है, जैसा पूरी प्लेट देती थी। दुर्लभ वस्तुओं और विश्व- विख्यात कलाकृतियों के होलोग्राम बनाए जा चुके हैं, ये अपने मूल रूप से जरा भी भिन्न नहीं होते, और सबकी पहुँच में आ सकते हैं।

वैज्ञानिक अन्वीक्षण और उत्पादन पर तकनीकी नियंत्रण के लिए भी होलोग्राफी नई संभावनाएँ प्रस्तुत करती है।

होलोग्राम में वस्तु के अलग-अलग लघु क्षेत्रों की पारस्परिक स्थितियाँ इन क्षेत्रों द्वारा परावर्तित किरणों के विलंब (एक-दूसरे की तुलना में देर से पहुँचने) के अनुसार अंकित होती हैं। वस्तु के विभिन्न बिंदुओं की दूरी दो प्रकाश-किरणों की तुलना द्वारा अंकित होती है। वस्तु से निकला हुआ प्रकाश-पुंज और एक-दूसरा (अवलंबी) प्रकाश-पुंज फोटो-प्लेट पर निर्दिष्ट किए जाते हैं, जहाँ वे व्यतिकरण-चित्र बनाते है। व्योम के बड़े हिस्से में व्यतिकरण-चित्र सिर्फ संसक्त प्रकाश की प्रारस्परिक क्रिया से उत्पन्न होता है। इसीलिए लेसरी संसक्त विकिरण के बिना होलोग्राफी का सच्चा विकास संभव नहीं था।

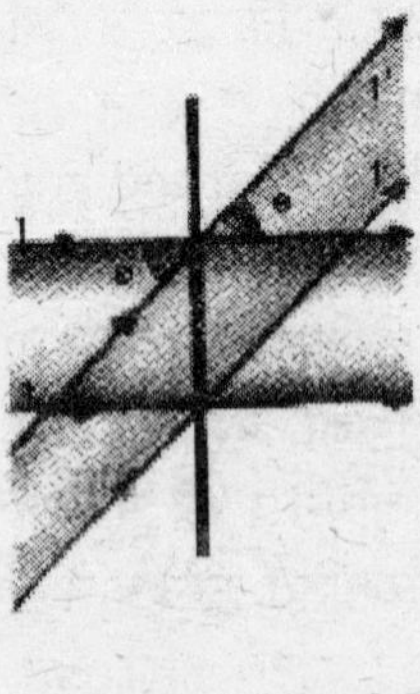

चित्र 51a. होलोग्राम-लेखन का आरेख।

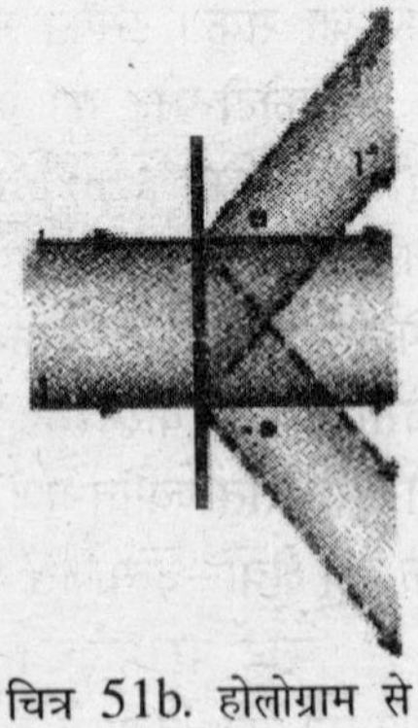

चित्र 51b. होलोग्राम से बिंब की प्राप्ति

होलोग्राफिक अभिलेख–होलोग्राम कैसे अभिलेखित करते हैं? फोटो-प्लेट को दो संसक्त किरण-पुंजों से प्रकाशित करते हैं। उनमें से एक (1) को प्लेट पर लंब रूप से निर्दिष्ट करते हैं और दूसरे (l") कोण θ बनाते हुए (चित्र 51a)। इस स्थिति में प्रकाशीय दोलन प्लेट पर व्यतिकरण-पट्टियाँ बनाएँगे। प्लेट को डेवलप करने के बाद यह विवर्तक जाली का काम करने लगता है। इस जाली को इसके तल पर लंब रूप से आपतित संसक्त प्रकाश-पुंज (चित्र 51a में 1) प्रकाशित करते हैं। पुंज का एक भाग बगैर अपनी दिशा बदले जाली को पार कर जाएगा; इसके अतिरिक्त समांतर किरणों के दो और पुंज उत्पन्न होंगे, जो जाली से उसके साथ क्रमशः θ और–θ कोण पर निकलेंगे। ये कोण ठीक उस कोण जैसे होंगे, जिस पर प्लेट को शुरू-शुरू में प्रकाशित किया गया था, और कोण θ पर निकले पुंज (l") की तीव्रता वैसी ही होगी, जैसी इसी कोण पर शुरू-शुरू में आपतित कोण की थी (चित्र 52b)। यदि दूसरी तरह से कहें, तो फोटो-प्लेट ने याद कर लिया कि उस पर किस कोण से किस तीव्रता की किरण गिरी थी। यह पुरानी किरण ही नई लंबवत किरण द्वारा नए सिरे से उत्पन्न होती है। लंबवत आपतित किरण को अवलंबी किरण कहते हैं।

चित्र 52. बिंदु-वस्तु $K(a)$ का होलोग्राम प्राप्त करना। होलोग्राम को आधारी लेसर-किरणों से प्रकाशित करके बिंदु k का बिंब प्राप्त करना (b)।

अवलंबी किरण की सहायता से आरंभिक प्रकाश-पुंज की पुनर्स्थापना की संभावना हमें बहुत दूर तक ले जा सकती है। यथा, संसक्त विकिरण की सहायता से फोटो-प्लेट पर समांतर प्रकाश-पुंज के लंछक ही नहीं, गुलाब की पंखुड़ियों, संगमरमर के खंभों या कट-ग्लास के गुलदस्ते से परावर्तित प्रकाश भी अभिलिखित किया जा सकता है और आवश्यकता पड़ने पर उसे पुनर्स्थापित किया जा सकता है।

प्रकाशदायक या चमकदार वस्तु को हमेशा ही अलग-अलग चमकदार बिंदुओं से मिलकर बना हुआ मान सकते हैं। इसलिए यदि हम फोटो-प्लेट पर एक बिंदु का प्रकाश अभिलिखित करना सीख लें, तो जटिलतम वस्तु से उत्सर्जित प्रकाश भी अभिलिखित कर सकेंगे। चमकदार बिंदु का प्रकाश फोटो-प्लेट पर शंकु के रूप में आपतित होता है (चित्र 52a)। इस शंकु जैसे पुंज को अति संकीर्ण छल्लों में विभाजित करते हैं ताकि किरणों के अपसारण की व्यवहारतः उपेक्षा की जा सके। इसका मतलब है कि हर संकीर्ण पुंज को हम समांतर किरणों का पुंज मान सकते हैं।

फोटो-प्लेट का हिस्सा A_1B_1 से ϕ_1 से आपतित पुंज को स्मरण कर लेगा, हिस्सा A_2B_2–कोण ϕ_2 से आपतित पुंज को (चित्र 52b)। कोण जितना ही बड़ा होगा, विवर्तन-पट्टियाँ उतनी ही अधिक होंगी और इसीलिए प्लेट की इकाई लंबाई पर उतनी ही अधिक रेखाएँ मिलेंगी। इस तरह से प्रकाशित करने के बाद यदि प्लेट को डेवलप किया जाए और फिर उसे संसक्त विकिरण के अवलंबी पुंज से प्रकाशित किया जाए तो ठीक वैसा ही ज्योति-प्रवाह उत्पन्न हो जाएगा, जैसा डेवलप करने के पहले प्लेट पर बिंदु-स्रोत से आपतित हो रहा था। इस प्रकार हम वस्तु के बिंदुवत लघु क्षेत्र से परावर्तित ज्योति-पुंज के अभिलेख की समस्या हल कर लेते हैं। पूरी वस्तु द्वारा परावर्तित ज्योति-प्रवाह को प्लेट वस्तु के लघु क्षेत्रों–उत्सर्जित या परावर्तित करने वाले अलग-अलग बिंदुओं–से निकले प्रवाहों के योग के रूप में स्मरण कर लेगी।

प्लेट पर पट्टियाँ बहुत जटिल होंगी और वस्तु की तरह बिल्कुल ही नहीं दिखेंगी, ठीक वैसे ही, जैसे नियमित पट्टियों का विन्यास समांतर पुंज की तरह नहीं होता।

मान लें कि ऐसे होलोग्राम से अंकित प्लेट टूट जाती है। पर इस प्लेट का टुकड़ा भी अलवलंबी प्रकाश के प्रभाव

से पूरा बिंब पुनर्स्थापित कर देगा। यह चित्र 52 से स्पष्ट हो सकता है। बिंदु *K* का बिंब प्लेट के हिस्से A_1B_1 और A_2B_2 परस्पर स्वतंत्र रूप से उत्पन्न करते हैं। यह बात और है कि होलोग्राम का आकार छोटा होने पर बिंब की क्वालिटी खराब हो जाती है।

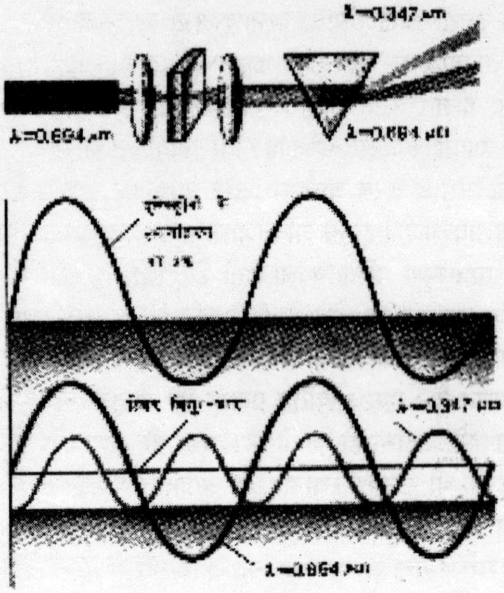

चित्र 53a. शक्तिशाली लेसर किरणों का क्वार्ट्स के पट्टे से गुजरना।

चित्र 53b. स्थानांतरित एलेक्ट्रान दोलन आरंभ कर देते हैं, आपतित प्रकाश वाली आवृत्ति तथा दुगुनी आवृत्ति का विकिरण उत्पन्न होता है। इन दोलनों को संयोजन एलेक्ट्रोनों के स्थानांतरण का वक्र बनाता है। एलेक्ट्रोनों के असममित स्थानांतरण से प्रकाशकीय तो आपतित प्रकाश की दोलन-आवृत्ति से तिगुनी तीव्र आवृत्ति का प्रकाश उत्पन्न हो सकता है।

अवलंबी प्रकाश-पुंज वस्तु का व्योमधर्मी बिंब पुनर्स्थापित करता है, जो व्योम चित्रों से बिल्कुल भिन्न होता है। ये चित्र व्योम बिंब का सिर्फ भ्रम उत्पन्न करते हैं। यथा, साधारण व्योम चित्र को भिन्न कोणों से देखने पर हमें वस्तु के नए विवरण नहीं दिखेंगे। पर होलोग्राफिक व्योम चित्र की सहायता से हम वस्तु को सब ओर से देख सकते हैं, यहाँ तक कि उसके पीछे से भी झाँक सकते हैं और उसके पीछे जो कुछ है वह भी दिखाई देगा।

व्योम होलोग्राम भी बनाया जा सकता है (फोटो-प्लेट पर समतल होलोग्राम मिलता है)। इस स्थिति में संसक्त पुंज का व्यतिकरण-चित्र इमल्शन की मोटी परत में अंकित होता है। व्योम होलोग्राम वास्तविक दुनिया को समतल होलोग्राम की तुलना में कहीं अधिक पूर्ण रूप से प्रतिबिंबित करता है। वस्तु के बिंब का बोध वस्तु के बोध से जरा भी भिन्न नहीं होता। वस्तु का बिंब देखने वाला व्यक्ति वस्तु की उपस्थिति के आभास का एक अनोखा प्रभाव अनुभव करता है।

होलोग्राफी से कई आश्चर्यजनक संभावनाएँ उत्पन्न होती हैं। यदि होलोग्राम के रूप में फिल्म बनाई जाए, तो असाधारण रूप से उच्च कोटि का व्योम चलचित्र प्राप्त होगा।

कुछ ही समय बाद वैज्ञानिक तथा इंजीनियर लोग मिलकर बड़ी-बड़ी दूरियों पर होलोग्राम प्रेषित करने वाले उपकरण बना लेंगे। व्योम-टेलीविजन-प्रोग्राम प्रसारित होंगे। हजारों किलोमीटर दूर की घटना कमरे में पहुँच जाएगी। न सिर्फ सिनेमा और टेलीविजन का ही रूप बदलेगा, बल्कि पुस्ताकालयों का भी कायापलट हो जाएगा। होलोग्राम की एक फिल्म पर सैकड़ों पृष्ठ अंकित किए जा सकेंगे।

आश्चर्यजनक रूपांतरण–न्यूटन के जमाने से ही माना जा रहा था कि पारदर्शक द्रव्य से गुजरते वक्त प्रकाश की दोलनावृत्ति में परिवर्तन नहीं होता।

द्रव्य में प्रकाश-पुंज का आचरण पूरी तरह से उसकी आवृत्ति और माध्यम के अपर्वतनांक द्वारा निर्धारित होता है (यदि हम प्रकाश के ध्रुवण से संबंधित संवृत्तियों को छोड़ दें) लेकिन यदि क्वार्ट्स के पट्टे (प्लेट) को रूबी-लेसर के शक्तिशाली ज्योति-प्रवाह से प्रकाशित किया जाये, तो क्वार्ट्स से निकली हुई किरण में लेसर के लाल प्रकाश की आवृत्ति के अतिरिक्त नीले प्रकाश की आवृत्ति भी मिली होगी (यह आप किरण को त्रिपार्श्व पर निर्दिष्ट करके देख ले सकते हैं)। इस नीले प्रकाश की आवृत्ति 0.347μm होगी (चित्र 53a)।

यह नया विकिरण कहाँ से आया? बात यह है कि द्रव्य के साथ प्रकाश की व्यतिक्रिया भी प्रकाश की आवृत्ति में परिवर्तन का कारण हो सकती है। धरातल पर अच्छे मौसम में सौर किरण के वैद्युत क्षेत्र की तीव्रता करीब 1000

vèm होती है। वैद्युत क्षेत्र की इतनी छोटी तीव्रता परमाणु-अभ्रों के बहुत क्षीण रूप से संबद्ध एलेक्ट्रोनों को ही खिसका सकती है। प्रकाश के प्रभाव से द्रव्य में एलेक्ट्रोनों का दोलन होने लगता है, जिसकी आवृत्ति वैसी ही होती है जैसी आपतित प्रकाशकिरण की। ये दोलन उसी आवृत्ति का द्वितीयक प्रकाश-विकिरण उत्पन्न करते हैं। इसीलिए द्रव्य से गुजरते वक्त सूर्य का प्रकाश अपने स्पेक्ट्रम में कोई नयी आवृत्ति नहीं देता।

लेकिन लेसर-किरणों को संसृष्ट करने वाले लेंस की नाभि पर प्रकाश-तरंग के वैद्यतु-क्षेत्र की तीव्रता एक अरब वोल्ट प्रति सेंटीमीटर तक पहुँच सकती है। इतनी शक्तिशाली प्रकाश-तरंग वाह्य परमाणु-अभ्रों के एलेक्ट्रोनों को खिसकाती ही नहीं है, वह कहीं अधिक महत्त्वपूर्ण परिवर्तन ला देती है। ऐसे क्रिस्टलों में, जिनका कोई सममित केंद्र नहीं होता, एलेक्ट्रोन एक दिशा में अधिक स्थानांतरित होते हैं (बनिस्बत कि दूसरी दिशा में; चित्र 53b)। स्थानांतरित एलेक्ट्रोनों की स्थिति अब आपतित तरंग के रूप की नकल नहीं करती। इस तरह से स्थानांतरित एलेक्ट्रोन अपने दोलन से एक नहीं, दो प्रकाश-तरंगें उत्पन्न करते हैं : एक आपतित प्रकाश की आवृत्ति वाली और दूसरी—इसकी दुगुनी आवृत्ति वाली। साथ-साथ स्थायी वैद्युत धारा भी उत्पन्न हो जाती है! यह भी संभव है कि एलेक्ट्रोन दोनों ओर समान रूप से स्थानांतरित हों, पर इस स्थिति में भी उनका स्थानांतरण आपतित प्रकाश-तरंग की नकल नहीं करेगा।

चित्र 54 की स्प्रिंगों को देखें। विशेषताओं के अनुसार से बिल्कुल समान हैं। मान लें कि प्रथम स्प्रिंग से 5 kg का बोझ लटकाया गया है, दूसरी स्प्रिंग से 8.7 kg का और तीसरी से 10 kg का। बोझ के कारण पहली स्प्रिंग 5 cm लमड़ती है, दूसरी—सिर्फ 8.6 cm, हालाँकि उससे 8.7 kg का बोझ लटक रहा है। तीसरी स्प्रिंग 10 cm लमड़ती है। लमड़नें उस नियम का अनुसरण नहीं कर रही हैं, जिनके अनुसार बोझों के भार चुने गए हैं : भार उनके द्रव्यमानों के साथ समानुपाती हैं। क्रियाशील बल को बढ़ाने पर एक ऐसा क्षण आता है, जब लमड़न के विरुद्ध प्रतिरोध अधिक होने लगता है। परमाणु में एलेक्ट्रोनों के साथ भी यही होता है।

एलेक्ट्रोनों को परमाणु-नाभिकों के साथ स्पिंग्रों द्वारा जुड़ा हुआ माना जा सकता है। वास्तविकता में वे बेशक परमाणु के वैद्युत बलों द्वारा जुड़े होते हैं, पर इन बलों की क्रिया स्प्रिंग जैसी ही होती है। इसीलिए, जब प्रकाश-तरंग के वैद्युत क्षेत्र की तीव्रता अधिक होती है, तो बोझों के स्थानान्तरण की तरह ही एलेक्ट्रोनों के स्थानांतरण आपतित तरंग के रूप की नकल नहीं करते। चित्र 54 में हम देखते हैं कि एलेक्ट्रोनों की ऐसी स्थानांतरित लड़ी को दो ज्या-वक्रों द्वारा व्यक्त किया जा सकता है : एक ही तरंग-लंबाई आपतित प्रकाश की तरह है और दूसरे की—तिगुनी छोटी है। कैल्साइट पर रूबी-लेसर की शक्तिशाली किरण डालकर तरंग-लंबाई 0.2314 μm (अर्थात रूबी-लेसर से तिगुनी कम तरंग-लंबाई) वाला विकिरण प्राप्त किया जा सकता है।

पर यदि तीव्र लेसर-किरण द्रव्य में किसी अन्य प्रकार से प्रसरण करती है, तो वह द्रव्य में अपवर्तित भी अन्य प्रकार से होती है; वह पिंड की सतह से उस तरह परावर्तित भी नहीं होती, जिस तरह सामान्य परिस्थितियों में : इसमें अधिक ऊर्जा वाले फोटोन उत्पन्न होते हैं। सामान्य शक्ति का प्रकाश अपने से होकर गुजारने वाले द्रव्य शक्तिशाली पुंज के लिए अपारदर्शक हो जाते हैं। ये सभी संवृत्तियाँ मिलकर भौतिकी के एक नए विभाग को जन्म देती हैं, जिसका नाम **अरैखिक प्रकाशिकी** पड़ा है।

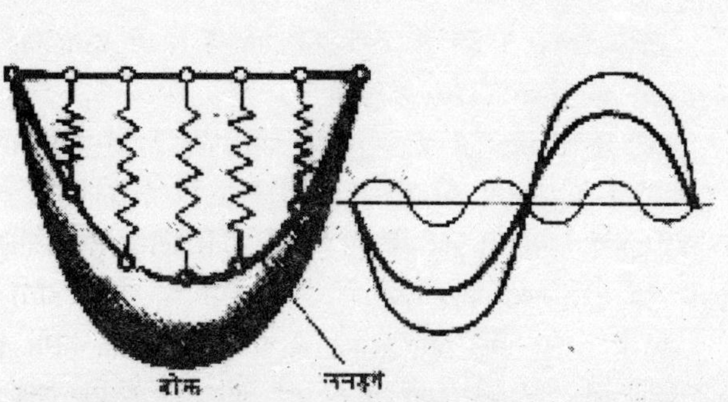

चित्र 54. परमाणु के एलेक्ट्रोनों पर लेसरी विकिरण का प्रभाव।

प्रकाशिकी का भविष्य

प्रकाश का विज्ञान. ज्योति-प्रवाह के रहस्यों पर कई संततियों के वैज्ञानिकगण मनन करते आ रहे हैं। प्रकाशीय संवृत्तियों को समझने के लिए एक से एक अनोखे सिद्धांत रचे गए। उनकी जाँच के लिए सूक्ष्म और परिष्कृत प्रयोग किए गए...

प्रकाशिकीय उपकरण सिर्फ प्रकाश के बारे में ही सूचनाएँ नहीं देते थे, उनसे व्यवहारतः सभी विज्ञानों के विकास में सहायता मिली है। वाह्य दुनिया के बारे में अधिकांश सूचनाएँ हमारे मस्तिष्क को दृष्टि के माध्यम से ही मिलती हैं। प्रकाशिकीय उपकरणों और विधियों की सहायता से प्रकृति के ऐसे रहस्यों का उद्घाटन हो सका, जिन्हें प्रकाशिकी के बिना समझना असंभव था।

सरल रेखा पर प्रकाश के गमन का नियम प्राचीन यूनानियों को भी ज्ञात था। न्यूटन के श्वेत प्रकाश को रंगीन घटकों में विभक्त करके सिद्ध किया कि वह एक जटिल रंग है। प्रकाश की तरंगी प्रकृति के बारे में हुईजेंस की मान्यता को फ्रेनेल ने बहुत अच्छी तरह से विकसित किया। आधुनिक सैद्धांतिक धारणाओं का जन्म मैक्सवेल के प्रतिभापूर्ण कार्यों से हुआ, जिन्होंने सिद्ध किया कि प्रकाश विद्युचुंबकीय ऊर्जा का प्रवाह है। प्रकाशीय संवृत्तियों के अध्ययन ने सैद्धांतिक भौतिकी के विकास को निर्णायक रूप से प्रभावित किया। वैज्ञानिकों ने तप्त पिंडों और वाष्पों तथा गैसों के लाइनदार स्पेक्ट्रमों के अध्ययन से **क्वांटमी यांत्रिकी** को जन्म दिया, जो पूरी आधुनिक सैद्धांतिक भौतिकी का आधार है।

विज्ञान के रूप में क्वांटमी यांत्रिकी की उत्पत्ति प्रकाशीय संवृत्तियों के अध्ययन के सिलसिले में हुई थी; वह सिर्फ परमाणु की संरचना ही नहीं, परमाणु-नाभिकों का गठन, उनकी संरचना, रश्मिसक्रिय क्षय, नए प्राथमिक कणों की उत्पत्ति, आदि, जैसी संवृत्तियों को भी समझाती है। इसके आधार पर ही ठोस पिंड और द्रवों के सिद्धांत प्रतिपादित किए गए हैं।

हमारे समय में प्रकाश-ऊर्जा तकनीक में भी बहुत बड़ी भूमिका निभा रही है। प्रकाशीय मापों, स्पेक्ट्रमी विश्लेषण, अन्वीक्षण की होलोग्राफिक विधियों का आज बहुत बड़ा महत्त्व है।

प्रकाशिकी के विकास की भावी उपलब्धियों को लेसरों के उपयोग के साथ संबंधित किया जाता है। कोई पंद्रह वर्ष पहले लेसर-किरण की शक्ति बहुत कम थी, पर आज वह तेजी के साथ इस्पात की चादर काट सकती है, सुरंग या खान बनाने के लिए कठोर शैलपटलों को तोड़ सकती है, खराब मौसम में हवाई जहाज उतारने में सहायक होती है, वस्तुओं के अभूतपूर्व पूर्णता के साथ प्रतिबिंब बनाती है, किसी स्थान का मानचित्र बना सकती है (चित्र 50)।

लेसर ने मापविद्या और भूगणित में प्रकाशिकीय विधियों के उपयोग को विस्तृत किया है। लेसर के तीक्ष्ण किरण रेडियोटेलीस्कोप या हवाई जहाज बनाने वाले उपस्करों जैसे जटिल व वृहत संयंत्रों में पुर्जों की सही स्थिति निर्धारित करती है, सुरंग के स्वचल निर्माण को नियंत्रित करती है, हवाई अड्डों के उड़ान-पट्टों का पार्श्व-आरेख तैयार करती

है। लेसर से मोटरगाड़ियों की बौडी-वेल्डिंग की जा रही है, टर्बाइन के पंखुड़ों में छेद किए जा रहे हैं, काँच और चीनी मिट्टी के समान तराशे जा रहे हैं, परिवेश के प्रदूषण पर नियंत्रण रखा जा रहा है।

'लेसर-प्राविधि' जैसी अवधारणा भी उत्पन्न हुई है : संसक्त प्रकाशीय विकिरण रसायनिक उत्पादन-प्रक्रिया को त्वरित करता है, आधुनिक रेडियो-एलेक्ट्रोनिकी के लिए बड़े आकार के क्रिस्टल बनाता है, समस्थों के विभाजन में सहायक होता है।

अंतरिक्षी संचार में भी लेसर का भविष्य बहुत अच्छा है। लेसर-पुंज अब सौर प्रणाली के दूरतम ग्रह तक सूचनाएँ भेज रहा है, नेप्चून और प्लुटोन के क्षेत्र में अंतरिक्षी उपकरणों का संचालन कर रहा है। भविष्य में शायद लेसर से ही अंतरातारक संपर्क बनाया जा सकेगा। यह सौर मंडल से बाहर के अंतरिक्षी पिंडों के साथ संचार-माध्यम होगा।

लेसरी राकेट–वह दिन भी शायद दूर नहीं है, जब शक्तिशाली ज्योति-प्रवाह हमारे हाथ लग जाएगा। तब हम ऐसी समस्याएँ हल कर सकेंगे, जिनके बारे में हम अभी सपने देखते हैं।

मान लें कि अंतरिक्ष में उड़ने को तैयार राकेट एक पेंसिल के बराबर है। इस पैमाने के अनुसार राकेट का उपयोगी आयतन, अर्थात अंतरिक्ष-यान का आयतन, पेंसिल की नोक के बराबर होगा। आधुनिक राकेट जिस बोझ को ढो सकता है, खुद उससे कई गुना ज्यादा भारी होता है। उपयोगी बोझ और वाहक राकेट के द्रव्यमानों का अनुपात कैसे बढ़ाया जाए?

शक्तिशाली लेसर-पुंज की क्रिया से द्रव्य इतनी तेजी से वाष्पित होता है कि गर्म वाष्प की धार पर्दे से टकराकर परास्वनिक वेग से दूर होती है। इससे प्रतिकारी बल उत्पन्न होता है, जो आधुनिक प्रतिकारी इंजन के प्रति ग्राम ईंधन से प्राप्त बल की अपेक्षा कई गुना अधिक होता है। और, ईंधन ही तो आज के राकेट के भार का मुख्य कारण है ! कलन दिखाते हैं। कि लेसन-इंजन के उपयोग से अंतरिक्ष यान और वाहक राकेट के भार संमेय होंगे।

अभी ऐसा लेसर नहीं है, जिसकी शक्ति भारी स्पुतनिक को कक्ष पर भेजने के लिए पर्याप्त हो। राकेटी लेसर से क्या लाभ होता है?

पृथ्वी के निकटवर्ती कक्षों पर भारी बोझ भेजे जा सकते, वहाँ ऐसे संयंत्र स्थापित किए जा सकते, जिनका अभी हम सपना भर देखते हैं। यथा, कक्षीय वेधशाला स्थापित की जा सकती है, जिसमें तारक प्रकाश की संरचना का अध्ययन करने के लिए शक्तिशाली दूरबीन और अन्य उपकरण लगे होंगे। ऐसी वेधशाला की दूरबीन के सामने वातावरण नहीं होगा, इसलिए विश्लेषक उपकरणों तक पहुँचते समय अंतरिक्षी प्रकाश वातावरण से विकृत नहीं होगा। अभी की दूरबीनें ऊँच पहाड़ों पर लगाने के बावजूद भी वे सिर्फ विशेष अच्छी परिस्थितियों में ही पूरी शक्ति से काम कर सकती हैं। बाकी समय वातावरण का द्रव्य तारक प्रकाश में निहित सूचनाओं का रूप बदल देता है। इसीलिए अंतरिक्षी वेधशाला ब्रह्मांड के अनेक रहस्यों का उद्घाटन कर सकती है, अज्ञात तारों और नीहारिकाओं की खोज कर सकती है, बहुत दूर स्थित अन्तरिक्ष-पिंडों की संरचना निर्धारित कर सकती है।

लेसर-और्जिकी. यदि दूरस्थ ग्रहों, जैसे नेप्चून या प्लुटोन तक उड़ने की बात लें तो वाहक राकेट में तापनाभिकीय ईंधन से चलने वाला इंजन ही लगाना होगा। लेसर का प्रकाश प्लाज्मा को उस तापक्रम तक गर्म करेगा, जिससे तापनाभिकीय प्रतिक्रिया शुरू हो सके। तापनाभिकीय संश्लेषण से उत्सर्जित होने वाली नाभिकीय ऊर्जा आदमी को सौर मंडल में दूर-दूर तक सैर करा सकती है।

वैज्ञानिकगण अभी से ही ऐसी मशीन बनाने की सोच रहे हैं, जिसमें यांत्रिक ऊर्जा उच्च दक्षता-गुणांक वाले लेसरी विकिरण में परिणत हो सकेगी। इससे संकीर्ण चैनलों के सहारे ऊर्जा–तार या नली के बिना ही–विमानों या अंतरिक्षी उपकरणों तक पहुँचा करेगी। लेसरी ऊर्जा-लाइन से जुड़े हुए हवाई लाइनर भारी-भारी बोझ ढो सकेंगे। पेट्रोल भरने की समस्या ही खत्म हो जाएगी।

क्वांटमी उत्प्रेरक. पेड़-पौधों के पत्तों में प्रकाश की सहायता से महत्त्वपूर्ण रसायनिक प्रक्रियाएँ संपन्न होती हैं। इन प्रक्रियाओं के उत्पाद ही पृथ्वी पर सभी जीवों का अस्तित्व बनाए रखते हैं। हम पौधों या शाकाहारी पशुओं से अपना पोषण करते हैं और इसमें दरअसल क्लोरोफिल के गुण का ही उपयोग करते हैं, जिसकी सहायता से वह सूर्य का प्रकाश अवशोषित करता है। ये प्रतिक्रियाएँ फोटोग्राफी तथा अन्य रसायनिक परिवर्तनों का आधार हैं; इन्हें फोटो-रसायनिक प्रतिक्रिया कहते हैं। इनमें रसायनिक प्रतिक्रियाओं का संचालन प्रकाशीय ऊर्जा द्वारा होता है। लेसर के आविष्कार ने वैज्ञानिकों का रासयनिक प्रतिक्रियाओं के संचालन का एक सूक्ष्म औजार दिया है। यथा, नियत ऊर्जा से युक्त क्वांटमों वाला लेसर-प्रकाश सिर्फ उन अणुओं को उद्दीप्त कर सकता है, जिनमें साधारण हाइड्रोजन होता है, लेकिन यदि ठीक वैसे ही अणुओं में हल्के हाइड्रोजन की जगह भारी ड्युटेरियम जुड़ा होगा तो उन्हें लेसर का प्रकाश प्रभावित नहीं करेगा। उद्दीप्त अणु विशेष रूप से चुने गए द्रव्य के साथ प्रतिक्रिया शुरू करते हैं और अवसादित हो जाते हैं, जिनके फलस्वरूप घोल ड्यूटेरियम से सांद्रित हो जाता है। अणुओं की दोलन-आवृत्ति के साथ ठीक-ठीक समंजित किया हुआ लेसरी विकिरण रसायनिक विधियों से हाइड्रोजन-समस्थों को अलग करने का रास्ता खोलता है। हालाँकि साधारण रसायनिक प्रतिक्रियाओं में अगु चाहे साधारण हाइड्रोजन से युक्त हों या ड्युटेरियम से, उनका आचरण बिल्कुल एक जैसा होता है। मतलब यह है कि लेसर का प्रकाश रसायनविदों का ऐसे द्रव्य अलग करने में सहायक होता है, जो रसायनिक आचरण के अनुसार लगभग समान होते हैं।

लेसर-प्रकाश अणुओं में आवश्यकतानुसार नियत अनुबंधों को तोड़ सकता है और इस स्थिति में प्रतिक्रिया बिन्कुल दूसरी तरह की होगी, बनिस्बत कि द्रव्यों को गर्म करने पर, जब अणु तापीय गति के कारण प्रतिक्रिया करते हैं।

लेसर-रसायन भविष्य का रसायन है। इसके विकास से जटिल जैव द्रव्यों का संश्लेषण सरल हो जाएगा, नई तरह के पेंट प्राप्त होंगे, अधिक कारगर दवाएँ बनेंगी।

प्रकाशीय कलनक. हमारे युग में प्राविधिक प्रक्रियाओं का संचालन कलनक मशीनें करती हैं। वे लेखा-जोखा रखती हैं, नियंत्रण का काम करती हैं, स्पुतनिक की उड़ान में आवश्यक सुधार करती हैं, प्रकाशिक तंत्रों और पुलों का निर्माण-व्यय कलन करती हैं। जटिल प्रश्नों की संख्या दिन-ब-दिन बढ़ती ही जा रही है। काम में सफलता के लिए इन मशीनों की चाल तेज करनी पड़ती है।

वर्तमान समय में इंजीनियर लोग कंप्यूटर से प्रति सेकेंड दस करोड़ संक्रियाएँ संपन्न कराने की कोशिश में लगे है।। वे नयी अर्धचालकीय बैटरियों की खोज कर रहे हैं, ट्रांजिस्टर-आरेख विकसित कर रहे हैं। फिर भी जो क्षिप्रतम मशीनें होंगी, उनका आधार लेसर-प्रयुक्ति ही होगी। प्रकाशिक कलनक मशीनें एक सेकेंड में एक अरब से भी अधिक संक्रियाएँ संपन्न कर सकती हैं! इन मशीनों में स्मृति भी प्रकाशिक होगी, सूचनाएँ होलोग्राफिक विधि से अंकित की जाएँगी। छोटी-सी प्लेट (10×10 cm^2) पर होलोग्राफी से दस लाख पृष्ठ अभिलिखित किए जा सकते हैं।

होलोग्राफी, प्रकाशिक कलनक मशीनें, लेसरी तापनाभिकीय संश्लेषण, लेसर-रसायन तथा ज्योति-प्रवाह के अनेक अन्य उपयोगों से भविष्य में और अधिक ऊर्जा प्राप्त हो सकेगी, उसका खर्च युक्तिसंगत रूप से होगा, विश्व का और भी गहन ज्ञान प्राप्त हो सकेगा।

विज्ञान सहज मनोरंजन

ब्रह्माण्ड

सूर्य, चंद्रमा और तारे

हमें सूर्य, चंद्रमा और तारे आकाश में दिखाई देते हैं। सूर्य केवल दिन के समय ही दिखाई देता है। तारे केवल रात में ही दिखाई देते हैं। चंद्रमा अधिकतर रात में ही दिखाई देता है। कभी हम चंद्रमा को दिन में भी देख सकते हैं।

सूर्य

सूर्य बहुत बड़ा है। सूर्य गोल हैं सूर्य बहुत गरम है। हर सुबह सूर्य पूरब से निकलता है। सूर्य के निकलने पर दिन होता है। हर शाम सूर्य पश्चिम में छिपता है। सूर्य के छिपने पर रात होती है।

चंद्रमा

चंद्रमा आकार में सूर्य से छोटा है। चंद्रमा गोला है। चंद्रमा रात में चमकता है। कभी-कभी चंद्रमा दिन में भी दिखाई दे जाता है। चंद्रमा का आकार प्रतिदिन बदलता है।

कभी यह गेंद की तरह गोल होता है तो कभी आधा या चौथाई ही दिखाई देता है। कभी-कभी हमें चाँद बिलकुल दिखाई नहीं देता। चंद्रमा गेंद की तरह गोल होता है तो उसे पूर्णमा का चाँद कहते हैं।

तारे

तारे रात को आकाश में चमकते हैं। आकाश में असंख्य तारे हैं हम इन्हें गिन नहीं सकते।

सूर्य और परछाइयाँ

सूर्य एक बहुत बड़ा गर्म गोला है।

यह गरम चमकती गैसों का बना हुआ है। यह इतनार चमकीला है कि हम इसकी ओर देख भी नहीं सकते। यह बहुत ही विशाल हें आकार में यह धरती से लगभग दस लाख गुना बड़ा है, पर यह छोटा इसलिए दिखाई देता है क्योंकि यह हमसे बहुत दूर है। यह धरती से कई लाख किलोमीटर दूर है।

सूर्य सये हमें गर्मी और प्रकाश मिलता है। इसके प्रकाश और गर्मी से पौधे बढ़ते हैं। जब सूर्य चमकता है तो दिन चमकीला (धूपवाला) व गर्म होता है।

रात में जब सूर्य नहीं चमकता तो अंधेरा व ठंड होती है।

परछाईं

जब हम सूर्य के प्रकाश में उठते, बैठते या खेलते है तो हमें अपनी परछाईं दिखाई देती हैं जब कोई वस्तु प्रकाश के रास्ते में आती है तो उस वस्तु की परछाईं बन जाती है। रात को चंद्रमा या बिजली के प्रकाश में भी परछाईं बन जाती है।

सुबह और शाम के समय परछाइयाँ लम्बी होती हैं। दोपहर के समय जब सूर्य ठीक हमारे सिर के ऊपर चमकता है तो परछाइयाँ छोटी होती हैं।

पृथ्वी और चंद्रमा

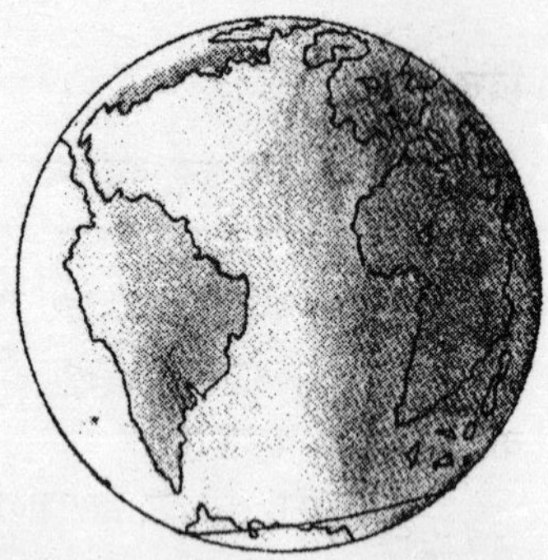

पृथ्वी

पृथ्वी संतरे की तरह गोल-चपटी हैं यह गोल और बड़ी है तथा ध्रुवों पर थोड़ी-सी चपटी है। पृथ्वी सपाट दिखाई देती है पर यह गोल है। हम जानते है कि पृथ्वी गोल है क्योंकि लोग इसके चारों ओर समुद्री मार्ग से यात्रा कर आए हैं। वे तब तक समुद्री यात्रा करते रहे जब तक वे वहीं नहीं पहुँच गए जहाँ से वे चले थे।

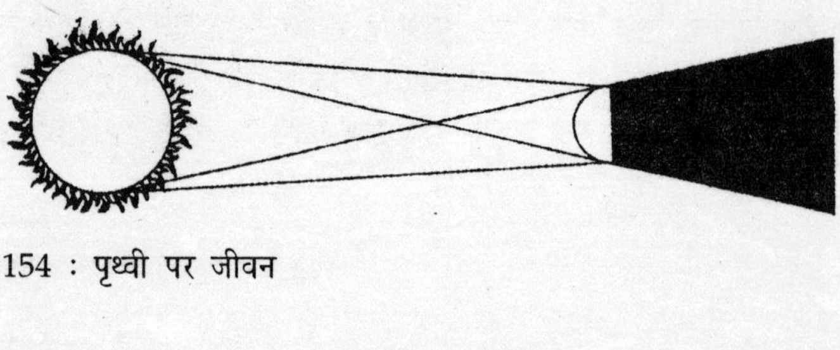

अन्य अनेक बातें भी हमें विश्वास दिलाती हैं कि पृथ्वी गोल है।

जब चंद्रग्रहण लगता है तब पृथ्वी चाँद पर गोल छाया डालती है। हम जानते हैं कि वस्तु के रूप और आकृति के अनुरूप ही परछाईं पड़ती

है। इससे यही प्रमाणित होता है कि पृथ्वी गोल है।

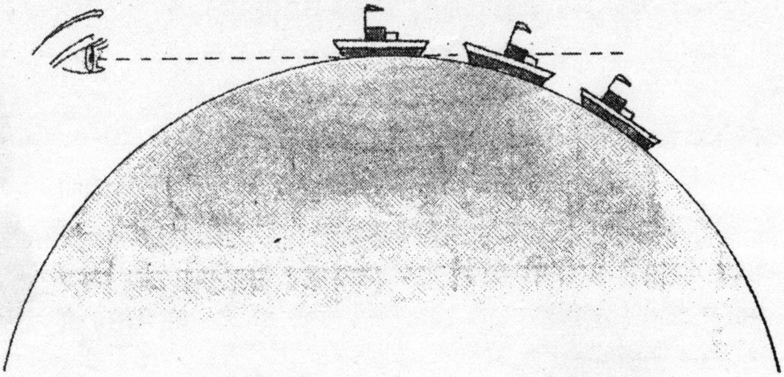

क्या तुमने कभी पानी के जहाज को तैरते देखा है? तुमने ध्यान दिया होगा कि जब जहाज दूर चला जाता हे तो उसका पेंदा (नीचे का भाग) सबसे पहले दृष्टि से ओझल होता है और मस्तूल का सिरा (वह बड़ा खंबा जिसमें झंडा लगा रहता है) सबसे बाद में दृष्टि से ओझल होता है। यह एक गोलाकार सतह पर ही संभव हो सकता है। यदि धरती सपाट होती तो पूरा जहाज एक साथ ही दृष्टि से ओझल होता।

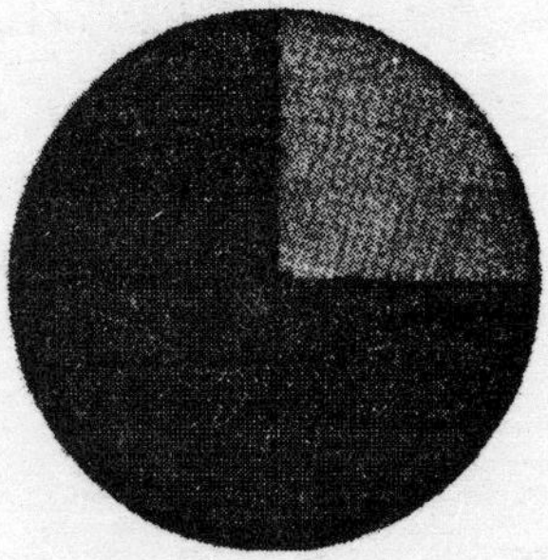

चाँद पर जानेवाले यात्रियों ने अपने अंतरिक्ष यान से पृथ्वी के चित्र लिए हैं। इन चित्रों से भी यही प्रमाणित होता है कि पृथ्वी गोल है।

पृथ्वी की सतह मिट्टी और पानी की बनी हुई है। इसका तीन हिस्से पानी तथा एक हिस्सा जमीन है।

पृथ्वी हवा की परत से घिरी हुई है। हवा की इस परत को वायुमंडल कहते हैं।

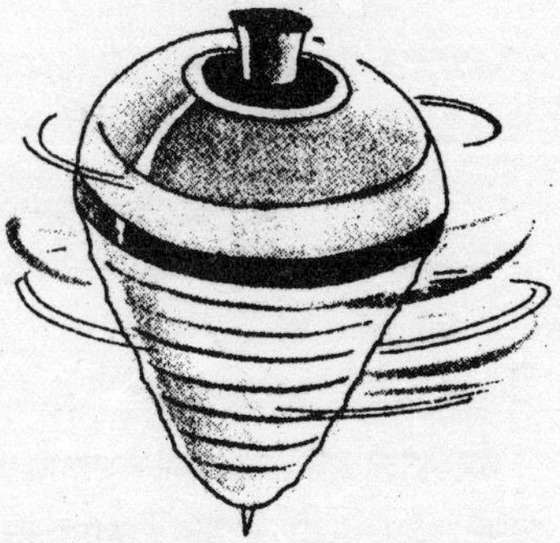

दिन और रात

धरती एक लट्टू की तरह है। यह हरसमय अपनी धुरी पर चक्कर काटती रहती है। यह पश्चिम से पूर्व दिशा को घूमती है। पृथ्वी चौबीस घंटे में अपनी धुरी पर एक चक्कर पूरा कर लेती है।

पृथ्वी के इस प्रकार अपनी धुरी पर चक्कर काटने की क्रिया को पृथ्वी का परिभ्रमण कहते हैं।

पृथ्वी को सूर्य से प्रकाश मिलता है। सूर्य हर समय चमकता है लेनिकएक समय में पृथ्वी का आधा भाग ही सूर्य के सामने होता है। इस प्रकार पृथ्वी का जो आधा भाग सूर्य के सामने होता है वहाँ दिन होता है और दूसरा आधा भाग जो सूर्य के दूसरी ओर होता है वहाँ रात होती है।

जैसे-जैसे पृथ्वी धीरे-धीरे घूमती है, उसका प्रकाशवाला भाग सूर्य से परे हो जाता है और वहाँ रात हो जाती है। दूसरी ओर अंधकारवाला भाग सूर्य के सामने आ जाता है और वहाँ दिन हो जाता है।

सूर्य पूरब से उदय होता है और पश्चिम में अस्त होता है। इस कारण सूर्य पूरब दिशा के देशों में पश्चिम के देशों से पहले दिखाई देता है। इसीलिए जापान को सूर्योदय का देश कहते हैं।

जब जापान में दिन होता है तो इंग्लैंड में रात होती है। इसी प्रकार भारत अमरीका के पूरब में है। जब भारत में दिन होता है तो अमरीका में रात होती है। तथा जब अमरीका में दिन होता है तो भारत में रात।

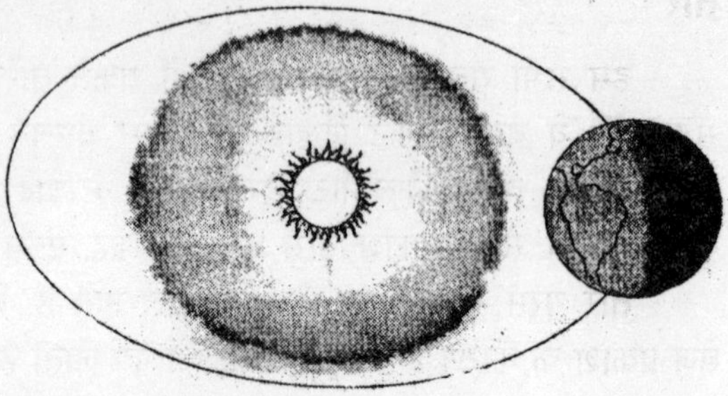

चंद्रमा

तुमने रात में आकाश में चमकते हुए चाँद को अवश्य देखा होगा यह गोल है। चंद्रमा धरती से बहुत छोटा हैं यह सूर्य से तो बहुत ही छोटा है। कभी-कभी चंद्रमा और सूर्य एक ही आकार के प्रतीत होते हैं। ऐसा इसलिए होता है क्योंकि चंद्रमा हमारे बहुत निकट है और सूर्य बहुत ही दूर है।

चंद्रमा पृथ्वी के चारों ओर चक्कर काटता है। पृथ्वी के चारों ओर एक चक्कर काटने में चंद्रमा को 28 दिन लगते हैं।

पृथ्वी के समान चंद्रमा में भी अपना प्रकाश नहीं होता। चंद्रमा भी सूर्य के प्रकाश से ही प्रकाशित होता है।

चंद्रमा का वह भाग जो सूर्य के सामने होता है, चमकता है उसके शेष भाग में अंधकार रहता है।

हमें चंद्रमा के विभिन्न रूप दिखाई देते हैं। अमावस्या को चंद्रमा बिलकुल दिखाई नहं देता इसलिए उस दिन उसे चंद्रमा का दिन भी कहते हैं।

जब अर्ध चंद्रमा दिखाई देता है तो हम उसके प्रकाशित भाग का छोटा हिस्सा ही देख पाते हैं।

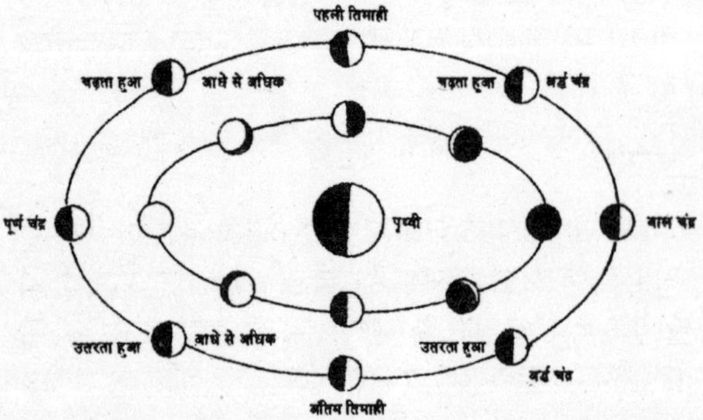

पूर्ण चंद्र या पूर्णिमा के दिन हमें चंद्रमा का पूरा प्रकाशित भाग दिखाई देता है।

जब पृथ्वी सूर्य और चंद्रमा के बीच में होती है तो पूर्ण चंद्र होता है। जब चंद्रमा सूर्य और पृथ्वी के बीच में होता है तो अमावस्या होती है।

तारे

हम सभी रात के समय आकाश में चकते तारे देखते हैं। साफ और बादलों रहित रात में हम हजारों तारे देख सकते हैं। वे बहुत निकट दिखाई देते हैं पर वास्तव में वे हमसे बहुत-बहुत दूर हैं। सूर्य सबसे निकट का तारा है। यह हमसे 15 करोड़ किलोमीटर दूर है। सूर्य के बाद अगला सबसे निकट का तारा हमसे 42 हजार करोड़ किलोमीटर दूर है। इनमें से अधिकांश तारों के अपने ग्रह मंडल उनके चारों ओर घूमते रहते हैं।

तारे गरम चमकते हुए आग के गोले होते हैं, ये अपना प्रकाश स्वयं उतपन्न करते हैं। लेकिन दिन में सूर्य के तेज प्रकाश के कारण इनका प्रकाश फीका पड़ जाता है। इसलिए तारे दिन में दिखाई नहीं देते। सूर्य एक तारा है क्योंकि यह हर समय प्रकाश देता रहता है। यह गरम चमचमाती गैसों का बना हुआ है जो बहुत ही चमकीला प्रकाश देता है।

अनंत वर्षों से मनुष्य तारों में रुचि लेता रहा है और उनके वर्गीकरण के बारे में सोचता रहा है।

ग्रह

रात के समय आकाश में दिखाई देने वाले सभी पिंड तारे नहीं होते। आकाश में तारों की तरह के कुछ अन्य पिंड भी दिखाई देंगे जो निरंतर प्रकाश तो देते हैं पर झिलमिलाते नहीं। इन आकाशीय पिंडों को ग्रह कहते हैं। ये ग्रह भी हमारे सौर परिवार (सूर्य के परिवार) के सदस्य हैं। ग्रह अपना प्रकाश स्वयं उत्पन्न नहीं करते वे केवल सूर्य का प्रकाश परावर्तित करते हैं अर्थात सूर्य का प्रकाश इनसे टकराकर लौटता है।

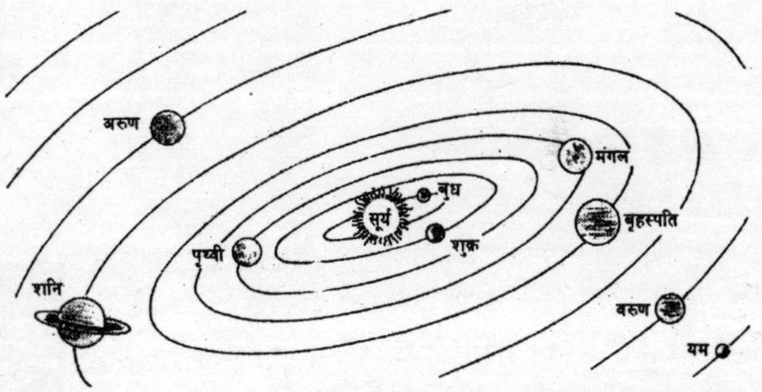

सूर्य के चारों ओर घूमने वाले ग्रहों में पृथ्वी भी एक ग्रह है। प्रत्येक ग्रह सूर्य के चारों ओर अपने निश्चित मार्ग पर घूमता है जिसे कक्षा या ग्रहपथ कहते हैं। ये कक्षाएँ एक प्रकार के गोलाकार मार्ग हैं जिनका केंद्र सूर्य होता है। विभिन्न ग्रहों की कक्षाएँ एक-दूसरे को काटती नहीं। प्रत्येक ग्रह अपनी कक्षा में ही चक्कर काटता है।

सूर्य और उसके ग्रह मिलकर सौर परिवार बनाते हैं। सौर-मंडल (परिवार) में नौ ग्रह हैं। सूर्य से दूरी के अनुसार उनका क्रम इस प्रकार है। बुध, शुक्र, पृथ्वी, मंगल, बृहस्पति, शनि, अरुण, वरुण और यम। बुध सूर्य के सबसे निकट है और यम सबसे दूर। हमारी पृथ्वी सूर्य से दूरी के नाते तीसरा ग्रह है। यह सूर्य से लगभग 15 करोड़ किलोमीटर दूर है।

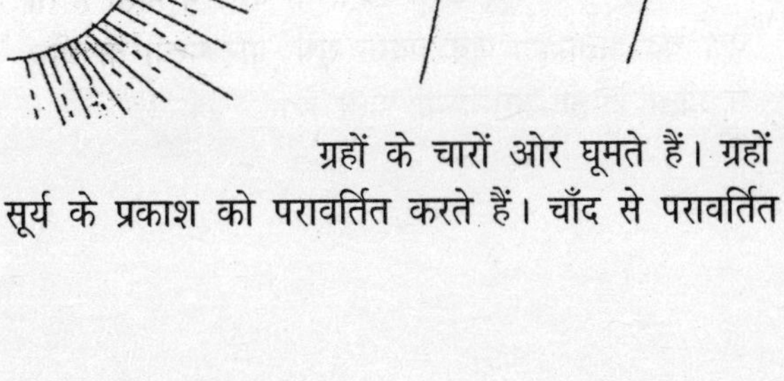

चंद्रमा

तारों और ग्रहों के अलावा अन्य छोटे आकाशीय पिंड भी होते हैं जिन्हें चाँद कहते हैं। चाँ वे आकाशीय पिंड हैं जो ग्रहों के चारों ओर घूमते हैं। ग्रहों के समान चंद्रमा का भी अपना प्रकाश नहीं होता। ये भी सूर्य के प्रकाश को परावर्तित करते हैं। चाँद से परावर्तित (टकराकर लौटनेवाला) प्रकाश चाँदनी या चाँद का प्रकाश

कहलाता है। हमारी पृथ्वी का केवल एक चाँद हैं शनि के नौ तथा बृहस्पति के बारह चाँद हैं। कुछ ग्रहों का एक भी चाँद नहीं होता।

हमारी पृथ्वी

हमारी पृथ्वी सदा से ऐसी ही दिखाई नहीं देती थी। वास्तव में बहुत-बहुत पहले धरती थी ही नहीं। वैज्ञानिकों की मान्यता है कि पृथ्वी आरंभ में जलती हुई गैसों का गरम गोला थी। गरम गैसों कायह बादल लाखों-करोड़ों वर्ष तक चारों ओर चक्कर काटता रहता। चक्कर लगाते-लगाते यह गोला धीरे-धीरे ठंडा होने लगा। जैसे-जैसे यह ठंडा होता गया हल्का-हल्का सख्त भी हो गया और इसकी सतह पर सूखे हुए आलूबुखारे की तरह सलवटें पड़ती गईं। ये सलवटें ही पर्वत-मालाएँ बन गईं। वर्षा का पानी गड्ढों और निचले हिस्सों में जमा होने लगा जिससे महासागर, समुद्र, नदियाँ और झीलें बनीं। महासागरों और महाद्वीपों को जिस रूप में हम आज देखते हैं वे अन्य अनेक परिवर्तनों के बाद बने हैं।

सख्त चट्टानों की एक कठोर परत धरती को ढके हुए है। इसे भू-पटल (धरती की त्परी सतह) कहते हैं। इसके नीचे असिताश्म होता है इसके नीचे चट्टानों और धातुओं का मिश्रण होता है। इसके नीचे धातुएँ पिघले हुए रूप में पाई जाती है। भीषण गरमी के कारण यहाँ पर कोई भी पदार्थ ठोस अवस्था में रह ही नहीं सकता। इस तरह पता चलता है कि हम धरती के भीतर जितना गरहे जाते हैं गरमी उतनी ही अधिक बढ़ती जाती है।

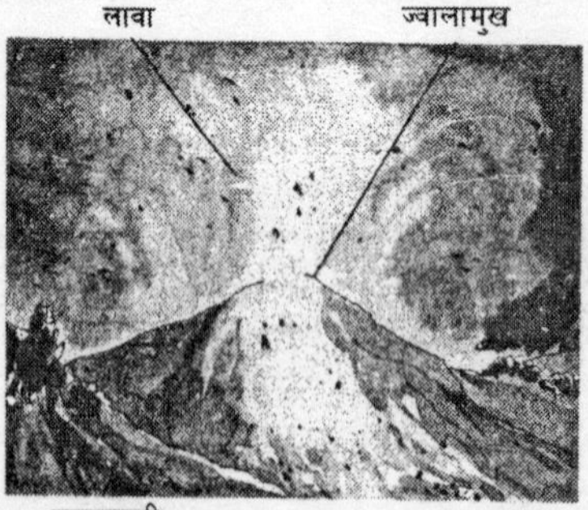

ज्वालामुखी

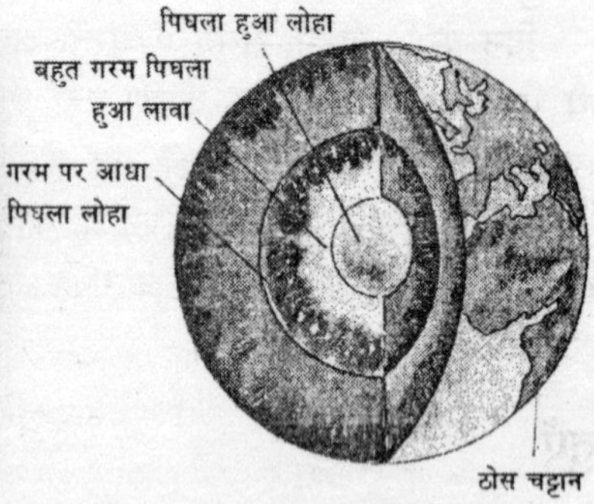

धरती के गर्भ में पड़ी हुई पिघली हुई धातुएँ और गैसें बहुत अधिक गरमी के कारण फैलती है। भू-पटल से बाहर निकलने के प्रयास में ये अंदर से बहुत अधिक दबाव डालती हैं। ये सरलता से बाहर निकलने में सफल नहीं हो पाती, परंतु जहाँ भी भू-पटल कमजोर होता है, वहाँ से यह पिघला हुआ पदार्थ पूरी शक्ति के साथ बाहर फट पड़ता है। यह सीधा ऊपर की ओर जाकर एक शंकुया पहाड़-सा बनाता हुआ चारों ओर गिर जाता है। यह शंकु या पहाड़ ज्वालामुखी कहलाता हैं बाहर फेंका हुआ पिघला पदार्थ लावा कहलाता है तथा ज्वालामुखी के केंद्र या बीच के छेद को जवालामुख कहते हैं।

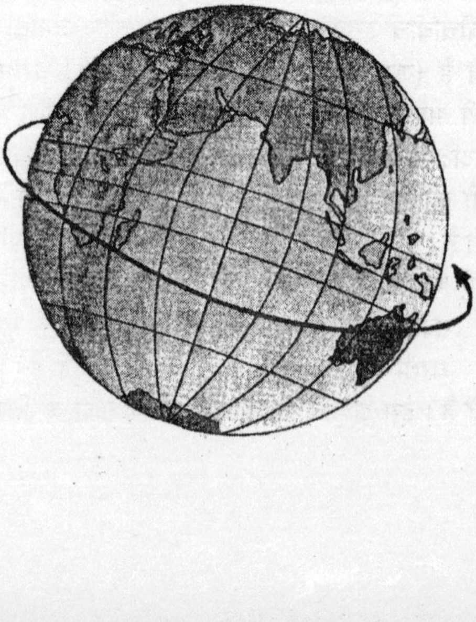

पृथ्वी की गति–रात और दिन

धरती कभी स्थिर नहीं रहती। यह सदा अपनी धुरी पर चक्कर काटती हुई घूमती रहती है। धरती के इस प्रकार धुरी पर चक्कर काटने के कारण ही दिन और रात होते हैं।

धरती अपनी धूरी पर चक्कर काटती हुई पश्चिम से पूरब की ओर घूमती रहती है। यह धुरी एक काल्पनिक रेखा है जो धरती के

मध्य से गुजरती हुई उत्तरी और दक्षिणी ध्रुवों को जोड़ती है। धरती की धुरी लंबवत् नहीं बल्कि एक कोण पर झुकी हुई (तिरछी) है। अपनी ही धुरी पर पृथ्वी के इस प्रकार चक्कर काटने को परिभ्रमण कहते हैं।

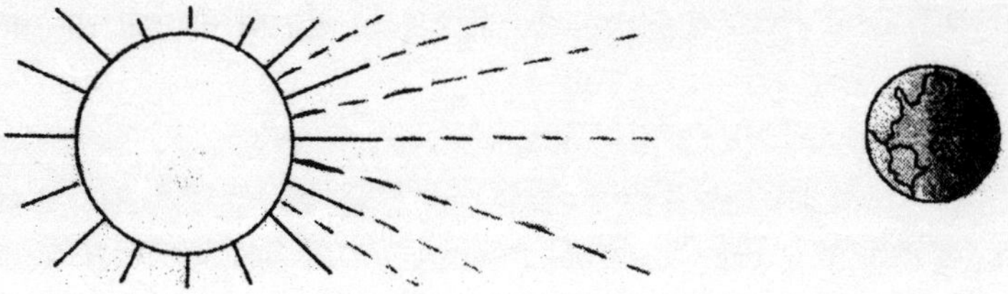

धरती अपनी धुरी पर बहुत तेजी से घूमती है। पर धरती की बनावट एक गेंद की तरह है इसलिए इसके विभिन्न भाग भिन्न-भिन्न गति से घूमते हैं। ध्रुवों पर धरती 480 किलोमीटर प्रति घंटे की गति से घूमती है लेकिन भूमध्य रेखा पर यह 1,600 किलोमीटर प्रति घंटे की गति से घूमती है। ऐसा इसलिए होता है क्योंकि भूमध्य रेखा के आस-पास के हिस्सों का बड़ा चक्कर लगाना पड़ता है।

यद्यपि धरती बहुत तेजी से घूमती है फिर भी एक चक्कर पूरा करने में 24 घंटे या एक दिन लग जाता है। जेसा तुम जानते हो एक दिन, दिन के उजाले और रात के अंधकार का बना होता है।

दिन के किसी भी समय में धरती का आधा भाग सूर्य का प्रकाश प्राप्त करता है और वहाँ 'दिन' होता है। दूसरे आधे भाग में अंधेरा होने के कारण वहाँ 'रात' होती है। (जिस आधे हिस्से से सूर्य का प्रकाश पड़ता है वहाँ दिन होता है, जहाँ प्रकाश नहीं पड़ता वहाँ रात होती है।)

धरती के धुरी पर घूमते रहने के कारण जिस भाग में अंधकार के कारण रात होती है वह घूमकर प्रकाशित भाग बन जाता है और वहाँ दिन हो जाता है। दूसरी ओर, प्रकाशित भाग घूमकर अंधकार में चला जाता है और वहाँ रात हो जाती है।

ऋतुएँ

अपनी धुरी पर चक्कर काटती हुई धरती सूर्य के चारों ओर भी चक्कर काटती रहती है। धरती जिस कक्षा में सूर्य के चारों ओर घूमती है वह अंडाकार है।

धरती के सूर्य के चारों ओर घूमने को परिक्रमण कहते हैं। धरती को एक परिक्रमा पूरी करने में 365¼ दिन लगते हैं। इन्हें एक सौर वर्ष कहते हैं।

धरती को एक काल्पनिक रेखा के द्वारा दो बराबर भागों में विभाजित किया गया है। यह विभाजन रेखा धरती के बीचोंबीच इसकी धुरी के साथ समकोण बनाती हुई जाती है (जेसा रेखाचित्र में दर्शाया गया है)। धरती के ऊपरी भाग को उत्तरी गोलार्थ तथा निचिले आधे भाग को दक्षिणी गोलार्ध कहते हैं। वह काल्पनिक रेखा जो धरती को इन दो गोलार्धों में बाँटती है उसे भूमध्य रेखा कहते हैं। भूमध्य रेखा के साथ-साथ दो औरऐसी काल्पनिक रेखाएँ भी मानी जाती हैं। उत्तरी गोलार्थ की काल्पनिक रेखा 'कर्क रेखा' कहलाती है और दक्षिणी गोलार्ध की काल्पनिक रेखा 'मकर रेखा' कहलाती है। ये दोनों रेखाएँ भूमध्य रेखा और ध्रुवों के बीच मानी जाती है।

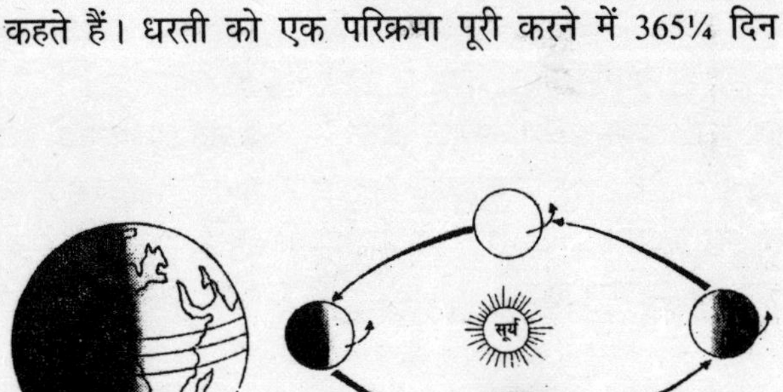

धरती की धुरी एक कोण पर झुकी हुई है। जब धरती सूर्य के चारों ओर घूमती है तो धूरी उसी दिशा में झुकी रहती है। इस झुकाव के परिणामस्वरूप साल के विशेष समय में उत्तरी गोलार्ध सूर्य की ओर झुका रहता है और दक्षिणी

गोलार्थ उससे दूसरी तरफ रहता है। अन्य सभी पर दक्षिणी गोलार्ध सूर्य की ओर झुका रहता है और उत्तरी गोलार्ध उससे दूर रहता है।

जो गोलार्ध सूर्य की तरह झुका रहता ह, उस पर सूर्य की किरणें सीधी पड़ती हैं और वह दूसरे गोलार्ध की तुलना में गरम रहता है। इसके दिन भी रातों की अपेक्षा बड़े होते हैं। इस गोलार्ध में ग्रीष्म ऋतु रहती है। सूर्य से दूसरी ओर के गोलार्ध पर सूर्य की किरणें तिरछी पड़ती हैं और यह भाग दूसरे की तुलना में ठंडा रहता है। इसके दिन छोटे व रातें बड़ी होती हैं। इस गोलार्ध में शीत ऋतु रहती है।

जब सूर्य कि किरणें सीधी कर्क रेखा पर पड़ती हैं तो उत्तरी गोलार्ध में ग्रीष्म ऋतु होती है और दक्षिणी गोलार्ध में शीत ऋतु। उसी प्रकार जब सूर्य की किरणें सीधी मकर रेखा पर पड़ती हैं तो दक्षिणी गोलार्ध में ग्रीष्म ऋतु होती है तथा उत्तरी गोलार्ध में शीत ऋतु।

इस प्रकार ऋतुएँ बनती हैं। सूर्य कि किरणें भूमध्य रेखा पर पूरे वर्ष सीधी पड़ती है इसलिए वहाँ दिन और रात सदा बराबर होते हैं।

ऋतुओं का वनस्पति, पशु एवं मानव जीवन पर प्रभाव

ऋतुओं के अनुसार हम अपना रहन-सहन बदलते हैं। गर्मियों में जब बाहर बहुत गर्मी होती है तब हम घर के अंदर समय बिताना पसंद करते हैं। हम हल्के रंगों के पतले सूती वस्त्र पहनते हैं क्योंकि वे गर्मी को शरीर से दूर रखने में सहायक होते हैं। हम पंखों, कूलरों और वातानुकूलित यंत्रों द्वारा अपने घरों को ठंडा रखते हैं। हम खूब सारा पानी,

शर्बत और अन्य ठंडे पेय पीते हैं।

सर्दियों में हम अधिक चुस्त और फुर्तीला अनुभव करते हैं और घर के बाहर धूप में खेलकर या बैठकर समय बिताना पसंद करते हैं। हम शरीर की गर्मी को निकलने से रोकने के लिए गहरे रंगों के मोटे ऊनी वस्त्र पहनते हैं। हम आग या हीटरों आदि की सहायता से घरों को गर्म रखते हैं। अपने शरीर को गर्म रखने के लिए हम गर्म दूध, चाय या कॉफी पीते हैं और मेवा खाते हैं।

पौधे और पशु भी ऋतुओं से प्रभावित होते हैं। मोटी खाल या लोम (फर) वाले पशु तो ठंड सहन कर सकते हैं पर मेंढक, साँप-जैसे जानवर बिलों में घुसकर अपने-आपको गरम रखने का प्रयत्न करते हैं। वे गहरी निद्रा में सो

जाते हैं जिसे 'शीत-निष्क्रियता' कहते हैं। अत्यधिक सरदी से बचने के लिए कुछ पक्षी ठंडे प्रदेशों से गर्म प्रदेशों को उड़ जाते हैं। जब बहुत अधिक गर्मी पड़ती है तब भी पशुओं को अपना रहन-सहन बदलना चाहते हैं।

ऋतुओं के परिवर्तन के साथ पौधों के जीवन में भी परिवर्तन आता है। अनेक छोटे पौधे गर्मियों से पहले ही खिलकर मुरझा जाते हैं। अनेक पौधों की गर्मियों से पहले ही पत्तियाँ झड़ जाती हैं। अनेक पौधों की पत्तियाँ सर्दियों के पहले झड़ जाती हैं। अनेक पौधे (अधिकतर शाक व जड़ी-बूटियाँ) सर्दियों में खिलते हैं। अधिकांश झाड़ियाँ व वृक्ष गर्मियों में पुष्पित होते हैं। अपने चारों ओर के वनस्पति और पशु जगत में, ऋतुओं के अनुसार होनेवाले परिवर्तनों को ध्यानपूर्वक देखकर हम समझ सकते हैं।

चंद्रमा

चंद्रमा आकाश में पृथ्वी का निकटतम पड़ोसी है। यह पृथ्वी से लगभग 3,86,000 किलोमीटर दूर है। तुमने रात के समय में चंद्रमा को आकाश में चमकते देखा होगा।

चंद्रमा आकाश में सबसे अधिक चमकने वाला दूसरा आकाशीय पिंड है। लेकिन सूर्य की तरह इसका अपना प्रकाश नहीं होता। यह तो सूर्य कि किरणों के प्रकाश से प्रकाशित होता है। यह सूर्य के प्रकाश को ही परावर्तित करता है।

मानव की चंद्र यात्रा

बहुत प्राचीन काल से वैज्ञानिक चंद्रमा के बारे में अधिक जानकारी प्राप्त करने का प्रयत्न कर रहे हैं। सर्वप्रथम चंद्रमा को देखने के लिए बड़ी दूरबीन का प्रयोग किया गया। दिसंबर 1968 में तीन अमरीकी अंतरिक्ष यात्री रॉकेट द्वारा चंद्रमा के निकट उसकी 112 किलोमीटर दूरी तक पहुँच गए थे। अंत में 21 जुलाई 1969 को प्रथम मानव चंद्रमा के धरातल पर उतरा। उसका नाम नील आर्मस्ट्रांग था। चंद्रमा के धरातल पर प्रथम कदम रखते ही उसके मुँह से ये शब्द निकले कि यह मानव के लिए एक कदम और मानवता के लिए एक लंबी छलांग है। इसके पश्चात् चंद्रमा की कई और यात्राएँ हो चुकी हैं और मनुष्य ने इसके पर्वतों, चट्टानों तथा अन्य विशिष्टताओं का अध्ययन किया है। अंतरिक्ष यात्री अपने साथ चंद्रमा की चट्टानों के नमूने लाए हैं ताकि पृथ्वी पर वैज्ञानिक यह पता लगा कि कि चंद्रमा किससे बना है।

चंद्रमा का धरातल

पृथ्वी और चंद्रमा

चंद्रमा प्रथ्वी का उपग्रह है। चंद्रमा आकाशीय पिंड होते हैं जो अपने ग्रहों के चारों ओर घूमते हैं। हमारी पृथ्वी का एक चंद्रमा है, कुछ ग्रहों का एक ही चंद्रमा नहीं होता जबकि कुछ अन्य ग्रहों के एक से अधिक चंद्रमा हैं। बुध का कोई चंद्रमा नहीं है जबकि बृहस्पति के बारह चंद्रमा हैं।

हमारे चंद्रमा का आकार गोल है तथा उसका व्यास 3218 कि.मी. से अधिक है। आकार में यह हमारी पृथ्वी के एक चौथाई भाग से कुछ अधिक है। इसका वजन पृथ्वी के भार का लगभग आठवाँ भाग है।

सूर्य, चंद्रमा तथा पृथ्वी एक-दूसरे के आकर्षण बल के कारण

एक-दूसरे से जुड़े हुए हैं। विश्व के सभी आकाशीय पिंड गुरुत्वाकर्षण के कारण एक-दूसरे को आकर्षित करते हैं। दो पिंड जितना पास-पास होंगे उनके बीच उतना ही गुरुत्वाकर्षण होगा। चंद्रमा का गुरुत्वाकर्षण पृथ्वी के गुरुत्वाकर्षण का छठा भाग है। इसलिए यदि धरती पर तुम्हारा वजन 30 किलोग्राम है तो चंद्रमा पर तुम्हारा वजन 5 किलोग्राम ही रह जाएगा। साथ ही यदि तुम पृथ्वी पर एक मीटर ऊँचा कूछ सकते हो तो चंद्रमा पर तुम छः मीटर की ऊँचाई तक कूद सकते हो।

चंद्रमा का धरातल

चंद्रमा सूर्य के प्रकाश को परावर्तित तो करता है पर उसका धरातल दर्पण के समान चिकना नहीं है।

किसी चाँदनी वाली निर्मल रात में तुम चंद्रमा के धरातल पर काले धब्बे देख सकते हो। ये धब्बे बड़े-बड़े गोल गड्ढ़ों के कारण दिखाई देते हैं। ये गड्ढे विभिन्न आकार और गहराई के हैं। उनमें से कुछ तो 32 से 48 किलोमीटर चौड़े हैं। वैज्ञानिकों का मत है कि ये गड्ढे बहुत बड़ी चट्टानों के चंद्रमा के धरातल से टकराने के कारण बने हैं। चंद्रमा पर खड़ी चढ़ाई के ऊँचे पर्वत भी हैं। इनमें से कुछ तो पाँच मील तक ऊँचे हैं। चंद्रमा पर समतल सपाट मैदान भी हैं। इस प्रकार चंद्रमा का धरातल सुनसान चट्टानी मरुस्थल है जिसमें ऊँचे-ऊँचे पर्वत और हजारों की संख्या में गहरे गड्ढे हैं। चंद्रमा को ये गड्ढे पृथ्वी पर ज्वालामुखी के मुख के समान ही दिखाई देते हैं।

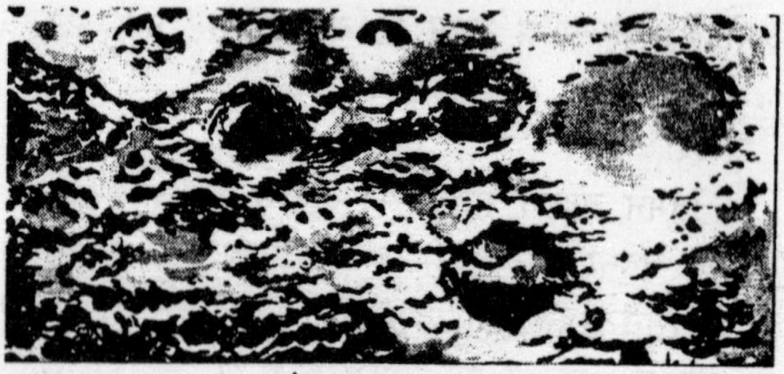

चंद्रमा का धरातल

चंद्रमा एक निर्जन स्थान है। यहाँ न पानी है और न ही वायु, इसलिए कोई भी प्राणी यहाँ जीवित नहीं रह सकता। वहाँ पानी नहीं है अतः चंद्रमा पर बादल नहीं छाते। वहाँ वायु नहीं है इसलिए वहाँ किसी प्रकार की ध्वनि सुनाई नहीं देती। इस तरह चंद्रमा एक शांत, निर्जन स्थान है। यह दिन में बहुत गरम और रात को बहुत अधिक ठंडा हो जाता है। इसलिए प्राणियों के रहने के लिए चंद्रमा एकदम अनुपयुक्त स्थान है। यहाँ जीवित रहने के लिए मूलभूत आवश्यकताएँ भी उपलब्ध नहीं हैं।

ज्वार-भाटा

सूर्य अनेक प्रकार से हमारे जीवन को प्रभावित करता है। पर क्या तुमने कभी सोचा है कि चंद्रमा किस प्रकार हमारे जीवन को प्रभावित करता है? चंद्रमा मौसम या जलवायु को प्रभावित नहीं करता और न ही वनस्पति या जीवजगत् को। इसका सबसे अधिक प्रभाव समुद्र के ज्वार-भाटों पर पड़ता है।

ज्वार-भाटों का निर्माण

यह तो तुम जानते हो कि पृथ्वी का तीन-चौथाई भाग पानी से घिरा हुआ है। समुद्र-तट पर रहनेवाले लोग ज्वार-भाटे के क्रम को बहुत अच्छी तरह जानते हैं। हर 12½ घंटे के अंतर से समुद्र में ज्वार उठता है। कुछ स्थानों पर ज्वार और भाटे के स्तर का अंतर 1 मीटर होता है और कुछ स्थानों पर तो यह अंतर 15 मीटर या इससे भी अधिक हो जाता है।

जैसे-जैसे चंद्रमा पृथ्वी पर परिक्रमा करता है इसके गुरुत्वाकर्षण का प्रभाव पृथ्वी पर पड़ता है। यह पृथ्वी के ठोस

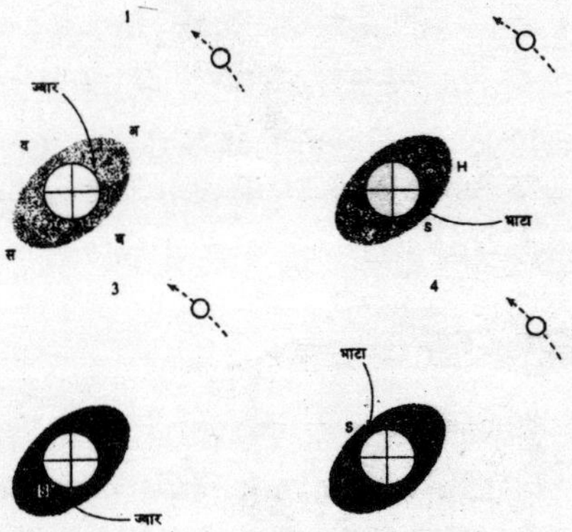

भाग और पानी को अपनी ओर खींचता है किंतु यह आकर्षण ठोस भूमि की अपेक्षा जल पर अधिक प्रभावशाली होता है। (ऊपर दिए गए रेखाचित्र के अनुसार इनके क्रम को समझो)

पृथ्वी के 'अ' भाग का चंद्रमा की दिशा का पानी चंद्रमा की ओर खिंच जाता है। इस प्रकार पृथ्वी की ओर ज्वार आएगा।

उसी समय पृथ्वी भी थोड़ी-सी चंद्रमा की ओर खिंच जाती है जिसके कारण चंद्रमा से दूर होनेपर भी पृथ्वी के 'स' भाग की ओर भी ज्वार आता है। 'ब' और 'द' भाग में पानी का स्तर नीचे हो जाता है क्योंकि पानी ज्वार के क्षेत्र में चला जाता है। इन स्थानों पर भाटा आता है।

जैसे-जैसे पृथ्वी घूमती है प्रत्येक स्थान पर 24 घंटे में दो बार ज्वार-भाटे आते हैं। यह पाया जाता है कि ज्वार 12 घंटे और 24 मिनट में एक बार आता है।

चंद्र और सूर्य ग्रहण

तुमने चंद्र व सूर्य ग्रहण अवश्य देखें होंगे। ये साधारण नहीं होते बल्कि विशेष परिस्थितियों में ही घटित होते हैं, जब चंद्रमा और पृथ्वी सूर्य के साथ एक सीधी रेखा में हों।

पुराने समय में जब ग्रहण लगता था तो लोग बहुत चिंतित हो जाते थे। वे ग्रहण को देवताओं का कोप समझते थे। लेकिन अब हम यह जान चुके हैं कि जब भी पृथ्वी और चंद्रमा की छाया चंद्रमा तथा सूर्य पर पड़ती है, तब ग्रहण लगता है।

चंद्र ग्रहण

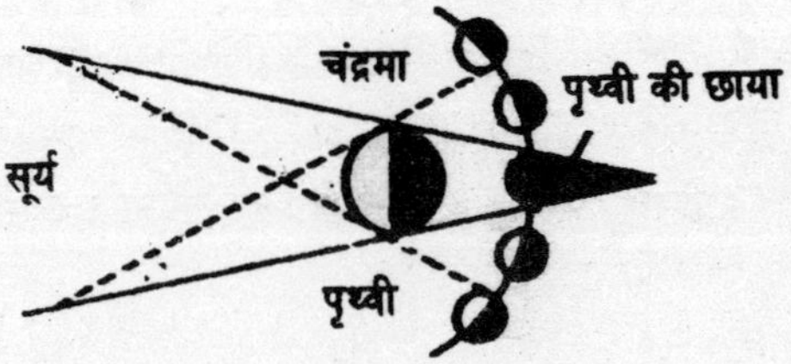

चंद्रमा लगभग 3218.68 किलोमीटर प्रति घंटे की गति से पृथ्वी पर परिक्रमा करता है। इसको पृथ्वी की एक परिक्रमा पूरी करने में 271/3 दिन लगते हैं। पृथ्वी की परिक्रमा करते-करते चंद्रमा कभी-कभी पृथ्वी और सर्य के बीच में आ जाता है और कभी पृथ्वी भी चंद्रमा और सूर्य के बीच में पड़ जाती है। जब पृथ्वी सूर्य और चंद्रमा के बीच में आ जाती है और ये तीनों एक सीधी रेखा में होते हैं तब पृथ्वी की छाया चंद्रमा पर पड़ती है। इससे सूर्य से चंद्रमा को मिलनेवाला प्रकाश रुक जाता है और चंद्रमा दिखाई नहीं देता।

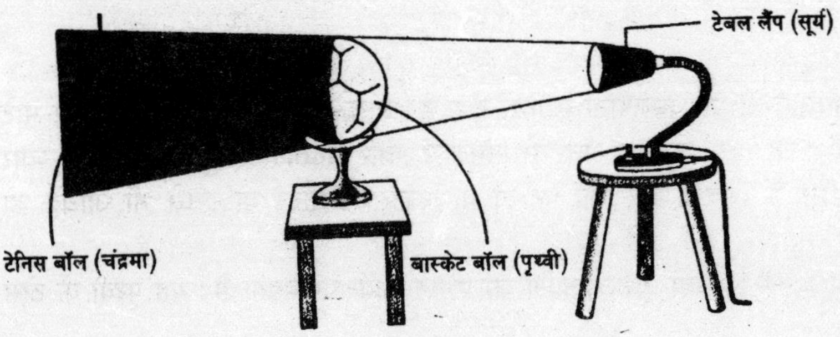

चंद्रमा की इस स्थिति को 'चंद्र ग्रहण' कहते हैं। चंद्र ग्रहण केवल पूर्णिमा को ही लगता है।

जब पृथ्वी की छाया चंद्रमा के संपूर्ण तल पर छा जाती है तब हमें चंद्रमा बिलकुल दिखाई नहीं देता और हम इसे 'पूर्ण चंद्र ग्रहण' कहते हैं। जब यह छाया चंद्रमा के आंशिक भाग पर पड़ती

है तब 'आंशियक चंद्र ग्रहण' होता है।

चंद्र ग्रहण केवल थोड़ी देर ही रहता है–कभी कुछ मिनटों तक, कभी कुछ घंटों तक। जैसे ही चंद्रमा पृथ्वी की छाया से बाहर निकल आता है इसे सूर्य का प्रकाश मिलने लगता है और यह फिर दिखाई देने लगता है।

हमें यह भी ध्यान रखना चाहिए कि चंद्र ग्रहण प्रत्येक पूर्णिमा को नहीं लगता है। यह तो तभी लगता है जब पृथ्वी और चंद्रमा की सीध में हों।

सूर्य ग्रहण

सूर्य पर लगे ग्रहण को 'सूर्य ग्रहण' कहते हैं। यह अमावस्या को लगता है जब पृथ्वी की परिक्रमा करते हुए चंद्रमा पृथ्वी और सूर्य के बीच में आ जाता है। ज़ब सूर्य, चंद्रमा और पृथ्वी एक सीधी रेखा में होते हैं तब चंद्रमा अपनी छाया पृथ्वी पर डालता है और धरती के कुछ भाग के निवासी सूर्य को बिलकुल नहीं देख पाते या आंशिक रूप में ही देख पाते हैं।

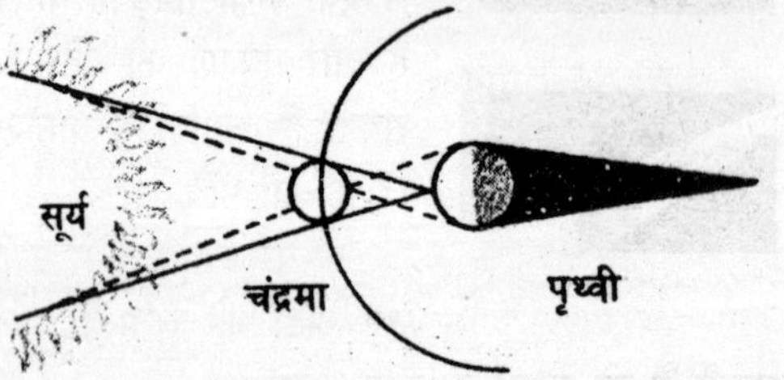

इस प्रकार सूर्य ग्रहण लगता है। जब सूर्य बिलकुल दिखाई नहीं देता तब उसे -'पूर्ण सूर्य ग्रहण' कहते हैं और जब उसका कुछ अंश दिखाई देता है तब उसे आंशिक सूर्य ग्रहण कहते हैं।

चंद्र ग्रहण की तरह सूर्य ग्रहण भी थोड़ी देर के लिए ही होता है। जैसे ही चंद्रमा सूर्य और पृथ्वी की सीध में आगे बढ़ता है। पृथ्वी के निवासी पुनः सूर्य को देख सकते हैं। हमें सूर्य ग्रहण सीधे अपनी आँखों से नहीं देखना चाहिए।

चंद्र ग्रहण की तुलना में सूर्य ग्रहण कम लगता है। यह एक समय में पृथ्वी के उन्हीं स्थानों पर दिखाई देता है, जो चंद्रमा की छाया में पड़ते हैं।

प्रत्येक अमावस्या को सूर्यग्रहण नहीं लगता।

सजीव वस्तुएँ

सजीव वस्तुएँ निर्जीव वस्तुओं से किस प्रकार भिन्न हैं?

यदि तुम अपने चारों ओर दिखाई देनेवाली वस्तुओं को ध्यान से देखो तो पाओगे कि उन्हें मुख्यतः दो समूहों में रखा जा सकता है–सजीव व निर्जीव। मनुष्य, घोड़े, वृक्ष, कुत्ते, बिल्लियाँ, पक्षी, मछलियाँ, पौधे और फल आदि सजीव वस्तुएँ हैं तो बिजली के खंभे, दीवारें, मोटर-गाड़ियाँ, पत्थर आदि निर्जीव वस्तुएँ।

सजीव वस्तुओं का एक विशेष गुण यह है कि वे चल-फिर सकती हैं। मुनष्य, घोड़े, कुत्ते और बिल्लियाँ चलते या दौड़ते हैं, पक्षी उड़ते हैं और मछलियाँ तैरती हैं। बिजली के खंभे और दीवारें नहीं चलती।

कहा जा सकता है कि मोटर-गाड़ियाँ तो चल सकती हैं; पर ये तभी चल सकती हैं जब कोई चालक इन्हें चलता है। पौधों में गति को देख पाना सरल नहीं है, सिवाए कुछ पौधों में–जैसे लाजवंती (छुईमुई) की पत्तियाँ छूते ही बंद हो जाती हैं या सनड्यू पौधे में, जिसके चिपकने रोयें कीड़ें-मकोड़ों को पकड़ने के लिए बंद हो जाते हैं।

सभी सजीव वस्तुओं को भोजन की आवश्यकता होती है। हमें नियमित भोजन चाहिए और इसी प्रकार हमारे

पालतू पशुओं को भी। पोधे मिट्टी तथा वायु से महत्त्वपूर्ण पदार्थ लेकर भोजन प्राप्त करते हैं।

सजीव वस्तुओं कासाँस लेना भी आवश्यक है। किसी तितली को बंद बोतल में रखनेपर वह कुछ ही घंटों में मर जाती है।

हम अपनी नाक और फेफड़ों से हवा में साँस लेते हैं। जलचर अपने गलफड़ों से साँस लेते हैं। पौधे अपनी पत्तियों पर बने बारीक मुखछिद्रों द्वारा साँस लेते हैं।

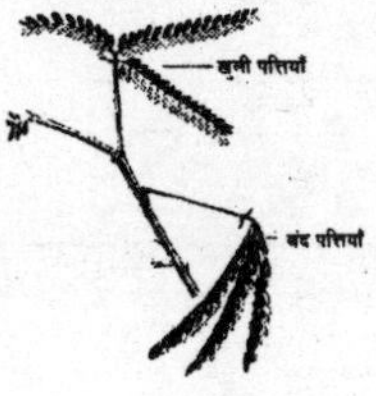

(छुईमुई) लाजवंती

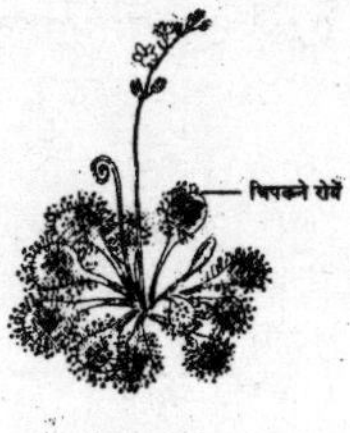

मनड्यू

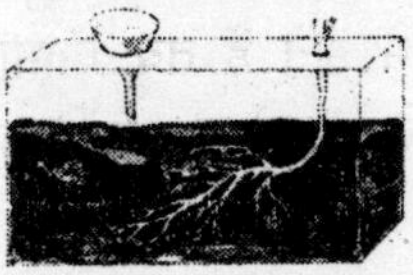

सजीव वस्तुओं का विकास होता है। और सजीव वस्तुएँ संवेदनशील होती हैं। उनमें देखने, सुनने, सूँघने और स्पर्श करने के संवेदी अंग होते हैं जो निर्जीव वस्तुओं में नहीं होते। पशुओं की भाँति पौधों में विशेष संवेदी अंग तो नहीं होते, लेकिन वे संवेदनशील अवश्य होते हैं। गमले में एक पौधा खिड़की के पास रखो। कुछ दिन उसे ध्यान से देखो। तुमने देखा कि पौधा बढ़ता है और प्रकाश की ओर झुक जाता है। जड़े पानी की ओर बढ़ती हैं। पौधे ऐसा इसलिए कर सकते हैं क्योंकि वे प्रकाश की दिशा का अनुभव कर सकते हैं और साथ ही नीचे, पानी की दिशा का भी।

तुमने घोंसले में पक्षी के अंडे देखे होंगे। जब मादा पक्षी उन अंडों को लेती है, उन्हें गरम रखती है तो समय के साथ अंडों का विकास होता है और उनमें से पक्षी के नन्हें बच्चे निकल आते हैं।

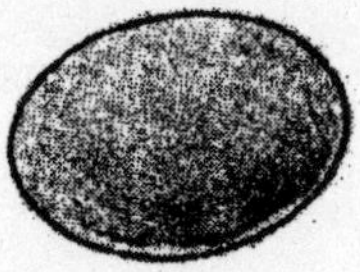
अंडा

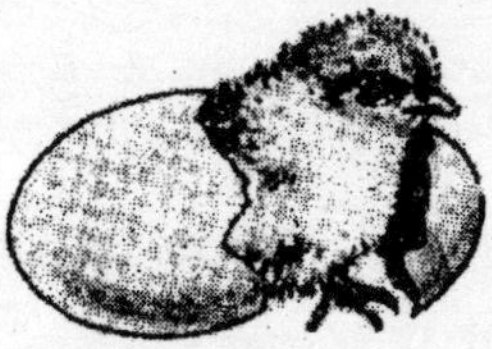
चूजा

मुर्गी

कभी-कभी अंडों से निकलनेवाले जानवरों के बच्चे, बड़ों के समाननहीं होते। जैसे-जैसे वे बढ़ते हैं उनके रूप में परिवर्तन आ जाता है। जैसे—इल्ली तितली में बदल जाती है।

कुछ जानवर अंडे नहीं देते। जन्म लेने पर उनके बच्चे उनके जैसे ही दिखाई देते हैं। क्या नन्हे पिल्ले और बिल्ली के बच्चे तुम्हारे पालतू कुत्तें या बिल्ली जैसे नहीं दिखते?

तितली

पौधे अपने बीजों से नन्हें पौधों को जन्म देते हैं। यदि बीज को उचित भूमि में बोया जाए तो वह एक नए पौधे के रूप में उग जाता है।

इस प्रकार, सभी सजीव वस्तुएँ—पौधे और पशु—नए पौधों या जानवरों को जन्म देते हैं। इसे प्रजनन कहते हैं। निर्जीव वस्तुएँ जन्म देने में असमर्थ होती हैं।

पौधे और जानवर

पिछले परिच्छेद में हमने पौधों और जानवरों दोनों का उल्लेख सजीव वस्तुओं के रूप में किया है। लेकिन हमारे लिए सजीव वस्तुओं के विशिष्ट लक्षणों को पौधों में देख पाना कठिन होता है।

पौधों और जानवरों में एक मूल अंतर उनके खाने के तरीके का है। अधिकतर पौधे अपना भोजन कच्चे माल (पानी, कार्बन डाई ऑक्साइड) से बनाते हैं, जिसे वे मिट्टी और हवा से प्राप्त करते हैं। जानवर अपना भोजन स्वयं नहीं बनाते वे भोजन की तलाश में घूमते हैं। वे पौधों द्वारा तैयार किया गया 'बना-बनाया' भोजन करते हैं या अन्य जानवरों को अपना भोजन बनाते हैं। चूँकि जानवरों को भोजन की तलाश में जाना पड़ता है इसलिए चलने या उड़ने के लिए उनके पैर, पंख-जैसे अंग होते हैं और भोजन को पहचानने के लिए आँख, कान, नाक-जैसे संवेदी अंग।

इस प्रकार हम सजीव वस्तुओं को दो मुख्य वर्गों—पौधों और जानवरों में बाँट सकते हैं। क्योंकि एक पौधे का जीवन एक जानवर के जीवन से पूर्णतया भिन्न होता है।

पेड़-पौधे और जानवर एक-दूसरे पर निर्भर होते हैं।

अपने आसपास के वातावरण पर नजर डालने पर हम अनेक प्रकार के पेड़-पौधों और जानवरों को देख सकते हैं। सच बात तो यह है कि वे एक-दूसरे से अलग रह ही नहीं सकते। पेड-पौधे और जानवर ही नहीं, मनुष्य भी उन दोनों के साथ घुलमिल कर ही स्वस्थ जीवन जी सकता है। पेड़-पौधे और जानवर नदी, तालाब, समुद्र, पहाड़ और प्राकृतिक वातावरण के साथ मनुष्य जीवन के लिए पर्यावरण का निर्माण करते हैं। किंतु यहाँ हम पेड़-पौधों और जानवरों की परस्पर निर्भरता पर बात कर रहे हैं।

पौधे और जानवर दोनों ही जमीन पर और पानी में पाए जाते हैं। जो पौधे पानी में होते हैं उनके कुछ विशेष लक्षण पर बात कर रहे हैं।

पौधे और जानवर दोनों ही जमीन पर और पानी में पाए जाते हैं। जो पौधे पानी में होते हैं उनके कुछ विशेष लक्षण होते हैं, जो उस परिस्थिति में रहने योग्य बनते हैं।

पानी की सतह पर तैरने वाले पौधे

कुछ पौधे अपने छोटे आकार और हल्केपन के कारण पानी पर तैरते हैं। कसपत, खरु सम्बुल, जुसैया, वुल्फिया और पिस्तिया पानी पर तैरने वाले पौधे हैं।

कुछ पौधे तालाब की तली की मिट्टी में अपनी जड़ों के सहारे जुड़े रहते हैं।

कुछ पौधे तालाब की तली की मिट्टी से अपनी जड़ों के सहारे जुड़े रहते हैं। इनकी पत्तियाँ पानी की सतह पर तैरती दिखाई देती हैं। अन्य पत्तियाँ की भाँति इनकी पत्तियों में मुखछिद्र (स्टोमाटा) पत्ती की निचली सतह पर न होकर, ऊपरी
सतह पर पाए जाते हैं। इन पत्तियों की ऊपरी सतह मोम से ढकी रहती है, इस कारण पानी उन पर ठहरकर छेदों को बंद नहीं कर पाता। ऐसे पौधों के चारों ओर पानी होता है ये जड़ों के सहारे ही मिट्टी में जमे रहते हैं। इसका एक उदाहरण कमल है।

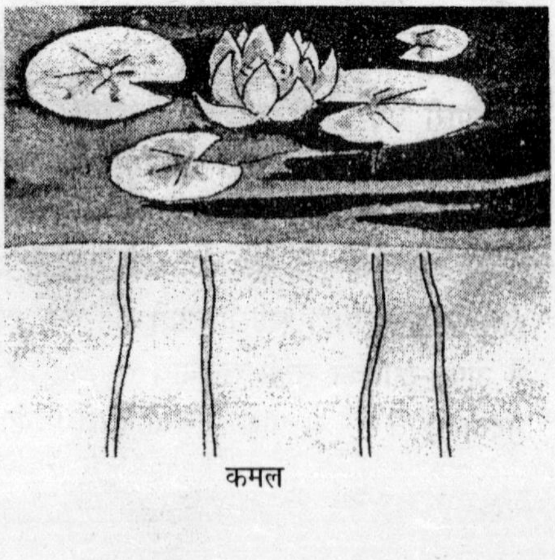

कमल

कुछ पौधे पूरी तरह पानी में डूबे रहते हैं।

ये भी अपनी जड़ों की सहायता से तालाब की तली की मिट्टी में जमे रहे हैं। साथ ही इनकी पत्तियाँ तथा अन्य भाग भी पानी के अंदर ही रहते हैं। हाइड्रिला और वैल्लिस्नेरिया इस प्रकार के पौधों के विशेष उदाहरण हैं। इन पौधों की पत्तियाँ बारीक कटी हुई या फीते की तरह लम्बी पतली होती है, जो पानी में आसानी से तैरती हैं। इन पत्तियों में मुखछिद्र नहीं होते। पानी में घुली गैस सीधे ही इनकी कोशिकाओं में पहुँच जाती है।

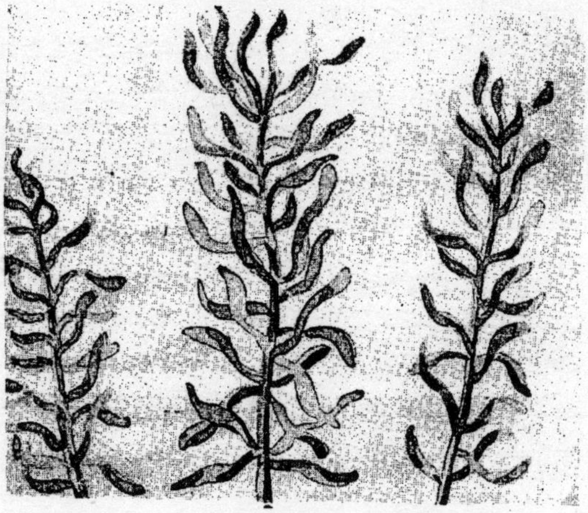

हाइड्रिला

जमीन पर उगने वाले पौधे लगभग हर जगह उगते हैं।

ये ठंडे, बर्फ से ढके स्थानों, सूखे रेगिस्तानों, ऊँचे पहाड़ों और नम-दलदली स्थानों में, सब जगह पाए जाते हैं। बाग में घूमकर वहाँ उगने वाले विभिन्न पौधों को ध्यान से देखो। वे अलग-अलग आकृति और आकार के होते हैं—ऊँचे वृक्ष, छोटे पौधे, मोटे काष्ठीय तनों वाले नरम व दुर्बल तनों वाले पौधे।

विभिन्न प्रकार के पौधे विभिन्न प्रकार की परिस्थितियों में उगते हैं।

भारत-जैसे विशाल देश में विभिन्न प्रकार की जलवायु पाई जाती है, इसीलिए हर क्षेत्र में भिन्न-भिन्न प्रकार के पौधे उगते हैं।

ऊँचाई पर उगे देवदार

पहाड़ी स्थानों पर पाए जानेवाले पेड़ मैदानी इलाकों के पेड़ों से भिन्न होते हैं। उनकी पत्तियाँ सुई के समान होती हैं और उन्हें चीड़ (पाइन) कहते हैं। फूलों के स्थान पर इनमें शंकु या शंकुफल (कोन) लगते हैं। बहुत ऊँचाई पर तुम देवदार के वृक्षों को भी देख सकते हो।

चाय के पौधे भी पहाड़ी क्षेत्रों में उगते हैं। नीलगिरि ओर दार्जिलिग अपनी उत्तम चाय के लिए प्रसिद्ध है। इन पौधों को भारी वर्षा की आवश्यकता होती है पर ये पहाड़ी ढलानों पर ही उगते हैं जहाँ पानी इनकी जड़ों के पास ठहरता नहीं। इन पहाड़ियों पर इन पौधों की वृद्धि के लिए अनुकूल परिस्थितियाँ होती है।

पहाड़ी ढलान पर उगती चाय की झाड़ियाँ

भारत में कुछ क्षेत्र गर्म और सूखे हैं, जैसे राजस्थान। वहाँ बहुत कम पानी होता है और मिट्टी रेतीली होती है। ऐसे स्थानों में भी पौधे उगते हैं। इन पौधों ने अपने-आपको सूखी जलवायु के अनुसार ढाल लिया है। इनके तने मोटे और गूदेदार होते हैं। ये पौधे पत्तियों द्वारा पानी को बरबाद नहीं कर सकते इसलिए

इनकी पत्तियाँ काँटों में बदल जाती हैं। पत्तियों द्वारा किए जाने वाला काम (खाना बनाने का काम) इनके मोटे तने करते हैं। रेगिस्तानी पौधे अपने मोटे तनों में पानी जमा कर सकते हैं। नागफनी रेगिस्तान में आमतौर पर पाए जाने वाले पौधे हैं।

रेगिस्तान का दृश्य

समुद्र तट की जलवायु तथा मिट्टी में कुछ विशेष प्रकार के पौधे ही उगते हैं।नारियल, काली मिर्च और रबर समुद्र तट पर उगनेवाले पौधों में से कुछ हैं। समुद्र तट के पास के कुछ क्षेत्र दलदली होते हैं और वहाँ की मिट्टी चिकनी होती है। चिकनी मिटी के भीतर पौधों की विशेष जड़े होती हैं जिन्हें 'श्वसन जड़; कहते हैं। अविसेन्निया और राइजोफोरा ऐसे पौधाों के उदाहरण हैं।

नागफनी

जीव-जंतु भी विभिन्न परिस्थितियों में रहते हैं।

धरती पर प्रत्येक स्थान पर अलग-अलग तरह के जानवर रहते हैं। उदाहरण के तौर पर ध्रुवीय भालू आर्टिक क्षेत्रों में रहता है, केकड़े चट्टानों के बीच खारे पानी में रहते हैं और शफरी-जैसी मछलियाँ ताजे पानी की धाराओं और झीलों में रहती हैं। दूसरी ओर, सामन-जैसी मछलियाँ अपने जीवन का कुछ भाग खारे पानी में और कुछ भाग ताजे पानी में बिताती हैं। बाघ, गाय, बिल्ली-जैसे कुछ जानवर धरती पर रहते हैं। मेंढक, जल-पक्षी घोंघे, साँप, मच्छर ओर व्याध पतंगा-जैसे जानवर कभी पानी और कभी जमीनपर रहते हैं। मेंढक, मच्छर और व्याध पतंगा पानी में अंडे देते हैं।

ध्रुवीय भालू

सामन मछली

केकड़ा

सभी जानवर अपने प्राकृतिक वातावरण के अनुरूप ढले होते हैं।

कोई भी जानवर अपने स्वभाव के विपरीत प्राकृतिक वातावरण में नहीं रह सकता। प्राकृतिक वातावरण अनुकूल न होने पर जानवर या तो मर जाते हैं या अपने

मच्छर

व्याध पतंगा

मेंढक

साँप

घोंघा

अनुकूल वातावरण में चले जाते हैं।

जिस परिवेश (वातावरण) में जानवर रहते हैं उसके अनुसार उन्हें नीचे लिखे वर्गों में विभाजित किया जा सकता है।

वृक्षवासी—जो जानवर अधिकतर, पेड़ों पर रहते हैं। जैसे—बंदर, ओपसम, छिपकलियाँ और कुछ कीड़-मकोड़े।

थलचर—वे जानवर जो धरती पर, उसकी सतह पर या उसके नीचे खुदे बिलों में रहते हैं। जैसे—बाघ, शेर, गाय, खरगोश, केंचुआ और कुछ कीड़े-मकोड़े।

नभचर—वे जानवर जो अपने जीवन का अधिकांश भाग हवा में ही बिताते हैं जैसे—चिड़ियाँ, चमगादड़ और अधिकांश कीड़े-मकोड़े।

जलचर—वे जानवर जो पानी में रहते हैं। सभी प्रकार के जलचर एक प्रकार के जल में नहीं पाए जाते। कुछ प्रकार की मछलियाँ, साँप और घोंघे झीलों और जलधाराओं के ताजे पानी में पाए जाते हैं तो शार्क, समुद्री कछुआ, सील मछली, तारा मछली और केकड़े समुद्र के खारे पानी में पाए जाते हैं।

चिड़िया

चमगादड़

जानवरों के शरीर की रचना उनके वातावरण के अनुकूल होती है।

त्वचा—विभिन्न प्रकार कल जलवायु की स्थितियों से जानवर का बचाव करती हुई त्वचा एक सुरक्षा अंग का काम करती है। जानवरों की त्वचा उनके वातावरण के तापमान के अनुकूल ढली होती है। त्वचा शरीर से अत्यधिक पानी के निकलने को रोकती है तथा शरीर को रूखेपन से बचाती है।

गर्म क्षेत्रों में रहनेवाले जानवरों की खाल मोटी और कम रोयेंदार होती है। जेसे गाय और ऊँट।

ठंडे, बर्फीले क्षेत्रों में रहनेवाले ध्रुवीय भालू, सुरागाय, हिमालयी खरगोश व सफेद लोमड़ी-जैसे जानवरों की खाल पर मोटे रोयें होते हैं और त्वचा के नीचे वसा की एक परत भी होती हैं। ये मोटे रोयें हवा को रोककर शरीर को गरम बनाए रखते हैं।

ऊँट

ध्रुवीय भालू

सफेद लोमड़ी

सुरागाय (याक)

छिपकली, साँप और चिड़ियों—जैसे कुछ जानवरों की खाल पर पंख या शल्क होते हैं जो त्वचा को सूखने से बचाते हैं।

छिपकली

साँप

चिड़िया

रंगे के द्वारा सुरक्षा—कुछ जानवर अपी खाल के रंग को अपने वातावरण के रंग के अनुसार बदलकर, शत्रुओं से अपनी रक्षा करते हैं। उनकी त्वचा का रंग उन्हें शत्रुओं से छिपाकर रखता है। टिड्डे, टिड्डियाँ, रेतीली छिपकलियाँ, ध्रुवीय भालू और जेबरा ऐसे ही कुछ जानवर हैं। विनम्र कट-कीड़ा टहनी के साथ मेल खाते अपने रंग व आकृति के कारण सुरक्षित रहता है।

निष्क्रियता—सर्दियों में जब मौसम बहुत ठंडा होता है और भोजन की कमी हो जाती है तो कुछ जानवर गुफाओं या जमीन के नीचे बने बिलों में लंबी नींद में सो जाते हैं। सोने की इस प्रक्रिया को 'निष्क्रियता' कहते हैं। सोते समय ये अपने शरीर में जमे भोजन, प्रायः वसा का प्रयोग करते हैं। मेंढक, कीड़े-मकोड़े, घोंघे ऐसे ही निष्क्रिय रहनेवाले कुछ जानवर हैं।

बाज

गिलहरी

मछली

खरगोश

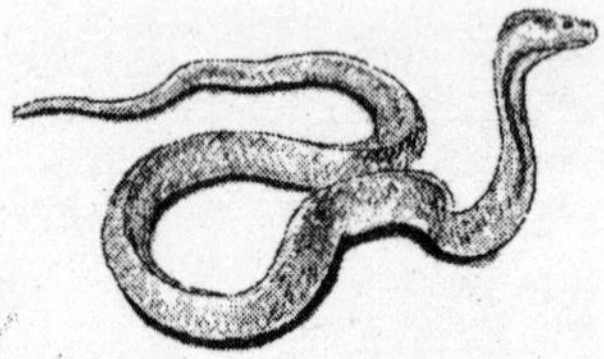

साँप

चूहा

जानवरों के गति प्रदान करने वाले अंग किस तरह वातावरण के अनुकूल होते हैं?

जानवर अपने हाथ-पैरों अंगों की सहायता से चलते हैं। मछली-जैसे जल में रहनेवाले जानवरों के तैरने के पंख (मीनपक्ष) होते हैं। पक्षियों के उड़ने के लिए डैने (पंख) होते हैं। जंगली जानवरों के पैरों की शक्तिशाली मांसपेशियाँ, तेज दौड़ने में उनकी मदद करती हैं। कीड़े-मकोड़ों के भी चलने-फिरने के लिए पैर और पंख होते हैं। वे अंगों की सहायता से अपना भोजन भी पकड़ते हैं। चिड़ियों और बिल्लियों के पास भोजन को पकड़ने के लिए पंजे होते हैं जबकि चीजों को पकड़ने के लिए बंदरों के हाथ होते हैं। चूहे, खरगोश व अन्य कुतरनेवाले जानवर बिल खोदने के लिए अपने पंजों का प्रयोग करते हैं।

साँप-जैसे कुछ जानवरों के ये अंग-उपाँग नहीं होते। वे अपनी शरीर के शल्कों (पपड़ियों) और पेशियों के सहारे चलते या रेंगते हैं।

जानवरों के श्वसन अंग किस प्रकार उनके वातावरण के अनुकूल होते हैं?

जलचर अपने गलफड़ों से साँस लेते हैं, जैसे—झींगा मछली। थलचर अपने फेफड़ों की सहायता से साँस लेते हैं, जैसे—छिपकली, कुता, बिल्ली, मनुष्य आदि। कीड़े-मकोड़े-जैसे जानवर 'श्वास प्रणाल' (साँस लेनेवाली नलियों) की मदद से साँस लेते हैं।

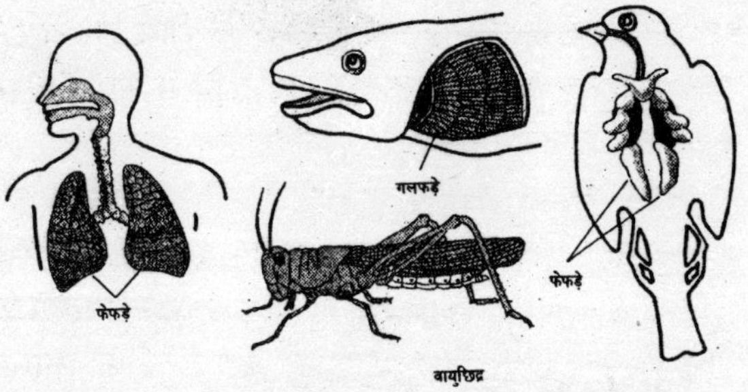

वनस्पति-जगत

किस्म-किस्म के पेड़-पौधे

हमारे चारों ओर विभिन्न प्रकार के पेड़-पौधे हैं। कुछ पौधे बहुत बड़े होते हैं। कुछ पौधे छोटे होते ह। और कुछ बहुत ही छोटे होते हैं। बड़े-बड़े या विशाल पौधे पेड़ कहलाते हैं, जैसे : नीम, पीपल, अमलतास, इमली आदि।

पेडों से छोटे पौधे झाड़ियाँ कहलाते हैं। झाड़ियों के चित्र : जैसे नीबू, मेंहदी, गुलाब आदि।

बिलकुल छोटे-छोटे मौसमी पौधे बूटियाँ कहलाते हैं जैसे : पोदीना, ब्राह्मी बूटी आदि।

कुछ पौधे सीधे खड़े नहीं रह सकते क्योंकि उनके तने कमजोर होते हैं। ये या तो जमीन पर रेंगतें हैं या किसी सहारे से लिपटकर ऊपर चढ़ते हैं। ये पौधे बेल या लताएँ कहलाते हैं जैसे, करेला, तोरी, मटर, अंगूर आदि की लताएँ।

सब पौधों की आयु एक सी नहीं होती । कुछ बहुत लम्बे समय तक जीवित रहते हैं और कुछ थोड़े समय में ही समाप्त हो जाते हैं। बहुत समय तक जीवित रहनेवाले कुछ पेड़-पौधों में बरगद, आम, जामुन, मधुमारुती, मेंहदी आदि हैं।

कुछ पौधे बहुत कम समय तक जीवित रहते हैं। ये केवल एक मौसत या ऋतु के लिए ही होते हैं, जैसे : गेहूँ, ज्वार, गेंदा आदि।

उपयोगी पेड़

अनेक पेड़-पाधे हमारे लिए उपयोगी हैं। हम कई तरह से उनका प्रयोग करते हैं। भोजन, दवाइयाँ, इत्र, तेल, लकड़ी, कागज, रबर और अन्य बहुत-सी वस्तुएँ हमें पेड़-पौधों से मिलती हैं। कुछ पौधे, घरों की सजावट के काम भी आते हैं।

खाने के काम आने वाले पेड़-पौधे

अनेक पेड़-पौधे अनेक रूपों में हमारे खाने के काम आते हैं। गाजर, मूली, शलजम की जड़ हमारे खाने के काम आते हैं। इन्हें हम कंद-मूल की श्रेणी में गिनते हैं। कुछ पौधों का तना हमारे चबाने के काम आता है, जैसे ईख, केला आदि।

ईख का मीठा रस उसके तने में होता है, जिसे हम चूस कर, कोल्हू से रस बनाकर और इस रस से चीनी, रमांड, गुड़ आदि बना कर प्रयोग में लाते हैं। केले की फलियाँ तो हम दबाने में उपयोग में लाते ही हैं उसके तने के कोमल हिस्से से सब्जी भी बनाई जाती है, जिसे दक्षिण भारत के लोग बहुत पसंद करते हैं इसी तरह कुछ पौधों की फलियाँ हम भोजन के रूप में उपयोग में लाते हैं, जैसे पालक, पत्ता गोभी, धनिया, पोदीना चाय और तुलसी आदि। कुछ पौधों के फल या फलियाँ जामुन, आम आदि। कुछ पेड़-पौधे ऐसे होते हैं जिनके बीच गुआर फली, केला, जामुन, आम आदि। कुछ पेड़-पौधे ऐसे होते है जिनके बीच हमारे खाने के काम आते हैं, जैसे अरहर, उड़द, मूंग, चना, मटर आदि। कुछ पौधों के फल हमारे खाने के काम आते हैं, जैसे गोभी। इसी तरह कुछ पौधों के बीजों को हम अनाज की श्रेणी में लेते हैं और उनके आटे की रोटी हम खाते हैं, जैसे : गेहूँ, मक्का, जो, बाजरा आदि। चावल भी एक बीज हे, जिसका भात हमारे यहाँ पकाया जाता है।

अन्य उपयोगी पेड़-पौधे

रगने के काम आने वाले पेड़-पौधों के अलावा अनेक पेड़-पौधों से हमें दवाएँ, तेल, इत्र, कागज, गोंद, रबर, रेशे आदि भी प्राप्त होते हैं। नीम, तुलसी, पोदीना, युकेलिप्टस आदि से अनेक प्रकार की दवाएँ प्राप्त करते हैं। मूँगफली, नारियल, सरसों आदि के बीजों से हमें खाने के काम आने वाले तेल प्राप्त होते हैं। गुलाब, मोगरा, चम्पा आदि के फूलों से इत्र बनाए जाते हैं। बांस, बबूल, रबर आदि के पेड़ों से कागज, गोंद, रबर आदि बनाई जाती है और कपास, जूट, पटसन आदि से हमें रेशे प्राप्त होते हैं, जिनसे कपड़ा बुना जाता है और बोरे बनाए जाते हैं। अनेक पेड़ों की लकड़ी इमारती कार्यों में हम प्रयोग में लाते हैं, जैसे शीशम, देवदार सागौन आदि। फूलों और पत्तियों वाले अनेक पौधे हम सिर्फ सजावट के काम आते हैं और उन्हें गमलों में या जमीन में उगा कर घरों की, पार्कों की शोभा बढ़ाते हैं, इस श्रेणी में अनेक पौधे आते हैं, जिनके नाम बहुत प्रचलित नहीं हैं पेड़-पौधे जब सूख जाते हैं, तो हम उकनी सूखी पत्तियों और तनों को सड़ाकर खाद बनाते हैं, जो खेती और बागवानी के काम आती है। सूखे पेड़ों की लकड़ी हम चूल्हे या भट्टी में जलाने के काम लाते हैं।

पेड़-पौधों के अंग

मनुष्य की तरह पेड़-पौधों में भी जीवन होता है और उन्हें अपने विकास के लिए हवा, पानी, खनिज-लवण, सूर्य के प्रकाश तथा अच्छी देखभाल की आवश्यकता होती है।

जिस प्रकार हमारे शरीर के विभिन्न अंग अलग-अलग तरह के काम करते हैं, उसी प्रकार पौधों के विभिन्न अंग भी अलग-अलग तरह के काम करते हैं। बाग में लगे किसी पौधे को ध्यान से देखो। वह पेड़ हो चाहे गमले में लगा छोटा पौधा, तुम्हें जमीन के ऊपर उसका केवल एक भाग ही दिखाई देगा। यह भाग पेड़ का धड़ या तना कहलाता है। जमीन के ऊपर निकले इस भाग में शाखाएँ, पत्तियाँ, कलियाँ, फूल तथा फल लगते हैं।

पेड़ या पौधे का बाकी हिस्सा जमीन के नीचे रहता है। इस भाग को जड़ कहते हैं।

इस प्रकार हम कह सकते हैं कि जमीन के ऊपर दिखाई देनेवाला पेड़ का भाग

तना कहलाता है और जमीन के नीचे का भाग जड़ कहलाता है।

जड़

पेड़-पौधों में केवल एक बड़ी जड़ या अनेक छोटी-छोटी बड़ी जड़ों का समूह होता है। इन जड़ों पर बहुत सारे छोटे-छोटे रेशे होते हैं।

मुख्य जड़ और उसकी शाखाएँ पौधे को मजबूती से जमीन में मिट्टी से जकड़कर रखती हैं।

जड़ों के बारीक रेशे मिट्टी से जल और खनिज-लवण खींचने में पौधे की सहायता करते हैं। जड़े अपने द्वारा सोखे गए पानी व खनिज लवणों को तने में भी पहुँचाती है।

तना

तना पेड़ का मूल आधार हैं यह पाधे को सीधा खड़ा रखता है। तने में शाखाएँ, पत्तियाँ, कलियाँ, फूल और फल लगते हैं। यह जड़ों से पानी और खनिज-लवण लेकर पौधे के अन्य भागों को पहुँचाता है।

पत्ती

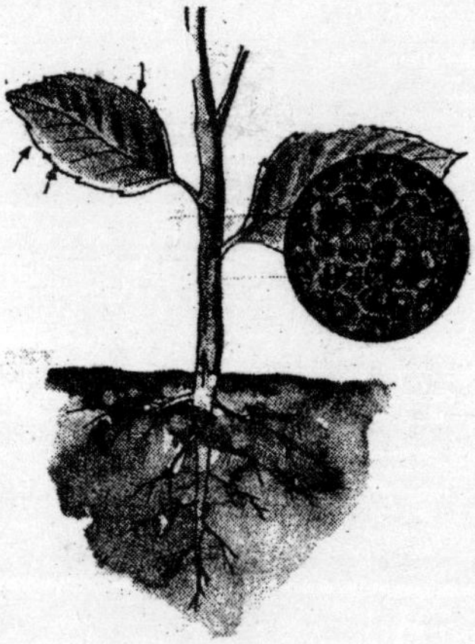

पत्ती पौधों का भोजन बनाने का कारखाना या रसोईघर होती है। पत्ती की सतह पर छोटे-छोटे छेद होते हैं। इन छेदों को 'मुखछिद्र' कहते हैं। पत्तती मुख छिद्रों से कार्बनडाई-ऑक्याइड को भीतर खींचती है। तना जड़ों से पानी लेकर पत्तियों तक पहुँचाता है।

सूर्य के प्रकाश मं हरे रंग वाले पदार्थ की सहायता से पत्ती शर्करा तैयार करती है। कुछ शर्करा वसा (चिकनाई) और प्रोटीन में बदल जाती है।

पत्तियों द्वारा तैयार किया गया भोजन तने के द्वारा पौधे के सभी भागों में पहुँचता है। इस भोजन से ही पौधों का विकास होता है। बचा हुआ भोजन पौधों की जड़ों, तनों, फलों और बीजों में जमा होता रहता है। यह जमा किया गया भोजन जानवरों और मनुष्यों द्वारा खाया जाता है।

फूल

अनेक पौधों में फूल लगते हैं। पौधे फूल के द्वारा ही वंश वृद्धि (प्रजनन) करते हैं। फूल फलों के रूप में विकसित हो जाते हैं।

फल फूलों से बनते हैं। फलों के अंदर बीज होते हैं। फल बीजों की रक्षा करते हैं। बीजों फलों के अंदर छिपे रहते हैं। बीज ही नन्हें पौधे के रूप में विकसित होता है।

वनस्पतियाँ और भोजन

हमारे चारों ओर विभिन्न प्रकार की घास, पौधे, पेड़ और झाड़ियाँ उगती दिखाई देती हैं। धरती पर जीवन के लिए ये आवश्यक हैं सभी सजीव प्राणियों के लिए ये पौधे ही भोजन के मूल स्रोत हैं। ये ही एकमात्र ऐसी वस्तुएँ हैं जो अपना भोजन स्वयं तैयार कर सकती हैं तथा स्वयं अन्य सजीव वस्तुओं का भोजन करती हैं। मनुष्य व अन्य सभी जानवर भोजन के लिए प्रत्यक्ष या परोक्ष रूप से पौधों पर निर्भर करते हैं। पौधे और अपना भोजन पत्तियों में भोजन बनाते हैं।

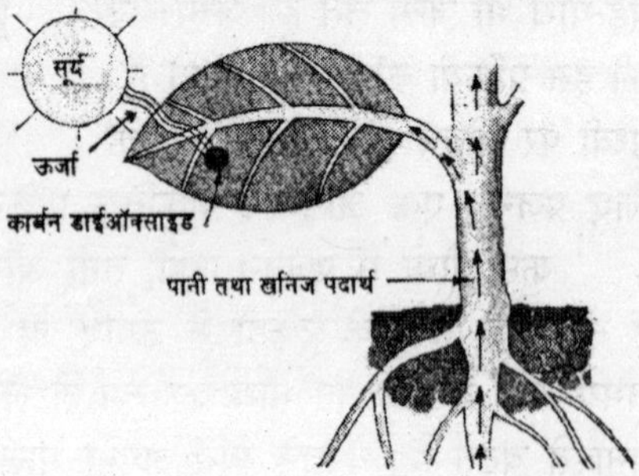

पत्ती ही पौधों का भोजन बनाती है :

पत्ती ही पौधे का भोजन बनाने का महत्त्वपूर्ण काम करती है। जड़ें मिट्टी से पानी और खनिज-पदार्थ सोखती हैं। तना इन पदार्थों को ऊपर पत्तियों तक पहुँचाता है। यह पत्तियों को सूर्य और हवा के लिए खुला रखता है। इन पत्तियों को भोजन बनाने के लिए मिट्टी से पानी, हवा से कार्बन डाई ऑक्साइड और सूर्य से ऊर्जा मिलती है।

अधिकांश पौधों की पत्तियाँ चौड़ी और चपटी होती हैं लेकिन वे विभिन्न प्रकार की आकृतियों और आकार की होती हैं। यद्यपि वे अत्यनत पतली होती हैं तथापि वे कोशिकाओं की अन8क परतों की बनी होती हैं। वे चपटी कोशिकाओं की ऊपरी और निचली सतहों के बीच सैंडविच की तरह सजी होती है। इनमें से अनेक हरी कोशिकाएँ होती हैं जिनमें (क्लोरोफिल) होता है। क्लोरोलि की सहायता से वे भोजन बनाती हैं। कोशिकाओं के बीच का खाली स्थान हरी कोशिकाओं तक गैस पहुँचाने में सहायक होता है। ये खाली स्थान नन्हे छेदों से जुड़े रहते हैं जिन्हें मुखछिद्र कहते हैं। बाहर की ओर खुलनेवाले ये मुखछिद्र प्रायः पत्तियों की निचली सतह पर पाए जाते हैं।

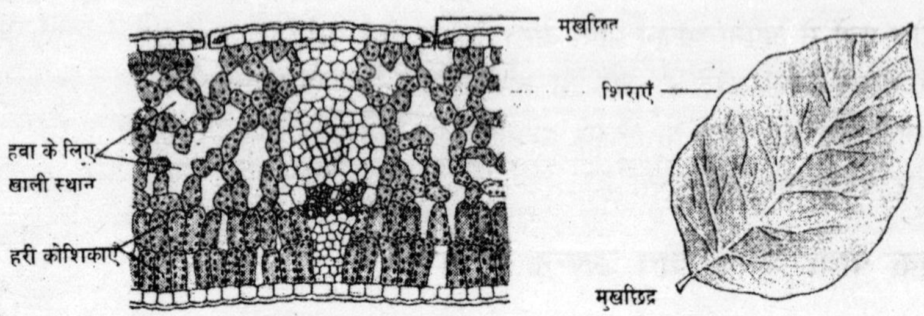

यदि तुम किसी पत्ती को प्रकाश के सामने रखकर देखोगे तो तुम्हें शिराओं काएक जाल दिखाई देगा। ये वे नलियाँ हैं जो तने की नलियों से जुड़ी होती हैं। ये नलियाँ पत्ती को पानी और खनिज पदार्थ पहुँचाती हैं पत्तियों द्वारा तैयार किया गया भोजन भी इन नलियों द्वारा पौधे के विभिन्न भागों तक पहुँचता है। पत्तियों में बना हुआ भोजन (शक्कर) तुरंत (स्टार्च) में परिवर्तित हो जाता है। यह या तो पत्तियों में ही जमा हो जाता है या फिर जड़ या तने—जैसे अन्य भागों में जमा करने के लिए ले जाया जाता है। जड़ों, तनों, फलों या बीजों में यह भोजन ही मनुष्यों व जानवरों द्वारा खाया जाता है।

पौधों में भोजन बनाने का काम पत्तियाँ करती हैं। यह काम पत्तियों में स्टार्च बनने की प्रक्रिया द्वारा होता है। कच्चे पदार्थ—पानी (भूमि से), कार्बन-डाईऑक्साइड (हवा से)—का प्रयोग पत्तियों में उपस्थित (क्लोरोफिल) द्वारा शक्कर (जो बाद में स्टार्च में बदल जाती है) बनाने के लिए होता है—उस प्रकाश-ऊर्जा के द्वारा जो सूर्य से प्राप्त होती है।

इस प्रक्रिया को प्रकाश-संश्लेषण कहते हैं।

गाजर

आलू

सेब

पेड़-पौधे भी जन्म लेते हैं।

अन्य सजीव प्राणियों के समान पेड़-पौधे भी जन्म लेते हैं। जन्म लेने की इस प्रक्रिया को प्रजनन कहते हैं। पृथ्वी पर जीवन के गतिमान रहने के लिए प्रजनन एक अनिवार्य प्राकृतिक प्रक्रिया है। यह प्रक्रिया वनस्पति जगत में कई प्रकार से हाेती है।

कुछ पौधों में प्रजनन जड़ों, तनों और पत्तियों की सहायता से होता है। ऐसे पौधे बिना बीज के भी उग सकते हैं नए पौधे तनों के टुकड़ों से उगाए जा सकते हैं। इन टुकड़ों को 'कलम' कहते हैं। इनमें अंकुर होते हैं जो कुछ समय बाद बढ़कर नए पौधे का रूप ले लेते हैं। ईख, गुलाब आदि इसी विधि से उठाए जाते हैं। कुछ पौधे भूमिगत तनों से बढ़ते हैं। ये तने स्वयं अपना भोजन संचित कर लेते हैं। इनमें अंकुर भी होते हैं जिनसे नए पौधे उगते हैं। इस श्रेणी में आलू, अदरक, अरबी आदि आते हैं।

अधिकांश पौधों की वंशवृद्धि बीजों से होती है। वे बीजों से उगते हैं। बीज अंकुरित होते हैं और अंकुर से नए पौधे बनते हैं।

एक बीज में भ्रूण या छोटा पौधा और कुछ संचित भोजन होता है। वह बीज के छिलके द्वारा सुरक्षित रहता है। इस भ्रूण या छोटे पौधे में एक प्रांकुर, एक मूलांकुर तथा एक या दो बीज-पत्र होते हैं। बीज-पत्रों में संचित भोजन होता है। भ्रूण इन्हीं बीज-पत्रों से अपना भोजन प्राप्त करता है। ये बीज-पत्र भ्रूणपोष अर्थात् मदर प्लांट से भोजन प्राप्त करते हैं। चने या सेम के कुछ दाने एक दिन के लिए भिगो दो। अगले दिन उन बीजों के छिलके हटाकर बीज-पत्रों और उनके बीज-भ्रूण को देखा और पहचाडना जा सकता है।

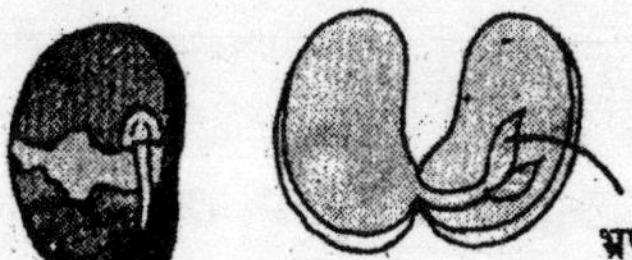

एक पौधा अनेक बीच उत्पन्न करता है।

फल उन फूलों से पैदा होते हैं जिनमें परागण (पोलिनेशन) हो चुका होता है। फलों के अंदर बीज हो हैं। आम, जामुन आदि कुछ फलों में केवल एक ही बीज होता है। जबकि मूंगफली, मटर आदि में एक फली में अनेक बीच जाते हैं।

जब पौधा परिपक्व (पूर्ण अवस्था का) हो जाता है तब उस पर बड़ी संख्या में फूल लगते हैं जो बाद में फलों में बदल जाते हैं। इन फलों में बहुत सारे बीज होते हैं। इस प्रकार एक पौधे से अनेक बीज पैदा होते हैं। इन सभी बीजों से नए पौधे नहीं उगते। कुछ पूरी तरह विकसित नहीं होते, इसलिए उनमें

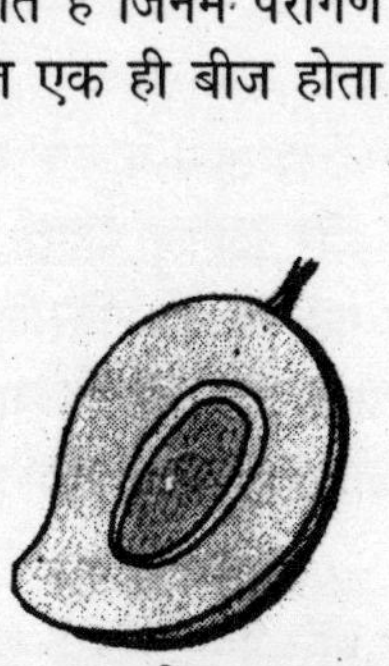
एक बीजवाला आम का फल

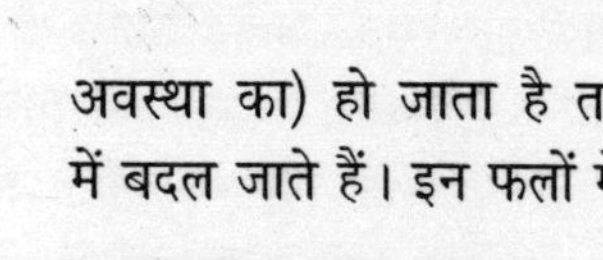
अनेक बीजोंवाली मटर की फली

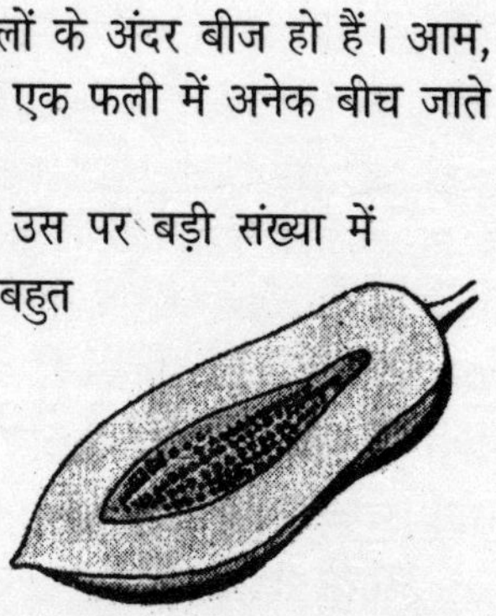
बहुत से बीजोंवाला पपीते का फल

नए पौधे नहीं उग सकते। गोदाम में या कहीं और भी जमा किए गए बीजों में से कुछ बीच कीड़ों व जानवरों द्वारा नष्ट हों जाते हैं ऐसे बीजों में पौधे नहीं उग सकते। मिट्टी में बो देने के बाद भी बीजों को पक्षी, चूहे तथा अन्य प्राणी खा जाते हैं। इसलिए हम कह सकते हैं कि एक पौधे से उत्पन्न सभी बीजों से पौधे नहीं उगते, इसलिए इतने अधिक बीज उगाए जाते हैं कि उनमें से कुछ में से तो नए पौधे उग सकें।

बीजों का बिखरना

अधिकांश पौधों से बड़ी संख्या में बीज पैदा होते हैं। यदि सभी बीज उसी पेड़ के नीचे गिर जाएँ तो वे इतने अधिक हो जाएँगे कि उनमें से अनेक तो स्थान, पानी, खनिज और प्रकाश के अभाव में ही मर जाएँगे। जीवित रहने के लिए आवश्यक परिस्थितियों के लिए उन्हें एक-दूसरे से लड़ना पड़ेगा और केवल स्वस्थ व मजबूत पौधे ही जीवित रह सकेंगे तथा कमजोर पौधे मर जाएँगे। इसलिए बीजों का दूर-दूर तक बिखराव आवश्यक है जिससे कि उन्हें पनपने के लिए उचित स्थान मिल सकें बीजों का इस प्रकार दूर-दूर तक फैलना ही बिखराव कहलाता है।

अनेक पौधों में बीजों के बिखराव के लिए अनेक ढंग या तरीके होते हैं, जिससे बीज नए स्थानों पर चले जाते हैं जहाँ वे अच्छी तरह उग सकें। पौधे तो अपने स्थान से हिल नहीं सकते इसलिए हवा, पानी और प्राणियों—जैसे बाहरी साधनों की सहायता से उनके बीजों का बिखराव होता है।

कुछ पौधों के पूरे फल ही दूसरी जगह पहुँच जाते हैं और बीज भी उसके साथ चले जाते हैं। अन्य पौधों के बीच अकेले ही दूसरी जगह जाते हैं ऐसी अवस्था में फल सूखकर विभिन्न रूप में फट जाते हैं और बीज बाहर निकल आते हैं।

हवा के बिखराव

कुछ बीजों तथा फलों में रेशे या पंख होते हैं। जिनके कारण ये हवा के द्वारा आसानी से एक स्थान से दूसरे स्थान पर ले जाए जाते हैं।

चटकने के द्वारा बिखराव

कुछ बीज फलों के द्वारा ही बिखरे दिए जाते हैं। कुछ फलों के छिलके सूखकर चटक जाते हैं और उनके बीच बिखर जाते हैं। इस प्रकार के फल का और बीजों के बिखरने का अच्छा उदाहरण मटर की फली है। जिस बल से फलों के सूखने पर उनके छिलके चटकते हैं, उसके अनुसार ही बीज कई फुट की दूरी तक बिखर जाते हैं। गुलमेंहदी तथा रेंडी ऐसे फलों के अच्छे उदाहरण हैं जो झटके के साथ फटते हैं और चारों दिशाओं में बिखर जाते हैं।

प्राणियों द्वारा बिखराव

प्राणी अनेक प्रकार के फलों और बीजों के बिखराव में सहायक होते हैं।

1. कुछ पौधों के रसदार और गूदेवाले फल बहुत स्वादिष्ट होते हैं। जानवर और विशेष रूप से पक्षी उनके गूदे को तो खा लेते हैं और अनजाने में उनके बीजों को बाहर निकाल देते हैं इस प्रकार वे बीज दूसरे स्थानों तक पहुँच जाते हैं।
2. मनुष्य भी अनेक प्रकार के गूदेवाले फलों को खाकर उनके बीच फेंक देता है। कभी-कभी मनुष्य और जानवर फलों के साथ बीज भी निकल जाते हैं और ये बीज बिना पचे हुए भोजन के साथ सुरक्षित रूप में शरीर से बाहर निकल जाते हैं। वे भूमि पर पड़कर अंकुरित हो जाते हैं। इस प्रकार गूदेदार फलों के बीज दूर स्थानों तकि फैल जाते हैं।

काँटेदार फल

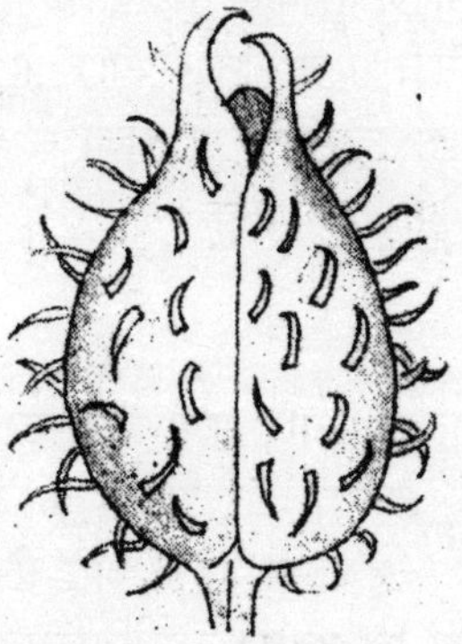

धतूरे का फल

हुकदार फल

बिच्छू बूटी

कड़े बाजवाला फल

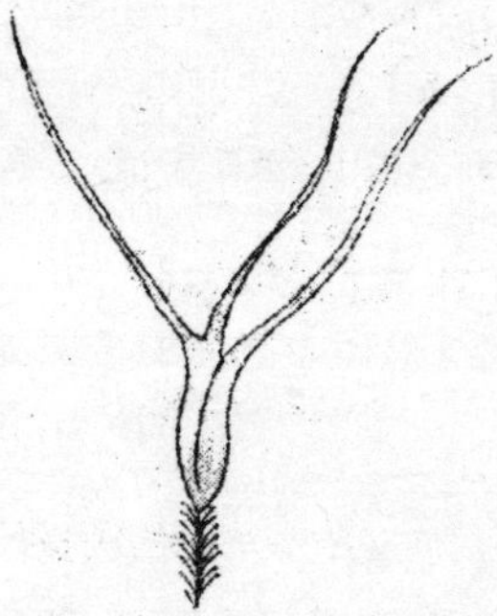

साधारण पुदीना

3. कुछ पौधों में सूखे फल पैदा होते हैं जिनमें हुकदार नुकीले काँटे या कठोर बाल होते हैं। ये आते-जाते पशुओं की खाल, पक्षियों के पर या हमारे कपड़ों में चिपक जाते हैं। बाद में ये फल ओर बीज या तो स्वयं गिर जाते हैं या चुभन उत्पन्न करने के कारण गिरा दिए जाते हैं। इस प्रकार प्राणी अनजाने में ही इन बीजों को दूर-दूर तक बिखरा देते हैं।

पानी के द्वारा बिखराव

पानी में या पानी के पास उगनेवाले पौधों के फल तथा बीज पानी के साथ बह जाते हैं। ऐसे फलों की कुछ विशेषताएँ तैरने में उनकी सहायता करती हैं। जैसे–रेशेदार या स्पंजदार बाहरी आवरण। नारियल एक ऐसे ही फल का उदाहरण है जो पानी में तैरता हुआ बहुत दूर तक चला जाता है। जब यह समुद्र या नदी के किनारे की भूमि पर लगता है तब इसका बाहरी आवरण गल जाता है और बीज बाहर निकल आते हैं। इस प्रकार ये अपने मूल वृक्ष से बहुत दूर जाकर अंकुरित होते हैं।

पानी द्वारा बीजों के बिखराव का अन्य उदाहरण कमल है। फलों का ऊपर लिए हुए इसका गर्भ स्पंजदार होता है और पानी पर तैरता है। बाद में यह गल जाता है और बीज बाहर आ जाते हैं।

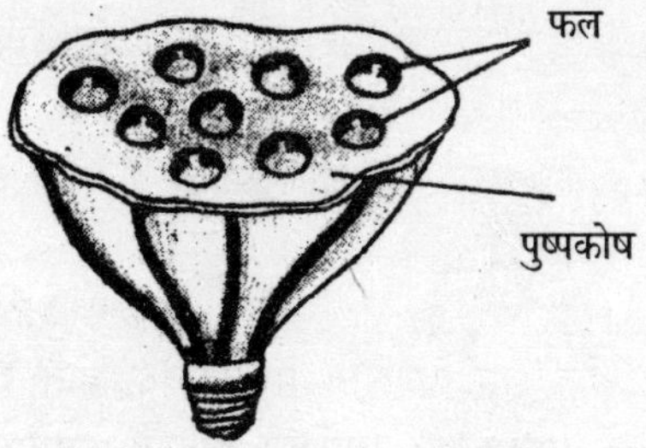

कमल

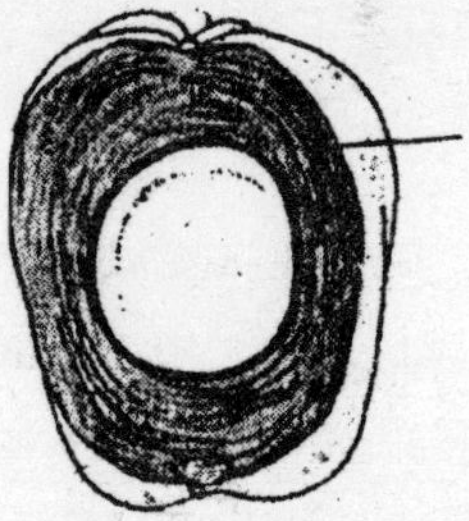

नारियल कटा हुआ फल

कमलिनी (वाटर लिली के बीज छोटे और हल्के होते हैं और पानी की धारा के साथ बहकर दूर तक पहुँच जाते हैं। इस प्रकार पानी द्वारा भी बीजों का बिखराव होता है।

बीजों का अंकुरण

अंकुरण का अर्थ है एक बीज का नन्हे पौधे के रूप में विकास। पौधे बहुत बड़ी संख्या में बीज उत्पन्न करते हैं, परंतु सभी बीज अंकुरित नहीं होते। कुछ बीज खराब हो जाते हैं, कुछ अधपके रह जाते हैं, कुछ को जानवर खा जाते हैं और कुछ को अंकुरण के लिए उचित जलवायु नहीं मिलती। एक बीज विशेष दशा में ही अंकुरित होता है। उसे अंकुरित होने के लिए हवा, पानी और गर्मी की आवश्यकता होती है।

बीजों के अंकुरण में हवा की इसलिए आवश्यकता पड़ती है कि उन्हें साँस लेने के लिए ऑक्सीजन की आवश्यकता होती है। अतः बिना हवा के बीजों में अंकुर नहीं निकलते। अंकुरण के लिए पानी की इसीलिए आवयकता पड़ती है जिससे बीजों का छिलका या आवरण मुलायम हो सके। अंकुरों के लिए पानी ही भोजन को घुलनशील बनाता है।

अंकुरण के लिए समुचित तापमान की भी आवश्यकता होती है क्योंकि सभी जीवित कोशिकाओं को क्रियाशील रहने तथा विकसित होने के लिए गरमी की आवश्यकता होती है। अधिक ठंड में बीज अंकुरित नहीं हो सकते।

फसलों के समुचित विकास के लिए आवश्यक अवस्थाएँ

फसली पौधों को विशेष देखभाल की जरूरत होती है ताकि वे अधिक अन्न दे सकें। हमें फसल की मिट्टी को उसकी आवश्यकता के अनुसार तैयार करना पड़ता है। हमें मिट्टी में खाद और पानी की मात्रा को भी नियमित करना पड़ता है।

इस प्रकार कुछ फसलों के लिए हवादार बलुई मिट्टी की आवश्यकता होती है तो कुछ के लिए चिकनी मिट्टी की और कुछ अन्य फसलें एक फुट गहरे पानी में कीचड़ में अच्छी प्रकार से उगती हैं।

अच्छी प्रकार से समतल की गई हवादार बलुई मिट्टी में उगनेवाली फसलें प्याज और मूँगफली हैं। उन्हें उगाने के लिए मिट्टी को जुताई करके भुरभुरी बनाया जाता है और छोटी-छोटी क्यारियाँ बनाकर इन्हें व्यवस्थित किया जाता है तथा मेड़ें बनाई जाती हैं। मेड़ों पर बीज बो दिए जाते हैं और मिट्टी को हल्की व हवादार बनाए रखने के लिए अनेक बार गुड़ाई की जाती है। मूँगफली और प्याज दोनों भूमि के अंदर ही उगते हैं और जब तक मिट्टी भुरभुरी तथा हल्की न हो तब तक वे बड़े नहीं हो सकते। धान (चावल) की फसलें पानी से भरी चिकनी मिट्टी में ही अच्छी तरह उगती है।

पर्याप्त मात्रा में पानी रोकनेवाली चिकनी मिट्टी में चावल और पटसन की फसल अच्छी तरह उगती है। जब उनके पौधे रोपे जाते हैं तो खेतों को पूरी तरह पानी में भर दिया जाता है।

मेड़ खूड़

सब्जियाँ

पालक, गाजर, गोभी, मूली इत्यादि के लिए भिन्न प्रकार की मिट्टी की आवश्यकता होती है जिसमें पर्याप्त मात्रा में खनिज और पोषक तत्त्व हों। तभी ये सब्जियाँ जल्दी बढ़ती हैं।

जिन खेतों में सब्जियाँ उगानी हों उनमें पर्याप्त मात्रा में कार्बनिक पदार्थ,

धान के पौधों को खेत में रोपना

सूखी पत्तियाँ, कंपोस्ट तथा गोबर की खाद डाली जाती है। आजकल यूरिया और अमोनियम सल्फेट-जैसी रसायनिक खादों का भी प्रयोग किया जाता है। खाद मिला देने से सब्जियों का उत्पादन बड़ी मात्रा से बढ़ जाता है।

कुछ सब्जियाँ ठंडी जलवायु में अच्छी तरह उगती हैं। इसलिए ये मैदानी इलाकों में शीत ऋतु में और पहाड़ी इलाकों में ग्रीष्म ऋतु में होती हैं। फूलगोभी, बंदगोभी, गाजर, मूली, शलजम, मटर, सेम इत्यादि ऐसी ही सब्जियाँ हैं। कुछ अन्य सब्जियाँ गरम जलवायु में पैदा होती हैं। वे पहाड़ियों पर तो बिलकुल नही होती और मैदानों में ग्रीश्म ऋतु में होती है। बैंगन, लौकी, कद्दू, भिंडी इत्यादि ऐसी ही कुछ सब्जियाँ हैं।

तरबूज और कद्दू आदि नदी किनारों की बलुई मिट्टी में अच्छी तरह उगते हैं। यहाँ पर मिट्टी की ऊपरी सतह शुष्क प्रतीत होती है किंतु नीचे की परतें गीइली होती हैं जिनमें पौधों की आवश्यकता के अनुसार पर्याप्त पानी होता है।

चाय और कॉफी के पौधे उन पहाड़ी क्षेत्रों के ढलानों पर अच्छी तरह उगते हैं जहाँ वर्षा की अधिकता के कारण मिट्टी सदा नम तो रहती है पर पानी देर तक रुकता नहीं है। चाय की झाड़ियों की पत्तियों से चाय बनती है और कॉफी के पौधों के बीजों को पीसकर कॉफी बनाई जाती है।

फसलों की सुरक्षा

भोजन के लिए विभिन्न प्रकार की फसलें उगाई जाती हैं। अच्छे बीजों को छाँटकर बोने, मिट्टी की अच्छी प्रकार से तैयारी, खाद मिलाने आदि के साथ-साथ फसलों की ठीक प्रकार से देखभाल करनी पड़ती है। फसलों की कीड़ों-मकोड़ों, जानवरों और खराब मौसम से भी रक्षा करनी पड़ती हैं यदि फसलों की उचित देखभाल न की जाए तो खराब हो जाती हैं और हमें पर्याप्त भोजन नहीं मिल पाता। अतः फसलों की सुरक्षा के लिए निम्नलिखित कदम उठाने चाहिए।

चिड़ियों और जानवरों से फसल की सुरक्षा

1. हमें सूंडी, टिड्डों और शलभ-जैसे अन्य फसली कीड़ों से फसलों की रक्षा करनी चाहिए। ये कीड़े पत्तियों को नुकसान पहुँचाते हैं और पौधों को भोजन बनाने से रोकते हैं। इन कीड़ों से फसलों की रक्षा के लिए हमें खेतों में मशीनों द्वारा डी.डी.टी. गैमक्सीन, फ्लिट या अन्य कीटनाशक दवाइयाँ छिड़कनी चाहिए जिससे कीड़े मर सकें।
2. चूहे, पक्षी, गिलहरी और छछूंदर-जैसे जंतु फसलों के बीज और फल खा जाते हैं। इन जानवरों को खेतों से दूर रखना चाहिए।
3. गाय, बकरी, भैंस, भेड़-जैसे घास खानेवाले जानवर अवसर मिलते ही खेतों में घुसकर फसल खा जाते हैं। इसलिए हमें उन्हें खेतों में घुसने से

फसलों की सुरक्षा के लिए कीटनाशक दवाइयाँ छिड़कता हुआ एक किसान

रोकने के लिए कंटीले तारों आदि से ऊँची चारदीवारी बनानी चाहिए।

4. फफूंद तथा अन्य विषैले कीटाणु फसली पौधों में भयानक बीमारी उत्पन्न कर देते हैं। इसलिए पौधों को बीमारियों से बचाने के लिए हर संभव प्रयास करने चाहिए।
5. फसल की कटाई के बाद अनाज और बीजों को ठीक तरह से न रखने पर बहुत अधिक नुकसान होता है। यदि बीज पानी में भीग जाते हैं तो सड़कर खराब हो जाते हैं। यदि चूहे और दूसरे कीटाणु वहाँ तक पहुँच जाएँ तो उसे खा डालते हैं। इसलिए हमारे लिए यह बहुत आवश्यक है कि बीज ऐसे ढक्कनदार बर्तनों में रखे जाएँ जहाँ वायु न पहुँच सके, कीड़े, पानी तथा जीवाणु भी न पहुँच सकें।

जीव जगत का विचित्र संसार

हम बचपन से ही आसपास के वातावरण में कुत्ता-बिल्ली, गाय-भैंस, बैल आदि अनेक प्रकार के जानवर, कबूतर, मुर्गा, गौरेया, कौआ आदि पक्षी तथा मक्खी-मच्छर, चींटी-चींटा-बर्र, तितली-भौंरा आदि कीड़े-मकोड़े को देखने लगते हैं। साँप-छिपकली-नेवला आदि घास-फूस और बाग-बगीचों में तथा मेंढक, मछली, कचुआ आदि तालाबों व नदियों के किनारे दिखाई दे सकते हैं। ये सभी अपे वातावरण के अनुसार अलग-अलग बनवाट के होते हैं कुत्ता-बिल्ली, गाय-भैंस, बकरी, घोड़ा-बैल-खच्चर, आदि जानवर चार पैरों वाले होते हैं, इसलिए इन्हें चौपाए भी कहते हैं। इनके मुंह में दांत होते हैं पक्षियों के पैर दो होते हैं, जिन्हें पंजा कहा जाता है। ज़मीनपर थोड़ा-बहुत फुदकने का काम वे पैरों से करते हैं, लेकिन आकाश में उड़ने के लिए उन्हें अपने पंखों की सहायता लेती होती है। पंख पक्षियों की शारीरिक बनावट का एक सबसे महत्त्वपूर्ण अंग हैं। इनके मुंह की जगह चोंच होती है ओर उसी की मदद से ये अपना भोजन पकड़ती-चुनती और खाती हैं। पंख मछलियों के शारीरिक बनावट के भी बहुत महत्त्वपूर्ण अंग हैं। ये इन्हीं पंखों से पानी में तैरती हैं मेंढ़क के चार पैर होते हं, लेकिन इसे जानवर नहीं कहा जा सकता है। वह जल-जीव है और उसके पैर झिल्लीदार होते हैं। उन्हीं की सहायता से वह इधर-उधर फुदकता रहता है। कीट-पतंगों की शारीरिक बनावट जानवरों और पक्षियों से अलग होती है। उनके शरीर में पैर तो होते ही हैं, कुछेक के शरीर में पंख भी होते हैं। कीट-पतंगों के पैरों की संख्या छह होती है। लेकिन पंखों की संख्या अलग-अलग होती है। मक्खी के दो पंख होते हैं, तो तितली के चार। जुएं के शरीर में कोई पंख नहीं होता। कुछ कीड़े ऐसे होते हैं जिनके न पैर होते हैं, न पंख। वे जमीन पर रेंगते हैं। साँप और केंचुआ इसी श्रेणी में आते हैं। हाथी, ऊँट, शेर, बाघ आदि आकार में बहुत बड़े चौपाए जानवर हैं। ये प्रायः जंगलों में रहते हैं और इनमें से ज्यादातर हिंसक होते हैं। हाथी और ऊँट को कहीं-कहीं सवारी या सामान ढोने के लिए पालतू भी बना लिया गया है।

भोजन और आवास

जीव जगत के सभी जानवरों, पक्षियों, कीट-पतंगों व कीड़ों की खाने-पीने व रहन-सहन की आदतें अलग-अलग होती हैं। बकरी, गाय-भैंस, घोड़ा-ऊँट, खरगोश आदि जानवर अपने भोजन के लिए घास, पत्तियों, भूसा व अनाज पर निर्भर होते हैं। कबूतर, गौरैया, मेुर्गी आदि पक्षी अनाज के दाने चुग कर अपना पेट भरते हैं। मेंढ़क, चिपकली, मकड़ी आदि कीट-पतंगों को अपना आहार बनाते हैं। शेर, बाघ, भालू आदि जंगली जानवर तथा गीध्र, बाज, आदि पक्षी मांसापक्षी होते हैं।

इसी प्रकार गर्मी, जाड़ा, बरसात आदि अलग-अलग ऋतुओं में मौसम की मार से अपनी रक्षा के लिए हम मनुष्यों की भांति, अन्य बहुत से जीवों को भी घर या बसेरे की जरूरत होती है। चिड़िया घोंसला बनाकर रहती है, पालतू

पशुओं के लिए हम अपनी सुविधा के अनुसार गौथान, बाड़ा आदि बनाते हैं, मकड़ी अपने लिए जाला बुनती है, खरगोश, चूहा, साँप आदि बिलों में रहते हैं। ओर शेर-बाघ आदि जंगल में अपनी मांदों में रहते हैं।

पालतू तथा उपयोगी जानवर

जीव जगत के सभी सदस्य अपने-अपने स्तर पर मनुष्य-जीवन के लिए उपयोगी हैं, लेकिन उनमें से कुछ ऐसे हैं, जिनकी हमारे घरेलू जीवन में बहुत ज्यादा उपयोगिता है। गाय, भैंस, बकरी आदि से हमें दूध मिलता है, तो मुर्गी के अण्डे हमारे भोजन में अपनी उपयोगिता साबित कर चुके हैं बकरा, भेड़, सूअर, मुर्गा आदि का गोश्त खाने के काम आता है, तो भेड़ से ऊन, शहतूत के कीड़े से रेशम, सूअर से बारू आदि हम प्राप्त करते हैं। इसी प्रकार बहुत से जानवरों व जीवों की खाल जूते, कोट, सूटकेस आदि बनती हैं और उन्हें उपयोग में लाते हैं। कुत्ता-बिल्ली आदि जानवरा हमारे घरेलू जीवन में रखवाली का काम करते हैं, तो ऊँट, बैल, गधा, हाथी, घोड़ा आदि का उपयोग हम सवारी के लिए बोझा ढोने के लिए और खेत जोतने के लिए करते हैं।

जंगली जानवर

जंगली जानवरों को हम पालतू पशुओं की तरह घरों में नही पालते। वे जंगल में रहते हैं। शेर, चीता, बाघ, भालू, हाथी, हिरन, साँप और बहुत से पक्षी इसी श्रेणी में आते हैं।

जानवर और उनका आहार

जानवर सजीव या प्राणवान वस्तुएँ हैं। शरीर के विकास के लिए उन्हें भोजन चाहिए। चलने-फिरने व अन्य दूसरे कामों को करने के लिए उन्हें शक्ति चाहिए। यह शक्ति उन्हें भोजन से मिलती है। स्वस्थ रहने के लिए भी उन्हें भोजन चाहिए।

हम जानते हैं कि पौधे अपना भोजन स्वयं तैयार करते हैं पर जानवर ऐसा नहीं कर सकते। सभी जानवरों और मनुष्यों की प्रत्यक्ष या अप्रत्यक्ष रूप से पौधों से ही भोजन प्राप्त होता है।

कुछ जानवर, जैसे—गाय, घोड़ा, बकरी, भेड़ तथा खरगोश आदि घास या अन्य पौधे खाते हैं।

कुछ जानवर, जैसे—मेंढ़क, कुत्ता, बिल्ली, शेर, बाघ तथा लोमड़ी आदि पौधे खानेवाले जानवरों का मांस खाते हैं।

कुछ जानवर, जैसे—भालू पौधों तथा दूसरे जानवरों, दोनों को ही खाते हैं।

मनुष्य अनेक प्रकार से पशुओं का उपयोग करता

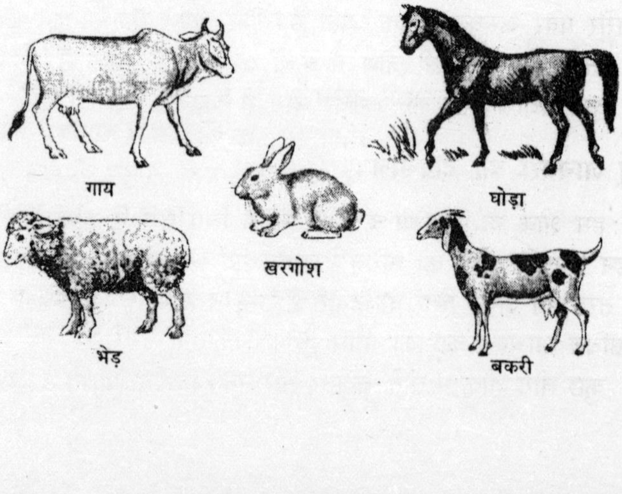

है। इसलिए उनके काम के अनुसार मनुष्य को उन्हें भोजन देना पड़ता है।

दूध देनेवाले पशुओं, जैसे—गाय, भैंस, बकरी को बढ़िया घास, बिनौले और दूध बनानेवाले खाद्य-पदार्थ खिलाए जाते हैं।

बोझा ढोनेवाले और खेतों में काम करने वाले पशुओं, जैसे—ऊँच, गधा, खच्चर, बैल तथा घोड़े को तिलहन और अनाज-जैसा शक्तिदायक भोजन दिया जाता है।

अंडे देनेवाले पक्षियों, जैसे—मुर्गी, बत्तख को इशरीर बढ़ानेवाला भोजन अधिक दिया जाता है।

यदि हम घरेलू जानवरों से अच्छा काम लेना चाहते हैं तो हमें उन्हें पर्याप्त मात्रा में उचित भोजन देना चाहिए।

जानवरों के खाने के तौर-तरीके भिन्न-भिन्न होते हैं

जानवरों का मुँह, उनका जबड़ा और दाँतों की आकृति उनके द्वारा खाए जानेवाले भोजन पर निर्भर करती है। कुछ जानवर, जैसे मेढ़क, साँप अपने शिकार (भोजन) को पूरा का पूरा निगल लेते हैं। उनके दाँ भोजन को चबाते नहीं हैं।

घास खानेवाले जानवरों के सामने के दाँत पैने होते हैं, जिनसे वे पौधों को कुतरकर खाते हैं। भोजन को चबाने के लिए उनके पीछे के दाँत चौड़े और मजबूत होते हैं। भोजन को चीरने-फाड़ने का काम उनके दाँत नहीं करते। उनके सामने के तथा पीछे के दाँतों के बीच खाली स्थान होता है।

घास खानेवाले जानवरों में से कुछ अपने सामने के दाँतों से घास को कुतरकर तुरंत निगल जाते हैं। फिर कुछ समय बाद वे थोड़ा-थोड़ा करके उस भोजन को अपने पेट से मुँह में वापस ले आते हैं। तब ये इस भोजन को अच्छी तरह चबा-चबाकर खाते हैं। इस प्रक्रिया को जुगाली करना कहते हैं।

कुछ मांस खाने वाले जानवरों, जैसे—कुत्ता, बिल्ली, शेर, बाघ आदि के विशेष प्रकार के लंबे व नुकीले दाँत होते हैं। इन दाँतों में वे मास को चीरते-फाड़ते हैं। मांस तथा हड्डियों को चबाने के लिए इनके मजबूत पीसनेवाले दाँत भी होते हैं। जैसे—बिल्ली, कुत्ता।

कुछ जानवरों, जैसे—बिल्ली, कुतिया, गाय, घोड़ी, भैंस, सुअरी आदि के बच्चे तरल पदार्थ चूसते हैं। ये बच्चे अपनी माँ का दूध पीते हैं।

कुछ जानवर, जैसे—चूहे, गिलहरियाँ आदि बीज, फल या पौधों से मिलने वाली अन्य वस्तुएँ खाते हैं। उनके सामने के ऊपर तथा नीचे के दो-दो दाँत बहुत ही पैने होते हैं।

जोंक जानवरों का खून चूसती है। यह अपने चूसनेवाले अंगों से जानवर के शरीर पवर कसकर चिपक जाती है। फिर अपने मुँह से खून चूसती है।

तितली अपनी लंबी जीभ से फूलों का मधुरस चूसती है।

कुत्ते तथा बिल्ली-जैसे जानवर जीभ से चाटकर दूध और पानी पीते हैं।

घरेलू जानवरों की देखभाल

हम शौक के लिए या काम कराने के लिए घरों में जानवरों को पालते हैं। इन धरेलू जानवरों को उचित देखभाल एवं निगरानी की जरूरत होती है। जिस तरह हम अपने लिए घर बनाते हैं उसी तरह घरेलू जानवरों के लिए भी हमें उचित आश्रय (घर) का प्रबंध करना चाहिए।

कुछ लोग शौक में तोते, कबूतर और नन्हीं चिड़ियाँ पालते हैं। इनके लिए

सही ढंग के पिंजरे होने चाहिए। इनके पिंजरों में खाने और पानी की अलग-अलग कटोरियाँ रखनी चाहिए। इनमें पक्षियों के बैठने के लिए एक डंडीदार झूला भी होना चाहिए।

पालतू जानवरों के घर प्रतिदिन साफ किए जाने चाहिए। उनमें से गोबर, बीट आदि निकाल देनी चाहिए। जानवरों को ठीक समय पर अच्छा भोजन व पीने का साफ पानी भी दिया जाना चाहिए।

जानवरों को साफ रखना चाहिए। उनकी त्वचा, आँखों, कानों आदि की देखभाल भी करनी चाहिए। जब जरूरत हो तो उन्हें नहलाना चाहिए।

यदि पालतू जानवर घायल हो जाएँ या बीमार पड़ जाएँ तो हमें तुरंत उन्हें पशु-चिकित्सालय में ले जाना चाहिए।

हमें पशुओं के प्रति दयालु होना चाहिए। उन्हें मारना नहीं चाहिए, हम बहुत अधिक काम नहीं लेना चाहिए। पशु हमारे मित्र हैं।

पक्षी-जगत

पक्षी धरती पर पाए जानेवाले सबसे सुंदर जानवर हैं। हमें स्नेह से उनकी ओर देखना औरउनका गुंजन सुनना अच्छा लगता है। तुमने अक्सार उन्हें इधर-उधर फुदकते और हवा में उड़ते देखा होगा।

मनुष्य के मन में सदा ही पक्षियों की तरह आकाश में उड़ने की चाह रही। इसलिए उसने हवाई जहाज बनाया।

आओ देखें कि ऐसा क्या है जिसके कारण पक्षी तो उड़ सकते हैं पर अन्य जानवर ऐसा नहीं करपाते।

वह कोई भी चीज जिसे हवा में तैरते रहना है उसे अल्का होना होगा वरना वह नीचे गिर जाएगी।

सिर, पूँछ, पंख तथा पैर पक्षी के शरीर के विभिन्न अंग हैं। ये सभी अंग बहुत ही हल्के होते हैं।

पक्षी की हड्डियाँ पोली होती हैं और उनमें हवा भरी होती है। इसीलिए पक्षी हल्के होते हुए भी मजबूत होते हैं।

पक्षी का शरीर एक नाव की आकृति का होता है इसलिए वह आसानी से हवा में तैर सकता है।

पक्षी अपने डैनों की मदद से उड़ते हैं। डैने वास्तव में पक्षी की भुजाएँ होती हैं।

डैनों में पंख लगे रहते हैं। ये पंख उड़ने में पक्षी की सहायता करते हैं मजबूत मांसपेशियों की सहायता से पक्षी अपने डैने ऊपर-नीचे कर सकते हैं ये मांसपेशियाँ ही डेनों की छाती की हड्डी से जोड़ती हैं। इन्हें उड़नपेशियाँ कहते हैं।

पक्षी का शरीर पंखों से ढका रहता है। कुछ पंख पंक्षी के शरीर को गरम रखते हैं इन्हें नीचे के पंख कहते हैं।

डैनों तथा पूँछ की हड्डी में लगे दूसरे पंख पक्षियों के उड़ने में सहायक होते हैं। इन्हें उड़न-पंख कहते हैं।

पक्षियों की पूँछ पंखों से बनी होती है और उड़ते समय दिशा-परिवर्तन में उनकी सहायता करती हैं।

चिड़ियाँ कैसे उड़ती हैं?

जब चिड़िया उड़ना चाहती है तो वह अपने डैने फड़फड़ाकर धीरे-धीरे हवा ऊपर उठ जाती है। काफी ऊँचाई पर पहुँचने के बाद उसे डैने फड़फड़ाने की जरूरत नहीं रहती है। तब वह अपने डैनों को फैलाकर हवा में तैरती रहती है।

कुछ पक्षी, जैसे—शुतुरमुर्ग, किवी, पेंग्विन आदि बिलकुल नहीं उड़ते। वे अपने पैरों से धरती पर चलते हैं।

कुछ पक्षी, जैसे—मुर्गा, मुर्गी आदि थोड़ी दूर तक ही उड़ते हैं।

कुछ पक्षी जैसे—अबाबील, कबूतर, कौवा आदि लंबी उड़ान भरते हैं। पुराने जमाने में कबूतर एक स्थान से दूसरे स्थान पर पत्र पहुँचाते थे।

कुछ पक्षी, जैसे—गौरैया आदि निचाई पर ही उड़ते हैं।

शिकारी पक्षी, जैसे—गरुड़, गिद्ध और चील आति बहुत ऊँचाई पर उड़ते हैं। जमीन पर शिकार को खोजने के लिए उनकी आँखें बहुत तेज होती हैं।

जलचर (पानी के पक्षी)

जलपक्षी अनेक प्रकार के होते हैं। तेल ग्रंथियाँ उनके पंखों को पानी से बचाते हैं। यह तेल उनके पंखों को गीला होने तथा पानी से खराब होने से बचाता है। पानी में रहनेवाले पक्षियों के पैरों की उँगलियों के बीच एक झिल्ली होती है। पक्षी अपने झिल्लीदार पैरों की सहायता से पानी में तैरते हैं।

साधारणतः बत्तख, जलमुर्गी, सारस आदि जलपक्षी हैं।

पक्षियों की चोंच और पंजे

पक्षियों के दाँत नहीं होते पर सभी पक्षियों की चोंच होती है। पक्षियों की भिन्न-भिन्न प्रकार की चोंच होती हैं। पक्षियों की चोंच से हमें यह पता चलता है कि वे किस प्रकार का भोजन खाते हैं और कैसे उस भोजन को प्राप्त करते हैं।

कुछ पक्षी दुश्मनों से अपनी रक्षा के लिए अपनी चोंच का प्रयोग करते हैं।

छोटी, सख्त एवं सींगदार चोंच

गिरियों को तोड़ने तथा अनाज और बीजों को खानेवाले पक्षियों, जैसे—गौरेया, कबूतर, मोर और मैना आदि की चोंच छोटी, सख्त एवं सींगदार होती हैं गौरैया अन्य पक्षियों को मार भगाने के लिए भी अपनी चोंच का प्रयोग करती है।

मजबूत, काँटेदार चोंच

मांस को चीर-फाड़कर खानेवाले पक्षियों, जैसे—गिद्ध, गरुड़ आदि की चोंच मजबूत व काँटेदार होती है।

सख्त, पैनी एवं टेढ़ी चोंच

छोटी-छोटी चिड़ियों के मांस को चीरने-फाड़नेवाले पक्षियों, जैसे—बाज, उल्लू आदि की चोंच सख्त, पैनी एवं टेढ़ी होती है।

काँटे की तरह मुड़ी हुई चोंच

गिरियों कारे तोड़ने तथा फल से बीजों को निकालने के लिए तोते की चोंच काँटे की तरह मुड़ी होती है। तोते की चोंच ऊपर चढ़ने में भी उसकी सहायता करती है।

मजबूत और भारी चोंच

कठफोड़वा की चोंच मजबूत और भारी होती है। यह कीड़ों की तलाश में पेड़ों की छाल पर चोंच मारता है।

जब इसे कोई कीड़ा मिल जाता है तो लकड़ी में छेद करके यह उसे बाहर निकाल लेता है। यह काम कठफोड़वा अपनी लंबी, खुरदुरी और चिपकनी जीभ की सहायता से करता है।

कोमल, चौड़ी चोंच

अबाबील की चोंच कोमल और चौड़ी होती है। उनके मुँह अंदर से बहुत चिकपने होते हैं। अबाबील अपनी चोंच चौड़ी खोलकर, तेजी से निचाई पर आती है और हवा में चक्कर लगाती हैं इस प्रकार उड़ने हुए सैकड़ों कीड़े-मकोड़े इसके मुँह में चिपक जाते हैं।

लंबी, पतली ओर मुड़ी हुई चोंच

हूपू की चोंच लंबी, पतली और मुड़ी हुई होती है। यह अपनी चोंच से जमीन में छेद करके कीड़े-मकोड़ों को बाहर निकाल लेती है।

चौड़ी और चपटी चोंच

बत्तख की चोंच चौड़ी और चपटी होती है। वह अपनी चोंच से पानी के नीचे की कीचड़ खोदता है। बत्तख की चोंच के किनारों में जाली लगी होती है। पानी और कीचड़ इस जाली से बाहर निकल जाता है और नन्हे पौधे व पानी के जंतु उसके मुँह में रह जाते हैं।

पैर और पंजे

जिस प्रकार पक्षी की चोंच से उसका खान-पान की आदतों के बारे में पता चलता है उसी तरह उसके पैरों और पंजों से उसके रहन-सहन के बारे में बहुत कुछ पता चलता है। भिन्न-भिन्न प्रकार के पक्षियों की आदतें भी अलग-अलग तरह की होती हैं और इस कारण उनके पैरों और पंजों का आकार और स्वीकृति भी भिन्न-भिन्न होती है।

डाल पर बैठनेवाले पक्षी

कौआ, गौरेया और मैना-जैसे डाल पर बैठनेवाले पक्षियों के पंजे लंबे और पतले होते हैं। ऐसे पंजे पक्षियों को पेड़ की डालों को मजबूती से पकड़ने में सहायता करते हैं। ये पक्षी डालों पर बैठे-बैठे सो भी जाते हैं, उनके अंगूठे उन्हें गिरने नहीं देते। ऐसे पक्षी जमीन पर फुदक-फुदककर चलते हैं।

पेड़ों पर चढ़नेवाली पक्षी

कठफोड़वा और तोते-जैसे पड़ों पर चढ़नेवाले पक्षियों के पंजों की दो उँगलियाँ ऊपर व दो उँगलियाँ नीचे की ओर झुकी होती हैं। इन उँगलियों की सहायता से ये पक्षी पेड़ों की छाल को पकड़ सकते हैं।

शिकारी पक्षी

गरुड़, बाज और उल्लू-जैसे शिकारी पक्षियों के पंजे पैने और मजबूत होते हैं। ये पंजे शिकार को पकड़ने और लेकर उड़ने में उनकी मदद करते हैं। तुमने भी कभी ऐसे शिकारी पक्षियों को शिकार लिए हुए आकाश में ऊँचाई पर उड़ते देखा होगा।

दौड़ने या खुरचनेवाली पक्षी

मुर्गी-जैसे पक्षी बीज तथा कीड़ों के लिए जमीन को कुरेदने व खुरचने के लिए अपने पंजों का प्रयोग करते हैं। इन पक्षियों के पैर मजबेत होते हैं उनमेंतीन लंबी उँगलियाँ आगे की ओर तथा एक उँगली पीछे की ओर थोड़ा ऊपर लगी होती है। इन उँगलियों में पैना सींगदार नाखून लगा रहता है। ये पक्षी जमीन पर चलते या दौड़ते हैं।

जलपक्षी

पैडी और सारस-जैसे पानी में रहनेवाले पक्षियों के पैर लंबे तथा खूबसूरत होते हैं। इनकेपैरों की उँगलियाँ फैली हई होती हैं। ये उँगलियाँ पक्षियों को नरम कीचड़ में धँसने से रोकती हैं। ये पक्षी लंबे पैरों की सहायता से पंख गीले किए बिना पानी में इधर-उधर घूमते रहते हैं।

बत्तख-जैसे तैरनेवाले पक्षी की उँगलियों के बीच खा-जैसी एक विशेष झिल्ली होती है। इन झिल्लियों की सहायता से बत्तख पतवार की तरह पानी को पीछे धकेलती हुई आसानी से तेजी से तैरती है। पर अपने चपटे पैरों के कारण ये जमीन पर धीरे-धीरे बेढ़ंगी चाल से चलती है।

घोंसले बनाने के तरीके व बच्चों की देखभाल

अधिकतर पक्षी अपने रहने के लिए घोंसले बनाते हैं। अलग-अलग तरह के पक्षी अलग-अलग स्थानों पर घोंसले बनाते हैं। पक्षी घोंसले बनाने के लिए विभिन्न प्रकार के सामान का प्रयोग करते हैं।

भारत में पक्षी प्रायः फरवरी तथा मार्च के महीनों में घोंसले बनाते हैं।

तुम पेड़ों, टूटी-फूटी दीवारों, पुराने मकानों और रोशनदानों आदि में पक्षियों के घोंसले देख सकते हो।

बुलबुल का घोंसला

दर्जिन चिड़िया का घोंसला

कुछ पक्षी तो बिजली के पंखों के ऊपर भी अपने घोंसले बना लेते हैं।

पक्षी ऐसे सुरक्षित स्थानों में घोंसले बनाते हैं जहाँ उनके शत्रु न पहुँच सकें। यदि तुम कभी कोई घोंसला देखो तो उसे न तो छुओ और न ही तोड़ो, वरना चिड़िया दुबारा उस घोंसले के पास नहीं आएगी।

पक्षी घास-फूस, टहनियों, पंख, कागज, पुराने कपड़े, गूदड़, रुई, ऊन, मिट्टी और पत्तियों—जैसे वस्तुओं से अपने घोंसले बनाते हैं। घांसला बनाने के लिए चोंच में सामान लेकर बार-बार चक्कर लगाते हुए पक्षियों को देखने में आनंद आता है। ये अपने बच्चों के लिए वास्तव में गर्म और आरामदेह घोंसला बनाते हैं।

बुलबुल बाड़ों और झाड़ियों में अपना घोंसला बनाती है। इसका घोंसला एक गहरे प्याले की तरह होता है। इसलिए अंडे और बच्चे इससे नीचे नहीं गिरते।

दर्जिन चिड़िया (फुदकी) दो या तीन बड़ी पत्तियों की सहायता से अपना घोंसला बनाती है। यह अपनी पैनी चोंच

का सुई की तरह प्रयोग करते हुए ऊन, कपास या पकड़ी के जालों से पत्तियों को सिलकर आपस में मिला लेती है। चिड़िया घोंसले को गरम रखने के लिए इसमें कपास, ऊन, बाल महीन घास बिछाकर गुदगुदा बनाती है। पत्तियों का बना होने के कारण यह हवा में धीरे-धीरे झूलता है।

बया पक्षी (बुनकर चिड़िया) घास तथा ताड़ या केले की पत्तियों की बारीक पट्टियों से अपना घोंसला बुनती है। यह घोंसला पेड़ की डाल से लटका रहता है और इसका मुँह नीचे की ओर होता है।

बया का घोंसला

कठफोड़वे का घोंसला

कठफोड़वा पेड़ की छाल को काटकर कोटर बनाता है। यह तब तक अपनी चोंच से काटता जाता है जब तक यह पेड़ के किसी खोखले हिस्से तक नहीं पहुँरच जाता। पेड़ के खोखले भाग का यह घोंसले के रूप में प्रयोग करता है। कठफोड़वा अपने कोटर को लकड़ी की बारीक चिप्पियों से गरम और आरामदेह बनाता है।

चित्तीदार उल्लू का घोंसला

चित्तीदार उल्लू अपना घोंसला पेड़ या दीवार के खोखले स्थान में बनाता है। घास और पंख बिछाकर वह कोटर को आरामदेह बनाता है।

तीतर अपना घोंसला जमीन में बनाता है। वह अपनी चोंच से जमीन को खुरचकर उसमें गुड्ढा बना लेता है। इस गड्ढे में वह अपना घोंसला बनाता है। सूखी घास और पत्तियों में घोंसले को आरामदेह बनाता है। तीतर घोंसला बनाने के लिए सावधानी से झाड़ियों और लम्बी घास से घिरे स्थान को चुनते हैं, जिससे उनका घोंसला आसानी से दिखाई न दे।

कोयल बहुत ही आलसी चिड़िया है। यह बहुत चालाक होती है, घोंसला बनाने का कष्ट नहीं उठाती। जब यह अंडे देनेवाली होती है तब कौवे के घोंसले में जाकर अंडे दे देती है। अपने अंडों को रखने के लिए वह कौवे के कुछ अंडों को तोड़ भी डालती है। मादा कौवे की चालाकी का पता नहीं चलता। वह सभी अंडों को सेती है तथा अपने बच्चों के साथ कोयल के बच्चों को भी खिलाती-पिलाती है, क्योंकि वे सब देखने में एक-से लगते हैं।

पक्षियों द्वारा बच्चों की देखभाल

जब घोंसला तैयार हो जाता है तो मादा पक्षी उसमें अंडे देती है। अंडों को गरम रखना पड़ता है। नर और मादा पक्षी बारी-बारी से अंडों को तब तक सेते हैं जब तक उनमें से बच्चे नहीं निकल आते।

अंडों से निकले बच्चे आरंभ में बिलकुल असहाय होते हैं। उनकी आँखें बंद होती हैं, उनके पंख नहीं होते और वे इतने कमजोर होते हैं कि उड़ भी नहीं सकते। इसलिए उनके माता-पिता उनकी देखभाल करते हैं। वे उन्हें भोजन खिलाते हैं, उन्हें गरम रखते है शत्रुओं से उनकी रक्षा करते हैं।

मादा चिड़िया अपने मुँह में खाने को चबाकर मुलायम बनाती है और फिर बच्चों के मुँह में देती है।

जब बच्चे स्वस्थ हो जाते हैं और उनके पंख निकल आते हैं तो उनके माता-पिता उन्हें उड़ना और भोजन प्राप्त करना सिखाते हैं।

बिना देखभाल के पक्षियों के बच्चे जीवित नहीं रह सकते।

जीव-जगत में प्रजनन

क्या तुमने कुतिया को नन्हें पिल्ले को जन्म देते या नन्हे, सुंदर चूजों को अंडों से बाहर निकलते देखा है? तुम एक बीज को बोते हो तो वह कुछ दिनों में बढ़कर एक नन्हा पौधा बन जाता है। वह प्रक्रिया (तरीका) जिसमें जानवर या पौधे अपने समान दूसरे जानवर या पौधे को जन्म देते हैं उसे प्रजन्न कहते हैं।

जानवर सीधे ही बच्चों को जन्म देकर या अंडे देकर प्रजनन का काम पूरा करते हैं।

पहले हम उन जानवरों का अध्ययन करें जो सीधे ही बच्चों को जन्म देते हैं इस श्रेणी के जानवरों को स्तनपायी कहा जाता हैं तुम्हारे घर में पालतू कुत्ता, बिल्ली या खरगोश है तो क्या उन्होंने कभी पिल्लों, नन्ही बिल्लियों या नन्हें खरगोश को जन्म दिया है?

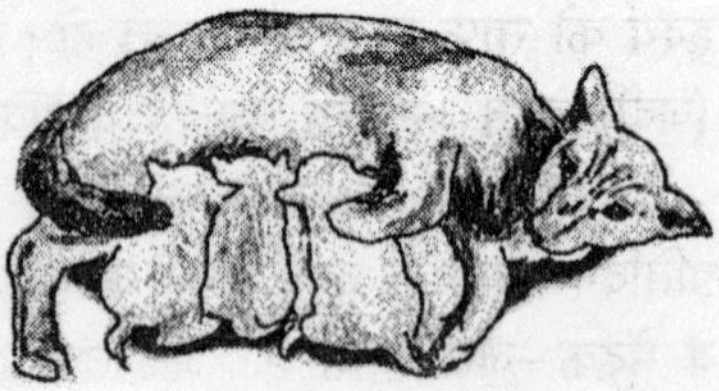

जानवरों के इन नन्हें बच्चों की शक्ल उनके माता-पिता से मिलती है। आरंभ में वे अपना माँ के दूध पर पलते हैं। धीरे-धीरे वे बड़े होते हैं और अपने-आप भोजन करने लगते हैं। आरंभ में बिल्ली, कुत्ता, खरगोश जैसे जानवरों में बच्चे अपनी माँ के पेट में ही बढ़ते हैं। जब वे पूरी तरह विकसित हो जाते हैं तो वे जन्म लेते हैं।

कुछ छोटी मछलियाँ, शार्क और कुछ साँप भी सीधे बच्चों को जन्म देते हैं लेकिन वे स्तनपायी नहीं होते।

कुछ जीव अंडे देकर प्रजनन करते हैं।

पक्षी अंडे देने के लिए घोंसले बनाते हैं। मादा और नर पक्षी इन अंडों को सेते हैं (उन्हें गरम रखने के लिए उन पर बैठते हैं) जिससे कि नन्हे पक्षी अंडों के अंदर बढ़ जाएँ। कुछ दिनों के बाद इन अंडों से नन्हे पक्षी निकल आते हैं। आरंभ में नन्हे पक्षियों के शरीर पर पंख नहीं होते और वे अपनी देखभाल करने में असमर्थ होते हैं। मादा पक्षी उन्हें भोजन खिलाती है और उनकी देखभाल करती है। जब तक कि वे स्वयं अपनी देखभाल करने योग्य नहीं हो जाते।

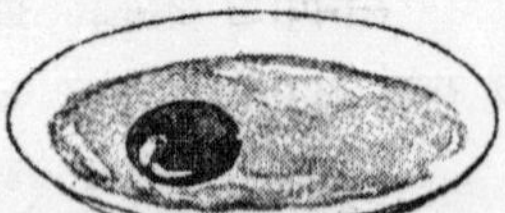

छिपकली, साँप, कछुए, मेंढ़क—जैसे अन्य जानवर भी अंडे देते हैं। उनके अंडे सूर्य की गर्मी से गरमाहट

पाते हैं। इनमें से अधिकतर जानवर अपने अंडों या अंडों से निकले बच्चों की देखभाल नहीं करते।

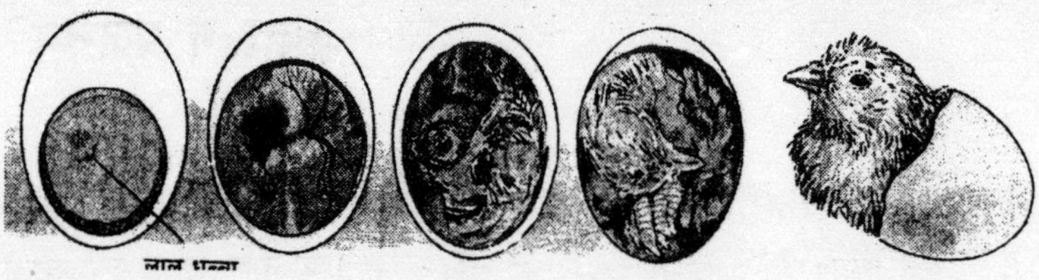

मुर्गी के अंडे के भीतर का पीला भाग (जर्दी) अंडे के अंदर बढ़ते पक्षी का भोजन होता है। तुम एक लाल धब्बा भी देखोगे। यही लाल धब्बा बढ़कर पक्षी बनता है।

एक सेपे गए अंडे को तोड़कर, तुम उसके अंदर बढ़ते पक्षी को देख सकते हो। तुम उसकी आँखं, चोंच और हृदय को साफ-साफ देख सकते हो। तुम उसके हृदय को धड़कते हुए भी देख सकते हो। तुम यह भी देखोगे कि भोजन (जर्दी) बहुत कम रह गया है क्योंकि बढ़ता हुआ बच्चा उसका प्रयोग कर रहा था।

यदि तुम मेंढ़क के कुछ अंडे इकट्ठा कर उन्हें बोतल में रख सको तो यह बहुत ही रोचक प्रयोग होगा। उन्हें प्रतिदिन ध्यान से देखों उनमें क्या-क्या परिवर्तन होते हैं? जब अंडे पक जाते हैं तो उनमें से क्या निकलता है? क्या वे मेंढ़क–जैसे लगते हैं? जब तक कि छुछमछलियाँ मेंढ़क न बन जाए, उनके प्रत्येक परिवत्रन को ध्यान से देखो।

तितली, तिलचट्टे और मक्खी–जैसे कीड़े भी अंडे देते हैं। लेकिन अंडों से निकले नन्हे बच्चे अपने बड़ों की तरह नहीं होते। वे देखने में बिलकुल भिन्न होते हैं। बड़े होने से पहले वे विकास की कई अवस्थाओं से गुजरते हैं। इस बड़े होने की प्रक्रियार (विध्रि) को 'निर्मोचन' कहते हैं निर्मोचन के दौरान ये कीड़े अपनी पुरानी त्वचा (खाल) उतार देते हैं।

माता-पिता द्वारा बच्चों की देखभाल

तुम्हारे माता-पिता तुम्हारी देखभाल करते हैं। वे तुम्हारी आवश्यकताओं को पूरा करते हैं ताकि तुम एक स्वस्थ व जिम्मेदार व्यक्ति बन सको और अपनी देखभाल कर सको। अधिकतर स्तनपायी जानवर और पक्षी भी अपने बच्चों की इसी प्रकार देखभाल करते हैं।

तुमने देखा होगा कि किस प्रकार कुत्ते और बिल्लियाँ अपने बच्चों की देखभाल करते हैं। उनकी माँएँ अपने नन्हें बच्चों को अपना दूध पिलाती हैं। वे किसी को अपने बच्चों के पास जाने भी नहीं देती।

पक्षी अपने बनाए घोंसले में अंडे देते हैं। माता और पिता दोनों ही अंडों की देखभाल करते हैं और उन्हें गरम रखते हैं जब तक कि उनमें से बच्चे नहीं निकल आते। शिशु-पक्षियों के पंख नहीं होते। वे नन्हे और असहाय होते हैं। उनकी माता-पिता उनकी देखभाल करते हैं, उन्हें भोजन खिलाते हैं और पंखों से ढककर गरम रखते हैं।

स्तनपायी जानवर और पक्षी अपने नन्हे बच्चों की कई महीनों या वर्षों तक भी देखभाल करते हैं जब तक कि वे स्वयं अपनी देखभाल करने योग्य नहीं हो जाते।

निम्नकोटि के जानवरों में इस प्रकार की देखभाल कम पाई जाती है। मछली, मेंढ़क, छिपकली, साँप और कछुए–जैसे निम्न-कोटि के जानवर केवल सुरक्षित स्थान पर अंडे देने की सावधानी बरतते हैं। इसके बाद वे अंडों पर तनिक भी ध्यान नहीं देते। इसके कारण दूसरे जानवर उनके नन्हे बच्चों को खा जाते हैं।

जीव-जगत

जीव विभिन्न प्रकार के परिवेश में रहते हैं

यह संसार भिन्न-भिन्न प्रकार के हजारों जीवों से परिपूर्ण हैं। पौधों की तरह ये जीव भिन्न-भिन्न परिवेश या वातावरण में पाए जाते हैं। कहीं अमीबा की तरह सूक्ष्म जीव हैं तो कहीं स्तनधारियों के तरह विशाल जीव।

जीव वायु, भूमि, तथा जल में भी पाए जाते हैं। उनके शरीर की बनावट उनके वातावरण के अनुकूल होती हैं। वे चलने-फिरने, भोजन करने, श्वसन, सर्दी-गर्मी से रक्षा करने, उत्तेजना ग्रहण करने, वृद्धि तथा प्रजनन के लिए वातावरण के अनुसार ढले होते हैं।

शरीर की बनावट के अनुसार संपूर्ण जीव-जगत को अनेक छोटे वर्गों में विभाजित किया गया है। जैसे—मछली, कीट-पतंग इत्यादि।

कुछ जीव केवल पानी में ही रहते हैं (जलचर)

विभिन्न प्रकार के जानवर पानी में रहते हैं। जैसे—मछलियाँ, उभयचर जानवर, सरीसृप, चिड़ियाँ और स्तनधारी जानवर भी। इनके अतिरिक्त कीट-पतंगें, केकड़े, झींगा मछली—जैसे छोटे जंतु भी जल में रहते हैं। जलचर जानवरों के शरीर की रचना कुछ ऐसी होती है जिससे उन्हें पानी में तैरने में सहायता मिलती है। कुछ जानवरों के अंग-प्रत्यंग और संरचना विशेष प्रकार की होती है। जैसे—मछलियों के पंख, जल-पक्षियों के झिल्लीदार पैर, कछुए, तथा व्हेल के पैडलनुमा अंग इत्यादि। सभी जलचर प्राणियों के फेफड़े नहीं होते। जिनके फेफड़े होते हैं, वे पानी की सतह पर आकर साँस लेते हैं। मछली-जैसे जलचर—जिनके फेफड़े नहीं होते—पानी में ही गलफड़ों की सहायता से साँस लेते हैं।

कुछ जीव धरती और पानी दोनों पर रहते हैं (उभयचर)

मेंढ़क, टोड और सैलमैंडर 'उभयचर' वर्ग के अच्छे उदाहरण हैं। मेंढ़क पानी में अंडे देते हैं। अंडे विकसित होकर छुछमछली (टेडपोल) बन जाते हैं छुछमछली के मछली—जैसे सभी अंग होते हैं जैसे—गलफड़े व पंख। वे मछली की तरह पानी में भी रह सकते हैं। कुछ दिनों पश्चात इनके अन्य अंगों व फेफड़ों का विकास हो जाता है और ये पूर्ण मेंढ़क बन जाते हैं। इसके बाद ये पानी में नहीं रह पाते। ये धरती पर आ जाते हैं और केवल सुरक्षा व प्रजनन (अंडे देने) के लिए ही पानी में जाते हैं।

टोड, सैलमैंडर, जलसर्प, मगरमच्छ, कछुआ, केकड़ा आदि कुछ ऐसे जानवर हैं जो अपने जीवन का कुछ भाग धरती पर और कुछ भाग पानी में बिताते हैं।

कुछ जंतु भूमि पर तथा वायु में भी रहते हैं।

बहुत-से पक्षी और कीड़े-मकोड़े भोजन, सुरक्षा तथा प्रजनन के लिए भूमि पर आते हैं। वे भोजन की तलाश में या शत्रुओं से बचाव के लिए आकाश में उड़ते हैं।

जंततुओं के विभिन्न प्रकार के घरों के बारे में जानना अत्यंत रोचक होता है। चींटियाँ और दीमक रहने के लिए मिट्टी के ऊँचे-ऊँचे बना लेते हैं तो चूहे बिल बनाकर रहते हैं।

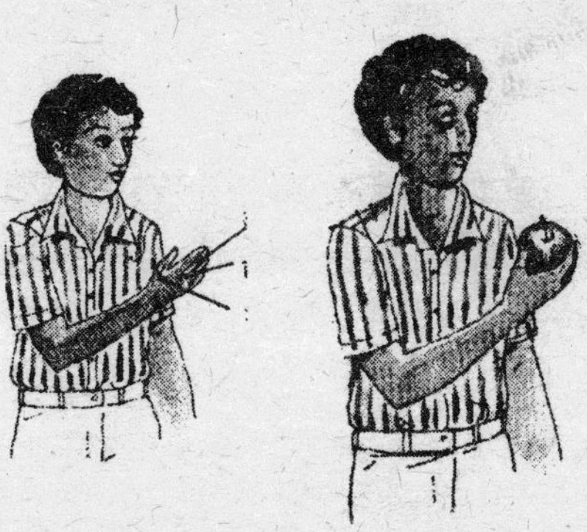

हाथ में फल पकड़े हुए मनुष्य

जीव और उनके अंग

भिन्न-भिन्न प्रकार के जंतुओं के अंग भी भिन्न-भिन्न प्रकार के होते हैं। ये उनके लिए अनेक प्रकार से उपयोगी होते हैं। ये उनका उपयोग अनेक कार्यों के लिए करते हैं–

1. भोजन प्राप्त करने के लिए।
2. एक स्थान से दूसरे स्थान पर जाने के लिए।
3. शत्रुओं से अपनी रक्षा करने के लिए।
4. घर बनाने के लिए।

जानवरों के तैरने, उड़ने, दौड़ने-भागने, रेंगने-खिसकने, उछलने, चढ़ने या खोदने-जैसी गतियों के ढंग के अनुरूप ही उनके अंग ढले होते हैं।

आओ, अब प्राणियों के विभिन्न प्रकार के अंगों का अध्ययन करें और देखें कि वे किस प्रकार उनका उपयोग करते हैं।

मनुष्य सभी प्राणियों में सबसे अधिक विकसित है। वह अपने आपको किसी भी परिस्थिति के अनुकूल बना सकता है। सभी स्तनधारियों के समान उसके भी दो जोड़े हाथ और पैर होते हैं। अन्य स्तनधारियों में हाथ-पैर के दोनों जोड़े एक-जैसे होते हैं जिनसे वे भागने-दौड़ने, लात मारने और शिकार पकड़ने में समर्थ होते हैं। परंतु मनुष्य में ऐसा नहीं है। वह अपने पैरों पर सारे शरीर का भार लेकर सीधा खड़ा हो सकता है और इसी अवस्था में चल या दौड़ भी सकता है। उसके हाथों की बनावट इस प्रकार की होती है कि वह किसी भी वस्तु को पकड़ सकता है तथा औजारों से किसी भी प्रकार का कार्य कर सकता है। अंगूठे और अंगुलियाँ इस प्रकार क्रम से जुड़ी होती हैं कि उन्हें एक-दूसरे के सामने मोड़कर लाया जा सकता है। इस प्रकार वे चीजों को पकड़ने और दूसरी वस्तुओं से काम लेने योग्य बन जाती हैं।

हाथ में फल पकड़े हुए बंदर

बंदर तथा इसी जाति के अन्य जानवर जैसे–वनमानुष, गोरिल्ला, लंगूर तथा चिंपांजी मनुष्य की भाँति अपने हाथों का प्रयोग करते हैं। ये जानवर अपने हाथों से भोजन तथा अन्य वस्तुएँ पकड़ सकते हैं।

पक्षी भूमि पर चल सकते हैं तथा वायु में भी उड़ सकते हैं। कुछ पक्षी तो पानी में तैर सकते हैं। तुम तो जानते हो कि पक्षियों के पंखों का एक जोड़ा होता है। ये पंख हाथों की तरह ही होते हैं। पक्षियों की छाती पर मांसपेशियाँ बहुत मजबूत होती हैं। जिनकी सहायता से वे अपने पंख ऊपर नीचे करते हैं। ये अपने पंखों को थोड़ा-सा पीछे की ओर मोड़कर नीचे ले जाते हैं। ऐसा करने से पक्षी ऊपर उठकर आगे बढ़ते हैं। पक्षियों के पंखों पर और पूँछ भी उड़ान में सहायता करते हैं। पूँछ के पर दिशा-परिवर्तन में पतवार के समान काम करते हैं और नीचे उतरने में भी सहायक होते हैं। खोखली होने के कारण उनकी हड्डियों का हल्कापन भी उड़ान में सहायता प्रदान करता है। पक्षी पैरों का प्रयोग चलने, दौड़ने, शिकार को पकड़ने तथा शत्रुओं पर आक्रमण के लिए करते हैं।

बत्तख-जैसी कुछ चिड़ियों के पैर झिल्लीदार होते हैं, जिससे उन्हें पानी में तैरने में सहायता मिलती है।

छिपकली

सरीसृप—रेंगनेवाले जंतुओं में से कुछ के पैर होते हैं और कुछ के नहीं। छिपकली, कछुआ, समुद्री कछुआ, मगरमच्छ—जैसे सरीसृपों के पैर होते हैं फिर भी वे धरती पर रेंगते हैं।

किसी छिपकली को ध्यान से देखो। उसके हाथ-पैर कितने छोटे होते हैं। वे उसके शरीर का भार भी नहीं संभाल पातें हाँ, कभी-कभी वह अपने शरीर के वजन को पैरों के सहारे उठा लेती है।

साँप ऐसे सरीसृप होते हैं जिनके हाथ-पैर नहीं होते। ये किस प्रकार चलते हैं? बिना हाथ-पैरों के भी ये चलते-फिरते हैं तथा पेड़ों पर भी चढ़ सकते हैं। इनके शरीर के निचले भाग में चौड़े-चौड़े शल्क (प्लेट) होते हैं जिनकी सहायता से वे चलने, चढ़ने-जैसे कार्य कर लेते हैं। शल्कों के नीचेवाले सिरे स्वतंत्र तथा पीछे की ओर मुड़े होते हैं, जिसके कारण वे खुरदुरे स्थानों पर चिपट जाते हैं। प्रत्येक शल्क बारीक पसलियों के एक जोड़े से जुड़ा होता है। पसलियाँ और शल्क पाँव का काम करते हैं। इसकी रीढ़ की हड्डी बहुत ही लचीली होती है तथा मांसपेशियाँ मजबूत होती हैं जिसके कारण साँप आसानी से तेजी गति से चल सकता है।

कीड़े कैसे चलते हैं?

सभी कीड़े (कीट-पतंगों) के तीन जोड़े पैर होते हैं तथा इसके साथ बहुतों के एक या दो जोड़े पंख भी होते हैं।

अनेक कीड़े अपने पैरों की सहायता से चलते हैं। जैसेतिलचट्टा, झींगुर इत्यादि। टिड्डे—जैसे कीड़ों के एक जोड़ा पैर बड़े होते हैं औरवे इनका उपयोग उछलने-कूदने के लिए करते हैं। कुछ अन्य कीड़े जैसे वाटर वोटमैन इन पैरों का उपयोग पानी में तैरने के लिए करते हैं। तितली और पतंगे-जैसे कुछ दूसरे कीड़े अपने पैरों का उपयोग उतरने या विश्राम करने के लिए करते हैं। इनके पैर पतले व कमजोर होते हैं इसलिए वे कीड़े उड़कर ही एक स्थान से दूसरे स्थान पर जा सकते हैं। कीट-पतंगों के पंख चिड़ियों के पंखों से भिन्न होते हैं।

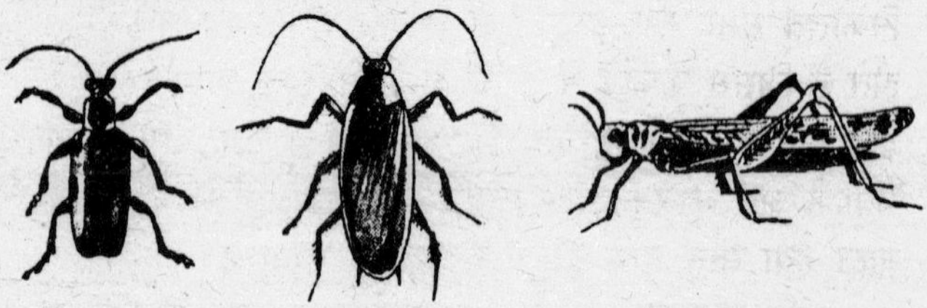

किसी कबूतर और तितली के पंखों का ध्यानपूर्वक निरीक्षण करो।

चिड़ियों की अपेक्षा कीड़ों के पंख पतले होते हैं और मांसपेशियों से जुड़े भी नहीं होते। इसलिए ये चिड़ियों के समान उड़ भी नहीं सकते। कीड़ों की छाती के भीतर की मांसपेशियों से उनके पंखों में गति आती है।

खटमल, दीमक, सिल्वरफिश-जैसे कुछ कीड़ों के पंख नहीं होते। वे केवल पैरों से ही चलते हैं।

मछलियाँ कैसे चलती हैं?

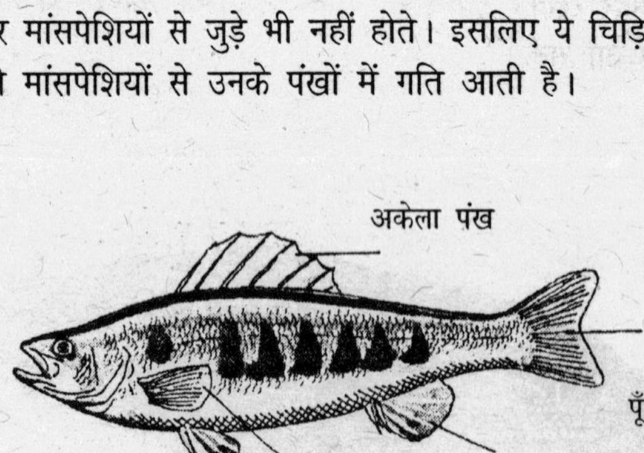

क्या तुमने पानी में तैरती हुई मछली को देखा है? क्या ।अन्य प्राणियों की तरह उनके हाथ-पैर होते हैं? तुम कुछ अन्य अंग देख सकते हो जिनकी सहायता से वे तैरती हैं। ये उनके पंख (फिस) होते हैं। विभिन्न प्रकार की

मछलियों के पंखों की संख्या तथा आकार भी अलग-अलग प्रकार के होते हैं। सभी मछलियों के प्रायः दो जुड़वाँ पंख होते हैं, जैसे जानवरों के अगले तथा पिछले पैर होते हैं तथा एक या एक से अधिक अकेले पंख होते हैं। पूँछ पर भी एक पंख होता है जिसे पूँछ-पंख कहते हैं।

अकेला पंख संतुलन बनाने का काम करता है। पूँछ-पंख आगे बढ़ने तथा दिशा परिवर्तन में सहायक होता है। जब मछली धीरे-धीरे तैरती है तब जुड़वाँ पंख या अग्र पंख पतवार या चप्पुओं का काम करे हैं।

प्राणी साँस कैसे लेते हैं?

भिन्न-भिन्न प्रकार के प्राणी भिन्न-भिन्न प्रकार से साँस लेते हैं–अपने शरीर के सभी अंगों को ठीक तरह से रखने के लिए सभी प्राणियों को शक्ति की आवश्यकता होती है। उन्हें काम करने के लिए भी शक्ति चाहिए। प्राणियों को यह शक्ति कैसे मिलती है? अपने दैनिक कार्यों के लिए उन्हें जितनी शक्ति चाहिए, दसे प्रारप्त करने के लिए ऑक्सीजन की आवश्यकता होती है। जिसे वे शरीर के अंदर भोजन पचा सकें।

यह अति आवश्यक ऑक्सीजन विभिन्न प्राणी, विभिन्न प्रकार से प्राप्त करते हैं।

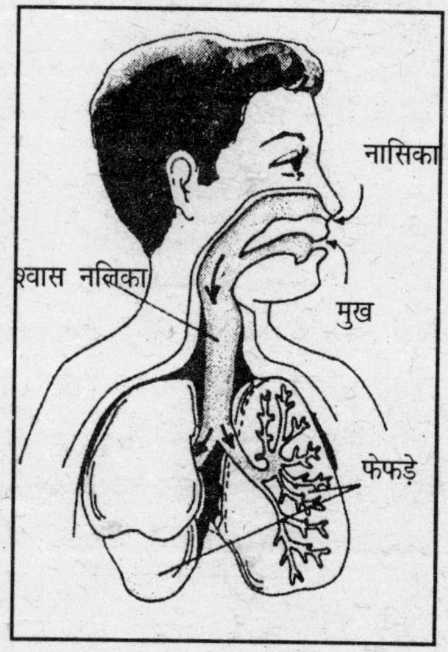

प्राणी फेफड़ों से साँस लेते हैं–सभी स्तनधारी, पक्षी, सरीसृप और उभयचर अपनी युवावस्था में अपने फेफड़ों से साँस लेते हैं।

सभी जीवों के स्पंजी और लचीजी थैलियों का जोड़ा होता है जिन्हें फेफड़े कहते हैं। जब वे अंदर साँस लेते हैं तो थैलियाँ फूल जाती हैं और साँस बाहर निकालते समय सिकुड़ जाती हैं। फेफड़े घनी रक्त-वाहिननियों के जाल से जुड़े होते हैं जिससे फेफड़ों में काफी मात्रा में रक्त आता रहता है। नाक के नथुनों द्वारा हवा फेफड़ों में पहुँचती है। फेफड़ों में ही रक्त वायु से ऑक्सीजन को सोख लेता है और कार्बन-डाइऑक्साइड को छोड़ देता है। यह कार्बन-डाइ-ऑक्साइड युक्त हवा साँस द्वारा बाहर निकाल दी जाती है।

यह ऑक्सीजन रक्त के माध्यम से ही शरीर के विभिन्न भागों में पहुँचाई जाती है।

कीड़े-मकोड़े श्वास नलिका से साँस लेते हैं–एक कीड़े के सिर को पानी के अंदर रखकर डुबाने का प्रयत्न करो। वह कीड़ा नहीं मरेगा क्योंकि उसके सिर पर कोई छिद्र नहीं होता जिससे पानी अंदर आ सके।

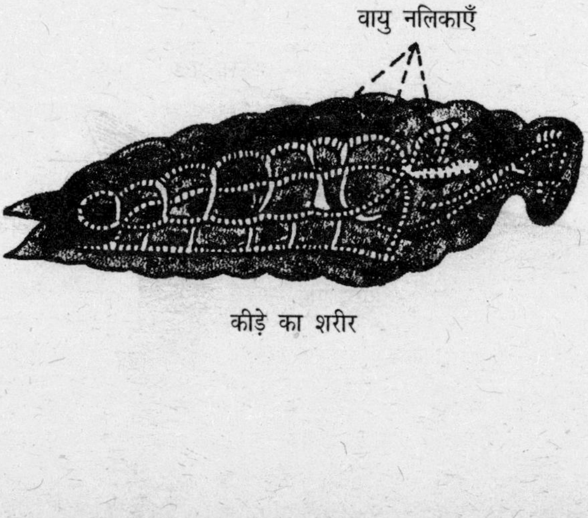

कीड़े का शरीर

कीड़े शरीर के दोनों ओर बाहर की ओर खुलनेवाली श्वास-नलिकाओं से साँस लेते हैं जिसे वायुमार्ग(स्पाइरेक्लस) कहते हैं। यह वायुमार्ग छोटी-छोटी नलिकाओं के एक जाल मके रूप में फैला होता है जिसे श्वास-नली कहते हैं। ये श्वास-नली इस प्रकार विभक्त होती हैं कि ये शरीर की प्रत्येक तंतु (टीशू) तक पहुँची हुई हैं।

शरीर की मांसपेशियों के सिकुड़ने से वायु सभी श्वास-नलिकाओं में भर जाती है और शरीर के सभी तंतुओं तक ले जाई जाती है। तंतु (टीशू) ऑसीजन को नलिका

से भीतर खींच लेते हैं और कार्बन-डाई-ऑक्साइड को नलिकाओं में छोड़ देते हैं। कार्बन-डाइ-ऑक्साइड युक्त वायु पुनः मांसपेशियों के सिकुड़ने से वायुमार्ग द्वारा बाहर छोड़ दी जाती है।

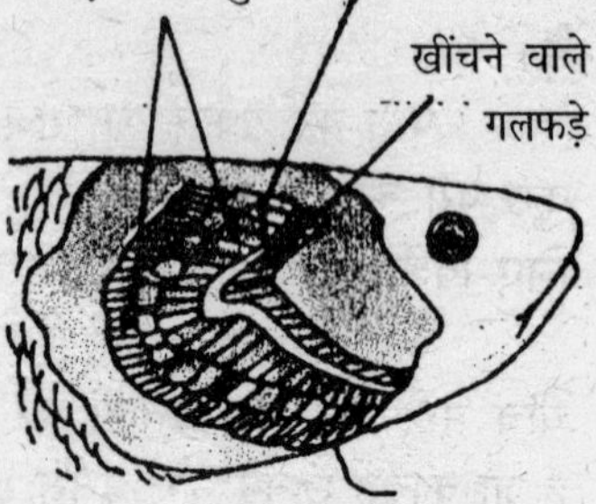

मछली के गलफड़े

इस प्रकार ऑक्सीजन के शरीर के पहुँचाने में कीड़ों का रक्त कुछ कम नहीं करता।

मछलियाँ गलफड़ों से साँस लेती हैं–मछलियाँ पानी में रहती हैं इसलिए वे वायु से सीधे ही ऑक्सीजन प्राप्त नहीं कर सकती। जब मछली को पानी से बाहर निकालते हैं तो वह मर जाती है क्योंकि वह वायु से सीधे ऑक्सीजन प्राप्त नहीं कर सकती। मछलियाँ तो पानी में घुली ऑक्सीजन ही प्राप्त कर सकती हैं। केकड़ा, झींगा मछली, घोंघा–जैसे सभी जलचर विशेष रूप से बने गलफड़ों से साँस लेते हैं।

यदि तुम एक मछली के प्रच्छद टक्कन (गिल-कवर) को उठाकर देखोगे तो तुम्हें कई लाल-लाल गलफड़े दिखाई देंगे। ये गलफड़े इसलिए लाल होते हैं क्योंकि उन्हें पर्याप्तमात्रा में रक्त नहीं मिलता है। प्रत्येक गलफड़ा अनेक पतले तंतु के समान कई गलफडों से बना होता है। इनसे होकर पर्याप्त मात्रा में रक्त आता-जाता रहता है। जो पानी उनके शरीर को छूता है उससे गलफड़े पानी में घुली ऑक्सीजन लेते हैं और उसी समय रक्त के कार्बन-डाइ-ऑक्साइड को पानी में बाहर छोड़ देते हैं।

अमीबा के समान निम्न वर्ग के जंतु शरीर की सतह से साँस लेते हैं और मेंढ़क, केंचुआ आदि अपनी नम त्वचा से साँस लेते हैं।

जानवर अपना भोजन कैसे प्राप्त करते हैं?

जानवर भिन्न-भिन्न प्रकार से अपना भोजन प्राप्त करते हैं।

भोजन के प्रकार के खाने के ढंग के अनुसार ही जानवरों का मुँह बना होता है।

तितलियों जैसे कीड़ों के मुख के भाग चूसने के लिए उपयुक्त होते हैं। इस कीड़े का मुख चूसनेवाली लंबी नलिका के आकार का बना होता है जिससे यह फूलों का रस चूसता है। इस नली का नासा वृद्धि नलिका (प्रोबिसिस) कहते हैं। जब इसका प्रयोग नहीं किया जाता तब यह सिर के नीचे घड़ी की स्प्रिंग की तरह कुंडली के रूप में रहती है। जब वह रस चूसना चाहता है तब नली को खोलकर फूल में घुसा देता हैं मच्छर-जैसे कीड़ों के मुख चुभाकर चूसने के योग्य बने होते हैं।

फूल से रस चूसती हुई तितली

मेंढ़क अधिकतर मक्खियाँ, झींगुर, कीट-पतंगें और रेंगनेवाले कीड़े खाते हैं। मेंढ़क अपनी चिपकनी जीभ से शिकार पकड़ता है। उसकी जीभ आगे की ओर से जुड़ी होती है वह पीछे से स्वतंत्र होती है।

जब वह शिकार पकड़ना चाहता है तो वह अपनी जीभ बाहर निकाल लेता है और शिकार उसकी जीभ पर चिपक जाता है। उसके बाद जीभ को पीछे की ओर मोड़कर चिपके हुए कीड़े को मुँह में ले लेता है। यह सबकुछ एक सेंकेंड के कुछ हिस्से में हीं बड़ी तेजी से हो जाता है।

अपनी चिपकनी जीभ से शिकार पकड़ते हुए मेंढक

इसके ऊपरी जबड़े में दाँत होते हैं किंतु वे काटने तथा चबाने के काम

नहीं आते। ये दाँत केवल शिकार को मुँह से बाहर जाने से रोकने के काम आते हैं।

चोंच में कीड़ा पकड़े हुए एक पक्षी

पक्षी कई प्रकार का भोजन करते हैं। कुछ पक्षी केवल मांस ही खाते हैं और कुछ पूरी तरह शाकारी होते हैं। पक्षियों की चोंच भोजन को पकड़ने और उठाने के लिए विर्शेष प्रकार की बनी होती है।

बाज और उल्लू चूहे-जैसे छोटे जानवरों पर निर्वाह करते हैं इसलिए उनकी चोंच मुड़ी होती है। बत्तखों की चोंच चौड़ी और खाँचेवाली होती है जो कीचड़ छानने और उससे शिकार निकालने के काम आती है। गौरैया की चोंच छोटी और सीधी होती है तथा अनाज को फोड़ने में उपयोगी होती हेक। कठफोड़वा की चोंच छेनी के आकार की होती है, जिससे वह कीड़ों की खोज में पेड़ों में छेद करता है।

बाज बतख गौरैया कठफोड़वा

शिकार पकड़ने के लिए चीज, बाज और गिद्ध जैसे जानवर अपने पैने पंजों और पैरों का भी प्रयोग करते हैं।

पक्षी-प्रवास

जानवरों का निश्चित मौसम में एक स्थान से दूसरे स्थान पर जाना तथा पुनः अपने मूल स्थान पर आ जाना 'प्रवास' कहलाता है। वसंत ऋतु से पक्षी दूर-दूर उड़कर चले जाते हैं तथा घोंसले बनाते हैं। उसी नए घर में अंडे देते हैं तथा बच्चों को पालते हैं। जब मौसम गर्म हो जाता है तो वापस अपने मूल स्थान पर आ जाते हैं।

आहार की खोज में या मौसम में परिवर्तन के कारण ही पक्षी प्रवास करते हैं। बहुत ठंडे प्रदेशों के छोटे दिनों और भोजन की कमी के कारण पक्षी प्रायः प्रवास करते हैं। जब परिस्थितियाँ अनुकूल होती हैं तब वे अपने घर वापस लौट आते हैं। आर्कटिक टर्न स्थान बदलनेवाला सबसे रोचक पक्षी है जो उत्तरी ध्रुव-क्षेत्र के अपने निवास स्थान से 1,76,000 किलोमीटर की दूरी तय करके प्रतिवर्ष पृथ्वी के दूसरे छोर अंटार्कटिक तक जाता है। फिर उतनी ही दूरी तय करके वापस घर पहुँचता है। केवल पक्षी ही नहीं कुछ मछलियाँ भी प्रवास करती हैं।

ताजे पानी में रहनेवाले सर्प के समान 'ईल' नामक मछली अंडे देने के लिए समुद्र में चली जाती है। अंडों से निकले हुए छोटे-छोटे बच्चे समुद्र मं ही विकसित होते हैं और बाद में नदियों में लौट आते हैं। भारतीय 'शाद' मछली के समान कुछ मछलियाँ अंडे देने के लिए समुद्र से नदियों में प्रवास करती हैं।

हमारा शरीर

हमारा शरीर एक मशीन के समान है। लेकिन यह अन्य किसी भी मशीन से अधिक अद्‌भु है और ऐसे अनेक काम कर सकता है जो एक मशीन नहीं कर सकती।

हमारे शरीर का प्रत्येक भाग भिन्न-भिन्न प्रकार के कार्य करता है।

ज्ञानेंद्रियाँ—आँख, कान, नाक, जीभ और त्वचा, ये हमारे ज्ञानेंद्रियाँ हैं। इनसे हमें चारों ओर की दुनिया की जानकारी मिलती है।

आँखें—हम आँखों से देखते हैं। जो कुछ हम देखते हैं उनके छायाचित्र आँखें हमारे दिमाग को भेजती हैं। दिमाग हमें बाता है कि हम क्या देख रहे हैं?

कान—हम कानों से सुनते हैं। कान विभिन्न प्रकार की ध्वनियाँ (आवजें) दिमाग तक पहुँचाते हैं और इस प्रकार हमारी सुनने में मदद करते हैं।

नाक—हम नाक से सूँघते हैं। नाक विभिन्न प्रकार की गंध दिमाग तक पहुँचाती है। इस प्रकार सूँघने में यह हमारी मदद करती है।

जीभ—हम जीभ से स्वाद लेते हैं।जीभ स्वाद का संदेश दिमाग को भेजती है और इस प्रकार स्वाद का अनुभव करने में हमारी सहायता करती है।

त्वचा—ठंड, गर्मी, दबाव, दर्द या चिकनी व खुरदुरी सतह का अनुभव हम त्वचा के द्वारा ही करते हैं। हमारी उँगलियों के छोरों की त्वाचा सबसे ज्यादा संवेदनशील (अनुभव करनेवाली) होती है।

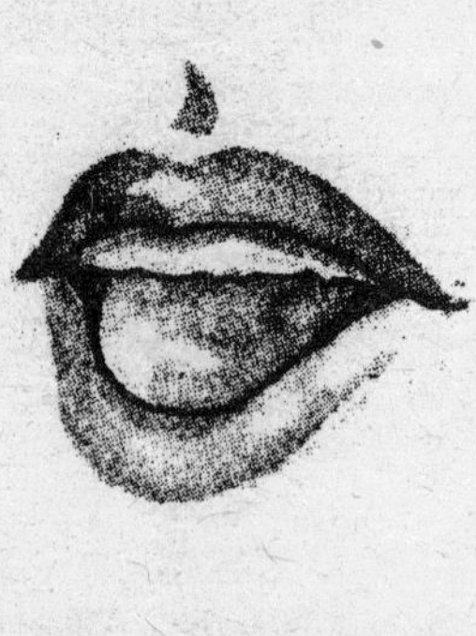

आँखें, कान, नाक, जीभ और त्वचा अपने संदेश, नसों (तंत्रिकाओं) द्वारा दिमाग को भेजती हैं। ये ज्ञानेंद्रियाँ संसार के लिए हमारे शरीर की खिड़कियाँ हैं। हम इनके द्वारा विभिन्न प्रकार के संदेश प्राप्त करते हैं। अगर कोई ज्ञानेंद्री क्षतिग्रस्त (टूट-फूट) हो जाती है, तो वह दिमाग को संदेश भेजना बंद कर देती है। इसलिए जिस व्यक्ति की आँखें क्षतिग्रस्त हो जाती हैं वह देख नहीं सकता।

ये ज्ञानेंद्रियाँ बाहर की दुनिया से शरीर का संबंध बनाए रखती हैं। शरीर के भीतर भी बहुत सारे अंग होते हैं। ये अंग विभिन्न प्रकार के अन्य कार्य करती हैं। परंतु ये

अंग अकेले काम नहीं करते। कुछ अंग आपस में मिलकर एक विशेष कार्य करते हैं।

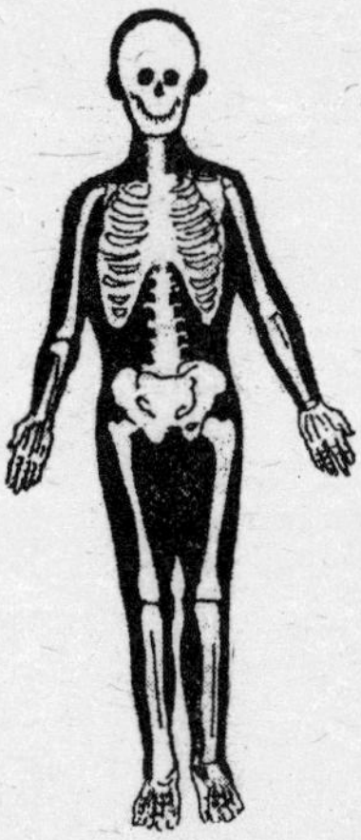

ये कुछ अंग मिलकर एक तंत्र (व्यवस्था) बनाते हैं। हमारे शरीर में अनेक तंत्र (व्यवस्थाएँ) हैं।

कंकाल तंत्र–यह हड्डियों का बना होता है। इससे शरीर को सहारा मिलता है तथा इससे ही शरीर का आकार वह आकृति बनती है।

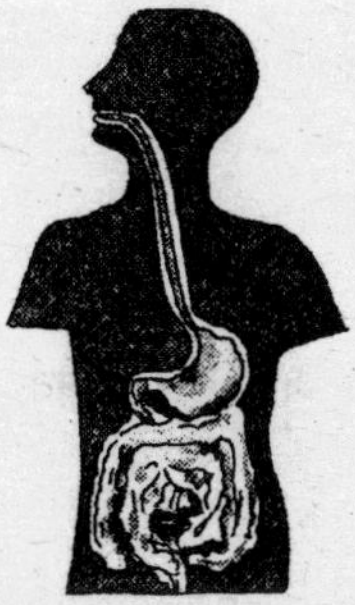

पाचन तंत्र–यह भोजन को अंदर ले जाने में हमारी सहायता करता है। यह भोजन को पचाकर शरीर के इस्तेमाल के योग्य बनाता है।

श्वसन तंत्र–बाहर से ताजी हवा अंदर ले जाने तथा हमारे रक्त को ऑक्सीजन पहुँचाने में यह हमारी सहायता करता है। ऑक्सीजन, शरीर की शर्करा को जलाकर हमें काम करने के लिए शक्ति प्रदान करती है।

पेशी तंत्र–यह मांसपेशियों का बना होता है। इसकी सहायता से हम चलते-फिरते हैं और विभिन्न काम करते हैं।

परिसंचरण तंत्र–यह हृदय और रक्त की नलियों से बना होता है। यह शरीर के सभी अंगों में रक्त पहुँचाता है। रक्त से शरीर के सभी अंगों को भोजन, ऑक्सीजन व अन्य पदार्थ मिलते हैं। शरीर के भीतर के व्यर्थ पदार्थ भी रक्त ही वापस लाता है।

उत्सर्जन तंत्र–यह अनावश्यक पदार्थों को शरीर से बाहर निकालता है। गुर्दे, फेफड़े तथा त्वचा पेशाब (मूत्र) साँस के द्वारा निकाली गई कार्बन-डाईऑक्साइड तथा पसीने के रूप में अनावश्यक पदार्थों को शरीर से बाहर निकालते हैं।

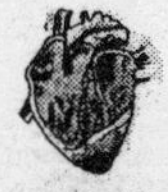

तंत्रिका तंत्र–यह ज्ञानेंद्रियों तथा शरीर के अन्य अंगों से संदेश प्राप्त करता है। यह कार्य करने के लिए आदेश भेजता है। इसकी सहायता से हम सोचते और सीखते हैं।

प्रजनन तंत्र–संतान उत्पन्न करने में यह हमारी सहायता करता है।

पाचन तंत्र–तुम पढ़ चुके हो कि शरीरके विकास के लिए काम करने की शक्ति के लिए और रोगों से बचाव के लिए भोजन चाहिए। जो भोजन हम खाते हैं वह जटिल रूप में होता है। हमारा शरीर उसका तब तक उपयोग नहीं कर सकता जब तक वह सरल रूप में चूर-चूर नहीं हो जाता है। पाचन तंत्र के अंग भोजन का सरल रूप में चूरा बना देते हैं। दाँत भोजन को चबा कर महीन बना देते हैं ओर पेट के पचानेवाले रसों की सहायता से यह एक घोल का रूप ले लेता है।

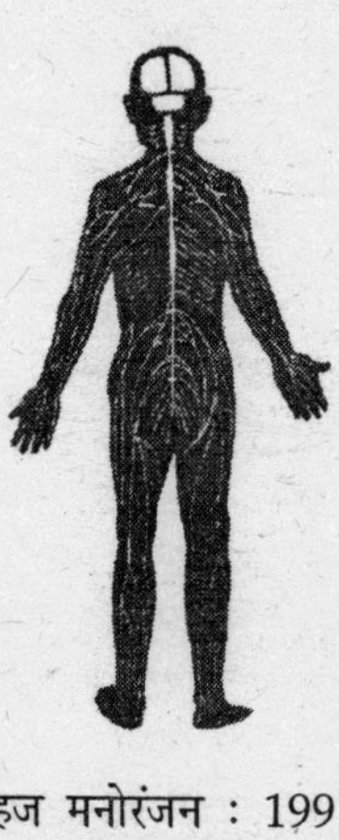

इस प्रकार पचाए हुए भोजन को रक्त हमारी आँत से लेकर शरीर के विभिनन भागों को पहुँचाता है।

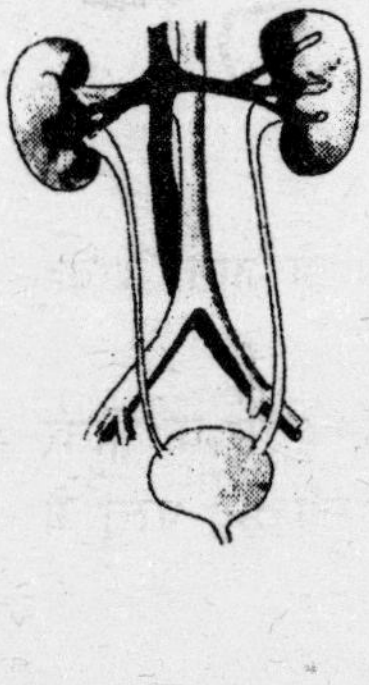

अनपचा भोजन शरीर के लिए किसी काम का नहीं होता। यह मलाशय तथा मलद्वार से शरीर के बाहर कर दिया जाता है।

श्वसन तंत्र–शरीर के सभी अंगों को ऑक्सीजन पहुँचाने का काम श्वसन तंत्र करता है। यह काम रक्त के द्वारा किया जाता है। ऑक्सीजन भोजन को जलाकर हमें खेलने वह काम करने की शक्ति प्रदान करती है।

हम नाक से साँस लेते हैं। नाक के अंदर छोटे-छोटे बाल होते हैं जब ताजी हवा हमारी नाक में पहुँचती है तो गरम हो जाती है। इसमें मौजूद धूल के कण व कीटाणु बालों द्वारा रोक लिए जाते हैं। इसलिए हमें सदा नाक से ही साँस लेनी चाहिए।

जिस हवा को हम साँस के रूप में अंदर खींचते हैं वह शुद्ध और ताजी होती है। उसमें ऑक्सीजन की मात्रा अधिक होती है।

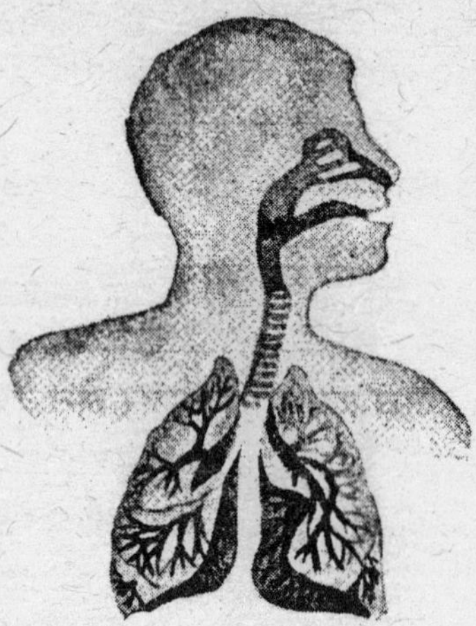

जिस हवा को हम साँस के द्वारा बाहर फेंकते हैं वह ताजी नहीं होती। इसमें कीटाणु और व्यर्थ पदार्थ होते हैं तथा इसमें कार्बन-डाई-ऑक्साइड की मात्रा अधिक होती है।

जब हम साँस भीतर लेते हैं तो हमारी छाती फैलती है इसलिए हमें बहुत कसे हुए कपड़े नहीं पहनने चाहिए। कसे कपड़े पहनने से आराम से साँस लेने में कठिनाई होती है।

साँस लेने का सही तरीका

सदा नाक से साँस लो।

बहुत कसे हुए कपड़े मत पहनो।

मुँह ढककर मत सोओ क्योंकि बार-बार उसी हवा में साँस नहीं लेनी चाहिए।

सदा ताजी हवा में साँस लेने का प्रयत्न करो। दरवाजे और खिड़कियाँ खुली रखो।

ताजी हवा में व्यायाम अवश्य करें।

भोजन और उसका पाचन

सभी जानवरों को एवं मनुष्यों को जीवित रहने के लिए भोजन आवश्यक है, लेकिन केवल पेट भरना ही काफी नहीं है। यह जरूरी है कि भोजन हमें शक्ति दे और बढ़ने में हमारी सहायता करे। यह भी जरूरी है कि भोजन थके, घिसे ऊतकों (टिश्यू) की मरम्मत करे और हमें स्वस्थ बनाए रखे। हमें जीवन के पोषण के लिए शक्कर, श्वेतसार, प्रोटीन, वसा, विटामिन और खनिज लवणों—की आवश्यकता होती है और ये पदार्थ हमें अपने भोजन से ही प्राप्त करने होते हैं।

1. शक्कर, श्वेतसार और वसा ऊर्जा प्रदान करते हैं।
2. प्रोटीन शरीर बनाने और टूटे ऊतकों की मरम्मत करने में सहायता करता हैं।
3. मजबूत हड्डियों, दाँतों एवं रक्त के लिए खनिज लवणों की आवश्यकता होती है।
4. शरीर की उचिवत वृद्धि और स्वासयि के लिए कम मात्रा में हीसही—विटामिन की आवश्यकता होती है। ये शरीर की रोगों से भी रक्षा करते हैं।

हम जो आलू, अंडे, मछली, चिप्स आदि खाते हैं वे हमारे रक्त प्रवाह में इधर-उधर तैर नहीं सकते। जब हम भोजन पचा लेते हैं तो उसे ऐसे रूप में बदल देते हैं जो हमारे रक्त में अवशोशित हो सके। अब यह हमारे शरीर के विभिन्न भागों में, जहाँ इसकी जरूरत हो, ले जाया जाता है।

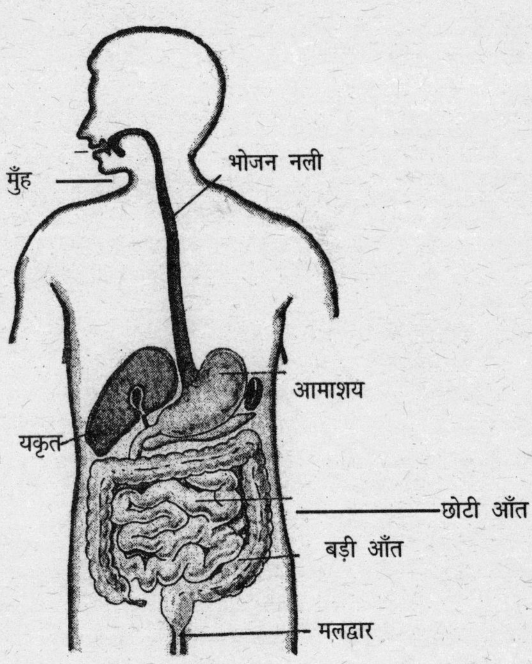

मनुष्य की पाचन नली

खाई हुई चीज का मुँह के अंदर क्या होता है?

जब हम कोई सैंडविच खाते हैं तो मुँह में वह बहुत गीली हो जाती है। लार मुँह में आनी शुरू हो जाती है। मुँह में अगले पैने दाँत भोजन को काटते हैं और पीछे के चपटे दाँत उसे चबाते हैं। यदि हम रोटी को थोड़ी देर चबाएँ तो वह थोड़ी देर बाद मीठी लगने लगती है। ऐसा इसलिए होता

है क्योंकि पाचन-रस लार, एक इन्जाइम (वह पदार्थ जो पचाने में मदद करता है) के साथ मिलकर रोटी के श्वेतसार को शक्कर में बदल देती हैं। इसलिए रोटी मीठी लगने लगती है।

आमाशय ओर आँतों के भीतर भोजन का क्या होता है?

मुँह से भोजनसीध आमाशय में जाता है। यहाँ भोजन मथा जाता है और आमाशय की दीवारों द्वारार उत्पन्न पाचन रसों के साथ मिलता है। एक अम्ल के द्वारा कीटाणु नष्ट किए जाते हैं। यह अम्ल भोजन के छोटे कणों में तोड़ने में भी सहायक होता है। भोजन को पचाने में आमाशय को लगभग चार घंटे लगते हैं फिर भोजन आमाशय के निचले भाग से होकर छोटी आँत में जाता है।

छोटी आँत

छोटी आँत एक बहुत लंबी, पतली (संकरी) और कुंडलित नली है। यहाँ और पाचन रस भोजन में मिलते हैं। इसके बाद उपयोगी भोजन रक्त द्वारा अवशोषित (सोख लिया जाता) हो जाता है। जो भोजन हम खाते हैं उसमें मुख्यतया प्रोटीन, वसा तथा कार्बोहाइड्रेट होते हैं। छोटी आँत में ये सरल रूप में बदल जाते हैं। यहाँ से अनुपयोगी (फालतू) भोजन, जो पचाया नहीं जासकता, वह बड़ी आँत में जाता है।

बड़ी आँत

बड़ी आँत, छोटी आँत से अधिक चौड़ी पर छोटी होती है। अनुपयोगी (फालतू) भोजन से पानी निकलकर गुर्दों में पहुँचता है। शेष ठोस भोजन मलद्वार से शरीर से बाहर निकल जाता है।

स्वस्थ पाचन-क्रिया के लिए–

1. निगलने से पहले भोजन को अच्दी तरह चबाओ। भोजन को साबुत मत निगलो और न ही पानी के साथ सटको।
2. आवश्यकता से अधिक न खाओ। इससे बेचैनी और अपच होती है।
3. भोजन करने का स्थान साफ-सुथरा होना चाहिए।
4. क्रोधित होने, डरने या घबराने पर भोजन मत करो।
5. हमेशा पौष्टिक और संतुलित आहार लो।
6. खाने और नाश्ते के बीच कुछ मत खाओ, इससे भूख खत्म हो जाती है।
7. हर भोजन के बाद अपने दाँत और मुँह अच्छी तरह धोओ।
8. भोजन के तुरंत पहले या बाद में व्यायाम मत करो।
9. निश्चित समय पर भोजन खाने, सोने और शौच आदि की नियमित आदतें अच्छे पाचन में सहायता करती हैं।
10. सुखद वातावरण में भोजन करो।

यह आवश्यक नहीं है कि खाने से पहले प्रत्येक वस्तु को आग पर पकाया जाए। फल, मेवा और हरी सब्जियाँ कच्ची खाई जाती हैं, लेकिन खाने से पहले उन्हें अच्छी तरह धो लेना चाहिए। फलों और सब्जियों में विटामिन होते हैं, विशेष रूप से विटामिन 'सी' जो पकाने से नष्ट हो जाता है। धोने से फलों और सब्जियों पर चिपके कीटाणु अलग हो जाते हैं।

खुले रखे, कटे फल खरीदकर नहीं खाने चाहिए। इन पर धूल पड़ती रहती है और मक्खियाँ भी बैठती हैं, इनमें रोगों के कीटाणु हो सकते हैं।

भोजन पकाने के लाभ

हम दिन भर में जो कुछ खाते हैं, उसमें फल-सलाद आदि कई चीजें, बिना आग पर पकाए या भूने, कच्ची खाई जाती हैं लेकिन रोटी, दाल, सब्जी तथा अन्य इनके वस्तुएँ हम भली-भांति पका कर ही खाते हैं।

1. उचित तरीके से पकाने से भोजन स्वादिष्ट हो जाता है।
2. पकाने से भोजन नरम और आसानी से पचने लायक हो जाता है।
3. कुछ पदार्थों में कीटाणु भी होते हैं। पकाने में ये कीटाणु नष्ट हो जाते हैं और भोजन खाने योग्य हो जाता है।

खाना पकाते समय कुछ सावधानियाँ बरती जानी चाहिए। हरे पत्तों वाली सब्जियों, टमाटरों, फूल गोभी, गाजर और अंडों को देर तक नही पकाना चाहिए। देर तक पकाने में इनके विटामिन नष्ट हो जाते हैं।

कुछ विटामिन पानी में घुल जाते हैं। यदि कुछ सब्जियों और अनाज को बहुत देर तक पानी में भिगोकर रख दिया जाए तो इनके विटामिन पानी में घुल जाते हैं। इस पानी को फेंकने से महत्त्वपूर्ण विटामिन नष्ट हो जाते हैं। इसलिए भोजन को पर्याप्त मात्रा में उतने ही पानी में पकाना चाहिए जिससे फालतू पानी फेंकना न पड़े।

भोजन की सुरक्षा और परिरक्षण आवश्यक है।

भोजन की बरबादी कई कारणों से होती है

1. कीड़े-मकोड़े, चूहे आदि के कारण।
2. जीवाणु और खमीर पैदा हो जाने के कारण।
3. नमी, तापमान और हवा के कारण।
4. अनुचित ढंग से जमा करने के कारण

यह आवश्यक है कि भोजन को उचित ढंग से भंडार में रखा जाए जिससे कि वह बहुत समय तक ठीक रह सके।

भोजन के परिरक्षण और भंडारण (जमा करने) के अनेक तरीके हैं

1. कम (ठंडे) तापमान में भोजन खराब नहीं होता। इसलिए आसानी से खराब होने वाला भोजन रेफ्रिजरेअर में रखा जाना चाहिए। मांस, अंडे तथा दूध-जैसे खाद्य पदार्थ कम तापमान में अधिपक समय तक ठीक रहते हैं। यही कारण है कि भोजन सर्दी में ज्यादा समय तक खाने योग्य क्यों बना रहता है।
2. खाद्य पदार्थ वायुरुद्ध (एयरटाइट) डिब्बों में परिरक्षित किए जा सकते हैं ऐसे डिब्बे नमी को दूर रखते हैं और इस तरह खाद्य पदार्थ को अधिक समय तक सुरक्षित रखने में सहायक होते हैं।
3. नमक द्वारा भी भोजन परिरक्षित किया जाता है। भोजन के नमक तथा पानी से गाढ़ा (सांद्रित) घोल बनता है जिसमें कीटाणु जीवित नहीं रह सकते। परिरक्षण करने के साथ-साथ, नमक भोजन को स्वादिष्ट भी बनाता है।
4. उबालना भी भोजन के परिरक्षण का प्रचलित तरीका है। उबालने से भोजन खराब करने वाले कीटाणु नष्ट

हो जाते हैं।

5. जीवाणुओं की वृद्धि के लिए नमी आवश्यक होती है। यदि भोजन को सुखा दिया जाए या पानी निकालकर जलरहित (डी-हाइड्रेट) कर दिया जाए तो खाद्य पदार्थ बहुत दिनों तक सुरक्षित रखे जा सकते हैं। इस विधि के द्वारा दूध, आलू व अन्य सब्जियाँ परिरक्षित की जाती हैं।
6. चीनी की चाशनी में रखकर भी खाने की चीजों को सुरक्षित रखा जा सकता है। चीनी की चाशनी जीवाणुओं की कोशिकाओं का पानी खींच लेती है और इस प्रकार उन्हें नष्ट कर देती है। मुरब्बे आदि कीा चाशनी के घोल में जीवाणु पनप नहीं सकते।
7. धूल और कीड़ों-मकोड़ों से बचाते हुए उचित ढंग से भंडारण के द्वारा भी पके हुए भोजन को कुछ समय तक खराब होने से बचाया जा सकता है। भोजन को न तो गंदे पानी में पकाना चाहिए और न ही गंदे हाथों से छूना चाहिए। भोजन को सफाई से ढककर रखना चाहिए।

भोजन के परिरक्षण के इन तरीकों को अपनाकर हम अपने घरां में भोजन को बरबाद होने से बचा सकते हैं।

दाँत

दाँत भोजन को अच्छी तरह चबाने में सहायता करते हैं ये भोजन को छोटे-छोटे टुकड़ों में काट देते हैं जिससे कि भोजन आसानी से पच सके। चबाने से लार भी बहकर मुँह में आती है। लार भोजन के साथ मिलकर पाचन-क्रिया शुरू करती है।

दाँत हमारे चेहरे को आकार देते हैं और बोलने में भी सहायता करते हैं। दाँत के बिना शब्दों का उच्चारण संभव नहीं।

हमारे जीवनकाल में दाँतों के दो सेट होते हैं। छः महीने की आयु में दाँतों का पहला सेट (अस्थायी दाँत) निकलता है। दो वर्ष की आयु तक दूध क बीस दाँत निकल जाते हैं। छः वर्ष से बारह वर्ष की आयु के बीच दूध के दाँत टूट जाते हैं और उनके स्थान पर स्थायी दाँत आ जाते हैं। इस सेट में 28 दाँत होते हैं।

अन्य दाँत जिन्हें अक्ल दाढ़' कहते हैं वे 12 व 21 वर्ष की आयु के बीच निकलते हैं। अन्ततः प्रत्येक वयस्क व्यक्ति के मुँह में 32 दाँतों का एक सेट होता है।

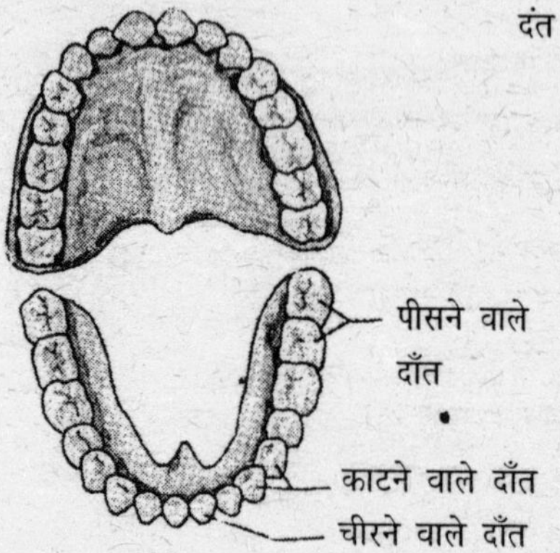

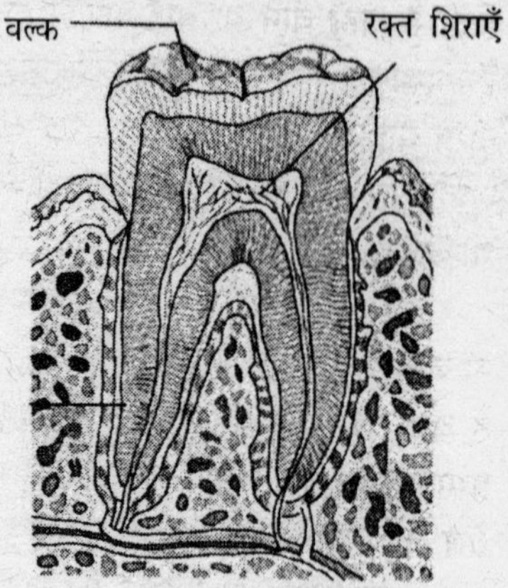

दाँत का एक भाग

अलग-अलग कामों के लिए अलग-अलग दाँत

काटने के लिए कृतंक दाँ

हर जबड़े में चार आगे के दाँत होते हैं जिनसे काटने या कुतरने का काम किया जाता है। इनके किनारे पैने होते हैं।

चीरने के लिए कील दाँत

कृतंक (काटने वाले) दाँतों के दोनों तरफ एक-एक नुकीला दाँत होता है। इसका प्रयोग पकड़ने व भोजन को चीरने-फाड़ने के लिए किया जाता है।

चबाने के दाँत या अग्र-चर्वणक और चर्वणक

ये मुँह के पिछले भाग में स्थित दोहरे दाँत होते हैं। इनका ऊपरी भाग चपटा होता है जिससे भोजन को पीसा-चबाया जाता है।

दंत-क्षय

साधारणतः दाँतों की ऊपरी सतह उदृश्य जीवाणुओं की एक परत से ढकी रहती है। ये जीवाणु शक्कर पर आक्रमण करते हैं जिसके कारण शक्कर एक प्रकार के अम्ल में बदल जाती है। यह अम्ल दाँतों की बाहरी सख्त खोल इनैमल को गला देता है। दंत-इनैमल का गलना ही दंत-क्षय (सड़न) की शुरुआत होती है।

सड़न साधारणतः दाँतों के उन स्थानों में शुरू होती है जहाँ बाने के बाद भोजन के कण रह जाते हैं। इसलिए भोजन के तुरंत बाद ब्रुश से दाँत साफ करने चाहिए। बारह से अठारह वर्ष की आयु के बीच जब शरीर की तेजी से वृद्धि होती है तभी दंत-क्षय भी बहुत जल्दी होता है।

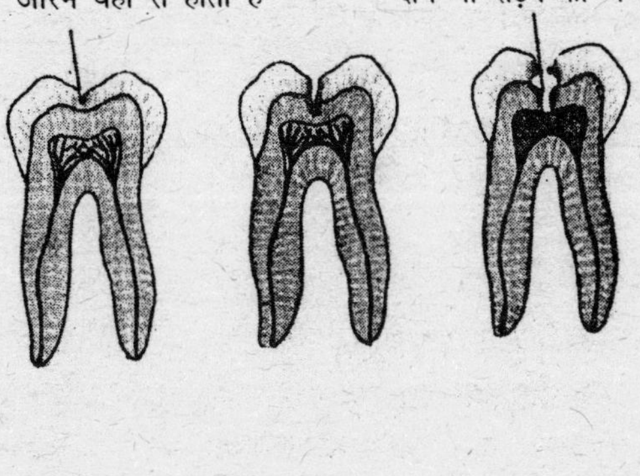

जब दंत-क्षय या सड़न का स्थान काफी गहरा हो जाता है तो दाँत के भीतर की तंत्रिकाएँ खुल जाती हैं और ठंडे, गरम या आम्लिक रसायनिक पदार्थों का प्रभाव पड़ने लगता है। इस स्थिति में दाँत में बहुत तेज दर्द होता है।

दंत-'क्षय अपच और पेट दर्द का कारण भी बनाता है क्योंकि हम सड़े दाँतों से भोजन ठीक प्रकार चबा नहीं पाते हैं। इसके अलावा भोजन के साथ जीवणु भी निगले जाते हैं और इस कारण पेट की तकलीफें भी आरंभ हो जाती है।

दंत-क्षय से मुँह से दुर्गंध आने लगती है, क्योंकि भोजन के कण गड्ढों में ज़मा होकर सड़ने लगते हैं।

जब दाँत सही ढंग से साफ नहीं किए जाते तो उन पर मैल जामा जाता है जिसे 'टार्टर' कहते हैं। यह दाँतों को भद्दा बना देता है और मसूड़ों को दाँतों के नीचे धकेल देता है।

दाँतों की देखभाल

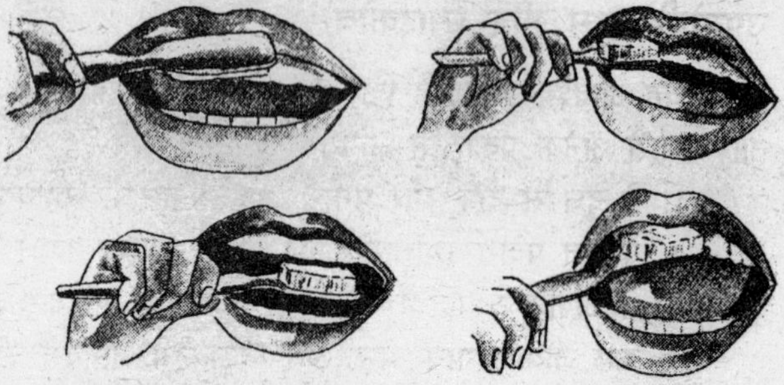

दाँतों को स्वस्थ रखने और क्षय से बचाने के लिए कुछ नियमों का पालन करना चाहिए।

1. संतुलित आहार लें और पर्याप्त मात्रा में दूध पिएं। दूध पीने से दाँत मजबूत होते हैं। रूखा और मोटे दानोंवाला खाना भी खाना चाहिए जिससे कि दाँतों, मसूड़ों और भोजन नली की पेशियों का व्यायाम हो सके।
2. बहुत अधिक मिठाइयाँ मत खाएं। इसके कारण दाँत सड़ने लगते हैं।
3. भोजन को चबाकर खाएं।
4. सुबह और रात को सोने से पहले अपने दाँत साफ करें।
5. खाना खाने के तुरंत बाद मुँह अच्छी तरह साफ करें।
6. हर छःमहीने बाद दंत-चिकित्सक से दाँतों की जाँच करवाएं।

यदि हम इन नियमों का पालन करें तो दाँत जीवन-भर स्वस्थ रहेंगे।

सूक्ष्म जीव या माइक्रोब

माइक्रोब बहुत सूक्ष्म जीव होते हैं। उन्हें हम अपनी आँखों से नहीं देख सकते। इन्हें सूक्ष्मदर्शी यांत्र (माइक्रोस्कोप) से ही देखा जा सकता है। हस यंत्र के कारण इनका आकार बड़ा दिखाई देता है जिससे कि उनकी बनावट का अध्ययन किया जा सकता है। ये सूक्ष्म-जीवाणु हवा, पानी, मिट्टी, भोजन तथा जानवरों के शरीरों के भीतर व बाहर हर जगह पाए जाते हैं। ऐसी जगह ढूँढ़ना बहुत कठिन हैं जहाँ ये सूक्ष्म-जीवाणु न हों लेकिन सूक्ष्म-जीवाणु वहाँ तेजी से बढ़ते हैं जहाँ इन्हें उपयुक्त तापमान में तेजी से बढ़ते हैं। हमारे मुँह में जीवाणु की वृद्धि के लिए उपयुक्त वातावरण रहता है। इसलिए यदि हम दाँतों की ठीक से सफाई नहीं करेंगे तो जीवाणु तेजी से बढ़कर दंत-क्षय का कारण बन जाएँगे।

सूक्ष्म-जीवाणु के प्रकार

1. जीवाणु (बैक्टीरिया) : ये एक कोशिका वाले पौधे होते हैं जिनमें पर्णहरित नहीं होता। इनसे तपेदिक, डिपथीरिया तथा निमोनिया जैसी बीमारियाँ होती हैं।

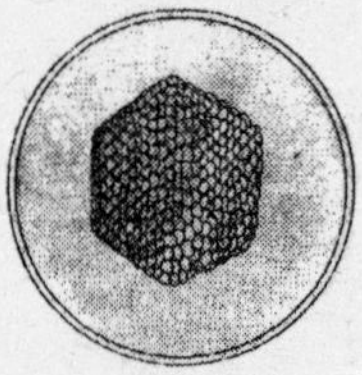

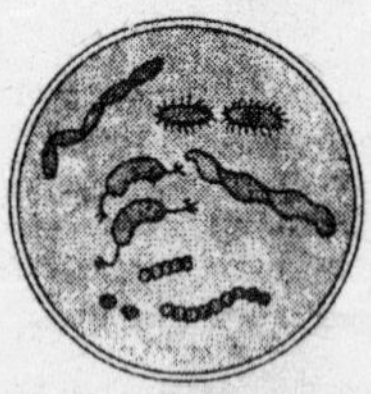

2. विषाणु (वाइरस) : ये बहुत ही सूक्ष्म जीव होते हैं जो साधारण सूक्ष्मदर्शी यंत्र द्वारा भी नहीं देखे जा सकते। इनसे खसरा, फ्लू कनपेड़ा-जैसी बीमारियाँ होती हैं।

3. आदि जीव (प्रोटोजाओ) : ये एक कोशिका वाले जानवर होते हैं। इनमें से अधिकांश हानिकारक नहीं होते पर कुछ अमीवा और प्लाजमोडियम जैसे जीव मनुष्यों और जानवरों में बीमारी उत्पन्न करते हैं।

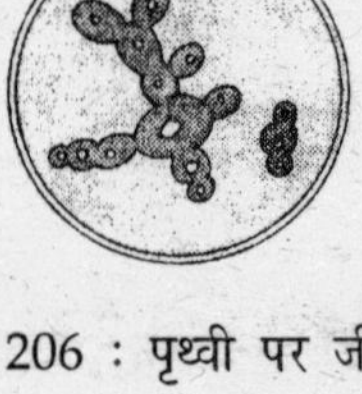

4. फफूँदी (फंगई) : ये जीवाणु (बैक्टीरिया) जैसे पौधे होते हैं लेकिन आकार में उनसे कुछ बड़े होते हैं, जैसेखमीर। फफूँद अक्सर जानवरों की खाल पर धावा बोलती है और दाद-जैसे रोग उत्पन्न करती है।

उपयोगी सूक्ष्म जीव (माइक्रोब)

यह आवश्यक नहीं है कि सभी सूख्म जीव हानिकार हों। कुछ सूक्ष्म जीव हमारे लिए उपयोगी भी नहीं होते हैं और हमारी अनेक प्रकार से सहायता करते हैं जैसे–

1. वे दूध से दही और पनीर आदि बनाने में सहायक होते हैं।
2. वे मृत पदार्थ (पत्तियों आदि) को उपयोगी पदार्थ में बदलकर मिट्टी को उपजाऊ बनाते हैं।
3. ये अपशिष्ट पदार्थों को सरल पदार्थों में तोड़कर हमारे वातावरण को स्वच्छ बनाते हैं।
4. कुछ जीवाणु गाय, भेड़, और घोड़ों-जैसे जानवरों की आँतों में रहते हैं। वे भोजन को पचाने में सहायक होते हैं।
5. कुछ जीवाणु हमारी आँतों में रहते हैं और विटामिन बनाने में सहायक होते हैं।
6. खमीर की तरह कुछ फफूँद भी हैं जो रोटी, डबलरोटी ओर अंगूर की शराब बनाने में उपयोगी होते हैं।

हानिकारक सूक्ष्म जीव या रोगाणु

कुछ रोगाणु मनुष्यों, जानवरों और पौधों के लिए हानिकारक होते हैं।

1. ये वे रोगाणु हैं जो भोजन को सड़ा दे हैं और उसे खाने योगय नहीं रहने देते।
2. ये पौधों और जानवरों में भी अनेक रोग उत्पन्न करते हैं। रोग उत्पन्न करनेवाले जीवाणु एक बीमार व्यक्ति के शरीरसे स्वस्थ व्यक्ति तक हवा, पानी, भोजन, कीड़े-मकोड़ों या सीधे संपक्र द्वारा पहुँचते हैं। कुछ आम बीमारियाँ जो इन सूक्ष्मजीवों (रोगाणुओं) द्वारा उत्पन्न होते हैं इस प्रकार हैं–
   क. विषाणु–सर्दी-जुकाम, बुखार, खबसरा आदि।
   ख. जीवाणु–तपेदिक, मियादी बुखार।
   ग. फफूँद–दाद, पौ0ऋररें के रोग, जैसे–गूहूँ का रतुआ।
   घ. आदि जीव-एमीबिक आंत्रशोध, मलेरिया।

हमारा शरीर : एक आश्चर्यलोक

हम कभी-कभी आधुनिक भवनों तथा मशीनों को आश्चर्य के साथ देखते हैं : किंतु इनमें से कोई भी हमारे शरीर के समान रोचक या आश्चर्यजनक नहीं है।

एक मशीन का निर्माण, छड़ों, डंडों, नट, बोल्ट तथा दूसरे अन्य ठोस पदार्थों से होता है। मानव का शरीर मांस तथा हड्डियों से बना है। वह कई ऐसे आश्चर्यजनक कार्य कर सकता है जिसे कोई भी दूसरी मशीन नहीं कर सकती। उसमें वृद्धि करने, अनुीाव करने, देखने, सुनने, सूँघने, हँसने तथा रोने की शक्ति है। यद्यपि कई भागों से मिलरक मानव शरीर का निर्माण हुआ है, फिर भी वे सभी अंग एक समुदाय के रूप में एक साथ मिलकर कार्य करते हैं। यंत्रों को नियंत्रित करने के लिए मनुष्य की आवश्यकता होती है किंतु इसके विपरीत मानव-शरीर एक ऐसा यंत्र है कि उसके भीतर ही एक नियंत्रण केंद्र भी बना हुआ हें इस नियंत्रण केंद्र को मस्तिष्क कहते हैं।

तंत्रिका तंत्र अर्थात् स्नायु संस्थान

यह हमारे शरीर की एक अद्‌भुत सघठित प्रणाली है। आग के संपर्क या बर्फ के संपर्क में आने पर जब सहनशक्ति से अधिक गर्मी या सर्दी का अनुभव हमें होता है, तो हमें अपने हाथों, पैरों को कोई आदेश नहीं देना होता है। वे अपने आप ही अपना कर्तव्य निर्धारित करते हैं आर पलक झपकते हरकत में आ जाते हैं। अगर अचानक हमारे ऊपर कोई घातक चीज गिरे या चाकू से हमला किया जाए, तो हमारी पहली प्रतिक्रिया अपना बचाव करने की होती है। हमारी कर्मेंत्रियों को यह सब करने का निर्देश कोई बाहरी शक्ति नहीं देती, बल्कि हमारे शरीर का तंत्रिका तंत्र या स्नायु संस्थान उसकामुख्य कर्ताधर्ता होता है। कहा जा सकता है कि मानव शरीर के अलग-अलग सभी संस्थान या तंत्र तंत्रिका तंत्र के नियंत्रण में कार्य करते हैं।

संपूर्ण तंत्रिका-तंत्र विशेष प्रकार की कोशिकाओं से बना है जिन्हें स्नायु-कोशिका या नाड़ी ओरतंत्रिका-तंतु कहते हं। मनुष्य के तंत्रिका तंत्र को तीन ीागों मं बाँआ जा सकता है।

1. केंद्रीय तंत्रिका-तंत्र—इसमें मस्तिष्क तथा मेरुरज्जु होते हैं।
2. परिधीय तंत्रिका-तंत्र—इसमें मस्तिकष्क तथा मेरुरज्जु से निकलनेवाली तंत्रिकाएँ होती हैं।
3. स्वायत्त तंत्रिका-तंत्र—यह तंत्रिका कोशिकाओं के विशेष समूह (नाड़ी ग्रंथि) तथा आंतरिक अंगों के कार्यों को नियंत्रित करनेवाली तंत्रिकाओं से बना है। यह तंत्र अमरी इच्छा के नियंत्रण में नहीं है।

मस्तिष्क

मस्तिष्क लाखों तंत्रिका-कोशिकाओं तथा तंत्रिका तंतुओं से बना है। यह खोपड़ी के भीतर स्थित है। भीतर से इसके चारों ओर एक तरल पदार्थ भरा होता हे जो तकिए के समान बाहर के आघातों, झटकों तथा धमाकों से इसे

अच्छी प्रकार से सुरक्षित रखता है। मस्तिष्क का भार लगीाग डेढ़ किलोग्राम होता है। मस्तिष्क के मुख्य तीऩ भाग होते हैं। इनमें से प्रत्येक अपना-अपना विशेष कार्य करता हे।

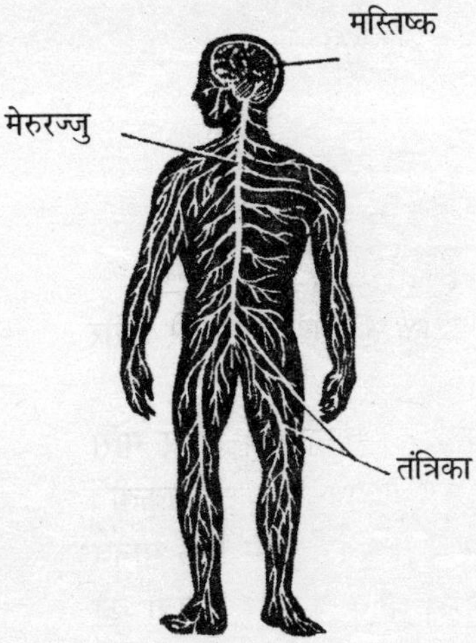

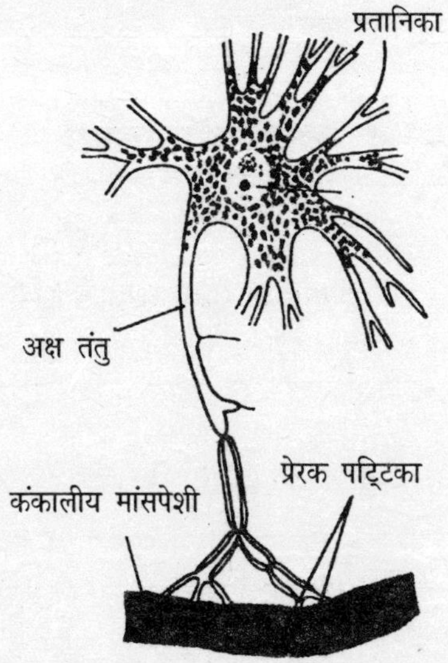

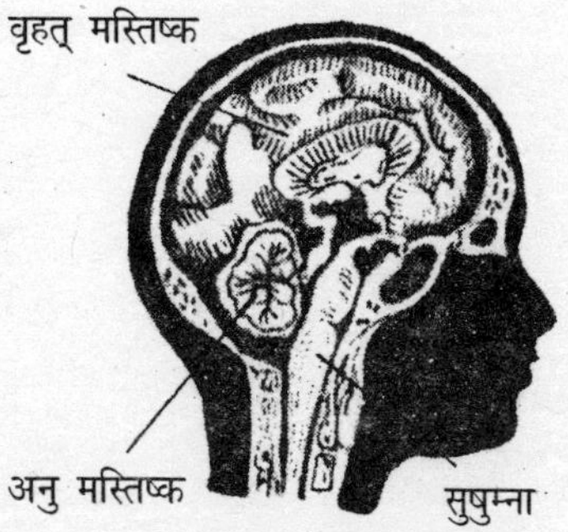

1. प्रमस्तिष्क या वृहत्मस्तिष्क मस्तिष्क का सबसे बड़ा भाग हे। इसामें तंत्रिका- कोशिकाएँ बहुत घनी हैं यही वह भाग है जो सोचने, सीखने, स्मरण करने, बोलने तथा अनुभव करने में तुम्ळारी सहायता करता है। यह देखने, सुनने, सूँघने, स्वाद लेने तथा स्पर्श करने में भी तुम्हारा सहायक होता है।
2. अनुमस्तिष्क या लघुमस्तिष्क वृहत्मस्तिष्क के नियंत्रण में कार्य करता है। यह हमारे मांसपेशियों के कार्य में ताल-मेल बिठाता है तथा शरीर में संतुलन स्थपित करने में भी सहायक होता है। दौउ़ जीतने के लिए धावकों की मांसपेशियों में समुचित ताल-तेल आवश्यक है। यदि तुम एक टाइप करनेवाले के काम का ध्यानपूर्वक निरीक्षण करो तो तुम्हें प्रत्यक्ष ज्ञान हो जाएगा कि किस प्रकार उचित ताल-मेल के साथ हाथ की मांसपेशियाँ एक समुदाय के रूप में कार्य करती हैं। मांसपेशियों के ताल-मेल का यह सारा कार्य अनुमस्तिष्क करता है।
3. सुषुम्ना या मस्तिष्क का तना अनुमस्तिष्क के नीचे एक बलब के समान है। चाहे हम जाग रहे हैं या सोए हों किंतु इसका काम दिन-रात लगातार चलता है। यह हृदय की धड़कन, श्वसन की गति और अन्य भीतरी अंगों के कार्यों को नियंत्रित करता है।

मेरुरज्जु—सुषुम्ना पीठ के साथ-साथ मेरुरज्जु के रूप में आगे बढ़ जाती है। मेरुरज्जु रीढ़ की मजबूत हड्डियों में स्थित होती है। मेरुरज्जू अच्छी प्रकार सुरक्षित तार है जिससे होकर संदेश आते-जाते रहते हैं। यह हजारों तंत्रिका-कोशिकाओं तथ तंत्रिका-तंतुओं से बना है।

यह मस्तिष्क को शरीर के साथ जोड़ता है। और प्रतिवर्ती क्रियाओं को नियंत्रित करता है।

प्रतिवर्ती क्रियाएँ—एक स्वचालित क्रिया को ही प्रतिवर्ती क्रिया कहते हैं। उदाहरण के लिए जब तुम एक गर्म वस्तु का स्पर्श करते हो तो तुम्हारा हाथ तुरंत झटके के साथ दूर हट जाता है या जब तुम एक आलपिन पर पैर रखते हो तब तुम तुरंत कूद जाते हो। प्रतिवर्ती क्रियाओं में संदेश मस्तिष्क तक नहीं जाते अपितु मेरुरज्जु की संदेश ग्रहण करता है और क्रियाओं का संचालन करता है।

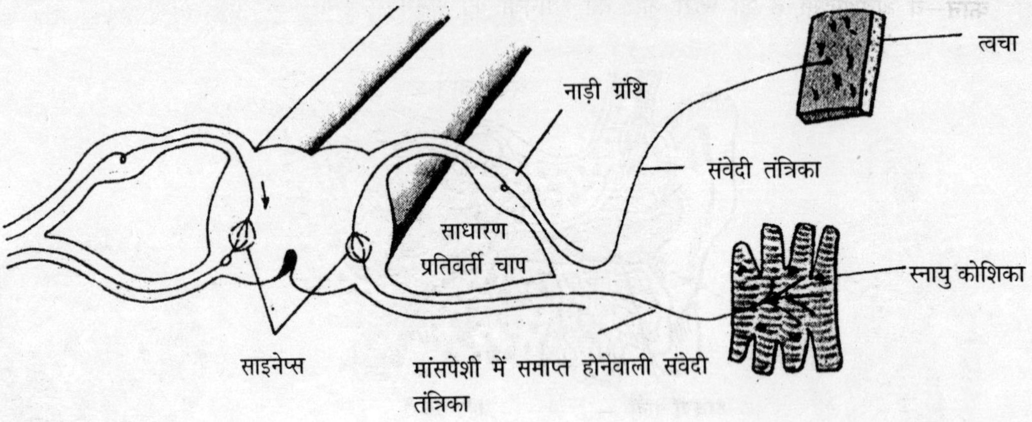

स्नायु या तंत्रिकाएँ :

परिधीय तंत्रिका-तंत्र उन तंत्रिकाओं से बना है जो आवेगों को केंद्रीय तंत्रिका-तंत्र तक ले जाती हैं तथा वहाँ से ले आती हैं।

तंत्रिकाएँ विभिन्न प्रकार की क्रियाएँ करती हैं।

1. कुछ तंत्रिकाएँ आँख, कान, नाक जीभ और त्वचा-जैसी ज्ञानेंद्रियों से आवेगों को मस्तिष्क या मेरुरज्जु तक ले जाती है। मस्तिष्क इन आवेगों को समझकर आदेश भेजता है जिससे हम देखने, सुनने, सूँघन, चखने इत्यादि क्रियाओं को करने में समर्थ होते हैं। ऐसी तंत्रिकाओं को 'संवेदी तंत्रिकाएँ' कहते हैं।
2. कुछ तंत्रिकाएँ मस्तिष्क से पेशियों तथा ग्रंथियों तक संदेश पहुँचाती हैं। इन संदेशों से पेशियों में गति तथा ग्रंथियों में स्राव उत्पन्न होते हैं। इन तंत्रिकाओं को 'प्रेरक तंत्रिकाएँ कहते हैं।
3. कुछ तंत्रिकाएँ आवेगों को ज्ञानेंद्रियों से मस्तिष्क या मेरुरज्जु तक ले जाने और उसमें मस्तिष्क तथा मेरुरज्जू के संदेशों को पेशियों तथा ग्रंथियों तक पहुँचाने का दोनों कार्य करती हैं। ऐसी तंत्रिकाओं को मिश्रित तंत्रिका कहते हैं।

ज्ञानेंद्रियाँ

हमारे शरीर के भीतर कई मुख्य ज्ञानेंद्रियाँ हैं जिसमें जिनसे हमें अपने परिवेश का ज्ञान होता है। वे हमारे लिए संसार को देखने के लिए खिड़कियों के समान हैं। हम उन्हीं के द्वारा देखते, सुनते, सूँघते, स्वाद लेते या स्पर्श करते हैं।

आँख—ये देखने की ज्ञानेंद्रियाँ हैं जिनकी सहायता से हम चारों ओर का संसार देख सकते हैं।

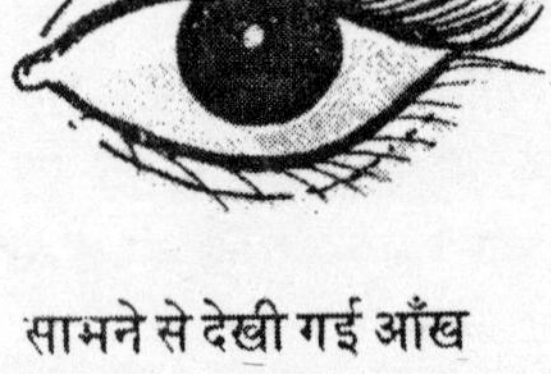

साभने से देखी गई आँख

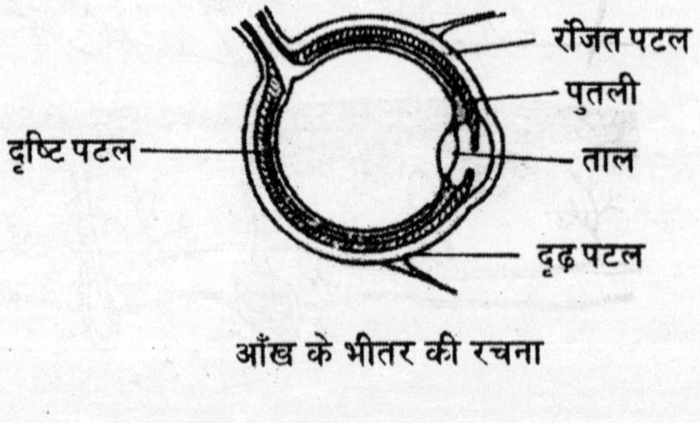

आँख के भीतर की रचना

कान—ये श्रवणेंद्रियाँ हैं जो चारों ओर की ध्वनियां को सुनने में हमारी सहायता करती हैं।

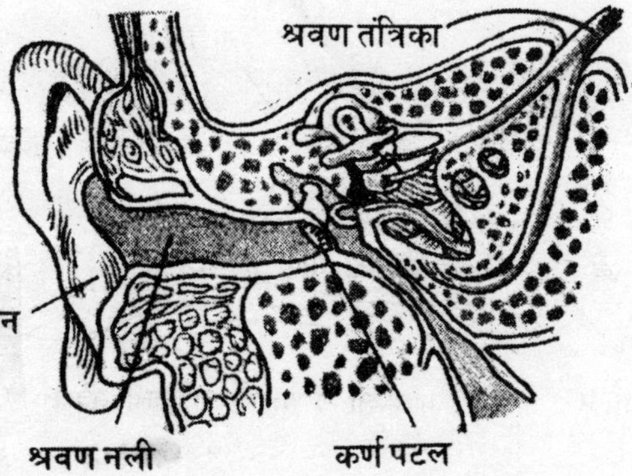

कान के भीतर की रचना

नाक—यह घ्राणेंद्रिय है जिससे सूँघकर हम वस्तुओं की गंध को जान पाते हैं।

जीभ—यह स्वादेंद्रिय है जिससे हम वस्तुओं का स्वाद प्राप्त करते हैं तथा उनके अलग-अलग स्वादों को पहचानने में समर्थ होते हैं।

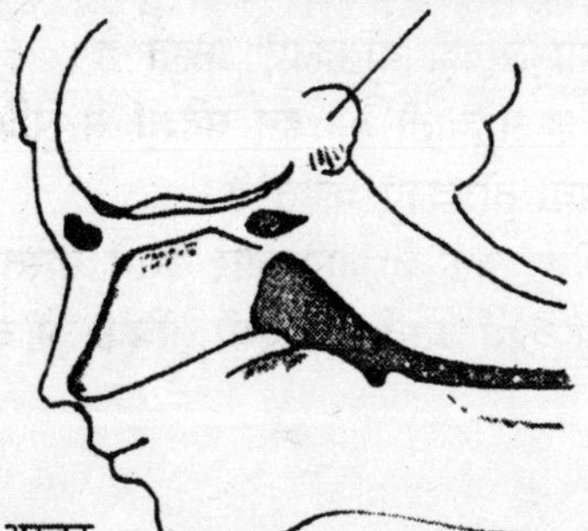

नाक का अस्तर

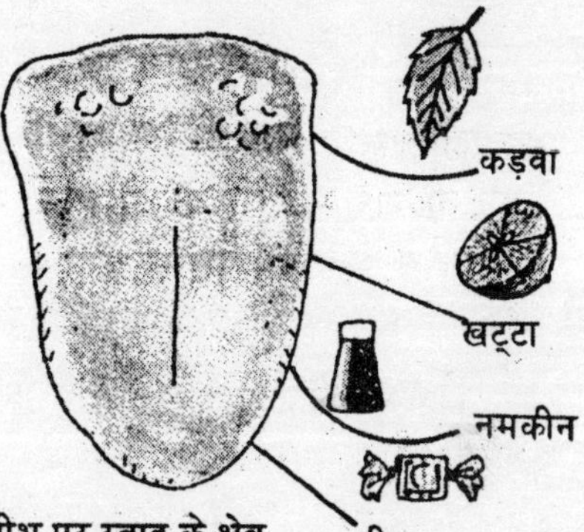

जीभ पर स्वाद के क्षेत्र

त्वचा—यह स्पर्शेंद्रिय है जिसके द्वारा हम दर्द, दबाव, तापमान और उत्तेजना का अनुभव करते हैं।

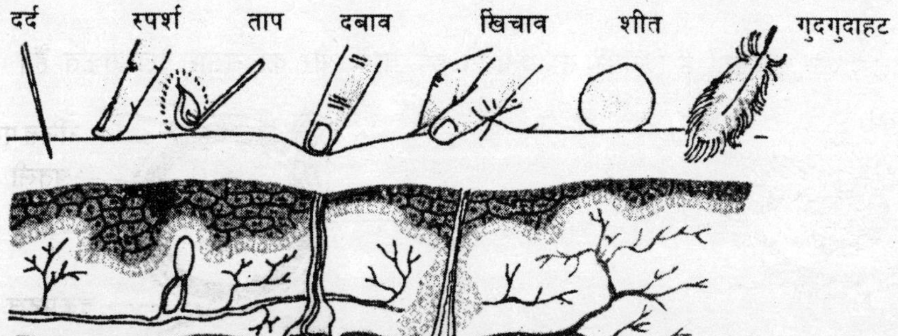

त्वचा

ज्ञानेंद्रियों की सुरक्षा—हमारी सभी ज्ञानेंद्रियों को अच्छी देखभाल या सुरक्षा की आवश्यकता है, जिससे वे ठीक प्रकार से कार्य कर सकें तथा हमें अच्छी सेवा प्रदान कर सकें।

आँखों की देखभाल—हमारी आँखें बहुत ही कोमल अंग हैं और उन्हें विशेष प्रकार की देखभाल की आवश्यकता होती है। यदि हम समुचित अवस्थाओं में पढ़ें याकाम करें, तो उनका पूरा-पूरा उपयोग कर सकते हैं।

1. हमें समुचित प्रकाश में पढ़ना चाहिए। शेड में या टेबिल लैंप में लगे 100 वॉट के बल्ब से प्रकाश आना चाहिए। प्रकाश या तो बाएँ कंध्रे की ओर से या ऊपर से सीधे मेज पर पड़ना चाहिए। इस प्रकार की व्यवस्था से पढ़ने के लिए सबसे उपयुक्त प्रकाश मिलेगा।
2. हमें बिस्तर पर लेटकर नहीं पढ़ना चाहिए। बिस्तर पर तभी पढ़ना चाहिए जब पीठ के विश्राम के लिए पीछे की उचित व्यवस्था हो और समुचित प्रकाश उपलब्ध हो।
3. हमें धीमी रोशनी, चलती हुई मोटर गाड़ी, बस या रेल में नहीं पढ़ना चाहिए। इससे आँखों पर बहुत अधिक तनाव पड़ता है।
4. हमें तेज प्रकाश के सामने अपनी आँखों को नहीं खोलना चाहिए। इस प्रकार का चौंधियाने वाला प्रकाश आँखों पर बहुत अधिक तनाव डालता है।
5. धूल के कण, कोयले के टुकड़े, पत्थर के छोटे-छोटे कण इत्यादि बाहरी चीजों से हमें अपनी आँखों को बचाना चाहिए। यदि इनमें से कुछ भ हमारी आँखों में पड़ जाए तो पुतलियों को बहुत नुकसान पहुँचता है।
6. हमें आघातों तथा तेज हथियारों से भी आँखों की सुरक्षा करनी चउहिए। इस प्रकार की चोंटे बड़ी खतरनाक होती है व अंधा तक बना सकती हैं।

कानों की देखभाल

1. हमारे कान भी कोमल अंग हैं जिनके बारे में विशेष सावधानी बरतनी चाहिए। कानों को भी चोटों से बचाना चाहिए।
2. यदि संयोग से कोई छोटी वस्तु या कीड़ा-मकोड़ा कभी कान में भीतर चला जाए तो हमें तुरंत चिकित्सक के पास जाकर उसे बाहर निकलवाना चाहिए।
3. हमें कभी तिनके या पिन से श्रवण नली को नहीं कुरेदना चाहिए। इस प्रकार का कार्य खतरनाक हो सकता है क्योंकि इससे श्रवण नली में घाव या कर्ण-पट में छेद हो सकताहै।

त्वचा की देखभाल—त्वचा की नियमित सफाई अच्छे स्वास्थ्य के लिए आवश्यक है। इससे स्वेद, त्वचा की मृत कोशिकाएँ, गर्द और रोगाणु शरीर से दूर हो जाते हैं। अतः हमें नित्य नियमपूर्वक स्नान करना चाहिए।

नाक की देखभाल—हमें अपनी नाक साफ रखनी चाहिए। यदि नाक बंद हा`जाए तो उँगली पेंसिल या माचिस की तीली कभी भी नासिका छिद्र के भीतर नहीं डालनी चाहिए। ऐसी अवस्था में दवाई डालनी चाहिए।

कंकाल-तंत्र

ऊँचे-ऊँचे भवन, वायुयान तथा बड़े जलयानों को कड़ियों के ढाँचे सँभालने हैं। इसी प्रकार हड्डियों के एक ढाँचे ने ही हमारे शरीर को सँभाला हुआ है। इस ढाँचे के बिना न तो तुम सीध खड़े हो सकते हो और न इधर-उधर मुड़

सकते हो बल्कि गिर सकते हो। तुम्हारी शरीर के भीतर के इस ढाँचे को ही कंकाल-तंत्र कहते हैं।

अस्थियों के प्रकार—कंकाल-तंत्र में 206 अस्थियाँ होती हैं। ये अस्थियाँ अलग-अलग प्रकार तथा रूपों में होती हैं। अपने सिर, दोनों कंधों तथा कूल्हों को छुओ। ये सब चपटी अस्थियों से बने हैं जबकि तुम्हारे हाथों तथा पैरों की हड्डियाँ लंबी हैं। तुम्हारी हथेलियों तथा पाँवों की अस्थियाँ छोटी हैं और तुम्हारी रीढ़ की हड्डी या मेरुदंड को कशेरुक कहते हैं।

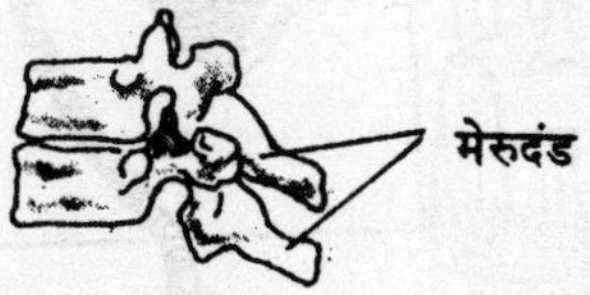

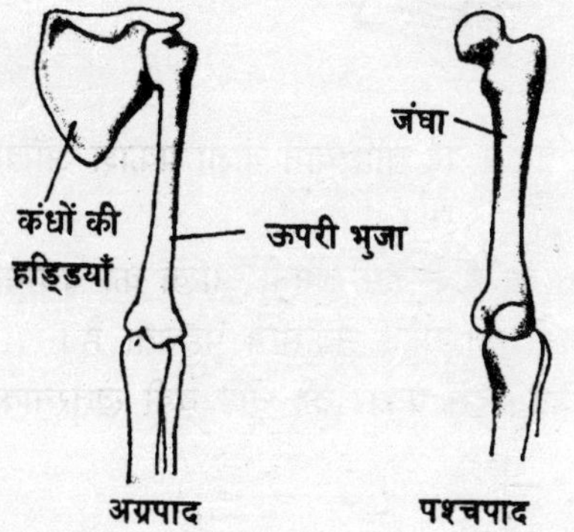

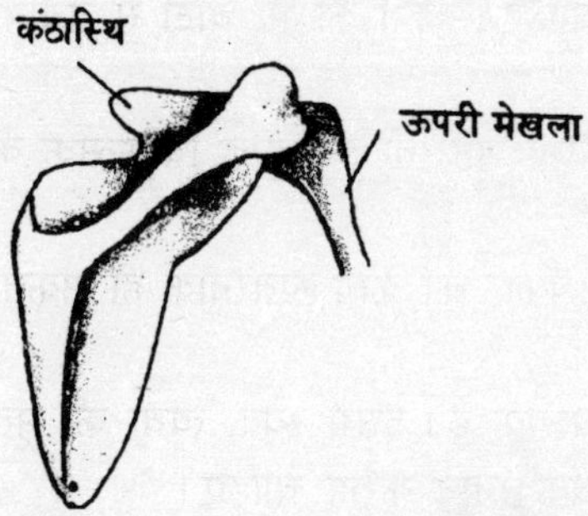

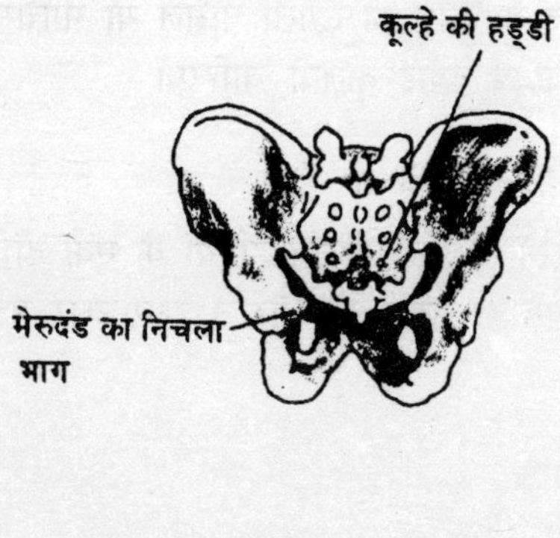

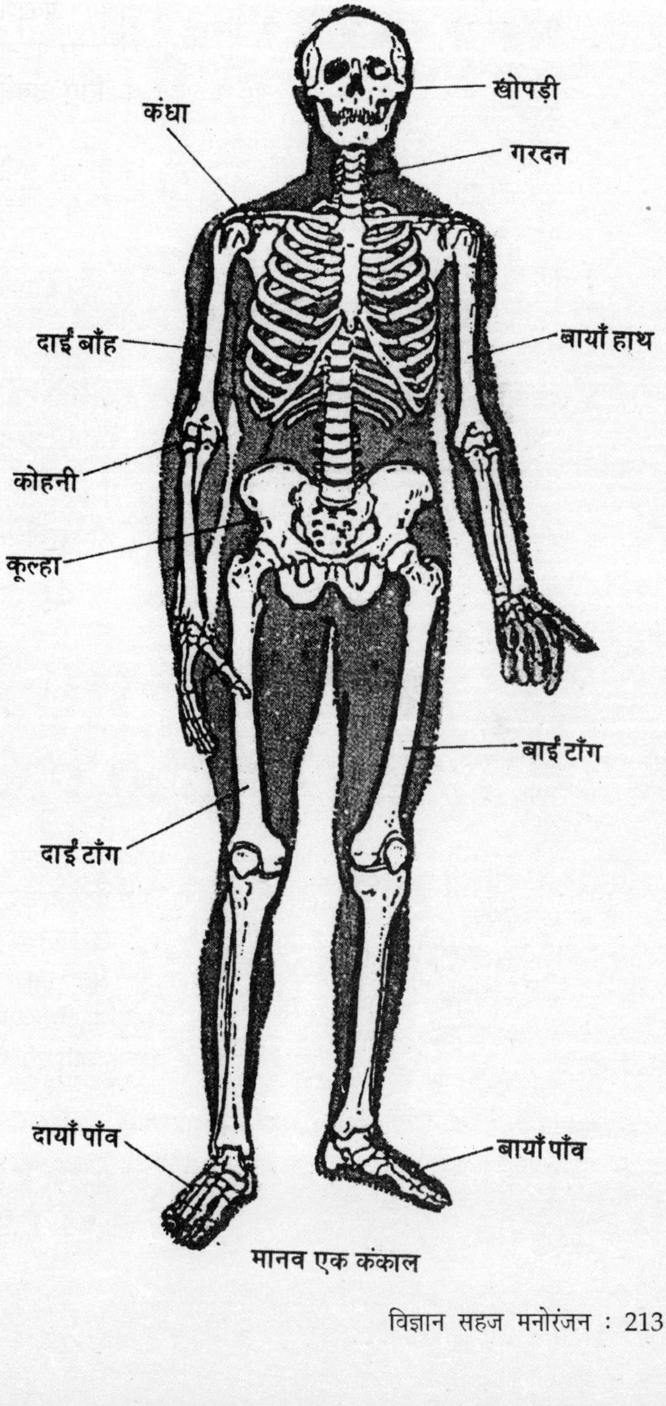

मानव एक कंकाल

कंकाल के भाग–कंकाल को निम्न भागों में बाँटा जा सकता है।

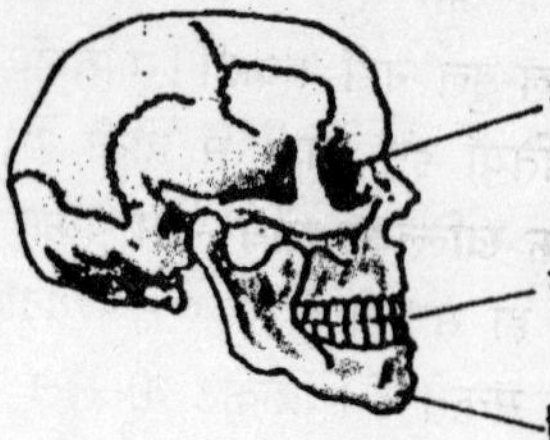

1. **खोपड़ी**–यह आपस में जुड़ी हुई आठ चपटी अस्थियों से बनी हुई है तथा संदूक के समान है। यह मस्तिष्क की रक्षा करती हे। चेहरे में 14 अस्थियाँ होती हैं तथा केवल इसका निचला जबड़ा ही गति कर सकता है।
2. **रीढ़ की हड्डी या मूरुदंड**–खोपड़ी मेरुदंड के ऊपर जुड़ी हुई है। यह तैंतीस अनियमित अस्थियों अर्थात कशेरुकों से बना है। रीढ़ की हड्डी या मेरुदंड मेरुरज्जु की रक्षा करता है।
3. **हाथ-पाँव**–पादों या पैरों के दो जोड़े होते हैं–अग्रपादों या बाँहों का एक जोड़ा और पश्चपादों या पैरों का एक जोड़ा। ये पाद लंबी-लंबी अस्थियों के आपस में संयोजन से बने हैं। यह संयोजन रेखाचित्र में दिखाया गया है।
4. **मेखला**–मेखला के दो जोड़े होते हैं–अंस मेखला का एक जोड़ा औरा श्रोणी मेखला का एक जोड़ा। पैर, मेरुदंड से सीधे न जुड़कर मेखला से जुड़ते हैं। यह मेखला मेरुदंड के दोनों ओर होती है और उससे जुड़ी हुई होती हैं।
5. **वक्ष-गुहिका या पसली की अस्थियाँ**–यह 12 जोड़ी लंबी तथा मुड़ी हुई हड्डियों से बना है। इन हड्डियों को पसलियाँ कहते हैं। ये सभी 12क जोड़ी पसलियाँ पीछे की ओर मेरुदंड से जुड़ी होती हैं। इनमें से 10 पसलियाँ आगे की ओर उरोस्थि अर्थात् छाती की हड्डी से जुड़ जाती हैं। अंतिम दो जोड़ी पसलियाँ दूसरे सिरे पर स्वतंत्र होती हैं और उन्हें फ्लोटिंग पसलियाँ कहते हैं।

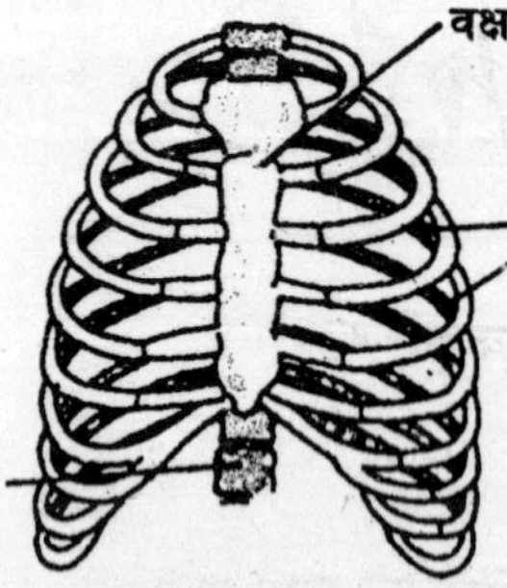

मेरुदंड की हड्डियाँ

कंकाल तंत्र के कार्य–कंकाल तंत्र के चार प्रमुख कार्य हैं।

1. यह शरीर के रूप, आकार तथा सहारा प्रदान करता है। अस्थियाँ कठोर तथा शक्तिशाली होती हैं और मुड़ती नहीं हैं। उनका निर्माण जीवित कोशिकाओं तथा कैल्शियम, फासफोरस के समान खनिजों से हुआ है। खनिज अस्थियों को कठोर बनाते हैं। दूध, मछली, पनीर ओर अंडे-जैसे भोजन हड्डियों को शक्तिशाली बनाने में सहायक होते हैं।
2. यह शरीर के सुकोमल अंगों की सुरक्षा करता है।
   क. खोपड़ी मस्तिष्क की रक्षा करती है।
   ख. रीढ़ की हड्डी मेरुरज्जू की रक्षा करती है।
   ग. वक्ष-गुहिका हृदय तथा फेफड़ों की रक्षा करती है।
   घ. श्रोणि की हड्डियाँ वृक्क, मूत्राशय-जैसे अंगों की रक्षा करती है।
3. यह पेशियों से जुड़कर शरीर के गति प्रदान करता है।
4. अस्थि-मज्जा में ही रुधिर कणिकाएँ (कोशिकाएँ) बनती हैं। हाथों और पैरों की लंबी अस्थियों के भीतर गुहिकाएँ होती हैं। इनमें एक मुलायम पदार्थ भरा होता है जिससे मज्जा कहते हैं। लाल तथा श्वेत दोनों रुधिर-कणिकाएँ अस्थि-मज्जा में ही बनती हैं।

संधियों या जोड़ के प्रकार–जहाँ पर दो अस्थियाँ मिलती हैं वहाँ एक जोड़ बन जाता है। कुछ जोड़ सचल या

गतिशील होते हैं और कुछ अचल अर्थात् गतिहील होते हैं। खोपड़ी की अस्थियाँ इस प्रकार जुड़ी हैं कि उनके बीच की संधियाँ हिल-डुल नहीं सकती। गतिशील संधियाँ चार प्रकार की होती हैं। हमारे शरीर की अलग-अलग प्रकार की सभी संभव गतियाँ इन जोड़ों से होती हैं। कुछ संधियों में दूसरी संधियों की तुलना में अधिक गति होती है।

1. **कंदुक खल्लिका संधि**–इस प्रकार के जो श्रोणि (कूल्हे) तथा अंस (कंधों) में पाए जाते हैं इसमें सबसे अधिक गति हो सकती है। यह सभी दिशाओं में घूम सकती हैं। हम अपनी भुजाओं को पहिए के समान नीचे ऊपर घुमा सकते हैं। क्रिकेट के खेल में कंधे की कंदुक खल्लिका संधि के कारण ही गेंदबाज गेंद की चाल तथा दिशा में परिवर्तन कर लेता है।
2. **द्वार संधि**–अपने घुटनों या कुहनी को झुकाओं या उँगलियों को मोड़ो। इसमें तुम्हें द्वार संधि की क्रिया दिखाई देगी। इस संधि में केवल ऊपर या नीचे की ओर गति हो सकती है।

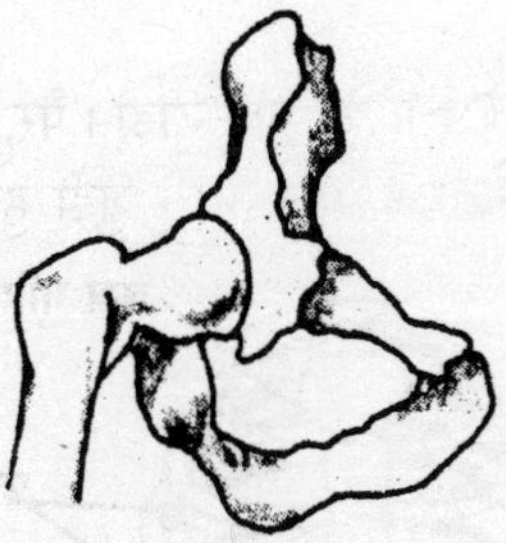

कंदुक खल्लिका संधि

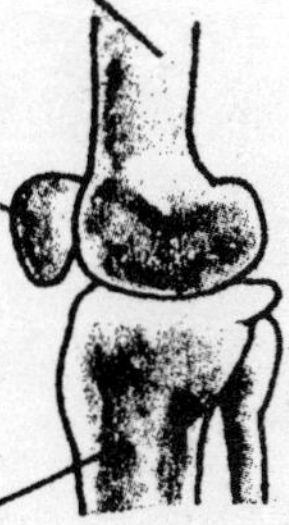

घुटने का जोड़

कोहनी का जोड़

3. **खिसकने वाली संधि**–यह संधिया मेरुदंड की हड्डियों के बीच पाई जाती है। ऐसी संधियों को द्वार बहुत थोड़ी गति हो सकती है।
4. **धुराग्र संधि**–यह संधि मेरुदंड की पहली तथा दूसरी संधि में होती है। इसी संधि के कारण सिर नीचे-ऊपर, आगे-पीछे चारों ओर गति कर सकता है।

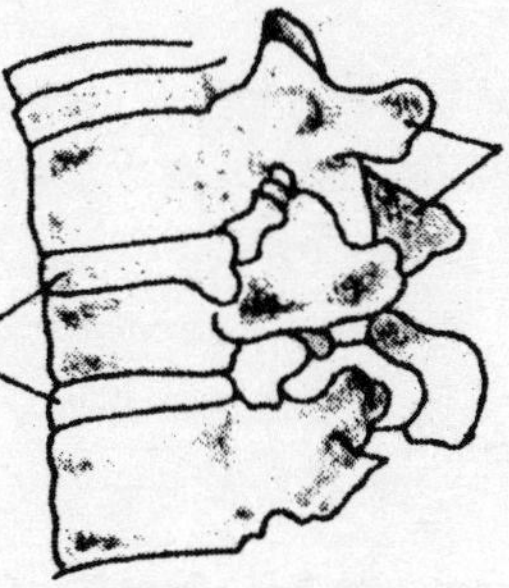

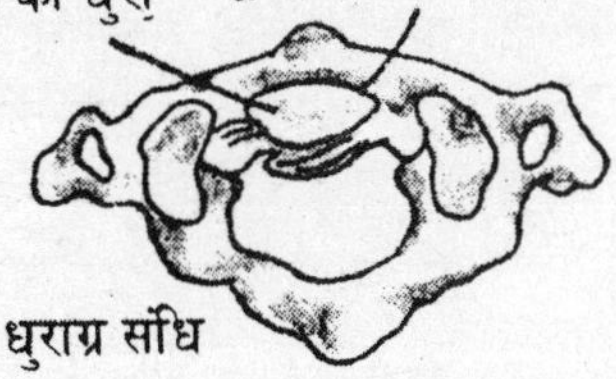

धुराग्र संधि

मांसपेशियाँ

मांसपेशियों की क्रियाओं से ही हमारे शरीर को गति मिलती है। मांसपेशियाँ हमारे भोजन से प्राप्त शक्ति का

उपयोग करती हैं।

मांसपेशी किस प्रकार की होती हैं, यह जानने के लिए तुम्हें कच्चे मांस के केवल एक टुकड़े का निरीक्षण करना पड़ेगा क्योंकि यह टुकड़ा उस जानवर के शरीर की मांसपेशी है जिससे यह टुकड़ा काटा गया है। इसका रंग लाल इसलिए है कि इसमें पर्याप्त मात्रा में रुधिर आता-जाता रहता है।

हमारे शरीर में अलग-अलग प्रकार की लगभग 600 मांसपेशियाँ हैं। सारा मांस पेशियों से ही बनता है। इनमें सके कुछ पेशियाँ धागे के समान एक मजबूत तथा श्वेत पदार्थ की सहायता से विभिन्न प्रकार की अस्थियों से जुड़ी हुई होती है। इस श्वेत पदार्थ को कंडरा कहते हैं। जब ये पेशियाँ सिकुड़ती हैं तब हड्डियाँ पास-पास आ जाती हैं।

पेशियाँ कैसे काम करती हैं? पेशियाँ सिकुड़ने से काम करती हैं। जब कोई पेश सिकुड़ती है तब वह फूलकर छोटी तथा मोटी हो जाती है

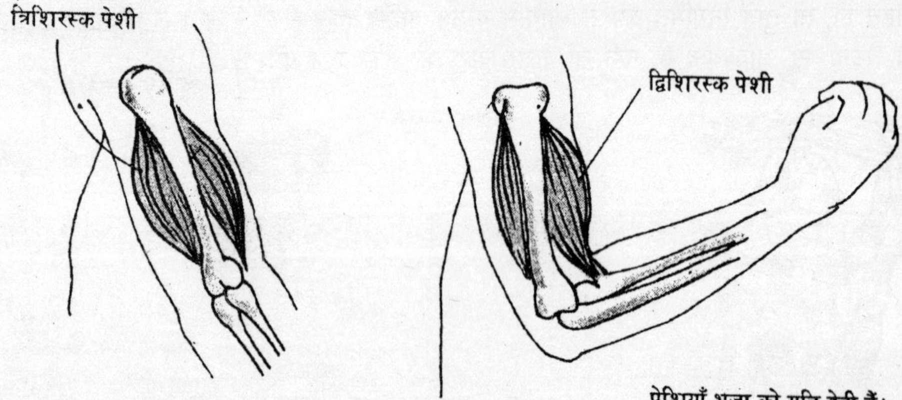

पेशियाँ भुजा को गति देती हैं।

पेशियाँ अस्थियों को हिला-डुलाकर गतिशील बनाती हैं। जिन संधियों की हड्डियों से पेशियाँ जुड़ी होती हैं, वे संधियाँ ऊपर-नीचे, दाएँ-बाएँ सभी दिशाओं में गति कर सकती हैं। इन्हीं गतियों के कारण हम टहलने, कूदने, वस्तुओं को उठाकर ले जाने इत्यादि का कार्य कर सकते हैं। प्रत्येक गतिशील संधि में पेशियों के दो जोड़े होते हैं। एक जोड़ा हड्डियों को ऊपर उठाता है और दूसरा नीचे की ओर मोड़ता है। उदाहरण के लिए बाँह की हड्डी के ऊपर की पेशी जिसे द्विशिरस्क कहते हैं, हाथ को ऊपर उठाती है और बाँह के नीचे की हड्डी के ऊपर की पेशी जिसे त्रिशिरस्क कहते हैं हाथ के नीचे ले जाती है।

पेशिया के प्रकार—पेशियों के उनके आकार तथा कार्य के अनुसार तीन भागों में विभाजित किया जाता है।

1. वे पेशियाँ, जो कंकाल में गति उत्पन्न करती हैं, 'ऐच्छिक' या धारीदार पेशियाँ कही जाती हैं। इनकी कोशिकाओं पर धारियाँ होती हैं तथा हमारी इच्छा के नियंत्रण में कार्य करती हैं।
2. भोजन-नलिका और रक्त वाहिनियों की पेशियाँ हमारे ज्ञान के बिना भोजन को भीतर ले जाने तथा रक्त बहाने का कार्य अपने आप ही करती हैं। इन पेशियों की कोशिकाओं पर धारियाँ नहीं होती हैं। इसलिए इन्हें चिकनी या बिना धारी की पेशियाँ कहते हैं। ये हमारी इच्छाओं के नियंत्रण में नहीं होती हैं। अतः इन्हें 'अनैच्छिक' पेशियाँ कहते हैं।
3. हृदय की मांसपेशियाँ उपर्युक्त दो पेशियों से भिन्न प्रकार की होती हैं। उनकी कोशिकाओं पर धारियों की रेखाएँ होती हैं, किंतु वे हमारी इच्छा के नियंत्रण में नहीं होती। इन पेशियों को हृदय संबंधी मांसपेशियाँ कहा जाता है।

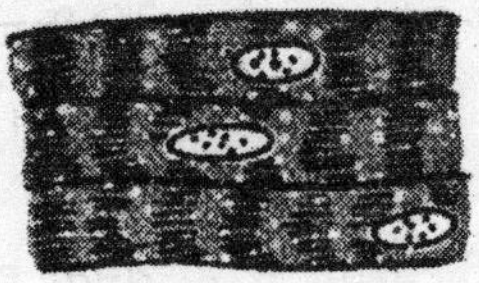

धारीदार पेशियाँ

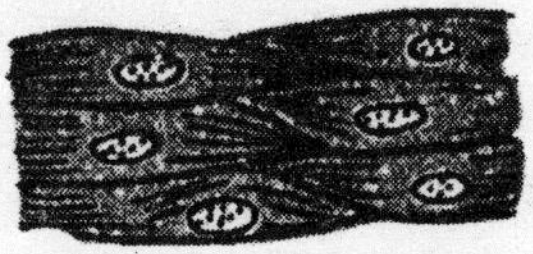

चिकनी पेशियाँ

हृदय संबंधी पेशियाँ

मांसपेशियों का विकास—तुमने धावकों, पहलवानों, मुक्केबाजों तथा अन्य खिलाड़ियों की पूर्ण विकसित पेशियों को अवश्य देखा होगा। पेशियों का विकास व्यायाम से होता है। इसलिए यदि तुम अपने शरीर को स्वस्थ या सुगठित बनाना चाहते हो, तो तुम्हें नियमित रूप से व्यायाम करना चाहिए तथा खेलों में भाग लेना चाहिए। सीधे होकर चलना तथा सीधे बैठना भी आवश्यक है, नहीं तो शरीर नीचे की ओर झुक जाएगा।

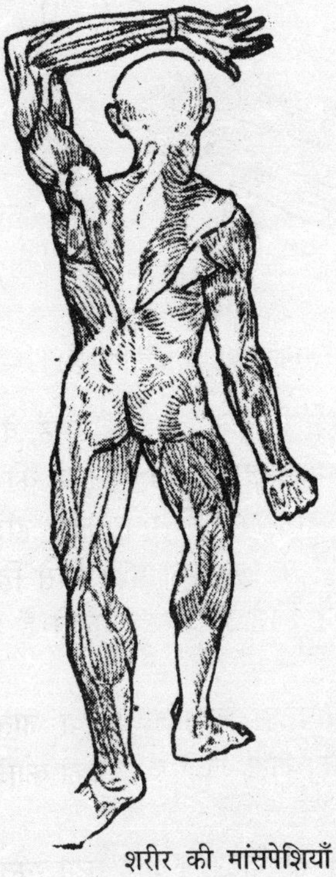

शरीर की मांसपेशियाँ
पीछे की

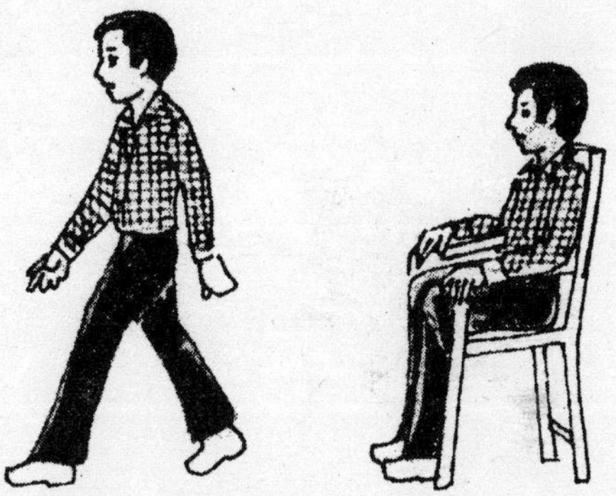

सीधे चलना तथा सही आसन में बैठना शारीरिक विकास के लिए अत्यावश्यक है।

रोग—मानव जाति के प्रारंभ काल से ही अनेक रोगों से पीड़ित होकर मरती रही हैं। उस समय मनुष्य को कीटाणुओं के बारे में कोई ज्ञान नहीं था और उसे यह भी नहीं पता था कि मनुष्यों तथा जानवरों में अनेक रोग इन कीटाणुओं के कारण ही पैदा होते हैं। अब तो चिकित्सकों तथा वैज्ञानिकों के पास शक्तिशाली सूक्ष्मदर्शी हैं। इनसे कीटाणुओं को देखने तथा उनके अध्ययन में सहायता मिलती है।

कीटाणु बहुत छोटे-छोटे जीवधारी होते हैं, जो रोग पैदा करते हैं। वे मुख्य रूपसे चार प्रकार के होते हैं—जीवाणु,

वाइरस (विषैले तत्त्व) प्रजीवा और फफूंदी।

जीवाणु पौधों के समानएक कोशिकावाले जीव होते हैं। वे आकार में गोल, लंबे तथा गुच्छेदार होते हैं।

वाइरस (विषैले तत्त्व) जीवाणुओं से बहुत छोटे होते हैं, जिन्हें केवल इलेकट्रान सूक्ष्मदर्शी से ही देखा जा सकता हैं जीवाणु तथा वाइरस दोनों ही बड़ी शीघ्रता से संख्या में बढ़ते हैं।

प्रजीवा जीवाणु तथा फुनगी से अधिक लंबे होते हैं। ये एक कोशिका वाले प्राणी हैं।

कीटाणओं द्वार उत्पन्न रोग बड़ी सरलता से रोगी स्वस्थ मनुष्य तक पहुँच जाते हैं। ऐसे रोगों को 'संक्रामक' रोग कहते हैं। ये बीमारियाँ निम्नलिखित ढंग से फैलती हैं।

1. **रोग-संक्रमित भोजन तथा जल द्वारा**—रोग-संक्रमित भोजन तथा जल से टाइफायड (मियादी बुखार), हैजा, तपेदिक, पीलिया, पेचिश तथा विषाक्त भोजन-जैसे रोग फैलते हैं। तपेदिक के कीटाणुवाले दूध के द्वारा तपेदिक हो जाती है। हमारे भोजन को दूषित करने में मक्खियों का प्रमुख हाथ है। वे कूड़े के ढेर में कीटाणुओं को उठा लाती हैं तथा हमारे भोजनपर बैठकर उन्हें वहीं छोड़ जाती हैं। जब हम उस कीटाणुओं भोजन को खाते है, तब वे कीटाणु भोजन के साथ भीतर जाते हैं और हम बीमार पड़ जाते हैं।

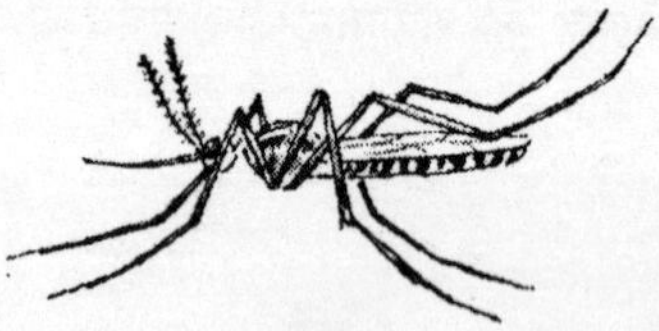

मच्छर

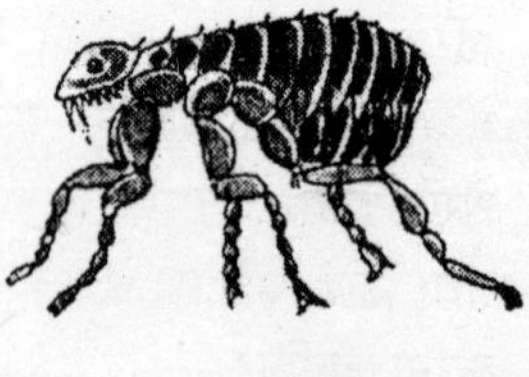

पिस्सू

खटमल

जूँ

2. **वायु द्वारा**—फ्लू (इन्फ्लूएंजा), खाँसी, ठंड, चेचक, छोटी माता, खसरा इत्यादि केसमान बीमारियाँ रागाणुयक्त वायु में साँस लेने के कारण एक व्यक्ति से दूसरे व्यक्ति में पहुँचती हैं।
   तुम्हें इसका अवश्य अनुभव होगा कि जब तुम ठंड तथा खाँसी से पीड़ित किसी लड़के के पास बैठते हो, तो दूसरे दिन तुम्हें भी यह रोग हो जाता है। यह रोग उससे ही तुम्हारे पास आता है।
3. **कीड़ों के काटने से**—मच्छर, पिस्सू, खटमल, जूँ, सैंड फ्लाई तथा अफ्रीकी मक्खी-जैसे कीड़े मनुष्यों को काटते समय रक्त चूसते हैं। इस प्रकार रोगी को काटते समय उनके रोगाणुयक्त रक्त को पी लेते हैं और जब इसके बाद वे दूसरे आदमी को काटते हैं तब उसके खून में वे रोगाणु मिल जाते हैं। मलेरिया, पीलाज्वर, डेंगू ज्वर, निद्रा-रोग के समान रोग एक व्यक्ति से दूसरे तक इसी प्रकार फैलते हैं।
4. **सीधे संपर्क द्वारा**—रोगी के सीधे स्पर्श या संपक्र द्वारा दाद, खुजली, चेचक, खसरा आदि के समान रोग फैलते हैं। सीधे संपर्क का अर्थ केवल रोगीसे स्पर्श का ही नहीं अपितु उसके कपड़े, बर्तन, तौलिए, पुस्तकें, कंघी, रुमाल इत्यादि के संपर्क से भी है।

5. **त्वचा के कटने से**–यदि शरीर की सारी त्वचा स्वस्थ हो तो रोगाणु शरीर में प्रवेश नहीं कर सकते हैं। किंतु यदि त्वचा किसी भी प्रकार से कट जाए याउस पर घाव हो जाए तो रोगाणु उस घाव के द्वारा बड़ी शीघ्रता से शरीर में प्रवेश कर जाते हैं। एंर्थेक्स तथ टेटनॅस-जैसे रोगों के कीटाणु इसी ढंग से शरीर में प्रवेश करते हैं।
6. **वाहकों द्वारा**–कुछ लोग बहुत स्वस्थ तथा बलवान होते हैं फिर भी उनके शरीर में रोगाणु होते हैं। वे स्वयं तो रोग से ग्रसत नहीं होते किंतु वे दूसरों को अपने रोगाणुओं द्वारा रोग दे सकते हैं। ऐसे लोगों को वाहक कहाजाता है। टाइफायड, कंठरोहिणी तथा एमबिक पेचिश-जैसे रोग इस प्रकार भी फैल जाते हैं।
7. **दूषित मिट्टी द्वारा**–हुक कृमि के अंडे तथा लार्वा मिट्टी में पाए जाते हैं। जब कोई आदमी नंगे पाँव ऐसी मिट्टी पर चलता है तब ये लार्वा अँगूठों के बीच की त्वचा से शरीर में प्रवेश कर जाते हैं।

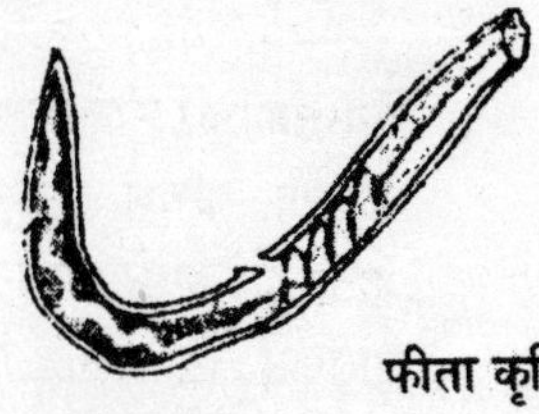

फीता कृमि

संक्रामक रोगों के फैलाव को रोकने की सावधानियाँ

निम्नलिखित उपायों और विधियों द्वारा संक्रामक रोगों के विस्तार को रोका जा सकता है।

1. **एक व्यक्ति से दूसरे व्यक्ति में रोगाणु के फैलाव की रोकथाम**–इन संबंध में कई उपाय किए जा सकते हैं।
   - क. परिवार के अन्य सदस्यों की रोगी के संपर्क में नहीं आना चाहिए। रोगी को एकांत में एक अलग कमरे में रखा जाना चाहिए। केवल उसकी देखभाल करनेवाली व्यक्ति को ही उसके पास जाने देना चाहिए।
   - ख. रोगी, द्वारा इस्तेमाल किए जानेवाले कपड़े, कंघी, तौलिया, बर्तन, जैसी वस्तुओं को अलग रखना चाहिए तथा उन्हें कीटाणु रहित कर देना चाहिए। किसी दूसरे व्यक्ति को रोगी की वस्तुओं को प्रयोग नहीं करना चाहिए।
   - ग. संक्रामक रोगों की सभी घटनाओं से स्वास्थ्य अधिकारी को सूचित करना चाहिए। इस प्रकार से पहले से ही सचेत होकर उसका फैलने से रोकने के लिए आवश्यक कार्यवाही कर सकेंगे।,
   - घ. रोगी के रहनेवाले कमरे में भी कीटाणु होते हैं। इसलिए रोगी के स्वस्थ हो जाने के बाद कमरे की दीवारें, फर्श और छत को ठीक से विसंक्रामक या कीटाणु रहित कर लेन चाहिएं पर्दे और दरियों को धो चाहिए तथा फर्नीचर इत्यादि को धूप में सुखा देना चाहिए।
2. **कीटाणुओं की तीव्र वृद्धि की रोकथाम से**–इसके लिए निम्नलिखित कार्य करने चाहिए।
   - क. कूड़े-करकट तथा गंदगी को अलग-अलग कूड़े दानों में डालना चाहिए तथा उन्हें ढककर रखना चाहिए।
   - ख. शौचालयों तथ मूत्रालयां को सदा स्वच्छ रखना चाहिए तथा फिलाइन, डिटोल-जैसी विसंक्रामक दवाओं से धोना चाहिए।
   - ग. पीने के पानी को उबालकर ठीक से रखना चाहिए।
   - घ. खाने-पीने को उबालकर ठीक से रखना चाहिए।
   - ड. मकान तथा उनके पास-पड़ोस को सदा स्वच्छ तथा सभी नालियों को बंद रखना चाहिए।
3. **टीकों द्वारा**–जब भी प्लेग, हैजा तथा टाइफायड की महामारी फैल जाए तब उन बीमारियों से बचने के लिए टीके लगवा लेने चाहिए। चेचक का टीका एक वर्ष के अंतर में लगवाना चाहिए।

कंठरोहिणी, काली खाँसी, टेटनस, पोलियों तथा पागल कुत्तेके काटने-जैसे दूसरे रोगों से बचने के लिए हमें टीका लगवा लेना चाहिए।

अब ऊपर बताए गए उपायों द्वारा संक्रामक रोगों क विस्तार पर पर्याप्त नियंत्रण पा लिया है। इसलिए इन बीमारियों का टीका समय पर लगवा लेना चाहिए।

शरीर की सफाई

स्वस्थ रहने के लिए अपने शरीर को साफ रखना जरूरी है। हमें अपने गंदे हाथ साबुन और पानीसे अच्छी तरह धोने चाहिए। फिर उन्हें साफ तौलिए से पोंछना चाहिए।

भोजन करने के पहले व बाद में भी हाथों को धोना चाहिए। नाखून साफ रखने चाहिए और उन्हें समय-समय पर काटना भी चाहिए। नाखूनों को कभी दाँत से नहीं काटना चाहिए। चेहरे को भी साबुन व पानी से धोकर, साफ तौलिए से पोंछना चाहिए।

दिन में हमें कई बार अपनी आँखें ठंडे पानी से धोनी चाहिए। नाक से हम साँस लेते हैं और सूँघते हैं। इसलिए नाक साफ रखनी चाहिए। नाक साफ करनेके लिए साफ रूमाल का प्रयोग करें। नाक में उँगली कभी मत डालें। हम कानों से सुनते हैं। कानों को साफ रखना चाहिए। नहाने के बाद कानों को सूखे तोथ्लए से पोंछे। किसी चीज से कान मत कुरेदें। हम अपने मुँह से खाते और बोलते हैं। मुँह को साफ रखने के लिए प्रतिदिन सुबह और रात को मंजन करना चाहिए।

दाँतों को साफ करने का सही तरीका यह है कि सदा अपने ब्रुश का ही प्रयोग करो। ब्रुश को गीला करके उस पर थोड़ा-सा मंजन लगाओ। अब ऊपर से नीचे की ओर तथा नीचे से ऊपर की ओर ब्रुश चलाओ। मुँह खोलकर दाँतों को अंदर से भी साफ करो। पानी से कुल्ला करो। अपने ब्रुश को अच्छी तरह धोकर साफ लगह पर रखो।

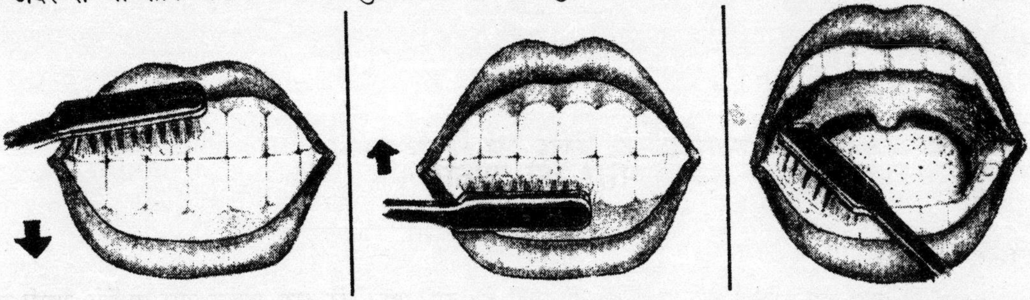

शरीर को साफ करखने के लिए हमें प्रतिदिन स्नान करना चाहिए। पहले शरीर को गीला करो, फिर साबुन मलो। पानी से अच्छी तरह शरीर को धोओ। शरीर को साफ तौलिए से पोंछो। टैल्क्म पाउडर लगाओ। सदा धुले हुए साफ कपड़े पहनो। प्रतिदिन अपने कपड़े बदलो। बालों की देखभाल भी जरूरी हे। थोड़ा-सा तेल लेकर बालों में मलो। बालों में अपने कंघे से ही कंघी करो। इस्तेमाल करने के बाद अपने कंघे को साफ करके रखो। सप्ताह में कम से कम दो बार अपने बाल साबुन या शैम्पू से अवश्य धोओ।

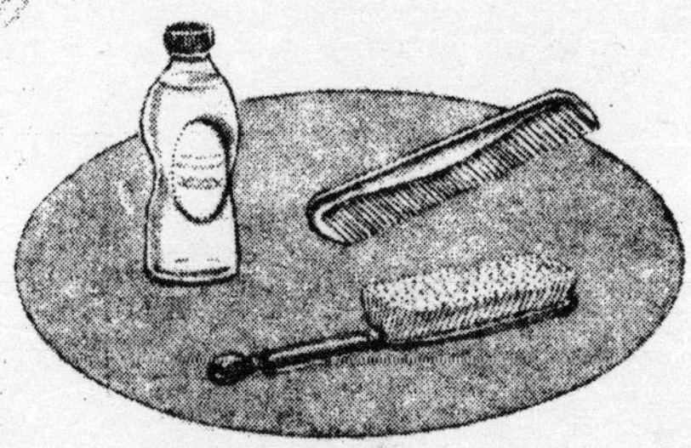

स्वास्थ्य के लिए जरूरी हिदायतें

भोजन संबंधी हिदायतें :

सदा अपनी थाली में ही भोजन करो। थाली में जूठन मत छोड़ो। बासी भोजन मत खाओ। मुँह में बहुत अधिक खाना मत भरो। मुँह बंद करके खाना खाओ। धीरे-धीरे और अच्छी तरह चबाकर खाना खाओ। अपने गिलास से ही पानी पियो।

अन्य हिदायतें :

खाँसते या छींकते समय सदा अपने मुँह के आगे रुमाल रखो। सड़क पर मत थूको।

शौचालय का सही ढंग से प्रयोग करो। इस्तेमाल के बाद पानी चलाना मत भूलो। सड़क के किनारों का शौचालय मत समझो। शौचालय जाने के बाद सभी अंगों को अच्छी प्रकार धोओ और फिर हाथ साबुन से साफ करो।

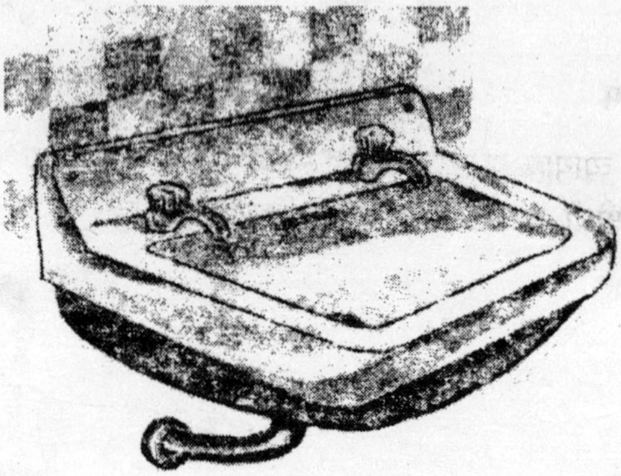

व्यायाम और आराम

आराम

पूरे दिन काम करने और खेलने से शरीर थक जाता है। इसलिए शरीर को आराम व नींद की आवश्यकता होती है। बच्चों के लिए लगभग दस घंटे की नींद जरूरी है। रात को जल्दी सोना व सुबह जल्दी उठना चाहिए। मुँह ढककर मत सोएँ। सोते समय खिड़कियाँ खुली रखें। सोने से पहले चेहरा धोना और ब्रुश करना मत भूलें।

व्यायाम

व्यायाम करने से शरीर स्वस्थ रहताहै। प्रतिदिन खुली जगह में व्यायाम करें। नाक से ही साँस लें, मुँह से नहीं। सदा सीधी कमर रखकर बैठें। लिखते या पढ़ते समय झुककर मत बैठें। सीधे खड़े हों और सीना तानकर चलो।

मानव शरीर

हमारा शरीर हड्डियों और मांसपेशियों से बना है। ये तवचा (खाल) से ढकी हुई होती हैं।

अपने दाएँ हाथ की उँगलियों से बाईं भुजा को दबाओ। भुजा के बीच की सख्त वस्तु हड्डी है। उसके चारों ओर मुलायम मांसपेशियाँ हैं। त्वचा पूरे शरीर को ढके रहती है। हड्डियों और मांसपेशियों से शरीर का ढाँचा बनता है। ये ही शरीर को आकार और आकृति देती हैं।

हमारे शरीर में 206 हड्डियाँ तथा 500 से भी अधिक मांसपेशियाँ होती हैं।

मांसपेशियाँ हड्डियों से जुड़ी रहती हैं। ये शरीर को गति प्रदान करती हैं। हड्डियाँ और मांसपेशियाँ मिलकर काम करती हैं। ये भागने, खेलने और काम करने में शरीर की सहायता करती हैं।

जब हम अपनी मांसपेशियों का प्रयोग करते हैं तो वे मजबूत बनती हैं। इसलिए हमें व्यायाम करना चाहिए। हमें दौड़ना और अन्य खेल भी खेलने चाहिए। इनसे हमारी मांसपेशियाँ मजबूत होती हैं और हम स्वस्थ रहते हैं।

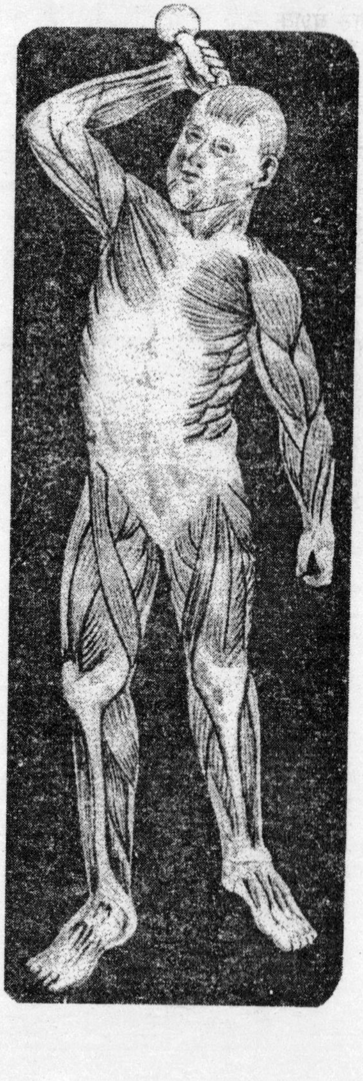

हवा और पानी और मौसम

हवा हमारे चारों ओर है। उसका कोई आकार नहीं होता, इसलिए हम उसे देख नहीं सकते। लेकिन जब हवा चलती है, तो हम उसका अनुभव कर सकते हैं। जब हवा बहुत तेज चलती है तो उसे हम आंधी कहते हैं। हवा का आकार बेशक नहीं होता, लेकिन वह जगह घेरती है और उसमें भार भी वजन होता है।

हवा पृथ्वी पर मानव जीवन के लिए बहुत जरूरी है। उसके बिना न हम जीवित रह सकते हैं, न जानवर और पेड़-पौधे जीवित रह सकते हैं। हम दिन-रात हवा में साँस लेते हैं। जानवरों, अन्य जीवों तथा पेड़-पौधों को भी हवा की जरूरत होती है। यहाँ तक कि बिना हवा के आग भी नहीं जल सकती।

हवा की ही तरह पानी भी मानव जीवन के लिए बहुत जरूरी है। पीने के लिए तो हमें पानी चाहिए ही, इसके अलावा खाना पकाने, नहाने, कपड़े-बर्तन और घर का फर्श धोने के लिए भी पानी चाहिए होता है। मनुष्यों के अलावा जानवर भी पीने और नहाने के लिए पानी का इस्तेमाल करते हैं। पेड़-पौधें भी पानी के बिना जीवित नहीं रह सकते।

मौसम भी मानव जीवन और प्रकृति का अनिवार्य और अविभाज्य अंग है। गर्मी, जाड़ा, बरसात तथा धूप, बादल व आंधी इसी मौसम के कारण हमारे जीवन में आते और जाते हैं।

हवा

घर में आपने स्टोव पर पानी उबलते देख होगा। यदि यह बहुत समय लक उबलता रहे तो बरतन में बिलकुल पानी नहीं बचेगा। ऐसा इसलिए होता है क्योंकि बरतन का सारा पानी भाप बनकर हवा में मिल जाता है। गर्मी पानी को गैस में बदल देती है जिसे जलवाष्प कहते हैं। यह गैस हवा में मिल जाती है, जिसे हम देख नहीं सकते।

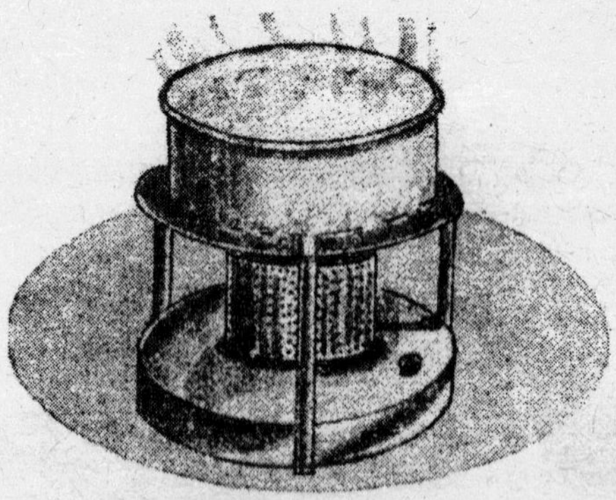

हवा में सदा कुछ जलवाष्प रहती है। गर्मियों में हवा शुष्क होती है और उसमें बहुत कम जलवाष्प रहती है। वर्षा ऋतु में हवा में नमी होती है इसलिए उसमें बहुत अधिक जलवाष्प होती है।

जब हम कपड़ों को धोकर सूखने के लिए धूप में फैलते हैं तो गीले कपड़ों का पानी भी भाप बनकर हवा में मिल जाता है और कपड़े सूख जाते हैं।

ग्रीष्म ऋतु (गर्मियों) में जब सूर्य बहुत तेज चमकता है तब तालाब, नदियाँ और कुएँ सूख जाते हैं। ऐसा इसलिए होता है क्योंकि गर्मी से उनका पानी भी भाप बनकर हवा में मिल जाता है।

इस प्रकार जिस भी वस्तु में, जैसे ताजे फल और सब्जियों आदि में, पानी होता है, वह बहुत समय तक रखे जाने पर सूख जाती हैं।

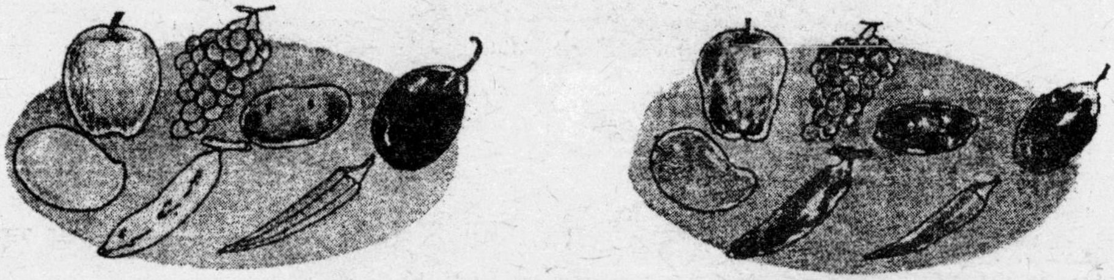

संघनन

हमने जाना कि जब हम पानी गरम करते हैं तो वह पानी भाप में बदल जाता है और वह भाप हवा में मिल जाती हें अब हम ये दखें कि जब हम हवा को ठंडा करते हैं तो उसमें मिली भाप किस तरह फिर से पानी में बदल जाती है। इस प्रक्रिया को संघनन कहते हैं।

हवा में धल और धुआँ

हमारे चारों ओर हवा है। हमारे शरीर और घर से निकली हर वस्तु को हवा उड़ा ले जाती है। जब हम घर या सड़क पर सफाई करते हैं तो धूल उड़कर हवा में मिल जाती है। जब आँधी चलती है तब भी हवा में धूल मिल जाती है।

जब हम आग जलाते हैं या कोई वस्तु जलाते हैं तब आग से उड़कर धुआँ हवा में मिल जाता है। कारखानां, बसों, कारों आदि से निकला धुआँ भी हवा में मिलकर उसे दूषित करता है।

जिस हवा में धूल व धुआँ मिला रहता है, वह दूषित हवा साँस लेने के लिए हानिकारक होती है। यह हमारे फेफड़ों को नुकसान पहुँचाती है। धूल के कणों के साथ बीमारी के कीटाणु भी साँस के साथ हमारे शरीर में प्रवेश कर जाते हैं।

जब कोई रोगी खाँसता या छींकता है तो ये कीटाणु हवा में फैल जाते हैं और धूल के कणों के साथ दूसरों के शरीर में प्रवेश कर जाते हैं।

शुद्ध हवा

स्वस्थ रहने के लिए शुद्ध हवा में साँस लेना आवश्यक है। घर की खिड़कियों व दरवाजों से शुद्ध हवा अंद आती है। अतः इन्हें खुला रखना चाहिए।

हमें मुँह ढककर नहीं सोना चाहिए। मुँह ढकने से साँस लेने में कठिनाई होती है। अतः आसानी से साँस लेने के लिए मुँह खुला रखना चाहिए।

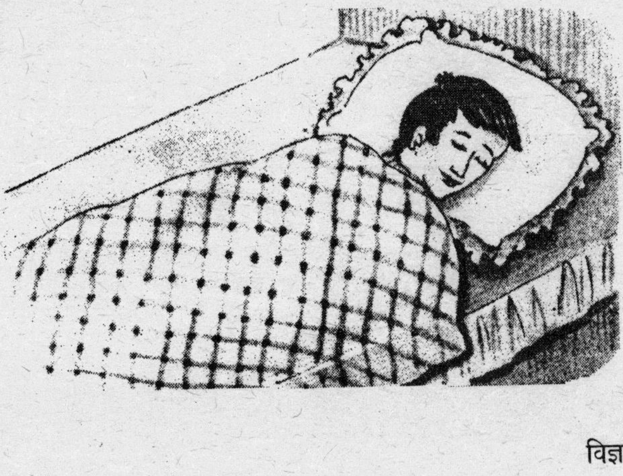

अधिक शुद्ध हवा लेने के लिए हमें खुली जगहों या मैदानों में खेलना चाहिए। घर के आसपास हरे पेड़ और पौधे होना लाभदायक होता है। पेड़-पौधे हवा को ताजा और शुद्ध रखते हैं।

पानी

हमें पानी हर जगह मिलता है। समुद्रों, नदियों और झीलों में पानी होता है। नीचे धरती में और ऊपर हवा में भी पानी होता है। हमारे खाने-पीने की वस्तुओं में पानी होता है। जानवरों, पौधों और मनुष्य के शरीर में भी पानी होता है।

प्रतिदिन दिखाई देनेवाला पानी तरल रूप में होता है। इसे सुराही या जग से उड़ेला जा सकता है। यह अन्य तरल पदार्थों की तरह बहता है। इसका कोई निश्चित आकार नहीं होता है। जिस बर्तन में यह रखा जाता है उसी का ही आकार ले लेता है।

हम पानी को देख सकते हैं, महसूस कर सकते हैं, उसका स्वाद ले सकते हैं और उसे पी सकते हैं।

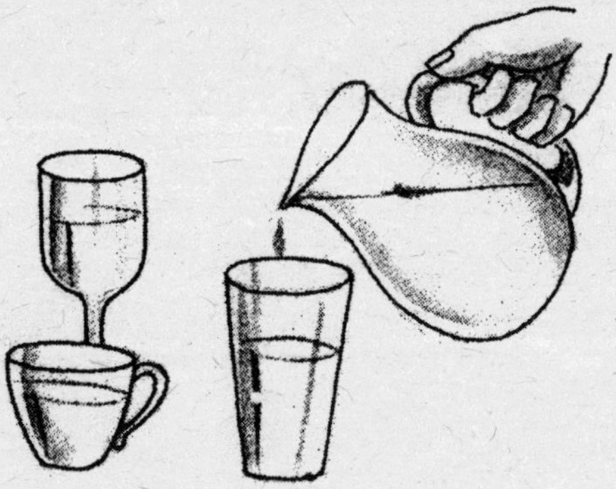

जब हम गीले कपड़ों को सूखने के लिए बाहर फैलाते हैं तो इनका पानी हवा में उड़ जाता है। झीलों, नदियों और समुद्रों की सतह का पानी भी उड़कर देख या महसूस नहीं कर सकते क्योंकि यह गैस के यप में होता है। इस गैस को जल-वाष्प कहते हैं।

बहुत ठंडे देशों और पहाड़ों में ऊँचाई पर जमीन बर्फ से ढकी रहती है। समुद्रों, नदियों और झीलों का पानी जमकर बर्फ बन जाता है। हम बर्फ को देख सकते हैं, महसूस कर सकते हैं और इसका चूरा कर सकते हैं। बर्फ का निश्चित आकार होता है और यह बहती नहीं। बर्फ पानी का ठोस रूप है।

बर्फ पानी से हल्की होती है और पानीपर तैरती रहती है।

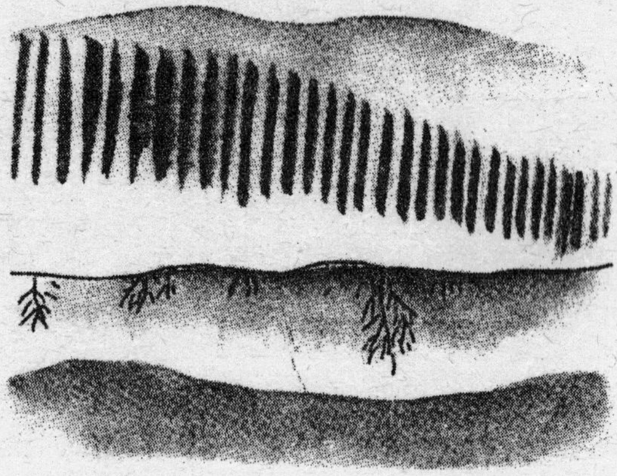

इस प्रकार हम कह सकते हैं कि पानी तीन रूपों में पाया जाता है–तरल रूप में उड़ेला जासकता है, गैस के रूप में हम इसे न देख सकते हैं और न ही महसूस कर सकते हैं और ठोस रूप में इसे तोड़ सकते हैं इसका चूरा कर सकते हैं। जल, जल-वाष्प और बर्फ पानी के तीन रूप या अवस्थाएँ होती हैं।

पानी को ठंडा करके बर्फ तथा गरम करके जल-वाष्प में बदला जा सकता है। हम पानी से फ्रिज की ट्र को 'फ्रीजर' में रखकर बर्फ जमा सकते हैं।

अगर बर्फ को 'फ्रीजर' से निकालकर खुले में छोड़ दें तो वह धीरे-धीरे पिघलकर पानी बन जाएगी।

खुले स्थान में रखा हुआ पानी भाप में बदलना शुरू हो जाता है तथा धीरे-धीरे गायब हो जाता है।इस परिवर्तन को 'वाष्पन' कहते हैं।

'वाष्पन' हर समय होता रहता है। झीलों, नदियों, तालाबों और समुद्रों की सतह से पानी भाप बनकर उड़ता रहता है। गरम करने से हम 'वाष्पन' की क्रिया को तेज कर सकते हैं। केतली को गरम करने पर उसका पानी भी भाप में बदल जाता है।

ठंडा करने पर भाप फिर से तरल पानी में बदल जाती है। इस क्रिया को 'संघनन' कहते हैं।

पानी के तीनों रूप एक से दूसरे में बदले जा सकते हैं।

वर्षामापी (रेन गेज)

कितनी वर्षा हुई, यह मापने के लिए 'वर्षामापी' का प्रयोग किया जाता है।

वर्षामापी एक ऊँचा (लंबा), गोल, धातु का डिब्बा होता है। इस डिब्बे के भीतर एक बड़ी संग्राही (जमा करनेवाली) कुप्पी होती है जिसमें से वर्षा का पानी एक संकरी संग्राही नली में पहुँचता है। इस संग्राही नली में निशान लगे होते हैं।

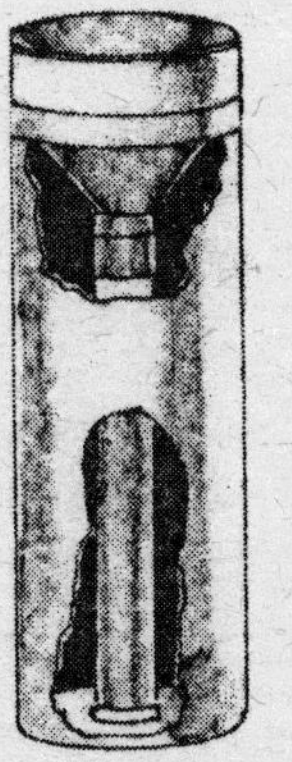

जिनसे यह पता चलता हे कि कितने सेंटीमीटर वर्षा हुई है। ऊँचा गोल डिब्बा संग्राही नली के पानी को भाप बनने से रोकता है।

वर्षा मापी को सदा खुले आकाश के नीचे रखना चाहिए। इसे कभी भी पेड़ों के नीचे या मकानों के पास नहीं रखना चाहिए। वर्षा हर रोज मापी जाती है माप का हिसाब नीचे दी गई तालिका के रूप में रखा जाता है।

दिनांक	1	2	3	4	5	6	7	8	9	10	11	12	13	14	15
सें.मीटर	1.5	2	Nil	1.2	1.8	2.4	2.6	8	1.2	Nil	.9	1.2	2.2	2.7	6

मौसम

मौसम दिन-प्रतिदिन और मास-प्रतिमास बदलता रहता है। कभी दिन साफ और धूपवाले होते हैं और कभी बादल या आंधीवाले। कभी दिन गरम होते हैं और कभी ठंडे।

मौसम सूर्य, वायु, बादल और वर्षा पर निर्भर करता है।

सूर्य से हमें प्रकाश और गर्मी मिलती है। धूपवाले दिन बादलोंवाले दिनों से अधिक गर्म होते हैं। दिनसदा रातों से अधिक गरम होते हैं।

गरमी के मौसम में जब बहुत ज्यादा गरमी पड़ती है तब धूप में खेलने या घूमने को मन नहीं करता। तुम पेड़ों की शीतल छाया अच्छी लगती है, लेकिन सर्दियों में लेना मन को भाता है। धूप में खेलना उसकी गरमाहट का आनंद सुबह और शाम को ज्यादा गर्मी नहीं पड़ती क्योंकि सूर्य की किरणें उस समय तिरछी पड़ती हैं। किंतु दोपहर के समय गरमी बहुत होती है क्योंकि सूर्य उस समय सीधा सिर के ऊपर चमकता है।

यही कारण है कि सर्दियों में दोपहर को तुम स्वेटर और कोट उतार देते हो पर सुबह और शाम को जब ठंड बढ़ जाती है तो उन्हें पहन लेते हो।

बादल

बादल वर्षा लाते हैं। बादलवाले दिन धूपवाले दिनों की तुलना में ठंडे होते हैं क्योंकि बादलों के कारण सूर्य की किरणें हम तक नहीं पहुँच पातीं।

परंतु तुमने अनुभव किया होगा कि बादलों से घिरी रातें साफ आकाशवाली रातों की तुलना में गरम होती हैं। ऐसा इसलिए होता है क्योंकि धरती की गरमी निकल नहीं पाती।

हवा

हवा भी मौसम को प्रभावित करती है। गर्मियों में तेज गरम हवाएँ जिन्हें हम 'लू' कहते हैं मौसम को बहुत अप्रिय और असुविधाजनक बना देती हैं। सर्दियों में तेज ठंडी हवाएँ दिनों को बहुत ठंडा कर देती हैं।

तेज हवाएँ तूफान का कारण बनती हैं ये पेड़ों और बिजली के खंबों को भी उखाड़ देती हैं।

तेज हवाओं वाले दिन सुहावने नहीं होते। मंद-मंद चलनेवाली हवा ही आनंददायक होती हे।

वर्षा

गर्मी के झुलसते दिनों के बाद सभी वर्षा का स्वागत करते हैं। सूखी धरती पर पड़ी वर्षा की पहली बौछार की सोंधी महक सबको अच्छी लगती है। वर्षा के मौसम में तुम आकाश में अनेक छोटे-बड़े बादल देखते हो। सड़कों में फिसलन और कीचड़ हो जाती है तथा गड्ढों में पानी भर जाता है। किसान वर्षा का स्वागत करते हैं क्योंकि यह उनकी फसलों के लिए लाभदायक होती है।

मौसम अनेक प्रकार से हमारे जीवन को प्रभवित करता है।

हम मौसम के अनुसार ही कपड़े पहनते हैं। सर्दियों में हम भारी ऊनी कपड़े पहनते हैं और धूप में रहना पसंद करते हैं।

गर्मियों मं हम हल्के सूती कपड़े पहनते हैं और पंखे के नीचे बैठना पसंद करते हैं।

वर्षा से हम गरमी तथा चिपचिपाहट अनुभव करते हैं और हमें बहुत पसीना आता है।

तूफानी और कोहरेवाले मौसम में यात्रा करना ठीक नहीं होता। ऐसे मौसम में हवाई जहाज भी उड़ान नहीं भरते और साइकिल या कार चलाना बहुत कठिन होता है।

जब मौसम खराब होता है तो हम घर में रहना और काम करना पसंद करते हैं। हमें बाहर खेलना अच्छा नहीं लगता।

पर जब मौसम सुहावना होता है तो हमें बाहर खेलना, सैर करना और पिकनिक पर जाना अच्छा लगता है।

ऐसे मौसम में हमें अपने मित्रों और रिश्तेदारों के यहाँ जाना भी अच्छा लगता है।

चट्टानें, मिट्टी एवं खनिज

सृष्टि के आरंभ में धरती की ऊपरी सतह चट्टानों की मोटी-मोटी परतों की बनी हुई थी। ये चट्टानें लगातार सूर्य की गर्मी से गरम और वर्षा से ठंडी होती रहीं। हवा, पानी, गर्मी और सर्दी के प्रभाव के कारण इन चट्टानों में दरार पर गईं और ये छोटे टुकड़ां में टूट गईं। चट्टानों के इस प्रकार टूटने का क्रम सदैव सलता रहा। इस पकार हजारों वर्षों के बाद कंकड़, बजतरी और रेत बनी। मृत पौधों तथा जानवरों के अवशेष के इनके साथ मिल जाने से आजकल पाई जानेवली मिट्टी बनी। धरती की सबसे ऊपर की सतह मिट्टी की है।

मिट्टी की परतें

मिट्टी विभिन्न रंगों की परतों की बनी है। यदि हम जमीन में एक गड्ढा खोदकर उसकी दीवारों को देखें तो ये परतें साफ नजर आएँगीं पहली परत कुछ इंच मोटी हो सकती है। इस परत की मिट्टी गहरे रंग की होती है और खाद-मिट्टी सहित दूमट (पौधों व जानवरों के अवशेष) की बनी होती है। अधिकांश पौधों की जड़ें इसी परत में उगती हैं और इससे ही भोजन प्राप्त करती हैं। इसपरत को 'ऊपरी मिट्टी' कहते हैं।

'ऊपरी मिट्टी' के नीचे अवमृदा होती है। यह हल्की सलेटी या लाल रंग की होती है। अवमृदा में रेत की मात्रा अधिक होती है। इसमें कंकर-पत्थर भी मिल सकते हैं। कुछ ही पौधों की जड़ें इतनी लंबी होती हैं कि वे अवमृदा तक पहुँच सकें। यदि हम अवमृदा की निचली सतह तक खेदें तो पत्थरों और चट्टानों की परतें दिखाई देंगी। हन चट्टानों का ऊपरी हिस्सा मुलायम तथा छेदवाला होता है तथा निचला हिस्सा कठोर और छिद्र रहित होता है।

मिट्टी में जीवन

ऊपर से देखने पर मिट्टी शांत और निर्जीव प्रतीत होती है, लेकिन यदि उसे ध्यानसे देखें तो उसमें अनेक प्रकार के जीवित पौधे और जानवर दिखाई देंगे।

मिट्टी में अनेक सूक्ष्म, अति सूक्ष्म, जीवाणु रहते हैं। महीन धागे के जैसे हरे या अन्य रंग के पौधे भी होते हैं। मिट्टी में रहने वाले जानवरों में कीड़े-मकोड़े,. (चींटियाँ, सफेद चींटियाँ, टिड्डे, झिंगुर) कनखजूरे, बिच्छू, केंचुएँ, काष्ठ-कृमि, गोल-कृमि, बालू-कृमि तथा चपटे-कृमि आदि होते हैं। चूहे, छछूंदर और खरगोश जैसे-बड़े जानवर भी अपना घर मिट्टी के भीतर बनाते हैं। वे रहने के लिए मिट्टी में बिल या गड्ढे खोदते हैं।

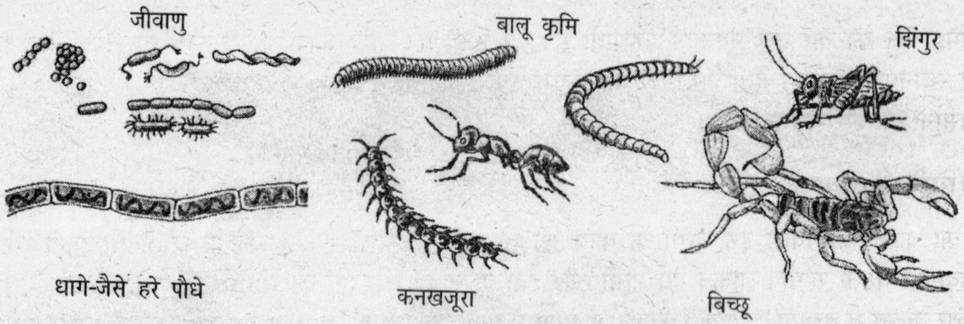

मिट्टी का कटाव (भू-क्षरण)

मिट्टी स्थिर नहीं रहती। सूर्य, हवा, वर्षा, नदियों;समुद्र के प्रवाह और अन्य प्राकृतिक तत्त्वों के प्रभाव के कारण यह निरंतर बदलती रहती है। हवा और पानी के प्रभाव के कारण मिट्टी एक स्थान से दूसरे स्थान तक ले जाई जाती है। मिट्टी की ऊपरी सतह मुलायम और हल्की होने के कारण आसानी से उड़ या बह जाती है। इससे मिट्टी को नुकसान

पहुँचता है। ऊपरी सतह व अवमृदा का नाजुक संतुलन बिगड़ जाता है, जिसके परिणामस्वरूप वनस्पति एवं प्राणी-जगत को कष्ट उठाने पड़ते हैं। मिट्टी के इस प्रकार उड़ जाने या बह जाने की विधि को भू-क्षरण (भूमि का कटाव) कहते हैं।

1. पानी के कारण कटाव (भू-क्षरण)

नदियों या वर्षा के पानी के बहाव से एक स्थान की मिट्टी बहकर दूसरे स्थानपर पहुँच जाती है। नदियों का बहाव पहाड़ियों में विशेष रूप से तेज होता है और बहुत सारी मिट्टी इन पहाडियों से बहकर मैदान में आ जाती है। नदियाँ अपने साथ महीन रेत, कीचड़ के अंश तथा खनिज पदार्थों को बहा लाती हैं और धीरे-धीरे मैदानी क्षेत्रों में जमा कर देती हैं। इस प्रकार मैदानी क्षेत्रों में जमा की गई इस मिट्टी को गाद (सिल्ट) कहते हैं। यह बहुत उपजाऊ होती है।

2. हवा के कारण कटाव (भू-क्षरण)

हवा मिट्टी को काटकर उसे नुकसान पहुँचाती है। यह मिट्टी को उड़ाकर और कभी-कभी तो बहुत तेज गति से उड़ाकर दूसरे स्थानपर जमा कर देती हैं। मिट्टी की ऊपरी उपजाऊ सतह से सबसे अधिक नुकसान पहुँचाता है, क्योंकि हवा इसे आसानी से उड़ ले जाती है।

भू-संरक्षण (मिट्टी के बचाव)

मिट्टी का कटाव करनेवाले इन तत्त्वों के कार्य को तो नहीं रोका जा सकता क्योंकि धरती पर पानी बहता है रहेगा और हवा भी बहती रहेगी। लेकिन हम पानी और हवा के बहाव की गति को धीमा अवश्य कर सकते है, जिससे मिट्टी को निरंतर कटाव से बचाया जा सके। कटाव या क्षरण से मिट्टी की रक्षा को भू-संरक्षण कहते हैं। मिट्टी की निम्नलिखित तरीकों से सुरक्षा की जा सकती है।

1. वृक्ष और घास द्वारा

घास तथा पेड़ों की जड़ें मिट्टी को आपस में कसकर बाँधे रखती हैं और उसे आसानी से बहने या उड़ने नहीं देतीं। पौधे व घास मिट्टी के संरक्षण में सहायक होते हैं।

2. बाँध तथा तटबंध द्वारा

बाढ़ों के द्वारा होने वाले विनाश के बारे में तुमने सुना होगा। बाढ़ नदियों के किनारे की मिट्टी को बहा ले जाती है। इसलिए जिन स्थानों पर नदियों का पानी तट से टकराता है वहाँ पक्के तटबंध बनाए जाते हैं, ताकि तेज बहते हुए पानी को दिशा देकर फसलों और मिट्टी को नुकसान से बचाया जा सके।

3. सीढ़ियाँ तथा नालियाँ

यदि पानी ढलानसे बहुत तेजी से आता है तो अपने साथ बहुत सारी मिट्टी बहा ले जाने के कारण नुकसान पहुँचाता है। पानी का बहाव धीमा कर नुकसान को कम किया जा सकता है।

पहाड़ी ढलानों पर सीढ़ियाँ या नालियाँ बनाकरऐसा किया जा सकता है। ये सीढ़ियाँ पानी के तेज बहाव को धीमा कर देती हैं। तुमने पहाड़ी क्षेत्रों में सीढ़ीनुमा खेत देखें होंगे। खेती की यह विधि सोपानी खेती कहलाती है और भू-क्षरण को रोकती है।

इन तरीकों को अपनाकर मनुष्य मिट्टी के कटाव से होने वाले नुकसान को रोकता है। भू-संरक्षण बहुत ही महत्त्वपूर्ण है क्योंकि यदि मिट्टी घटिया होगी और अपनी उर्वरा शक्ति खो बैठेगी तो फसलें भी घटिया किस्म की होंगी।

चट्टान क्या है?

चट्टानें पदार्थों का बहुत बड़ा ढेर होती हैं जो पृथ्वी के बहुत बड़े भाग को घेरे हुए हैं। ये ठोस, भौतिक तथा रसायनिक इकाइयाँ हैं जिनसे पृथ्वी की सतह के बहुत बड़े भाग का निर्माण हुआ है।

छोटी चट्टानें, मीलों तक फैली बड़ी चट्टानों के ही टुकड़े हैं। ऐसे टुकड़े 'नमूने' कहलाते हैं और इनके अध्ययन द्वारा हम पता लगा सकते हैं कि ये चट्टानें किस प्रकार बनीं तथा बनावट और आकार में किस प्रकार भिन्न हैं।

अंतरिक्ष यात्री चंद्रमा की चट्टानों के नमूने अपने साथ पृथ्वी पर लाए थे। ये पृथ्वी के वैज्ञानिकों के अध्ययन के लिए थे कि वे यह पता लगा सकें कि चंद्रमा की चट्टानें किन-किन पदार्थों से बनी हैं? और वे पृथ्वी की चट्टानों के समान हैं या नहीं।

चट्टानों के प्रकार

सभी चट्टानें बनावट, कठोरता के अंश, गुण, रंग और रासायनिक योग में भिन्न होती हैं। चट्टानों का अध्ययन करनेवाले वैज्ञानिकों को भूगर्भ-वेत्ता कहते हैं।

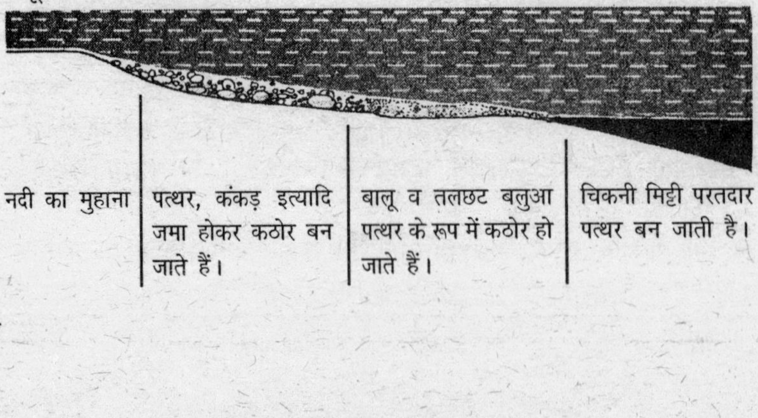

बनावट के आधार पर चट्टानें तीन प्रकार की होती हैं। 1. अवसादी 2. आग्नेय 3. कायांतरित।

1. अवसादी चट्टानें तलछट के जमा होने से बनती हैं।

पानी, वायु और बर्फ अपने साथ चट्टानों के टूकड़े, मिट्टी, कंकड़, पथरी-बालू इत्यादी को दूसरे स्थानों पर ले जाकर जमा कर देते हैं। ये जमाव परतों के रूप में होते हैं। जैसे-जैसे एक परत के ऊपर और पदार्थ जमा होते जाते हैं वैसे ही समय बीतने के साथ ऊपरी परत के दाब से निचली परतें चट्टान के रूप में कठोर हो जाती हैं इन्हें अवसादी चट्टानें कहते हैं।

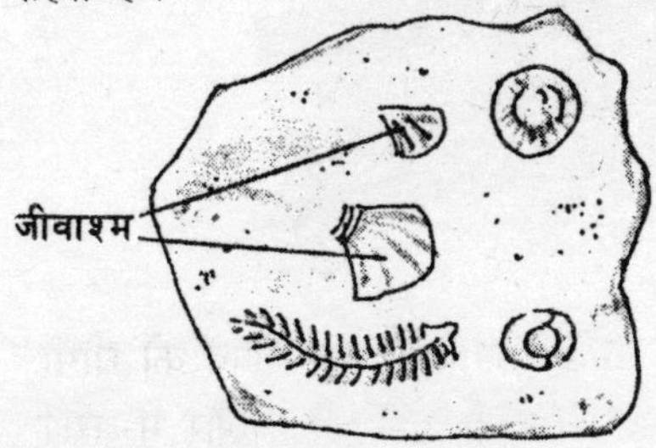

अवसादी चट्टान

अवसादी चट्टानें अधिकतर उन पदार्थों से बनती हैं जो झरनों से नदियों में और अंत में बहकर समुद्र से मिलते हैं। छोटे प्राणी और पौधे तो पानी के साथर बहकर आते हैं वे भी इन चट्टानों में दब जाते हैं और समय बीतने पर ये 'जीवाश्म' कहलाते हैं।

कुछ अवसादी चट्टानें पानी में कुछ परार्थों के विलयन के जमाव से बनती हैं। इन्हें रासयानिक अवसादी चट्टानें कहते हैं। जैसेचूने का पत्थर और डोलोमाइट।

अवसादी चट्टानों के उदाहरण

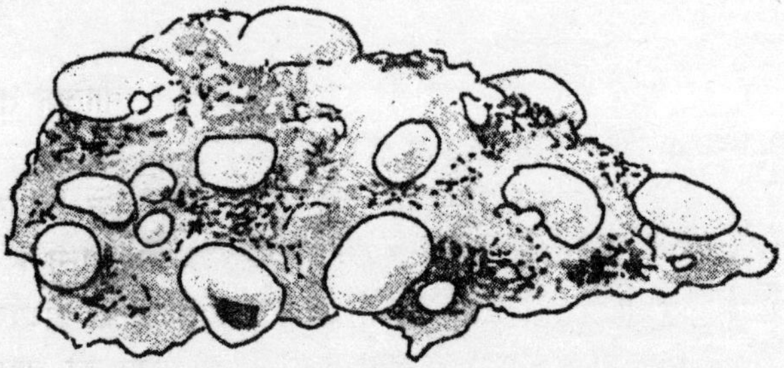
कठोर चट्टान

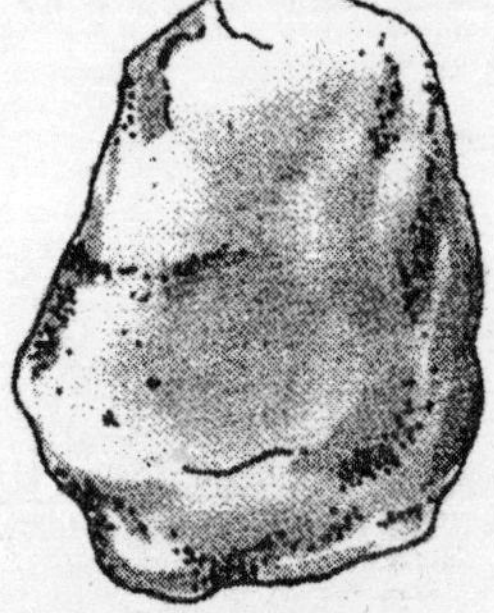
बलुआ चट्टान

क. कठोर चट्टान—यह मोटे दानोंवाली चट्टान होती है और पथरी, कंकड़, पत्थर तथा चिकने पत्थरों के जमाव से कठोर होकर बनती है। इस चट्टान में पत्थर, कंकड़ आदि आपस में मजबूती से चिपककर इतना कठोर रूप धारण कर लेते हैं कि इन पर मौसम का कोई भी प्रभाव नहीं पड़ता।

ख. बलुआ पत्थर—स्फटिक के टुकड़ों और बालू के आपस में मजबूती से चिपकने के कारण बलुआ पत्थर बनते हैं। कुछ बलुआ पत्थर छिद्रिल होते हैं।

ग. परतदार चट्टान (शैल)—ये चिकनी मिट्टी से बनी होती हैं जो मुख्यतः दबाव के कारण चट्टान का रूप धारण कर लेती हैं। इसमें समानांतर परतें होती हैं जिन्हें सरलता से चपटे टुकड़ों के रूप में अलग किया जा सकता है।

घ. चूने का पत्थर—यह छोटे-छोटे कणोंवाली मुलायम चट्टान होती है जो मुख्यतः खनिज केल्साइट से बनी होती है। इसमें जंतुआं की कोशिकाओं के टुकड़े भी पाए जाते हैं।

ङ. डोलोमाइट—यह चूने के पत्थर के समान होता है। इसमें मैगनेशियम भी होता है।

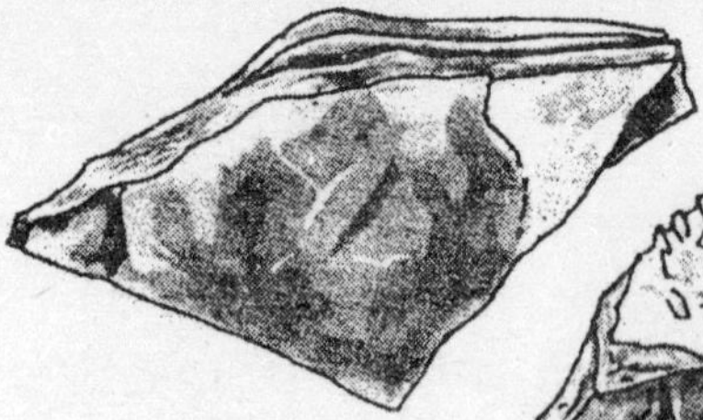

चूने का पत्थर

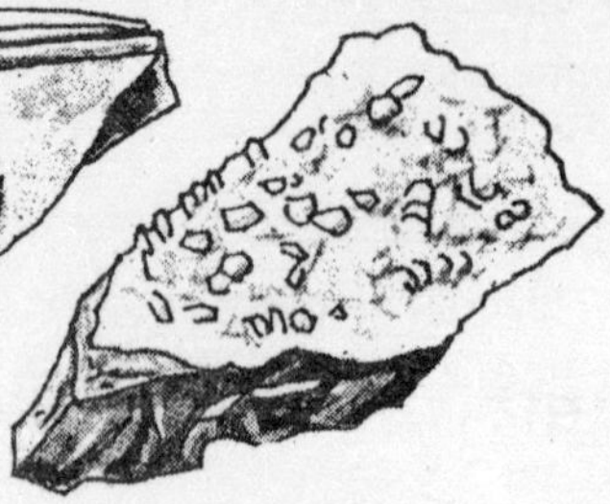

डोलोमाइट

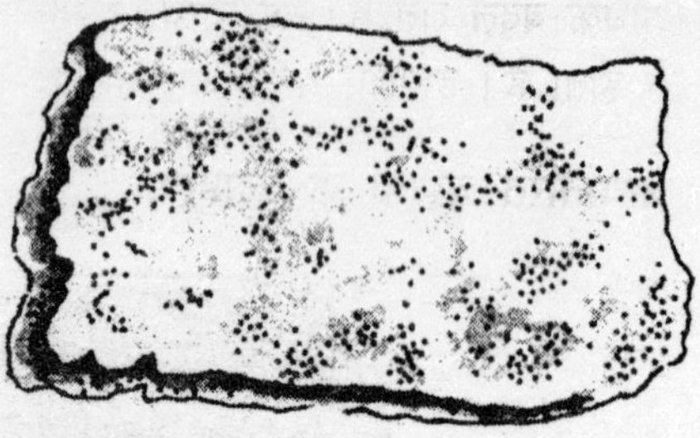

परतदार चट्टान (शैल)

2. आग्नेय चट्टान

आग्नेय चट्टान

पिघली हुई चट्टानों के पदार्थसे आग्नेय चट्टानें बनती हैं। पिघले हुए पदार्थ के ठंडा होकर कठोर बने से इनका निर्माण होता है। गरम तल खनिज पदार्थ 'मैग्मा' पृथ्वी के गर्भ से आता है। यह पृथ्वी की सतह पर पड़ी दरारों से होकर बाहर निकलता है और ठंडा होकर चट्टान बन जाता है। इन चट्टानों की बनावट मुलायम या मोटी खुरदरी होती है।

आग्नेय चट्टानों में अभ्रक, फेल्सपार तथा स्फटिक-जैसे खनिज होते हैं। उनमें सिलिका, लोहा तथा मैगनेशियम भी होते हैं।

आग्नेय चट्टानों के उदाहरण

क. ग्रेनाइट—यह हल्के रंग की अम्लीय चट्टान होती है जो मुख्यतः स्फटिक और फेल्सपार के योग से बनती है। इसके दाने मोटे होते हैं और यह खुरदरी होती है।

ख. झाँवा—यह लावा के बहुत जल्दी ठंडा होने से बनती है और बीच में फँसे गैस (झाग) के कारण इनकी बनावट स्पंज के समान होती है। कुछ झाँवा पत्थर इतने हल्के होते हैं कि वे पानी पर तैर भी सकते हैं।

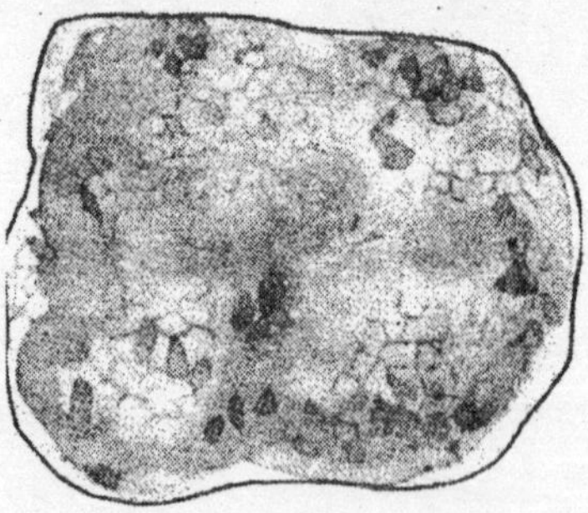

ग्रेनाइट

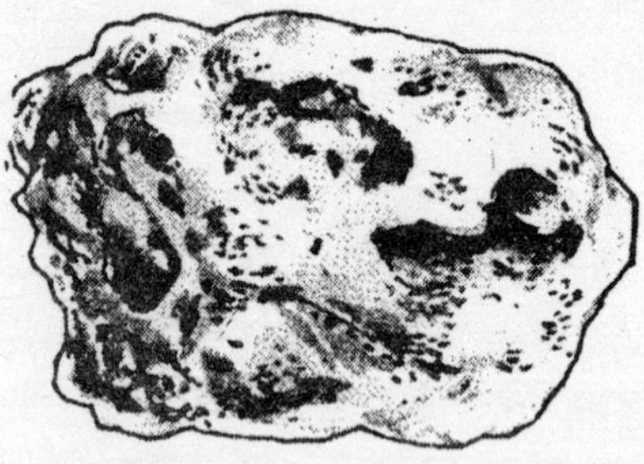

झाँवा

3. कायांतरित चट्टानें

ये चट्टानें अवसादी या आग्नेय चट्टानों से गरमी और दबाव के कारण बनती हैं। गरमी और दबाव के कारण चट्टान बनाने-वाले खनिजों में भौतिक और रासायनिक परिवर्तन होते हैं। इनके कारण हुए परिवर्तन चट्टानों का रूप बहुत

अधिक बदल लेते हैं। यह परिवर्तन मुख्यतः वर्तमान चट्टानों के पुनः जमाव से होता है। इसलिए बहुत कम नए खनिजों का निर्माण होता है।

कायांतरित चट्टानों के उदाहरण

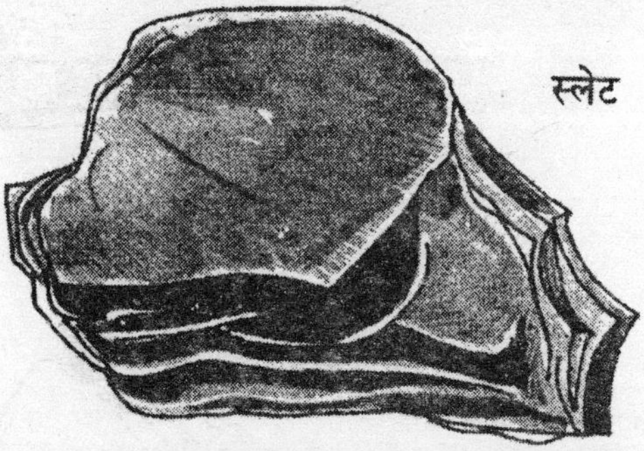

क. **स्लेट**—यह परतदार पत्थर (शैल) पर गरमी और दबाव के कारण बनती है। यह बहुत बारीक कणवाली होती है तथा आसानी से पतली परतों से अलग हो जाती है। यह छत बनाने, पटरी बनाने तथा श्यामपट बनाने के काम आती है।

ख. **संगमरमर**—यह चूने के पत्थर के पुनः जमाव से बनता है। गरमी तथा दबाव द्वारा चूने के पत्थर के दाने बड़े दानों के रूप में पुनः जमा हो जाते हैं। संगमरमर प्रायः सफेद होता है परंतु जब इसमें खनिज अशुद्धियाँ मिल जाती हैं तो इसका रंग बदल जाता है और इसमें रंगीन धारियाँ, पट्टियाँ, धब्बे व अन्य आकृतियाँ दिखाई देती हैं।

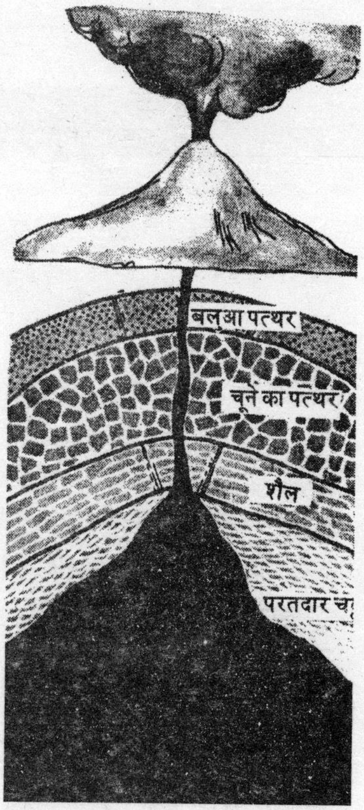

आग्नेय चट्टान

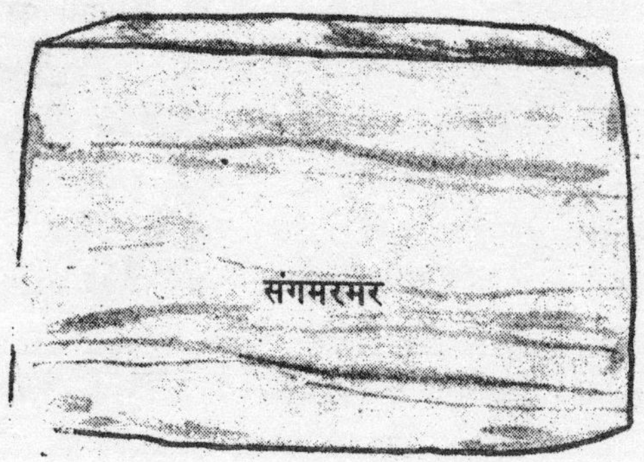

ग. अभ्रक—यह प्रायः ग्रेनाइट के कायांतरण (रूप परिवर्तन) से बनता है। यह खुरदरी चट्टान होती है तथा इसमें खनिज की समानांतर पट्टियाँ या धारियाँ होती हैं।

घ. कोयला—दलदल में फँसे पौधों के एकत्रित अवशेष ही कोयले के रूप में कायांतरित होते हैं। गरमी और दबाव इससे नमी, गैस तथा अन्य पदार्थ बाहर निकाल देते हैं तथा विभिन्न मात्रा में कार्बन छोड़ देते हैं। घटिया किस्म के

कोयले में कार्बन की मात्रा कम होती है जबकि बढ़िया किस्म के कोयले में कार्बन की मात्रा अधिक होती है।

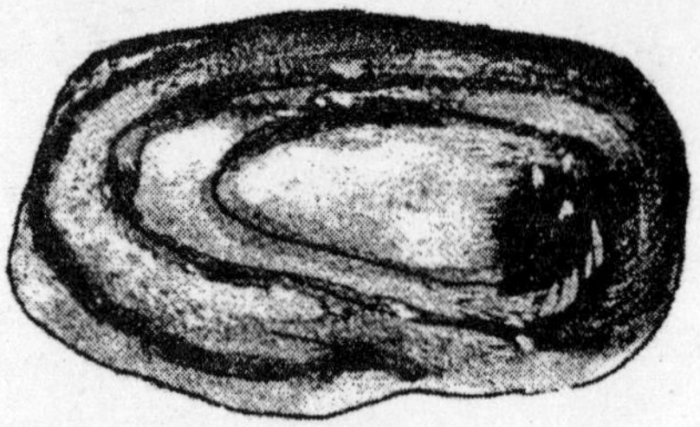

अभ्रक

कोयला

चट्टानों में खनिज होते हैं

खनिज वे रासायनिक पदार्थ हैं जिनसे चट्टानें बनती हैं। चट्टानें एक खनिज से बनी हो सकती हैं या उनमें विभिन्न खनिजों का मिश्रण किसी भी अनुपात में हो सकता है।

स्फटिक में चट्टान के दानें

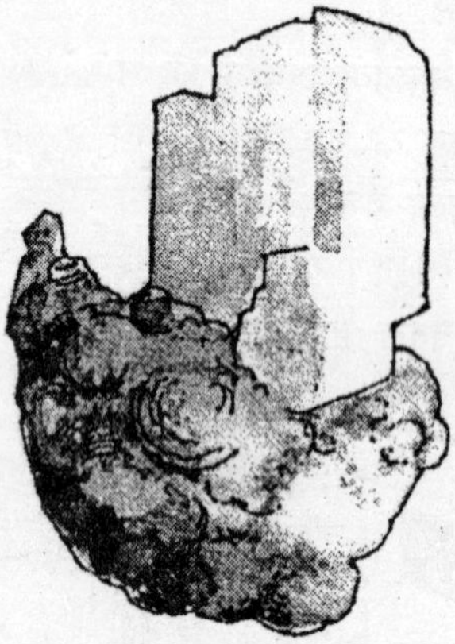

माइक्रोलाइन फेल्सपार

खनिज प्रकृति में भूमि की सतह में पाए जाते हैं तथा ये अकार्बनिक तत्त्व होते हैं जिनका निश्चित रासायनिक योग होता है। ये ठोस होते हैं तथा दोनों के रूप में होते हैं।

स्फटिक, फल्सपार तथा अभ्रक दट्टान बनानेवाले प्रमुख खनिज हैं। ये सभी ग्रेनाइट में पाए जाते हैं। ग्रेनाइट ही वह मूल चट्टान है जिससे सभी महाद्वीप बने हैं और जो धरती की सतह पर पाया जानेवाला सबसे महत्त्वपूर्ण पदार्थ है।

चट्टान बनानेवाले मुख्य खनिजों के अतिरिक्त थोड़ी-थोड़ी मात्रा में दूसरे खनिज भी चट्टानों में पाए जाते हैं। कुछ विशेष प्रकार की चट्टानों में कुछ खनिज एक साथ पाए जाते हैं।

लोहा, ताँबा, चाँदी, सोना और अल्यूमीनियम-जैसी धातुएँ अपने मूल अयस्क के रूप में पृथ्वी के गर्भ में पाई जाती है।

चट्टानों व खनिजों के लाभ (उपयोग)

1. संगमरमर,बलुआ पत्थर तथा स्लेट जैसी चट्टानें मकान बनाने के काम आती हैं। कुछ अन्य प्रकार के पत्थरों का भी भवन निर्माण में उपयोग किया जाता है। पत्थर भी चट्टानों के टुकड़े ही होते हैं। मूर्ति आदि के रूप में इनका कलात्मक प्रयोग भी किया जाता है।
2. सल्फेट, फास्फेट, नाइट्रेट और पोटेशियम लवण-जैसे खनिज, पौधों की वृद्धि के लिए पोषक तत्त्व या खाद के रूप में लाभदायक होते हैं। वे विभिन्न फसलों के लिए रासायनिक खाद के रूप में मिट्टी में मिलाए जाते हैं, इसलिए ये किसानों के लिए बहुत उपयोगी हैं। कम खनिजवाली मिट्टी में उगाई गई फसल घटिया किस्म की होती है।
3. प्लेटिनम, चाँदी, ताँबा, लोहा, निकल, जस्ता और अलयूमीनियम-जैसी धातुएँ अपने धात्विक अयस्क के रूप में चट्टानों में पाई जाती है। ये दैनिक जीवन में काम आनेवाली अनेक वस्तुओंजैसे बर्तन, सिक्के, तार, मशीन आदि के बनाने में काम आती हैं।
4. हीरा, मणि, पन्ना, पुखराज–जैसे रत्न व मूलयवान पत्थर भी चट्टानों में पाए जाते हैं। आभूषणों में इनका प्रयोग होता है।

कोयला और पेट्रोलियम मूल्यवान भूमिगत साधन हैं।

खनिज तथा धात्विक अयस्क के साथ-साथ पृथ्वी की परतों में कोयले और पेट्रोलियम के विशाल भंडार हैं। ये दोनों धरती की सतह के नीचे पााए जाते हैं और हमारे लिए अनेक प्रकार से उपयोगी होते हैं।

कोयला–कोयला वनस्पतिक पदार्थों से बनता है। पृथ्वी की सतह पर फैले हुए घने जंगल तथा दलदल लाखों वर्ष पूर्व पृथ्वी के नीचे दब गए। कालांतर में ये ही ऊँचे तापमान (गरमी) तथा दबाव के कारण ईंधन, लिग्नाइट और कोयले के रूपों में बदल गए। ये मृत वनस्पति तलछट चट्टानों की परतों के बीच में पट्टियों के रूप में सुरक्षित दबे

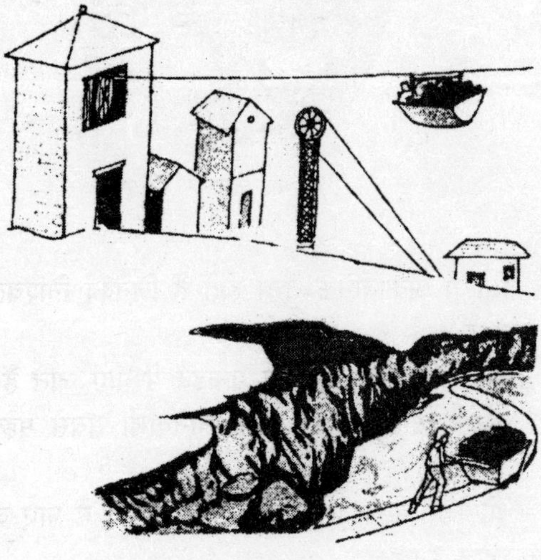

कोयले की खान

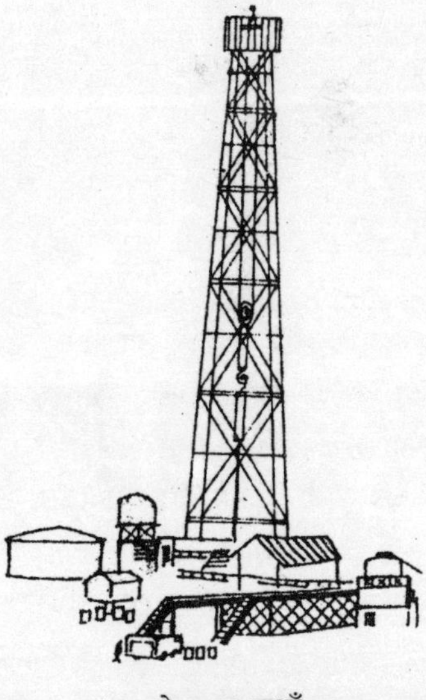

तेल का कुआँ

पड़े रहे। ये पट्टियाँ ही कोयले की खानें हैं। इन खानों से ही हमें कोयला मिलता है जिससे हम भोजन पकाते हैं, लोहा बनाने के लिए भट्टियाँ जलाते हैं, भाप बनाने के लिए रेल-इंजन में जलाते हैं और अन्य अनेक कार्यों के लिए इसका उपयोग करते हैं।

पेट्रोलियम—पेट्रोलियम शब्द लैटिन भाषा के दो शब्द 'पेट्रा' तथा 'ओलियम' से मिलकर बना है। 'पेट्रा' का अर्थ चट्टान तथा 'ओलियम' का अर्थ तेल होता है। अतः हम यह कह सकते हैं कि यह खनिज तेल है जो चट्टानों मकें पाया जाता है। तेलवाली चट्टानों में विशेष प्रकार के कुएँ खोदने पर हमें खनिज तेल मिलता है। जिस प्रकार कोयला वनस्पतियों परा गरमी और दबाव की क्रिया से बना है उसी प्रकार पेट्रोलियम भूमि तथा समुद्री प्राणियों के मृत शरीरों के रूपांतर (कायांतर) से बना है। करोड़ों वर्ष पूर्व ये मिट्टी के नीचे दब गए तथा उनके शरीर के तत्त्व प्राकृतिक गैस, पेट्रोलियम तथा ठोस-जैसे खनिज पदार्थ के रूप में परिवर्तित हो गए। पेट्रोलियम को साफ करके मोटरकार, स्कूटर, वायुमान आदि के ईंधन के रूप में उसका प्रयोग किया जाता है। कपड़ों की ड्राईक्लीनिंग में भी पेट्रोल का प्रयोग होता है।

ऊर्जा तथा मशीनें

शक्ति

यदि तुम्हारे मार्ग के मध्य पड़ा पत्थर अचानक चलने लगे तो क्या तुम विस्मित न होगे?

जब लोग ऐसे कारनामे देखते हैं तो उसका कारण जानना चाहते है। गति (चाल) के कारण का वैज्ञानिक नाम शक्ति या बल है। शक्ति किसी पिंड को चला सकती है और उसकी गति को रोक सकती है। एक शक्ति अपने आप में अस्तित्वहीन है। यह केवल एक पिंड द्वारा दूसरे पर डाली जा सकती है।

कार्य

विज्ञान में 'कार्य' शब्द का अर्थ उसके दिन-प्रतिदिन में प्रयोग होनेवाले अर्थ से भिन्न है। विज्ञान की भाषा में जब धक्का या खिंचाव किसी वजनदार वस्तु को कुछ दूरी तक ठेलता है तब हम कहते हैं 'काम हो गया।' धक्के या खिंचाव को शक्ति कहते हैं और वजन को प्रतिरोध कहते हैं। जब कुछ दूरी से शक्ति या बल का प्रयोग किया जाता है तो वैज्ञानिक कहते हैं, 'काम हो गया।'

कभी-कभी हम देखते हैं कि कोई काम खाली हमारे हाथों से नहीं हो सकता। इसलिए उस काम को करने का सरल तरीका खोजना आवश्यक हो जाता है। ऐसी परिस्थितियों में हम मशीनों की सहायता लेते हैं।

मशीन

जब हम मशीन शब्द का प्रयोग करते हैं तो प्रायः कारखानों में प्रयोग में लाई जानेवाली विशाल जटिल मशीनों के बारे में सोचते हैं। वास्तव में ये विशाल मशीनें अनेक सरल मशीनों को मिलाकर बनाई जाती हैं। विज्ञान में मशीन की परिभाषा एक ऐसे औजार या यंत्र के रूप में दी गई है। जिस पर बल का प्रयोग लगाने से वह (अ) कार्य को आसान कर देता है या (ब) वह बल की दिशा को बदल सकता है या (स) वह कार्य की गति को बढ़ा देता है। बहुत पहले युग से ही अपने कार्य को सरल बनाने के लिए मनुष्य ने औजारों का प्रयोग करना सीख लिया था। ये औजार वास्तव में अत्यंत सरल मशीनें हैं जिनका आज भी प्रयोग होता है। ये सरल मशीनं पांच प्रकार की होती हैं जिनका वर्णन आगे आएगा। सभी आधुनिक मशीनें इन सरल मशीनों को मिलाकर बनाई जाती हैं।

ऊर्जा

लोग काम करते हैं, जानवर काम करते हैं और मशीन भी काम करती हैं। ये सभी कार्य करने के लिए बल का प्रयोग करते है। लेकिन इन्हें काम करने के लिए ऊर्जा की भी आवश्यकता होती है। काम करने की क्षमता ऊर्जा कहलाती है।

आरंभ में मनुष्य काम करने के लिए अपनी मांसपेशियों की ऊर्जा पर निर्भर करता था। फिर उसने काम में सहायता के लिए घोड़ों, बैलों और ऊँटों काप्रयोग करना सीखा। बाद में उसने पानी और हवा-जैसी ऊर्जा के प्राकृतिक स्रोतों के प्रयोग की खोज की।

पहाड़ियों से बहते पानी में पनचक्की के भारी पहिए के घुमाने और अन्य भारी काम करने की ऊर्जा होती है। बहती हवा में ऊर्जा होती है जिससे पवन चक्की चलाने या पाल वाली नावों को खेने का काम किया जाता है।

हममें भी ऊर्जा होती है क्योंकि हम भारी चीजें उठा सकते हैं और उन्हें एक स्थान से दूसरे स्थान तक ले जा सकते हैं।

बहते पानी, हवा या जलती आग से ऊर्जा प्राप्त की जा सकती है। मनुष्य तथा जानवरों को खाए गए भोजन से ऊर्जा प्राप्त होती है। ऊर्जा के कुछ अन्य प्रकार हैं—ताप ऊर्जा, विद्युत ऊर्जा, गति र्जा, ध्वनि ऊर्जा, प्रकाश ऊर्जा रासायनिक ऊर्जा और परमाणु ऊर्जा।

भाप के इंजन को चलाने के लिए लकड़ी या कोयले को जलाकर भाप बनाई जाती है। कारें, रेलगाड़ियों, पानी के जहाजों और वायुयानों को चलाने के लिए विशेष इंजनों में पेट्रोल या डील का प्रयो गकिया जाता है। परमाणुओं के विखंडित होने से परमाणु ऊर्जा मिलती है। जिसका कारखानों में प्रयोग किया जाता है। पंखे और बिजली की मोटरें विद्युत ऊर्जा की सहायता से चलते हैं। ऊर्जा का एक विशेष गुण यह है कि यह एक रूप से दूसरे रूप में बदली जा सकती है। ऊर्जा के सभी रूप कार्य करने में सक्षम होते हैं।

ताप, ऊर्जा का एक विशेष रूप है

ताप मनुष्य के लिए अनेक प्रकार से उपयोगी है। ताप अनेक स्रोतों से प्राप्त किया जा सकता है। ताप का सबसे प्रमुख स्रोत सूर्य है। कोयले, लकड़ी, गैस या मिट्टी के तेल को जलाकर भी हम ताप प्राप्त कर सकते हैं। बिजली से भी ताप प्राप्त किया जाता है। भोजन पकाने के लिए ताप का प्रयोग किया जाता है। विभिन्न वस्तुओं को सुखाने तथा धातुओं कच्ची धातुओं से अलग करने के लिए भी ताप उपयोगी है। ताप से गति पैदा होती है और यह रेल के इंजन, पेट्रोल इंजन, हवाई जहाज तथा रॉकेट चलाने में सहायक होता है। ताप के सभी स्रोत हैं। ताप को गति में बदला जा सकता है और गति की ऊर्जा को ताप में।

आयतन की माप

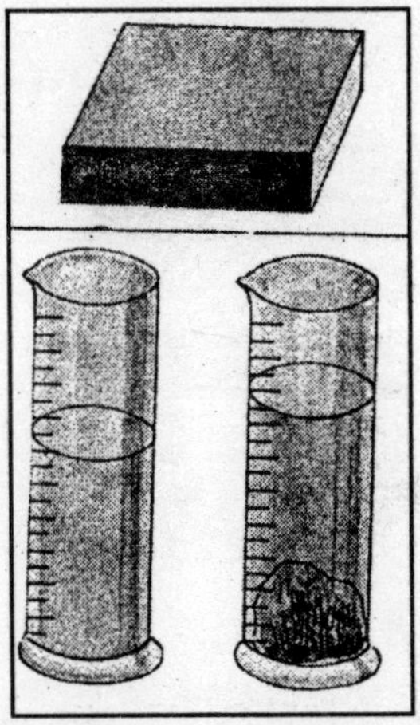

लोगों कोप्रायः आयतन मापने की आवश्यकता पड़ती है। किसी वस्तु द्वारा घेरा गया पूरा स्थान उसका आयतन कहलाता है। जिन वस्तुओं का निश्चित आकार होता है, जैसे—आयताकार पिंड, सिलिंडर या गोल सम-आकार वाले पिंड का आयतन उनके आयामों को मापकर निकाला जा सकता है। उदाहरण के लिए चित्र में दिखाए गए आयताकार पिंड का आयतन उसकी लंबाई, चौड़ाई और ऊँचाई का गुणनफल होगा। आयतन की माप सी.सी (क्यूबिक सेंटीमीटर) में की जाती है। जिन पिंडों का आकार अनियमित होता है पर जो पानी में घुलनशील नहीं होते उनका आयतन पानी के विस्थापन द्वारा मापा जाता है।

प्रयोग-1

एक मापनेवाले मर्तबान में पानी लो (जैसा रेखाचित्र में दर्शाया गया है।) पानी का स्तर व सी.सी में उसका आयतन नोट करो। मान लो वह 50 सी.सी है। अब एक अनियमित आकार का ठोस पदार्थ इसमें डाल दो। वह मर्तबान में कुछ जगह घेरेगा और अपने आयतन के बराबर का पानपी विस्थापित (अपनी जगह से हटाना) कर देगा। तब देखोंगे कि पानी का स्तर भी ऊँचा हो गया है। मान लो वह 80 सी.सी हो जाता है। इससे प्रमाणित होता है कि ठोस पदार्थ का आयतन 80-50 सी.सी है। द्रवों का आयतन साधारणतः लीटर में मापा जाता है। ध्यान रखने की बात है कि एक लीटर में 1000 सी.सी अर्थात् क्यूबिक सेंटीमीटर या मिलीलीटर होते हैं। अतः किसी भी द्रव की धारिता या आयतन लीटर में बतलाया जाता है।

एक ही आयतन के विभिन्न पदार्थों का वजन भिन्न-भिन्न हो सकता है।

प्रयोग-2

विभिन्न पदार्थों की बनी वस्तुओं का वजन भी भिन्न-भिन्न होता है चाहे उनका आयतन समान क्यों न हो। लकड़ी, लोहे और ताँबे के तीन बराबर आकारवाले टुकड़ें लें। उनका आयतन समान होगा। अब इन टुकड़ों को एक-एक कर स्प्रिंग की तराजू (कमानीदार तुला) से लटकाकर सुई के द्वारा बताया गया उनका वजन नोट कर लें। तुम पाओगे कि एक ही आयतन के होते हुए भी उनका वजन अलग-अलग है।

एक ही वजनवाली वस्तुओं का आयतन भिन्न-भिन्न होता है

प्रयोग-3

दूसरी ओर समानवजनवाली वस्तुओं का आयतन भिन्न-भिन हो सकता है। एक डंडीवाली तराजू लो। उसके एक पलड़े में रुई रखो और दूसरे पलड़े में बराबर के वजन के बाट रखकर उनका संतुलन बनाओ। जब डंडी समतल हो तो रुई द्वारा घेरी गई और बाओं द्वारा घेरी गई जगहों की तुना करो। इससे उनके आयतन की तुलना की जाती है।

इस उदाहरण से हम यह कह सकते हैं कि बाट का पदार्थ (मानो पीतल)रुई से अधिक घना है। इससे पदार्थों के घनत्व के बारे में जानकारी मिलती है। इसलिए 1 सी.सी. पीतल का द्रव्यमान 1 सी.सी. रुई के द्रव्यमान से अधिक होगा। एक वैज्ञानिक कहेगा कि पीतल का घनत्व कपास के घनत्व से अधिक है। अतः घनत्व का प्रारूप अनेक पदार्थों

के वर्णन में सहायक होता है। इसी प्रकार मापक सिलेंडर में भिन्न द्रव्यों को समान मात्रा में लेकर तुम पता लगा सकते हो कि उनका वजन भिन्न-भिन्न होता है। विभिन्न पदार्थों के घनत्व की तुलना में हम एक मानव पदार्थ के घनतव के आधार पर कर सकते हैं। पानी को एक मानक पदार्थ माना गया है क्योंकि यह सरलता से मिल जाता है।

द्रवों का दबाव

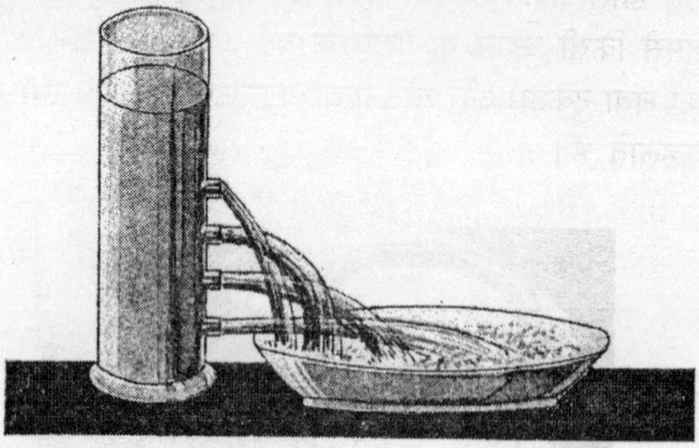

द्रव सदा किसी बर्तन में रखा जाता है। वह बर्तन की पेंदी और दीवारों पर दबाव डालता है। पाइप के छेद से जो पानी की पिचकारी निकलती है वह द्रव के दबाव के कारण ही निकलती है।

द्रव दबाव डालते हैं।

किसी भी द्रव के एक बिंदु विशेष पर उसकादबाव उसकी गहराई पर निर्भर करता है।

प्रयोग-4

विभिन्न ऊँचाई पर बने बारीक छेदों वाला एक टिन का डिब्बा लो। अपनी उँगलियों से छेदों को बंद कर लो और मित्र से उस डिब्बे में पानी भरने को कहो। तब अपनी उँगलियाँ हटा लो। तुमने क्या देख? किस छेद से पानी सबसे अधिक दबाव से निकलता है तथा डिब्बे से सबसे दूर गिरता है। हम देखते हैं कि द्रव की गहराई के साथ-साथ उसका दबाव भी बढ़ता जाता है।

दबाव सभी दिशाओं में समान रूप से पड़ता है।

यह सर्वप्रथम प्रसिद्ध फ्रांसीसी भौतिक-विज्ञानी ब्लैस पैस्कल द्वारा प्रमाणित किया गया था अतः उन्हीं के नाम पर यह पैस्कल सिद्धांत के नाम से जाना जाता है।

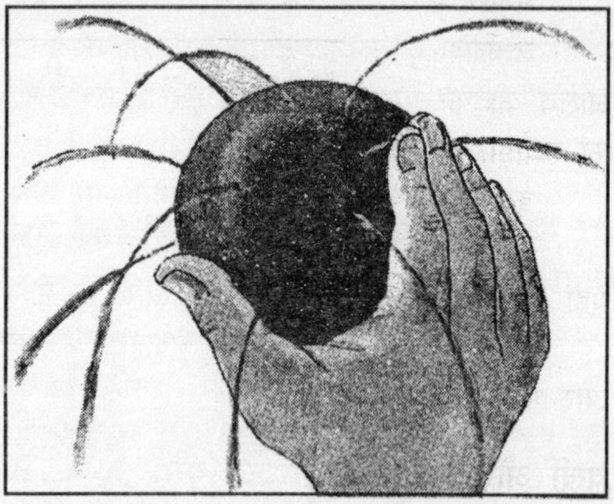

प्रयोग-5

एक रबर का गुब्बारा लो। उसे पानी से भर लो। उसके चारों ओर सुई से बारीक छेद बनाओ। अपने हाथ में लेकर उसे दबाओ। तुम देखोगे कि पानी सभी छेदों से निकलकर गुब्बारे से बराबर की दूरी पर गिरता है। इससे प्रमाणित होता है कि दबाव सभी दिशाओं में समान रूप से हस्तांतरित होता है।

सरल मशीनें पांच प्रकार की होती हैं

अपने कार्य को सरल बनाने के लिए मनुष्य आदिकाल में भी औजारों का प्रयोग करता हैं वास्तव में ये औजार सरल मशीनें ही थीं, जिनका आज भी उपयोग हो रहा है। इन सरल मशीनों को पांच वर्गों में बाँटा जा सकता है। 1. उत्तोलक (लीवर) 2. बेलन-चर्खी 3. घिरनी 4. नत-समतल 5.पेंच व पेंचकस।

उत्तोलक (लीवर)

जब तुम्हें किसी टिन के ढक्कन को खोलने में कठिनाई होती है, तब धातु के चम्मच से ढक्कन को ऊपर उठाकर उसे खोल सकते हैं। चम्मच से ढक्कन को खोलने में आसानी होती है इससिलए चम्मच भी एक सरल मशीन है। यदि तुमसे किसी चट्टान या पत्थर के बड़े टुकड़े को हटाने के लिए कहा जाए तो इस काम के लिए तुम किसी लट्ठे (लकड़ी का लंबा टुकड़ा) और छोटे पत्थर को ढूँढ़ते हो। लट्ठा उसी रूप में सहायता करता हे जैसे कि चम्मच। ये दोनों ही उत्तोलक कहलाते हैं।

तुम उत्तोलक पर जिस बल का प्रयोग करते हो उसे आयास (ऐफर्ट) कहते हैं और जिस बोझ को सरकाने की कोशिश करते हो, उसे 'भार' कहते हैं। लीवर या उत्तोलक पर सहारे का वह बिंदु जो हिलता नहीं 'आलंब' कहलाता है।

मनुष्य हजारों वर्षों से उत्तोलक का प्रयोग कर रहा है।

उत्तोलक की तीन श्रेणियाँ (वर्ग) होती हैं। उत्तोलक किस प्रकार का होता है, इसका निर्णय आयास, भार और आलंब की पारस्परिक स्थिति या अवस्था से होता है। प्रथम श्रेणी (वर्ग) के उत्तोलक के उदाहरण हैं—कील निकालने का हथौड़ा, सब्बल-बारी और कैंची।

इन औजारों में आलंब की स्थिति भार और आयास के मध्य हाती है।

दूसरे श्रेणी के उत्तोलक के उदाहरण हैं—बोतल रखने की चाभी, खोलनेवाला औजार और पहिए वाली हाथगाड़ी। यहाँ भार की स्थिति आलंब और आयास के मध्य होती है।

तीसरी श्रेणी के उत्तोलक के उदाहरण हैं—हमारी हाथ और मछली पकड़ने की बंसी। आयास की स्थिति आलंब और भार के मध्य होती है।

चर्खी और बेलन (पहिया और धुरा)

तुमने अपने आस-पास अनेक वस्तुएँ देखी होंगी, जिनमें पहियों का प्रयोग होता है। क्या तुम कल्पना कर सकते हो कि यदि पहिए का आविष्कार न हुआ होता तो क्या होता? तब हमारे चारों ओर कार, बसें, गाड़ियाँ व अन्य आश्चर्यजनक मशीनें नहीं होती।

पहिया अपने आप में मशीन नहीं होता। किंतु धुरे (बेलन) के सहयोग से मशीन हो जाता है। धुरा भी वास्तव में छोटा पहिया ही हे। जो पहले पहिए के साथ कसकर जुड़ा हुआ होता है ताकि वे एक साथ घूम सकें।

नीचे लिखी विधि के अनुसार तुम स्वयं साधारण बेलन और चर्खी (पहिया व धुरा) बना सकते हो।

धागे की एक खाली लकड़ी की रील लो। उसके छेद में एक लंबी पेंसिल कसकर लगा दो। पेंसिल के दोनों छोर पर तार के फंदे बाँध दो। इन फंदों से रील तथा पेंसिल को लटका दो। पेंसिल को क्षैतिक रखो। यह एक साधारण पहिया (चरखी) और धुरा (बेलन) है। रील पहिया है और पेंसिल धुरा।

डोरी के एक टुकड़े को पहिए में बाँधों और दूसरे को धुरे में। पहिए तथा धुरे पर डोरी के कुछ चक्कर लपेट दो। लपेटते समय यह ध्यान रखो कि धुरे की रस्सी पहिए की रस्सी से उल्टी दिशा में लिपटी हो। अब धुरे की डोरी में कोई भार (वजनदार टुकड़ा) तथा पहिए की रस्सी में उससे हल्का भार बाँध दो। देखो कौन-सा भार नीचे जाता है।

पहिए और धुरे की प्रणाली (तरीके) का उपयोग बोझा उठाने में होता है। आयास से कितना भार उठाया जा सकता है, यह इस बात पर निर्भर करता है कि पहिया धुरे से कितना गुना बड़ा है। यदि पहिए का व्यास 6 सेंमी. तथा धुरे का व्यास 2 सेंमी. है, तो पहिया धुरे से तीन गुना बड़ा है। इसलिए आयास तीन गुना भारी बोझ उठा सकता है।

जिन स्थानों पर कुएँ होते हैं, वहाँ कुएँ से पानी निकालने के लिए बेलचनर्खी में चर्खी और बेलन (पहिया और धुरा) सिद्धांत का उपयोग किया जाताहै। साइकिल दूसरा उदाहरण है, यहाँ इस सिद्धांत का प्रयोग किया जाता है। धुरे और पहिए की अन्य मशीनों के उदाहरण हैं—पेंसिल शार्पनर, अंडा फेंटनेवाला (बीटर), दरवाजे की कुंडी व कार का स्टेयरिंग।

घिरनी

खाँचेवाले पहिए या ऐसे पहियों के मेल को घिरनी कहते हैं। एकल घिरनी एक सरल उत्तोलक है जो बल के दिशा-परिवर्तन में सहायका होता है। इस प्रकार रस्सी या जंजीर के साथ घिरनी का उपयोग बल के दिशा-परिवर्तन या भारी बोझ उठाने में किया जाता है।

स्थिर घिरनी हुक के द्वारा किसी दूसरी वस्तु के साथ मजबूती से बँधी होती है और चलती घिरनी भार से बँधी होती है।

एकल घिरनी सबसे सरल ढंग की घिरनी होती है। यह झंडे की बल्लियों पर प्रायः लगी होती है। झंडे को घिरनी के चारों ओर घूमनेवाली एक रस्सी से बाँध दिया जाता है। घिरनी को बल्ली के ऊपरी सिरे पर लगाया जाता है। रस्सी को दूसरे सिरे से नीचे की ओर खींचा जाता है। इससे झंडा ऊपर उठता हे। इस ढंग से घिरनी झंडे को ऊपर उठाने के लिए आयास के दिशा-परिवर्तन में सहायक होती है।

सरल स्थिर घिरनी का दूसरा उपयोग कुएँ से पानी खींचने में होता है।

नतसमतल

नतसमतल एक सपाट तल होता है—जिसका एक छोर दूसरे छोर से ऊँचा होता है। एक पहाड़ी सड़क तथा खेल के मैदान में बच्चों की फिसरल पट्टी नतसमतल का उदाहरण है।

नतसमतल का उपयोग भारी वजनवाली वस्तु को ऊपर उठाने के लिए किया जाता है। इस मशीन के अधिक भार को ऊपर उठाने के लिए थोड़े-से आयास की आवश्यकता होती है। किंतु उत्तोलक के समान ही आयास को भार की तुलना में अधिक दूरी तय करनी पड़ती है।

नतसमतल चाहे छोटा हो या बड़ा, उसके द्वारा कार्य बराबर मात्रा में किया जाता है। अधिक दूरी से भार को उठाना आसान होता है। नतसमतल कार्य को कम नहीं करता पर इससे कार्य में आसानी हो जाती है। नतसमतल का उपयोग करते हुए तुम निम्नलिखित प्रयोग कर सकते हो।

एक मेज पर लगभग 15 सें.मी. ऊँचा पुस्तकों का ढेर बनाओ। लकड़ी के एक तख्ते को पुस्तकों से सटाकर नीचे झुका दो। अब एक खिलौनेवाली कार के आगे एक रबर बैंड लगा दो। अब रबर बैंड की सहायता से उस कार को अपने बनाए गए नतसमतल के ऊपर खींचो। देखो कि रबर बैंड कितना खिंचता है?

पेंच

सिलेंडर, बल्ली या डंडे के चारों ओर लिपटा हुआ नतसमतल ही 'पेंच' होता है। आमतौर से अनेक वस्तुओं को जोड़ने के लिए पेंच का प्रयोग किया जाता है। लेकिन बड़े पेंचों की सहायता से कार तथा अन्य भारी वस्तुओं को भी उठाया जा सकता है।

बेलनचर्खी

लगातार घूमनेवाले उत्तोलक को बेलनचर्खी कहते हैं। बेलनचर्खी का एक सिरा बाल्टी होती है जिसमें रस्सी बँधी होती है। इस रस्सी को खोला भी जा सकता है। दूसरा सिरा उत्तोलक होता है जो बाल्टी के घुमाने में सहायता करता है। ऊँची इमारतों में लिफ्ट को ऊपर उठाने या नीचे लाने में तथा बंदरगाहों में भारी सामान को ऊपर उठाने में बेलनचर्खियों का उपयोग किया जाता है।

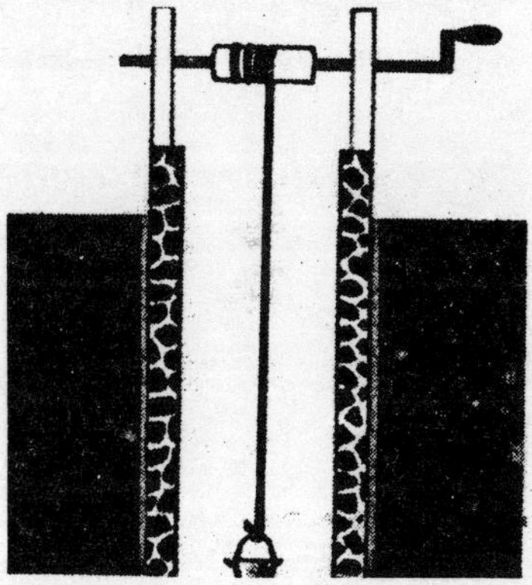

बाल्टी को कुएँ में नीचे ले जाने तथा पानी बाहर खींचने में सरल बेलनचर्खी का उपयोग होता है।

द्रव में पड़ी वस्तु पर बल कार्य करता है।

तुम जानते हो कि द्रव सभी दिशाओं में दबाव डालता है। पानी सबसे अधिक प्रयोग में आनेवाला द्रव है। क्या तुमने कभी खाली गिलास या बाल्टी को पानी में डुबाने का प्रयत्न किया है? यदि हाँ तो तुमने अपन हाथों के बल को विपरीत दिशा में धक्के का अनुभव किया होगा। यह इसलिए होता है कि क्योंकि द्रव ऊपर की ओर बल डालते हैं। इस बल को ऊर्ध्वमुखी या उत्प्लावन कहते हैं।

इसी बल के सहारे कोई वस्तु पानी या दूसरे द्रवों में तैरती है।

वस्तुओं का तैरना या प्लवमान वस्तुएँ

तुमने देखा होगा कि कार्क, लकड़ी, टीन और अल्यूमीनियम जैसी वस्तुएँ पानी में तैरती हैं। केवल वे ही वस्तुएँ तैरती हैं जिनका घनत्व पानी में कम होता है। वे वस्तुएँ जिनका घनत्व पानी से अधिक होता है, पानी में डालते ही डूब जाती हैं।

तैरती हुई वस्तुएँ अपने भार के बराबर पानी को विस्थापित कर देती है।

वस्तुएँ जो डूब जाती हैं।

डूबनेवाली वस्तुओं को भी पानी के उत्प्लावन (उछाल) बल का सहारा आंशिक रूप (कुछ मात्रा में) से मिलता है। वस्तु का भार नीचे की ओर काम करता है जबकि पानी का उत्प्लावन बल ऊपर की ओर कार्य करता है। इसका परिणाम यह होता है कि जब वस्तुओं को पानी में डुबाया जाता है तब उनके भार में कुछ कमी मालूम होती है, पानी में उनका भार वायु में उनके सामान्य भार से कम हो जाता है। इस प्रकार पानी में किसी वस्तु के भार को उसका 'अपेक्षित-भार' कहते हैं। किसी वस्तु के हवा में वास्तविक भार तथा पानी में अपेक्षित भार का अंतर उस वस्तु द्वारा हटाए गए पानी के भार के बराबर होता है।

समुद्र के पानी में नमक होता है, इसलिए इसका घनत्व ताजे पानी से अधिक होता है। यही कारण हे कि जब एक जहाज नदी से समुद्र में जाता है, तब वह पानी में थोड़ा-सा ऊपर उठ जाता है। कुछ वस्तुएँ जो पानी में तैरती हैं, वे अल्कोहल और मिट्टी के तेल-जैसे कम घनत्व वाले द्रव में डूब जाती हैं। कुछ वस्तुएँ जो पानी में डूब जाती हैं, वे अधिक घनत्व वाले द्रव में तैरती हैं। इस प्रकार लोहे की एक कील जो पानी में डूब जाती है–'पारे' जैसे अधिक घनत्व वाले द्रव में तैरने लगती है।

पदार्थ एवं वस्तुएँ

पदार्थ वह वस्तु है जिसका वजन होता है तथा स्थान घेरता है। पदाथ्र तीन अवस्थाओं में पाया जाता है–ठोस, द्रव और गैस। पदार्थ अत्यंत सूक्ष्म कणों के बने होते हैं। जिन्हें अणु कहते हैं। ये अणु इतने छोटे होते हैं कि हम इन्हें नंगी आँखों से नहीं देख सकते। पदार्थों के अणु सदैव गतिशील होते हैं। ठोस पदार्थों में अणु एक-दूसरे के बहुत समीप होते हैं। वे उनमें दबाकर भरे होते हैं।

ठोस पदार्थों की तुलना में द्रवों में अणु आपस में हल्के भरे होते हैं और गैसों में तो बहुत ही ढीले भरे होते हैं। गैस में अणु एक-दूसरे से बहुत दूर होते हैं। अणुओं की इस व्यवस्था के कारण ठोस पदार्थों का एक निश्चित आकार और आयतन होता है। द्रवों का एक निश्चित आयतन तो होता है पर निश्चित आकार नहीं होता। वे जिस बर्तन में रखे जाते हैं उसी का आकार ले लेते हैं। गैसों का न तो निश्चित आकार होता है और न ही निश्चित आयतन।

1. पानी कई गैसों को घुला सकता है।

पानी एक द्रव है। यह ऑक्सीजन, नाइट्रोजन, अमोनिया और कार्बन डाईऑक्साइड-जैसी गैसों को घुला सकता है। वातित जल में कार्बन डाईऑक्साइड दबाव में घुली रहती है। जब हम सोडा वाटर की बोतल खोलते हैं तो हम घुली हुई कार्बन-डाईऑक्साइड को तेजी से निकलते हुए देख सकते हैं। गैस के बुलबुलों के कारण वातित जल ऐसा लगता है मानो उबल रहा हो।

2. मछलियाँ पानी में घुली ऑक्सीजन में साँस लेती हैं।

झीलों, नदियों और समुद्र के पानी में बहुत सारी ऑक्सीजन घुली रहती है। मछलियाँ पानी में घुली ऑक्सीजन में साँस लेती हैं। जल के भीतर उगनेवाले जलीय पौधे भी पानी में घुली ऑक्सीजन का प्रयोग करते हैं।

3. जब ठोस पदार्थ द्रव में घुलता है।

जब ठोस पदार्थ द्रव में घुलता है तो यह छोटे कणों में बिखरकर पूरे द्रव में फैल जाता है। जब चीनी पानी में घोली जाती है तो सारे पानी में फैल जाती है। चीनी के छोटे दाने अणुओं में अलग-अलग हो जाते हैं, ये इतने छोटे होते हैं कि दिखाई भी नहीं देते। यदि हम पानी को उबालकर उड़ा दें या इसका वाष्पीकरण होने दें तो हमें बर्तन की पेंदी में चीनी की तह बची मिलेगी।

निम्नलिखित शब्दों को याद करो–

विलेय–जो ठोस पदार्थ द्रव में घुल जाता है वह विलेय कहलाता है।

विलायक–जिस द्रव में कोई पदार्थ घुलता है, वह विलायक कहलाता है।

घोल—वह द्रव जो पदार्थ के घुल जाने के बाद मिलता है, वह घोल कहलाता है। ठोस पदार्थ को चूर्ण के रूप में घोलना अपेक्षाकृत सरल होता है। घोल को हिलाने या चलाने से भी ठोस पदार्थ के घुलने में सहायता मिलती है।

घोल समान सांद्रता (ताकत) के होते हैं।

शक्कर का घोल समान रूप से सारा-का-सारा एक-जैसा मीठा होता है। इसी प्रकार नमक का घोल अपने समस्त विस्तार में एक-जैसा नमकीन होता है।

प्रायः पदार्थ के किसी द्रव में घुलने से आयतन में वृद्धि नहीं होती।

जब कोई वस्तु किसी द्रव में घुलती है तो इसके अणु द्रव के अणुओं के बीच के खाली स्थान के घेर लेते हैं। अतः विलायक से आयतन में या तो बहुत हल्की या बिलकुल बढ़ोत्तरी नहीं होती।

किसी वस्तु के अणुओं के बीच के खाली स्थान और अंतर-आणविक स्थान कहते हैं।

गरम करने तथा ठंडा करने से उपादानों में महत्त्वपूर्ण परिवर्तन होते हैं।

प्रकृति में पदार्थ में निरंतर परिवर्तन होते रहते हैं। ये परिवर्तन दो प्रकार के होते हैं—भौतिक एवं रासायनिक। भौतिक परिवर्तन के होने पर कोई नया पदार्थ नहीं बनता। जब रासायनिक परिवर्तन होता है तो एक नया पदार्थ बनता है।

सभी वस्तुएँ चाहे वे निर्जीव हों या सजीव, पदार्थ से बनी होती हैं। जो स्थान घेरता है और जिसमें भार हो उसे पदार्थ कहते हैं। पदार्थ तीन अवस्थाओं में पाया जाता है। ठोस, द्रव और गैसीय।

ठोस वह पदार्थ है जो प्रायः कठोर होता है तथा उसका निश्चित आकार होता है। जब तक इस पर बल न लगाया जाए यह अपना आकार नहीं बदलता। ठोस पदार्थ बह नहीं सकता और आसानी से हाथ में पकड़ा जा सकता है।

द्रव वह पदार्थ है जिसका अपना आकार नहीं होता। यह जिस बर्तन में रखा जाता है उसी का आकार ग्रहण कर लेता है। द्रवों का निश्चित आयतन होता है और यह ऊँचाई सो नीचे तल की ओर बहता है।

गैस वह पदार्थ होता है जिसका न कोई निश्चित आकार होता है और न ही कोई निश्चित आयतन। जिस बर्तन में इसे रखा जाता है यह उसके सारे स्थान को घेर लेती है। यह ऊपर, नीचे, दाएँ-बाएँ किसी दिशा में भी बह सकती है।

अणु पदार्थ चाहे ठोस, द्रव या गैसीय अवस्था में हो वह छोटे-छोटे कणों से बना होता है जिन्हें अणु कहते हैं। ये कण इतने छोटे होते हैं कि इन्हें केवल आँखों से नहीं देखा जा सकता, इसके लिए सूक्ष्मदर्शी यंत्र की सहायता लेनी पड़ती है। एक पदार्थ के अणु दूसरे पदार्थ के अणु से भिन्न होते हैं। इस प्रकार नमक के अणु चीनी के अणु से भिन्न होते हैं।

वैज्ञानिकों ने पता लगाया है कि पदार्थ के अणु कभी स्थिन नहीं रहते। ये अणु सदा गतिशील रहते हैं और आपस में टकराते रहते हैं। अणुओं के बीच में खाली स्थान होता है और दो अणु आपस में विद्युत-बल के कारण एक-दूसरे के प्रति आकर्षित रहते हैं।

ठोस पदार्थों के अणु एक-दूसरे के बहुत समीप होते हैं और उनके मध्य बहुत अधिक आकर्षण बल रहता है। इसलिए ठोस पदार्थ मजबूत और कठोर होते हैं और अपना आकार अपने आप नहीं बदलते। ठोस पदाथ्र के अणुओं में द्रव पदार्थों के अणुओं की तुलना में इधर-उधर गति करने की कम ऊर्जा होती है। द्रव के अणुओं के बीच की दूरी ठोस पदार्थों के अणुओं की अपेक्षा अधिक होती है। उनमें ऊर्जा भी अधिक होती है यही कारण है कि वे आसानी

से इधर-उधर घूम सकते हैं।

गैस के अणु अधिक गतिशील रहते हैं क्योंकि उनके बीच का आकर्षण बहुत कम होता है। इसी कारण गैस किसी भी स्थान और आयतन में अपने आप फैल सकती है।

सभी अणु और भी छोटे कणों से बने होते हैं जिन्हें परमाणु कहते हैं। संसार का प्रत्येक अणु दो या अधिक परमाणुओं से बना होता है। भिन्न-भिन्न पदार्थों के अणु भी भिन्न-भिन्न होते हैं क्योंकि वे परमाणुओं के अलग-अलग वर्गों से बने होते हैं। ऑक्सीजन (O_2) हाइड्रोजन (H_2) तथा नाइट्रोजन (N_2) जैसी गैसों के अणु एक ही प्रकार के दो परमाणुओं से मिलकर बनते हैं। लेकिन कार्बन-डाइ-ऑक्साइड और पानी के अणु विभिन्न प्रकार के परमाणुओं से मिलकर बने हैं। कार्बन-डाइ-ऑक्साइड (H_2O) के एक अणु में दो परमाणु हाइड्रोजन के और एक परमाणु ऑक्सीजन का होता है। परमाणु वर्णमाला के वर्णों की तरह होते हैं। परमाणु सौ से अधिक प्रकार के होते हैं। लेकिन विभिन्न प्रकार के संयोग (मेल) द्वारा ये संसार में पाए जानेवाले हर प्रकार के अणु बना सकते हैं।

ठोस एवं विलयन

नमक, चीनी, कॉपर सल्फेट और पोटेशियम परमैग्नेट--जैसे कई ठोस पदार्थ पानी में घुलकर विलयन का रूप ग्रहण कर लेते हैं। जब कोई ठोस पदार्थ द्रव में घुलता है तो वह नन्हे कणों में बिखर कर द्रव में चारों ओर फैल जाता है। इसलिए विलयन एक समान शक्ति का हो जाता है। यदि हम विलयन को गर्म करें तो पानी भाप बनकर उड़ जाता है और ठोस पदार्थ क्रिस्टल के रूप में पुनः प्राप्त हो जाता है। इन क्रिस्टलों में ठोस पदार्थ अपने शुद्ध रूप में होते हैं इसलिए विभिन्न प्रकार के ठोस पदार्थों को शुद्ध करने के लिए वाष्पीकरण की विधि अपनाई जाती है।

उथली क्यारियों में वाष्पीकरण के द्वारा ही हम समुद्र के पानी के साधारण नमक प्राप्त करते हैं।

उर्वरक (खाद) के रूप में काम आनेवाले रासायनिक

तुम इस बात से परिचित हो कि पौधे जिस मिट्टी में बढ़ते हैं उससे पानी तथा खनिज लवण प्राप्त करते हैं। अतः प्रतिवर्ष खेतों में फसल उगाने के कारण मिट्टी में खनिज लवण कम होते जाते हैं। फलस्वरूप फसलों की उपज भी अच्छी नहीं होती है। इसलिए किसान विभिन्न प्रकार के उर्वरक और खादें खेतों की मिट्टी में मिलाते हैं। विभिन्न प्रकार की फसलों को विभिन्न प्रकार के खनिज पोषण की आवश्यकता होती है। यदि हमें अच्छी फसल चाहिए तो मिट्टी में इन खनिज-लवणों को डालना ही होगा। खाद सूखी पत्तियों, गाय के गोबर, प्राणियों के मल आदि से बनती है। रासायनिक उर्वरक बड़े-बड़े कारखानों में तैयार किए जाते हैं। अमोनियम सल्फेट, सुपरफास्फेट और नाइट्रेट प्रयोग किए जानेवाले आम उर्वरक हैं। जिन खेतों में उर्वरक डाले जाते हैं उनमें बहुत उपज होती है।

वैज्ञानिक माप

हमें अपने दैनिक जीवन में अनेक वस्तुओं को मापने की आवश्यकता पड़ती है। शरीर की लंबाई, उसका वजन, कपड़ों की नाप, एक जगह से दूसरी जगह की दूरी, चीजों की तोल, किसी काम में लगने वाले समय की जानकारी, दिन और रात में होने वाली गरमी, ठंडक या बारिश का ठीक-ठीक ज्ञान हम माप के द्वारा पाते हैं। इनमें से सभी की माप के अलग-अलग उपकरण होते हैं।

लंबाई : लंबाई मीटर से मापी जाती है। हम फुटे, मीटर की छड़ या फीते से लंबाई नापते हैं।

मीटर की छड़ या फुटा बराबर के सौ भागों में बँटा होता है। ये चिह्न सेंटीमीटर कहलाते हैं। प्रत्येक सेंटीमीटर बराबर के दस छोटे भागों में बँटा होता है जिन्हें मिलीमीटर कहते हैं।

10 मिलीमीटर = 1 सेंटीमीटर

100 सेंटीमीटर = 1 मीटर

फुटे (रूलर) से सेंटीमीटर और मिलीमीटर में लंबाई नापी जाती है। मापने वाले फीते से सेंटीमीटर और मीटर में लंबाई नापी जाती है। लंबी दूरियाँ किलोमीटर में नापी जाती है और एक किलोमीटर में 1000 मीटर होते हैं।

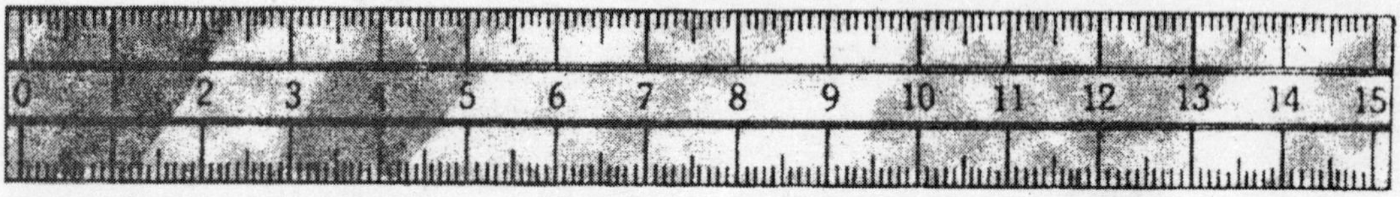

वजन : वजन ग्राम और किलोग्राम में मापा जाता है। हम तराजू या वजन तोलने की मशीन से वजन तोलते हैं।

तराजू या तुलाएँ भी विभिन्न प्रकार की होती हैं। हम तराजू के एक पलड़े में वजन की जानेवाली वस्तु रखते हैं और दूसरे पलड़े में बाट रखते हैं, फिर वजन लिया जाता है।

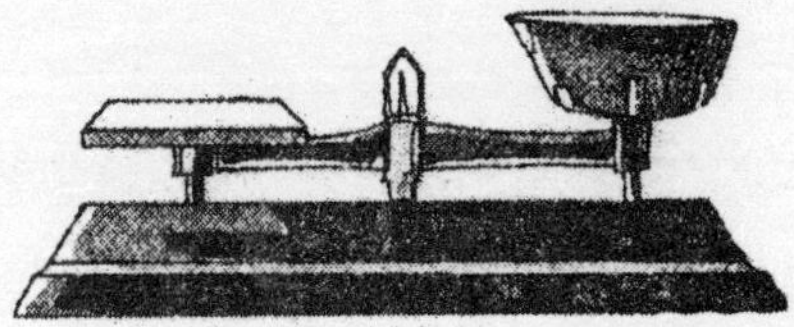

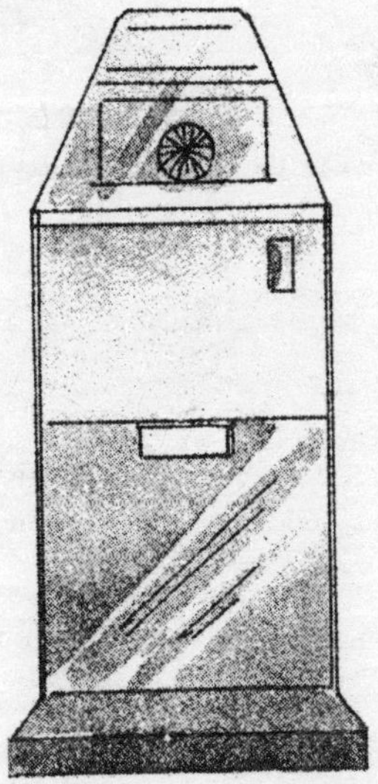

हम अपना वजन लेनेवाली मशीन पर लेते हैं।

हल्का वजन मिलीग्राम और ग्राम में लिया जाता है। सोना ग्राम और मिलीग्राम में तोला जाता है।

भारी वजन किलोग्राम में लिया जाता है। एक किलोग्राम में 1000 ग्राम और एक ग्राम में 1000 मिलीग्राम होते हैं।

समय : समय की माप सेंकड, मिनट और घंटों में की जाती है। हम घड़ी की सहायता से समय को मापते हैं। एक दिन में 24 घंटे, 1 घंटे में 60 मिनट और 1 मिनट में 60 सेंकड होते हैं।

घड़ी में बारह निशान लगे रहते हैं। बराबर दूरी पर लगा प्रत्येक निशान एक घंटा बताता है।

घड़ी में तीन सुइयाँ होती हैं—घंटे की सुई, मिनट की सुई तथा सेंकड की सुई।

मात्रा

पानी, दूध, दवाइयाँ आदि द्रव (तरल पदार्थ) की माप मात्रा या परिमाण में की जाती है। मात्रा लीटर और मिलीलीटर में मापी जाती है। एक लीटर में 1000 मिलीलीटर होते हैं।

हम मात्रा नापने के लिए मिलीलीटर व लीटर के निशानवाले विशेष बर्तनों का प्रयोग करते हैं द्रव बर्तनों में डाला जाता है तथा निशानों से उसकी मात्रा का हिसाब लगाया जाता है।

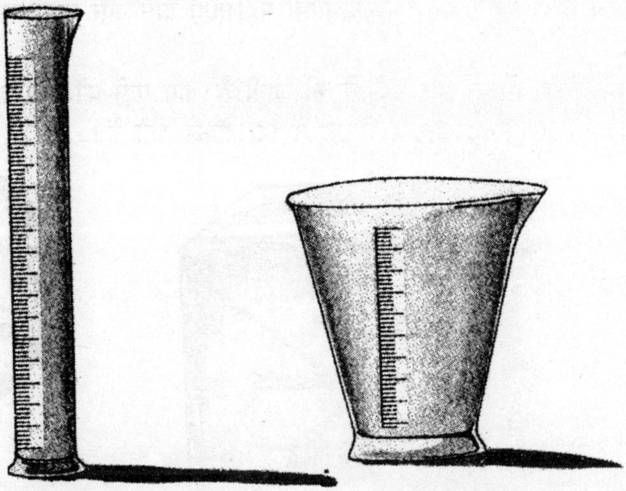

तापमान

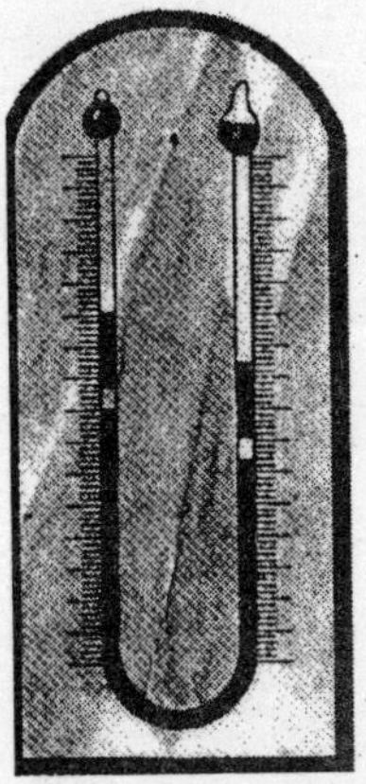

हवा के तापमान को थर्मामीटर की सहायता से मापा जाता है।

कमरे का तापमान विशेष तापमापी से मापा जाता है। यह 0° से. 100° तक का तापमान माप सकता है। डाक्टरी तापमापी (क्लीनिकल थर्मामीटर) मानव शरीर का तापमान 34° सें. से 44° से. तक मापता है।

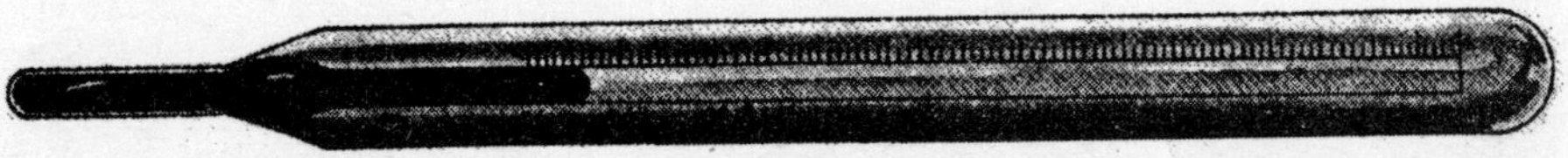

वर्षा

किसी दिन या निश्चित समय में होने वाली वर्ष, वर्षामापी (रेनगेज) यंत्र से मापी जाती है। वर्षा मिलीमीटर एवं सेंटीमीटर में मापी जाती है।

यंत्र को बाहर रख दिया जाता है तथा यंत्र पर लगे निशानों से वर्षा की मात्रा को मापा जाता है।

विज्ञान का सहज बोध

विज्ञान का सहज बोध

विज्ञान और चेतना

1

जब मैं इंग्लैंड पहुँचा तो मेरी आयु बारह वर्ष की थी। जहाज़ से उतरते समय मैं मुश्किल से अंग्रेज़ी के वे दो ही शब्द बोल सकता था जो मैंने रास्ते में जहाज़ पर सीखे थे। उसके दो-तीन वर्ष बाद तक भी मैं अंग्रेज़ी आसानी से नहीं पढ़ सकता था। मुझे याद है कि मेरे धैर्यशील अध्यापकों ने शैली नामक जिस वस्तु का परिचय मुझे कराया था, उसका अनुभव मैंने पहले-पहल मेकाले और जोसेफ़ कानराड की कृतियों में किया। हाँ, यह याद नहीं कि उस समय मैं उनका शैलीगत अंतर भी समझ लेता था या नहीं। बड़ी उत्सुकता, चाव और चाहत से मैंने वांगमय जारी रखा। पढ़ते समय मुझे निरंतर इस बात का स्फूर्तिपूर्ण आभास रहता कि एक नया साहित्य ढूँढ़ रहा हूँ। धीरे-धीरे इस साहित्य की महानता का भी बोध हुआ। परंतु उस समय मुझ में एक कमी थी जो अब भी है। वह है गौरव-ग्रंथों का अक्रमबद्ध अध्ययन। कभी डिकन्स, कभी एफ़्राबेन और बर्नार्डशॉ को। अनेक शताब्दियों के साहित्य को यूँ ही छोड़ दिया। आज तक मैंने वेवरली उपन्यास नहीं पढ़े। उसका परिणाम यह हुआ है कि ऐतिहासिक रोमांसों के प्रति संवेदना ही नहीं जगी, विशेषकर ऐसे उपन्यासों के प्रति जिनमें संवाद बोली में हों।

मैं ये त्रुटियाँ इसलिए स्वीकार करता हूँ क्योंकि ऐसी और लोगों के साथ भी बीती होंगी। मुझे जिन कठिनाइयों का सामना करना पड़ा, वे केवल मेरी ही नहीं, और ये कठिनाइयाँ कोई साहित्यिक कठिनाइयाँ भी नहीं हैं। इसके विपरीत मुझे तो ऐसा लगता है कि ये कठिनाइयाँ वैसी हैं जैसी दूसरे लोगों को विज्ञान के संबंध में होती हैं। मूलतः जो कठिनाइयाँ एक नये साहित्य को ग्रहण करने में मुझे हुईं, वे वही हैं जो आज प्रत्येक सुबुद्ध व्यक्ति आधुनिक विज्ञान को समझने के प्रयत्न में पाता है।

हम अपने चारों ओर वैज्ञानिक उपकरण (apparatus) देखते हैं। जैसे डीज़ल इंजन और प्रयोग, एस्प्रीन की गोलियों की शीशी और मत सर्वेक्षण। सामान्यतः हम इनसे अलिप्त रहते हैं, परंतु इनकी पृष्ठभूमि में हमें विज्ञान के नये महत्त्व का बोध होता रहता है। अब हम समझ गए हैं कि विज्ञान निर्माण संबंधी ऐसी तकनीकों (techniques) का अव्यवस्थित संग्रह मात्र नहीं, जो तेज़ाब से जले हाथों और इस्पाती फ्रेमों वाले चश्मे पहने प्रयोगशालाओं के उन अन्वेषकों द्वारा काम में लाए जाते हैं जिन्हें पारिवारिक जीवन में कोई रुचि नहीं होती। अब हम यह समझ रहे हैं कि विज्ञान एक विशेष प्रणाली है, एक शक्ति है, जिसका एक विशेष अभिप्राय है और विशेष स्फूर्ति है। हम जानते हैं कि वॉल्वों, फ़ॉर्मूलों

और शीशे के चमकीले उपकरणों के झमेले में कहीं-न-कहीं कोई मूल तत्त्व छिपा है, एक नयी संस्कृति है जिसको हमें स्वीकार करना चाहिए।

इस विशेष शब्द व्यूह को पार करके हम इसे किस प्रकार समझें और फिर कैसे ऐसी भाषा में व्यक्त करें जो सर्वबोध्य हो ? सामान्य लोगों के सामने वही समस्याएँ रहती हैं जो लड़कपन में मुझे पेश आईं। जब कोई व्यक्ति समाचार-पत्र उलटता-पुलटता है तो वह मोटे-मोटे या टेढ़े अक्षरों में लिखा देखता है; इलैक्ट्रॉनिक मस्तिष्क (Electronic Brain) या पराध्वानिक उड़ान (Supersonic Flight) या क्या मंगल में कोई रहता है ? परंतु ये मोटे-मोटे या टेढ़े अक्षर उसके लिए संकेत ही बने रहते हैं। उनकी भाषा उसके लिए वैसी ही विचित्र होती है जैसी कि मेरे लिए 'दी अनाटामी ऑफ मेलंकली' की थी, जब मैं पंद्रह वर्ष का था। उसे केवल थोड़े से ही शब्दों का ज्ञान है : यह ऊपरी ज्ञान उसे अन्य लोकप्रिय लेखों, अपने स्कूल के दिनों की रसायन विज्ञान प्रयोगशाला की स्मृतियों और इतिहास की पुस्तकों में इधर-उधर बिखरे वैज्ञानिकों के कुछ नामों से प्राप्त होता है। अंग्रेज़ी इतिहास से अनभिज्ञ होने के कारण मुझे वहाँ का साहित्यिक विकास समझ में नहीं आया। मुझे अच्छी तरह से याद है कि मैं मार्लो, कालरिज और एच. जी. वेल्स जैसे नामों की सूची देखकर अपने को अबोध-सा पाता था। उनको ऐतिहासिक क्रम में रखना, मेरे लिए संभव नहीं था। मेरे सामने जो कठिनाई आती थी उसका चित्रण करना मुश्किल है, किंतु यह वैसी ही कठिनाई है जिसका अनुभव प्रत्येक पाठक करता है जब उसके सामने नेपीयर, हम्फ्री डेवी और रुदरफोर्ड के नाम आते हैं। ये तीनों वैज्ञानिक उपर्युक्त तीनों लेखकों के समकालीन थे और किसी भी दृष्टि से उनसे न्यून नहीं थे।

2

निस्संदेह इतिहास के ज्ञान मात्र से, चाहे वह विज्ञान का इतिहास ही क्यों न हो, विज्ञान का काम नहीं चलेगा। किंतु इससे हमें विज्ञान के विकास की पृष्ठभूमि का पता चलता है ताकि समाचार-पत्र के शीर्षक को पढ़ने के बाद हम यह समझ सकें कि इसका संबंध हमारी ही दुनिया से है। हमारा चाहे कैसा भी मानववादी दृष्टिकोण हो, इतिहास के ज्ञान से विज्ञान के साथ संपर्क बनाने में सहायता मिलती है। और ऐसा इसलिए होता है क्योंकि इतिहास का ज्ञान केवल ऐतिहासिक एकता ही स्थापित नहीं करता वरन् ज्ञान की एकता भी स्थापित करता है। साधारण व्यक्ति के लिए कला के साथ विज्ञान की एकता ही विज्ञान की कुंजी है। वह विज्ञान को संस्कृति के रूप में तब धारण करेगा जब वह अपनी संस्कृति में ही उसके विकास को ढूँढ़ने का प्रयत्न करेगा। यह बात कि कला और विज्ञान अलग-अलग हैं और इनका किसी भी तरह मेल नहीं बैठता, आधुनिक युग के कुछेक घातक पूर्वाग्रहों में से एक है। वैज्ञानिक प्रवृत्ति को कलात्मक प्रवृत्ति के विपरीत देखना हमारा स्वभाव बन गया है। हम उन्हें सृजनात्मक और आलोचनात्मक दृष्टिकोण से देखते हैं। हमारे जैसे समाज में, जिसमें श्रम का विभाजन होता है, निस्संदेह सुविधा की दृष्टि से ही वैज्ञानिक कार्य को कलात्मक कार्य से अलग रखा जाता है। ठीक इसी प्रकार विचारों का कार्य भावनाओं के कार्य से भिन्न होता है और उसकी पूर्ति करता है। परंतु मानव जाति विचारकों और चिंतकों में नहीं बँटी है और यह स्थिति बहुत देर तक नहीं चल सकती।

विज्ञान और आत्मा के बीच बहुत-सा यह विवाद विक्टोरिया युग के उन धार्मिक समर्थकों ने खड़ा किया था जो विज्ञान को भौतिकवादी (Materialistic) और अनात्मवादी मानते थे। विज्ञान केवल आलोचनात्मक है—यह उपहास उन्नीसवीं शताब्दी की अंतिम दशाब्दी में उन कायर और बनावटी कलाकारों ने किया ताकि तुलनात्मक दृष्टि से वे सृजनात्मक और अंतर्प्रेरणीय कलाकार प्रतीत हो सकें। किंतु उनका यह कपट उनके इस ज्ञान को न छिपा सका कि उस समय के योग्यतम व्यक्ति विज्ञान की नई-नई शाखाओं के साहसिक कार्यों की ओर आकर्षित हो रहे थे। यह एक ऐसी लहर थी जिसकी कल्पना पचहत्तर वर्ष पूर्व पीकाक ने अपनी पुस्तक 'दी फोर एजिस आफ पोइट्री' में की थी।

तब से अति उत्साही बुद्धिमान युवकों के लिए कला और विज्ञान प्रतिस्पर्धा का विषय रहे हैं। यह प्रतिस्पर्धा इस बात का प्रत्यक्ष प्रमाण है कि बुद्धिमान व्यक्ति ये दोनों ही काम समान रूप से कर सकते हैं। बुद्धि-घटकों (Intelligence factors) का सामान्य संरूपण जो मेधावी तथा मेधाहीन व्यक्ति में अंतर करता है, किन्हीं दो व्यक्तियों, मानववादी (Humanist) और वैज्ञानिक (Scientist) में समान होता है। यह हमारी पीढ़ी की उन गिनी-चुनी मनोवैज्ञानिक खोजों में से एक है जिनका प्रतिपादन हम उचित निश्चय के साथ कर सकते हैं। हममें शिक्षा और अनुभव के आधार पर भिन्नता पाई जाती है और यह अवश्य होती है। यद्यपि हमारी अभिरुचियों में भिन्नता कम होती है किंतु इनके अतिरिक्त हमारी योग्यता का आधार एक ही होता है। यही कारण है कि मैं जन-साधारण और वैज्ञानिकों, दोनों के लिए विश्वासपूर्वक लिखता हूँ क्योंकि वह पाठक, जिसकी किसी भी ऐसे कार्य में रुचि हो, जिसके लिए विचारों और निर्णय की आवश्यकता हो, निश्चय ही ऐसा व्यक्ति है जिसे विज्ञान के संबंध में बताया जा सकता है। बहरा यह व्यक्ति नहीं बल्कि विशेषज्ञ—कला-विशेषज्ञ और साथ ही विज्ञान विशेषज्ञ हैं जो गूंगे भी रहे हैं।

बहुत से व्यक्ति यह कह कर बैठ जाते हैं कि वे यांत्रिक चीज़ों को नहीं समझ सकते या उनके दिमाग़ में आंकड़े नहीं बैठ सकते। इन मान्यताओं के कारण वे ऐसा अनुभव करते हैं कि मानो वे विरत हो गए हैं और उनकी जान छूट गई है। निस्संदेह इस प्रकार वे अपने आप को बड़े संकट से बचा लेते हैं। किंतु वह पाठक जिसमें कोई भी चीज़ समझने की क्षमता है, वस्तुतः वह जो भी चीज़ समझना चाहे निश्चयपूर्वक समझ सकता है। उदाहरण के लिए, गणित में उसकी रुचि सामान्यतः पढ़ाने की पुरानी परिपाटी के कारण ठीक उसी प्रकार समाप्त हो जाती है जैसे पाठ्यक्रम में नियत पुस्तक और शेक्सपियर के नाटक से बहुत से वैज्ञानिकों की (और इस मामले में वैज्ञानिकों से भिन्न व्यक्तियों की) साहित्यिक रुचि समाप्त हो जाती है। कुछ ही व्यक्ति ऐसा कहेंगे कि जिन लोगों की कविता में रुचि स्कूल सर्टिफिकेट की परीक्षा तक भी नहीं रहती वे मूलतः कविता को नहीं समझते। फिर भी ये लोग ख़ुशी-ख़ुशी विज्ञान का बौद्धिक आनंद भी ऐसे छोड़ देते हैं जैसे यह आनंद केवल विशेष प्रकार की बुद्धि वाले लोगों के लिए सुरक्षित हो। विज्ञान कोई विशेष ज्ञान नहीं। विज्ञान अपने नाम के शाब्दिक अर्थ ज्ञान जितना ही व्यापक है। विशेष योग्यता-प्राप्त व्यक्ति की धारणा तुलनात्मक दृष्टि से उतनी ही आधुनिक है जितनी कि 'वैज्ञानिक' की, जो केवल सौ वर्ष पुरानी ही है।

3

अतएव यह लिखते समय वह पाठक मेरे ध्यान में है जिसकी विज्ञान की अपेक्षा विज्ञान की शाखाओं में कम रुचि है। पिछली शताब्दी में 'मकेनिकस इंस्टिट्यूट्स' में अपने आप पढ़ने की परंपरा थी जो उस समय, वास्तव में गर्व की बात थी। किंतु यह परंपरा अब समाप्त हो चुकी है। इससे कोई विशेष हानि नहीं हुई क्योंकि लोगों में विज्ञान के प्रति रुचि बढ़ गई है और हम सभी इस बात को जानते हैं। आजकल जो लोग विज्ञान का ज्ञान प्राप्त करने के लिए लालायित हो रहे हैं उन्हें 'तकनीकी' जानकारी की कोई आवश्यकता नहीं। वे अब उतने अभागे नहीं रहे जो यदि बारह वर्ष की आयु में किसी कारख़ाने में काम करने के लिए न भेज दिए जाते तो प्रयोगशाला में भी काम करना पसंद करते। मैं यह मानता हूँ कि जो लोग इस किताब को पढ़ते हैं उन्हें, अपने ज्ञान और कर्म के बारे में पूरा-पूरा संतोष है और वे 'कंपाउंड ई' के आविष्कार के विषय में बनाए गए दूसरे रूपक के सफ़ेद-कोट वाले नायक जैसे नहीं हैं। और मैं यह नहीं मानता कि उन्हें इलैक्टॉन सूक्ष्मदर्शी (Microscope) या रेडियोधर्मी (Redio active) आयोडीन के चमत्कारों से अवश्य ही आनंद मिलना चाहिए। मेरे विचार में पाठक ऐसे लोग हैं जिन्हें यह ज्ञान है कि जिस संसार में उन्होंने जन्म लिया है वह उनके जीवन काल में ही बदल रहा है और उन्हें इस परिवर्तन के बारे में जानने की उतनी ही उत्सुकता है जितनी उन्हें अपने निकट पड़ोस—साहित्य में या कला में या स्थानीय राजनीति में या टेनिस क्लब के कार्यों में होने वाली नई बातों के लिए होती है।

स्थायी महत्त्व के इस परिवर्तन तथा उसके परित्याग के बारे में कुछ लोगों को अवश्य ही संदेह है। किंतु कई लोग जान-बूझकर या आकुलता के कारण इस परिवर्तन से अपनी आँखें मूँद लेते हैं, और बहुत देर तक वे इस परिवर्तन का सामना करने से डरते रहते हैं क्योंकि उन्हें इस बात को स्वीकार करने से डर लगता है कि यह लहर उनके जीवन में परिवर्तन ला रही है, उनकी जानी-पहचानी दुनिया की महत्त्वपूर्ण बातों को समाप्त किए जा रही है, उनकी मान्यताओं से ऊपर उठ रही है और अंत में उनके अहं भाव को भी डुबो रही है जो उनके जीवनकाल में रहना ही चाहिए। फिर भी ये डर साधारण व्यक्तिगत डरों की तुलना में सामाजिक परिवर्तन से संबंधित नहीं जो विज्ञान के कारण हो रहा है। उन्हें डर है कि संसार में कोई ऐसी चीज़ हो रही है जिसे हम समझ नहीं सकते और जो मेधावी और नवयुवकों के साथ मित्रता के रास्ते में रोड़ा है।

मेरा विश्वास है ये सब डर निराधार हैं। मैं यह मानता हूँ कि किसी भी ऐसे व्यक्ति के लिए जो बातचीत करना पसंद करता हो और अक्सर समाचार-पत्र का दूसरा अग्रलेख पढ़ता हो और विज्ञान संबंधी बड़ी-बड़ी बातें उसे अटपटी न लगती हों, उसके लिए विज्ञान को समझना उतना ही सरल है जितना कि एक वैज्ञानिक का किसी जीवन चरित्र के प्रति अभिरुचि रखना। ये कठिनाइयाँ भाषा की और अज्ञात व्यक्तिगत भय की हैं। ये कठिनाइयाँ उन उत्साही वैज्ञानिकों द्वारा पैदा की जाती हैं जो ऐसे लिखते हैं मानो जनसाधारण उनकी दया का पात्र हो और उसके साथ वे इस प्रकार व्यवहार करते हैं जैसे किसी ऐसे पथभ्रष्ट भावी वैज्ञानिक के साथ किया जाता है जिसकी रुचि नाभिक (Nucleus) में हो। मेरे ध्यान में ऐसा कोई पाठक नहीं। मैं अपने पाठकों, वैज्ञानिकों और जनसाधारण को संतुलित व्यक्ति मानता हूँ जो संसार की गति को अनुभव करते हैं और जो अपने आसपास के अतिरिक्त विज्ञान की शक्तियों के विषय में पर्याप्त जानकारी प्राप्त करना चाहते हैं ताकि इतिहास के इस गंभीर और संपूर्ण प्रवाह में वे अपने अंशदान का मूल्यांकन कर सकें।

4

बहुत से लोग यह बहाना करते हैं कि विज्ञान ने धीरे-धीरे कला का गला घोंट दिया है या कला को तोड़-मरोड़ कर 'आधुनिक' भद्दा रूप दे दिया है, और इसलिए विज्ञान को एक ओर रखकर ही कला का पुनरुत्थान किया जा सकता है। निस्संदेह साधारणतः हमारी किशोर कला के पक्ष में यह केवल पुरानी मनोवृत्ति है जबकि बलि का बकरा विज्ञान नहीं बल्कि परिवर्तन है। परंतु जहाँ मनोवृत्ति कम पक्षपात करती है वहाँ भी यह भावना कला और विज्ञान की प्रगति के संबंध में भ्रम के कारण पैदा होती है। विज्ञान, उदाहरण के लिए, स्पष्ट रूप से आज आइसाक न्यूटन (Issac Newton) के समय की तुलना में अधिक शक्तिशाली है। इसके विपरीत कला शायद ही न्यूटन के समकालीन जॉन ड्राइडन के स्तर तक पहुँच सके। इसलिए स्वाभाविक रूप से यह निष्कर्ष निकालने को मन करता है कि विज्ञान पुराने विचारों को छोड़कर लगातार आगे बढ़ रहा है जबकि महान् साहित्य स्थायी होता है। किंतु यह विचारों का बेकार झमेला है। आज ड्राइडनों की अपेक्षा न्यूटन अधिक नहीं मिलते, और आधुनिक विज्ञान के संबंध में न्यूटन के कार्य का उतना ही महत्त्व है जितना आधुनिक गद्य के सम्बन्ध में ड्राइडन के गद्य का। ड्राइडन और न्यूटन दोनों ने ही ज्ञान के अपने-अपने क्षेत्र में बिल्कुल नई संभावनाओं का परिचय दिया। इस दृष्टि से दोनों अद्वितीय हैं कि दोनों अग्रणी तथा महान् सफल व्यक्ति थे। दोनों में से कोई भी अन्य दृष्टि से अद्वितीय न था।

इस धारणा के समर्थन में, कि विज्ञान से संस्कृति का नाश होता है, कभी-कभी ऐतिहासिक आँकड़े भी प्रस्तुत किए जाते हैं कि कला का विकास तभी हुआ जब विज्ञान की उपेक्षा की गई। यह दावा प्रत्यक्ष रूप से इतिहास के इतना विपरीत है कि मेरे लिए इस संबंध में चर्चा करना कठिन है। कला का ऐसा कौन-सा स्वर्ण युग है जिस पर कलाविहीन यांत्रिकी (Mechanics) का दुष्प्रभाव न पड़ा हो ? कहाँ था ऐसा युग ? क्या पूर्व में ? मिस्र, भारत और अरब की सभ्यताएँ

इस बात को झुठलाती हैं। इंग्लैंड में लोग जिस एक पूर्वी कवि को जानते हैं वह ईरानी खगोलवेत्ता (Astronomer) उमर खैयाम था। तो फिर क्या पश्चिम में ? पश्चिमी संस्कृति का उदय यूनान में हुआ, और यूनान के उस महान् युग में किसी भी आधुनिक युग की अपेक्षा कला और विज्ञान के बीच अधिक निकट संबंध था। पाइथागोरास का निवास-काल एस्काइलिस द्वारा यूनानी नाटक की रचना से पूर्व का है। सुकरात ने अपना उपदेश उस समय दिया जब यूनानी नाटक अपनी चरम सीमा पर था। तो क्या सुकरात का संबंध कला से है या विज्ञान से ? और विद्वान् अफ़लातून, जिसके आदर्श राज्य में कवियों के लिए कोई स्थान नहीं था, उस समय हुआ जब अरिस्टोफेन्स ने यूनानी नाटक का भविष्य बिल्कुल समाप्त कर दिया था। विज्ञान और कला के इन महारथियों के उदाहरण ने पुनर्जागरण (Renaissance) के काल में आधुनिक संसार में आग लगा दी। आरंभ से ही पुनर्जागरण काल के मानव का आदर्श और प्रतीक चित्रकार, वास्तुकार, गणितज्ञ और इंजीनियर लियोनार्डो डॉ. विन्सी रहा है और जो अब भी है। किसी भी व्यक्ति में स्पष्ट रूप से इतनी अधिक सार्वभौमिकता और प्रतिभा ऐक्य कभी भी दिखाई नहीं दिया।

इंग्लैंड में हम महारानी एलिज़ाबेथ के शासन काल को स्वर्ण युग कहते हैं, और वह युग विशेषतया वाणिज्यिक, औद्योगिक और साहित्यिक आविष्कारों का युग था। सर वॉल्टर रेले जैसे जलयात्री और साहसी उस युग के लियोनार्डो थे और स्वयं रेले की मित्र-मंडली पर जिसने क्रिस्टोफर मार्लो को युक्तिवादी बना दिया, एक गणितज्ञ और एक खगोलवेत्ता का प्रभुत्व था। चूँकि नौचालन खगोलविद्या पर आधारित है इसलिए नौचापलन में संसार और सौरमंडल के विषय में नई-नई खोजों के साथ-साथ प्रगति होती गई, और इसका परिणाम यह हुआ कि इन महान् नौचालकों की यात्राओं ने एलिज़ाबेथ युग के साहित्य को प्रेरित किया। इस प्रकार उस समय कला और विज्ञान के संसार और भौतिक संसार एक साथ प्रकट हुए। यह केवल संयोग की बात ही नहीं थी कि लागरिथ्म की पहली सारणी शेक्सपियर की नाटकों के प्रथम फोलियो के कुछ वर्ष के अंदर-अंदर ही प्रकाशित हो गई थी।

एलिज़ाबेथ की मृत्यु के साठ वर्ष बाद इंग्लैंड में एक और युग का विकास हुआ और वह था साहित्य के पुनःस्थापन (Rstroration) का युग। इस युग के बारे में मुझे इस पुस्तक में बहुत कुछ कहना है क्योंकि इस युग का एक प्रतीक था संसार की सबसे महत्त्वपूर्ण वैज्ञानिक संस्था की स्थापना। जिस बैठक में इस संस्था की स्थापना की गई वह खगोलविद्या के संबंध में एक भाषण से शुरू हुई और यह भाषण एक वास्तुकार क्रिस्टोफर रेन ने दिया। इस संस्था के अत्यंत उत्साही संस्थापकों में से एक ने इसका नाम रॉयल सोसायटी रखा और उसके लिए एक आदर्श वाक्य भी चुना। वह व्यक्ति था दैनिकीकार (Diarist) जॉन इवलीन। जब इस संस्था ने सरल और स्पष्ट गद्य को प्रोत्साहन देने का विचार किया तो इसने एक समिति नियुक्त की जिसमें संस्था के एक ऐसे सहयोगी को शामिल किया जो ऐसे लेख में विशेष रूप से दक्ष था। वह व्यक्ति था कवि जॉन ड्राइडन।

5

वस्तुतः साहित्य के स्वर्ण युग के महान् दिन थे जब विज्ञान और कला कंधे से कंधा मिलाकर चलते थे। क्या यह अब समाप्त हो गया है? साहित्यिक समालोचकों का कहना है कि हाँ, 1760 और 1800 के बीच इंग्लैंड में औद्योगिक क्रांति के समय विज्ञान और कला का यह सहयोग समाप्त हो गया था। तो भी यही समालोचक स्वच्छंदतावादी पुनर्जागरण (Romantic Revival) का समय भी 1759 में कालिन्स की मृत्यु के किसी समय से लेकर जो वर्डस्वर्थ के लिए अत्यंत महत्त्वपूर्ण है 1789 में 'लिरीकल बैले' के प्रकाशन के बीच मानते हैं। ये दोनों तारीख़ें लगभग एक-सी हैं। क्या इन्हें मस्तिष्क के अलग-अलग भागों में रखना उचित है ? क्या औद्योगिक क्रांति को एक प्रकार की मृत्यु समझना उचित है ? औद्योगिक क्रांति ने तो हमारे संसार को आधार प्रदान किया। इस क्रांति ने विज्ञान को खगोलविद्या से हटाकर उन विषयों की ओर आकर्षित किया जो निश्चित रूप से आधुनिक हैं और जो यांत्रिक शक्ति के प्रयोग पर आधारित

हैं। और इस क्रांति ने स्वच्छंदतावादी कवियों और सुधारकों में वह चीज़ भर दी जिसे हम चेतना कहते हैं।

मैं कहता हूँ कि इस क्रांति ने हममें चेतना पैदा की यद्यपि निस्संदेह मैंने केवल तारीख़ों के मेल की बात कही है कि ब्लेक और कॉलरिज और विल्बरफोर्स भी ऑर्कराइट और जेम्सवाद के समकालीन थे। इस सबकी पृष्ठभूमि में वे लोग जिन्हें अब भी यह भ्रम है, कि पूर्व-औद्योगिक इंग्लैंड अधिक चेतनाशील और सुसंस्कृत था, औद्योगिक युग की दुर्दशा की ओर संकेत करते हैं। खानों में काम करने वाली स्त्रियाँ, कारख़ानों में काम करने वाले बच्चे, खेतों में बाड़ लगाने से विनाश, अकाल, नेपोलियन से युद्ध और राजनीतिक प्रतिक्रिया—ये सब भयानक बुराइयाँ 1800 से और मशीनों के आविष्कार से कहीं पहले की हैं। डिफो की 1725 की पत्रिकाओं में स्त्रियों और बच्चों द्वारा अपने-अपने घरों में लगातार कई घंटों तक काम करने का अनेक स्थानों पर ज़िक्र मिलता है। फिर भी उस समय आगस्टन युग के आशावादियों ने इस संबंध में कभी अपना विरोध प्रकट नहीं किया। किंतु कारख़ानों में ये बुराइयाँ बिल्कुल सामने आ गईं और उनमें सुधार करने की प्रेरणा मिली—रॉबर्ट ओवन और वरिष्ठ पील से जो स्वयं कारखानों के मालिक थे। आज हमें इस बात से दुःख होता है कि 1790 के आसपास ब्लेक द्वारा हृदयस्पर्शी कविताएँ लिखने के लगभग अस्सी वर्ष बाद तक भी छोटे-छोटे लड़के चिमनियों के अंदर चढ़कर उन्हें साफ़ करते थे, ऐसे लड़कों में अंतिम जोसेफ़ लॉरेंस आज भी जीवित हैं। किंतु ब्लेक से सौ वर्ष पूर्व लड़कों को इस प्रकार चिमनियों में चढ़ाया जाता था और इसके विरोध में एडीसन या ग्रे या डॉक्टर जॉनसन ने एक भी पंक्ति नहीं लिखी। उन दिनों में नव आगस्टन युग अपनी चरम सीमा पर था, कानून की दृष्टि से स्कॉटलैंड के खनिक ऐसे ही गुलाम थे जैसे यूनान के खनिक सदा से गुलाम रहते आए थे और इन दोनों सभ्यताओं में से किसी ने भी उसे अपनी भूल नहीं समझा। इसलिए आज चीन और भारत और अन्य देशों में जहाँ अभी उद्योगों का विकास कम हुआ है, जीवन कठोर और श्रमसाध्य है और चेतना का अभी नाम नहीं। मैंने स्वयं ऐसा जापान में देखा है कि कारख़ानों में स्त्रियों और पशुओं में कोई भेद नहीं। इंजन ने और अश्वशक्ति ने घोड़े के लिए गंभीर चिंतन पैदा किया और औद्योगिक क्रांति ने हमारे लिए चेतना।

6

विज्ञान हमारी मान्यताओं को दो तरह से बदलता है, परिचित संस्कृति में यह नए विचारों का समावेश करता है। और संस्कृति पर तकनीकी परिवर्तन का इस प्रकार प्रभाव डालता है, जैसा कि मैंने अभी-अभी बताया है, कि हमारी संस्कृति का संपूर्ण आधार ही अप्रत्यक्ष रूप से बदल जाता है। ऐसा लगता है कि मुद्रण के आविष्कार का कविता की विषय-वस्तु पर प्रत्यक्ष रूप से कोई प्रभाव नहीं पड़ा। किंतु जब किसी कविता को बार-बार पढ़ा जाता है तो कविता में पाठक की रुचि स्वभावतः लय से हटकर उसके अर्थों और संदर्भ में हो जाती है। इसी प्रकार फ़ोटोग्राफी के आविष्कार ने चित्रकार और उसके संरक्षक के मन में एकरूपता के प्रति रुचि को कम कर दिया है और अब उसे और अधिक औपचारिक ढंग में बदल दिया है। इन सूक्ष्म परिवर्तनों से हमारी संपूर्ण चेतना का नए सिर से निर्माण किया गया है।

विज्ञान और कला में ऐसी विषमता नहीं जैसी बहुत से लोग सोचते हैं। बुद्धिमानी अव्यवसायियों (Amateurs) की भाँति आधुनिक साहित्य, संगीत और चित्रकला समझने में हमें जिन कठिनाइयों का सामना करना पड़ता है वे कम महत्त्वपूर्ण नहीं हैं। वे हमारी संस्कृति में विस्तृत और सामान्य भाषा के अभाव का एक चिह्न हैं। आधुनिक विज्ञान की बुनियादी बातों को समझने के लिए हमें जिन कठिनाइयों का सामना करना पड़ता है वे भी उसी अभाव की सूचक हैं। पुनःर्स्थापन काल में विज्ञान और कला की एक ही भाषा थी। किंतु आज ऐसा नहीं है। इसका कारण यह है कि दोनों इस मामले में चुप हैं, अर्थात् दोनों की भाषा एक नहीं। और अब हम सबका यह कर्तव्य हो जाता है कि हम एक विश्वव्यापी भाषा का निर्माण करने का प्रयास करें, जो कला और विज्ञान, जनसाधारण और वैज्ञानिक को समान सूझ-बूझ के एक ही सूत्र में पिरो सके।

वैज्ञानिक क्रांति और मशीन

1

तीन ऐसे रचनात्मक विचार हैं जो बारी-बारी से विज्ञान का आधार रहे हैं। ये हैं : क्रम का विचार, कारणों का विचार और संयोग का विचार। यह पुस्तक मुख्यतः इन्हीं विचारों के बारे में है। सबसे पहले मैं क्रम के विचार को लेता हूँ, जो इन तीनों में संभवतः अधिक परिवर्तनशील है। इनमें से कोई भी विचार ऐसा नहीं है जिसका संबंध केवल विज्ञान से हो और क्रम के विचार पर तो यह बात सबसे अधिक लागू होती है। ये बातें विज्ञान पर लागू होती हैं किंतु विज्ञान के साथ संबंध से पूर्व भी निस्सन्देह ये व्यापक थीं। ये विचार उन तकनीकों से अधिक व्यापक और गहन हैं जिनमें विज्ञान उन्हें अभिव्यक्त करता है। ये सहज बोध के विचार हैं, अर्थात् ये वे सामान्यीकरण हैं जो हम सब अपने दैनिक जीवन के अनुभवों के आधार पर करते हैं और जिनका उपयोग हम अपने जीवन को चलाने के लिए हमेशा करते रहते हैं।

दुःख की बात यह है कि सहज बोध का कोई लिखित इतिहास नहीं। वास्तविकता में हम प्रायः यह मान लेते हैं कि सहज बोध का कोई विकास नहीं हुआ और हम आज जिस बात को सहज बोध की संज्ञा देते हैं वह सभी के लिए हमेशा सहज बोध की बात रही है। निश्चय ही यह बात ठीक नहीं है।

विज्ञान इस सारी बात को बड़े सरल रूप से लिपिबद्ध कर लेता है। विज्ञान का अपना एक इतिहास है जिसमें इन विचारों के विकास को स्पष्ट रूप से देखा जा सकता है। इससे भी बड़ी बात यह है कि इस इतिहास में हम ऐसे अत्यंत रुचिपूर्ण क्षण भी ढूँढ़ सकते हैं, जब सहज बोध के विचारों के अंकुर फूट रहे थे। सत्रहवीं शताब्दी में इतिहास के तो ऐसे एक क्षण का स्पष्ट रूप से पता चल गया है। वह युग जिसने न्यूटन को जन्म दिया और जिसे न्यूटन ने जन्म दिया, अंग्रेज़ी विज्ञान की पराकाष्ठा और उसके नवीन प्रारंभ का युग था। और अब मैं सीधे न्यूटन पर आऊँगा क्योंकि उस युग का जितना स्पष्ट परिचय उस महान् व्यक्ति के असाधारण चरित्र से मिल सकता है उतना किसी अन्य चीज़ से नहीं मिल सकता।

2

किसी भी वैज्ञानिक अथवा चिंतक को आज तक आइसाक न्यूटन जितना गौरव प्राप्त नहीं हुआ। आज तक और किसी व्यक्ति की अपने युग और इस संसार पर इतनी गहरी छाप नहीं पड़ी, जब तक कि वह क्रामवेल या नेपोलियन जैसा कर्मशील व्यक्ति न हो। क्रामवेल और नेपोलियन की भाँति न्यूटन की सफलता भी संयोग की ही बात थी या यूँ समझिए कि वह सफलता उसके व्यक्तित्व और अवसर की परस्पर प्रतिक्रिया का परिणाम थी। इनमें से प्रत्येक का चाहे वह कर्मशील व्यक्ति था या चिंतनशील, इतिहास में उस समय पदार्पण हुआ, जब सामाजिक अस्थिरता व्याप्त थी। न्यूटन सत्रहवीं शताब्दी की पाँचवी दशाब्दी के अशांत वातावरण में क्रामवेल की क्रांति के समय में पैदा हुआ था; 1660 में पुनःर्स्थापना के समय वह 18 वर्ष का था और उसकी 'प्रिंसिपिया' तब प्रकाशित हुई जब वे षड़यंत्र रचे जा रहे थे जिनके परिणामस्वरूप 1688 की क्रांति में विलियम ऑफ ऑरेंज को इंग्लैंड लाया गया। ऐसे ही क्षण होते हैं जब कोई सबल मन या शक्तिशाली व्यक्ति समय की आवाज़ को पहचानता है, जब उसके विचार बड़ी तेज़ी से आगे बढ़ते हैं और जब वह दूसरों की अनिश्चित चित्तावस्था में ऐसे रचनात्मक विचार फूँक सकता है जिनसे उन्हें अपने लक्ष्य के लिए कार्य करने की शक्ति प्राप्त होती है। ऐसे क्षण में जो व्यक्ति विचार और कर्म के क्षेत्र में दूसरों का नेतृत्व कर सकता है वह संसार का पुनर्निर्माण कर सकता है।

न्यूटन ऐसा ही व्यक्ति था। जटिल किंतु स्पष्ट बुद्धि वाले उस व्यक्ति ने, जिसका मस्तिष्क विचारों के कभी विक्षुब्ध न होने वाले इंजन के समान था, जो भी काम किया उस पर अपनी गहरी छाप छोड़ी। यह छाप है न्यूटन की कार्य शैली की, और उसके ढंग और उसके कार्य में तादात्म्य है। दोनों ही किसी एकाग्रचित्त व्यक्तित्व के प्रतिबिंब हैं।

विज्ञान कोई अवैयक्तिक चीज़ नहीं। विज्ञान व्यक्त किए गए विचार के किसी भी रूप से कम या अधिक व्यक्तिगत नहीं। चूँकि मेरा ढंग व्यक्तिगत है, केवल इसलिए यह पुस्तक कम वैज्ञानिक नहीं बन जाती। और मैं इसके लिए कोई सफ़ाई नहीं पेश करना चाहता। विज्ञान लोगों के सामान्य अनुभवों के बारे में खोज करता है, इसका निर्माण लोगों द्वारा होता है और इस पर उनकी छाप होती है। किसी बड़े व्यक्ति के काम करने के ढंग की छाप केवल उसके अपने काम पर नहीं पड़ती बल्कि उसके काम के द्वारा उसकी छाप पीढ़ियों तक अन्य व्यक्तियों के काम पर भी पड़ती है।

न्यूटन के काम करने की शैली और उसका काम शताब्दियों तक विज्ञान पर छाये रहे और इस अवधि में विज्ञान की कार्यप्रणाली और विषय-वस्तु का निर्धारण इसी के द्वारा होता रहा। किंतु काम करने के तरीक़े पर किसी बड़े आदमी का ही एकाधिकार नहीं होता और उसका मूल्यांकन करने का काम भी केवल विशेषज्ञों के लिए सुरक्षित नहीं होता। स्कूल जाने वाला कोई एक लड़का, जो गंदे और अच्छे प्रूफ में अंतर कर सकता है, काम के ढंग को समझता है और उसमें आनंद लेता है। वास्तव में वह विज्ञान की शैली को शेक्सपियर की शैली की अपेक्षा असानी से समझ लेता है।

मैं इतनी दूरी से उसकी शैली, शैली भावना और उसकी बारीकियों को आप तक नहीं पहुँचा सकता। शैली ऐसी चीज़ नहीं जिसे ख़रीदा जा सके, डिब्बों में बंद किया जा सके या सुखाया जा सके। इसे सामान्य ज्ञान के इतिहास की किसी पुस्तक में विज्ञान या शेक्सपियर के अध्याय के दसवें और ग्याहवें पृष्ठ पर भी नहीं टिकाया जा सकता। हम सब यह जानते हैं कि संपूर्ण शेक्सपियर उसकी कृतियों के संग्रह के अतिरिक्त किसी और पुस्तक से नहीं जाना जा सकता। इसलिए यदि हम संपूर्ण न्यूटन के विषय में, उसके व्यक्तित्व और उसकी कार्य-पद्धति, उसके रूप और उसकी शैली के बारे में जानना चाहते हैं तो हमें उसकी 'प्रिंसिपिया' और 'ऑप्टिकस' नामक कृतियाँ अवश्य पढ़नी चाहिए। केवल इसी तरीक़े से हम उसके काम की विशेषता और गति की जानकारी प्राप्त कर सकते हैं। तभी हमें इस बात का परिचय मिल सकता है कि 'ऑप्टिक्स' की भाषा में कितना प्रवाह है और यह कितने आत्मविश्वास से लिखी गई है। इन बातों में 'ऑप्टिक्स' और एंटोनी एंड 'क्लियोपेट्रा' में असाधारण रूप से समानता है।

किंतु इसलिए हमें अपने आपको सौंदर्य शास्त्र तक ही सीमित नहीं रखना चाहिए। आख़िर हममें से बहुत कम ऐसे लोग हैं जो शैली को इतना अधिक महत्त्व देते हैं कि बाल्जाक और स्टेंढल तो क्या फलाबर्ट और प्रूस्त का भी अनुवाद पढ़ना सहज नहीं कर सकते। कोई विरला ही आदमी होगा जो केवल सौंदर्य-बोध के इस विशुद्धिवाद को बनाए रखने के लिए फ्रेंच भाषा पढ़े। इसी तरह हमें विज्ञान के संबंध में भी अनुवाद से ही संतोष कर लेना चाहिए। किसी युग की कला अथवा संगीत की शैली की भाँति उस युग के विज्ञान की भी एक विशेष शैली तो अवश्य होती है। किंतु विज्ञान की अपनी विशिष्ट विषय-वस्तु और संरचना भी होती है जो किसी एक व्यक्ति के काम से कहीं बड़ी होती है और जिस की परिधि में वैज्ञानिकों का कार्यरूप और अर्थ धारण करता है। शेक्सपियर अपने समय के नाटककारों में से एक था और वे नाटककार एलिज़ाबेथ के युग के जलयात्रियों की विस्तारोन्मुख दुनिया और देशभक्ति पूर्ण अभियानों में समान रूप से भागीदार थे। न्यूटन रॉयल सोसाइटी के प्रारंभिक काल में, जिसकी अशांत पृष्ठभूमि का मैंने उल्लेख किया है, खोजे गए नए-नए वैज्ञानिकों में से एक था। केवल इतना ही जानने से हम उन सबकी उपलब्धियों का मूल्यांकन नहीं कर सकते, और कला या विज्ञान के मूल्यांकन का स्थान तो यह ज्ञान और भी कम ले सकता है। परंतु इससे हमें वह संदर्भ अवश्य उपलब्ध हो जाता है, जिससे हम अपनी निजी जिज्ञासा की एकांत विधि से निकल कर ज्ञान के उन्मुक्त तथा उर्वर प्रदेश पर दृष्टिपात कर सकते हैं।

3

इंग्लैंड के इतिहास में सत्रहवीं शताब्दी की सातवीं दशाब्दी के समान उत्साहवर्द्धक समय कभी नहीं आया जब रॉयल सोसाइटी की विधिवत् स्थापना की गई थी और यद्यपि यह अवसर और स्थानों पर कम नाटकीय था किंतु समस्त यूरोप के लिए यह बड़ा महत्त्वपूर्ण था। समुद्रगामी राष्ट्रों में खगोल विद्या की पुरानी परंपरा इंग्लैंड में न्यूटन के साथ और हॉलैंड में ह्यूजिन्स (Huygens) के साथ चरम सीमा पर पहुँचने वाली थी।

पुनःस्थापना के समय कौन-सी असाधारण बात थी ? हम सब पुनःर्स्थापन काल का आदर करते हैं और यह बात अपने आप में एक पहेली है। ऐसी वह कौन-सी बात है जिससे कारण राजा चॉर्ल्स द्वितीय के राज्य के प्रति लोगों के मन में प्रेम है ? निश्चय ही वह उस समय की राजनीतिक और साहित्यिक सफलता नहीं जिसका उल्लेख इतिहास की पुस्तकों में मिलता है। उस काल का सबसे अधिक कलपनाशील टोरी भी चॉर्ल्स द्वितीय को महान् राजा की संज्ञा नहीं दे सकता था। ड्राइडन एक महान् कवि था, पर कवि के नाते वह अपने पूर्ववर्ती मिल्टन की बराबरी नहीं कर सकता। जहाँ तक पुनःर्स्थापन युग के नाटककारों का संबंध है, हम उनकी कृतियों के हास्य रस से चाहे कितना ही आनंद क्यों न ले लें, किंतु इससे उन्हें अंग्रेज़ी नाटक साहित्य में विशेष स्थान नहीं मिल सकता।

किंतु वास्तव में इस युग के प्रति हमारा आदर ठीक ही है क्योंकि उसका आधार इनके अतिरिक्त अन्य सफलताएँ हैं जो यद्यपि कम विख्यात परंतु व्यापक अधिक हैं। ये सफलताएँ साहित्यिक होने की अपेक्षा वैज्ञानिक अधिक हैं, किंतु ड्राइडन की उत्कृष्ट गद्य के समान न इन्हें विशुद्ध साहित्यिक कहा जा सकता है, न विशुद्ध वैज्ञानिक। ये एक उदार संस्कृति की प्रारंभिक सफलताएँ हैं और समस्त यूरोप में सहानुभूति और जिज्ञासा की बढ़ती हुई लहर का अंग हैं। इसे हम उन विचित्र परिस्थितियों में भी ढूँढ़ सकते हैं जिनके कारण, रक्तपात और हिंसा द्वारा स्थापित और घोषित तानाशाही शासन के लंबे दौर के बाद बिना खून की एक बूँद टपकाए और बिना बदले की भावना के चॉर्ल्स द्वितीय को वापस बुलाना संभव हो सका। और उन परिस्थितियों पर विचार कीजिए जिनमें चॉर्ल्स की वापसी के बाद रॉयल सोसाइटी की स्थापना की गई थी। सोसाइटी के अधिकतर नेता प्युरिटन प्रोफेसर थे और उनमें से कुछ ऐसे पदों पर आसीन थे जो क्रामवेल ने उनके लिए राजा के समर्थकों को निकाल कर ख़ाली कराए थे। गणितज्ञ जान वाल्लिस की प्रसिद्धि का प्रमुख कारण यह था कि उसने अपने ज्ञान का उपयोग क्रामवेल की सैनिक आवश्यकताओं को पूरा करने के लिए किया था। वह शत्रु की कूट भाषा का अर्थ निकालने की विद्या के प्रवर्तकों में से था। और तब से ही यह गणितज्ञों का परंपरागत युद्धकालीन काम रहा है। चॉर्ल्स द्वितीय की इन व्यक्तियों में कोई रुचि नहीं हो सकती थी और विज्ञान में उसे कोई अत्यधिक दिलचस्पी भी नहीं थी फिर भी इवलीन ने उसे अपनी नई संस्था का नामकरण करने के लिए राज़ी कर लिया। परिणाम यह हुआ कि साहित्यकार भी उस संस्था के सदस्य बनने के लिए उनके साथ प्रतिस्पर्धा करने लगे।

पेरिस की अकादेमी रॉयल द'साइंसिज में ह्यूजिन्स की भी यही स्थिति थी। क्रिश्चियन ह्यूजिन्स 1629 में हॉलैंड में पैदा हुआ था। उसके पिता और दादा ऑरेंज वंश को सेवा में कूटनीतिज्ञ थे। इस परिवार की द'कार्त के साथ मित्रता थी जो ह्यूजिन्स की युवावस्था में हालेंड में एक निर्वासित के रूप में रहता था। सत्रहवीं शताब्दी की सातवीं दशाब्दी में चौदहवाँ लुई ऑरेंज वंश पर अपना दबाव डाल रहा था और कुछ समय पश्चात् उसने हॉलेंड पर आक्रमण कर दिया। फिर भी ह्यूजिन्स को, जो डच था, प्रोटेस्टेंट था और द'कार्त का अनुयायी था, 1666 में अकादेमी रॉयल की स्थापना के सिलसिले में सहायता देने के लिए फ्रांस बुलाया गया और वह सत्रहवीं शताब्दी की नवीं दशाब्दी तक उसका वरिष्ठ अधिकारी रहा। लेकिन बाद में प्रोटेस्टेंट-विरोधी नीति इतनी तेज़ हो गयी के उसे उस संस्था को छोड़ना पड़ा।

अकादेमी के लिए ह्यूजिन्स का व्यक्तित्व और नेतृत्व उतना ही महत्त्वपूर्ण था जितना उसके कुछ समय बाद रॉयल सोसाइटी के लिए न्यूटन का, जो ह्यूजिन्स से तेरह वर्ष छोटा था। वैज्ञानिक के रूप में ह्यूजिन्स न्यूटन के बराबर न

था। उसमें न्यूटन के समान गणित या प्रयोग के सिद्धांतों के बारे में न तो उतनी गहरी सूझ-बूझ और दृष्टि थी और न ही उतना व्यापक ज्ञान। उसकी प्रवृत्ति अधिकांशत एक आविष्कारक और मैकेनिक जैसी थी और अंग्रेज़ी वैज्ञानिकों में जो वैज्ञानिक उससे बिल्कुल मिलता था वह था प्रयोगों का संग्रहपाल या रॉयल सोसाइटी का मंत्री रॉबर्ट हुक। उसका व्यक्तित्व कुछ अनोखा ही था। और न्यूटन के प्रति उसकी घृणा (और न्यूटन की उसके प्रति घृणा) के कारण उस काल के वैज्ञानिक तर्कों में कुछ उच्छृंखलता सी आ गई थी। हुक की तरह ह्यूजिन्स ने खगोल विद्या की सहायता के रूप में घड़ी में कुछ मूलभूत सुधार किए। वास्तव में ह्यूजिन्स ने समय का हिसाब रखने के यंत्र के रूप में लोलक (Pendulum) का आविष्कार किया और हुक ने उसी उद्देश्य से पहला पारणीय गतिक्रम यंत्र बनाया। न्यूटन तथा प्रत्येक अन्य वैज्ञानिक की भाँति, आविष्कारों की उस लहर में, इन दोनों में से प्रत्येक क्षेत्र बड़ा व्यापक था। ह्यूजिन्स ने शनि के वलयों की खोज की और अपकेन्द्रीबल (Centrifugul force) का फ़ॉर्मूला बनाया। उसने यांत्रिकी (mechanics) और प्रकाशिकी (Optics) के संबंध में बड़ा महत्त्वपूर्ण काम किया। उसका एक महत्त्वपूर्ण कार्य यह था कि उसने इन विषयों के बारे में नवयुवक वैज्ञानिक लाइब्नीज़ (Leibnitz) को प्रोत्साहन दिया।

मैंने यह कहा है कि ये व्यक्ति केवल वैज्ञानिक नहीं थे और न ही इन लोगों और अन्य विषयों के विशेषज्ञों की अभिरुचियों के बीच कोई दीवार थी। कलाकारों, लेखकों और वैज्ञानिकों की रुचियाँ और उमंगें समान थीं, इंग्लैंड में रॉयल सोसाइटी के सदस्यों में रॉबर्ट बॉयल के साथ कवि डेन्हम और सेमुअल पेपीस के साथ गणितज्ञ वाल्लिस थे। इस सोसाइटी का संबंध गणित, फासिल, यांत्रिकी और जीव-विज्ञान (Botany) और धातु विज्ञान (Metallurgy) से लेकर जनसंख्या के आँकड़ों तक सभी व्यावहारिक विषयों से था। सोसाइटी की एकमेव सर्वव्यापी आकांक्षा थी, प्रयोग द्वारा प्रकृति के ज्ञान का विकास।

जो बात इंग्लैंड के लिए सत्य थी वह बात यूरोप महाद्वीप के लिए भी उतनी ही सत्य थी। यह सिद्ध करने के लिए कि समान हितों ने समस्त संसार की संस्कृति को किस प्रकार एक ही सूत्र में पिरो रखा था, आइए हम फिर ह्यूजिन्स की दुनिया की ओर चलें। पाठ्य-पुस्तकों में ह्यूजिन्स का नाम इसलिए लिया जाता है कि उसका विश्वास था कि प्रकाश तरंगों में चलता है और इस संबंध में उसने इस विचार को सफलतापूर्वक दर्शाया था। इसके बिल्कुल विपरीत न्यूटन का दृष्टिकोण था कि प्रकाश छोटी-छोटी गुटिकाओं (pellests) की धारा है और यद्यपि यह मामला इतना सरल नहीं, पर न्यूटन का दृष्टिकोण ग़लत था। परंतु इसमें देखने की बात यह है कि उस समय तत्कालीन संस्कृति पर और विशेषकर हॉलैंड में प्रकाशिकी का प्रभाव कितना अधिक था। ह्यूजिन्स रेम्बराँ, स्पिनोजा और महान् प्रकृतिवेत्ता लियुवेनहुक का समकालीन था। लियुवेनहुक ने सूक्ष्मदर्शक (Microscope) तैयार किया था। वह इस यांत्रिक तथा प्रेक्षणात्मक प्रवीणता द्वारा प्रकृति के पैने अध्ययन के लिए प्रसिद्ध था। स्पिनोजा लेंसों की घिसाई करता था। जर्मनी के 'मोची-कवियों' (Cobbler-poets) की भाँति वह अपने व्यवसाय की उपज था किंतु उसके व्यवसाय ने डचों के आविष्कार कार्य को जीवन प्रदान किया। स्वयं गेलीलियो ने यह बात सुनने के पश्चात् कि लेंसों की घिसाई करनेवाले डच लेंसों के ऊपर लेंस रख कर दूर तक देख सकते हैं, 1609 से अपनी दूरबीन (Telescope) का आविष्कार किया था। इन व्यक्तियों के दैनिक कार्य को ह्यूजिन्स के प्रकाश संबंधी विचारों और रेम्ब्राँ की चित्रकला से जोड़ना केवल कल्पना नहीं और न ही यह बात है कि इंग्लैंड में प्रकाश की ओर कोई ध्यान नहीं दिया जा रहा था। न्यूटन ने 'ऑप्टिक्स' में विभिन्न रंगों के साथ जिन प्रयोगों का वर्णन किया है, उन्होंने इंग्लैंड के चित्रकारों और कवियों को अत्यधिक प्रभावित किया है। पहले के कवियों की अपेक्षा अठारहवीं शताब्दी के कवियों का प्रकृति-वर्णन कहीं अधिक चमकीले रंगों से भरा हुआ है। हमें पोप की कविता में सदा रंगों का सुंदर प्रवाह नहीं मिलता, शायद इसलिए कि इस प्रवाह का उदय वर्णक्रम (Spectrum) से हुआ है, जिसे हम भूल जाते हैं। किंतु पोप शेक्सपियर से तीन-चार गुना रंगों के नामों का प्रयोग करता है और उन्हें अक्सर दस गुना बार प्रयोग में लाता है।

इस प्रकार 1660 के आस-पास यूरोप के लोगों के विचारों में एक बहुत बड़ी क्रांति आ रही थी। यह थी वैज्ञानिक क्रांति और इसने संस्कृति के सभी पहलुओं को प्रभावित किया। कभी-कभी हम इस प्रकार बात करते हैं जैसे विज्ञान ने संस्कृति में हमारी अन्य सभी रुचियों को धीरे-धीरे समाप्त कर दिया है और वह धीरे-धीरे हमारी परंपरागत विचार-प्रणालियों का भी गला घोंट रहा हो। वस्तुतः ऐसी कोई बात नहीं। सत्रहवीं शताब्दी की वैज्ञानिक क्रांति एक सर्वतोमुखी क्रांति थी। यदि चिन्तनशील व्यक्तियों की सभी प्रकार की प्राकृतिक और दैवीय वस्तुओं संबंधी धारणाओं में पहले से ही काफ़ी परिवर्तन न आया होता तो यह क्रांति कभी न आती। इंग्लैंड में प्यूरिटनवाद और यूरोप में प्रोटेस्टों का बलिदान, कला के क्षेत्र में मार्वेल और मोलियर की कृतियाँ और राजनीतिक क्षेत्र में क्रामवेल की क्रांति और लुई चौदहवें की लड़ाइयाँ उक्त परिवर्तन की सूचक हैं। मानसिक प्रवृत्ति का यह परिवर्तन निश्चय ही कुछ पूर्व घटनाओं पर आधारित था। इसका मूल कारण यह था कि लाभ के उद्देश्य से व्यापार और उद्योग की उन्नति से मध्ययुगीन सामाजिक व्यवस्था का विघटन हो गया था, जो परंपरागत जागीरदारी और दस्तकारी पर आधारित थी। परंतु इन परिवर्तनों के आदि कारणों की ओर चलने से हम वैज्ञानिक क्रांति से बहुत दूर चले जाएँगे।

इस प्रसंग में महत्त्वपूर्ण बात यह है कि रॉयल सोसाइटी और अकादेमी रॉयल जिस परिवर्तन के चिह्न थे वह विज्ञान से कहीं अधिक विशाल और गंभीर थे और इन चिह्नों को वास्तवकिता में परिणत होने से पूर्व ऐसा होना स्वाभाविक ही था। हम यह कल्पना भी नहीं कर सकते कि चॉर्ल्स प्रथम और तेरहवाँ लुई इन संस्थाओं की सफलता की कामना कर सकते थे, किन्तु उनके उत्तराधिकारियों के लिए ऐसा करना स्वाभाविक था क्यों कि सत्रहवीं शताब्दी की सातवीं दशाब्दी में यह संस्थाएँ बहुत बड़े परिवर्तन की द्योतक हो गई थीं। चॉर्ल्स द्वितीय और लुई चतुर्दश विज्ञान को कोई प्रोत्साहन नहीं दे रहे थे उन्होंने दृष्टिकोण में हो रहे परिवर्तन का केवल विरोध नहीं किया। अगली शताब्दी में वास्तव में एक प्रतिक्रिया हुई जो इतनी रोचक है कि हमें उस पर बड़े ध्यान से ग़ौर करना होगा। और यह प्रतिक्रिया हमें यह सोचने पर विवश कर देती है कि विज्ञान की आधुनिक प्रगति उसके पूर्व उद्देश्य के बिल्कुल विपरीत है। परन्तु ये बातें इतिहास के प्रवाह में तुच्छ भँवरों के समान हैं। सत्रहवीं शताब्दी एक भारी बाढ़ के समान थी। वह परिवर्तन का युग था, अस्थिरता का झूलता हुआ समय तब था जब क्रामवेल और न्यूटन जैसे व्यक्ति संसार को नया रूप दे सकते थे। उन्होंने सेवर्न बेध की तरह संसार पर प्रहार किया और देखते-ही-देखते उसे पलट दिया किंतु दृष्टिकोण में यह परिवर्तन बहुत पहले से हो रहा था जिसका तब तक किसी ने लाभ नहीं उठाया था। 1660 के आस-पास क्या हुआ ? यह जानने के लिए हमें उस समय से पहले विज्ञान और चिन्तन की पृष्ठभूमि का अवलोकन करना चाहिए और, यह देखना चाहिए कि परिवर्तन से पूर्व इसका रूप क्या था।

4

मध्यकाल का सम्पूर्ण विचार-विन्यास ऐसा है जिसे समझना आज हमारे लिए बहुत मुश्किल है। इसकी अपनी एक व्यवस्था थी किन्तु जिन सिद्धान्तों के आधार पर यह व्यवस्था की गई थी वे आज हमें ऊल-जलूल और अर्थहीन प्रतीत होते हैं। उस सीधे से प्रश्न को ही लीजिए जिसके विषय में यह कहा जाता है कि इसने न्यूटन का ध्यान गुरुत्त्वाकर्षण (gravitation) की समस्या की ओर खींचा : जब कोई सेब पेड़ से टूटता है तो वह ज़मीन पर क्यों आ गिरता है ? यह प्रश्न चौदहवीं शताब्दी से ही अक्सर पूछा जाता था जब इटली के पुनर्जागरण काल में चतुर और जिज्ञासु व्यक्तियों ने यंत्रीय संसार में रुचि लेनी शुरू की। इसके उत्तर के लिए उसका ध्यान अरबों की पुनर्जागरण काल की एक महान् खोज अर्थात यूनानी दार्शनिकों की कृतियों की ओर गया। हमें इस उत्तर से दर्शन की सब से दंभपूर्ण परम्परा की ध्वनि आती है। इसमें शब्द-जाल अधिक और विश्व की व्याख्या कम है। मध्यकाल ने इस प्रश्न का उत्तर अरस्तू की परम्परा के अनुसार इस प्रकार दिया : सेब ऊपर नहीं नीचे गिरता है क्योंकि उसकी प्रकृति नीचे गिरने की है।

इस तरह कह कर निस्सन्देह मैंने उत्तर का व्यंग्यचित्र खींचा है। इससे मेरा अभिप्राय उसका मज़ाक़ उड़ाना नहीं बल्कि इसके विपरीत यह दिखाना है कि इस हास्यास्पद सरल रूप में भी यह उत्तर वास्तव में बचकाना प्रतीत नहीं होता। यह बचकाना तभी होता यदि यह इस प्रकार होता : यह सेब ऊपर नहीं नीचे गिरता है क्योंकि इस समय इसकी प्रकृति नीचे गिरने की है। परन्तु अरस्तू ने तो ऐसा नहीं कहा था। उसने कहा था कि कोई एक सेब ऊपर से इसलिए नीचे गिरता है क्योंकि सभी सेबों की प्रकृति सदा नीचे गिरने की होती है। हमें यह धारणा सरल प्रतीत हो सकती है किन्तु अपने आप में यह बुद्धि के स्पष्ट और असाधारण विकास की द्योतक है। सेबों का एक स्थायी वर्ग बना देना और सेबों की धारणा का सामान्यीकरण कर देना ही एक बहुत महत्त्व की बात है। पैसों या इस किताब के 'क' अक्षरों जैसी एक-सी चीजों को एक ही वर्ग में रखना सहज है। किन्तु प्रकृति की सभी चीज़ें समान नहीं होतीं बल्कि इसके विपरीत समान वस्तुएं तो मनुष्य स्वयं बनाता है। प्रकृति में तो सेबों से लदे पेड़ होते हैं जो देखने में एक-से लगते हैं किन्तु समान नहीं होते, कोई छोटे होते हैं तो कोई बड़े, कोई लाल होते है तो कोई पीले, कइयों में कीड़ा लगा होता है तो कइयों में नहीं। इन सभी सेबों और विभिन्न किस्मों के सेबों के बारे में कोई एक बात कहना ही तर्क का सम्पूर्ण आधार है।

आपको यह समझना चाहिए कि यह बात बहुत महत्त्वपूर्ण है। ऐसी चीज़ों को एक ही वर्ग या श्रेणी में रखना, जो एक-सी न हों, हमारे लिए इतनी साधारण बात है कि हम इसके व्यापक प्रभाव को भूल जाते हैं। यह बात कुछ ऐसी चीज़ों को समान समझने पर निर्भर करती है जब वे बिल्कुल एक-सी नहीं होतीं। हम उन्हें उनकी समानताओं अर्थात् उन बातों के कारण, जिन्हें हम उनके बीच एक-सी समझते हैं, एक क्रम में रखते हैं। हम अपनी आदत के अनुसार पहले समानता को ही देखते हैं, यह हमें अपने आप ही स्पष्ट प्रतीत होता है कि किसी-न-किसी तरह सभी सेब या सभी पेड़ या सभी पदार्थ एक-से हैं। किंतु प्रशांत द्वीपों में कुछ ऐसी भाषाएँ है जिनमें द्वीप के प्रत्येक पेड़ के लिए तो अलग नाम है किन्तु पेड़ के लिए कोई शब्द नहीं। इन द्वीपों के निवासियों के लिए सभी पेड़ समान नहीं होते, इसके विपरीत उनके लिए महत्त्वपूर्ण बात यह है कि सभी पेड़ भिन्न होते हैं। इन द्वीपों के व्यक्ति अपने आपको अपनी जाती के गणचिह्न, जैसे तोता से सम्बन्ध कर लेते हैं और उन्हें ऐसी प्रतीत होता है कि वे तोतों जैसे हैं जबकि हमारे लिए यह धारणा केवल धोखा है और वह भी मूर्खतापूर्ण।

मेरे विचार में चीज़ों को समानता के अनुसार व्यवस्था में रखने की योग्यता, मानव चिन्तन का आधार है। और यह मानवीय योग्यता है, हम चीज़ों में समानता ढूँढ़ते हैं और कुछ हद तक उनमें ऐसी समानता का समावेश भी करते हैं जो प्रत्यक्ष रूप से प्रकृति ने उन्हें प्रदान नहीं की होती। न्यूटन के सेब के उदाहरण से यह बात बिल्कुल स्पष्ट हो जाती है। जैसा कि न्यूटन ने स्वयं बताया है कि उस समय उसकी अन्तदृष्टि सेब के गिरने और चन्द्रमा के पृथ्वी के चारों ओर अपने कक्ष में चक्र लगाने के बीच ऐसी समानता ढूँढ़ने में लगी थी जिसे पहले किसी ने अनुभव नहीं किया था। गुरुत्त्वाकर्षण का सिद्धान्त इसी बात पर आधारित है : चीजों में समानता की बात हमारे लिए तो साधारण और स्पष्ट है किन्तु मध्यकाल में अरस्तूवादियों को यही बात कल्पनामात्र प्रतीत होती होगी।

एक बात और है कि उनके उत्तर में छिपे सामान्यीकरण केवल सेबों तक ही सीमित नहीं थे। अरस्तूवादियों का यह मत था कि सेब ऊपर नहीं नीचे गिरता है क्योंकि पार्थिव चीज़ों की प्रकृति यही होती है कि वे सदा नीचे गिरती हैं। उन्होंने सभी पदार्थों में समानता देखी और इस समानता के आधार पर उन्होंने विश्व की सभी वस्तुओं को विभिन्न वर्गों पार्थिव, जलमय, वायवीय और अग्निमय—में बाँट दिया। यह बड़ा महत्त्वपूर्ण सिद्धान्त था जो शरीर मस्तिष्क और जड़ पदार्थों के सम्बन्ध में समान रूप से लागू किया जाता था। किन्तु हमारी दिलचस्पी उस रूप में है जो इस सिद्धान्त ने विश्व को प्रदान किया। उस रचना में पार्थिव चीज़ों का सम्बन्ध पृथ्वी से था, उन चीज़ों का प्राकृतिक विश्राम-स्थल पृथ्वी का केन्द्र था और उसी के आकर्षण में वे चीज़ें पृथ्वी पर गिरती थीं। अरस्तूवादियों के मतानुसार तत्त्वों अर्थात्

अग्नि की प्रक्रिया से ऊपर उठे पार्थिव पदार्थ और वायु की तेज़ी से उड़े जल के बीच परस्पर द्वन्द्व होने के कारण ही ब्रह्माण्ड अपने स्थान पर स्थिर है और मृत केन्द्र पर नहीं जा गिरता। उनके अनुसार विभिन्न विपरीत तत्त्वों के बीच परस्पर तनाव के कारण ही विश्व टिका हुआ है क्योंकि सभी तत्त्व अपने-अपने अलग-अलग केंद्रों को ढूँढ़ रहे हैं। यह एक रोचक विचार है और यह प्रकृति की ऐसी व्यवस्था है जो मान्य समानताओं और असमानताओं पर आधारित है। किंतु यह विचार हमें कल्पनामात्र प्रतीत होता है, हमें ऐसा लगता है जैसे यह समानता जिस पर यह विचार आधारित है, अनावश्यक बातों की समानता है, और स्पष्ट रूप से ऐसा लगता है कि इस प्रकार सोचने वालों को इस बात का बिल्कुल कोई ज्ञान नहीं कि दुनिया कैसे चलती है।

मध्यकालीन धारणा जो अरस्तू से ली गई है, दो उल्लेखनीय दृष्टियों से, ऐसी प्रत्येक बात से भिन्न है जिसे किसी भौतिक पद्धति में निहित माना जा सकता है। एक तो यह है कि इसमें पदार्थ के संबंध में सर्वथा भिन्न मान्यताएँ हैं—ऐसी मान्यताएँ जो हमारी मान्यताओं से भिन्न हैं। इस व्यवस्था-चित्र के इस प्रकार के क्रिया-स्रोत दिखाई पड़ते हैं जिनका संबंध पदार्थों से जोड़ने की कल्पना भी नहीं की जा सकती। मानवीय क्रिया के ऐसे स्रोत यंत्र की अज्ञात प्रक्रिया से गतिमान जान पड़ते हैं। पृथ्वी, पानी, हवा और आग की प्रकृतियाँ मूलतः मानव प्रकृति से अभिन्न हैं और जिन लोगों ने उन्हें मानव प्रकृति के अंगों के रूप में चित्रित किया है वे इस तथ्य से परिचत थे। उन्हें एक प्रकार की इच्छाशक्ति चलाती है जो कदाचित् अचेतन होने पर भी वही दुर्धर्ष पाश्विक इच्छाशक्ति है। ऐसा जान पड़ता कि मानो पिंड के पिंड पृथ्वी के केंद्र स्थल पर पहुँच कर विश्राम पाना चाहते हैं। हवा ऊपर उठ जाना चाहती है। सिद्धांत रूप से अरस्तू यह मान सकते हैं कि इन तत्त्वों की इन प्रकृतियों की उपस्थिति में बाक़ी सब काम तो अपने आप ही हो जाते हैं। किंतु वास्तविकता यह है कि इस तंत्र को न तो यंत्र के समान माना गया था और न ही इस यंत्र के रूप में इसकी व्यवस्था हुई है। इस सिद्धांत का विकास इस विचार से हुआ कि प्रकृति मूलतः पशुसमान, इच्छाशक्तियुक्त और जीवित चीज़ है।

दूसरी बात यह है कि इस संपूर्ण धारणा के पीछे एक व्यवस्था थी, वस्तुतः जो एक पद सोपान थी। इसका आधार है पृथ्वी संबंधी यह कल्पना कि प्रकृति कैसी होनी चाहिए : एक व्यवस्था, जिसकी ओर यह विशाल आयोजन आगे बढ़ रहा है, और जिसे प्राप्त करते इसे भी दिव्य रूप और शांति प्राप्त हो जाएगी। प्रत्येक वस्तु अपने केंद्र पर पहुँचती है, पार्थिव चीज़ें नीचे आती हैं, उड़ने वाली चीज़ें ऊपर जाती हैं क्योंकि वही उनका स्थायी और उचित स्थान है, पर यहाँ पहुँचते ही उनकी गति समाप्त हो जाएगी और उनकी गति समाप्त होते ही इस दुनिया का भी तत्क्षण अंत हो जाएगा। हम देखते हैं कि यह चित्र उस यूनानी दुनिया से कितना मिलता-जुलता है, जो प्रति क्षण समाप्त होती जाती है। और उस मध्यकालीन धार्मिक चित्र से भी मिलता है जिसके अनुसार सांसारिक जीवन अपूर्ण है, यह दुनिया अव्यवस्थित है और यह महान् सोपान के अंतर्गत अपना स्थान ढूँढ़ रही है, जिसमें यह बताया गया है कि यह किस प्रकार की होनी चाहिए और इसे अभी परिपूर्ण होना है।

यह सारा चित्र हमारी कल्पना से बाहर का है। किंतु यह ऐसा क़िस्सा नहीं जिसकी कल्पना न की जा सकती हो; बल्कि इसके विपरीत क़िस्से के रूप में हम इस चित्र से भली-भाँति परिचित हैं और यह हमें याद भी रहता है। उदाहरण के रूप में, हम यीट्स की बाद की कविताओं में यह बात देख भी सकते हैं। हमारे लिए कल्पनीय बात यह है कि यह समझा जाता था कि यह सिद्धांत उसी प्रकार काम करेगा जैसी कि किसी वैज्ञानिक सिद्धांत से अपेक्षा की जाती है। हम कहते हैं कि इससे किसी बात का स्पष्टीकरण नहीं होता, यह परस्पर संबद्ध नहीं है, यह हर समय लागू नहीं होती, इसका कुछ अर्थ नहीं है। इससे हमारा अभिप्राय यह है कि यह दुनिया किसी भी तरह अमानुषिक, विवेकहीन और स्वचालित मशीन की तरह नहीं; ऐसी मशीन जिसमें जो भी कुछ होता वह इसलिए कि उसके पूर्व कुछ और हो चुका होता है।

6

इसी एक वाक्य से हमें, उदाहरण के लिए, लियोनार्डो डा विन्सी और आइसाक न्यूटन के दृष्टिकोण के अंतर का पता चल जाता है। डा विन्सी भी न्यूटन और उसके मित्रों की भाँति महान् मैकेनिक और आविष्कारक था। किन्तु यदि हम उसकी नोटबुकों का अवलोकन करें तो हम देखते हैं कि प्रकृति की जिस चीज़ ने उसको आकर्षित किया था, वह थी उसकी विविधता, उसकी असीमित अनुकूलन क्षमता और उसके भागों की अनुरूपता और उनकी पृथक्ता। इसके विपरीत न्यूटन को खगोल-विद्या में इसलिए आनंद प्राप्त हुआ क्योंकि न्यूटन ने उसमें एकरूपता, एकता और ऐसी आदर्श प्रकृति का अनुभव किया जिसके विभिन्न भाग एक जैसे रिक्त परमाणुओं के आवरण मात्र थे। जब डा विन्सी अपनी इच्छा के अनुसार कोई प्रभाव चाहता था तो उस बात को पूरा करने के लिए उपायों का आयोजन करता था : उसकी मशीनों का यही उद्देश्य था। परंतु न्यूटन की मशीनें (और वह मेधावी प्रयोगकर्त्ता था) कोई काम करने के लिए नहीं बल्कि पर्यवेक्षण करने के साधन हैं। जब वह किसी परिणाम को अनुभव करता था तो वह उसका कारण खोजता था।

इस प्रकार अब हम कारणों के विचार तक पहुँच गए हैं और यह स्पष्ट है कि यह तत्त्व मध्य काल और वैज्ञानिक काल का विभाजन करने वाली बात का एक पहलू है। इसी को इन दोनों युगों के विभाजन का मूल कारण बनाया जा सकता है और यह योजना स्वाभाविक भी है और सुविधाजनक भी। हम कह सकते हैं कि मध्यकाल ने प्रकृति को अपनी आंतरिक व्यवस्था की ओर अग्रसर होते देखा और वैज्ञानिक युग ने इस व्यवस्था को उठाकर फेंक दिया और उसके स्थान पर कारणों पर आधारित व्यवस्था को बैठा दिया किंतु इससे वास्तविक बात का पता नहीं चलता। एक ओर संपूर्ण विज्ञान और वस्तुतः सारा चिन्तन क्रम की धारा से शुरू होता है और उसी पर आधारित है : मध्यकाल की विशेषता यह है कि उनका क्रम हमेशा शृंखलाबद्ध होता था। दूसरी ओर वैज्ञानिक युग की विशेषता इस बात में नहीं कि उसका लक्ष्य कारणों के तंत्र का पता लगाना था, बल्कि इसकी विशेषता यह थी कि इसने दुनिया को एक यंत्र, घटनाओं की एक मशीन समझा। ग्रीनविच में समुद्र की ऊँची-ऊँची लहरों और हेग में ग्रहण को देखते समय वैज्ञानिक युग ने पानी या आग की प्रकृति की ओर ध्यान नहीं दिया बल्कि उसका ध्यान पहले हो चुकी और आगे होने वाली घटनाओं की ओर गया। वैज्ञानिक क्रांति, आदर्श प्रकृति के अनुसार क्रमबद्ध चीज़ों की दुनिया का ऐसी दुनिया में परिवर्तन था जिसमें होने वाली घटनाएँ एक-दूसरे के बाद निरंतर होती जाती हैं।

आइसाक न्यूटन का मॉडल

दृष्टिकोण बदलने के लिए बड़ी क्रांतियों के आने में बहुत समय लगता है और अंत में जब ऐसी क्रांतियाँ आती हैं तो वे हमारे सोच-विचार के सभी तरीक़े बदल डालती हैं। किंतु यह परिवर्तन पहले ज्ञान के उस क्षेत्र में आता है जिसका तत्कालीन सामाजिक और बौद्धिक जीवन में विशेष स्थान होता है। उन्नीसवीं शताब्दी में जन-साधारण और विशेषज्ञों की जिस क्षेत्र में समान रुचि थी, वह था पृथ्वी की आयु और मनुष्य का उद्भव। नए जीव-विज्ञान ने सबसे पहले इसी क्षेत्र में खोज शुरू की थी। सोलहवीं और सत्रहवीं शताब्दियों में ज्ञान का केंद्र खगोल विद्या थी। व्यापारिक देशों और व्यापारी वर्गों के लिए यह अत्यधिक सामाजिक महत्त्व का क्षेत्र था। यह एक व्यावहारिक और तकनीकी क्षेत्र था, किंतु इसका इसलिए तिरस्कार नहीं किया जाता था कि यह विद्या केवल नाविकों और गणितज्ञों के ही योग्य थी। जैसा कि हम बाँसुरी की अनेक धुनों में देखते हैं कि उनमें जगह-जगह नक्षत्रों का उल्लेख है। खगोल विद्या बाँसुरी वादन की भाँति एक भद्रजनोचित गुण था। मैंने पहले भी इस बात का उल्लेख किया है कि क्रिस्टोफर रेन पहले लंदन में और बाद में ऑक्सफ़ोर्ड में खगोल विद्या का आचार्य था।

हम उन सब बातों को भली-भाँति जानते हैं जिनके द्वारा 1687 में खगोल विद्या को चरम सीमा तक पहुँचाने और उसका कायाकल्प करने की तैयारी की गई थी। मैं उन बातों का थोड़ा-सा उल्लेख करूँगा। मनुष्य यह बात कई हज़ार वर्षों से जानता है कि स्थिर प्रतीत होने वाले तारों की पृष्ठभूमि में सूर्य और अन्य ग्रह नियमित मार्गों पर चक्कर लगाते हैं। ये नियमित बातें भूत और भविष्य दोनों के जानने के लिए काम में लाई जा सकती हैं। बाबल निवासी इनकी सहायता से चंद्र ग्रहण और सूर्य ग्रहण के संबंध में भविष्यवाणी कर सकते थे। सूर्य, चंद्रमा और ग्रहों को इन नियमित मार्गों पर बड़ी-बड़ी परिकक्षाओं (Sheels) या वलयों (Spheres) में पृथ्वी के चारों ओर घूमते चित्रित किया जा सकता है। अथवा ऐसे मार्गों के संबंध में जो पृथ्वी से अजीब प्रकार के चक्र से प्रतीत होते है इस प्रकार सोचा जा सकता है मानो पहियों के ऊपर पहिये चल रहे हों। आज से अठारह सौ वर्ष पूर्व सिकन्दरिया में टालमी और अन्य यूनानियों ने इन मार्गों को रात्रि के आकाश में इसी प्रकार चित्रित किया था। 'व्याख्या करना' शब्द का जो अभिप्राय आज हमारे लिए स्वाभाविक हो गया है यदि वही टालमी को समझाया जा सकता तो वह अपने चित्र द्वारा ग्रहों की गतिविधि की व्याख्या करने का दावा कभी न करता। टालमी अपने चित्र में उन ग्रहों को बता कर उनकी गति को क्रमबद्ध करता है जिससे हमें यह पता चल सके कि हम उन्हें भविष्य में कब देख सकते हैं।

सोलहवीं शताब्दी में दो ऐसी बातें हुईं जिनके कारण उपर्युक्त व्याख्या से खगोल विद्या परेशान हो गई, और इन दोनों बातों का अपना महत्त्व है, क्योंकि इनसे हमें यह पता चलता है कि विज्ञान तथ्य और तर्क का मिश्रण है। डेन खगोलवेत्ता टाइको ब्राहे ने और अच्छी तरह और अधिक नियमित रूप से ग्रहों की स्थितियों के पर्यवेक्षण किए और डेनवासियों ने यह सिद्ध कर दिया कि यद्यपि गणित के वक्रों (Curves) के रूप में टालमी के मार्ग कितने भी आकर्षक क्यों न लगें किंतु वास्तव में वे ग्रहों के मार्गों के अधूरे मार्गदर्शक ही थे। और इससे पहले भी कोपर्निकस ने यह सिद्ध कर दिया था कि यदि इन मार्गों को पृथ्वी से नहीं सूर्य से देखा जाए तो ये कहीं अधिक सरल हैं। सत्रहवीं शताब्दी के शुरू में केप्लर ने, जिसने ब्राहे के साथ काम किया था, इन दोनों निष्कर्षों को मिलाया। ग्रहों के कक्षों का सामान्य रूप तैयार करने के उद्देश्य से केप्लर ने ब्राहे द्वारा मापी गई दूरियाँ और कोपर्निकस के अनुमानों को इस्तेमाल किया, उदाहरण के लिए उसने यह सिद्ध कर दिया कि यदि सूर्य को फोकस मान कर देखा जाए तो एक ग्रह समय की प्रत्येक समान अवधि में अपनी दीर्घवृत्ति (ellipse) के बराबर-बराबर हिस्से छोड़ता जाता है।

जब न्यूटन और उसके समकालीन व्यक्तियों ने इन ग्रहों की गतियों के पीछे एक स्थायी क्रम ढूँढ़ना शुरू किया तो उन्होंने केप्लर के उन आनुभविक सामान्यीकरणों (Emperical Generalisations) से अपना काम आरंभ किया। अब उनके पास सिद्धांत रूपी नया साधन भी था। जिस समय केप्लर उत्तरी यूरोप में अपना काम कर रहा था, उस समय इटली में गेलीलिओ ने अंत में अरस्तू की उन भौतिक धारणाओं को उलट दिया था, जिनकी बहुत समय से पेरिस में आलोचना हो रही थी। जब रॉयल सोसाइटी की स्थापना हुई, उस समय पृथ्वी और हवा, संघट्टन (Impact) और शून्यक (Vacuum) के विरोध के साथ-साथ यूनानियों के गति (Motion) संबंधी जटिल विचार अप्रचलित हो गए थे। उस समय तक गति के नए स्पष्ट नियम नहीं बने थे। यह काम न्यूटन के लिए रह गया था, किंतु इस संबंध में काफ़ी बातों का ज्ञान था कि संहतिएँ (Masses) कहाँ और किस प्रकार चलती है; परंतु लोगों में इस बात के जानने की कोई रुचि नहीं थी कि संहतियों को किस मार्ग पर चलना चाहिए।

2

न्यूटन की अंतर्दृष्टि कैसी थी ? उसने महान् देनों और उस महान् अवसर का किस प्रकार उपभोग किया जिसका मैंने पहले उल्लेख किया है ?

यदि हम साफ़-साफ़ कहना चाहें कि उसने क्या किया तो वह यह है : न्यूटन ने सरलीकरण (Simplification)

के उस कार्य को आगे बढ़ाया जो केप्लर ने शुरू किया था और वह उसे ज्यॉमिति (Geometry) और भौतिकी (Physics) के क्षेत्र से भी आगे ले गया। टालमी, कोपर्निकस, टाइको ब्राहे और केप्लर अन्ततः ग्रहों के मार्ग निश्चित करने से आगे नहीं बढ़े। केन्लर ने इन मार्गों के बीच इतनी समानताएँ देखीं, जितनी कि पहले परंपरागत खगोल विद्या में नहीं थीं, क्योंकि उसकी समानताएँ गति और रूप दोनों में थीं। जब केप्लर ने सूर्य की ओर ग्रहों के आकर्षण के बारे में अनुमान लगाया तो उसे पार्थिव संहतियों की गति को उक्त आकर्षण के साथ जोड़ने वाला कोई सिद्धांत मालूम नहीं था। गेलीलियो को सबसे पहले इसका पता चला, जैसे-जैसे सत्रहवीं शताब्दी बीतती गई और लोगों को भी इस बात का पता चल गया कि वे कैसे सिद्धांत की खोज कर रहे हैं, किंतु न्यूटन ही ऐसा व्यक्ति था जिसने अचानक ही इस संपूर्ण सिद्धांत को सूत्रबद्ध किया। उसने बताया कि शक्ति से ही गति में परिवर्तन होता है कि विभिन्न संहतियों के बीच, चाहे वे सब चंद्रमा और पृथ्वी हों या ग्रह और सूर्य, उन गुरुत्त्वाकर्षण बलों से गति उत्पन्न होती है, जो उन्हें परस्पर आकर्षित करती है। और अपने समकालीनों में न्यूटन ही अकेला ऐसा व्यक्ति था जिसमें गणित के अपने ज्ञान के बूते पर यह सिद्ध करने की शक्ति थी कि यदि उन बलों को उचित मार्गों में अभिधारित किया जाए तो ये बल ग्रहों को घड़ी की तरह चक्कर लगवाते हैं, ये चंद्रमा को उसके कक्ष में रखते हैं और लहरें चंद्रमा के अनुसार उतरती-चढ़ती हैं, और इस प्रकार इन बलों के आधार पर ब्रह्मांड टिका हुआ है। ये सफलताएँ इतनी व्यापक हैं कि खगोल विद्या से कहीं आगे बढ़ जाती हैं और ये न्यूटन की संपूर्ण सफलताओं का केवल एक भाग हैं। किंतु इस सफलता से भी अधिक है, उसमें निहित विचार जिसके अध्ययन की आवश्यकता है। ब्राह्मांड को एक मशीन के रूप में देखना खोजपूर्ण धारणा थी। प्रतिरूप के रूप में नहीं बल्कि, घड़ी के से रूप में। फिर एक और धारणा है मशीन के अंतर्गत चलायमान बल जो गुरुत्वाकर्षण में क्रिया-शक्ति का एकमात्र साधन है। खगोलवेत्ताओं के विवरण और धर्मशास्त्रियों के 'प्रथम कारण' का बहुत अच्छा सामंजस्य है, जिसमें न्यूटन ने सदा के लिए कारण की धारणा निश्चित कर दी जो तब से बराबर चली आ रही है। न्यूटन ने अरस्तू की वस्तुओं की प्रकृति संबंधी धारणा से इतनी मात्रा में ग्रहण किया कि उसने संसार के चलायमान रहने का कारण बताते हुए सभी पदार्थों को एक ही प्रकृति प्रदान की, अर्थात् यह कहा कि एक प्रकार का पदार्थ अन्य पदार्थों से मिलना चाहता है। और अंत में विज्ञान में निहित उभयाभविता (Ambivalence) के संबंध में न्यूटन का हल असाधारण है। यह हल तथ्य और तर्क का रहस्यमय सम्मिश्रण है जिसका एक प्रकार से आज भी विश्लेषण नहीं हो सकता।

इन महान् सफलताओं में से मैं केवल दो को चुनता हूँ। इनमें से एक है न्यूटन की उस धारणा का निर्धारण जिसे उसने, उदाहरण के लिए, सेंट थॉमस एक्वीनास के शास्त्रीय रूप से बदल कर आधुनिक रूप दिया, जो आज हमारे लिए बिल्कुल सहज-सा प्रतीत होता है। इस अध्याय का यह भी एक विषय है। किंतु मैं इस विषय तक एक सम्बद्ध सफलता के सहारे पहुँचूँगा और मेरे विचार में इस संबंध में सबसे उल्लेखनीय सफलता है—तर्कसंगत और आनुभविक पद्धतियों का एक होना।

न्यूटन ने इस संबंध में जो कुछ किया, आज की वैज्ञानिक प्रक्रिया में यह आम बात हो गई है, किंतु यह उन बातों में से है जिसके बारे में हम कम जानते हैं।

3

वैज्ञानिक रीति से काम करने के लिए या मानव रीति से काम करने के लिए भी दो बातें ज़रूरी हैं—तथ्य और विचार। विज्ञान का काम केवल तथ्यों की खोज करना नहीं, और न ही केवल विचार करते रहना ही पर्याप्त है, चाहे हम कितने ही विवेकपूर्ण ढंग से विचार क्यों न करें। वैज्ञानिक प्रक्रियाएँ मानव क्रिया की इसलिए विशेषता हैं कि वे आनुभविक तथ्य और विवेकपूर्ण विचार के सहयोग से इस प्रकार चलती हैं कि उन्हें अलग नहीं किया जा सकता। हमारे जीवन

की तरह विज्ञान में भी आगे-पीछे तथ्यों की बराबर खोज जारी रहती है और फिर उसके बाद जो कुछ हमने खोजा होता है उसके प्रभाव के बारे में आगे-पीछे विचार किया जाता है और इस प्रकार परीक्षण और खोज के लिए हम फिर वापस तथ्यों की ओर आ जाते हैं—एक कदम प्रयोग का और दूसरा सिद्धांत का, इस प्रकार दाएँ-बाएँ यह क्रम सदा चलता रहता है।

उक्त दोनों पद्धतियों का मेल ही विज्ञान का आधार है। व्हाइट हैड, जिसने अपने दर्शन में इस मेल पर बल दिया है, वैज्ञानिक क्रांति का समारंभ उस तारीख से मानता था जब गेलीलियो और उसके समकालीनों ने इस बात को समझा कि ये दोनों पद्धतियाँ—आनुभविक और तर्कसंगत—अपने-आप में बेमानी हैं, और इन दोनों को अवश्य मिला दिया जाना चाहिए। व्हाइट हैड के विचार में प्रकृति के संबंध में मध्यकाल के अनुमान हमारे अनुमानों की भाँति तर्कसंगत थे। युक्तिवादियों की दृष्टि में हमारी स्थिति उनसे श्रेष्ठतर नहीं, हमारी भौतिक सफलताएँ, प्रत्येक साहसी निगमनिक सोपान (deductive step) पर, कठोर आनुभविक तथ्यों को फिर से ध्यान में रखने की निर्मम अपील को मध्यकाल के लोगों के तर्क के सहयोग से उत्पन्न होती हैं। वह क्षण, जब यह सहयोग शुरू हुआ और विचार तथा शब्द के अधिकार को तथ्य से चुनौती दी गई, बहुत पहले पीसा के एक दृश्य में नाटकीय ढंग से चित्रित किया गया है। ऐसा बताया जाता है कि गेलिलीयो ने लीनिंग टॉवर से एक बड़ी और एक छोटी संहति फेंकी, और ये दोनों संहतिएं अरस्तू और एक्वीनास के कथन के बिल्कुल विपरीत लगभग एक साथ ज़मीन पर आ पहुँचीं। किंतु इतिहास शायद ही इतना सरल और निश्चयात्मक होता है। न तो गेलीलियो ने पीसा पर यह प्रयोग किया और न ही वे लोग जिन्होंने यह प्रयोग किया था, इसे पूरा कर सके। और इसी बीच तर्कशास्त्री इस प्रयोग को करने की सोच रहे थे, पेरिस के साहसी विचारकों में से कुछ स्वतंत्र विचार रखने वाले व्यक्ति कुछ समय से अरस्तू के इस सिद्धांत को कि बड़ी संहतिएँ तेजी से गिरती हैं, शंका की दृष्टि से देख रहे थे। उनकी तर्कपूर्ण आपत्ति यह थी कि जब तीन बराबर-बराबर संहिताएँ एक स्थान से गिरायी जाएँ तो वे सब पास-पास गिरती हैं, और ऐसा नहीं हो सकता कि उनमें से दो की गति तीसरी से इसलिए अचानक तेज़ हो जाए क्योंकि उन दोनों को बाँध दिया गया था या उनको मिलाकर एक बड़ी संहति बना दी गयी थी।

इस संबंध में अधिक हैरान होने की कोई बात नहीं कि वैज्ञानिक क्रांति के समारंभ का निर्धारित समय हम इस घटना को लें या उस विचार को। दृष्टिकोण में प्रत्यक्ष रूप से इस प्रकार कभी परिवर्तन नहीं होता जैसा कि व्हाइट हैड का मत है, और न ही इतना आकस्मिक होता है जैसा कि मैंने कभी-कभी नाटकीय ढंग से प्रस्तुत किया है। औद्योगिक क्रांति का समारंभ 1760 से पहले हुआ जबकि वैज्ञानिक क्रांति 1660 से कहीं पहले या 590 के आस-पास लीनिंग टॉवर ऑफ पीसा की वास्तविक कहिए या काल्पनिक घटना के दिन से शुरू हुई। किंतु आरंभ से हमारा कोई मतलब नहीं, हमारा संबंध तो क्रांति से पूर्व के दृष्टिकोण में बाद के दृष्टिकोण में होने वाले प्रत्यक्ष पर्याप्त परिवर्तन से है। वैज्ञानिक क्रांति से पूर्व लोग शास्त्रीय तर्क से, जैसा वह श्रेणियों में विभक्त संस्थाओं की प्रवृत्ति के संबंध में लागू होता था, संतुष्ट थे। वैज्ञानिक क्रांति ने यह बात समाप्त कर दी, उसने विवेक और अनुभव, विचार और तथ्य, सिद्धांत और प्रयोग को मिला दिया। समय-समय पर एडिंग्टन की भाँति अनुमान लगाने वाले बड़े-बड़े वैज्ञानिक बार-बार यह दावा करते थे कि हम बिना किसी प्रयोग के भौतिक नियमों का निमगन कर सकते हैं किंतु जब हम उनकी कृतियों का अध्ययन करते हैं, हम देखते हैं कि इससे उनका अभिप्राय फिर मध्यकाल की ओर जाना नहीं है, और उनका वास्तविक दावा यह है कि भौतिक नियमों के निमगन के लिए हमें जितने प्रयोग आवश्यक समझने की आदत है, उनसे कहीं कम आलोचनात्मक प्रयोगों से काम चलाया जा सकता है।

4

सत्रहवीं शताब्दी के पूर्वार्ध के दो महान् विचारकों का नाम सामान्यतः एक साथ लिया जाता है; एक का संबंध विज्ञान के युक्तिसंगत दृष्टिकोण से था और दूसरे का आनुभाविक से। द'कार्त का तरीक़ा तर्क का था और फ्रांसिस बेकन का प्रयोग का। और इन दोनों व्यक्तियों में वस्तुतः ऐसा सुंदर वैषम्य था जैसा कि आमतौर पर फ्रांसीसी और अंग्रेज़ी विचारों में होता है। विशेष बात यह है कि द'कार्त ने अपना बहुत-सा वैज्ञानिक कार्य बिस्तर में ही किया जबकि बेकन सर्दी लगने से मरा, जो शायद उसे तब लगी थी जब पैंसठ वर्ष की आयु में एक कुक्कट को बर्फ में ठूंस कर भरने के संबंध में प्रयोग कर रहा था। निश्चय ही द'कार्त का शक्तिशाली प्रभाव अंग्रेज़ों की जिज्ञासु विचारशैली के बिल्कुल विपरीत था और शायद इसलिए भी क्योंकि इस प्रभाव के विषय की अपेक्षा उसका रूप अधिक कठोर था। मैंने कहा है कि ह्यूजिन्स द'कार्त से प्रभावित था क्योंकि वह उसे लड़कपन से ही जानता था; और यह चीज़ उनमें से एक है जिसने ह्यूजिन्स को उस काम को पूरे तौर पर समझने नहीं दिया जो न्यूटन और रॉयल सोसाइटी कर रही थी।

किंतु न्यूटन के दिमाग़ी ढाँचे के लिए द'कार्त का उदाहरण भी उतना ज़रूरी था जितना बेकन का। और कुछ बातों में तो यह और अधिक महत्त्वपूर्ण था क्योंकि रॉयल सोसाइटी में बेकन की महान् किंतु अव्यवस्थित पद्धति के अनुसार काम करने वाले अनथक प्रयोगकर्त्ताओं की कमी नहीं थी। रॉयल सोसाइटी में कमी थी द'कार्त की व्यवस्था की खोज की, उसके इस विश्वास की कि प्रकृति सदा और हर जगह एक-सी होती है और उसमें एक प्रकार की एकता है। द'कार्त और न्यूटन के लिए इस एकता का चिह्न था गणित की सार्वभौमिक शक्ति। द'कार्त के संपूर्ण जीवन का निरूपण अंतर्दृष्टि के एक ही क्षण में हुआ था जब काफ़ी रात बीते अचानक ही उसे अनुभूति हुई और लगभग दिखाई दिया कि ब्रह्मांड की कुंजी उसकी गणितीय व्यवस्था है। मरने तक द'कार्त को इस रहस्योद्धाटन की तारीख़ 10 नवंबर, 1619 (तब वह तेईस वर्ष का था)—याद रही और वह इसे सदा एक रहस्यवादी के भय के साथ सुनता रहा। इसके विपरीत बेकन ने गणितीय पद्धति को बिल्कुल महत्त्व नहीं दिया और इसी बात में उसका प्रभाव बुरा था।

मैंने कहा है कि विज्ञान में आनुभविक और तर्कसंगत पद्धतियों को बारी-बारी आगे बढ़ना चाहिए; एक दिशा में उठाया गया कदम दूसरी दिशा में उठाए जाने वाले कदम की तैयारी करता है। यह स्वाभाविक ही है कि आनुभविक पद्धति में तथ्यों पर बल दिया जाए और सिद्धांतवादी को चाहिए कि वह उन तथ्यों में से नियमों का निगमन कर ले। यह स्वाभाविक है कि विचारक को पहले एक दुनिया की कल्पना करनी चाहिए और तब उसे देखना चाहिए कि वास्तव में यह दुनिया किस सीमा तक हमारी वास्तविक दुनिया है। हममें से बहुत से व्यक्तियों का झुकाव आनुभविक पद्धति की ओर है। जब साधारण रूप में हम यह महसूस करते हैं कि तथ्य तो अद्भुत होते हैं; किंतु सिद्धांत सदा कठिन होते हैं; और हम संपूर्ण विज्ञान को तर्कसंगत प्रक्रिया मान लेते हैं जिसमें पहले तथ्यों को इकट्ठा किया जाता है और फिर उनसे कोई प्रणाली निकाली जाती है जिसे वह निर्धारित करते हैं; न ही तो न्यूटन ने ऐसा किया और न ही—चाहे यह कितना आश्चर्यजनक क्यों न लगे—विज्ञान की ऐसी पद्धति है जैसी कि हम जानते हैं। इसके विपरीत आश्चर्य की बात तो यह है कि हम इस बात पर विश्वास कर लेते हैं कि इस निगमनिक पद्धति पर अमल किया जाता है या यह अमल करने योग्य है।

न्यूटन ने जो किया वह इससे बिल्कुल भिन्न था। उसने गेलीलियो और इटली के अन्य वैज्ञानिकों के प्रयोगों से कुछ संहतियों के गुणों के बारे में कुछ सामान्य धारणाएँ एकत्रित कीं, कि संहतिएँ सीधी रेखाओं में चलती हैं और समान गति से चलती हैं और वे तब तक चलती रहती हैं जब तक कोई और शक्ति उन्हें उनके मार्ग से हटा न दे, आदि—आदि। यहाँ तक तो हम इस पद्धति को निगमनिक कह सकते हैं क्योंकि यह काफ़ी से ज़्यादा प्रयोग पर ही आधारित है; यद्यपि यहाँ भी निगमन से इस पद्धति का पूरा-पूरा चित्र सामने नहीं आता जिसके लिए विभिन्न नियमों के अनुसार कई संभव संसारों की कल्पना करने में काफ़ी मानसिक प्रयोग की आवश्यकता होती है।

किंतु वह तो अगला कदम है जहाँ वस्तुतः मतभेद शुरू होता है। हुआ यह है कि न्यूटन ने यह मान लिया कि काफ़ी बड़े-बड़े आकार की संहतियाँ जिन सामान्य नियमों का पालन करती प्रतीत होती हैं, वे पदार्थ के सभी टुकड़ों के लिए भी लागू होते हैं, चाहे उनकी किस्म या उनका प्रकार कैसा भी हो, और इस विचार को क्रियान्वित करने के निश्चय के बाद उसने स्वयं अपनी एक ऐसी दुनिया की कल्पना की जो उसने पदार्थ के छोटे-छोटे उन टुकड़ों से बनाई थीं जो समान नियमों और स्वयं-तथ्यों (axioms) का पालन करते हों। न्यूटन की यह दुनिया बिल्कुल ज्यॉमिति की अमूर्त दुनिया के समान थी जो यूक्लिड ने अपने स्वयं-तथ्यों से बनाई थी, यूक्लिड ने बिंदु रेखा और समतल की परिभाषा की ओर उसने स्वयंतथ्य निर्धारित किए जिनका उन्हें अपने पारस्परिक संबंधों में पालन करना होता है। इसके पश्चात् उसने साध्यों की कई श्रेणियों में अनेक परिणाम निकाले जो उनसे निकलते हैं और अब हम यूक्लिड का सम्मान इसलिए करते हैं क्योंकि यह अमूर्त दुनिया प्रत्यक्ष रूप से वास्तविक दुनिया के उस भाग की भाँति है जिसे हम देख सकते हैं और जिसकी तुलना अपनी आँखों से कर सकते हैं। हमें उसके स्वयं-तथ्यों में इसलिए विश्वास नहीं कि इनका निमगन वास्तविक दुनिया से हुआ है बल्कि इसलिए कि यूक्लिड ने जो परिणाम निकाले थे, वे वास्तविक दुनिया पर खरे उतरते हैं।

न्यूटन की पद्धति भी बिल्कुल यही थी, किंतु न्यूटन ने प्रायः पहली बार इसको भौतिक संसार के लिए प्रयोग किया। उसने यह कल्पना की कि इस संसार की प्रत्येक वस्तु छोटे-छोटे कणों से मिलकर बनी है। उसने कभी भी इन कणों की परिभाषा नहीं दी और हम अब इन्हें डेमोक्रिटस (Democritus) और कवि ल्यूक्रीशियस (Lucretius) के परमाणुओं के रूप में समझने लग गए हैं। न्यूटन ने यह कभी नहीं कहा, और मुझे यक़ीन नहीं कि वह इस प्रकार विश्वास भी करता था; मुझे यक़ीन नहीं कि वह इस बहस में पड़ना भी चाहता था कि क्या वास्तव में इन कणों को और छोटे-छोटे कणों में तोड़ा भी जा सकता है। यद्यपि वह बहुत स्पष्ट लिखता था, किंतु न्यूटन बहस करने में दक्ष नहीं था और उसने सदा इससे बचने की कोशिश की। इसका अभिप्राय यह नहीं कि न्यूटन अपने प्रतिद्वंद्वी की कठिनाई को नहीं समझता था किंतु बात यह थी कि उसने उस कठिनाई का इतना पहले अनुमान लगा लिया था और अपने काम में उसे इस प्रकार दूर कर लिया था कि उसे किसी ऐसे व्यक्ति की सहायता करने में निराशा होती थी जो उस संबंध में अपने-आप काम नहीं कर सकता हो। इसका परिणाम यह हुआ कि अन्य वैज्ञानिकों के साथ न्यूटन के संबंध कठोर और चिड़चिड़े से थे और वह ऐसे व्यक्ति को विश्वस्त कराने में इतना अधीर नहीं होता था जितना कि निराश हो जाता था जो अपने-आप स्वाभाविक किंतु दूर हो सकने वाली कठिनाइयों के विषय में सोच न सकता हो।

इस प्रकार न्यूटन ने छोटे-छोटे अज्ञात कणों से सेब, चंद्रमा, ग्रह और सूर्य जैसी संहतियों की एक दुनिया बनाई। उसके विचार में इनमें से प्रत्येक संहति इस बात में समान है कि वह पदार्थ के छोटे-छोटे कणों से बनी है, और इस प्रत्येक संहति में ये छोटे कण समान नियमों का पालन करते हैं : यदि वे स्थिर हैं तो वे स्थिर रहेंगे अथवा यदि वे चल रहे हैं तो वे बराबर सीधी रेखाओं में चलते जाएँगे जब तक बाह्य बल उन्हें उनके मार्ग से विस्थापित न कर दे। और इन सब बलों में सबसे बड़ा बल यह है कि न्यूटन की दुनिया का प्रत्येक छोटा कण अपने समान प्रत्येक अन्य कण को ऐसी शक्ति से आकर्षित करता है जो उन कणों की परस्पर दूरी पर निर्भर करती हैं और जब यह दूरी दुगनी हो जाती है तो शक्ति केवल एक चौथाई ही रह जाती है और वे कण दूर जा गिरते हैं।

स्वभावतः यह दुनिया एक काल्पनिक दुनिया है। यह केवल एक चित्र मात्र है और अब तक इसे मशीन के रूप में भी सिद्ध नहीं किया गया। अर्थात् हम अभी तक यह नहीं जानते कि यह वे सब काम करती रहेगी जो हमने शुरू किए थे। हो सकता है कि यह काल्पनिक दुनिया काम करना बंद कर दे क्योंकि इसके कण हमेशा के लिए एक-दूसरे से अलग हो जाएँ या वे केंद्र में जाकर समाप्त हो जाएँ। वास्तव में अब तक हमारे पास केवल परिभाषाएँ और स्वयं-तथ्य हैं। जैसा यूक्लिड ने किया, अब अगला कदम है साध्य बनाना अर्थात् इन भूत के से कणों के छाया नृत्य के परिणाम

तैयार करना और यहाँ गणितज्ञ के रूप में न्यूटन ने अपनी योग्यता का परिचय दिया। हुक और अन्य व्यक्ति, जिन्होंने ऐसी ही स्थिति का पहले ही अनुमान लगा लिया था, सामान्य अनुमान लगाने से अधिक आगे न बढ़ सके क्योंकि उन्हें ठीक-ठीक परिणाम निकालने के लिए गणित का ज्ञान नहीं था। सबसे पहले यह सिद्ध करना ज़रूरी है कि इन नियमों के अधीन कणों का पिंड—जो अपने आप में एक ठोस गोला बन जाता है—गोले के बाहर की वस्तुओं से साधारणतया गोले के केंद्र में एक भारी कण के रूप में व्यवहार करता है। गणित की सरलता, जो खगोल विद्या को बुद्धि-ग्राह्य बनाती है, विशेष रूप से इसी बात पर निर्भर करती है; और यह बात गुरुत्त्वाकर्षण पर निर्भर करती है जिसे दूरी के वर्ग की भाँति भगा दिया जाता है, अन्य किसी प्रकार से नहीं। ऐसी किसी दुनिया में जहाँ गुरुत्त्वाकर्षण का नियम कोई दूसरा हो, यद्यपि उपर्युक्त तथ्य प्रतिलोम वर्ग के नियम से बहुत थोड़ा-सा भिन्न हो सकता है, फिर भी गोलाकार खगोलीय पिंड संयुक्त पदार्थ के एक बिंदु की भाँति कार्य नहीं करेंगे और न ही ग्रहों के मार्ग का हिसाब लगाया जा सकेगा और न ही ये मार्ग स्थायी होंगे।

यह तो पहला ही कदम है। इसका परिणाम यह हुआ कि न्यूटन ने यह सिद्ध कर दिया कि ग्रहों के कक्षों का भी हिसाब लगाया जा सकता है; और ये मार्ग वे दीर्घवृत थे जिन्हें केप्लर ने मापा था; और देवीय घड़ी के समान मुड़ने वाले ये मार्ग स्थायी रहते हैं। उसने धूमकेतुओं (Comets) के ज्वार-भाटे और मार्गों का हिसाब लगाया; और इस प्रकार उसने दुनिया की ऐसी तस्वीर तैयार की जो कि साफ़ तौर पर ऐसी ही दुनिया थी जैसी कि नाविक देखता है, खगोलवेत्ता देखता है और बराइटन के तट पर बैठे सैलानी देखते हैं। और अचानक ऐसा दिखाई देता है मानो घंटियों की विजयी ध्वनि के साथ यह मनघड़ंत दुनिया असली दुनिया के सुर में सुर मिला रही हो।

इन दोनों दुनियाओं की समानता से हमें न्यूटन ने जो चित्र खींचा था, उससे विश्वास हो जाता है और उसकी पृष्ठभूमि में न्यूटन के नियमों में भी। प्रत्यक्ष रूप से ये विषय किसी प्रयोग द्वारा तैयार नहीं किए गए हैं। इन नियमों की विशेषता इस बात में नहीं कि यह वास्तविक दुनिया से तैयार किए गए हैं बल्कि इस बात से है कि ये नियम उस दुनिया के बारे में भविष्यवाणी करते हैं जो निश्चित रूप से हमारी दुनिया से मिलती है। और यह वह सफलता है जो ऐसे कणों के उपस्तर (Substratum) के प्रति हमें विश्वास प्रदान करती है जिनमें से प्रत्येक कण उन नियमों का पालन करता है जिसके अनुसार न्यूटन ने अपने चित्र का निर्माण किया था। तब से हमारे तरीक़ों और तत्त्वमीमांसा को रूप देने में इस चित्र की इस कल्पना और सूक्ष्म उपस्तर में हमारे विश्वास के बड़े महत्त्वपूर्ण परिणाम निकले हैं; और इनका उल्लेख हम आगे भी करेंगे।

5

न्यूटन द्वारा तारों की दुनिया को फिर से बनाने के संबंध में उल्लेख करते हुए मैंने उसके तरीक़े की तुलना युक्लिड के तरीक़े से की है, जिसके अनुसार यूक्लिड कुछ उन कल्पित वस्तुओं से हमारे चारों ओर के अंतरिक्ष जैसी दुनिया बनाता था जिनके बारे में यह मान लिया जाता था कि वे कुछ साधारण नियमों का पालन करते हैं। न्यूटन की सफलता यूक्लिड से इस बात में भिन्न है कि न्यूटन द्वारा निर्मित दुनिया को बड़ी बारीक़ी से और बड़े विस्तार से जाँचे गए तथ्यों से मिलाया जाता है। मैं यह कहना चाहता हूँ कि ज्यॉमिति के तथ्यों की अपेक्षा भौतिक तथ्य भी अधिक अविलंबनीय और महत्त्वपूर्ण हैं। किंतु मैं निश्चयपूर्वक नहीं कह सकता कि यह ऐसा भ्रम है जिसमें हम सभी ग्रस्त हैं क्योंकि यूक्लिड का कार्य दो हज़ार से अधिक वर्षों से हमारे सभ्यता-प्रधान चिंतन का अंग रहा है परंतु न्यूटन का कार्य तीन सौ वर्ष पुराना होने पर भी हमारे हृदय में नियति के प्रति आश्चर्य की-सी भावना उसी प्रकार जगा देता है जितनी सरलता से उसने अपने समसामयिकों के हृदय में यह भाव उद्‌बुध किया था। वस्तुतः हमारे अंतरिक्ष के लिए यूक्लिड का ज्यॉमितीय ढाँचा न्यूटन के चित्र के भौतिक ढाँचे से काफ़ी मेल खाता है किंतु फिर भी उनमें अंतर है। न्यूटन का भौतिक विज्ञान

अनेक स्थानों पर युक्तिसंगत बैठता है और उसके अपने समय और अठारहवीं और उन्नीसवीं शताब्दियों में भी इस विज्ञान को युक्तिसंगत बनाने के लिए इसकी जाँच होती रही और इसका विकास होता रहा। इस विज्ञान की और अधिक विस्तार पूर्वक और बड़े-बड़े प्रयोगों से जाँच की गई है क्योंकि यह एक ऐसी रचना है जो बराबर बदलने वाली दुनिया में प्रतिक्षण ठीक बैठने का दावा करती है। यही एक कारण है जो उसे यूक्लिड द्वारा पुनर्निर्मित समय-शून्य (timeless) वायु-शून्य (windless) दुनिया से अधिक कठिन और अधिक गहन बना देता है।

और यही बात है कि मैंने न्यूटन के तरीक़े को विज्ञान के दो किनारों अर्थात् विवेकशील और अनुभवशीलता को मिलाने वाला बताया है। न्यूटन में द'कार्त के तर्कपूर्ण दृष्टिकोण का और बेकन के प्रायोगिक उत्साह का अद्भुत मिलन हुआ है; और इसीलिए फिर यह बात दुहराना उचित ही है कि न्यूटन स्वयं कितना योग्य और कितना खोज करने वाला प्रयोगकर्त्ता था। न्यूटन की 'प्रिंसिपया' से उसकी बौद्धिक शक्ति की अद्भुत चेतना का पता चलता है, क्योंकि उस समय यह पुस्तक जिन प्रयोगों पर आधारित थी वे दूसरों ने भी किए थे और वे उनसे परिचित थे। परंतु 'ऑप्टिक्स' प्रभावशाली पुस्तक है जिसमें न्यूटन के व्यक्तित्व की अधिक छाप मिलती है क्योंकि इस पुस्तक में वह हमें इतनी स्पष्टता और गहराई से एक प्रयोग से दूसरे प्रयोग की ओर ले जाता है कि हम किसी और चीज़ की अपेक्षा उसके तरीक़े की सरलता और संगति से स्तब्ध रह जाते हैं। हम ऐसा सोचते हैं कि उसने कोई भी ऐसी महत्त्वपूर्ण बात नहीं छोड़ी जिसकी उसने परीक्षा न की हो किंतु इतना होते हुए भी हमें ऐसा नहीं लगता कि उसने इस पुस्तक में इसलिए कहीं की ईंट कहीं का रोड़ा जोड़ा हो कि उसे शायद इस बात में कुछ मिल जाए या उस बात में। न्यूटन की अंतर्दृष्टि ऐसी थी जिससे ध्यान नहीं हटाया जा सकता; उसमें प्रत्येक तर्कपूर्ण विकल्प को अलग करके रखने की योग्यता थी, जो किसी भी गंभीर प्रायोगिक और सैद्धांतिक वैज्ञानिक निर्माण के लिए अनिवार्य है, जो किसी भी गंभीर मन के निर्माण के लिए आवश्यक है।

'प्रिंसिपया' की प्रौढ़ रचना में हमें 'ऑप्टिक्स' के युवा लेखक के दर्शन नहीं होते, यद्यपि जब 'प्रिंसिपिया' छपी उसकी आयु अभी चालीस और पचास के बीच थी और उस पुस्तक को लिखे न्यूटन को काफ़ी समय हो चुका था किंतु काम करने की शक्ति वैसी ही थी : पहले कल्पित भाग तैयार करना और फिर उन्हें एक ऐसी व्यवस्था में जोड़ना, जो प्रत्येक चरण में प्रयोगों और वास्तविक दुनिया में पूरी उतरे; और साथ ही उचित स्थानों पर 'ऑप्टिक्स' की भाँति विशेष परीक्षणों का आविष्कार करना या 'प्रिंसिपिया' की भाँति विशेष परीक्षणों की पहचान करना। यही एक कारण है कि मैं विचार और तथ्य, विवेक और अनुभव की धाराओं के साथ-साथ बहने पर ज़ोर देता हूँ। वैज्ञानिक क्रांति इनका संगम है, और इन दोनों धाराओं से प्राप्त होने वाली वैज्ञानिक प्रणाली की शक्ति, रोन (Rhone) की शक्ति की भाँति, एक हो जाती है।

6

वैज्ञानिक क्रांति के समय एक और बड़ा कदम उठाया गया—वह था—कारण की धारणा को नया और स्पष्ट अर्थ प्रदान करना। मध्यकालीन शास्त्रीय लेखकों में कारणों के विषय में बहुत वाद-विवाद होता था। एक्विनास ने उनकी श्रेणियों की अर्थात् निकटतम कारण, प्रभावशाली कारण, आवश्यक कारण और 'प्रथम कारण'—एक ज़ोरदार शृंखला बनाई है। और इन धारणाओं की पृष्ठभूमि में मध्यकालीन धारणा काम करती है कि प्रकृति के प्रत्येक अंश में मानवीय प्रवृत्ति और स्वभाव होता है और उसका अपना एक उद्देश्य होता है जिसे वह प्राप्त करना चाहता है। ये सभी कारण तर्क के फंदे हैं; परंतु सोलहवीं और सत्रहवीं शताब्दियों ने कारण और परिणाम की जिस धारणा का निर्माण किया वह किसी तर्क का परिणाम नहीं। उन्नीसवीं शताब्दी में दार्शनिकों ने बड़े परिश्रम से कारण और परिणाम के क्रम में से तर्कपूर्ण अर्थात् बौद्धिक आवश्यकता को ढूँढ़ने का प्रयास किया। इस संबंध में जॉन स्टुअर्ट मिल का प्रयत्न असाधारण था।

परंतु वास्तव में यह प्रयास भौतिक दुनिया में मानवीय बुद्धि की क्रियाओं का एक बार फिर समावेश करने का प्रयास था। काव्य के भावाभास की भाँति जो लिसिडास की मृत्यु के समय मिल्टन के साथ प्रकृति को भी रुला देता है—यह विज्ञान का भावाभास-सा है।

वैज्ञानिक क्रांति के बाद से कारण की धारणा—जो हमारे लिए इतनी सहज और स्पष्ट है—तर्कसंगत अनुक्रम की धारणा नहीं। प्रकृति विज्ञान के अन्य बड़े-बड़े सिद्धांतों की भाँति यह युक्तिसंगत और एक-सी है और इसका समर्थन आध्यात्मिक है। वास्तव में इसका अभिप्राय यह है कि यह धारणा काम करने का एक नियम है जो हमारे पुराने अनुभव पर आधारित है और काम करते-करते उस अनुभव के अनुसार हम अपने जीवन को इस प्रकार ढाल लेते हैं ताकि हम भविष्य का सामना कर सकें। कारण और परिणाम के संबंध में हमारी धारणा यह है, यदि हमारे पास केवल भौतिक चीज़ों से बनी कोई निश्चित रचना हो तो उस पर हमेशा एक-सी घटना होगी, जिसका हम अनुभव कर सकते हैं। यदि हम उस रचना का फिर से निर्माण करें तो हम सदा वही घटना घटित होती देखेंगे। जैसे ही सूर्य छिपता है, रेडियो की आवाज़ सुधर जाती है, जैसे ही हम बटन दबाते हैं, रोशनी हो जाती है। जैसे-जैसे बालक बड़ा होता जाता है, वह बोलने लगता है। और यदि प्रत्याशित परिणाम नहीं निकलता, यदि रेडियो की आवाज़ में सुधार नहीं होता या रोशनी नहीं होती और या बालक गड़गड़ाता रहता है, तब हम विश्वासपूर्वक कह देते हैं कि हमने जिस रचना से अपना कार्य शुरू किया था, वह पहले जैसी नहीं थी। हम निश्चयपूर्वक कह सकते हैं कि कोई चीज़ इधर-उधर हो गई है और यह कोई चीज़ महत्त्वपूर्ण है और इससे हमारी उस कल्पित रचना में महत्त्वपूर्ण परिवर्तन हो गया है जो अन्य सभी स्थानों पर और अन्य सभी समयों पर ठीक प्रकार से काम करती रही है। भविष्य वर्तमान पर आधारित होता है और इससे भी आगे वर्तमान ही भविष्य निश्चित करता है।

कारण की यह धारणा विज्ञान की केंद्रीय धारणा बन गई है। और वास्तव में इस धारणा ने वैज्ञानिक क्रांति के समय—कौन-सी ऐसी बात थी—को स्पष्ट करने में बहुत महत्त्वपूर्ण योगदान दिया है और न्यूटन की दुनिया को अरस्तू की दुनिया से अलग किया है। जब दुनिया ने एक मशीन का रूप धारण कर लिया तो यह धारणा मशीन में निहित ईश्वर बन गयी। परंतु अब मैं यह बताऊँगा कि उसके महत्त्व को बहुत बढ़ा-चढ़ा कर बताया जाता है। ऐसे दो और परिवर्तन हैं जिनका मेरी दृष्टि में इससे अधिक महत्त्व है। इनमें से एक है, इच्छा की दुनिया से मशीन की दुनिया में परिवर्तन। दूसरा परिवर्तन जिस पर मैंने सबसे अधिक बल दिया है—श्रेणी-विभक्त दुनिया का न्यूटन द्वारा मॉडल के रूप में निर्मित ऐसी दुनिया में परिवर्तन जो यद्यपि अपरिभाषित कणों और साधारण नियमों के उपस्तर पर बनी है फिर भी जो वास्तविक दुनिया के कक्षों पर प्रत्येक परिक्रमण के समय अभिमानपूर्वक चोट करती है। इन दोनों दुनियाओं में अर्थात् मशीनी दुनिया और न्यूटन के मॉडल में कारण की धारणा जोड़ने वाला एक अनिवार्य अंग है। किंतु यह धारणा बुनियादी धारणा नहीं है। इसके स्थान पर जोड़ने वाली अन्य चीज़ों से काम लिया जा सकता है और यदि इसे उचित समय पर नहीं बदला जाता तो इससे मशीन और मॉडल दोनों ही अपने-आप काम करना बंद कर देंगे। ऐतिहासिक दृष्टि से देखा जाए तो ऐसा ही हुआ है और आज विज्ञान तथा विज्ञान से भिन्न विषयों की समस्याओं के संबंध में यह बात बिल्कुल स्पष्ट है। यही एक बात है जिसका अब मैं इतिहास और वर्तमान स्थिति के संदर्भ में उल्लेख करूँगा।

अठारहवीं शताब्दी और व्यवस्था का विचार

अठारहवीं शताब्दी में आरंभ से पहले ही न्यूटन अपना महत्त्वपूर्ण कार्य समाप्त कर चुका था। वह 1699 में टकसाल का प्रधान बना। उसने बड़ी कर्मठता और ध्यान से काम का संचालन किया और चूँकि उसने अठारहवीं शताब्दी की

तीसरी दशाब्दी में वुड द्वारा तैयार किए गए हाफपेंसे की स्वीकृति दी थी, इसलिए स्विफट ने उसका ख़ास तौर पर मज़ाक उड़ाया था। परंतु 'बुक ऑफ रेवेलेशन' के भाष्य जैसे विषयों के अतिरिक्त उसने कोई और साहसिक परिकल्पनाएँ नहीं कीं। और चूँकि धर्म के विषय में उसके विचार सनकी थे, इसलिए इनसे उसे केम्ब्रिज में कोई लाभ नहीं हुआ। यद्यपि उसे सर की उपाधि से विभूषित किया गया, किंतु कॉलेज में उसे कोई पद प्राप्त नहीं हो सका।

मैंने न्यूटन की सफलता को संपूर्ण वैज्ञानिक क्रांति के समूचे प्रतीक के रूप में माना है। इस प्रकार न्यूटन द्वारा विज्ञान में रुचि खो बैठने को मैं अठारहवीं शताब्दी में विज्ञान के ह्रास का प्रतीक मानता हूँ। बौद्धिक शक्ति क्षीण हो गई और आविष्कार कम होने लगे, आशा की सुनहली किरण क्षीण और लुप्त होने लगी—यह सब उतना ही विस्मयजनक था जितनी विस्मयजनक स्वयं आशा थी। सत्रहवीं शताब्दी की सातवीं दशाब्दी की पराकष्ठा जो एक बाँध टूटने के समान थी, अभी निकट भूतकाल की बात थी। रॉयल सोसाइटी और अकादेमी रॉयल दे' साइंसिज की स्थापना हो चुकी थी। ह्यूजिस, बर्नोली, (Bernoullis), फांटेन्ले (Fontenelle) जैसे व्यक्ति अनेक वैज्ञानिक और प्रचारक, कलाकार और लेखक नई-नई अभिरुचियों और नए-नए कौशलों में नाम कमा चुके थे। आशा की इतनी चमक-दमक पहले कभी देखने को नहीं मिली थी, और यह शताब्दी की समाप्ति तक रही। इस संदर्भ में मैं अंतिम उद्‌हरण देता हूँ। इंग्लैंड में 1700 के आस-पास दो बड़े वास्तुकार हुए हैं...क्रिस्टोफर रेन (Christopher Wren) और जॉन वानब्रा (Johan Vanbrugh)। एक सेंट पॉल के चर्च का निर्माण समाप्त कर रहा था और दूसरा ब्लेनहीम के निर्माण का काम करने वाला था। मैंने पहले ही इस बात का उल्लेख किया है कि रेन एक विख्यात गणितज्ञ भी था, और वानब्रा ने हाल ही में 'द रिलैप्स' लिखी थी जो पुनःर्स्थापना युग के यंत्रवत् सुखांत नाटकों में से कम-से-कम एक रोचक नाटक अवश्य है।

उस समय किसी को यह गुमान भी नहीं था कि आगस्टन साहित्य और विज्ञान दोनों ही इतनी जल्दी नीरस हो जाएँगे। बोलिंगब्रोक जैसे छोटे-छोटे और बर्कले ह्यूम जैसे बड़े-बड़े चिंतकों के हाथों में भी दर्शन साधारण और संशयात्मक वस्तु बनकर रह गया। अठारहवीं शताब्दी का रवैया सहिष्णुता और सुख का तरीक़ा बन गया, किंतु वस्तुतः इस शताब्दी में लोगों को प्राचीन परंपराओं के प्रति दोषान्वेषक श्रद्धा थी। रोम साम्राज्य के प्रति गिब्बन का यही रवैया है। डॉक्टर जॉनसन के प्रति बासवेल के रवैये का यह विशेष आकर्षण है।

यह रवैया कोई सहायक रवैया नहीं है। ख़ास तौर से विज्ञान के लिए, जो अनिवार्य रूप से अन्वेषणात्मक, आविष्कारशील और गंभीर विषय है, यह विशेष रूप से हानिकारक है। यह बात समझ में आती है कि स्विफट ने 'गुलीवर्स ट्रैवल्स, में विज्ञान को 'साउथ सी बबल' का एक रोचक प्रपंच बताया। यह भी स्वाभाविक ही था कि पोप और गे ने संग्रहकर्त्ताओं और फॉसिल ढूँढ़ने वालों का उपहास किया।

योग्य से बढ़ कर गुरु-गंभीर
दार्शनिक करते हैं संधान
तितलियों के चंचल दल बीच
खो जाते रहते हैं विज्ञान।

बनाते अनुशीलन का विषय
क्षुद्रतम मकड़ी का संसार
इसी विधि करते रहते नित्य
मनुज का ज्ञान-तन्तु विस्तार।

दिया करते अतुलित आनंद
प्रस्तरिता शिलीभूत जीवाश्म
विज्ञ गालेन को जो दिन रात

छछूँदर इब खोदे अविराम
ज्ञान को छिपे स्तरों से सतत्
सभी करते हैं यह स्वीकार–
मछलियाँ जिन सीपों में नित्य
किया करतीं स्वच्छंद विहार
उन्हीं के बारे में गालेन
जानता उनसे अधिक प्रकार।
अगर ऐसे उद्यम में छिपा
ज्ञान का प्रज्ञा का भंडार
ज्ञान की देवि ! तुम्हारी देन
करे फिर कौन न अंगीकार !

ये सब परास्त टोरी थे। उनका उन वैज्ञानिकों की सफलता पर कुढ़ना स्वाभाविक था, जिनमें से अधिकांश उनके भिन्न मतावलंबी और 'व्हिग' थे। रॉयल सोसाइटी 'स्क्रिबलरस' वर्ग के वैज्ञानिक सदस्य डॉक्टर अर्बथनाट (Dr. Arbuthnot) जो महारानी एन का चिकित्सक, गणितज्ञ, व्यंग्यकार और 'जॉन बुल' का निर्माता था, बिल्कुल अवज्ञा न कर सकी। पर पच्चीस वर्ष तक न्यूटन की प्रधानता के आधीन सोसाइटी अब आगस्टन संस्था के समान केवल 'व्हिग' पार्टी के दिन सुरक्षित संस्था बनकर रह गई।

विज्ञान और विद्या के प्रति टोरियों की शिकायत इसलिए समझ में आती है, क्योंकि उन्हें व्हिग पार्टी से शिकायत थी। किन्तु एडीसन और स्टील से ले कर सभी व्हिग बुद्धिवादियों ने विज्ञान को नाममात्र सम्मान प्रदान किया। दोनों दलों में से किसी भी दल के प्रतिष्ठित नेता ने रॉयल सोसाइटी में उतनी दिलचस्पी नहीं दिखाई थी जितनी किसी समय काउले और वालर और ड्राइडन ने दिखाई थी। अठारहवीं शताब्दी रूढ़िवादी बनती गई, रॉयल सोसाइटी रईसों और कला-प्रेमियों का क्लब बन गई, जिसमें अगले सौ वर्षों तक वैज्ञानिक एक त्रस्त एवं तुच्छ अल्पमत के रूप में ही रहे।

इसका परिणाम यह हुआ कि अठारहवीं शताब्दी में वास्तविक विज्ञान कार्य अजीब-अजीब व्यक्तियों जैसे केवेंडिश के समान विलक्षण बुद्धि वाले या ऑक्सफोर्ड के पुरातत्त्वान्वेषियों, इंग्लैंड के मध्य देशीय 'यूनिटेरियंस' और 'क्वेकर्स' तक सीमित रह गया, या फिर जेम्स ब्रिंड्ले जैसे अनपढ़ मिस्तरी ने यह काम किया, जिसने अंग्रेज़ी जल-मार्गों की सम्पूर्ण व्यवस्था का नमूना तैयार किया, किंतु उसे अंग्रेज़ी के शब्द 'navigation' अर्थात् 'नौचालन' के हिज्जे तक नहीं आते थे। इस प्रकार यह शताब्दी दो प्रकार के उथले लोगों में बँट गई। एक तो साहित्यिक उथले और दूसरे, विशेषकर उनका विरोध करने वाले वैज्ञानिक उथले। इन्हीं से इस भ्रमपूर्ण विरोध का आरंभ हुआ जिससे हम आज भी ग्रस्त हैं।

2

इस अप्रत्याशित परिवर्तन के क्या कारण थे ? इसके कम-से-कम तीन कारण थे : एक, सत्रहवीं शताब्दी में इंग्लैंड एक समुद्रयात्राप्रिय राष्ट्र था, और इसलिए हॉलैंड की भाँति इस पर भी नौचालन के विज्ञानों–खगोल विद्या, द्रव इंजीनियरी, प्रकाशिकी और घड़ियों के निर्माण–का प्रभुत्व था। रॉयल सोसाइटी की स्थापना के कुछ ही वर्षों के अंदर-अंदर चॉर्ल्स द्वितीय ने ग्रीनविच में एक वेधशाला की स्थापना की। परंतु यदि इंग्लैंड एक समुद्रयात्राप्रिय राष्ट्र भी बना रहता तो हॉलैंड की तरह उसका भी अठारहवीं शताब्दी में पतन हो जाता। तो ऐसी कौन-सी बात थी जिसने इंग्लैंड का उसकी समुद्री महानता से भी आगे बहुत विस्तार कर दिया ? वह बात यह थी कि इंग्लैंड एक ऐसा राष्ट्र भी था जो वस्तुओं का निर्माण करता था, उसने हॉलैंड और फ्रांस को विश्व विजय में इसलिए पछाड़ दिया क्योंकि उसके पास ऊन और

लोहे और कोयले के साथ कपास को काम में लाने के साधन भी थे। रॉयल सोसाइटी इस बात से अनभिज्ञ नहीं थी। उसकी शुरू-शुरू की बैठकों में व्यावहारिक विषयों के, जैसे रंगाई और सिक्का-ढलाई, बंदूकों का निर्माण और शोधन, निमज्जन पोत (Diving Bell) और जनसंख्या के आँकड़े—अध्ययन पर ज़ोर दिया जाता था। यद्यपि सोसाइटी को इन आवश्यकताओं के बारे में सोचने का तो अधिकार था, किंतु इन्हें पूरा करना उसके बस से बाहर था। नए विज्ञानों के प्रवर्तक साधारण व्यावहारिक लोग थे जो अपने-अपने शिल्पों में प्रवीण थे। किंतु वे प्रतिष्ठित नहीं माने जाते थे। अठारहवीं शताब्दी में ऐसे व्यक्तियों को सदस्य बनाने और उन्हें सदस्य बनाने के रास्ते में आने वाली सामाजिक कठिनाइयों को दूर करने का काम तो कोई शक्तिशाली सोसाइटी ही कर सकती थी। अवसर मिलने पर स्वाभाविक विवशतावश प्रतिष्ठित रॉयल सोसाइटी की दृष्टि रईसों पर ही गई।

विज्ञान का दूसरा दुर्भाग्य था खगोल विद्या में न्यूटन प्रणाली की आशातीत सफलता। उसकी प्रणाती की तीव्र प्रगति और पूर्णता, जो उसके समकालीनों को सरस्वती की भाँति एक ही मस्तिष्क की उपज प्रतीत होती थी, एक प्रत्यक्ष प्रमाण थी। केवल गणित और कुछ स्वयं-तथ्यों (axioms) की सहायता से उसने इधर-उधर के प्रेक्षणों और काम करने के नियमों से एकमात्र प्रणाली का निर्माण किया, जो मानो केवल दैवीय घोषणा अर्थात् प्रतिलोम-वर्ग-नियम (Law of Inverse Squares) द्वारा ही बनाई गई हो। बाइबल के युग से व्यापारिक राष्ट्रों की यह परंपरागत समस्या थी और प्रत्येक शिक्षित व्यक्ति को इसके हल से कुछ-न-कुछ लाभ था। और इसका हल इतना सरल था कि प्रत्येक व्यक्ति प्रतिलोम-वर्ग-नियम को समझ सकता था। जिस समय यह पता चल गया कि स्पष्टता की यह रोशनी पर्याप्त है तो—

दिया प्रभु ने जब यह आदेश
'जन्म न्यूटन का हो', तत्काल
हो गया दिव्यालोक विशेष।

—उस समय से यह भावना पैदा हो गई कि स्पष्ट रूप से यह ईश्वर का ही आदेश है। और इस प्रकार स्पष्ट रूप से गणित की प्रणाली, प्राकृतिक प्रणाली और सभी वैज्ञानिक वर्गों के लिए आदर्श बन गई। अभी 'प्रिंसिपिया' को प्रकाशित हुए केवल पाँच वर्ष ही हुए थे जब प्रसिद्ध शास्त्रीय विद्वान और 'ट्रिनिटी'; के अधिनायक डॉक्टर बैंट्ले ने ईश्वर की रचना के अंतिम उदाहरण के रूप में गुरुत्त्वाकर्षण के नियमों पर भाषण देने के लिए न्यूटन को राज़ी कर लिया। इसका परिणाम यह हुआ कि जो चीज़ एक सजीव आविष्कार थी, जल्दी ही एक पद्धति की ठोस दीवारों में जकड़ी गई। अठारहवीं शताब्दी के चिन्तकों के लिए कम-से-कम इंग्लैंड के चिंतकों के लिए, विश्व की रूप-रेखा हमेशा के लिए तय हो गई। कोई भी नया विचार, उदाहरण के लिए शक्ति का विचार, इस विश्व में नहीं पनप सकता था, वह तो अंततः बाहर से ही इसमें प्रवेश कर सकता था। यह बात उल्लेखनीय है कि कार्य का विकास और उसका अंतिम रूप इंग्लैंड में नहीं बल्कि फ्रांस में तय किया गया, जहाँ वाल्टेयर ने इसे ईश्वरहीन व्यवस्था समझा। यहाँ तक कि न्यूटन का गणितीय आविष्कार कलन (Calculus) इंग्लैंड में वैसे का वैसा ही रहा जब कि यूरोप का प्रत्येक गणितज्ञ इसे लाइब्नीज़ से लेकर ख़ूब आगे बढ़ रहा था।

3

अब हम अठारहवीं शताब्दी के विज्ञान की तीसरी असफलता की ओर आते हैं जिसे मैं सबसे ज़्यादा दिलचस्प मानता हूँ। जो विज्ञान अपने विचारों को बहुत तेज़ी से किसी पद्धति में बाँध देता है उसका दम घुट जाता है। उदाहरण के लिए, लगभग दो हज़ार वर्ष पूर्व परमाणु के संबंध में भोगवादियों (Epicureans) के विचार कुछ युक्तिसंगत थे, किंतु उनसे ऐसी भौतिकी को क्षति पहुँची जिसे अभी तक तापमान और दबाव तक मापना नहीं आता था और न ही उसे इनसे संबद्ध साधारण नियमों की जानकारी थी। या मध्यकालीन कीमियागरों (alchemists) की यह आशा कि मूल-तत्त्वों

में भी परिवर्तन किया जा सकता है, इतनी विचित्र नहीं थी जितनी हम किसी समय सोचते थे। किंतु यह ऐसे रसायन-शास्त्र के लिए हानिकारक थी, जिसे अभी पानी और नमक की रचना की भी जानकारी नहीं थी।

अठारहवीं शताब्दी के पद्धतिकारों की महत्त्वाकांक्षा यह थी कि इतिहास और जीव-विज्ञान (Geology) और खनन (mining) और कताई को भी गणितीय दृष्टि से अंतिम रूप दे दिया जाए। यह एक ग़लत महत्त्वाकांक्षा थी और इससे बहुत हानि हुई। विज्ञान तो विश्व का विवरण है या यूँ कहिए विश्व की व्याख्या करने की एक भाषा है। जब किसी विज्ञान का खगोल विद्या जितना अध्ययन कर लिया जाता है तो न्यूटन के नियमों की भाँति उस विज्ञान का भी संक्षिप्त विवरण तैयार किया जा सकता है। परंतु ऐसा होने से पहले ऐसे विज्ञान के पास न केवल टाको ब्राहे और केप्लर के ही बल्कि हब्शियों और यहाँ तक कि बाबलवासियों के भी प्रेक्षण होने चाहिए। जब तक कोई विज्ञान प्रेक्षण और परीक्षण की लंबी अवधि को पार नहीं कर लेता तब तक वह अपने प्रेक्षणों को क्रमबद्ध करने की प्रणाली का विकास नहीं कर सकता। इसे न्यूटन जैसे विशाल क्रम में ठीक बैठाना केवल कल्पना मात्र है।

वस्तुतः ऐसा सोचने का कोई कारण नहीं कि पद्धति हर प्रकार के विज्ञान के लिए युक्तिसंगत है। किंतु इस संबंध में हमें तर्क करने की कोई आवश्यकता नहीं। इस विषय में निश्चित बात यह है कि जहाँ कहीं प्रारम्भिक कणों (Elementary pasrticles) या घटनाओं के उपस्तर (Substratum) पर स्वयं-तथ्यों के तरीक़े लागू होने की बात युक्तिसंगत है, यह तब तक लागू नहीं हो सकता जब तक उस विज्ञान के पास असाधारण रूप से प्रेक्षणों का असाधारण रूप से पूरा-पूरा विवरण हो। अठारहवीं शताब्दी में खगोल विद्या के अतिरिक्त कोई ऐसा विज्ञान नहीं था जिसके प्रेक्षणों का संपूर्ण क्रमबद्ध इतिहास हो। वस्तुतः उस समय गणितीय प्रणाली का और आगे कोई भवष्य नहीं था।

इसलिए अठारहवीं शताब्दी में विज्ञान ने गणितज्ञों के हाथों नहीं बल्कि दृष्टि से दूर दो प्रकार के आनुभविक कार्यकर्त्ताओं के हाथों महत्त्वपूर्ण प्रगति की। एक तो ब्रिंड्ले जिसका मैंने पहले ज़िक्र किया है, और वेजवुड दंपति और डार्बी परिवार और जेम्स वॉट जैसे स्वनिर्मित आविष्कारक थे। और दूसरे प्रेक्षक और संग्रह करने वाले सनकी कलाविद् थे, जिनका मज़ाक़ उड़ाना एक फ़ैशन-सा बन गया था। ये सर हेन्स स्लोन (Sir hans Slaone) जैसे व्यक्ति थे जिसके संग्रह से ब्रिटिश संग्रहालय शुरू हुआ और सेल्बोन के गिल्बर्ट व्हाइट जैसे साधारण प्रेक्षक थे। ये लोग इटली से प्राचीन कला एवं इतिहास के अवशेष और टर्की से अभिलेख लाने वाले यात्री थे। उस युग के वैज्ञानिक प्रेक्षकों और संग्रहकर्त्ताओं के लिए अमरीकी राजमर्मज्ञ थॉमस जफर्सन आदर्श था। उसने चमकदार पत्थर से लेकर भारतीय भाषाओं का संग्रह किया और अमरीकी पौधों से लेकर फ्रांस की क्रांति तक सभी वस्तुओं का प्रेक्षण किया, और इस सबके साथ-साथ वह एक महान् मानववादी भी था।

यह प्रवृत्ति और औद्योगिक आविष्कारक की प्रवृति इंग्लैंड में मध्यदेशीय और उत्तर के प्रगतिशील निर्माताओं की छोटी-छोटी संस्थाओं में संयुक्त रूप से मिलती थी। ये संस्थाएँ मांचेस्टर फ़िलास्फिकल सोसाइटी जिसने रसायनज्ञ डाल्टन (Dalton) की खोज की और ल्यूनर सोसाइटी ऑफ बर्मिंघम जहाँ जोज़ेफ प्रीस्टले (Joseph Priestley) और जोसीयाह वेजवुड (Josiah Wedgwood) और विल्कन्सन (Wilkinson) और एजवर्थ (Edgeworth) परस्पर मिलते थे। चॉर्ल्स डार्विन का दादा इरास्मस डार्विन (Erasmus Darwin) ल्यूनर सोसाइटी का सदस्य था। कविता में उसके द्वारा रचित वनस्पति-विज्ञान के बाल-बोध ने जिनमें पौधों का प्यार 'द लव्स आफ दी प्लांट्स' जैसे विषय होते थे, तत्कालीन रूढ़िवादी शिक्षण पद्धति से भिन्न नई दिशा प्रदान की।

4

गेत से भिन्न जिन विज्ञानों में नई व्यवस्था की खोज की जा रही थी, उसका सर्वोत्तम उदाहरण वनस्पति-विज्ञान (Botany) आज तक यह विज्ञान स्वीडन के प्रकृतिवादी लिन्ने (Linnaeus) की देन माना जाता है। जिसने अठारहवीं शताब्दी

में स्पीशीज़ और परिवार के आधार पर वर्गीकरण की प्रणाली का सूत्रपात किया, जिस पर आज भी यह विज्ञान आधारित है। लिन्ने कैसी व्यवस्था की खोज कर रहा था ? क्या कारण है कि उसकी व्यवस्था उदाहरण के लिए रंगों के अनुसार फूलों के वर्गीकरण की अपेक्षा अधिक युक्तिसंगत थी।

विज्ञान का यह सबसे कठिन प्रश्न है। व्यवस्था की धारणा की परिभाषा उसकी सफलता के अतिरिक्त और किसी आधार पर नहीं की जा सकती। इस धारणा को किसी-किसी विज्ञान में पहले ही आरोपित नहीं किया जा सकता। फूलों का उनके रंगों के अनुसार वर्गीकरण करना स्पष्ट रूप से कोई मूर्खता नहीं, फिर भी नीले फूलों का संबंध शीतल जलवायु और अधिक ऊँचाई से तो है ही। पहले से ही ऐसा सोचने से प्रणाली में कोई दोष नहीं आ जाता। यह प्रणाली इतनी आसानी और इतनी बोधकता से कार्य नहीं करती जितनी परिवारों की समानता के अनुसार बनाई गई लिन्ने का वर्गीकरण।

व्यवस्था का अभिप्राय विभिन्न रूपों की श्रेणी की तुलना में दूसरी श्रेणी को चुनना है, क्योंकि इससे रूप की पृष्ठभूमि में वास्तविकता का ज्ञान अधिक अच्छी तरह से होता है। विज्ञान कुछ घटनाओं का वर्णन करने और उनके समान अन्य घटनाओं के संबंध में भविष्यवाणी करने की एक व्यवस्थित भाषा है। व्यवस्था विभिन्न रूपों का चुनाव है और किसी चुनाव का अभिप्राय होता है एक अर्थ-निर्णय जो यह चुनाव आरोपित करता है। यदि हम लिन्ने की भाँति सफल व्यवस्था चुनते हैं तो संभवतः हमें पहले उस विज्ञान के क्रम-विकास का पता चलता है और अंत में उस तरीक़े का जिसके अनुसार वंशानुक्रम चलता है। यदि हम आवर्त सारणी (Periodical Table) की भाँति दूरदर्शिता से रासायनिक तत्त्वों की व्यवस्था करें तो इससे हमें अणु-रचना और परमाणु-रचना, दोनों के सिद्धांतों का पता चल सकता है। जिस प्रकार कोई साहित्यिक यथार्थवादी जीवन के किसी ऐसे अंश को चुन कर ही जीवन की व्यवस्था करता है, जिस पर वह इतना निष्ठापूर्वक और इतना उदासीन होते हुए भी डटा रहता है, उसी प्रकार उपर्युक्त प्रत्येक मामले में हमारा चुनाव एक अचेतन अर्थ-निर्णय ही था।

अठारहवीं शताब्दी के प्रकृतिवादियों की इन सरल व्यवस्थाओं से हमें बहुत कुछ सीखना है। इन प्रकृतिवादियों के विचित्र दिमाग़ असाधारण रूप से सैद्धांतिक पूर्वाग्रहों से मुक्त थे, गणित की पद्धति की प्रतिष्ठा के प्रभाव से बचने के लिए उन्हें ऐसा करना ही पड़ता था, उन्होंने अपने विज्ञान की भाषा को सबसे अधिक मानवीय रूप दिया जैसा कि किसी चरित्र के निर्माण के लिए किया जाता है। हम अपना चरित्र बदल नहीं सकते, हम केवल उसका विकास कर सकते हैं। यदि हम समझदार हैं तो जीवन-प्रर्यन्त सीखते रहते हैं और हमने जो कुछ सीखा होता है उसमें धीरे-धीरे नई बातें जोड़ते रहते हैं। और जीवन की समाप्ति पर हमारा व्यक्तित्व संपूर्ण और पूरे तौर पर व्यवस्थित होता है, जिसमें लड़कपन, पूर्व स्नातक, कट्टर पंथी और प्रेमी के सभी गुण होते हैं और वे सभी विकसित और पूरे होते हैं। यह संग्राहक और जीव-वैज्ञानिक और इतिहासकार का क्रम होता है। एक ऐसा क्रम जो उदाहरण के लिए, फ्रेज़र (Frazer) की गोल्डन बाओ (Golden Bough) को ऐसे वास्तविक लोगों के ज्ञान से भर दे जो अपने उन रीति-रिवाजों में मग्न हों जिनसे वे वास्तव में आनंद प्राप्त करते हों। एक ऐसा क्रम जिसके लिए अन्य वैज्ञानिक और मानववादी स्पर्धा करें।

5

प्रत्येक विज्ञान का सबसे महत्त्वपूर्ण कदम है, एक ऐसी प्रथम व्यवस्था का निर्माण जो अपने-आप में युक्ति-संगत हो और जो जाने-माने प्रयोगात्मक तथ्यों पर पूरी उतरती हो। लिन्ने ने वनस्पति-विज्ञान के लिए जो व्यवस्था निर्धारित की, उसमें हमें इस बात का स्पष्ट रूप से पता चलता है। इस व्यवस्था का बाद में क्रम-विकास और आनुवंशिकी पर काफ़ी महत्त्वपूर्ण प्रभाव पड़ा। परंतु यह व्यवस्था उन अन्य विज्ञानों के लिए भी उतनी ही महत्त्वपूर्ण थी, जिनमें से कुछ यद्यपि काफ़ी पुराने थे, पर अठारहवीं शताब्दी तक जिनके प्रेक्षणों का कोई क्रमबद्ध सिलसिला नहीं था। अन्य जीव-विज्ञान

इस संबंध में स्पष्ट उदाहरण हैं। इनमें अत्यंत महत्त्वपूर्ण औषध-विज्ञान को ही लीजिए। यह विज्ञान उतना ही पुराना है जितना लिपिबद्ध इतिहास, यहाँ तक कि इस बात के भी कुछ प्रमाण हैं, कि प्रागैतिहासिक मानव को कपाल में छेद करने जैसी शल्यक्रियाओं का भी ज्ञान था। यूनानी काल से इसका स्तर काफ़ी ऊँचा हो गया था। उसने मध्यकाल और पुनर्जागरण काल के अत्यंत मेधावी व्यक्तियों, विशेषकर उत्तरी अफ्रीका और स्पेन के हब्शियों और यहूदियों को अपनी ओर आकर्षित किया। सत्रहवीं शताब्दी में बड़े-बड़े आविष्कार हुए, जैसे पंप के रूप में दिल के कार्य और शक्ति के संबंध में विलियम हार्वे की खोज। और निश्चय ही औषध-विज्ञान में किसी व्यवस्था का अभाव नहीं था। अंग्रेज़ी के ये शब्द 'फ्लेग्मेटिक' और 'फाइरी' (श्लेष्मा और पित), जिन्हें हम आज भी इस्तेमाल करते हैं चार मानवी वृत्तियों पर आधारित पद्धति के दीर्घकालीन और स्थायी प्रभाव के द्योतक हैं, क्योंकि वृत्तियों का यह सिद्धांत केवल मनोवैज्ञानिक किस्मों का सिद्धांत नहीं था, जिससे हम बैन जान्सन के नाटकों द्वारा भली-भाँति परिचित हैं। यह तो औषधीय किस्मों का सिद्धांत था जो उन चार तत्त्वों पर आधारित था जिनका मैंने पहले उल्लेख किया है।

वृत्तियों के इस सिद्धांत ने रोगों और प्रकृतियों के अतिवादी चार प्रकारों–पार्थिव, जल, हवा या आग–में से एक का अधिक प्रकार से विश्लेषण करने का प्रयास किया। इस सिद्धांत की भूल यह थी कि इसने उन घटनाओं पर एक क्रम थोपना चाहा जिनका पर्याप्त प्रेक्षण नहीं हुआ था, और कुछ समय बाद इस सिद्धांत ने उसी व्यवस्था के अनुसार इन प्रेक्षणों को रूप प्रदान करना भी शुरू कर दिया। अठारहवीं शताब्दी में इस सिद्धांत से प्रभावित डॉक्टर अपने प्रेक्षणों को चार शास्त्रीय प्रकारों से भी कम अतिवादी प्रकारों में बाँधने से अधिक आगे न सोच सके। इस संबंध में मैं एक व्यक्ति का उदाहरण देता हूँ, इसलिए नहीं कि उसका इस संदर्भ में कोई संबंध नहीं, बल्कि इसलिए कि वह ज़ोरदार तौर-तरीक़े और लड़ने वाले स्वभाव का व्यक्ति था जो अपनी धारणाओं को अपने सतर्क बंधुओं से अधिक साफ़-साफ़ कहता था। यह ज़ोरदार व्यक्ति एडनब्रा का डॉक्टर जॉन ब्राउन था जो औषध-विज्ञान में तूफ़ानी पक्षी के समान था, परन्तु वह विशिष्ट औषध वैज्ञानिकों में से एक था और ऐसा व्यक्ति था जिसने रोग-निदान और उसके तकनीक में वास्तविक योगदान दिया था। 1780 के आस-पास डॉक्टर जॉन ब्राउन ने यह निश्चय किया कि सभी रोगों का दो में से एक कारण होता है। ये रोग या तो शरीर के ठोस भागों के खिंचाव से होते हैं या उनकी शिथिलता से। नींद लाने के लिए डॉक्टर जॉन ब्राउन ने अफीम निर्यास और उत्तेजित करने के लिए व्हिस्की की सलाह दी।

इन्हीं बड़े-बड़े दूरदर्शी सिद्धांतों ने औषध-विज्ञान का मज़ाक़ उड़वाया और डॉक्टर को नीम-हकीम बना दिया। रक्तस्राव, बेहोशी लाना और चीरा देना, रालरस (tar-water) से बिशप बर्कले को स्वस्थ करना और आलिवर गोल्डस्मिथ की बुखार के पाउडरों से हत्या करना–ये सब उन नियमों के अनुसार होता था, जो बिल्कुल कल्पित थे। अठारहवीं शताब्दी के बाद से औषध-विज्ञान में जो बड़ी प्रगति हुई वह इससे सर्वथा भिन्न थी। यह प्रगति रोगादि के चिह्नों की उस जटिल व्यवस्था के अति सूक्ष्म प्रेक्षणों के विषय में थी जो किसी रोग विशेष की सूचक है किसी और की नहीं। अंततः डॉक्टरों ने रोग की परिभाषा ढूँढ़ी और उसकी पहचान की, उन्होंने किसी भी रोग को बुखार कहना बंद कर दिया और वे उसे टाइफस या मलेरिया या इंफ्लुएन्जा के नाम से पुकारने लगे। इस साधारण व्यावहारिक तरीक़े से पहली बार रोग-निदान और फिर प्रयोग और विशेष निदान को महत्त्व प्राप्त हुआ। यह तरीक़ा उस शताब्दी के सर्वोत्तम कार्यों में से एक था, प्रेक्षण और क्रमबद्ध करने का ऐसा शांत कार्य जिस पर खगोल विद्या की विजय का कोई प्रभाव नहीं था। अठारहवीं शताब्दी के शुरू में लेडी मेरी वॉर्टले मांटेगू (Lady Mary Wortley Montague) से लेकर इस शताब्दी के अंत में डॉक्टर जेनर (Dr. Jenner) तक हम इस तरीक़े के उन उपायों को कार्यान्वित करते हुए देख सकते हैं, जिनके द्वारा पहले संक्रमण और फिर टीका लगाने से चेचक और गोचेचक का संबंध सिद्ध किया गया और फिर उनसे बचने का इलाज ढूँढ़ा गया।

इस प्रवर्तनकारी कार्य को उन्नीसवीं शताब्दी में पूरा किया गया और इसे एक संबद्ध रूप दिया गया। भू-पटल

की कहानी को एक सूत्र में पिरोने से पूर्व भू-वैज्ञानिक और फासिलों की खोज करने वाले पिछले सौ वर्ष से भूमि की खुदाई कर रहे थे। इस कहानी ने उन्नीसवीं शताब्दी के आरम्भ की धार्मिक दुनिया को आश्चर्यचकित और भयभीत कर दिया। पचास वर्ष बाद वनस्पति-विज्ञान और जीव-विज्ञान संबंधी ध्यानपूर्वक किये गये प्रेक्षण अचानक और एकदम बेकार हो गए। लिन्ने ने इन प्रेक्षणों का वर्गीकरण उस तरीक़े के अनुसार किया जिसे मैंने मोटे तौर पर परिवारों में समानता की संज्ञा दी है। इसके बाद डार्विन ने इस विचार के समर्थन में आधार प्रस्तुत किया कि वास्तव में ये पारिवारिक समानताएँ हैं, जीवों में ये समानताएँ इसलिए होती हैं, क्योंकि उनका वंश और परिवार एक ही होता है। ये समानताएँ तब केवल वर्गीकरण की एक प्रणाली-मात्र ही नहीं रह गई थीं बल्कि इन्हें अचानक उन समानताओं के ऐतिहासिक कारणों के सजीव पद-चिह्नों के रूप में देखा जाने लगा था।

समय के साथ-साथ अन्य प्रायोगिक विज्ञानों—भौतिक और जैविक—में भी ऐसी ही प्रगति हुई। अठारहवीं शताब्दी में भौतिकी, रसायन विज्ञान, विद्युत, और इंजीनियरी में इतनी प्रगति नहीं हुई थी कि इन्हें क्रमबद्ध किया जा सके और यही कारण था कि समाज में उनका कोई स्थान नहीं था। निर्माता और मिस्त्री ही स्वयं उन विज्ञानों में अपने-आप प्रयोग करते थे और उन्हीं की सक्रिय रुचि के कारण ही इंग्लैंड में औद्योगिक क्रांति हुई और विज्ञान की विभिन्न शाखाओं में ताल-मेल स्थापित हुआ। आप जरा बर्मिंघम में भाप के इंजन तैयार करने वाली बॉल्टन (Boulton) और वाट (Watt) की फ़र्म की कल्पना तो कीजिए। अठारहवीं शताब्दी की नवीं दशाब्दी से ही ये दोनों साझेदार अंग्रेज़ी वैज्ञानिकों क़े नेताओं में से थे और यहाँ तक कि आमूल परिवर्तनवादी विचारधारा होते हुए भी ये व्यक्ति रॉयल सोसाइटी में घुसने में सफल हो गए। इसके अलावा इस सोसाइटी में वे एक तीसरे व्यक्ति विलियम मर्डाक (William Murdock) को लाने में सफल हो गए, जो उनकी फ़र्म में कारीगर के रूप में लकड़ी का एक ऐसा हैट पहन कर आया जो उसने यह दिखाने के लिए खराद पर तैयार किया था कि एक कुशल कारीगर अपने हाथों से क्या-क्या काम कर सकता है। यही वे व्यक्ति थे जिन्होंने ल्यूनर सोइटी और मिस्त्रियों की संस्थाओं (मैकेनिक्स इंस्टिट्यूट्स) और विभिन्न कारीगरों और विभिन्न मतों वाले व्यक्तियों की छोटी-छोटी क्लबों को भौतिक विज्ञान की जानकारी प्रदान की।

आज हम जिन बातों से भली-भाँति परिचित हैं, उनके संबंध में उन्नीसवीं शताब्दी में प्रयोग किए गए, उन्हें अंतिम रूप दिया गया और उन्हें एक व्यवस्था के अनुसार एक सूत्र में पिरोया गया। डाल्टन ने रासायनिक व्यवहार का भौतिक आधार और हम्फ्री डेवी ने उसका वैद्युत आधार सिद्ध किया। फेराडे ने यांत्रिक गति और विद्युत धारा में पारस्परिक संबंध की खोज की। उन्नीसवीं शताब्दी के मध्य तक यह सामान्य धारणा विद्यमान थी कि ऊर्जा (Energy) के सभी रूप वस्तुतः समान हैं। 1860 के आस-पास क्लर्क मेक्सवेल ने इस धारणा को गणितीय रूप दिया और उसने भौतिक विज्ञान में इतना काम किया जितना दो सौ वर्ष पूर्व न्यूटन ने खगोल विद्या में किया था। इसके अतिरिक्त वालपोल के युग की भाँति महारानी विक्टोरिया के इंग्लैंड में भी ऐसा प्रतीत होने लगा कि एक निश्चित युक्तिसंगत आशावादी युग का उदय होने वाला है।

6

मैं जिस समय के बारे में कहता रहा हूँ, अर्थात् 1730 से लेकर 1880 तक की लगभग डेढ़ शताब्दी का समय, विश्व के इतिहास में सबसे अधिक खलबलीपूर्ण युगों में से एक था। इसी काल में फ्रेड्रिक महान् ने एशिया का विस्तार शुरू किया, बड़े पिट ने फ्रांस से कनाडा और भारत छीना, दो लड़ाइयों के परिणामस्वरूप संयुक्त राज्य अमेरिका की स्थापना हुई, फ्रांस की क्रांति और लड़ाइयों ने यूरोप को बार-बार नया रूप दिया, सुधार और प्रतिक्रिया, नैतिक सुधार-आंदोलन (चार्टिस्म), क्रांति और दमन के दौर चलते रहे, और अंत में यह युग जर्मन साम्राज्य और उद्योग के उदय के साथ समाप्त हुआ और इनके पीछे लोगों के जीवन और उनके समाज की पूर्व-धारणाओं में उतने ही बड़े परिवर्तन हुए, जितने बड़े

ये राजनीतिक परिवर्तन थे। यूरोप जो पहले इधर-उधर बिखरे कृषि-प्रधान देशों का एक समूह था, अब ऐसे राज्यों में परिवर्तित हो गया जिनमें तीव्र प्रतिस्पर्धा थी। इन सभी राज्यों में उद्योग ही जन-जीवन और सरकार को नया रूप प्रदान कर रहे थे। इंग्लैंड में इस युग में औद्योगिक क्रांति की प्रधानता थी। जिस समय 1851 में हाईड पार्क में क्रिस्टिल पैलेस में महारानी के पति ने महान् प्रदर्शनी का उद्घाटन किया, उस समय उस प्रदर्शनी में ऐसी कोई वस्तु नहीं थी जिसे स्ट्रॉबेरी हिल में जहाँ तब से सौ वर्ष पूर्व होरेस वालपोल रहता था, देखा जा सकता था या जिसकी कल्पना-मात्र भी की जा सकती थी। इन सौ वर्षों में इंग्लैंड की जनसंख्या 60 लाख से बढ़कर 80 लाख हो गई। पश्चिमी राइडिंग और मध्य देश में इधर-उधर बिखरे गाँव, जहाँ दस्तकार और उनके बच्चे कपड़ा, नख और छज्जेदार हैट बनाते थे, लीड्स और शेफील्ड और मांचेस्टर और बर्मिंघम और लीवरपूल की औद्योगिक बस्तियों में परिणत हो गए। कोयला, लोहा और कपास अब उस इंग्लैंड के आधार-स्तंभ बन गए जिसकी मुख्य वस्तुएँ पहले ऊन और खुली खेती थी।

अठारहवीं शताब्दी के उत्तरार्द्ध में जिन अन्वेषणों ने इंग्लैंड का रूप बदल दिया, वे थे—कोयले से बना ढला लोहा, भाप-इंजन, कातने की मशीन, बिजली का करघा और कारख़ाना पद्धति। ये अन्वेषण और साथ ही कृषि के क्षेत्र में होने वाली प्रगति—ये सब तकनीकी आविष्कार थे। इसलिए कुछ सीमा तक ये आविष्कार सत्रहवीं शताब्दी के आविष्कारों पर आधारित थे। परंतु यह सीमा बहुत बड़ी नहीं है, आर्कराइट की कातने की मशीन या भाप-इंजन में भी ऐसी कोई चीज़ नहीं जिसे लियोनार्डो डा विन्सी न समझ सकता हो। किंतु बात ऐसी नहीं। वैज्ञानिक क्रांति का महत्त्वपूर्ण प्रभाव यह नहीं कि इसने इन मशीनों के उपायों का आवष्किार किया, बल्कि इसका महत्त्व इस बात में है कि इसने इन आविष्कारों के लिए वातावरण तैयार किया। 1660 के बाद इसका परिणाम यह हुआ कि इन उपकरणों में लोगों की रुचि बहुत बढ़ गई। हारग्रीव्स, जिसने चलयन्त्र (Jenny) का आविष्कार किया, एक बुनकर था, कार्टराइट उस समय पादरी था। जब उसने बिजली से चलने वाले करघे का आविष्कार किया, और नहरों के संबंध में रुचि रखने वाला ड्यूक ऑफ ब्रिजवाटर कोयले की खानों का एक ठेकेदार था। इन महानुभावों में अपने से सौ वर्ष पूर्व के व्यक्तियों से स्वभाव की अपेक्षा ज्ञान और प्रवीणता में कम भेद था। इनके लिए उद्योगों के यंत्र-विज्ञान और उनके वित्त-प्रबंध के विषय में सोचना स्वाभाविक-सा था। आर्कराइड को, जो एक नाई था और जिसका कोई सिद्धांत नहीं था, सिवाय इस चीज़ के जिसे हम औद्योगिक प्रबंध कहते हैं, कोई और जानकारी नहीं थी। उसने कारख़ाने को स्वयं एक मशीन के रूप में और उद्योग को एक टकसाल के रूप में देखा।

ये परिवर्तन इतनी तेज़ी से हुए और इतने क्षेत्रों में हुए कि मैंने इन सब का यहाँ क्रमबद्ध उल्लेख करने का प्रयत्न नहीं किया। और न ही मैं इनके मूल कारणों की खोज करना चाहता हूँ, इस बात का तो कभी भी स्पष्ट रूप से पता नहीं चला कि इतने बड़े पैमाने और इतनी बड़ी तेज़ी से यह औद्योगिक क्रान्ति कैसे हुई ? हमारा उद्देश्य विज्ञान की धाराणाओं के औद्योगिक क्रान्ति के साथ सम्बन्ध के बारे में जानना है। औद्योगिक क्रान्ति विज्ञान के कारण नहीं हुई। न ही विज्ञान ने इस क्रान्ति को उत्तेजित किया था, क्योंकि अठारहवीं शताब्दी में विज्ञान का ऐसे काम से कोई सम्बन्ध नहीं था, और न ही इसे ऐसी किसी चीज का पता था, जिससे जॉन रोबक को एडिनब्रा में गन्धक का तेज़ाब बनाने में या बेंजामिन फ्रेंकलिन को तूफान में पतंग उड़ने या अमेरिका के साहसिकों में सबसे अधिक उत्साही काउंट रमफोर्ड को म्यूनिक में बंदूक की नाली में छेद करने में सहायता मिल सकती है। फिर विज्ञान ने क्या किया ? विज्ञान ने इन व्यक्तियों और खानों, कारख़ानों, और कार्यशालाओं में काम करने वाले इन जैसे हज़ारों व्यक्तियों को उन्मुक्त रूप से सोचने के लिए प्रेरित किया। अब वे इस दुनिया को निश्चित या ऐसी मानते थे, जिसकी बड़ी देख-रेख की जाती हो। उन्होंने इस दुनिया को मानवनिर्मित और मानव द्वारा व्यवस्थित दुनिया के रूप में और इसके प्रत्येक भाग को मशीन समझा। औद्योगिक क्रान्ति के रहस्यवादियों की दृष्टि से भी यह बात बड़ी विचित्र सी लगती है। स्वीडनबर्ग की कृतियाँ हमें इस बात का स्मरण कराती हैं कि वह धातुओं और खानों का विशेषज्ञ था और ब्लेक की भविष्यवाणीपूर्ण पुस्तकें

पहियों के ऊपर चलने वाले पहियों, सूर्य से चलने वाले शुभ पहियों और उनके विरुद्ध चलने वाले अशुभ पहियों के प्रतीकों से भरी पड़ी है। पाइथागोरसवादियों और कबालवादियों और ऐसे लोगों के लिए जो पिरोमिडों द्वारा अपना भविष्य जानते थे, घटनाओं और नामों को संस्थाओं से जोड़ना हमेशा से उनकी एक प्रिय इच्छा रही है। परन्तु अपने जन्म के वर्ष अर्थात् 1728 की संख्या से रहस्यमय उद्देश्य का पता लगाने का काम विशेष रूप से वाट के कर्मठ व्यापारिक साझेदार बोल्टन पर छोड़ दिया गया क्योंकि यह संख्या एक घन फुट में घन इंचों की द्योतक है।

उन्नीसवीं शताब्दी और कारण-तत्त्व

अब मैं वैज्ञानिक पद्धति की मुख्य समस्याओं की ओर आ रहा हूँ; और मैं इस बात को स्पष्ट कर देने में कोई कसर नहीं रखना चाहता कि वास्तव में समस्या क्या है। बहुत-सी वैज्ञानिक समस्याओं में जो कठिनाई होती है, वह है प्रश्न को ठीक तरह कहने की; बस एक बार यह काम हो गया तो उसका उत्तर अपने-आप मिल जाता है। दर्शन संबंधी समस्याओं के लिए तो कम-से-कम यह बात ठीक है। और इन सब बातों के अलावा यह बात पद्धति की उन सब समस्याओं के लिए सत्य है जो आज हमें परेशान करती हैं।

इसीलिए मैं इस संबंध में पक्की तरह तय कर लेना चाहता हूँ कि हम कभी भी उन उपायों को अपनी दृष्टि से ओझल न होने दें जिनके कारण विज्ञान के विचार में सभी नियम कारणवाची रूप में तैयार किए जाने चाहिए। ये उपाय अपने-आप में एक महत्त्वपूर्ण लड़ी बना लेते हैं और कारणवाची नियमों की प्रधानता तो केवल अंत में ही आती है। हमें यह बात निश्चयपूर्वक नहीं मान लेनी चाहिए कि विज्ञान कारण और प्रभाव के नियमों की अनिवार्यतः और एकमात्र खोज ही है।

विज्ञान का आरंभ इस धारणा से होता है कि दुनिया की अपनी कोई व्यवस्था है या ऐसा कि मानवीय प्रबंध से इसे व्यवस्थित किया जा सकता है। इस प्रबंध के अनुसार चीज़ों के वर्गों के अनुसार, समान चीजों के वर्गों के अनुसार नहीं, बल्कि उन चीज़ों के वर्गों के अनुसार जो एक-सी प्रतीत होती या एक-सा व्यवहार करती हैं। एक-सा व्यवहार इसलिए क्योंकि चीज़ों को व्यवस्थित करने का कार्य केवल चुपचाप बैठकर एक-से शब्दों का उच्चारण करने से नहीं किया जाता, जिस प्रकार बाबा आदम ने जीवों के नाम रखे थे। यह तो यत्न और भूल की प्रायोगिक क्रिया है। सर्वप्रथम हमें इसके आनुभविक स्वभाव की ओर ध्यान देना चाहिए क्योंकि समानता और असमानता का पता लगाने के लिए अनुभव के अतिरिक्त और कोई उपाय नहीं; हमें यह देखना चाहिए कि इन वर्गों में चीज़ों की व्यवस्था, ऐसी दुनिया, ऐसे जीवन के समान है और उनमें ठीक बैठती है जैसी दुनिया में हम रहते हैं और जैसा जीवन हम व्यतीत करते हैं। चीज़ों को एक वर्ग में रखने का काम शुरू करने से पहले हमें यह बात विशेष रूप से देखनी चाहिए कि वे चीज़ें बड़ी-बड़ी बातों में समान हैं, छोटी-छोटी बातों में नहीं। हम ऐसे जीवों की अपेक्षा, जो तैरते हैं या जो अंडे देते हैं, स्तनधारियों का एक वर्ग बनाना अधिक महत्त्वपूर्ण अर्थात् अधिक सुविधाजनक और अधिक खोजपूर्ण समझते हैं, यद्यपि ऐसा करने से व्हेल और बत्तखचोंचे जैसे अपवाद उपस्थित हो जाते हैं। हम समानताओं के अनुसार चीज़ों को क्रमबद्ध करते हैं और समानताएँ वे होती हैं जिनका ज्ञान हमें सबसे पहले होता है और तब हम यह अनुभव करते हैं कि वे समानताएँ महत्त्वपूर्ण हैं।

विज्ञान का यह एक सिद्धांत है कि विज्ञान में जिन प्रक्रियाओं का अध्ययन किया जाता है, उन्हें मशीन के रूप में लिया जाता है। इसका अभिप्राय यह नहीं कि उनका कार्य लीवरों, चरखियों, स्प्रिंगों, चुंबकों, डाइनमों और रेडियो के वल्वों द्वारा निर्मित किसी कल्पित मशीन के समान होना चाहिए। कलर्क मेक्सवेल के भौतिक विज्ञान में ऐसी कोई

मशीन नहीं थी जो ईथर की प्रकृति का अनुकरण कर सके; परंतु ईथर को छोड़ने का कारण यह नहीं था। इसे इसलिए छोड़ दिया गया था क्योंकि इसमें ऐसी कोई विशेषता नहीं मिली जिन्हें अवकाश (Space) की विशेषताओं के समान न समझा जा सकता हो। अवकाश की जिन विशेषताओं की आज हम कल्पना करते हैं उन्हें कोई भी मशीन पुनः प्रस्तुत नहीं कर सकती; पर हम यह नहीं मानते कि अवकाश मशीन के अतिरिक्त भी कोई और चीज़ है। विज्ञान में मशीन एक धारणा है, जिसकी निश्चित विशेषताएँ हैं, जिन्हें अलग किया जा सकता है, जिन्हें अवकाश और समय में पुनः प्रस्तुत किया जा सकता है और जिनकी प्रवृत्ति के बारे में पूर्व सूचना संभव है। इसका यह मतलब नहीं कि प्रत्येक विवरण में इसकी प्रकृति निश्चित होती है। मेंडल द्वारा बनाए गए वंशानुक्रमण के सिद्धांत (Laws of inheritance) मशीन की भाँति ही हैं, यद्यपि ये नियम यह बताने का दावा नहीं करते कि जब गुलाबी और सफ़ेद फूलों वाली मटरों का संकरीकरण होता है तो तीसरी पीढ़ी के प्रत्येक मटर का रंग क्या होगा। यद्यपि इन नियमों में विशेष रूप से बिना सोचे-समझे जीनों (genes) के जोड़े शामिल किए जाते हैं तो भी ये नियम मशीन की तरह ही हैं। मशीन के संबंध में हमारी धारणा में ऐसी कोई बात नहीं कि हम पैसा उछाल कर या यादृच्छिक (random) संख्याओं की सारणी को देखकर इस प्रकार की भविष्यवाणी के द्वारा कि 30 प्रतिशत संभावना है कि आने वाला कल सुहावना होगा, कोई निर्णय नहीं कर सकते। अठारहवीं शताब्दी के अंत में लेमार्क ने वंशानुक्रमण के जिस संशोधन का सुझाव दिया था यह भी मशीन ही था, क्योंकि इसमें यह अभिधारणा भी आती है कि जैविक प्रक्रिया को अज्ञात कारणों के निरंकुश विभेदन (irruption) से अलग किया जा सकता है और ज्ञात शक्तियों द्वारा उसे क्रियाओं के नियमानुकूल क्रम में बाँधा जा सकता है।

मशीन पुनरावृत्ति करती है जबकि उसका मॉडल नकल उतारता है। मशीन की अभिधारणा यह है कि समान प्रारंभों से समान परिणाम निकलते हैं। यह ज़रूरी ही नहीं कि परिणाम एक ही हो, परंतु यदि परिणाम एक से अधिक हों तो प्रक्रिया के बार-बार दोहराने पर ये परिणाम पुनरावृत्ति-योग्य अनुपातों में होने चाहिए। मशीन की पृष्ठभूमि में मॉडल एक ऐसी काल्पनिक दुनिया बनाता है जिसके परिणाम मशीन जैसे ही होते हैं। मॉडल में वे सब क्रियाएँ दिखाई जाती हैं जिनसे इन प्रारंभों से उपर्युक्त परिणाम निकलते हैं। अर्थात् मॉडल मूलभूत इकाइयों की श्रेणी की व्यवस्था करता है और उन नियमों या स्वयं तथ्यों का प्रतिपादन करता है जिनका उन इकाइयों को पालन करना होता है; और यह सिद्ध करता है कि यदि वास्तविक दुनिया उन इकाइयों से बनी हो जो इन नियमों का पालन करते हों तो उनकी प्रकृति बिल्कुल वैसी ही होगी जैसी हमारी दुनिया की होती है। मैंने मेंडल का जो उदाहरण दिया था उसमें मशीन केवल इतना ही बताती है कि जब सफ़ेद और गुलाबी फूलों वाले मटरों का अपने-आप संकरीकरण होता है तब सफ़ेद और गुलाबी फूलों के ऐसे नये वंश का उदय होता है जिसमें सफ़ेद और गुलाबी रंग का अनुपात लगभग निश्चित होता है और इसलिए अनुभव के आधार पर इस अनुपात के बारे में हम पहले से ही बता सकते हैं या अनुपात की परीक्षा कर सकते हैं जो 1:3 होता है। मॉडल जो विधि प्रस्तुत करता है उससे प्रकृति इस अनुपात पर नहीं पहुँचती किंतु पहुँच सकती है। उस उद्देश्य से मॉडल में जीवों और अनियमित मेल के नियमों की अभिधारणा की जाती है। यह ज़रूरी नहीं कि एक मॉडल कारण और प्रभाव द्वारा ही कार्य करे।

2

फिर भी कारण और प्रभाव के विचार का हमारे मन पर असर है। जब हम सतर्कतापूर्ण वैज्ञानिक समस्याओं पर विचार कर रहे होते हैं तो भी हमें अपने-आप को इस असर से मुक्त कराने में बहुत बड़ी कठिनाई होती है और अचेतन रूप में हम हर बार फिर इसी की ओर झुकते हैं। हम सभी समस्याओं को स्वभावतः इसी दृष्टि से देखते हैं।

इसका कारण है विक्टोरिया युग के वैज्ञानिकों की सफलता जो उन्हें कारण और प्रभाव को अपना मार्गदर्शक

सिद्धांत मानने पर मिली। मैंने अठारहवीं शताब्दी में विज्ञान की औपचारिक शाखाओं का जीव-विज्ञान (Biology) में या भौतिक विज्ञान, रसायनशास्त्र, विद्युत और चुम्बकत्व के नये-नये प्रयोगों में असफल रहने के बारे में काफ़ी विस्तारपूर्वक लिखा है। अठारहवीं शताब्दी में विज्ञान की इन शाखाओं को जिन चीज़ों की आवश्यकता थी वे थीं—प्रेक्षण और प्रयोग। परंतु उन्नीसवीं शताब्दी इस प्रारंभिक परिश्रम के आधार पर अपना कार्य आरंभ कर सकी और जीव-विज्ञान और भौतिक विज्ञानों के उस महान् कार्य को एक ऐसा रूप प्रदान कर सकी जैसा कि हमारी शताब्दी के प्रारंभ में था।

ज्ञान के इन प्रत्येक क्षेत्र में कारण और प्रभाव के कार्य को व्यवस्थित करके एकता स्थापित की गई थी। यह विचार विक्टोरिया युग के लोगों पर छाया रहा और उनके लिए वैज्ञानिक पद्धति का ऐसा केंद्र बन गया जैसा यह न्यूटन के समकालीनों के लिए था, जिनसे उन्होंने लिया था। उस समय उन समकालीनों को जिस बात ने प्रभावित किया था और प्रत्येक अन्य वैज्ञानिक क्षेत्र में पंगु बना दिया था, वह थी रात के आकाश में कारणों के समावेश में न्यूटन की सफलता। न्यूटन ने कहा था कि ग्रह एक प्रकार की अदृश्य खगोलीय प्रत्यास्थता (Invibile celestial elastic) अर्थात् गुरुत्त्वाकर्षण की शक्ति से अपने-अपने कक्षों में रहते हैं और सच्ची बात यह है कि कारणों का यह साधारण मॉडल ख़ूब सफल हुआ।

उन्नीसवीं शताब्दी के लोग इसी प्रकार की सफलताओं और इनसे भी अधिक भौतिक विज्ञान की सफलताओं से इतने प्रभावित हुए कि उन्होंने विज्ञान की प्रत्येक शाखा के संबंध में कारण और प्रभाव के विन्यास की माँग की। यह बात भूगर्भ-विज्ञान और जीव-विज्ञान के उन आविष्कारों से स्पष्ट हो जाती है जिनका मैंने उल्लेख किया है। कारण और प्रभाव का ठीक-ठीक क्रम बताए बिना उक्त शक्ति शताब्दी के प्रारंभ में भू-गर्भ-विज्ञान ने बाइबल में सृष्टि की कथा को चुनौती देने में तनिक भी हिचकिचाहट न की। उस समय चट्टानों के प्रमाण को पर्याप्त मान लिया गया। ईश्वर में विश्वास रखने वालों ने जब इस बात पर आपत्ति की और कहा कि ऐसा भी हो सकता है कि ईश्वर ने स्वयं शैल-स्तर (strata) ख़ाली छोड़ दिए हों और उन्हें फ़ासलों में रख दिया हो; किंतु भू-वैज्ञानिकों ने इसे अव्यावहारिक सिद्ध करना आवश्यक न समझा; वे इस बात से संतुष्ट थे कि उक्त कथन अस्वाभाविक है किंतु युक्तिसंगत दुनिया किस प्रकार चलती है—इस संबंध में उनका केवल यह विचार नहीं था। प्रकृति के संबंध में उनका दृष्टिकोण बस यही था जो अब आइंस्टाइन ने निर्धारित किया है अर्थात् ईश्वर चतुर तो है किंतु वह द्वेष नहीं रखता।

किंतु बाद में जीव-वैज्ञानिक और अधिक सतर्क हो गए। उनमें से अधिक का विश्वास था कि क्रम-विकास हुआ है; अर्थात् जातियों की समानता का कारण वंश की एकता है। परंतु उनमें से कोई भी वैज्ञानिक अपने-आप को इस विश्वास से संबद्ध करने के लिए तब तक तैयार नहीं था जब तक उसे कारण और प्रभाव की किसी ऐसी व्यवस्था पता नहीं चल जाए जिससे समानताएँ और असमानताएँ उत्पन्न हुई हों। विकासवाद का आविष्कार चॉर्ल्स डार्विन ने नहीं किया था; यह तो उसके दादा को मालूम था। डार्विन ने यह अनुभव किया कि यदि हम यह मान लें कि परिस्थिति अच्छे ढंग से रहने वाले पशुओं को उनके प्रतिपक्षियों के साथ जीवन की होड़ अर्थात् जीवन-संघर्ष में उनका अस्तित्व बनाए रखती है तो विकासवाद अपने-आप स्पष्ट हो जाता है। बस एक बार डार्विन ने कारण और प्रभाव की शृंखला प्रस्तुत की कि सभी ने विकासवाद को स्वीकार कर लिया; और इसे दुनिया में डार्विन के सिद्धांत के नाम से पुकारना बिल्कुल स्वाभाविक माना जाने लगा।

इसके दो सौ वर्ष बाद न्यूटन की पद्धति अर्थात् कारणों और क्रम-विन्यासों की पद्धति, विज्ञान की प्रत्येक शाखा का प्रतिमान बन गई। इसके अतिरिक्त किसी और पद्धति की कल्पना नहीं की जा सकती थी; और अन्य किसी व्यवस्था को केवल अस्थायी प्रबन्ध ही समझा जाता था। विज्ञान की ऐसी बहुत-सी शाखाएँ थीं जिनका मैंने उल्लेख किया है, जहाँ किसी कारणवाची प्रणाली पर बल देने से बड़े सराहनीय परिणाम निकले। किंतु कुछ ऐसी भी शाखाएँ थीं जिनके परिणाम अत्यंत भीषण थे। उदाहरण के लिए अर्थशास्त्र को ही लीजिए। यह कभी भी आधुनिक विज्ञान नहीं बन सका

क्योंकि यह अपने-आपको एडम स्मिथ की 'वैल्थ ऑफ नेशन्स' की घातक युक्ति के औचित्य से छुटकारा नहीं दिला सका। मनोविज्ञान को ही लो। मनोविज्ञान में 'कारण' शब्द का अर्थ है—प्रेरणा या विवशता और 'प्रभाव' का अर्थ है—व्यवहार। इस आधार पर जो यांत्रिक प्रणालियाँ तैयार की गयी हैं वे मनोभाव के पुराने सिद्धांत से वास्तव में किस प्रकार श्रेष्ठ नहीं।

यह उदाहरण यहाँ किस प्रकार असंगत नहीं है। प्रेरणा और व्यवहार के परस्पर संबंध से हमारा गहरा लगाव है। 'स्वच्छंद पुनरुत्थान' (Romantic Revival) के समय से अंग्रेज़ी साहित्य का मुख्य रूप से इसी बात से संबंध रहा है। परंतु कोई भी संवेदनशील प्रेक्षक प्रेरणाओं के ऐसे अमार्जित विश्लेषण से संतुष्ट नहीं हो सकता जो अब भी वैज्ञानिक कहलाता है। इसलिए लेखकों ने स्वयं इस बात का अनुभव किया कि उन्हें वैज्ञानिक मतों के विरुद्ध लिखना चाहिए। उन्होंने अपने-आपको और अपने नायकों को इस समाप्त-प्राय दुनिया में सनकी या विद्रोही, पथभ्रष्ट आत्मा या लड़ने-मरने के लिए तत्पर व्यक्ति के रूप में चित्रित किया है। इससे ऐसा निराशावादी वातावरण उत्पन्न हो गया जो थॉमस हार्डी से लेकर वर्जीनिया वुल्फ तक के सभी उपन्यासों में स्पष्ट दिखाई देता है।

3

वैज्ञानिक क्रांति के समय से प्रकृति ने हमारे सम्मुख जो सजीवतम एवं गहनतम समस्या प्रस्तुत की है, हम यहाँ उसी का उल्लेख कर रहें हैं। इस समस्या की तीव्रता और आकर्षण का केवल यही कारण नहीं कि यह वैज्ञानिक प्रणाली की तकनीकी समस्या है। इस समस्या का उस तत्त्वमीमांसा से दूर का संबंध है जिसके बारे में हम सब सोच सकते हैं और स्वतंत्रता से अपने विचार व्यक्त कर सकते हैं; और यदि हम इस सम्बन्ध में विचार करें तो कम-से-कम स्वतंत्रतापूर्वक अवश्य ही बोल सकते हैं। वैज्ञानिक विषयों में साधारण स्तरीय बातचीत करने में आम तौर पर यह कठिनाई आती है कि वैज्ञानिकों और जनसाधारण के बीच ऐसी कोई समान भाषा नहीं जिसमें वे परस्पर वैज्ञानिक विचारों के सम्बन्ध में विमर्श कर सकें। इसलिए प्रत्येक पीढ़ी में ऐसे विषय, जो बहुत लोकप्रिय हो जाते हैं, वही विरले अपवाद होते हैं, जिन्हें व्यक्त करने के लिए कोई समान भाषा होती है। यही कारण था कि उन्नीसवीं शताब्दी में लोग पृथ्वी के युग और मनुष्य के उद्‌भव के बारे में इतने जागृत हो गए थे। किन्तु प्रगति के ये सोपान विज्ञान की विभिन्न शाखाओं में होने वाले सोपानों में सबसे विराट या अत्यंत रुचिपूर्ण या अत्यंत लोकप्रिय नहीं थे। वे किसी प्रकार भी असाधारण नहीं थे। परन्तु वे सोपान विशेष प्रकार के वैज्ञानिक विचारों के सूचक थे और उनका क्षेत्र ऐसा था जिसकी भाषा सभी समझते थे। अब परंपरागत मत और नए वैज्ञानिक दृष्टिकोण के बीच परस्पर वाद-विषय को स्पष्ट रूप से समझा जा सकता है और उसके संबंध में तर्क किया जा सकता है। इसलिए आज कारण और प्रभाव की हमारी परिचित धारणाओं और संयोग की नई धारणा के बीच तर्क ही जनसाधारण और वैज्ञानिक के बीच समान आधार है। पिछली शताब्दी की भाँति अब भी ऐसे अनेक वैज्ञानिक हैं जिनका दृष्टिकोण परंपरागत है।

मेरे विचार में, अन्य बातों की अपेक्षा इस बात में हम विज्ञान के बदलते रूप को देख सकते हैं और यही एक ऐसी बात है जहाँ जनसाधारण वैज्ञानिक के लगभग बिल्कुल निकट आ जाता है क्योंकि नवीन विचार दोनों के लिए समान रूप से नवीन होते हैं। परंतु स्पष्ट रूप से यह जानने के लिए कि भविष्य में विज्ञान के क्षेत्र में क्या होने वाला है और यह देखने के लिए कि इस परिवर्तन का अभिप्राय क्या है, हमें यह भली-भाँति समझ लेना चाहिए कि कारण और प्रभाव की परिचित धारणा का आधार कितना संकीर्ण है। इसीलिए मैंने इसके इतिहास का विस्तारपूर्वक उल्लेख किया है। ऐतिहासिक दृष्टि से सत्रहवीं शताब्दी की वैज्ञानिक क्रांति परिवर्तन-स्थल थी। परंतु उस क्रांति का प्रभाव और भी गहरा था, कारण संबंधी धारणा तो उसका गौण परिणाम था; और यद्यपि यह आज तक इसका युक्तिसंगत परिणाम प्रतीत होता है किंतु वास्तव में ऐसा है नहीं। यह ऐसा इसलिए प्रतीत होता था क्योंकि बिलियर्ड की गेंदों और ग्रहों

के यंत्र-विज्ञान को एक ही सिद्धांत में बाँधने में वैज्ञानिक क्रांति को विशेष सफलता मिली। किंतु विज्ञान खगोल विद्या ही नहीं; यद्यपि उन्नीसवीं शताब्दी में वैज्ञानिकों ने बिलियर्ड की गेंदों से गैसों का कार्यकारी चित्र तैयार कर लिया था फिर भी ये गेंदें विज्ञान नहीं थीं।

अन्य लोगों की अपेक्षा 'एनसाइक्लोपीडी' (Encyclopedie) के फ्रेंच विचारकों ने स्पष्ट रूप से यह परिणाम निकाला कि समस्त वैज्ञानिक पूर्व कथन खगोल विद्या के पूर्वकथन के समान है। न्यूटन ने कहा कि यदि हमें किसी समय सभी आकाशीय पिंडों की मूल स्थिति और उनकी गतियों का पता हो तो हम तब से लेकर अंतकाल तक उनकी हलचल का पता लगा सकते हैं। फ्रांस के गणितज्ञ लाप्लास (Laplace) ने कहा कि यदि उक्त कथन ठीक है तो आप स्वयं किसी समय विश्व के प्रत्येक परमाणु की मूल स्थिति और उनकी गतियों की कल्पना कीजिए। जब आपको इन सबका पता चल जाए तो आप अब से लेकर अनंत काल तक विश्व, उसके अणुओं और उसके मानवों, उसकी नीहारिकाओं (Nebulae) और उसके राष्ट्रों के भाग्य के बारे में भविष्यवाणी कर सकते हैं और इससे भी अधिक आप भविष्य के साथ-साथ भूतकाल का भी पता लगा सकते हैं और इस प्रकार भूतकाल से लेकर अंतकाल तक का चित्र फिर से बना सकते हैं। यह ठीक है कि वास्तव में ऐसे परिकलन की आशा करना कल्पनामात्र है। फिर भी विज्ञान लाप्लास के लिए उन कारणवाची नियमों का आविष्कार ही बना रहा जो इस आशा के अधिक-से-अधिक निकट पहुँचने में हमारी सहायता करते हैं।

लाप्लास ने इस दृष्टिकोण के व्यापक अर्थों का स्पष्ट रूप से अनुभव किया और उन्हें स्पष्ट रूप से व्यक्त किया। इस दृष्टिकोण के मार्ग में, विशेषकर मानवीय कार्रवाई का स्थान निर्धारित करने में, कई कठिनाइयों का सामना करना पड़ा; और उनसे बचने के लिए कई तर्क और आडंबर गढ़ने पड़े। उदाहरण के तौर पर ऐसा कहा गया है कि ऐसा भी समय आता है जब प्राकृतिक नियम आकस्मिक ही बदल जाते हैं और परिमाण में वृद्धि हो जाने से गुण में अंतर आ जाता है। चूँकि इस बात की अब भी कल्पना की जाती है कि इन क्रांतिक (Critical) कार्रवाइयों का ठीक-ठीक समय और स्वरूप पूर्व घटनाओं से पता चल जाता है, और नए नियमों का प्रतिपादन इन्हीं परिवर्तनों द्वारा ही होता है, इसलिए वास्तव में कारणता में कोई बाधा नहीं आती। परिवर्तन तो आकस्मिक ही होता है किंतु यदि लाप्लास द्वारा माँगे गए सभी तथ्य प्राप्त हो जाएँ तो हम इस परिवर्तन का पता लगा सकते हैं।

इसीलिए इन उपायों का कारणता की संपूर्णता और सार्वभौमिकता में पूरा विश्वास है। ये उपाय समय की परिधि में गणक (Computer) के कार्य को और भी कठिन बना देते हैं। परंतु वे उसकी प्रकृति को नहीं बदलते; यह तो केवल गति के समीकरणों (Equations) की किसी कल्पित सारणी को हल करने का गणितीय प्रश्न बन जाता है। ऐसे उपाय कारणता में निहित विश्वास को जटिल बना देते हैं, परंतु वे उसे बदलते नहीं और पिछली शताब्दी में उन्हें बदलने भी नहीं दिया गया था।

4

अब इस विश्वास से काम नहीं चलेगा, उसके कई कारण हैं। इन कारणों के प्रभाव अलग-अलग हैं। मैं एक कारण से, जो अपने-आप में पूरा तो नहीं है, बहुत अधिक प्रभावित हुआ हूँ और उसने मेरे विश्वास को डगमगा दिया है और मैं मानता हूँ कि उसने दूसरों के विश्वास को भी इसी प्रकार डगमगा दिया होगा। लगभग तीन सौ वर्षों से हम लगातार यह सोचते चले आ रहे हैं कि यदि कोई ऐसा कारणवाची नियम है जिसे चुनौती नहीं दी जा सकती तो वह है गुरुत्त्वाकर्षण का। कारणता की संपूर्ण परंपरा इसी नियम की विजय पर आधारित है। आज से सौ वर्ष पूर्व, जब पृथ्वी से दूर वरुण [Uranus] नामक ग्रह की गति समय के अनुसार प्रतीत नहीं होती थी तो हमने निश्चयपूर्वक यह बात मान ली थी कि उससे और दूर भी कोई ऐसा ग्रह है जिसकी गुरुत्त्वाकर्षण शक्ति का उस पर प्रभाव पड़ रहा है। इंग्लैंड में एडम्स

और फ्रांस में लेवरियर ने, जो एक-दूसरे को बिल्कुल नहीं जानते थे—काग़ज़, पेंसिल और न्यूटन के नियमों की सहायता से इस ग्रह की स्थिति का पता लगाया। ज्यों ही बर्लिन में सबसे बड़ी दूरबीन का मुँह इस ग्रह की ओर किया गया तो यह स्पष्ट हो गया कि यह ग्रह वरुण ही है और यह गुरुत्त्वाकर्षण के अपरिवर्तनीय नियमों का स्पष्ट प्रमाण था।

किंतु गुरुत्त्वाकर्षण के सिद्धांतों का अब कहीं भी पता नहीं चलता। अब गुरुत्त्वाकर्षण नाम की कोई वस्तु नहीं; कोई शक्ति नहीं; यह सारा आधार ही ग़लत था। यह सिद्धांत वास्तव में जो कुछ होता है उसके सन्निकटण (approximation) से अधिक कुछ न था। जब न्यूटन ने बल को कारण का एक रूप माना तो उसने पदार्थ को प्रयत्न की वैसी मानवीय विशेषता प्रदान की जैसी कि उसे अरस्तू ने मानवीय संकल्प के रूप में दी थी। अब वास्तविक कारण तो अंतरिक्ष की प्रकृति और ऐसी प्रणाली में निहित है जिसके अनुसार पदार्थ अपने-आपको अंतरिक्ष में विकृत करता है और ये कारण उन कारणों से बिल्कुल मेल नहीं खाते जिन्हें हम लगभग तीन सौ वर्षों से मानते चले आ रहे थे। भाग्य की विडंबना देखिए—एडम्स (Adams) और लेवरियर (Leverrier) ने इस महान् परिवर्तन को साठ वर्षों के लिए और आगे स्थगित कर दिया क्योंकि सन् 1900 के आस-पास शास्त्रीय भौतिक-विज्ञान में जिस संकट की शुरूआत हुई, वह एक ऐसी विचित्र घटना थी जिसकी व्याख्या करने में ये दोनों व्यक्ति लग गए। अब केवल बुध (Mercury) ग्रह ही ऐसा था जिसकी गति समय के अनुसार नहीं थी। हमने इसका कारण जानने का यथाशक्ति प्रयत्न किया किंतु इस अनियमितता के लिए किसी नए वरुण को दोषी न ठहरा सके। यह बात तभी साफ़ हुई जब न्यूटन के सिद्धांत की बुनियादी धारणाओं, विशेषकर समय के संबंध में उसकी धारणा में आमूल परिवर्तन किया गया।

जैसा कि मैंने कहा है, कारणात्मक नियमों के संबंध में मेरी यह अंतिम आपत्ति नहीं है। आइंस्टाइन ने पुराने सिद्धांत के स्थान पर जिस नए सिद्धांत का प्रतिपादन किया वह भी कारणात्मक ही है। यद्यपि क्षेत्र-सिद्धांत के रूप न्यूटन के सिद्धांत की अपेक्षा कम यंत्रवत् हैं। वर्तमान महान् भौतिक-विज्ञानवेत्ताओं में आइंस्टाइन ही अकेला वैज्ञानिक है जो कारणता के सिद्धांत का आज भी प्रबल समर्थन करता है। किंतु दो बातों के कारण मैं ऐसा अनुभव करता हूँ कि चिर-समर्थित कारणात्मक सिद्धांत के समाप्त हो जाने से उसके प्रति हमारा विश्वास उड़ जाना चाहिए। एक तो यह है कि ऐतिहासिक दृष्टि से कारणात्मक सिद्धांत के संपूर्ण विचार का उदय गुरुत्त्वाकर्षण की विजय से ही होता है और दूसरी बात यह है कि अब हम यह देखते हैं कि किसी प्रकार के कारणगत यंत्रवाद में अटूट मानवीय आस्था होना संभव है; प्रकृति के हर काम के बारे में जाना जा सकता है; यह विश्वास होना भी संभव है और यह भी संभव है कि इस बात का स्पष्ट प्रमाण मिल जाए कि कोई भी प्रत्यक्ष अंतर वास्तव में कारणात्मक सिद्धांत के अनुसार ठीक बैठता है। पिछले दो सौ वर्षों में ये सब बातें ठीक हो सकती थीं, इनका प्रतिवाद नहीं किया जा सकता था और ये और पक्की होती जा रही थीं। किंतु अंत में हम क्या देखते हैं कि कारण तो केवल मिथ्या है। कोई और ही चीज़ काम कर रही थी जिसका प्रसिद्ध कारणात्मक सिद्धांत के साथ कोई संबंध नहीं। मशीन तो कभी भी प्रकृति की नकल नहीं थी। मशीन तो केवल एक बड़े ग्रह-घर (Planetarium) के समान थी जो नक्षत्रों को ठीक समय पर ठीक स्थान पर रखती थी किंतु जिसकी कारणगत यंत्र-रचना टालमी की कारणगत यंत्र-रचना की तुलना में प्रकृति की यंत्र-रचना के अधिक समान न थी।

5

आइंस्टाइन ने न्यूटन के गुरुत्त्वाकर्षण का गहराई के साथ अध्ययन करने के पश्चात् ही उसमें दोष निकाला। आइंस्टाइन ने यह देखा कि इस सिद्धान्त में समय और अवकाश को निरपेक्ष माना गया था और ये सभी पर्यवेक्षकों के लिए बराबर हैं। किंतु जब उसने उन प्रक्रियाओं के बारे में विचार किया जिनसे विभिन्न पर्यवेक्षक आकाश में वास्तव में अपने-अपने समय की तुलना कर सकते हैं तो उसने यह अनुभव किया कि ये उपर्युक्त धारणा से मेल नहीं खाते। हम एक स्थान

से दूसरे स्थान तक सूचना भेजे बिना, जिसके भेजने में भी समय लगता है, दो अलग-अलग स्थानों के समय की तुलना नहीं सकते। इसका परिणाम यह हुआ कि आइंस्टाइन ने यह सिद्ध कर दिया कि संसार में सर्वव्यापी 'अब' नाम की कोई वस्तु नहीं; प्रत्येक पर्यवेक्षक के लिए 'यहाँ' और 'अब' का ही महत्त्व है और अवकाश और समय एक-दूसरे से विभिन्न रूपों में जुड़े हुए हैं और एक ही वास्तविकता के दो रूप हैं। इसके अतिरिक्त अवकाश की रचना को पदार्थ से अलग नहीं किया जा सकता, जो उसी में निहित है।

अतः आइंस्टाइन के आपेक्षिकता (Relativity) भौतिक-विज्ञान में समय सर्वव्यापी पहले और पीछे निश्चित क्रम के अनुसार नहीं चलता। एक के बाद एक होने वाली घटनाएँ जो एक पर्यवेक्षक को एक क्रम के अनुसार घटित होती प्रतीत होती हों, दूसरे पर्यवेक्षक को उनके विपरीत क्रम में घटित होती प्रतीत हो सकती हैं। बहुत समय पहले ह्यूम और जॉन स्टुअर्ट मिल ने इस बात पर ज़ोर दिया था कि कारण और प्रभाव का मूल तत्त्व उनके क्रम में है, कारण पहले होना चाहिए, प्रभाव बाद में। इस प्रकार आइंस्टाइन की समय की धारणा कारणता की परिभाषा में एक और कठिनाई जोड़ देती है।

किंतु यह कठिनाई भी दूर की जा सकती है और यह कठिनाई कोई अंतिम नहीं। अंतिम कठिनाई तो किसी और क्षेत्र से होती है, जो थोड़ी-सी है या जो क्वांटम भौतिकी की है। इस क्षेत्र में भी आइंस्टाइन ने आसाधारण काम किया है; वास्तव में आइंस्टाइन को नोबेल पुरस्कार आपेक्षिकता में नहीं बल्कि क्वांटम भौतिकी में किए गए काम के कारण मिला था।

जिस आधारभूत प्रयत्न से क्वांटम भौतिकी का जन्म हुआ, वह प्रयत्न मैक्स प्लैंक ने 1899 में किया था, जब उसने इस बात की खोज की कि पदार्थ की भाँति ऊर्जा अविरत नहीं बल्कि यह निश्चित आकारों के पैकेटों या परिमाणों में होती है। शुरू से ही क्वांटम-भौतिकी के विचारों की तुलना शास्त्रीय कण-भौतिकी (Mechanics of particles) से नहीं की जा सकती थी। जब इलेक्ट्रॉन कुछ ऊर्जा छोड़ता था या ग्रहण करता था तब उसे विचित्र विशेषताएँ देनी पड़ती थीं। कठिनाइयाँ बढ़ती गईं जब तक कि बीसवीं शताब्दी के तीसरे दशक में हमने यह अनुभव करना शुरू कर दिया कि हम इन सूक्ष्म बातों को वर्णन करने के लिए मात्र एक सिद्धांत नहीं बना सकते और साथ ही उसे कारणों और प्रभावों की शास्त्रीय व्यवस्था के अंतर्गत सख़्ती से नहीं बाँध सकते। ऐसा कोई तरीक़ा नहीं जिससे इन छोटे-छोटे कणों और घटनाओं का वर्तमान और भविष्य बताया जा सके। इसलिए ऐसा लगता है कि मानो ये पहले से ही पूरी तरह निश्चित हैं। इस बात को 1927 में जर्मनी के भौतिक विद् हेसनबर्ग (Heisenberg) ने विधिवत् रूप से एक सिद्धांत के रूप में प्रस्तुत किया और इसे अनिश्चितता के सिद्धांत की युक्तिसंगत संज्ञा प्रदान की।

हेसनबर्ग ने यह सिद्ध किया कि प्रकृति की प्रत्येक व्याख्या में कुछ-न-कुछ अनिवार्य तथा अपरिहार्य अनिश्चितताएँ विद्यमान रहती हैं। उदाहरण के लिए मान लीजिए यदि हम किसी आधारभूत कण अर्थात् इलेक्ट्रॉन की स्थिति का जितना ठीक-ठीक पता लगाने का प्रयत्न करेंगे उतना ही उसकी गति के बारे में हम अनिशचित होंगे। जितनी बारीक़ी से हम उसकी गति का अनुमान लगाने का प्रयास करेंगे, उतना ही उसकी ठीक-ठीक स्थिति के बारे में हम अधिक अनिश्चित होंगे। अतः हम किसी भी कण का भविष्य निश्चित रूप से नहीं बता सकते; क्योंकि वास्तव में हम उसका वर्तमान निश्चित नहीं कर सकते। यदि हम युक्तिसंगत रूप से उसका भविष्य बताना चाहें तो हमें अनिश्चितता के लिए अवश्य कुछ-न-कुछ छूट देनी चाहिए—कुछ विकल्प, कुछ शैथिल्य—जिसे इंजीनियर गुंजाइश कहते हैं। जैसे हम चाहें वैसे ही तत्त्वमीमांसीय पूर्वग्रह चुन सकते हैं कि क्या वर्तमान ही वास्तव में, ठीक तौर पर, अनिवार्य रूप से भविष्य का निर्माण करता है। किंतु इन छोटी-छोटी घटनाओं से संबद्ध भौतिक तथ्य विवाद से परे हैं। वर्तमान को देखकर कोई भी व्यक्ति उनके भविष्य के बारे में पूरे विश्वास के साथ नहीं कह सकता और बस भविष्यवाणी करने में हमें एक बार भी संदेह हो जाए, चाहे वह कितना छोटा क्यों न हो और चाहे वह संसार के किसी भी कोने में क्यों न हो तो भविष्य निश्चित

रूप से अनिश्चित हो जाएगा, यद्यपि अत्यधिक रूप से वही संभाव्य हो।

मैंने यह कहा कि अनिश्चितता के इस सिद्धांत का संबंध बहुत छोटे कणों और घटनाओं से है किंतु ये छोटी-छोटी घटनाएँ किसी प्रकार भी महत्त्वहीन नहीं। ये वैसी ही घटनाएँ हैं जो हमारी तंत्रिकाओं (nerves), हमारे मस्तिष्क और बड़े-बड़े अणुओं में होती रहती हैं जिनसे हमारे उन गुणों का पता चलता है जो हमें उत्तराधिकार में मिलते हैं। और कभी-कभी विचित्र-सी छोटी-छोटी घटनाएँ मिलकर बहुत बड़ी अद्‌भुत घटना का रूप धारण कर लेती हैं। द्रव्य हीलियम के संबंध में भौतिकविद्‌ जो आजकल छल कर रहें हैं, वह ऐसा ही है। उदाहरण के लिए परम शून्य (Absolute Zero) के आसपास के तापमान पर आपको एक बोतल से दूसरी बोतल में द्रव्य हीलियम डालने के लिए नाली की कोई आवश्यकता नहीं होती। यदि आप दोनों का मुँह एक-दूसरे से जोड़ दें, तो हीलियम एक बोतल में ऊपर तक आ जाएगी और अपने-आप दूसरी बोतल में चल जाएगी किंतु यह सब दोनों बोतलों के बाहर भी हो जाता है।

अनिश्चितता के इस सिद्धांत ने जिससे हमें इन छलों का अर्थ समझने के एक ढंग का पता चलता है, हम सबको काफ़ी हिला दिया था। फिर भी इस सिद्धांत से यह पता चला कि प्रकृति का कारणों और प्रभावों की कठोर यंत्र-रचना के रूप में वर्णन नहीं किया जा सकता। और यह बात मैं फिर दोहराता हूँ कि विज्ञान की अब तक की सभी सफलताओं—न्यूटन की सफलता और उन्नीसवीं शताब्दी की सफलताओं—का आधार यही प्रतीत होता है कि प्रकृति भी एक प्रकार की मशीन ही है। अचानक यह कहना कि अंततः ये कारणगत कड़ियाँ सच्ची नहीं हैं और यह सब इस तरह नहीं हो सकता—एक अजीब-सी और नागवार-सी बात लगी।

यह एक खोज थी और इसका गहरा प्रभाव पड़ा। किंतु अब यह इतनी अजीब या परिवर्तनकारी नहीं लगती। इसके विपरीत, मेरी पीढ़ी के लोग अनिश्चतता के सिद्धांत को संसार का सर्वाधिक स्वाभाविक और व्यावहारिक कथन मानते हैं। हमें ऐसा प्रतीत होता है कि इस सिद्धांत ने विज्ञान को व्यवस्थाहीन बना दिया। इस सिद्धांत ने विज्ञान से तत्त्वमीमांसा को निकाल दिया और उसमें वैज्ञानिक उद्देश्य रहने दिया जिसे हम काफ़ी समय से भूल गए थे।

विज्ञान का उद्देश्य एक ऐसी व्यवस्थित योजना के अनुसार या व्यवस्थित भाषा में संसार का वर्णन करना है जिसमें हमें अपना भविष्य जानने में सहायता मिल सके। हम यह भविष्यवाणी करना चाहते हैं कि संसार की भावी प्रकृति के बारे में हम क्या कर सकते हैं; विशेषकर हम यह पहले से बताना चाहते हैं कि इन विभिन्न वैकल्पिक क्रियाओं के अंतर्गत संसार की प्रगति कैसी होगी जिनमें से प्रायः हम चुनते हैं। यह तो बहुत सीमित-सा उद्देश्य है। इसका कारण और प्रभाव के सर्वव्यापी कार्यों के बड़े-बड़े सामान्यीकरणों से कोई संबंध नहीं। इसका कारण और प्रभाव या किसी अन्य विशेष प्रकार की यंत्र-रचना से बिल्कुल कोई संबंध नहीं। इस उद्देश्य का अभिप्राय निश्चय और कार्य में सहायक के रूप में संसार को क्रमबद्ध करना है; इसमें ऐसी कोई बात नहीं जिसका अभिप्राय यह हो कि यह व्यवस्था एक की अपेक्षा दूसरे प्रकार की हो। व्यवस्था ऐसी होनी चाहिए जिसके अनुसार हम सुविधा से शिक्षाप्रद ढंग से काम कर सकें। यह कोई ऐसी चीज़ नहीं जिसके बारे में हम तय कर सकें; यह तो कोई ऐसी चीज़ भी नहीं जिसके बारे में हम कोई सिद्धांत तय कर सकें। यह तो वही है, जो हमें मिलता है और जिसे हम लाभदायक समझते हैं।

इस संबंध में मैं आपको एक उदाहरण देता हूँ। पौधे उगाने का एक कारणात्मक तरीक़ा स्पष्ट रूप से उनका लिंग है। 1710 के आस-पास महारानी ऐन (Queen Anne) के समय तक किसी को इस बात का पता नहीं था कि पौधों का भी लिंग होता है। किंतु उससे हज़ारों वर्ष पूर्व से मानव पौधे उगा रहे थे। संसार के अधिकतर भाग में मानव ने वास्तव में कुछ रूखी-सूखी किस्मों के घास से विभिन्न प्रकार की गेहूँ बनाकर अपनी संस्कृति का निर्माण किया है। उसके तरीक़े कारणात्मक नहीं थे; किंतु उसका काम कम-से-कम उतना सफल था जितना महारानी ऐन के समय के युक्तिवादियों (Rationalists) का।

काम करने के लिए तत्त्वमीमांसीय विश्वास होना अनिवार्य नहीं कि जिन नियमों के अनुसार हम कार्य करते हैं

वे सर्वमान्य हों और शेष सब उनके समान हों। इसके विपरीत अंततः इस प्रकार के सभी विश्वास विज्ञान के सिद्धांतों के प्रतिकूल होते हैं। लाप्लास का मत था कि यदि हम वर्तमान को पूरी तरह से जानते हैं तो हम भविष्य को भी पूरी तरह से जान सकते हैं। फ्रांसीसी क्रांतिकारियों के लिए इस धारणा के पीछे राजनीतिक और धार्मिक बल था। किंतु इसका कोई वैज्ञानिक अर्थ नहीं। इस बात का किसी वैज्ञानिक या किसी साहित्यिक विवरण से साम्य नहीं क्योंकि इस बात का संबंध न तो वर्तमान और न ही भविष्य की वस्तु-स्थिति से है। इस बात को बार-बार दोहराने का कोई महत्त्व नहीं कि यदि हम वर्तमान से भली-भाँति परिचित हों तो हम भविष्य का भली-भाँति पता लगा सकते हैं। हम ऐसा नहीं करते और सच बात तो यह है कि कर भी नहीं सकते।

अनिश्चितता के सिद्धांत का आधुनिक भौतिक विज्ञान से ठीक यही संबंध है। यह सिद्धांत इस प्रकार का कोई दावा नहीं करता कि यदि हम किसी इलेक्ट्रॉन की वर्तमान स्थिति के विषय में कुछ जानते हों तो हम भविष्य में उसकी स्थिति के बारे में कुछ बता सकेंगे या नहीं। इस सिद्धांत से तो केवल इसी बात का पता चलता है कि हम उस इलेक्ट्रॉन की वर्तमान स्थिति को पूरी तरह से नहीं जान सकते। उदाहरण के लिए हम यह ठीक-ठाक जान सकते हैं कि अमुक इलेक्ट्रॉन की वर्तमान स्थिति क्या है या उसकी गति क्या है किंतु हम दोनों बातें नहीं जान सकते। अर्थात् इसका परिणाम यह है कि हम उसके भविष्य के बारे में नहीं बता सकते।

अंततः अनिश्चितता के सिद्धांत से हमें विशेष रूप से जिस बात का पता चलता है और जिसे हम पहले से ही जानते हैं, वह है—विज्ञान वास्तविकता को बताने का एक तरीक़ा है; इसलिए यह प्रेक्षणों पर निर्भर करता है और यह ऐसी किसी भी चीज़ के लिए दावा नहीं करता जो प्रेक्षणों की परिधि से बाहर हो। इसके अतिरिक्त और कोई भी चीज़ विज्ञान नहीं, शास्त्रीय ज्ञान है। उन्नीसवीं शताब्दी में अधिकतर लोगों का विश्वास था कि प्रत्येक वस्तु का उसके कारणों की सहायता से वर्णन किया जा सकता है। यह बात भी उस मध्यकालीन धारणा से कम शास्त्रीय नहीं कि प्रथम कारण से ही प्रत्येक वस्तु का पता चल सकता है।

6

इस स्थिति में वे लोग जो कारणता को प्रकृति का दूसरा रूप मानते हैं, पलायन का अन्य मार्ग ढूँढ़ने का प्रयास करते हैं। वे कहते हैं कि क्यों न हम उस प्रकृति में बराबर विश्वास रखें जिसकी प्रत्येक गतिविधि पूर्ण रूप से सुनिश्चित है। हम ऐसा क्यों कहें कि भविष्य में होने वाली घटना का केवल इसलिए पता नहीं लगाया जा सकता क्योंकि विज्ञान का ऐसा मत है कि यह हो नहीं सकता ? मान लीजिए जैसा कि अब विज्ञान का मत है कि भविष्य में होने वाली घटना के बारे में न बता सकना केवल थोड़े समय की बात नहीं है। यह भी मान लीजिए कि वैज्ञानिकों का यह मत बिल्कुल ठीक है और वे ऐसे कोई सिद्धांत नहीं बना सकते। जिनसे वे भविष्य में होने वाली छोटी-छोटी घटनाओं के बारे में बता सकें। यह सब होते हुए भी शंकालु यह कहते हैं, यह ठीक है कि ऐसी कुछ बड़ी-बड़ी बातें हैं जिनके भविष्य के बारे में किसी वैज्ञानिक रीति से न तो अब और न ही बाद में बताया जा सकता है। क्या फिर यह बहुत बड़ी खोज हैं ? क्या वास्तव में यह विज्ञान के अतिरिक्त किसी और चीज़ के बारे में भी खोज है ? क्या यह इस बात का पर्याप्त प्रमाण है कि विज्ञान की विधियों में कुछ कमियाँ हैं और उनका क्षेत्र सीमित है ? हम यह क्यों मान लें कि चूँकि विज्ञान प्रकृति के कारणों और प्रभावों के जाल के बारे में नहीं बता सकता इसलिए ऐसा कोई जाल है ही नहीं। यहाँ तक कि लाप्लास ने भी यह कभी नहीं सोचा था कि कोई भी मनुष्य व्यवहार में किसी भी चीज़ की वर्तमान स्थिति से उसके भविष्य का पूरी तरह से पता लगा सकता है। उसे वैज्ञानिक भविष्वाणियों की व्यावहारिक सीमाओं का पूरा-पूरा ज्ञान था। ऐसी स्थिति में हम इसी विचार को क्यों नहीं अपनाए रह सकते कि सिद्धांत रूप से तो भविष्य का पता लगाया जा सकता है, चाहे व्यवहार में वैज्ञानिक इसका पता लगा सकें या नहीं।

किंतु दुःख इस बात का है कि यह आकर्षण और विद्वत्तापूर्ण विचार वास्तविक बात को तो छोड़ ही जाते हैं। निस्सन्देह लाप्लास का यह मत नहीं था कि मनुष्य ऐसे किसी गणना यंत्र द्वारा वर्तमान से भविष्य का पता लगा सकेंगे जिसका वे बाद में व्यवहार रूप में निर्माण कर सकेंगे। किंतु उसका यह विश्वास था कि सिद्धांत रूप में ऐसा हो सकता है यदि मानव द्वारा नहीं तो किसी अलौकिक गणनायंत्र द्वारा तो ऐसा हो ही सकता है। उसका यह विश्वास था कि भविष्य तो पूर्ण रूप से तथा अंतिम रूप से निश्चित होता है। भविष्य का पता जैसा कि उस समय था, पहले से ही गणितज्ञ विद्या से जाना जा सकता है; और यह दुनिया तो बिल्कुल उस मशीन की भाँति है जो निश्चित यांत्रिक प्रक्रियाओं द्वारा भविष्य का हिसाब लगाती है।

यह बात वर्तमान तथा भविष्य के प्रति हमारी धारणाओं के बिल्कुल विपरीत है। वास्तव में हम दो कारणों से वर्तमान को लाप्लास की मशीन की भाँति किसी सामान्य मशीन पर आरोपित नहीं कर सकेंगे। एक तो यह कि अपेक्षिकता-सिद्धांत ने अंतरिक्ष में बहुत दूरी पर स्थित दो स्थानों की वर्तमान स्थिति को जानने में कठिनाइयों की ओर संकेत किया है और दूसरा कारण यह है कि अनिश्चितता के सिद्धांत से यह बात स्पष्ट हो गई है कि किसी एक स्थान की वर्तमान स्थिति को भी असीमित यथार्थता से नहीं बताया जा सकता। हमें इन कठिनाइयों से तकनीकी भाषा में हमारे अपने तथा लाप्लास के विचारों में अंतर का पता चलता है, जो साधारण भाषा में बिल्कुल स्पष्ट और सीधा है। यह अंतर है—लाप्लास के विचार में विज्ञान अब या समय आने पर भविष्य के बारे में ठीक-ठीक जान सकेगा। ऐसा करना इसलिए अव्यावहारिक होगा क्योंकि इसमें बहुत अधिक परिश्रम करना पड़ेगा। किंतु यह कठिनाई ऐसी है जिस पर मनुष्य काबू पा सकता है। इस प्रकार हम कह सकते हैं कि समस्त मानवीय ज्ञान ब्रिटानिका विश्वकोश में भरा जा सकता है यद्यपि व्यवहार में उसे लिखने के लिए कर्मचारियों और उसे छापने के लिए काग़ज़ की व्यवस्था करना संभव नहीं। किंतु भविष्य के बारे में ठीक-ठीक न बता सकने का हमारा कारण इससे बुनियादी तौर पर भिन्न है। वह यह कि हम सिद्धांत में भी नहीं जानते कि यह कैसे किया जा सकता है। हम ऐसे कोई नियम नहीं जानते जिनसे किसी एक इलेक्ट्रॉन के वर्तमान से उसके भविष्य के बारे में ठीक-ठीक बता सकें। वास्तव में हम तो यह भी नहीं जानते कि उसका ठीक-ठीक वर्तमान और भविष्य क्या है। और हम यह सिद्ध कर सकते हैं कि यह एक अनिवार्य सीमा है; कोई भी वैज्ञानिक विधिपूर्ण तथा असीमित यथार्थता के साथ इन स्थितियों को बता सकता है या इनके विषय में भविष्यवाणी कर सकता है।

किंतु क्योंकि हम जानते नहीं, क्योंकि विज्ञान इन्हें नहीं जान सकता तो इसका क्या यह अभिप्राय है कि भविष्य अनिश्चित है ? क्या हमने यह स्वीकार नहीं किया कि यह केवल वर्णन करने की ही सीमा है ? और इसका अभिप्राय यही क्यों है कि कोई संसार में ऐसी परिपूर्ण यंत्र-रचना नहीं और हमारी दृष्टि तथा हमारे सूक्ष्मदर्शी इतने धुँधले हैं के वे इस यंत्र-रचना के कार्य को नहीं देख सकते ?

यह एक आकर्षक सुझाव है; किंतु मैं इसे भावपूर्ण मानता हूँ क्योंकि इसके अनुसार यदि किसी प्रश्नकर्त्ता के सामने विज्ञान और कारणता दो विकल्प हों तो वह कारणता की ओर ही कूदता है। चूँकि कारणता विज्ञान का केवल एक उपकरण मात्र है इसलिए मेरे विचार में जब एक बार यह पता चल जाए कि यह अब एक उपकरण के रूप में भी काम नहीं कर रहा तो केवल विश्वास के रूप में उस पर चिपके रहना असंगत होगा। निस्संदेह प्रत्येक व्यक्ति अपनी प्रिय आस्था की वैज्ञानिक अर्थात् आनुभविक विधि से अधिक पसंद करने में स्वतंत्र है। किंतु हम यह न सोचें कि उसकी आस्था सामान्य अंधविश्वास के अतिरिक्त कुछ और भी है। विज्ञान द्वारा भविष्य में होने वाली किन-किन घटनाओं का पता चल सकता है और ऐसी कौन-कौन-सी बातें हैं जो अलौकिक रूप से निश्चित हैं—उस भेद को जानने का प्रयत्न करना वास्तव में लज्जाहीन आत्मप्रवंचना के अतिरिक्त और कुछ नहीं। विज्ञान उन बातों का व्यावहारिक अध्ययन है जिनकी जाँच की जा सकती है और उनकी भविष्यवाणी है जिनकी जाँच की जाएगी। ऐसा कहना कि इस जाँच

योग्य दुनिया में कारण गौण होते जा रहे हैं जब कि उसकी प्रत्येक वस्तु अनिवार्य रूप से ऐसी है जिसकी जाँच नहीं हो सकती—यह ऐसी बात है जिससे न तो हमें कोई सहायता मिल सकती है और न ही यह अर्थपूर्ण है; यह तो केवल मन बहलाने का एक सहारा है। हम ऐसा भी कह सकते हैं कि वास्तव में लाल नाकों वाली नीली-नीली परियाँ इलेक्ट्रॉनों को चलाती हैं और केवल उन्हें ही इस बात का पता होता है कि ये क्या कर रही हैं। हम जब-जब भी उनकी ओर देखते हैं तो ये परियाँ तुरंत ही छिप जाती हैं। यदि इन परियों को निश्चित रूप से भविष्य में भी देखने की आशा नहीं की जा सकती तो इन्हें किसी तर्कसंगत, आध्यात्मिक या धार्मिक पद्धति में बाँधने का कोई अर्थ नहीं।

ये सब विचार पूर्ण रूप से असंबद्ध नहीं हैं। हमें यह बात याद रखनी चाहिए कि उनका एक व्यावहारिक अर्थ है और इनकी अपनी-अपनी सीमाओं में इनकी सहायता से प्रतिदिन व्यावहारिक परिणामों के संबंध में भविष्यवाणी की जाती है। उदाहरण के तौर पर अत्यन्त विस्फोटक पदार्थ यूरेनियम 235 (U_{235}) ही लीजिए। यह संभव नहीं कि इसका छोटा-सा टुकड़ा फट जाए किंतु इसके बड़े टुकड़े का विस्फोट होना संभव है। तो ऐसा कौन-सा क्रांतिक आकार है जो छोटे को बड़े से अलग करता है ? यह एक ऐसा प्रश्न है जिसका उत्तर अनिश्चितता के सिद्धांत ने बड़ी सफलतापूर्वक दिया है। हमने इस सिद्धांत की सफलता देखी है और यद्यपि निस्संदेह यह एडम्स और लेवरियर द्वारा की गई वरुण (Neptune) ग्रह की खोज से न कम न ज़्यादा निश्चयात्मक है। फिर भी यह कोई कोरी कल्पना-मात्र नहीं। या नाभिकीय (Nuclear) विभाजन का ही उदाहरण लीजिए; ये सब उदाहरण व्यंग्यात्मक रूप में उपयुक्त हैं क्योंकि हेसनबर्ग ही एक ऐसा महान् भौतिकविद् था जो जर्मनी में परमाणु शक्ति प्रायोजना का कार्य करता रहा, और जर्मनी की असफलता मुख्य रूप से हेसनबर्ग के निर्देशन की असफलता थी। उदाहरण के तौर पर घर में बने एक बड़े-से प्लूटोनियम के पिंड को ही लीजिए जिसमें इस बात का ध्यान रखा जाए कि उसका आकार क्रांतिक आकार से कम हो। हम यह जानते हैं कि 25,000 वर्ष में इसका आधे से अधिक भाग रेडियोधर्मिता के कारण नष्ट हो चुका होगा। किंतु हम यह नहीं जानते कि वह कौन-सा आधा भाग है; हम प्लूटोनियम के किसी एक दाने के संबंध में यह नहीं बता सकते कि यह पिंड के नष्ट भाग का अंश होगा या दूसरे का। कोई भी भौतिक नियम ऐसा नहीं बता सकता और ऐसा हो भी नहीं सकता। यह महत्त्वपूर्ण बात है। यह तो निश्चित है कि कोई भी कारणात्मक सिद्धांत कुछ ज्ञात एवं सुनिश्चित तथ्यों का उल्लंघन किए बिना ऐसी भविष्यवाणी नहीं कर सकता।

7

हो सकता है कि हम एक विचित्र विरोधाभास पर पहुँच रहे हों। आज से केवल तीन सौ वर्ष पूर्व जब हाब्स (Hobbes) ने कारणात्मक सिद्धांत की महान् सफलता पर बल दिया था तब से विज्ञान ने बहुत प्रगति की है और यह प्रगति इसी सिद्धांत का पालन करने के कारण हुई है। किंतु अब मैं कहता हूँ कि यह सिद्धांत अपने आप में ही भ्रामक है; प्रकृति कारणों और उनके प्रभावों का निश्चित तारतम्य नहीं है। तब विज्ञान दुनिया को कारणात्मक सिद्धांतों के अनुसार कक्षों में चलने वाली वस्तु के रूप में चित्रित करने में इतना सफल कैसे हुआ ? और यदि हमारे कोई कारणात्मक सिद्धांत नहीं हैं तो क्या हम संसार को सिद्धांतहीनता की ओर नहीं धकेल रहे ? क्या हम किसी प्रकार के विज्ञान के विचार तक का भी त्याग नहीं कर रहे ?

इन प्रश्नों का उत्तर मैं अगले अध्याय में दूँगा। मैं यह बताऊँगा कि सिद्धांत और अनिश्चितता दो अलग-अलग वस्तुएँ हैं और संयोग के कम परिचित किंतु अधिक कठोर सिद्धांत स्थापित किए जा सकते हैं। और तब हम देखेंगे कि कारणात्मक सिद्धांत इन्हीं सिद्धांतों का संग्रह है और इनकी सफलता का कारण यह है कि वे इन मामलों का श्रेष्ठ सन्निकटन हैं जहाँ संयोग के सिद्धांत प्रचुर संभावनाओं में परिवर्तित हो जाते हैं।

किंतु यहाँ मैं अब एक गूढ़ विचार के साथ इस बात को समाप्त करना चाहता हूँ। मैंने कहा है कि भौतिक विज्ञान

में विशेषकर आज सबसे बड़ी कठिनाई का कारण कारणात्मक नियमों की खोज है किंतु बात यहीं समाप्त नहीं होती। यदि भौतिक तथ्यों को लेकर उनसे निश्चयपूर्वक तर्क सहित वे नियम निकालें जिनका वे भौतिक तथ्य पालन करते हैं तो हमें यह बात ध्यान रखनी चाहिए कि कोई भी वैज्ञानिक प्रणाली वास्तव में निगमनिक (deductive) नहीं है, किसी भी वैज्ञानिक प्रणाली के पीछे एक ऐसी कल्पना होती है जैसी कि न्यूटन में थी। उसने कणों की दुनिया की परिभाषा की, ऐसे नियम या स्वयंतथ्य बनाए जिनका ये कण पालन करते हैं और तब यह सिद्ध किया कि इन कणों को मिलाकर एक ऐसी दुनिया बनती है जो उस दुनिया से मिलती-जुलती है जिसे हम जानते हैं। ये अंतिम कण क्या हैं, इस संबंध में न्यूटन का कोई सिद्धांत नहीं था। हमने ही इन्हें पहले अणु, फिर परमाणु फिर इलेक्ट्रॉन तथा पदार्थ के सूक्ष्म और अविभाज्य अंगों की संज्ञा दी। किंतु हम असफल रहे। यदि दुनिया इलेक्ट्रॉनों या उन जैसी चीज़ों से मिलकर बनी है तो निश्चय ही इन चीज़ों की गतिविधियाँ न्यूटन के कणों जैसी नहीं। ये इलेक्ट्रॉन आदि कभी-कभी तरंगों की भाँति और कभी-कभी कणों की भाँति व्यवहार करते हैं। एक ही क्षण उनका कोई निश्चित स्थान नहीं होता और न ही निश्चित गति होती है; और फिर उनकी अन्य विलक्षणताएँ भी होती हैं। और उदाहरण के लिए जब हम यह कहते हैं कि हम एक ही स्थान और गति ठीक-ठाक नहीं बता सकते तो इससे हमारा अभिप्राय केवल इसी सीमा से होता है, कि हम अलग-अलग कणों की प्राक्कलपनाएँ नहीं बना सकते और साथ ही उन्हें अपने समीकरणों में निश्चित स्थान और गति नहीं दे सकते।

इन कठिनाइयों का संबंध संपूर्ण रूप से कारण और प्रभाव की खोज से नहीं है। ये कठिनाइयाँ तो इसलिए आती हैं क्योंकि हम बड़े विश्वास के साथ यह बात मानते हैं कि सभी वैज्ञानिक घटनाओं को छोटे-छोटे अविभाज्य टुकड़ों में बाँटा जा सकता है और इनमें से प्रत्येक टुकड़ा कारणात्मक सिद्धांतों का पालन करता है। हम यह मानने लगे हैं कि कोई भी ऐसी घटना जो अपने पूर्ववर्ती घटनाओं का अनुसरण करती प्रतीत नहीं होती यह निश्चित रूप से ऐसा करेगी, यदि हम उसे छोटी-छोटी घटनाओं या पदार्थ के छोटे-छोटे टुकड़ों में बाँट दें ! यह विश्लेषण प्रक्रिया वास्तव में निश्चयवाद के हमारे विचार का आधार रही है। आप कोई ऐसा मॉडल तैयार नहीं कर सकते जो सूक्ष्म कणों या घटनाओं को मिलाकर बना हो और उसका प्रत्येक कण या उसकी प्रत्येक घटना निश्चित कारणात्मक कक्षों में घूमती हो। कारण और प्रभाव बड़ी-बड़ी क्रियाएँ हैं किंतु विश्लेषणात्मक प्रक्रिया अंत में एक ऐसे सिद्धांत को जन्म देती है जो भिन्न प्रकार का होता है और यह है कारण के स्थान पर संयोग का सिद्धांत।

चूँकि भौतिकी में यह विभाजन बिल्कुल स्पष्ट हो गया था इसलिए तर्कशास्त्र (Logic) के मूल सिद्धांतों में भी इस विभाजन को विचित्र रूप और अप्रत्याशित रूप से बहुत दूर तक दिखाया गया है। यह समस्या का एक ऐसा पक्ष है जिसे अभी वैज्ञानिक भी नहीं जानते क्योंकि इसका संबंध गणित के अत्यंत दूरवर्ती भाग–सभी गणितीय प्रणालियों की तर्कसंगत रचना के अध्ययन से है। बीसवीं शताब्दी की चौथी दशाब्दी में यह स्पष्ट कर दिया गया था कि यूक्लिड (Euclid) के जैसे स्वयंतथ्यों की विशुद्ध अमूर्त प्रणाली (abstract system) में भी कुछ ऐसे पूर्ण रूप से युक्तिसंगत प्रश्न उठ खड़े होते हैं कि जिनका कोई उत्तर नहीं होता। कहने का अभिप्राय यह है कि इतनी ठोस, सुव्यवस्थित, तर्कसंगत और संपूर्ण रूप से निश्चित प्रणाली में भी ऐसे प्रमेय (theorems) बनाना संभव है जिन्हें न सच्चा सिद्ध किया जा सकता है न झूठा। यदि हम किसी ऐसी प्रणाली के विषय में सोचें जो समयानुसार अपने-आप काम करने लगे तो यह ऐसा कहने के समान हुआ कि क्या यह प्रणाली भविष्य में कुछ विशेष अवस्थाओं में पहुँच जाएगी। और इसका उत्तर है कि हम यह बात हमेशा नहीं बता सकते; बस फिर समस्या हल नहीं हो सकती। कुछ ऐसे प्रमेय हैं जो ठीक भी हो सकते हैं या ग़लत भी; और ऐसी अवस्थाएँ हैं जिन तक पहुँचा भी जा सकता है और नहीं भी; गणितज्ञ इन बातों का कभी भी निश्चय नहीं कर सकते और यह सब उस दुनिया की बात है जहाँ न कोई सूक्ष्मदर्शी है, न कोई पदार्थ है और न किसी प्रकार की अस्पष्टता। यह सब विशुद्ध तर्क की बात है। निश्चितता के क्षेत्र में वास्तव में यह भेद

एक उल्लेखनीय उथल-पुथल है; और प्रयोग करने वाले वैज्ञानिकों को इसकी पेचीदगियों का धीरे-धीरे तब पता चलेगा जब उन्हें इस बात का ज्ञान होगा कि स्वयं तर्क के क्षेत्र में भी भूगर्भीय त्रुटि घुस आई है।

भौतिक और तर्क की दुनिया में हमने वास्तव में जो चीज़ होती देखी है, वह है हमारे बाहर की दुनिया के ऐसे साधारण मॉडल का विनाश, जिसे हम केवल देख सकते हैं। इससे यह पता चलता है कि जब आप ऐसा भेद करें तो भौतिकी के निकट तक तो पहुँच सकते हैं किंतु एक समय ऐसा भी आता है जब यह सन्निकटन समाप्त हो जाता है। खगोल-विद्या में जब ऐसा समय आया तो आइंस्टाइन के सिद्धांतों ने न्यूटन के सिद्धांतों का स्थान ले लिया। चूँकि सापेक्षता का सिद्धांत अनिवार्य रूप से उस दार्शनिक विश्लेषण से निकला है जिसके अनुसार वस्तुतः तथ्य और प्रेक्षक नाम की कोई चीज़ नहीं किंतु किसी भी प्रेक्षण के लिए ये दोनों आवश्यक हैं। भौतिकी की मूल इकाई है—वास्तविक प्रेक्षण। परमाणु-भौतिकी में अनिश्चितता के सिद्धांत से भी यही बात सिद्ध होती है कि घटना और प्रेक्षक अविभाज्य है। यही बात तर्कशास्त्र में भी कही जाती है किंतु इतने अधिक शोर के साथ नहीं। वास्तव में जब गणित की एक ऐसी प्रणाली तैयार करने का कार्य आरम्भ हो चुका है जो अनिवार्य रूप से मन के उन अनिर्धारित तथा बहुसंयोजी अभिवृत्तियों पर आधारित है जिनसे हम प्रतिदिन अपने सांसारिक संबंधों को बनाए रखते हैं। विज्ञान की सभी धाराएँ इसी धारा में मिल जाती हैं, कि संसार के प्रति विश्लेषणात्मक और अवैयक्तिक दृष्टिकोण विफल हो रहा है। किसी समय यह जानना पर्याप्त था कि संसार स्थिर है और अलग है जबकि हम सूक्ष्म परीक्षण के लिए इसे बड़े परिश्रम से विभिन्न भागों में बाँटते हैं। किंतु यह तो एक ऐसी सरल-सी बात है जिसकी उपयोगिता अब समाप्त हो चुकी है। अब हम ऐसी स्थिति पर पहुँच गए हैं कि जहाँ संसार अपने-आप में एक हो चुका है और प्रेक्षक तथा तथ्य के बीच के अंतर को नहीं बनाए रखा जा सकता। इस संसार का आधार प्रेक्षण है। सभी कठिनाइयाँ चाहे वे बुध ग्रह के विषय में हो या कारणता के, दोनों का कारण ज्ञाता और ज्ञात का अंतर है। इन दोनों के मेल से ज्ञान बनता है।

ये हैं वे कष्टदायक नए विचार जो हमारे जीवनकाल में ही भौतिकी के संसार में घुस आए हैं, जो सुव्यवस्थित एवं सुनिश्चित प्रतीत होता था। यदि हम हिरोशिमा की घटना को सफलता कहें तो व्यावहारिक परिणामों की दृष्टि से ये विचार अभूतपूर्व ढंग से सफल रहे हैं। कार्यरूप में ये विचार सफल रहे हैं। किंतु सिद्धांत रूप में हमें अभी तक इन विचारों की संपूर्ण शक्ति का पता नहीं चला। इन विचारों से बहुत से ऐसे लोगों को सांत्वना मिली है जो इन्हें 'मुक्त इच्छा' के अपने विश्वास में सहायक मानते हैं, और इतने ही व्यक्ति इन विचारों से आश्चर्य चकित हो गए हैं क्योंकि ये विचार उनके सहज बोध पर आघात करते हैं। यह संसार बोधगम्य तो है किंतु साथ-ही-साथ सहज रूप से बोधगम्य भी। यह कोई थॉमस हार्डी के उपन्यास में से ली गई मूर्खता या ईर्ष्या का निराशापूर्ण षड्यंत्र नहीं है। हो सकता है कि मानवतावादी साहसी बन जाए; यह संसार सहज बोध से भरा पड़ा है, किंतु जो चीज़ हम संसार को देते हैं वह सहज बोध नहीं। सहज बोध वह है जो हम संसार में प्राप्त करते हैं।

संयोग का तत्त्व

मैंने विज्ञान को बार-बार भाषा कहा है। मुझे यह समानता इतनी सरल और सहायक प्रतीत होती है कि मुझे इस पुस्तक को विज्ञान और अंग्रेज़ी भाषा की तुलना से आरंभ करना बिल्कुल स्वाभाविक लगा। उदाहरण के लिए जब मैं प्रकाशिकी का ध्यान करता हूँ तो मैं इसको देखने और देखे जाने की क्रिया व्यक्त करने की भाषा समझता हूँ। भाषा के रूप में यह केवल इसी बात में असामान्य है कि यह अन्य विषयों से तत्परतापूर्वक दूर रहती है। उदाहरण के लिए यह वर्णान्धता के कारण होने वाली उलझन के बारे में कुछ नहीं कहती और आकांक्षा तथा विश्वास जैसे अधिक आकर्षक

विषयों में नहीं पड़ती। प्रकाशिकी तो एक ऐसी भाषा है जिसमें देखने को देखना ही कहा जाता है और कुछ नहीं—यहाँ तक कि विश्वास करना भी नहीं।

पिछली शताब्दी के वैज्ञानिकों के मन में यह समानता बिल्कुल नहीं आ सकती थी, क्योंकि भाषा संसार की कुछ चुनी हुई बातों का वर्णन करने की संहिता के अतिरिक्त कुछ नहीं। निस्संदेह भाषा का उद्देश्य अन्य लोगों और वस्तुओं के साथ इस बात की व्यवस्था करना है कि हम इस संसार में कैसे काम करें। किंतु कार्य रूप में भाषा केवल वर्णन ही है जो तथ्यों का वर्णन करता है और उनकी व्यवस्था की नकल उतारता है। उन्नीसवीं शताब्दी ने इसे विज्ञान के बारे में अत्यंत विनम्र दृष्टिकोण समझा होगा। इस शताब्दी के सर्वोत्तम व्यक्ति तो विज्ञान को कार्य के मार्गदर्शक के रूप में मानते थे। किंतु उन्हें यह विश्वास था कि विज्ञान उन्हें उपयोगी ढंग से कार्य करने में सहायता देता है क्योंकि यह संसार का केवल वर्णन ही नहीं करता बल्कि उसकी व्याख्या भी करता है। व्याख्या से उनका अभिप्राय एक ऐसे मॉडल से था जो कारणों तथा प्रभावों की श्रृंखला में एक कड़ी से दूसरी कड़ी तक प्रकृति का ठीक-ठीक अनुकरण करता हो। उनके विचार में एक जीव ऊष्मा-इंजन, गैस बिलियर्ड की गेंदों और मस्तिष्क तारघर के समान है। उनका विश्वास था कि अंततः वैज्ञानिक विधि एक ही है, कारणों तथा प्रभावों की प्रणाली की स्थापना करना। यदि विज्ञान किसी चीज़ का वर्णन करता है तो वह प्रभावों द्वारा कारण का वर्णन करता है और यदि विज्ञान कोई भविष्यवाणी करता है तो वह कारणों के आधार पर प्रभाव की पूर्वसूचना देता है।

मैंने काफ़ी विस्तार से यह बात कही है कि अब इस विश्वास को और अधिक बनाए नहीं रखा जा सकता। ठीक है। अब हमें हर चीज़ में कारण की खोज करना छोड़ देना है, किंतु उसके स्थान पर हम क्या रखेंगे। इसके उत्तर के लिए हमें फिर पीछे की ओर चलना होगा, जहाँ से हम चले थे और फिर उस बात को दोहराना होगा जिसे हम बार-बार नहीं कह सकते। विज्ञान का उद्देश्य एक क्रमबद्ध भाषा में संसार का इस प्रकार वर्णन करना है जिससे यदि संभव हो तो हम कार्य के उन वैकल्पिक तरीक़ों के परिणामों को पहले से जान सकें जिनमें से हम हमेशा चुनते हैं। हमारे वर्णन का क्रम पूर्ण रूप से हमारी सुविधा पर निर्भर करता है। हमारा उद्देश्य हमेशा भविष्यवाणी करना है। यदि हम कारण और प्रभाव के अनुसार कोई क्रम ढूँढ़ लें तो हमारे लिए निस्संदेह अत्यधिक सुविधा हो जाएगी क्योंकि हम आसानी से विकल्प चुन सकेंगे। ऐसा होना अनिवार्य नहीं।

विज्ञान और अपने दैनिक जीवन में हम जिस चीज़ की खोज कर रहे हैं, वह है—भविष्यवाणी की एक प्रणाली की अथवा किसी भविष्यवक्ता की। भविष्यवाणी में जो सिद्धांत हमारा मार्गदर्शन करते हैं वे अंततः गणना की क्रियाओं से अधिक कुछ नहीं और जीवन कोई परीक्षा तो है नहीं, हमें क्रियाओं के अंक नहीं मिलते, सबसे अधिक महत्त्व की बात तो ठीक उत्तर पाना है। अतः यह संभव है कि भविष्यवाणी की किसी प्रणाली के लिए ठीक उत्तर पाने के अतिरिक्त किसी अन्य सिद्धांत को आधार न बनाया जाए। पौधे तथा पशु ठीक ऐसा ही करते हैं। चमगादड़ अपने मार्ग की रुकावटों से बचने के लिए चिल्लाता है, जिसकी आवाज़ मेरे कानों तक नहीं पहुँच सकती। तब वह उसकी गूँज को सुनता है। गूंज को पूर्वसूचना में बदलने का चिमगादड़ का तरीक़ा चाहे कोई भी हो, वह उसने विकास द्वारा सीखा है और वह विकास यत्न और भूल द्वारा तय हुआ है। यही बात रेडार और अधिक युक्ति से करता है। फिर भी इसकी गणना की क्रियाएँ न तो चमगादड़ की क्रियाओं से अच्छी हैं और न ही बुरी। उदाहरण के लिए, चमगादड़ और विकास द्वारा काफ़ी पहले ही इस बात की खोज की जा चुकी थी कि नापने के लिए उत्तम तरंगदैर्ध्य (wawelength) सेंटीमीटर तरंगें हैं जिन्हें रेडार सेटों में भी काम में लाया जाता है। गेंद पकड़ने वाला व्यक्ति, पतंग उड़ाने वाला बच्चा, या चूहे के बिल में मुँह देने वाली बिल्ली—सभी भविष्यवक्ता हैं। ये हमें इस बात को याद दिलाते हैं कि भविष्यवाणी और विज्ञान का उद्देश्य हमें लगभग ठीक समय पर लगभग ठीक काम कराना है।

2

निस्संदेह प्राकृतिक नियमों के कारणात्मक रूप के विषय में कोई ऐसी बात नहीं जिसे हम पवित्र कह सकें। हम इस रूप से भली-भाँति परिचित हैं और अब यह हमारा प्रतिमान बन गया है कि सभी प्राकृतिक नियम ऐसे ही होने चाहिए। हम ऐसा कहते हैं कि यदि आप एक स्थान में गैस भरें और फिर उस स्थान को घटा कर आधा कर दें जबकि शेष परिस्थितियाँ वैसी ही रहें तो दबाव दुगना हो जाएगा। यदि आप ऐसा-ऐसा करें तो उसका परिणाम वैसा-वैसा निकलेगा और वह हमेशा ऐसा ही होगा। अपनी पुरानी आदत से हम ऐसा अनुभव करते हैं कि यह 'हमेशा' शब्द है जो भविष्यवाणी को नियम में परिवर्तित कर देता है। किंतु ऐसा कोई कारण नहीं कि नियमों में हमेशा बिल्कुल ऐसा या बिल्कुल ऐसा नहीं वाली बात होनी चाहिए। मैंडल के अनुसार यदि आप विशुद्ध सफ़ेद मटरों और विशुद्ध गुलाबी मटरों के छोटे-छोटे मीठे दानों का संक्रमण करें तो तीसरी फसल में औसतन एक-चौथाई मटर सफ़ेद होंगे और तीन-चौथाई गुलाबी। अन्य नियमों की भाँति यह भी नियम ही है; यह आगे होने वाली वस्तु की मात्रा बताता है और यह नियम जो बात कहता है वह सत्य भी निकलती है। बार-बार ऐसी निश्चितता का प्रदर्शन न करने से जैसा कि गैसों के नियम करते हैं, इस नियम की मान्यता किसी प्रकार कम नहीं हो जाती। और वास्तव में निश्चितता भी तो ऐसे संयोगों के मिलने से ही आती है जिनका स्पष्टीकरण मैंडल का नियम करता है।

अब इस बात पर ध्यान देना ज़रूरी है। यदि मैं यह कहूँ कि किसी भी खुले सप्ताह के बाद 'हमेशा' रविवार को वर्षा होती है तो इसे एक नियम के रूप में मान्यता दे दी जाती है। किंतु यदि मैं यह कहूँ कि खुले सप्ताह के बाद रविवार को प्रायः वर्षा होती है तो इसे कुछ असंतोषजनक बात समझा जाता है और तब यह समझ लिया जाता है कि मैं किसी अंतर्निहित नियम तक नहीं पहुँचा हूँ जो विज्ञान के प्रति हमारी 'हमेशा' या 'कभी नहीं' के स्वभाव के साथ मेल खा सके। यहाँ तक कि यदि मैं यह कहूँ कि खुले सप्ताह के बाद दस रविवारों में वर्षा होती है तो आप इसे सांख्यिकीय ही मानेंगे, किंतु इसे आप नियम के रूप में स्वीकार नहीं करेंगे। किसी-न-किसी प्रकार इसमें नियम के बल का अभाव प्रतीत होता है।

फिर भी यह केवल पूर्वाग्रह है। ऐसे नियम होना अच्छी बात है जो यह कहें कि तथ्यों के इस विन्यास (configuration) के बाद हमेशा ही दस में से दस बार एक घटना 'क' होगी। किंतु न ही तो रुचि की दृष्टि से और न ही सुविधा की दृष्टि से उस नियम का रूप उस नियम के रूप से अधिक अनिवार्य बन जाता है जो यह कहे कि तथ्यों को इस विन्यास के बाद दस में से सात बार 'क' घटना होगी और दस में से तीन बार 'ख' घटना होगी। रूप की दृष्टि से यह कारणात्मक नियम है और दूसरा सांख्यिकीय। किंतु विषय और प्रयोग की दृष्टि से एक को दूसरे से अधिक पसंद करने का कोई कारण नहीं। विज्ञान के नियमों के कार्य हैं—सच्चा होना और सहायक होना ; संभवतः इन दोनों में से एक-दूसरे का समावेश होता है। यदि सांख्यिकीय नियम दोनों कार्य पूरे करता है तो यही हमारा काम निकाल देता है। हम अपने-आपको यह समझा सकते हैं कि बौद्धिक दृष्टि से यह कारणात्मक नियम से कम संतोषजनक है और इससे हमें यह अनुभूति नहीं होती कि हम प्रकृति की प्रक्रिया को समझ रहे हैं। किंतु यह तो हमारे स्वभाव का भ्रम है। गुरुत्वाकर्षण के नियम से आज तक जितने अधिक लोग संतुष्ट हुए हैं उतने किसी अन्य नियम से नहीं हुए। फिर भी हमने यह देखा कि इस नियम ने प्रकृति के कार्य की जो व्यवस्था की वह ग़लत थी और हमें जो ज्ञान हुआ वह भ्रांति था। वास्तव में इसने जो किया और अत्यंत सुंदर ढंग से किया, वह था—आकाशीय पिंडों के बारे में लगभग ठीक-ठीक पूर्व सूचना देना।

3

किंतु प्रत्येक ऐसे नियम की, जिसमें 'हमेशा' का शब्द नहीं होता, एक न एक परिसीमा होती है। जब मैं साफ़ तौर से यह कहता हूँ कि तथ्यों के किसी विन्यास के बाद कभी-कभी घटना 'क' होगी और कभी-कभी 'ख', तो मुझे यह विश्वास नहीं होता कि अगली बारी 'क' की होगी या 'ख' की। भले ही मैं यह जानता हूँ कि दस में से 'क' सात बार होगा और 'ख' तीन बार; किंतु इससे मुझे इस बात का पता नहीं चलता कि अगली बार मेरी दृष्टि जिस घटना पर है वह कौन-सी होगी। मैंडल का नियम तब तक ठीक है जब तक आप एक एकड़ भूमि में मीठे मटर उगायें; किंतु यह नियम आपको यह नहीं बताता और बता भी नहीं सकता कि आपकी खिड़की के आगे बोए गए मटरों की दूसरी फ़सल में कितने सफ़ेद होंगे और कितने गुलाबी। स्वयं मैंडल के सामने भी यही कठिनाई आई थी, क्योंकि उसे अपने प्रयोग एक आश्रम के छोटे से बाग में करने पड़ते थे।

अब तक तो यह बात काफ़ी स्पष्ट है। यह ठीक है कि यदि हमें इस बात का निश्चित रूप से पता हो कि अगली बार ठीक-ठीक क्या होने वाला है तो हम सांख्यिकीय नियम नहीं बनाएँगे, बल्कि हमें ऐसा नियम उपलब्ध होगा जिसमें हम 'हमेशा' शब्द जोड़ सकें। किंतु इस परिसीमा के साथ एक परोक्ष परिसीमा भी है। यदि हमें यह निश्चित रूप से पता न हो कि अगली बारी 'क' की होगी या 'ख' की, तो फिर हम यह बात भी निश्चयपूर्वक नहीं कह सकते कि उससे अगली बारी किसकी होगी। हम यह जानते हैं कि सात बार 'क' होगा और तीन बार 'ख'। वास्तव में 'क' और 'ख' को इस प्रकार अनियमित रूप से लिखना संभव नहीं जिससे यदि हम अपनी इच्छानुसार दस अक्षरों की कोई कड़ी कहीं से भी उठाएँ तो उसमें सात अक्षर एक के हों और तीन दूसरे के। और निस्संदेह उनको इस प्रकार लिखना तो बिल्कुल असंभव है कि यदि कहीं से भी दस अक्षर उठा लिये जाएँ तो उनमें सात अक्षर 'क' निकलें।

तब मेरी इस बात से क्या अभिप्राय है कि 'क' की प्रत्येक सात बारियों के पश्चात् 'ख' की तीन बारियाँ होंगी। मेरे कहने का अभिप्राय यह है कि किसी भी विस्तृत क्रम में से यदि हम अपनी इच्छानुसार दस-दस के कई सेट चुन लें तो उनमें से अधिकतम सेटों में सात-सात 'क' होंगे और तीन-तीन 'ख'। इसी बात को हम दूसरी तरह भी कह सकते हैं कि यदि हम भारी संख्या में परीक्षण करें तो 'क' और 'ख' का अनुपात सात और तीन का होगा। किंतु परीक्षणों का कोई भी क्रम चाहे वह कितना भी विस्तृत क्यों न हो निश्चित रूप से काफ़ी बड़ा नहीं होता। परीक्षणों के किसी भी क्रम में हम निश्चयपूर्वक सात और तीन के ठीक-ठीक अनुपात तक नहीं पहुँच सकते।

तब मैं यह कैसे जानता हूँ कि नियम वास्तव में सात 'क' और तीन 'ख' का है ? मेरा यह कहने से क्या अभिप्राय है कि किसी लम्बे परीक्षण में यह अनुपात इस सीमा तक पहुँचता है जबकि मुझे इस बात का कभी भी पता नहीं होता कि परीक्षण काफ़ी विस्तृत है या नहीं ? इसके अतिरिक्त जब मैं यह जानता हूँ कि ठीक उसी समय जब हम ठीक-ठीक इस अनुपात पर पहुँचते हैं तो अगला एक ही परीक्षण इस अनुपात को भंग कर देगा—क्योंकि यह परीक्षण शृंखला में या तो पूरा 'क' जोड़ेगा या पूरा 'ख' और ऐसा हो नहीं सकता कि यह दस में से सात भाग तो एक के जोड़े और तीन दूसरे के। मेरा अभिप्राय यह है कि दस परीक्षणों के बाद, हो सकता है आठ बारी 'क' की हों और 'ख' की केवल दो ही, यह बिल्कुल असम्भव भी नहीं। यह भी बहुत असम्भव नहीं कि दस बार ही 'क' हो। किंतु यह असम्भव है कि सौ परीक्षणों के पश्चात् अस्सी बार 'क' आए। यह और भी असंभव है कि एक हज़ार परीक्षणों के बाद आठ सौ बार 'क' आए; वास्तव में वह बिल्कुल असम्भव है कि ऐसी स्थिति में 'क' और 'ख' के सात और तीन के अनुपात में पाँच प्रतिशत से अधिक परिवर्तन हो। और यदि एक लाख परीक्षणों के पश्चात् हम एक ऐसे अनुपात पर पहुँचें जिसमें हमारे नियम से एक प्रतिशत का भी अंतर हो तो निश्चित ही हम इस नतीजे पर पहुँचेंगे कि हमारे नियम में अवश्य कोई-न-कोई त्रुटि है।

इस संबंध में मैं आपको व्यावहारिक उदाहरण देता हूँ। अठारहवीं शताब्दी के विश्वकोशकारों (encyclopedists) में से एक महान् प्रकृतिवादी बुफ़ान (Buffon) की कई विषयों में रुचि थी। भू-गर्भ विज्ञान तथा क्रम-विकास में रुचि लेने के कारण उसका सॉरबोन (Sorbonne) के साथ झगड़ा हो गया जिससे उसने अपने विश्वास को, कि जैनेसिस से अब तक पृथ्वी में परिवर्तन आ चुका है, विधिवत् बदल लिया। संयोग के नियमों में उसकी रुचि कम ख़तरनाक थी, किंतु इससे उसे एक दिलचस्प प्रश्न पूछने की प्रेरणा मिली। यदि किसी लकीरदार काग़ज़ पर अचानक ही उतनी दूरी से एक सुई फेंकी जाए जितनी उस सुई की लंबाई हो, तो वह कितनी बार किसी लकीर पर गिरेगी और कितनी बार ख़ाली स्थान पर ? इसका उत्तर कुछ अजीब-सा है—इसे तीन में से दो से कुछ कम बार किसी रेखा पर गिरना चाहिए—संक्षिप्त में, इसे π में से दो बार किसी रेखा पर गिरना चाहिए जबकि π किसी वृत्त की परिधि और उसके व्यास का सुविदित अनुपात है जिसका मूल्य 3.14159265....है। वास्तव में हम इस उत्तर के कितना निकट पहुँच सकते हैं ? निस्सन्देह, यह इस बात पर निर्भर करती है कि हम कितनी सावधानी से रेखाएँ खींचते हैं और कितनी सावधानी से सुई फेंकते हैं; किंतु इसके पश्चात् यह केवल हमारे धैर्य पर निर्भर करता है। 1901 में एक इतालवी गणितज्ञ ने बड़े ध्यानपूर्वक 3,000 से अधिक बार सुई फेंक कर अपने धैर्य का परिचय दिया था। उसने π का जो मूल्य निकाला वह दशमलव के छठे अंक तक सही था जिसमें भूल एक प्रतिशत का केवल हजारवाँ भाग थी।

4

यह है एक तरीक़ा जिसकी ओर आधुनिक विज्ञान बढ़ रहा है। यह यथासंभव आश्वासन के साथ पूर्वसूचना देने के सिद्धांत के अतिरिक्त किसी सिद्धांत का पालन नहीं करता; किंतु यह आश्वासन उतना ही होता है जितना कि संभव हो, उससे अधिक नहीं। अर्थात् विज्ञान आरंभ से ही भविष्य को आदर्श रूप में मान लेता है, किंतु पूर्ण रूप से निश्चित नहीं बल्कि अनिश्चितता के निर्धारित क्षेत्र के अंदर निश्चित रूप में। इस संबंध में मैं अनिश्चितता का एक उदाहरण प्रस्तुत करता हूँ। हम इतना तो जानते ही हैं कि नीली आँखों वाले माता-पिता के बच्चों की आँखें नीली होंगी; इस संबंध में कम-से-कम अभी तक कोई अपवाद नहीं दिखाई पड़ा। इसके विपरीत हम यह निश्चित रूप से नहीं कह सकते कि भूरी आँखों वाले माता-पिता के बच्चों की आँखें भूरी होंगी। हम यह तब भी निश्चित रूप से नहीं कह सकते जब उनके दस बच्चों की आँखें भूरी ही हों। इसका कारण यह है कि हम इस प्रकार के भाग्य पर भरोसा नहीं कर सकते जैसा एक बार डॉ. जॉन्सन ने अपने एक घोड़े पालने वाले मित्र को बतलाया था। डॉ. जॉन्सन ने कहा "उसके पास सोलह बछेड़ियाँ हैं किंतु एक भी बछेड़ा नहीं जो अनुमान से परे के संयोग की बात है।" किंतु ऐसी अवस्थाओं से बचने के लिए हम असंगतियों का हिसाब लगा सकते हैं, यह बात इतनी कठिन नहीं जितनी जॉन्सन ने सोची थी। और इससे हम उस संभावना का पता लगा सकते हैं कि अगले बच्चे की आँखें भूरी होंगी। अर्थात् हम ऐसी भविष्यवाणी कर सकते हैं जिससे हमारी अनिश्चितता का ठीक-ठीक पता चलता हो। विचित्र बात यह है कि स्वयं मैंडल के कार्य के वर्णन में भी यही दोष है। उसने वास्तव में यह बात पहले से ही सोच ली थी कि यदि किसी दंपत्ति के भूरी आँखों वाले दस बच्चे हों तो उनका और ऐसा बच्चा होने की कोई संभावना नहीं जिसकी आँखें नीली हों। किंतु वास्तव में बात ऐसी नहीं थी।

अनिश्चितता का दायरा और भी तेज़ी से कम हो जाता है यदि हम एक ही परिवार के विषय में नहीं बल्कि कई परिवारों के विषय में भविष्यवाणी करें। मैं यह नहीं जानता कि अमुक-अमुक दंपत्ति के अगले वर्ष बच्चा होगा या नहीं; मैं यह भी नहीं जानता मेरे यहाँ भी बच्चा होगा या नहीं। किंतु यह अनुमान लगाना कि कुल जनसंख्या में कितने बच्चे होंगे और इस प्रकार अपने अनुमान में अनिश्चितता के तत्त्व को कम करना सरल है। कौन से प्रेरक हैं जो विवाह के कारण बनते हैं, किन छोटी-छोटी बातों के फलस्वरूप कार चकनाचूर हो जाती है, आज सूर्य निकलेगा

या नहीं अथवा कल मुर्ग़ी अंडा देगी या नहीं—ये सब बातें स्थानीय हैं, निजी हैं और इनका हिसाब नहीं लगाया जा सकता। फिर भी जैसा केंट (Kant) ने बहुत समय पहले कहा था कि किसी भी देश में इन सब बातों का वर्ष भर का जोड़ असाधारण रूप से बराबर रहता है; और यहाँ तक कि अनिश्चितताओं की सीमाओं के बारे में भी पहले से बताया जा सकता है।

आधुनिक विज्ञान का यह क्रांतिकारी विचार है। यह विचार अनिवार्य 'परिणाम' के स्थान पर 'संभाव्य प्रवृत्ति' के विचार की स्थापना करता है। इसका तरीक़ा यह है कि जहाँ तक संभव हो, निश्चल प्रवृत्ति को स्थानीय उतार-चढ़ावों से अलग कर लिया जाए। भूत में इस प्रवृत्ति में जितने कम उतार-चढ़ाव हुए होंगे उतने ही अधिक विश्वास के साथ हम भविष्य की प्रवृत्ति की ओर देख सकेंगे। हम किसी कारण को नहीं निकाल रहे। हम प्रकृति की संपूर्ण रचना में एक व्यवस्था को खोज रहे हैं। हम उन अनिश्चितताओं से भी परिचित हैं जो वह बड़ी एवं लचकीली रचना हमारी व्यवस्था में प्रवृत्त करती है। किंतु संसार को स्वयं इससे अलग नहीं किया जा सकता—संसार ही तो अनिश्चितता है। भविष्य हमारे सम्मुख विद्यमान नहीं, इसके विषय में तो केवल पूर्वसूचना ही हो सकती है, हमें भविष्य के मार्ग-स्थलों का पता लगाने और अनिश्चितता के क्षेत्रों में से अमुक-अमुक को न्यूनाधिक सम्भाव्यता प्रदान करने तक संतोष कर लेना चाहिए।

संयोग के संबंध में वर्तमान विज्ञान के ये विचार हैं। ये नए विचार हैं—ये संयोग को एक प्रकार का क्रम प्रदान करते हैं। जीवन की वास्तविकता की तरह संयोग का पुनर्निर्माण किया जाता है। विज्ञान में ये विचार अनेक सूत्रों से आए हैं। इनमें से कुछ विचारों की खोज पुनर्जागरण युग के दलालों ने की; कुछ की सत्रहवीं शताब्दी के जुआरियों ने; कुछ की गणितज्ञों ने जो निशाने की ग़लतियों में रुचि रखते थे और जिनकी रुचि गैसों के प्रवाह या अभी-अभी रेडियोधर्मिता में थी। इनमें पिछले पचास वर्ष से कुछ अधिक समय में सबसे लाभदायक खोज जीव-विज्ञान में हुई। मुझे इस बात पर ज़ोर देने की आवश्यकता नहीं कि पिछले कुछ वर्षों में ये विचार, जैसे भौतिकी में, कितने सफल हुए—नागासाकी इसका ज्वलंत प्रमाण है। किंतु विज्ञान से बाहर हमने इन आविष्कारों का महत्त्व समझने का अभी प्रयास नहीं किया है। उदाहरण के तौर पर इन आविष्कारों से यह बात स्पष्ट हो जाती है कि स्वतंत्र इच्छाशक्ति या नियतत्त्ववाद (Determinism) केवल इतिहास की भ्रांतियाँ हैं। इतिहास का क्रम न ही नियत है और न ही अनियत। किसी भी समय यह उस क्षेत्र में पहुँच जाता है जिसके बारे में इसे सामान्य जानकारी तो होती है किंतु जिसकी सीमाएँ अनिश्चित होती हैं और जिनका हिसाब नहीं लगाया जा सकता। समाज गैस के प्रवाह की भाँति दबाव के नीचे आगे बढ़ता है; और आम तौर पर समाज के व्यक्ति उसके दबाव का पालन करते हैं; किंतु किसी भी समय कोई भी व्यक्ति गैस के परमाणु की भाँति प्रवाह के साथ-साथ या उसके विरुद्ध जा सकता है। इस प्रकार एक ओर तो इच्छाशक्ति होती है और दूसरी ओर दबाव, जो इन सीमाओं के अंदर-अंदर अपना कार्य करते हैं। जहाँ तक इन विचारों का संबंध है, संयोग की धारणा में पुरानी शुष्क लक्ष्यहीनता नहीं रही, अब इसमें नया गांभीर्य और शक्ति आ गई है; यह सजीव हो गई है। इनमें से कुछ विचारों ने कला पर प्रभाव डालना शुरू कर दिया है और ये हमें फ्रांस के युवक लेखकों के उपन्यासों में गोल-मोल रूप में मिलते हैं। कुछ समय पश्चात् ये विचार हमारे साहित्य को उस निराशा से मुक्त कराएँगे जो हमारी विभाजित निष्ठाओं के कारण होती हैं; एक ओर मशीनों के प्रति हमारी श्रद्धा और इसके विपरीत व्यक्तित्व के प्रति आध्यान (nostalgia)। मैं अभी काफ़ी जवान हूँ और मुझे विश्वास है कि संयोग और भाग्य का यह मेल हमें नए आशावाद की ओर ले जाएगा।

5

मैं इस बात को ज़रा और स्पष्ट करता हूँ। पिछली शताब्दी के शास्त्री विज्ञानों में यह मान लिया गया था कि रेडियोधर्मिता

या किसी रक्त-वर्ग की वंशागति या तंत्रिका का ह्रास या अभाव के समय मूल्यों में वृद्धि जैसी प्रत्येक क्रिया कई प्रभावों का परिणाम होती है; और धीरे-धीरे इन प्रभावों को अलग-अलग किया जा सकता है और इस प्रकार प्रत्येक क्रिया के सभी कारणों का पता लगाया जा सकता है। प्रत्येक मामलों में जो कुछ भी इस समय हो रहा था, उसे प्रयोगशाला का प्रयोग माना जा सकता था। इसे संसार की उन घटनाओं से पृथक् किया जा सकता था जिनका इससे कोई संबंध नहीं होता था और जो प्रयोगशाला के क्षेत्र में बाहर की होती थीं। प्रयोगशाला के भीतर कारणों की ठीक उसी प्रकार एक-एक करके जाँच की जा सकती थी जिस प्रकार हम इस बात का अध्ययन करते हैं कि जब तापमान समान रहे और दबाव घटता-बढ़ता रहे तो गैस की मात्रा में किस प्रकार परिवर्तन हो जाता है या जब तापमान घटता-बढ़ता रहे और दबाव समान हो तो फिर गैस के परिमाण में किस प्रकार परिवर्तन होता है।

किंतु अन्य संसार से और स्वयं पर्यवेक्षक से पृथक् क्रिया का यह चित्र झूठा ही निकलता है। एक समय ऐसा भी आता है जब यह क्रिया किसी सन्निकटन के रूप में भी ठीक नहीं बैठती। तब यह पता चलता है कि समय और अवकाश को, जिसे न्यूटन ने निरपेक्ष माना था, पर्यवेक्षक के बिना कोई भौतिक अर्थ नहीं प्रदान किया जा सकता। कोई भी प्रयोगशाला किसी रिक्त स्थान में नहीं रह सकती और न ही किसी प्रयोग को एक डिब्बे में बंद किया जा सकता है। जैसे-जैसे मापने के हमारे तरीक़ों में सुधार होता जाता है वैसे-वैसे पर्यवेक्षक की सीमाएँ बढ़ती हुई प्रतीत होती हैं। जिस द्रव्य की सतह सूक्ष्मदर्शी द्वारा देखी जाती है वह लेंस तब तक हिलता-जुलता और काँपता हुआ प्रतीत होता है जब तक कि हम उसके अणुओं की ब्राऊनीयन (Brownian) गति नहीं देख लेते। गैस के प्रवाह के अंतर्गत इसके कणों की निरंतर चाँदमारी होती रहती है। डायल की सुई को दस लाख गुना बढ़ा दीजिए, और फिर देखिए कि आपका यंत्र कुछ भी नहीं बता पाता क्योंकि गैस के परमाणुओं की प्रचंड गति सुई को प्रत्येक क्षण बदलती रहती है। प्रायोगिक त्रुटियाँ संसार की वस्तुस्थिति में गुँथी हुई हैं।

और जब प्रयोगशाला में यह सब कुछ हो रहा था तो निस्संदेह प्रयोगशाला के बाहर प्रकृति आर समाज में इससे लाख गुना अधिक उदाहरण इकट्ठे हो रहे थे। पौधे और जीवित शरीर, भूकंप तथा मौसम, जीव-समाज और मानवीय कार्यशाला की प्रत्येक वस्तु और टिकट फीते पर लिखे मूल्य, नपे-तुले प्रयोग के नियंत्रण से परे की बातें हैं। इतिहास में एक ऐसा क्षण आया था जो काल्पनिक होते हुए भी कम महत्त्वपूर्ण न था जब लीनिंग टॉवर से गिरने वाले बट्टों ने सितारों का रहस्य खोलने की कुंजी का काम किया। तब से प्रयोगशाला के मूक कार्यकर्त्ता का यह विश्वास रहा है कि उसकी छोटी सी प्रयोगशाला में सूर्य का धब्बा-चक्र और भविष्य में फैलने वाली प्लेग और वॉल-स्ट्रीट के मूल्यों में भारी गिरावट का पता चल जाएगा। उसके विचार में संसार एक मशीन है और वह न्यून की सफलता को फिर दोहराएगा अर्थात् वह ऐसा मॉडल तैयार करेगा जो एक-एक क्षण विधि के अनुकूल कार्य करेगा। एडम स्मिथ और जर्मी बेन्थम और मिल, हर्टिले और मेस्मर और फ्रायड, ज़ोला और प्राउस्ट और थ्योडारे ड्रीज़र—प्रत्येक ने अपने ढंग के अनुसार इस आशा में जीवन भर कार्य किया।

किंतु संसार में कुछ ऐसे भी व्यक्ति थे जिनके सामने विशेष प्रकार की ऐसी समस्याएँ थीं जिनके हल के लिए वे तीन शताब्दियों तक प्रतीक्षा नहीं कर सकते थे। ऐसी समस्याएँ हमेशा महत्त्वपूर्ण वैज्ञानिक समस्याएँ नहीं थीं। पास्कल और यूलर के जुआरी मित्र उतावले व्यक्ति थे। फ्लोरेंस, एम्स्टर्डम और लंदन के बीमा-दलालों को सिद्धांतों की कोई चिंता नहीं थीं, उन्हें तो आनुभविक परिणामों की आवश्यकता थी और फिर सबसे दिलचस्प बात यह कि पिछली शताब्दी के अंत में फ्रांसिस गाल्टन और बाद में कार्ल पीयर्सन ने मानवीय लक्षणों अर्थात् आकार और वज़न, रूप और विकास पर ध्यान देना शुरू कर दिया। उन्होंने लाम्ब्रासी के आपराधिक क़िस्मों के सिद्धांत जैसे सुव्यवस्थित सिद्धांतों का प्रतिपादन नहीं किया। वे तो मेंडल के वंशानुक्रम के सिद्धांत को अत्यंत संदेहात्मक दृष्टि से देखते थे। वस्तुतः उन्होंने फिर से लाप्लास और गास जैसे व्यक्तियों के कार्यों का अध्ययन किया जिन्होंने सर्वप्रथम इस बात पर विचार किया था कि

खगोल-विज्ञान संबंधी प्रेक्षणों में भी किन-किन त्रुटियों को अनिवार्य समझना चाहिए। इस प्रकार उन्होंने किसी जनसंख्या में लक्षणों के सांयोगिक वितरण के मत का प्रतिपादन किया। और उन्हीं के कार्य से सांख्यिकीय असमानताओं के संपूर्ण सिद्धांत का विकास हुआ है जो मेरे विचार में भविष्य में विज्ञान का आधार है।

इस संबंध में मैं अपने निजी अनुभव से एक उदाहरण देता हूँ। 1945 में मैं जापान गया था। मुझे जापानी भाषा नहीं आती थी। इसलिए मेरे दल के साथ कई ऐसे जापानी युवक भेजे गए जिनका पालन-पोषण अमेरिका में हुआ था। जब हम चलने लगे तो मुझे ऐसा लगा कि वे हमारे दल के श्वेत अमरीकी सदस्यों से औसतन छोटे थे। किंतु जब हम जापान पहुँचे तो यह बात मुझे बहुत ज़ोर से महसूस हुई कि जो जापानी हमारे साथ थे, वे जापान के मूल निवासियों से लंबे थे। प्रकृति और समाज की ये दो ऐसी असमानताएँ थीं जिनके संबंध में प्रयोगशाला में प्रयोग नहीं किया जा सकता था। न ही ये अपरिवर्तनीय असमानताएँ थीं। यद्यपि सामान्यतः श्वेत अमरीकी जापानी अमरीकियों से लंबे थे और ये जापान के मूल निवासियों से लंबे थे फिर भी प्रत्येक वर्ग में कुछ ऐसे व्यक्ति थे जो अन्य वर्गों के व्यक्तियों के समान थे। वास्तव में मैंने जो सबसे छोटा व्यक्ति देखा था वह श्वेत अमरीकी था। मैंने एक लंबा जापानी अमरीकी भी देखा था। फिर भी मैं दो व्यक्तिगत परिकल्पनाएँ बनाने के लिए तैयार हो गया—जापानी आनुवंशिकता से ही अमरीकियो से छोटे होते हैं और अमेरिका में पले जापानी जापान में पले जापानियों की अपेक्षा लंबे होते हैं क्योंकि संभवतः अमेरिका में उन्हें भिन्न प्रकार का भोजन और भिन्न प्रकार का वातावरण मिलता है।

हम ऐसी परिकल्पनाओं की जाँच कैसे करते हैं ? यह ऐसी ही समस्या है जैसी समस्याओं का समाधान पीयर्सन ने किया था। इस समस्या के हल का श्रेय उसे और एक शराब बनाने वाले को है जिसकी रुचि सांख्यिकी में थी और जो अपने आपको विद्यार्थी कहता था। पहले हम तीनों किस्मों से प्रत्येक का औसत निकालते हैं, और साथ ही प्रत्येक वर्ग के व्यक्तियों से, उस दल के औसत के आसपास उस घट-बढ़ का हिसाब लगाते हैं जिसका उस वर्ग से पता चलता है। चूँकि हालात के कारण हम प्रत्येक वर्ग के केवल कुछ ही सदस्यों का निरीक्षण करते हैं, इसलिए न ही हमारी औसत और न ही विविधता के हमारे मापदंड त्रुटियों से मुक्त हो सकते हैं। किंतु प्रत्येक मामले में विविधता से हमें इस बात का पता चल जाता है कि इन औसतों का हिसाब लगाने में हम बड़ी-से-बड़ी कितनी भूल करेंगे। अर्थात् हम जो भी औसत निकालते हैं उसमें कुछ अनिश्चितता का अंश जोड़ देते हैं। यदि इन अनिश्चितताओं के क्षेत्र एक-दूसरे को अतिव्याप्त नहीं करते तो हम कुछ विश्वास के साथ कह सकते हैं कि मेरी परिकल्पनाएँ न्यायसंगत थीं किंतु यदि दो क्षेत्र परस्पर अतिव्याप्त करते हैं तो हम विश्वासपूर्ण यह नहीं कह सकते कि दोनों औसतों का अंतर, जिसके अनुसार उनका हिसाब लगाया गया है, वास्तविक है, या नहीं। हम इन दोनों वर्गों में सुव्यवस्थित अंतर स्थापित करने में सफल नहीं हुए क्योंकि प्रत्येक वर्ग की घट-बढ़ जैसी कि हमने देखी है, इतनी अधिक है कि वह संभव अंतरों को नहीं ढक सकती।

6

सांख्यिकीय पद्धति का यह अनिवार्य तत्त्व है। इसके कई प्रयोग हैं और प्रयोग के ब्यौरे में वे एक दूसरे से अलग हैं। किंतु इनका अंतर्निहित विचार एक ही है। अनिवार्यतः यह विचार किसी लक्षण को जानने की असीमित परिशुद्धता पर निर्भर नहीं करता बल्कि एक से दूसरे व्यक्ति में निहित उस विभिन्नता की किसी मापदंड द्वारा परिशुद्धता की जाँच करने पर निर्भर है जिससे हम बच नहीं सकते। हम किसी प्रवृत्ति या सुव्यवस्थित अंतर को खोजते हैं परंतु इस प्रवृत्ति का मार्ग अनियमित संयोग या यादृच्छिक घट-बढ़ से स्वयं ही धुँधला पड़ जाएगा। हम इस यादृच्छिक दुर्लेख से पीछा नहीं छुड़ा सकते किंतु इससे हम यादृच्छिक विभिन्नता का पता लगा सकते हैं और उसे उपर्युक्त प्रवृत्ति के चारों ओर अनिश्चितता का दायरा खींचने के काम ले सकते हैं। यदि अनिश्चितता का क्षेत्र हमारे मान्य मानकों के अनुसार काफ़ी व्यापक है और उसकी सीमाएँ दूर-दूर तक हैं तब हम कोई प्रवृत्ति निर्धारित नहीं कर पाए। हो सकता है कि कोई प्रवृत्ति

विद्यमान हो किंतु इन प्रेक्षणों में यह यादृच्छिक घट-बढ़ में दब गई है।

इस संबंध में मैं आपको एक और उदाहरण देता हूँ। हम यह मानते हैं कि क्षयरोग के उपचार में स्ट्रेप्टोमाइसीन गुणकारी है। हमारा यह विश्वास प्रयोग पर आधारित है। किंतु प्रत्येक प्रयोग में, रोगियों के रोग की अवस्थाएँ अलग-अलग होती हैं; उन्हें निश्चित रूप से अलग-अलग ख़ुराकें मिलती हैं और उन पर अलग-अलग प्रभाव पड़ता है, इस प्रकार सामूहिक परिणाम पर अनिवार्य विविधता छाई रहती है। क्या हम ऐसे अनिश्चित क्षेत्र से निश्चित परिणाम निकाल सकते हैं ? अवश्य। यदि हम अपना सांख्यिकीय तकनीक ध्यान से चुनें। उदाहरण के लिए मान लीजिए कि हम उपचार के दौरान समय-समय पर प्रत्येक रोगी के स्वास्थ्य का हिसाब-किताब लें तो हम इस परिकल्पना की जाँच कर सकते हैं कि सामान्यतः जैसे-जैसे उपचार होता जाता है वैसे-वैसे रोगी ठीक हो जाते हैं। पहला काम प्रत्येक महीने के उपचार के पश्चात् सीधे ही औसत लेकर प्रत्येक महीने में रोगियों की दशा में सुधार की औसत निकालना है। इससे हम अपने ग्राफ़ में सुधार की रेखा खींच सकते हैं। रोगी इस समय भी ग्राफ़ की इस रेखा के दोनों ओर दूर-दूर तक फैले हुए हैं। किंतु हम सुधार की इस रेखा के गिर्द रोगियों के प्रसार या यादृच्छिक विविधता का पता लगा सकते हैं और जब हम सुव्यवस्थित प्रवृत्ति या रेखा को छोड़ दें तब इससे हम समस्त परिणामों के प्रसार की तुलना कर सकते हैं। और इसी से हम यह जाँच कर सकेंगे कि सुधार की यह रेखा वास्तविक प्रभाव की द्योतक है या नहीं। जब हम अपनी रेखा के दोनों ओर प्रसार की इस रेखा से तुलना करते हैं तो हमें इस बात का पता चलता है कि कुल प्रसार में कितनी कमी हुई है। यदि सांख्यिकी के मान्य मानकों के अनुसार यह कमी काफ़ी हो तब हम यह कहते हैं कि उपचार का प्रभाव अर्थपूर्ण है; फिर हम इसे उल्लेखनीय उपचार कहते हैं। अपने आपको पूरा-पूरा विश्वास दिलाने के लिए कि उपचार करने वाली वास्तविक चीज़ स्ट्रेप्टोमाइसीन ही है, हमें और भी अधिक विश्लेषण की आवश्यकता होगी। परंतु यदि यह परिकल्पना कि उपचार के साथ एक प्रवृत्ति है—रोगियों की अवस्था में यादृच्छिक प्रसार को कम नहीं करती, तो हमें यह मानना चाहिए कि हम किसी प्रभाव को बिल्कुल सिद्ध नहीं कर सके हैं और हम किसी विशिष्ट परिणाम तक नहीं पहुँचे हैं। सोचने में यह मार्ग बिल्कुल साधारण है। वास्तव में यह मार्ग उस क्रिया को, जिसके सैकड़ों उदाहरण हम अपने चारों ओर देखते हैं, दो भागों में बाँटता है। मैं इनको सुव्यवस्थित और यादृच्छिक, अथवा प्रवृत्ति और घट-बढ़, अथवा प्रयोग और संयोग की संज्ञा देता हूँ। किंतु इन सब नामों के पीछे, निश्चित रूप से एक ही धारणा है : हम प्रभाव को केवल विशुद्धता की किसी सीमा तक ही माप सकते हैं। यह निश्चय करने के लिए कि क्या यह प्रभाव वास्तविक है, हमें इसकी अनिश्चितता के क्षेत्र को यथासंभव ठीक-ठीक जानना होगा। हमें प्रभाव की त्रुटि की उस सीमा तक जाँच करनी होती है जहाँ तक हमारे अनुमानों में ग़लती हो सकती है। यदि प्रभाव में स्पष्ट रूप से कोई ग़लती न हो तो हमारा परिणाम महत्त्वपूर्ण होता है। हम एक निश्चित प्रभाव तक पहुँच गए हैं और यद्यपि इसकी अनिवार्य त्रुटि में अनिश्चितता का अंश है। फिर भी हम अपने परिणामों की इस थोड़ी सी सीमा को ध्यान में रखते हुए या कुछ उदारता के साथ काम में ला सकते हैं। किंतु जाँचने में निहित त्रुटियों की तुलना में यदि यह प्रभाव काफ़ी बड़ा नहीं निकलता तो हम इसे महत्त्वपूर्ण नहीं कह सकते। संभव है कि उक्त प्रभाव विद्यमान हो परंतु इसकी अनिश्चितता की सीमा इतनी व्यापक है कि उससे कोई लाभ नहीं । ऐसी अवस्था में हमारे लिए एक ही मार्ग रह जाता है कि हम और अधिक प्रयोग करें क्योंकि प्रत्येक प्रयोग से अनिश्चितता का क्षेत्र कम होता जाता है।

संयोग के विचार को जिस प्रकार मैंने यहाँ स्पष्ट किया है, उसे समझना कठिन नहीं। किंतु यह नया है और हम इससे परिचित नहीं। हमें इसका उपयोग करना नहीं आता। अतः इसमें कारण और प्रभाव के साधारण नियमों की तीव्रता दिखाई नहीं देती। ऐसा प्रतीत होता है कि हम एक अनिश्चित से संसार में हैं, जबकि हमने निरंतर एक निश्चित संसार में रहने की आशा की थी। बार-बार हम देखते हैं कि फेफड़े का कैंसर सिग्रेट पीने वालों को न पीने वालों की अपेक्षा अधिक होता है। तिस पर भी सिग्रेट से मन बहलाते समय हम यह तसल्ली रखते हैं कि दोनों का

संबंध अभी प्रमाणित नहीं हुआ।

फिर भी मेरा विश्वास है कि यह कठिनाई केवल स्वभाव की है। अपनी इच्छा और आवश्यकता की तीव्रता के अनुसार हम नए विचारों से परिचित होते जाएँगे। और हम ऐसा कर ही रहे हैं। आज विज्ञान ज्ञान के उन सभी क्षेत्रों में घुसता जा रहा है जिन्हें प्रयोगशाला में अलग-अलग नहीं किया जा सकता। आज हमें उन मामलों में निष्कर्ष पर पहुँचना पड़ता है जिसकी कारणात्मक यंत्र रचना तक पहुँचना संभव नहीं। ऐसा लग सकता है कि हम विज्ञान की अपनी धारणा पर इस आशा से अधिक बोझ डाल रहे हैं कि कोई ऐसा समय आएगा जब हम भौतिकी और अर्थशास्त्र, क्रम-विकास और मिट्टी संबंधी रसायन, औषध-विज्ञान और ऋतु-विज्ञान, मनोविज्ञान और हवाई बमवर्षा की समस्याओं को हल करने का कोई एक ढंग ढूँढ़ निकालेंगे। अब हम विज्ञान के संबंध में ऐसा सोचने लग गए हैं कि विज्ञान विशेषज्ञता के बहुत छोटे-छोटे भागों में बँटा हुआ है। विज्ञान स्वयं अपने ज्ञान का छोटा-सा संसार है जिसे कोई व्यक्ति या कोई वस्तु पुनः जीतने की आशा नहीं कर सकती। किंतु हो सकता है यह एक भ्रम मात्र हो। विज्ञान की विभिन्न शाखाएँ केवल इसलिए एक-दूसरे से दूर प्रतीत होती हैं क्योंकि हमें ऐसी समान प्रणाली का ज्ञान नहीं, जिनके अनुसार इनका विकास होता है और जो उन्हें आंगिक रूप से एक बनाए रखती है। ज़रा 1600 में ज्ञान की स्थिति पर विचार कीजिए—विज्ञान और कल्पना की शाखाएँ बिल्कुल अलग और विशेष प्रतीत होती थीं और उस समय किसी ने यह अनुमान भी नहीं लगाया था कि ज्यों ही द'कार्त और हाब्स ने कारण और प्रभाव की एक ही संकल्पना प्रस्तुत की वे शाखाएँ अपने उचित स्थान पर जाएँगी। संयोग की सांख्यिकीय संकल्पना भविष्य में विज्ञान की बिखरी शाखाओं को अचानक ही एक कर सकती है। हाब्स और न्यूटन ने प्राकृतिक नियम की संपूर्ण धारणा को ही बदल दिया मानवीय इच्छाशक्ति पर आधारित रहने के तर्क के स्थान पर उन्होंने उस नियम को कारण तथा शक्ति के आधार पर बनाया। किंतु मानवीय शक्ति के साथ यह समानता अब धीरे-धीरे समाप्त होती जा रही है। आज हम एक और वैज्ञानिक क्रांति की सीमा पर खड़े हैं। प्राकृतिक नियम की धारणा बदल रही है। पहली दृष्टि में संयोग के नियम, नियम ही नहीं लगते। किंतु इस अध्याय में मैंने यह बताया है कि ये नियम भी उतने ही ज़ोर के साथ बनाए जा सकते हैं जितने ज़ोर के साथ कारण के नियम बनाए जाते हैं। निश्चय ही प्रकृति और समाज में हम इन नियमों को मानवीय अनुभव के असीम व्यापक क्षेत्र में देख सकते हैं। संभव है कि ये नियम उस क्षेत्र को ऐसी एकता प्रदान करें जो पिछले पचास वर्षों में न मिली हो। हम निराशावाद की एक ऐसी बड़ी लहर की चपेट में आ गए हैं जिसका उदय हमारी अपनी असमर्थता की धारणा से होता है कि हममें से कोई भी व्यक्ति इस संसार के महान् कार्यों को नहीं समझता। चूँकि विज्ञान और ज्ञान अनेक शाखाओं में बँट चुका है इसलिए हम अपना धैर्य खो चुके हैं। यही बात सत्रहवीं शताब्दी में भूमध्यसागर की प्राचीन शास्त्रीय संस्कृति के साथ हुई थी। भविष्य भूमध्यसागर के उत्तर के उन उत्साही और उद्देश्यपूर्ण आशावादियों के हाथ में आया जिन्होंने कारण और उद्देश्य के विचार पर अधिकार किया और उससे प्रकृति तथा संसार दोनों पर विजय पाई। आज हम भी अपने संसार को एक सूत्र में पिरोने तथा उसे प्रबुद्ध बनाने के लिए ऐसी ही एक धारणा को खोज रहे हैं। संयोग हमें असहाय स्थिति जैसा लगता है। परंतु संयोग के सिद्धांत सजीव, शक्तिशाली और मानवीय हैं; और संभव है कि ये सिद्धांत हमें पुनः आशावादी दृष्टिकोण प्रदान करें जो पिछली अर्ध-शताब्दी में इतनी बुरी तरह से नीचे गिर गया है।

विज्ञान का सहज बोध

1

अब हम विज्ञान के उलझे हुए ऊबड़-खाबड़ खेतों को कई स्थानों से पार कर चुके हैं। इससे भी अधिक महत्त्वपूर्ण स्थलों पर, हमने उस ठोस सतह तक पहुँचने के लिए जिन पर विज्ञान खड़ा है, ऊपरी सतह की खुदाई भी की है। मैं इस समय अन्वेषण और अनुसंधान के रूपक प्रस्तुत कर रहा हूँ और यह उचित भी है क्योंकि विज्ञान के सहज बोध के लिए इस प्रकार कदम-कदम पर रुकना एक खोज यात्रा ही है। और इस यात्रा का परिमाप समय है। स्पेनियों की काल्पनिक पश्चिमी की यात्राओं की भाँति विज्ञान अपने सबसे साहसपूर्ण समय में भी इतिहास की इच्छा का पालन करता है और इस प्रकार इतिहास की गति निर्धारित करने में सहायता प्रदान करता है। सभ्यता और हमारे समाज की भाँति विज्ञान इतिहास की व्यापक व्यवस्था में विद्यमान रहता है। यह विद्यमान नहीं रहता बल्कि विकसित होता है। हमारी सभ्यता दस हजार वर्ष से कम पुरानी है। इस अवधि में मानव ने जिस संसार का उर से लेकर रेडियो सिटी तक, कन्फ्यूशियस (Confucious) और पाइथागोरास (Pythagora) से लेकर राबेलेस (Rabelais) और आइंस्टाइन तक निर्माण किया है उससे हम भली-भाँति परिचित हैं। और इस थोड़े से और साहसपूर्ण कार्य में विज्ञान का भाग तो और भी कम है।

विज्ञान, जिसे हम जानते हैं, पिछले तीन सौ वर्षों की देन है। इसका निर्माण ऐसे संसार में और ऐसे संसार द्वारा किया गया जिसकी निश्चित रूपरेखा लगभग 1660 में तैयार हुई, जब यूरोप ने धार्मिक युद्धों के दीर्घ दुःस्वप्न से मुक्ति पाई और उत्सुकतापूर्ण व्यापार और उद्योग के जीवन का मार्ग अपनाया। विज्ञान उन नए समाजों में मूर्त है; इन्होंने विज्ञान को बनाया और विज्ञान उनके निर्माण में सहायक हुआ। मध्यकालीन दुनिया निष्क्रिय और प्रतीकात्मक थी; वह प्रकृति के विभिन्न रूपों में निर्माता की छाप देखती थी। पुनर्जागरण-कालीन इटली के साहसी व्यापारियों में विज्ञान की पहली लहर से लेकर अब तक आधुनिक दुनिया एक सक्रिय मशीन बनी रही है। सत्रहवीं शताब्दी में यह व्यापारी संसार के दैनिक जीवन का भाग बन गई। इसलिए विज्ञान की रुचि खगोल-विज्ञान और यात्रा के उपकरणों और विशेषकर चुंबक में थी। सौ वर्ष पश्चात् औद्योगिक क्रांति के समय यह रुचि निर्माण और शक्ति के उपयोग की ओर पलट गई। तब से हमारी रुचि मनुष्य की शक्ति को बढ़ाने और दिन भर में वह क्या काम कर सकता है, की ओर रही है। पिछली शताब्दी में विज्ञान भाप से बिजली की ओर चला। इसके पश्चात् 1905 के आश्चर्यजनक वर्ष में आइंस्टाइन ने 26 वर्ष की आयु में कुछ निबंध प्रकाशित किए जिनसे भौतिकी की तीन विभिन्न शाखाओं में उल्लेखनीय प्रगति हुई। इसी वर्ष आइंस्टाइन ने पहली बार उन समीकरणों को लिपिबद्ध किया जिनके अनुसार पदार्थ और ऊर्जा अंतर्बदल हैं। इसके पचास से कम ही वर्षों बाद अब हमारे पास लगभग सूर्य के बराबर, पदार्थ के रूप में शक्ति का भंडार है। अब हम यह जानते हैं कि सूर्य हमारे लिए पदार्थ का संहार करके ऊष्मा तैयार करता है।

विज्ञान के संबंध में जो कुछ भी कहा जा सकता है उस सबके पीछे इन महान् ऐतिहासिक घटनाओं का महत्त्वपूर्ण स्थान है। हमें विज्ञान की प्रगति में इनके अंशदान और इनमें विज्ञान के अंशदान पर गर्व करना चाहिए। वास्तव में इन घटनाओं का, समाज की केवल मात्र ऊपरी चीज़ों—रेडार के परदे, अप्रत्यक्ष तापन और हमारी शताब्दी की विटामिन की गोली या सफ़ेद डबल रोटी, चमड़े के जूते, सूती पोशाक और औद्योगिक क्रांति के लोहे के बैडस्टेड—से कहीं अधिक हमारे सभी कार्यों पर प्रभाव पड़ता है। आज विज्ञान हमारे समाज के जीवन और उसकी रचना का एक भाग बन गया है। एक व्यक्ति जो कैंट नामक नगर में फलों और तरकारियों के बाग़ से अपना गुज़ारा चलाता है और दूसरा जो अंतरिक्षयानों में गोरी-गोरी नायिकाओं के चित्र खींचता हैं—दोनों की वस्तुएँ हमारे इस तकनीकी समाज में बिकती हैं। और यदि एक को दस वर्ष के लड़के नौकर रखने की अनुमति नहीं दी जाती और दूसरा अपने कार्टूनों को चपल एवं यौन संबंधी यातनाओं द्वारा मज़ेदार बनाता है तो यह चेतना, चाहे अच्छी हो या बुरी, विज्ञान की ही देन है। मानव-जीवन सामाजिक

जीवन है; और विज्ञान की कोई शाखा नहीं जिसका कोई अंश सामाजिक विज्ञान का अंश न हो।

इसलिए मैंने हमेशा ही विज्ञान के विचारों को उनके काल की पृष्ठभूमि में देखा है। एक के बाद दूसरे वर्ष में इन विचारों का विकास होता रहता है और अंत में उनकी रूपरेखा बिल्कुल बदल जाती है। और यह विकास केवल ख़ाली अवकाश में ही नहीं होता रहता न ही यह किसी सूक्ष्म अवकाश में होता रहता है जहाँ विचारों के अतिरिक्त कुछ नहीं होता। यह विकास तो इस दुनिया में विवेकशील और आनुभविक दुनिया में होता है। अंततः विज्ञान का प्रभुत्व और उसकी महानता इस बात पर निर्भर करती है कि इसमें विवेक और अनुभव दोनों का सम्मिश्रण है। विज्ञान में तथ्य और विचार दोनों हैं, जो एक-दूसरे को शक्ति प्रदान करते हैं।

2

अब हमें उस भूमि का चित्र भी बना लेना चाहिए जिसकी हमने खोज की है। अब समय आ गया है कि हम इतिहास और उस भूमि तक पहुँचने के सभी साधनों को एक ओर रख दें। विज्ञान की प्रगति के चरणों पर विचार करते समय भी पिछले अध्यायों में हमारे मन में यह प्रश्न बार-बार आया है कि आज वैज्ञानिक पद्धति का आधार क्या है ? इस प्रकार चलते-चलते जब हम वर्तमान तक पहुँच चुके हैं तो हमें उन सब बातों का लेखा-जोखा करना चाहिए जिनका हमने पता लगाया है।

हम जो चित्र बना रहे हैं वह भू-गर्भीय चित्र होगा। इसमें वे परतें खींची गई हैं जिन पर हमारा तकनीकी कौशल आधारित है क्योंकि बुद्धि और हाथ दोनों साथ-साथ चलते हैं। जैसे कि अठारहवीं शताब्दी के यंत्र और इंजन बनाने वालों ने सिद्ध किया था, हमारा प्रकृति-ज्ञान उतना ही ठीक होगा जितनी वे मशीनें ठीक होंगी जिनसे हम प्रकृति का पता लगाते हैं और उसका नियंत्रण करते हैं। और साथ ही जैसा 1899 में मेक्स प्लैंक के पहले समीकरणों से परमाणु बमों के वर्तमान भंडारों तक क्वांटम भौतिकी की संपूर्ण प्रगति से पता चलता है, हमारी तकनीकी सफलता प्रयोग की पेचीदगियों को बुद्धि की दक्षता और साहस से विचार करने की शक्ति पर निर्भर करती है जिसमें दर्शन संबंधी हमारी मान्यताओं का कोई स्थान न हो, चाहे वे संशयवादी हों या भौतिकवादी।

संशयवादी हों या भौतिकवादी, ये मान्यताएँ हमारे इस विचार में घर किए हुए हैं कि विज्ञान को वास्तविक संसार के विचार का विषय बनाना चाहिए। यद्यपि हम इसके बारे में शायद ही कभी सोचते हैं किंतु हम सब भली-भाँति जानते हैं कि सभी पूर्वचिंतन संसार की यथार्थता को स्वीकार करने और उसे किसी प्रकार क्रमबद्ध करने पर निर्भर करता है। बही-खाता रखने, प्रशासन चलाने और सप्ताहांत सामान ख़रीदने की तरह विज्ञान भी एक ऐसी क्रिया है जो हमारे अनुभव में व्यवस्था लाता है। एक्वीनास के विज्ञान के बारे में भी यह बात कही जा सकती थी। सोलहवीं और सत्रहवीं शताब्दी में इस विचार में एक नया विचार जोड़ दिया गया कि विज्ञान जो व्यवस्था खोजना या स्थापित करना चाहता है वह किस प्रकार की हो। मोटे तौर पर इसका अभिप्राय यह है कि विज्ञान को फ़रिश्तों, लाल नाक वाली नीली परियों और उन सभी कारणों से छुटकारा पाना है जिनके प्रभावस्वरूप भौतिक घटनाओं की व्याख्या भौतिक से अतिरिक्त अन्य बातों में चली जाएगी। अर्थात् यह दुनिया अपने-आप से नियमित है; यह दुनिया एक मशीन है।

इस मशीन के काम की नकल करने के लिए प्रायः हम एक मॉडल बनाते हैं जिसमें साधारण इकाइयाँ होती हैं और जो साधारण नियमों का पालन करता है। इस मॉडल की गतियों को समय और अवकाश में उन स्थानों पर पहुँचता दिखाया जाता है जहाँ प्रयोग द्वारा भौतिक संसार में उनकी जाँच की जा सकती है। इस बात का कोई अंतर नहीं पड़ता कि यह मॉडल धिरनियों और स्प्रिंगों और कैथोड नलियों से बना हो जिनके व्यवहार से हम भली-भाँति परिचित हैं या यह समीकरणों की एक शृंखला हो, जिनका हल ढूँढ़ना हो। दोनों ही मॉडल हैं। मॉडल का मूल अर्थ यह है कि यह यूक्लिड की रचना की भाँति स्वयंसिद्ध रचना हो। मॉडल से अभिप्राय एक ऐसी दुनिया की परिकल्पना है जो निश्चित

नियमों का पालन करने वाली कई इकाइयों, परमाणुओं या कोषाणुओं या प्रतिवर्तों से बनी हो जिनका व्यवहार केवल कालाविधि में इन नियमों का क्रिया रूप है।

अंत में हम यह बात निश्चित रूप से मान लेते हैं कि इन नियमों का स्वरूप यूक्लिड के स्वयंसिद्धों से बहुत कुछ मिलता-जुलता हो। यूक्लिड के स्वयंसिद्धों से इस बात का पता चलता है कि जब रेखाओं की कोई आकृति बनाई जाए तो क्या परिणाम होगा और ये स्वयंसिद्ध इस बात को हमेशा के लिए निश्चित रूप से ठीक-ठीक बता देते हैं। यदि ऐसी तीन रेखाएँ खींची जाएँ जो दो-दो के जोड़ों में तीन विभिन्न स्थानों पर मिलें तो उनसे एक त्रिभुज बनेगी और यदि उसके कोणों को जोड़ा जाए तो उनका जोड़ एक सौ अस्सी डिग्री होगा। ऐसा नहीं हो सकता है कि आधे समय वे त्रिभुज बनाएँ और आधे में कुछ और। ऐसा भी नहीं होता कि दस में से सात बार तो कोणों का योग एक सौ अस्सी डिग्री का हो और तीन बार कुछ और। और यह भी नहीं कि किसी अनिश्चितता के क्षेत्र में कोणों का योग लगभग एक सौ अस्सी डिग्री हो। यूक्लिड की दुनिया में सब बातें वैसे ही होती हैं जैसा कि पहले बताया गया हो। कम-से-कम गणितज्ञ कुछ समय पहले तक ऐसा मानते रहे हैं यद्यपि अब कुछ ऐसे ऐसे प्रमेयों के कारण कुछ हलचल मच गई है जो न तो सही और न ही ग़लत सिद्ध किए जा सकते हैं। निस्संदेह यूक्लिड की दुनिया में समय का कोई स्थान नहीं; और यह एक ऐसा अंतर है जिसका प्रभाव बहुत गहरा पड़ता है। फिर भी हम पिछले तीन सौ वर्ष से उसके जैसे सभी नियमों को परिशुद्ध, परिमित और परिवर्तनीय मानते चले आ रहे हैं। जिस दुनिया में समय का भी समावेश हो वे नियम कारणात्मक होते हैं। और यही वे नियम हैं जिन्हें हम विज्ञान का सार समझते रहे हैं।

यह है वह पृष्ठभूमि जिसका मैंने इस पुस्तक में विस्तारपूर्वक उल्लेख किया है। और इसमें मैंने विस्तार सहित एक और प्रकार का नियम जोड़ दिया है जिसे हम कार्यशील दुनिया में समाविष्ट कर सकते हैं। तब भी यह दुनिया क्रमबद्ध होगी, एक मशीन होगी और इसका मॉडल भी बनाया जा सकता है यद्यपि जिसकी कोई आवश्यकता नहीं। यह दुनिया अनिवार्यतः इसी बात में भिन्न है कि यह ऐसे नियमों द्वारा चलती है जिनका स्वरूप भिन्न है, अर्थात् यह दुनिया कारण और प्रभाव के स्थान पर संयोग के नियमों का पालन करती है। अब हम जो चित्र बना रहे हैं उसमें हमें अधिक गहराई में जाना चाहिए। दोनों प्रकार की दुनिया के तरीक़े में अंतरों के पीछे हमें विज्ञान की वर्तमान प्रकृति में उनके मूल कारण का अध्ययन करना चाहिए। विज्ञान की प्रकृति क्या है ? इस अध्याय में हमारा यही प्रश्न है। इसके उत्तर को दृष्टिकोण में रखते हुए ही विज्ञान के नए तरीकों के विकास का अध्ययन करना चाहिए। यहाँ हमारी भविष्यवाणी बड़ी खोजपूर्ण और मौलिक होनी चाहिए।

3

यदि हमें प्रारंभ से ही शुरू करना है तो हमें यह बात पूरी तरह से समझ लेनी चाहिए कि हम जिस दुनिया को देखते हैं, हम उसी का एक भाग भी हैं। हम दुनिया को इस प्रकार नहीं बाँट सकते कि हम अपने-आप को पर्दे के एक ओर दर्शक के रूप में रखें और शेष सभी वस्तुओं को दृश्य के रूप में दूसरी ओर, जिन्हें हम दूर से देखते हैं। आपको यह बात भले ही केवल दार्शनिक चर्चा लगे। निस्संदेह लगभग ठीक कार्य करने वाले किसी विज्ञान को भाप इंजन तैयार करने, हवा में नाइट्रोजन की मात्रा निर्धारित करने और कई अवलकल समीकरण हल करने के विज्ञान को किसी झूठे सिद्धांत पर खड़ा कर दिया जाए किंतु एक समय ऐसा सूक्ष्म स्थल आ सकता है जब ये छोटी-मोटी और सुलभ मान्यताएँ विफल हो जाती हैं। उस समय सही उत्तर पाना तब तक संभव नहीं होता जब तक हमें यह ठीक-ठीक ज्ञान न हो कि हम क्या कर रहे हैं। यदि हमारी विचारधारा की मान्यताओं के प्रति आलोचनात्मक दृष्टिकोण का अभिप्राय दर्शन है तो ऐसे स्थल पर हमारे दार्शनिक-सिद्धांत निश्चय ही ठीक होने चाहिए। हमें विज्ञान को किसी अव्यावहारिक दृष्टिकोण से नहीं देखना चाहिए बल्कि इसकी उन व्यावहारिक क्रियाओं पर दृष्टि डालनी चाहिए जिन्हें हम विज्ञान का उपयोग

करते समय काम में लाते हैं।

मैंने पहले ही इसके सबसे महत्त्वपूर्ण व्यावहारिक उदाहरण की ओर ध्यान आकृष्ट किया है। न्यूटन के समय से भौतिकविद् इस दुनिया को घटनाओं का जाल कहते चले आ रहे हैं। किंतु भौतिकी में कोई घटना नहीं होती; इसमें प्रेक्षण होते हैं और घटना तथा हमारे बीच निश्चित ही कोई संकेत होना चाहिए—प्रकाश की एक किरण, एक लहर या एक आवेग—जिसे साधारणतः प्रेक्षण से अलग नहीं किया जा सकता। 1905 में आइंस्टाइन ने इसी अंतर्दृष्टि का परिचय दिया। उसे यह तब सूझी जब भौतिकी की असंगतियाँ देखकर उसने अपने-आप से प्रश्न किया कि कोई भी व्यक्ति वहाँ से अपना कार्य अर्थात् बहुत दूर दो स्थानों के समय की तुलना करने का कार्य कैसे आरंभ करे जिसे न्यूटन ने निश्चित ही मान लिया था। ज्यों ही यह प्रश्न कर दिया जाए, प्रत्येक आदमी इसका उत्तर दे सकता है, आप दो अलग-अलग स्थानों पर संकेत भेजे बिना और उनकी पहुँच की सूचना के बिना उनमें तुलना नहीं कर सकते। बड़ी बात प्रश्न का उत्तर देना नहीं बल्कि प्रश्न करना थी। घटना, संकेत और प्रेक्षक—यह एक संबंध था जिसे आइंस्टाइन ने भौतिकी की मूलभूत इकाई माना। सापेक्षता घटना के रूप में नहीं बल्कि संबंधों के रूप में संसार का ज्ञान है।

कुछ समय के लिए दार्शनिकों ने भी ऐसी ही बात कही थी। विज्ञान को अमूर्त-मान्यताओं से मुक्त हो जाना चाहिए और केवल प्रेक्षित तथ्यों के आधार पर ही अपनी व्यवस्था का निर्माण करना चाहिए। किंतु आइंस्टाइन ही पहला व्यक्ति था जिसने इस दार्शनिक सिद्धांत को ध्यानपूर्वक ग्रहण किया। उसने इस सिद्धांत को समीकरणों का रूप दिया; और भौतिकविद् इस बात को देखकर आश्चर्यचकित रह गए कि इससे बुध (Mercury) के अनिश्चित व्यवहार का कारण ज्ञात हो गया और सूर्य के निकट प्रकाश के झुकाव की पूर्वसूचना मिल गई।

बृहद्व्यापी भौतिकी में से ये उदाहरण देने का एक विशेष कारण है। प्रायः क्वांटम भौतिकी से ऐसे उदाहरण दिए जाते हैं कि प्रेक्षण के समय देखे जाने वाले क्षण वैसे ही भागते हैं जैसे ख़रगोश रात के समय मोटर की रोशनी देखते ही दुम दबा कर भाग जाता है। इसी तरह, सामाजिक विद्वानों में जनता की राय जानना और फिर उसके अनुसार प्रश्न तैयार करना कठिन है जिससे उसके उत्तर पर किसी प्रकार के पक्षपात का प्रभाव न पड़े। यही कारण है कि मनोविज्ञान में अपने-आपसे प्रश्न करने की क्रिया को अत्यंत भ्रमशील माना गया है। यह नहीं हो सकता कि आप अपने मन की निगरानी भी करें और अपने-आप को यह भी समझ लें कि आप देख नहीं रहे। किंतु इनमें से कोई भी कठिनाई इतनी मूलभूत नहीं जितनी कि वह थी जो आइंस्टाइन ने बताई। इन उदाहरणों में, प्रेक्षण प्रयोग में केवल दख़ल देता है। सापेक्षता का सिद्धांत इससे भी आगे निकल गया और उसने यह सिद्ध कर दिया कि प्रेक्षण ही विज्ञान का मूल तत्त्व है।

स्वभाववश यह बात आसानी से समझ नहीं आती। प्रयोग के समय हम इसे स्वीकार करते हैं और जब वह समाप्त हो जाता है तो हम फिर ऐसा मॉडल तैयार करने लगते हैं जिसके अंग प्रेक्षण नहीं बल्कि कल्पित वस्तुएँ होती हैं। हम पूछते हैं—हम ऐसा क्यों न करें ? यह केवल मॉडल ही तो है। और वास्तव में यह ग्रहण और पन-बिजली बाँधों तथा जीवाणुओं के प्रसार को रोकने के लिए पैनिसिलिन के प्रभाव से बड़ी-बड़ी बातों को लगभग ठीक बताने वाले मॉडल के रूप में अच्छी तरह काम कर ही सकता है। किंतु जब हम सूक्ष्म प्रभावों की ओर आते हैं तो हमें अधिक सरल तथा यथार्थवादी होना चाहिए। तब हमें विज्ञान का उसके यथार्थ रूप में प्रयोग करना चाहिए और वह है प्रेक्षणों का क्रमबद्ध समूह जिससे हमें भविष्य में होने वाली बातों का पता चलता है।

4

प्रेक्षण शब्द के प्रयोग में मुझे इस बात का अब भी ध्यान है कि मैंने विज्ञान के कार्य का बहुत निष्क्रिय चित्र खींच दिया है। अब भी संसार के बारे में यह सोचने की ओर मन झुकता है कि यह अपने विशाल मार्ग पर चल रहा है और समय-समय पर वैज्ञानिक को अपनी अविचलित गति की झलक देता रहता है। यह सोचना एक भयंकर भूल होगी।

वास्तव में यह धारणा दुनिया और प्रयोग करने वाले के बीच की खाई को जिसे मैं पाटने का प्रयत्न करता रहा हूँ और पक्का करती जाएगी। विज्ञान केवल विवेकशील ही नहीं बल्कि आनुभविक भी है—विज्ञान प्रयोग है, अर्थात् यह क्रमबद्ध और तर्कपूर्ण क्रिया है। प्रयोग तथा समस्त विज्ञान का सार यह है कि यह सक्रिय है। यह दुनिया को केवल देखता ही नहीं बल्कि उसका सामना भी करता है।

निस्संदेह यह बात केवल विज्ञान की विशेषता नहीं। समस्त जीवन क्रिया है और मानव-जीवन की विचारपूर्ण क्रिया। यदि जीवन के संबंध में यह बात स्पष्ट है तो विज्ञान के संबंध में तो यह और भी सत्य है कि विज्ञान मानव-जीवन की एक विशिष्ट क्रिया है। मानव-कार्य की विशेषता यह है कि यह हमारे सम्मुख कई विकल्पों में से चुना हुआ विकल्प है। मनुष्य इन विकल्पों की कल्पना कर सकते हैं जबकि पशु संभवतः ऐसा नहीं कर सकते; किंतु दोनों के लिए कार्य का अभिप्राय चुनाव ही है। इस चुनाव को चाहे हम मुक्त मानें अथवा सीमित। दोनों अवस्थाओं में कार्य का लक्ष्य भविष्य होता है। मनुष्य इस लक्ष्य के प्रति जागरूक होते हैं और एक के स्थान पर दूसरे कार्य को जानबूझ कर इसलिए चुनते हैं ताकि उसका परिणाम एक के स्थान पर दूसरा हो। मेरे विचार में हम चाहे उनके चुनाव को मुक्त कहें या निश्चित कहें उपर्युक्त कथन उनकी क्रिया को समुचित रूप से व्यक्त करता है।

मेरे विचार में यह सबसे महत्त्वपूर्ण बात है और अजीब बात यह है कि इससे पहले इस बात की ओर बहुत ही कम ध्यान दिया गया था। जीवित वस्तुओं की विशेषता यह है कि उनके कार्यों का लक्ष्य भविष्य होता है। इसे हम और मोटे तौर पर कह सकते हैं कि कार्य की यही विशेषता है, किंतु मुझे यह व्यर्थ विभेद प्रतीत होता है क्योंकि कार्य और जीवन वास्तव में अंतर्बदल धारणाएँ हैं। जीवित वस्तुओं में परिवर्तन होता रहता है; वे कल को आज से भिन्न होंगी और उनके कार्य का लक्ष्य भविष्य होता है। कोषाणु (cell) के एंजाइमों को यह पता नहीं होता कि उनकी क्रिया से बीस मिनट बाद कोषाणु बँट जाएगा; किंतु यदि वे ऐसा नहीं कर पाते तो न वे रहेंगे और न कोषाणु, दोनों ही समाप्त हो जाएँगे। हम यह नहीं जानते कि सूत्रकृमि (threadworm) या यकृत-पर्णाभ (liver-fluke) या बलूत का जीवन-क्रम कैसे शुरू होता है किंतु यह जानते हैं कि उस क्रम का प्रत्येक चरण अगले चरण की तैयारी होती है; और यदि जीव से कोई अंश छूट जाए तो उसकी मृत्यु हो जाती है। इस तैयारी की रचना अनोखी और विस्तृत है हम छाया को देखकर आँखें मूँद लेते हैं, हम कोई आवाज़ सुनते हैं तो हमारी ग्रंथियाँ हमारे रक्त में एड्रिनलिन (adrenalin) की पिचकारी छोड़ देती हैं जिससे हमारी नाड़ी की गति तेज़ हो जाती है, पेशियाँ (muscles) अकड़ जाती हैं और तंत्रिकाएँ (nerves) सचेत हो जाती हैं। परंतु प्रत्येक मामले में हमारे कार्यों का लक्ष्य किसी अस्पष्ट प्रत्याशित भविष्य की ओर होता है। और यह बात आदि कोषाणु पर भी लागू होती है और गिब्बन पर भी जो एक प्रभावपूर्ण टिप्पणी गढ़ने के आनंद के लिए अपने पांडित्य के पहाड़ को खोद डालता है।

यह सब जीवन की क्रिया में छिपा है; किंतु जब हम वैज्ञानिक सिद्धांतों को खोजते हैं तो यह सरल और स्पष्ट हो जाता है क्योंकि कोई भी वैज्ञानिक सिद्धांत ऐसा नियम है जिसके द्वारा हम अपने आचरण का मार्गदर्शन करते हैं और इस बात का ध्यान रखते हैं कि यह सिद्धांत हमें किसी ज्ञात भविष्य की ओर ले जाएगा। किसी श्रुतिलेख की भाँति यह सिद्धांत क्रमबद्ध रीति से हमारी भविष्य की प्रत्याशा का निर्माण करता है। और जिन अवस्थाओं पर यह सिद्धांत लागू होता है वे जितनी व्यापक होंगी और उनका श्रुतिलेख जितना संक्षिप्त होगा, हम उस सिद्धांत को उतना ही शक्तिशाली और महत्त्वपूर्ण समझेंगे। किंतु किसी वैज्ञानिक सिद्धांत और भविष्य का पता देने वाले हमारे स्वाभाविक तरीक़े में यही अंतर है कि वैज्ञानिक तरीक़ा अधिक व्यवस्थित और स्पष्ट होता है। हम सब आगे की ओर देखने वाले प्राणी हैं। जीवन ही आगे देखने की क्रिया है। यह भविष्य को इस प्रकार देखता है जैसे अणु प्रकाश की ओर मुड़ते हैं। वास्तव में केवल जीवित वस्तुएँ ही बुढ़ापा और अंत जैसी प्रक्रियाओं में से गुज़रती हैं जिसके द्वारा अतीत से सरलतापूर्वक भविष्य बतलाया जा सकता है। ये प्रक्रियाएँ समय को सदृश्य बनाती हैं; जबकि मृत दुनिया में आसानी से मिलने वाली

ऐसी कोई चीज़ नहीं जो अतीत से भविष्य का पता दे सके। शास्त्रीय यांत्रिकी में समय की कोई ज्ञात दिशा नहीं और उसके अनुसार ब्रह्मांड उसी प्रकार कार्य करता रहेगा जैसे कि उसमें प्रत्येक परमाणु पीछे की ओर मुड़ रहा हो।

5

अतः जीवित वस्तुओं के कार्य की कुंजी यह है कि उसका लक्ष्य भविष्य होता है। जीवित वस्तुएँ यह जान सकती हैं कि भविष्य में क्या होने वाला है अथवा अधिक सुतथ्यतः आगे जो होने वाला है उसे देखते हुए उन्हें क्या करना चाहिए। यह ज्ञान प्रायः अचेत होता है। यह दूरदर्शिता हमारे लिए आश्चर्य की बात नहीं होनी चाहिए। न ही हमें इसको शेष दुनिया से अधिक आश्चर्यजनक समझना चाहिए, क्योंकि स्पष्टतः जीवित वस्तुओं की व्यक्तिगत रूप में और जातिगत रूप में अतिजीविता की हमेशा से यही शर्त रही है। जीवित वस्तुएँ जब तक अपने-आप को भविष्य के अनुसार न ढालतीं और पहले से उसके संकेतों को न समझतीं तो वे अवश्य ही समाप्त हो जातीं। प्रकृति की ताल और उसकी एकरूपताएँ चाहे कैसी भी हों, जीवन के शेष अंश को अनिवार्य रूप से हमेशा उनके अनुकूल रहना पड़ता है; यही ताल अतिजीवन की शर्त है। ऐसा कहते हैं कि गेलीलियो ने अपनी नाड़ी (pulse) पर एक लैंप लटकाकर समय का हिसाब रखते हुए वह खोज की थी कि लोलक (pendulum) का समय लगभग स्थिर रहता है। यह कहानी प्रतीकात्मक रूप में मेरी बात को स्पष्ट करती है; क्योंकि गेलीलियो या मेरे डॉक्टर या किसी और व्यक्ति ने जिस बात की खोज की है वह यह नहीं कि लोलक या नाड़ी का समय स्थिर रहता है बल्कि यह कि दोनों का समय समान रहता है। उनकी ताल चाहे कैसी भी हो किंतु वह है एक ही। जब हम दुनिया की सुंदरता को देखते हैं तो हम इसे नियमित पाते हैं क्योंकि हमारा भी इसके साथ तादात्म्य होता है।

मैं बता चुका हूँ कि जीवित वस्तुएँ पूर्वदृष्टि की सहायता से, चाहे वह अचेतन हो और स्वाभाविक या अचेतन रूप से अनुमान हो, अपने-आपको वातावरण के अनुसार ढाल लेती हैं या फिर नष्ट हो जाती हैं। और अधिक ज़ोरदार शब्दों में हम इसे इस प्रकार कह सकते हैं—अपने-आपको भविष्य के अनुसार ढालने का कार्य ही पूर्वदृष्टि है। इसके द्वारा व्यक्ति अपने आपको ढालते हैं। ऐसे ही सभी समाज और जीवित प्राणी भी। इस प्रकार किसी जाति द्वारा अपने आपको ढालने की प्रक्रिया एक धीमी प्रक्रिया है जिसका लक्ष्य भविष्य होता है, जिसमें संपूर्ण समाज, भविष्य के संकेतों का—चाहे वे संकेत आने वाले हिम-युग के बारे में हों या किसी महाद्वीप के अपक्षरण के—अर्थ लगाता है और चुनौती का सामना करने के लिए अपने ढाँचे में अचेतन रूप से परिवर्तन करता रहता है।

मैंने अचेतन रूप से शब्द का पुनः प्रयोग किया है क्योंकि इसमें युक्तियुक्त रूप से समझने और चेतन रूप से निश्चय करने की कोई बात नहीं। संपूर्ण जाति के लिए अपने को ढालने की प्रक्रिया बिल्कुल अवैयक्तिक हो सकती है और यह भी हो सकता है कि इसका वैयक्तिक जीवन से विरोध हो, जैसा कि मधुमक्खी के मरण-काल के डंक से स्पष्ट होता है। यहाँ आकर चुनाव अनिवार्य हो जाता है और फिर भी जाति अपने-आपको भविष्य के अनुसार ढालती जाती है, वर्तमान पीढ़ियाँ आने वाली पीढ़ी की तैयारी करती हैं। हमें इन सबके पीछे किसी विशेषज्ञ या उद्देश्य की खोज नहीं करनी चाहिए। मैं यह बात फिर कहता हूँ कि वैयक्तिक और जाति के जीवन की यही शर्त है। वर्तमान भविष्य जैसा नहीं है किंतु यह उससे भिन्न भी नहीं है; यह भविष्य का संकेत है; और जीवित वस्तुएँ, व्यक्तिगत रूप में या जातिगत रूप में, भविष्यसूचक हैं जो संकेतों का अर्थ बताती हैं ताकि वे भविष्य के लिए तैयार हो सकें।

भविष्यसूचक के रूप में मशीन का विचार बिल्कुल नया है। किंतु यह अत्यंत महत्त्वपूर्ण है और हमें इससे सुपरिचित होना चाहिए। इस विचार में छोटे-से-छोटे कोषाणु की भोजन की खोज से लेकर मानव कल्पना की बड़ी-से-बड़ी उपज तक जीवित वस्तुओं के सभी मूल कार्य आ जाते हैं। मेरी दृष्टि में यह विचार मन की क्रिया-प्रक्रियाओं के बारे में अंतर्दृष्टि

प्रदान करता है जिसे पुराने दार्शनिकों ने छोड़ दिया था। और इस संबंध में हमें आश्चर्यचकित होने की कोई आवश्यकता नहीं क्योंकि किसी भविष्यसूचक को पूरे तौर पर तब तक समझना कठिन है जब तक आपने स्वयं कभी कोई भविष्यसूचक बनाने का प्रयास न किया हो।

भविष्यसूचक एक ऐसी मशीन है जो भविष्य के लिए तैयार रहने के लिए अतीत और वर्तमान की सूचनाओं को काम में लाती है। सामान्यतः न ही इसकी सूचना और न ही इसकी पूर्वसूचनाएँ अपने आप में पूरी होती हैं। परंतु वे पूरा करने का प्रयास भी नहीं करतीं। भविष्यसूचक लाप्लास के काल्पनिक देवदूत का कोई संक्षिप्त संस्करण या कोई वैज्ञानिक किस्म का टायरेसियास (Tiresia) नहीं जो सब चीज़ें जानता है और जिसने सब चीज़ों को पहले से देख रखा है। एक भविष्यसूचक अपनी सूचना संकेतों के रूप में ग्रहण करता है, और उसकी प्रक्रिया इन संकेतों का अर्थ लगाती है ताकि वह भविष्य के अनुसार कार्य करे। यह कार्य निरंतर प्रक्रिया है। भविष्यसूचक जब अपने आपको भविष्य के अनुसार ठीक-ठाक कर रहा होता है, तब भी वह सूचनाएँ ग्रहण करता रहता है और इन संकेतों का पुनः अभिसंस्कार करता है ताकि वह प्रतिक्षण भविष्य का पीछा करता रहे। भविष्यसूचक का यह चित्र ऐसे भविष्यसूचक के लिए भी ठीक बैठता है, जो वास्तव में किसी हवाई जहाज़ का इसलिए पीछा करता है ताकि उस पर उपयुक्त समय पर गोली चलाई जा सके, या ऐसे चमगादड़ के लिए जो रुकावटें जानने के लिए अपनी लघु तरंगें फेंकता है या ऐसी प्रक्रियाओं के लिए जो हमारे शरीर का तापमान बराबर रखती है या चिंतन के समय मस्तिष्क में रक्त भेजती हैं। मैंने जिस बात को इन संकेतों का अर्थ लगाने की प्रक्रिया कहा है वह अपने आप में एक रोचक प्रक्रिया है क्योंकि प्रत्येक यांत्रिक प्रणाली का, चाहे वह जीवित हो या जिसका निर्माण किया गया हो, कार्य संदेश के साथ आने वाले अर्थहीन दोलनों से अर्थ निकालना है। किंतु मैं तो इसमें से एक आवश्यक संबंध अलग से निकालना चाहता हूँ, अर्थात् वर्तमान ऐसे संकेत प्रदान करता है जिनका लगातार कोई-न-कोई अर्थ होता है जिससे भविष्य का पता लगाया जाता है। प्रत्येक क्षण इस मशीन को अपने संकेतों को एकत्र करना चाहिए; इस प्रक्रिया का कार्य संश्लेषणात्मक है विश्लेषणात्मक नहीं।

6

हम विज्ञान में वहाँ रुचि लेते हैं जहाँ पूर्वसूचना की प्रक्रिया चेतन और युक्तियुक्त हो। यहाँ तक कि मनुष्यों में भी यह एक ही प्रकार की पूर्वसूचना नहीं। मनुष्यों की वाणी संबंधी अंतःप्रेरणाएँ होती हैं जिनका निश्चय ही युक्तिसंगत रूप से विश्लेषण नहीं किया गया है और उनमें से कुछ का कभी भी नहीं किया जाएगा। उदाहरण के लिए, जैसा कि कभी-कभी दावा किया जाता है कि प्रायः सभी लोग उस मशीन की अपेक्षा जो केवल संयोग से ही उत्तर उठाती है, अज्ञात कार्ड के विषय में अच्छी तरह से अनुमान लगा सकते हैं तथा कुछ और भी अच्छी तरह से। यह बिल्कुल आश्चर्य की बात नहीं क्योंकि मानव मन चाहे कुछ भी हो, पर ऐसी मशीन नहीं जो यादृच्छिक संख्याओं की तालिकाओं की भाँति संयोग से ही अनुमान लगाती हो। निश्चय ही क्रम-विकास ने हमें तेज़ी से इसलिए चुना हैं क्योंकि हमारे पास पूर्वदृष्टि के निश्चय ही ऐसे गुण हैं जो अन्य जीवों से कहीं अधिक उत्तम हैं। इनमें से विवेकशील बुद्धि एक है और यह गुण अंततः जितना महत्त्वपूर्ण है उतना ही अस्पष्ट है। और जहाँ विवेकशील बुद्धि का लक्ष्य भविष्य होता है और जब वह अतीत के अनुभवों से अज्ञात कल के बारे में पता लगाती है तो उसकी सफलता उतना बड़ा रहस्य होता है जितनी कि अनुमान लगाने वाले—जो संगति के मंच से बाहर अनुमान लगाते हैं—उन सर्वाधिक गुणियों की साधारण सफलताएँ जिनका अभी पता चला हो।

अब दो बातें ऐसी हैं जिनको हमें अच्छी तरह से समझ लेना चाहिए। पहली बात तो पुरानी उलझन है। दो सौ वर्ष हो गए, दार्शनिकों ने तर्क में विशुद्ध निगमनिक (deductive) क्रियाओं द्वारा, जैसी कि यूक्लिड की दुनिया में मिलती हैं, और आगमनात्मक (inductive) तर्क में जो अतीत के अनुभव का भविष्य में समावेश करता है, भेद किया है।

किंतु यह भेद बहुत बढ़ा-चढ़ा कर बताया जाता है। निगमन के विषय में यही कहा जा सकता है कि हम इसकी प्रक्रिया बता सकते हैं, और जो चीज मान्य है उसके संक्षेप में नियम भी बना सकते हैं। किंतु ऐसा मानने के पीछे यही प्रमाण है कि इस प्रक्रिया के निश्चय कल को भी खरे उतरेंगे क्योंकि वे बीते कल ठीक थे और वे उन निश्चयों से भिन्न नहीं हैं जो किसी ऐसे सिद्धांत पर लागू होते हैं जो भविष्य में भी खरा उतरने का दावा करता है। हम कहते हैं कि यदि एक त्रिभुज की तीनों भुजाएँ बराबर हों तो उसके तीनों कोण भी बराबर होंगे। किंतु इससे फिर भी हमारा अभिप्राय यही है कि तीनों कोण बराबर होते हैं; हमने यह बात तर्क के सोपानों द्वारा निकाली है जिसके परिणाम हमेशा ठीक निकलते रहे हैं। यदि हम यह कहते हैं कि तीनों कोण बराबर होंगे तब हम यह दावा करेंगे कि ये सोपान हमेशा उचित ही रहेंगे और भविष्य में भी इनसे सच्चे परिणाम निकलेंगे। और यह दावा अतीत से भविष्य में आगमन का एक विशेष उदाहरण है।

दूसरी बात इससे भी गहरी है। हमारी समस्त पूर्वसूचनाओं में एक अनकही पूर्वधारणा काम करती है कि विज्ञान का आदर्श ऐसी भविष्यवाणियाँ करना है जो हमेशा ठीक ही निकलेंगी। हमारे मन में लाप्लास की पूर्वसूचना देने वाली मशीन को प्राप्त करने की तीव्र इच्छा है जो सभी प्रश्नों का सही उत्तर पाने के लिए सर्वोत्तम मशीन होगी। यह तो ऐसा कहने के समान है कि हम एक ऐसा मॉडल चाहते हैं, जिसे प्रत्येक प्रेक्षण में असली दुनिया से अलग न किया जा सकता हो। पूर्वसूचना देने वाली किसी भी मशीन का उद्देश्य यह नहीं होता। बस मॉडल और पूर्वसूचना देने वाली मशीन में यही अंतर है, और यही कारण है कि मैंने पूर्वसूचना देने वाली मशीन शब्द का प्रयोग किया है; क्योंकि यह ऐसी मशीन नहीं जो पहले से भविष्य की सूचना देने का दावा करती हो। यह मशीन अपनी प्रक्रिया से पूर्वसूचना देने का प्रयत्न करती है और इसकी पूर्वसूचनाएँ ठीक ही नहीं होतीं। यह भविष्य के अस्तित्व की पहले से ही कल्पना नहीं करती ताकि उससे हमारी इच्छानुसार पहले से ही कोई चीज़ निकाली जा सके या जादू से उगाई जा सके। यह इससे अधिक और कोई दावा नहीं करती कि सामान्यतः अनिश्चितता की निर्धारित सीमाओं के अंदर-अंदर भविष्य के संबंध में पूर्वसूचना दी जा सकती है। और चूँकि कुछ अनिश्चितताएँ हैं इसलिए यह मशीन कभी-कभी ग़लत भी हो सकती है।

हमें यह बात याद रखनी चाहिए कि सामान्यतः कभी-कभी पूर्वसूचना ग़लत भी होती है। हमारा उद्देश्य स्वभावतः यह होता है कि जहाँ तक हो सके ये पूर्वसूचनाएँ ठीक ही हों और कम-से-कम ग़लत हों। किंतु पूर्वसूचनाएँ, चाहे वे अक्सर ग़लत ही क्यों न हों, लाभदायक होती हैं। आज हम मौसम संबंधी पूर्वसूचनाओं का मज़ाक उड़ाते हैं किंतु लड़ाई के समय उन्हें गोपनीय रखना आवश्यक था। और क्रम-विकास जैसी मुख्य प्रक्रियाओं में ग़लत पूर्व-सूचना बहुत महत्त्वपूर्ण होती है। जनन-कारक (genetic factors) जो किसी जाति में तब भी विद्यमान रहते हैं, जबकि इनका प्रभाव उसे अपने पर्यावरण के कम अनुकूल बनाता है, पूर्वसूचना में एक प्रकार की भूल अथवा शेष त्रुटि हैं। फिर भी; इन कारकों के बिना वह जाति अपने-आपको नए परिवर्तनों के अनुसार ढाल नहीं सकती। संभवतः शास्त्रास्त्रों से पूरी तरह सुसज्जित कुछ दैत्य भविष्य में अनुकूलनीयता के साधनों के अभाव में ठीक इस प्रकार समाप्त हो गए जैसे कि सफ़ेद चूहों के विशुद्ध प्रभेद (strains) प्रयोगशाला के बाहर आते ही समाप्त हो जाएँगे जिनका प्रयोगशाला के कार्य के लिए अत्यधिक परिपूर्णता के साथ पालन-पोषण किया जाता है। प्रयोग की क्षमता में असंगति और लचकीलेपन का तत्त्व भी होना चाहिए ताकि वह क्षमता परिवर्तन के भी योग्य हो सके। जब बोलिंगब्रोक और पेली ने यह सिद्ध किया कि मनुष्य बिल्कुल एक ऐसी घड़ी के समान है जो पूरी तरह से ठीक-ठीक काम करती है तो उनके मन में और विकास का कोई विचार नहीं था। उनके लिए अठारहवीं शताब्दी स्वभावतया विकास की पराकाष्ठा और प्रकृति के इतिहास में विराम का क्षण था।

इसके विपरीत हमने यह बात सीखी है कि यह संसार गतिशील है और इसमें परिवर्तन होते रहते हैं। आज हमें

अपनी त्रुटियों का अधिक स्पष्ट ज्ञान है किंतु हमने घबरा कर कहीं हाथ-पैर छोड़ना नहीं सीखा। भविष्य के संबंध में जो बात किसी जगत् पर लागू होती है वही बात किसी व्यक्ति के बारे में कही जा सकती है। दोनों ही पूर्वसूचना देने वाली मशीन की तरह लगातार संशोधन द्वारा अपने-आपको भविष्य के अनुकूल बनाते हैं। यह तो यत्न और भूल की प्रक्रिया है। यही वह प्रक्रिया है जिसे हम सीखना कहते हैं और भूलें भी इस प्रक्रिया का उतना ही अंग हैं जितनी कि उसकी सफलताएँ। यदि आप किसी चुहिया को किसी चक्कर में डाल दें और वह पहली बार में ही उससे निकल आए तो इसका मतलब यह नहीं कि उसे उस चक्कर में से निकलना आ गया है। वह तब तक नहीं सीख सकती, जब तक कि वह कुछ भूलें नहीं करती और उनसे बचना नहीं सीखती। संभव है कि एक चुहिया दूसरी से जल्दी भूलों से बचना सीख जाए किंतु मनोवैज्ञानिक प्रयोगशाला की अच्छी-से-अच्छी चुहिया भी बिना भूलें किए नहीं सीख सकती।

सीखने की प्रक्रिया हमारे जीवन के लिए अनिवार्य है। ऊँची किस्म के सभी पशु ऐसा जानबूझ कर करते हैं। वे जिज्ञासु होते हैं और प्रयोग करते हैं। प्रयोग एक प्रकार से किसी क्रिया का सरल प्रयत्न है जो हमें वास्तविक दुनिया में करनी पड़ती है; और यह क्रिया चाहे वैज्ञानिकों द्वारा प्रयोगशाला में की जाए या लोमड़ी के बच्चों द्वारा बाहर मैदान में। वैज्ञानिक प्रयोग करता है और बच्चा खेलता है; दोनों ऐसे वातावरण में अपनी भूलों को सुधारना सीखते हैं जिनमें भूल करना घातक नहीं होता। संभवतः यही कारण है कि जिससे दोनों को अपने कार्यों में प्रसन्नता और स्वतंत्रता का अनुभव होता है।

इसलिए हमें यह बात निश्चित रूप से समझ लेनी चाहिए कि पूर्वसूचनाएँ कभी-कभी ग़लत भी होती हैं। हम इसी के कारण व्यक्तिगत और जातिगत रूप से सीखते हैं और वैज्ञानिक का भी मार्ग यही है। आज से तीन सौ से अधिक वर्ष पूर्व हमारे विज्ञान के प्रारंभ के समय ठीक यही कदम गेलीलियो और फ्रांसिस बेकन ने उठाया था। जब तक उन्होंने वैज्ञानिक क्रांति का चक्र नहीं चलाया था, तब तक लोगों के मन में वही मध्यकालीन धारणा काम कर रही थी कि प्रकृति के कार्यों को केवल बौद्धिक अंतर्दृष्टि से जाना जा सकता है। गेलीलियो और बेकन ने तर्क की इस दलील के साथ वास्तविकता की एक नई दलील जोड़ दी। तब से वैज्ञानिक विवरण की अंतिम कसौटी आनुभाविक रही है अर्थात् क्या यह वस्तुस्थिति के समान है ? इसलिए यद्यपि वैसे ही विज्ञान का प्रादुर्भाव ज्ञान की एक प्रक्रिया के रूप में हुआ है, क्योंकि अनुमान लगाने में वास्तविकता कीं दलील देना अपने-आप में गलती की संभावना को स्थान देना है। विज्ञान अविरत स्वयं संशोधन की प्रक्रिया में अपने-आप एक पूर्वसूचक व्यवस्था है। टालेमी से लेकर न्यूटन तक के खगोल-विज्ञान और फिर सापेक्षता तक सभी सोपान निश्चित रूप से ज्ञान के चरण हैं; प्रत्येक सोपान पूर्वसूचना और वास्तविकता के बीच की छोटी-सी त्रुटि को ठीक करता है। पहले हमें अपनी त्रुटियों की ओर घृणा की दृष्टि से नहीं देखना चाहिए, ये तो वे आलंब हैं जिन पर जीवन-चक्र घूमता है। ठीक उसी समय जब पेली मानव घड़ी-जैसी परिपूर्णता में ईश्वर के प्रयोजन की खोज कर रहा था, विलियम ब्लेक ने बड़ी नम्रता किंतु अधिक गहराई के साथ यह कहा था, भूल करना और निकाला जाना दोनों ही ईश्वर के प्रयोजन का एक अंग हैं।

7

बुनियादी विचार जो मैं अब तक प्रस्तुत करता रहा हूँ वे इस प्रकार हैं, प्रत्येक सजीव कार्य विकल्प का कार्य है। इसका लक्ष्य भविष्य होता है। इस कार्य में हम जिस मशीन की कल्पना करते हैं, वह पूर्वसूचक यंत्र है जो अनुमित भविष्य के अनुसार अपने को ढालने के लिए सूचकों के रूप में अतीत और वर्तमान की सूचनाओं की व्याख्या करता है। और व्याख्या तथा अपने को ढालने की क्रिया को त्रुटियों से बिल्कुल रहित नहीं किया जा सकता; क्योंकि ज्ञान की प्रक्रिया के लिए त्रुटि अनिवार्य है।

जिस प्रकार मनुष्य व्यक्तिगत रूप से सीखते हैं, जिस प्रकार जातियाँ अपने आपको ढालती हैं और जिस प्रकार

विज्ञान कार्य करता है—इन सबके बीच एक स्पष्ट समानता है। किंतु मैं यह अवश्य मानता हूँ कि यह कोरी समानता है; यह सच्चा और निकट का संबंध है क्योंकि विज्ञान कोई विशेष क्रिया नहीं। यह मानवीय क्रिया का एक ही रूप है। इटली का कोई निवासी जब न्यूयॉर्क जाता है तो वह जल्दी ही नाश्ते के लिए कारख़ाने में बना अनाज खाना सीख जाता है। इस बात के लिए हमारे पास बहुत प्रमाण हैं कि अनाज खाने वाले लोग प्राकृतिक चुनाव के धीमे कार्य द्वारा अपने जबड़ों को अपने भोजन के अनुकूल बना रहे हैं। किंतु इन सीमाओं के बीच वैज्ञानिक विकास की मानवीय क्रिया विद्यमान है। अनाज के नाश्ते का आविष्कार और उसे लोकप्रिय बनाना स्वयं कई समस्याओं के उस जाल का वैज्ञानिक हल है जो बिस्तर से उठने और गाड़ी पकड़ने के बीच समय को कम करने से लेकर उत्तर अमेरिका में अत्यंत सुलभ भोजन का पूरा-पूरा उपयोग करने तक फैला है।

पूर्वसूचना और अनुकूलन की प्रणाली के रूप में व्यक्तियों और जातियों की अपेक्षा विज्ञान में यह विशेषता है कि यह एक ऐसी पद्धति है जो चेतन अवस्था में एक ही समाज में पाई जाती है। फिर इसका अभिप्राय यह हुआ कि विज्ञान अनिवार्य रूप से संचारी और सुव्यवस्थित होना चाहिए। सूचक और पूर्वसूचनाएँ दोनों ही प्रत्येक व्यक्ति में समान रूप में होनी चाहिए। मेरे विचार में दार्शनिक घोड़े के आगे गाड़ी रखते हैं, जब वे यह कहते हैं कि विज्ञान विभिन्न व्यक्तियों के समान अनुभवों को चुनकर एक नई दुनिया का निर्माण करता है। इसके विपरीत, विज्ञान की रीति में वास्तविक और समान दुनिया की बात निहित है और इसमें यह बात पहले ही मान ली जाती है कि प्रत्येक व्यक्ति, जो इस दुनिया का एक अंग है, अपने पर पड़ने वाले प्रभाव में एक प्रकार का संशोधन करता है जिसे हम उसका व्यक्तिगत अनुभव कहते हैं। हम अपने अनुभवों के आधार पर किसी दुनिया का निर्माण नहीं करते बल्कि अपने अनुभवों में हम दुनिया के अस्तित्त्व से जागरूक रहते हैं। विज्ञान अनुभवों को बताने वाली भाषा नहीं बल्कि संसार को बताने वाली भाषा है।

विज्ञान की पूर्वसूचनाओं की सबसे बड़ी विशेषता यह है कि वे इधर-उधर के अनुमानों का समूह नहीं होतीं। विज्ञान घटनाओं को क्रम प्रदान करने का एक तरीका है, यह प्रत्येक पूर्वसूचना के आधार के लिए नियम की खोज करता है। यही एक बात है जो विज्ञान के चित्र को पूरा करती है—विज्ञान की पद्धति सुव्यवस्थित है क्योंकि वह पूर्व सूचना की व्यवस्था की खोज करता है। विज्ञान का उद्देश्य किसी विशेष उदाहरण को सामान्य नियम के ढाँचे पर खड़ा करके क्रमबद्ध करना है।

मैं इस बात को फिर दुहराना चाहता हूँ कि मैंने विज्ञान के संबंध में जो कुछ कहा है वह विज्ञान के लिए अनोखी बात नहीं। सभी मनुष्यों का आचरण इस बात पर आधारित होता है, जिसे लोग व्यक्तिगत रूप में सामान्य नियम कहते हैं। मानवीय पूर्वसूचक सूचकों को पहचान कर उनकी व्याख्या करता है। पहचानने की यह क्रिया सूचक को किसी सामान्य श्रेणी में रख देती है। तब हम यह अनुमान लगाते हैं कि यह भविष्य उन भविष्यों के साथ मिलता-जुलता भी होगा जो ऐसे सूचकों के बाद हुए हैं और ऐसे ही भविष्य के लिए हम तैयारी करते हैं। हम कोई मुगदर देखते हैं और उन्हें उठाने के लिए कमर कसते हैं और जब वे गत्ते के बने निकलते हैं तो हमें जो धक्का पहुँचता है वह बड़ा अप्रिय लगता है क्योंकि हमें उसकी आशा नहीं होती। विज्ञान के सामान्यीकरणों के विषय में अजीब बात यह नहीं है कि उनका क्षेत्र बहुत व्यापक होता है और उनमें ऐसे तथ्य आ जाते हैं जो किसी एक व्यक्ति की प्रवृत्तियों से दूर होते हैं। यह एक वास्तविक अंतर तो है किंतु यह अनिवार्य अंतर नहीं। अनिवार्य अंतर तो यह है कि विज्ञान के सामान्यीकरण स्पष्ट होते हैं। और इससे सीधे ही यह बात निकलती है कि विज्ञान संचारी है। किसी भी व्यक्ति को अपनी प्रवृत्तियों अर्थात् अपने सामान्यकरणों की सूची बनाने की आवश्यकता नहीं क्योंकि उसे उनको किसी दूसरे व्यक्ति तक पहुँचाने की आवश्यकता नहीं होती। यदि उसे किसी अन्य व्यक्ति से मिलने की कभी भी आशा नहीं होती तो भी वह भविष्य का अनुमान लगाने की प्रवृत्तियाँ वर्तमान सूचनाओं के आधार पर ही बनाएगा। रॉबिन्सन क्रूसो ने ऐसा ही किया था;

और डेफो ने यह बात दिखाने-समझाने में एक विशिष्ट मनोवैज्ञानिक अंतर्दृष्टि का परिचय दिया है जब वह उस उथल-पुथल का वर्णन करता है जिसमें क्रूसो पदचिह्न देखकर फँस जाता है। वह इसलिए नहीं होता कि क्रूसो को अन्य लोगों से डर लगता था बल्कि इसलिए कि वे लोग अब उसके विचारों की दुनिया में नहीं रहे थे। यद्यपि हम यह बात विश्वासपूर्वक नहीं कह सकते, किंतु संभव है कि कुछ जानवरों में संचार का कोई माध्यम न हो; फिर भी यह निश्चित है कि उनकी कुछ प्रवृत्तियाँ होती हैं।

विज्ञान के नियमों की स्पष्टता ही इसे एक भिन्न क्रिया बनाती है। और संचार ही विज्ञान को यह विशेषता प्रदान करता है। संपूर्ण समाज को विज्ञान की जानकारी होनी चाहिए—यद्यपि समाज अपने श्रम को बाँट दे और उसकी ज़िम्मेदारी कुछ व्यक्तियों पर डाल दे। विज्ञान के नियम भविष्य के संबंध में पूर्वसूचना और अनुकूलन के ऐसे सिद्धांत हैं जो संपूर्ण समाज पर लागू होते हैं और समाज के सभी सदस्य इन सिद्धांतों को सीख सकते हैं। विश्वव्यापी लाभ और स्पष्ट बात—इन दोनों अपेक्षाओं की तुरंत पूर्ति की आवश्यकता ही के कारण विज्ञान द्वारा निर्मित संसार हमारे निजी अनुभवों को अनोखा प्रतीत होता है। व्यक्तिगत रूप से हम संसार की कोशिकाओं, सह प्रकिण्वों, मेसानों, ज़ीनों और वक्र अवकाश में विश्लेषण नहीं करेंगे क्योंकि वह किसी व्यक्ति के निजी अनुभवों का विश्लेषण नहीं होगा। व्यक्ति के निजी अनुभव का विश्लेषण बर्कले, ह्यूम, मेक्टेगार्ट और मूर के प्रवचनों का विषय है। जिनके दर्शन सिद्धांत किसी एक व्यक्ति विशेष के मस्तिष्क के किसी कोने से आरंभ होते हैं। इस बात पर आश्चर्य प्रकट करने का कोई कारण नहीं कि विज्ञान और दर्शन में तब से परस्पर संपर्क कम होता जा रहा है जब से वे अलग-अलग विषयों को व्यक्त करने लगे हैं। जब हम व्यक्तिगत अनुभवों की यादृच्छिक घटबढ़ के पीछे समान संसार की खोज करते हैं तो हमें नाभि, ऊर्जा और केंद्रीय तंत्रिका-तंत्र मिलते हैं, और उनके अजीब-अजीब गुण उस मूल्य का ही भाग हैं जो हमें उन्हें स्पष्ट करने के लिए चुकाना पड़ता है। दुनिया हमारे अनुभवों पर ऐसे प्रभावकारी होती है कि इसे हम अप्रत्यक्षतः प्रयोजन, अभिप्राय, कारण और प्रभाव के रूप में पहचानते हैं और हम सबके अनुभव के सन्निकटीकरणों के रूप में ये अत्यंत उपयोगी सिद्ध होंगे किंतु जब हम उस वास्तविक संसार का जो हमारे अनुभवों का आधार होता है, विस्तृत वर्णन करने के लिए इस भाषा को परिमार्जित करने का प्रयत्न करते हैं तो हमारे सम्मुख भाषा की कठिनाई आ जाती है। कोई स्पष्ट विवरण, कोई संचारी भाषा ऐसे सामान्यीकरणों का निर्माण नहीं कर सकती जो उन व्यक्तियों के समान पारस्परिक मतैक्यों से अधिक यथार्थ हो जो उन्हें काम में लाते हैं। अतः हम कोई भी ऐसे वैज्ञानिक विषय नहीं बना सकते जिनकी अंतिमता उन मापों और नियमों से अधिक हो जिन्हें हम जानते हैं। पूर्वसूचना के हमारे नियम हमारी मानवीय और अनिवार्य त्रुटियों द्वारा सीमित होते हैं। यह कोई शोचनीय बात नहीं है; यह अन्य त्रुटियों से, जो हमें मनुष्य बनाती है, अधिक कुछ और नहीं; भूख और महत्त्वाकांक्षा से अधिक दुःखद नहीं। मानवीय समाजों के पीछे यही प्रकृति और प्रेरणा-शक्ति कार्य करती है, और मैंने यह सिद्ध कर दिया है कि विज्ञान के नियमों की त्रुटि में ये दोनों बातें भी शामिल होती हैं।

8

मैंने इस अध्याय में जो मानचित्र खींचा है उसका आधार वर्तमान और भविष्य का पारस्परिक संबंध है। यह बात तो ऐसे हुई जैसे मानो भविष्य हमारा उत्तरी और ध्रुव नक्षत्र हो। जो जीवन में और विज्ञान में, क्रिया और विचार को उनकी दिशा और उनका स्वरूप प्रदान करता है। इसलिए मुझे उन कठिनाइयों की अधिक चिंता नहीं जो बौद्धिक अनुमान या आगमन की प्रक्रिया को युक्तिसंगत बनाने के प्रयत्न के दौरान दार्शनिक के सम्मुख आती हैं। दार्शनिकों ने भविष्य के विषय में आगमन को वही दर्जा देना चाहा है जो ज्यामिति जैसे समयहीन विज्ञान में निगमन का है। और जैसा कि मैंने पहले ही कहा है, जैसे ही निगमन के सिद्धांत को किसी ऐसे विज्ञान के संबंध में काम में लाया जाता है जिसमें समय का भी हिसाब रखा जाता है तो निगमन का दर्जा आगमन से ऊँचा नहीं रहता।

किंतु सामान्यतः दार्शनिक और साधारण व्यक्ति जब अनुमान लगाने लगते हैं तो अतीत और वर्तमान को ज्ञान का ठोस आधार मानकर चलते हैं। यह बात दो कारणों से उपयोगी नहीं। पहला कारण तो यह कि हमें अपने अनुभव का केवल अतीत और वर्तमान ही पता होता है। वह असली दुनिया जिसमें हम दूसरों के साथ रहते हैं, अतीत और वर्तमान में भी उतनी ही रहस्यमयी थी जितनी कि भविष्य में होगी। दूसरे, ऐसा सोचना भूल है कि विचारों की मूल प्रक्रिया ज्ञात पर फिर से विचार करना है; और यह कि भविष्य की ओर देखने की बात को भी इसी से उचित ठहराया जाना चाहिए। यह तो जीवन की प्रक्रिया के बिल्कुल विपरीत है। भविष्य की आशा करना तो मूल कार्य है; बच्चे जन्म से पूर्व ही ऐसा करने लग जाते हैं। अतीत और वर्तमान का विश्लेषण एक सहायक प्रक्रिया है जिसका प्रयोजन यही है कि हम भविष्य के सूचकों को पहचानना और उनका अर्थ निकालना सीख जाएँगे। यह कहना हास्यास्पद है कि भविष्य का अतीत से ताल-मेल होना चाहिए। इससे तो प्रश्न ही उलट जाता है और बात निरर्थक हो जाती है, हमने अतीत से जो सीखा है वह केवल इसलिए ज्ञान है क्योंकि भविष्य उसे सत्य सिद्ध करता है।

भविष्य में आगमन की पद्धति के विषय में युक्तिसंगत रूप से केवल एक ही प्रश्न पूछा जा सकता है। एक पूर्वसूचना के स्थान पर दूसरी पूर्वसूचना चुनने के लिए हमारे पास कौन सा आधार है ? हम ऐसी परिस्थितियों में जिनमें हम जिस भविष्य की प्रत्याशा करते हैं वह अनिश्चित रहता है चाहे हम कोई-सा मार्ग अपनाएँ, तो हम एक की बजाय दूसरा मार्ग क्यों अपनाते हैं ? यह कह देना पर्याप्त नहीं कि एक पूर्वसूचना में दूसरी की अपेक्षा अधिक अनिश्चितता है; क्योंकि प्रत्येक वैज्ञानिक नियम की भाँति ऐसा सोचने में इन पूर्वसूचनाओं में न सही इनसे अधिक बुनियादी पूर्वसूचनाओं में एक प्रकार की अधिमान अभिरुचि विद्यमान है। और ऐसा सोचने से भी काम नहीं चलेगा कि एक पूर्वसूचना दूसरी पूर्वसूचना से अधिक सच्ची सिद्ध हुई; क्योंकि अगला क्षण पिछले जैसा नहीं होता और वास्तव में इस प्रकार इनकी तुलना करने का कोई तरीक़ा नहीं है। वस्तुस्थिति ऐसी नहीं, हमारी अधिमान अभिरुचि पूर्वसूचनाओं में से किसी एक के लिए नहीं वरन् पूर्वसूचना देने के तरीक़ों में से किसी एक के लिए है। वास्तव में हम एक पूर्वसूचना को दूसरी पूर्वसूचना की अपेक्षा तरजीह नहीं देते बल्कि हम एक वैज्ञानिक नियम की अपेक्षा दूसरे वैज्ञानिक नियम को तरजीह देते हैं। और इन नियमों को घटनाओं के विपरीत अतीत के प्रमाणों द्वारा तोला जा सकता है—यद्यपि हमें अतीत शब्द से सावधान रहना चाहिए। वास्तव में इससे हमारा अभिप्रायः 'अन्य' अवसरों द्वारा है जिन पर इन नियमों के अनुसार हमने भविष्य की पूर्वसूचना दी थी।

ऐसी सभी समस्याओं के विषय में दार्शनिकों और साधारण व्यक्तियों को जिन कठिनाइयों का सामना करना पड़ा है उनमें से एक कठिनाई यह है कि भविष्य के संबंध में उनके विचार बहुत स्थैतिक हैं। वे भविष्य को अतीत और वर्तमान की भाँति समय की लाल दरी रूपी असीम लड़ी का भाग समझते हैं जो हमारे सामने खुलती है और हमारे पीछे बंद होती है। उनके विचार में भविष्य केवल वर्तमान की भाँति है; बस यह वर्तमान की अपेक्षा किसी और समय होता है। इस भूल का स्रोत न्यूटन की समय संबंधी धारणा है जिसकी कोई दिशा नहीं थी और यह समय पीछे भी जा सकता है। किंतु पिछली शताब्दी से एक ऐसी भौतिक विशेषता हमारे सामने आई है जिसने समय को एक दिशा प्रदान की है। यह विशेषता है, यदि आप तुंड से निकलने वाली गैस को देखें तो आप बिना तुंड देखे ही यह बता सकते हैं कि गैस का कौन सा भाग पहले निकला है और कौन सा बाद में। गैस का जो भाग पहले निकल गया था वह अब अधिक अस्त-व्यस्त है और उसके अणु अब इधर-उधर भटकते रहते हैं। अब उनकी वह दिशा नहीं रही जो तुंड ने निर्धारित की थी। अतः समय के बीतने का विश्व पर यह प्रभाव पड़ा है कि भौतिक दृष्टि से यह अधिक अस्त-व्यस्त या यादृच्छिक हो गया है। इस संबंध में यह महत्त्वपूर्ण है कि यह स्वयं संयोग का एक प्रभाव है, किंतु फिर भी यह समय के और उसके साथ कारण तथा प्रभाव को उसकी दिशा प्रदान करता है।

किंतु सबसे आवश्यक बात यह है कि इससे भविष्य और अतीत के भेद का पता चलता है। भविष्य के संबंध

में यही एक सामान्य नियम है जिससे हम परिचित हैं। हम यह नहीं जानते कि हम इसे कैसे समझते हैं; किंतु यह निश्चित है कि हम इसे समझते हैं। वस्तुतः जीवन की अनिवार्य विशेषता यह है कि यह वर्तमान के विपरीत होता है। जीवन प्रतिक्षण अधिक से अधिक क्रमबद्ध होता जाता है जबकि भौतिक संसार अधिक अस्तव्यस्तता की ओर अग्रसर होता जा रहा है। एक बार हम यह बात समझ लें कि भविष्य के अपने विशेष गुण हैं जो उसे वर्तमान से अलग करते हैं तो ताश के एक अनदेखे पत्ते के बारे में बताना बुद्धि ह्यता की सीमा से परे नहीं रह सकता। अलग से हमारा अभिप्राय सांख्यिकीय दृष्टि से अलग होने का है, क्योंकि भविष्य सांख्यिकीय दृष्टि से वर्तमान से भिन्न है। अनुमान केवल तभी अस्पष्ट होगा कि वह हमेशा ठीक हो।

सत्य और मूल्य

वे लोग, जो अपने संसार में विज्ञान द्वारा लाए गए परिवर्तनों से द्रवित होते रहते हैं, केवल तकनीकी परिवर्तनों–जैसे हवाई जहाज़, बम, समाचार-पत्र पढ़ने की प्रवृत्ति, घरेलू सुख-सुविधाओं और संगीत के स्थान पर टेलीविज़न की ओर झुकाव को ही महत्त्व देते हैं किंतु इन परिवर्तनों के पीछे हमारे मन में स्कूल के दिनों की सामाजिक प्रवृत्तियों और चिंतन की नई प्रवृत्तियों के बीच गंभीर मतभेद विद्यमान है। हमारे अपने व्यवहार में एक द्विपक्षिता है जिसमें एक ओर तो वह पक्ष है जिसे हमें बहुत समय से महत्त्व प्रदान करना सिखाया गया है और दूसरी ओर है सांसारिक सफलता। इसके फलस्वरूप हम परेशान रहते हैं। प्रतिदिन हमारे सम्मुख ऐसे कार्य आते रहते हैं जिनके संबंध में हमें स्वयं अपनी आचार-संहिता के कारण शर्म आती हैं किंतु यदि हमें समाज की प्रत्यक्ष परिस्थितियों का सामना करना है तो हमें ऐसे कार्य करने पर विवश होना पड़ता है।

इस दरार के लिए हम तब तक विज्ञान को जान-बूझ कर दोषी नहीं ठहराते जब तक विज्ञान कोई अनिवार्य चुनौती प्रस्तुत न करे जैसी कि उसने परमाणु बम के रूप में की है। किंतु यह गंभीर समस्या प्रतीक मात्र है। हमारे सभी कार्यों के पीछे एक बहुत बड़ा प्रश्नचिह्न है। आज तक हमें जो बात सही बताई गई है, और ऐसी बात जो प्रत्यक्षतः सफल होती है–इन दोनों में से हम किसको चुनें ? और जैसे-जैसे विज्ञान में हम इसका अधिक-से-अधिक प्रयोग करते जाते हैं, सफलता की यह आनुभविक कसौटी अत्यावश्यक बनती जाती है। आनुभविक प्रवृत्ति विज्ञान में भी परंपरागत मान्यताओं को अधिक समय तक टिकने नहीं देती। और पिछले छः सौ वर्षों से यह प्रवृत्ति अच्छे तथा उचित आचार की हमारी मान्य संहिताओं को बदलने में लगी हुई है।

निस्संदेह विलियम आफ आखम (William of Ockham) के समय से ये संहिताएँ वैसी की वैसी नहीं चली आ रहीं। अच्छाई के आदर्शों में धीरे-धीरे किंतु महत्त्वपूर्ण परिवर्तन हुए हैं और वे भी एक ही चर्च के अंतर्गत। स्पष्ट है कि पुनर्जागरण काल के आदर्श वे नहीं थे जो उससे पूर्व चर्च के पादरियों के थे। हाल ही में प्रोटेस्टेंटों के गुण कैथालिकों के गुणों से भिन्न हैं। यद्यपि स्वयं उनमें भी परिवर्तन आ गया है। 1891 में पोप द्वारा 'रेरम नौवारम' (Rerum Novarum) लिखने से पूर्व ही उचित मूल्य का सिद्धांत काफ़ी बदल चुका था। उन्नीसवीं शताब्दी के प्रारंभ में मैथाडिस्टवाद में ईसाई धर्म के गुणों का जो रूप बदला वह हमारे सामने हैं। किस प्रकार चुपचाप दान और दयालुता के स्थान पर सामाजिक दृष्टि से महत्त्वपूर्ण गुणों– मितव्यय, गंभीरता, अल्प व्यय और स्वतंत्रता जैसे गुणों पर बल दिया जाने लगा है। अतः आज हम संक्रमण काल में से गुज़र रहे हैं। यह इसलिए नहीं कि हमने सिद्धि का कोई प्राचीन परम सिद्धांत त्याग दिया है बल्कि इसलिए कि प्रत्येक युग की भाँति हमारा युग भी अपनी अंतरात्मा की पुनः खोज करने का प्रयत्न कर रहा है।

केवल विज्ञान ही यह हलचल नहीं कर रहा। इस पुस्तक में मैंने यह बात बार-बार कही है कि विज्ञान विशाल

मानवीय गतिविधि का एक विशिष्ट भाग है। पिछले अध्याय में मैंने बड़े परिश्रम से यह बात समझाने का प्रयत्न किया है कि वैज्ञानिक पद्धति सब प्रकार के मानवीय अन्वेषणों की ही पद्धति है। इसकी विशेषता केवल यह है कि यह स्पष्ट और सुव्यवस्थित है। जब हम उचित निर्णय और शुद्ध आचरण की समस्याओं पर विचार करते हैं तो यह बात और भी महत्त्वपूर्ण हो जाती है। आज तक कोई भी महान् पुस्तक या महान् कलाकृति ऐसी नहीं हुई जिसे पुरानी परंपराओं को मानने वालों ने अनैतिक न समझा हो। आज भी यहूदी बाइबल के नये टेस्टामेंट को और ईसाई क़ुरान को अनैतिक मानते हैं। सेवनरोला (Savanarola) के विचार में फ्लोरेंस की कला कामुक थी और पिछली शताब्दी में जब जॉर्ज इलियट ने उसके संबंध में लिखा तो उसने सेवनरोला को कामी समझा और जॉर्ज इलियट के विषय में उसके आलोचकों की यही धारणा थी। आज सिडनी की 'अपालोजी फॉर पोइट्री' और शैली की 'डिफेंस ऑफ पोइट्री' स्कूलों में पाठ्य-पुस्तकें है। किंतु एलिज़ाबेथ प्रथम के काल में कला के विकास के कुछ ही समय पूर्व सिडनी साहित्य की इस आरोप से रक्षा कर रहा था कि साहित्य मनुष्यों में भ्रष्टाचार फैलाता है और शैली की कविताओं को बेचने के अपराध में अनेक नर-नारियों को जेल जाना पड़ा था। स्विफ्ट के लेखन की तीखी शैली खटकती थी क्योंकि वह महारानी एन की धार्मिक पचेतनाओं के प्रतिकूल लिखता था। हमारे अपने समय में थॉमस हार्डी, जेम्स जायस और डी. एच. लारेंस पर नैतिकता का उल्लंघन करने और उसे क्षति पहुँचाने का आरोप लगाया गया है। तो भी बहुत बड़ी संभावना इस बात की है कि उनकी कृतियाँ जीवित रहेंगी जबकि उस काल के चालाक तथा वास्तविक आलोचक भुलाए जा चुके होंगे।

कई बार कला के नए दृष्टिकोण पर जो आरोप लगाया जाता है उसका आधार कुछ भिन्न होता है। लोग किसी पुस्तक या चित्र को अनैतिकता के आधार पर हानिकारक नहीं ठहराते, बल्कि इसलिए कि उसमें किसी प्रकार की नैतिकता है ही नहीं। इसी प्रकार नैतिकता के आधार पर राफेल (Raphael) की और व्हिसलर (Whistler) तथा अन्य पूर्व-राफेलवादियों की आलोचना की जाती थी। साहित्य में रूसी उपन्यासकारों और नाटककारों की अन्य अनेक कृतियों के साथ-साथ टॉलस्टॉय की 'एन्ना कारनीना' को भी निर्नैतिक कहा गया; और पुनःस्थापन से आस्कर वाईल्ड और बर्नार्ड शा तक ऐसे अंग्रेज़ नाटककारों की सूची बहुत लंबी है जिन पर यह आरोप लगाया गया है कि उनमें नैतिक तत्त्व का अभाव है।

2

यही वह आरोप है जो आमतौर पर विज्ञान पर लगाया जाता है। यह कोई नहीं कहता कि विज्ञान सक्रिय रूप में नैतिकता-विरोधी है बल्कि यह आरोप लगाया जाता है कि इसमें किसी प्रकार की नैतिकता ही नहीं। इसका तात्पर्य यह है कि विज्ञान, उन लोगों में जो उसे व्यवहार में लाते हैं, नैतिकता के प्रति उपेक्षा की भावना पैदा कर देता है जो कुछ समय बाद उनमें उचित निर्णय की क्षमता तथा शुद्ध आचार की लगन को दुर्बल बना देती है।

विज्ञान के प्रति यह आरोप मुझे उतना ही झूठा लगता है जितना कि यह कला के लिए है। कोई भी व्यक्ति जो 'एन्ना कारनीना' के विषय में विचार करता है, यह नहीं मानता कि इसमें कोई नैतिकता नहीं है और इस पुस्तक में कथा की नायिका, उसके पति और उसके प्रेमी के जटिल क्रिया-कलापों के संबंध में कोई निर्णय नहीं दिया गया है। इसके विपरीत हम यह महसूस करते हैं कि यह पुस्तक तीन प्रेमियों की कथा पर आधारित सैकड़ों परंपरागत उपन्यासों से कहीं अधिक चिंतनशील तथा हृदयस्पर्शी है क्योंकि इसमें उन शक्तियों के प्रति अधिक धैर्य, अधिक बोध और अधिक मर्मस्पर्शी पैनी दृष्टि का बोध होता है जिनसे इस पुस्तक के नर एवं नारी पात्रों को संघर्ष करना पड़ता है। यह कोई रूढ़िवादी पुस्तक नहीं, सच्ची पुस्तक है। सच्ची से हमारा अभिप्राय यह नहीं कि उसका समाचारपत्र में किसी निराश स्त्री द्वारा गाड़ी के नीचे आकर मर जाने की घटना से सांयोगिक मेल है। इससे हमारा अभिप्राय यह है कि टॉलस्टॉय लोगों तथा घटनाओं को समझता था और उनमें व्यक्तित्व, भावना, परम्परा और बाहरी प्रभाव के द्वंद्व को अच्छी तरह

से देख सकता था। आज हम किसी ऐसे नीतिशास्त्र और ऐसी मान्यताओं का आदर नहीं करते जो इनमें व्यक्त सच्चाई को स्वीकार नहीं करते।

नैतिकता की ऐसी कोई भी प्रणाली नहीं है जो सच्चाई और ज्ञान और इनसे भी अधिक स्वयं मनुष्य के बारे में स्पष्ट ज्ञान को अत्यधिक महत्त्व न देती हो। इसलिए यह बड़ी विचित्र बात है कि विज्ञान को निनैतिक कहा जाए और वही लोग ऐसा कहें जो अपने जीवन में सच्चाई को बहुत महत्त्व देते हों। विज्ञान के विरुद्ध चाहे जो कुछ भी कहा जाए, किंतु इस बात से इंकार नहीं किया जा सकता कि अंततः विज्ञान हर चीज़ को एक ही कसौटी पर परखता है और वह है उस चीज़ की सच्चाई। यदि कोई प्रणाली जो लाओ-त्से और पिल्ग्रिम फादर्स से भी अधिक सच्चाई का ध्यान रखने का दावा कर सकती है तो वह निश्चय ही विज्ञान की प्रणाली है।

किंतु उनके सत्य तथा अन्य मानवीय मूल्यों का ऐसा सरल वर्णन नहीं किया जा सकता। हमें अपने चारों ओर देखकर यह विचारना होगा कि क्या नीतिशास्त्र में या विज्ञान में सच्चाई तथ्यात्मकता से आगे जाती है या नहीं। और सच्चाई की इस खोज को हम विज्ञान की एक विशेष कसौटी बना सकते हैं जो हमारे इस बड़े निश्चय का आधार बन सकती है कि क्या विज्ञान के वास्तव में अपने भी कोई मूल्य हैं ? किंतु इसका यह अभिप्राय नहीं कि हम साधारण-सी बात को भूल जाएँ। सच्चाई से उनका अभिप्राय और चाहे कुछ भी हो, जो लोग अपने आचरण और उसमें निहित महत्त्वों पर गर्व करते हैं वे सही अर्थों में सच्चे तौर पर इनका आदर करते हैं। उन्हें वास्तव में झूठ बोलते हुए या मन में झूठी बात लाते हुए लज्जा आती है। विज्ञान में भी सच्चाई के प्रति ऐसी ही उत्कृष्ट आस्था है। टी. एच. हक्स्ले संशयवादी था, क्लिफर्ड नास्तिक था और मैं कम-से-कम एक गणितज्ञ को जानता हूँ जो बदमाश है। किंतु इन सबके वैज्ञानिक विश्वास का आधार सत्य के प्रति दृढ़ आस्था और उसकी खोज की अनिवार्य उत्कंठा है। ये सब उपयोगिता की नीरस दलील को ठुकरा देते हैं जिस पर समितिगत प्रशासक की जीवनविहीन छाप लगी रहती है।

3

पिछले 30 वर्षों में दर्शन के एक ऐसे मत का विकास हुआ है जो सत्य के बारे में यह संकीर्ण दृष्टिकोण रखता है कि इसकी तथ्यात्मकता जाँची जा सकती है। इस मत के अनुसार कोई भी बात अर्थपूर्ण नहीं यदि उसे कम-से-कम सिद्धांत रूप से तथ्यात्मकता की कसौटी पर परखा नहीं जा सकता।

इस कसौटी से हमारी गंभीर चर्चा केवल उन्हीं विषयों तक सीमित हो जाएगी जिन्हें जन-साधारण वैज्ञानिक विषयों की संज्ञा देते हैं। और जिनकी ठीक-ठीक व्याख्या तथा जाँच की जा सकती है। इसमें मूल्यों, नीतिशास्त्र और भावनाओं जैसे विषयों के लिए कोई स्थान नहीं क्योंकि इसके अनुसार इन विषयों पर विचार करने से सुख मिल सकता है और आनंद भी किंतु वास्तव में ये व्यर्थ हैं। इस दर्शन के अनुसार 'धर्म अपने आप में इस जीवन का परम फल है'—एक व्यर्थ-सी आनंद देने वाली बात है; इसकी दृष्टि में बुद्धिमान दार्शनिक केवल ऐसी बातों जैसे 'पानी हाइड्रोजन और आक्सीजन से बनता है' पर ही विचार करता है। यह ऐसा दर्शन है जिसके अनुसार विज्ञान अपने विरुद्ध लगाए जा रहे मूल्यविहीनता के आरोप के प्रत्युत्तर में यह कहता है कि मूल्य सर्वथा बेकार बात है।

किंतु जैसा कि प्रायः होता है जब दार्शनिक विज्ञान की रक्षा के लिए खड़े होते हैं तो विज्ञान, जिसकी वे रक्षा कर रहे होते हैं, बहुत पहले से ही पुराना हो गया होता है। व्यवहारवादी दर्शन-सिद्धान्त जिस अर्थपूर्ण और सच्चे आदर्श का प्रतिपादन करते हैं वह वास्तव में उन्नीसवीं शताब्दी का विचार है। अर्थ और सत्य के संबंध में यही वे विचार थे जो सौ वर्ष पूर्व जूल (Joule) के मन में थे जब उसने यह सिद्ध किया था कि ऊष्मा यांत्रिक ऊर्जा का ही रूप है। बाद में यही विचार हर्ट्ज़ (Hertz) के मन में थे जब उसने उन रेडियो तरंगों की खोज की जिनके अस्तित्व को क्लर्क मेक्सवेल के विद्युत चुम्बकीय क्षेत्र (Electro magnatic field) के समीकरण में निहित मान लिया गया था।

सत्य की आधुनिक परिभाषा के अनुसार ऐसे विचार विज्ञान के लिए अपर्याप्त सिद्ध हो चुके हैं। अतः मूल्य और नीतिशास्त्र को इसी झाड़ू से दरवाज़े से बाहर फेंक देना, जिससे एक ही समय में विज्ञान और मानव-ज्ञान से छुटकारा मिल जाए, एक अजीब-सा काम है।

कई ऐसे आधार हैं जिनके कारण केवल युक्तियुक्त व्यावहारिकता से काम नहीं चलेगा; और इन आधारों में यह समानता है कि यह दर्शन-सिद्धांत कई भागों में बँटा है। इस सिद्धांत का प्रतिरूपण रसेल तथा व्हाईटहैड के साहसिक प्रयत्नों के आधार पर किया जाता है जिनमें उन्होंने गणित की सभी समस्याओं को, जिनमें आवर्तक और अनन्त जैसे दुर्गम विचार भी शामिल हैं, निश्चित संख्या में स्वयंसिद्धों की सहायता से हल करने की चेष्टा की। गणित का निर्माण विविक्त या आणविक प्रस्तावों द्वारा धीरे-धीरे होता था। तर्क-शास्त्र का यह एक महान् और महत्त्वपूर्ण कार्य था। किंतु यह कार्य अपने ही क्षेत्र में पूरा सफल न हो सका। तिस पर भी यह उन दोनों आचार्यों का कीर्ति स्मारक है जिन्होंने इसका निर्माण किया था।

ज्ञान का इस प्रकार चित्रण करने में कि मानो वह विविक्त तथ्यों के टुकड़ों से बना हो, व्यावहारिक दार्शनिकों ने इन आचार्यों के प्रयास को आदर्श मान लिया। किंतु यदि गणित ही इस ढाँचे में ठीक नहीं बैठता तो स्पष्ट है कि आनुभाविक ज्ञान इसमें ठीक नहीं बैठेगा। हम सूचना के ऐसे विविक्त अंगों जैसे 'यह लाल है' से ज्ञान प्राप्त नहीं करते। मानव-मन ऐसे ऐन्द्रिय-अनुभवों से ज्ञान प्राप्त नहीं करता बल्कि वह ऐसे अनुभवों के समन्वित समूहों अर्थात् वस्तुओं से ज्ञान प्राप्त करता है। इसके अतिरिक्त मैं यह कैसे समझ सकता हूँ कि अब मैं जिस चीज़ को पुस्तक के रूप में देख रहा हूँ वह वही पुस्तक है जिसे मैं पन्ना उलटने से पहले देख रहा था। हमारा ज्ञान बच्चों के मकैनों खेल की भाँति छोटी-छोटी ढिबरियों और काबलों से नहीं बनता—यह अपने आप में मनोविज्ञान की एक समस्या है। लेकिन इससे भी कठिन समस्या और है, वह यह है कि हम अपने अनुभव को ढिबरियों और काबलों में नहीं बाँट सकते। यहाँ तक कि कोई ऐसी प्राक्कल्पना भी काम नहीं कर सकते जिसके अनुसार ज्ञान को आणविक प्रस्तावों में बदला जा सके।

ऐसा क्यों नहीं हो सकता, इसके तर्कसंगत कारण मैं पहले ही वर्णन कर चुका हूँ। यदि ऐसा हो जाए तो ज्ञान की इस आणविक दुनिया में कई ऐसे कथन रह जाएँ जो न तो सच्चे हों और न झूठे। अतः तर्क करने वाला व्यवहारवादी, जो अपने यंत्र संसार की सब चीजों को व्यर्थ बताने का भरसक प्रयास करता है, यह देखेगा कि उसकी यह दुनिया भी व्यर्थ की बातों से भरपूर है।

किंतु यह तर्कसंगत असफलता दिखाने से काम नहीं चलता क्योंकि हम किसी वाद-प्रतिवाद में नंबर नहीं जीत रहे। देखना यह है कि असफलता का कौन-सा गंभीर कारण है ? ज्ञान का आणविक आधार पर निर्माण क्यों नहीं किया जा सकता ? यह बात हमने कैसे सोच ली कि यदि ज्ञान को आणविक आधार पर बाँटा जाएगा तो इसके सब भाग एक-दूसरे के विपरीत होंगे।

इसका उत्तर यह है कि पिछली शताब्दी के आणविक विज्ञान की भाँति ज्ञान के इस आणविक निर्माण में भी यह कल्पना कर ली जाती है कि हमारे अनुभव के पीछे कुछ ऐसे तथ्य हैं जो हमारे अनुभव से भी अधिक सही होते हैं। वास्तव में वे सही ही होते हैं। हमें बताया जाता है कि 'यह लाल है' यह बात बताकर समझ लिया जाता है कि इस समय हम ज्ञान की उस सतह तक पहुँच चुके हैं कि असहमति के लिए कोई गुंजाइश नहीं। यह लाल है अथवा यह लाल नहीं है। किंतु वह 'यह' क्या है जिसे वक्ता और मैं दोनों एक ही स्थान के रूप में देखते हैं। और वह 'लाल' क्या है जिसके बारे में बुद्धिमान व्यक्तियों में मतभेद नहीं होता ? लाल रोशनी की तरंग लंबाई एक इंच का लगभग तीन लाखवाँ हिस्सा है। आणविक प्रस्ताव के बारे में सहमत होने के लिए हमें यह लंबाई कितने शुद्धता तक परखनी चाहिए।

विज्ञान की दुनिया में न तो 'यह' और न ही 'लाल' कोई ऐसी वस्तुएँ हैं जिनकी ठीक-ठीक परिभाषा की जा सकती है। अणुओं के ब्राउनी प्रवाह में 'यह' हमेशा खो जाएगा और 'लाल' के साथ तरंगों की लंबाई की अनिश्चितता हमेशा बनी रहेगी। संसार की व्याख्या इस प्रकार नहीं की जा सकती जैसा कि व्यहारवादी प्रत्यक्ष रूप से कल्पना करते हैं कि पहले किसी विवरण में प्रत्येक बात के ठीक-ठीक भौतिक निर्देशांक दे दिए और बाद में यह जाँच कर ली कि क्या वह विवरण ठीक है या नहीं। प्रत्येक निर्देशांक के संदर्भ में निश्चित रूप से अनिश्चितता का अंश होता है। और इसका अभिप्राय यह है कि जाँच का कार्य भी अनिश्चित ही है और उसमें भी ग़लती की गुंजाइश होनी चाहिए। इसके अतिरिक्त कुछ और सोचना डेढ़ सौ वर्ष पहले के आणविक स्वर्ग में चले जाने या आनंदमयी पूर्णता को प्राप्त करने के समान है जिसके संबंध में ब्लेक ने कल्पनात्मक तिरस्कार के साथ कहा है कि ''यह पूर्णता छोटे-छोटे गोलों से ब्रह्मांड का निर्माण कर सकती है।''

स्पष्टतः व्यवहारवादी की मूल धारणा में निश्चित रूप से एक दोष है कि हम केवल जाँच से सत्य की परख कर सकते हैं। किंतु हमें जाँच क्या करनी है ? हमें आणविक प्रस्ताव अर्थात् साधारण-से-साधारण प्रकार के तथ्य के संबंध में साधारण से साधारण रूप में एक विवरण की जाँच करनी होती है। किंतु ये तथ्य—चाहे वे आकाश संबंधी हों या समय संबंधी—हमारे लिए बराबर एकसमान नहीं बने रहते। मैं इस समय किसी ऐसे तथ्य के विवरण की जाँच नहीं कर सकता जो पहले ही बीत चुका हो। मैं केवल भविष्य से संबंध रखने वाले तथ्य के विषय में ही कह सकता हूँ और इसका मतलब यह है कि मेरी बात भविष्यवाणी होनी चाहिए। वास्तव में जाँच के विचार में भविष्यवाणी का विचार अंतर्निहित है और जैसा कि हमने देखा है भविष्यवाणी अर्थात् पूर्वसूचना की उसकी अपनी अनिश्चितता से अलग नहीं किया जा सकता।

4

मैंने जो कुछ लिखा इससे मेरा अभिप्राय उन्नीसवीं शताब्दी के महत्त्व को कम करना कदापि नहीं है। हर प्रकार से यह धारणा एक बहुत बड़ी सफलता थी और उसका अधिकतर भाग आज भी ठीक उतरता है। किंतु इसके पीछे दुनिया के संबंध में एक ऐसा विचार काम करता है जो अत्यधिक सरल सिद्ध हुआ है। इसके अनुसार दुनिया के विषय में यह समझा गया था कि इसका ठीक-ठीक पता यदि आज के वैज्ञानिक नहीं लगा सकते तो कल के वैज्ञानिक जरूर लगा लेंगे। मैंने उस दुनिया के बारे में विचार करना, सरल भाषा के पंडित, रेखागणितज्ञ तथा दार्शनिक विलियम क्लिफोर्ड की रोचक पुस्तक से सीखा। उन्होंने अपनी पुस्तक का नाम विशेष रूप से 'यथार्थ विज्ञानों का सहज बोध' अर्थात् The Common Sense of Exact Sciences रखा था। उनकी और मेरी पुस्तक के नामों का अंतर संयोग मात्र नहीं। मैंने जानबूझ कर इस पुस्तक का नाम 'विज्ञान का सहज बोध' अर्थात् The Common Sense of Science रखा है क्योंकि इससे हमारी इन दो शताब्दियों के दृष्टिकोणों के अंतर का पता चलता है। आज हम देखते हैं कि सही अर्थों में आज कोई विज्ञान यथार्थ नहीं। एक विज्ञान और दूसरा सहज बोध और इन दोनों को अपने-अपने तरीक़ों तथा मूल विचारों में, समस्त ज्ञान में अंतनिर्हित अनिश्चितताओं का समावेश कर लेना चाहिए।

पिछली शताब्दी के अच्छे-अच्छे वैज्ञानिकों ने निश्चय ही इस बात की कल्पना कर ली थी। अभी-अभी मैंने क्लिफोर्ड के विषय में कहा है और उस महान् व्यक्ति का स्मरण करते समय यह कहना उचित ही होगा कि उसमें ऐसी ही कुछ दूरदर्शिता थी। निश्चय ही क्लिफोर्ड में ऐसी भविष्यवाणी पूर्ण अंतर्दृष्टि के लिए प्रतिभा थी। 'यथार्थ विज्ञानों का सहज बोध' में पहले-पहल इस बात का संकेत मिलता है कि स्थूल पिंडों से अवकाश में स्थानीय रूप से वक्रता (Curvature) आ जाती है जिसका आइंस्टाइन ने पूरा-पूरा हिसाब लगाया था। क्लिफोर्ड, गाल्टन का समकालीन था और 35 वर्ष की आयु में उसका देहांत हुआ तो उसकी पुस्तक का संपादन आधुनिक सांख्यिकी के प्रवर्तक कार्ल पीयरसन ने किया

था। उन्नीसवीं शताब्दी से हमारी शताब्दी की ओर झाँकते हुए वैज्ञानिक सत्य के विषय में क्लिफोर्ड ने कहा था :

"इसलिए याद रखिए कि वैज्ञानिक विचार कार्य का मार्गदर्शक है; विज्ञान जिस सत्य तक पहुँचता है वह ऐसा नहीं जिसकी कल्पना हम बिना किसी ग़लती के आदर्श रूप से कर सकें, किंतु वह ऐसा सत्य है जिस पर हम बिना किसी भय के आचरण कर सकते हैं; और आप निश्चय इस बात का अनुभव करेंगे कि वैज्ञानिक विचार मानव प्रगति का कोई उपकरण या शर्त नहीं बल्कि यह स्वयं ही मानव प्रगति है।"

कई कारणों से यह विचार बड़ा आकर्षक है। यह विचार बड़े सार-गर्भित ढंग से विज्ञान को कार्य के रूप में प्रस्तुत करता है जिस पर मैंने पहले ही ज़ोर दिया है। कार्य हमेशा आगे की ओर देखता है; यह भविष्य की ओर देख कर कल्पना करने से भिन्न होता है। और इसमें एक आकर्षक बात है सत्य की परख। विज्ञान का वास्तविक आधार क्या है ? इस संबंध में जैसा कि मैंने पहले कहा है, क्लिफोर्ड से अधिक अच्छे ढंग से कोई नहीं बता सकता कि "विज्ञान का सत्य ऐसा नहीं जिसकी हम बिना किसी ग़लती के आदर्श रूप से कल्पना कर सकें, किंतु वह ऐसा सत्य है जिस पर हम बिना किसी भय के आचरण कर सकते हैं।"

विज्ञान जिन बातों को देखता है या जिनके बारे में पूर्वसूचना देता है उन सब में वास्तविकता के दोष विद्यमान रहते हैं। वास्तविकता ही भविष्य की सूचक होती है किंतु सूचक अनिवार्य रूप से अनिश्चित होता है अतः असंगत तथ्य की पृष्ठभूमि में निश्चय ही इसका अर्थ अशुद्ध होगा। सूचक पर आधारित पूर्वसूचना निश्चय ही सांख्यिकीय होगी। यह पूर्वसूचना भविष्य का अध्ययन नहीं होती बल्कि यह भविष्य के संबंध में पूर्वानुमान होता है। पूर्वानुमान का महत्त्व इसलिए होता है क्योंकि हम इसमें इसकी अनिश्चितता के अनुमान को भी शामिल कर लेते हैं। भविष्य हमेशा ही फ़ोकस से थोड़ा सा बाहर होता है और हम उसमें जो बातें देखते हैं उनमें थोड़ी सी अनिश्चितता होती है। यही परिस्थिति आज मनुष्य और विज्ञान की है। त्रुटि के बिना हम वास्तविकता की कल्पना नहीं कर सकते किंतु चूँकि हमें इस बात का ज्ञान होता है कि हम क्या कर सकते हैं इसलिए हम बिना किसी डर के उस वास्तविकता के अनुसार कार्य कर सकते हैं।

क्योंकि हम जानते हैं कि हम क्या कर रहे हैं, यही विज्ञान का मूल है। हम केवल तथ्यों को देखते और उनके बारे में पूर्वसूचना ही नहीं देते। यही कारण है कि कोई भी दर्शन-सिद्धांत जो केवल तथ्यों से विज्ञान का निर्माण करता है, त्रुटिपूर्ण होता है। यह बात हम जानते हैं अर्थात् हम उनके लिए नियम ढूँढ़ते हैं। प्रत्येक मानवीय क्रिया में इन नियमों का उपयोग किया जाता है और साथ ही इनका परीक्षण भी किया जाता है तथा नए नियमों के विषय में सोचा जाता है। उन नियमों के रूप का कोई महत्त्व नहीं। निजी व्यवहार में जिन नियमों को काम में लाते हैं उनकी भाँति विज्ञान के नियम भी सहायक और सच्चे होते हैं चाहे उनमें 'हमेशा' या केवल 'प्रायः' जैसे शब्द हों या न हों। महत्त्व तो तथ्यों के संबंध में नियम की मान्यता का है। हम नियम अर्थात् तरीक़े, क्रम, घटना की रचना की जाँच कर सकते हैं। यही कारण है कि विज्ञान में संख्याओं और रेखागणित के प्रतीकों की भरमार है। ये संख्याएँ और रेखागणित रचना के संबंधों को प्रकट करने का सबसे अधिक जाना-माना तरीका है।

5

विज्ञान को किसी प्रकार भी केवल तथ्यों की व्याख्या नहीं कहा जा सकता। जैसा कि मानवतावादी दिखाने का प्रयास करते हैं, विज्ञान किसी भी प्रकार किसी असीम यंत्रवत् विश्वकोश में होने वाली घटनाओं का निरपेक्ष रिकॉर्ड नहीं है। इस ग़लत दृष्टिकोण का उदय अठारहवीं शताब्दी में हुआ। इसके अनुसार वैज्ञानिक उपयोगितावादी होते हैं जो हर बात के लिए कहते हैं कि 'जो होता है होने दो'। किंतु साथ ही यह विश्वास करते हैं कि दुनिया प्राकृतिक गुरुत्त्वाकर्षण और मानवीय आत्मस्वार्थ के नियामक सिद्धांतों के अनुसार ही सबसे अच्छे ढंग से चल सकती है।

किंतु मेंडेविल और बेन्थम द्वारा तथा डिकन्स की 'हार्ड टाइम्स' नामक पुस्तक में खींचा गया दुनिया का यह चित्र कभी भी विज्ञान नहीं था क्योंकि विज्ञान केवल तथ्यों का साधारण रिकॉर्ड नहीं बल्कि यह तो तथ्यों में एक क्रम की खोज करता है। विज्ञान का सत्य तथ्यों का सत्य नहीं होता जो सन्निकटन से आगे नहीं जाता। किंतु विज्ञान का सत्य उन नियमों का का सत्य होता है जिन्हें हम तथ्यों में देखते हैं। इस प्रकार के सत्य को समझना उतना ही कठिन और मानवीय होता है जितना किसी चित्र के सत्य को, जो कि फ़ोटोग्राफ न हो, या संगीत के भावनात्मक सत्य के अनुभव को। जब हम सत्य के विषय में कुछ कहते हैं तो हम महत्त्वपूर्ण और महत्त्वहीन के बीच निर्णय करते हैं और सत्य के विभिन्न अंशों में एकता का अनुभव करते हैं। ऐसा हम विज्ञान में उसी प्रकार करते हैं जैसा कि कला के क्षेत्र में या अपने दैनिक जीवन में। हम कोई निर्णय तभी करते हैं जब, विज्ञान में भी, हम एक सिद्धांत की अपेक्षा पूरे सिद्धांत को तरजीह देते हैं; क्योंकि सभी ज्ञात तथ्यों के बताने वाले सिद्धांतों की संख्या असीम है। और इस निर्णय के सिद्धांतों में अधिक आकर्षण होता है जो केवल तथ्यपूर्ण नहीं होता। पहले पहल विलियम ऑफ आखम ने वैज्ञानिकों को यह सुझाव दिया था कि उन्हें ऐसे सिद्धांत को अपनाना चाहिए जो अपनी व्याख्या में कम-से-कम अज्ञात कारकों का उपयोग करता हो। पिछले छः सौ वर्ष से विज्ञान में इसी सिद्धांत का पालन किया जा रहा है। किंतु क्या इस सिद्धांत का सिवाय सौंदर्यात्मक संतोष के और कोई आधार है और यह वैसा ही संतोष है जो शतरंज में घोड़े के बदले रानी मरवाने में होता है।

विज्ञान में हम सत्य की परिभाषा तब तक नहीं कर सकते जब तक हम तथ्य से नियम तक न पहुँचें। तत्पश्चात् नियमों में हमें सत्य के रूप में जो बात प्रभावित करती है, वह है नियमों के अंगों की क्रमबद्ध संगति। इनका एक-दूसरे के साथ इस प्रकार सामंजस्य बैठता है मानो वे एक महान् उपन्यास के पात्र हों या किसी कविता के शब्द। वास्तव में हमें इस अंतिम समानता का हमेशा ध्यान रखना चाहिए क्योंकि विज्ञान एक भाषा है और एक भाषा की भाँति विज्ञान भी अपने अंगों की उनके अर्थों के अनुसार व्याख्या करता है। वाक्य के प्रत्येक शब्द में परिभाषा की कुछ अनिश्चितता होती है किंतु फिर भी वाक्य से उसका और शब्दों का निश्चित रूप से अर्थ-बोध होता है। आंतरिक एकता और संगति ही विज्ञान को सत्यता प्रदान करती है जो इसे किसी कम व्यवस्थित भाषा की अपेक्षा पूर्वसूचना की श्रेष्ठतर प्रणाली का रूप देती है।

6

मैंने इसी कारण से मानवीय मान्यताओं में से सत्य को बिल्कुल अलग कर दिया है। मान्यताओं की सभी रीतियों से सत्य का स्थान एक-सा है और उनमें से अधिकतर के लिए उनका बुनियादी महत्त्व है। हम विज्ञान में कला, आचार या धर्म की अपेक्षा किसी बात को अधिक निश्चित नहीं मान सकते। इन सभी विषयों में सत्य उन्मुक्त मानवीय निर्णय पर निर्भर करता है। निस्संदेह इनमें से किसी एक विषय में बिना किसी अनुभव के यह निर्णय नहीं दिया जा सकता, ऐसा कोई सत्य नहीं, यहाँ तक कि धार्मिक सत्य भी नहीं जिसके लिए वास्तविक तथ्यों की आवश्यकता न पड़ती हो। सत्य के अतिरिक्त और भी कई मूल्य हैं जैसे अच्छाई, सौंदर्य, उचित आचरण। विज्ञान में भी इन मान्यताओं की गूँज सुनाई देती है, और इनके अतिरिक्त एक और मान्यता है जिसे हम मानव चिंतन की स्वतंत्रता कहते हैं। विज्ञान के स्वस्थ विकास के लिए यह अनिवार्य है। किंतु मेरा इतने ज़ोर से यह सिद्ध करना उद्देश्य नहीं कि विज्ञान में भी कला की भाँति सभी मानवीय मूल्य निहित हैं। मैंने एक ही उदाहरण में यह दिखलाना चाहा है कि विज्ञान मूल्य के निर्णय के बिना जीवित नहीं रह सकता। सत्य का यह उदाहरण गंभीर महत्त्व रखता है और इससे यह पता चलेगा कि विज्ञान एक रिक्त और यांत्रिक गतिविधि के रूप में जीवित नहीं रह सकता।

किंतु विज्ञान में इसके अतिरिक्त और भी बहुत कुछ है। इसमें न केवल समस्त मानवीय क्रिया के मूल्य विद्यमान

ही हैं बल्कि विज्ञान इन मूल्यों में कुछ और भी जोड़ता है। मानवीय मूल्य तो हमारे सभी कार्यों में होते हैं और ये मान्यताएँ विशेष रूप से ऐसी सभ्यताओं में भी समान होती हैं जिनमें हज़ारों वर्षों का अंतर होता है। एजटेकों (Aztecs), मिनोनों (Minoans), काल्डियों (Chaldees), कैरोकियों (Cherokees), और शेकरों (Shakers) में मानवीय गौरव और महत्त्व संबंधी समान धारणाएँ थीं। ये धारणाएँ समय तथा स्थान के ऊपरी मतभेदों से कहीं अधिक गंभीर होती हैं। शिल्प और चिंतन की दृष्टि से ये समानताएँ उत्साहजनक हैं। किंतु यद्यपि ये मान्यताएँ एक जैसी हैं तो भी बिल्कुल समान नहीं हैं। मानवीय मूल्य धीरे-धीरे बदलते रहते हैं किंतु यह परिवर्तन नगण्य नहीं होता। और इस परिवर्तन में विज्ञान का रचनात्मक भाग होता है।

क्योंकि मान्यताएँ अंततः निर्णयों पर निर्भर करती हैं, और निर्णय करने की प्रत्येक क्रिया हमारे अनुभव को महत्त्वपूर्ण और महत्त्वहीन में बाँटती है। इस विषय का उल्लेख मैंने इस पुस्तक के शुरू में किया है कि मानव-चिंतन का आधार इस बात का निर्णय है कि क्या समान है और क्या असमान। चुनाव करते समय हम जिस चीज़ को समान कहेंगे उसके संबंध में हम यह बात बुनियादी तौर पर तय कर लेंगे कि यह एक ऐसी चीज़ है जो हमारे लिए कुछ महत्त्व रखती है। हम ऐसा ही करते हैं जब हम यह कहते हैं कि पुरुष स्त्रियों के समान होते हैं या पृथ्वी ग्रहों के समान होती है या हवा शराब जैसी होती है। आल्डुअस हक्स्ले ने अपने उपन्यास 'बैरन लीव्स' में विभिन्न यूरोपीय भाषाओं में अंग्रेज़ी भाषा के शब्द 'love' अर्थात् 'प्रेम' पर बड़े विस्तार से विचार किया है; किंतु मैं जब इंग्लैंड आया तो लड़का ही था और अंग्रेज़ी भाषा में मुझे जो विशेष बात प्रतीत हुई, वह थी क्रिया 'to like' अर्थात् 'पसंद करना'।

मानवीय मूल्य उन चीज़ों से जुड़े हुए हैं जिन्हें हम समान और असमान कहते हैं; और जब विज्ञान इस समानता और असमानता के निर्णय को बदल देता है तो इन मान्यताओं में भी भारी परिवर्तन हो जाता है। यूनानियों ने एक अपूर्व सभ्यता का निर्माण किया किंतु इसके बावजूद मनुष्यों को गुलाम बनाने की प्रथा के संबंध में उनकी मान्यता नहीं टूटी। वे यह नहीं सोचते थे कि गुलाम और नागरिक समान हैं। अठाहरवीं शताब्दी के अंत में पश्चिमी संसार ने यह महसूस किया कि सभी श्वेत मनुष्य समान हैं। विलियम विल्बर फोर्स जीवन भर अपनी पीढ़ी को यह बात समझाता रहा कि मानवीय गरिमा की दृष्टि से काले गुलाम और श्वेत मनुष्य समान हैं। समानता और असमानता के दृष्टिकोण को व्यापक बनाकर विज्ञान ने इस चेतना के निर्माण में सहायता प्रदान की। विज्ञान ने इस दृष्टिकोण को इतना व्यापक बना दिया कि पशुओं के प्रति निर्दयता को इंग्लैंड में ख़ासतौर से पर घृणित अपराध बनाना पड़ा। हमारे अपने ही समय में हमने देखा कि किस प्रकार नाज़ी जर्मनी में मानवीय मूल्यों को बहुत बड़े पैमाने पर तोड़ा-मरोड़ा गया। विज्ञान और मानवता ने जिस बात अर्थात् मनुष्यों में समानता को समझने के लिए धीरे-धीरे प्रयत्न किया था, तोड़-मरोड़ की इस कार्रवाई से उसे जान-बूझ कर बदलने का प्रयास किया। नाज़ियों के घृणित मूल्य इस झूठी बात पर निर्भर करते हैं जिसे विज्ञान ने तीन सौ वर्षों से उखाड़ फेंकने का प्रयत्न किया है। और वह धारणा है कि जो मैं करता हूँ वह वैसा नहीं है जैसा दूसरे करते हैं।

7

विज्ञान और कला दोनों ही इस ओर प्रयत्नशील हैं कि समानता के क्षेत्र को व्यापक बनाया जाए और उसी के लिए हम तथ्यों का अन्वेषण करते हैं। जब हम किसी प्रकार की व्यापक समानता को देखते हैं, चाहे वह अवकाश और समय के बीच हो या दंडाणु, (bacilius), विषाणु (Virus) और मणिभ (crystal) के बीच, हम इस समानता के क्षेत्र का विश्वव्यापी विस्तणर करते रहते हैं; किंतु इससे भी आगे हम इस समानता में एकता के क्षेत्र को व्यापक बनाते हैं। और प्रकृति की यही वह एकता है चाहे वह मृत हो या जीवित, जिसके बारे में हम विचार करते रहते हैं। यह धारणा ऐसी किसी भी मान्यता से कहीं अधिक गहन है जिसके अनुसार प्रकृति अवश्य ही समान होनी चाहिए। हम

प्रकृति को एक एवं संयुक्त रूप में देखने का प्रयास करते हैं यही बात है जो वैज्ञानिकों में ध्येय-निष्ठा और सुरुचिपूर्ण संपन्नता की भावना पैदा करती है और हमें इस बात को स्वीकार करना चाहिए। प्रत्येक प्रकार के अनुसंधान कार्य का उद्देश्य यह है संसार के विभिन्न दृष्टिकोणों को एक सुव्यवस्थित जाल में पिरोया जाए।

विज्ञान का प्रत्येक नियम इधर-उधर बिखरे तथ्यों को एक सूत्र में पिरोता है। किंतु ये नियम अपने-आप में अंतिम रूप से एकता के साधन नहीं हैं। प्रत्येक नियम केवल पूर्वसूचना ही देता है जैसे अरस्तू ने कहा था कि सेब सदा ही भूमि पर गिरते रहेंगे। एकता लाने वाले बड़े-बड़े विचार वे गाँठें हैं जिनमें नियम एक-दूसरे से मिलते हैं और एक-दूसरे से जुड़े रहते हैं। ऐसा ही एक विचार है कि सब पदार्थ समान हैं या पार्थिव अवकाश तारों से भी दूर तक जाता है या एक पीढ़ी तक जाता है या एक पीढ़ी से दूसरी पीढ़ी तक भौतिक निरंतरता होती है। जहाँ ये नियम एक- दूसरे से मिलते हैं, हम उन स्थानों को पहले से ही निश्चित मान लेते हैं और यह भूल जाते हैं कि इन धारणाओं तक पहुँचने में कितना समय लगा होगा। किंतु यही वे विचार अर्थात् पदार्थ, अवकाश, विकास और वंशानुक्रमण संबंधी धारणाएँ ही ऐसी हैं जो एकता प्रदान करती हैं। हमारे ज्ञान के समस्त ढाँचे में ये धारणाएँ संयोजक एवं निर्णायक जोड़ हैं। और ये स्वतः स्पष्ट नहीं है। संहति, ऊर्जा, मन, तंत्रिका-तंत्र, पोषक और प्रकिणव (एंजाइम), पारिस्थितिकी—ये सब एक्वीनास को स्पष्टतः ज्ञात नहीं थीं और न ही इनसे उस जैसा प्रथम योग्य गणितज्ञ उनसे तुरंत ही नियम बना सकता था। इसके विपरीत, जिस प्रकार नियम तथ्यों को मिलाते हैं उसी प्रकार विज्ञान संबंधी धारणाएँ अपने नियमों को एक ऐसे क्रमबद्ध संसार का रूप प्रदान करती हैं जो जाल की बड़ी-बड़ी गाँठों के सहारे टिका रहता है।

जब हम किसी विज्ञान के विकास का अध्ययन करते हैं तो हम देखते हैं कि किस प्रकार एकीकरण करने वाली धारणाओं की खोज चलती रही है। यदि हम रे और लिन्नास के समय से लेकर जीवविज्ञान के विकास की ओर नज़र डालें तो हम देखते हैं—समान जातियों को सूचीबद्ध करना, कोशिकों, उनके विभाजन और उनके यौन संबंधी समेकन की खोज, जातियों के वंशानुक्रमण और उनके प्राकृतिक वरण की प्रक्रिया की व्याख्या और फिर इन सबसे विकास की व्यापक धारणा का निर्माण। अब ज़रा तत्त्वों की आवर्त सारणी और उन पर विद्युतीय व्यवहार के संबधं में डेवी और फैराडे के कार्य द्वारा डाल्टन के समभार के संयोजन के नियम से लेकर वर्तमान अणु रचना और रासायनिक परमाणु में इलेक्ट्रॉनों के लगभग संतुप्त परिकक्षों की जटिल धारणाओं के संदर्भ में रसायन की ओर देखें या फिर देखें भौतिकी की ओर कि वह किस प्रकार एकता के सिद्धांत की दिशा में अग्रसर हुई है। पदार्थ, संहति और भार के संबंध में विश्वव्यापी, धारणाओं का वैज्ञानिक क्रांति में धीरे-धीरे निश्चित रूप धारण करना; संहति के संरक्षण की संकल्पना, रमफोर्ड और जूल और क्लर्क मैक्सवेल की दृष्टि में ऊर्जा की संकल्पना और फिर उसके संरक्षण की संकल्पना; ऊर्जा की कणात्मक प्रवृत्ति के संबंध में 1899 में प्लैंक की महत्त्वपूर्ण उपलब्धि, और फिर उसके बाद आइंस्टाइन द्वारा संहति और ऊर्जा को एक ही संकल्पना के अंतर्गत लाने का महानतम कार्य जिसमें आइंस्टाइन की एकता संबंधी अंतर्दृष्टि का परिचय मिलता है। आइंस्टाइन के इस मार्गदर्शन को हमने पदार्थ से ऊर्जा के निर्माण में, सीमित किंतु संभवतः विस्तारशील अवकाश के रूप में और अब पिछले एक-दो वर्षों में इस बात की प्रत्याशा में अनुभव किया है कि विस्तार की प्रक्रिया के समय गुरुत्त्वाकर्षण शक्ति का ह्रास होता है और संभव है कि यह शक्ति नवीन पदार्थ का रूप धारण कर ले। विज्ञान नई परिकल्पनाओं को जन्म देने वाली प्रक्रिया है जो विश्व के प्रति हमारी जानकारी को एक सूत्र में पिरोती है। आज यह प्रक्रिया और अधिक साहसिक एवं दूरगामी है कि इतनी अधिक सफलतापूर्ण वैज्ञानिक क्रांति के आरंभ में भी नहीं थी।

8

मूल्य की धारणा इनसे भिन्न नहीं। कला के नियम तैयार करना कोई सरल काम नहीं है; कम-से-कम आगस्टन काल के पंडितों ने इतने दुःख के साथ सिद्ध कर ही दिया था कि वे नियम जो बड़ी सरलता से तैयार हो जाते हैं, अच्छे

नियम नहीं होते। किंतु एक ऐसी एकरूपता होती है जो कला की सभी कृतियों में विद्यमान रहती है और प्रत्येक कृति निजी रूप में समान प्रतिमानों के द्वारा दूसरी कृतियों से मिली होती है और फिर प्रतिमान ऐसी बड़ी परिकल्पनाओं, ऐसी गाँठों में बंधे होते हैं जो सौंदर्य और सत्य और संगति की धारणाओं के रूप में विभिन्न ऐतिहासिक रुचियों को एक सूत्र में बाँधे रखते हैं। इस प्रकार अंततः आचार-व्यवहार के नियम सत्य और अच्छाई और न्याय और औचित्य और कर्तव्य की धारणाओं में एक साथ चलते हैं। मूल्य की ये धारणाएँ विज्ञान की धारणाओं के समान नहीं हैं। किंतु इन धारणाओं का मूल्यों की भाँति मानव मन और उस संसार से गहरा संबंध है जो उसके समान होता है। यदि इस पुस्तक का विषय सौंदर्य-शास्त्र होता तो मैं इस विषय का अध्ययन इस प्रकार करता और देखता कि रुचि, संगति और सौंदर्य-संबंधी धारणाओं का प्रादुर्भाव किस प्रकार हुआ और वे एक-दूसरे से किस प्रकार संबंधित हैं। और यदि पुस्तक का विषय नीतिशास्त्र होता तो मैं मूल्य की धारणाओं के बारे में अन्य प्रकार से विचार करता। विज्ञान संबंधी पुस्तक में मैंने मशीन और मॉडल, क्रम, कारण, संयोग, पूर्वसूचना और भविष्य, नियम संबंधी मूलभूत धारणा और तरंगों से पदार्थ तथा कोशिका तक की विशिष्ट धारणाओं के विकास पर विचार किया है। किंतु ये सब मनुष्य और उसके समाज की सर्वव्यापी प्रकृति के संबंध की अभिव्यक्ति हैं। मनुष्य के क्रम के संबंध में उस विवेक के बिना कि समान क्या है और असमान क्या है और कौन-सी चीज़ महत्त्वपूर्ण है और कौन-सी महत्त्वहीन—उपर्युक्त धारणाओं में से किसी तक भी नहीं पहुँचा जा सकता। ओम, वोल्ट और एम्पीयर के छोटे-से-छोटे नियम के संबंध में भी हमें क्रम संबंधी विवेक को नहीं भूलना चाहिए क्योंकि अंत में यह नियम मनुष्य की चुनने की योग्यता पर निर्भर करता है जिसके अनुसार वह अपने आपको अपने वातावरण के साथ बाँधने का प्रयास करता है। और यह विवेक तो कार्य में स्वयं विद्यमान होता है। कला की कृति में स्वयं कलाकार का विवेक निहित होता है; इसीलिए कला के संबंध में ठीक ही कहा गया है कि अपने प्रतिमानों से हम किसी कलाकृति का मूल्यांकन नहीं करते बल्कि इसके विपरीत कलाकृति हमारा मूल्यांकन करती है। और ठीक इसी प्रकार हम ही ऐसे नहीं हैं जो विज्ञान के आविष्कारों को देखकर और उनका मूल्यांकन करके घबरा जाते हैं बल्कि यह तो विज्ञान है जो हमारा मूल्यांकन करके घबरा जाता है। प्रकृति के संबंध में तीन शताब्दियों से जो प्रश्न किए जा रहे थे आइंस्टाइन ने उनका समाधान ऊर्जा और संहति को एक ही पंक्ति में समीकृत करके कर दिया, किंतु यह

$$E = mc^2$$

धारणाओं की वैसी एकता नहीं है जिनकी खोज कीट्स कर रहा था जब उसने 'ऑड ऑन ए ग्रेशियन अर्न' को इन अंतिम पंक्तियों में समाप्त किया था :

सौंदर्य सत्य है, सत्य सौंदर्य—इतना ही
तुम इस धरती पर जानते हो, इतना ही
जानने की आवश्यकता है।

किंतु असमानता की अपेक्षा समानता का महत्त्व अधिक है। समानता हमें यह समझने में अधिक सहायक सिद्ध होती है कि विज्ञान की धारणाएँ मूल्य की धारणाओं की तरह प्रकृति में एकता की हमारी सूझ का चिह्न हैं।

विज्ञान-संहारक या स्रष्टा

हम सब जादूगर के चेले की कहानी से भली-भाँति परिचित हैं; हमें 'फ्रेंकेन्सटीन' की कहानी का भी पता है जो मेरी शैली ने अपने पति और बायरन के मुकाबले में लिखी थी; या उन्नीसवीं शताब्दी की ऐसी ही किसी डरावनी कहानी से हम परिचित हैं। इन सब कहानियों में एक ऐसा आदमी होता है जो विशेष प्रकार की अलौकिक शक्तियों के आधार पर किसी ऐसी घड़ी या मशीन को जिलाता या तैयार करता है जो उसका काम करती है; बाद में वह देखता है कि वह उस घड़ी या मशीन में से वह जान नहीं निकाल सकता जो उसने उसमें पहले डाली थी। इस प्रकार मनविहीन राक्षस आदमी पर हावी हो जाता है; और शुरू में घर का काम करने के लिए जिस वस्तु का आविष्कार किया गया था अंत में वह घर और उसके स्वामी दोनों को तबाह कर देती है।

ये कहानियाँ हमारी आशंकाओं का प्रतीक बन गई हैं। पिछले लगभग 300 वर्षों से हम अधिक-से-अधिक संख्या में मशीनों का आविष्कार कर रहे हैं। हमारे लिपिबद्ध इतिहास का यह बहुत छोटा-सा काल है, और मानव के इतिहास का तो यह एक हज़ारवाँ भाग भी नहीं। इस थोड़े से समय में हमने प्रकृति की कार्यप्रणाली की आत्मा का पता लगा लिया है। अपने-आपको बाहरी संसार के अनुसार ढालने में हमने प्रकृति का जितना उपयोग किया है उतना किसी और जीव ने नहीं किया। हम ऐसे-ऐसे जल-वायु में भी जीवित रह सकते हैं जिनमें कीटाणुओं तक का जीना मुश्किल होता है।

हम अपने लिए भोजन और मांस स्वयं उत्पन्न करते हैं। हम एक ही वाहन में भूमि पर यात्रा कर सकते हैं, पहाड़ की सुरंग से निकल सकते हैं, समुद्री एवं हवाई यात्रा कर सकते हैं। और इन सबसे भी महत्वपूर्ण बात यह है कि हम लेमार्क के उस स्वप्न के बिल्कुल निकट आ पहुँचे हैं जिसके अनुसार कोई जीव अपने माता-पिता के सभी कौशल उत्तराधिकार में प्राप्त कर सकता है। आज हमने ऐसे उपाय ढूँढ़ लिए हैं जिनकी सहायता से हम अपने अनुभव लिपिबद्ध कर सकते हैं ताकि अन्य व्यक्ति भी वैसा ही अनुभव प्राप्त कर सकें।

जीवों की अन्य जातियों के इतिहास से पता चलता है कि अतिजीविता के संघर्ष में वे जीव सबसे अधिक सफल रहे हैं जो अपने-आपको अपने वातावरण के अनुकूल ढाल लेते थे। हमने किसी और जीवित अथवा समाप्त जाति की अपेक्षा अपने यंत्रों की सहायता से अपने-आपको और अधिक अनुकूलनीय बनाया है; और हम आज भी और तेज़ गति से इस कार्य को कर रहे हैं। इतना होने पर भी हमें सदा यह भय रहता है कि क्या हम जीवित रह सकेंगे या नहीं; और हम हैरान होते हैं कि क्या हम पीकिनीज़ जैसे अतिविशेषित जंतु से अधिक समय तक जीवित रह सकेंगे।

2

प्रत्येक व्यक्ति अपनी पराजय की ज़िम्मेदारी दूसरे पर लादना चाहता है; और कुछ समय तक वैज्ञानिकों को ही बलि का बकरा बनाया जाता रहा है; मैं यह बात बड़े ध्यान से देखना चाहता हूँ कि वे और इस मामले में प्रत्येक व्यक्ति किस हद तक ज़िम्मेदार हैं। निस्संदेह उन पर विशेष ज़िम्मेदारी आती है, और हमें इस बात को तर्क द्वारा समाप्त नहीं कर देना चाहिए। किंतु यह एक जटिल ज़िम्मेदारी है और पूरी उन पर आती भी नहीं है। उदाहरण के लिए विज्ञान स्पष्टतः इस बात के लिए उत्तरदायी नहीं कि वे लोग जो अपने निजी झगड़ों को अपमान की स्थिति से आगे नहीं ले जाते, सार्वजनिक झगड़ों को युद्ध द्वारा निपटाने को तत्पर हों। कई जीव अपनी आवश्यकताओं को पूरा करने के लिए और कई केवल अपने लोभ के लिए अपनी जान की बाज़ी लगा देते हैं। मृग-मृगणियों के लिए लड़ते हैं और पक्षी अपने क्षेत्रों के लिए। किंतु मनुष्य की लड़ाई की प्रवृत्तियाँ बड़ी विचित्र हैं क्योंकि इनका प्रदर्शन केवल समूह के रूप में होता है। किंतु इनका निर्माण वैज्ञानिक ने नहीं किया था। इसके विपरीत विज्ञान ने कई प्रकार के सामूहिक

हत्याकांड बंद कराने में सहायता दी है–जैसे जादूगरनियों का शिकार और उन्नीसवीं शताब्दी में प्रचलित छूत की बीमारियों के अस्पतालों के विरुद्ध भ्रांतियाँ।

न ही विज्ञान उन समूहों के लिए ज़िम्मेदार है जो दूसरों को अपना प्रतिद्वंद्वी मानते हैं। और फिर अलग-अलग राष्ट्रों का होना विज्ञान का प्रभाव नहीं। युद्ध की आशंका हमेशा राष्ट्रवाद से पैदा होती है। लड़ाई की किसी जड़ या प्रतिद्वंद्विता को राष्ट्रीय आवश्यकता का रूप दे दिया जाता है। चाहे वह फियूमे (Fiume) से होकर जानेवाला मार्ग हो या पोलैंड से होकर जानेवाला या ऑस्ट्रिया के साम्राज्य का गौरव; और अंत में इन सामूहिक उद्देश्यों को प्राप्त करने के लिए राष्ट्र अपने-आप को संगठित करने और दोनों ओर के नागरिकों को मरवाने के लिए तैयार हो जाते हैं। विज्ञान ने राष्ट्रों का निर्माण नहीं किया; इसके विपरीत विज्ञान ने उन राष्ट्रीय भावनाओं को शांत करने में सहायता दी है जिन्हें यदि लड़ाई ख़ूब उत्साह से करनी हो तो बहुत उभारना पड़ता है। और लड़ाइयाँ किसी परंपरागत दलों द्वारा नहीं लड़ी जातीं ये तो अत्यधिक सगठित समाजों तथा राष्ट्रों द्वारा लड़ी जाती हैं। बहुत से अंग्रेज़ों ने यार्कशायर के लोगों को ओल्ड ट्रेफोर्ड पर आक्रमण करते हुए देखा, और यदि कभी लड़ाई तेज़ हो तो इसमें एक या दो व्यक्ति घायल होते हैं। किंतु यार्कशायर का कोई भी व्यक्ति इस बात को सुनकर घबरा नहीं जाएगा कि लंकाशायर के पास परमाणु बम है।

हमारे अंदर आज जो सर्वनाश की भावना विद्यमान है वह विज्ञान का भय नहीं है बल्कि वह तो लड़ाई का भय है। और लड़ाई के कारणों की उत्पत्ति विज्ञान द्वारा नहीं हुई थी; ये कारण 'जेनकिन्स के क़ान की लड़ाई' (वॉर ऑफ जेनिकिन्स ईयर) या 'गुलाब की लड़ाइयाँ' (वॉर्स ऑफ रोजेज़) के सर्वविदित कारणों से भिन्न नहीं होते जो अत्यंत साधारण प्रकार के वैज्ञानिक उपकरणों की सहायता से लड़ी गई थीं। यह कहना ग़लत है कि विज्ञान ने युद्ध का आविष्कार किया है; किंतु यह ठीक है कि विज्ञान ने युद्ध का रूप बिल्कुल बदल दिया है। जो लोग विज्ञान को आशंका की दृष्टि से देखते हैं वे ग़लत नहीं सोचते। मद्यशाला में बैठा पुरुष कहता है, 'विज्ञान विश्व को नष्ट कर देगा', बस की पंक्ति में खड़ी स्त्री कहती है, 'यह स्वाभाविक नहीं है'। यद्यपि दोनों अपनी बात अच्छी तरह से नहीं कहते किंतु फिर भी जो बात कहने का वे प्रयत्न करते हैं वह समझ में आती है। विज्ञान ने युद्ध के ढाँचे को बहुत बड़ा बना दिया है। विज्ञान पर दो प्रकार से यह दायित्व आता है।

3

पहली बात तो यह है कि विज्ञान ने स्पष्टतः युद्ध छेड़ने वालों की शक्ति कई गुना बढ़ा दी है। आज के हथियार पहले की अपेक्षा अधिक संख्या में लोगों का चुपचाप और अधिक बुरे ढंग से संहार कर सकते हैं। यह प्रगति (जिसे व्यक्त करने के लिए मेरे पास और कोई शब्द नहीं है इसलिए इसे प्रगति ही कहूँगा) पिछले कुछ समय से चल रही है; और कुछ समय से प्रत्येक नए हथियार के बारे में अब ऐसा कहा जाता है कि वह इतना विनाशकारी है या इतना भयानक है कि इससे लोग इतने भयभीत हो जाएँगे और लड़ाई में मरने वाले व्यक्तियों के अभाव के कारण राष्ट्रों को मजबूर कर देंगे कि वे युद्ध की नीति को त्याग दें। यह आशा कभी भी पूरी नहीं हुई, और मैं ऐसे किसी व्यक्ति को नहीं जानता जो अब ऐसा समझता हो। स्त्री-पुरुषों के कार्य ऐसी सरल विशेषताओं द्वारा निर्धारित नहीं होते; और उन राष्ट्रों द्वारा किए जाने वाले निर्णयों में उनका कोई स्थान नहीं होता जिनके वे अंग होते हैं। छर्रों, ट्राइनाइट्रो टोल्युआल (टी. एन. टी.) और गैस से भी युद्ध को अवैध घोषित करने में कोई सहायता नहीं मिली; और मैं नहीं समझता कि हाइड्रोजन बम या रोग फैलाने वाले जीवाणुओं की वर्षा मनुष्यों को सद्बुद्धि प्रदान करने में और अधिक सफल सिद्ध होगी।

दूसरी बात यह कि विज्ञान ने राष्ट्रों को परस्पर लड़ने के नए अवसर भी प्रदान किए हैं। इन अवसरों से मेरा अभिप्राय ऐसी बातें नहीं जैसे किसी देश की यूरेनियम की खान या शांत महासागर का कोई टापू जिसमें कार्बनिक उर्वरक

की बहुतायत हो। और न ही इससे मेरा अभिप्राय किसी दूसरे राष्ट्र के कारख़ाने या वहाँ के कुशल नागरिक हैं। ये सब वस्तुएँ तो हमारी साधारण आवश्यकताओं के अलावा हैं जो हमारी साधारण आवश्यकताएँ स्वयं बना लेती हैं और यही हमारी सभ्यता की विशेषता है। विश्व में आज युद्ध का आधार हमारी यही अतिरिक्त आवश्यकताएँ हैं। राष्ट्रों की लिप्सा का उद्देश्य यही है और यही उन्हें युद्ध के प्रशिक्षण के लिए समय और तैयारी के लिए साधन देता है। अंततः व्यक्तिगत रूप से हम इतने लोभी हैं कि हमारे पास जो अतिरिक्त वस्तुएँ हैं हम उन्हें दूसरों में नहीं बाँट सकते। और सामूहिक रूप से हम इतने मूर्ख हैं कि हम इन अतिरिक्त वस्तुओं को हथियार इकट्ठा करने की पुरानी परिपाटी के अलावा अधिक अच्छे ढंग से जोड़ कर रख नहीं सके। विज्ञान दावा कर सकता है कि हमारे समाज में बहुतायत लाने का श्रेय उसी का है, और हम अपने दैनिक कार्य और दैनिक भोजन के आधार पर जानते हैं कि विज्ञान ने पिछले दो सौ वर्षों में इसे कितना बढ़ाया है। बहुतायत विज्ञान ने की है। और अब आप विश्व के किसी भाग के इस वर्ष के बजट की तुलना 1750 के बजट से करें तो आप देखेंगे कि हम इसका क्या कर रहे हैं।

मैं स्वयं यह सोचता हूँ कि विज्ञान ने आधुनिक युद्ध-प्रणाली को एक तीसरा आयाम प्रदान किया है। विज्ञान ने युद्ध-तंत्रिकाओं (Warnerves) और तंत्रिक-युद्ध (War of nerves) कर विकास किया है। मैं तंत्रिका-युद्ध के लिए तकनीकी बातों अर्थात् कैमरामैन, रेडियो और शक्ति के सामूहिक प्रदर्शन का ज़िक्र नहीं कर रहा। मैं तो उस वातावरण के बारे में सोच रहा हूँ जब ज़रा युद्ध की स्थिति दिखाई दे और हमें ऐसा प्रतीत हो जैसे कि वास्तव में युद्ध छिड़ गया हो। पिछले तीस वर्षों में ऐसी मानसिक परिस्थितियाँ अनेक बार हमारे सामने आई हैं। हमारा मन स्पष्ट भागों में बँट गया है—एक मानवीय और दूसरा क्रूर पाश्विक। और इन दोनों के बीच खाई बढ़ सकती है और मनुष्य दुष्ट सरलता से, घृणा तथा निराशा के कमीने से कमीने साधनों द्वारा जिनकी मेरे बचपन में, सभ्य समाज में कल्पना भी नहीं की जा सकती थी, इसमें गिर सकता है। मन की इस खाई अथवा भेद के बारे में मैं फिर चर्चा करूँगा क्योंकि युद्ध के अपराधों की सूची में इस भेद का महत्त्व एक मद से कहीं अधिक है। किंतु यह एक मद है अवश्य। यह विनाश की परिस्थितियों के निर्माण में सहायता प्रदान करती है। और मेरे विचार में इसमें विज्ञान का अंशदान है। हमारे मन के उपर्युक्त विभाजनों में बड़ा हाथ इस बात का है कि एक ओर विज्ञान है—रहस्यमय और शक्तिमान—और दूसरी ओर लोग ऐसे हैं जो विज्ञान से प्रभावित तो हैं किंतु इसके बारे में अनभिज्ञ और असहाय हैं। और वैज्ञानिक इस उत्तरदायित्व से नहीं बच सकते। उन्होंने विज्ञान को रहस्यमयी, अजनबी, भावनाहीन शक्तिशाली स्वर विशेषज्ञ और देवता के रूप में काम करने का मज़ा लूटा है। उन्होंने जनसाधारण की बातचीत में कभी भाग नहीं लिया; यद्यपि यह सच है कि उन्हें किसी ने भाग लेने का ढंग नहीं सिखाया और वे भी सीखने के लिए उत्सुक नहीं थे। जब दिखाई दे रहा है कि जनसाधारण तथा वैज्ञानिकों के बीच जिस भेद का वैज्ञानिक आनंद ले रहे हैं, अब अविश्वास में परिवर्तित हो गया है और विस्मय भय में बदल गया है। लोग जिन्हें किसी प्रकार भी मूर्ख नहीं कहा जा सकता वास्तव में यह विश्वास करने लग गए हैं कि हम विज्ञान के बिना अधिक सुखी रहेंगे।

4

ये वे आरोप हैं जिनसे वैज्ञानिक मुक्त नहीं हो सकते। निस्संदेह इन आरोपों की भाषा भद्दी है जिसके कारण वैज्ञानिक संयुक्त ज़िम्मेदारी संबंधी सामान्यीकरणों द्वारा बच जाते हैं और वे ग़लत भी नहीं होते। आखिर परमाणु शोध के लिए धन देने के लिए वोट किसने दिया था ? तो भी ये आरोप बिल्कुल सही हैं यद्यपि सब-के-सब प्रासंगिक नहीं होते। मूल समस्या यह नहीं है जिसकी बस की पंक्ति या मद्यशाला में खड़े होने वाले लोग तलाश करते हैं। वे अपनी बात अच्छी तरह से नहीं कह सकते और पूछने वाले को आदर्श उत्तर भी नहीं दे सकते। किंतु जब वे यह कहते हैं कि 'हम उचितानुचित भूल गए है' या 'हम ऐसी चीज़ों को काम में लाने योग्य नहीं' तो ऐसी स्थिति में जो कुछ उनके

मन में होता है वह बिल्कुल सत्य है। विज्ञान और समाज आज विशृंखल हैं। विज्ञान ने विशेष रूप से किसी एक को सत्ता नहीं दे रखी, जिसका कोई एक व्यक्ति विशेष रूप से उपयोग न कर सके। वैज्ञानिक क्यों नहीं किसी ऐसी वस्तु का आविष्कार करते जिसे लोग समझ सकें। विवाहित स्त्रियों के पैर की अँगुली की जब भी कूड़े की पेटी से ठोकर लगती है तो वे यही कहती हैं और घर में जब कभी बिजली का फ्यूज़ उड़ जाता है तो पुरुष भी यही बात कहते हैं। कोई व्यक्ति ऐसा क्यों नहीं करता कि वह विज्ञान को मृत्यु के मार्ग से हटाकर हमारे जीवन के लिए उपयोगी बना दे ? यह मानना होगा कि युद्धप्रिय विज्ञान युद्धप्रिय समाज का गौण उत्पादन मात्र है। विज्ञान ने तो साधनों की व्यवस्था की है—अच्छाई के लिए या बुराई के लिए—किंतु समाज ने उनका प्रयोग बुराई के लिए किया है। परंतु हम इस संबंध में क्या कर रहे हैं ?

मेरे विचार में पहली बात तो यह है कि हमें इस समस्या को वैज्ञानिक समस्या समझना चाहिए। इससे मेरा अभिप्राय यह है कि हमें इसे एक व्यावहारिक तथा युक्तिसंगत प्रश्न समझना चाहिए जिसके हल के लिए तथ्यों के आधार पर चलना चाहिए और युक्तिसंगत उत्तर ढूँढ़ना चाहिए। अब मैंने वैज्ञानिकों की ओर से आरोप का ऐसा उत्तर दे दिया है कि उनमें से कुछ इसे बहुत अधिक मानेंगे इसलिए इस समय जैसा कि आमतौर पर होता है, हमें दोषारोपण की वृत्ति को समाप्त कर देना चाहिए। वैज्ञानिक अपनी ग़लतियों के संबंध में जागरूक हैं; और अब मैं केवल उन ग़लतियों को छोड़कर जिन्हें हम सबको ठीक करना चाहिए, ग़ैर वैज्ञानिकों की ग़लतियों की चर्चा नहीं करना चाहता यद्यपि उन्होंने भी अनेक ग़लतियाँ की हैं।

अभी-अभी मैंने कहा है कि वैज्ञानिक उत्तर निश्चित रूप से व्यावहारिक और युक्तिसंगत होना चाहिए। इससे वास्तव में ऐसे सभी अचूक हल बेकार हो जाते हैं जो सीधे ही यह कह देते हैं, "वैज्ञानिकों से पीछा छुड़ा लो।" जिनके सम्बन्ध में इस समय तर्क की बिल्कुल गुंजाइश नहीं रह जाती। मुझे यह बात ठीक नहीं लगती कि वैज्ञानिकों से पीछा छुड़ा लिया जाए; और फिर यह संभव भी नहीं। और हम वैज्ञानिकों के संबंध में चाहे जो कुछ भी करें किंतु विरोधी राष्ट्रों के वैज्ञानिकों को हम समाप्त नहीं कर सकते; क्योंकि यदि इतनी दूरव्यापी योजना के संबंध में राष्ट्रों के बीच एकमत हो सकता तो युद्ध की परिस्थितियाँ पहले से ही समाप्त हो गयी होतीं। यदि अन्तर्राष्ट्रीय समझौते के लिए ऐसी परिस्थितियाँ विद्यमान होतीं, जिनके अनुसार मान लो सभी प्रकार के वैज्ञानिक अनुसंधान-कार्य स्थगित कर दिये जाते या युद्ध संबंधी अनुसंधान-कार्य त्याग दिया जाता या किसी और तरीक़े से राष्ट्रीयता के साधन के रूप में विज्ञान को छोड़ दिया जाता—यदि ऐसे समझौते हो सकते तो वे अपने-आप बेकार हो जाते क्योंकि इनका अर्थ होगा कि युद्ध की परिस्थितियाँ समाप्त हो चुकी हैं। इसलिए 'एरव्होन' में सेम्युअल बटलर ने सब प्रकार की मशीनों को त्याग देने के लिए अचूक हल का जिक्र किया है, उसकी हम चाहे कितनी भी कामना क्यों न करें उसके विषय में चर्चा करने का कोई लाभ नहीं। मेरा विश्वास है, ऐसी स्थिति तमोयुग के आगमन की भाँति मानवता के विनाश की स्थिति होगी। किंतु इस सम्बन्ध में तर्क करना व्यर्थ है। यह न तो राष्ट्रीय स्तर और न ही अंतर्राष्ट्रीय स्तर पर व्यावहारिक हल है।

वास्तव में अचूक हल कोई नहीं है; और अच्छा यह होगा कि हम इस स्थिति को मानकर चलें। इस संबंध में हमारे पास ऐसी कोई चीज़ नहीं जिससे एक रात, एक सप्ताह या एक महीने के अंदर-अंदर अपने समाज की पुरानी बिगड़ी हुई तस्वीर को तुरंत ही ठीक करा सकें। हमें इस भ्रम में नहीं रहना चाहिए कि हम में से कोई व्यक्ति अचानक ही 'द टाइम्स' के लिए एक ऐसा उत्साहजनक पत्र गढ़ लेगा और राजनयकों के लिए हिदायतें लिख देगा जिससे इतिहास की विनाशक वृत्ति बदल जाएगी। न तो वैज्ञानिकों को मंत्रीमंडल में लेने, स्त्रियों को युद्ध कार्यलय में नौकरी देने और न ही प्रीवी कौंसिल में पादरियों को स्थान देने से ऐसा ही हो सकेगा। इस समस्या का कोई हल नहीं है। हमें एक ऐसी परंपरा उत्तराधिकार से मिली है कि जिसने विज्ञान और समाज को असामंजस्य की स्थिति में रखा है। साधारण व्यक्ति ठीक ही कहता है, हमने इन बातों को सीखने का कभी प्रयत्न नहीं किया। जब तक हम सीखते नहीं तब तक

कोई समस्या हल नहीं होगी। लेकिन सीखने का काम कोई एक वर्ष में पूरा नहीं हो जाता। हमारा अतिजीवन अंततः हमारे ही हाथों में है। जब हम सीख रहे होंगे उस समय हमारा अतिजीवन अनिश्चित-सा होगा। इस संबंध में यथार्थवादी होना ही ठीक है।

अच्छा तो यही है कि इसी बीच हम अपने अंतिम अतिजीवन के लिए कार्य करना आरंभ कर दें और तुरंत करें। हम देखते हैं कि यह निदान कोई बहुत कठिन नहीं है। विज्ञान और हमारी सामाजिक प्रवृत्तियों में कोई मेल नहीं। और इसका उपचार भी कोई कठिन नहीं। हमें इन दोनों में समन्वय करना सीखना चाहिए। और इन दोनों के समझे बिना उसे सीखने का कोई और तरीक़ा नहीं है।

5

निस्संदेह विज्ञान और सामाजिक प्रवृत्तियों में विज्ञान ही विचित्र है। इसके लिए मैंने पहले ही वैज्ञानिक को दोषी ठहराया है। वैज्ञानिक हमारे युग का साधु है, वह भीरु है, दमित है और चाहता है कि लोग उसे सहायता के लिए कहें; मन-ही-मन में उसकी यह इच्छा है कि वह अति बुद्धिमान के रूप में समझा जाए। बचपन की ग़रीबी में ही वह ऐसा स्वप्न लेता था। वैज्ञानिक कौशल उसके लिए एक ऐसा मार्ग था जो उसे देश के उच्च पदाधिकारियों के समाज में ले जा सकता था। किंतु वैज्ञानिकों की निजी प्रेरणाओं से विज्ञान की प्रवृत्ति का पता नहीं चलता। समाज की आवश्यकताएँ विज्ञान की प्रवृत्ति को जन्म देती हैं—जैसे अठारहवीं शताब्दी से पहले नौपरिवाहन, उसके बाद औद्योगिक उत्पादन और हमारे युग में, मेरे विचार में व्यक्तित्व की स्वतंत्रता। वैज्ञानिक चाहे कुछ भी करना चाहें और चित्रकार इसे कोई भी रूप देना चाहें, विज्ञान हमारे समाज के उद्देश्यों को पूरा करने में उतना ही योगदान देता है जितना कि कला। दोनों में से किसी एक को भी समझने की कठिनाइयाँ बुनियाद नहीं हैं; कठिनाइयाँ तो केवल भाषा की हैं। विज्ञान के बड़े-बड़े विचारों को जानने के लिए धैर्य और ध्यान की आवश्यकता है और मुझे आशा है कि मैंने यह दिखा दिया है कि इससे निश्चय ही लाभ होता है।

पिछले दो वर्षों से इन विचारों को तकनीकी आवश्यकताओं के लिए काम में लाया जा रहा है; और इन विचारों ने बड़ी शान के साथ हमारे संसार को एक सिरे से दूसरे सिरे तक बिल्कुल नया बना दिया है। हमारे जूतों का चमड़ा अब कमाया हुआ होता है और जूतों की सिलाई की जाती है, हमारे कपड़ों का धागा काता जाता है, रँगा जाता है और फिर उसे बुना जाता है, हम रोशनी में रहते हैं और एक स्थान से दूसरे स्थान को जाते हैं और ऐसे-ऐसे साधनों द्वारा हमारी चिकित्सा होती है जिनका 1740 में ट्विक्कनहेम में पोप जैसे स्वच्छ व्यक्ति को पता नहीं था। हिरोशिमा में जो 80,000 व्यक्ति मारे गए थे, उसकी तुलना में यह बहुत है—ऐसा सोचा भी जा सकता है और नहीं भी। हम ऐसा न सोचें कि आज ट्विक्कनहेम में किसी भी पोप के न होने के बदले में विज्ञान की उपलब्धियाँ पर्याप्त हैं; हम तो विज्ञान को इसका ज़िम्मेदार भी ठहरा सकते हैं। निश्चय ही विज्ञान कोई आध्यात्मिक सफलता नहीं। किंतु इसने आध्यात्मिक होने का कभी, प्रयत्न भी नहीं किया। इसने नीरसता से अपने विचारों का जूते-चमड़े और साइकिल की घंटी के संबंध में उपयोग किया है। और निस्संदेह उनसे बहुत अच्छा काम लिया है। आइए, इसके अपने क्षेत्र के परिणामों को उसी युग के किन्हीं और विचारों जैसे कल्पना के संबंध में बर्क के विचारों या सरकार के विषय में बेन्थम के विचारों या राजनीतिक-अर्थशास्त्र के संबंध में एडम स्मिथ के विचारों से तुलना करें। निर्माण के आधार पर यदि किसी प्रकार के विचार रचनात्मक होने का दावा कर सकते हैं, तो वे निश्चय ही विज्ञान के ही विचार हैं।

हम ऐसा सोच सकते हैं कि विज्ञान ने केवल सुख की उत्पत्ति की है; और निश्चय ही विज्ञान ने ऐसा किया है—आधुनिक दृष्टि से 'सुखी' शब्द का प्रादुर्भाव ही औद्योगिक कांति के साथ हुआ है। किंतु क्या हमने यह विचार किया है कि विज्ञान ने हमारे रहन-सहन को नहीं हमारे जीवन को क्या बना दिया है ? हम मृत्यु के संबंध में अनुसंधान

की चर्चा करते हैं, युद्ध की आशंका और मरने वाले नागरिकों की संख्या की चर्चा करते हैं, लेकन क्या हमने कभी इसकी तुलना में जीवनकाल में होने वाली वृद्धि को भी आँका है ? आइए थोड़ा-सा हिसाब लगाएँ। ब्रिटेन के अन्दर युद्ध के दिनों जर्मनी के बमों, उड़ने वाले बमों, और वी-2 से साठ हज़ार व्यक्ति मारे गए। वे औसत आयु के लोग थे, जिसका अर्थ यह हुआ कि औसतन उनकी आधी आयु कट हो गई। आसानी से लंबा भाग देने पर यह पता चलता है कि 5 करोड़ की जनसंख्या पर इसका प्रभाव यह पड़ा कि औसत आयु एक प्रतिशत के दसवें हिस्से से भी थोड़ी कम हुई। यह कमी 15 दिन के लगभग है। इतनी तो रही हानि, परंतु लाभ की दिशा में हम यह देखते हैं कि पिछले सौ वर्षों में इंग्लैंड में औसत आयु 20 वर्ष बढ़ी है। विज्ञान की कीमत यही है–पंद्रह दिन के बदले बीस वर्ष–चाहे इसे आप स्वीकार करें या छोड़ दें। और ये बीस वर्ष विज्ञान के साधारण विचारों, मूलभूत विचारों अर्थात् क्रम, कारण और संयोग के विचारों का, जिनके विषय में मैंने पहले कहा है, हमारे कपड़ों और बिस्तरों, स्वच्छता और बीमारी, जन्म और मृत्यु की दैनिक समस्याओं पर प्रयोग करके इकट्ठे किये गये हैं। यदि किसी प्रकार के विचार रचनात्मक होने का दावा कर सकते हैं क्योंकि उन्होंने जीवन का निर्माण किया है, तो वे विज्ञान के विचार हैं।

6

अपनी सामाजिक व्यवस्था में हमने इन विचारों का बिल्कुल त्याग नहीं किया है। किंतु मैंने कई बार उल्लेख किया है कि हम इन विचारों से बहुत पीछे रहे हैं। क्रम का विचार इतना पुराना हो चुका है कि वह अब संदूक में रखने के योग्य हो गया है। कारण और प्रभाव का विचार हमारे स्वभाव में इस प्रकार घुस गया है कि प्रशासनिक योजनाएँ तैयार करने में यह एक नया पूर्व-सिद्ध बन गया है। जब यह विचार शास्त्रीय फ़ार्मूले का रूप धारण करता जा रहा है तो ऐसी स्थिति में इसे निकालना कठिन हो रहा है, क्योंकि हमारे समय में विज्ञान को जिस विचार ने नई स्फूर्ति दी है वह कारण और प्रभाव की मशीन से कहीं अधिक बड़ा है। यह विचार वर्तमान और भविष्य के बीच किसी विशेष संबंध के विषय में कोई निश्चित बात नहीं बताता। यह विचार भविष्य के बारे में बताकर ही रह जाता है और इस बात पर ज़ोर नहीं देता कि संगणना को निश्चय ही कारणात्मक नियम का अनुसरण करना चाहिए। मैंने इस संयोग के विचार का नाम दिया है क्योंकि इसकी पद्धति सांख्यिकीय है और इस विचार में इस बात को स्वीकार किया गया है कि प्रत्येक पूर्वसूचना में किसी सीमा तक अनिश्चितता होती है। अच्छी पूर्वसूचना वही है जिसमें उसकी अनिश्चितता के क्षेत्र का पता हो; ख़राब पूर्वसूचना में इसकी परवाह ही नहीं की जाती। अंततः, यह अनिवार्य रूप से, विज्ञान के आनुभविक तथा प्रायोगिक रूप की ओर पुनः जाने के अतिरिक्त और कुछ नहीं। विज्ञान की कई बातें हैं और मैंने उन्हें कई नाम दिए हैं; किंतु अंत में वे सब इस बात पर पहुँच जाती हैं, विज्ञान उस प्रक्रिया की स्वीकृति का नाम है जो सफल हो जाती है और उस प्रक्रिया की अस्वीकृति का, जो असफल हो जाती है। इसके लिए जितने साहस की आवश्यकता पड़ती है, उसकी हम कल्पना भी नहीं कर सकते।

इसके लिए हमें उससे भी कहीं अधिक साहस की आवश्यकता होती है, जितनी कि हमें अपनी सांसारिक समस्याओं को हल करने के लिए ज़रूरत होती है। समाज का विज्ञान से इसलिए संपर्क नहीं रहा क्योंकि समाज ने अपने आपको कभी भी सफल और असफल के अवैयक्तिक नियम से जाँचने का प्रयत्न नहीं किया। हम सदा ही एडम स्मिथ और बर्क से चिपके रहे हैं या युद्ध तथा अकाल में, बढ़ती तथा घटती जन्म-दरों में और बड़े-बड़े शास्त्रीय तर्कों में हमने प्लेटो और एक्विनास के नामों की रट लगाई है। और अंत में हमारी आँखें हमेशा जन्म-दर से इस तर्क पर आ पहुँचती हैं, जन्म-दर से उस बात तक जिसमें हम विश्वास करना चाहते हैं। मेरी सब बात का यही सार है। सर्वनाश से बचने के लिए अंतिम आशा यही है कि हमें समझ में आ जाए कि सभी प्रकार के ज्ञान का मूल अनुभव ही है; और सफलता-असफलता की कसौटी यही है, और हमें इसी के अनुसार काम करना चाहिए चाहे वह सांसारिक हो या प्रयोगशाला का।

थोड़े से शब्दों में विज्ञान का संदेश यह है—हमारे विचार यथार्थवादी, लचकीले, और पक्षपातरहित होने चाहिए—ये मानवीय होने चाहिए और इन्हें स्वयं अपनी सत्ता का निर्माण करना चाहिए। यदि कोई विचार रचनात्मक होने का दावा कर सकते हैं क्योंकि उन्होंने उस रचनात्मक प्रेरणा का संचार किया है तो वे विज्ञान के ही विचार हैं।

7

यह केवल भौतिक संहिता ही नहीं है। इसके विपरीत मुझे आशा है कि विज्ञान उस आध्यात्मिक दरार को भी भर देगा जिस पर से दो महायुद्धों ने पर्दा उठाया है। मैंने अपने जीवनकाल में ही मानव मन में एक अथाह खाई उभरती देखी है, एक ऐसी खाई जो मनुष्य बनने के प्रयत्न और क्रूर बनने के आनंद के बीच पाई जाती है। इस खाई को बढ़ाने में वास्तव में वैज्ञानिक का भी हाथ था और विशेषज्ञ का भी जो अपने आपको साफ़ अलग रखता था और जिसमें देववचनतुल्य अहंकार होता था। किंतु इसमें संदेह नहीं कि इस खाई को चौड़ा करने में सबसे अधिक दोष समाज का है। हमने मनुष्यों के जीवन को दो भागों में बाँट रखा है—छुट्टी के दिन का जीवन और काम के दिन का जीवन। हमने उन्हें सीख दी है कि अपने पड़ोसी को प्यार करें और यदि कोई एक गाल पर तमाचा मारे तो दूसरा गाल आगे कर दें और यह सीख ऐसे समाज में दी है कि जहाँ वे निरंतर अपने पड़ोसी को धक्का देने में लगे रहते हैं और दूसरा गाल सामने करने की बजाय मुँह मोड़ लेते हैं। इस प्रकार हमने असफलता की दानविक भावना पैदा कर दी है जिसे, हम स्वयं हानि उठाने के बाद समझ गए हैं, भयंकर आसानी से उभारा जा सकता है और जो बड़ी विस्फोटक शक्ति से ऐसा प्रतीक पैदा कर सकती है कि दुखी लोगों को अपना नीचतम स्वप्न दिखाई दे जाए।

क्या विज्ञान हमारी इस रुग्णतंत्रिक अपूर्णता का उपचार कर सकता है ? यदि विज्ञान ऐसा नहीं कर सकता तो वह किसी प्रकार भी संभव नहीं। इस संबंध में हमें किसी प्रकार के भ्रम में नहीं रहना चाहिए। ऊँचे-ऊँचे नैतिक सूत्रों में इसका कोई उपचार नहीं। हमने ये सूत्र काफ़ी समय तक उन लोगों को पढ़ाए हैं जो अपनी वर्तमान अवस्था में रहने को विवश हैं। उससे उन पर इतना अधिक बोझ पड़ता है जिसे वे बर्दाश्त नहीं कर सकते। हमें एक ऐसे नीतिशास्त्र की आवश्यकता है जो नैतिक भी हो और क्रियात्मक भी। प्रायः यह कहा जाता है कि विज्ञान ने हमारे मूल्य नष्ट कर दिए हैं और उनके स्थान पर कुछ नहीं दिया। वास्तव में स्थिति यह है कि विज्ञान ने बड़े मोटे तौर पर हमारे मूल्यों और हमारे संसार के बीच के अंतर को स्पष्ट कर दिया है। हमने अभी तक विज्ञान को समझने का प्रयास ही नहीं किया तो वह इन मूल्यों का निर्माण कैसे करता ? हमने इससे इच्छाविहीन मशीन के रूप में काम लिया है, वैसे ही जैसे जिलाए हुए प्रेत से घरेलू काम लिया जाए। मेरा विश्वास है कि विज्ञान मूल्यों का निर्माण कर सकता है; और निश्चय ही साहित्य की भाँति विज्ञान भी, मानव के व्यक्तित्व में झाँककर मूल्यों का निर्माण करेगा। विज्ञान यह सामने रखते हुए कि कौन-सी चीज़ उसके व्यक्तित्व को बाँटती है और कौन-सी जोड़ती है, मान्यताओं का निर्माण करेगा। महान् लेखकों ने इसी प्रकार मनुष्य के व्यक्तित्व की छानबीन की है और यही एक ऐसी बात है जिससे मनुष्य के रूप में चाहे 'गुलीवर्स ट्रेवल्स' में मानसिक कष्ट से या 'माल फ्लैंडर्स' में सहानुभूति से प्रेरणा मिलती है। विज्ञान की अंतर्दृष्टि कला की अंतर्दृष्टि से भिन्न नहीं है। मुझे विश्वास है कि विज्ञान जब मानव के अंदर झाँक कर देखेगा तो मूल निर्माण करेगा और गुणों को पहचानेगा, तभी जब वह ढूँढ़ेगा कि ऐसी कौन-सी चीज़ है जो उसके समाज को मानव समाज बनाती है पशुओं का समूह नहीं।

मेरा विश्वास है कि अपनी संस्कृति में हम उस एकता तक पहुँच सकते हैं। इस पुस्तक के आरंभ में मैंने यह बात कही थी कि विभिन्न राष्ट्रों के महान् युग कला या विज्ञान के महान् युग नहीं थे बल्कि वे कला और विज्ञान के महान् युग थे। रेम्बरा, ह्यूजिन्स और स्पिनोज़ा का समकालीन था। ठीक उसी समय आइसाक न्यूटन, ड्राइडन और क्रिस्टोफर रेन के साथ कंधे से कंधा मिलाकर चल रहा था। हम जानते हैं कि हमारा युग विज्ञान का अपूर्व युग है।

अब यह हमारा काम है कि हम इससे अपनी संस्कृति का विस्तार और विकास करें। ये विज्ञान के लक्षण हैं कि यह सबके लिए समान है और सभी इसकी आवाज़ को सुन सकते हैं और अपने मन की बात कह सकते हैं। सर्वोत्तम संसार और मानवीय आत्मा के यही लक्षण हैं, जब यह आत्मा सबसे अधिक चुनौती देने की अवस्था में हो।

पारिभाषिक शब्द-सूची

अणु रचना	Molecular structure	खगोल विद्या	Astronomy
अतिजीविता	Survival	खगोलीय	Celestial
अनात्मवादी	Unspiritual	गणना यंत्र	Computor
अंतप्रेरणीय	Intuitive	ग्रह	Planet
अपक्षरण	Erosion	ग्रह-घर	Planetarium
अमूर्त	Abstract	गुरुत्वाकर्षण	Gravitation
अवकल समीकरण	Differential equation	जननकारक	Genetic factors
आकाशीय पिंड	Heavenly body	ज्यामिति	Geometry
आगमनात्मक	Inductive	जीन	Gene
आनुभविक	Empirical	जैविक	Biological
आनुवंशिकता	Heredity	तत्त्व	Element
आनुवंशिकी	Genetics	परिकक्ष	Shell
आवर्त सारणी	Periodic Table	प्रतिमान	Standard
आयाम	Dimension	पार्थिव	Earthly
उपकरण	Apparatus	पूर्वकथन	Prediction
ऊष्मा	Heat	तुण्ड	Nozzle
ऊर्जा	Energy	दंडाणु	Bacillus
तमोयुग	Dark age	दीर्घवृत्त	Eillipse
तत्त्वमीमांसा	Metaphysics	दोलन	Oscillation
तरंग	Wave	दैनिकीकार	Diarist
तंत्रिक-तंत्र	Nervous system	धूमकेतु	Comet
कक्ष	Orbit	नाभिकीय	Nuclear
कलन	Calculus	निगमनिक	Deductive
कण-भौतिकी	Mechanics of particle	निनैतिक	Amoral
क्रांतिक आकार	Critical Size	नियतत्त्ववाद	Determinism
कारणवाची	Causal	नियामक	Regulating
कारणात्मक सिद्धांत	Causal theory	पदार्थ	Matter

पराध्वानिक उड़ान	Supersonic flight
परास	Range
प्रक्रिया	Process
प्रत्यास्थता	Elasticity
प्रकाशिकी	Optics
प्रमेय	Theorem
प्रेक्षण	Observation
प्रतिवर्त	Reflex
प्रभेद	Strain
प्रयोगशाला	Laboratory
संकरीकरण	Crossing
संक्रमण	Transition
संशयवादी	Agnostic
संहति	Mass
संरक्षण	Conservation
सदृश्य	Configuration
पूर्वसिद्ध	A priori
भोगवादी	Epicurean
भौतिकी	Physics
भौतिकवादी	Materialistic
मंगल	Mars
मतसर्वेक्षण	Survey of opinion
मणिभ	Crystal
यकृत पर्णाभ	Liver-fluke
यादृच्छिक	Random
रेडियोधर्मी	Radio active
रुग्णतंत्रिक	Neurotic
लोलक	Pendulum
वंशानुक्रमण का सिद्धांत	Law of inheri-tance
वर्णांधता	Colour blindness
विद्युत-चुंबकीय	Electro-magnetic
विषाणु	Virus
वैधशाला	Obsevatory
शैल-स्तर	Stratum
स्वच्छंद	Romantic
पुनरुत्थान	Revival
समीकरण	Equation
सामान्यीकरण	Generalisation
सूक्ष्मदर्शी	Microscope
सूत्र कृमि	Thread-worm

●●●

विज्ञान का रहस्य
किरणें और तरंगें

दो शब्द

प्रकृति में कुछ ऐसी अद्‌भुत किरणें और तरंगें निरंतर गमन करती रहती हैं जिनसे हमारा जीवन प्रभावित रहता है। इनमें प्रकाश किरणें, रेडियो किरणें अंतरिक्ष किरणें तथा ध्वनि तरंगें प्रमुख हैं। प्रकृति की इन किरणों को खोज कर वैज्ञानिकों ने इनके उपयोग और महत्व को समझा और इनका विभिन्न वैज्ञानिक क्षेत्रों में उपयोग कर इनके आधार पर अनेक अद्‌भुत उपकरणों और यंत्रों का आविष्कार किया। रेडियो, टेलीविजन, राडार, कैमरा, तथा अंतरिक्ष और चाँद तक पहुचँने में इन किरणों का ही कमाल है।

इसके अलावा विभिन्न श्रोतों से वैज्ञानिकों ने परमाणु किरणें, एक्स-किरणें, एक्स-किरणें तथ लेसर किरणों तथा अल्फा, बीटा, गाभा किरणों की खोज और आविष्कार कर विज्ञान-जगत्‌ का और अधिक विस्तार कर डाला। आज चिकित्सा विज्ञान में एक्स-किरणों तथा लेसर किरणों ने अपने चमत्कृत गुणों से ऐसे नए आयाम खोल लिए हैं जिनकी कल्पना भी नहीं की जा सकती थी।

प्रस्तुत पुस्तक में विज्ञान की इन्हीं सब चमत्कारी किरणों और तरंगों का दिलचस्प, प्रामाणिक वर्णन है। इन किरणों और तरंगों की विभिन्न क्षेत्रों में उपयोगिता पर भी रोचक जानकारी प्रस्तुत की गई है।

पाठक इस बहुमूल्य, विशिष्ट पुस्तक से अवश्य लाभान्वित होंगे, ऐसा पूर्ण विश्वास है।

जीवनदायी, ज्योतिर्मय प्रकाश-तरंगें

प्रकाश न होने पर हमें बहुत बुरा मालूम होता है, क्योंकि तब हमें कुछ भी दिखाई नहीं देता और जब प्रकाश होता है तब हमारी आँखें हमें चारों ओर की दुनिया की प्रत्येक वस्तु का रूप-रंग और आकार बताती हैं।

प्रकाश बहुत दूर के तारों से विशाल आकाश को पार करता हुआ हमारी इस धरती पर पहुँचता है, और ज्योतिषियों की दूरबीनों और दूसरे उपकरणों के नाजुक लेंस और दर्पण दूर स्थित तारों का आकार, चाल, दूरी और यहाँ तक कि रासायनिक बनावट भी बताते हैं। दूसरी ओर, महाइक्रोस्कोप या खुर्दबीन में प्रकाश कई लैंसों में से मुड़ता या वर्तित (रिफ्रैक्टैड) होता है, जिससे बैक्टभरिया या जीवाणुओं जैसी बहुत ही छोटी वस्तुओं की दुनिया बड़ी होकर दीखने लगती है। इस पुस्तक के पृष्ठों से परवर्तित या टकराकर लौटा हुआ प्रकाश पृष्ठों पर छपे हुए शब्दों के प्रतिबिंब आपकी आँखों में पहुँचता है। जब आपका मस्तिष्क इन प्रतिबिंबों का अर्थ लगता है तब आपको पुस्तक का 'अर्थ' मालूम हो जाता है।

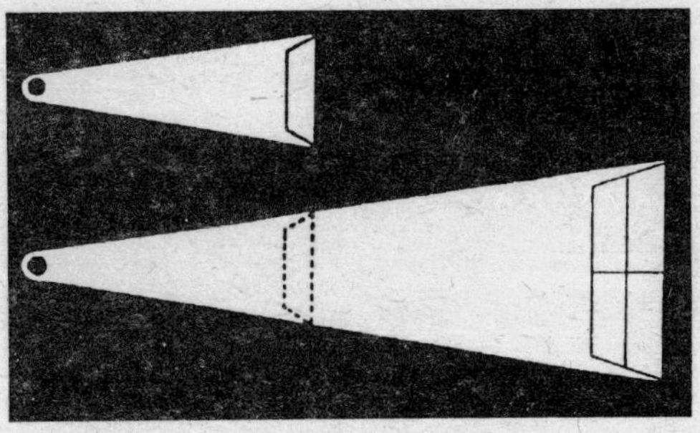

ये प्रकाश नाम की विचित्र वस्तु क्या है, जो हमें अपने चारों और मौजूद दुनिया को समझने में अनेक प्रकार से सहायता देती है ? प्रकृति का सौंदर्य देखने और हर वस्तु को देखने समझने का अवसर देता है। अनेक शताब्दियों पहले लोग यह समझते थे कि प्रकाश हमारी आँखों से निकलने वाली किरणें हैं। वे समझते थे कि प्रकाश के स्रोत की गर्मी या किसी अेन्य गुणा से ये किरणें महारी आँखों से खिंच आती है। बाद में कुछ अन्य लोगों ने अपना तर्क दिया कि प्रकाश छोटे-छोटे कणों या कणिकाओं (कोरपल्स) की श्रेणी है, जो प्रकाश के स्रोत से तेज़ी से निकली है। एक विचार यह था कि प्रकाश एक कंपनात्मक क्रिया है—प्रकाश के स्रोत और महारी आँख के बीच का स्थान इस प्रकार कम्पन्न करता है कि प्रकाश का संवेदन हमारी आँख तक पहुँच जाता है। परंतु प्रकाश, जैसा कि हम आगे चलकर देखेंगे, बहुत छोटी-छोटी विद्युत चुंबकीय तरंगों की क्रमबद्ध एक श्रेणी है।

प्रकाश-किरणों से रंगों की पहचान

हमारी आँखें चाँदनी रात में भी देख लेती हैं और सूरज की रोशनी में भी, जबकि दपहरी की धूप चाँदनी से अरबों गूनी तेज होती है। चीजों से टकराकर लौटी प्रकाश की किरणें हमें उस चीज का रंग बताती हैं। लाल किरणें लौटती है, तो लाल रंग की चीज है और हरी किरणें लौटती है, तो हरे रंग की चीज है। क्योंकि सूरज की रोशनी में मुख्य सात रंग होते हैं। इसे हम यों भी कह सकते है कि रोशनी की लहर में सात किस्म की लहरें है। हर लहर की अपनी मोटाई है, जिसे वेवलैंगथ वाली रोशनियाँ ही देख पाते हैं। इसमें क्रमशः बैंगनी, नीला, आसमानी, हरा, पीला, नारंगी और लाल रंग आ जाते है। लाल

से परे अबरक्त (इन्फ्रारेड) और बैंगनी से परे का पराबैंगनी (अल्ट्रावायलेट) रंग हमारी आँखों के भी परे है। इंद्रधनुष में हम इन्हीं रंगों की छटा देखते हैं। वस्तु पर पड़ रहे प्रकाश में जो रंग नहीं है, वह हमें वस्तु में नहीं दिखाई देगा। सोडियम के प्रकाश में लाल या हरी चीज काली दिखाई देगी। कृत्रिम साधनों से हमारी दृष्टि-क्षमता 310 से, 1,050 मिलीमाइक्रोन की तरंगदैर्ध्य वाली रोशनी तक फैलाई जा सकती है (एक मिलीमाइक्रोन एक सेंटीमीटर का एक करोड़वाँ हिस्सा होता हैं)। लेकिन काँटें हम से अधिक दूरदर्शी होते हैं वे बिना किसी बाहरी सहायता के पराबैंगनी प्रकाश में भी देख लेते हैं। कहा नहीं जा सकता कि कीड़ों की निगाह में आदमी कैसा लगता होगा ?

मिश्र के एक वैज्ञानिक क्लाडिअस टालेमी ने, जो ईसा की दूसरी शताब्दी में सिकंदरिया में रहता था, प्रकाश के कुछ पीरक्षण सबसे पहले किए थे। उसने पाया कि जब प्रकाश पानी या काँच में से गुजरता है तब वह मुड़ता-सा प्रतीत होता है। पानी-भरे गिलास में एक चाकू डालकर आप स्वयं यह देख सकते हैं। यदि आप चाकू को एक विशेष कोण से देखें तो वह वास्तव में मुड़ा हुआ लगेगा। परंतु तथ्ययह है कि वह मुड़ा हुआ नहीं है, और इसीलिए आप निश्चयपूर्व कह सकते हैं कि स्वयं प्रकाश ही मुड़ा हुआ है। पर टालेमी यह विचि?त्र तथ्य देखकर ही चुप नहीं बैठ गया। उसने प्रकाश कि क्रिया करने की रीति के बारे में कुछ सामन्य निमय भी निकालें।

फिर बारहवीं शताब्दी में अरब वैज्ञानिक अलहाज़ेन ने प्रकाश के बारे में बहुत-सी महत्वपूर्ण जानकारी प्रस्तुत की, अनेक मनुष्य के देखने की एक व्याख्या भी पेश की, अर्थात् यह बताया कि हमारी आँखें कैसे कार्य करती हैं। कुछ दशाब्दियों बाद 1276 में रोजर बेकर नाम के अंग्रेज वैज्ञानिक ने एक विशेष पुस्तक 'ओपस माजुस' लिखी, जिसमें यह वर्णन था कि दूर की वस्तुओं को बड़ा करके देखने में काँच के लेंसों का प्रयोग किया जाता है। पर इस जानकारी का क्रियात्मक प्रयोग करने में 300 वर्ष से भी अधिक लगे, क्योंकि 1600 में जाकर इतावली ज्योतिषी गैलीलियो ने अपनी पहली दूरबीन बनाई और ऐण्टन वान लीवेनहुक नामक डच द्वारा पहला माइक्रोस्कोप इसके भी प्रायः 100 वर्ष बाद बानाया गया।

इधर और लोग यह समझने की कोशिश कर रहे थे कि प्रकाश एक स्थान से दूसरे स्थान पर कैसे पहुँच सकता है। अंग्रेज़ वैज्ञानिक सर आइज़क न्यूटन ने सन् 1700 के आसपास प्रकाश का 'कणिका सिद्धांत' या कारपसल थ्योरी पेश की जिससे उसका यह मतलब था कि प्रकाश, बहुत छोटे-छोटे कणों का बना हुआ है। प्रकाश के स्रोत से निकलकर ये करण गमन करते हैं। क्रिस्चियन हुइगेन्स नामक डच वैज्ञानिक ने भी उसी समय यह विचार प्रकट किया कि प्रकाश कंपनों द्वारा आकाश में उड़ता है।

प्रकाश किरणों का कमाल-लेसर-मेसर

सुबह कमरे में झरोखे से आती रोशनी एक सीधी रेखा में दिखाई पड़ती है। पर बीच में पानी या कोई दूसरा तरल पदार्थ पड़ जाए या ज्यादा गर्म और ज्यादा ठंडी हवा आ जाए तो किरण मुड़ जाती है। किस माध्यम में कितन मुड़ेगी, यह जाँचकर तमाम दुनिया के पदार्थ पहचाने जा सकते हैं। लेकिन आदमी ने रोशनी के रंग और चाल दोनों से काम निकालना सीख लिया है।

पहली बार एच. जी. वेल्स ने अपने उपन्यास 'द वार आफ द वर्ल्ड्स' 1897 में एक ऐसे प्रकाश-पुंज की कल्पना की थी, जिससे आकाशदीप से फेंकी जाने वाली रोशनी की तरह एक ही रेखा में ऐसा तेज प्रकाश-पुंज केंद्रित किया जा सकता था कि रास्ते में जो भी आता जल जाता–वेल्स की इस 'मृत्यु-किरण' को वैज्ञानिक परिकल्पना के रूप में पहली बार सन् 1958 में दो वैज्ञानिकों चार्ल्स टाउंस और आर्थर शावलो ने पहले 'मेसर' बनाई थी–यानी माइक्रोवेव एम्प्लीफिकेशन (बाई स्टीम्यूलेटेड इमिशन (ऑफ) रेडिएशन। बाद में की इसी तरह रोशनी का इस्तेमाल कर थिओडोरा माइमान ने पहली लेसर बना डाली। आज 'लेसर' प्रयोगशाल में ही नहीं कारखानों और अस्पतालों तथा उपग्रह-संचार प्रणाली में भी काम आ रही हैं। 'लेसर' का पूरा नाम है–'लाइट एम्प्लीफिकेशन बाई स्टीम्यूलेशन आफ इमिटेड रेंज'। 'लेसर में किरणों की दाहक शक्ति का रहस्य इसमें छिपा है कि इसमें प्रकाश एक ही किस्म और रंग का इस्तेमाल होता है, यानी 'फोटोन' की एक 'बीम' के रूप में। इस में संश्लेषित रूबी क्रिस्टल का उपयोग किया जाता है। लेसर दूवारा फोटोग्राफी में भी कमाल हासिल किया गया है–इसका वर्णन अगले लेसर'किरण वाले अध्याय में किया गया है।

प्रकाश की गति रोशनी की क्या गति हो सकती है ? स्विच आन करते ही सारा कमरा रोशनी से भर जाता है। कोई चीज आती-जाती तो दिखाई नहीं देती। पर सचमुच प्रकाश की गति होती हैं। आइजक न्यूटन के ही समय के एक ताराविढ ओलाफ रोमर ने बृहस्पति दूवारा अपने एक उपग्रह पर डाले गए ग्रहण के समय में अंतर का अध्ययन करके प्रकाश की गति नापी। बाद के प्रयोगों से भी उस निर्वात का माप ठीक निकाल। यानी में प्रकाश की गति 186000 मील प्रति सेकण्ड पाई गई।

आइंस्टाइन ने कहा था कि रोशनी से तेज गति किसी चीज की नहीं हो सकती। लेकिन एक भारतीय भौतिकविद्र डॉ. ई सी. जी. सुदर्शन ने कहा कि प्रकाश की गति-सीमा लाँघी जा सकती है। उनका कहना है कि प्रकाश के फोटेन-कणों से भी तेज अनंत गति को प्राप्त कर सकते हैं टैक्योन। जब डॉ. सुदर्शन ने 'टैक्योन' कणों की परिकल्पना भौतिकी के एक सुप्रसिद्ध जर्नल को भेजी तो उसे तीन बार 'अविश्वसनीय' कहकर लौटाया। चौथी बार उन्होंने फिर से लिखकर भेजी तो वैाानिकों ने उसे सराहा और भौतिकी-जगत् में करण-विज्ञानी सुदर्शन चर्चित हो गया।

प्रकाश-किरणों से जीवन

आज का हमारा जीवमण्डल कोई ढाई अरब साल पहले बना होगा, जब सूरज की रोशनी से ऊर्जा ग्रहण करके समुद्र में आदि जीवन का जन्म हुआ। हम कल्पना ही कर सकते हैं कि किस प्रकार इन आदिकोशिकओं में दो प्रकार की कोशिकाएँ पनपी होंगी–एक तो होगी–एक तो शंवाल वाली हरी कोशिकाएँ और दूसरी अमीबा-वर्ग की हरे रंग से विहीन प्राणि-कोशिकाएँ। उनमें से सिर्फ हरे रंग वाली कोशिकाओं में रोशनी को पीले की सामर्थ्य थी। सीधे सूरज की रोशनी को पीकर उन्होंने प्रकाशसंश्लेषण या फोटोसिथेसिस की वह क्रिया शुरू की जो पृथ्वी पर जीवन आ आधार है इसी क्रिया के द्वारा हरे पैधें सूरज की रोशनी से प्रकाश ऊर्जा खींचकर उसे रासायनिक-ऊर्जा, इस कंद मूल फल के रूप में खाते है। यही हम लकड़ी कोयला पेट्रोल के रूप में जलाते है।

हिसाब लगाया गया है कि हर साल वायुमण्डल में मौजूद कार्बन डाइआक्साइड में से प्रकाशसंश्लेषण दूवारा कोई 200 अरब टन कार्बन डाईआक्साइड जब सामग्री में बदल जाती है। कुदरत के कारखाने का यह प्रोडक्शन दुनिया भर के आदमी

के दूवारा पैदा किए गए हर तरह के कुल माल से 100 गुना ज्यादा है। प्रकाश के इस दान का अस्सली प्रतिशत समुद्री सिवारे झपट ले जाती है। बाकी बीस प्रतिशत में से दस प्रतिशत जंगलों के हिस्से में आता है। अब बचा दस प्रतिशत जिसका आधा फसलों की मार्फत आदमी, कीड़ों-मकोड़ो खुद पौधे अपनी श्वसन क्रिया में खर्च डालते हैं। चाहे हम शाकाहारी हो या मांसाहारी, हमारा आहार अंततः केवल वनस्पतियों की बदौलत ही हमें मिल पाता है। मांसाहारी जिस प्राणी का माँस खाते हैं, वह या तो दाना चुगता है या घास खाता है। अगर वह प्राणी को खाएगा, वह जरूर कोई निरीह शाकाहारी होगा। यहाँ तक कि समुद्र में भी, जहाँ बड़ी मछलियाँ छोटी को निगल जाती हैं, सबसे छोटी मछलियाँ डायटत मनामक एक कोशिका वाले हरे र्शवालों पर निर्भर होती है, जो अपने भीतर प्रकाशसंश्लेषण के दूवारा रोशनी को कैद किए रहते हैं।

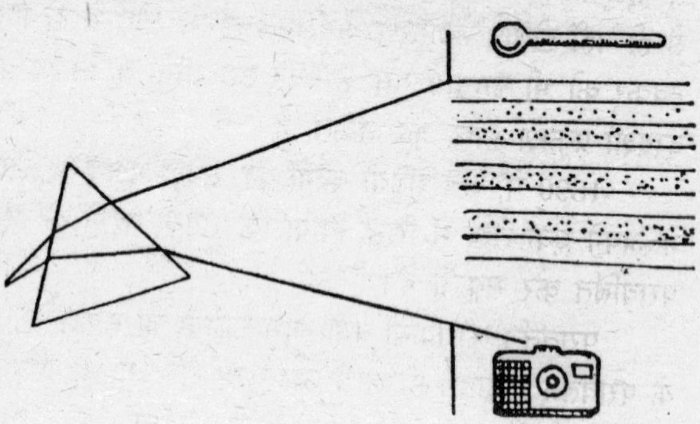

रोशनी के इस जीवन-नियामक रहस्य पर पूरी रोशनी डालने में अभी तक हमारा विज्ञान असमर्थ रहा है। प्राकशसंश्लेषण की यह क्रिया हमारा भोजन ही नहीं जुटाती, बल्कि महारे लिए प्राणवायु आक्सीजन भी सुलभ करती है। हम अपनी साँस के साथ कार्बन डाईआक्साइड बाहर निकालकर वायुमण्डल को दोषित करते हैं। पर पौधे कार्बन डाईआक्साइड ग्रहण कर की आक्सीजन बाहर निकालते है।

संचार का आधार रेडियो-किरणें

दूरदर्शी केवल उन्हीं वस्तुओं को देख सकता है जिससे प्रकाश फूटता या परिवर्तित होता है अभी कुछ वर्ष पूर्व तक किसी भी ज्योतिर्विद को इस विषय में संदेह भी नहीं था कि कुछ तारे ऐसे भी हो सकते हैं जिनसे प्रकाश किरणों के अतिरिक्त अन्य किरणें भी फूटती हों। परंतु सन् 1932 में बेल टेलीफोन प्रयोगशाला के कर्मचारी कार्ल जैंस्की को कुछ ऐसी रेडियो तरंगें प्राप्त हुईं जो उसे शून्य अंर्तक्षेत्रीय अंतरिक्ष से आती हुई प्रतीत हुई। लगभग डेढ़ दशक तक इस खोज की कोई सराहना नहीं की गई और इसका अध्ययन-अत्यंत संवेदी रेडियो उपकरणों के बिना नहीं हो सकता था, जिनका विकास द्वितीय विश्वयुद्ध के दौरान होना आरंभ हुआ। इलेक्ट्रॉनिक इंजीनियरी के कारण ब्रह्माण्ड के दूरतम भगों से भी आने वाली तरंग को परिशुद्धता ग्रहण करने-से पहचानने और उनका स्थान निर्धारण करने वाले रेडियो दूरदर्शियों का निर्माण संभव हो सका है। इनमें से सर्वप्रथम यंत्र को 1948 में पता चला कि इन रेडियो किरणों के दो सबसे शक्तिशाली स्रोत-स्थल साइनस और कासीपिया के तारक मंडलों में हैं। ये दो सर्वप्रथम 'रेडियो नक्षत्र' थे, जिनकी खोज वैज्ञानिकों ने

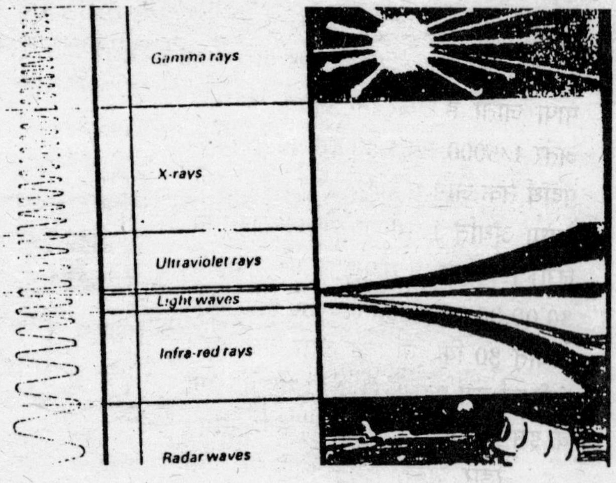

की। उस समय से लेकर अब तक हजारों ऐसे तारों का पता लग चुका है, जिससे आकाश का पूरा नक्शा ही बदल गया है। महारी शताब्दी की सबसे सनसनी भरी वैज्ञानिक खोज यह थी कि हमारी निकटतम मंदाकिनी देवयानी (आंट्रोमेटा) नीहारिका मे इस तरह के अदृश्य सूर्य बहुत से हैं। देवयानी 1.89 मी. की तरंगदीर्घता पर प्रसारण करती है, पर दूसरे स्रोतों से कुछ सें.मी. से लेकर 20 मीटर तक की तरंग दीर्घता पर प्रसारण होते हैं। रेडियो तरंगों का मोचन केवल अलग तारों से ही नहीं होता। उदाहरण के लिए साइनस स्रोत से दो विशाल नीहारिकाओं के 2000 लाख प्रकाश वर्षों की दूरी पर हुई टक्कर को भी पहचान गया है–यह उस सीमा के निकट पड़ता है, जहाँ तक से माउण्ट पालोमर के 200 इंच दर्पण वाला दूरदर्शी प्रकाश प्राप्त कर सकता है।

1890 में, जब रेडियो तरंगों का, संदेश भेजने क लिए प्रयोग करने के तजुर्बे हो रहे थे, इटली के एक विद्वान् टेसला ने अपने एक लेख में सिद्ध किया कि रेडियो तरंगों के इस स्वभाव का भी लाभ उठाया जा सकता है कि धातुएँ उनको परावर्तित कर सकती हैं।

परावर्तन की क्रिया क्या लाभ उठाया जा सकता है, इस बारे में वैज्ञानिकों को कोई भ्रम नहीं था। वे ध्वनि की तरंगों के परावर्तन से पहले ही लाभ उठाते रहे थे। आपने शायद कभी किसी कुएँ में झाँककर जोर से आवाज लगाई होगी। इस आवाज़ की गूँज भी आपने सुनी होगी। चट्टानों आदि दूरी पर स्थित पदार्थों से टकराकर लौटने वाी ध्वनि-तरंगों की गूँज के समय को मापकर, इन पदार्थों का अंतर जाना जा सकता है। यदि ध्वनि की गूँज 10 सेकेंड बाद आए तो इसका अर्थ यह हुआ कि ध्वनि को जाने में 5 सेकेंड लगे और वापस लौटने में 5 सेकेंड। इस प्रकार चट्टान का अंतर हुआ, 5×330=1650 मीटर।

टेसला का विचार था कि रेडियो तरंगों का भी इस काम के लिए प्रयोग किया जा सकता है। पर जहाँ ध्वनि एक सेकेंड में 330 मी. चलती है, रेडियो तरंगें, 30,00,00,000 मी. चलती हैं, अर्थात् ध्वनि से 10 लाख गुना अधिक। अतएव इनका प्रयोग लाखों गुणा अधिक अंतरों को माने में ही हो सकेगा।

समस्या का एक हल अवश्य था। किसी तरह, यदि सेकेंड के बहुत छोटे अंश को भी मापा जा सके तो कम अंतरों के लिए भी मापा जा सके तो कम अंतरों के लिए भी रेडियो-तरंगें इस्तेमाल की जा सकती थीं। इस मसले में विज्ञानिकों को सहायता मिली ऑसिलोस्कोप नामक यंत्र से। क्योंकि यह यंत्र तो सेकेंड में हज़ारों-लाखों बार काँपने वाली तरंगों का भी, अपने पर्दे पर प्रदर्शन कर सकता है। व्यवहार में, रेडियो तरंगों की एक स्पंद (पल्स) प्रसारित की जाती है। ऑसिलोस्कोप के पर्दे पर तत्काल एक छोटी-सी रेखा अंकित हो जाती है। जब यह स्पंद किसी पदार्थ से टकाकर वापस आती है, तो यह पहली रेखा के पास, कुछ अंतर पर, एक और छोटी-सी रेखा पैदा करती है। इन दोनों के बीच अंतर को मापा जाता है। कल्पना करिए कि यह अंतर 1/5000 सेकेंड है। इस प्रकार केवल पदार्थ तक जाने में रेडियो-तरंगों को इससे आधा अर्थात् 1/10000 सेकेंड का समय लगा। इस समय में तरंगे 30,00,00,000/10,000=30,000 मी. अर्थात् 30 कि. मी. का अंतर चल पाईं। यही हुई उस पदार्थ की दूरी। रेडियो तरंगों के इस प्रयोग को ही रेडार का नाम मिला।

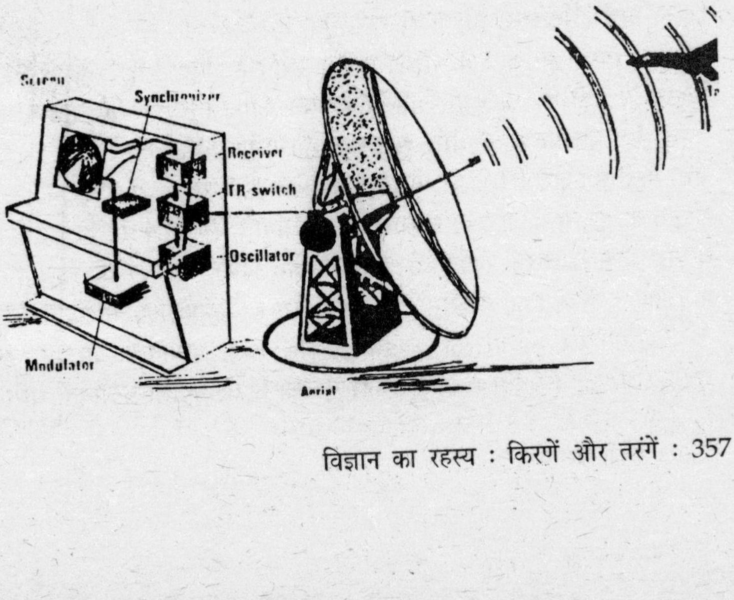

रेडार शब्द, रोमन लिपि के पाँच अक्षरों RADAR से मिलकर बना है। ये

अंग्रेज़ी के चार शब्दों के शुरू में आते हैं। ये शब्द हैं, Radio Detection And Ranging (रेडिरू डिटेक्शन एण्ड रेंजिंग) अर्थात् रेडियो तरंगों से किसी पदार्थ की खोज और उसकी दूरी मापने का प्रबंध। इस प्रबंध में, तश्तरीनुमा या इसी प्रकार के किसी विशेष एंटेना को विभिन्न दिशाओं में घुमाया जाता है। जिस दिशा में (वायुयान आदि) कोई पदार्थ हो, उधर से रेडियो-तरंगें परावर्तित होकर लौटती हैं और राडार के स्क्रीन पर उस पदार्थ की उपस्थिति तथा दूरी का संकेत देती हैं।

इस काम में दक्षता हासिल करने में एंटेना की क्षमता की प्रमुख भूमिका होती हैं। तरंगों की लंबाई की तुलना में एंटेना का आकार जितना भी बड़ा होगा, रेडार की क्षमता उतनी ही अधिक होगी। पर क्योंकि इस एंटेना को घुमाना भी आवश्यक होता है, अतः इसका हल्का और छोटा होना भी जरूरी है। इस आवश्यकता को पूरा किया जा सकता था, छोटी से छोटी लंबाई की रेडियो-तरंगों को प्रयोग करके। इसलिए ज्यों-ज्यों तरंगों की लंबाई कम होती गई, आवृत्ति बढ़ती गई, और इसी के साथ रेडार की क्षमता भी बढ़ती गई।

रेडियो सैट में रेडियो-तरंगों का कार्य

रेडियो-सेट रेडियो तरंगों की सहायता से किस तरह कार्य करते हैं, इसके लिए हमें सबसे पहले यह जानना चाहिए कि रेडियो-सिगनल ब्राडकास्टिंग स्टेशन से आपके रिसीवर या रेडियो-सेट तक कैसे पहुँचते हैं। ध्वनि के सिगनल ऊँची दाब और नीची दाब की तरंगों के रूप में हवा में चलते हैं। इसी रीति से रेडियो-सिगनल चुंबक-तरंगों के रूप में चलते हैं।

तार में इलेक्ट्रानों का प्रभाव होने पर चुंबकत्व पैदा होता है। यह चुंबकत्व बिजली से पैदा होने के कारण इलेक्ट्रो-मैगनेटिज्म़ या विद्युत् चुंबकत्व कहलाता है। बिजली की धारा जितनी अधिक भारी होती है, उतना ही अधिक समर्थ विद्युत्-चुंबकत्व होता है।

ट्रांस्फार्मर में धारा प्राइमरी बाइंडिंग या पहली कुण्डली में बार-बार दिशा बदलती है। इससे विद्युत् चुंबकत्व की तरंगें बाइंडिंग से बाहर चलने लगती हैं और ये तरंगें परवर्ती वाइंडिंग या दूसरी कुण्डली पार करके परवर्ती बाइंडिंग में इलेक्ट्रान या धारा प्रवाहित करती हैं।

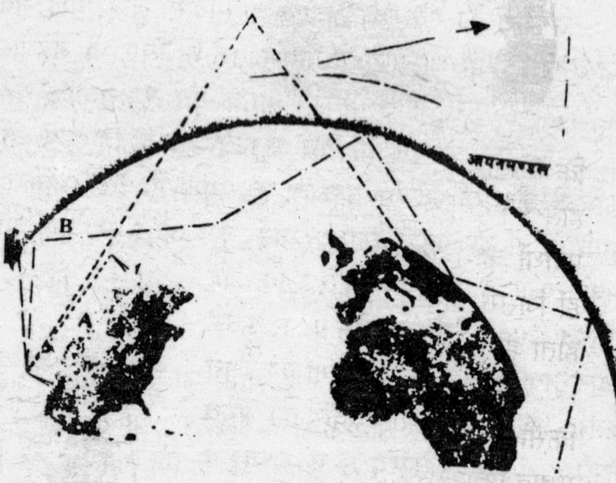

लगभग इसी तरह रेडियो स्टेशन विद्युत-चुंबकीय तरंगें प्रवाहित करता है, जो रेडियो रिसीवर में इलेक्ट्रान-संचलन पैदा कर देती हैं। इस इलेक्ट्रान-संचलन से ध्वनि पैदा होती है जिससे आप रेडियो स्टेशन पर चल रहा कार्यक्रम सुन सकते हैं।

ब्राडकास्टिंग स्टेशन पर एण्टेना (विद्युत्-ग्राहक या एरियल) विद्युत्-चुंबकीय तरंगों का आरंभ स्थान है। यह एण्टेना में बड़ी तेज चाल से आगे-पीछे दौड़ने को मजबूर करता है। यह प्रत्यावर्ती धारा (आल्टरनेटिंग करेण्ट, ए. सी.) होती है। जब रेडियो पर बोलनेवाला कहता है, ''यह स्टेशन क, ख, ग है जो 780 किलोसाइकिल आवृत्ति पर ब्राडकास्ट हो रहा है। उसका अर्थ यह होता है कि एण्टेना में करेंट के एक दिश में चलने, रुकने और फिर विपरीत दिशा में चलने की चाल 7,6,000 बार प्रति सेकण्ड है। 'किलो' का अर्थ है 1000 इसलिए 760 किलोसाइकिल का अर्थ है 7.600,000 साइकिल (चक्र)।

ट्रांसफार्मर में तार की कुण्डली में चलनेवाली प्रत्यावर्ती धारा कुण्उली की चारों ओर एक बदलता रहने वाला चुंबक-क्षेत्र पैदा कर देती है। इसी प्रकार एण्टेना में चलनेवाली प्रत्यावर्ती धारा एण्टेना के चारों ओर एक बदलता रहनेवाला

चुंबकीय क्षेत्र पैदा कर देती है। यह बदलता रहनेवाला चुंबकीय क्षेत्र बड़ी तेज़ चाल से ऐण्टेना से सब दिशाओं में चलने लगता है। चुंबकीय क्षेत्र के लगातार बदलते रहने के कारण यह तरंगों के रूप में चलता है। ये तरंगें रेडियो तरंगें कहलाती हैं। रेडियो तरंगें 1,86,000 मील प्रति सेकण्ड की चाल से चलती हैं।

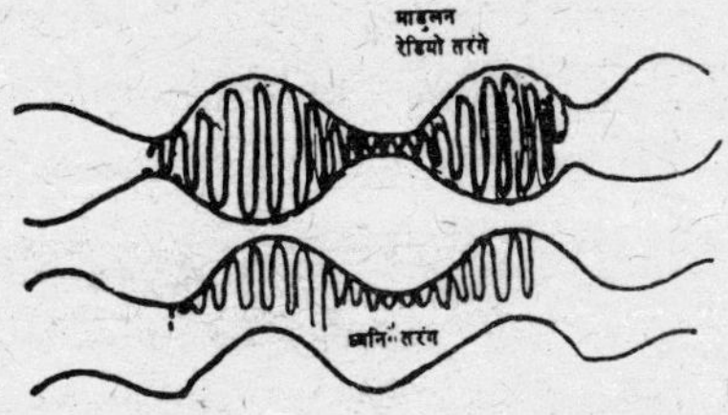

ये रेडियो तरंगें या चुंबक तरंगें प्रेषक स्टेशन या रेडियो स्टेशन के एण्टेना से चलकर आपके रेडियो-सेट के एण्टेना से टकराती हैं। इससे विद्युत् की हल्की तरंग आपके एण्टेना में दिशा बदलने लगती है। यह ट्रांसफर्मार जैसी ही स्थिति है, जिसमें प्राइमरी बाइंडिग में चलने वाली प्रत्यावर्ती धारा चुंबक तरंगें पैदा कर देती हैं और ये चुंबक तरंगें ट्रांसफार्मर के सेकेण्डरी या परवर्ती है।

रहस्यमयी कास्मिक-किरणें

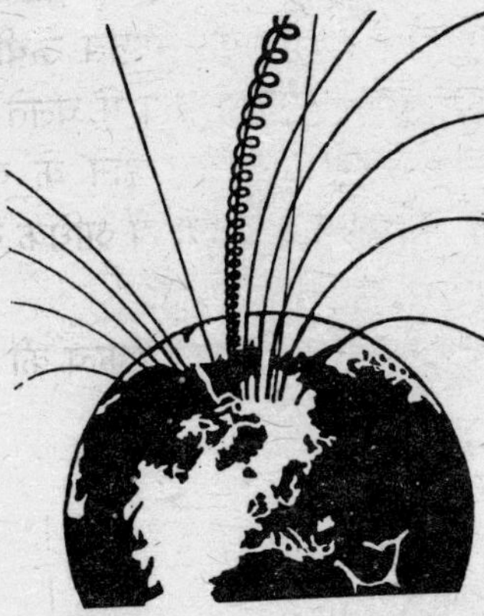

कास्मिक किरणों की खोज का आरंभ उन्नीसवीं शताब्दी के अंतिम वर्षों में माना जा सकता है, जब लिसन, गाइटेल तथा एल्स्टर आदि वैज्ञानिक गैसों की विद्युत् चालकता का अध्ययन कर रहे थे। अपने प्रयोगों में इन वैज्ञानिकों ने पाया कि स्वर्णपत्र विद्युतदर्शी को आवेशित कर छोड़ देने पर कुछ समय बाद वह धीरे-धीरे निरावेशित होने लगता है। आवेश के इस ह्रास होता है। परंतु बार में प्रयोगों में पाया गया कि वायु को अधिक शुद्ध करने तथा विद्युतरुद्धता बढ़ाने के बावजूद भी आवेश का ह्रास होता है।

वैज्ञानिकों ने तब यह मत प्रकट किया कि आवेश का यह ह्रास वायु के आयनित होने के कारण हो सकता है। उस समय तक यह ज्ञात हो चुका था कि रेडियोधर्मी विकिरणों और ऐसे ही अन्य तीव्र अत्यधिक ऊर्जावान किरणों के वायु में प्रवेश कराने से आयन-युग्म उत्पन्न होते हैं। इसलिए यह संभव है कि पृथ्वी में उपस्थित रेडियोधर्मी पदार्थों की विकिरणों अथवा वायु में उपस्थित रेडियोधर्मी पदार्थों की विकिरणों अथवा वायु में उपस्थित ऊर्जावान विकिरणें विद्युतदर्शी में प्रवेश करके वायु को आयनित कर देती हों जिससे वायु की चालकता बढ़ जाती है और पत्तियों के आवेश का ह्रास होता हो।

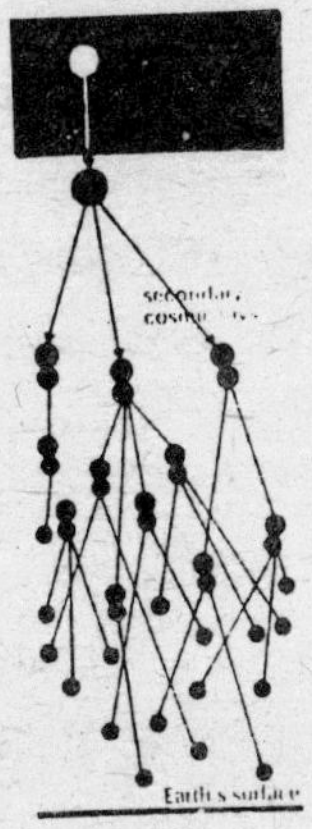

सैद्धांतिक रूप से यह माना जाता है कि यदि वायु अथवा गैस में किसी प्रकार की आयनीकारक विकिरणें प्रवेश न करें तथा उसमें विद्युतीय प्रभाव प्रवणता का मान इतना कम हो कि स्फुलिंग उत्पन्न न हो सके तो गैस सदैव थोड़ी-बहुत चालक होती है। पर विद्युतदर्शी को ढंक देने से उसकी चालकता कुछ कम हो जाती है तथा शील्ड की दीवारों की मोटाई बढ़ाने से चालकता कम होती जाती है।

इस आयनीकरण की मात्रा में शील्ड के फलस्वरूप जो कमी आती है, उससे इतना निश्चित हो जाता है कि अधिकांश आयनीकरण का कारण विद्युतदर्शी के बारह से आने वाली किरणें हैं। क्योंकि विद्युतदर्शी को चारों

ओर से 10 से.मी. मोटी सीसे की चादर से ढंक देने पर गैस का आयनीकरण से दस भाग तक ही रह जाता था। परंतु, जो न्यूनतम आयनीकरण शेष रह जाता है, उसका क्या कारण हो सकता है ? वैज्ञानिकों ने इसके तीन मुख्य कारण सुझाये (1) पृथ्वी की पपड़ी में उपस्थित रेडियोधर्मी पदार्थों से निकलने वाली विकिरणें, (2) शील्ड के पदार्थ में उपस्थित रेडियोधर्मी पदार्थों से निकलने वाली किरणें तथा (3) गैस के अणुओं की तापीय गति या ऐसे ही अन्य कारणों से गैस का स्वतः आयनीकरण।

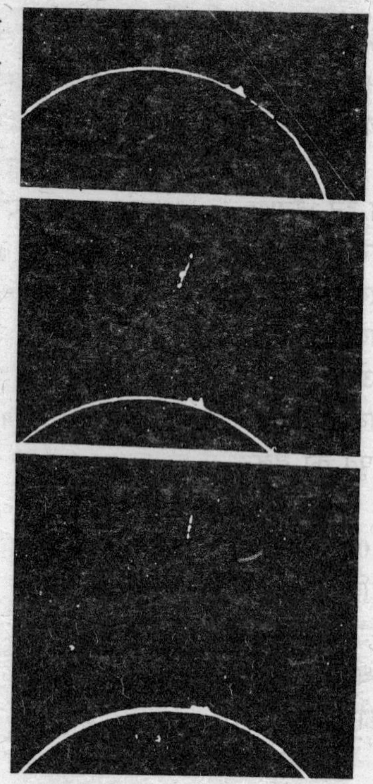

उपर्युक्त कारणों में से प्रथत दो कारणों की जाँच के लिए इंग्लैंड व जर्मनी में वर्ष 1910-1911 में कई प्रयोग किए गए जिनमें बिना शील्ड के विद्युतदर्शी को पृथ्वी की सतह से ऊपर ले जाकर उसमें आवेश के ह्रास की दर नापी गई। आरंभिक प्रयोगों से कोई विशेष परिणाम नहीं निकला। पृथ्वी की सतह पर आवेश ह्रास की दर लगभग उतनी ही थी जितनी ऊँचाई पर थी।

आयनीकरण का अध्ययन

सन् 1912 में जर्मन वैज्ञानिक, विक्टर हेस, ने गुब्बारे में बैठकर 5,000 मी. की ऊँचाई तक जाकर वहाँ विद्युतदर्शी में आवेश-ह्रास की दर मापकर गैस में आयनीकरण का अध्ययन किया। उनके प्रयोगों से ज्ञात हुआ कि पृथ्वी की सतह से 6000 मी. की ऊँचाई तक जाने में गैस की चालकता और इस कारण उसका आयनीकरण वास्तव में कम होता गया। परंतु हेस ने यह भी पाया कि 600 मी. से अधिक ऊँचाई पर जाने से गैस का आयनीकरण पुनः बढ़ने लगता है। 5000 मी. की ऊँचाई तक पहुँचने पर गैस की चालकता पृथ्वी की सतह पर पाई जाने वाली चालकता की अपेक्षा कई गुना अधिक हो जाती है।

जर्मनी में ही 1913 से 1919 तक कोलहार्स्टर ने गुब्बारों में अत्यंत साहसिक उड़ानें भरीं। इन उड़ानों में वे अधिकतम 9000 मी. की ऊँचाई तक पहुँच गए। इनसे न केवल हेस के निष्कर्षों की प्रामाणिकता सिद्ध हुई, बल्कि यह भी पाया गया कि प्रमाणिकता सिद्ध हुई, बल्कि यह भी पाया गया कि 9000 मी. की ऊँचाई पर आयनीकरण की मात्रा हेस द्वारा 5000 मी. पर पाई गई आयनीकरण की मात्र से कहीं अधिक थी। साथ ही, उन्होंने यह भी देखा कि 6000 मी. के बाद जैसे-जैसे गुब्बारे की ऊँचाई बढ़ती जाती थी, वैसे-वैसे आयनीकरण की मात्रा भी बढ़ती जाती थी, मानो गुब्बारा आयनीकरण किरणों के स्रोत की ओर जा रहा हो।

पहले यह सुझाया गया कि ऊपरी वायुमंडल में आयनीकरण की वृद्धि तड़ित विद्युत अथवा वायुमंडल की ऊपरी सतह में रेडियोधर्मी गैसों के एकत्रण के फलस्वरूप होती है। पर अनेक वैज्ञानिकों ने इससे असहमति प्रकट की। निश्चय ही इन कारणों का प्रभाव मौसम आदि पर निर्भर करता है। क्योंकि आकाशीय बिजली सदैव पैदा नहीं होती। साथ ही रेडियोधर्मी गैसों की सांद्राता सदैव एक-सी नहीं रहती और उस पर मौसम के परिवर्तन का भी प्रभाव पड़ता है। हैस ने प्रयोगों में पाया कि आयनीकारक किरणों की तीव्रता सदैव लगभग एक-सी ही रहती है।

कास्मिक किरणें

इसके बावजूद भी अमेरिका और यूरोप के अनेक वैज्ञानिकों को यह विश्वास था कि इन आयनीकारक किरणों का स्रोत कहीं पृथ्वी के बाहर हो सकता ळै। केलीफोर्निया इंस्टीट्यूट ऑफ टेक्नोलोजी के प्रो. रॉबर्ट मिलिकन और उसके सहयोगियों ने 1923-26 में सूक्ष्मग्राही उपकरणों से कई अत्यंत विश्वसनीय प्रयोग किए। उन्होंने पानी के नीचे और वायुमंडल में

ऊँचाइयों पर इन किरणों की तीव्रता का मापन किया। उनके प्रयोगों से निःसंदेह सिद्ध हुआ कि हेस की परिकल्पना के अनुरूप ही आयनीकारक किरणें वास्तव में पृथ्वी के वायुमंडल के बाहर से आती हैं। मिलिकन ने इन किरणों का नाम 'कास्मिक किरणें' अर्थात् 'अंतरिक्ष किरणें' रखा।

यह निश्चित हो जाने पर कि कास्मिक किरणें अत्यंत वेधनशील किरणें हैं और पृथ्वी के बाहर से आती हैं, वैज्ञानिकों ने इन किरणों को विद्युतचुंबकीय किरणें माना। इन किरणों की वेधन-क्षमता मापने के लिए किए गए प्रयोगों के आधार पर यह माना गया कि ये किरणें बहुत अधिक ऊर्जावान गामा-किरणें हैं। इस कल्पना का आधार यह भी था कि उस समय तक ऐसी केवल गामा-किरणें ही ज्ञात थीं जिनकी वेधनक्षमता बहुत अधिक होती है। यह धारणा 1929 तक बनी रही जब तक कि कुछ ऐसी वेधनशील किरणों की खोज नहीं हो गई जा कणिकाओं की समूह होती है। इनके आवेश की प्रकृत 'आक्षांश प्रभाव' (पृथ्वी के आक्षांश के साथ कास्मिक किरणों की तीव्रता में परिवर्तन) के निष्कर्षों के आधार पर ज्ञात हुई। तब यह सोचा गया कि कास्मिक किरणों में उच्च ऊर्जावार इलेक्ट्रान होते हैं। बाद में, तथाकथित 'पूर्व-पश्चिम असममिति' (पूर्व की तुलना में पश्चिम से अधिक कणों का आगमन) से इनके बारे में पता चला कि ये धनवेशित प्रोटान हैं।

आधुनिक मान्यता के अनुसार कास्मिक किरणों के पाए जाने वाले कणों की ऊर्जा दस लाख इलेक्ट्रान वोल्ट से लेकर 10-20 इलेक्ट्रान वोल्ट तक हो सकती है। आज भी कस्मिक किरणों में कुछ अपरिचित कणों जैसे चुंबकीय एकध्रुव, क्वार्क, टेकियान आदि की उपस्थिति पाई जाती है।

अंतरिक्ष किरणें एक विशिष्ट पट्टिका की तरह होती है। इन्हें 'विकिरण पट्टिका' कहा जाता है। इन पट्टिकाओं का स्थान समय-समय पर बदलता रहता है। अंतरिक्ष विकिरणों से सन् 1932 में एण्डरसन नामक वैज्ञानिक ने पॉजिट्रान कणों को खोज निकाला। इनमें इलेक्ट्रॉन कण भी मौजूद रहते हैं जिनके कारण कभी-कभी 'अंतरिक्ष किरण वर्षा' होती रहती है।

दिन की अपेक्षा रात में इनकी तीव्रता अधिक होती है। इनकी तीव्रता पर पृथ्वी की वायुमंडल के दबाव का भी प्रभाव पड़ता है।

अंतरिक्ष किरणें मृदु और कठोर दो प्रकार की होती है। कठोर अंतरिक्ष किरणें 10-12 से. मी. तक के मोटे सीसे को भेदकर पार जाने की शक्ति रखती है।

पदार्थों से उत्सर्जित परमाणु-किरणें

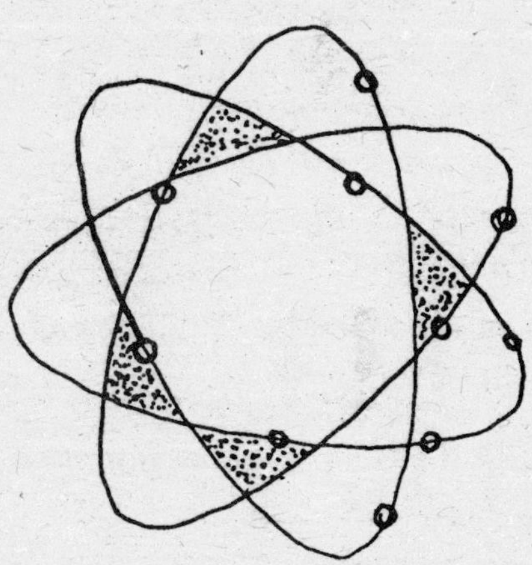

हम सबको यह मालूम है कि हमारे कमरे में लगे बल्ब को धारा जलाती है, वह तांबे के तार के परमाणुओं के मध्य से गुजरते हुए इलेक्ट्रानों के एक बहुत बड़े समूह से ही निर्मित है। इलेक्ट्रोन इतने सूक्ष्म होते हैं कि बिजली के बल्ब को जलाने के लिए प्रति सेकण्ड लगभग तीन शंख इलेक्ट्रोनों को बल्क के तार में से लगातार गुजरना पड़ता है।

इस प्रकार वैज्ञानिकों ने यह निष्कर्ष निकाला कि इलेक्ट्रोन परमाणु का एक हिस्सा है। इस तरह पुरानी धारणा खत्म हो गई कि परमाणु को विभक्त नहीं किया जा सकता। वह किसी पदार्थ का सबसे सूक्ष्म करण है। एक परमाणु इलेक्ट्रोन, प्रोटोन न्यूट्रोन करणें से मिलकर बनता है। हाइड्रोजन, जो सबसे हल्का तत्त्व है, उसके एक परमाणु में नाभिक में केवल एक प्रोटोन होता है। इस परमाणु के बाहर की ओर केवल एक इलेक्ट्रोन होता है। इस प्रकार अलग-अलग तत्त्वों के परमाणुओं में नाभिक के मौजूद प्रोटोनों, न्यूट्रानों तथा बाहर

चक्कर लगाने वाले इलेक्ट्रोनों की संख्या अलग-अलग होती है।

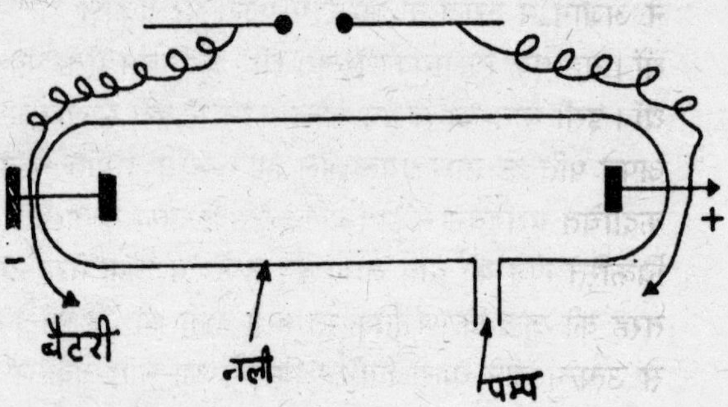

प्रसिद्ध वैज्ञानिक सर जॉसेफ टॉमसन ने बीस वर्ष की गंभीर खोजों के पश्चात् घोषित किया कि कैथोड़ किरणें ऋणात्मक विद्युत् कण हैं और कैथोड़ किरण न होकर विद्युत-कण दोनों अलग-अलग वस्तुएँ हैं। यह वस्तुतः सच था कि जब कोई कैथोड़ किरण शीशे से टकराती थी तो उसमें से एक चमक-सी पैदा हो जाती थी, परंतु इलेक्ट्रोनों को तो आँखों से देखा नहीं जा सकता था।

टॉमसन ने एक उपकरण पर कैथोड़ किरण का प्रयोग किया। दिए गए चित्र में कैथोड़ किरण बिंदु 'क' पर जन्म लेती है। एक अन्य छोटे से छेद में गुजरकर जिसका संबंध 'अ' के साथ पहले से किया जाता है, शीशे की नली में एक संकीर्ण ज्योति वलय-सा बन जाता है। टॉमसन इस वलय के नजदीक जब चुंबक छड़ लाया तो यह ज्योति-बिंदु उसके साथ चलता आया। इसका अर्थ यह हुआ कि कैथोड़ किरणें झुकती हैं। अब चुंबक को अंदर पड़े पर्दे पर एक रंध्र पर केंद्रित किया गया। इस रंध्र में से गुजरने पर सिरीवर इलेक्ट्रोड के साथ संबंद्ध इलेक्ट्रोस्कोप की सुईयाँ हिलने लगीं। इस तरह उसने निष्कर्ष निकाला कि कैथोड़ ऋणात्मक विद्युत् कण हैं।

परंतु वैज्ञानिकों इसे मान्य नहीं किया। उनका कहना था कि चुंबक के द्वारा कैथोड़ किरणें विचलित तो हो सकती हैं, लेकिन इससे यह सिद्ध नहीं होता कि स्थिर-विद्युत का क्षेत्र कुछ उसी प्रकार का क्षेत्र होता है जिसमें सख्त रबर का एक छड़, जैसे कंघा या फाउंटेनपेन की बैरल आदि किसी कपड़े पर रगड़े जाने पर कागज के टुकड़ों को अपनी ओर आकर्षित करती है। हाइनरिख हर्ट्ज ने भी कुछ प्रयोग किए पर सफलता हाथ नहीं लगी।

अब एक ही उत्तर था कि संभवतया अभी शून्य में (नली के शून्य में) कुछ तत्व शेष हैं। या कुछ गैस या वायु बाकी हैं जो दोनों प्लेटों के बीच करेंट को आने-जाने दे रही है। और शायद इसी कारण इसका इलेक्ट्रोस्टैटिक फील्ड विकृत हो गया है। अतः ट्यूब को और खाली करने का उपक्रम किया गया है।

और सचमुच इस बार कैथोड़ किरण विचलित हो गई है। टॉमसन तो पहले ही यह सिद्ध कर चुका था कि कैथोड़ किरण को कोई चुंबकीय क्षेत्र विचलित कर सकता है, और विद्युत् क्षेत्र भी। और इसका एक ही अर्थ हो सकता था कि कैथोड़ किरण कोई किरण न होकर विद्युत्-आवष्टि कणों की एक अविरल धारा है।

इतना ही नहीं, टॉमसन ने इसका (इलेक्ट्रोन) भार भी ज्ञात किया जो हाईड्रोजन के अणु का 1/2000 था। उसने इलेक्ट्रॉन की गति भी ज्ञात की जा लगभग 160,000 मील प्रति सेकण्ड थी।

इस प्रकार संसार के वैज्ञानिकों ने यह जाना कि ये इलेक्ट्रॉन परमाणु के ही एक अंग होते हैं।

बेकरेल किरणें

परमाणु शक्ति की कहानी में श्रीमती क्यूरी का नाम भुलाया नहीं जा सकता। उन्होंने 1898 में रेडियत तत्व का आविष्कार किया था। श्रीमती क्यूरी का मूल नाम मैरी स्क्लोडोव्सका था। वह पौलैंड के एक विश्वविद्यालय के अध्यापक की मेघावी पुत्री थी। पिता ने उसे फ्रांस में अध्ययन के लिए भेजा था। वह पेरिस में प्रोफेसर बेकरेल की सहायक बनकर विज्ञान की शिक्षा प्राप्त करने लगी। उसके पिता ने बेकरेल की उसी प्रयोगशाला में विज्ञान की शिक्षा प्राप्त की थी। उसके अध्ययन काल में बेकरेल के पास यूरेनियत खनिज के कुछ टुकड़े रखे थे। वह कहीं मेज की दराज में रखे पड़े थे। फोटो पट्टिका पर दबाव रखने के भार समान वे टुकड़े पड़े रहने पर बेकेरल ने एक दिन बड़े आश्चर्य से देखा था कि यूरेनियम के टुकड़ों

ने अजाने में दराज के अँधेरे में फोटो पर प्रकाश डालने से प्रभाव कर दिया है। इससे पट्टिकाओं पर लकीरें सी खींच गई थीं। यह एक विस्मयकारी बात थी। यूरेनियम ऐसा पदार्थ सिद्ध हुआ जिससे कुछ प्रकाश की तरह की किरणें उत्पन्न होती थीं। इसी बात की विशेष खोज करने में मेरी स्क्लोडोव्सका जो उस समय अध्यापक पियरे क्यूरी से विवावह कर चुकी थी, अपने पति के साथ प्रयत्नशील हुई। क्यूरी दम्पति ने यह सोचा कि ज्योति की तरह की किरणें विकरित करने वाली वस्तु कदाचित यूरेनियम न हो। बल्कि उसके धोखे में अल्प मात्रा में दबी पड़ी कोई दूसरी ही वस्तु हो। उन दिनों पदार्थों से किरणें विकरित होने की बात लोगों की समझ में ठीक तरह आ नहीं सकी थी। अध्यापक बेकरेल ने पहले-पहल यूरेनियम से इस तरह की कुछ किरणें विकरित होते देखी थीं जो फोटो पट्टिका पर प्रभाव डालती थीं। इसलिए इस विकिरण या यूरेनियम से उत्पन्न होने वाली विचित्र किरणों का नाम बेकरेल किरणें पड़ा था।

विकिरण

रश्मि विकिरण-क्रिया (रेडियो ऐक्टिविटी) कुछ अन्य पदार्थ ऐसे होते हैं। कि यदि उन्हें साधारण प्रकाश या अन्य प्रकार की रश्मियों में कुछ देर तक रखने के बाद फिर अँधेरी जगह में रख दिया जाए तो वे फिर भी कुछ देर तक प्रकाश विकिरित करते रहते हैं। ऐसे पदार्थों को स्फरक (फास्फोरेसेंट) पदार्थ कहते हैं। एक्स किरणें भी स्फुरक पदार्थों को पर्याप्त मात्रा में प्रभावित करती हैं। रॉन्टजन के आविष्कार के बाद ऐसे पदार्थों की तलाश की जाने लगी जो प्रथम बिना किसी प्रकार की रश्मि के संपर्क में आए ही स्वयं किसी न किसी प्रकार की रश्मि प्रदान करने में समर्थ हों। 1896 में हेनरी बेकरेल ने मालूम किया कि यूरेनियम के नमक और यूरेनियम स्वयं लगातार ऐसी रश्मियों को विकरित करते रहते हैं जो काले कागज से ढकी हुई फोटो की पट्टियों को भी प्रभावित करने में समर्थ होती हैं। यही नहीं, तत्काल ही यह भी मालूम किया गया कि ये किरणें एक्स किरणों की तरह, गैसों को विद्युत् चालक बनाने में भी समर्थ हैं।

1990 में क्यूरी दम्पत्ति ने इस प्रकार की रश्मि विकिरण करने वाले रासायनिक तत्वों, यौगिक पदार्थों तथा प्राकृतिक पदार्थों की खोज में बहुत महत्वपूर्ण कार्य किया। उन्होंने मालूम किया कि यूरेनियम की अपेक्षा ऐसी किरणों को विकिरित करने में अधिक क्रियाशील थे। रश्मि विकिरण क्रिया को ही परीक्षा का साधन बनाकर उन्होंने रासायनिक ढंग से एक ऐसे पदार्थ को ढूँढ़ निकाला जिसकी रश्मि विकिरण शक्ति आश्चर्यचकित करने वाली थी। इस पदार्थ का नाम उन्होंने 'रेडियम' रखा। अन्य अनुसंधान कर्ताओं ने रश्मि विकीरक दूसरे दो तत्वों पोलोनियम और ऐक्टिनियत का पता लगाया। पिच ब्लेंड में रेडियम की मात्रा बहुत कम होती है। पिच ब्लेंड की कई टन मात्रा में रेडियम की मात्रा केवल एक ग्राम के एक तुच्छ अंश के बराबर होती है।

रेडियम सचमुच एक अद्‌भुत तत्व था। यह यूरेयिनम से लगभग दस लाख गुणा बढ़कर रेडियो सक्रिय है। लाइट-प्रूफ पेपर में सुरक्षित फोटो ग्राफिक फिल्म भी सुरक्षित नहीं रह सकती। वह रेडियम के प्रीााव से एक्सपोज हो ज़ाती है। वायु में गैसों के कणों को रडियम सरलता से तोड़ सकता है। गैसें रेडियम के संपर्क में आते ही विद्युत-वाहिनी बन जाती हैं। रेडियम के योगिकों को अन्य समासों में मिला दें तो फ्लोरसेंस के गुण उनमें आ जाते हैं।

रेडियम के विकिरण में स्नायु नष्ट हो जाते हैं। इसीलिए कैंसर और चर्म-रोगों के उपचार में रेडियम विकिरण का उपयोग किया जाता है।

एक अन्य प्रतिभाशाली युवक वैज्ञानिक अर्नेस्ट रदरफोर्ड ने टॉमसन की प्रयोगशाला में आकर भौतिक का अध्ययन करना शुरू किया था। टॉमसन एक अमरीकन वैज्ञानिक थे जिन्होंने सबसे पहले यांत्रिक ऊर्जा और ताप के मध्य संबंध को स्पष्ट किया था। उन्हीं की यह प्रयोगशाला थी।

युवक दररफोर्ड बहुत ही प्रभावशाली था। आते ही उसने नए-नए प्रयोग करने आरंभ कर दिए।

नए-नए प्रयोग करने से रेडियो सक्रिय तत्वों का पता चला। रेडियो सक्रिय (रेडियो एक्टिव) का मतलब है—वे तत्वप

जिनके परमाणुओं से कुछ विशेष प्रकार कि किरणें लगातार निकलती रहती हैं। ऐसे तत्व रेडियो सक्रिय तत्व कहलाते हैं।

अर्नेस्ट दररफोर्ड ने भी इस विषय पर प्रयोग किए और कई महत्वपूर्ण तथ्य खोज निकाले।

कुछ किरणें जो प्रबल थीं और अधिक दूर तक नहीं जा सकती थीं। कागज का कुछ मोटा पुट्ठा भी उन्हें रोक लेता था। रदरफोर्ड ने इन किरणों को 'अल्फा किरण' नाम दिया।

दूसरी तरह की ऐसी किरणें ज्ञात हुईं कि जिनमें ऊर्जा तो कम थी, लेकिन वे अल्फा किरणों की अपेक्षा सैकड़ों गुना अधिक दूर जा सकती थीं। इन किरणों का नाम 'बीटा किरण' रखा गया।

इसके कुछ दिन बार ही विकिरण के तीसरे रूप का भी पता चला। ये तीसरे किस्म की किरणें अन्य पहले की दोनों किरणों की अपेक्षा कहीं ज्यादा पारगामी सिद्ध हुईं। कारण, ये किरणें पत्थर की मोटी दीवार के आरपार भी बड़ी सरलता से आ-जा सकती थी। इन्हें रदरफोर्ड ने 'गामा किरण' नाम दिया।

रदरफोर्ड के अलावा अन्य कई वैज्ञानिकों ने अनेक रेडियो सक्रिय (रेडियो एक्टिव) तत्त्वावें में से निकलने वाली इन प्रत्येक प्रकार की किरणों के गुण-धर्म ज्ञात करने के लिए अनेक प्रयोग किए।

इन परमाणु किरणों के गुण-धर्म की खोजों से एक और बात का पता लगा कि अल्फा और बीटा किरणें बिजली अथवा चुबंक की शक्ति से जिस प्रकार एक ओर झुकाई जा सकती हैं, उसी तरह टामसन ने प्रयोगों से यह सिद्ध किया कि इलेक्ट्रोनों को भी बिजली या चुंबक शक्ति से एक ओर झुकाया जा सकता है।

लेकिन गामा किरणों को बिजली या चुंबक शक्ति से नहीं झुकाया जा सकता था। इसका मतलब यह था कि 'गामा किरणें' प्रकाश तरंगों की तरह ही व्यवहार करती हैं। ये गामा किरणें एक्स किरणों से काफी मिलती-जुलती थीं। लेकिन उनमें एक खास अंतर था कि गामा किरणें एक्स किरणों की अपेक्षा नहीं ज्यादा ही पारगामी थीं। साथ ही ये कैंसर के इलाज के लिए भी बहुत उपयोगी सिद्ध हुईं।

प्रयोगों द्वारा यह भी पता कर लिया गया कि अल्फा किरणें धन विद्युत् (पॉजिटिव) के प्रभाव से युक्त कणों की धाराएँ हैं। इसी प्रकार बीटा किरणें ऋण विद्युत् (नेगेटिव) के प्रभाव से युक्त कणों की धाराएँ हैं।

कुछ दिन अन्य प्रयोगों से यह बात भी सिद्ध हो गई कि बीटा किरण वास्तव में 'इलेक्ट्रोन' ही हैं, तथा वायु-शून्य नली में गतिज ऊर्जा प्राप्त करने की अपेक्षा वे अनेक रेडियो सक्रिय पदार्थों के परमाणुओं में से संभवतः बाहर की ओर तीव्र गति से निकलते रहते हैं।

रेडियम के अलावा करीब दस ऐसे भारी तत्व हैं जिनके परमाणु लगातार इलेक्ट्रोनों और अल्फा कणों को बाहर निकालते रहते हैं। इन कणों की तीव्र बौछार को देखकर ही वैज्ञानिकों को यह संकेत मिल चुका था कि परमाणुओं के अंदर कितनी विशाल ऊर्जा भरी होगी।

कुछ अन्य प्रयोगों से परमाणु के अदंर दो और कणों का पता चला-इनमें से एक का नाम 'प्रोटोन' रखा गया तथा दूसरे का 'न्यूट्रोन'। इतनी खोज के बाद यह भी ज्ञात हुआ कि अल्फा कण वास्तव में दो प्रोटोनों और दो न्यूट्रोनों का एक गुच्छा है। ये चारों कण एक दूसरे से चिपके रहते हैं।

रेडियो-सक्रिय पदार्थों के परमाणुओं से अल्फा किरणों को निकलते हुए क्या आप भी देखना चाहेंगे ? आइए, आपको उपाय बताएँ।

यदि आपके घर ऐसी घड़ी हो जिसके डायल पर रात में चमकने वाले अंक लगे हों, तो घड़ी को किसी अंधेरी जगह ले जाएँ। अब कुछ दे उन नंबरों की ओर एकटक देखते रहिए। उसके बाद उन नंबरों को किसी अच्छे शक्तिशाली लेंस से देखें। आपको तब लगातार दिखने वावली चमक की जगह अनगिनत नन्हें-नन्हें चमचमाते हुए प्रकाश-बिंदु दिखाई पड़ेंगे। इस तरह की चमक दिखने का कारण यह है कि रेडियम के परमाणुओं में से तीव्र गति से छिटकते हुए ये अल्फा कण डायल पर लगे हुए लेप से आकर टकराते हैं जिसे वे तारों के समान अलग-अलग चमकते हुए दिखाई पड़ते हैं।

रेडियो-सक्रिय पदार्थों के परमाणुओं में से गामा किरणों के रूप में ऊर्जा बाहर निकलती है तथा अल्फा और बीटा कणों के रूप में गतिज ऊर्जा बाहर निकलती है। केवल एक औंस रेडियम में से इतनी ऊर्जा बाहर निकलती है जितनी 11200 किलो पत्थर का कोयला जलाने से निकलती है। असली परमाणु ऊर्जा यही है।

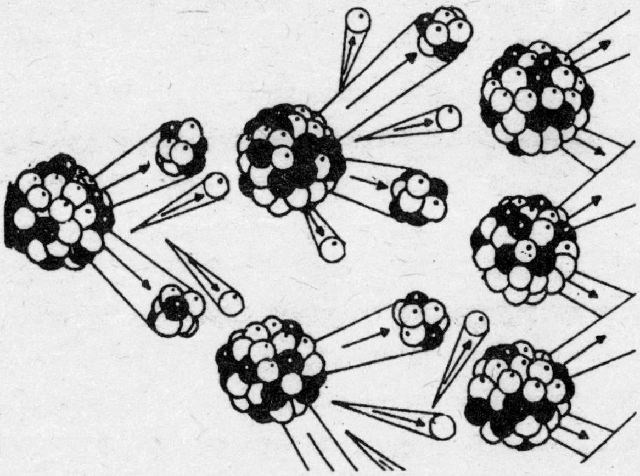

रेडियम से विसर्जित होने वाली किरणें

रेडियम तत्व अपना विशेष गुण रखता है। इसके परमाणु तीन प्रकार की किरणें विसर्जित करते रहते हैं। अल्फा, बीटा और गामा नाम के तीन किरणों का इस परमाणु से सदा निष्कासन या विसर्जन होता रहता है। यह एक प्राकृतिक गुण है। इसको विकिरण कहते हैं। यह परमाणु का बिखरना है परंतु उसमें इतनी मंद गति से छीजन होता है कि एक निर्धारित मात्रा के रेडियम का आधा भाग विकरित होकर लुप्त होने में 1600 वर्ष लगेंगे। विज्ञान की खोजों से यह ज्ञात हो सका है कि अल्फा किरणें सबसे प्रबल होती हैं। वे हीलियम तत्व के परमाणु का नाभिक होती हैं जो धनात्मक विद्युत आवेश युक्त होता है। इनको रेडियम का परमाणु सदा अपने क्लेवर से विसर्जन करता रहता है अर्थात् वह खंडित होता रहता है। एक ग्राम रेडियम से एक सेकेंड में 34 अरब हीलियम नाभिक प्रति सेकेंड 10 हजार मील के वेग से इस प्रकार विसर्जित होते रहते हैं, किंतु ये नाभिक 2 इंच से अधिक दूरी के बार अधिक प्रभावपूर्ण नहीं रह जाते।

बीटा किरणें साधारण इलेक्ट्रान होती हैं जो प्रति सेकेंड 8 लाख मील के वेग से रेडियम परमाणु से विसर्जित होती रहती हैं। तीसरी प्रकार कि किरणें-गामा बहुत तीव्र होती हैं। वे विद्युत् चुंबकीय लहरें हैं किंतु वे बहुत न्यून तरंग-दैर्घ्य की होती हैं अर्थात् वे बहुत पतली होती हैं। एक्स किरणों से भी वे सूक्ष्म होती हैं।

यूरेनियम से विसर्जित होने वाली किरणों की खोज

यूरेनियम के विकिरण से विसर्जित होने वाली किरणों का मर्म रदरफोर्ड ने 1902 में ज्ञात किया था। एर्नेस्ट रदरफोर्ड का जन्म 1871 में न्यूजीलैण्ड में हुआ था। उसने 1815 में न्यूजीलैण्ड से प्रस्थान किया और इंग्लैंड में कैम्ब्रिज की प्रसिद्ध केवेंडिश प्रयोगशाला के अध्यक्ष जोसेफ़ टामसन का शिष्य बन गया। वहाँ उसने एक्स किरणों और येरेनियम से विसर्जित किरणों का परीक्षण प्रारंभ किया। टामसन के द्वारा वह कनाडा के मैकगिल विश्वविद्यालय की भौतिकी प्रयोगशाला में कार्य करने भेजा गया। वहाँ पर उसे यूरेनियम से विसर्जित होने वाली तीसरी किरणों-गामा किरणों का ज्ञान 1818 में हुआ। वहीं पर परीक्षण करके उसने अपने सहयोगी फ्रेडरिक सोडी के साथ यह तथ्य 1902 में घोषित किया कि कुछ तत्वों में परमाणु खंडित होने की प्रक्रिया में रहते हैं। ऐसे तत्व रेडियोधर्मी कहलाते हैं जिनमें यूरेनियम, थोरियम, रेडियो और एक्टिनियम आदि की गिनती है।

कनाडा से लौटकर रदरफोर्ड ने मैनेचेस्टर (इंग्लैंड) में परीक्षण का काम फिर से प्रारंभ किया। वहाँ पर गाइगर के सहयोग में उसने एक यंत्र गाइगर-गणक आविष्कृत किया जिसे वस्तुओं में रेडियम-धर्मिता की विद्यमानता ज्ञज्ञत की जाती है। 1911 में रदरफोर्ड ने यह सिद्धांत प्रतिपादित किया कि परमाणु अवश्य ही सूर्य-मंडल (सौर-मंडल या परिवार) के क्षुद्र रूप होंगे। उनकी रचना ठोस न होकर ऐसी होगी जिसमें केंद्र में सूर्य की तरह नाभिक होगा और उसके बारह खाली जगह होगी। उसकी कहीं बाहरी परिधि पर इलेक्ट्रान ग्रहों की भाँति नाभिक की परिक्रमा करते रहते होंगे। इसके एक वर्ष बाद

ही सरन जोसेफ टामसन ने प्रकट किया कि इस क्षुद्र सौर-मंडल के ग्रह क्षुद्र ऋणात्मक विद्युत वाले कण इलेक्ट्रान अपने पितृ परमाणु से परमाण्वीय कणों से टकराने या अन्य साधनों से पृथक किए जा सकते हैं।

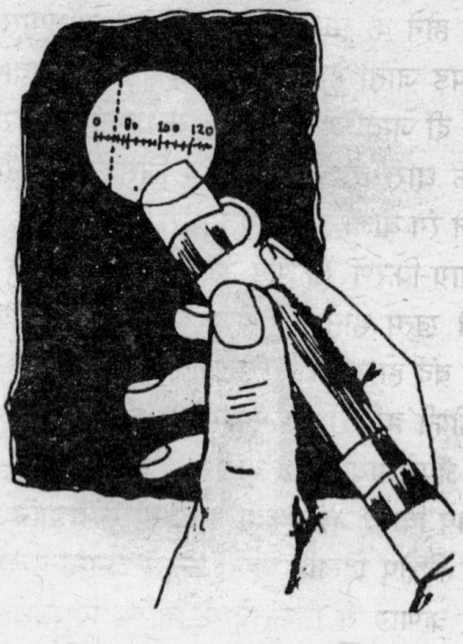

रदरफोर्ड की यह खोज विज्ञान-जगत् में अत्यंत ही महत्वपूर्ण थी। विज्ञान की खोजों के लिए इन परीक्षण द्वारा एक नया ही रास्ता मिला। अनेक देश के वैज्ञानिकों ने अपनी प्रयोगशालाओं में इस परीक्षण को दुहराना प्रारंभ किया। इस संबंध में नए-नए परीक्षणों में संलग्न होने की उत्सुकता वैज्ञानिकों में सर्वत्र बढ़ गई जिसके परिणामस्वरूप परमाणु की शक्ति को मनुष्य के हाथ में आने का मार्ग सुगम होता दिखाई पड़ा। यह निश्चय ही परमाणु-युग का प्रारंभ सा था। केवेंडिश प्रयोशाला के ही एक दूसरे वैज्ञानिक सर जेम्स चाडविक ने न्यूट्रॉन के विकीर्ण होने की खोज की जिसका परमाणु संबंधी खोजों में विशेष उपयोग हो सका।

चिकित्सक और खोजी एक्स किरणें

एक्स किरण (एक्स-रे) के नाम से आज कौन परिचित नहीं है।

एक्स-किरणों की खोज, उनका ज्ञान और उपयोग मनुष्य के हाथ में बड़ा ही समर्थ अस्त्र है। इसके द्वारा मनुष्य प्रकृति के ढके-मुंदे रहस्यों को ही नहीं खोलता, विकृतियों का पता भी लगाता और प्राकृतिक परिवर्तनों में गति भी लाता है। मानव-कल्याण के जितने आविष्कार-अनुसंधान इस युग में हुए हैं, एक्स-किरणों का स्थान उनमें सर्वोपरि माना जा सकता है।

आज अगर दुर्घटनावश किसी व्यक्ति की हड्डी टूट जाए या शरीर में गलती से कोई धातु की वस्तु चली जाए तो डॉक्टर तुरंत उस अंग का एक्सरे लेकर रोग का ठीक-ठीक पता लगा लेते हैं। लेकिन यह सुविधा आज से अस्सी वर्ष पहले उपलब्ध नहीं थी। यदि हम जानना चहों कि एक्सरे जैसी सुविधा का आरंभ कैसे हुआ, तो हमें अपनी कहानी सन् 1985 से शुरू करनी होगी, क्योंकि इसी सन् में अमरीका के एक भौतिक के विद्वान् डॉ. रोंटजन ने विलक्षण एक्स किरणों की खोज की थी।

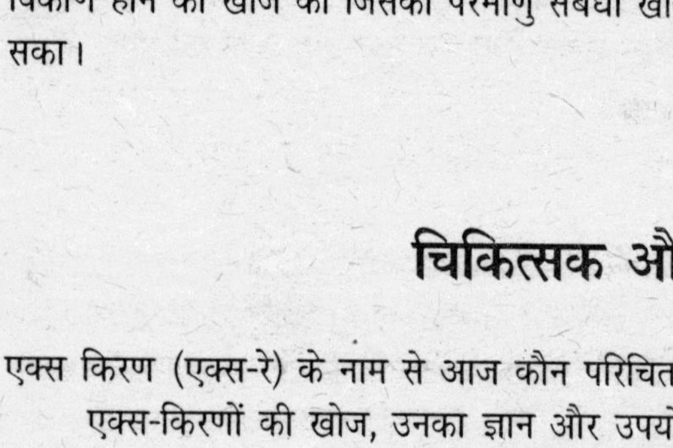

19वीं सदी में विद्युत् का आविष्कार और प्रयोग हो चुका था। इसकी सहायता से कल-कारखाने चलाए जा रहे थे, और घरों को रोशन भी किया जा रहा था। ज्यादातर लोग इस बात को जानते हैं कि विद्युत् की दो धाराएँ होती हैं एक धारा को ऋणात्मक (निगेटिव) कहते हैं तथा दूसरी को धनात्मक (पॉजिटिव)। 19वीं सदी के वैज्ञानिकों ने अपने विभिन्न प्रयोगों के समय देखा कि काँच की किसी ऐसी नली जिसमें एक तरफ धनाग्र (एनोड) तथा दूसरी तरफ ऋणाग्र (कैथोड) लगा हो, यदि विद्युत् की धारा प्रवाहित की जाए और उस नली की धीमे-धीमे निर्वात्—(वैक्यूम) पंप द्वारा हवा निकाली जाती रहे तो पहले नली में एक-तेज गुलाबी रोशनी भर जाती है। हवा के दाब

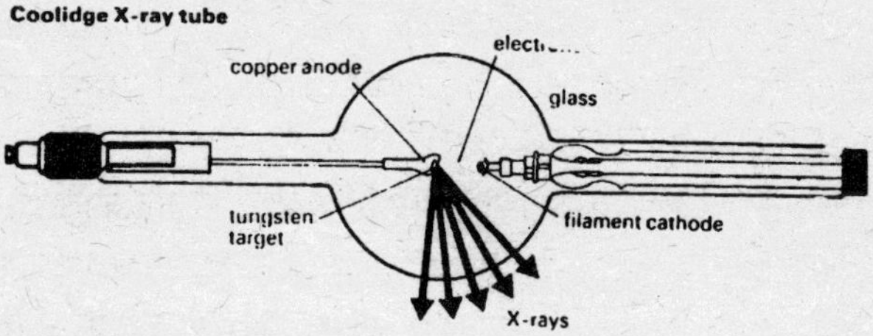

Coolidge X-ray tube

के कम होने के साथ-साथ ऋणाग्र के आसपास का क्षेत्र काला पड़ जाता है। जब निर्वात्-पंप द्वारा हवा और भी निकाल दी जाती है तो ऋणाग्र से धनाग्र की तरफ शक्ति की एक धारा बहने लगती है। जिसका रंग नीला होता है। नीले रंग वाली इस शक्ति धारा को वैज्ञानिक शब्दावली में ऋणाग्र-किरणें (कैथोड रेज) कहते हैं। हवा का दाब जैसे ही खत्म होने को होता है इन ऋणाग्र-किरणों का दीखना बंद हो जाता है। हालाँकि इनका प्रभाव जारी रहता है। जहाँ ऋणाग्र-किरणें नली के काँच से टकराती है। वहाँ काँच एक फीकी हरी रोशनी से प्रदीप्त हो उठता है।

अपने प्रयोगों के दौरान में वैज्ञानिकों ने यह भी पाया कि नली के भीतर की ऋणाग्र-किरणों का चुम्बक के प्रभाव से विक्षेप किया जा सकता है। इसी से वैज्ञानिक इस नतीजे पर पहुँचे कि ये किरणें प्रकाश की साधारण किरणाों से भिन्न हैं। जो विक्षेप दिखाई पड़ा। उससे अनुमान लगाया, गया कि असल में विद्युत-शक्ति लिए हुए छोटे-छोटे कणों का प्रवाह है और ऋणाग्र से निकलने के कारण विद्युतधारी कणों को वैज्ञानिकों ने इलेक्ट्रोन नाम दिया। रोंटजन भी इस प्रयोग को क्रुक्स नली की सहायता से कर रहे थे। उन्होंने ऋणाग्र-किरणों को धातु की एक पतली पत्ती से रोकने की कोशिश की। लेकिन किरणों के बहाव को पत्ती से रोका न जा सका।

कुछ रासायनिक यौगिक ऐसे होते हैं जो एक विशिष्ट प्रकार की किरणों के पड़ने से चमकने लगते हैं। ऐसा ही एक यौगिक बैरियम प्लाटिनोसानयाइड, उनके पास पड़ा था। जब वह सहसा प्रदीप्त हो उठा तो रोंटजन ने यही नतीजा निकाला कि ऐसा ऋणाग्र-किरणों की राह में रुकावट पड़ने से जो परातवर्तन हुआ है, यह प्रतिदीप्ति उसी के कारण होनी चाहिए। अब उन्होंने प्रतिदीप्ति होने वाले रासायनिक यौगिक तथा नली के बीच में पहला गत्ता और बाद में धातु के पत्तर की बाधकता का भी आसानी से भेदन कर लिया। जब उन्होंने नली तथा दूर रखे हुए एक प्रतिदीप्ति होने वाले यौगिक से लिए हुए आवरण के बीच अन्य बाधाएँ भी रखीं तो ये किरणें उनका भी भेदन कर के आवरण पर प्रतिच्छाया डालने में समर्थ रहीं। तब वह इस नतीजे पर पहुँचे कि ये किरणें अभी तक जानी गई सभी किरणों से बिल्कुल भिन्न और नए किस्म की हैं और उन्होंने उनको एक्स किरणों का नाम दिया।

रोंटजन तथा अन्य वैज्ञानिकों के परीक्षणों के परिणामस्वरूप यह पाया गया कि एक्स-किरणें प्रायः सभी पदार्थों का भेदन कर सकती हैं। उनकी भेदन की शक्ति लकड़ी अल्यूमीनियम और सीसे के लिए क्रमशः कम होती जाती हैं।

एक्स-किरणों के इस आकस्मिक आविष्कार ने मानव-शरीर के अनेक भीतर रोगों के निदान तथा चिकित्सा को आसान कर दिया। इसके साथ ही इसके द्वारा परमाणु का वास्तविक भेद और उसकी बनावट को जानने का भी मार्ग प्रशस्त हुआ।

ऐक्सरे के भिन्न-भिन्न उपयोग

एक्स-किरणों के आविष्कार से पहले शरीर के भीतर की चोटों अथवा रोगों का पता लगाने के लिए चिकित्सक शरीर की सतह को ही टटोला करते थे। जब रोंटजन द्वारा इसके आविष्कार की खबर फैली तो देश में यह कानून बनाने की कोशिश की गई कि थियेटरों में उन दूरबीनों का इस्तेमाल न होने दिया जाए जिनके शीशों में पारदर्शिता की क्षमता हो। उन दिनों जनता में इन किरणों के बारे में कितना भ्रमपूर्ण मत था, यह इसका प्रमाण है।

एक्स-किरणों के चित्रों से दिल के आकार तथा स्थिति का ठीक पता चल जाता है। गहरे आयाम के चित्रों द्वारा (ऐसे में एक ही वस्तु के चित्र दो नुक्तों से लिए जाते हैं और इन्हें एक विशेष दूरी पर रखकर एक साथ देखा भी जाता है। तब

चित्रित वस्तु की केवल लंबाई और चौड़ाई ही नहीं। गहराई भी दीख पड़ती है) दिल का एक्स-किरण चित्र खींचने पर देखा जा सकता है कि कारोनरी वाहिकाओं का कैल्शियम के जमने से कड़ा होना तो शुरू नहीं हो गया है। वक्त पर इलाज करने से आगे चलकर वाहिकाओं में अवरोध आ जाने के कारण हृदय की गति रुक जाने के परिणामस्वरूप अनायास मृत्यु से बचा जा सकता है।

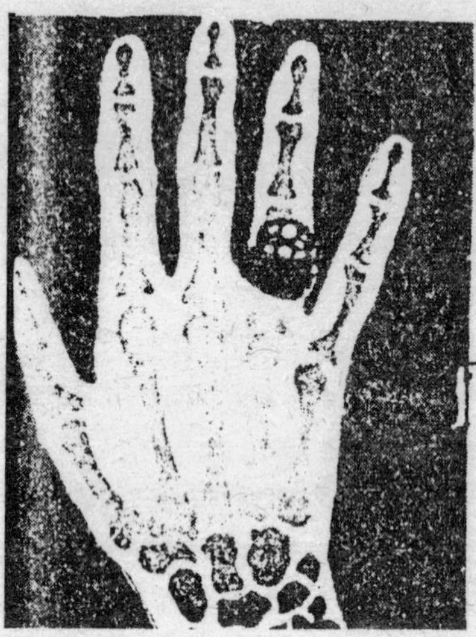

विल्हेम कोनार्ड रौंटजन

एक्स-किरण की छाया हड्डियों में पाए जाने वाले कैल्शियम फास्टेट के कारण उभरती है, क्योंकि उनमें एक्स-किरणों को अपेक्षाकृत अधिक जज्ब करने की ताकत होती है। लेकिन फुफ्फुस के ऊतकों पल्मनरीटिशूज) में ऐसी ताकत कतई नहीं होती। फेफड़ों में वायु न होती तो एक्स-किरणों में उनकी प्रतिच्छाया नहीं दिखाई पड़ती। फेफड़े के एक्स-किरणों में उनकी प्रतिच्छाया नहीं दिखाई पड़ती। फेफड़े के एक्स-किरण का चित्र उसमें आयोडीन मिश्रित तेल पहुँचाकर लिया जाता है।

मस्तिकष्क के एक्स-किरण चित्र तब तक नहीं लिए जा सकते जब तक उसमें वायु अथवा आक्सीजन का प्रवेश न करवाया जाए। ये चित्र भी तभी मस्तिष्क के रोगों के निदान में सहायक हो सकते हैं। जबकि तीन आयामों में खींचे जाएँ।

एक्स-किरणों की उपयोगिता उनके द्वारा खींचे गए चित्रों से ही नहीं, वरन् एक्स-किरणों की विकिरणशीलता का प्रयोग भी अनेक रोगों की चिकित्सा में होता है। आरंभ में एक्स-किरणों का बारंबार प्रयोग त्वचा में घाव पैदा कर दिया करता था और ये घाव काफी अरसे के बाद उभरते थे। विकिरण किस प्रकार ऊतकों को क्षति पहुँचाता है, इसके बारे में अभी तक बहुत अधिक नहीं जाना जा सकता है।

एक्स-किरणों का प्रयोग मानव-शरीर के ही नहीं, औद्योगिक क्षेत्र की ढली हुई धातुओं पर एक्स-किरणों की बौछार करके उनकी प्रतिच्छाया उतार ली जाती है और देख लिया जाता है कि उनके ढलने में कहीं कोई ऐब या खामी तो नहीं रह गई है।

औद्योगिक क्षेत्र में एक्स-किरणों की सहायता से खींचे जाने वाले चित्रों के अतिरिक्त इसी प्रकार के बहुत सूक्ष्म चित्र खींचकर उनके विवर्धन (एन्लार्जमेंट) करने का तरीका (माइक्रो-रेडियोग्राफी) भी अपनाया जाता है। इसके अतिरिक्त एक्स-किरणों का उपयोग एक अन्य महत्वपूर्ण वैज्ञानिक क्षेत्र मणिभों के विश्लेषण में भी होने लगा है।

इंजीनियरिंग के क्षेत्र में एक्स-किरणों के उपयोग ने बहुत सहायता पहुँचाई है। जहाँ धातुओं के बड़े-बड़े पिंडक (ब्लॉक्स) ढालने के बाद उन्हें इमरतों अथवा पुलों में लगाना व जोड़ना हो, वहाँ उनके टेंशन की भीतरी स्थिति को निरंतर परखने की जरूरत पड़ती है। ढलाई में उनके कारणों से विकृतियाँ रह सकती हैं अथवा उनके अंदर अदृश्य दरारें पड़ जाती हैं। टली हुई धातुओं की जिस मोटाई को एक्स-किरणें पार कर सकें, वहाँ तक उनकी कमजोरियाँ पहले ही जानी जा सकती हैं।

एक्स-किरणों से खींचे गए धातुओं के चित्रों में जहाँ सफेद रेखाएँ अथवा चकत्ते (पेचिज) दिखलाई पड़ें, वे दोषों के ही निकट होते हैं। अर्थात् वे धातुओं के ऐसे भाग हैं जो अन्य भागों के समान नहीं होते। इस प्रकार के दोष वायु के रह जाने से दरार या ढलाई के वक्त कम दाब के कारण रह गए पोलेपन के कारण पड़ जाते हैं।

धातुओं की ढलाई में एक्स-किरणों का काफी प्रयोग होता है। किसी ढलाई को तोड़े बिना उसके पक्केपन के परीक्षण

का तरीका केवल एक्स-किरणों द्वारा खींचे गए चित्रों से ही संभव है। फिर वह एलाई चाहे हवाई जहाज के परों पर अल्यूमीनियम की महीन पट्टियों की हो अथवा भारी भरकम पानी के जहाज की।

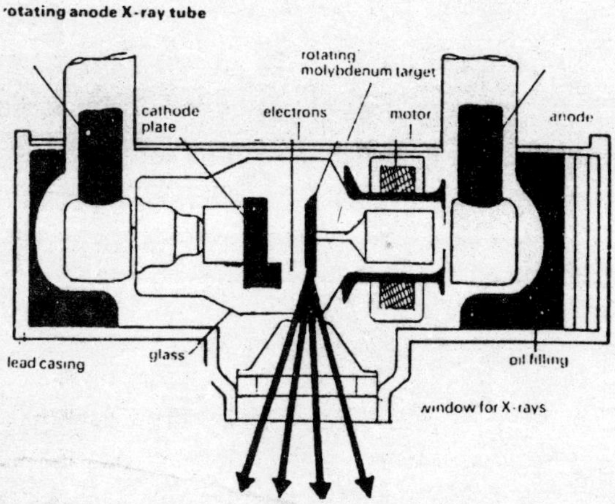

एक्स-किरणों का प्रयोग विभिन्न कल-पुर्जों के संग्रह द्वारा बनाने वाले यंत्रों के निरीक्षण में भी होने लगा है। एक्स-किरणों के चित्रों में देख लिया जाता है कि सब कल-पुर्जे यथास्थान जोड़े जा चुके हैं। या नहीं। हवाई जहाज के कल-पुर्जों, इलेक्ट्रोनीय नालियों आदि के इस प्रकार चित्र खींचकर यदि कोई कल-पुर्जा लगाने से रह गया हो तो उस भूल का पता बिना सारे यंत्र को खोले बिना लगा लिया जाता है।

नकली और असली मोती की पहचान एक्स-किरण आसानी से कर लेती है। एक्स-किरण के पड़ने पर असली मोती एक दश्य प्रतिदीप्ति से दमक उठता है। असली मोती में उससे केंद्र से बाहर को फैलते गोलाकार चक्र दीख पड़ते हैं। असली हीरे एक्स-किरणों के लिए अत्यंत पारदर्शक होते हैं, नकली काफी कम।

अब तो बहुत वेग से जाती हुई चीजों के चित्र भी एक्स-किरणों की मदद से लिए जाने लगे हैं। सैकण्ड के दस लाखवें हिस्से तक के प्रयोग विभिन्न वस्तुओं में से गोली के घुसने और पार होने की रफ्तार को जाँचने में किया जाता है।

एक्स-किरणों के छोटे और आसानी से उठाए जा सकने वाले यंत्र इमारतों में बिजली के तारों तथा नल-टोंटी लगाने वालों के काम में भी आने लगे हैं। जिनकी सहायता से वे दीवारों अथवा जमीन में लगे हुए तारों अथवा नालियों के स्थान को जान लेते हैं।

इस प्रकार एक्स-किरणों का प्रयोग हमारे औद्योगिक जीवन के अनेक पहलुओं में सफलता से हो रहा है। बहुत सूक्ष्म कणों और पदार्थों का, एक्स-किरणों से चित्र खींचकर तथा उनको बड़ा करके, साफ-साफ देखा जा सकता है।

कृषि-विज्ञान में भी एक्स-किरणों की मदद ली अब बड़े पैमाने पर जाने लगी है। कृषि वैज्ञानिक अनेक तरक के पौधों की पुरानी किस्मों को बेहतर किस्मों में बदलने की कोशिश में लगे रहते हैं, पौधों में इस प्रकार के परिवर्तन की गति को एक्स-किरणों की सहायता से तेज किया जा सकता है।

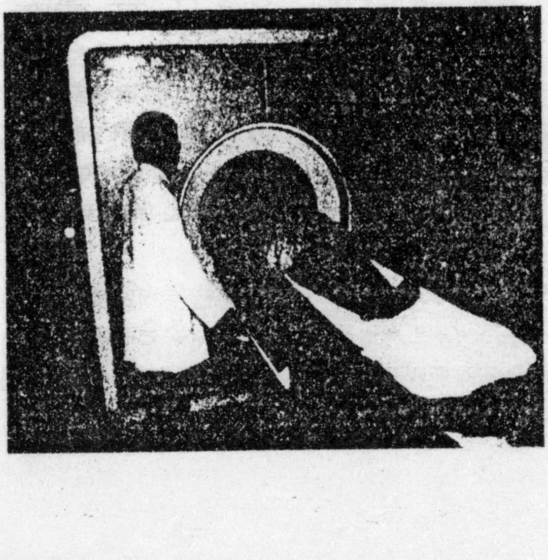

एक्स-रे का विकसित रूप-कैट स्कैनर

कैट स्कैनर का आविष्कार सन् 1972 में हुआ था। इसके विकास का श्रेय ब्रिटेन के डॉ. कोरमेक को है। इस अद्भुत आविष्कार के लिए इन को सम्मिलित रूप से नोबेल पुरस्कार किया गया।

कैट स्कैनर एक्स-रे उपकरण का ही एक विकसित किंतु अद्भुत रूप है। आमतौर से एक्स-रे चित्र में कठोर ऊतक जैसे हड्डियों तथा ऊतक जैसे मस्तिष्क को पहचाना जा सकता है। परंतु विभिन्न कोमल ऊतकों को अलग-अलग पहचान पाना मुश्किल है। दूसरे, एक्स-रे चित्र से मोटाई और गहराई का

आभास नहीं मिल पाता है जिसे शरीर के ग्रस्त भाग की पूरी जानकारी नहीं मिल पाती।

कैट स्कैनर उपकरण में एक ओर एक्स-रे स्रोत होता है, बीच में रोगी के लिए स्थान, और दूसरी ओर डिटेक्टर। यह डिटेक्टर एक कम्प्यूटर से जुड़ा होता है। कम्प्यूटर में गणित सूत्र का समावेश रहता है तथा वह एक टी. वी. स्क्रीन से संबद्ध रहता है। स्कैन हो रहे क्षेत्र से गुजरकर एक्स-किरणें डिटेक्टर तक पहुँची है। कम्प्यूटर आकृति दे देता है। इस प्रकार अलग-अलग ऊतक घनत्व के अनुसार स्पष्ट रूप से टी. वी. स्क्रीन पर उभर कर दिखाई पड़ते हैं।

'कैट' शब्द कम्प्यूटर एसिटिक टोमोग्राफी का संक्षिप्त रूप है। कम्प्यूटर की मदद से चित्र संबंधी आँकड़े इकट्ठे कर उनका विश्लेषण किया जाता है, इसलिए इसका नाम 'कैट स्कैनर' पड़ा।

चमत्कारी, महाशक्तिशाली लेसर किरणें

'लेसर शब्द' लाइट एम्प्लीफिकेशन बाई स्टिम्युलेटिड एमिशन ऑफ रेडिएशन (Light amplification By stimulated Emission of Radiation) का संक्षिप्त रूप है। लेसर किरण का आविष्कार न्यूयार्क के कोलंबिया विश्वविद्यालय के भौतिकी प्रौफेसर डॉक्टर चार्ल्स टाउन्स ने किया था।

टैक्नालॉजी ने संचारण के विभिन्न प्रकारों जैसे रेडियो, टेलीविजन, रेडार आदि के लिए कई उपर्युक्त प्रणालियाँ और उपस्कर उपलब्ध किए थे। लेकिन ये सभी तरंगें विद्युत् चुंबकीय तरंगों के तरंग लंबाई तथा आकृति के स्पैक्ट्रम के प्रकाश बैंड जिसके एक छोर पर अवरक्त अथवा ऊष्मा तरंगे और दूसरे छोर पर पराबैंगीन तरंगें होती हैं, के बहुत नीचे आती हैं। या यों कह सकते हैं कि उनकी तरंग-लंबाई के प्रकाश से बहुत अधिक है तथा आकृति बहुत कम। डॉ. चार्ल्स के दिमाग में इन्हीं बातों को लेकर विचार उमड़ घुमड़ रहे थे।

दीर्घतर तथा लघुतर तरंग लंबाई की नीची और ऊँची आवृति को लेकर भी उनके दिमाग में कुछ विचार घूम रहे थे।

संचारण तरंगों के क्षेत्र में अनुशासित, कला संबद्ध (कोहेरेंट) संकेतों का उत्पादन इलेक्ट्रोनिक ट्यूब और ट्रांजिस्टर द्वारा संभव था। कला संबद्ध संकेतों की खास बात यह है कि उनकी एक विशिष्ट तरंग-लंबाई (आवृति) होती है तथा उन्हें बीम या अंशु के रूप में ढाला जा सकता है। लेकिन लघुतर, सूक्ष्म तरंगों (माइक्रोवेव) तथा प्रकाश तरंगों में खेल कला-असंबद्ध किरणों ही विद्यमान थीं। ये किरणें सूर्य, प्रकाश लैंपों, आर्क-लैंपों, स्त्राभाविक एवं कृत्रिम आग तथा इसी तरह के अन्य स्रोतों या उपकरणों से उत्सर्जित की जाती हैं। ये अनुशासन विहीन-तरंगें विभिन्न आवृत्तियों का मिश्रण होती हैं तथा सभी दिशाओं में फैलती हैं।

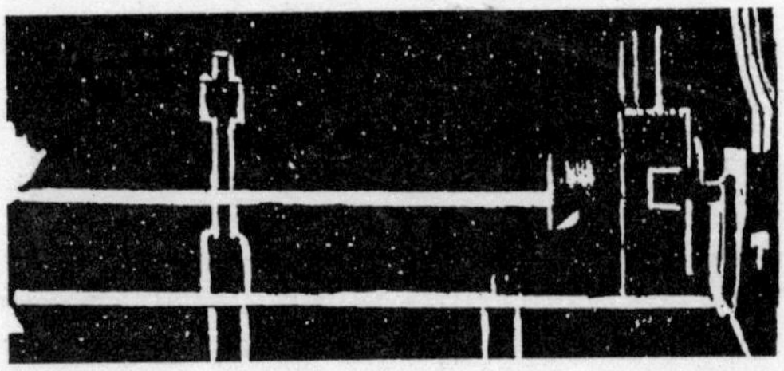

डॉ. चार्ल्स इन लघु तरंगों को कला संबद्ध कर रेडियो तरंगों की तरह अनुशासित तथा प्रवर्धित करने की बात सोच रहे थे। उन्होंने इस कार्य पर लगातार तीन वर्ष तक लगकर कार्य किया और इसमें थोड़ी बहुत सफलता प्राप्त कर ली। डॉ. चार्ल्स टाउनेस ने अपने सहयोगियों से मिलकर इस कार्य प्रणाली को एक नया नाम दिया 'मेसर'। वह शब्द जो यह समझाता है कि वह क्या काम करता है अर्थात्—माइक्रोवेव

एम्प्लीफिकेशन बाई स्टिम्युलेटिड एमिशन ऑफ रेडियेशन। 'मेसर' इसी का संक्षिप्त रूप है।

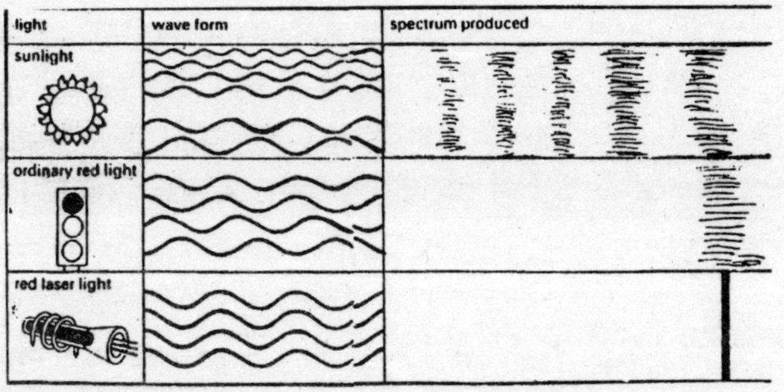

'मेसर' की कार्य प्रणाली में मेक्स प्लांक के क्वांटम सिद्धांत ने सबसे महत्वपूर्ण योगदान दिया था। जर्मन वैज्ञानिक प्लांक के अनुसार विकीर्ण ऊष्मा जैसे प्रकाश किरणें सतत प्रवाह के रूप में उत्सर्जित नहीं हो पातीं। लेकिन सूक्ष्म इकाइयों के रूप में परिवेष्ठित होकर अवश्य उत्सर्जित होती हैं। उसके क्वांटम सिद्धांत को 'फोटॉन' के नाम से जाना जाता है। एक साधारण प्रकाश लैंप लाखों फोटॉन प्रति सेकण्ड विकीर्ण करता है।

डॉ. चार्ल्स टाउनेस को अपने विचारों को वास्तविक और साकार रूप देने में काफी लंबे समय तक परिन्श्रम करना पड़ा। सब प्रकार के पदार्थों, अमोनिया गैस सहि, पर प्रयोग करने के बाद टाउनेस और उनके साथियों को एक पेंसिल के बराबर मोटी संश्लिष्ट माणिक्य (रूबी) शलाका द्वारा मेसर बनाने में सफलता प्राप्त हुई।

माणिक्य को सबसे पहले करीब परम शून्य (-172^{025}) तक ठंडा किया गया। इस तापक्रम पर विद्युत् प्रतिरोधकता समाप्त हो जाती है। उसके बाद उन्हें सूक्ष्म तरंगों में जो अति उच्च आवृत्ति की रेडियो तरंगें होती हैं, स्नान कराया गया। इसके बाद सम्प्रेरक सूक्ष्म तरंगों की आवृत्ति परिवर्तित की गई। इससे परमाणु एकाएक न्यूनतम स्तर पर उतर आए। और सम्प्रेरक तरंगों की आवृत्ति पर ही फोटॉन का उत्सर्जन करने लगे। लेकिन हर एक फोटॉन ने अपनी बारी पर दूसरे परमाणुओं को सम्प्रेरित किया। इस प्रकार प्रत्याशित श्रृंखला प्रतिक्रिया आरंभ की तथा परमाणुओं के अवधाव को न्यूनतम ऊर्जा स्तर पर गिराया। फलस्वरूप बहुत तीव्र विद्युत् चुंबकीय संकेत उत्पन्न हुए। इस प्रकार मेसर एक नए प्रकार का विद्युत् चुंबकीय (इलेक्ट्रो-मैग्नेटिक) प्रवर्धक बना। इस समय बहुत ही कमज़ोर संकेत नीची आवृतियों वाले क्षेत्र में प्राप्त हुए। परंतु यह प्रयोग पूरी तरह सफल रहा। इस विषय पर रूस के दो वैज्ञानिक भी कार्य कर रहे थे और 1964 में डॉ. चार्ल्स के साथ उन्हें भी नोबेल पुरस्कार से सम्मानित किया गया।

कुछ महीनों बाद डॉ. चार्ल्स टाउनसे ने अपने साथियों के साथ बेल प्रयोगशाला में अपना आलेख 'अवरक्त और प्रकाशीय मेसर' शीर्षक से तैयार किया ओर 1960 में जिस नए जादू की डॉ. चार्ल्स कल्पना कर रहे थे, वह एक यथार्थ रूप बन गया। केलिफोर्निया की ह्यूजेस विमान कंपनी की प्रयोगशाला में डॉ. टी. एच. मैमान ने पूर्ण गोपनीयता में प्रथम लेसर बनाया।

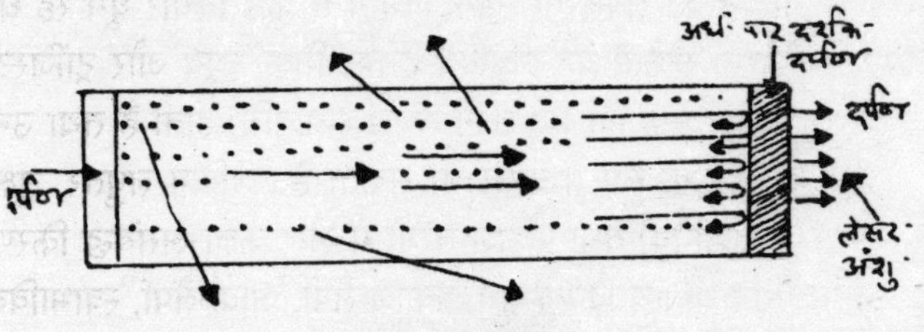

मेसर की तरह ही लेसर का प्रवर्धन माध्यम संश्लिष्ट माणिक्य की शलाका केवल सिगरेट जितनी बल्कि उससे भी छोटी थी। उसके दोनों छोरों पर दर्पण बनाने के लिए चाँदी चढ़ी दी गई थी। लेकिन एक तरफ चाँदी की थोड़ी पालिश थी और दूसरी तरफ ज्यादा। एक शक्तिशाली फोटोग्राफीय कौंध लैंप माणिक्य के चारों तरफ कुंडली के आकार में सर्पित लपेटी गई थी। इस प्रकार यह लेसर का सम्प्रेरण स्रोत था।

इसके बाद प्रकाश का एक छोटा स्पंद माणिकय में पंप किया गया। फिर अर्ध-पारदर्शक सिरे ने देदीप्यमान गहरे लाल प्रकाश की बीम उत्सर्जित की। इस प्रकार लेसर प्रकाश जो नीची ऊर्जा स्तर पर गिरे हुए परमाणुओं से निकले फोटॉनों से बना था, कोई सामान्य प्रकाश नहीं था। निस्संदेह वह प्रथम कला संबद्ध कोहेरेंट) प्रकाश था, जिसकी तरंगें जैसे—एक

कतार में कूच कर रही थीं। प्रकाश बीम अपना एक निश्चित व्यास बनाए रखती थी।

लेसर में, माणिक्य के दोनों सिरों के मध्य फोटॉन एक सिरे से दर्पण से दूसरे सिरे तक परावर्तित होते थे—जब तक कि वे एक साथ कदम से कदम मिलाकर कूच करने के लिए अनुशासित न हो जाएँ। और तब वे अर्ध पारदर्शक सिरे से एक शक्तिशाली बीम या अंशु के रूप में तीर की तरह निकलते। इस तरक के प्रकाश अंशु (बीम) में ऊर्जा का घनत्व बहुत ज्यादा था।

परंतु इसके बाद जब अन्य पदार्थों की लेसर किरणें बनने लगीं तो वे इतनी शक्तिशाली सिद्ध हुईं कि पृथ्वी के कठोरतम पदार्थों को भी आसानी से काट सकती थीं अथवा वाष्पित कर सकती थीं।

सचमुच विज्ञान की कई बड़ी और गंभीर समस्याओं की खोज में लेसर एक समाधान साबित हुई। संचारण तथा आकाशीय शोध में, ज्योतिषि ज्ञान और कम्प्यूटर तकनीकी में, चिकित्सा और निर्माण इंजीनियरिंग में और उसके ही कारण फोटोग्राफी, सिनेमेटोग्राफी तथा टेलीविन में एकदम नई प्रणाली का विकास हुआ है।

सन् 1962 में लेसर प्रकाश बीम द्वारा चंद्रमा का एक छोटा-सा क्षेत्र प्रकाशित किया गया था। इस प्रयोग से यह सिद्ध हो गया कि लेसर किरण का उपयोग आकाश में परिशुद्धतम मापक-फीते (मीजर-स्केल) की तरह किया जा सकता है। पृथ्वी और सेटेलाइट के मध्य कमजोर सिग्नल्स का प्रवर्धन (एम्लिफाइ) करने के लिए लेसर का उपयोग एक दवा प्रवर्धक की तरह किया जा सकता है।

हवाई जाहज, राकेट, उपग्रह आदि का लेसर बीम से नियंत्रण व निर्देशन आसानी से किया जा सकता है, साथ ही इससे ट्रैक (पीछा) भी किया जा सकता है।

लेसर-पिस्तौल से आप बात कर सकते हैं। इसमें से एक प्रकाश बीम निकलती है। अदृश्य अवरक्त क्षेत्र में जोकि भाषण या बातचीत द्वारा माइक्रोफोन की मदद से माडुलित (Modulated) होता है। रिसीवर द्वारा लेसर बीम ध्वनि में बदल जाता है। लेसर बीम अंधकार, वर्षा और कोहरा आदि को आसानी से बेध सकता है।

लेसर किरण का सिद्धांत

हर एक परमाणु (एटम) में विभिन ऊर्जा स्तरों (एनर्जी लेवल) पर इलेक्ट्रॉन पाए जाते हैं। प्रत्येक ऊर्जा-स्तर का संबंध ऊर्जा की विशिष्ट मात्रा से होता है। अगर हरेक इलेक्ट्रॉन अपने निर्दिष्ट ऊर्जा स्तर पर हो तो ऐसा परमाणु स्थायी (स्टेबल) परमाणु कहलाता है। इसे परमाणु की निम्नतम अवस्था (ग्राउंड स्टेट) कहते हैं। सामान्य स्थिति में किसी पदार्थ के लगभग समस्त परमाणु निम्तम अवस्था में होते हैं जो थोड़े बहुत उत्तेजित अवस्था में होते हैं, वे बिना किसी क्रम के विभिन्न ऊर्जा वाले फोटॉन उत्सर्जित करते रहते हैं।

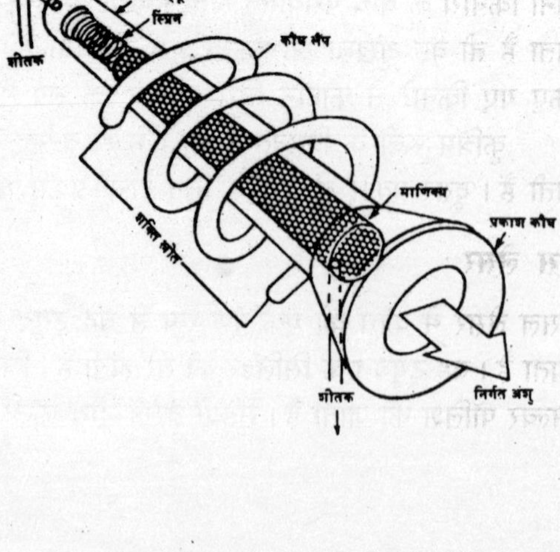

अगर इलेक्ट्रोनों को बाहरी ऊर्जा फोटॉन के रून में दी जाए तो ऊर्जा अवशोषित कर अपने से उच्च ऊर्जा स्तर पर चले जाते हैं तथा इस प्रकार उत्तेजित अवस्था में आ जाते हैं। कोई भी परमाणु हमेशा के लिए उत्तेजित अवस्था में नहीं रह सकता। वह स्वतः 10 8 सेकेण्ड में वापस निम्नतम अवस्था में आ जाता है और अवशोषित ऊर्जा के बराबर ऊर्जा मुक्त कर देता है। इस प्रकार मुक्त हुए फोटॉन की आवृत्ति अवशोषित फोटान की आवृत्ति के बराबर होती है।

अगर किसी उत्तेजित परमाणु का टकराव किसी फोटॉन से हो जाता है तो उत्तेजित परमाणु उसी फोटॉन की आवृत्ति का एक

फोटॉन उसी दिशा और उसी प्रावस्था (फेस) में मुक्त कर देता है। इस प्रकार के फोटॉन आकाशीय तथा कालिक (पीरियेडिकल) रूप से संसक्त हो जाते हैं। ये फोटॉन अपनी तरक के दो फोटॉन मुक्त कर देते हैं। इस तरह एक शृंखला अभिक्रिया (चैन रियक्शन) शुरू हो जाती है। इस उद्दीप्त उत्सर्जन (स्टिम्युलेटिड एमिशन) कहते हैं। एक ही आवृत्ति, एक ही दिशा तथा एक ही प्रावस्था वाले फोटॉन ही अति शक्तिशाली और प्रभावशाली लेसर-किरण निर्मित करते हैं।

एक फोटॉन में ऊर्जा की मात्रा उस वैद्युत चुंबकीय तरंग की तरंगदैर्घ्य पर निर्भर करती है जिसमें होकर यह चलता है। कोई भी परमाणु केवल एक निश्चित ऊर्जा (और निश्चित तरंगदैर्घ्य) वाले फोटॉन ही अवशोषित या उत्सर्जित कर सकता है। जिस प्रकार का परमाणु उपयोग में लाया जाता है, उसी प्रकार की तरंगदैर्घ्य अवशोषित अथवा उत्सर्जित की जाती है। यह आवश्यक नहीं कि जितनी ऊर्जा का कोई परमाणु अवशोषण करे, उतनी ही मात्रा उत्सर्जित भी करे।

लेसर के प्रकार

लेसर पुंज के निश्चित गुण-धर्म लेसर के क्रोड के पदार्थ पर निर्भर करते हैं। उदाहरण के रूप में अवस्था लेसर में किंस्टल प्रयोग में लाया जाता है एवं दूसरे प्रकार के लेसर में गैस, द्रव या अर्धचालक का प्रयोग होता है। दो प्रकार की सार्वधिक प्रचलित लेसर के बारे में यहाँ नीचे दिया जा रहा है।

घन अवस्था लेसर

घन अवस्था लेसर में कृत्रिम रूबी की लगभग 5 से. मी. लंबा तथा आधा से. मी. व्यास का छड़ के आकार का छड़ के आकार का क्रिस्टल उपयोग में लिया जाता है। इसके किनारे चिकने, चपटे, एक-दूसरे से 90 डिग्री का कोण बनाते हैं। इस छड़ के एक किनारे पर शीशे की तरण पूर्ण रूप से सिल्वर की पॉलिश की जाती है। जिससे इस पर पड़ने वाला अधिकतम प्रकाश परावर्तित हो जाता है। दूसरे सिरे पर आंशिक रूप से सिल्वर की पालिश की जाती है। जिससे कि कुछ प्रकाश तो परावर्तित हो जाता है तथा शेष इसमें से बाहर निकल जाता है। (यदि इस पर पड़ने वाला प्रकाश अधिक शक्तिशाली है तो।)

रूबी लेसर

इस छड़ के चारों ओर एक लेंप लपेट दिया जाता है जो कि तीव्र सफेद प्रकाश उत्सर्जित करता है। इसमें से निकलने वाला फोटॉन रूबी के क्रोमियत परमाणु अवशोषित कर उत्तेजित हो जाते हैं और रूबी के क्रोमियत परमाणु अवशोषित कर उत्तेजित हो जाते हैं और फोटॉन उत्सर्जित करना प्रारंभ कर देते हैं। यहाँ से स्वतः ही निम्नतम अवस्था में आ जाते हैं। इसके साथ-साथ लाल रंग की प्रकाश किरणों का संसक्त पुंज उत्सर्जित होता है। यह किरणें लाखों बार रूबी क्रिस्टल के दोनों किनारों के बीच परावर्तित होती हैं तथा विभिन्न दिशाओं में निकलने वाले फोटॉन रूबी क्रिस्टल के अक्ष के समानांतर होता है तो वह शृंखला अभिक्रिया शुरू कर देता है। जब प्रवर्धन बहुत अधिक बढ़ जाता है तो आंशिक रूप से सिल्वर किए गए किनारे से फोटॉन 'लेसर किरण' के रूप में बाहर निकल आते हैं।

कृत्रिम रूबी के क्रिस्टत केवल एक ही तरंगदैर्घ्य के फोटॉन उत्सर्जित करते हैं जो कि गहरे, एकवर्णी लाल रंग की होती हैं। दूसरे प्रकार के रंगों के लिए अन्य प्रकार के क्रिस्टलों की आवश्यकता पड़ती है।

गैस लेसर

गैसल लेसर में काँच की एक पूर्ण रूप से बंद ट्यूब ली जाती हैं जिसमें टीलियम एवं निओना गैस का मिश्रण भर दिया जाता है। यह ट्यूब एक सिलिंडर की तर होती है। जिसके किनारे चपटे होते हैं। इसके किनारों पर रूबी लेसर की ही भाँति सिल्वर पॉलिश की जाती है। रेडियो तरंगों द्वारा ऊर्जा दी जाती है। जिसके फलस्वरूप केवल हीलियम परमाणु ही उत्तेजित

ः उत्तेजित परमाणु निओन के परमाणुओं से टकराते हैं तब ऊर्जा हीलियम से निओन परमाणु में
। रमाणु फोटॉनों का उत्सर्जन करते हैं जो कि 'लेसर किरण' के रूप में उसी प्रकार के ट्यूब से बाहर
। .से घन अवस्था लेसर में।

रमाणु कई ऊर्जा स्तरों के फोटॉन उत्सर्जित करते हैं। इसी कारण हीलियम-निओन लेसर विभिन्न
अ। . कर सकता है।

लेस ण के उपयोग

लेसर उपयोग इसके दो प्रमुख समांतर-गुणों, दंड तथा अत्यधिक शुद्धता के कारण हैं। इसे एक मि.मी. के हजारवें भाग के ब स्थान पर केंद्रित किया जा सकता है। जब शक्तिशाली लेसर किरण किसी अपरादर्शिक सतह से टकराती है तो उसकी र्जा ऊष्मा के रूप में परावर्तित हो जाती है। लेसर का यह गुण भी बहुत उपयोग और महत्वपूर्ण है।

1. लेसर किरणों का उपयोग संचार में बढ़ता जा रहा है। रेडियो टी. वी. तथा टेलीविजन के संदेश बहुत अधिक संख्या में तथा अधिक दूरी तक बिना किसी विकृति के भेजे जा सकते हैं। एक लेसर किरण द्वारा एक ही समय में 80,000 टेलीफोन संदेश भेजे जा सकते हैं।
2. लेसर किरण में कोणीय वर्ण-विक्षेपण बहुत कम होने के कारण, बहुत अधिक दूरी तय करने के बाद भी इसकी तीव्रता लगभग वही रहती है तथा मार्ग में भी कोई परिवर्तन नहीं आता। इसलिए इसे पृथ्वी के आस-पास के ग्रहों की दूरी नापने के लिए भी उपयोग किया जाता है।
3. इससे हीरे जैसे कठोर पदार्थ 1/1000 सेकंड में छिद्र किया जा सकता है। स्टील की चादरों को आसानी से काटा जा सकता है। इससे उत्पन्न हुई ऊष्मा से धातु पिघल कर वाष्पित हो जाती है। रेडार के साथ प्रयोग करके इनको वायुयान तथा मिसाइलें गिरने के लिए युद्ध के काम में भी लाया जा सकता है।
4. लेसर का सबसे महत्वपूर्ण उपयोग चिकित्सा में है। यह शरीर की उस गहराई तक प्रवेश कर सकती है तथा छोटे-से-छोटे अंग को काट सकती है जहाँ परंपरागत नश्तर बेकार सिद्ध होते हैं। यहाँ तक कि यह कोशिका को भी केंद्रित कर सकती हैं। इसमें विच्छेदन के साथ-साथ घाव बंद भी होता जाता है। जिससे रक्त स्राव नहीं होता है। इसलिए शल्य चिकित्सा कटे हुए भाग को अधिक आसानी से देख सकता है। आँख के रेटिना के घाव की चिकित्सा लेसर किरण द्वारा सरलता से की जा सकती है।

होलोग्राफी

होलोग्राफी एक विशेष प्रकार की फोटोग्राफी है जिसमें सपाट चित्र के स्थान पर तीन आयाम वाले चित्र अर्थात् गहराई युक्त एक ऐसा चित्र उतरात है जो अलग-अलग कोणों से ठीक उसी तरह देखा जा सकता है जैसे आप कोई वास्तविक वस्तु देखते हैं। इसमें फोटोग्राफी एक विशेष प्रकार के प्रकाश से की जाती है जिसे 'लेसर' कहते हैं। जी हाँ, जिसके बारे में आप ऊपर सब कुछ जान चुके हैं।

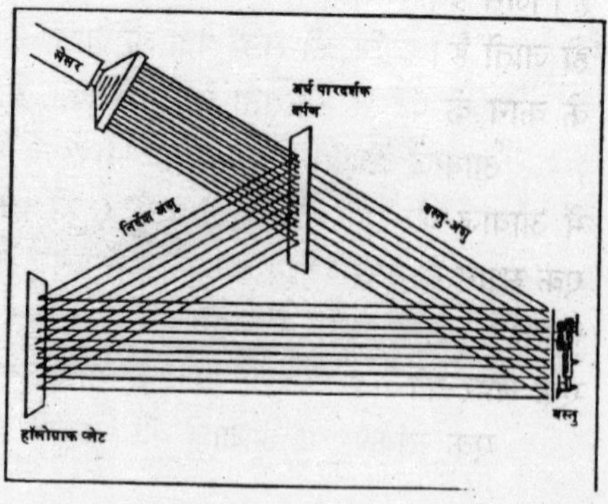

अमेरिका के वैज्ञानिक चार्ल्स टाउनेस ने 1954 में परमाणुओं को उत्तेजित कर एक-सी माइक्रो तरंगों को उत्पन्न कर तेजस्वी बनाने के बाद प्रयोग किया यह था 'मेसर' का आविष्कार। उसके बाद 1960 में टाउनेस और श्चावलों ने प्रकाश तरंगों को उत्तेजित कर एक-सी लय में उत्पन्न कर 'लेसर' का अवष्किार किया।

'लेसर' किरण का फोटोग्राफी में उपयोग डॉक्टर डेनिस गेवर ने किया—और इस प्रकार होलोग्राफी का जन्म हुआ।

होलोग्राफी के लिए लेसर के एक पुंज को फिल्टर द्वारा दो भागों में विभक्त किया जाता है। एक भाग दर्पण से टकराकर फोटोप्लेट पर पहुँचता है जिसे 'संदर्भ-किरण-पुंज' कहते हैं। दूसरा भाग फोटो लेने के लिए प्रयोग की गई वस्तु से भिन्न-भिन्न कणों पर टकराकर फोटोप्लेट पर पहुँचता है जिसे 'वस्तु-किरण-पुंज' कहते हैं। दर्पण से परावर्तित होकर आई हुई किरणें और वस्तु से टकराकर लौटी हुई किरणें सब एक ही रंग और एक ही तरंग लंबाई की होती हैं। परंतु वस्तु से टकराकर लौटी हुई—किरणें उसके भिन्न-भिन्न अंगों से टकराकर भिन्न-भिन्न अंतर से चलकर आने की वजह से वस्तु के भिन्न-भिन्न कोणों का आभास लिए हुए फोटोग्राफिक प्लेट पर पहुँचती है।

अब प्लेट की जिस जगह पर वे एक ही कम्पनावस्था में पहुँचती हैं, उसे वे ज्यादा से ज्यादा काला कर देती हैं और जहाँ अलग-अलग कम्पनावस्था में पहुँचती है, वहाँ एक किरण दूसरी को नष्ट कर देती है। इस तरह प्लेट का वह भाग कोरा रह जाता है जहाँ अलग-अलग कम्पनावस्था कम-ज्यादा रूप में प्रभावित स्थानों के मिलने से प्लेट पर काली-भूरी रेखाओं का बहुत ही बारीक जाल-सा बन जाता है। इसे होलोग्राम कहते हैं। इसी होलोग्राम से वस्तु अपने वास्तविक रूप में लंबाई, मोटाई, ऊँचाई और गहराई लिए दिखाई पड़ती है। जैसे—वह वस्तु सचमुच आपके पास रखी हो।

अब इस प्लेट को उसी रंग की लेसर किरणों से प्रकाशित करने पर उतनी ही दूरी पर फोकस किया जाता है, जितनी दूरी से चित्र लेते वक्त रखी गई थी। बस, वास्तविक रूप में चित्र उभकर सामने आ जाएगा।

इस विधि में अब बहुत कुछ सुधार कर दिए गए हैं। विशेष यह है कि होलोग्राफी के लिए 'लेसर' किरणों की जगह सफेद प्रकाश में दिखने वाली होलोग्राम विधि निकाल ली गई है। इसके कई लाभ हैं—जैसे इसमें वस्तु अपने वास्तविक रंगों में दिखाई देती हैं, जबकि लेसर से एक ही रंग दिखता था। दूसरे लेसर किरणों के इस्तेमाल में बहुत ही सावधानी बरतनी पड़ती थी, क्योंकि वे सूर्य की रोशनी से भी हजार गुणा तेज होती है और आँखों के लिए हानिकारक हैं।

नई विधि में होलोग्राफी के लिए एक विशेष प्रकार की चाँदी के लवणों की मोटी सतह वाली प्लेट का इस्तेमाल किया जाता है जिसे 'लिपमैन प्लेट' कहते हैं।

रंगीन होलोग्राम बनाने के लिए तीन मुख्य रंगों की लेसर किरणों को उत्पन्न करके उसी प्लेट पर तीनों रगों में होलोग्राम एक साथ खींचने पड़ते हैं। तभी वास्तविक रंग उभरकर आते हैं।

हमें आवाज देने वाली, गूंजती ध्वनि-तरंगें

किसी वस्तु के कम्पन करने से ध्वनि की तरंगें पैदा होने लगती हैं क्योंकि वस्तु के कम्पन से वहाँ की वायु पर दबाव पड़ता है। जिस प्रकार पानी में एक पत्थर फेंकने से पानी में जल की लहरें पैदा हो जाती हैं। ध्वनि की लहरें पैदा हो जाती हैं। ध्वनि की लहरें जब किसी के कान के पर्दे से टकराती हैं तो उसको आवाज सुनाई देती है।

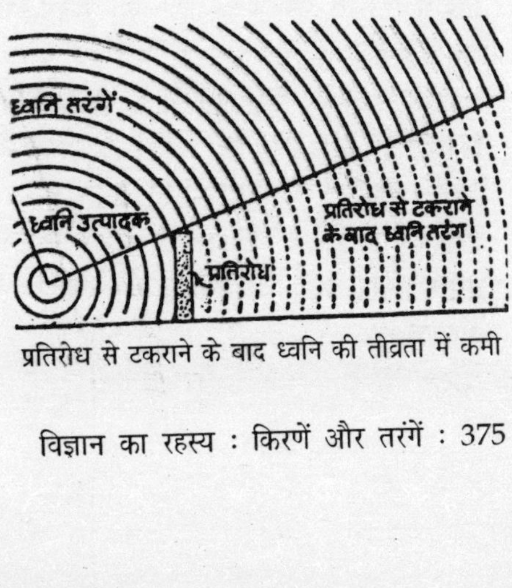

प्रतिरोध से टकराने के बाद ध्वनि की तीव्रता में कमी

आवाज की गति 1126 फुट या 345 मीटर प्रति सेकिण्ड है। पानी में आवाज की गति चार गुना अधिक हो जाती है। ध्वनि की लहरों को एक स्थान से दूसरे स्थान तक जाने के लिए किसी साधन की आवश्यकता पड़ती है। शून्य स्थान में ध्वनि की लहरें चल नहीं सकती हैं। आवाज की एक लहर को एक चक्कर या एक साइकिल कहते हैं।

एक सेकिण्ड में आवाज की जितनी लहरें बनती हैं, वह नंबर उस

आवाज की फ्रीक्वेंनसी कहलाती हैं। मान लो जैसे सितार के बजाने से एक सेकिण्ड में एक हजार लहरें उत्पन्न हो रही हैं तो उस आवाज की फ्रीक्वेंसी एक हजार साइकिल प्रति सेकिण्ड है। आवाज की तरंगों का रेंज 16 साइकिल से 1,600 साइकल प्रति सेण्डि है। आजकल साइकल प्रति सेकण्ड को हर्त्ज कहते हैं।

साधारणतया हमारे कान कम-से-कम 15 और अधिक से अधिक 20 हजार प्रति सेकिण्ड की फ्रीक्वेंसी की वेव को सुन सकते हैं। इसलिए इस रेंज को ऑडियो फ्रीक्वेंसी कहते हैं। इस पूरे रेंज में 500 से 50000 साइकल प्रति सेकण्ड की फ्रीक्वेंसी में बड़ा अंतर होता है। आदमी की आवाज की फ्रीक्वेंसी औरत की फ्रीक्वेंसी से कम होती है। एक साधारण मनुष्य की फ्रीक्वेंसी 120 साइकल प्रति सेकण्ड और औरत की फ्रीक्वेंसी 140 साइकल प्रति सेकण्ड होती है। इसलिए आदमी की आवाज से औरत की आवाज अधिक तीखी होती है।

टेलीफोन के द्वारा आवाज की 250 से 2,500 साइकल प्रति सेकण्ड की वेव को ही ट्रांसमीटर कर सकते हैं। लेकिर ब्रॉड-कास्टिंग में आवाज की जो पूरी आइडियल फ्रीक्वेंसी रेंज 30 से 10 किलों साइकल प्रति सेकण्ड तक ट्रांसमीटर करते हैं। यही कारण है कि टेलीफोन के द्वारा जो आवाज सुनाई देती है उसकी क्वालिटी और रेडियो की आवाज की क्वालिटी में विशेष अंतर है।

आवाज की तनी विशेष क्वालिटी हैं–

आमतौर से इळीं तीनों के माध्यम से आवाजें हम तक पहुँचती हैं। वे तीन प्रकार–सुर, शोर व धमाके। वैज्ञानिक उन का वर्गीकरण उन के स्रोत के आधार पर करते हैं। उनके अनुसार सुर के उत्पत्ति तब होती है जब काँपने वाली वस्तु (कोई तार आदि) की कंपन गति बिल्कुल एक समान बनी रहे। शोर की उत्पत्ति अनियिमित व मिले-जुले कंपन से होती है और धमाके की सिर्फ एक हवा के बड़े जोर के साथ फटने से।

सबसे पहले वैज्ञानिक, जिन्होंने आवाज की गति की समस्या पर ध्यान दिया, वे थे, बिटेन के सर आइज़क न्यूटन (17 वीं सदी) उन्होंने अपने प्रथम प्रयोग 1684 में किए थे। जो तरीका उन्होंने अपनाया वह प्रकाश व आवाज के अंतर का साधारण तरीका था। जिसका अनुभव बादलों में बिजली की चमक के दिखाई देने और गरज के साथ सुनाई देने के बीच के समय के अंतर से कोई भी कर सकता है। न्यूटन ने इसका हिसाब लगाने के लिए काफी दूरी पर छूटने वाली एक तोप का प्रयोग किया था। उन्होंने अपनी घड़ी में दो समय लिए : एक तो तोप के छूटने पर दिखने वाली चिंगारी का समय और दूसरा उसके धमाके की आवाज का उनके कानों तक पहुँचने का। दन दोनों समयों के बीच जितने सेकण्डों का अंतर उन्हें मिला, उस पर उन्होंने बीच की जाती हुई दूरी को फैला लिया और इस प्रकार उन्होंने आवाज की गति प्रति सेकण्ड निर्धारित कर ली।

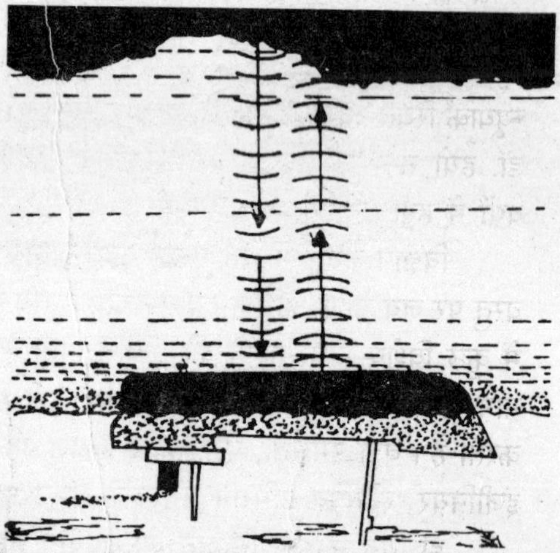

हवा के तापमान संबंधी तथ्य का आविष्कार न्यूटन से लगभग 130 वर्ष्ज बार फ्रांसीसी गणित ज्योतिषी लैपलेस ने किया। उसने प्रयोगात्मक रूप से यह सिद्ध किया कि आवाज की गति पर तापमान का बहुत असर पड़ता है और यह कि आवाज गर्म हवा में ठंडी हवा के मुकाबले कहीं तेज चलती है। अतः आज जो आवाज की प्रमाणिक गति (1088 फुट प्रति सेकण्ड या लगभग 744 मील प्रति घंटा) निर्धारित है। वह आवाज की वह गति है, जो समुद्रस्तर पर शून्य अंश सेंटीग्रेट के तापमान में होगी।

आवाज की लहरें आखिर कितनी दूरी तक जा सकती हैं ? यह भी एक रोचक विषय है। ऐसे कई ऐतिहासिक

उदाहरण हैं जिनमें आवाज हजारों मील तक गई है। इनमें सबसे प्रसिद्ध घटना 1883 में हुई क्राकाटोआ ज्वालामुखी इंडोनेशिया) के फटने की थी। उस के धमाके से लगभग सारी पृथ्वी ही काँप उठी थी, और उसकी आवाज सारी दुनिया के लगभग 1/13 भाग पर सुनी गई थी। इंडोनेशिया से 3000 मील दूर हिंद महासागर के दूसरे किनारे पर स्थित मैडागास्कर (अफ्रीका के पूर्वी तट पर) द्वीप में वह धमाका सुना गया था और इस धमाके से क्रोकाटोआ द्वीप के आसपास हजारों व्यक्तियों के कानों के पर्दे फट गए थे।

आवाज की लहरें जब हवा में से चलती हैं, तो उनका आकार-प्रकार प्रकाश तरंगों जैसा ही होता है। वे किसी ठोस सतह से टकरा कर लौट सकती हैं या मुड़ सकती हैं। एक समतल दीवार से टकराकर वह फिर सीधी स्रोत पर लौट सकती है। प्रतिध्वनि इसी प्रतिक्रिया का नाम है।

प्रतिध्वनि

प्रतिध्वनि के लिए आवाज की लहरों के सामने केवल एक रुकावट का होना ही काफी नहीं है, वातावरण भी निस्तब्ध और हवा स्थिर होनी चाहिए। तेज चलती हवा में आवाज की लहरें इधर-उधर बिखर जाती हैं, इसीलिए तेज आँधी में निकट खड़े होकर भी बात करना बहुत मुश्किल हो जाता है, चिल्लाना पड़ता है। फिर आवाज के स्रोत व रुकावट के बीच उपयुक्त फासला भी होना चाहिए। बहुत निकट या बहुत दूर के रुकावट से प्रतिध्वनि नहीं हो सकती।

बड़े हालों व ऊँची गुंबल वाली इमारतों में बोलते हुए साधारण आवाज में भी जो एक गूंज व गंभीरता आ जाती है, उस का कारण प्रतिध्वनि ही है। इस से वक्ता के हर शब्द का थोड़ा सा अंश पुनरावृत्त होकर सुनाई देता है, और अंतिम शब्द पूरी तरह से लौटता है या गूँजता रहता है। इसी से आवाज में जान आ जाती है। इससे उलट बिलकुल खुले में या ऊँचे पहाड़ों पर अथवा समुद्र की सतह पर आवाज की कोई प्रतिध्वनि नहीं होती, जिससे वहाँ आवाज स्पष्ट और हल्की मालूम होती है।

ध्वनि-तरंगों से चिकित्सा

न्यूयार्क स्थित रैनसैलेट पोलिटैक्निक इंस्टिट्यूट के एक बायोमेडिकल इंजीनियर डॉ. हयो सन युन ने एक ऐसी तकनीक का विकास किया है जो आनेवाले वर्षों में हड्डी के फ्रैक्चर के निदान में पूर्णतः एक्सरे का स्थान ले लेगी।

विज्ञान-जगत् में यह एउक आम जानकारी की बात है कि किसी भी वस्तु पर जब बहुत अधिक दबाव पड़ता है तब उस दबाव के कारण उस वस्तु में कुछ विशेष ध्वनि-तरंगों की उत्पत्ति होती है जिन्हें 'स्ट्रेस-वेव इमिरान' के नाम से जाना जाता है। तूफान में पेड़ों की सांय-सांय इस तथ्य की पुष्टि करती है। बड़ी इमारतों, पुल, हवाई जहाज और अन्य कई वस्तुओं की रचनात्मक अखण्डता परखने के लिए कुछ वर्षों से इंजीनियर 'स्ट्रेसवेव इमिरान' सिद्धांत का उपयोग काफी हद तक करते आ रहे हैं।

डॉ. युन ने इसी सिद्धांत का उपयोग हड्डी में उत्पन्न छोटे-से-छोटे फ्रैक्चर के निदान में बेजोड़ सिद्ध होने वाले एक उपकरण के विकास में किया है। डॉ. युन का यह विश्वास था कि स्वस्थ्य हड्डी और चोटग्रस्त हड्डी की ध्वनि-तरंगों में अवश्य ही अंतर होगा।

पराश्रव्य ध्वनि-तरंगें

ऐसी ध्वनि आवृत्तियाँ जो कि उच्च श्रवण सीमा से अधिक है, पराश्रव्य-ध्वनि (अल्ट्रासानिक) कहलाती हैं। पराश्रव्य ध्वनि

की तीव्रता उतनी ही होती है जितनी कि एक तोप के कान के बहुत नजदीक छोड़े जाने से उत्पन्न ध्वनि की तरंगों की होती है। पराश्रव्य लचीली तरंगें होती हैं, जिन्हें आगे बढ़ने के लिए, गमन के लिए, माध्यम की जरूरत होती है। इसके विपरीत प्रकाश और एक्स-किरण विद्युत-चुंबकीय तरंगें है, जिनको आगे बड़ाने के लिए माध्यम की जरूरत नहीं होती है।

पराश्रव्य तरंगों को उत्पन्न करने के लिए चार निम्न मुख्य तरीके हैं :

1. यांत्रिकी
2. विद्युत चुंबकीय
3. चुंबकीय विमाभेदीय (मेग्नेटो स्ट्रिक्टिव)
4. दाब विद्युत

1. यांत्रिकी

पराश्रव्य तरंगों को उत्पन्न करने की यांत्रिक विधियों के उल्लेख हमें 17वीं शताब्दी से पहले के साहित्य में भी मिलते हैं, आमतोर पर इसके लिए सीटी और दुंदभि ही काम में लाए जाते थे। दोनों का सिद्धांत एक ही है। जब तरल पदार्थ के प्रवाह में रूकावट डाली जाती है तो ध्वनि ऊर्जा उत्पन्न होती है और जब अनुनादीय छिद्र याहार्न के साथ ऐसा किया जाता है तो ध्वनि की तीव्रता बढ़ जाती है। इससे प्रायः 5-20 हजार साइकिल प्रति सैकण्ड की ध्वनि आसानी से उत्पन्न की जा सकती ळै। समुचित बनावट होने से 1 लाख साइकिल प्रति सैकण्ड से भी अधिक की आवृत्ति उत्पन्न की जा सकती है।

2. विद्युत चुंबकीय

एक तरीके में झिल्ली, जो चुंबकीय पदार्थ से संयोजित होती है, का कंपन प्रतयावर्ती चुंबकीय क्षेत्र से करवाया जाता है। उदाहरण के लिए लाउडस्पीकर। ऊँची आवृत्तियों के लिए झिल्ली के स्थान पर अनुनादीय छड़ काम में लाई जाती है।

3. चुंबकीय विमाभेदीय

निकिल, लोहा जैसे कुछ चुंबकीय पदार्थ जब चुंबकीय क्षेत्र में रखे जाते हैं, तब उनकी लंबाई में परिवर्तन हो जाता है। ऐसा करने से अनुनादीय छड़ तीव्रता से कम्पन्न करने लगती है। अनुनादीय आवृत्ति वह आवृत्ति है जिसका तरंगांतर, छड़ की लांबाई से दुगुना हो। ऐसे उत्पादक अधिक ताप पर भी काम में लाए जाते हैं, किंतु जैसे-जैसे आवृत्तियाँ 60 हजार साइकिल प्रति सैकण्ड से अधिक होती जाती हैं, वैसे-वैसे छड़ की लंबाई अनुनाद पर छोटी होती जाती है। इसलिए ऐसे उत्पादक कम आवृत्ति के लिए उपयोगी हैं।

4. दाब विद्युत

कुछ पदार्थों यथाक्वार्ट्ज, बेरियम-टाईटनेट, लैड जिराकोनेट टाइटेनेट जो दाब-विद्युत पदार्थ कहलाते हैं, में जब विद्युत प्रवाहित की जाती है तो ये दोलक की आवृत्ति से कम्पन्न करने लगते हैं। यदि ऐसे पदार्थों से बनी चकती की मोटाई उस पदार्थ में गमन करने वाली ध्वनि की तरंगांतरों की आधी हो तो कम्पन्न अधिकतम होंगे। इस तरह के उत्पादक में उलैक्ट्रोनिक दोलक तथा दाब विद्युत पदार्थ की जरूरत होती है, जो कि विद्युतीय ऊर्जा का यांत्रिक ऊर्जा में परितर्वन करते हैं।

उपयोग : तुलनात्मक दृष्टि से पराश्रव्य तरंगें आज के युग में नया क्षेत्र है किंतु इनकी उपयोगिता मानव जीवन के प्रत्येक क्षेत्र में सिद्ध हुई है। इनसे सूक्ष्म लंबाई नापी जा सकती है। उत्पादित माल की परीक्षा की जा सकती है, सूक्ष्म और नाजुक पुर्जो की सफाई की जा सकती है। यहाँ तक कि रोगों का निदान किया जा सकता है, और नाजुक अंगों की शल्य चिकित्सा की जा सकती है। कुछ महत्वपूर्ण औद्योगिक उपलब्धियाँ ही नीचे सारणी में दी जा रही हैं।

पराश्रव्य तरंगों के उपयोग समझने के लिए संक्षिप्त रूप से मौलिक सिद्धांतों का उल्लेख करना अत्यंत आवश्यक है। जब पराश्रव्य तरंगें किसी माध्यम में गुजरती हैं तब मुख्य तौर पर दो प्रभाव होते हैं।

1. अवशोषण से ऊष्मा उत्पन्न होती है।

2. माध्यम के दबाव में अंतर जाता है।

द्रव्य माध्यम में दबाव का अंतर 5 वायुमण्डल या उससे भी अधिक पाया जाता है। और ऐसी अवस्था में एक क्रिया और देखी जाती है। जिसे गुहयीकरण (कैविटेशन) कहते हैं। ऐसी दशा में द्रव माध्यम में छोटे बुलबुले बनते हैं जो कि द्रव के वाष्प और अवशोषित गैस से भरे होते हैं। ये बुलबुल पानी में उठते हुए बुलबुलों के सदृश्य दिखाई देते हैं। ये बुलबुल आपस में मिलकर बड़े बुलबुले बनाते हैं। इन बुलबुलों के फूटने से, द्रव माध्यम में पराश्रव्य तरंगों के प्रवाहित होने से उत्पन्न हुए ताप और दाब से अनेक भौतिक व रसायन क्रियाएँ होती हैं तथा द्रव के उबलने व जमने में अंतर, मिश्रण गैस मुक्त करना, जमाना, शोधन, विद्युत रासायनिक प्रभाव, रासायनिक क्रियाओं का प्रारंम्भ्झिकरण, बहुलीकरण, विसरण, धोलक निष्कासिन आदि। पराश्रव्य तरंगों के इतने उपयाेग होने पर यह नहीं सोचना चाहिए कि वे अलादीन का लैंप हैं। इनकी अपनी ही कुछ सीमाएँ हैं। जैसे उनकी शक्ति और शक्ति यंत्र की कीमत।

प्रघाती तरंगें या दाब तरंगें

जब वायु, गैस या द्रव पदार्थ में किसी वस्तु के तेज गति से चलने पर तरंगें पैदा होती हैं तो ऐसी तरंगों को प्रघाती तरंगें कहते हैं। गैस या द्रव के किसी वस्तु के चारों ओर तीव्र गति से चलने पर भी ये तरंगें पैदा हो जाती हैं। ये प्रघाती तरंगें तब पैदा होती हैं, जब वस्तु, गैस या द्रव का वेग ध्वनि के वेग के बराबर अथवा उससे अधिक होता है। प्रघाती तरंगों को दाब तरंगें भी कहा जाता है।

प्रघाती तरंगें अनेक प्रकार से पैदा होती हैं। प्रकृति में इनको पैदा होने से बहुत से स्रोत होते हैं। प्रघाती तरंगों को कृत्रिम विधियों से भी पैदा किया जाता है। बादलों के गरजने और बिजली के चमकने से भी प्रघाती तरंगें उत्पन्न होती हैं। बिजली गिरने से पैदा होने वाली प्रघाती तरंगों के आघात से कभी-कभी लोगों की मृत्यु और घर-सम्पत्ति भी नष्ट हो जाती हैं। ज्वालामुखियों के फटने से उत्पन्न प्रघाती तरंगें भी बड़ी हानिकारक होती हैं।

भूकंप आने पर भी प्रघाती तरंगें उत्पन्न होती हैं। ये बड़ी भयानक और विनाशकारी होती हैं। सन् 1908 में साइबेरिया के निकट एक ऐसा विशाल उल्कापात हुआ था, जिससे इतनी तीव्र प्रघाती किरणें पैदा हुई, जिन्होंने 2048 वर्ग कि. मी. क्षेत्रफल के जंगल को जलाकर राख कर दिया था।

कृत्रिम विधियों से उत्पन्न प्रघाती तरंगों में रासायनिक, नाथिकीय और ताप नाभिकीय बमों के विस्फोट कृत्रिम प्रघाती तरंगों के उदाहरण हैं इनसे बहुत शक्तिशाली प्रघाती तरंगें उत्पन्न होती हैं। ये प्रघाती तरंगें मानव विनाश के लिए तो प्रयोग की ही जाती हैं, साथ ही इन्हें शांतिपूर्ण कार्यों के लिए भी प्रयोग किया जा रहा है। परमाणु ऊर्जा को विद्युत, उत्पादन के लिए प्रयोग किया जा रहा है। इस विस्फोटों को खानें खोदने, कृषि मशीनों, अंतरिक्ष विस्फोटकों द्वारा खुदाई की जाती हैं। इनसे रेलगाड़ियों के मार्ग, सड़कें और चट्टानें तोड़कर खनिज निकालने में भी मदद ली जाती है। विफोटकों का प्रयोग नहर के निर्माण और बंदरगाह बनाने में भी किया जाता है।

कहाँ से आया पृथ्वी पर जीवन

दो शब्द

हमारी पृथ्वी पर हजारों वर्षों से भिन्न-भिन्न प्रकार के जीव-जन्तु, पेड़-पौधे और मनुष्य रहते आए हैं। पृथ्वी पर विभिन्न वातावरण में अलग-अलग प्रकार के जीव-जन्तु, वनस्पतियाँ तथा मानव पाए जाते हैं जिन्हें देखकर कभी-कभी हमें आश्चर्य होता है। क्योंकि इससे पहले हमें उनके आकार-प्रकार, रंग-रूप, रहन-सहन, गुण-धर्म आदि की कल्पना नहीं थी।

आपने यह तो अवश्य पढ़ा होगा कि पृथ्वी आरंभ में एक आग का गोला थी। धीरे-धीरे यह ठण्डी होती गयी और लाखों वर्ष बाद यह रहने योग्य बन पायी। जाहिर है कि जब यह आग का गोला मात्र थी तब इस पर जीव-जन्तु, पेड़-पौधे और मनुष्य के होने का तो सवाल ही पैदा नहीं होता। इसका अर्थ साफ है कि तब पृथ्वी पर जीव-जगत् का नामोनिशान भी नहीं था।

तब फिर पृथ्वी के रहने योग्य बनने पर ये जीव-जन्तु, पेड़-पौधे और मानव कहाँ से आ गए? इनकी उत्पत्ति कैसे और कब हुई? जीवन का संचार पृथ्वी पर कैसे और किस रूप में हुआ? पृथ्वी पर सबसे पहले जीव कहाँ उत्पन्न हुआ? क्या पृथ्वी पर जीवन किसी अन्य ग्रह से आया? जीवन और मृत्यु क्या है? आदि अनेक प्रश्नों के उत्तर आप इस पुस्तक के माध्यम से पाएँगे।

पृथ्वी की उत्पत्ति कैसे हुई?

पृथ्वी पर जीवन की उत्पत्ति कैसे और कब हुई, यह जानने से पहले आइए, यह जानें कि पृथ्वी की उत्पत्ति कब और कैसे हुई? इस विषय पर कई वैज्ञानिकों ने अपने मत प्रकट किए हैं और कुछ सिद्धांत भी स्थापित किए हैं। इन सिद्धांतों की वैज्ञानिक सत्यता एवं प्रामाणिकता के विषय में कुछ भी कहना, सरल बात नहीं है। फिर इतना तो निश्चित रूप से कहा जा सकता है कि पृथ्वी की उत्पत्ति की समस्या हमारे विशाल एवं विस्तृत सौर्य-मंडल के अन्य कुटुंबीजनों की उत्पत्ति की महान् तथा विकट समस्या का ही एक पहलू है। पृथ्वी की उत्पत्ति के संबंध में कुछ प्रमुख सिद्धांत निम्न प्रकार हैं—

(1) सूर्य से किसी तारे की भिड़ंत—कोई 200 वर्ष पूर्व जॉर्ज लूई बफुन विख्यात फ्रांसीसी वैज्ञानिक ने यह बतलाया है कि कदाचित् बहुत समय पूर्व अंतरिक्ष में हमारे सूर्य के एवं किसी विशालकाय अन्य ज्योतिपिंड के (जिसका आकार सूर्य से कई गुना अधिक रहा होगा) बीच में आकस्मिक ऐसी जोर की भिड़ंत हुई कि उस भयंकर चोट के कारण ही, इन दोनों पिंडों में से भिन्न-भिन्न अंशों में तारकीय द्रव्य निकल पड़ा। उसी द्रव्य से पृथ्वी एवं अन्य नक्षत्रों की रचना हुई। सब नक्षत्रों का एक ही दिशा में सूर्य के चारों ओर परिक्रमा लगाना और उन सबों का एक ही समतल में होना, इस सिद्धांत की पुष्टि करता है। फिर जिस दिशा में सूर्य अपने अक्ष पर घूम रहा है, उसी दिशा में ही नक्षत्र भी सूर्य की परिक्रमा लगा रहे हैं। इस बात से भी इसी सिद्धांत की पुष्टि होती है। अतः इस सिद्धांत के अनुसार जो सूर्य सौर्य-मंडल के केंद्र पर स्थित है, वह हमारी पृथ्वी की एवं अन्य नक्षत्रों की जननी है। इस सौर्य-मंडल के परिवार का जनक वही अनंत पथ का पथिक, दूसरा पिंड था, जिसने सूर्य से भिड़ंत की। उसका आज कहीं पता नहीं है। अवश्य यह ब्रह्मांड के किसी कोने में अब भी विचरण कर रहा होगा। इस सिद्धांत के अनुसार नक्षत्रों की कक्षाएँ और बीट्स वृत्ताकार होने के स्थान पर दीर्घ वृत्ताकार होना चाहिए।

(2) लापलेस का सिद्धांत—अर्थात् नीहारिका सिद्धांत—लापलेस भी फ्रांस देश का विख्यात गणितज्ञ हो चुका है। सन् 1796 में उसने एक नवीन सिद्धांत की स्थापना की। लापलेस के मतानुसार सौर्य-मंडल के नक्षत्रों की उत्पत्ति केवल उसी सूर्य के, जो उसके केंद्र पर स्थित है, भयंकर विस्फोट के परिणामस्वरूप हुई। एक समय हमारा सूर्य बहुत बड़ा पिंड रहा होगा, जो अपने अक्ष पर परिभ्रमण कर रहा था। उसके भीतरी भागों में तापक्रम एवं दबाव बढ़ते-बढ़ते इतने अधिक हो गए कि सारे पिंड का एकाएक ही एक भयंकर विस्फोट हुआ। इस विस्फोट के पश्चात् सूर्य फिर से ठंडा होने लगा, साथ ही सिकुड़ने भी लगा। जैसे-जैसे वह सिकुड़ने लगा, उसके परिभ्रमण की गति अधिक विषम होती चली गयी और उसमें से द्रव्य की बड़ी-बड़ी तथा पृथक्-पृथक् अँगूठियों का एक के पश्चात् एक, निकलना आरंभ हुआ।

जिस किसी ने तीव्र गति से फिरते हुए गाड़ी के पहिये की परिधि से पानी के अथवा कीचड़ के कणों को बहुत ही वेग से उछलते हुए देखा है, वह एक परिभ्रमण करते हुए विशाल पिंड से द्रव्य फेंके जाने की थोड़ी-बहुत कल्पना तो कर ही सकता है। लापलेस के मतानुसार कालांतर में प्रत्येक अंगूठियों ने पिंडों के रूप धारण कर लिए जो अंत

में नक्षत्र बनते गए। लापलेस का यह सिद्धांत गणित की दृष्टि से अपूर्ण ही नहीं, परंतु बहुत भ्रांति युक्त था। प्रथम तो गणित के आधार पर यह स्पष्ट रूप से प्रमाणित नहीं किया जा सकता कि सिकुड़ते हुए सूर्य से केवल आवश्यकीय संख्या में ही अँगूठियों का क्यों कर जन्म होना चाहिए। वरन् ऐसी परिस्थितियों में तो असंख्य पतली-पतली अँगूठियों का क्रमशः उत्पन्न होना अधिक उपुयक्त है। इस प्रकार के उत्सर्जन के लिए अवश्य ही परिभ्रमण की गति बहुत ही भयंकर होनी चाहिए। केंद्रीय पिंड ने कभी भी इस गति को प्राप्त किया होगा, इसमें संदेह तथा शंका है। द्वितीय, द्रव्य की अँगूठियों का क्रमशः पिंडों का रूप धारण कर लेना, एक बहुत ही आपत्तिजनक बात है। तृतीय, कुछ नक्षत्रों का भार सूर्य के भार का 1/700 वाँ अंश ही है। परंतु उनका सम्मिलित परिभ्रमण आवेग सूर्य के आवेग से 50 गुना अधिक है। यह एक असंभव-सी बात जान पड़ती है। लापलेस का सिद्धांत इस प्रकार की शंकाओं से पूर्ण है।

फिर भी 19वीं शताब्दी में यही सबसे अधिक मान्य एवं प्रचलित सिद्धांत माना जाता था। आधुनिक वैज्ञानिकों ने इस सिद्धांत में बहुत कुछ संशोधन एवं सुधार किए हैं।

(3) सर नारमन लोकियर का उल्का-सिद्धांत–इस मत की धारणाओं के अनुसार नीहारिकाओं में केवल तापोज्ज्वल गैसें ही नहीं होतीं, किंतु चारों दिशाओं में अनियमित रूप से भागते हुए छोटे-छोटे पत्थरों के विशाल झुंड भी पाए जाते हैं। परस्परीय मुठभेड़ एवं संघर्षण के कारण जो ताप उत्पन्न होता है, उससे वह पिघलकर कभी-कभी बड़े पिंड का रूप धारण कर लेते हैं। बड़े पिंड गुरुत्वाकर्षण के कारण अन्य छोटे पिंडों को अपनी ओर खींचने लगते हैं और शनैः-शनैः आकार एवं भार में वृद्धि होते-होते पिंड ग्रह बन जाते हैं। यह सिद्धांत कई दृष्टियों से अपूर्ण है। इस सिद्धांत के निर्माता एवं समर्थन करने वाले वैज्ञानिकों ने ग्रहों के बनने की विधि की पूर्णतया व्याख्या करने के पूर्ण प्रयत्न नहीं किए। उन्होंने यह भी सिद्ध नहीं किया कि ग्रह अपने निर्दिष्ट मार्ग पर किसी केंद्रीय पिंड के चारों ओर क्यों परिक्रमा लगाते हैं? कुछ लोगों की मान्यता के अनुसार छोटे-छोटे पिंड चारों दिशाओं में गमन करते रहते हैं और अकस्मात् ही भिड़ंत के कारण वे पिघलकर एक बड़े पिंड में परिवर्तित हो जाते हैं जो धीरे-धीरे बढ़ते-बढ़ते ग्रह बन जाते हैं। परंतु अन्य लोगों के मतानुसार छोटे-छोटे पिंड आरंभ से ही किसी विशालकाय पिंड के चारों ओर अपनी कक्षाओं में परिक्रमा लगाते रहते हैं। जिस स्थान पर पिंडों की भिड़ंत होती है, वहीं पर ग्रहों का निर्माण भी होता है। इस मत के सर्वश्रेष्ठ समर्थक चैंबरलेन तथा मोल्टन हैं।

(4) जेम्स जिन्स का ज्वार-सिद्धांत—विश्व में असंख्य ज्योतिर्पिंड इधर-उधर आकाश में गमन कर रहे हैं। फिर भी ब्रह्मांड की अनंत विस्तीर्णता को देखते हुए किसी एक पिंड से साक्षात् भिड़ंत की भयानक घटना के घटने की संभावना, वैज्ञानिकों के अनुमान से बहुत ही कम है। ज्वार-सिद्धांत के अनुसार सौर मंडल की उत्पत्ति के लिए दो पिंडों की भिड़ंत आवश्यक नहीं है। भौतिक विज्ञान के महत्त्वपूर्ण गुरुत्वाकर्षण नियम के अनुसार द्रव्य का एक पिंड दूसरे पिंड को आकर्षित करता है—और जैसे-जैसे पिंडों के बीच की दूसरी कम होती जाती है, आकर्षण भी दूसरी के वर्गीय उत्क्रमानुपात से बढ़ता जाता है—दूसरी के आधे हो जाने पर आकर्षण चौगुना, दूरी के एक तिहाई हो जाने पर आकर्षण नौगुना हो जाता है। फलतः भ्रांत पथिक की भ्रांति असीम विश्व के गर्भ में विचरण करते-करते जब कभी दो पिंड एक-दूसरे के बहुत समीप आ जाते हैं तो गुरुत्वाकर्षण के फलस्वरूप कदाचित् दोनों पिंडों में से पृथक्-पृथक् एक सिगरेट की आकृति का लंबा तंतु निकल पड़ता है। धीरे-धीरे तंतुओं के ठंडे होने के कारण द्रव्य का शिथिलीकरण होने लगता है। अंत में वह छोटे-छोटे पिंडों का रूप धारण कर लेता है। इस प्रकार उत्पन्न हुए पिंड अपने-अपने उत्पादक पिंड के चारों ओर परिक्रमा लगाने लगते हैं। परिणामस्वरूप एक ही साथ दो सौर मंडल की रचना हो जाती है। यदि उत्पादक पिंडों में एक, दूसरे की अपेक्षाकृत विशेष छोटा हुआ तो फिर विशाल पिंड का गुरुत्वाकर्षण अधिकतम होने के कारण छोटे पिंड में से ही द्रव्य अधिक मात्रा में आकर्षित होगा, जिससे संभवतः एक सौर मंडल की ही रचना होगी।

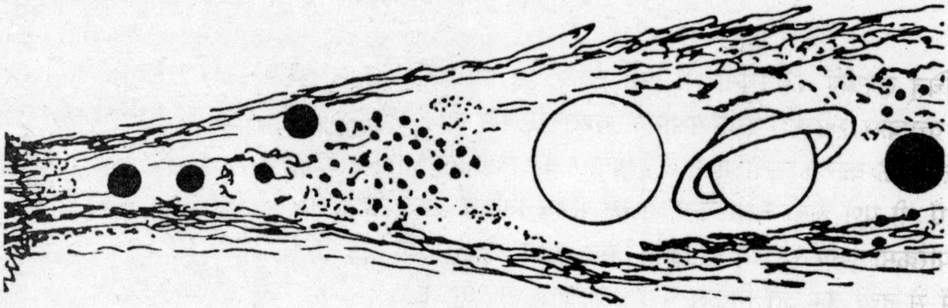

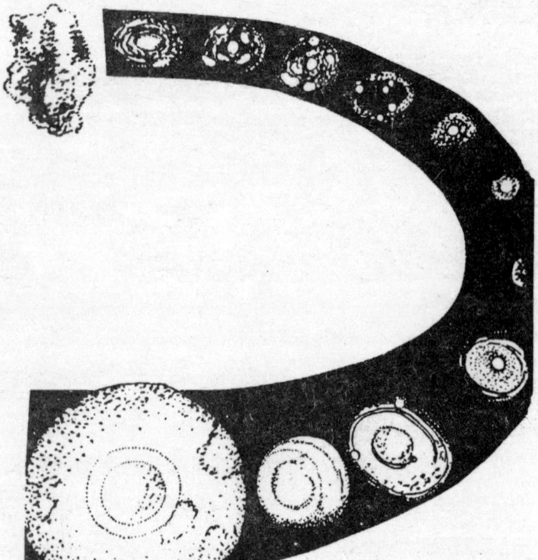

यह सिद्धांत प्रसिद्ध ब्रिटिश वैज्ञानिक सर जेम्स जिन्स ने सन् 1916 में गणित के आधार पर स्थापित किया। इस वैज्ञानिक के मतानुसार हमारे सौर मंडल की भी रचना इसी प्रकार होनी चाहिए। बुध, मंगल, शुक्र, बृहस्पति, शनि, यूरेनस, नेपच्यून एवं प्लूटो हमारी पृथ्वी के भाई-बहिन हैं। इसके अन्य भाई-बहिनों के साथ वह पिंड जिसके आकर्षण के फलस्वरूप हमारे सौर मंडल की उत्पत्ति हुई, कदाचित् ब्रह्मांड के किसी कोने में कहीं-न-कहीं विचरण कर रहा होगा। सौर मंडल की रचना को हुए कई अरब वर्ष हो चुके, अतः वह दूसरा पिंड हमारे से अनंत दूरी पर होना चाहिए। हम उस पिंड को कभी भी नहीं देख सकते, उसकी हम कल्पना मात्र कर सकते हैं।

उपग्रहों की उत्पत्ति कैसे हुई?

कदाचित् उपग्रहों की रचना भी इसी प्रकार हुई है। उत्पत्ति काल से ही लेकर ग्रहों की कक्षाएँ पूर्णरूपेण वृत्ताकार एवं दीर्घ वृत्ताकार रही हों, ऐसी संभावना बहुत ही कम जान पड़ती है। आरंभ से पिंडों के परस्परीय गुरुत्वाकर्षण एवं अन्य शक्तियों के कारण कक्षाओं में कई प्रकार की विशेषताएँ रही होंगी। जैसे-जैसे सौर मंडल व्यवस्थित होता गया वैसे-वैसे कक्षाएँ भी पूर्ण होती चली गयीं। जिस समय विविध ग्रह, केंद्रीय सूर्य के चारों ओर अपनी निर्दिष्ट परंतु अपूर्ण कक्षाओं पर परिक्रमा लगा रहे थे, तो आकस्मिक कोई ग्रह सूर्य के इतने निकट पहुँच गया कि गुरुत्वाकर्षण के परिणामस्वरूप उसमें से द्रव्य का तंतु निकल पड़ा। कालांतर में तंतु के ठंडा होने पर द्रव्य का शीतलीकरण हुआ तो उसके छोटे-छोटे पिंड बन गए। इन्हीं पिंडों को उपग्रह कहते हैं।

जिस प्रकार ग्रह सूर्य के चारों ओर परिक्रमा लगाते हैं, उसी प्रकार उपग्रह भी अपने ग्रह के चारों ओर परिक्रमा लगाते हैं। पिंडों के परिक्रमा लगाने का कारण यह है कि जिस ज्योतिर्पिंड से उनकी रचना हुई, वह अवश्य ही अपने ही अक्ष पर परिक्रमण कर रहा था। उदाहरणार्थ चंद्रमा, जो पृथ्वी का एक मात्र उपग्रह है, अपनी जननी की परिक्रमा लगाने में इसलिए व्यस्त है कि पृथ्वी अपने पुत्र को जन्म देने के पूर्व भी अपने अक्ष पर परिक्रमण कर रही थी।

इसमें कोई भी संदेह नहीं कि सर जेम्स का सिद्धांत अन्य सिद्धांतों की अपेक्षा सौर मंडल की उत्पत्ति की व्याख्या करने में अधिक उपयोगी सिद्ध हुआ है। सर जेम्स जिन्स ने एक महान् एवं प्रतिभाशाली गणितज्ञ होने के नाते, दूसरों की तरह अपने सिद्धांत का कोरी कल्पनाओं के आधार पर निर्माण नहीं किया, परंतु उन्होंने बहुत ही सुंदर एवं वैज्ञानिक ढंग से अपने परिणामों की पुष्टि यथासंभव गणित द्वारा की है। इस संबंध में उन्हें पर्याप्त सफलता भी मिली। यद्यपि जेम्स जिन्स सौर मंडल संबंधी कई विशेषताओं का (जैसे ग्रहों का एक ही दिशा में सूर्य की परिक्रमा लगाना, ग्रहों की कक्षाओं का एक ही समतल में होना, इत्यादि), समस्याओं की उचित रूप से व्याख्या करने में सफल हुए हैं, फिर भी ऐसी अनेक समस्याएँ हैं, जिनको वह भी पूर्ण रूप से नहीं सुलझा सके हैं।

सन् 1935 में प्रोफेसर एच.एन. रसल ने इस महत्त्वपूर्ण सिद्धांत की कई त्रुटियों की तथा विशेषकर आवेगपूर्ण संबंधी कठिनाई की विवेचना करते हुए यह बतलाया है कि संभवतः सर जेम्स का भी सिद्धांत ग्रहों की उत्पति की व्याख्या करने में अधिक उपयोगी सिद्ध नहीं प्रतीत होता है।

संक्षेप में हमारी पृथ्वी की उत्पत्ति की यही कहानी है। विविध सिद्धांतों की तुलनात्मक व्याख्या करना हमारा अभिप्राय नहीं है क्योंकि यह कार्य जितना सरल लगता है, उससे कहीं अधिक कठिन है। फिर भी इतना तो कहा ही जा सकता है कि पृथ्वी की उत्पत्ति गैसों के एक विशालकाल पिंड के रूप में हुई। यह पिंड अपनी धुरी पर परिभ्रमण करता हुआ, केंद्रीय सूर्य के चारों ओर परिक्रमा लगाने लगा। ताप के विकिरण के कारण जैसे-जैसे यह पिंड ठंडा होता गया, इसमें द्रव्य, गैसों का शीतलीकरण होने लगा और कालांतर में यही तरलीय तथा अर्द्ध सांद्रीय अवस्थाओं को प्राप्त कर वर्तमान अवस्था में पहुँचा। इसका घनीकरण अवश्य ही ऊपरीय भागों से आरंभ हुआ। अतः प्रथम इसके बाहरी तल पर पपड़ी जमने लगी। शनैः-शनैः इस पपड़ी की मोटाई भीतर की ओर बढ़ती चली गयी। घनीकरण के परिणामस्वरूप इसके गर्भीय भागों में आकुंचन होने लगा। पपड़ी में झुर्रियाँ पड़ने लगीं। फलतः इसके तल पर बड़े-बड़े पर्वतों की जैसे गिरिराज हिमालय एवं अन्य विशाल पर्वत श्रेणियों की रचना हुई। अनुमान है कि आदि काल में इन पर्वतों की ऊँचाई कहीं अधिक रही होगी, परंतु प्रकृति के परम प्रकोप के कारण ही इन्होंने अपनी वर्तमान अवस्थाओं को प्राप्त किया।

जीवन का विकास

जीवन का आरंभ कब हुआ? एक अरब वर्ष पूर्व? कुछ दशक पूर्व अधिकांश वैज्ञानिकों के लिए यह एक अच्छा अनुमान हुआ होता। परंतु पुरातनतम भूवैज्ञानिक महाकल्पों के अध्ययन में रुचि रखने वाले वैज्ञानिकों द्वारा आस्ट्रेलिया, अफ्रीका तथा ग्रीनलैंड में किए गए अध्ययनों के आधार पर यह स्पष्ट हो गया कि साढ़े तीन अरब वर्ष बेक्टीरिया सदृश एक कोशीय जीव समुद्रतलों (लैगून) के छिछले पानी में शैल भित्तियाँ बना रहे थे। पर, यह क्रिया अपेक्षाकृत प्रगत (एडवांस्ड) जीवाणुओं के ही बस की बात है। इसका अर्थ यह हुआ कि इनके पूर्वज अविकसित सरल जीवाणुओं की उपस्थिति 3.8 अरब वर्ष अथवा 4 अरब वर्ष पूर्व भी रही होगी। फिर यह तो उतनी ही पुरानी बात हो गयी, जितनी पृथ्वी की उम्र है, मानो पदार्थ और ग्रहों के विकास में किसी-न-किसी प्रकार जीवन भी निहित रहा हो।

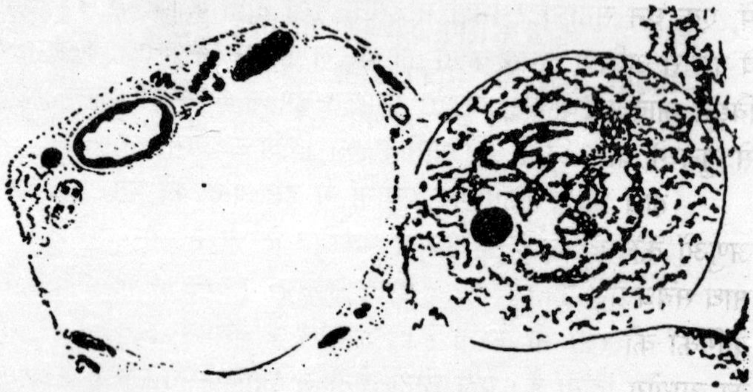

जीवन का विकास कैसे हुआ? इस विषय में आज के कुछ उत्कृष्ट शोधकर्ताओं के क्या विचार हैं और वे कैसे अपने निष्कर्षों का प्रतिपादन करते हैं तथा मनुष्य की पुरातन सहज धारणाओं के संशोधन के लिए वे तथ्यों का किस प्रकार उपयोग किया करते हैं।

सन् 1920 में एक रूसी—अलेक्जेण्डर ओपेरिन—और एक अंग्रेज—जे.बी.एस. हालडेन—ने स्वतंत्र रूप से आदिकालीन पृथ्वी पर निर्जीव रसायनों की पारस्परिक प्रतिक्रियाओं के उपरांत संभावित जीवन विकास की प्रथम विस्तृत शृंखला का अनुमान प्रस्तुत किया, हालडेन ने उस समय कास्मिक किरणों, तड़ित (बिजली) और ज्वालामुखियों के कारण हो रही तीक्ष्ण रासायनिक प्रक्रिया के विषय में चिंतन किया और यह निष्कर्ष निकाला कि उन परिस्थितियों में सहज ही कार्बन मूल के जैव अणुओं की उत्पत्ति हो गयी होगी। ये अणु अंततः सोतों और नदियों के साथ बहकर समुद्र में मिल गए होंगे। इन्हीं अणुओं ने आदिम समुद्र को उष्णता और गाढ़ापन दिया होगा।

ओपेरिन ने भी आदिम समुद्रों की रासायनिक संपन्नता पर बल दिया और कहा कि आम कोशिकाएँ श्लष (जेल) सदृश छोटी-छोटी बूँदों जैसी रही होंगी, लिसलिसी और तैरते हुए बुलबुलों जैसी। समुद्र के साथ रसायनों के आदान-प्रदान से इन जेल सदृश छोटी-छोटी बूँदों ने अंततः ऐसे अणुओं का निर्माण किया होगा जो बाद में अपनी प्रतिकृतियाँ बनाने में सक्षम हो गए होंगे।

इसके बाद इन धारणाओं को परखने के लिए कई प्रयोग किए गए। पचास दशक के दौरान प्रयोगशालाओं में इन प्रयोगों की शुरुआत हुई। पृथ्वी के आदिम वायुमंडल में जिन गैसों की उपस्थिति का अनुमान था, शिकागो विश्वविद्यालय के जीव रसायनशास्त्रियों ने उन्हें एक फ्लास्क में मिला दिया। फिर उससे होकर विद्युत, स्फुलिंगों को प्रवाहित किया ताकि पहले जैसी बिजली पैदा हो सके। इस तरह 'पकाने' के एक सप्ताह बाद देखा गया कि गैस भरे फ्लास्कों पर ऐमीनो अम्ल (ऐमीनो एसिड) की परतें चढ़ गयी हैं। इन ऐमीनो अम्लों के आपस में जुड़ने से प्रोटीन का निर्माण होता है। इन प्रयोगों के दौरान जीवन के अन्य मौलिक रासायनिक घटकों का भी निर्माण होता देखा गया।

तड़ित और सौर विकिरण के कुछ छोटे-छोटे तत्त्वों के निर्माण की बात तो समझ में आती है, परंतु प्रश्न यह उठता है कि सारी इकाइयों ने संगठित होकर किस प्रकार प्रोटीन और जीन का निर्माण किया। उन प्रक्रियाओं को आखिर किस तरह सिद्ध किया जा सकता है। कोई-न-कोई चीज ऐसी अवश्य थी जिसने उन कच्चे पदार्थों को एकत्रित किया,

ताकि प्रतिक्रिया हो सके। कोई-न-कोई उत्प्रेरक (कैटालिस्ट) या वर्धक (प्रोमोटर) अवश्य था जिसने इन प्रतिक्रियाओं की शुरुआत में मदद की होगी।

ब्रिटिश वैज्ञानिक जे.डी. बरनाल ने इस तथ्य की ओर भी ध्यान आकृष्ट किया कि कुछ अन्य महत्त्वपूर्ण यौगिकों का वाष्पीकरण भी पानी की ही गति से संभव था। कार्बनिक पदार्थों के एकत्रित होने के पश्चात् सिर्फ वाष्पीकरण से ही निर्जलीकरण होने के स्थान पर बरनाल ने एक अन्य क्रिया-विधि सुझाकर इस कठिनाई का हल ढूँढ़ा। इस क्रिया-विधि का मुख्य सूत्र था—मिट्टी।

बरनाल पहले आधुनिक प्रयोगकर्ता थे, जिन्होंने मिट्टी के बारे में मानव मात्र की प्राचीन सहज धारणा की ओर ध्यान आकृष्ट कराया। मिट्टी वस्तुतः एक असाधारण पदार्थ है। रासायनिक दृष्टि से मिट्टी सिलिकेट की परतों का ढेर है। इन सिलिकेट की परतों के बीच सिर्फ हवा और पानी का परिसंचरण हो सके, इतना ही अंतर होता है। वास्तव में, एक घन सेंटीमीटर मिट्टी में इतनी परतें होती हैं कि अगर उनको अलग-अलग करके साथ-साथ रख दिया जाय तो वे दस से अधिक टेनिस कोर्टों को ढँक लेगी। इसके सिवा, इन परतों के बीच धनात्मक (पाज़िटिव) व ऋणात्मक (नेगेटिव) विद्युत आवेश (चार्जेज) अत्यंत सुगठित ढंग से नियोजित होते हैं जिसके कारण मिट्टी के विद्युत क्षेत्र (इलेक्ट्रिक फील्ड) से गुजरने वाले किसी भी यौगिक को विशिष्ट अभिविन्यास प्राप्त हुए होंगे।

हाल ही में किए गए प्रयोगों से इस बात की पुष्टि होती है कि वाष्पीकरण के दौरान खनिज मिट्टी कार्बनिक अणुओं को एक छोटे से क्षेत्र में एकत्रित करती है और उन्हें ऐसे अभिविन्यस्त करती है कि उनका अन्य अणुओं के साथ संबंध प्रस्थापित हो सके। इसके अतिरिक्त विनाशकारी सौर (जैसे पराबैंगनी किरणों) विकिरणों से नाजुक एवं नवजात यौगिकों की रक्षा भी करती है। इज़रायल के वैज्ञानिकों ने भी ऐमिनो अम्ल की छोटी-छोटी लड़ियाँ बनाने के लिए मिट्टी का उपयोग किया है। यही छोटी-छोटी लड़ियाँ ऐमिनो एसिड की बड़ी शृंखलाओं, जिन्हें हम प्रोटीन कहते हैं, के निर्माण का पहला कदम है।

प्रोटीन उन दो मुख्य रासायनिक व्यवस्थाओं में से एक हैं जो जीवन का संगीत प्रस्तुत करते हैं। दूसरी व्यवस्था न्यूक्लीइक अम्ल की है। दोनों ही लघु यौगिकों की लड़ियाँ हैं। विभिन्न ऐमीनो अम्लों की लड़ियों के मेल से प्रोटीन की रचना होती है। जबकि न्यूक्लीइक अम्ल न्यूक्लिओटाइड्स की कड़ियों के मेल से बनता है। इनमें कार्बन नाइट्रोजन के यौगिक शर्करा एवं फास्फेट से जुड़े होते हैं। डी आक्सीराइबो-न्यूक्लीइक एसिड (डी.एन.ए) जीवन का वास्तुकार है। यह अपने न्यूक्लीओटाइड के अनुक्रम के माध्यम से—जो कि एक संकेत पद्धति अथवा ब्लू प्रिंट का काम करता है—यह निर्धारित करता है कि क्या कुछ बनाना है। प्रोटीन जीवन की सुनियोजित संरचना का आधार है। परंतु प्रश्न यह है कि प्रथम आगमन किसका हुआ—ब्लू प्रिंट का या आधार स्तंभ का?

कैलिफोर्निया में ला जोला स्थित सांक इंस्टीट्यूट के प्रोफेसर लेसली आरजेल का विचार है कि ब्लू प्रिंट का आगमन ही पहले हुआ है—यद्यपि आधार स्तंभ से कुछ ही अवधि पूर्व। उनके अनुसार, "प्रोटीन का आगमन पहले नहीं हो सकता, क्योंकि उनका एकत्रीकरण जीन एवं न्यूक्लीइक एसिड द्वारा निर्धारित योजनानुसार ही हो सकता है।" अतः न्यूक्लीइक एसिड को ही पहले आना चाहिए। हालाँकि यह संभव है कि आज जो हम उनके बारे में जानते हैं, वे वैसे न रहे हों। बल्कि इनके अतिरिक्त अन्य एन्जाइम (प्रोटीन का एक खास वर्ग) भी रहे हों, जो न्यूक्लीइक अम्ल की प्रतिकृति तैयार करने में सहायक रहे हों।

निसर्ग न्यूक्लीओटाइड को आपस में जोड़ने वाली प्रोटीन की मदद लिए बिना आरजेल 40 से भी अधिक न्यूक्लीओटाइड को आपस में जुड़ने के लिए प्रेरित करने में सफल हुए हैं। छोटे-से-छोटे वाइरस के एक जीन, जिनके निर्माण में एक हजार या अधिक न्यूक्लीओटाइड्स लगते हैं, के मुकाबले भी आरजेल की 40 इकाइयों वाली यह कड़ी मात्र छोटी-सी कतरन ही कही जा सकती है। और मनुष्य के एक जीन, जिसके निर्माण में लाखों न्यूक्लीओटाइड्स लगते

हैं, के मुकाबले तो 40 इकाइयों वाली यह कड़ी मात्र छोटी-सी कतरन ही कही जा सकती है। परंतु आरजेल की यह खोज निश्चित रूप से यह सिद्ध करती है कि जीवन विकास के क्रम में यह सोपान भी स्वाभाविक रूप से ही आया होगा।

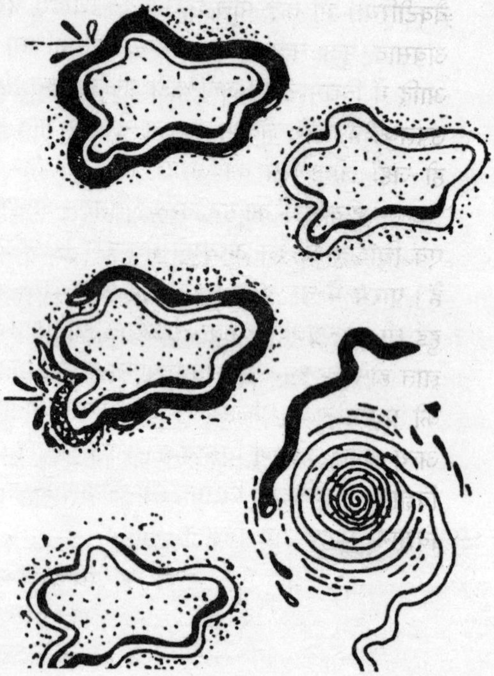

अनादिकालीन पृथ्वी पर जिस प्रकार की परिस्थितियाँ विद्यमान थीं, उनमें अणुओं के रासायनिक विकास द्वारा स्वतः को एक क्रम में व्यवस्थित करने वाली जन्मजात योग्यता के परिणामवश डी.एन.ए और प्रोटीन जैसे जैव अणुओं का अपने आप बन जाना कोई आश्चर्यजनक बात नहीं है। ऐसी परिस्थितियों में तो जीवनोद्भव होना ही था।

यह मत अणुओं की स्वतः क्रमण शक्ति पर आधारित है जो प्रयोगों द्वारा सिद्ध हो चुकी है। इस संबंध में मिलर का वह प्रयोग जो उन्होंने 1953 में किया था, बहुत महत्त्वपूर्ण है। मिलर ने अपने इस साधारण से प्रतीत होने वाले प्रयोग द्वारा सिद्ध कर दिया कि पृथ्वी के प्रारंभिक अपचायक वायुमंडल में पायी जाने वाली जल वाष्प, मीथेन, अमोनिया और हाइड्रोजन जैसी गैसों के मिश्रण को यदि लगातार एक सप्ताह तक बिजली की चिनगारी पर से गुजरने दिया जाय तो ऐमिनो एसिड (प्रोटीन अणु के मौलिक घटक) बन जाते हैं। तत्पश्चात् अन्य वैज्ञानिकों ने भी इसी प्रकार के प्रयोगों द्वारा राइबो-शर्करा और उनके फॉस्फेट तथा ऐडिनिन जैसे अनेक जैव अणु बनाए। ये अणु न्यूक्लिओटाइडों के मौलिक घटक हैं। जिनके बहुलकीकरण से न्यूक्लिक एसिड का निर्माण होता है।

यह सच है कि विश्व के ठंडे अंतरिक्ष में जल वाष्प, मीथेन, अमोनिया और हाइड्रोजन अभी भी मौजूद है और ऐमिनो एसिडों, शर्कराओं और कार्बनिक बेसों के रंच ग्रहिकाओं से व्युत्पन्न होने वाले उल्कापिंडों में पाए गए हैं। इससे जान पड़ता है कि जीवनोद्भव की यह प्रथमावस्था हमारी पृथ्वी के सिवाय अन्य कई स्थानों में भी घटित हुई है। जीवनोद्भव की अगली अवस्था में ऐमिनो एसिडों और न्यूक्लिओटाइडों के बहुलकीकरण से क्रमशः प्रोटीन और न्यूक्लिक एसिड का निर्माण हुआ और फिर ये बहुलक अपनी पारस्परिक क्रिया द्वारा आणविक पुनरुत्पादन जैसा एक अति महत्त्वपूर्ण कार्य करने लगे। इस कार्य के लिए मुक्तजल की उपस्थिति अनिवार्य थी—ठीक वैसे ही जल की, जो समुद्रों में पाया जाता है, इस क्रिया का घटित होना असंभव लगता है। क्योंकि प्रोटीन की एंजाइमी क्रिया के लिए जलीय माध्यम आवश्यक है। अतः हमारे सौर परिवार में केवल पृथ्वी पर ही जीवधारी पनप सकते हैं क्योंकि यह सूर्य से न तो बहुत दूर हैं और न ही बहुत पास। इसीलिए यहाँ हम जल को द्रव के रूप में पाते हैं और हमारी पृथ्वी इतनी बड़ी है कि यहाँ वाष्पन के बाद भी काफी मात्रा में जल बचा रहता है। मंगल बहुत ठंडा और सूखा है, शुक्र संभवतः बहुत गर्म है, चंद्र बहुत छोटा और सूखा है, बुध बहुत ही गर्म और सूखा है एवं अन्य ग्रह बहुत ही ठंडे हैं।

जीवाणु कहाँ-कहाँ

जल, थल, वायु आदि सभी स्थानों पर जीवाणु प्रचुरता से उपलब्ध हैं। विभिन्न वायु-धाराओं द्वारा भूतल से वायुमंडल

की ऊपरी पर्तों में भी जीवाणु पहुँचा दिए जाते हैं। समुद्री जीवाणु (मैरिन बैक्टीरिया) भी कई मील ऊँचे पर्वत-शिखरों पर प्राप्य हैं। ये गहरे समुद्रों के अवसाद, मृदा, नदी तथा झीलों के जल, प्राणियों के अपशिष्ट तथा उनके शरीर आदि में विद्यमान हैं। जहाँ कहीं भी उपयुक्त तापमान, वायु, भोजन तथा नमी उपलब्ध है, वहीं जीवाणु प्रचुरता से पाए जाते हैं। शायद ही ऐसा कोई स्थान हो जहाँ जीवाणुओं का अभाव हो। संभवतः ये सर्वव्याप्त हैं।

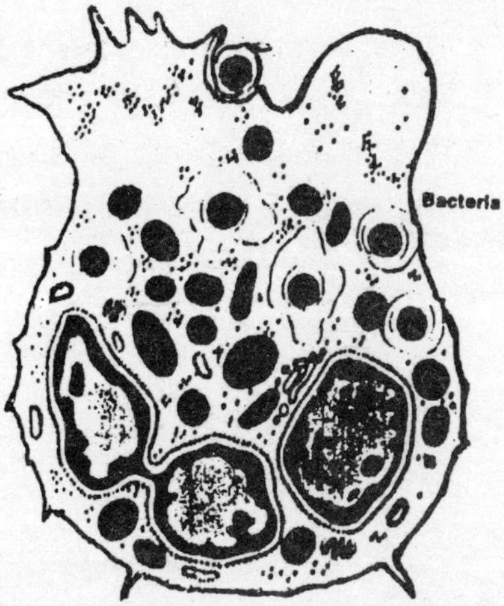

जीवाणुओं का यह विस्तृत वितरण जीवाणु-वैज्ञानिक तथा अन्य वैज्ञानिक एवं चिकित्सकों का अध्ययन-क्षेत्र रहा है। इनकी इस रुचि के अनेक कारण हैं। प्रारंभ में यह रुचि मानव एवं प्राणि-रोगों की खोज करते समय विकसित हुई थी। तत्पश्चात् अनेक औद्योगिक उत्पादनों में इनका अनुप्रयोग एवं महत्त्व ज्ञात होने पर इनके प्राकृतिक प्राप्ति-स्थान, वितरण आदि का ज्ञान प्राप्त करने की प्रवृत्ति बढ़ी। फलस्वरूप अनुप्रयुक्त जीवाणु विज्ञान की नींव पड़ी तथा अन्य अनेक जीवाणु विज्ञान की शाखाओं का प्रादुर्भाव हुआ, जैसे वायु-जीवाणु विज्ञान, जल-जीवाणु विज्ञान, समुद्र-जीवाणु विज्ञान, मृदा-जीवाणु विज्ञान, डेरी-जीवाणु विज्ञान, खाद्य-पदार्थ जीवाणु विज्ञान, औद्योगिक जीवाणु विज्ञान, चिकित्सा- जीवाणु विज्ञान, पादप रोग विज्ञान आदि।

जलीय जीवाणु

पृथ्वी का तीन चौथाई भाग जल से परिपूर्ण है। इस जल में अनेक जीवाणु जातियाँ विभिन्न स्रोतों, जैसे वायु, मृदा, मलमूत्र पादप तथा प्राणियों के मृत शरीर, आदि में से मिलती रहती हैं। इनमें से अधिकांश जीवाणु अधिक समय तक जल में जीवित नहीं रह पाते हैं क्योंकि उन्हें अपने लिए आवश्यक पोषकांश एवं भौतिक परिस्थितियाँ उपलब्ध नहीं होती हैं दूसरी ओर अनेक जीवाणु जातियाँ स्थायी या अस्थायी प्रकार से जल-निवासी हैं। इन जीवाणु जातियों की वृद्धि एवं जनन जल में ही होता है और इस प्रकार ये जल में 'प्राकृतिक जल जीवाणु-वनस्पति' (नेचुरल बैक्टीरियल फ्लोरा ऑफ वाटर) निर्मित करती है। जल में जीवाणुओं के अतिरिक्त, जलीय कवक, प्रोटोजोआ शैवाल तथा अन्य जलीय सूक्ष्माणु भी होते हैं जिनकी उपस्थिति के कारण इसे जलीय सूक्ष्म-वनस्पति (एक्यूएटिक माइक्रो फ्लोरा) कहना अधिक उपयुक्त है। ये जलीय सूक्ष्म-जीव अत्यंत ही महत्त्वपूर्ण हैं क्योंकि जलीय जीवन (एक्यूएटिक लाइफ) को संतुलित बनाए रखने में ये अपनी महत्त्वपूर्ण भूमिका निभाते हैं।

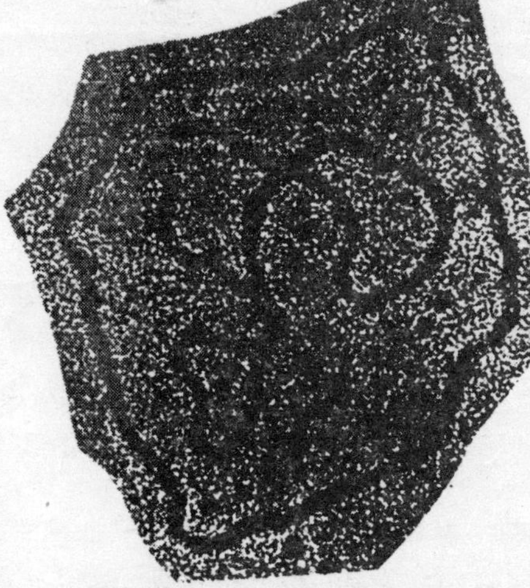

मृतजीवी जीवाणुओं (स्पेरोफेटिक बैक्टीरियास) के लिए जल अत्यंत ही अल्पपोषक माध्यम के समान है क्योंकि इन जीवाणुओं को अपेक्षाकृत अधिक पोषक पदार्थों की आवश्यकता होती है। इसी कारण ये जीव कार्बनिक पदार्थों से परिपूर्ण मिट्टी में अधिकता से पाए जाते हैं। जलीय जीवाणु जातियाँ सामान्यतः पोषकांशों के तनु विलयनों

में अपनी वृद्धि करने में सक्षम होती हैं। ये पोषकांश कार्बनिक तथा अकार्बनिक पदार्थ होते हैं जो जल में घुलकर तनु विलयन बनाते हैं। जलीय शैवाल तथा अन्य जीव मृत्यु के बाद तली में बैठ जाते हैं तथा स्थानीय भाग में कार्बनिक पोषकांशों की मात्रा में वृद्धि करते हैं।

तलीय पंक में अवायु-जीवाणु (ऐनारोबिक बैक्टीरिया) भी पाए जाते हैं। इन कारणों से जलागारों की सतह तथा इनकी तली पर पायी जाने वाली जीवाणु-वनस्पतियाँ एक समान नहीं होती हैं फिर भी ये दोनों मिलकर ही प्राकृतिक जलीय जीवाणु वनस्पति बनाती हैं।

जीवन की आरंभिक खोज

जीवन की आरम्भिक विकास संबंधी खोज करने वाले, नोबल पुरस्कार विजेता एक अन्य रसायन शास्त्री मेनप्रेड आइजन के अनुसार, यह प्रक्रिया 'ट्रान्सफर आर.एन.ए.' (राइबो न्यूक्लीइक एसिड) से शुरू हुई, न कि डी.एन.ए (डी ऑक्सी राइबो न्यूक्लीइक एसिड) से। आर.एन.ए जटिल डी.एन.ए. की तुलना में सरल यौगिक परिवार का मूक सदस्य है, जो डी.एन.ए. की लंबी पट्टिकाओं के अंशों की वास्तविक प्रतिकृति है। डी.एन.ए. की संरचना के लिए ट्रांसफर आर.एन.ए. मिस्त्रियों का काम करते हैं। ये कोशिका में पड़े एमिनो एसिड को एकत्रित करके जैविक संयोजक पंक्ति (बायलाजिकल असेंबली लाइंस) की ओर लाते हैं, जहाँ विभिन्न ऐमिनो एसिड एक-दूसरे से जुड़कर डी.एन.ए. ब्लू प्रिंट द्वारा पूर्व नियोजित विशिष्ट प्रोटीन का निर्माण करते हैं।

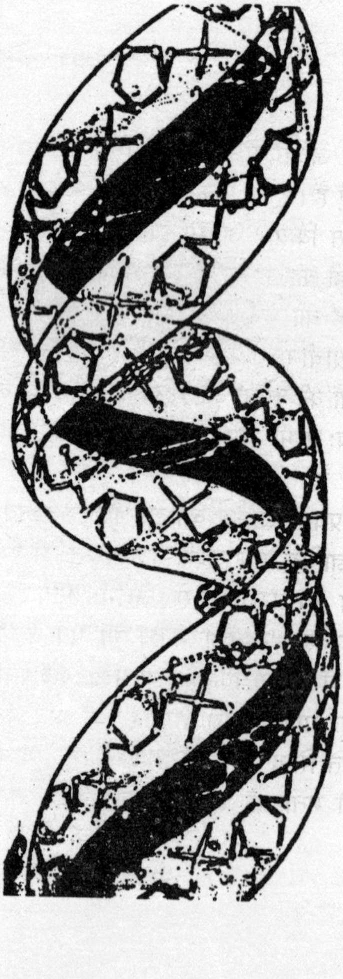

ट्रांसफर आर.एन.ए. स्वयं एक जीन न होकर न्यूक्लीइक अम्ल है। परंतु आइजन को इस बात पर हैरानी थी कि परिवर्ती (ट्रांसफर) आर.एन.ए के न्यूक्लीओटाइड्स का क्रम जब डी.एन.ए. के ब्लू प्रिंट का एक अंग है तो वह किसी प्रकार के प्रोटीन का निर्माण करता है। परीक्षण से वे इस निष्कर्ष पर पहुँचे कि वह एक लघु इन्जाइम हो सकता है जो प्रतिकृति की प्रक्रिया में सक्रिय होगा। दूसरे शब्दों में अरबों वर्ष पूर्व इन सरलतम न्यूक्लीइक अम्लों का मिश्रफल एक ऐसा अणु बना होगा जिसने ट्रांसफर आर.एन.ए को अपनी अतिरिक्त प्रतियाँ बनाने में मदद की होगी।

आइजन ने यह अंदाजा लगाया कि परिवर्ती आर.एन.ए. इन परिस्थितियों में आद्य जीन रहा होगा जो समुद्र-जल में स्वतः विकास की ओर अग्रसर रहा होगा।

यदि परिवर्ती आर.एन.ए. का कोई आदिम रूप ही जीवन का स्फुलिंग था जो स्वतः प्रतिकृति बनाने में सक्षम प्रथम अणु था तो यह जटिलतर एवं अधिक सक्षम डी.एन.ए. के रूप में कैसे परिवर्तित हुआ? ऐसा कैसे हुआ होगा, इसके कुछ संकेत मिलते हैं। न्यूयार्क स्थित कोलंबिया विश्वविद्यालय के शोधकर्ताओं ने यह खोज की कि वाइरस आर.एन.ए. के प्रतिकृति खंडों को जब आवश्यक यौगिक पाँच-ऑक्सीजन शर्करा (राइबोज) कम मात्रा में और डी.एन.ए. के प्रतिकृति-निर्माण में उपयोगी चार-ऑक्सीजन शर्करा (डी. आक्सीराइबोज) अधिक मात्रा में दी गयी, तब वाइरस आर.एन.ए. ने प्रतिकूल परिस्थिति का अधिकतम लाभ उठाया और डी आक्सीराइबोज़ शर्करा को स्वयं में समावेशित किया। इस प्रकार आर.एन.ए.

का डी.एन.ए. में रूपांतरण संभव है।

सरल पूर्वजों से जटिल संगठनों का विकास कैसे हुआ? इस प्रश्न का उत्तर देते हुए बोस्टन विश्वविद्यालय के प्रोफेसर लीन मारगुलिस ने कहा कि ''जीव विज्ञान के बारे में विशेष बात यह है कि आपके पास जो कुछ है, उसमें आप नया जोड़ते जाइए और अगले सोपान पर बढ़ते जाइए। विकास के हर चरण पर बार-बार पीछे हटकर आरंभ से पूरे क्रम को दोहराने की कोई आवश्यकता नहीं। प्रक्रिया संचयी है और ऐसी है जिससे जटिलता पैदा होती है।

इस प्रकार जीवन जब एक बार शुरू हुआ तो बदलता ही गया—विभिन्न सहजीवी जीवाणुओं से आरंभ होकर जंतु जगत्, वनस्पति जगत् और फफूँदी जगत् के रूप में परिवर्तन होता चला गया है, निर्जीव तत्त्व से सजीव तत्त्व की ओर संक्रमण ही इस संपूर्ण प्रक्रिया का सर्वोच्च नाटकीय प्रसंग था जो संभवतः समुद्र तट पर सूर्य किरणों से तप्त मिट्टी में हुआ होगा। क्योंकि उस समय पृथ्वी का ठोस धरातल का तप्त, खुश्क, वनस्पतिरहित वातावरण जीवन की उत्पत्ति के उपयुक्त था ही नहीं। अतः समुद्र-जल से ही प्रथम जीवन (आद्य जीवाणु) का आविर्भाव हुआ।

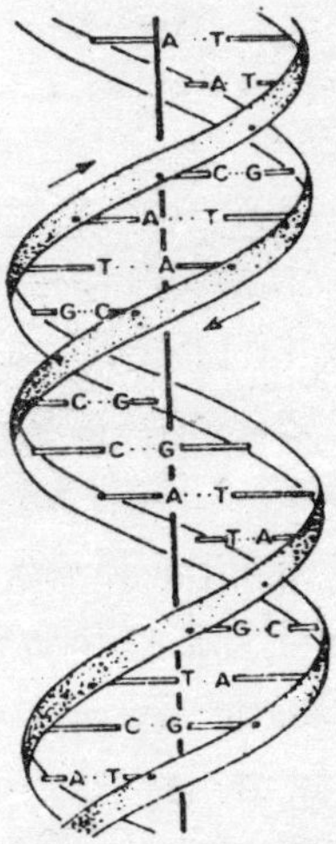

26

क्या जीवन अन्य ग्रहों से आया है?

वैज्ञानिक अध्ययनों के परिणामस्वरूप तीन प्रमुख विकल्पों का विकास हुआ। प्रथम विकल्प तो दार्शनिक एवं धार्मिक मान्यताएँ हैं। दूसरे विकल्प के रूप में वैज्ञानिकों ने पृथ्वी पर ज्ञात जैवरासायनिक प्रक्रियाओं द्वारा जीवोत्पत्ति को समझाने का प्रयास किया। अंतिम विकल्प में मानव-मन ने कुछ अधिक ही काल्पनिक हो, जीवन को ब्रह्मांड के ही किसी अन्य ग्रह की देन माना है।

प्राचीन धार्मिक मतों के अनुसार तो समस्त ब्रह्मांड एवं जीवों की रचना को ईश्वरीय देन माना गया है। यही मत प्रायः सभी धर्मों में थोड़े-बहुत फेर-बदल के साथ स्वीकार्य है।

प्रथम वैज्ञानिक व्याख्या और उसका स्वरूप सर्वप्रथम ग्रीक वैज्ञानिक एवं दार्शनिक 'अरस्तू' ने इस विषय पर प्रचलित विचारधारा से अलग हटकर सोचा और परिणामस्वरूप 'स्वतोजनन का मत' एक वैज्ञानिक विकल्प के रूप में प्रस्तुत किया। इस दिशा में प्रथम महत्त्वपूर्ण खोज लुई पाश्चर द्वारा वायुमंडल में अति सूक्ष्म जीवों की उपस्थिति सिद्ध होने पर ही हुई। उसके फलस्वरूप पहले के सभी मतों को सर्वथा निर्मूल सिद्ध कर दिया।

कैसा था आरंभिक वायुमंडल

अब तक के प्राप्त साक्ष्यों एवं अनुसंधानों के आधार पर यह निश्चित रूप से कहा जा सकता है कि पृथ्वी का निर्माण आज से लगभग 4.5 अरब वर्ष पूर्व ही सौर गैसीय मेघों के संघनन के द्वारा हुआ होगा। सौर गैसीय मेघों में हाइड्रोजन एवं हीलियम पर्याप्त मात्रा में होते हैं। वैज्ञानिक क्लाइड (1968) के मतानुसार प्रारंभिक अवस्था में पृथ्वी पर न तो चुंबकीय शक्ति थी और न ही वायुमंडल जैसी कोई चीज। उस समय सौर-वायु ही पृथ्वी के धरातल पर प्रवाहित होती रही होगी। बाद में ही इस प्रकार अवकारक वातावरण प्रायः 1.5 अरब वर्षों तक रहा होगा।

रासायनिक शक्तियों द्वारा आदि जीवोत्पत्ति

वैज्ञानिकों का मत है कि जीवोत्पत्ति प्रथम चरण में, निश्चय ही अवकारक वायुमंडल में हुई होगी। साधारण कार्बनिक अणु विद्युत-घर्षण या सूर्य का पराबैंगनी किरणों की शक्ति के कारण ही संयोजित हो पाए होंगे।

पहले चरण में छोटे-छोटे सरल कार्बनिक अणु पृथ्वी की गीली सतहों पर वातावरण की गैसों के संयोजन से बने। दूसरे चरण में इन्हीं छोटे-छोटे सरल कार्बनिक अणुओं ने आपस में मिलकर जटिल कार्बनिक अणुओं जैसे पेप्टाइड, न्यूक्लियोटाइड एवं वसा आदि का निर्माण किया। तीसरे चरण में इयोबायोंट बने, जो बिना किसी ऊपरी झिल्ली के थे और रचना के एक कोशीय जीवों से भी सरल होंगे, परंतु इनमें सरल विभाजन द्वारा प्रजनन शक्ति आ गयी थी। चौथे चरण में प्रकाश संश्लेषन द्वारा न्यूक्लियो-प्रोटीन आदि जटिल अणुओं का निर्माण हुआ। इनके विकास से ही प्रायः वायुमंडल में ऑक्सीजन की मात्रा बढ़ी। पाँचवें चरण के समय तक पृथ्वी का वातावरण आज के वातावरण जैसा ही हो गया होगा तथा ऐसे ही वातावरण में वसा से ढँके व्रेगनेल बने। न्यूक्लियो प्रोटीन की प्रजनन-शक्ति के कारण ये संख्या में काफी बढ़ गए होंगे। अंतिम चरण में पतली झिल्ली से ढँके एक कोशीय जीवों की उत्पत्ति हुई। इनमें न्यूक्लियो प्रोटीन के समान विभाजन तथा पुनर्मिलन की क्षमता थी। ये ही प्रोटोजोआ नामक समुदाय के पूर्वज थे।

इस प्रकार प्रथम जीव की पृथ्वी के ऊपर पदार्पण हुआ। इन एक कोशीय जीवों से मनुष्य तक की उत्पत्ति, क्रमिक विकास एवं प्राकृतिक चयन की अनोखी गाथा है।

जीवन ब्रह्मांड के किसी ग्रह से आया

कई वैज्ञानिकों का ऐसा भी मत है कि पृथ्वी पर जीवन जटिल रासायनिक प्रक्रियाओं से न होकर ब्रह्मांड के किसी अन्य ग्रहों से संक्रामक रोग के जीवाणुओं के समान ही आया होगा। सर्वप्रथम आर्हीनियस ने सन् 1908 में इस प्रकार का सुझाव दिया। इस वैज्ञानिक के अनुसार जीव कण प्रकाश-किरणों के दबाव के कारण, किसी अन्य केंद्रीय सौर-मंडल से पृथ्वी तक आए। उनकी यह परिकल्पना 'पेंसयमिया परिकल्पना' कहलायी। कुछ इसी प्रकार का मत वैज्ञानिक केल्विन का भी है, जिसके अनुसार जीवन पृथ्वी पर उल्काओं के माध्यम से ही पहुँचा होगा।

हाल ही के कुछ वर्षों में खगोल विज्ञान की प्रगति एवं कुछ आश्चर्यजनक तथ्यों ने इस परिकल्पना पर फिर से विचार करने के लिए बाध्य कर दिया। इन्हीं शोधों द्वारा सौर मंडलीय गैस मेघों में बहुत से छोटे-छोटे कार्बनिक अणुओं की उपस्थिति का पता चला। ये ही कार्बनिक अणु 'पराजैविक रस' में भी पर्याप्त मात्रा में विद्यमान बताए गए थे। इसके अतिरिक्त मुर्चिसन उल्का खंड से प्राप्त लगभग 20 अमीनो एसिड की प्राप्ति भी क्रांतिकारी सिद्ध हुई। वास्तव में ये अमीनो एसिड, विद्युत स्फुलिंग से प्राप्त अमीनो एसिड से पूरी तरह से मिलते-जुलते हैं। अब तक अंतरिक्ष में छब्बीस विभिन्न प्रकार के कार्बनिक अणुओं का पता चल चुका है। इन अमीनो एसिडों के अतिरिक्त अन्य ग्यारह ऐसे अमीनो एसिड भी मिले जो वामहस्त तथा दक्षिणाहस्त, दोनों ही प्रकार के हैं। हमारी धरती पर प्राप्त सभी अमीनो एसिड वामहस्त ही हैं। इस तरह एक और अत्यंत विस्मयकारी तथ्य सामने आया कि जीवन किसी-न-किसी रूप में अन्य ग्रहों पर भी हो सकता है। अब यह संभावना भी नकारी नहीं जा सकती कि पृथ्वी पर जीवन का आगमन किसी दूसरे ग्रह से भी संभव है और अनूकूल वातावरण के कारण ही इतना फला-फूला।

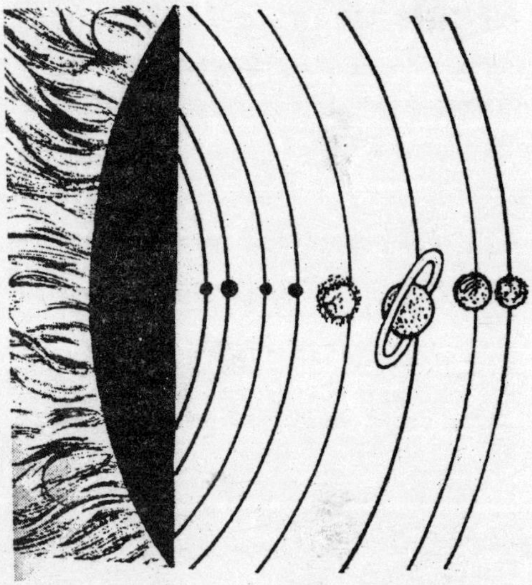

इस प्रकार जीवोत्पत्ति संबंधी अन्वेषण अब विस्मयकारी चरमोत्कर्ष पर पहुँच गए हैं। परंतु अभी भी कोई निश्चित उत्तर प्राप्त नहीं हो सका है। आशा है कि भविष्य में वैज्ञानिक अनुसंधान कुछ निश्चित दिशा दे सके। इस दिशा में खगोल वैज्ञानिक भी बाहरी सभ्यता से संपर्क स्थापित करने के प्रयत्न लगातार कर रहे हैं। अमरीका में स्थित नासा के प्रमुख खगोलविद् मौरीसन तो अपने प्रयोगों से और अध्ययन से काफी आशावान हैं और इस तरह के संपर्क के लिए एक विस्तृत कार्यक्रम को कार्यरूप देने में लगे हुए हैं। अब आनेवाला समय ही इस रोमांचक रहस्यों पर से परदा उठाएगा। प्रारंभिक जीवन के कुछ प्राप्त अवशेष धरती पर जीवन के उद्गम से जरा परे हटकर अब यह भी देखें कि कितने प्राचीन जीवों के अवशेष अभी तक प्राप्त हुए हैं। निश्चय ही ये अवशेष पुरानी चट्टानों में सुरक्षित रहे हैं। शॉक, क्विनबल्डन एवं वारधून ने सन् 1968 में सर्वप्रथम अमीनो एसिड, हाइड्रोकार्बन तथा कुछ अम्लीय वसा के अवशेष अफ्रीका

की लगभग 330 करोड़ वर्ष पुरानी चट्टानों से ढूँढ़ निकाले। इसी तरह के कुछ अन्य अवशेष भी सुपीरियर झील के निकट प्राप्त 109 करोड़ वर्ष पुरानी मन फ्लिट पर्ट नामक चट्टानों तथा मध्य आस्ट्रेलिया की भी इतनी ही पुरानी चट्टानों से पाए गए। इनसे कुछ अधिक विकसित सूक्ष्म बैक्टीरिया जो लगभग 0.5 मिलीमीटर लंबे 0.25 मिलीमीटर चौड़े तथा आकार में अंडाकार थे, दक्षिणी अफ्रीका की 200 करोड़ वर्ष पुरानी चट्टानों में पाए गए। लगभग 100 करोड़ वर्ष पुरानी हरी शैवाल, गलीय फफूंद तथा प्रोटोजोआ समुदाय के प्राणियों के भी अवशेष आस्ट्रेलिया के एडियाकारा न्यूफाउंडलेंड से खोजे गए।

वर्कनल तथा मार्शल के मतानुसार इस प्रकार विकसित बहुकोशीय जीवों के कारण ही शायद वातावरण में ऑक्सीजन की मात्रा बढ़ी तथा 100 करोड़ वर्ष पूर्व ही वातावरण अवकारक से बदलकर ऑक्सीकारक हो गया था।

भारत में भी इसी तरह के प्राचीनतम जीवों के अवशेष, लगभग 200 करोड़ वर्ष पुरानी धारवाड़ चट्टानों में मिले। राजस्थान के अरावली शैलों से भी कुछ शैवालीय स्ट्रोमेटोलाइट, चूने के पत्थरों में मिले। कुछ गोल तथा अंडाकार 'कोलीनिया' समुदाय के शैवालों के अवशेष भी, कड़प्पा की चट्टानों से प्राप्त हुए। इसी शैवालीय 'स्ट्रोमेटो लाइट' के अभिलेख पिथौरागढ़, शिमला तथा शाली के निकट चूना पत्थरों से भी मिले हैं।

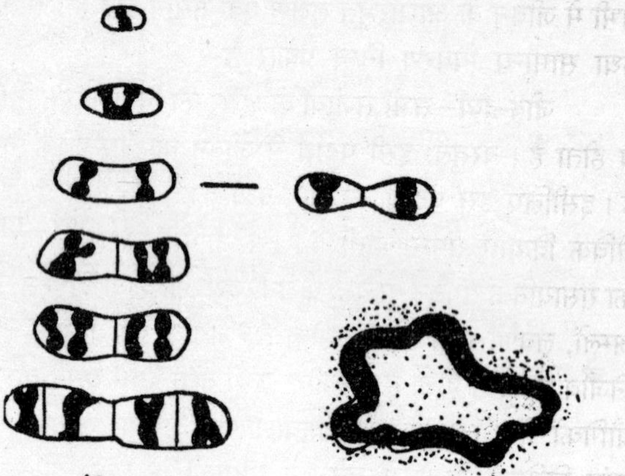

कोशिका द्वि-विभजन

जीवन क्या है?

जीवन क्या है? कैसा रूप है इसका? क्या जीवन की कोई सशक्त तथा नपी-तुली परिभाषा हो सकती है?

वास्तव में 'जीवन' एक अमूर्त वस्तु है जिसकी हम केवल कल्पना और अनुभव ही कर सकते हैं, परंतु न इसे देख सकते हैं, और न छू ही सकते हैं। जिस वस्तु में जीवन होता है, उसमें बहुत-से विशिष्ट लक्षण उत्पन्न हो जाते हैं। जैसे—वृद्धि, साँस लेना, गति, उत्तेजनशीलता तथा संतानोत्पत्ति आदि। जिस वस्तु में ये सभी लक्षण होते हैं, उसे सजीव कहते हैं। अतः 'जीवन' का कोई रूप-रंग नहीं है। जीवन के रहस्य को अब तक पूरी तरह वस्तुतः कोई भी नहीं समझ सका है। इस रहस्य को समझने के लिए मनुष्य आदि काल से ही प्रयास करता रहा है। अभी तक 'जीवन' की कोई भी एक नपी-तुली परिभाषा नहीं दी जा सकी। हाँ, यह तो हम समझ ही गए कि सजीवों के लक्षण 'जीवन' के ही कारण होते हैं। जीवित वस्तुओं के शरीर में ऐसी क्रियाशीलता आजीवन बनी रहती है जिससे ये लक्षण प्रकट होते हैं। यह क्रियाशीलता सजीवों के पदार्थ जीव-द्रव्य में निरंतर होने वाली हजारों रासायनिक प्रतिक्रियाओं के कारण होती है। जीव-द्रव्य विभिन्न तत्त्वों तथा यौगिकों का विशिष्ट संगठन है। अतः हम कह सकते हैं कि—'जीव' संगठित द्रव्य है तथा 'जीवन' इसकी क्रियाशीलता। सजीवों में विशिष्ट मूलभूत क्रियाओं को जैविक क्रियाएँ या सजीवों के लक्षण कहते हैं।

सजीवों के लक्षण

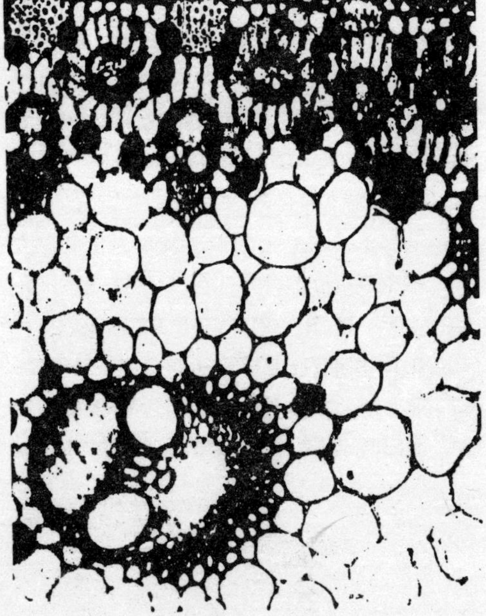

जीवधारी जंतु हो या पौधा, उच्च श्रेणी का हो या निम्न श्रेणी का, सभी में जीवन के आधारभूत लक्षण एक समान होते हैं जिनका संक्षिप्त तथा सामान्य विवरण निम्न प्रकार है—

जीव-द्रव्य—सभी सजीवों के शरीर का निर्माण एक विशेष पदार्थ से होता है। वस्तुतः इसी पदार्थ में जीवन का वास्तविक रहस्य होता है। इसीलिए इस पदार्थ को जीव-द्रव्य कहते हैं। इसी पदार्थ के द्वारा जैविक क्रियाएँ संपन्न होती हैं। इस जीवित पदार्थ अथवा जीव-द्रव्य का रासायनिक संगठन मुख्यतः प्रोटीनों, वसाओं, कार्बोहाइड्रेट्स, न्युक्लीइक अम्लों, लवणों तथा जल से होता है। जबकि इन यौगिकों का निर्माण निर्जीव तत्त्वों से होता है। निर्जीव तत्त्वों तथा इनसे बनने वाले उपरोक्त यौगिकों में अलग से कोई क्रियाशीलता अथवा 'जीवन' नहीं होता, परंतु विभिन्न तत्त्वों से बने इन यौगिकों के एक विशिष्ट तरह के अणु-संग्रह में जीवन होता है, अर्थात् निर्जीव तथा सजीव के बीच की सीमा-रेखा इन यौगिकों तथा जीव-द्रव्य के मध्य ही होती है।

शारीरिक संगठन—जीव-द्रव्य से शरीर का निर्माण होता है परंतु यह जीव-द्रव्य छोटे-छोटे टुकड़ों के रूप में कोशिका-कला से घिरकर शरीर की इकाइयों के रूप में विद्यमान होता है, इन इकाइयों को कोशिकाएँ कहते हैं। बहुत-से जीवों का शरीर केवल एक कोशिका का बना होता है, जिन्हें 'एक-कोशिकीय जीव' कहते हैं, जैसे—अमीबा, वालवॉक्स आदि। दूसरे जन्तुओं व पौधों का शरीर बहुत-सी कोशिकाओं के संगठन से बनता है, इन्हें बहुकोशिकीय जीव कहते हैं। इनके शरीर में असंख्य कोशिकाएँ मिलकर ऊतक बनाती हैं। विभिन्न ऊतकों से अंगों का निर्माण होता है और कई अंग मिलकर तंत्र का निर्माण करते हैं। तन्त्रों के संगठन से शरीर का निर्माण होता है। निर्जीव पदार्थों में ऐसा कोई भी शारीरिक संगठन नहीं होता।

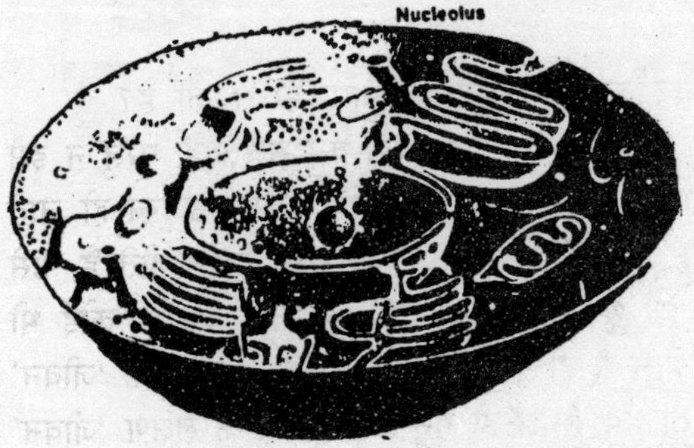

निश्चित आकृति एवं आकार—सभी जंतुओं तथा पौधों की एक निश्चित आकृति तथा आकार होता है। इस स्वरूप के द्वारा ही यह सरलता से पहचान लिए जाते हैं। मनुष्य, भैंस, गाय, हाथी, बिल्ली तथा मक्खी का नाम सुनते ही मस्तिष्क में इनका स्वरूप उभर आता है। ऐसे ही बाँस, ताड़, अमरूद, पीपल, अशोक आदि वृक्षों की एक निश्चित आकृति और आकार अर्थात् स्वरूप उभर आता है।

उपापचय—सजीवों की कोशिकाओं में होने वाली संपूर्ण रासायनिक क्रियाओं को उपापचय कहते हैं। किसी भी कार्य या क्रिया के लिए ऊर्जा की आवश्यकता होती है। निर्जीव पदार्थ भी बिना बाह्य बल या ऊर्जा के गतिशील नहीं होते। सजीवों को भी अपनी जैविक-क्रियाओं के लिए ऊर्जा की जरूरत होती है। जैविक-क्रियाओं का आधार होती हैं जीवद्रव्य में होने वाली रासायनिक क्रियाएँ या परिवर्तन। अतः सजीवों को रासायनिक ऊर्जा चाहिए। यह ऊर्जा कोशिकाओं में उपस्थित ग्लूकोज या वसा अथवा कभी-कभी प्रोटीन के ऑक्सीकरण से प्राप्त होती है। इस प्रकार का ऑक्सीकरण जीवद्रव्य में ही संभव है।

पोषण–सजीवों को दो कारणों से पोषण की आवश्यकता होती है–एक तो शरीर की वृद्धि तथा टूट-फूट की मरम्मत के लिए तथा दूसरे ऊर्जा-प्राप्ति के लिए। पोषण के लिए जो पोषक पदार्थ भोज्य पदार्थों के रूप में लिए जाते हैं, वे पचकर तथा अवशोषित होकर कोशिकाओं में पहुँच जाते हैं तथा उनकी आवश्यकताओं की पूर्ति करते हैं। ऊर्जा प्रदान में कुछ पोषक पदार्थ ईंधन का कार्य भी करते हैं। निर्जीवों को किसी प्रकार के पोषण की आवश्यकता नहीं होती।

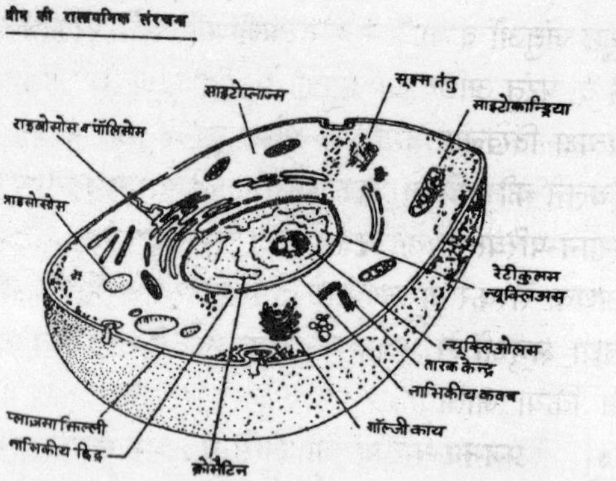

श्वसन–सभी जीव साँस लेते हैं। इसके बिना वे जीवित नहीं रह सकते। इस क्रिया में सजीव अपने वातावरण से ऑक्सीजन गैस लेते हैं और उतनी ही कार्बन-डाई ऑक्साइड गैस बाहर निकालते हैं जो विषैली होती है। अब प्रश्न यह उठता है कि जीवित वस्तुएँ ऑक्सीजन गैस क्यों लेती हैं? जिस प्रकार से रेल के इंजन तथा अन्य निर्जीव वाहनों को चलाने के लिए ऊर्जा चाहिए, उसी प्रकार सजीवों को भी ऊर्जा की आवश्यकता होती है। यह ऊर्जा ईंधन के जलाने से उत्पन्न होती है। दहन भी एक ऑक्सीकरण की ही क्रिया है। निर्जीवों में ईंधन पेट्रोल या कोयला के रूप में होता है परंतु सजीवों का ईंधन उनके भोज्य पदार्थों का एक भाग (कार्बोहाइड्रेट्स तथा वसा) होता है जो ऑक्सीकरण के उपरांत ऊर्जा उत्पन्न करता है

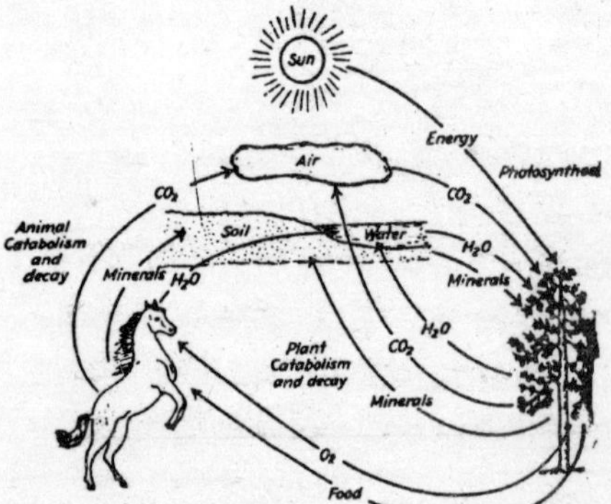

सजीवों में ऊर्जा की उत्पत्ति का क्रम निरंतर स्वतः एवं जटिलतापूर्ण होता है। मनुष्य, गाय, कुत्ता आदि अपनी नाक के द्वारा निरंतर हवा को फेफड़ों में लेते रहते हैं, और फिर बाहर छोड़ते रहते हैं। मछलियाँ अपने गलफड़ों द्वारा साँस लेती हैं। केंचुआ व मेढक तो त्वचा द्वारा भी साँस लेते रहते हैं। पेड़-पौधे अपने रंध्रों द्वारा साँस लेते हैं। साँस किसी भी प्रकार लें, परंतु श्वसन क्रिया कोशिकाओं में ही होती है।

उत्सर्जन–सजीवों की कोशिकाओं में उपापचय के फलस्वरूप बहुत-से अनुपयोगी तथा हानिकारक पदार्थ बनते रहते हैं जिन्हें शरीर से बाहर निकालना अनिवार्य हो जाता है। इन पदार्थों का शरीर से बाहर निकालना ही उत्सर्जन कहलाता है।

वृद्धि–सभी जीवधारियों में वृद्धि होती है। बीज अंकुरित होने के बाद शिशु पौधों का रूप लेता है, फिर धीरे-धीरे वृक्ष बन जाता है। इसी प्रकार जंतुओं के बच्चे धीरे-धीरे बड़े हो जाते हैं। इस प्रकार से बढ़ने की क्रिया निर्जीव पदार्थों में नहीं देखी जा सकती। हाँ, कुछ निर्जीव यौगिकों के रखे उसी यौगिक के संतृप्त घोल में आकार में बड़े हो जाते हैं। जबकि सजीवों में यह वृद्धि अंदर से तथा क्रमबद्ध होती है। उपापचय के फलस्वरूप जीव-द्रव्य में वृद्धि होती है तथा कोशिकाएँ एक निश्चित सीमा तक बढ़ने के बाद विभाजित हो जाती हैं। इस प्रकार कोशिकाओं की संख्या में वृद्धि से प्रत्येक ऊतक, अंग तथा शरीर लगभग उसी अनुपात में बढ़ता जाता है। जंतुओं में यह वृद्धि आजीवन नहीं होती।

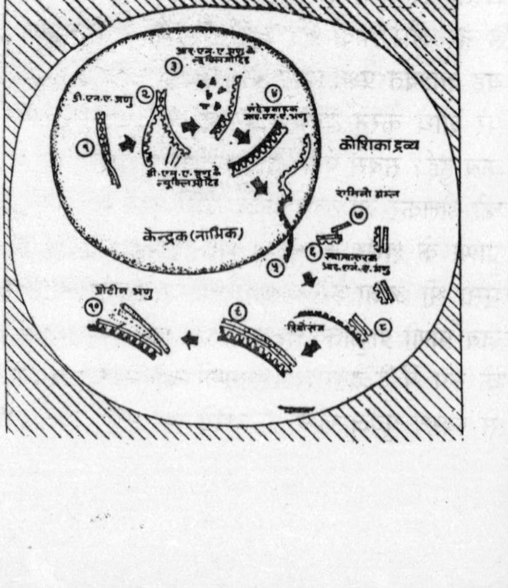

गमन तथा गति–सभी जीवधारी गति करते हैं। हो सकता है कि

कुछ जंतुओं व पौधों में होने वाली गति हमें सरलता से दिखलाई न दे, परंतु अधिकांश जंतुओं में अंगों व शरीर का हिलना-डुबना प्रत्यक्ष दिखलाई देता है। अधिकांश जंतुओं में यह गति गमन (चलने की प्रक्रिया) तक पहुँच जाती है। गमन पूर्ण शरीर द्वारा स्थान-परिवर्तन को कहते हैं। जंतु चलकर, उड़कर, रेंगकर अथवा तैरकर गमन करते हैं। यह गमन भोजन की खोज में तथा शत्रुओं से बचाव के लिए आंतरिक शक्ति तथा स्वेच्छा से किया जाता है।

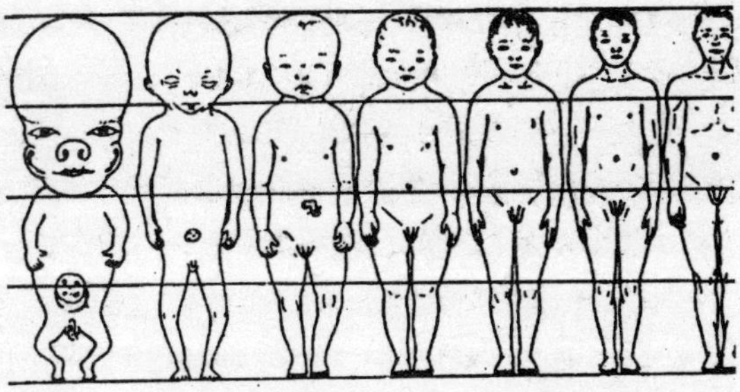

प्रजनन–प्रत्येक जीवधारी में अपने समान संतान उत्पन्न करने की क्षमता होती है। इस क्रिया को प्रजनन कहते हैं। किसी भी जीवधारी का जन्म कभी नहीं होता, वह तो अपने माता-पिता का नया रूप मात्र होता है, अर्थात् जीव का जन्म जीव से ही होता है। मानव की संतान मानव, कुत्ते के बच्चे कुत्ते तथा आम के बीज से आम का ही वृक्ष उत्पन्न होता है। इस प्रकार सभी जीव अपनी जाति के सदस्यों की संख्या में वृद्धि करते रहते हैं। निर्जीव पदार्थ प्रजनन नहीं कर सकते। वे छोटे-छोटे टुकड़ों में टूट सकते हैं। परंतु स्वयं संख्या में वृद्धि नहीं कर सकते।

मृत्यु–प्रत्येक जीवधारी जन्म के बाद वयस्क होकर प्रजनन द्वारा संतान उत्पन्न करता है, अपने प्रतिनिधि छोड़कर, कुछ समय बाद वृद्ध हो जाता है–और अंत में उसकी मृत्यु हो जाती है। प्रत्येक जीवधारी की एक निश्चित जीवन अवधि होती है।

जो जीवधारी मर जाता है अर्थात् उसके शरीर से जीवन के सभी लक्षण सदैव के लिए समाप्त हो जाते हैं, उसे मृत-शरीर कहते हैं, अर्थात् सजीव ही मृत्यु के पश्चात् मृतक कहलाते हैं। निर्जीव कभी मृतक नहीं होते चूँकि उनमें तो कभी जीवन होता ही नहीं। जिसमें जीवन नहीं होता उसमें मरने की क्रिया कैसे हो सकती है?

पहले नर या मादा?

धरती पर सभी प्राणियों में अपने जैसे हमशक्ल प्राणियों की उत्पत्ति नर और मादा की उत्पत्ति से ही संभव हुई। जाहिर है नर और मादा की उत्पत्ति के लिए लिंगसूत्रों की उत्पत्ति पहले हुई होगी। पहले नर का जन्म हुआ या मादा का? यह शाश्वत प्रश्न आदिकाल से मानव के सामने पहाड़-सा खड़ा हुआ है। समस्त जीवों की उत्पत्ति और क्रमिक विकास पर शोध करने वाले वैज्ञानिकों का कहना है कि यह प्रश्न मूल रूप में ऐसे होना चाहिए–नर और मादा की उत्पत्ति कब हुई? सबसे पहले तो यह देखना चाहिए कि नर और मादा की उत्पत्ति की आवश्यकता क्या है? प्रकृति की कठोरताओं को झेलकर जो प्राणी जिंदा बचे रहते हैं, उनमें आनुवंशिक तौर पर कुछ खास गुणों का विकास हो जाता है। प्रत्येक प्राणी के शरीर में निरंतर चलने वाली जैविक क्रियाएँ प्रकृति की शक्तियों के सामने ढीली पड़ती रहती हैं। एक समय ऐसा भी आता है जब शरीर की समस्त क्रियाएँ रुक जाती हैं और प्राणी की मृत्यु हो जाती है। लेकिन जवानी के समय जब प्राणी प्राकृतिक शक्तियों से जूझने में सबसे ज्यादा समर्थ होता है, वह अपने इन गुणों को अगली पीढ़ी को विरासत के रूप में दे देता है। इन गुणों की छाप रासायनिक संदेशों के रूप में पूर्वज जीनों में दर्ज हो चुकी होती हैं। पूर्ण रूप से स्वस्थ पूर्वज जीनों के जरिये ही सभी विशेषताएँ अगली पीढ़ी में पहुँचाई जाती हैं। किसी भी एक व्यक्ति के अपने

ही शरीर में सभी जीनें ठीक-ठाक हालत में नहीं होतीं। अधिकतम संख्या में स्वस्थ जीनें प्राप्त करने के लिए दो व्यक्तियों की जीनों को परस्पर मिलाना जरूरी हो गया। इस क्रिया के जरिये किसी भी जाति के नर और मादा अपनी-अपनी ओर से आयी जीनें देकर संपूर्ण डी.एन.ए का निर्माण करते हैं। लेकिन यह मिश्रण तभी संभव है जब नर और मादा दोनों पृथक्-पृथक् मौजूद हों। इस स्थिति में क्या इस प्रश्न का उत्तर ढूँढ़ा जा सकता है कि पहले नर की उत्पत्ति हुई या मादा की? प्राणियों के विकासक्रम पर नजर डालें तो हमें अनेक प्राणी आज भी उभयलिंगी मिलेंगे। ये प्राणी स्वयं ही नर और स्वयं ही मादा होते हैं। अर्थात् एक ही शरीर में नर और मादा दोनों की विशेषताएँ मौजूद होती हैं। प्रारंभिक मानव अवश्य ही उभयलिंगी रहा होगा। प्रारंभिक मानव की संतानें भी अवश्य ही उभयलिंगी रही होंगी। कालक्रम में यह पाया गया कि मानव के लिए उभलिंग होना विशेष लाभदायक नहीं। हालाँकि मानव के उभयलिंगी होने के प्रागैतिहासिक अवशेष प्रमाण के रूप में अभी तक कहीं नहीं मिले हैं, फिर भी जीवों का विकासक्रम 'सेक्स' की उत्पत्ति और पृथक् जननेन्द्रियों का इसी तरह विकास होने की ओर संकेत करता है। मानव के सेक्स क्रोमोसोमों की रचना इस प्रकार है कि इनमें 'एक्स' क्रोमोसोम बहुसंख्या में हैं। पूर्ण आनुवांशिक रूप में विकसित एक स्त्री की कोशिका में दो 'सेक्स' क्रोमोसोम होते हैं। जबकि सेक्सतंत्र का विकास जिनमें विरूपित हुआ है और दिखाई देने में वे स्त्रियाँ ही लगती हैं, उनमें सेक्स क्रोमोसोम बड़ी विचित्र अधिसंख्या में मौजूद होते हैं। जैसे किसी में एक ही 'एक्स' क्रोमोसोम होता है, किसी में तीन एक्स, और एक वाई, दो एक्स और दो वाई, चार एक्स और एक वाई तथा पाँचों ही एक्स क्रोमोसोम हो सकते हैं। इसके विपरीत आनुवांशिक रूप से पुरुष के जोड़े में एक

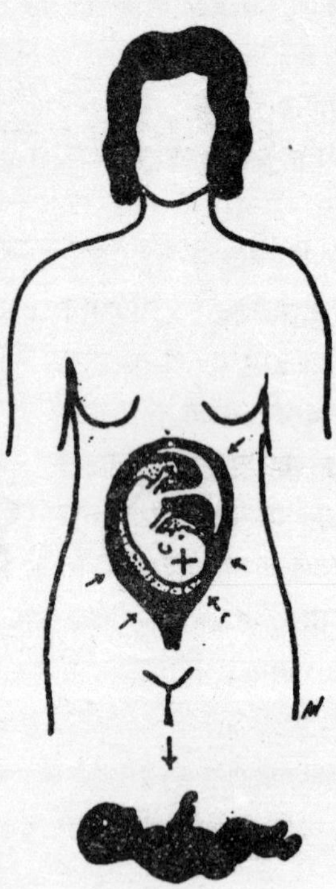

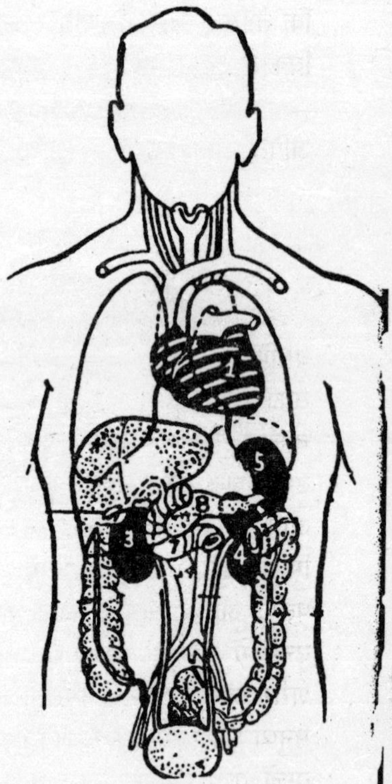

वाई और एक एक्स क्रोमोसोम होता है। लगता है कि मूल रूप में पहले एक्स क्रोमोसोम की ही उत्पत्ति हुई होगी। 'सरवाइवल' के लिए जब पृथक् लिंगतंत्र की जरूरत महसूस हुई होगी तभी वाई क्रोमोसोम की उत्पत्ति हुई। हाल ही में वाई क्रोमोसोम की सूक्ष्म जाँच से इस पर मौजूद उस जीन की पहचान हुई है जो नर संतान की उत्पत्ति के लिए जिम्मेवार है। समस्त वाई क्रोमोसोम के कुछ हिस्से पर ही पुरुष-लिंग निर्धारण का यह जीनतंत्र मौजूद पाया गया है। इस क्रोमोसोम का बाकी हिस्सा भी एक्स क्रोमोसोम जैसा ही है।

एक अन्य महत्त्वपूर्ण तथ्य यह है कि संतान की उत्पत्ति के लिए माँ और बाप की ओर से आने वाली जीनें बिल्कुल सही और स्वस्थ होनी चाहिए। ऐसी व्यवस्था प्रकृति ने बड़ी ही कुशलता से की है। इसमें पुरुष प्रजनन कोशिका के लिंगसूत्रों में क्रोमोसोमों की रचना में कोई त्रुटि न रहे, इसके लिए शुक्राणु में मौजूद एक्स और वाई क्रोमोसोम के जोड़े आपस में कुछ जैव पदार्थ का आदान-प्रदान करते हैं। जीनपदार्थ की यह अदला-बदली ऐसे शुक्राणु के जन्म की नींव डालती है जो स्त्री प्रजनन कोशिका (अर्थात् अंडाणु) से मिलकर स्वस्थ संतान के जन्म को संभव बनाता है।

अदला-बदली में अधिकतर जैवपदार्थ 'एक्स' क्रोमोसोम से 'वाई' क्रोमोसोम की ओर जाता है। इसका अर्थ यह भी हो सकता है कि 'वाई' क्रोमोसोम टूट-फूट या विकृति के प्रति ज्यादा संवेदनशील है और विपत्ति के समय एक्स क्रोमोसोम ही उसकी सुरक्षा और मदद करता है। इसके साथ-साथ हमें यह तथ्य भी नजरअंदाज नहीं करना चाहिए कि तेईसवाँ जोड़ा, अर्थात् सेक्स क्रोमोसोम समस्त क्रोमोसोमों में आखिरी जोड़ा है और इसमें लिंगसूत्रों की उत्पत्ति और विकास भी संभवतः एक बाद की घटना हो सकती है।

इसलिए यह समझना गलत न होगा कि धरती पर पहले मादा का जन्म हुआ और नर का विकास संयोग नहीं अपितु आवश्यकता के आधार पर बहुत बाद में हुआ।

पृथ्वी पर मानव का जन्म

यद्यपि वैज्ञानिकों ने तरह-तरह की खोजें कीं और अटकल लगाए, किंतु अभी तक कोई दावे के साथ यह नहीं कह सका कि अब तक पृथ्वी की कितनी आयु बीत चुकी है। अधिकांश वैज्ञानिकों का मत है कि पृथ्वी को प्रकट हुए चालीस करोड़ से पंद्रह करोड़ वर्ष बीत चुके हैं। पृथ्वी पर जीव का प्रस्फुरण लगभग तीन करोड़ वर्ष हुए, सबसे पहले उथले जल अथवा दलदलों में हुआ था। उस समय जीवधारी का स्वरूप चिपचिपे जलकीट की तरह हुआ। इन्हीं से आगे चलकर मेढक आदि निकले। बहुत समय बीतने पर जीव को रेंगनेवाले और सरककर चलनेवाले जंतुओं का शरीर मिला। इस समय वनस्पतियों की भी उत्पत्ति हो चुकी थी, जिनसे आगे चलकर घने जंगल हो गए। इन्हीं जंगलों में पतंगों और उड़नेवाले कीटों का जन्म हुआ। इनके बाद पृथ्वी पर पशुओं की उत्पत्ति हुई। पशुओं के लाखों भेद थे। उन्हीं में से बंदर भी थे। बंदरों की अनेक जातियाँ हैं। जैसे चिम्पैंजी, गोरिला, एप आदि—की शरीर-रचना मनुष्य की शरीर-रचना से इतनी मिलती-जुलती है कि कुछ लोगों की राय में उन्हीं से मनुष्य का विकास हुआ। आदि वानरों को मनुष्य की तरह पत्थर, लकड़ी, लताओं और पत्तियों से काम लेने का ढंग मालूम हो चला था। मनुष्य के समान शरीर वालों के चिह्नों की खोज से अब तक जो पता लगा है, उससे अनुमान किया जाता है कि शायद मनुष्य की उत्पत्ति अब से लगभग दस लाख वर्ष पहले हुई। चीन में एक मनुष्य की-सी खोपड़ी मिली है, जिसे लोग दस लाख वर्ष पुरानी मानते हैं। जावा में प्राप्त खोपड़ी की आयु चार लाख पचहत्तर हजार वर्ष की आँकी गयी है। जर्मनी की सबसे पुरानी खोपड़ी तीन लाख वर्ष की है। फ्रांस और इंग्लैण्ड में जो खोपड़ियाँ मिली हैं वे एक लाख पच्चीस हजार वर्ष से लेकर दस हजार वर्ष की हैं।

भूगर्भवेत्ताओं के अनुसार पृथ्वी का पिछला जीवन कई युगों में विभक्त किया जाता है। इनमें एक युग ऐसा है, जिसका पृथ्वी पर बर्फ पड़ने से आरंभ होता है। हिम-युग के उन्होंने कई भाग किए हैं, जिनमें सबसे पहला अब से पाँच लाख वर्ष पहले माना जाता है, और सबसे आखिरी (चौथे) का आरंभ अब से पचास या पच्चीस हजार वर्ष पहले हुआ था। आजकल वही युग चल रहा है। इस गणना के अनुसार मनुष्य हिमयुग के आरंभ से ही चला आ रहा है। अधिकतर विद्वानों का मत है कि मनुष्य सबसे पहले एशिया में ही पैदा हुआ, किंतु मतभेद इस बात में है कि वह एशिया के किस भाग में उत्पन्न हुआ।

यह ध्यान रखना चाहिए कि पृथ्वी का जो नक्शा आजकल है, वह हमेशा से ऐसा नहीं रहा। उसमें अनेक परिवर्तन हो चुके हैं। उदाहरण के लिए एक ऐसा समय था जबकि जावा, सुमात्रा, मलय अंतरीप एक साथ मिले हुए थे। एशिया, अफ्रीका, यूरोप आपस में मिले हुए थे। अब से तीस हजार वर्ष पहले ब्रिटेन यूरोप से मिला हुआ था। स्पेन और इटली अफ्रीका से जुड़े हुए थे, बल्कान अंतरीप एशिया से मिला हुआ था। उस समय सीलोन हिंदुस्तान से जुड़ा हुआ था। सिंध प्रदेश और बंगाल का कहीं पता न था। काला सागर, कैस्पियन सागर और तुर्किस्तान के ऊपर का हिस्सा जल में डूबा हुआ था। कहने का सारांश यह है कि उस समय आने-जाने के रास्ते आजकल के रास्तों से भिन्न थे। इन्हीं कारणों से मनुष्य और पशु आदि बिना जलयान की सहायता के एक द्वीप से दूसरे द्वीप और एक महाद्वीप से दूसरे महाद्वीप में पहुँच जाते थे।

कालांतर में मनुष्यों के अनेक समूह हो गए। उनमें से कुछ उपजातियों का लोप हो गया और कुछ अभी तक बहुत पिछड़ी पड़ी हैं और कुछ ने अच्छी उन्नति और समृद्धि प्राप्त कर ली है। वस्तुतः मनुष्य अन्य पशुओं से इस बात में अधिक भाग्यवान् है कि वह उन्नतिशील है और उसकी उन्नति किसी-न-किसी अंश में बराबर होती चली आ रही और हो रही है। मनुष्य अन्य पशुओं से कई बातों में भिन्नता रखता है। पहली बात यह है कि वह सीधा खड़ा होकर दो पैरों से चलता है, दूसरी यह कि उसके हाथ और अंगूठे की रचना दूसरे ही ढंग की है। तीसरी यह कि वह अपने और दूसरों के अनुभव से लाभ उठा सकता है। चौथी यह कि वह स्मरण, मनन और चिंतन से अपनी कृतियों को सुधार सकता है तथा अपनी इच्छा की पूर्ति के लिए अनेक उपाय और साधन निकालकर अपना सुधार और उन्नति कर सकता है। पाँचवीं यह कि वह अपने विचारों और भावों को वाणी और संकेतों के द्वारा प्रकट करने की शक्ति रखता है। इन्हीं सब गुणों के कारण वह निरंतर उन्नति करता जा रहा है। इन शक्तियों का विकास एक साथ ही अथवा पूर्ण रूप से नहीं हुआ। इनके विकास होने में बहुत-सा समय लगा और शायद अभी तक उसकी गुप्त अथवा प्रकट शक्तियों का पूरा-पूरा विकास नहीं हो पाया है।

मनुष्य को जो शक्तियाँ प्रकृति ने दी हैं, वे उनकी उन्नति में सहायक हैं, किंतु अपनी निजी शक्तियों के अलावा उसको अन्य जीव-जंतुओं की तरह बाहरी प्रकृति से सहायता अथवा विरोध मिलता रहता है। पशु-पक्षी तो प्रकृति के अनन्य अनुचर रहते हैं, किंतु मनुष्य प्रकृति पर दिनों-दिन अपना अधिकार जमाता चला आ रहा है। वह प्रकृति का दास नहीं, बल्कि वह प्रकृति को ही अपनी अनुचरी बनाने की कोशिश करता चला आ रहा है। आरंभिक पूर्व काल में वह प्रकृति के वश में अधिक था, इसलिए उसकी उन्नति बहुत धीरे-धीरे हुई। किंतु जैसे-जैसे उसके साधन बढ़ते गए, वैसे-वैसे उसकी उन्नति शीघ्रता के साथ होने लगी और प्रकृति के ऊपर उसका प्रभुत्व बढ़ने लगा। मनुष्य का इतिहास इन्हीं बातों की रंग-बिरंगी कहानी है।

अब से करीब एक लाख वर्ष पहले मनुष्य का जीवन पशु का-सा था। अपने हाथों के सिवा उसके पास रक्षा करने का कोई साधन न था। उसको शरीर ढाँकना तथा नहीं आता था। झोंपड़ी बनाना भी वह नहीं जानता था। उसके पास गाय, भैंस, बकरी, भेड़, कुत्ता कुछ भी न था। उसने अनाज का स्वप्न तक नहीं देखा था और बर्तन आदि उसके ख्याल के बाहर थे। कंद-मूल, जंगली फल, पत्तियाँ अथवा मरे जानवरों या जल-जंतुओं का मांस उसका आहार था।

भाग्यवश उसे आग पैदा करना मालूम हो गया। लकड़ियों को जोर के साथ रगड़कर वह आग पैदा कर लेता था। आग जलाकर उसके चारों ओर बैठकर लोग तापा करते थे। धीरे-धीरे उसने लकड़ी के नुकीले और चपटे हथियार बनाना, मांस को भूनना और खाल अथवा पत्तियों से तन को ढँकना सीख लिया। किंतु इस थोड़े-से ज्ञान प्राप्त करने में उसे हज़ारों वर्ष लग गए। मनुष्य की उस समय की दशा बड़ी दयनीय है, किंतु उस समय में भी आग पैदा करके और हथियार की रचना करके उसने सभ्यता की जड़ जमा दी। उसको अपनी आवश्यकताओं का अनुभव होने लगा, जिसके कारण उन्नति का रास्ता खुलने लगा। कहा जाता है कि मनुष्य इसी दशा में लाखों वर्षों तक ठोकरें खाता रहा। इस समय भी टस्मेनियाँ में कुछ जंगली जन-समूह हैं, जो आज भी आदिम दशा में रहते हैं।

करीव सवा लाख वर्ष हुए जब मनुष्य ने ऊपर वर्णित दशा से कुछ उन्नति करना आरंभ कर दिया, उसी समय से पत्थर युग का आरंभ होता है। उसे पत्थर का युग इसलिए कहते हैं कि उसमें लोग पत्थर के औज़ार और हथियारों से काम लेते थे। वह युग आज से करीब सवा लाख वर्ष पहले आरंभ हुआ और करीब छः हजार वर्ष पूर्व तक (1,25,000-6000 ई. पू.) तक चलता रहा। पत्थर के युग के दो भाग माने जाते हैं, एक पूर्व भाग और दूसरा उत्तर भाग। इस युग के पूर्व भाग में आदमी पत्थर के ऐसे औज़ार बनाने लगे, जिन्हें मुट्ठी में पकड़कर, वे काम में ला सकें। वे नुकीले और चपटे औज़ार बनाने लगे। उस समय के बने हुए हथौड़े, घन, खरोंचने की चीजें, तीर, वरछी के फल और चाकू वगैरह अमेरिका, यूरोप, अफ्रीका और एशिया के देशों में अब तक पाए जाते हैं। इसी तरह एक लाख वर्ष बीत गए। फिर उन्होंने हड्डी की चीजें, जैसे पिन, घन, पालिश करने के औज़ार वगैरह बनाना शुरू कर दिया। धीरे-धीरे उन्हें बरमा, आरी, बरछी, भाले आदि बनाना और उनमें हत्थे लगाना भी आ गया। इनके अलावा वे सींग और हड्डी के सूजे-सूजियाँ भी बनाने लगे। अब से सिर्फ सोलह हजार वर्ष पहले की बनी हुई हाथी दाँत और सींग की खासी अच्छी चीजें मिलती हैं। इस प्रकार पत्थर-युग के पूर्व काल में लकड़ी, पत्थर, हड्डी या सींग से वे लोग हथौड़े, घन, रन्दे, बरमे, रुखानी, कन्नी, खुरपी, बसूले, कुल्हाड़ी, फरसे, छोटे-बड़े चाकू, बरछे, खंजर, कठिया, पिन, दीयें वगैरह बनाने लगे। किंतु सबसे अचरज की बात तो यह है कि वे लोग पहाड़ की गुफाओं में, जहाँ वे रहने लगे थे, कभी-कभी दीवार पर चित्र भी बनाते थे। स्पेन के अल्टामिरा नामक स्थान में अब से सोलह हजार वर्ष पहले के गुफाओं में बने हुए काफी सुंदर सजीव रंगीन चित्र मिलते हैं, जिनको देखकर यह मानना पड़ता है कि पत्थर के युग में भी मनुष्य में कला-कौशल का स्वाभाविक अनुराग प्रकट हो गया था। ये चित्र प्रायः बारहसिंघों, हाथियों, घोड़ों, भैंसों, रीछों और सूअरों आदि के हैं। कहीं-कहीं मोटी स्त्रियों के भी चित्र मिलते हैं। इसके अलावा चेकोस्लोवाकिया में हाथी, जंगली घोड़े और बारहसिंघों की पत्थर की बनी मूर्तियाँ

भी मिलती हैं।

पाषाण-युग के उत्तरकाल में, जिसका आरंभ अब से यदि दस हज़ार वर्ष नहीं तो सात हजार वर्ष पहले का अवश्य माना जाता है, कुछ मार्के के परिवर्तन हो गए। इस समय पत्थरों को रगड़कर औजार बनाए जाने लगे क्योंकि उन पर पालिश मिलती है। लोगों को पशुओं के पालने और उनसे लाभों का ज्ञान होने लगा। गाय, बैल, बकरी, भेड़, घोड़े, कुत्ते और सूअर आदि पाले जाने लगे। पहले लोग केवल शिकार करके मांस खाते थे। किंतु अब पले जानवरों को वे काम में लाने लगे। उनका दूध पीते और मांस खाते। उनसे खेती वगैरह का काम लेते थे। जौ, गेहूँ और बाजरा की वे खेती करते थे। वे मिट्टी के बरतन बनाने लगे। मिट्टी की ईंटें भी बनने लगीं। इसी काल में लोगों को बुनने का कौशल मालूम हो गया। वे पत्तियों, घासों और बाँसों से बुनकर डलिया, झौआ आदि बनाने लगे। उन्हें पहियों और गड़ारियों के बनाने और उनसे काम लेने का ज्ञान होने लगा। किंतु शायद बरतन बनाना उन्हें नहीं आता था। पहियों की सहायता से बोझ उठाकर ले जाने में उनको सुविधा होने लगी। यही नहीं, उनको मिट्टी की दीवारें, घास-फूस, झाड़, बाँस आदि से टट्टर और छप्पर आदि बनाना आ गया। इसलिए अब वे गुफाओं को छोड़कर झोंपड़ों में रहने लगे। उनको पेड़ों के तनों को कोलकर नावें बनाना भी आ गया। नावों और पहिये के ठेलों आदि की बदौलत वे थोड़ा व्यापार भी करने लगे।

रहने के लिए झोंपड़े, खेती, पशु-पालन आदि का प्रभाव यह हुआ कि मनुष्य के कुछ समूह खानाबदोशी जीवन छोड़कर स्थान विशेष के निवासी बन गए और किसानी करने लगे। इस नए प्रकार के रहन-सहन से सभ्यता की नींव ही बदल गयी और आगे बढ़ने का रास्ता और भी साफ हो गया। लोगों को संपत्ति का ज्ञान और उससे लाभ उठाने की तरकीब भी मालूम हो गयी, जिसका आगे चलकर व्यापार और समाज की रचना पर बहुत गहरा असर पड़ा। मनुष्यों में अमीर-गरीब, सभ्य और असभ्य का भेद पैदा होने लगा और समाज में पेशों की श्रेणियाँ बनने लगीं। गाँवों और बस्तियों के चारों ओर रक्षा के लिए या तो वे लोग मिट्टी की दीवारें बना लेते, खाई खोद लेते अथवा लकड़ी के कुंदों की बाड़ बना लेते थे। पाषाण युग के उत्तरकाल में मनुष्य के आचार-विचार, रहन-सहन, भाषा और कलाओं को ठीक-ठाक जानने के काफी साधन नहीं मिलते। इस कमी को पूरा करने के लिए वैज्ञानिकों ने जंगली जातियों के जीवन की छानबीन करके कुछ बातें खोज निकाली हैं। वे कहते हैं कि कुछ आधुनिक जंगली जातियाँ अभी तक पत्थर के युग में हैं, अतएव संभव है कि उनके आचार-विचार भी उसी सभ्यता के हों।